宮沢賢治「文語詩稿　一百篇」評釈

Explanatory Notes on Miyazawa Kenji's *Poems in Literary Style 100*

信時哲郎

和泉書院

宮沢賢治「文語詩稿 一百篇」評釈 目次

凡例

・表記に関しては『新校本宮沢賢治全集』（筑摩書房）によった。同書では「文語詩稿　一百篇」のうち、標題が付けられていない三十三篇については最初の一行目を仮題とし、これを〔　〕で括っている。また、同タイトルの作品については〔一〕、〔二〕を付すことで混同を避けている。ただし、『新校本全集』の本文には採用されていない連に付された番号については、賢治が自らの手で定稿に記したものであるという点から、本文として採用している。

・原則として新字を用いる。たとえば「宮澤賢治」ではなく「宮沢賢治」の表記に統一している。

・賢治作品や先行研究等を引用する際、前後に一行ずつ空けて一字分下げているものについては原文とおりのルビを振っており、仮名も旧カナのままとした。ただし評釈文中に引用した場合は、原則としてルビ等は施していない。

・煩雑さを防ぐ意味で、文語詩本文以外の賢治作品については、ルビを省いたり、書き間違いを断わりなく正している場合（ことに頻出する童話集の「広告ちらし」など）もある。また、漢字や仮名遣いの間違いについて、やはり煩雑を防ぐために「ママ」を脇に記していない場合がある。

・下書稿については、原則として『新校本全集』のまま掲げているが、下書稿の順序等に関して異論が提出されているものについては、そちらを採用している場合がある（ただし混乱を避けるために、原則として『新校本全集』の呼称を使うこととした）。また、先行作品・関連作品に関しては、『新校本全集』に書かれていない多くの提言をしている。

・「文語詩稿　五十篇」、「文語詩稿　一百篇」、「文語詩未定稿」を、それぞれ「五十篇」、「一百篇」、「未定稿」と略記した。

・各章の記述は、それぞれ単独で読まれてもよいように書いているが、そのために重複する部分が多くなっている。

・引用文献には、初出誌ではなく、読者の利便性を考えて、できるだけ新しく、また手に入りやすい出版物を掲げている。そのため初出は記載されている年月よりも数年、数十年遡る場合がある。本文への引用に際しても、できるだけ最新の文献によっている。ただし森鷗外や夏目漱石の作品などについては原則として初刊によっている。なお、宮沢賢治研究に関する先行研究については「宮沢賢治研究文献目録」（http://www.konan-wu.ac.jp/~nobutoki/）を参照されたい。

・先行研究の引用等に際しては敬称を省いた。また、賢治と交流のあった人物である森佐一については森荘已池（他に森惣一等のペンネームも使った）に統一し、関徳也については関登久也に統一した。その他にも小笠原露（旧姓は高瀬）、儀府成一（本名は藤本光孝。他のペンネームに月丘きみ夫、母木光など。原則として儀府を使用）、沢里武治（旧姓は高橋）、鈴木東蔵（藤三とも）、藤原嘉藤治（嘉菟治とも）、宮沢クニ（新姓は刈屋）、宮沢シゲ（新姓は岩田）、宮沢トシ（敏子とも）に表記を統一した。

・先行研究として掲げていないのは、『校本宮沢賢治全集』、『新修宮沢賢治全集』、『新校本宮沢賢治全集』、『宮沢賢治コレクション』（いずれも筑摩書房）を初めとする全集・選集・作品集の本文や解題・解説等。また、島田隆輔（編）「宮沢賢治・文語詩稿／定稿語彙索引」（〔未刊行〕平成十六年十一月）、渡部芳紀（編）『宮沢賢治大事典』（勉誠出版 平成十九年八月）、天沢退二郎・金子務・鈴木貞美編『宮沢賢治イーハトヴ学事典』（弘文堂 平成二十二年十二月）、加藤碵一『宮沢賢治地学用語辞典』（愛智出版 平成二十三年九月）、原子朗『定本（〔無印〕、新）宮沢賢治語彙辞典』（筑摩書房 平成二十五年八月（東京書籍 平成元年十月、平成十一年七月））、等。またインターネット上での言及、例えば浜垣誠司の「宮沢賢治の詩の世界」（http://www.ihatov.cc/）等は先行研究として掲げていない。本文に直接引用した場合のみそれぞれ名前を掲げているが、その際には『校本全集』、『新修全集』、『新校本全集』、『定本語彙辞典』等と略記する。

・頻出する文語詩関連の著書や論文等についても、タイトルを略記し、出版社名、刊行年月は省略した。頻出する関連文書は以下のとおり。小沢俊郎「語註」（『新修宮沢賢治全集 第六巻』筑摩書房 昭和五十五年二月）、宮沢賢治研究会編『宮沢賢治 文語詩の森〔無印〕、第二集、第三集』（柏プラーノ 平成十一年六月、十二年九月、十四年七月）、島田隆輔『宮沢賢治研究 文語詩稿叙説』（朝文社 平成十七年十二月）→『文語詩稿叙説』、入沢康夫「文語詩難読語句（3）～（7）」（宮沢賢治研究会「賢治研究110、111、112、113、117」平成二十二年六月、九月、十二月、二十三年三月、二十四年四月）、島田隆輔「宮沢賢治研究 文語詩集の成立 鉛筆・赤インク〈写稿〉による過程」広島大学博士論文 http://ir.lib.hiroshima- u.ac.jp/ja/00032003 平成二十二年九月）→「宮沢賢治研究 文語詩集の成立」、信時哲郎『宮沢賢治「文語詩稿 五十篇」評釈』（朝文社 平成二十二年十二月）→『五十篇評釈』、島田隆輔『宮沢賢治研究《文語詩稿》未定稿 信仰詩篇の生成』（ハーベスト出版 平成二十七年六月）→『信仰詩篇の生成』。

・評釈に用いた工具書のうち下記については略記した。使用した版の出版社名、刊行年月は次のとおり。『言海 初版』（大槻文彦 六合館 明治二十二年五月→復刻 ちくま文庫 平成十六年四月）、『漢和対照妙法蓮華経』（島地大等 明治書院 大正三年八月→復刻 ニチレン出版 昭和六十三年九

月）、『望月仏教大辞典 全十巻』（望月信亨 仏教大辞典発行所 → 世界聖典刊行協会 昭和六年十一月～昭和三十八年四月）、『新修百科事典』（三省堂 昭和九年二月）、『増補改訂 明治事物起原』（石井研堂 春陽堂 昭和十九年十一月 → 復刻 国書刊行会 平成八年一月）、『大漢和辞典 縮写版』（大修館書店 昭和四十一年五月～四十三年五月）、『角川日本地名大辞典3 岩手県』（角川書店 昭和六十年三月）、『南部の言葉 第二版増補新版』（佐藤政五郎編 伊吉書院 昭和六十二年七月）、『新版岩手百科事典』（岩手放送 昭和六十三年十月）、大野晋・佐竹昭広・前田金五郎『岩波古語辞典 補訂版』（岩波書店 平成二年二月）、『明治・大正・昭和・平成 物価の文化史事典』（森永卓郎監修 展望社 平成二十年七月）、『広説仏教語大辞典 縮刷版』（中村元 東京書籍 平成二十二年七月）。また、『ｉｍｉｄａｓ』、『改定新版 世界大百科事典』、『字通』、『デジタル大辞泉』、『日本国語大辞典 第二版』、『日本人名大辞典』、『日本大百科全書』に関しては「Japan Knowledge」(http://www.japanknowledge.com)を利用している。

1　母

雪袴黒くうがちし　うなゐの子瓜食《は》みくれば
風澄めるよもの山はに　うづまくや秋のしらくも
その身こそ瓜も欲りせん　齢弱《としわか》き母にしあれば
手すさびに紅き萱穂を　つみつどへ野をよぎるなれ

大意

雪袴に黒い穴をあけた　うない髪の女の子が瓜を食べながらやってくると
澄んだ風の吹き抜ける四方の山の稜線に　秋の白雲がうずまいている
自分こそ瓜が食べたいのだろうに　まだ年も若い母であるから
手遊びに赤いススキの穂を　摘み集めながら野を横切っているのだな

モチーフ

賢治詩の中でも最も愛唱されるものの一つ。描かれているのは、まだ年若い母が、我が子に瓜（スイカ?）を与え、自分は手すさびにススキの穂を集めるという姿である。昭和七年十一月に「女性岩手４」に掲載された作品だが、昭和七年の秋と言えば、前年の凶作を受けて、東北では欠食児童が二十万人だったという飢饉の年である。「清らかな瑞々しい」「さわやかな」作品だとばかり読んではなるまい。しかし、農村の抱える問題点のみを読むのではなく、「地方女性の為の」「実際行動の上に一つの指標を与えよう」と高らかに宣言された「女性岩手」（創刊前のパンフレットの中の言葉）に掲載されたということも十分に考慮しておくべきだろう。

語注

雪袴　もんぺ。賢治は東北訛で「モッペ」とルビを振ることもあったが、ここでは音数の関係から「ゆきばかま」と読みたい。

うなゐの子　「うなゐ」とは、子どもの髪をうなじのあたりで切りそろえて垂らした子どもの髪型のこと。ここでは「うなゐ髪の子」の意であろう。

瓜食みくれば　恩田逸夫（後掲）は、本作には山上憶良の「瓜食めば 子ども思ほゆ 栗食めば まして偲はゆ いづくより 来りしものを 眼交に もとな懸りて 安眠し寝さぬ」の歌が反映しているのかもしれないとする。『定本語彙辞典』や三神敬子（後掲）は本作に登場する瓜はマクワウリであろうというが、島田隆輔（後掲A）は「みずみずしい味瓜はこの初秋の光景と微妙にずれているのではなかろうか」とし、「これは、漬けたしろうり（つけうり）ではないのか」、「まだ浅い漬け瓜を、せめておやつにするしかすべのない凶作農村の母子像なのだ」とする。ただ、瓜は夏の季語で、スイカは秋の季語であることから考えれば、この瓜は旬が遅いスイカだと解釈することもできると思う。

紅き萱穂　萱はイネ科の多年草であるススキのこと。八〜十月に花期を迎える。秋の季語。賢治は「春と修羅 第三集」の「七四〇 秋 一九二六、九、二三、」で「荒さんで甘い乱積雲の風の底／稔った稲や赤い萱穂の波のなか」と書いている。

つみつどへ野をよぎるなれ　「つみつどへ」と「なれ」は已然形か命令形かで解釈が分かれるところだろうが、已然形であると捉え、意味を強めているのだと解釈したい。

評釈

黄罫（220行）詩稿用紙表面に書かれた下書稿㈠、その裏面に書かれた下書稿㈡（鉛筆で㊢。これ以降の全てに「母」のタイトル）の二種が現存。「女性岩手4」（女性岩手社 昭和七年十一月）発表形は写真にて確認できるだけで所在がわからず、定稿も戦前に出版された『十字屋版宮沢賢治全集』に掲載されているのが確認できるのみで現存しない。本稿では『新校本全集』に倣い、『十字屋版全集』所収の本文を掲げた。スペースの空け方や句読点が実際のものと違っている可能性が高く、丸数字も付されていた可能性が高い。

「女性岩手4」には、「母」というタイトルで「祭日」（『新校本全集』で「祭日〔一〕」と表記される作品）、「保線工手」とともに掲載され（ともに「一百篇」所収）、「母」という総題がつけられて発表されている。漢字等のルビや表記の他は、定稿とほぼ同じ内容である。

「五十篇」の四十九番目に「女性岩手 創刊号」掲載の「民間薬」が位置づけられ、「一百篇」の冒頭には「女性岩手4」に掲載された本作「母」、三番目に創刊号に掲載された「選挙」、五番目と六番目に掲載された「祭日」「保線工手」は、共に「女性岩手4」に掲載されたというように生前発表作品がここに集中している。意識的なのか無意識なのか判断はできないが、本書終章（信時哲郎「「五十篇」と「一百篇」　賢治は「一百篇」を七日で書いたか（上）・（下）」（「賢治研究135・136」宮沢賢治研究会 平成三十年七月・十一月）でも述べるように、定稿の成立過程を考える上でも注意しておくべきかと思う。

さて、「「文語詩篇」ノート」の「22 1917」「八月」の項には、次のようにある。

瓜喰みくる子　　　日居城野　　　鳥
母はすゝきの穂をあつめたり　　　松林、

この部分には赤インクで×印がつけられていることから、一九一七（大正六）年の時点での詩想は文語詩化されたものであると考えられるが、おそらくそれが本作であろう。ちなみに一九一七（大正六）年八月、賢治は盛岡高等農林の三年生。八月二十八日から九月八日にかけて、同級生らと江刺郡地質調査に出掛けているが、日居城野《ひいじょうの》は花巻郊外の地名（現在、運動公園のある花巻市松園町）であるから、実家に帰省している最中に見た一コマなのであろう。

下書稿は次のとおり。

幾重なる松の林を
鳥の群はやく渡りて
風澄める四方の山はに
うづまくや秋の白雲
雪袴　黒くうがちし
その子には瓜を喰ましめ
みづからは紅きすゝきの
穂をあつめ野をよぎる母

本作は文語詩中屈指の名作として評価が高い。たとえば吉本隆明（後掲A）は「清らかな瑞々しい抒情です　自分はこのやうな詩を尊しと思ひます」とし、恩田逸夫（後掲）は、「さわやかな初秋の広々としたススキ原で見かけた、さわやかな母子像に、賢治は好ましい視線を投げかけている」というように読んでいる。

取材されたのが大正六年であるとすれば、吉本や恩田のように素直に読み取ることができよう。この年の岩手県はまれに見る大豊作で、『年譜』にも、「米価また高騰し、農村はかつてない収入をあげた」とあるように、収穫を間近に控えた農村に暗い影は差していなかったと考えられるからである。もちろん大豊作だからと言って農村に問題が存在しなかったというわけではなく、米価は必然的に下落したであろうし、『定本語彙辞典』の年譜の大正六年の項にあるように、「この年、未曾有の豊作。

米価高騰し農村の収入はかつてない盛況を呈し、一方経済界の変調により一般物価も高騰、中産以下の生活次第に行き詰まる」といった側面も考えられよう。しかし、いずれにせよ大正六年夏にスケッチされた時点では、ほほえましい光景として賢治が造形しようとした可能性が高い。

しかし近年では、岡井隆（後掲B）のように、「一読すると、さわやかな詩で、よその母子の姿をスケッチしただけのようにみえるが、背後にはおそらく、病める賢治には、もはやどうしようもない暗い現実が沈んでいる。賢治が思いやっているのは、やはり、「母」の飢えである」という解釈がなされるようになっている。

島田隆輔（後掲A）は、本作が大正六年のメモに発する作品であるとしても、昭和七年頃（文語詩稿の制作を始めた昭和四年頃ではなく）になってはじめて文語詩化された題材であったことも考慮に入れると、「記憶の源は豊作の年だったが、この詩の場には、凶作をもたらしたそのときどきの農村の記憶をもまた重ねられている可能性がある」とする。というのは、本作の発表年である昭和七年とは、『年譜』の昭和七年一月二十六日の項によれば、前年の凶作の影響を受け、「岩手県下小学校欠食児童二、五〇〇人に達す」とあり、七月二十八日の項には、「農漁村の欠食児童数は、二〇〇、〇〇〇人を突破と文部省発表。うち岩手県は三、五三九人という」ともあるからである。そう思えば、吉本や恩田のように、本作をただ「瑞々しい」、「さわやかな」作品であると指摘するばかりでは済まないと思われる。

本作は多田保子主催の「女性岩手4」に掲載されたが、同時に掲載された「祭日」（発表形）は、

谷権現《たにごんげん》のまつりとて
麓に白きのぼりたち
むらがり続く丘丘《おか》に
鼓《こ》の音《ね》の数のしどろなる

顥花《はな》青じろき稲《いな》むしろ
水路の縁《へり》にたゞずみて
朝の曇りのこんにやくを
さくさくさくと切りにけり

というものであり、花巻市東和町にある谷権現（谷内権現とも言われた丹内山神社のこととされる）の礼大祭（旧暦八月一・二日）を詠んだものだ。これも「母」と同じくらいに高く評価される作品だが、九月だというのに「顥花青じろき稲むしろ」とあるのは、やはりヤマセの年を描いているように思われる。

「祭日」下書稿㈠に、「モッペをうがち児を負ひて／青きパラソルかざしつゝ／祭りに急ぐ農婦あり／はじめに店をうちのぞき／歪める梨と菓子とを見／次には切らるゝこんにやくを／

や、ながしめにうちまもり／その故なにかわかねども／うらむがごときまなこして去る」とあった。「モッペをうがち」とあるのは、文語詩「母」が「雪袴黒くうがちし」に始まっていたことと一致し、また、子どもを背負った母親が、縁日の梨や菓子、こんにゃくをうらめしそうに覗くという件りも、やはり文語詩「母」とイメージが重なる。同時掲載ということから、重複を避けながらも、主題には一貫性があると考えた方がよいと思う。

もう一つの掲載作品である「保線工手」は、列車に乗っている保線工手が、窓外に鳥が雪を振り落としながら飛ぶ姿を見て、「妻がけはひ」を感じるという作品である。同じく発表形をあげてみたい。

狸《マミ》の毛皮を耳にはめ
シャブロの束《たば》に指組みて
うつろふ車窓《まど》の雪のさま
黄なる瞳《ひとみ》に泛《うか》べたり

雪をおとして立つ鳥に
妻がけはひの著《し》るければ
ほのかに笑《ゑ》まふその頬を
松は畳めり風のそら

島田（後掲B）は、「冬場の出稼ぎ農民の肖像であった可能性」を指摘しているが、たしかにこれも農村の窮状を描いた作品の一つだと言うことができるかもしれない。ただ、これらの三作が、農村の窮状だけを前面に押し出しただけのものでないことについても、注意を喚起しておきたい。

まず「母」についてだが、奥本淳恵（後掲）が指摘するように、下書稿㈠では「齢弱き母」が「みづからは紅きすゝき」を集めていたところが、下書稿㈡では「ひたすらに」、さらにその手入れでは「手すさびに」するようになっている。つまり子どもに進んで瓜を与えて、「自らを犠牲にするけなげな母というステレオタイプのイメージを底に沈めようとする方向」に改稿されたのだとするが、たしかにそのような方向に改稿されてきたようにも思える。

「祭日」については、下書き段階での状況が、あまりにも「母」と似すぎていたためもあろうが、貧困や飢えを示す語句はばっさり省かれ、「顥花青じろき」に凶作を匂わせながら、「さくさくさくと」手際よくこんにゃくを切る女性を描くことの方に重心は移っているようだ。

「保線工手」については、島田のような認識の背後に、「円満な夫婦関係というものの具体相」（伊藤眞一郎「保線工手」『宮沢賢治 文語詩の森 第三集』）を描いたものだという読み取りも可能だと思うし、「一百篇」の「〔天狗蕈 けとばし了へば〕」にあるように、賢治の鉄道愛に発する鉄道工夫への親しみを書いたものだと考えることも可能だと思う。

当たり前の話だが、賢治は何も現代の読者に向かって、昭和の東北の農村の貧困を訴えようとしたわけではない。何よりも「岩手女性」の読者が目前にいたのである。昭和七年に生きる彼女らに向かって、今更、農村の疲弊などを掘り出さなくても、多かれ少なかれ東北の窮状の認識くらいはできていたと思われる。賢治としては、おそらく、その認識の向こうにあること、即ち、それを乗り越え、次の時代に向かって生きていくにはどうすればよいかを提言しようという意図があったとすべきではないだろうか。

「女性岩手」は、「煩雑困難な生活戦に苦しむ私達女性、地方女性の為めに、ハッキリした指針を示してくれる機関」(一印刷工「『女性岩手』発刊を祝いして　多田さんのことども」「女性岩手　創刊号」女性岩手社　昭和七年四月)たらんとして創刊された雑誌で、賢治は、主催者であった多田保子に対して、当初の「女性公論」というタイトル案を「女性岩手」に変えるように進言したほか、創刊号に文語詩「民間薬」と「選挙」を発表し、四、七、九(没後)号にも作品を発表している。多田は後年、「女性岩手に賢治先生から寄稿して頂いたのに稿料を差し上げていない。しかし先生は誌代を毎回きちんと納めて下さった」と、子どもたちに語っていたというが(斎藤駿一郎「多田ヤスの生涯と宮沢賢治・トシ」「宮沢賢治記念会通信70」宮沢賢治記念館　平成十二年五月)、こうした同誌に対する賢治の関心や期待は、多田がトシと花巻高等女学校で同級であったからという以上の思い入れがあったことが想像できる。

創刊号に載った「巻頭言」(署名なし)は、次のようなものだ。多少長いがあまり知られていない文章だと思うので、全文を引用してみる。

> 創刊第一号を送る本誌の挙は、単に、せまい岩手女性のみに、問題の対象を定限しての企図ではありません
> 常に全女性の問題を問題として、始めて岩手の女性の問題が問題となり得ると云ふ信念と、なし得ねばならぬと云ふ念願の下の企図であります。且つ
> その見界《ママ》の下に、勇躍して、此の任を果すべく覚悟を保持するものであります。従つて
> 『女性岩手』の探究問題は、全女性の問題の探究であり、一切の社会問題の探究であり、全生活の探究であることを以て理想とするものであります。而して
> 『女性岩手』は、私たちの力の及ぶ地域的関係の中に真実に私達のものたらしめる意識のもとに発展せしめられん事を願ふものであります。
> 『女性岩手』事実に於いて、標題のそれよりも狭いかもしれません。しかし、問題は常になし得る足下からであります。この足下よりの問題の探究に依り、伝統と因襲を時代と社会により止揚し、健実なる女性の道を歩み真の私達の『女性岩手』が哺育される事を信んじるのであります。だから、せま

さはせまさで差し支へないでありませう。現実の貧弱さは、貧弱さとして、そのまゝ肯定して進むべきでありませう。すべての発展は、ありのまゝからのでなければならないからであります。従つて

男性の声も聴きませう。経験者の深い経験も聴きませう。権威者の所見の開陳も願ひませう。直接女性そのもの、現実に関係なくとも、人間として必要なものである限り、あらゆる所論、研究の披瀝をも願ひませう。この着眼と計画の中に『女性岩手』の将来の発展のモーメントが存在するのであります。

諸氏の熱烈なる後援により、こゝに創刊第一号を世に送ることを、心から深く感謝すると共に、将来の成長に挺身を誓つて創刊の言葉の終りと致します。

『新校本全集 第十六巻（上）補遺・資料 補遺・資料篇』に載っている同誌の目次を見ても、「若き近代女性に語る」、「結婚に対する考察」、「我が史上における女性文化と男性文化」、「両性同権の意義」といったタイトルが並んでおり、多田が地方に生きる見識の高い女性たちをターゲットに同誌を編集していたことがうかがえる。

第二号には、第一号に賢治が掲載した文語詩に対する批評が載り、賢治はこれに気をよくして、文語詩の発表を続けることになったとされている。「花巻町 I子」の署名による批評は次のようなものだ。

宮沢賢治先生が多分病床からの御寄稿と思ひますが、「民間薬」「選挙」の二篇、まことに先生の長詩の大成を思はせるものがあります。はじめて発表された「春と修羅」時代には、私共いかにその一々を繰りかへしても、先生の作意と情緒とをつかむことが出来ないで、たゞその中の「無声慟哭」や「獅子踊」に琴線の響を感じ得たにすぎませんでしたが、その後十年、すつかり洗練され切つたこの二篇を口誦して見るとき、この田園詩の物語る世界が、空間に再現されるばかりでなく、其の発声さへもがはつきりきゝ取れる感じがいたします。一二誤植と思はれるふしも見えますが、若しあのまゝでいゝのなれば、また百回の吟誦をくりかへして見ませう。

この批評を受けて、文語詩を二回目に発表したのが、「女性岩手4」、つまり「母」の総題が冠された昭和七年の十一月であった。さすれば、賢治はたとえ「I子」ただ一人のためであったとしても、おざなりの作品でお茶を濁す気などはなかったはずだ。

以上の点から、当時としてはもはや明白にすぎる岩手の農村の窮状について訴える作品など、賢治は書く必要はなかったと思う。もちろん、当時の賢治が岩手の農村をないがしろにしていた、などと言いたいわけではない。賢治としては、地方に生

きる女性たちを主題にした作品でも（一部のインテリ詩人からは時代錯誤にも思われかねない文語であっても）、十二分に芸術と呼べる奥行きのある作品を示したかったのではないかと思うのである。

このように考えてくれれば、文語詩「母」において、子どもが食べている瓜を、島田（後掲A）が言うように、飢えをしのぐために食べていた「漬けたしろうり」とまで解する必要はないと思う。

そもそも賢治作品における「瓜」の用例は、『新校本全集』の『索引』で調べてみても、「つけうり」を「瓜」として書いたことはなく、たとえば「銀河鉄道の夜」（後期形）において、「子供が瓜に飛びついたときのやうなよろこびの声」という用例、また、「風の又三郎」において、発破によって川魚が浮かんでいるのを、「嘉助が、まるで瓜をすするときのような声をだしました。それは六寸ぐらゐある鮒をとって、顔をまっ赤にしてよろこんでゐたのです」という風に、子どもたちにとってこれ以上にない喜びの声を上げるシーンで用いられている。

だとすれば、まだ母としての自覚、大人としての自覚の薄い母親が、本当は自分の方が大きな声を出して飛びつきたいくらいの瓜を、黙ってわが子に譲るというシーン、すなわち子どもが大人になり、女の子が女になる瞬間の記述として、賢治は興味深いものとして書き留めたかったのではないか、というようにも読めてくる。そしてそれは、大正六年の感動であるに留まらず、昭和七年に至っても、永続していたのではないかと思えるのである。世に欠食児童が増えていた時期であったからこそ、新しい岩手の生活と文化を担う女性たちへの期待を込めて、賢治はこうした作品を書いたのだと考えたい。

先行研究

小原忠「『女性岩手』と賢治作品」（「賢治研究8」宮沢賢治研究会 昭和四十六年八月）
儀府成一「社会主事 佐伯正氏 宮沢賢治の文語詩を続って」（「啄木と賢治12」みちのく芸術社 昭和五十六年十一月）
恩田逸夫「賢治の文語詩に現れた母性像」（『宮沢賢治論2』東京書籍 昭和五十六年十月）
松田司郎「「近親相姦」の神話」（『宮沢賢治の童話論 深層の原風景』国土社 昭和六十一年五月）
続橋達雄「終章」（『賢治童話の展開』大日本図書 昭和六十二年四月）
青山和憲「文語詩稿に関する独善的妄言」（「宮沢賢治9」洋々社 平成元年十一月）
岡井隆A「文語詩の発見 吉本隆明の初期「宮沢賢治論」をめぐって」（『文語詩人 宮沢賢治』筑摩書房 平成二年四月）
岡井隆B「「文語詩稿」の意味」（『文語詩人 宮沢賢治』筑摩書房 平成二年四月）
三谷弘美「蜜柑色の光景」（「賢治研究63」宮沢賢治研究会 平

成六年四月）
原子朗「ことば、きらかに」（「十代17―12」ものがたり文化の会 平成九年十二月）
栗原敦Ａ「Ｑ＆Ａ 定稿用紙の失われた「文語詩稿 一百篇」作品」（「宮沢賢治研究 Annual8」宮沢賢治学会イーハトーブセンター 平成十年三月）
赤田秀子「文語詩 語注と解説」（『林洋子ひとり語り 宮沢賢治』クラムボンの会 平成十二年二月）
吉田精美「花巻市桜町・桜地人館」（『新訂 宮沢賢治の碑・全国版』花巻市文化団体協議会 平成十二年五月）
三神敬子「母」（『宮沢賢治 文語詩の森 第二集』）
杉浦静「テクスト・クローズアップ② 賢治晩年の文語詩」（「宮沢賢治学会イーハトーブセンター会報26 スズラン」宮沢賢治学会イーハトーブセンター 平成十五年三月）
島田隆輔Ａ「再編論」（『文語詩稿叙説』）
栗原敦Ｂ「回顧から再構成へ「文語詩稿」①」（『ＮＨＫカルチャーアワー 文学探訪 宮沢賢治』日本放送出版協会 平成十七年十月）
奥本淳恵「宮沢賢治文語詩稿〈双四聯〉の表現手法 詩篇「母」の場合」（「論攷宮沢賢治７」中四国宮沢賢治研究会 平成十八年七月）
吉本隆明Ａ「孤独と風童」（『初期ノート』光文社文庫 平成十八年七月）
吉本隆明Ｂ「再び宮沢賢治氏の系譜について」（『初期ノート』光文社文庫 平成十八年七月）
沢口たまみ「賢治をめぐる女性たち」（『宮沢賢治 愛のうた』盛岡出版コミュニティー 平成二十二年四月）
島田隆輔Ｂ「再編稿の展開」（「宮沢賢治研究 文語詩集の成立」）
松沢和宏・十川信介・十重田裕一・栗原敦・井上隆文（司会）「《座談会》草稿の時代」（「文学11―5」岩波書店 平成二十二年九月）
信時哲郎「宮沢賢治「文語詩稿 一百篇」評釈一」（「甲南女子大学研究紀要 文学・文化編49」甲南女子大学 平成二十五年三月）
大角修「《宮沢賢治》入門⑩ 最後の作品群・文語詩を読む」（「大法輪81―3」大法輪閣 平成二十六年三月）
島田隆輔Ｃ「１ 母」（「宮沢賢治研究 文語詩稿一百篇・訳注Ⅰ」未刊行） 平成二十九年一月）

2　岩手公園

①「かなた」と老いしタピングは、
杖をはるかにゆびさせど、
東はるかに散乱の、
さびしき銀は声もなし。

②なみなす丘はぼうぼうと、
青きりんごの色に暮れ、
大学生のタピングは、
口笛軽く吹きにけり。

③老いたるミセスタッピング、
「去年《こぞ》なが姉はこゝにして、
中学生の一組に、
花のことばを教へしか。」

④弧光燈《アークライト》にめくるめき、
羽虫の群のあつまりつ、
川と銀行木のみどり、
まちはしづかにたそがるゝ。

大意

「あそこだ」と老齢のタッピング先生は、杖ではるか彼方を指し示すが、東空には反薄明光線が散乱するばかりで、それに応じる声は聞こえない。

東方に連なる夕暮れ時の丘々は、なみなす草がぼうぼうと青リンゴの色になって暮れ、大学生のウィラード・タッピングは、軽く口笛を吹いた。

老いたミセス・タッピングは、「去年、あなたの姉さんは、ちょうどこの場所で、盛岡中学のクラスを相手に、英語で花言葉を教えていたんですけどね」。
アークライトの周りには、たくさんの羽虫が群れをなして飛び交っており、
中津川とその向こうには岩手銀行の赤煉瓦、そして木々の緑色が映え、街も静かに黄昏時を迎えるところである。

モチーフ

盛岡城跡に詩碑が建てられていることもあって、愛唱される文語詩の一つ。文化的にも経済的にも明らかに優っていた祖国アメリカからキリスト教伝道のために日本を訪れ、東北の僻地に過ごすアメリカ人家族を、賢治は信じる宗教の違いを超えて、驚きと敬意を以て眺めていたのだろう。ただ、タッピング一家は下書稿㈢の初期段階でも登場せず、下書稿㈢に㊢を付した後、定稿を書くギリギリ直前になって現れている。賢治の文語詩は、岩手に生きる様々な人を登場させようとする、いわば「岩手ひとり万葉集」とでもいうものを編もうとする試みだったと思うのだが、定稿を書こうとした段階で、賢治はタッピング一家を思い出したということであったかと思う。あるいは「一百篇」全体の編集方針が要請するものだったかもしれない。

語注

岩手公園　南部氏二十万石の居城。北上川東岸と中津川西岸の合流地点に建つ。明治になって盛岡城が取り壊された後、明治三十九年に県の管理下に岩手公園として開園された。昭和九年には盛岡市に移管。平成十八年には愛称が盛岡城跡《じょうあと》公園に改められた。本作の詩碑が中津川沿いに建設されている。

老いしタピング　盛岡浸礼教会の宣教師であったヘンリー・タッピング（Henry Topping）のこと。一八五七（安政四）年（ただし墓誌には一八五三年とあるという。「歴史が眠る多磨霊園」（http://www6.plala.or.jp/guti/cemetery/PERSON/T/topping_h.html））にアメリカのウィスコンシン州で生まれ、一八八八（明治二十一）年にジュネヴィーヴ・ファヴィルと結婚。ロチェスター神学校やモーガン・パーク神学校で学んだ後、ベネディクト大学で教鞭を執る。明治二十八年に宣教師の任命を受けて夫婦で来日し、東京中学院（後の関東学院）で教鞭を執る。明治四十年からは盛岡に移って、賢治の通った盛岡中学校で教鞭を執り、明治四十二年四月に入学した賢治に六ヶ月ほど接した可能性がある。盛岡高等農林学校で賢治と同じ農学科二部で学んだ出村要三郎（「賢治とキ

リスト教」『201人の証言 啄木・賢治・光太郎』読売新聞盛岡支局 昭和五十一年六月）は、「一年の二学期だったか、宮沢君に誘われて、盛岡教会のタピング牧師がやっていたバイブル講義を聴きに行った。週一回の講義だったが、彼は英語もうまく、英語と日本語半々で話すタピング師によくほめられていた。英語のマスターとキリスト教への関心が、彼の目的だったように思う」としている。タッピングの生年については二説あるが、本作が関連作品の取材年月どおり大正七年のできごとに基づいているとすれば、すでに六十代で、「老いし」の文字もふさわしい。大正八年には盛岡を去って帰国。大正十一年には再び日本に戻り、横浜・東京で英語教育と伝道に努めた。日米開戦後も夫婦で日本に留まり、昭和十七年に没した。「歌稿〔B〕」280d・281には「プジェー師や／さては浸礼教会の／タッピング氏に／絵など送らん」ともあるが、上田哲（後掲）は、「賢治のキリスト教についての知識のうちタッピングとの接触によって得られたものがかなり多かったであろう事は、推測に難くない」としながらも、「タッピングの回想や当時の信者たちの想い出、教会の記録の中に賢治の名が出てこない」ことを指摘している。

さびしき銀　関連作品とされる「歌稿〔B〕」に「銀雲」が出てくることから、銀色の雲のこととも思われるが、空中に散乱する光を「銀のモナド」（『春と修羅（第一集）』の「青森挽歌」や「詩ノート」の「一〇五八〔銀のモナドのちらばる虚空〕一九二七、五、九、」」、「五十篇」の「砲兵観測隊」などに登場）として表現することが多かったので、ここでもそちらの意味で捉えたい。本作は黄昏時、つまり夕刻の盛岡の街を舞台にしているので、西空には夕焼が見えていたのだろうが、東空には反薄明光線（太陽と反対側に光線が放射状に集まっているようにみえる現象）が見えており、それを指すのかもしれない。中村稔（後掲）は「北上山地をさすものであろう」とする。

大学生のタピング　タッピング家の長男・ウィラード（Willard）のこと。明治三十二年（賢治よりも三歳年下）に日本で生まれた。女優で賢治作品の朗読でも知られる長岡輝子（後掲B）によれば、「この詩の頃のウヰラードさんは夏休みになると両親の住む盛岡に帰省され、私達園児にナステーション（キンレンカ：信時注）の実を摘んでポリポリ食べてみせて驚かしたりするいたずらっ子でした」とある。

ミセスタッピング　タッピングの妻であったジュネヴィーヴ（Genevieve）のこと。一八六三（文久三）年にウィスコンシン州に生まれ、幼稚園教師になるための教育を受け、また、ドイツで音楽も学んだ。一八八八（明治二十一）年にヘンリーと結婚して、共に神学校で学び、一八八九（明治二十二）年に長女ヘレンを出産。明治二十八年に日本に来ると、伝道活動を行い、築地と四谷に幼稚園を開園して人気を呼ぶ。明治三十二年に長男・ウィラードが誕生し、明治四十年には盛岡に転居。長岡（後掲A）によれば、母の長岡栄子は、県立盛岡高等女学校の雨天体操場を借りて保育所を作っていたところ、違反として閉鎖を命じられたが、タッピング夫人がこれを引き受け、自宅を開放して盛岡幼稚園を設立・運営したのだという（明治四十二年三月に岩手県知事より創立認可）。小林功芳（後掲）によれば、夫人は「私達の幼稚園はこの地方で唯一のものですが、次の学期の入園希望者数が私たちの人気が続いていることを示します。遠方の名家では息子を通園させるために母親が近所に下宿しています。数日前には、師範学校の卒業生34人が先生に連れられて、1日中、見学しました」と明治四十四年三月の書簡に書いているという。戦争中も日本に留まり昭和三十三年に東京で没した。

なが姉　タッピング家の長女・ヘレン（Helen）のこと。一八八九（明治二十二）年にアメリカで生まれるが（賢治より七歳年長）、両親と共に六歳で来日。高等教育をアメリカで受け、一九一一（明治四十四）年にコロンビア大学で修士号を取得すると、伝道員として盛岡・仙台に派遣された。小林（後掲）によれば、ヘレンも盛岡中学で英語を教えており、中学の方から正規の教員になって欲しいという依頼があったことを父のヘンリーが書簡に書いているという。長岡輝子の父・長岡拡は、明治三十九年六月から四十一年十月まで盛岡中学校で英語教員を務め、名教科書と言われる「Crown Readers」の著者としても知られるが（小山卓也「クラウン・リーダーと長岡拡」「英学史研究17」日本英学史学会　昭和五十九年十月）、卒業生で東京大学名誉教授となった小野清一郎は思い出の教師の筆頭に長岡をあげ、その英語力と人格の立派さについて語っている（「良き師そして良き友座談会・明治期の思い出」『白堊校九十年史』盛岡一高創立90周年記念事業推進委員会　昭和四十五年十月）。長岡拡が賢治に直接教える機会はなかったが、「私の父長岡拡の教え子で後に法曹会の重鎮になった小野清一郎さんや同級生だった長岡保太郎さんから、父の英語教育法は独特で英語の会話のためにタピングさんのお嬢さんのヘレンさんを招いて学生達と岩手公園に散歩に行きその間絶対に日本語を使わせなかったという事を聞き、賢治の詩のあの一節の裏には私の父も関係していた事を父の死後何十年目かに知らされた事に不思議な感動を覚えました」とのこと（長岡　後掲B）。また、盛岡中学でヘレンが父の代講に来た時のことを北田耕夫（父は岩手県知事だった北田親氏《ちかうじ》）は、「若くて美しい方」であったため「教室に来て、いざ授業をはじめようとすると、生徒たちは「ビューテフル　ビューテフル」というと、もう娘さんは、顔を真っ赤にして授業にならな」かったのだという（「内丸・仁王・本町付近」『もりおか物語㈨　内丸・大通かいわい』熊谷印刷出版部　昭和五十四年二月）。賢治とヘレンが会った証拠や年月の特定はできないが、長岡（後掲B）によれば、賢治研究者である「菊池暁輝はよく私に、賢治の童話「マリヴロンと少女」のモデルは、花言葉を中学生に教えていたあのヘレンさんだといっていました」ともいう（タピング夫人の経営による幼稚園で、菊池の兄と長岡の兄が同級、また、菊池は長岡の姉と同級。菊池の妹と長岡本人が同級だったという）。結核の療養のため大正二年にアメリカに渡り、大正七年には神戸のＹＷＣＡ運営のために再来日。香川豊彦の秘書・通訳を務め、それを契機に家族ぐるみで香川を支えたという（Southern Illinois Univeristy Morris Library http://www.lib.siu.edu/）。

弧光燈《アークライト》　低電圧・大電流によって電極間の気体と電極が高温となり、強い光を発すること（アーク放電）を利用した電灯のこと。効率の悪さから、現在は用いられないが、「明治十五年一月一日銀座大倉組店前に点火して、其光景を見たりしが、大に衆目を驚かし、毎夜見物人諸方より集り来りて、其奇巧を嘆賞せり」（『明治事物起源』）というように、アーク灯は電気の象徴、近代文明の象徴として広く喧伝される。大正六年四月、賢治が盛岡高等農林三年の時に、弟・清六といとこ達の中学入学が決まるが、賢治はその監督を兼ねて、中津川の下の橋のそばにあった玉井家に下宿する。その直前に清六に送った手紙には次のような一節があったという（「最初の手紙」『兄のトランク』ちくま文庫 平成三年十二月）。「若しも君が、夕方岩手公園のグランドの上の、高い石垣の上に立って、アークライトの光の下で、青く暮れて行く山々や、河藻でかざられた中津川の方をながめたなら、ほんたうの盛岡の美しい早春がわかるだらう」。賢治は盛岡の最も美しい場所を本作に書いたことになる。

川と銀行　中津川と、それにかかる中ノ橋際に建つ赤い煉瓦造りの盛岡銀行本店のこと。東京駅等の設計で知られる辰野金吾と岩手出身の葛西万司の設計。明治四十四年四月に三年がかりで完成。現在も盛岡のランドマークとなっており、国の重要文化財。平成二十四年まで岩手銀行中ノ橋支店として営業していた。

評釈

無罫詩稿用紙に書かれた下書稿㈠（鉛筆で(了)）、その裏面下半分に書かれた下書稿㈡、黄罫（22０行）詩稿用紙に毛筆と藍インクで書かれた習字稿（断片）、黄罫（22０行）詩稿用紙表面に書かれた下書稿㈢（『新校本全集』に指摘はないが、原稿コピーより賢治の手で「岩手公園」のタイトル？　手入れの最中に鉛筆で㊢）の四種が現存。定稿は現存しないが、『十字屋版宮沢賢治全集』の口絵写真に二色刷で掲載されており、『新校本全集』ではこれを元にして本文を採用しており、本稿もそれに倣う。生前発表なし。

『新校本全集』では、「歌稿〔B〕」の652〜655d 656（「大正七年五月より」に「公園」としてまとめられている）を関連作品としてあげるが、656も付け加えて左に掲げる（「歌稿〔A〕」の652〜656

の歌もほぼ同内容)。

652　青黝み　流る、雲の淵に立ちて／ぶなの木／薄明の六月に入る。

653　暮れざるに／けはしき雲のしたに立ち／いらだち燃ゆる／アーク燈あり

653a 654　ニッケルの雲のましたにいらだちて／しらしら燃ゆる／アーク燈あり

654　黒みねを／はげしき雲の往くときは／こゝろ／はやくもみねを越えつゝ。

655　燃えそめし／アークライトの下に来て／黒雲翔ける夏山を見る

655a 656　燃えそめし／アークライトは／黒雲の／高洞山を／むかひ立ちたり

656　黒みねを／わが飛び行けば銀雲の／ひかりけはしくながれ寄るかな。

大正七年の五月といえば、賢治は盛岡高等農林学校を卒業し、父と将来の仕事や、徴兵、宗教といった様々な問題で諍いながらも、結局は研究生として学校に残ることとなった時代である。

下書稿の初期形態から見ていこう。

弧光燈《アークライト》に灯は下りて
しらしらと苛だてど
南はるかに散乱の
さびしき銀は声もなし

　　白堊いろなる物産館は
　　つゝましく黄にかゞやきてあり

起伏の丘はゆるやかに
青きりんごの色に暮れ
高洞山の焼け痕は
蕁菜にこそ似たりけり

　小学校の窓ガラス
　窓きれぎれに薄明の
　黄ばらを浮べて夜に入り行く

タッピング一家は全くここに登場しない。つまり、この段階で賢治が描こうとしたのは、夕暮れ時の盛岡の街であったのだと思う。城跡から街を眺め、東空（南空?）に反薄明光線が浮かび、アークライトの光が灯り始めたとき、中津川畔にあった物産館の建物には西陽があたって妖しく黄色く輝いていたという。賢治はことに昼間の光から夜の光に入れ替わる黄昏時（トワイライト）の盛岡を愛したようで、清六に向かって「若しも君が、夕方岩手公園のグランドの上の、高い石垣の上に立って、アークライトの光の下で、青く暮れて行く山々や、河藻でかざられた中津川の方をながめたなら、ほんたうの盛岡の美しい早春がわかるだらう」（宮沢清六「最初の手紙」『兄のトランク』ちくま文庫 平成三年十二月）と書いたような、自然と近代文明が融合した盛岡の街としての美しさを描きたかったのだろうと思う。

しかし、下書稿の手入れでは、光と街だけでは、賢治が感じたような、黄昏時のうらさびしいような気持ちがうまく表現できないと考えたのか、「まひるを青き瓦斯の火や／酸のけぶりに胸いたみ」と、実験室での様子、また、こうした薬品のせいで胸を患ったという大正七年当時、賢治が抱えていた問題が重ねられるようになったのだろう。また、もう一つの悩みとして「きみをおもふ日のつのりしか」、「誰にもあらぬひとを恋ひ／こゝろせわしきいちにちの／ブンゼン燈をはなるれば」などの詩句も、この段階で書き連ねている。

高等農林学校時代の賢治の恋愛についてはほとんど知られていないが、「「文語詩篇」ノート」の末尾に「農林第二年第一学期」として、「Zweite Liebe／果樹園」（「Zweite Liebe」とはドイツ語で「第二の恋」）と書き記されており、また、同じノートの「1916」「四月 高農二年」の項にも、「そのひとのきみにのみ話しかくるは／かくまでもきみのうるはしきにや。／砲台、波の明滅」という書き入れもある。文語詩に虚構はつきものだが、このノートにまで虚構を書き付けたとは、他の例から言っても考えにくいので、賢治はこの頃、「Zweite Liebe」にあたるものを経験し、その時の思いを大正七年の時に見た岩手公園からの風景に重ねようとした可能性もあると思う。

高等農林の二年と言えば、同性愛的に語られることもある保阪嘉内が入学して、賢治とは寮の同室ともなっているから、もしかしたらそれを指す可能性もある。賢治に同性愛的な傾向があったのかと訝る人もあるかもしれないが、たとえば江戸川乱歩は、「乱歩打明け話」（「大衆文芸」報知新聞社出版部 大正十五年九月）で、「つまりよくある同性愛のまねごとなんです。それが実にプラトニックで、熱烈で、僕の一生の恋が、その同性に対してみんな使いつくされてしまつたかの観があるのです」と書き、「その後の恋知らず」の理由をそこに見出そうともしている。森鷗外の「ヰタ・セクスアリス」（「スバル」明治四十二年七月）にも、「学校には寄宿舎がある。授業が済んでから、寄つて見た。ここで始て男色といふことを聞いた」とあって、主人公が上級生に襲われるシーンを描いているし、夏目漱石も『こゝろ』（「朝日新聞」大正三年四月～八月）で、「先生」は大学生である「私」に向かって、「恋に上る楷段なんです。異性と抱き合ふ順序として、まず同性の私の所へ動いて来たのです」と言わせており、ことさらに騒ぎ立てるほどの〈異常〉な心情でもない。

ところで、「Zweite Liebe」に併記される「砲台、波の明滅」

というのはなんだろう。「一学期」に内陸部の盛岡で、砲台や波の明滅を見る可能性はまずない。『年譜』を紐解いてみても、「一学期」にはこれにあたるようなヒントを見つけることができない。ただ、同年の三月十九日から三十日まで、賢治は仲間たちと共に修学旅行に行っており、関西一円を回った後、鳥羽から蒲郡まで船に乗っている。鳥羽は良港であったため、幕末には鳥羽藩によっていくつかの砲台が作られたというので、賢治が船上からこれを見た可能性は十分にある。ところがこれは保阪の入学する前のできごとなので、もし賢治の「第二の恋」が同性に対する思いのことであったとしても、それは保阪ではなく、一緒に修学旅行に行った同学年の友人であったということになる。そうすれば修学旅行の際のつらい嫉妬の経験と、それに耐える高農二年の一学期の日々を、賢治が詩化しようとしたと考えれば辻褄が合うことになる。「銀河鉄道の夜」に、「けれどもカムパネルラなんかあんまりひどい、僕といっしょに汽車に乗ってゐながらまるであんな女の子とばかり談してゐるんだもの。僕はほんたうにつらい」とあるシーンを対比させれば、修学旅行の船上で似たようなことがあり、それが「そのひとのきみにのみ話しかくるは／かくまでもきみのうるはしきにや。」と書かせたのではないかといった風に想像も広がっていく…

　ただ、盛岡高等農林学校時代の友人・高橋秀松（「賢さん」『宮沢賢治とその周辺』川原仁左エ門　昭和四十七年五月）によれば、高橋が船の中でうたたねをしていると、賢治が「勿体ない起きろ、向うに見える半島は知多だ渥美だ等と指さし「ひねもすのたりのたりのたりかな」と誰かの句まで引っぱり出し笑わせた」とのことなので、あまり「Zweite Liebe」のムードでもなかったかもしれない。

　ともあれ、下書稿㈡が恋愛の方向で推敲されることはなかった。

弧光燈《アークライト》は燃えそめて
羽虫もはやく群れたれど
東はるかに散乱の
さびしき銀は声もなし

なみなす丘のつらなりは
青きりんごのいろに暮れ
ひとりそばだつ高洞《たかぼら》山に
山火の痕ぞかぐろなる

まひるは青き瓦斯の火や
酸のけぶりに胸いたみ
ゆふべはこゝに商量の
むなしき日数つもりしか

アークライトにめくるめき

羽虫の群のあつまりつ
川と銀行木のみどり
まちはしづかにたそがる、

だいぶ定稿に近づくが、まだタッピング一家も現れず、起承転結の「転」にあたる部分に、研究のために胸を患い、公園にてむなしく商量（いろいろと考え推し量ること）したという部分が書き加えられるのみである。

　続く下書稿㈢では、転にあたる第三連が「まひるを経来し分析の／酸のけぶりに胸いたみ／わがしわぶけばあやしみて／ふりさけ見ゆく園つかさ」と、胸を患っていることがよくわかるように描き直される。が、次の手入れでは一・三連が削除されて、二・四連のみの二連構成となり、島田隆輔（後掲C）が言うように、「夕暮れのなかに青ざめて沈んでいく農山村」と「近代の灯しにみちびかれて美しく暮れゆく街」が対比されて描かれることになる。しかし、すぐに四連構成のプランが再浮上し、ここでタッピング家の面々が登場し、定稿になっていくわけである。

　島田（後掲C）は、この一連の改稿について「〈自伝性〉をその詩層のなかに沈めることで、詩層は〈共同性〉・〈社会性〉の視座に立ち、農山村と都市という風景の対置を果たした。そのうえで、異邦人を舞台にあげて岩手公園の近代性を強調して、飢饉の風土を「かなた」へと追いやるのである」とする。

　一方、沢口たまみ（後掲）は、〈自伝性〉の方を重んじ、「そのひとのきみにのみ話しかくるは／かくまでもきみのうるはしきにや。」という「「文語詩篇」ノート」のメモについて、「「そのひと」は、私の推理が正しければヘレンでしょう。賢治は、そのひとが「きみ」にばかり話しかけるので、気が気ではありません」。「年上の外国人宣教師、ヘレン・そして後輩だというのに、自分よりもずっとキリスト教にも詳しく、ヘレンとスマートに会話を交わす保阪」と、ヘレン・保阪を交えた三角関係が作品の背景にあったのではないかとしている。

　賢治と関わりのあった実在の人物を、文語詩においてもそのままの名前で呼んでいる例はあまりないことから、島田の言うように〈自伝性〉を詩層の中に沈めてしまったのだとは断定しにくい。かといって、沢口のようにどこまでも文語詩に自伝性を追い求めるのも無理がある。本論では、そのちょうど間くらいの視点、すなわち、賢治は岩手で出会った様々な人々（自分を含めて）の立場や心情を（時に虚構を大胆に交えながら）文語詩に描いたのだという立場から、推敲もだいぶ進んだ或る時、格好の題材としてタッピング一家のことが頭に浮かび、それを元にして定稿を書き付けたのではないかと考えたい。

　かつて「道の奥」とも「不来方《こずかた》」とも呼ばれた地に伝道のために訪れ、贅沢をするでもなく、自分の子どもたちには日本語を学ばせ、生涯を伝道に捧げたアメリカ人一家を、賢治は描こうとしたのではないかと思う。

ただ、㊢稿の手入れ段階というギリギリのタイミングで突然タッピング家を登場させたことを考えると、賢治には「一百篇」全体の構成として、どうしてもキリスト教徒、あるいは外国人を登場させなければならない理由があったように思えるのである。島田隆輔（「〈写稿〉論」『文語詩稿叙説』）によれば、プジェー神父が登場する「浮世絵」も、「一百篇」でしか採用されることのない青インク㊢稿なのだという。つまり「五十篇」の編集が終わって、「一百篇」を編集する段階になって急に採用が決まった作品であるらしい。「五十篇」には登場しない外国人が、「一百篇」のみに、しかもギリギリの時期に登場しているのは、「一百篇」全体の編集意図が関わっているように思えるのだが、詳しくは終章（信時哲郎 後掲B、C）を参照されたい。

先行研究

長岡輝子A「タピングさん」（「賢治研究7」宮沢賢治研究会 昭和四十六年四月）
小沢俊郎「文語詩「岩手公園」稿」（「賢治研究14」宮沢賢治研究会 昭和四十八年八月）
中村稔「鑑賞」（『日本の詩歌18 新訂版 宮沢賢治』中央公論社 昭和五十四年九月）
吉本隆明・原子朗「賢治の言語をめぐって」（「国文学 解釈と教材の研究29―1」学燈社 昭和五十九年一月）
上田哲「賢治とキリスト教」（『宮沢賢治 その理想世界への道程』明治書院 昭和六十年一月）
長岡輝子B「わたしの賢治」（「彷書月刊」弘隆堂 昭和六十二年七月）
長岡輝子C「さようなら、ヘレンさん」（『ふたりの夫からの贈りもの』草思社 昭和六十三年四月）
小林功芳「タッピングの家の人々」（「英学史研究21」日本英学史学会 昭和六十三年十月）
島田隆輔A「「文語詩稿」構想試論『五十篇』と『一百篇』の差異」（「国語教育論叢4」島根大学教育学部国文学会 平成六年二月）
三谷弘美「賢治文語詩における深層と表層」（「賢治研究64」宮沢賢治研究会 平成六年九月）
萬田務「宮沢賢治の詩の世界」（『宮沢賢治自然のシグナル』翰林書房 平成六年十一月）
天沢退二郎「宮沢賢治の「恋」・「こひびと」の謎」（『《宮沢賢治》注』筑摩書房 平成九年七月）
原子朗「ことば、きららかに」（「十代17―12」ものがたり文化の会 平成九年十二月）
栗原敦「Q&A 定稿用紙の失われた「文語詩稿 一百篇」作品」（「宮沢賢治研究 Annual8」宮沢賢治学会イーハトーブセンター 平成十年三月）
須田浅一郎「文語詩「岩手公園」の生い立ち」（『宮沢賢治に酔

う幸福』日本図書刊行会 平成十年三月）
吉田敬二「岩手公園」（『宮沢賢治 文語詩の森』）
宮沢健太郎「『文語詩稿一百篇』」（『国文学 解釈と鑑賞65―2』至文堂 平成十二年二月）
吉田精美A「盛岡市内丸・岩手公園」（『新訂 宮沢賢治の碑・全国版』花巻市文化団体協議会 平成十二年五月）
吉田精美B「盛岡市内丸・盛岡市役所裏・詩歌の散歩道」（『新訂 宮沢賢治の碑・全国版』花巻市文化団体協議会 平成十二年五月）
浜下昌宏「賢治と女性（1）ミス・タッピングのこと」（『妹の力とその変容 女性学の試み』近代文芸社 平成十四年三月）
杉浦静「テクスト・クローズアップ② 賢治晩年の文語詩」（宮沢賢治学会イーハトーブセンター会報26 スズラン」宮沢賢治学会イーハトーブセンター 平成十五年三月）
黒沢勉「賢治作品に見る盛岡」（「宮沢賢治学会イーハトーブセンター会報28 サクラソウ」宮沢賢治学会イーハトーブセンター 平成十六年三月）
島田隆輔B「〈写稿〉論」（『文語詩稿叙説』）
吉本隆明A「詩学叙説 七・五調の喪失と日本近代詩の百年」（『詩学叙説』思潮社 平成十八年一月）
吉本隆明B「孤独と風童」（『初期ノート』光文社文庫 平成十八年七月）
吉本隆明C「再び宮沢賢治氏の系譜について」（『初期ノート』光文社文庫 平成十八年七月）
沢口たまみ「賢治をめぐる女性たち」（『宮沢賢治 愛のうた』盛岡出版コミュニティー 平成二十二年四月）
島田隆輔C「定稿化の過程」（「宮沢賢治研究 文語詩集の成立」）
小林俊子「詩歌」（『宮沢賢治 絶唱 かなしみとさびしさ』勉誠出版 平成二十三年八月）
信時哲郎A「宮沢賢治「文語詩稿 一百篇」評釈一」（「甲南女子大学研究紀要 文学・文化編49」甲南女子大学 平成二十五年三月）
佐藤竜一A「タッピング一家と宮沢賢治」（「賢治学2」東海大学出版部 平成二十七年六月）
島田隆輔D「2 岩手公園」（「宮沢賢治研究 文語詩稿一百篇・訳注Ⅰ」〔未刊行〕平成二十九年一月）
佐藤竜一B「ヘンリー・タッピング 英語への窓」（『宮沢賢治 出会いの宇宙 賢治が出会い、心を通わせた16人』ジールサック社 平成二十九年八月）
信時哲郎B「「五十篇」と「一百篇」 賢治は「一百篇」を七日で書いたか（上）」（「賢治研究135」宮沢賢治研究会 平成三十年七月↓終章）
信時哲郎C「「五十篇」と「一百篇」 賢治は「一百篇」を七日で書いたか（下）」（「賢治研究136」宮沢賢治研究会 平成三十年十一月↓終章）

3　選挙

（もつて二十を贏《か》ち得んや）　はじめの駑馬《うま》をやらふもの
（さらに五票もかたからず）　雪うち噛める次の騎者
（いかにやさらば太兵衛一族《まき》）　その馬弱くまだらなる
（いなうべがはじうべがはじ）　懼る、声はそらにあり

大意

（これで二十票は得られるはずだ）　はじめののろい馬を走らせる者
（さらに五票も確実だろう）　雪を噛んでいるのは次の騎手
（それでは太兵衛の一族はどうだろう）　それは弱々しいマダラの馬
（いや、わからないわからない）　怖れる声が空に響く

モチーフ

賢治の父・政次郎は町会議員を四期務めたが、おそらくは選挙の際のドタバタした経験などを元にして、選挙を競馬とアレゴリカルに描いた作品。大正十五年には花巻にも花牧競馬場が開設されたが、そんなことも賢治の頭にはあったのだろう。政次郎は昭和

四年四月の選挙で落選し、まだその記憶も新しい昭和七年八月に、本作は「女性岩手 創刊号」に掲載されている。賢治と父の意識、同時代の読者がどう受け止めたかについて考えてみるのも興味深い。

語注

駑馬《うま》 歩みのおそい馬、転じて才のない人物のこと。普通は「どば」と読む。

太兵衛一族《まき》 岩手では一族のことを「まき」と呼ぶ。宮沢家も「宮沢マキ」と呼ばれていたという。

うべがはじ 正しくは「うべなはじ」。「了解できない」の意味。『定本語彙辞典』には「正しくは「うべなは（わ）じ」と言うところを、同じ意味の「うけがは（わ）じ」と言う語もあるので、賢治は両方を混用して「うべがは（わ）じ」と書いたと思われる。文語詩（補遺詩篇）[〔かくてぞわがおもて〕]にも「われまたこれをうべがへば」とある。こちらは肯定」とある。

評釈

黄罫（220行）詩稿用紙表面に書かれた下書稿のみ現存（タイトルは「選挙」。これ以降も同じ。青インクで㊢）。原稿は確認できないが「女性岩手 創刊号」（女性岩手社 昭和七年八月）発表形。また、昭和二十三年頃までは定稿の存在が確認されていた。『新校本全集』には『十字屋版宮沢賢治全集』掲載の本文が採用されている。『新校本全集』によれば、「他の詩から考えると、句読点もあったと思われる」とのこと。

「女性岩手 創刊号」に、「五十篇」の「民間薬」とともに掲載されている。漢字の表記等の他、定稿の「（いかにやさらば太兵衛一族《まき》）」が「（太兵衛の一族はいかならん）」となっている点を除けば、内容は定稿とほぼ同じ。

「〔文語詩篇〕ノート」の「34 1929」の項に、「父撰挙落選」とあり、赤インクで×印が付されている。『新校本全集』には「文語詩作成済みの意味でつけたもののように思われる」とあるが、おそらくそのとおりであろう。

賢治の父・宮沢政次郎は成功した商人であり、浄土真宗の熱心な信徒であったことも知られるとおりだが、『新校本全集』に掲載されている「履歴書」（昭和二十六年十月に叙勲申請のために書かれたものという）によれば、花巻で町会議員を四期務めている。昭和四年四月に花巻町と花巻川口町が合併され、最初の選挙が行われるが、政次郎は投票総数二千四百七十三票のうち、六十票しか獲得できずに落選した。前回（大正十四年）の選挙では、トップ当選を果たしていたが、昭和四年の落選以降、立候補することはなかったという。

岡井隆（後掲）は「「二十」とか「五票」とかいうのは、おそらく血縁地縁をもとに政党の利害がからむ、票よみの話として、かなり現実味をもった」のではないかといい、森三紗（後掲）

は政次郎の票数は、当選者との差がわずかに四票でしかないことから、「「五票もかたからず」といったセリフにも、リアリティが感じられる」という。島田隆輔（後掲C）は、最終行については、賢治自身が選挙の結果をふまえて自分の思い、すなわち「（いやちがう　ちがうぞ！）　落選をおそれるその声は天上にうずまきつづけるよ」とする。

栗原敦・杉浦静「阿部晁「家政日記」による宮沢賢治周辺資料」（「宮沢賢治研究 Annual15」宮沢賢治学会イーハトーブセンター　平成十七年三月）には、大正十三年から昭和九年まで湯口村村長を務め、宮沢家とも交流の深かった阿部晁の日記の一部が公開されているが、昭和四年四月二十八日の記事として「宮政ノ落選ハ院長ノ一五点ニ欺カレタタメ」とある。花巻病院院長で、政次郎・賢治とも交友のあった佐藤隆房の票読みが当たらなかったということだろうか？　もしかしたら、本作は政次郎・賢治の父子、阿部、佐藤らが同席して票読みをしていた現場を取材した生々しい実感のこもる詩だったのかもしれない。

佐藤隆房（「町会議員」『宮沢賢治　素顔のわが友』桜地人館　平成八年三月）によれば、大正十四年の春、花巻農学校の同僚（武道）で同級生だった照井謙次郎に、賢治は次のように語ったという。

「家の父親《おやじ》は、あれでなかなか悟ったようなことを言っているが大変なものですよ。いくら私が止めても町会議員に出ると言ってきかないでやっているのだが、ああいうことにどのくらい魅力があるもんだか分からないなあ。おれは不幸者で、お父さん、うんとやりなさいというような応援はとても出来ないなあ。あんなことをやって、町会議員になってどういうことになるんだろう」

と、お父さんに同化出来ない、いわゆる親不孝を語っていました。

その話の後で、その日にもらった月給の全部を謙治郎《ママ》君に差し出して

「あのう、これで父親《おやじ》の選挙事務所の人たちにお酒でも上げるようにして下さい。きっとみんな、骨折っているでしょう」

ちなみにこの照井は、この選挙の後、ちょっとした事件を起こしている。或る時、職員室で照井たちが校長の畠山英一郎も交えて談話していた時、畠山が政次郎には投票しなかったことを告げると、義憤に駆られて校長の顔を殴りつけ、椅子ごと転倒させて目の下から出血させたという。驚いて同僚の白藤慈秀が止めると、照井は職員室を出て行くが、今度は屋外から石ころを拾って引き返し、あわてて白藤らが羽交い締めにして止めたという。賢治はその時、たまたま授業中であったというが、後で騒動について聞くと、もう農学校をやめると言って聞かなかったらしい。校長はやがて転任し、白藤らは賢治に、直接関

わりのないことだからとなだめて、ようやく辞職を思いとどまらせたのだという。賢治が翌大正十五年に農学校を退職した理由は、今もわかっていないが、その理由の一つとして、この選挙後の騒動も関連していたとも言われている（森荘已池「或る対話」『宮沢賢治の肖像』津軽書房 昭和四十九年十月）。賢治は「「文語詩篇」ノート」の「30 1925」「四月」の項に「照　暴力」と書き付けており、おそらくこの騒動を指すのだと思われるが、これを文語詩化することはなかったようだ。

賢治の教え子でもある小原忠（後掲）はこんな風に書いており、当時の花巻の様子がよくわかる。

激しい選挙戦が町を挙げて展開され、父思いの清六さんが私の家に来られて私に依頼された事がある。私は父に強く頼んだが父は言下に断わり取りつく島はなかった。栗木（父の実家の屋号）の一族《まき》として当然のことであったが、当時、私は父の頑固さを恨んだ。この時であったと思うが政次郎氏も大方の予想を裏切って初めて落選した。このことは宮沢家にとっても非常にショックな出来ごとで、その後政次郎氏は二度と町議に立たなかった。賢治は後で私に、清六が君の所に頼みに行ったそうだが、困ったただべ、と詫びられた。町議としても陰に陽に農学校や賢治の教員の仕事を助けてくれた父ではあったが、賢治は人をけ落として争う醜い選挙を嫌悪して止まなかったようである。

さて、森三紗（後掲）は、「賢治が最も多感な一〇歳の頃から三三歳まで、トップ当選を果たしたこともあった町会議員の父が、社会の流れの変化に呑まれ落選した痛ましい体験と、選挙は懼れるべき魔物であることを啓示しているのではないだろうか」とし、「選挙という身近な題材を詩にし、それを、諷刺のきいた滑稽味のある対話で表現した」とする。心底から応援する気にはなれなくても、給料を全て選挙事務に携わった人に差し出してしまうような親思いの賢治だから、身内の落選には寂しさも覚えただろう。

ただ、「何分にも私はこの郷里では財ばつと云はれるもの、社会的被告のつながりにはいってゐるので、目立ったことがあるといつでも反感の方が多く、じつにいやなのです。じつにいやな目にたくさんあって来てゐるのです。」（昭和七年六月二十一日 儀府成一宛書簡）と書いていたことは忘れてはなるまい。政次郎が選挙に敗れたのは、花巻町が花巻川口町と花巻町が合併して最初の選挙で、納税額による制限選挙が解かれて二回目にあたる町会議員選挙であった。が、この時、岩手無産党の候補・島理三郎が六十五票で当選している。昭和三年二月の第一回普通選挙（衆議院選挙）の際、賢治が労農党の選挙運動をバックアップして、謄写版と金二十円をカンパしたことはよく知られるところだが、結局、労農党の候補であった泉国三郎は敗れている。ただ、花巻町議選では無産党の候補者が奇しくも「五票」の差をつけて政次郎に勝っているのである。この敗戦は、賢治にとって、かつて一級町議（一級と二級が分けられており、得票数が少なくても当選できた）という特権階級であった政次郎が、大衆的な信望を得ることができない時代になったということを認識させたかもしれない。

　大衆の時代を象徴するもう一つのできごととして、花牧競馬場の開設をあげることもできるかもしれない。岩手県では、馬産地であったことから、古くから競馬がさかんで、「明治初めまで盛岡・八幡宮、水沢・駒形神社の境内馬場（直線コース）で奉納競馬が行われてきた」（『新版岩手百科事典』）という。これが近代競馬に発展し、現在の盛岡競馬場・水沢競馬場に至っているが、大正十五年には花巻にも花牧競馬場が開設されている。一周千六百m、幅員二十五mという施設であったが、参加頭数も売上も低迷し、昭和十二年に廃止された。賢治がこの競馬場について何かを書き残したということはないようだが、本作品を書く上で、賢治は花巻町議選の「投票」と花牧競馬場の「優勝馬投票」（昭和二年八月制定の「地方競馬規則」による）は、当然、重ねていたと思われる。

　賢治は競馬で熱狂する人について短編「二人の役人」の中で、役人たちが「競馬などで酔って顔を赤くして叫んだりしてゐ」たことを書いたが、選挙事務所の中で白熱した議論を交わす人々のことを、やはり「酔って顔を赤くして」いるのだと、どこか冷めた目で見ていたのだろうと思う。しかし、その中には、大衆の持つパワーに対する素朴な驚きと共感が、そして、滅び行く階級としての宮沢家の将来を、どこかほろ苦く凝視していたようにも思えるのである。

先行研究

小原忠「『女性岩手』と賢治作品」（「賢治研究8」宮沢賢治研究会 昭和四十六年八月）
中村稔「鑑賞」（『日本の詩歌18 新訂版 宮沢賢治』中央公論社 昭和五十四年九月）
岡井隆「林館開業 選挙 ふたたび「文語詩稿」を読む（1）」（『文語詩人 宮沢賢治』筑摩書房 平成二年四月）
栗原敦「Q&A 定稿用紙の失われた「文語詩稿 一百篇」作品」（「宮沢賢治研究 Annual8」宮沢賢治学会イーハトーブセンター 平成十年三月）
島田隆輔A「再編論」（『文語詩稿叙説』）
島田隆輔B「再編稿の展開」（「宮沢賢治研究 文語詩集の成立」）
信時哲郎「宮沢賢治「文語詩稿 一百篇」評釈一」（「甲南女子大学研究紀要 文学・文化編49」甲南女子大学 平成二十五年三月）
島田隆輔C「3 撰挙」（「宮沢賢治研究 文語詩稿一百篇・訳注I」〈未刊行〉平成二十九年一月）
森三紗「文語詩「選挙」考」（『宮沢賢治と森荘已池の絆』コールサック社 平成二十九年四月）

4　崖下の床屋

①あかりを外《そ》れし古かゞみ、　客あるさまにみまもりて、
啞の子鳴らす空《から》鋏。

②かゞみは映す崖のはな、　ちさき祠に蔓垂れて、
三日月凍る銀斜子《なゝこ》。

③沍《いて》たつ泥をほとほとと、　かまちにけりて支店長、
玻璃戸の冬を入り来る。

④のれんをあげて理髪技士、　白き衣をつくろひつ、
弟子の鋏をとりあぐる。

大意

灯りのあたっていない古い鏡を、客がいるかのようにして見ながら、聾啞の子は鋏を鳴らしている。

鏡には崖の先が映っており、小さな祠にはツル草が垂れ、三日月の光は冷たく、銀色の魚子模様のように凍っている。

凍てついた靴の泥をほとほとと、支店長は入り口のかまちを蹴り落とし、

ガラス戸を開けると店には真冬の冷気が入って来る。
客に気づいた理髪技士は暖簾を上げて、白衣を整えると、
練習中だった弟子の鋏を取り上げた。

モチーフ

商売をしていれば「客―店主―弟子」という順序は生まれて当然だとも言えるが、本作ではこの序列が「支店長―理髪技士―唖の子」となっており、弟子が障害を抱えているため、その序列が一層きわだつことになっている。「床屋」は、江戸期の『浮世床』を例に出すまでもなく、さまざまな階級に属するものが一同に会する場所であるが、賢治は誰もあまり気に留めないような日常生活の中の一シーンをあえてクローズアップし、低位に位置付けられた聾唖者の立場について注目させようとしたのだろう。

語注

斜子《なゝこ》　斜子は魚子とも書く。彫金技法の一つで、金属の表面に細かい粒が魚卵のように並んでいるように見せるもの。三日月の光をたとえたもの。「春と修羅　第二集」の「三三五〔つめたい風はそらで吹き〕一九二五、五、一〇、」に「銀斜子の月も凍って」、「三三六　春谷暁臥　一九二五、五、一一、」に「凍った斜子の月」とあり、「五一一〔はつれて軋る手袋と〕一九二五、四、二、」の下書稿にも「凍った銀の斜子の月が」とある。『新校本全集』の『索引』による限り、本作を含めて、いずれも「銀」「凍る」「月」とセットで使われている。

沍《いて》たつ泥　「沍」は、かれる、ふさぐ、こおるの意味を持つ。「沍たつ」は、定稿の手入れ段階で「沍たる」から改められた。島田隆輔（後掲C）は、「動詞化する手入れをして、凍りつくほど寒い夜の状態を強調」したのだとするが、そのとおりであろう。

かまち　店の入り口のガラス戸の枠の部分。

評釈

黄罫（26０行）詩稿用紙表面に書かれた下書稿㈠（鉛筆で了）、その裏面に書かれた下書稿㈡（タイトルは「床屋の弟子」）、黄罫（22０行）詩稿用紙表面に書かれた下書稿㈢（タイトルは「崖下の床屋」。鉛筆で㊢）、定稿の四種が現存。生前発表なし。

先行作品や関連作品について、島田隆輔（後掲D）は「〔冬のスケッチ〕」の第二四葉に「かれ草は水にかれ／そらしろびかり

／崖の赤砂利は暗くなる」が下書稿㈠につながる可能性を指摘している。

泉沢善雄（「賢治エピソード落穂拾い 第二十話 花巻の町並み三題」「ワルトラワラ39」ワルトラワラの会 平成二十七年十一月）によれば、賢治は実家のある豊沢町にあった佐々木床屋を訪れ、「会計の段になると必ず現在の五百円相当の心付けを置いていくので、「さすが良いところ（裕福な家）の息子さんだな。」」と思われていたとのことだが、豊沢町は崖下ではない。『宮沢賢治生誕百年記念特別企画展 図録 広がりゆく賢治宇宙19世紀から21世紀へ』（宮沢賢治イーハトーブ館 平成九年八月）所載の「花巻駅付近町並図（昭和の初めのころ）」には、瑞興寺（花巻市坂本町）脇に「床屋」の表示があり、文字どおり「崖下」にあたることから、モデル候補の一つとして考えてみてもよいかもしれない。下書稿㈠には「かの赤砂利の崖下の」とあるが、榊昌子（「うろこ雲」『宮沢賢治「初期短篇綴」の世界』無明舎出版 平成十二年六月）も書くように、「初期短篇綴等」の「うろこ雲」にも、「お城の下」を歩き、やがて「夜の赤砂利、陰影だけで出来あがった赤砂利の層」を通りかかったとあるので、このあたりがイメージされているのかもしれない。

さて、下書稿㈠の初期形態は次のとおり。

かなしみいとゞ青ければ
かの赤砂利の崖下の
啞のとこやに行かんとす

さいかちのえだ、ふぢもつれ
みかづき凍る銀なゝこ

凍りし泥をうちふみて
かの赤砂利の崖下の
啞のとこやに急ぐなり

小沢俊郎（後掲）は、「この詩の最初の主題は、わがかなしみのゆえに、同じくかなしく不幸に耐えている啞の子の床屋へ足を向けたという作者の思いにある」とする。しかし、推敲の過程で賢治は「主情的なものを極力切り捨て」、「題材の羅列・素材への寄りかかり」を避けながら定稿に至ったのだとし、本作品とその制作過程から文語詩稿全体の性格を展望している。

また、島田（後掲A）は、「「弱者」のがわにあって、「強者」を描こうという姿勢」を読み取ろうとしており、「近代を標榜するこの時代にあっても、とりのこされつづけている非近代的な世界をみつめようとしている詩想に支えられているのではないか」（後掲B）と読み進める。

さらに島田（後掲C）は、「ろう者は旧民法では準禁治産者とされていた。その就業も、洋裁・木工・理容などの技能職にかぎられがちであった」とし、岩手県には明治四十四年に私立岩手盲唖学校が設立され、大正十四年に県立に移管、中等部には裁縫科と工芸科があったが、理容科の設立は昭和十九年だという。そして島田は、「とすれば、「崖下の床屋」の弟子は、理容の基礎教育を受けることなく、理髪店にいきなりに弟子入りしているということであろう」と論を進めるが、そうしたことを押さえると、「唖の子」が、客もいない、そして技術を教えてくれるはずの「理髪技士」さえいない店内で、鏡を見ながら鋏を動かす哀れさが、一層、浮かび上がってくるように思える。

東京盲唖学校（現・筑波大学附属視覚特別支援学校、同聴覚特別支援学校）校長を務めるなど、初期の盲教育・聾唖教育に貢献した小西信八（「盲人教育と唖人教育」『小西信八先生存稿集』小西信八先生存稿刊行会 昭和十年十一月）は、

> 盲人は自然他人の同情を惹き易き境涯に在りて一瞥怜悧の情を促し惻隠の心を動すに反して聾唖者の不自由を他人が認識する機会は多くないからいつ迄も見逃さるゝ不利があるのと盲人自身が躍起となりて有志者に懇談切望して学校の設立や金品の寄附を促すのに聾唖者中にはかゝる事に奔走尽力するためには言語の不自由が大障碍となつて出来ない、盲人は卒業後マッサージ師や按摩手となつたり鍼医や琴師匠となつて医師格師匠株で尊敬の意を以て接待せらるるに聾唖は縦令常人に劣らない技能があつても言語不自由のために喜んで之を使用する者少く偶之を使用する者あればとて低給で酷使に近くはないかと疑はれる程の事さへあるので、よくても職工の待遇に過ぎない

と書いているが、「一百篇」の「〔雪げの水に涵されし〕」でも「耳しひの牧夫」を登場させた賢治であるから、おそらく小西が指摘したような事情も知っていたのだと思われる。

もう一つ言及しておきたいのは、「床屋」という場所についてである。式亭三馬に『浮世床』があり、江戸の庶民は床屋に集まっては、さまざまな噂話などを交わしたことが知られているが、本作でも「唖の子」と「支店長」という普通はなかなか同席することのない者同士が出会う場所となっている。

賢治作品における床屋について振り返ってみると、たとえば「初期短編綴等」には「床屋」（末尾に制作日を表わすと思われる「1921.6.-」）があった。サブタイトルには、賢治が大正十年に家出上京した際に住んでいた「本郷区菊坂町」とあることから、多分に賢治の実体験が織り込まれたものだと思われるが、ここでは賢治自身とも思われる客と理髪師の軽妙な会話が展開される。

> 九時過ぎたので、床屋の弟子の微かな疲れと睡気とがふっと青白く鏡にかゝり、室は何だかがらんとしてゐる。
> 「俺は小さい時分何でも馬のバリカンで刈られたことがあるな。」

「えゝ、ございませう。あのバリカンは今でも中国の方ではみな使って居ります。」

「床屋で?」

「さうです。」

「それははじめて聞いたな。」

「大阪でも前は矢張りあれを使ひました。今でも普通のと半々位でせう。」

「お郷国はどちらで居らっしゃいますか。」

「さうかな。」

「岩手県だ。」

「はあ、やはり前はあいつを使ひましたんですか。」

「いゝや、床屋ぢゃ使はなかったよ。俺は大柢野原で頭を刈って貰ったのだ。」

「はあ、なるほど。あれは原理は普通のと変って居りませんがね。一方の歯しか動かないので。」

「それはさうだらう。両方動いちゃだめだ。」

「えゝ、嚙っちまひます。」


最後には、話が「プラトンのイデア界」にまでおよび、大正時代の床屋の店内でそんな会話が交わされていたとは思いにくいので、多分に虚構化されていたのだと思われるが、いずれにせよ異なった階級の者同士が意見を交わす場としての床屋という場所の性格は、ここにも十分に表われているといってよいと思う（「床屋」の冒頭には「九時過ぎたので床屋の弟子の微かな疲れと睡けとがふっと青白く鏡にかゝり」とあることから、「崖下の床屋」ともなんらかの関連があったのかもしれない。また、本郷の菊坂も「崖下」というべき場所であったから、このあたりをモデルにしていた可能性もある）。

かつて宮沢賢治と鉄道の関係に言及した際、「今以上に社会的な階層差が意識された時代であるにもかかわらず、数時間もの間、顔と顔をつきあわせなければならない車中空間は、見知らぬ同士の人間でも会話を始めやすい空間、いや、会話を始めねばならないような特殊な空間であったようだ」と書いたが（信時哲郎「宮沢賢治論〝鉄道の時代〟と想像力」「国文学 解釈と鑑賞74―6」ぎょうせい 平成十九年六月）、これは漱石の「三四郎」（「朝日新聞」明治四十一年九月～十二月）や志賀直哉の「網走まで」（「白樺」明治四十三年四月）、江戸川乱歩の「押絵と旅する男」（「新青年」昭和四年六月）などの近代文学作品において、なぜ列車内に乗り合わせた見ず知らずの人と言葉を交わし、なぜそこから始まる物語が描かれたのかについての答である。賢治作品でも「化物丁場」、「氷河鼠の毛皮」、「銀河鉄道の夜」などは、列車内での会話が重要な部分を占める物語であるが、電車内で化粧する女性が日常的に出現する今日であれば、こんな状況でお互いが言葉を交わすことは、まずないだろうと思われる。

W・シヴェルブシュは「仕切った車室《コンパートメント》」（『鉄道旅行の歴史』

法政大学出版局 昭和五十七年十一月）で、フランスの経済学者であったコンスタンチン・ベクールの言葉を引用する。

鉄道や汽船で皆で一緒にする旅行と、多数の労働者が工場に集まることが、自由と平等の感情とその習慣づけを異常なほどに促進する。鉄道は、驚くばかりに真に博愛的で社交的な関係樹立のために働き、平等のために、民主主義のアジ演説家の過激な言辞以上のことを果たすであろう。鉄道には、社会のあらゆる階層が集まり、相異なる運命、社会的地位、性格、態度、習慣、衣服からなる、いわばモザイクがここで形成されることになるので、上述のすべてが、やがて可能となるだろう。かくして、場所間の距離が縮小するばかりでなく、人間間の隔たりも同程度になくなることとだろう

もしも賢治の文語詩が「自らの境遇を嘆く人々や日々の労働に疲れた人々にとっての清涼剤ともなるように、折に触れて口ずさんでもらおうと思って捧げられたもの」（信時哲郎「はじめに 文語詩はどこに向かっていたか」『五十篇評釈』）であったとすれば、制作者である賢治が、民衆の中に、直接、詩の題材を求めに出たのは当然だろうし、中でも、直接的なコミュニケーションを取ることのできる床屋や列車を取材場所にしたことは理解できる。事実、文語詩稿には「車中」と題された作品が二篇ある他にも、様々な階層の人間たちが会する場所での作品として、小学校で開催された新年会に取材した作品（「〔雪うづまきて日は温き〕」、「来賓」など）、芸者をあげての宴会に取材した作品（「〔夜をま青き藺むしろに〕」、「雪の宿」など）、祭日に取材した作品（「祭日」二篇、「〔銅鑼と看板 トロンボン〕」など）など、枚挙に暇がない。

また、「崖下の床屋」の下書稿には「理髪技士」を「アーティスト」と書く段階があったが、このことについても触れておく必要があるかと思う。『定本語彙辞典』によれば、理髪アーティストとは「一九〇七（明治四〇）年創設の大日本美髪会（ジャパン・アーティスト・アソシエーション）の理髪術講習を修了した者に与えられた」もので、これは「毒蛾」（およびその発展形である「ポラーノの広場」）にも、「親方はもちろん理髪アーティストで、外にもアーティストが六人もゐる」とあり、主人公の「私」に、賢治は「この人たちがみんな芸術家なからです」と言わせている。本作では、生まれながらに「準禁治産者」の烙印を押された「唖の子」を邪険に扱う存在として登場するものの、賢治は決して理髪技士自体を糾弾しているわけではなさそうだ。むしろ、労働を楽しみ、近代化・西洋化していこうとする「アーティスト」として、農民を農民芸術家と捉えるのと同じようなすがすがしさで見ていたことも忘れてはならないと思う。

先行研究

小沢俊郎「崖下の床屋 賢治の文語詩」（『小沢俊郎 宮沢賢治論集3』有精堂 昭和六十二年六月）

岡井隆「林館開業 崖下の床屋　ふたたび「文語詩稿」を読む（2）」（『文語詩人 宮沢賢治』筑摩書房 平成二年四月）

島田隆輔A「〈写稿〉論」（『文語詩稿叙説』）

島田隆輔B「原詩集の輪郭」（「宮沢賢治研究 文語詩集の成立」）

島田隆輔C「原詩集の発展」（「宮沢賢治研究 文語詩集の成立」）

信時哲郎「宮沢賢治「文語詩稿　一百篇」評釈二」（「甲南国文60」甲南女子大学国文学会 平成二十五年三月）

島田隆輔D「4 崖下の床屋」（「宮沢賢治研究 文語詩稿一百篇・訳注Ⅰ」〔未刊行〕平成二十九年一月）

5　祭日〔一〕

①谷権現の祭りとて、　麓に白き幟たち、
むらがり続く丘丘に、　鼓の音《ね》の数のしどろなる。
②穎《は》花《な》青じろき稲むしろ、　水路のへりにたゞずみて、
朝の曇りのこんにやくを、　さくさくさくと切りにけり。

大意

谷権現の祭りなので、麓には白い幟が立ち、
むらがって続く山並みに、太鼓の音が響き渡る。
稲花はまだ青白いけれど、水路のへりに立って、
曇り空の朝にこんにゃくを、さくさくさくと切っている。

モチーフ

前半では秋の例祭が始まる寸前の様子を描き、後半ではそのための出店用にこんにゃくを切る農婦の姿が描かれる。ただ、秋の例祭を前にしての「穎花青じろき」は不吉である。また、「朝の曇り」もどこか不吉な陰に覆われているように読めてしまう。賢治が本作を発表したのは昭和七年十一月、東北地方に欠食児童が二十万人いたと言われる年の秋である。しかし、本作が「女性岩手」という雑誌に掲載されたことを思うと、岩手の窮状よりも、これに泰然として向き合おうとする庶民の姿を描くことが主眼であったようにも思える。

語注

谷権現　小沢俊郎（「語註」『新修宮沢賢治全集 第六巻』）は、「谷内《たんない》権現（丹内山神社）から発想した創作」とする。花巻市東和町谷内にあり、創建年代は不明だが、古くから信仰を集めていたようで、坂上田村麻呂が社殿を改築し、承和年中には空海の弟子・日弘が堂を作り、丹内山権現と称したという。ご神体は五ｍほどもあるアラハバキの巨石。壁面にふれることなく穴を通り抜けることができれば大願が成就するといわれる。例祭は旧暦の八月一・二日。弟の清六は、賢治祭の折、「祭日」を「まつりび」と読んだとのことで（赤田秀子「文語詩を読む その5 声に出してどう読むか？〔天狗茸 けとばし了へば〕を中心に」「ワルトラワラ16」ワルトラワラの会 平成十四年六月）、下書稿㈠にも「祭り日」とあるが、ここでは「さいじつ」と読むことにしたい。

穎花《はな》　稲の花のこと。種類にもよるが、東北では八月半ばに稲が開花するので遅めであるかと思う。島田隆輔（後掲A）は、「九月上旬頃にやっと咲く稲の花は異常な状況とみなければならない」としている。「朝の曇り」の言葉と共に、本作に不吉さをもたらしている。

こんにやく　下書稿㈠に「煮物をなして販りなん」とあることから、近隣の農婦が出店で売るための準備をしていたようだ。東和町で文化財調査委員をしていた小原昇（後掲）は、「旧暦8月1日・2日秋の例大祭ともなれば、前日の宵宮から遠近の崇敬者老若男女が集まってきて、境内の社務所・観音堂・麓の民家などに宿をとり互いに作柄や情報交換に夜を明かすのであった。そして両茶屋は勿論、水場の側には五十集屋の出店まで開店し、十文字豆腐もこんにゃくも対応に大忙しの有様であった。御堂右一段低い熊林家は、金津流鹿子躍の庭元で、三三五五集まってくる踊り組の連中は、道具の点検の他、締太鼓の調べ太鼓の打ち合いで、ザンコザン、ザンコザン、ザグスグスットと調子合わせが杉の森に響き、いよいよ祭りの誘いに心をかきたてるのである。新しい注連で〆られた第四の鳥居を通ると境内一面の賑やかな飾りやらガス燈の匂いやらで、子供の喜びの声がいりまじった情景が展開されたものである」と、大祭の様子を生き生きと書いている。

評釈

無罫詩稿用紙に書かれた下書稿㈠（タイトルは「青田の中の商店」から「祭日」へ。鉛筆で了⃝）、下書稿㈠の余白に書かれた下書稿㈡（タイトルなし。青インクで了⃝）、下書稿㈠・㈡の裏面に書かれた下書稿㈢（タイトルなし）、黄罫（220行）詩稿用紙に書かれた下書稿㈣（タイトルは「茶亭」から「煮売屋」）、下書稿㈣の裏に「煮売」のタイトルで書かれた下書稿㈤（鉛筆で㊢）、「女性岩手4」（女性岩手社 昭和七年十一月）発表形（タイトルは「祭日」。原稿なし）、定稿の七種があり、うち六種が現存。「未定稿」に「祭日〔二〕」もある。

島田隆輔（「初期論」『文語詩稿叙説』）は、『新校本全集』に指摘されていないが、「「文語詩篇」ノート」の「1910」との関連を考えている。そこには「九月 祭 first em.」とあるが、この年の例大祭は九月四・五日。祭りが始まる四日が日曜なので、当時、盛岡中学二年の賢治が訪ねた可能性がある。明治四十三年九月三日は中津川が氾濫して大洪水となったため、その翌日に谷内権現に赴いたとは考えにくいが、島田（後掲C）によれば『白堊校90年史』に、明治四十三年の九月三日から十二日まで大洪水で臨時休校したという。だとすれば、賢治が四日か五日に祭りに赴いた可能性は高くなる。もっとも盛岡が大水害の最中に、そうしたことが物理的・心情的に可能であったかどうか疑問の余地がないでもない。

　島田（後掲A）によれば、本作は初期段階にあたる昭和五年から六年頃に起稿されたというが、その下書稿㈠の初期形態は次のとおり。

谷権現の祭り日を
そら青々と晴れたれば
煮物をなして販りなんと
青き稲田をせなに負ひ
水路のへりにかゞまりて
ひとひら鈍き灰いろの
こんにやくをさくと切りにけり
モッペをうがち児を負ひて
青きパラソルかざしつゝ、
祭りに急ぐ農婦あり
はじめに店をうちのぞき
歪める梨と菓子とを見
次には切らるゝこんにやくを
や、ながしめにうちまもり
その故なにかわかねども
うらむがごときまなこして去る

定稿の内容は、前半部のこんにゃくを売る側のみが採用され、買いたいと思っている側の登場する後半がカットされてしまっている。これは掲載誌である「女性岩手4」に、「母」という総題でまとめられた本作を含む三詩のうちに、「一百篇」所収の「母」（もう一篇の掲載詩は、「一百篇」所収の「保線工手」）が掲載されたことと関わっていよう。

　「母」の「女性岩手4」発表形をあげてみる。

ゆきばかま黒くうがちし
うなゐの子瓜食《うりは》み来れば
風澄めるよもの山はに
うづまくや秋のしらくく《ママ》

その身こそ瓜も欲《ほ》りせん
齢弱《としわか》き母にしあれば
手すさびに紅《あか》き萱穂《かやぼ》を
つみ集《つど》へ野を過《よ》ぎるなれ

ゆきばかま（モッペとも言った）を着て、子どもを連れ、空腹を紛らせようとしている母親を描いているところなど、「祭日」の下書稿㈠の後半の情景と共通する所が大きいので、おそらくは重複を避けたのであろう。かくして黄罫（220行）詩稿用紙に新たに書かれた下書稿㈣では、

谷権現の祭りとて
丘丘は鼓《こ》のしどろなる

はるかに青き稲むしろ
水路のへりにただずみて
朝の曇りのこんにやくを
さくさくさくと切りにけり

あゝたゞなづく丘並《なみ》に
うづまきかかる白雲の群《むら》

と改められている。つまり祭日のこんにゃくさえ満足に買うことができないという貧困のテーマは「母」の方に譲ったわけである。

しかし、下書稿㈠における「そら青々と晴れたれば」を、下書稿㈣では「朝の曇り」や「うづまきかかる白雲の群」に変えることで作品のトーンを暗くしている。さわやか過ぎる農村詩に落ち着ける気はなかった、ということなのだろう。

先述のとおり、本作は「女性岩手4」に「母」という総題の元で書かれたものだが、雑誌が発行された昭和七年は、『定本語彙辞典』によれば、前年の凶作の影響を受け、七月に「農漁村の欠食児童数二〇万人突破と文部省発表。うち岩手県三五三九人」ともある飢饉の年であった。昭和七年の岩手県の作柄も、十アールあたり二百七十八kgと前年の二百五十kgよりはよかったものの、昭和五年や昭和四年を下回るものであったというから、佐藤栄二（後掲）のように「どうやら今年は豊作になりそうだ」という解釈をする読者は、少なくとも同時代にはいなかったと思われる。本作のアイディアが、島田（「初期論」前掲）の推測するとおりの一九一〇（明治四十三）年の取材によるものであったとしても、昭和七年秋頃に紙面を改めての改稿があったとすれば、おそらく賢治は昭和七年の視点を織り込んで定稿にまとめたのだろう。

ただ、「母」の「評釈」で、瓜を食べることができない母親に、必要以上に貧困の陰を見るべきではないとしたのと同じよう

に、本作でも「祭日」のこんにゃく煮売屋の店先で「うらむがごときまなこ」で立ち去った母親に、必要以上に貧困の陰を見るべきではないように思う。

もちろんこの農婦が裕福であったとは思えないが、食うや食わずの人間が、祭日の露店をひやかしにくることはないように思えるからだ。欠食児童が問題となり、農村の若い娘たちが身売りしなければいけなかった当時の岩手県内で、露店のこんにゃく煮売屋をひやかしにくるというのは、ずいぶん余裕があるようには感じられないだろうか。定稿における「顥花青じろき稲むしろ」や「朝の曇り」についても、その悲劇性はあくまで不吉な陰とでも言うべきもので、決定的な言葉にしていないことにも通じると思われる。

かくして、本作をただ「さくさくさく」という音が快いだけの作品だと捉えるのは問題であるにしても、東北の厳しい現実を示すだけの作品だと捉えるのも行き過ぎており、むしろ厳しい現実がひたひたと近づいていながらも、秋の例大祭で村がにぎわっている雰囲気こそ、賢治が描こうとしたものではないかと思えるのである。

というのも、本作の掲載された「女性岩手」は、「地方女性の為の」「実際行動の上に一つの指標を与えようとする」公器になろうと創刊された雑誌である（創刊前のパンフレット「女性公論発行について皆様へお願い」の中の言葉。『定本語彙辞典』による）。この趣旨から考えれば、岩手の女性たちに向かって、改めて賢治が岩手の暗部を付きつけようとしているというより、むしろ、そうした現実からどのように立ち上がっていくかの方に重点が置かれていたと解するべきだと思われるのである。

先行研究

小原忠「『女性岩手』と賢治作品」（「賢治研究8」宮沢賢治研究会　昭和四十六年八月）
儀府成一「社会主事　佐伯正氏　宮沢賢治の文語詩を繞って」（「啄木と賢治12」みちのく芸術社　昭和五十四年十一月）
対馬美香「「祭日〔一〕〔二〕」・「毘沙門の堂は古びて」考」（「雪渡り　弘前・宮沢賢治研究会会誌5」弘前・宮沢賢治研究会　昭和六十二年九月）
島田隆輔A「詩の場の変容・《社会性》の獲得」（「島大国文23」島大国文会　平成七年二月）
小原昇「谷内権現への原風景「祭日」に思う」（「宮沢賢治記念館通信68」宮沢賢治記念館　平成十一年十一月）
中野由貴「イーハトーヴ料理館⑩【新】校本宮沢賢治全集　校異篇をたべる　その3」（「ワルトラワラ12」ワルトラワラの会　平成十一年十一月）
赤田秀子「文語詩　語注と解説」（『林洋子ひとり語り　宮沢賢治』クラムボンの会　平成十二年二月）
浜下昌宏「賢治と女性（3）文語詩に見る〈女たち〉への眼

差し」（『妹の力とその変容 女性学の試み』近代文芸社 平成十四年三月）
佐藤栄二「「祭日㈠」をよむ」（『宮沢賢治 交響する魂』蒼丘書林 平成十八年八月）
島田隆輔B「再編稿の展開」（「宮沢賢治研究 文語詩集の成立」）
信時哲郎「宮沢賢治「文語詩稿 一百篇」評釈二」（「甲南国文60」甲南女子大学国文学会 平成二十五年三月）
米地文夫・一ノ倉俊一・神田雅章「南部北上山地における毘沙門道と谷権現の字空間的位置 宮沢賢治のまなざしが捉えたもの」（「総合政策15―1」岩手県立大学総合政策学会 平成二十五年十一月）
島田隆輔C「5 祭日」（「宮沢賢治研究 文語詩稿一百篇・訳注Ⅰ」〔未刊行〕平成二十九年一月）

6　保線工手

①狸《マミ》の毛皮を耳にはめ、　シャブロの束に指組みて、
うつろふ窓の雪のさま、　黄なるまなこに泛べたり。
②雪をおとして立つ鳥に、　妻がけはひのしるければ、
仄かに笑まふたまゆらを、　松は畳めり風のそら。

大意

狸の毛皮で耳を覆い、シャベルの取っ手部分で指を組みながら、窓外に流れてゆく雪のさまを、黄色くなった眼に浮かべている。

雪を振るわせて飛び立つ鳥たちの様子から、妻の立ち居振る舞いが強く思い出されると、微かに笑みが生まれた時に、風の吹く空の下で松の木は窓外でおり畳まれていくように見えた。

モチーフ

保線工手が車窓に鳥の姿を認めたことから妻を思い出して笑みを浮かべているという作品。鳥の姿を見て自分の妻を思い出すというのは、状況として想像しにくいが（まして第三者が鳥の姿から妻を想像しているだろうと、たまたま同じ列車に乗り合わせただけの人間が気づくことは、まずない）、窓外に仲睦まじいツガイの鳥（あるいは子連れの鳥）の姿でも見えたのならば、状況は理解できる。本作には、ほのかにエロティシズムが漂っていることが指摘されているが、「女性岩手」への寄稿ということを考えると、エロティシズムよりは、円満な夫婦や幸福な家族の肖像を提示しようという思いの方が強くあったように思う。

語注

保線工手　鉄道線路や付属する建造物等の維持や修繕を行う人のこと。段裕行（「宮沢賢治と鉄道 植民地化された身体」「昭和文学研究43」昭和文学会 平成十三年九月）は、『最近調査 就職之手引』（盛文社 明治四十四年十二月）に鉄道工夫が「学力を要せざる職業」として紹介され、『各種職業 青年無学資立身法』（実業之日本社 大正六年十一月）には、「駅夫と言へば、甚だ賤しいやうであるが、漸次昇進の道が開けて居るから、不幸にして教育を受けることのできなかった者は、此方面から進むも亦一方案である」とあることを紹介している。「詩ノート」の「一〇八八 祈り 一九二七、八、二〇」にも、「倒れた稲を追ひかけて／これからもまだ降るといふのか／一冬鉄道工夫に出たり／身を切るやうな利金を借りて／やうやく肥料《こえ》もした稲を／まだくしゃくしゃに潰さなければならぬのか」と書いていることから、鉄道工夫の仕事の厳しさ、待遇の悪さが予想される。ただし、『函館市史 デジタル版』で「国鉄職員の給与」(http://archives.c.fun.ac.jp/hakodateshishi/tsuusetsu_03/shishi_05-02/shishi_05-02-04-05-04-05.htm)を見てみると、大正十二年度における国鉄職員の給与は、運輸事務所長や保線事務所長などの高等官が月給二百～三百円台と高い一方、労働力の主力は雇傭人（吏員ではなく雇用契約によるもの）で、給与月額は駅手が三十三・二円、転轍手四十七・〇円、貨物駅手五十三・四円、制動手三十九・六円、保線工手五十・一円であったという。『物価の文化史事典』によれば、大正十二年の東京都の公立小学校教員の初任給が四十～五十五円であったということなので、決して悪すぎる待遇だとも言えない。ただ、同一日の取材による「〔萌黄いろなるその頸を〕」について「宮沢清六氏に尋ねた折、大迫方面をイメージしている」（木村東吉「〔萌黄いろなるその頸を〕」『宮沢賢治 文語詩の森 第三集』）という言葉があったことからすると、モデルとなっているのは国鉄ではなく岩手軽便鉄道であった可能性も考えるべきで、そうなると待遇に関しては別の解釈が必要になるかもしれない。また、賢治が鉄道ファンであり、鉄道の工事現場にも出かけ、鉄道に関連する仕事をしている人にも好感をもっていたことも付け加えておきたい。

狸《マミ》の毛皮　伊藤眞一郎（後掲A、B）によれば、マミはアナグマの異称で、混同されてタヌキもマミと呼ばれることがあったのだという。ただ、タヌキの毛皮の方が良質であったという。

シャブロ　『定本語彙辞典』では「シャベル（shovel スコップ scoop、後者の英語発音はスクープだが童「銀河鉄道の夜」ではスコープ）の訛り」とあるが、伊藤（後掲B）は、『日本国語大辞典』に岩手訛りとして「シャフロ、シャプロ、シャボロ」とある例を挙げる。が、伊藤は文語体という雅文体の詩中に方言が混じることの不自然さも同時に指摘する。ただ

「五十篇」に「流氷《ザエ》」という方言名をタイトルにした作品があることなどからも、賢治に文語詩から方言をことさら排除する意識はなかったように思う。

束　本作が掲載された「女性岩手4」には「たば」のルビが付されている。賢治は本作を含む文語詩を友人・藤原嘉藤治経由で雑誌の編集発行者・多田保子に送ったが、その際の書簡下書きに「振りがなを落とさないこと」（昭和七年十月）と書いている。しかし、赤田秀子（後掲B）は、雑誌発表時のルビを賢治がつけたものかどうかはわからないとして「つか」を提言し、「作業に使うスコップの柄に手を組んで」いたのだとする。また、伊藤（後掲B）は、「一人で何本ものシャベルを束にして携行しているというのは、あり得ぬ姿ではないだろうが、若干不自然」とし、「保線工事には幾種類か複数のシャベルを使う事情があるのかもしれない」としている。本稿では「たば」と読ませながら、実際はシャベルの取っ手部分に指を組んでいたのだと解することにしたい。

たまゆら　ほんの短い間。

松は畳めり　車窓から見える松の木が線路の傾きから空に押し下げられたかのように下方に移っていったのかとも思えるが、下書稿㈠に「松はもうつる」とあることから、横方向への移動を畳まれていくようだ、と表現したのだろう。

評釈

黄罫（220行）詩稿用紙表面に書かれた下書稿㈠（タイトルは「鉄道工夫」）、下書稿㈠の裏面に書かれた下書稿㈡（タイトルは「鉄道工夫」）、黄罫（220行）詩稿用紙表面に書かれた下書稿㈢（タイトルは「鉄道工夫」。鉛筆で㊢）、「女性岩手4」（女性岩手社　昭和七年十一月）発表形、定稿の四種が現存。先行作品は「春と修羅　第二集」所収の「四一〇　車中　一九二五、二、一五、」。「女性岩手4」には、「母」という総題で、「一百篇」の「母」、「祭日〔二〕」とともに掲載されている。漢字等のルビや表記の他は、定稿とほぼ同じ内容である。

まず先行形態である「四一〇　車中」を見ていきたい。

ばしゃばしゃした狸の毛を耳にはめ
黒いしゃっぽもきちんとかぶり
まなこにうつろの影をうかべ
　……肥った妻と雪の鳥……
凛として
ここらの水底の窓ぎはに腰かけてゐる
ひとりの鉄道工夫である
　　……風が水より稠密で
　　水と氷は互に遷る
　　　稲沼原の二月ころ……
なめらかででこぼこの窓硝子は

しろく澱んだ雪ぞらと
ひょろ長い松とをうつす

伊藤眞一郎（後掲B）は、「いかにも生真面目で律儀らしいその性格とが読み取られていて、後の文語詩の工夫が見せる安らいだ穏やかさは、ここにはない」という。そして、文語詩にはない「うつろの影」があることに注意を喚起している。伊藤はここに「人間の男女の日常的な関係、すなわち性関係をも含む、生活的な現実の夫婦関係には満ち足らず、それに対してはむしろ忌避的な意識が働いているのではないか」とし、さらに木村東吉（「四一五〔暮れちかい 吹雪の底の店さきに〕考 詩稿成立過程の再検討と詩群崩壊の内実」『宮沢賢治《春と修羅 第二集》研究 その動態の解明』渓水社 平成十二年二月）の「近代化を代表する交通機関に携わる、サラリーマンとしての鉄道工夫の、凛とした外見とは裏腹な内面の空虚」といった指摘を援用しながら、賢治が感じていた給料生活や夫婦生活に対する思いを見出そうとしている。そして、これが文語詩になると、「うつろの影」は、音の似通った「うつろふ」に転化し、工夫の眼は好色性を含意する「黄なるまなこ」に変わったのだとする。しかし、この段階では、「妻を想いそれとなくほくそ笑む工夫に、並みでない彼の好色ぶりを読み取りつつも、それを一人の平俗な男の生身のありようとして見、穏やかに受容している」とまとめ、晩年の賢治が文語詩の中に盛り込もうとしていた艶笑譚としての性格を読もうとした。

島田隆輔（後掲A）は、「詩ノート」の「一〇八八 祈り 一九二七、八、二〇」に「一冬鉄道工夫に出たり／身を切るやうな利金を借りて」といった言葉があることから、「冬場の出稼ぎ農民の肖像であった可能性もある」としているが、「肥った妻」という句から食うや食わずの境遇ではなく、赤田秀子（後掲B）の言うように「流れ者、単身者が多い工夫たちのなかで、現場監督と言った立場でもあろうかと思わせる」というのが妥当なところで、本作は貧困よりも、夫婦や家族というもののあり方の方を取り上げようとしているように思う。

森荘已池（「昭和六年七月七日の日記」『宮沢賢治の肖像』津軽書房 昭和四十九年十月）によれば、賢治は昭和六年七月七日に岩手日報に勤務していた森を訪ね、「禁欲は、けっきょく何もなりませんでしたよ、その大きな反動がきて病気になったのです」。「何か大きないいことがあるという、功利的な考えからやったのですが、まるっきりムダでした」と語り、「草や木や自然を書くようにエロのことを書きたい」と言ったのだという。かつて「五十篇」の「〔そのときに酒代つくると〕」の「評釈」（信時哲郎『五十篇評釈』）などにおいて、賢治がいかに文語詩に「エロ」を盛り込もうとしたかについて書いたことがあり、伊藤（後掲B）も拙論に触れてくれているのだが、本作に限って言えば、少し注意が必要であるように思う。

というのは、賢治が本作を発表した媒体が「女性岩手」という雑誌であったからである。本作が「母」という総題で、「一百篇」の「母」、「祭日」とともに掲載されたことについては先に書いたとおりで、詳しくはそれぞれの「評釈」に譲りたいが、どちらの作品も欠食児童が二十万人だったという飢饉の年に農村で生きる女性たちの、慎ましく、やさしく、たくましい姿を応援するようなものであったと言っていいと思う。が、そんな二作に並べて、閨中での妻の素振りを思い出して微笑む鉄道工夫を詠んだ詩を持ってくるというのは、あまりにも挑戦的でありすぎないだろうか。

もちろん賢治はエロを男性の占有物として考えていたわけではなく、事実、「〔そのときに酒代つくると〕」では、夫のいないうちに閨を奔る妻（おそらくは「密夫」（下書稿㈠手入れ）の元へ）を描き、「一百篇」の「塔中秘事」では、脱穀塔の中での「女のわらひ」について描いていた（どれも定稿を読んだだけで、すぐに気付くような露骨なエロではないが…）。

また、女性読者向けの配慮といえば、口語詩では「肥った妻」、文語詩の下書稿㈠と㈡でも「肥りし妻」であったのを、文語詩定稿では「妻がけはひのしるければ」とぼかして表現していることも含めるべきかもしれない。

ともあれ、賢治はこのように推敲の過程で表現を洗練させていくだけでなく、読者に受け入れられやすいように変えていったと考えることもできるように思う。

小原忠（後掲）によれば、主催者の多田保子は「女性岩手」の創刊号で次のように書いているという（小原の引用のまま）。

思想に、政治に経済に一切が混沌と渦巻いて一体私達は何処に目標を置いて進んだらいいのか全く見きわめはつきません。こうした世相の下にあって煩雑困難な生活戦に苦しむ私達女性、地方女性のためにハッキリした指針を示してくれる機関が欲しいとおもいます――。

賢治が文語詩において積極的にエロを表現しようとしたという主張を引っ込めるつもりはないが、このような「女性岩手」という発表媒体のため、また賢治が一連の作品に「母」という総題を付けたことから考えても、直接的に性を際立たせようという意識は考えにくいように思うのである。

もう一つ気になるのは、伊藤（後掲B）が、工夫が見た鳥について、「鳥と妻との立ち居のそれとない相似に可笑しみを覚えて」と書いていることである。同じ列車に乗り合わせただけの人物を見て、「あぁ、きっとこの男は、窓外に見える鳥の仕草から、自分の妻を思い浮かべているのだな」などと想像するのは、かなり難しいのではないだろうか。もちろん虚構性の高い文語詩であれば、第三者の心中まで勝手に書くことも可能だが、この表現は口語詩が取材された大正十四年二月の段階から文語詩定稿まで一貫していることを考えると、賢治がここまで確信をもって書いているのはなぜか、を考えてみる必要があると思う。

もし、工夫と賢治が窓外に見たのが、鳥の交尾や営巣、あるいは小鳥に餌をやっている様子ででもあったなら「妻」を連想することもできたかもしれないが、二月の岩手で、あまりそうした姿を見ることはできなかったように思う。

きみにならびて野に立てば
風きら〻かに吹ききたり
柏ばやしをとゞろかし
枯れ葉を雪にまろばしぬ

峯の火口にたゞなびき
北面に藍の影置ける
雪のけぶりはひとひらの
火とも雲とも見ゆるなれ

「さびしや風のさなかにも
鳥はその巣を繕はんに
ひとはつれなく瞳《まみ》澄みて
山のみ見る」ときみは云ふ

あゝさにあらずかの青き
かゞやきわたす天にして
まこと恋するひとびとの
とはの園をば思へるを

「五十篇」の「〔きみにならびて野にたてば〕」の下書稿㈠である。煮え切らない態度でいる男に対して、「きみ」が「鳥だって巣を繕っているのに」と咎めるといった内容の詩である。季節は晩秋のようだが、もしかしたら「保線工手」における工夫と賢治とは、窓外で巣を繕っている鳥を見たのかもしれない。それならば冬であっても、ギリギリで可能だっただろうし、工夫が妻を思い出すこと、そして人の内心を読めるわけもない賢治が「きっとこの工夫は妻のことを思い出しているのだろうな」と確信を持って言うこともできたのではないかと思う。

ただ、定稿には「雪をおとして立つ」と書かれている。となると、二人が巣繕いの様子を見たのだと決め付けるわけにもいかない。ではなぜか？

「〔きみにならびて野にたてば〕」でも「保線工手」でも、ただ「鳥」と書かれているだけではあるが、「鳥たち」であった可能性を考えてよいかもしれない。たしかに口語詩における「肥った妻と雪の鳥」という句からツガイの鳥を想像することは難しいかもしれないが、日本語では「たち」をつけなくても複数を表わせないことはないし、仲睦まじい二羽の鳥を窓外に見たのだとすれば、なぜ賢治が工手の内心を確信的に語れたのかについても理解可能だ。あるいは、「女性岩手」の総題として「母」

（「妻」ではなく）と付けたことを思えば、親子の鳥を見た、とすべきなのかもしれない。

伊藤の読みに比べると、ずいぶん微温的な解釈にすぎるかもしれないが、新しい時代の地方女性が生きる指針を示そうという「女性岩手」には、エロよりも円満な夫婦や幸福な家族といったものを載せる方がふさわしいように思う。自らが家族を持つことはなかったにせよ、賢治はここで新しい時代の家族に向かって静かに声援を送っていたのだと考えることもできるのではないだろうか。

先行研究

小原忠「『女性岩手』と賢治作品」（「賢治研究８」宮沢賢治研究会 昭和四十六年八月）

平尾隆弘「〈雨ニモマケズ〉」（『宮沢賢治』国文社　昭和五十三年十一月）

小野隆祥「幻想的展開の吟味」（『宮沢賢治 冬の青春 歌稿と「冬のスケッチ」探究』洋々社 昭和五十七年十二月）

赤田秀子「文語詩を読む その２ 車窓のうちそと「保線工手」を中心に」（「ワルトラワラ13」ワルトラワラの会 平成十二年八月）

浜下昌宏「賢治と女性（３）文語詩に見る〈女たち〉への眼差し」（『妹の力とその変容 女性学の試み』近代文芸社 平成十四年三月）

伊藤眞一郎Ａ「保線工手」（『宮沢賢治 文語詩の森 第三集』）

島田隆輔Ａ「再編稿の展開」（「宮沢賢治研究 文語詩集の成立」）

伊藤眞一郎Ｂ「黄なるまなこと雪の鳥 文語詩「保線工手」」（『宮沢賢治〈旅程幻想〉を読む』朝文社 平成二十二年十月）

信時哲郎「宮沢賢治「文語詩稿 一百篇」評釈二」（「甲南国文60」甲南女子大学国文学会 平成二十五年三月）

島田隆輔Ｂ「６ 保線工手」（「宮沢賢治研究 文語詩稿一百篇・訳注Ⅰ」〔未刊行〕平成二十九年一月）

7 〔南風の頬に酸くして〕

①南風の頬に酸くして、　シェバリエー青し光芒。

②天翔る雲のエレキを、　とりも来て蘇しなんや、いざ。

大意

饐えたような南風が頬にあたり、シェバリエー大麦の青い穂先が輝いている。
空に沸き立つ入道雲から電気を奪い取って、今こそ、力をよみがえらせよう。

モチーフ

先行作品が書かれたのは、農学校を退職して自炊生活に入って三ヶ月ほど経った頃。文語詩定稿を編む頃の賢治は、「慢」の意識に苛まれ、羅須地人協会時代の自分を覚めた眼で見ていたと思われる。しかし、ここでは「農民芸術概論綱要」で「なべての悩みをたきぎと燃やし なべての心を心とせよ／風とゆききし 雲からエネルギーをとれ」と勢いよく論じていた頃の、農業に対する明るい展望を書いているように思える。つまり、本作は自分の人生を覚めた目で見返している自省的な作品ではなく、実際に農業に従事している人々に向かって、一種のワークソングとして口誦してもらいたいという気持ちで書かれていたように感じられる。

語注

シェバリエー　大麦の品種。大杉房吉「大麦品種の選択」（『麦作の新研究』日本種苗 大正二年三月）には、「「シュバリエー」種 子粒中庸、品質良好、食料及麦酒醸造用に適するも茎稈軟弱にして倒伏し易し」、「六角「シュバリエー」種 子粒中庸、品種良好、収量亦多し、食料醸造用共に可なり、稈は強剛なれば倒伏せず、穂は往々雨露の害を受く」とある。赤田秀子（後掲）が、作物研究所・大麦育種研究会の吉岡藤治に尋ねたところ、「特徴としては、稈長が101cmということで、当時としては普通でしたが、今日の品種と比べると長稈です。芒長が10cmとあり、今日の品種より長く、また、粒の色が「淡青」となっており（通常は「黄」）、確かに美しいといえるかもしれません。六条大麦も次々品種改良されたものが出回り、六角シェバリエは戦後は栽培されていません」（表記は原文のまま）といった答を得たという。先行作品「七一四 疲労 一九二六、六、一八、」には六月の日付があるが、ちょうど大麦が稔った収穫時にあたる。

光芒 光の穂先。ただし「芒」とは、イネ科植物の針のような突起部分のことでもある。先行作品「七一四 疲労」には、「穂麦も青くひかって痛い」という句もある。麦の穂先の意味と、それが光っているという意味の両方をあらわそうとしたのではないかと思う。赤田（後掲）は、「大麦のシェバリエは青く光った穂先がこんなにも鋭い」とまとめる。散文「イギリス海岸」には、「これから私たちにはまだ麦こなしの仕事が残ってゐます。天気が悪くてよく乾かないで困ります。麦こなしは芒《のぎ》がえらえらからだに入って大へんつらい仕事です。百姓の仕事の中ではいちばんいやだとみんなが云ひます。この辺ではこの仕事を夏の病気とさへ云ひます。けれども全くそんな風に考へてはすみません。私たちはどうにかしてできるだけ面白くそれをやらうと思ふのです」ともある。

雲のエレキ 先行作品「七一四 疲労」には、「西の山根から出て来たといふ／黒い巨きな立像が／眉間にルビーか何かをはめて／三っつも立って待ってゐる／疲れを知らないあゝいふ風な三人と／せいいっぱいのせりふをやりとりするために／あの雲にでも手をあてゝ／電気をとってやらうかな」とある。強い上昇気流によって著しく成長した積乱雲（入道雲）のことを擬人化して書いているのだろう。積乱雲の底部は黒く、激しい雨や雹が降ったり、雷を発生させることも多いので、エレキというのはそこから生まれた表現だろう。

蘇しなんや、いざ 「蘇す」は生き返る、よみがえるの意味。音数からすると「そしなん」と読ませたかったのだろう。積乱雲から電気をもらって今こそ元気に蘇ろう、ということだろう。

評釈

黄罫（2424行）詩稿用紙表面に書かれた先行作品の「七一四 疲労 一九二六、六、一八、」（「春と修羅 第三集」所収）の余白に書かれた下書稿㈠、その下部に書かれた下書稿㈡（タイトルは「疲労」。右肩に赤インクで(丁)、上に青インクで㊢）、定稿の三種が現存。生前発表なし。

先行作品の最終形は次のようなものだ。

南の風も酸っぱいし
穂麦も青くひかって痛い

それだのに
崖の上には
わざわざ今日の晴天を、
西の山根から出て来たといふ
黒い巨きな立像が
眉間にルビーか何かをはめて
三っつも立って待ってゐる
疲れを知らないあゝいふ風な三人と
せいいっぱいのせりふをやりとりするために
あの雲にでも手をあて、
電気をとってやらうかな

自炊生活をしてまだ間もない頃、西の空に積乱雲が生じ、そこからエレキ（エネルギーと解してよいかと思う）を取ろうというもの。十、十一行目は手入れ段階で挿入したものだが、文語詩の下書稿㈠では

南風醱釀し
六角シェバリエー燦として青きに
崖上三の黒影あり立像あり
眉《び》間紅宝石を装塡せり
手挙げて我を招くと云はゞ
まことに吾子も手を伸べて
かの光雲の磁をとらん哉

と、積極的にこれを取り入れる方向が示されるが、下書稿㈡の段階ではこの部分が削除され、定稿とほぼ同じ形が提示される。赤田秀子（後掲）によれば「サンドイッチの具をぬきとるように、中身をばっさり切り捨てて、冒頭と結語のセンテンスをつなげて、文脈を整え、無題にして、文語詩を成立させる」こととなっている。

　赤田は三つの立像を「疲れた詩人を守護するのではなく、せいいっぱいのやりとりを促すわけで、どこか詩人を追いつめていくオブセッションを象徴しているようでも」あり、「疲れてしまう自分への責めや負い目が漂っている」とする。

　農作業の後で疲労を感じながら雲の形に言及するのは、童話で言えば「山男の四月」、また口語詩では「一一九　疲労　一九二四、四、四、」や「七三三　休息　一九二六、八、二七、」、文語詩では「五十篇」の「民間薬」にも見られるが、賢治はこの夢幻的な部分を削除したように思える。

　もちろん、文語詩にも幻想的、童話的な内容を扱ったものはあるが、「蘇しなんや、いざ」という明るく力強い句を含む本作は、この次に収録されている「種山ヶ原」、さらにその次に収録されている「ポランの広場」とともにワークソング的な志向の強い作品であることから（うち、次の二作は歌曲を伴っていることから、農民たちに実際に歌わせようとしていたことが

うかがえる）、本作もワークソングの方向を向いており、それにかなうような一般性をめざし、その結果として、冒頭と末尾が残ったのだと考えたい。

ところで、赤田（後掲）は、「風が酸っぱいとは、宮沢賢治独特の感覚であろう」というが、『大漢和辞典』には「酸風」があるものの、意味は「身に浸みる風。心を痛ませる風」とあるので、賢治の使用法とは、少し趣が違うように感じられる。赤田は本作を含め、「酸」の字を用いた文語詩をあげ、「文語詩創作に向き合っていたこの時期、風は酸っぱく、疲労を自覚させ、世界が酸えていく感触を感じていた。それはとりもなおさず詩人が心身の衰えを感じて負のエネルギーに敏感になっていたということであろう」としていた。

その「酸」の字であるが、「五十篇」には一度も使われていないのに、「一百篇」だけに、本作を含めて六回も使用例がある。同じ文語詩定稿で、制作時期も近い「五十篇」と「一百篇」なのに、これだけの差があるのはアンバランスではないだろうか。

また、同じように「一百篇」だけに登場する語に「まがつび」（災いをもたらす神）があり、一般にはあまり使いそうもないこの語が、四回も使われている。一般的な語である「酸」の偏った使われ方、また、一般的ではない「まがつび」の偏った使われ方だけを取っても、「五十篇」と「一百篇」の編集方針には、気になる点が少なくない。終章（信時哲郎　後掲B、C）で問題提起を行っているので、参照されたい。

先行研究

宮沢賢治（研究者）「賢治の語彙をめぐって」（『宮沢賢治　近代と反近代』洋々社　平成三年九月）

赤田秀子「文語詩を読む　その7　酸っぱいのは南風？　虹？「酸虹」他」（「ワルトラワラ18」ワルトラワラの会　平成十五年六月）

信時哲郎A「宮沢賢治「文語詩稿　一百篇」評釈二」（「甲南国文60」甲南女子大学国文学会　平成二十五年三月）

島田隆輔「7〔南風の頬に酸くして〕」（「宮沢賢治研究　文語詩稿一百篇・訳注Ⅰ」〔未刊行〕平成二十九年一月）

信時哲郎B「「五十篇」と「一百篇」　賢治は「一百篇」を七日で書いたか（上）」（「賢治研究135」宮沢賢治研究会　平成三十年七月↓終章）

信時哲郎C「「五十篇」と「一百篇」　賢治は「一百篇」を七日で書いたか（下）」（「賢治研究136」宮沢賢治研究会　平成三十年十一月↓終章）

8　種山ヶ原

春はまだきの朱雲《あけ》を
アルペン農の汗に燃し
縄と菩提樹皮《マダカ》にうちよそひ
風とひかりにちかひせり

続る八谷に劈櫪の
いしぶみしげきおのづから
種山ヶ原に燃ゆる火の
なかばは雲に鎖さるゝ

大意

春にはまだ早い、早朝の赤い雲で
高原の農夫たちはその汗を赤く輝かせ
縄とマダ皮のケラで装って
風と光に向かって生きていくことを誓う

種山の周囲にある八谷には雷がよく落ちるために
雷神を祭る石碑が多く
どこからか種山ヶ原で燃えている火も
その煙の半分は雲に鎖されてしまう

モチーフ

ドヴォルザークの交響曲第九番「新世界より」の第二楽章「ラルゴ」の節で農学校の生徒たちに歌わせたもの（の一部）。成立にあたっては、短歌や『春と修羅（第一集）』の「原体剣舞連」、童話「種山ヶ原」などの種山ヶ原に取材した作品や、取材時の経験が混じっていると思われる。農学校の生徒をはじめとした農業に携わる多くの人々に歌わせ、農業は過酷ではあっても崇高な仕事なのだということを再認識させようという思いから、本作を文語詩定稿の一篇として加えたように思われる。第一連が明るく勇壮であるのに比べて、第二連は暗いイメージとなっている。文語詩としての推敲が進んだ段階での変化だが、賢治としては、文語詩には意識的に現実的な側面も織り込もうという思いがあったのかもしれない。

語注

種山ヶ原　遠野市、奥州市、気仙郡住田町にまたがる標高六百～七百ｍほどの準平原。中心には種山（物見山。標高八百七十ｍ）がある。童話「種山ヶ原」に「東の海の側からと、西の方からとの風と湿気のお定まりのぶつかり場所でしたから、雲や雨や雷や霧は、いつでももうすぐ起って来る」と書かれており、本作にあるように雷が多かったり、「放牧される四月の間も、半分ぐらゐまでは原は霧や雲に鎖され」たという。

まだき　まだ春が来ていないという意味と、夜明け頃を指す「味爽」（賢治は「未定稿」の「〔弓のごとく〕」でマダキとルビを振っている）をかけているのだろう。三行目の菩提樹皮《マダカ》とも音韻が似ているので、対にするつもりがあったのだろう。

アルペン農　アルペンはドイツ語でアルプス山脈のこと。各種の名詞に付いて高山の、山岳の、の意味となる。種山高原のことをシャレて言ったのだろう。『定本語彙辞典』では「賢治の理想とする労働即快楽の思想が込められている」としている。「一百篇」には「〔一才のアルプ花崗岩《みかげ》を〕」という作品もある。

菩提樹皮《マダカ》　ボダイジュ（和名ではシナノキ）の皮のこと。樹皮はシナ皮と呼ばれ、繊維が強くて水にも強いため、ロープや衣服などを作るのに用いた。東北地方ではこの樹皮でみの（ケラ）を作った。童話「なめとこ山の熊」には、「小十郎は夏なら菩提《マダ》樹の皮でこさえたけらを着て」として登場する。

繞る八谷　種山の周囲を取り囲むたくさんの谷。「めぐるやたに」と読む。種山は地形が複雑なためと、天候が変わりやすいために道に迷いやすく、そのために「風の又三郎」等における神隠しのモチーフが現れる元となっている。

劈櫪　雷のことで、「へきれき」と読む。正しくは「霹靂」。童話「種山ヶ原」には、「高原に近づくに従って、だんだんあちこちに雷神の碑を見るやうになります」とあるように、周辺の集落には雷神を祭るための石碑《いしぶみ》が多くある。

評釈

「丸善特製　二」原稿用紙の裏面に書かれた下書稿㈠（タイトルは「アルペン農の歌」）、「未定稿」の「〔雲ふかく 山裳を曳けば〕」の下書稿㈡の上に毛筆で練習された習字稿、昭和五年八月二十日に花巻の料亭「万梅」で開催された花巻農学校の同級会で卒業生の依頼に応えて揮毫した扇面毛筆稿Ⓐ、「一生徒に書き与えた扇面」として『日本文学アルバム　宮沢賢治』（筑摩書房　昭和三十三年十月）に紹介されたことがあるが、現在は所在不明の扇面毛筆稿Ⓑ、定稿用紙に書かれた定稿の五種があり、そのうち四種が現存。生前発表なし。定稿に丸番号や句読点は表記されていない。

『新校本全集』にも指摘があるように、先行作品としては、まず「歌稿〔B〕」の「大正六年五月」に「種山ヶ原七首」とされている短歌をあげることができる（ここでは『新校本全集』で指摘されているもののみを掲げる）。

601　目のあたり
黒雲ありと覚えしは
黒玢岩《メラフィイアー》の　立てるなりけり。

602a
603　みちのくの
種山ヶ原に燃ゆる火の
なかばは雲にとざされにけり

同じく『春と修羅（第一集）』の「原体剣舞連」も指摘されている。

dah-dah-dah-dah-dah-sko-dah-dah
こよひ異装《いさう》のげん月のした
鶏《とり》の黒尾を頭巾《づきん》にかざり
片刃《かたは》の太刀をひらめかす
原体《はらたい》村の舞手《おどりこ》たちよ
鴇《とき》いろのはるの樹液《じゆえき》を
アルペン農の辛酸《しんさん》に投げ
生しののめの草いろの火を
高原の風とひかりにさゝげ
菩提《まだ》樹皮《かは》と縄とをまとふ
気圏の戦士わが朋《とも》たちよ
青らみわたる灝気《かうき》をふかみ
楢と椈《ぶな》とのうれひをあつめ
蛇紋山地《じやもんさんち》に篝《かゞり》をかかげ

ひのきの髪をうちゆすり
まるめろの匂のそらに
あたらしい星雲を燃せ
　dah-dah-sko-dah-dah
肌膚《きふ》を腐植と土にけづらせ
筋骨はつめたい炭酸に粗《あら》び
月月《つきづき》に日光と風とを焦慮し
敬虔に年を累《かさ》ねた師父《しふ》たちよ
こんや銀河と森とのまつり
准《じゅん》平原の天末線《てんまつせん》に
さらにも強く鼓を鳴らし
うす月の雲をどよませ
　Ho! Ho! Ho!
　　むかし達谷《たった》の悪路王《あくろわう》
　　まつくらくらの二里の洞《ほら》
　　わたるは夢と黒夜神《こくやじん》
　　首は刻まれ漬けられ
アンドロメダもかゞりにゆすれ
　　青い仮面《めん》このこけおどし
　　太刀を浴びてはいつぷかぷ
　　夜風の底の蜘蛛《くも》おどり
　　胃袋はいてぎつたぎた
　dah-dah-dah-dah-dah-sko-dah-dah
さらにただしく刃《やいば》を合《あ》はせ
霹靂《へきれき》の青火をくだし
四方《しはう》の夜《よる》の鬼神《きじん》をまねき
樹液《じゆえき》もふるふこの夜《よ》さひとよ
赤ひたたれを地にひるがへし
雹雲《ひやううん》と風とをまつれ
　dah-dah-dah-dahh
夜風《よかぜ》とどろきひのきはみだれ
月は射《ゐ》そそぐ銀の矢並
打つも果《は》てるも火花のいのち
太刀の軋《きし》りの消えぬひま
　dah-dah-dah-dah-dah-sko-dah-dah
太刀は稲妻萱穂《いなづまかやぼ》のさやぎ
獅子の星座《せいざ》に散る火の雨の
消えてあとない天《あま》のがはら
打つも果てるもひとつのいのち
　dah-dah-dah-dah-dah-sko-dah-dah

『春と修羅（第一集）』の初版本巻末には二重括弧の中に「《一九二二、八、三一》」とあり、おそらくは取材日と制作日が違うことなどを示しているのだろうが、盛岡高等農林学校在学中の一九一七（大正六）年九月に、賢治が江刺郡の地質調査に赴いた際の経験を元にしたと思われる。

文語詩は、これらの作品が先行作品となって形成されていったのであろうが、本作はドヴォルザークの交響曲第九番「新世界より」第二楽章「ラルゴ」の節で農学校の生徒たちに歌わせたことが知られており、斎藤宗次郎の『二荊自叙伝』の大正十三年八月二十七日の項にも、「郊外なる農学校に立寄り宮沢賢治先生の篤き好意により、職員室に於て蓄音器によれる大家の傑作を聴いた、最初先生の作詩を New-World Symphony の Largo（緩調子）の譜に合せて朗々と歌うを聴いた実に荘厳なものであった」とある。尚、歌曲には文語詩定稿の前半と後半のあとにリフレーンがあり、それは次のようなものであったという。

四月は風のかぐはしく
雲かげ原を超えくれば
雪融けの草をわたる

『新校本全集』には、さらに「未定稿」の「〔しののめ春の鴇の火を〕」との関連も示されている。

しののめ春の鴇の火を
アルペン農の汗に燃し
縄と菩提樹皮にうちよそひ
風とひかりにちかひせり

四月は風のかぐはしく
雲かげ原を超えくれば
　雪融けの　草をわたる
黒玢岩《メラファイアー》の高原に
生しののめの火を燃せり

島わの遠き潮騒えを
森のうつゝのなかに聴き、
羊歯のしげみの奥に
青き椿の実をとりぬ、
　黒潮の香のくるほしく
　東風にいぶきを吹き寄れば
　百千鳥すだきいづる
三原の山に燃ゆる火の
なかばは雲に鎖《とざ》されぬ

冒頭と末尾、リフレーン部分は本作に近いが、「島わ」「潮騒え」「三原の山」には違和感が残るかもしれない。しかし、これは昭和三年六月に賢治が伊豆大島に行った際に使った「〔三原三部手帳〕B」の四・五ページに記された「大島開墾者の歌」が発展したものだとすれば謎も解けよう。賢治は大島で伊藤七雄・チエ兄妹に会い、農芸学校の建設に関する相談に乗ったとされるが、花巻農学校の生徒たちに「種山ヶ原」を口ずさませたのと同じように、大島の農芸学校の面々にも、これを歌わせようとしたのだと思われる。

　駆け足で先行作品や関連作品を見てきたが、本文語詩の原体験がいつのもので、その後、どのように変化・発展したかについては、これ以上詮索しても、あまり意味はないだろう。ただ、花巻農学校の生徒だけでなく、大島の農芸学校、そして更に農業に携わる多くの人々に歌ってもらいたいという思い（あるいは口誦してもらいたいという思い）があったことが確認できれば十分だと思う。

　賢治の教え子でもこの歌を記憶する者が多く、大正十四年七月十二日に「岩手毎日新聞」に掲載された佐藤政丹「岩手山紀行（下）」では、山行の途中で「種山ヶ原の牧歌をうたつた」との記述がある。その際の歌詞は「生しののめの鴇の火を／アルペン農の夢になげ／縄と菩提皮にうちよそひ／風とひかりにちかひせり」であったという。教え子の根子吉盛の記憶では、「生しののめの 鴇の火を／アルペン農の 夢になげ／縄と菩提皮に身を装い／風とひかりに 誓ひせり／南の風の かぐわしく／草の上を 吹き来れば／雲の影 草を渡る／ミラファイアーの 高原に／生しののめの 火を燃せり」（鳥山敏子の映画「賢治の学校。種山ヶ原」）であったといい、歌詞の違いが気になるところだが、定稿の二連めに重なる内容の歌詞が、どの場合にも欠けていることは、さらに気になる。教え子に送った扇面毛筆稿(A)も扇面毛筆稿(B)も、ともに、定稿の一連めと重なる内容で、暗い印象のある第二連は省かれている。教え子たちとの楽しかった時代、農村の明るい未来について歌う内容の歌詞だが、文語詩として定稿にしていく際には、現実的で暗い印象の伴う要素も付け加えて行ったことになり、文語詩の制作・推敲時の心境を考えるヒントになるかもしれない。

　また、「一百篇」では、この次に「ポランの広場」という歌曲が置かれていることにも注意したい。「五十篇」の末尾と「一百篇」の冒頭に「女性岩手」に発表済みの作品が並んでいることを「母」の「評釈」に書いたが、そのことと併せて、文語詩定稿の編集や配列の方針について解くためのヒントが、ここにもあるように思う。なお、この「ポランの広場」でも、歌曲として歌われたのは、明るい好日的な内容の部分のみで、現実的であったり、暗いイメージを伴う第二連については、ほとんど公にされることがなかった。このことから、賢治の歌曲観、ならびに文語詩観をさぐることもできるかと思う。

先行研究

恩田逸夫「宮沢賢治と「人民の敵」」（『宮沢賢治論2』東京書籍 昭和五十六年十月）
土岐泰「賢治「種山ヶ原」とドヴォルザーク「新世界」の音楽的一致性」（「雪渡り 弘前・宮沢賢治研究会会誌3」弘前・宮沢賢治研究会 昭和六十年五月）
原子朗A「生命と精神 賢治におけるリズムの問題」（「国文学

解釈と鑑賞51―12」至文堂 昭和六十一年十二月）

入沢康夫「準平原の詩情「風の又三郎」と種山ヶ原」（『宮沢賢治プリオシン海岸からの報告』筑摩書房 平成三年七月）

原子朗B「ことば、きららかに」（「十代17―12」ものがたり文化の会 平成九年十二月）

伊藤光弥「種山ヶ原」（『宮沢賢治 文語詩の森 第三集』）

信時哲郎「宮沢賢治「文語詩稿 一百篇」評釈二」（「甲南国文60」甲南女子大学国文学会 平成二十五年三月）

島田隆輔「8 種山ヶ原」（「宮沢賢治研究 文語詩稿一百篇・訳注Ⅰ」〔未刊行〕平成二十九年一月）

9　ポランの広場

つめくさ灯ともす　宵の広場
むかしのラルゴを　うたひかはし
雲をもどよもし　夜風にわすれて
とりいれまじかに　歳よ熟《う》れぬ

組合理事らは　藁のマント
山猫博士は　かはのころも
醸せぬさかづき　その数しらねば
はるかにめぐりぬ　射手《いて》や蠍

大意

つめくさの灯のともった　夜の広場では
昔どこかで聞いたラルゴの歌が　歌い交わされている
雲の下で鳴り響く声は　夜風で運ばれていく
取り入れ時期も近づいたが　今年はよく稔ったようだ

組合の理事たちは　藁のマントを着て
山猫博士は　皮の服を着ている
山猫博士が醸造した酒の入った盃を　何杯も酌み交わせば
遠い夜空では　射手座や蠍座がまわっている

モチーフ

「賛美歌 四四八番」（旧讃美歌「いづれのときかは」）のメロディで農学校の生徒にも歌わせていたものだが、童話「ポラーノの広場」のラストに登場することでも知られる。下書稿の初期段階では、未来に向かって前進していこうとするような向日的な内容だった後半部分が、童話における善玉と悪玉が酒を酌み交わすという内容に改変されてしまう。しかし、花巻農学校の卒業生に送る詩として書かれた側面があることを思えば、善玉を演じたのも悪玉を演じたのも共に仲間であり、訝しむにはあたらない。オペラにおける序曲のような意味あいを持たせた可能性もあろう。が、そもそも、「ポラーノの広場」の冒頭では、悪玉ともいうべき「地主のテーモ、山猫博士のボーガントデステゥパーゴなど」でさえも、「みんなつかしい青いむかし風の幻燈のやうに思はれます」と書きつけられていることを思うと、善悪の二元論で童話をとらえることが、もともと不適当だったということになるのかもしれない。

語注

ポランの広場　童話「ポラーノの広場」（昭和六年以降）の先行作品（大正十三年春頃）および劇（大正十三年八月に花巻農学校で上演）のタイトル。博物局に勤める「私」（＝キュースト）は、ファリーズ小学校の生徒・ファゼロ《ママ》と知り合い、つめくさの花のあかりをたよりにポランの広場に行くことになる。広場にたどり着いたところで山猫博士と諍いになり、ファゼロと博士とはテーブルナイフで決闘をするが、博士があっさりと敗退するというストーリー。最晩年の手入れによる「ポラーノの広場」は、長編化して現実性・社会性が加わっている。

ラルゴ　音楽の速度標語で「ゆっくりと悠然に」という意味。本作は「賛美歌 四四八番」（旧讃美歌「いづれのときかは」）のメロディに合わせて歌われたが、これがラルゴで歌われることはまれであろう。ここでイメージされているのは「一百篇」において本作の一つ前に収められている「種山ヶ原」のメロディであるドヴォルザーク作曲の交響曲第九番「新世界より」の第二楽章「ラルゴ」ではないかと思われる。

雲をもどよもし　声や音を、雲の下で鳴り響かせるということだろう。

組合理事　童話にも劇にも組合理事という人物は登場しない。ただ、「ポラーノの広場」の結末部分において、これまでの児童虐使や様々な不正、不平等などを乗り越えて、ファゼーロたちは産業組合で働くことになる。キューストがそこを訪ねた際に案内する男が組合理事なのかもしれない（「この前ポラーノの広場でデステゥパーゴに介添しろと云はれて遁げた男のやうでした」とされる）。組合とは、明治三十三年に公布された産業組合法によって生まれた産業組合のことで、零細な商工業者や農民たちが自ら組織して、信用、販売、購買、生産を行うもの。「ポラーノの広場」では、「ファゼーロたちの組合ははじめはなかなかうまく行かなかったのでしたが」、「それから三年の后にはたうたうファゼーロたちは立派な一つの産業組合をつくり、ハムと皮類と醋酸とオートミールはモリーオの市やセンダードの市はもちろん広くどこへも出るやうになりました」と書かれている。当時の岩手県での産業組合について、栗原敦（「はげしく寒く」『宮沢賢治 透明な軌道の上から』新宿書房 平成四年八月）は、「大正十一年三月に岩手県内務部がまとめた『岩手県産業組合要覧』によれば、大正九年末の組合総数は二七三、うち稗貫郡は一九、組合員数二三九〇人。種別は信用、販売、購買、生産のうちいくつかを兼ねるものが大部分で、たとえば湯本信購販組合の場合、購買品は大豆粕、燐酸、魚粕、石灰窒素といった肥料類と食塩。販売品は粳、糯。大迫信購生販組合は、大豆粕、燐酸、蚕種、蚕網、米、雑貨、食塩を買って、繭を販売している」と紹介している。大島丈志（「「ポラーノの広場」論 産業組合から見えるもの」『宮沢賢治の農業と文学 苛酷な大地イーハトーブの中で』蒼丘書林 平成二十五年六月）は、「三一三 産業組合青年会 一九二四、一〇、五、」や「ポラーノの広場」で書かれた産業組合が、それぞれ現実的なものであったと評価している。しかし、阿部弥之によれば「他県に比べて極めて少な」かったようである（『宮沢賢治イーハトヴ学事典』）。牧千夏（「産業組合という希望 宮沢賢治と香川豊彦とによる農村の更生」「JunCture09」名古屋大学大学院文学研究科附属「アジアの中の日本文化」研究センター 平成三十年四月）は、同時代の資料から産業組合の趣旨が「中小産者を〈協同〉事業によって経済的に〈自立〉させること」と、「〈階級協調〉」すなわち、「中小産者を経済的に〈自立〉させることによって彼らの不満を解消し、〈階級闘争〉の勢いを弱めること」であったとする。左派はおおむね産業組合には批判的で、賢治が影ながら支援していた労農党も例外ではなかったという。牧は賢治が「〈自立〉と〈協同〉という産業組合の第一の趣旨に関心を持ったこと・宇宙を理想像とする個人の自由と共同体の調和を目指す思想をもったこと・〈階級闘争〉に批判的だったこと」を確認し、労農党や農民文学作家たちとの違いを強調している。

山猫博士　童話、劇のいずれにも登場する県会議員の小悪党。本名はボーガント・デステゥパーゴ。「ポラーノの広場」には、「会社の株がたゞみたいになったから大将遁げてしまった」とあることから、木材乾溜工場（兼密造酒製造工場）を経営していたことがわかる。「かはのころも」は、農民の「藁のマント」と対比的に使って、町の人間という意味を帯びさせているのだろう。

醸せぬさかづき　山猫博士が自分の工場で密醸した酒の入った盃。『新校本全集』には「「醸せぬ」は「醸せる」の誤記ともみられるが、校訂しなかった」とある。大角修（後掲）は、「「醸した」とも「醸していない」とも受け取れるから、「やっぱり酒がなくちゃ」という人には芳醇な酒を満たした杯を、「やっぱりお酒はいけない」という人には冷たい水を湛えたグラスを与えよ」と解しており、島田隆輔（後掲B）は、「山猫博士が密造していたのは「みんな立派な混成酒」であり、「悪いのには木精もまぜた」ものさえあり、原料を純粋に醸したものではなかった。「醸せぬ」とは、純良でない、というほどの意なのかもしれない」とし、「その博士の企みをのりこえて理想農村の実現を果たした讃歌「ポラーノの広場のうた」に「醸せぬ盃」は不要なものであるが、まだ建設の途上にある「ポランの広場」では「醸せぬ盃」とのせめぎ合いが絶えないのである」と続ける。しかし、「ぬ」を完了の助動詞のつもりで使っているとすれば、山猫博士が「自分の工場で醸した（酒の入った）盃」という意味となって辻褄が合うのではないだろうか。もちろん完了の「ぬ」であれば、連用形に接続するので「醸しぬ」とあるべきで、また、その「ぬ」が名詞に接続しているので、「醸しぬる盃」とあるべきだが、ここではそう捉えて解釈することとしたい。

射手や蠍　どちらも夏の南空に見える星座。ギリシャ神話では、射手は天空でサソリが暴れた際に、すぐに弓を射ることができるように狙っているとされる。資本家の動きを組合理事がチェックしているというような意味を持たせていたと解することもできるが、深読みに過ぎるかもしれない。

評釈

「丸善特製　二」原稿用紙裏面に書かれた下書稿㈠（タイトルは「田園の歌（夏）」）。『新校本全集』には、この稿は歌曲の歌詞を書きとどめる意図で書かれたものとあるが、紙面の左半分には、イッポリットフ＝イヴァノフ作曲の「酋長の行進」のメロディーで歌われた「牧馬地方の春の歌」が書かれているので、妥当な判断だと思われる。賢治の教え子である斎藤盛が、賢治に『春と修羅（第一集）』をもらった際、その中に謄写版刷りの「"IHATOV" FARMERS' SONG」の楽譜が挟みこまれており、「賛美歌　四四八番」の楽譜と共にローマ字で記されていた詞があったが、これもほぼ同じ内容（書き誤りと思われる箇所もある）。

無罫詩稿用紙に書かれた下書稿㈡（タイトルは「イーハトヴ農民劇団の歌」。右肩に藍インクで(了)。第一形態は下書稿㈠とほぼ同じで、童話「ポラーノの広場」の最終章で、キューストが受け取った楽譜にある「ポラーノの広場のうた」の歌詞とほぼ同じ。

下書稿㈡の裏面に書かれ、「花巻農学校　同級会へ　第―回卒業生」（『新校本全集』は、ダッシュ部分には後から数字を入れる予定だったのではないかとある。タイトルはその後「ポランの広場のうた」に書き直されている）のタイトルのある下書稿

㈢。前半は下書稿㈡までとほぼ同じだが、後半が大幅に書き換えられている。

黄罫（240行）詩稿用紙裏面に書かれた下書稿㈣（タイトルは「ポランの広場のうた」）、下書稿㈢よりもさらに定稿に近づいている（タイトルの右肩に鉛筆で(丁)。ただしこの印の大きさや左側に記された線は㊢に近いという）。

定稿用紙に「ポランの広場」定稿が書かれている裏面に「〔かれ草の雪とけたれば〕」の下書稿㈢（断片）が書かれ、その余白に書き付けられた下書稿㈤（断片）。

定稿用紙に書かれた定稿（裏面には下書稿㈤）の六種が現存。生前発表なし。定稿に丸番号や句読点の表記はない。また、歌詞として楽譜に書かれただけでなく、「農民芸術概論綱要」中の「農民芸術の綜合」にも本作の前半が引用され、「詞は詩であり動作は舞踏 音は天楽 四方はかがやく風景画／われらに理解ある観衆があり われらにひとりの恋人がある／巨きな人生劇場は時間の軸を移動して不滅の四次の芸術をなす／おお朋だちよ君は行くべくやがてはすべて行くであらう」と続けられる。

まず下書稿㈠から見ていきたい。

つめくさひともす　夜のひろば
むかしのラルゴを　うたひかはし
雲をもどよもし　夜風にわすれて
とりいれまぢかに　年ようれぬ
まさしきねがひに　いさかふとも
銀河のかなたに　ともにわらひ
なべてのなやみを　たきぎともしつゝ
はえある世界を　ともにつくらん

抽象的ではあるが、希望に満ちた将来をともに作っていこうという向日的な歌詞となっている。

島田隆輔（後掲A）は、賢治が文語詩の推敲を重ね、「五十篇」と「一百篇」に定稿としてまとめる前の作業として、まず〈文語詩篇・百篇〉とでもいうべきものを選んだのではないかと仮定し、そこに選ばれた作品（原稿に㊢がつけられたもの）について、「ほぼ共通して指摘できるのが、〈現実〉のありようを詩の場に成立させようとする傾向、であろう。それは相当に強い」とする。しかし、「そのような傾向のなかで、〈理想〉を、詩の場に建設したものが1篇あった」として、本作をその「1篇」として次のように書いている。

> 農村社会の改革に立ち向かうその〈詩的実践〉が、ウル定稿・集の一篇として、田園劇のための歌曲をあらためて構築しなおしたのが、定稿「ポランの広場」に至るこの詩篇であり、そこに変らぬ宮沢賢治の〈理想〉が息づいているのである。それは、中村稔のいう「過去の再現に心を砕く」、「詩精

神の衰弱」といった方向ではない、と思える。
とすれば、鉛筆・赤インクによって選び取られた＜写稿＞のひとつひとつは、＜現実＞の前に立ち止まって、ただそれを凝視し批判し告発するばかりの位置にあるのではない。それぞれの＜現実＞をのり超えて、「ポランの広場」にたどりつこうとする、＜理想＞をけっして手放さぬ、その志につながりうるところに位置しているのではないか。
つまり、詩人宮沢賢治が、＜共同性＞と＜社会性＞とを機軸に構築するウル定稿・集の、＜文語詩篇・百篇＞構想の終着点に、この詩篇はあった、ということである。

たしかに下書稿㈠を読む限りではそのように解釈することもできそうだが、下書稿㈢からは、その理念性が失われることになる。下書稿㈢の最終形態をあげる。

つめくさ灯ともす　よるのひろば
むかしのラルゴを　うたひかはし
雲をもどよもし　夜風にわすれて
とりいれまぢかに　歳よ熟れぬ

組合理事らは　藁のマント、
山猫博士は　かはのころも、
醸《かも》せぬさかづき　その数しらねば、
はるかにめぐりぬ　赤き蠍

島田（後掲B）は後に、「詩想の底流には、詩人宮沢賢治自身は理想農村の建設に挫折しつづけてきたものの、なおその実現に向かう祈りがこめられているにちがいないが、そうした理想の実現を穿つものの存在、それが立ちはだかっているという現実認識が現れている、とも読みうる」と言うようになる。青山和憲（後掲B）は、「悪玉である筈の山猫博士と、善玉である筈の組合理事」が共存していることについて、

文語詩稿「ポランの広場」においては、その輝かしい理念の世界とはまた異なった世界が展開されていると見るべきであろう。それは確かに果敢ない仮染めの楽しみの世界――酔生夢死の世界ではある。しかし、それは享楽の場であると同時に、「稔り」を言祝ぐ場であり、また悪人をも容れる「御法」の場でもある。そこにはもはや高邁な理念はなく、その対立も止揚もない。それは行為者が歌う「おのものおもひ」の歌ではなく、そこから退くことを余儀無くされた者がその外側のややうらぶれた場所に見たもう一つの世界を、情意を表わす事なく、しかし無限のいとおしみを込めて叙する歌であったのではないか。

と重く受け止める。その一方、大角修（後掲）のように、「「ポ

ラーノの広場のうた」から改作された文語詩「ポランの広場」では、「はえある世界を　ともにつくらん」という共生の立場をさらに進めて、山猫博士たちも共に歌うことになる」と、あくまで理想を読み取ろうとする論者もある。

文語詩の後半が書き換えられるのは「花巻農学校 同級会へ第一回卒業生」というタイトルがあったという下書稿㈢の段階からだが、善悪の二者が仲良く酒を飲むのはおかしなことのように思えるかもしれない。しかし卒業生にとってみれば、善を演じたのも悪を演じたのも同じ仲間なのだから、善悪を分け隔てすることこそナンセンスであるという考え方もできるのではないだろうか。

あるいは、オペラでは、最初にオーケストラのみでこれから始まる劇全体の粗筋や性格を予想されるような曲を序曲として置くことがあるが、そんな性格を持たせたかったのかもしれない。

また、本作の前に位置する「一百篇」の「種山ヶ原」の「評釈」でも書いたように、歌曲を文語詩化する際、賢治は好日的な側面だけでなく、現実的な側面を織り込もうとしている傾向を指摘したが、ここでもその傾向が現われているのだとすべきかもしれない。

しかし、そもそも賢治の頭には、彼らを善と悪の二つの立場に分けるつもりなどなかった、とも考えられる。

この立場で「ポラーノの広場」を読み解こうとしたのは伊藤眞一郎（「ポラーノの広場」「国文学 解釈と鑑賞51―12」至文堂昭和六十一年十二月）だ。キューストは、出張先のセンダードの街ですっかり落ちぶれたデステゥパーゴを見ると「なんだかかあいさうな気もち」になり、その弁明もやすやすと信じてしまう。モリーオに戻ってから、キューストはデステゥパーゴの裏面について、農民たちから知らされるが、それでも「どうもデステゥパーゴの云ったのが本当かみんなの云ふのが本当かこれはどうもよくわからない」と述懐させている。つまりキューストは、農民たちの言葉を百％信じている存在ではないのである。

そして伊藤は次のように書く。

ミーロとの別れ際にキューストが、〈ポラーノの広場といふのはかういふ場所をそのまゝ云ふのだ、馬車別当だの、ミーロだのまだ夢からさめないんだ〉とつぶやく場面がある。そのさりげないつぶやきが、期せずして〈広場〉とは何か、どういうものかという問いへの、キュースト自身の、さらには作者宮沢賢治の、回答になっている。〈ポラーノの広場〉とは、他のどこでもない、ファゼーロや、ミーロたちが一生懸命に〈広場〉を捜している、この現にいる場所がそれなのだ、と言うのである。とは言え、それは、つめくさの明かりが灯り蜜蜂の羽音が漂う、この、夜の美しい野原だけが〈広場〉だ、という意味ではない。酔っ払った〈山猫〉が意地悪く歌でからみ、洋食ナイフでの珍妙な決闘にまで発展した野原の酒宴、これも実はそうであり、毒蛾退治の赤い焚き火で星空が夢のようにゆすれ、＜山猫＞が一人さびしく歩むセンダードの町も、ファゼーロたちが、自分たちの＜広場＞建設を誓って何度も水で乾杯し、風で革穂が波立ち騒ぐ暗い野原も、みんな＜ポラーノの広場＞にほかならない、という意味だ。

「ポラーノの広場」は、キューストがモリーオを離れ、「友だちのいないにぎやかな荒んだトキーオ」で書きつけられる物語だが、物語の冒頭には、次のような一節があった。

あのイーハトーヴォのすきとほった風、夏でも底に冷たさをもつ青いそら、うつくしい森で飾られたモリーオ市　郊外のぎらぎらひかる草の波、
　またそのなかでいっしょになったたくさんのひとたち、ファゼーロとローザロ《ママ》　羊飼のミーロや顔の赤いこどもたち、地主のテーモ、山猫博士のボーガントデステゥパーゴなど、いまこの暗い巨きな石の建物のなかで考へてゐるとみんななつかしい青いむかし風の幻燈のやうに思はれます。

イーハトーヴォの自然やファゼーロ、ロザーロらを懐かしく思い出すならともかく、キューストは地主のテーモや山猫博士までもなつかしく思い出してしまっている。伊藤が指摘するように、善悪二元論で「ポラーノの広場」を読み解こうとすると無理が生じてしまうのである。

　そう考えてみると、本作が花巻農学校の卒業生たちに送るつもりであったために善悪を同居させたという解釈もできるにせよ、もともと賢治が登場人物たちを善と悪に二分するつもりがなかったために、こうした改稿がなされたのだということも、十分にあり得るように思うのである。

先行研究

磯貝英夫「ポラーノの広場」（『作品論 宮沢賢治』双文社 昭和五十九年六月）

青山和憲A「「ポランの広場」と「ポラーノの広場」（Ⅰ）「うた」の変化の意味するもの」（「言文36」福島大学国語国文学会 昭和六十三年十二月）

青山和憲B「「ポランの広場」と「ポラーノの広場」（Ⅱ）「うた」の変化の意味するもの」（「言文37」福島大学国語国文学会 平成元年十二月）

二上洋一「「ポラーノの広場」成立考」（「文学と教育28」文学と教育の会 平成六年十二月）

宮沢健太郎「『文語詩稿一百篇』」（「国文学　解釈と鑑賞65―2」至文堂 平成十二年二月）

大角修「ユートピアのゆらぎ 青いむかし風の幻燈のように」（「雲の信号4」千葉宮沢賢治の会 平成十五年九月）

島田隆輔Ａ「〈写稿〉論」（『文語詩稿叙説』）
島田隆輔Ｂ「原詩集の輪郭」（『宮沢賢治研究　文語詩集の成立』）
信時哲郎「宮沢賢治「文語詩稿　一百篇」評釈二」（『甲南国文60』甲南女子大学国文学会　平成二十五年三月）
閻慧「宮沢賢治における産業組合と北海道　「ポラーノの広場」を中心に」（『国語国文研究149』北海道大学国語国文学会　平成二十八年十月）
島田隆輔Ｃ「9　ポランの広場」（『宮沢賢治研究　文語詩稿一百篇・訳注Ⅰ』〔未刊行〕平成二十九年一月）

10　巡業隊

①霜のまひるのはたごやに、　がらすぞうるむ一瓶の、
酒の黄なるをわかちつゝ、　そゞろに錫の笛吹ける。

②すがれし大豆《まめ》をつみ累げ、　よぼよぼ馬の過ぎ行くや、
風はのぼりをはためかし、　障子の紙に影刷きぬ。

③ひとりかすかに舌打てば、　ひとりは古きらしや鞄、
黒きカードの面反《おもぞ》りの、　わびしきものをとりいづる。

④さらにはげしく舌打ちて、　長《をさ》ぞまなこをそらしぬと、
楽手はさびしだんまりの、　投げの型してまぎらかす。

大意

昼になっても霜がまだ残っている宿屋の、ガラスを曇らせているひと瓶の、黄色い酒を仲間同士で分けているところを、なんとなしに錫色のフルートを吹く者がいる。

中身を取り去った後の大豆を積みあげて、馬がよぼよぼと過ぎて行くと、風は活動写真ののぼりをはためかし、障子紙にその影が映る。

フルート奏者がかすかに舌打ちをすると、別の一人は古いラシャ製の鞄から、

表面が反り返った黒いトランプの、みすぼらしいものを取り出した。

フルート奏者よりもいっそうはげしい調子で舌を打って、座長が視線をそらすと、楽手はさびしく黙ったままで、トランプを投げる恰好をしただけで誤魔化してしまった。

モチーフ

地方巡業で回ってくる活動写真を賢治はよく見ていたようだが、中学在学中に目にした旅館での一座の様子が晩年に至っても脳裏から去らなかったようだ。活動写真の上演中は、陽気で快活な楽手や弁士たちなのに、その裏では昼間から酒を飲んでいたり、トランプ（賭博？）をしていたり、座長の目が光っていたり…　旅を住処として生きる人々の暮らしへの興味と、そこもやはり現実世界であったという事実を見た気がしたのではないだろうか。一人で楽器の練習を続けたり、座長の舌打ちに一喜一憂したりする様子には、童話「セロ弾きのゴーシュ」の原形を読み取ることもできよう。

語注

巡業隊　常設の映画館がまだなかった頃、活動弁士や楽隊をたくさん引き連れたチームが全国を回っていた。下書稿に「フィルム函」といった語があることから、活動写真の巡業隊の様子を描いたものだということがわかる。多くの人気弁士がいたが、中でも、その口癖から「頗る非常大博士」と呼ばれた駒田好洋の巡業隊は有名で、駒田のインタビューに基づいた連載「駒田好洋　巡業奇聞」（「都新聞」昭和五年五月～十一月）によれば、明治末年から大正末年にかけて「日本全国を巡業して、たいてい相当の入りを見せたのは、死んだ桃中軒雲右衛門、大和之丞の吉田奈良丸、引退した豊竹呂昇、天一から出た松旭斎天勝、それから駒田好洋氏の一派とこの五つくらいしかなかった」（前川公美夫『頗る非常！怪人活弁士・駒田好洋の巡業紀聞』新潮社　平成二十年八月）とのことである（雲右衛門・奈良丸は浪曲家、呂昇は女義太夫、天勝は奇術師）。賢治の弟・清六（「賢治と映画」『兄のトランク』ちくま文庫　平成三年十二月）は、「駒田好洋などの興行師の持って来た洋画はいいものがありました」とし、「盛岡の古くからの劇場で、駒田好洋の巡業のたびに花巻の朝日座と一しょに次々と映画を上演した藤沢座がありました」と書いており、『もりおか物語(八)　肴町かいわい』（「肴町付近」熊谷印刷出版部　昭和五十三年七月）にも、盛岡劇場に「駒田好洋という人が、「ものを言う活動写真」というのをもって来あンした」という言葉が載っている。前川（前掲）によれば、明治四十四年十一月半ばから十二月末の間に、駒田は盛岡の藤沢座で興行を行っており、本作の先行作品である短歌が読まれた時期、季節も一致していることから、賢治がこの時に駒田の巡業隊を見ている可能性は高い。

錫の笛　錫の笛といえばフルートのことであろう。全てをスズで作ることは、柔らかすぎてふさわしくないと思われることから、おそらくは錫色のフルート、スズのメッキをされたフルートのことをいうのだろう。前川（前掲）によれば、駒田の巡業隊における楽隊の演奏レベルはかなり高かったようで、駒田自身もピアノ、バイオリンを学んだ経験があり、巡業ではアコーディオンやチェロを弾いたともいう。「北海タイムス」の記者・大島経男（石川啄木の前任者であったという）も、大正五年六月五日の記事に「駒田一派が優れたバンドを持っていることは大いに推奨に値する。銅鑼声の説明よりも管弦の咽ぶような訴えるような音で画面の情緒を語った方がはるかに適わしいのだ」と書いているという。同じ大正五年五月二十四日の「函館毎日新聞」には、「開幕前はブラスバンドにて泰西名曲を中幕の余興にはオーケストラにて高尚なる邦楽を演奏し写真映写中はヴアイオリンやセロやギターやバスマンドリンなどの洋楽器にて美妙なる音楽を聴かせ」たというから、洋楽よりも邦楽の方が多かったようではあるが、彼らの演奏レベルはかなりのものであったようだ。だとすれば巡業先の盛岡の「はたごや」でも、楽器の練習を怠らない楽師がいたのも理解できる。ちなみに明治四十二年一月十日の「日刊ビックリ新聞」（伊勢山田）では、「楽長内田錦洋、ヴァイオリン専門近藤北洋、楽師杉浦東洋、同じく保倉越洋、同じく枡谷硯洋」と巡業隊における音楽担当者が五人であったことが書かれているが、大正五年四月になると「オーストリア式の十八人より成るブラス・バンドと十五人より成るオーケストラ」（「キネマ・レコード」）にまで膨れ上がることもあったようだ。賢治が巡業隊を見かけたのが明治四十四年だとすると五～六人の編成であったのだろう。明治四十二年一月の段階で、音楽担当の他に、駒田、事務主任、会計主任、主任技師、主任説明の五人がいたというから、明治四十四年ごろの一行は十人程度。はたごやにもそれくらいの人数がいたということになりそうだ。

すがれし大豆《まめ》　「すがれし」は「末枯し」。つまり、盛りを過ぎて活気を失い、みすぼらしくなった様子のこと。ただ下書稿には「抜きたる大豆」の句もあることから、中身を取り去った後の大豆のことではないかと思う。

つみ累げ　『定本語彙辞典』には「累げはかさねる、かさなるの意。つみ累《あ》げ、と読みたいところだ」としながら、音調の関係から「つみつなげ」を提案している。入沢康夫（「文語詩難読語句（３）」）も、それに従っている。ここでもそれに従いたい。ただ、『宮沢賢治コレクション』では「つみ累《かさ》げ」のルビを振っている。

らしや鞄　羅紗を貼った鞄。下書稿には「機械凾」、「フィルム凾」ともあった。活動写真のフィルムを保管し、持ち運ぶための鞄のことだろう。

黒きカード　トランプのことだろう。童話「セロ弾きのゴーシュ」では、ゴーシュが「活動写真館でセロを弾く係り」に設定されているが、演奏会のアンコールを一人で務めて楽屋に戻った時の様子が、「楽長はじめ仲間がみんな［トラムプにすっかり負けて→(削)］火事にでもあったあとのやうに」と書かれていたことから、当時の楽団員たちがトランプ（賭博？）を日常的に行っていたことが推察できる。ただ、同じカードゲームである花札を指す可能性もある。花巻で作られた花札は有名で、羅須地人協会にも近い同心町のあたりで作られていたとのことで（江橋崇『ものと人間の文化史167 花札』法政大学出版局 平成二十六年六月）、賢治もそれを知っていたはずだ。ただ、巡業地が花巻に限定できるわけでも、また巡業隊の面々に花巻出身者がいたとも言えないので、花巻座の「花巻花」で遊んだというわけではないだろう。

長　下書稿㈢に「座の長」とあることから巡業隊を統括する長（座長）を指すのだろう。あるいは楽手を取りまとめる長（楽長）を指すか。童話「セロ弾きのゴーシュ」の冒頭には、「ゴーシュは町の活動写真館でセロを弾く係りでした。けれどもあんまり上手でないといふ評判でした。上手でないどころではなく実は仲間の楽手のなかではいちばん下手でしたから、いつでも楽長にいぢめられるのでした」とある。

楽手　当時の映画（活動写真）は、音楽もセリフもない無声映画であったため、弁士と共に音楽を奏する楽手も必要であった。

投げの型　投げる格好をして、という意味だろう。

評釈

無罫詩稿用紙に書かれた下書稿㈠、その裏面に書かれた下書稿㈡、同じ紙の表裏余白にびっしりと書かれた下書稿㈢（タイトルは「巡業隊」。以下、同じ。藍インクで(丁)。ただしいつの段階に対してのものかは不明）、黄罫（220行）詩稿用紙表面に書かれた下書稿㈣（鉛筆で(写)）、定稿用紙に書かれた定稿の五種が現存。生前発表なし。先行作品は「歌稿〔B〕」の短歌14で、この歌は赤インクの枠で囲まれ、「転」と書かれている。

14 楽手らのひるは銹びたるひと瓶の
　酒をわかちて　戯れごとを言ふ。

これは「歌稿〔B〕」では「明治四十四年一月より」（この次の章は「大正三年四月」）と書かれた章に収められているが、「歌稿〔A〕」14では、「楽手らのひるはさびしき一瓶の酒をわかちて銀笛をふく」という歌が「明治四十四年一月」（この次の章は「四十五年四月」）に収められているので、これを参考にすれば、明治四十四年の一月から三月、つまり賢治が盛岡中学二年の三学期から三年の三学期の間に詠まれたことになる。

文語詩のタイトルとなった巡業隊というのは、下書稿に「フィルム函」という語があることから映画を興行して全国を回る団体のことであろう。賢治の映画好きについては清六の証言などもあって知られる所だが、盛岡における最初の常設館は大正四年の紀念館なので、学生時代の賢治は巡業隊の姿もよく見たと思われる。

賢治が盛岡中学二年の時に寮で同室だった宮沢嘉助（「賢さんの思い出」「宮沢賢治全集 第九巻 月報４」筑摩書房 昭和三十一年七月）によれば、「賢さんは学校の成績はあまりよくなかった。というより寧ろ悪かつた様に思う。悪い筈だ、賢さんは学校の教科書などは殆ど勉強しなかった。無心に勉強してるなと思つてのぞいて見ると私には難しくて到底理解の出来そうもない哲学書だつた」といった時期であったから、学校の勉強などよりも映画の方に興味があったのではないかと思われる。

ところで活動写真の弁士として有名だった駒田好洋は、明治四十四年十一月から十二月末まで盛岡で興行を行っている。弟の清六も「駒田好洋などの興行師の持ってきた洋画はいいものがありました」（「賢治と映画」『兄のトランク』ちくま文庫 平成三年十二月）と書いていることから、賢治も駒田に興味を持っていたのは間違いない。ことに本作に先行する短歌の制作時期と駒田の盛岡での興行期間が一致しているだけでなく、季節も冬で、駒田の来盛と一致していることから、賢治が駒田の興行を見て、その際の巡業隊の様子を読み込んだ可能性は高いように思う。

明治四十四年十一月十一日に浅草の金龍館でフランス映画の「ジゴマ」が上映されて大ヒットし、子どもへの影響の大きさから、すぐに上映禁止となったが、賢治も「飢餓陣営」の中で「ヂゴマ」を登場させ、蔡宜静（「「氷河鼠の毛皮」における〈鉄道〉空間の設定と格闘プロット 映画『大列車強盗』と『ジゴマ』からの影響を中心に」「宮沢賢治研究 Annual22」宮沢賢治学会イーハトーブセンター 平成二十四年三月）は、童話「氷河鼠の毛皮」には「ジゴマ」が影響している可能性を論じている。

駒田は「ジゴマ」の評判をいち早く聞きつけてフィルムを買い取ったとのことだが、前川公美夫（『頗る非常！ 怪人活弁士・駒田好洋の巡業紀聞』新潮社 平成二十年八月）によれば、明治四十五年一月の金沢・尾山座から同年十一月の高知・高知座までが、駒田が「ジゴマ」を上映した期間なのだという。しかし駒田が、その一ヶ月前、盛岡でも「ジゴマ」を興行していた可能性も、絶対にない、とは言い切れないようだ。

ただ、島田隆輔（後掲）は、「歌稿〔A〕」の「明治四十四年一月」の項に「３ さすらひの楽師は町のはづれとてまなこむなしくけしの茎噛む」が掲載されていると指摘している（「歌稿〔B〕」には採られていない）。これも先行作品であったとすれば、付された番号も若いことから明治四十四年の冬頃の作だと思われ、となると賢治が駒田の興行を見て、先行する短歌、および文語詩を作ったのだと断言するのは憚られる。まして、本作が「ジゴマ」を見た際に作った短歌（および文語詩）であるとは、残念ながら断言できない。

さて、バックグラウンドについては、おおよその見当がついたものの、定稿で何を伝えようとしていたのか、今一つ分かりにくい。下書稿を読むことから、定稿について考えていくことにしよう。

まず、短歌では巡業隊の楽手たちが、昼間から酒を飲みながら談笑しているだけのことを詠んでいたようだが、文語化を始めた下書稿㈠の段階で、舌打ちする人物が現われる。その手入れ段階を見てみたい。

霜のまひるの駅亭に
酒うち汲める楽手らの
［(ナシ)→ひとり］かすかに［(ナシ)→③いらだちて］舌打ちし
錫の笛をばなげ［うて〔り→る〕→③(削)］

倦怠のため、あるいは上達しないためにフルート担当の楽手がいらだって笛を投げ捨てたのだろう。この後、この楽手が中心的な存在となる。

下書稿㈡では次のように改変されている。

なにかかすかにいらだちて
ひとりかすかに舌打てば
ひとりは投げの型つくり
ひとりは笛をなげうてる

「ひとり」が三行連続で現われているが、舌打ちした人物と笛をなげうつ人物は違っているように読める。続く下書稿㈢の初期形態は、次のようになっている。今度は全篇をあげてみる。

①霜のまひるのはたごやに
かそけく澱む一びんの
酒の黄なるをわかちつゝ
そゞろに錫の笛吹ける

②おもてはのぼりはためきて
障子を過ぐる風の影
すがれの大豆をせなにして
ガラスを過《よ》ぐるよぼれ馬

③ひとりかすかに舌打てば

ひとりは笛をなげうちて
亜鉛は古りし機械函
黒きカードをとりいだす

④さらにはげしく舌打ちて
あらぬ方見る座の長や
投げの極めにたまぎらし
ひとりは札をさめたり

酒を酌み交わしている中で、誰か一人が舌打ちし、すると「そゞろに錫の笛吹」いていた一人が、黒いカードを取り出すことになったようだ。状況はよくわからないが、笛の練習をしたり、あるいは誰かの舌打ちをきっかけにカードの準備をするなど、他人の顔色を気にする人物だということだろうか？　童話「セロ弾きのゴーシュ」では、ゴーシュが一人でアンコールを務めて楽屋に戻ると、「楽長はじめ仲間がみんな［トラムプにすっかり負けて→㊀］火事にでもあったあとのやうに」と書かれていたが、巡業隊の面々がカード賭博に興じることは、少なくとも賢治にとっては連想しやすいことだったのだろう。

しかし下書稿㈢で特筆すべきことは、四連が追加されて、「座の長」という新しい存在が描かれることであろう。

四連の冒頭に「さらにはげしく舌打ちて」というのは、フルート担当の楽手と楽長のどちらが動作主なのかわかりにくいが、手入れ段階に、「さらに［はげしく舌打ちて→舌打つその長と］」とあることから考えれば「座の長」がその主であることになろう。

おそらく座長は、トランプをすることを不快に感じて舌打ちをしたのであり、だからこそ楽手は、これから勢いよくトランプを投げようと（場に捨てようと？）したところなのに、威厳に負けて、静かにカードを収めたということになろう。座長がトランプ嫌いだったのかもしれないが、それならば、長く共に旅を続けているのに、今になるまで楽手がそれに気づかなかったとは考えにくい。しかも、他の楽手たちが練習をしているならともかく、酒を飲んでいることについては不快感を示すこともなかった座長が、このフルート担当の楽手がトランプを始めたことに対して不快感を持ったのだとすれば、彼にはトランプ遊びをさせたくない事情があったということになる。定稿を読んでも、あまりにぎやかな感じが漂っていないことからも、せっかくの興行なのに人が集まらなかった不快感がそうさせたのかもしれないが、たとえば、「セロ弾きのゴーシュ」に引きつけて考えれば、座長の舌打ちには、ただ一人、うまく演奏することのできなかった彼に練習を命じ、「お前には、まだまだ練習が必要だというのに、トランプ遊びに興じるとはたいした余裕だね！」といった皮肉が込められていたとも考えられよう。

定稿は、次のようになっている。

④さらにはげしく舌打ちて、　長《をさ》ぞまなこをそらしぬと、
楽手はさびしだんまりの、　投げの型してまぎらかす。

これも事情がつかみにくいが、今までの考察を元に考えると、激しく舌打ちをしながら目をそらす座長の声ならぬ声に、フルート担当の楽手は縮み上がり、トランプを投げる恰好をしただけでごまかした…　といった光景だと思う。

ところで、本作における状況は、「五十篇」の「〔あな雪か　屠者のひとりは〕」にきわめてよく似ているように思う。

「あな雪か。」屠者のひとりは、　みなかみの闇をすかしぬ。
車押すみたりはうみて、　えらひなく橋板ふみぬ。
「雉なりき青く流れし。」　声またもわぶるがごとき。
落合に水の声して、　老いの屠者たゞ舌打ちぬ。

「屠者のひとり」が雪が降り始めたのかと川上を見てみると、雉《きじ》が飛んでいたのを見間違えていたことがわかる、といったものだ。まだ若い「屠者のひとり」の小さな発見に対して、「老いの屠者」は返事をすることさえなく、ただ舌打ちをするだけだという詩である。

屠業が生き物の殺生をし、その死体を扱う生業であることから、差別的な目で見られていたことは知られるところだが、巡業者もまた、定住民からは差別的な視線を向けられることがあった。その中でも小さな喜びを見出しながら生き抜いていこうという若者（あるいはフルートの練習に励む「ひとり」の若者）に対して、取りまとめ役の熟年者が、ただ舌打ちをするだけで若者を威圧（教育?）するという状況は、極めて似通ってはいないだろうか。

まして新時代の有名人たる駒田好洋その人を描いたのであったとすれば、彼らの舞台裏をみてしまった中学生の賢治には、かなりショッキングな場面となったかもしれない。もっとも、初期の段階では、このような社会構造を描こうとする意図はなかったようで、「歌稿〔B〕」にあったように「楽手らのひるは銹びたるひと瓶の／酒をわかちて　戯れごとを言ふ。」であったことを考えると、あまり中学時代の賢治にこだわりすぎてしまってもいけないだろう。

ちなみに前川（前掲）が紹介する駒田の詳細な「駒田好洋　巡業紀聞」によれば、駒田は盛岡について、「ここは通称曲三と言われる大親分の縄張りである。本名藤沢三治といって柄は小さいが度胸はある。それに珍しいことには一切ばくちはやらないという人」としているという。大親分の意向は盛岡市中に行きわたっていたはずなので、もしかしたら盛岡では大親分の意向で、巡業隊はトランプばくちの一つもできなかったという悲

喜劇を書こうとしていたのかもしれない。あるいは「座の長」というのは楽団の長ではなく、この大親分が巡業隊のいる「はたごや」に顔を出した時の様子だったのかもしれない。

先行研究

佐藤通雅「盛岡中学時代歌稿」(『賢治短歌へ』洋々社 平成十九年五月)
小林俊子「詩歌」(『宮沢賢治 絶唱 かなしみとさびしさ』勉誠出版 平成二十三年八月)
信時哲郎「宮沢賢治「文語詩稿 一百篇」評釈二」(「甲南国文60」甲南女子大学国文学会 平成二十五年三月)
島田隆輔「10 巡業隊」(「宮沢賢治研究 文語詩稿一百篇・訳注Ⅰ」〔未刊行〕平成二十九年一月)

11　夜

はたらきまたはいたつきて、　もろ手ほてりに耐えざるは、
おほかた黒の硅板岩礫《イキイシ》を、　にぎりてこそはまどろみき。

大意

働いたりあるいは病んで、両手の熱に耐えられなくなったときに、たいていの人は黒いイキイシを、握って眠ったものである。

モチーフ

賢治が桜での自炊生活を送った頃に書かれた口語詩を文語化したもの。口語だと私的な体験を語っているような詩だが、文語となると何かの格言か標語を読んでいるような感じがする。これも賢治が狙った効果の一つだったのかもしれない。

語注

いたつきて　「病気になって」の意味。賢治の辞世の歌「病《いたつき》のゆゑにもくちんいのちなりみのりに棄てばうれしからまし」をも思わせる。先行作品「夜」にはない表現だが、岡井隆（後掲B）は、この文語詩は賢治の羅須地人協会時代を詠んだだけでなく、病床に伏せるようになってからの経験をも読み込んだものだとする。

硅板岩礫《イキイシ》　二酸化ケイ素（SiO_2）の成分を多く含んだ堆積岩。珪質堆積岩（チャート）と呼ぶことが多い。とても緻密で硬いために、鉄片と打ち合わせて火打石に使った。光沢があり、さまざまな色のものがあることから宝石とされ珍重されることもある。水晶やメノウ、オパールなどもこの仲間。『定本語彙辞典』には、「夜はこれを抱いて寝る習慣もあったのだろう」とある。

評釈

先行作品である口語詩「夜」の書かれた黄罫（22 22行）詩稿用紙の余白に書かれた下書稿㈠（タイトルは「夜」。鉛筆で㊢）、

定稿用紙に書かれた定稿の二種が現存。生前発表なし。定稿に丸番号はないが、一段落構成のためだろう。

『新校本全集 第五巻』に収められた口語詩「夜」を文語化したもの。作品番号も日付もわからないが、羅須地人協会時代のものであることは内容から理解できる。

口語詩は、はじめ「昼と夜」と名付けられていたが、その手入れされたものから見ていきたい。

手拭を円めて握ったり
黒い硅板岩礫《イキイシ》を持ったりして
（約十字不明）たのは
あれはみんな手が熱くって
昼の仕事で（二字不明）くたくたで
寝つかれなかった人だったのだ

農民たちが、なぜ夜になると手拭や硅板岩礫を持っていたのか。賢治は自分の肉体を通してはじめてその意味を解することができたのだろう。ここにあるのは農作業の厳しさであるよりは、むしろ「本統の百姓」（大正十四年四月十三日 杉山芳松宛書簡）に一歩近づけた感動のようなもののように思える。栗原敦（後掲）は、「かつて見た「あれ」、その時は解らなかった働く人の営みや仕種が今になって腑におちた、という発見・納得」が描かれているのだとする。

タイトルが「夜」に改められた口語詩の最終形態は、次のようなものだ。

掌《て》がほてって寝つけないときは
手拭をまるめて握ったり
黒い硅板岩礫《イキイシ》を持ったりして
みんな昔からねむったのだ

栗原は、この改稿について、「「みんな」と同じ一人に自分がなったことの認識の方に力点は移されるのである。「のだ」の強調も、みんながそのようにして眠ったこと（自分もそのようにして眠ること）の確認に変えられている」とするが、そのとおりであろう。

そこで文語詩稿になるのだが、栗原（後掲）は、

「文語詩」定稿「夜」に盛り込まれている内容を改めて箇条書きにすれば、⑴手がほてってつらいという事態、⑵眠ることさえできないという結果、⑶ほてりの原因（昼の激しい労働や病い）、⑷硅板岩礫などを握る理由の了解、⑸過酷な条件に耐える営みの深さへの感動、⑹その営みが昔からのみんなのものであったという普遍性、真実性の認識、とでもまとめられよう。

これだけの内容が双四聯という短詩形の中に凝集されてい

ることは、誠に驚くばかりだが、認識や体験の現場、その臨場感あふれる表現を求めた口語詩の最初の始まり方と、ぎりぎりまで追いつめられた認識の冷静客観的な提示という「文語詩」の行き方との差が、口語詩段階の推敲過程もふくめたこれらの過程にはっきりと示されているのである。

と書く。たしかに見事に凝縮したものだとは思わされるが、一方、賢治の文語詩に対して一貫して批判的な態度を取り続けている中村稔（後掲）の言葉にも納得がいくのである。

読みくらべてはっきりすることだが、「もろ手」というよりは「掌《て》」という方が現実感にとんでいるということであり、「おほかた」は不要だということである。これらの語句は七五調の音数をそろえるために変えられ、加えられているのである。

七五（五七）調が、日本語として覚えやすく、読みやすいものであることについては、今更指摘するまでもないが、その力に負けて冗長になっているというのである。形式を重視するあまり、内容がおろそかになっているという意味であろうが、たしかにそのとおりだと思う。

山内修（後掲A、B。引用はA）も、口語詩の最終形態と文語詩定型を掲げ、別の方向からの違和感を述べている。

詩の意味という観点からいえば、両者にはなんの違いもない。しかし、同じ短詩でありながら、この文語詩には微妙な違和感を覚える。それは、「文語」・「定型」という表現形式によって、個と全体という共有の構造が一般化され、そのために切実さを失ってしまったからではないだろうか。

この違和感も理解できないものではない。おそらく、いわゆる近代文学作品をよく読んでいる人であればあるほど、こうした違和感を強く感じるのではないだろうか。それはつまり、図式的すぎる整理になるかもしれないが、本作の口語詩から文語詩定稿に至る推敲の過程を、およそ次のようにパラフレーズできるように思うからである。

まず「道路を横断する際には横断歩道を使うべきこと」という客観的な事実がある。これについて、或る肉体的な経験に基づいて「道路に飛び出した時にひやっとしたが、横断歩道というのはこういう時のためにあるものだったな」というのが口語詩の手入れ段階にあたろう。

次の段階として、個人的な経験を後退させて、自覚を強調する口語詩最終形態の段階がある。これは「横断歩道というのは道路を横断する際に意味のあるものだった」という感じだろうか。

そして最終的に行き着いた地点である文語詩定稿では、音数律を守り、個人的な体験については極力におわせない表現、つまり標語やことわざにも似たものになり、「手を挙げて横断歩道を渡ろうよ」といったものとなる。

事実を獲得した喜び（口語詩下書稿手入れ段階）から自己確認（口語詩最終形態）に至り、ついには標語・ことわざ（文語詩定稿）に達する過程だ。もちろん、すべての文語詩が同じ過程をたどって推敲されたなどと言うつもりはないが、短い作品なのでノイズが混じることもないため、立ち位置の微妙な変化までもが見えやすくなっているのだろう。

あるいは、この過程をもう少し一般化して、こう言い換えることも、できるかもしれない。賢治の体験に基づくさまざまな事実を、個人的な思い入れを排除しながら定型表現の中に閉じ込め、それによって誰もが覚えやすく、口にしやすい形式に整えたのである、と。こうすれば、賢治文語詩の特徴として、大きな反対意見も出ないのではないだろうか。

柳田国男（「口承文芸とは何か」『口承文芸史考』昭和二十二年一月、ちくま文庫 平成二年一月）は、日本において「元来コトワザという語は言語の技術、すなわち言葉の活用の全体を包容すべきものであった。それをその一部の最も不変にして、むしろやや古臭いのを特徴とするものに、限定しようとしたのが誤解の元であった」とし、本来は「新たにいろいろの物の名と物いいとを考案して、毎日の会話を快活ならしめんとしていたのであるが、その大部分は格別の印象なしに、忘れられて再び出現せず、残りのわずかだけがむやみに模倣せられて、次第に旧来のタトエゴトなどと、同じ地位に祭り上げられることになったのである」という。だとすれば、賢治のこうした試みこそ、柳田的な意味でのコトワザに該当するものであったのかもしれない。

賢治は、自分の文語詩を「作品」として鑑賞されるよりも、標語やことわざのように口にされ、作者が誰なのかと詮索する気にもならないように言い古され、使い古されて、いつの時代までも生き延びていくことを望んでいたのではないだろうか。ここまで言ってしまっては、反発を招くかもしれないが…

先行研究

小寺政太郎「文語詩選九編」（「賢治研究50」宮沢賢治研究会 平成元年九月）

山内修A「「わたくしといふ現象」の行方 賢治の文語定型詩について」（「宮沢賢治9」洋々社 平成元年十一月）

岡井隆A「「文語詩稿」の意味」（『文語詩人 宮沢賢治』筑摩書房 平成二年四月）

岡井隆B「不眠と労働「文語詩稿」を読む（2）」（『文語詩人 宮沢賢治』筑摩書房 平成二年四月）

山内修B「非在の個へ」（『宮沢賢治研究ノート 受苦と祈り』河出書房新社 平成三年九月）

栗原敦「春と修羅 詩稿補遺」（『宮沢賢治 透明な軌道の上から』

新宿書房 平成四年八月）
中村稔「「疾中」「文語詩篇」その他」（『宮沢賢治ふたたび』思潮社 平成六年四月）
山根道公・山根知子「古風な表現」（『イーハトーヴからのいのちの言葉』角川書店 平成八年八月）
信時哲郎「宮沢賢治「文語詩稿 一百篇」評釈二」（「甲南国文60」甲南女子大学国文学会 平成二十五年三月）
島田隆輔「11 夜」（「宮沢賢治研究 文語詩稿一百篇・訳注Ⅰ」〔未刊行〕平成二十九年一月）

12　医院

①陶標春をつめたくて、　水松《いちゐ》も青く冴えそめぬ。
②水うら濁る島の苔、　萱屋に玻璃のあえかなる。
③瓶をたもちてうなゐらの、　みたりためらひ入りくるや。
④神農像に饌《け》ささぐと、　学士はつみぬ蕗の薹。

大意

春とはいえまだ陶の表札は冷たく、庭木のイチイの青さもいっそう冴えわたっている。池の水は濁って島には苔が生えそろい、茅葺き屋根の家にガラス窓がはかなげである。薬瓶をもった少女たちが、三人ためらいがちに入ってくる。神農像への供え物にと、医学士は庭先で蕗の薹を摘んでいる。

モチーフ

茅葺き屋根にガラス窓、手入れのよく行き届いた庭園に若い看護婦。医院の主も新時代の西洋医学を修めた学士ではあるが、代々受け継がれた神農像も敬っており、新しいものと古いものをうまく調和させている。先行作品を見ると、賢治はここで新旧の調和

（あるいは東西の調和）だけでなく、中央と地方が調和している様子も見出そうとしたように思われる。

語注

陶標　陶製の表札のこと。

水松　イチイ科イチイ属の常緑針葉樹。別名アララギ。先行作品にある「きゃら」も別名（厳密に言えばイチイの変種）。耐寒性・耐陰性があるので寒冷地でもよく育ち、庭木や生垣によく用いられる。

島の苔　庭池にある島に苔が生えている様子。

玻璃　ガラスのこと。高橋万里子（後掲）は、茅葺き屋根の家であるからかツララであるとするが、関連作品である「兄妹像手帳」の「医院」に、「小屋にはガラスもはめた」とあることから、茅葺き屋根であっても、ガラスを嵌め込んでいたのだろう。ここでは新しいものと古いものの調和を演出しているのだと考えたい。ただ、「あえかなる」ともあるように、あぶなっかしく、たよりなげであったようだ。

瓶　文語詩の下書稿に「丁幾の瓶」（チンキのびん）とあることから、ヨードチンキの入った瓶を指すのであろう。

うなゐら　「うなゐ」は、子どものこと。ただし、瓶の中身がヨードチンキであったとすると、子どもにヨードチンキを持たせるのも危険なので看護婦だということになりそうだ。ただ、「うなゐ」の語にはふさわしくないし、瓶を持つのに三人は多すぎる。また、この医院で働く存在であれば、今更、「ためらひ入りくる」必要もない。現在は錠剤があたりまえだが、一昔前までは水薬が主流で、患者側が瓶を用意して医者に行ったのだともいうので、患者であったとすることもできる。ただ、それにしては医師である「学士」の方は、庭先で蕗の薹などを取っていて暢気すぎる気もする。これらのことから看護婦と「学士」の子か孫の子どもたちとするあたりが妥当かもしれない。

神農像　中国伝説における人身牛首の農業神。五行の火の徳を以て王となったために炎帝と呼ばれる。人々に農耕や医薬、占術、法などを教えたとされ、厚く信奉される。東京では湯島聖堂で神農祭が行われるが、大阪では薬の町である道修町の少彦名神社、堺の薬祖神社でも祀られている。また、漢方医たちは冬至の日に、親戚や友人知人を招いて神農を祭ったという。

蕗の薹　フキノトウ。早春に生え出てくるフキの花茎。苦味があるが食用として愛されている。中国では薬用として用いられた。

評釈

黄罫（22〇行）詩稿用紙表面に書かれた下書稿（タイトルは「医院」。鉛筆で㊢）、定稿用紙に書かれた定稿の二種が現存。

生前発表なし。『新校本全集』には、「春と修羅 第三集」の「一〇〇一〔プラットフォームは眩くさむく〕一九二七、二、一二、」と題材の一部を共有しているとある。昭和六年七月頃から使用されたと思われる「兄妹像手帳」に「医院」というタイトルの書かれた断片があり、『新校本全集 第十三巻（上）覚書・手帳 校異篇』にも指摘があるように、関連作品だとすべきだろう。また、『新校本全集 第六巻 校異篇』が指摘するように、『新校本全集 第五巻』所収の口語詩「〔この医者はまだ若いので〕」も関連作品。

まず先行作品「一〇〇一〔プラットフォームは眩くさむく〕」の最終形態から見ることにしたい。

プラットフォームは眩ゆくさむく
緑に塗られたシグナルや
きららかに飛ぶ氷華のなかを
あゝ狷介に学士は老いて
いまは大都の名だたる国手
昔の友を送るのです
……そのきらゝかな氷華のはてで
小さな布の行嚢や
魚の包みがおろされますと
笛はおぼろにけむりはながれ
学士の影もうしろに消えて
しづかに鎖すその窓は
鉛のいろの氷晶です
　かがやいて立つ氷の樹
　蒼々けぶる山と雲
　一つら過ぎゆく町のはづれに
日照はいましづかな冬で
車室はあえかなガラスのにほひ
髪をみだし黒いネクタイをつけて
朝の光にねむる写真師
東の窓はちいさな塵の懸垂と
そのうつくしいティンダル効果
客はつましく座席をかへて
双手に二月のパネルをひらく
しづかに東の窓にうつり
いちゐの囲み池をそなへた小さな医院
その陶標の門をば斜め
客は至誠を面にうかべ
体を屈して殊遇を謝せば
桑にも梨にもいっぱいの氷華

花巻駅だろうか。賢治はプラットホームで地元の老医師が、今や名士となった旧友が東京に戻るのを見送りに来ているという光景を見たようだ。昭和初年に学士の資格を持つ老人と言えば、エリート中のエリートであったはずだが、おそらくは「狷介」さのために人生の大半を地方都市で過ごすことになったのだろう。高橋万里子（後掲）は次のように書く。

文語詩との関連を勘案すれば、「狷介に」「老い」た「学士」に見送られ、車中の客となった学士の「昔の友」、「いまは大都の名だたる国手」になっているその人は「双手」でパネル（車窓）を開き、その東の窓からの風景に、それは「いちゐの囲み池をそなへた小さな医院／その陶標の門」であるわけだが、そこに向って「至誠を面にうかべ」て「体を屈して殊遇を謝」すというのである。

この窓から見えた風景こそ、共有されている題材であり、狷介に老いた学士の小さな医院と推測できるわけだが、文語詩「医院」においては、この部分だけが掬いあげられ、膨らみ、展開されたと見ることが出来よう。

口語詩の下書稿㈣には、「あゝあの窓に見送りの／え あの人はお医者です／道又医院、あるでせう、あの坂の上、／古い東京医学校 今の大学前身とかの出ださうで」とあるが、高橋（後掲）によれば花巻に道又医院というのは、現在も賢治在世中もなかったという。が、「坂の上」にある医者といえば、通称「ゲンミンサン」と呼ばれた南部藩お抱えの医者がおり、さらにその医者は神農像を掲げ、十二月には団子を捧げて祈っていたことまで確認している。

東京医学校について言えば、これは東京大学医学部の前身だが、その名を名乗ったのは一八七四（明治七）年〜一八七七（明治十）年のわずかな間だけだというので、ここを卒業した人は明治維新前に生まれたことになる。こうした背景から早朝のプラットフォームに立っていた人物について考えてみると、すでに七十歳を過ぎていたということになりそうだが、これ以上のことはわからない。

見送られた方の「名だたる国手」であるが、国手とは「（国を医する名手の意）名医。また、医師を敬っていう語」（『日本国語大辞典』）のことである。しかし、「一〇〇一〔プラットフォームは眩くさむく〕」の先行形態である「詩ノート」の「一〇〇一汽車」には、部下に向かって「これが小さくてよき梨を産するあの町であるか」、「この町の訓練の成績はどうぢゃ」などと問いかけていることから、単なる医師というだけではないように思える。たとえば、陸奥国胆沢郡塩釜村（現・岩手県奥州市）出身の後藤新平あたりがモデル候補になろうか。

後藤は一八五七（安政四）年の生まれなので、年代的にはぴったりと一致する。ただ、出身は東京医学校ではなく、福島県にあった須賀川医学校である。卒業後は愛知県医学校長兼愛知病院長に就任し、その後は台湾総督府民政長から南満洲鉄道の初代総裁、逓信大臣、鉄道大臣、内務大臣、外務大臣を経て東京市長を歴任し、帝都復興院総裁なども務め「大風呂敷」とあだ名されたスケールの大きな政治家である。

賢治も後藤のことについて、『新校本全集 第六巻』の「(中風に死せし新　が)」で言及している(空白になった一文字に入るのは「平」の字で、「来」と書き誤ったのを削除したままで、訂正していなかったためだろう)。

中風に死せし新　が
かつてこゝらの日ざしのなかの
蕗の茎たつ長方形の草地をば
みなことごとに截りとりて
広軌にせんと云ひしとか

これは昭和六年ごろに使われていた「GERIEF印手帳」の中に書かれたメモだが(後藤は昭和四年に脳溢血で死去)、「広軌」とは後藤が日本の鉄道を狭軌から広軌に変えて、総延長距離を伸ばすより、輸送力を重視すべきだとしたことを指すと思われることから「新　」が後藤を指すのは、ほぼ間違いない。

ただ、列車からプラットフォームの光景を描いた詩であれば、何も舞台を花巻駅に限定する必要はない。後藤の出身地である水沢駅、あるいは他の駅が舞台になっていた可能性も考えられてよいだろう。

さて、ここまでの論議をまとめるとおよそ次のようになるだろう。「名だたる国手」が、旧友の田舎医師と駅のホームで短い再会をする場面を賢治が見た。田舎医師も黙っていれば日本医学界を代表するような存在になれたはずなのに、新時代の西洋医学を学びながらも、伝統医学をも重視し、地方で生きる道を選んだ。その「狷介」さの故に、中央に出て力を発揮することもなく、地方で朽ちていくことになったわけだが、それを「国手」は軽んじるどころか、列車の中からであるとはいえ、「陶標の門をば斜め／客は至誠を面にうかべ／体を屈して殊遇を謝」した…

口語詩から文語化する頃に書きつけたと思われる「兄妹像手帳」の「医院」(『新校本全集 第六巻』の「補遺詩篇Ⅱ」)でも、

つたもからませ
ちゃぼひばも植え
小屋には
　ガラスもはめた
「ひごろにわれも
　　　東洋の」

とあるから、新しい時代の新しい価値観、新しい技術を受け入れながら、東洋を棄て去ることはしない「われ」の姿勢を書こうとしたことがうかがえる。

ところで関連するのではないかという指摘がされている口語詩に、「(この医者はまだ若いので)」もある。

この医者はまだ若いので
夜もきさくにはね起きる、
薬価も負けてゐるらしいし、
注射や何かあんまり手の込むこともせず
いずれあんまり自然を冒瀆してゐない
そこらが好意の原因だらう
そしてたうたうこのお医者が
すっかり村の人の気持ちになって
じつに渾然とはたらくときは
もう新らしい技術にも遅れ
郡医師会の講演などへ行っても
たゞ小さくなって聞いてゐるばかり
それがこの日光と水と
透明な空気の作用である
こゝを汽車で通れば、
主人はどういふ人かといつでも思ふ
この美しい医院のあるじ
カメレオンのやうな顔であるので
大へん気の毒な感じがする
誰か四五人おじぎをした
お医者もしづかにおじぎをかへす

日付がないので、いつ頃に書かれたものかわからないが、汽車から見えた医院といえば、それほど数は多くないだろう。賢治に「若い」と言わせるからには「東京医学校」出身の医者ではなく、その孫あたりの世代ではないかと思う。王敏（後掲A、B）によれば、ゲンミンサンの孫も医者で、明治末年頃に生まれたようなので、その人のことなのかもしれない。浜垣誠司（「美しい医院のあるじ（1）（2）（3）」「宮沢賢治の詩の世界」http://www.ihatov.cc/ 平成二十五年三月三十一日、六月二日、七月十五日）も、モデルについての考察を書いているが、こうしてモデル詮索を続けても、花巻以外の地が舞台になっている可能性、そして何よりも虚構化されている可能性を考えれば、これ以上の考察も難しい。

もう一点、気になるのは、関連作品「医者」が載っている「兄妹像手帳」の五ページほど先に「岩手医事への寄稿材料」というメモがあることだ。おそらく賢治が花壇を設計した花巻共立病院の院長・佐藤隆房に関わるもののようだが、佐藤は千葉医学専門学校の卒業生ではあるが、彼がイメージされていた可能性もゼロとは言えないように思う。つまり、高橋（後掲）が言うように、「実在したかもしれない複数のモデル」を考えながら読むべきなのだろうと思う。

しかし、本文語詩で賢治が何を描こうとしたかについては、はっきりしているように思う。世俗的な成功や新時代の潮流を追いかけて東京に向かうだけでなく、しっかり地元に根を下ろし、伝統文化にもきちんと向き合いながら、清貧に生きていく道があり、それを選んだ先人もいるのだ、ということだ。

　賢治作品において、〝田舎者〟の価値を認める存在は、中央や海外の大権威であることが多い。童話「気のいい火山弾」におけるベゴ石は、「東京帝国大学校地質学教室」によって、はじめて存在価値を認めてもらえたし、また、童話「虔十公園林」で虔十の森も、「アメリカのある大学の教授になってゐる若い博士」によって認められた。

　しかし、賢治が口語詩にあった「名だたる国手」を定稿に登場させなかったこと、つまり、田舎医師の評価を、中央の権威に仰がなかったのは、地方においても自律的に生きていくことができると言いたかったからではないだろうか。

　賢治自身、東京や海外の新しい文物に憧れ、何度も東京に足を踏み入れ、また洋書にも手を出したが、生涯、岩手にこだわり続ける人生を選んだ。自分と似た面を持った一地方医師のことを、賢治はどうしても書き留めずにはおられなかった、ということなのかもしれない。

先行研究

赤田秀子「文語詩を読む　その2　車窓のうちそと「保線工手」を中心に」（「ワルトラワラ13」ワルトラワラの会　平成十二年八月）
高橋万里子「医院」（『宮沢賢治　文語詩の森　第二集』）
王敏A「宮沢賢治の西遊記（九）〜（十一）」（「真世界6137〜6139」真世界社　平成十二年九月〜十一月）
王敏B「神農との出会いを中心に」（『宮沢賢治と中国　賢治文学に秘められた、遥かなる西域への旅路』国際言語文化振興財団　平成十四年五月）
島田隆輔A「42　車中〔一〕」（『宮沢賢治研究　文語詩稿五十篇・訳注5』〔未刊行〕平成二十四年一月）
信時哲郎「宮沢賢治「文語詩稿　一百篇」評釈二」（「甲南国文60」甲南女子大学国文学会　平成二十五年三月）
島田隆輔B「12　医院」（『宮沢賢治研究　文語詩稿一百篇・訳注Ⅰ』〔未刊行〕平成二十九年一月）

13 〔沃度ノニホヒフルヒ来ス〕

①沃度ノニホヒフルヒ来ス、　青貝山ノフモト谷、
荒レシ河原ニヒトモトノ、　辛夷ハナ咲キ立チニケリ。

②モロビト山ニ入ラントテ、　朝明ヲココニ待チツドヒ、
或ヒハ鋸ノ目ヲツクリ、　アルハタバコヲノミニケリ。

③青キ朝日ハコノトキニ、　ケブリヲノボリユラメケバ、
樹ハサウサウト燃エイデテ、　カナシキマデニヒカリタツ。

④　カクテアシタハヒルトナリ、　水音イヨヨシゲクシテ、
鳥トキドキニ群レタレド、　ヒトノケハヒハナカリケリ。

⑤雲ハ経紙ノ紺ニ暮レ、　樹ハカグロナル山山ニ、
梢螺鈿ノサマナシテ、　コトトフコロトナリニケリ。

⑥ツカレノ銀ヲクユラシテ、　モロ人谷ヲイデキタリ、
ココニ二タビ口《クチ》ソソギ、　セナナル荷ヲバトトノヘヌ。

⑦ソハヒマビマニトリテ来シ、　木ノ芽ノ数ヲトリカハシ、

アルヒハ百合ノ五塊《タマ》ヲ、　ナガ大母ニ持テトイフ。
⑧ヤガテ高木モ夜トナレバ、　サラニアシタヲ云ヒカハシ、
ヒトビトオノモ松ノ野ヲ、　ワギ家ノカタヘイソギケリ。

大意

ヨードのにおいが奮い起こってくるような、青貝山のふもとの谷の、荒れた河原に一本の、コブシの木が花を咲かせて立っていた。

たくさんの人々が山に入ろうと、朝明けをここで待って集まり、或る者はノコギリの目立てを行い、また或る者は煙草を吸っていた。

青い朝日はこんな頃合いに、朝もやの中を昇ってくると、コブシの木は急に生気を得て、かなしいくらいに美しく光に照らされて浮かび立った。

　こうして朝はやがて昼になり、河の水音はいよいよ烈しく、
　鳥たちも時々は群れ飛ぶけれど、人々の気配は谷から消えていた。

雲は経紙の紺色のように染まり、コブシの木は黒々とした山を背にして、梢だけが螺鈿細工のように光り始めると、夕暮れ時が近づいてきた。

疲れがたまったところで銀色のキセルで煙草をくゆらせ、面々が谷に向かって降りてきた、谷川で二度ほど口を漱いで、背中に負った荷物を整理する。

皆がそれぞれ取ってきた、木の芽の数を数えては交換し合って、
あるいは掘ってきた百合の根五塊を、「君のお祖母さんのところに持って行け」などと言っている。
やがてコブシの高木にも夜が訪れると、また明日と言い交しながら、
人々はおのおの松の野原を過ぎ、我が家の方に急いで行った。

モチーフ

春先の山に山菜を取りに出かけ、夕方になると再び集まってはお互いの収穫物を見せ合い、交換し、ともに家路につくという農民の生活を書き留めたもの。しかし、コブシの花が咲く頃となれば（岩手の山間部であれば四月の後半から五月初旬頃）、農繁期で、まる二日もかけて山仕事をするというのは想像しにくい（「サラニアシタヲ云ヒカハシ」とある）。山の仕事をする民であるとすれば、「サラニアシタ」や「ワギ家ノカタヘイソギケリ」といった言葉は似合わない。人間関係も円満にすぎ、空想的・理想的にすぎるように思う。もっとも本作が文語詩定稿の中で最長の作品であり、また、唯一のカタカナ書きの作品であることからすると、賢治はリアリズムの追求など考えておらず、記念碑的な意味、象徴的な意味を持たせていたのではないかとも思われる。カタカナで書かれた「農学校歌」や「〔雨ニモマケズ〕」と同じように、おそらく本作は、自分（たち）が、こうなりたいという理想を示そうとしていたものではないかと思う。

語注

沃度　ヨウ素のこと。海藻や海産動物に含まれるが、大気中には存在しない。殺菌や消毒の際に用いるルゴール液あるいはヨードチンキのような匂いを感じたということだろう。針葉樹や腐葉土、コケのにおいなどが混じりあって、そのように感じられたのだと思われる。しかし、賢治が共感覚（或る感覚受容器に与えられた刺激に対して、他の感覚受容器が感じたかのように錯覚する現象。音を聞いて色を感じたり、映像から匂いを感じたりする）を鋭敏に感じる人間で、「歌稿〔A〕」に「198　いざよひの月はつめたきくだものの匂ひをはなち山を出でたり」といった歌を残していることを思うと、こちらの可能性について考えてもいいかもしれない。本作の前

に収められた文語詩「医院」の下書稿に「丁幾の瓶」（ヨードチンキ）があり、定稿でも「瓶」が残っている。賢治が意図的に文語詩を配列したものかどうかはわからないにせよ、感受性の強い読者が「一百篇」を順番に読んだら、ヨードの匂いのイメージが消え去らないうちに本作を読むことになろう。また、「孔雀印手帳」の冒頭には、「［かの iodine の雲のかた］」が書かれており、ここではヨウ素（iodine）が空に浮かぶものとしてイメージされている。

フルヒ来ス　本来なら終止形の「来」で終わるはずで、この「ス」は文法的に説明ができない。この点について、恩田逸夫（後掲）は、完了形の「ヌ」とあるべきところを「ス」に書き誤ったのだろうとしている。否定の助動詞「ず」の書き誤りだとすると、文法的には説明がついても、わざわざ来ないものに対してヨードの話を持ち出すのがおかしいし、方言か、あるいは東北訛りで「シ」音と「ス」音が入れ替わったとも考えられるが、他に同じ用例が見つからないのだという。ところが、原稿のコピーを下書稿から定稿に至るまで確認してみても、賢治はどの段階でもはっきりと「来ス」と書いており、ひらがなで書かれた下書稿㈡（断片）でさえ「来す」と書かれていることから、恩田が主張するようにカタカナの「ヌ」を「ス」に書き誤ったのだとは考えにくい。つまり、これは「来ス」なのだとすべきだろう。そもそも賢治は文語詩において、文語文法に従わない用例を多く残しているし、新しい言葉もたくさん作っているので、これもその一例だと思われる。また、この句を最初の句として堂々と登場させていることから考えると、ただ賢治が意識的に使ったというだけでなく、かなりこれを気に入っていたのではないかと思われる（もちろん音数を整える必要から使った側面もあっただろう）。『定本語彙辞典』では、「来スは越スに通じるので、フルイコスと読んで、沃度の匂いがふるいたつようににおってくる、の意」であろうとする。島田隆輔（後掲）は、「一〇七二　県技師の雲に対するステートメント　一九二七、六、一、」に「大バリトンの流体もって／全天抛げ来すおまへの意図は」を挙げるが、これも「越す」の例であろうと思う。

青貝山　架空の山。栗原敦（後掲B）は、賢治の文語詩における典型化の一つとして、この青貝山を例にあげている。賢治は当初、地学用語としての「岩鐘」から「岩鐘山」と名付け、実在した赤金銅山のもじりとして「青金山」に改め、それを「青貝山」に変容させたのではないかという。「単なる類型としてではない、個別具体性を背後にひそめながら普遍に開かれていると感じさせる、典型としての事象を現出させようとする試みの現われなのであった」という。どこにもないけれど、どこかに確実にあると思わせるような命名法だと言えそうだ。

荒レシ河原　「荒れた河原」と言えば、現代ならゴミにまみれた河原の様子などが浮かびそうだが、この時代の岩手県にそうした河原はなかっただろう。大きな岩がゴロゴロした河原、あるいは片側に切り立った崖がある河原というところだろう。

辛夷　春先に咲くモクレン科の植物で、読み方はコブシ。賢治は童話「マグノリアの花」を書いたが、マグノリアはモクレン属の総称で、ホオノキやタイサンボクも含まれる。山野に自生するものもあり、本作におけるコブシも、それだろう。童話「なめとこ山の熊」における母子のクマが交わす会話に登場する「ひきざくら」はコブシの方言名。賢治は昭和六年三月の佐伯正宛書簡下書に「マグノリアまことにこの地の郷花とも呼ぶべき」と書いている。

鋸ノ目ヲツクリ　山仕事をするためにノコギリの目立てをしているということ。ノコギリをヤスリで削って研ぐ作業を指すのだろう。

経紙ノ紺　写経に使う時の紺色の紙。「キョウガミ」とも読むが、音数から、ここは「キョウシ」と読ませたかったのだろう。『日本国語大辞典』には「蔵経紙」（大蔵経を書写したところからいう）について「中国製の紙の一種で、蠟引の光沢ある堅い繭紙。もと、黄白の二種があったが、現在は黄繭紙を用いる」とあることから、雲がそうした特殊な紙のように見えてきたことを指すのだろう。仏教的な雰囲気を漂わせるつもりもあったと思われる。

螺鈿　ヤコウガイやアワビなどの貝殻の銀色に光る部分を薄く切り、漆器や木地に嵌め込んだり張り付けたりする工芸上の技法。

ツカレノ銀　中谷俊雄（後掲）が「クユラシテというからキセルを指すが、ここでは一日の仕事の疲れが、にぶく銀色に輝いているようだ」と書くとおり。

コトトフコロ　漢字で表記すれば「言問う／事問う頃」となるところで、ものを尋ねあう頃、しゃべる頃、親しく言葉を交わす頃の意。つまり人々が再び集まって話をし始める夕方の時間帯のことであろう。

大母　祖母のこと。「オオハハ」と読ませ、音数を合わせようとしたのだろう。

評釈

黄罫（220行）詩稿用紙表裏に書かれた下書稿㈠（タイトルは手入れ段階で「地点」。赤インクで(了)）、黄罫（220行）詩稿用紙表面に書かれた下書稿㈡（断片）、黄罫（220行）詩稿用紙表裏に書かれた下書稿㈢（鉛筆で㊢）、定稿用紙に書かれた定稿の四種が現存。生前発表なし。

本作は文語詩定稿中で最長の作品であるが、唯一のカタカナ書き作品でもある。賢治がカタカナで残した作品と言えば、「未定稿」の「農学校歌」（川村吾郎による曲があり、今日でもよく歌われている）と「雨ニモマケズ手帳」に残した「［雨ニモマケズ］」くらいであり、どれも特殊な作品であることから、恩田逸夫（後掲）は、「作者として特に深い感動を盛つているので、それがふつうとは異るカタカナ交りの表記をとらせているのだと思う」と書いている（『新校本全集 第六巻』にはカタカナ書きの「耕母黄昏」が収められているが、これは譜面に書きつけられた歌詞なので、度外視してよいだろう）。

『新校本全集』に先行作品の指摘はないが、恩田（後掲）は「歌稿〔B〕」の、

146 またひとり／はやしに来て鳩のなきまねし／かなしきちさき／百合の根を掘る

235a 236 雲垂れし火山の紺の裾野より／沃度の匂しるく流る、

等との関連を指摘する。その他にも「歌稿〔A〕」の「313 雲かげの山の紺よりかすかなる沃度のにほひ顫ひくるかも」や「466 朝の厚朴嘆へて谷に入りしより暮れのわかれはいとゞさびしき」なども参考になったと思われる。原稿を見ると466の歌の脇には、「（三 南昌山）」とあるが、南昌山は岩鐘であるともされており、文語詩の下書稿㈠に「岩鐘山」とあることとの関連も指摘できるかもしれない。

また、次にあげる「歌稿〔B〕」の二首は、散文「〔峯や谷は〕」（盛岡高等農林学校の同人雑誌「アザリア6」に発表）、および、それを改稿した童話「マグノリアの木」の作中に引用されているもので、どれも本作と深い関係にあると思われる。

640 けはしくも／刻むこゝろのみねみねに／かほりわたせるほうの花かも

641 ここはこれ／惑ふ木立のなかならず／しのびをならふ／春の道場。

このように、本作に先行する作品、あるいは関連すると思われる作品の数は多いが、文語詩の下書稿㈠の段階で、既にカタカナ書きとなっており、これが内容や構成に大きな改変がなされないまま定稿に至っていることを思うと、現存する下書稿㈠以前に多くの試みがなされていたものと思われ、その過程を考えれば、さらに多くの関連作品や多くの経験などが織り込まれていた可能性もあろう。つまり、「歌稿」に書き留められたような時代から晩年に至るまでのさまざまな体験を踏まえた上で、虚構化も織り込みながら成立した作品であろうと思う。

栗原敦（後掲A）は、「おそらく作者賢治は、かつてこのような山入りを共にし、夕刻戻ってくる人々の姿を眼にしたことがあった。その記憶を生かして書き上げたにちがいない」としながらも、「作中世界を描き出す作者の視座の基本はこの「辛夷」とともにあったと言ってもよいくらいだ」という。そして、賢治は「生身の作者を超え、世界のあらゆる隈々まで遍く行きわたる、いわば絶対的な者の立つ位置」から、「世界の姿がは

じめて十全なる形で表現できるように感じ」て、文語詩を書いたのではないかという。そしてこれが「宇宙意志」を表現することだったのではないかとして論を結んでいる。

中野新治（後掲）は栗原論を受け、辛夷の存在に賢治自身が目指した人間としての存在のしかた「樹木的生」を見て、次のように書く。

> 農民と同化し、その幸せのために奔走することの不可能と欺瞞を知り抜いていたこの時期の彼にとって、鳥たちを憩わせ、働く人々の談欒を枝を広げて守り、すべてを見守る一本の樹木の無為自然は何にも増して尊いものではなかったか。人間であるゆえに樹木にはなれないが、デクノボーというあたうる限り植物に近い生を送る存在を夢みることはできるのである。

たしかに、賢治自身の立場は、一本の樹木にも擬せられるようなものとなって植物的だとも言い得るし、ここに登場する農民たちも、自ら耕すことも、植えることもせず、ただ採集するのみの存在として描かれ、しかもそれらの自然の恵みを仲間同士で分け合い、また、祖母のために持っていけと百合の根を相手に持たせたりして仲良く家路につかせている。まさに植物的、草食動物的だと言えそうだ。まことに美しい農村叙事詩とでも言うべきかもしれないが、賢治は農民たちの共同作業の様子を、「七三五　饗宴　一九二六、九、三、」の中で、「賦役に出ない人たちから／集めた酒を飲んでゐる」と描き、水引き（日照りの時などに自分の田に多く水を引こうとして争いがおこった）の際のトラブルを散文「［或る農学生の日誌］」で描いてもいた。となると、本作に描かれたようなことを、賢治が実際に見たはずがないなどと言うつもりはないにしても、実際以上に美しく描かれている、と指摘することは許されるだろう。

本作は文語詩定稿中で唯一のカタカナ表記作品であり、最長の作品であることから、賢治は本作を特別視したのではないかと書いたが、それは美しすぎる農民たちを描いたことと、おそらく無関係ではないように思う。

日ハ君臨シカガヤキハ
白金ノ雨ソソギタリ
ワレラハ黒キツチニ俯シ
マコトノ草ノタネマケリ

日ハ君臨シ穹窿ニ
ミナギリ亘ス青ビカリ
光ノ汗ヲ感ズレバ
気圏ノキワミクマモナシ

日ハ君臨シ玻璃ノマド

清澄ニシテ寂カナリ
サアレヤミチヲ索メテハ
白堊ノ霧モアビヌベシ

日ハ君臨シカヾヤキノ
太陽系ハマヒルナリ
ケハシキ旅ノナカニシテ
ワレラヒカリノミチヲフム

「未定稿」に収録されている「農学校歌」である。花巻農学校の精神歌として歌われ、今日でも賢治学会などで愛唱される曲の歌詞である。しかし、もしも、これが「農学校歌」として歌われることもなく、「定稿」の原稿の中にひっそりと交っていたならばどうだろう。あまりにも理想的、空想的で、賢治自身が農村で感じていた喜怒哀楽がほとんど反映されていない観念的な詩…　そんな風に思われるのではないだろうか。そう思えば、メロディーこそ伴っていないが、同じカタカナ表記の「〔沃度ノニホヒフルヒ来ス〕」も、農村の理想を描いた作品として同じように扱うこともできるのではないかと思う。

雨ニモマケズ
風ニモマケズ
雪ニモ夏ノ暑サニモマケヌ
丈夫ナカラダヲモチ
慾ハナク
決シテ瞋ラズ
イツモシヅカニワラッテヰル
一日ニ玄米四合ト
味噌ト少シノ野菜ヲタベ
アラユルコトヲ
ジブンヲカンジョウニ入レズニ
ヨクミキキシワカリ
ソシテワスレズ
野原ノ松ノ林ノ蔭ノ
小サナ萓ブキノ小屋ニヰテ
東ニ病気ノコドモアレバ
行ッテ看病シテヤリ
西ニツカレタ母アレバ
行ッテソノ稲ノ束ヲ負ヒ
南ニ死ニサウナ人アレバ
行ッテコハガラナクテモイヽトイヒ
北ニケンクヮヤソショウガアレバ
ツマラナイカラヤメロトイヒ
ヒデリノトキハナミダヲナガシ
サムサノナツハオロオロアルキ
ミンナニデクノボートヨバレ

ホメラレモセズ
クニモサレズ
サウイフモノニ
ワタシハナリタイ

晩年の賢治が手帳に書き留めた、やはりカタカナ表記の「〔雨ニモマケズ〕」である。「〔雨ニモマケズ〕」は文語詩稿としてカウントされないが、書かれた時期、五音や七音の句が続いたり、対句的な表現も多いことなどから、文語詩と連続的に考えてよいだろう。中村稔は「宮沢賢治のあらゆる著作の中でももっとも、とるにたらぬ作品のひとつ」（「雨ニモマケズについて」『宮沢賢治』筑摩叢書　昭和四十七年四月）と書いたが、そもそも近代詩史とは別のジャンルのものであり、「農学校歌」や「〔沃度ノニホヒフルヒ来ス〕」も併せたこれらカタカナ表記詩群は、自分自身、あるいは農村で生きる人々の理想的なありかたを提示し、励まし癒そうという半ば儀式化・様式化された詩、何度も口誦することを目的とした詩なのである。今日も多くの校歌や社歌が愛唱されているが、これらの作詞に携わった詩人たちのうち、輝ける未来や理想を謳わず、対句的な表現を用いることなく（一番と二番の歌詞はたいてい対句的である）、現実の暗黒面や悲惨事を語っているものは、まずないと言ってよいだろう。また、それに対して「とるにたらぬ作品」だなどと難癖をつけたり、リアリズムではないと批判する無粋な者もいないだろう。

それは詩ではなく歌詞だからだ。あるいは、社交辞令や挨拶の類ではないか、と言われるかもしれないが、賢治は大正十五年の冬、花巻農学校に開設された岩手国民高等学校で「農民芸術」を講じた際、伊藤忠一の講義ノートによれば、「真の詩」として、「生産の原動力であり、これに拠りて勢力をもりかへし労働を完うする事の出来るものでなければならない」と述べている。もちろん、すべての賢治詩が、またすべての文語詩がこうした傾向を持っていたと言うつもりはないが、少なくとも本作に限っては、賢治が言うところの「真の詩」を目指したものであったように思えるのである。

先行研究

恩田逸夫「文語詩「〔沃度ノニホヒフルヒ来ヌ〕」「カタカナ書き」と「フルヒ来ス」」（「四次元116」宮沢賢治研究会　昭和三十五年六月）
栗原敦A「マグノリアの花」（『宮沢賢治　透明な軌道の上から』新宿書房　平成四年八月）
栗原敦B「宮沢賢治と詩　〈文語詩〉の位置」（「国文学　解釈と鑑賞58—9」至文堂　平成五年九月）
中野新治「「雨ニモマケズ」論　樹木的生への到達」（「日本文学研究29」梅光女学院大学日本文学会　平成五年十一月）
中谷俊雄「〔沃度ノニホヒフルヒ来ス〕」（『宮沢賢治　文語詩の

森』)
小林俊子「詩歌」(『宮沢賢治 絶唱 かなしみとさびしさ』勉誠出版 平成二十三年八月)
信時哲郎「宮沢賢治「文語詩稿 一百篇」評釈三」(「甲南女子大学研究紀要 文学・文化編50」甲南女子大学 平成二十六年三月)
島田隆輔「13〔沃度ノニホヒフルヒ来ス〕」(「宮沢賢治研究 文語詩稿一百篇・訳注Ⅰ」〔未刊行〕平成二十九年一月)

14 〔みちべの苔にまどろめば〕

①みちべの苔にまどろめば、　日輪そらにさむくして、
わづかによどむ風くまの、　きみが頬ちかくあるごとし。
②まがつびここに塚ありと、　おどろき離《か》る、この森や、
風はみそらに遠くして、　山なみ雪にたゞあえかなる。

大意

道端の苔の上でまどろんでいたが、空には日輪こそ見えるもののまだ寒く、わずかに風のよどんだ場所に逃げ込むと、きみの頬はとても近くにあるように感じられた。

ここには災いをもたらす神の塚があるようなので、すぐに森から離れようと思うが、空の高いところで風が吹いており、山並にはまだ雪が融けてないためにぼんやりと見えている。

モチーフ

賢治が夜の散歩に出かけて詩作したことは有名だが、生徒や友人を誘うこともよくあった。本作は詩友の森荘已池を誘って岩手山周辺を歩いた時の経験にもとづくもののようだ。仮眠を取るために休んだところで、賢治は異界と交信したようだが（現実的な言い方をすれば「悪夢を見た」）、それをきっかけにして仮寝の場所を離れたということなのだろう。ただ、「きみ」を異性であると捉えることもできる。何か性的な夢を見て、そこに登場した人物を「きみ」と呼んだ、ということなのかもしれない。

語注

風くま　隈とは、道や川などが曲がって入り込んだところのことを言うが、ここでは風の通りが澱んで穏やかになった場所のこと。

まがつび　日本神話にみえる神の名。マガはよくないこと、ツは助詞で「の」の意味。ヒは神霊を示す。古事記や日本書紀によれば、伊弉諾尊《いざなぎのみこと》が黄泉国のけがれを清めるための禊をした際に生まれたとされる。凶事を引き起こす神とされるが、後にこの神を祀ることで災厄から逃れられると考えられるようになり、厄除けの守護神として信仰されるようにもなった。瀬織津姫神とも同じだという説もあるが、小林俊子（「宮沢賢治の文語詩における〈風〉の意味　第二章　その1」http://cc9.easymyweb.jp/member/michia/　平成二十四年十月十五日）が指摘するように、岩手県は瀬織津姫神を祀る神社が全国で最多であり、早池峰山をこの女神と扱うことがあることからも、本作との関係も浅くないと思われる。まがつび（あるいは禍津日・まがつみ）の語は、「一百篇」にのみ現われる語で、本作と「旱倹」、「〔日本球根商会が〕」に、また「〔凶つのまみ〕」の語が「〔狎れて嘲笑めるはた寒き〕」に登場する。

評釈

口語詩「一〇四八〔レアカーを引きナイフをもって〕一九二七、四、二六、」下書稿㈡の書かれた黄罫（240行）詩稿用紙の裏面に書かれた下書稿（鉛筆で写）と定稿用紙に書かれた定稿の二種が現存。生前発表なし。

島田隆輔（「初期論」『文語詩稿叙説』）は、「「文語詩篇」ノート」の「1926」に「四月林中苔」とあるものが、本作に対応するのではないかとしているが、後年の「宮沢賢治研究　文語詩稿五十篇訳注・稿2009年版」（未刊行）平成二十一年三月）の「〔きみにならびて野に立てば〕」の項目では、大正十四年五月に後輩の詩人である森荘已池と連れ立って岩手山の周辺を歩いた体験にもとづくものだとして、島田はどちらとも決められないと書いている。たしかに原体験をどちらかに決めることは難しそうだが、何度かの経験を合成して文語詩を作っていることもあるので、一回の体験を一つの詩と一対一対応させる必要はないだろう。ただ、後述するように、森荘已池と岩手山の周辺を歩いた時の経験を元にしている部分が大きいように思う。

しかし、小林俊子によれば、「〔冬のスケッチ〕」の第一八葉も影響を及ぼしているのではないかとのことで、たしかに詩句の一致は見過ごすことはできないように思う。

※

行きつかれ
はやしに入りてまどろめば
きみがほほちかくにあり
（五百人かと見れば二百人

二百人かと見れば五百人）
いつか日ひそみ
すぎごけかなしくちらばれり。

※

散乱のこゝろ
そらにいたり
光のくもを
織りなせり。

文語詩の後半とは異なる部分も多いが、なんらかの原体験が下敷きになっていたようだ。しかし、「［冬のスケッチ］」を書いていた頃、賢治はまだ森とも知り合っていないことから、誰か他に一緒に山に出かけて一夜を明かすような友人がいたのだろうか。島田隆輔（後掲）は、妹トシの面影があったのではないかとして論を展開しているが、なにがしかの地霊や山の神（瀬織津姫神？）の気配を感じて、「きみ」と呼びかけている可能性を考えてよいかもしれない。

ともあれ、前半と後半のイメージが最もスッキリと繋がる体験としては、森荘已池の「「春谷暁臥」の書かれた日」（『宮沢賢治の肖像』津軽書房 昭和四十九年十月）を考えるべきだと思われる。

盛岡の家にいた森は、賢治に呼び出されて、夕食も食べないうちに連れ出され、小岩井駅前でソバを二人前平らげてから小岩井農場の方に向かって歩き出し、姥屋敷のあたりで仮眠を取ったのだという。

姥屋敷の家々は、小山のように大きな農家だったが、しんと静まりかえって、寝ていた。人も犬も猫もみんな寝ているらしく、生き物の声は、くらやみの中に、何ひとつ聞かれなかった。ただ水車の音らしいものが、水音とともに聞こえていた。そこに家がある。そのそばを通る方が、野原の夜の底を歩くよりも、ずっとおそろしかった。

二人は道をみつけるために、小さな山にのぼった。私はただついて登っただけだった。山の上で、すかして地上を見ると、伐り倒された木の根が、五つ六つぼんやりと白く見えた。またおりて、道をさがした。道らしいものがあった。そして平地に出た。あたりは牧草の畠のようであった。

≪ちょっと立ちどまって、風に注意して下さい……≫

そうして立っていると林を吹くやや強い力の風はもう落ちて、しーんしーんと耳が鳴る静寂が、そこら一面にひろがった。また魔法がはじまった。じっとしていると、つめたく微かに、あるかなしかの風が、顔に流れるのがわかった。

≪岩手山から降りて来る風ですよ。雪に冷却されて降りて来るのです……≫

それは冷気とともに、霊気といふ《ママ》風なものを伴った空気の流れであった。歩いているうちに、あたりはやや傾斜して、小さな松の木が生えているような場所にかかった。私達は松の木をさがして、その下に眠ることになった。大地は暖かったが、岩手山から降りてくるその空気はつめたく、どうしても深く眠ることができず、うつらうつらとしていた。あおむいて寝ると、腹の方がつめたく、うつむいて寝ると、背中の方が寒いのであった。

《ここらに眠ると、いつでも大きな亀のような爬虫類が、お前を食べるといったり、お前の血がほしい、おまえの血がほしい……と、どんどんおしかけてきましてね……》

二人同時に、一本ずつとなり合った松の根元から立ちあがって夜の底をまた歩き出したとき、宮沢さんが、今しがたうつらうつらして見た恐ろしい夢を話した。夜中にこの道に来ると、ここで野宿をしなくても必ずよくない幻想に襲われるともいった。

森（「賢治が話した「鬼神」のこと」『宮沢賢治の肖像』前掲）は、賢治が父の政次郎から「怪力乱心を語るな」ときつく止められていたのに、「ほとんど会うごとに、「怪力乱心」ばなしを聞かされていた」と書くが、この夜のこともそのうちの一つである。

賢治が、この時の森との散歩で得た作品に、「春と修羅 第二集」に収められた「三三五〔つめたい風はそらで吹き〕一九二五、五、一〇、」があるが、その下書稿には「見給へここに地質時代の各紀の爬虫が集ってゐる／その各々が自分の祖先の血をたべたいとひしめいてゐる」といった言葉もある。

「まがつびここに塚あり」という言葉が文語詩にあるが、おそらくこうした異世界の存在達がこの世への出入り口として使う通路としての「塚」なのであろう。花巻農学校時代の同僚で、浄土真宗の僧でもあった白藤慈秀（「餓鬼との出合い 仏教で説く十界」『こぼれ話 宮沢賢治』トリョーコム 昭和五十六年二月）は、或る時、賢治が職員室をふらっと立ち出でて再び戻ってきたところに「どこに行って来ましたか」と尋ねたところ、次のように語ったのだと書いている。

田圃の畦道の一隅に大きな石塊が置かれてあるので不思議に思いました。畦の一隅に何故このような石が一つだけ置かれてあるかと疑い、この石には何んの文字も刻まろて《ママ》いないからその理由はわからない、何んの理由なしに自然に石塊一つだけある筈はない。これには何かの目じるしに置かれたに相違ないと考えた。その昔、この辺一帯が野原であったころ人畜類を埋葬したときの目じるしに置いたものに相違ない。また石の代りに松や杉を植えてある場所もある。こういうことを考えながらこの石塊の前に立って経を読み、跳座《きざ》して瞑想にふけると、その石塊の下から微かな呻き声が聞えてくるのです。この声は仏教でいう餓鬼の声である。なお耳を澄ましていると、次第に凄じい声に変ってきました。それは食物の争奪の叫びごえであったと語った。

白藤と賢治は同じ仏教徒ではあっても宗派の違いからぶつかることも多かったようで、白藤を批判したり揶揄する作品も多く残されていることから、賢治が出まかせを言ったのだと考えることもできるかもしれない。あるいは、取るに足りない非科学的な話だと思われるかもしれない。しかし、「異空間の実在」「幻想及夢と実在」（「思索メモ1」）と綴る賢治にとって、「塚」とは、やはりそのようなものであると認識されていたのであろう。森に対して「鬼神」の話をしたのも、また文語詩にも「おどろき離るゝ」の言葉が残されているのも、決してただの怪談話や比喩の類ではないだろう。

さて、賢治と森は、ここで「夜の底をまた歩き出し」、柳沢まで北上する。

私達はやがて、岩手山神社柳沢社務所の近くで、水の音がまたなつかしく、むしろ暖かい感情で鳴るのを聞いた。むこうに、まっくろい人工的な建物のようなものがそびえていた。岩手山神社と教えてくれた。その小さな小屋に何か一杯つまっていた。そこに二匹の犬のように、私達はもぐり込んだ。その小屋の中まで忍びこんだうす青い暁の光りに、よく眠った私たちは、目をさました。社務所の前の小川で、私たちは顔を洗った。そして小屋の中をみると、それは小枝のようなソバ殻だったので、私はびっくりした。からだ中についたホコリを払った。

さて、こうした体験が影響しているのはたしかだとしても、下書稿にも定稿にも「きみ」とあったことを思えば、道辺でまどろんだ際に、異性の出てくる夢をみて、ハッとして飛び起きたという詩であったのかもしれない。関登久也（「禁欲」『賢治随聞』角川選書　昭和四十五年二月）による次のような証言も賢治の行動を裏書きしてくれているように思う。

ある朝、館の役場の前の角で旅装の賢治に会いました。それは前の話より、よほどあとのことですが、たぶん賢治三十歳前後のことだと思います。顔が紅潮していかにも潑剌とした面持ちでした。どちらへおいでになったのですか、ときくと岩手郡の外山牧場へ行って来ました。昨日の夕方出かけて行って、一晩中牧場を歩き、いま帰ったところです。性欲の苦しみはなみたいていではありませんね。そういって別れました。

そんな賢治が、ふとまどろんだ際に、もしも「大きな亀のような爬虫類」の世界を覗いてしまったのだとしたら、「性質が愚癡で、貪欲・婬欲だけをも」（『広説仏教語大辞典』）つとされる畜生界を覗いたこととなり、急いでそこを後にしたのも当然ではないだろうか。

もちろん、「草や木や自然を書くようにエロのことを書きたい」（森「昭和六年七月七日の日記」『宮沢賢治の肖像』前掲）と語ったとも言われ、事実、文語詩稿では愛や性についても書いている賢治なので、この頃とは考えが変わっているだろうことは想像に難くない。このような生き方を推奨しようというわけではなく、一つの典型例として打ち出そうとしたのだと考えることもできよう。

さて、森は「自然物でない物の気配」（『森荘已池ノート 宮沢賢治 ふれあいの人々』熊谷印刷出版部 昭和六十三年十月）という後年のエッセイで、また少し違った視点からこの日のできごとを綴っている。

何だかつめたいような、風のようなものが、スースーと、極めて自然に、うごいているのに気がついたのだ。

しばらく考えていた賢治が「静かだが、これは、こわい空気の底流だ」と、気がついて言った。

「岩手山を暖めていた暖かい空気の層が上方に昇り、つめたい気層が、山膚（やまはだ）を降りはじめたのですよ。『気流の逆転』とでも言うのでしょうかね。服を通して、体の熱を奪われるのです」

賢治と私は、何回もからだをひっくりかえして、松の枯れ葉の暖かいベッドで暖をとり、岩手山のつめたい下降気流と戦うことになったのだ。が、

「とても、眠られそうではありませんナ」

と、賢治が言った。

どうするつもりだろう《ママ》」「何か考えているのだ」と、私は沈黙の中で思った。

「まず、歩くことにしましょう」

と、歩き出したのだ。「何か、自然物ではないもののある気配がします」と、賢治は言った。

「ははあ、岩手山神社ですよ」

と、賢治はやがて言った。

すかして見ると、暗い空間に、三角に突起したものがあった。

もっと近づくと、「なあんだ」と、賢治は、安心して言う。

「岩手山神社の小屋です」

と、賢治は「枯尾花を幽霊と見たんですね」と、カラカラとうれしそうに笑うのだった。

島田（『文語詩稿叙説』）は、本作を「信仰」を語った作品に分類しているが、基本的には宗教的な意識がこの作品を描かせていることに間違いはないように思う。ただ、森のこの文を読むと、岩手山から降りてくる冷たい風を描こうという自然科学的な興味も、賢治にはあったように思えるのである。

先行研究

中村稔「鑑賞」(『日本の詩歌18 新訂版 宮沢賢治』中央公論社 昭和五十四年九月)
信時哲郎「宮沢賢治「文語詩稿 一百篇」評釈三」(「甲南女子大学研究紀要 文学・文化編50」甲南女子大学 平成二十六年三月)
島田隆輔「14〔みちべの苔にまどろめば〕」(「宮沢賢治研究 文語詩稿一百篇・訳注Ⅰ」〔未刊行〕平成二十九年一月)

15 〔二山の瓜を運びて〕

①二山の瓜を運びて、　舟いだす酒のみの祖父《ぢゞ》。

②たなばたの色紙購ふと、　追ひすがる赤髪《け》のうなゐ。

③ま青なる天弧の下を、　きららかに町はめぐりつ。

④ここにして集へる川の、　はてしなみ萌ゆるうたかた。

大意

二山になる瓜を運び込んで、呑兵衛の祖父はこれから向こう岸に舟を出そうとしている。

七夕の飾り物をつくるための色紙を買いたいのだと、赤い髪の子が追いかけてくる。

真っ青な空の下を、舟が舳先を回すときらきらと町もめぐってみえる。

二つの川の合流点なので、絶えることなく水の泡が湧き出している。

モチーフ

町に近い農村の様子を描いた作品。瓜を現金に換え、おそらくはその帰りに酒を飲もうとしている祖父に、七夕の飾りを作るための色紙を買って欲しいと孫が走り寄ってくるという微笑ましい光景である。「一百篇」の冒頭の「母」では、瓜を食べたがっている母が描かれたが、本作では瓜を売る方の側を描いている。ただ、二つの川の合流点で消えることのない水の泡を持ちだして一篇を終えているところからは、鴨長明の『方丈記』に掲げられたような無常観も漂っているように感じられる。

語注

二山の瓜　賢治の生家近くで生まれ育った佐藤勝治（後掲）によれば、本作の舞台と思しい島部落では、「まくわ瓜と、紫波郡乙部（おとべ）から出る金瓜（きんか）とが、北上川東岸から出る美味な瓜として評判であった。島の瓜は「まくら瓜」ともいわれる程大きかった」という。二山とあるのは、佐藤が書くように、「てんびん棒でかついだ時、両方につるした竹籠」に入れるからであろう。ただし、下書稿段階では瓜ではなく、桃が考えられていた。

たなばた　花巻近郊の七夕は、松庵寺第三十六世住職・小川金英（「「銀河鉄道の夜」と花巻の習俗・信仰」「宮沢賢治7」洋々社 昭和六十二年十一月）によれば、次のようなものであったという（インタビューの聞き手は香取直一）。「――七夕祭りからおうかがいしたのですが……旧暦ですか？／小川 旧暦です。七夕の竹に短冊を飾ります。七月一日に笹竹を採ってきて、それに短冊を付け、〝七夕さん〟を祭ります。六日の晩に（笹竹を）いったん外から家に入れ、（家の）中《うち》で、時《と》候《き》のものを上げて祭ります。そして、七日の朝、夜の明けないうち、暁《あけ》の明星（金星・啓明）が出ている時に、北上川へ持って行って流すのです。（天候に関わらず、七月一日から七日の夕方までは、ずっと外に笹竹を立てておく）／――どこで、どんなふうに祭るのかを、もう一度、詳しくお願いします。／小川 家の中に入れて、お団子や果物、豆、トウモロコシ、キュウリ、ナスなどを上げます。／――時候のもの、とは？／小川 キンカウリです。／――キュウリやナスは、お盆だけではないのですか？　七夕にも上げるのですか？／小川 七夕にも、お盆にも上げます。短冊を下げ、お野菜などがよく実るように祈るわけです」「――家の中の、どこでお祭りするのですか？／小川 常居です。最近は、各家庭では七夕を飾らなくなってしまいました。かなり以前からそうなってしまったのですが、戦争前に町内でやるようになり、七夕が町の商店街などの客寄せのための祭りにされてしまいました。私は個人で七夕の竹を配り、五色の色紙をも配布して、各家庭でやるように勧めました」とのこと。賢治の認識していた七夕とどの程度共通しているかはわからないが、本作のモチーフと共通する所も多く興味深い。賢治は本作に「たなばた」と「川」を登場させているが、ここには川の両岸に別れ別れになった牽牛（彦星）と織女（織姫）の伝説も踏まえられていたと思われる。

購ふ　七夕飾りの短冊を作る為に色紙を買って来てほしいと、

孫がせがんだのだろう。「購ふ」の読み方は、音数の関係から「かう」であろう。

うなゐ　子どもの髪をうなじのあたりで切りそろえて垂らした子どもの髪型のこと。転じて子どもの意。下書稿㈢から定稿に書き写す直前と思われる下書稿㈤まで「へさきのうなゐ」とあったので、定稿でも、祖父を追いかけただけでなく、舟にも乗っていたと思われる。

天弧　空のこと。

集へる川　佐藤（後掲）によれば、「この詩の渡船場は、昔北上川にあった通称「島の渡し場」公称「長根の渡船場」である」とのこと。「川巾一〇〇メートル程のところに、両岸から太いワイヤーロープを渡し、それに滑車で船をつないでいた。船頭は向う岸（矢沢村島）の船頭小屋に居た。こちらの岸から「おおい。おおい。」と大声で呼ぶと、小屋から老船頭がのっそりと出て、船を出してくる。ふだんはまるで人通りが無いので一回の乗客はせいぜい二、三人、たいてい一人であった。渡し賃は無料であった。村役場か部落で手当を出していたものであろう」という。ただし、本作の推敲過程をたどると虚構化された部分が多いようで、他の場所での経験などが織り込まれた可能性もあるため、佐藤の言を絶対視しすぎてしまってもいけないだろう。

評釈

黄罫（26 0行）詩稿用紙に書かれた下書稿㈠（タイトルは手入れ段階に「蕃地」）、その余白下部に書かれた下書稿㈡（タイトルは手入れ段階に「川」）。藍インクで㋐、同じ用紙の裏面に書かれた下書稿㈢（タイトルは「夏」、手入れで「七夕」）、その余白に書かれた下書稿㈣（タイトルなし）、黄罫（22 22行）詩稿用紙表面に書かれた下書稿㈤（タイトルは「川」）、定稿用紙に書かれた定稿の六種が現存（㊢はいずれにも付されていない）。生前発表なし。

下書稿㈠は次のようなものであった。

桃熟《う》れて
稲禾ひかれば
君は熟蕃と船を泛ぶる
あゝ梵のわらひは遠く
濃緑の水はながる、

村上英一（後掲）は、「後の手入れで、「蕃地」（「未開の地」の意）という題をつけられている。異国に行った友人が現地の人を連れて舟に乗っている姿を想像して描いた作品のようだ」として、盛岡高等農林学校の同級生であった成瀬金太郎と佐々木又治が南洋拓殖工業株式会社に入社し、南洋諸島に赴任したことに関係があるのか、とする。

「熟蕃」とは、昭和九年二月に刊行された『新修百科事典』によれば、「台湾に住する蕃人の一種。多くは平地に住し、農耕を営み、文化は比較的開け、性温順で我統治権によく服するものの称。「生蕃」の対」とある。『新校本全集』の『索引』によれば、賢治は他で「熟蕃」の語を使っていないが、「生蕃」について、童話「税務署長の冒険」に密造酒が粗悪であるために「アイヌや生蕃にやってもまあご免蒙りませう」という例があり、これは『定本語彙辞典』でも「露骨な差別意識」と書かれているとおり、賢治も歴史的なステレオタイプから逃れることはできなかったようだ。だとすると、対義である「熟蕃」についても、賢治はステレオタイプでとらえていたと思われ、元は野蛮だが、「統治権によく服する」存在だというように見ていたことになりそうだ。御しやすい被支配者といったイメージだろうか。「熟蕃」とは収穫した「桃」、あるいは定稿から考えれば「追ひすがる赤髪のうなゐ」のことを指すのかと思う。

さて、村上（後掲）は、本作の下書稿㈠における「梵のわらひは遠く」について、「春と修羅 第三集」の「一〇四八〔レアカーを引きナイフをもって〕一九二七、四、二六、」に似た表現があるとして、下書稿㈠の解釈に生かそうとしている。しかし、これは単に似た表現があるというだけでなく、本文語詩の先行作品であったと考えるべきだと思う。

レアカーを引きナイフをもって
この砂畑に来て見れば
うら青い雪菜の列に
微かな春の霜も下り
西の残りの月しろの
やさしく刷いたかほりも這ふ
しからばぼくは今日慣例の購買者に
これを配分し届けるにあたって
これらの清麗な景品をば
いかにいっしょに添へたらい、か
しばし腕組み眺める次第
すでにひがしは黄ばらのわらひをけぶし
針を泛べる川からは
温い梵《アニマ》の呼吸が襲ふ

川から「梵」の空気が昇ってくるというメイン・アイディアが一致している以外には関連が見出しにくいかもしれないが、一時は文語詩のタイトルの候補でもあった「蕃地」を未開の地、つまり開墾されて間もない土地だと解釈すれば、賢治が開拓した土地は「蕃地」の名にふさわしい。そして、その「蕃地」にて、「君」（＝賢治自身）の「統治権」の元で収穫されたものが「雪菜」であったとすれば、それをおどけて「熟蕃」（＝御しやすい被支配者）と呼ぶこともできたのではないだろうか（先述のとおり「うなゐ」を指すとした方が穏当かもしれないが…）。さらに雪菜を「購買者に／これを配分し届ける」ということは、文語詩において「瓜」を町に売りに行く「祖父」の行動にも通じるように思う。

さらに、本文語詩の前に配置された「〔みちべの苔にまどろめば〕」の下書稿が、「一〇四八〔レアカーを引きナイフをもって〕」の下書稿㈡と同じ用紙に書かれていることにも注意したい。「一〇四八〔レアカーを引きナイフをもって〕」と「〔二山の瓜を運びて〕」の関連を裏付けるだけでなく、「一百篇」を作成する際、「〔みちべの苔にまどろめば〕」の次に、賢治が「〔二山の瓜を運びて〕」を配したという証拠の一つとなるかもしれないからである。

さて、村上（後掲）は、「一〇四八〔レアカーを引きナイフをもって〕」の他に「一五五〔温く含んだ南の風が〕一九二四、七、五、」にも、「……蛙の族はまた軋り／大梵天ははるかにわらふ……」といった本作と似通った表現があることを指摘している。また、村上は指摘していないが、もっと「一〇四八〔レアカーを引きナイフをもって〕」の制作時期と近い作品に「詩ノート」の「一〇五二　ドラビダ風　一九二七、五、一、」があり、ここに書かれた「梵の教衆の哂ひは遠く」という句は、文語詩の下書稿㈠とほぼ一致しているだけでなく、インド仏教風の言葉やイメージが使用されている点からも見落とせないように思う。また、「梵」の五つの用例には、風が登場すると村上（後掲）は述べたが、島田隆輔（後掲）は、水の流れというものも全作品に登場していることを指摘している。

生温い風が川下から吹いて
砂土が乾き草も乾く
ドラビダ風のかつぎして
紺紙の雲に踊るやうに耕し
また吐息して牛糞を盛り往来する
　業《カルマ》は旋り
　日は熟す
楊の芽みな黄いろにぼうけ
川は空諦と銀とを流し
生温い風が南から吹いて吹いて
植えたキャベヂが萎れて白くひるがへる
　梵の教衆の哂ひは遠く
　チーゼル
　ダイアデム
　緑いろした地しばりの蔓
風は白い砂を吹く吹く
もういくつの小さな砂丘が
畑のなかにできたことか
汗と戦慄
牛糞に集るものは

迦須弥から来た緑青いろの蝿である
　ヴェッサンタラ王婆羅門に王子を施したとき
　紺いろをした山の稜さへふるえたのだ
右へまはれ
左へまはれ
汗も酸えて風が吹く吹く
　もし摩尼の珠を得たらば
　まづすべての耕者と工作者から
　日に二時間の負ひ目を買はう

内容としては、農作業の苦しさが強調されていて、文語詩とは離れているようにも思えるかもしれないが、これが「詩ノート」の「一〇二二〔根を截り〕一九二七、四、一、」と合体して「春と修羅　第三集」所収の「一〇二二〔一昨年四月来たときは〕一九二七、四、一、」となり、その発展形が『新校本全集　第五巻』収録の口語詩「〔おぢいさんの顔は〕」になり、そこに「おぢいさんの顔は／酒を呑む前のときのやうである」という句があることを思えば、複雑な過程を含みながらも、これらすべてが文語詩「〔二山の瓜を運びて〕」の関連作品であるとも言えそうである。

　さて、文語詩の下書稿㈡では、

桃熟れて
籠にみつれば
祖父はうなゐと舟を泛ぶる
川ふたつ
こゝにつどひて
はてしなく萌ゆるうたかた

と、おそらくは口語詩「〔おぢいさんの顔は〕」にあった「祖父」が登場し、かわりに賢治自身の影が消えて、自分で作った野菜への慈しみや町に届けるという義務感・充実感・高揚感も背景に押しやられることになる。村上（後掲）も「作者と無関係な「祖父」と「うなゐ」に設定が変わることで、作者の位置は、第三者的な立場に変わっていく。文語詩の推敲過程では、一般に、賢治の「私」の表出が消えていくことが多いと言われるが、この作品にもその傾向が見られる」と書いているが、そのとおりであろう。

　ところで、下書稿㈡の第一連は、祖父と孫との心温まる交流を描いているものの、第二連で「はてしなく萌ゆるうたかた」と結んでいるのは、ややそぐわない感じがしないだろうか。

　浜垣誠司（「「二川こゝにて会したり」詩碑」「宮沢賢治の詩の世界」http://www.ihatov.cc/）は、二つの川が合流するという現象について、賢治は特別の思い入れがあったのではないかと書き、「二つの川の出会いに象徴させて、「二人の人間のかかわり」というものを描いている」とする。

「五十篇」の「〔川しろじろとまじはりて〕」の下書稿㈠には、「あてなく投ぐるわが眼路に、／きみ待つことの／むなしきを知りて／なほわが瞳のうち惑ふ」と恋愛のモチーフが描かれ、「川しろじろと、／峡より入りて、／二つの水はまじはらず、」とも書かれる。浜垣は「孤独な「われ」は遠くにある「きみ」を思いつつも、ふたたび会いたいというその願いのかなわないことを知っています」と書くが、そのとおりだと思う。

「〔二山の瓜を運びて〕」については、特に「水がまじわらない」といった言葉がなく、浜垣は「老人とその孫の情景が、微笑ましく描かれています。二人が戯れる様子が、二つの川の合流点でさざめく水の泡に喩えられているかのようです」と、明るいイメージで捉えているのみだが、末尾にある「はてしなみ萌ゆるうたかた」については、「二人の人間のかかわり」、いや、「二人の人間のかかわらなさ」が描かれているように思える。

というのも、「うたかた」と言えば、鴨長明が『方丈記』（神田秀夫校注・訳『日本古典文学全集44』小学館 平成七年三月）の冒頭に書いているような、「はかなく消えやすい物事のたとえ」（『日本国語大辞典』）を思い浮かべてしまうからである。


ゆく河《かは》の流れは絶えずして、しかももとの水にあらず。よどみに浮《うか》ぶうたかたは、かつ消え、かつ結びて、久しくとどまりたるためしなし。世の中にある人と栖《すみか》と、またかくのごとし。


もちろん「〔二山の瓜を運びて〕」が、祖父と孫との微笑ましい交流を描いた作品であることは間違いない。しかし、二つの川が円満に合流することがなかったように、祖父と孫とは、人生のほんの一時を共有するだけであって、完全に交りあうわけではないこと、つまり人生が無常、「一切万物が生滅変転して、常住でないこと。現世におけるすべてのものがすみやかに移り変わって、しばしも同じ状態にとどまらないこと」（『日本国語大辞典』）であることのたとえとして「うたかた」の語が書かれたように思えるのである。

ただ、本作が人間世界の諸行無常を冷静に見つめた虚無的な作品なのだと言い切ってしまうのも適切ではないように思う。病床にあった賢治の「末期の眼」、つまり死の前の芥川龍之介に自然が一層美しく見えたというのと同じように、はかないもの、いつかは消えてしまうものであるからこそ、二人の交流がこの上なく美しく、かけがえのないもののように感じられた、とも思えるからである。

「うたかた」は、「はてしなみ萌ゆる」のであり、無数に消えるということは、無数に生まれているということでもある。無常であること、常では無いということは、必ずしも厭世的・悲観的なものではない。本作は、いたずらに厭世観を押しつけようとするのではなく、無常の側から、「生」がきらめく瞬間を書き留めようとした作品であるとして読んでおきたいと思う。

先行研究

小野隆祥「賢治の和賀時代の恋 大正八年成立仮説の幻想的展開」（『宮沢賢治 冬の青春 歌稿と「冬のスケッチ」探究』洋々社 昭和五十七年十二月）

佐藤勝治「狡猾ともいうべき『取り消し』や『訂正』文語詩「二山の瓜を運びて」について」（『宮沢賢治青春の秘唱〝冬のスケッチ〟研究』十字屋書店 昭和五十九年四月）

山口逵子「賢治「文語詩篇定稿」の成立」（「大谷女子大学紀要20―2」大谷女子大学志学会 昭和六十一年一月）

中野由貴「イーハトーヴ料理館⑩【新】校本宮沢賢治全集 校異篇をたべる その3」（「ワルトラワラ12」ワルトラワラの会 平成十一年十一月）

吉田精美「花巻市小瀬川・落合橋傍」（『新訂 宮沢賢治の碑・全国版』花巻市文化団体協議会 平成十二年五月）

村上英一「文語詩〔二山の瓜を運びて〕を読む」（「賢治研究110」宮沢賢治研究会 平成二十二年六月）

信時哲郎「宮沢賢治「文語詩稿 一百篇」評釈三」（「甲南女子大学研究紀要 文学・文化編50」甲南女子大学 平成二十六年三月）

大角修「《宮沢賢治》入門⑩ 最後の作品群・文語詩を読む」（「大法輪81―3」大法輪閣 平成二十六年三月）

島田隆輔「15〔二山の瓜を運びて〕」（「宮沢賢治研究 文語詩稿一百篇・訳注Ⅰ」〔未刊行〕平成二十九年一月）

16 〔けむりは時に丘丘の〕

①けむりは時に丘丘の、　栗の赤葉に立ちまどひ、
あるとき黄なるやどり木は、　ひかりて窓をよぎりけり。

②（あはれ土耳古玉《タキス》のそらのいろ、　かしこいづれの天なるや）
（かしこにあらずこゝならず、　われらはしかく習ふのみ。）

③（浮屠らも天を云ひ伝へ、　三十三を数ふなり、
上の無色にいたりては、　光、思想を食めるのみ。）

④そらのひかりのきはみなく、　ひるのたびぢの遠ければ、
をとめは餓ゑてすべもなく、　胸なる珞《たま》をゆさぶりぬ。

大意

汽車の吐き出すけむりは時につらなった丘々の、紅葉した栗の葉にまでかかり、また黄色いやどり木は、光って窓外を流れていく。

（あぁ、空の色はトルコ石のように美しいけれど、あそこはいったいどんなところなんでしょうか）

（あそこだとかここだとかいうのではなく、私たちは心の中で天を思念するのだと聞いています。）

（ブッダたちも天については、三十三種あるなどと伝えていますが、

上位の「無色」という段階では、光と思想とだけを食べているのだとのことです。）
空の光は果てることなく、昼の旅路はまだまだ目的地までの道のりも遠く、
少女はどこか物足りない様子で、ただ胸につけたペンダントの石がゆれるだけであった。

モチーフ

大正十一年十二月、最愛の妹トシを失ってわずか一ヶ月の賢治は、南に向かう汽車の中でミス・ギフォードというキリスト教徒の女性と天についての対話をしたようだ。一生懸命に仏教における天の捉え方について賢治は語ったが、ギフォードとの論議は平行線をたどるだけ。「銀河鉄道の夜」では、ジョバンニがかほる子と宗教論争をするシーンがあるが、その下敷きには、おそらくこの経験があったのだろう。熱心な法華経信者であった賢治にとって、これは受け入れがたいことだったかもしれないが、宗教的には平行線をたどっていたとしても、このやりとりが二人の心理的距離を近づけていた可能性もあるだろう。天をめぐる会話の後、「をとめ」は「飢ゑ」を感じたのだとあるが、その「飢ゑ」とは、ただ議論が物足りなかったというだけでなく、もっと心情的な「飢ゑ」のことであったと読み取ることもできるからだ。実際の賢治は、この経験の後もギフォードを訪ねたことがわかることから考えても、ここでは宗教の違いよりも、それを越えて通じ合うものについて描こうとしていたように思える。

語注

やどり木　他の広葉樹に寄生して自生するヤドリギ科の常緑低木。冬になって広葉樹が葉を落としても、丸く青々としている様子から、神秘的な植物に思われ、ヨーロッパでは魔除けとして用いられた。『定本語彙辞典』によれば、日本でも「長寿や平安のシンボルとされる風習があった」という。童話「水仙月の四日」は、吹雪に遭った子どもが、雪童子の機転で命を落とさずに済むという物語だが、雪童子は子どもにヤドリギの枝を持たせていた。賢治はまた、教え子の沢里武治に「やどりぎありがたうございました。ほかへも頒けましたしうちでもいろいろに使ひました」（昭和五年四月四日）という書簡を送っているが、漢方では、膝関節痛、腰痛、妊娠腰痛に効果があるとされているので、そうした方面で使ったものと思われる。欧米では、クリスマスに実のついた枝を飾り、その飾りの下で男性に声をかけられた女性はキスを拒んではいけない、などとも言われる。賢治のメモや先行作品によると、

賢治は列車に乗り合わせたアメリカ人女性のミス・ギフォードとヤドリギについての会話をしたようだが、おそらくはこの kissing under the mistletoe の話も出ただろうと思われる。

浮屠　ブッダのこと。「ふと」と読む。

三十三　仏教では天界を欲界（欲望に囚われた世界で、六天あるとされる）・色界（清浄ではあるがまだ物質からは離れられない世界で、十八天あるとされる）・無《む》色《しき》界（欲望も物質的条件も超えた世界で、四天あるとされる）の三つに大別するが、欲界における六欲天の一つに三十三天があり、それを指しているのだと思われる。三十三天は、別名忉利《とうり》天《てん》とも言い、須弥《しゅみ》山《せん》の上方にあって、中央の善見城には帝釈天が住むとされる。四方にそれぞれ八つの城があり、それぞれに天部の衆徒や神々が住んでいるが、中央の善見城とあわせて三十三となる。ただし、文脈として三十三天をあげるのは適切ではなく、『定本語彙辞典』は「無色」の項目で、三界を小分類した二十八天と書くところを、三十三天と混同したのではないかとする。

無色　欲界・色界・無色界のうちの最上界で、欲望も物質的制約も越えて、ただ心の働きである受・想・行・識の四《し》蘊《うん》だけからなる世界のこと。

をとめ　本作のモデルは「「文語詩篇」ノート」の「1922」（大正十一年）に「十二月」として「仙台ニ行ク車中／やどり木／Miss Gifford／みかん、」とあるミス・ギフォードであると思われる。このメモには文語詩化されたものに付されると思われる赤インクの×印があるが、車中が舞台となり、「やどり木」に言及されている点などから本作との関連は決定的だろう。鈴木健司（後掲）によれば、ミス・ギフォード（エラ・メイ・ギフォード）は一八八七（明治二十）年にニューヨーク州で生まれ、大正九年十月に来日し、ミセス・タッピングが開いた盛岡幼稚園で働き、第六代の園長を務めた女性であるという。賢治がメモした「1922」には盛岡幼稚園で働いていたと思われるため、賢治が十二月に仙台に行く車中で乗り合わせたとしても不思議ではないという。賢治とタッピング家の面々に交流があったことは、「一百篇」の「岩手公園」にタッピング一家が登場することからもわかるが、ミス・ギフォードとも、列車で乗り合わせる以前から交流があったのかもしれない。「をとめ」とあるが、大正十一年当時、ギフォードは三十五歳（賢治は二十六歳）であることから、本作から受けるイメージとは少しかけ離れてはいるかもしれないが、知的で美しく、明るい女性であったというので、信じる宗教は異なっても、賢治が彼女とのやりとりを興味深いものと思っていたのはたしかだろう。「「文語詩篇」ノート」の「1923」には、「雨中 Gifford を訪ふ」というメモがあり、一度きりの関わりでなかったことからも、それは十分にうかがえよう（ただしこちらに×印は付されておらず、文語詩にした形跡もないようだ）。

餓ゑ　「餓える」とは、「飲食物が乏しくて苦しむ。空腹になる。のどがかわく」だとも思えるが、モデルとなっているミス・ギフォードは、こうした物理的な餓えとはあまり縁がなかったと思われるため、「強く望んでいるものが満たされないで苦しむ」であろう（引用はともに『日本国語大辞典』）。

胸なる珞　インドにおける首飾りや腕輪のことを瓔珞《ようらく》といったが、ここでは「をとめ」が胸にペンダントを下げていたことを指すのだろう。

評釈

先行作品である『新校本全集　第五巻』に収録されている口語詩「〔あかるいひるま〕」が書かれた黄罫（22 22行）詩稿用紙の裏面に書かれたが、紙葉の左右が破られているため（『新校本全集』には「縦に折って重ねて端をちぎったように見え」とあるが、左右は非対称なので、それぞれ別個にちぎられているように思われる）、前後の数行が読めない下書稿㈠（断片）、その下部に書かれた下書稿㈡（断片）、「春と修羅　第二集」所収の口語詩「三一一　昏い秋　一九二四、一〇、四、」の下書稿㈢、および「一百篇」所収の「早倹」の下書稿㈠が重ね書きされた黄罫（22０行）詩稿用紙に書かれたが、下書稿㈠と同じような形で紙葉の左右が破られているために前後の数行が読めない下書稿㈢（断片）、黄罫（22 22行）詩稿用紙表面に書かれた下書稿㈣（鉛筆で㊢）、定稿用紙に書かれた定稿の五種が現存。生前発表なし。

「「文語詩篇」ノート」の「1922」（大正十一年）に「十二月」として「仙台二行ク車中／やどり木／Miss Gifford ／みかん、」とあり、文語詩化が済んだ印と思われる赤インクによる×印が付されている。また、×印はないが、「1923」にも「雨中　Gifford を訪ふ」とある。

まずは先行作品である「〔あかるいひるま〕」の最終形態から見ていくことにしたい。冒頭に数行の欠落があると思われるが、現存する部分については次のように始まっている。

あかるいひるま
ガラスのなかにねむってゐると
そとでは冬のかけらなど
しんしんとして降ってゐるやう
蒼ぞらも聖く
羊のかたちの雲も飛んで
あの十二月南へ行った汽車そっくりだ
Look there, a ball of mistletoe! と
おれは窓越し丘の巨きな栗の木を指した
Oh, what a beautiful specimen of that!
あの青い眼のむすめが云った
汽車はつゞけてまっ赤に枯れたこならの丘や

濃い黒緑の松の間を
どこまでもその孔雀石いろのそらを映して
どんどんどんどん走って行った
"We say also heavens,
but of various stage."
"Then what are they?" むすめは〔以下不明〕

〔一、二行不明〕

聖者たちから直観され〔以下不明〕
古い十界の図式まで
科学がいまだに行きつかず
はっきり否定もできないうちに
たうたうおれも死ぬのかな
いま死ねば
いやしい鬼にうまれるだけだ

黄罫（22 22行）詩稿用紙を使用していることから、昭和六年から八年、つまり文語詩制作を始めた頃に書かれた口語詩で、「あの十二月」とは「「文語詩篇」ノート」にあるように大正十一年十二月であろうと思う。大正十一年十二月といえば、十一月二十七日に妹トシが死去してまだ一ヶ月もたたないうちで、その頃の賢治は、トシの魂がその後どこに、どのように行ったのかといった自らの信仰をかけて懸命な問い掛けをしていた時期である。また、トシが死んだ日の日付による『春と修羅（第一集）』所収の「永訣の朝」、「松の針」、「無声慟哭」が書かれた後、翌年六月三日の「風林」まで、口語詩作品を書いていない（少なくとも日付のあるものは残っていない）時期でもあり、賢治がどのような内的体験をしたのかが推測できるという意味でも貴重な作品である。

また、舞台となっている列車の中という空間は、二十一世紀の私たちにはあまりにも日常的なものになってしまっているが、賢治の時代の人々にとっては、①時空観の変容を迫り、②窓外の風景に熱中させ、③他の乗客とのコミュニケーションをせずにはいられなくなる場所であった。かつてW・シヴェルブシュの『鉄道旅行の歴史　十九世紀における空間と時間の工業化』（法政大学出版局　昭和五十七年十一月）を元にして、賢治作品に登場する鉄道のイメージの再読を呼びかけたが（信時哲郎「宮沢賢治論〝鉄道の時代〟と想像力」「国文学　解釈と鑑賞74—6」ぎょうせい　平成二十一年五月）、本作は、拙論で指摘した時空観、窓外の風景、コミュニケーションの三つが登場しており、さらに妹の死後間もなくの頃、外国人女性との宗教問答がそこで交わされたと考えると、賢治の心にかなり大きなインパクトを与えたと思われる。

さて、内容について見ていこう。口語詩は、まず現在の時点、これが文語詩の制作に手を付けていた頃のことなのか、それ以前なのかは不明だが、「おれ」は「あの十二月」を回想する。「「文語詩篇」ノート」の書き込みを頼りに言えば、賢治が仙台に向かう車中でミス・ギフォードとmistletoe（＝やどり木）の話をした体験であろう。「おれ」は、窓外にやどり木が見えることを指摘し、ギフォードはそれに応じるが、青山和憲（後掲A）や鈴木健司（後掲）が指摘しているように、このやりとりの背景には「kissing under the mistletoe」という風習、つまり、やどり木の下で異性に声をかけられたら、キスを拒んではいけないという風習が前提になっていたことが予想できる。

　そして車窓の外には孔雀石色の空が広がるという描写が続くが、このシーンは「歌稿〔B〕」の余白に挿入された一群の短歌を思わせる。

710/711a なまこ山越えてさびしき／くさのはて／薄明穹の／くらき水いろ

710/711b あはれきみがまなざしのはて／むくつけき／松の林と土耳古玉の天と

710/711c 北上の大野に汽車は入りたれば／きみはうるはしき面をあげざり

710/711d うるはしく／うらめるきみがまなざしの／はてにたゞずむ緑青の森

710/711e むくつけきその緑青の林より／まなこをあげてきみは去りけり

これらは「五十篇」の「流氷《ザエ》」の関連作品であると『新校本全集』に記述のあるものだが（ただし710/711aと710/711eは含まれていない）、『校本全集』では、「流氷」の関連作品とは書かれておらず、「〔けむりは時に丘丘の〕」の原型が見られるとして「710/711a以下四首」が挙げられている（ここでも710/711eは度外視されているが、710/711aが加わっている。ただし『新校本全集』では言及なし）。使用されている語句の一致からすれば『新校本全集』の判断も納得できるところだが、青山（後掲A）も書いているように、文語詩では同一素材から複数の詩に分割される場合もあるので、これらの短歌も、やはり関連作品の一つであると言っておきたいと思う。

　続いてギフォードと賢治は天について、青山（後掲A）の載せる試訳によれば、「私たちも天について語ります、でも、幾つかの違った階層についてです。」「では、それらの階層とは、一体何なのですか?」という会話を交わす。妹を失ってわずか一ヶ月。賢治は多くの仏教書を濫読し、死者の霊はどのような経緯をたどって、どこに行くのかということを問い続けた時期であろうと思われる。『春と修羅（第一集）』所収の「青森挽歌」には、「ほんたうにあいつはここの感官をうしなつたのち／あらたにどんなからだを得／どんな感官をかんじただらう／なんべんこれをかんがへたことか」とあるが、「青森挽歌」の体験をしたのは大正十二年八月であるから、その九ヶ月も前に浸礼教会の関係者である若い女性との天上をめぐる会話が、賢治にとっていかに刺激的な事件であったかは推して知るべしであろう。

その体験の重要さの故か、賢治は「「文語詩篇」ノート」の「1923」にも「雨中 Gifford を訪ふ」と記されているような行動をとったのだろうが、青山（後掲B）や鈴木（後掲）も指摘するように、このやり取りは、「銀河鉄道の夜」（第一次稿から第四次稿まで登場。引用は第四次稿）におけるジョバンニとかほる子の会話として取り上げられていると考えられる。

「僕たちと一諸に乗って行かう。僕たちどこまでだって行ける切符持ってるんだ。」「だけどあたしたちもうこゝで降りなけぁいけないのよ。こゝ天上へ行くとこなんだから。」女の子がさびしさうに云ひました。

「天上へなんか行かなくたっていゝぢゃないか。ぼくたちこゝで天上よりももっといゝとこをこさえなけぁいけないって僕の先生が云ったよ。」「だっておっ母さんも行ってらっしゃるしそれに神さまも仰っしゃるんだわ。」「そんな神さまうその神さまだい。」「あなたの神さまうその神さまよ。」「さうぢゃないよ。」「あなたの神さまってどんな神さまですか。」青年は笑ひながら云ひました。「ぼくほんたうはよく知りません、けれどもそんなんでなしにほんたうのたった一人の神さまです。」「ほんたうの神さまはもちろんたった一人です。」「あゝ、そんなんでなしにたったひとりのほんたうのほんたうの神さまです。」「だからさうぢゃありませんか。わたくしはあなた方がいまにそのほんたうの神さまの前にわたくしたちとお会ひになることを祈ります。」青年はつゝましく両手を組みました。

さて、口語詩「〔あかるいひるま〕」における外国人女性とのやり取りを通じて、「おれ」が到達したのは、「古い十界の図式まで／科学がいまだに行きつかず／はっきり否定もできないうちに／たうたうおれも死ぬのかな／いま死ねば／いやしい鬼にうまれるだけだ」という苦い現状認識であった。「銀河鉄道の夜」（第三次稿）に、「もしおまへがほんたうに勉強して実験でちゃんとほんたうの考とうその考とを分けてしまへばその実験の方法さへきまればもう信仰も化学と同じやうになる」とあったことも思い出されるが、青山（後掲B）によれば、「以前信念と自負を込めて語った仏教的世界観に対する《信》の崩壊、およびそこから生じる己れの来生に対する擬惧」が描かれているのだという。これが文語詩になると、青山は、「おれ」の視点が薄れ、「残されたのは、客観化され、あるいはそれよって一層強調されているかも知れない独善的《信》の姿であり、それによって傷つけられた相手の心の痛みであろう」という。つまり文語詩においては、宗教観の対立や、それにまつわる自分の心境を描こうとしているのではなく、一人の日本人男性と外国人女性の心の推移を描こうとしていたのではないかと読み解いている。

さらに青山は、「〔をとめ〕が求めていたものは、決して互いの宗教的世界観の優劣を競うことなどではなかった。彼女はただ「同行」の人と共に美しい風景に目を慰め（あるいは、何かそれ以上の人間的共感までを含むか？）たかっただけであろう。しかし、同行の「彼」は形而上的思弁に拘泥し、空の美しさに注意を促そうとする彼女の言葉も徒らに宗教的概念に置き換えられるのみである」とし、「五十篇」の「〔きみにならびて野に立てば〕」において、愛情をもとめる「きみ」に対して、形而上の世界に関する思弁に熱中して、目前の人を顧みようとしない男を描いていた例なども挙げるが、納得できる点が多い。

ただ、この体験を下敷きにしたと思われる「銀河鉄道の夜」におけるジョバンニとかほる子の別れのシーンを見ると、両者ともに宗教的な対立より、別れることの辛さの方が際立っているように思える。

「ぢゃさよなら。」女の子がふりかへって二人に云ひました。
「さよなら。」ジョバンニはまるで泣き出したいのをこらへて怒ったやうにぶっきり棒に云ひました。女の子はいかにもつらさうに眼を大きくしても一度こっちをふりかへってそれからあとはもうだまって出て行ってしまひました。汽車の中はもう半分以上も空いてしまひ俄かにがらんとしてさびしくなり風がいっぱいに吹き込みました。

この部分を読んでから定稿を読みなおしてみると、会話の後に訪れた静寂に、お互いが見つめ合っているような気配が感じられる。となると、先に引用した関連作品である「歌稿〔B〕」の短歌群が、また思い出される。

710 711 a なまこ山越えてさびしき／くさのはて／蒼明穹の／くらき水いろ

710 711 b あはれきみがまなざしのはて／むくつけき／松の林と土耳古玉の天と

710 711 c 北上の大野に汽車は入りたれば／きみはうるはしき面をあげざり

710 711 d うるはしく／うらめるきみがまなざしの／はてにたゞずむ緑青の森

710 711 e むくつけきその緑青の林より／まなこをあげてきみは去りけり

同一の紙葉には「ある恋」と題された断片が記されているが、そこには「なんだこの眼は／何十年も見た眼だぞ／昨日も今日も／問ひ答ひ《ママ》した／あの眼だぞ／向ふもぢっとみてゐるぞ／清楚なたましひたゞそのもの」とあるが、これもギフォードのことを書いていたのではないかという思いが湧き上がってくる。

「〔文語詩篇〕ノート」には、ギフォードの元を改めて訪れた「雨中 Gifford を訪ふ」という記述もあるが、もし車中でヤドリギの下でのキスの話が出たとなると、宗教論争もさることながら、若い男性と女性とが向かい合ってキスの話をしていたのであるから、見る人が見たら、国境を越えた恋人同士に思われたかもしれない。青山は「何かそれ以上の人間的共感までを含むか？」としていたが、「同行」を望む思いは、ギフォードの側だけでなく、賢治の側にも相当に強かったのではないだろうか。

　ところで、本作に先行する「〔あかるいひるま〕」は、紙葉の左右が破られているために詩篇の全容が摑めず、同じ紙に書かれた文語詩の下書稿㈠、㈡も全容が摑めない。さらに、文語詩の下書稿㈢（下段左）も、別の紙片でありながら同じように左右両側が破られており、破られた場所が似ていることもあって、それぞれの冒頭と末尾部分がともに判読できない。実際に下図を見ればわかるように、まっすぐに破られていたところが、途中で方向を変えていることが確認できよう。原稿裏面（下段右）には口語詩「三二一　昏い秋」下書稿㈢および「旱倹」下書稿㈠があるが、曲がって書きつけられた「瞳をうつろにして」と「風を見まもりぬ」に従うように注意深く切られているように思える。自然に破れたのではなく、意図的に破られたという印象が強い。同じような事態は、「五十篇」の「〔さき立つ名誉村長は〕」の下書稿（先行作品も同じ紙に書かれている）や関連作品でも起こっており、紙がほぼ直角に破れていることから、意図的に

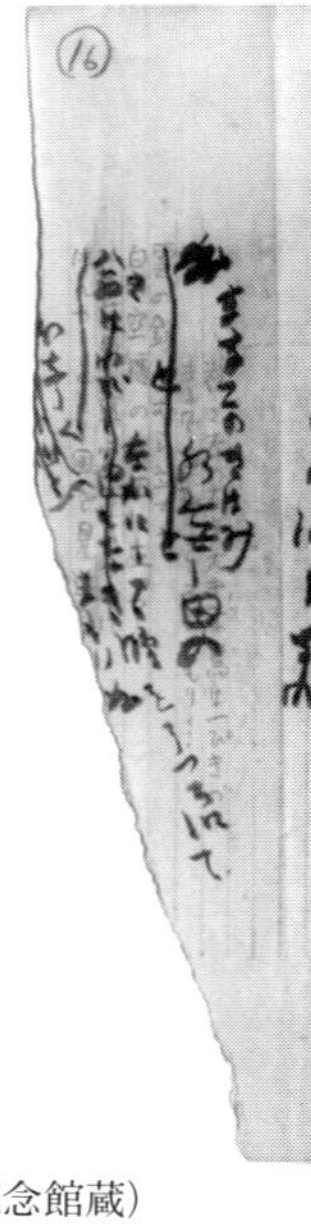

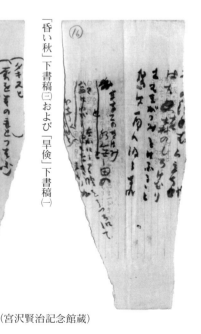

「昏い秋」下書稿㈢および「旱倹」下書稿㈠

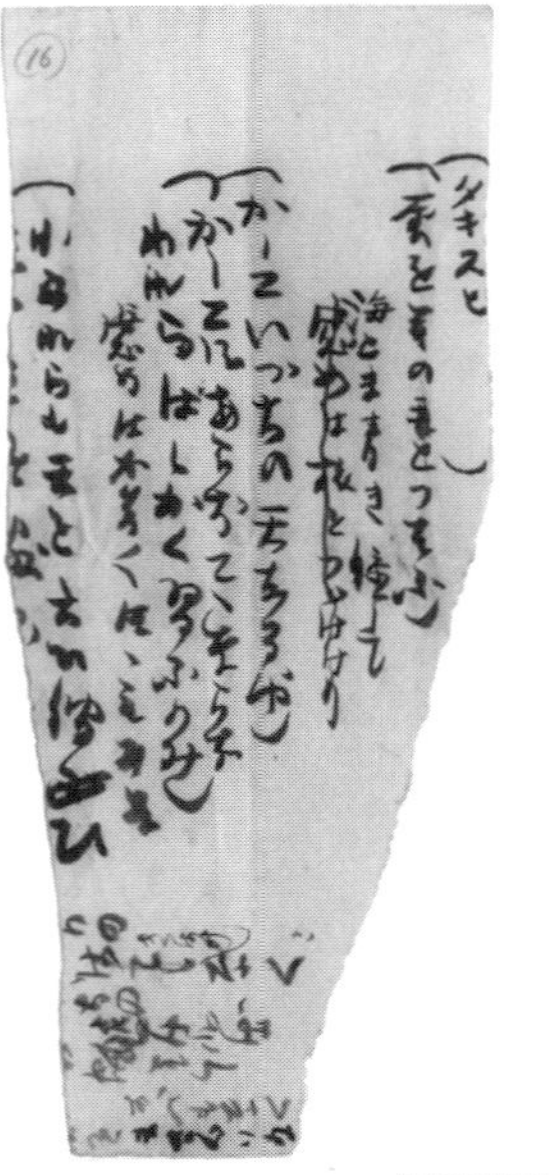

「〔けむりは時に丘丘の〕」下書稿㈢

（宮沢賢治記念館蔵）

切ったものであるとしか考えられない。同詩の「評釈」（信時哲郎『五十篇評釈』）では、破棄された箇所には、賢治の同僚であった白藤慈秀を批判するような内容があったと考えられることから、賢治本人、もしくは弟の清六が破ったのではないかとした。

　そう思ったのは、伊藤博美（「「饗宴」の舞台」「賢治研究

42」宮沢賢治研究会 昭和六十二年一月)が、口語詩「憎むべき「隈」辨当を食ふ」に、実在する人物として「熊」が登場しているところを、弟の清六が「熊」を「隈」と書き改めたというエピソードを紹介していたためだ。清六は「あまりにあからさまなので… いろいろ差し障りもあるので、スミともクマとも読めるようにかえておぎあんした」と語ったという。

もし、そのようなことがあったのだとしても、遺族としてはやむを得ないことであったと思うが、清六がそうした気遣いをする人物であったのなら、ここでもギフォードの名前が登場していたために意図的に破棄した可能性を考えてもよいのではないかと思う。というのは、実在した未婚の女性(ミス)との交流が描かれていたとなれば、誤解を防ぎたいと思うのは十分に理解できることだからである(もちろん賢治自身、あるいは原稿の整理者・編集者が破ってしまった可能性も否定できない)。いや、「歌稿〔B〕」やその欄外に「ある恋」があったことを考えれば、もっと積極的な文言が含まれていた可能性も想定してよいかもしれない(「「文語詩篇」ノート」にギフォードの名前が残されていたのは、そこまでは目が届かなかったからだろう)。となると、文語詩定稿に織り込まれた恋愛詩群、ことに「五十篇」の「流氷」などの列車と女性が登場する作品のモデルとしてミス・ギフォードをあてはめてみたくなるのだが、今のところ、これ以上に考察を進める手段はない。

賢治と友人の保阪嘉内が決別したと語られるきっかけとなったのは、賢治から嘉内宛に送られた書簡を最初に発表した保阪庸夫・小沢俊郎編『宮沢賢治 友への手紙』(筑摩書房 昭和四十三年六月)が、現在、大正七年とされている書簡(102a 日付不明)を大正十年七月頃のものだと推定したことから始まっている。しかし、栗原敦(「資料と研究・ところどころ㉒「時期推定書簡存疑」のうち」「賢治研究130」宮沢賢治研究会 平成二十八年十一月)によれば、これは保阪嘉内の長男である庸夫が、書簡が収められていたスクラップ・ブックに貼られていたものを、「あの本に山場を作りたかったから」大正十年のところに持っていくように主張したからであるらしい。保阪庸夫を批判したいわけでも、また、全ての遺族はそのように振る舞うのだといいたいわけでもない。ただ、全集本文や聞き書き資料等を、そのままに信じすぎるのは危険であり、遺族や友人知己、編集者たちは、それぞれの事情を考えながら生きており、全くニュートラルな存在ではないということを言いたいまでである。もちろん研究者の方も完全にニュートラルな存在だとは言えないことは、藤村新一による旧石器捏造事件の例を思い出してもらえれば明らかだろう。

ともあれ、もし仮に破棄されたはずの紙片が見つかって、ここで推定したとおりのことが書かれていたとしても、実際の宮沢賢治とミス・ギフォードの関係や心情が、そこに描かれていたとおりであったとは限らない。賢治の文語詩を読むことは、宮沢賢治という人間自体を読むこととは、やはり別だと思うからだ。自戒をこめて書き記しておきたいと思う。

先行研究

小野隆祥「幻想的展開の吟味」（『宮沢賢治 冬の青春 歌稿と「冬のスケッチ」探究』洋々社 昭和五十七年十二月）

青山和憲A「〔あかるいひるま〕から〔けむりは時に丘丘の〕まで（上）」（「雪渡り 弘前・宮沢賢治研究会会誌6」弘前・宮沢賢治研究会 平成元年五月）

青山和憲B「〔あかるいひるま〕から〔けむりは時に丘丘の〕まで（下）文語詩改作の過程にみる変容の一様相」（「雪渡り 弘前・宮沢賢治研究会会誌7」弘前・宮沢賢治研究会 平成二年十二月）

秋枝美保「内的生命としての「木」「修羅」誕生の経緯」（『宮沢賢治 北方への志向』朝文社 平成八年九月）

杉原正子「宮沢賢治とモダニズム 映画言語の詩学」（『世界に拡がる宮沢賢治 宮沢賢治国際研究大会記録集2』宮沢賢治学会イーハトーブセンター 平成九年九月）

鈴木健司「「たった一人の神さま」というディレンマ かほると宣教師ミス・ギフォード」（『宮沢賢治という現象 読みと受容への試論』蒼丘書林 平成十四年五月）

宮沢健太郎「宮沢賢治とキリスト教（九）」（「白百合女子大学キリスト教文化研究論集9」白百合女子大学キリスト教文化研究所 平成二十年一月）

信時哲郎「宮沢賢治「文語詩稿 一百篇」評釈三」（「甲南女子大学研究紀要 文学・文化編50」甲南女子大学 平成二十六年三月）

島田隆輔「16〔けむりは時に丘丘の〕」（『宮沢賢治研究 文語詩稿一百篇・訳注Ⅰ』〈未刊行〉平成二十九年一月）

17 〔遠く琥珀のいろなして〕

①遠く琥珀のいろなして、　春べと見えしこの原は、
枯草《くさ》をひたして雪げ水、　さゞめきしげく奔るなり。

②峯には青き雪けむり、　裾は柏の赤ばやし、
雪げの水はきらめきて、　たゞひたすらにまろぶなり。

大意

遥か彼方まで琥珀色で、春先かと思われるこの原では、枯草の上を雪解け水が流れ、その水音はとても激しい。

峯には青い雪煙がたち、裾野には赤い枯葉をつけたままの柏林、雪解け水はきらきらと輝き、ただひたすらに下方に向かって転がり落ちていく。

モチーフ

岩手山北東部の春先の様子を描いた作品。標高二千三十八mの岩手山から流れてくる雪解け水であるから、のどかなものではない。「さゞめきしげく」「奔る」わけであり、「水はきらめきて」「たゞひたすらにまろぶ」のである。下書の段階では恋愛のモチーフを入れようとしたり、あるいは雪解け水の勢いを強調しようとする段階もあったが、定稿は岩手山の壮大な景観を遠方から視覚的に表わす奇数行と、雪解け水を近景で表わす偶数行をバランスよく配することになっている。

語注

琥珀　地質時代の樹脂が地中で化石になったもの。黄色や褐色で半透明、脂肪光沢がある。非晶質の有機鉱物。耐久性に欠けるが、美しさと希少性から世界各地で珍重され、しばしば昆虫などの入ったものも見つかる。ここでは春先の枯草が琥珀色に見えたというのであろう。岩手県久慈市は国内最大の琥珀産地として知られ、「未定稿」の「八戸」では、「さやかなる夏の衣して／ひとびとは汽車を待てども／疾みはてしわれはさびしく／琥珀もて客を待つめり」と書かれている。

柏の赤ばやし　下書稿㈠に岩手山北東部にある「三つ森」があることから、岩手山の北東部がモデルになっていると思われる。この周辺にはカシワの木が自生していたという。カシワは秋になって葉が枯れても落葉せずに春を迎えることから、春先の柏林が赤く色づいていたとされるのだろう。

評釈

黄罫（260行）詩稿用紙表面に書かれた下書稿㈠（タイトルは手入れ段階で「標本採集者」。藍インクで㋐）、その裏面に書かれた下書稿㈡、黄罫（220行）詩稿用紙表面に書かれた下書稿㈢、その裏面に書かれた下書稿㈣、定稿用紙に書かれた定稿の五種が現存（㊢はいずれにも付されていない）。生前発表なし。

『新校本全集』に先行作品は示されていないが、菊池善男（後掲）は関連しそうな短歌を数首あげながら、「この地での重層的体験から成立に至った」のだろうとする。おそらくそのとおりであろう。したがって関連すると思われる作品も数多く、ことに「五十篇」の「〔きみにならびて野にたてば〕」は場所、季節もほぼ同じで、用いられる言葉にも共通点が多い。

①きみにならびて野にたてば、　風きららかに吹ききたり、
柏ばやしをとゞろかし、　枯葉を雪にまろばしぬ。

②げにもひかりの群青や、　山のけむりのこなたにも、
鳥はその巣やつくろはん、　ちぎれの艸をついばみぬ。

「〔遠く琥珀のいろなして〕」における「峯には青き雪けむり」は、「〔きみにならびて野にたてば〕」における「山のけむりのこなたにも」に対応している。同じく「水はきらめきて」は、「風きららかに」に。「柏の赤ばやし」は、「柏ばやしをとゞろかし」。「ひたすらにまろぶなり」は「枯葉を雪にまろばしぬ」といったような関係である。「〔遠く琥珀のいろなして〕」では水を描いているのに対し、「〔きみにならびて野にたてば〕」では風を描いており、意識的にそうしたのではないかと思われる。島田隆輔（「26〔きみにならびて野にたてば〕」「宮沢賢治研究　文語詩稿五十篇　訳注・稿2009年版」〔未刊行〕平成二十一年三月）は、「姉妹稿に位置付けてみてもよいかもしれない」と提案してい

るが、そのとおりかと思う。

　木村東吉（「《五輪峠紀行詩群》と「岩手軽便鉄道の一月」考『春と修羅』（第一集）との対称性に注目して」『宮沢賢治《春と修羅 第二集》研究 その動態の解明』溪水社 平成十二年二月）は、『春と修羅（第一集）』と「春と修羅 第二集」について、「全体的にシンメトリカルな構造をもっている」としたが、「一百篇」と「五十篇」にも「対」としてまたがる作品群があり、これもその一つであると思われる。これについては終章（信時哲郎後掲B、C）を参照されたい。ただ、「〔きみにならびて野にたてば〕」と「対」になっている作品には、「一百篇」所収の「賦役」もあることから、これら三作品の関係については、更なる検討を要するかと思う。

　さて、「〔きみにならびて野にたてば〕」には、定稿ではわかりにくくなっているものの、下書稿段階では「ロマンツェロ」と題されるような恋愛のモチーフがあった。同じように「〔遠く琥珀のいろなして〕」の下書稿㈠も次のようなものであった。

白樺たてるこの原の
偏光のなかをながれたる
雪融の清き水なれば
なれがひねもすよもすがら
はがねの針に綴りたる
青くつ下もぬらしつゝ
かの三つ森にわたり行きなん

小野隆祥（後掲）は、賢治の恋人である可能性を模索し、佐藤勝治（後掲）は、「たぶん妹のうちの一人であろう」とするが、「〔きみにならびて野にたてば〕」と同じく虚構性についても考えておくべきだろう。ただ、まだ虚構化が本格化しない下書稿㈠の段階での言葉であることは注目すべきかと思う。

　いずれにせよ、下書稿㈡の段階で、人間が描かれることが少なくなり、以降、浮上することがない。自然詩として推敲する方針に改めたのであろう。

　関連作品ということで言えば、「人民の敵」というタイトル案が取られたこともある「一百篇」の「〔かれ草の雪とけたれば〕」も、社会詩のようでいながら、岩手山の雄大な自然を賛美した作品であり、関連は深そうだ。

かれ草の雪とけたれば
裾野はゆめのごとくなり
みぢかきマント肩はねて
濁酒をさぐる税務吏や
はた兄弟の馬喰の
鶯いろによそほへる
さては「陰気の狼」と
あだなをもてる三百も

みな恍惚とのぞみゐる

このように関連作品、もしくは似た用語、似た舞台での作品をあげればきりがない。

さて、「〔遠く琥珀のいろなして〕」下書稿㈡は、次のようなものである。

遠く春べと見えにつゝ
草かゞよへるこのはらは
玉をあざむく雪げ水
たゞいちめんに鳴りわたる
雪げの水のさゞめきて
まなじのかぎり雪げ水
うちさゞめきて奔るなれ
山には青き雪けむり
そらはひそまる玻璃の板
白樺たてるこの原は
さあれわたらんすべもなき

圧倒的な水の量である。今まで雪の力に抑圧されていた生命力が、水と一緒にほとばしっている感じだ。下書稿㈠における「青くつ下」や「三つ森」などという要素が省かれたのも、水の量、早さ、激しさを強調するためであったのかもしれない。

しかし、下書稿㈢になると、描写が抑制され、動きも、水が湧き出る音も抑えられる感じである。

遠く枯草かゞやきて
春べと見えしこの原は
泉をまがふ雪げ水
たゞさゞめきて奔るなり

山には青き山けむり
天はひそまる瑠璃の椀
白樺たてるこの原の
あやしき沼をなせりけり

文語とはいえ饒舌だった下書稿㈡から一転して、様式の中に嵌め込まれている感じである。この後、下書稿㈣で語句が整えられ、定稿としてまとめられる。もう一度、定稿をあげよう。

①遠く琥珀のいろなして、　春べと見えしこの原は、
　枯草《くさ》をひたして雪げ水、　さゞめきしげく奔るなり。
②峯には青き雪けむり、　裾は柏の赤ばやし、
　雪げの水はきらめきて、　たゞひたすらにまろぶなり。

各連の一行目には遠景を配し、二行目は近景を描き、水の量と勢いのはなはだしい様子を描いている。一連と二連はきれいに対をなしており、形式としてはかなり洗練されたと言うべきだろう。ただ、下書稿㈠にあった物語性、下書稿㈡にあった生命力といったものが、様式美・形式美に囚われることによって、失われてしまっている気もする。できるだけ自分を出さないようにするというのは、文語詩定稿のスタイルであったのかもしれないが、「定型の魔」（天沢退二郎『宮沢賢治 文語詩の森 第二集』帯カバー）とでもいうべきものに毒されている印象もある。様式や形式を守ることによって、定型詩は人々の記憶に残り、口誦される機会も増えたのかもしれないが、その反面、突出したものも平均化されてしまうのはやむを得ない。文語詩は、やはり下書稿から一緒に読むべきものなのかもしれない。

先行研究

小野隆祥A「賢治の和賀時代の恋 大正八年成立仮説の幻想的展開」（『宮沢賢治 冬の青春 歌稿と「冬のスケッチ」探究』洋々社 昭和五十七年十二月）

小野隆祥B「幻想的展開の吟味」（『宮沢賢治 冬の青春 歌稿と「冬のスケッチ」探究』洋々社 昭和五十七年十二月）

佐藤勝治「『三つ森山』のこっけい極まる推理」（『宮沢賢治青春の秘唱〝冬のスケッチ〟研究』十字屋書店 昭和五十九年四月）

菊池善男「〔遠く琥珀のいろなして〕」（『宮沢賢治 文語詩の森』）

赤田秀子「文語詩を読む その4〔かれ草の雪とけたれば〕を中心に」（「ワルトラワラ15」ワルトラワラの会 平成十三年十一月）

信時哲郎A「宮沢賢治「文語詩稿 一百篇」評釈四」（「甲南国文61」甲南女子大学国文学会 平成二十六年三月）

島田隆輔「17〔遠く琥珀のいろなして〕」（「宮沢賢治研究 文語詩稿一百篇・訳注Ⅰ」〔未刊行〕平成二十九年一月）

信時哲郎B「「五十篇」と「一百篇」 賢治は「一百篇」を七日で書いたか（上）」（「賢治研究135」宮沢賢治研究会 平成三十年七月）→終章

信時哲郎C「「五十篇」と「一百篇」 賢治は「一百篇」を七日で書いたか（下）」（「賢治研究136」宮沢賢治研究会 平成三十年十一月）→終章

18　心相

①こころの師とはならんとも、　こころを師とはなさざれと、
いましめ古りしさながらに、　たよりなきこそこゝろなれ。

②はじめは潜む蒼穹に、　あはれ鷲王の影供ぞと、
面さへ映えて仰ぎしを、　いまは酸えしておぞましき、
澱粉堆とあざわらひ、
いたゞきすべる雪雲を、　腐《くだ》せし馬鈴薯とさげすみぬ。

大意

自分の心を操ることはあっても、心に操られることがあってはならないのだと、
古びてしまった戒めにもあるとはいうものの、そもそもたよりにならないものこそが心なのだ。

はじめは青空の底に、あぁ仏の御姿が現われたのかと、
輝かしいばかりの山容を仰いだというのに、今は古びておぞましい、
デンプンが沈殿した山ではないかと嘲笑い、
頂からすべりおりる雪雲も、腐った馬鈴薯のようだと蔑んでしまう。

モチーフ

第二連は『春と修羅（第一集）』の「岩手山」を文語詩化したもののようだが、第一連も『春と修羅（第一集）』の「序」を文語詩化したものだと言えるかもしれない。若き日の賢治は、この本を「歴史や宗教の位置を全く変換」（大正十四年二月九日 森荘已池宛書簡）

しようと刊行し、多くの人に配ったが、晩年の賢治は、それを若気の至り（慢）であったと認識していたのではないかと思う。しかし、本作では、時が経ち、表現の方法こそ変えても、本質は変わっていないということを宣言しようとしているようにも感じられる。

語注

心相　こころのすがた、あり方。

こころの師とはならんとも、こころを師とはなさざれ　『大般涅槃経』や源信の『往生要集』、鴨長明の『発心集』などにも引用される言葉で、自分の心を制御する必要はあっても、うつろいやすい心に引きずられてはいけないという意味。小倉豊文（後掲）は、日蓮の「義浄坊御書」にこの句を見つけるが、一二七五（文永十二）年の「曽谷入道殿御返書」や「兄弟鈔」にも使用例がある。水野達朗（後掲Ａ、Ｂ）は、田中智学の『妙宗式目講義録』（講義は明治三十六年四月〜三十七年四月。現在は『日蓮主義教学大観』に名称が改められている）にこの言葉を見つけている。智学の説明は次のとおり。「吾人は宿習として惑心多く罪障の力強くあるから動《やゝ》もすれば、自己の心にて自己の道心を破ることもある、仮《よ》し道念を失はない迄も、一分も自己を主として法を第二義とする心あるときは、魔、茲に便を得て、吾人の智解の中に現れ、或は宿癖の欲情から這入ッて来るなど、順より逆より種々八方から道心を惑乱せんとするのである」とし、「彼の 聖祖御在世、御直弟の中にも、聖祖を疑ひ参らせ、背き参らせ、捨まゐらせた者などみなこれ心を師とした誤である」と書いている。

さながらに　「そのように」という意味での副詞「宛《さなが》ら」のように思えるが、関連作品であると思われる「未定稿」の「〔こゝろの影を恐るなと〕」を見ると、「しかしながら」という意味に取るべきであろう。

鵞王　『広説仏教語大辞典』によれば、「「鵞鳥の王」という意味で、仏に喩えた名。仏の三十二相中に手足縵網相があり、手指・足指の間に縵網（水かきのような網）があるのが鵞鳥の足に似ているから、こういう」とある。中谷俊雄（後掲）は、「人が生きる糧としての宗教は、たいへん真面目なものである。ガチョウのような滑稽なものはいつしか排除されてきた。文語詩「心相」は、その滑稽味を生かした手法である。ほのかなユーモアが感じられる」とし、水野（後掲Ｂ）も「大きなガチョウが空いっぱいに聳えている情景とか、ジャガイモが雲の替わりに浮かんでいる光景とかの、奇抜さや可笑しさをまず感じ取るのがいいだろう」とするが、特にユーモアを読み取る必要はないように思う。

影供　「えいぐ」と読み、「神仏や故人の像に供物をささげて供養の気持ちを表すこと」（『広説仏教語大辞典』）だが、ここでは水野（後掲Ｂ）の言うように「お供えを受ける仏の映像の方を指している」と思われる。賢治は下書稿㈢で「すがた」

とルビを振っている。

澱粉堆　「でんぷんたい」と読ませたかったのだろう。下書稿㈢に「堆《たい》」とルビが振られている。デンプンの粉が堆積している様子。馬鈴薯などをすりおろして水に漬けておくと、十分ほどで白いデンプンが沈殿するが、一時は仏の御姿かとも思えたものが、時間がたつと、デンプンの堆積した白い粉のように見えたということ。

馬鈴薯　下書稿に「いも」とルビがあり、音数からもそう読ませたかったのだろう。バレイショは、ジャガイモの別名。日本での本格的な栽培は明治以降。寒冷でやせた土地でも育つために救荒作物としても貴重であった。

評釈

黄野（260行）詩稿用紙表面に書かれた下書稿㈠（手入れ時に「心相」のタイトル、以下も同じ）、同じ紙面に書かれた下書稿㈡（赤インクで了⃝）、黄野（220行）詩稿用紙表面に書かれた下書稿㈢（鉛筆で写⃝）、定稿用紙に書かれた定稿の四種が現存。生前発表なし。「未定稿」の「［こゝろの影を恐るなと］」は本作の関連作品、もしくは下書稿かと思われる。

まず、不揃いな形式が目につく。自筆の丸番号が付されているが一連と二連が対をなしていない。そして水野達朗（後掲A）が言うように、本作の内容は「理屈と思弁そのものである点」で極めて異例だ。しかも、二連は『春と修羅（第一集）』の「岩手山」と重なる部分が大きい（『新校本全集』に指摘はない）。賢治の文語詩は、書き溜められた短歌や心象スケッチを元にして改稿される場合がほとんどだが、『春と修羅（第一集）』所収の作品から発展したとされるものはほとんどなく、その意味でも異例である。

また、第一集由来の作品だと言えそうなものは岩手県を代表する岩手山を扱った本作と、やはり岩手県を代表する早池峰山を含む北上山系を扱った「コバルト山地。」（「一百篇」）であり、何か意図的なものを感じなくもない。さらに言えば、どちらも時間や心の持ちようなどで風景が違って見えることをテーマとしており（心象スケッチの精神？）また、どちらにも「一百篇」にしか現われない「酸」の字が使われている。終章（信時哲郎「「五十篇」と「一百篇」　賢治は「一百篇」を七日で書いたか（上）・（下）」「賢治研究135・136」宮沢賢治研究会 平成三十年七月・十一月）にも書いたように、「五十篇」と「一百篇」には独特な編集意図があったようだが、これら二作品の存在は、文語詩全体の構想を解き明かす鍵になるかもしれない。

さて、『春と修羅（第一集）』の「岩手山」をあげることにするが、本作との関連性は明らかだろう。

そらの散乱反射《さんらんはんしゃ》のなかに
古ぼけて黒くえぐるもの
ひかりの微《み》塵《ぢん》系列《けいれつ》の底に

きたなくしろく澱《よど》むもの

これについて浜垣誠司（「岩手山と澱粉堆」「宮沢賢治の詩の世界」http://www.ihatov.cc/ 平成十七年十二月十六日）が、

1・2行目においては「山」が実体としてとらえられるのではなく、逆に「そら」をえぐる欠如態として、やはりネガティブに認識されているのが特徴的です。普通は、山というものの形をこのように見る人はいませんよね。ちょうど「ルビンの盃」のように、「図」と「地」が逆転しているのです。

さらに3・4行目では、山の形姿は空からの沈殿（上↓下）として描かれます。これも、山は地殻が隆起して生まれる（下↓上）という、実際の地質学的な成因の逆になっています。

と書いているように、きわめて興味深い作品なのだが、本作で賢治がこだわっているのは、岩手山を同じ人物が見ても、複数の印象が生まれてしまうという事態で、文語詩では少しポイントをずらせている。ここでも「岩手山」を文語詩「心相」の関連作品とはしても、先行作品だと言っていないのは、そのためだ。

さて、小倉豊文（後掲）は、「雨ニモマケズ手帳」の裏扉と裏表紙見返し（『新校本全集』の呼称では「裏見返し1・裏見返し2」）に書かれた賢治のメモ「警 貢高心」、「警 散乱心」に深い意味があったのではないかとして本作をあげ、晩年の心境を考察している。貢高心とはおごりたかぶる心、つまり慢心であり、散乱心とは善悪さまざまにゆれうごく心のことである。

青山和憲（後掲）は、「自然に託する人の思いの定めなさが嘆かれているが、同時にそれは自然が人間の思惑とは関わりのない、それそのものとしての自然でしかないことへの慨嘆でもある」とする。

中谷俊雄（後掲）は、「詩集『春と修羅』を上梓したことは「ある心理学的な仕事の支度」のために、こころに写ったものをそのままスケッチしておくのだと言ってい」たが、「ここでは変わりやすい心を嘆き、常にそれをコントロールすることを自分に求めている。「心象スケッチ」という方法にも賢治の生涯では紆余曲折があったのだ」とする。

近藤晴彦（後掲）は、「空想的詩作を貶し」「賢治特有のものであった「心象」をパロディ化して揶揄」しているのだとする。

ただ、水野（後掲B）は、「右の四氏ともこの点、この詩に描かれた状態を、克服されるべき否定的なものと捉えている。賢治は心の定めなさを離れ、動揺しない堅固な心を、或は逆に人の主観に左右されない自然の実在を、求めていると見るのである」。「但し表現意識という点から見れば」、「詩人は堅固な心や実在の自然の方に踏み出す手前で、定めない心を見つめたまま立ち尽くしているように思われる」とし、「未定稿」の「〔こゝろの影を恐るなと〕」をあげる。

こゝろの影を恐るなと
まことにさなり　さりながら
こゝろの影のしばしなる
そをこそ世界現実といふ

いかにも賢治は日蓮や智学が説くような心の影が見せる誘惑や悪を超克し、心の強さを志向しているように見える。しかし、水野が言うとおり、「それらかりそめの「こゝろの影」こそが自分には世界であり現実なのだから、簡単にそれを超えて向こう側に出ることはできないと答え」ているのだ。だからこそ、『春と修羅（第一集）』の「序」で、次のように書いたのであろう。

これらについて人や銀河や修羅や海胆は
宇宙塵をたべ、または空気や塩水を呼吸しながら
それぞれ新鮮な本体論もかんがへませうが
それらも畢竟こゝろのひとつの風物です
たゞたしかに記録されたこれらのけしきは
記録されたそのとほりのこのけしきで
それが虚無ならば虚無自身がこのとほりで
ある程度まではみんなに共通いたします

賢治は心が見せる様々な「風物」に正邪をつけようとしたのではなく、むしろ「あなたのためになるところもあるでせうし、ただそれつきりのところもあるでせうが、わたくしには、そのみわけがよくつきません」（「序」『注文の多い料理店』）という事情から、「そのとほり」に記述するしかなかったのである。

多くの論者が、賢治は心の影に惑わされる生き方を否定して、文語詩「心相」を書いたと考えたのは、経典に説かれているようなことを引用しながら、賢治がそれを否定するはずはないと思っていたからではないだろうか。しかし、さまざまな心の風景を描くという賢治の表現行為は、そもそもそれと相反するところに始まっている。そこで若き日に書いた心象スケッチを否定する気になって、「心相」が書かれたのだという解釈も生まれたのだろう。

しかし、賢治が自らの「散乱心」を自己批判したという解釈が生まれた原因はこれにとどまらず、文語詩定稿の二行目にある「さながらに」を「そうであるから」の意味に取っているからではないかと思う。しかし、ここは「そうではあるけれども」という意味で解釈すべきでないだろうか（水野も、これに関しては他の論者と同じ読み方をしているようだ）。

つまり、ここは「古くからの戒めのとおり、まことにもってたよりないのが心である」と解されているが、実は「古くからの戒めはあるのだけれども、たよりない性質こそが心というものなのだ」と解するべきだと思われる。意味する所は同じなのだが、心がたよりないという事実を教えのとおりにただ受け止

めるだけなのが前者であるのに比べて、後者では心のたよりなさを積極的に受け入れようという思いが込められているところに違いがある。

とすると、第一連は、「未定稿」の「〔こゝろの影を恐るなと〕」の内容と一致する。つまり、「こゝろの影を恐るな」と、仏説には説かれている。「さりながら」、自分は「そをこそ世界現実といふ」という、仏説を元にしながらも一歩、進もうとする内容にピッタリと合致するのである。いや、合致するどころか、第一連と全く同じ内容であり、これは「未定稿」ではなく、本作「心相」の下書稿㈠以前の下書稿⓪とでも位置付けるべきものかもしれない（『新校本全集』に関連稿の指摘はない）。

水野（後掲B）は、『春と修羅（第一集）』の「序」を「心相」の関連作品と言ってもよいのではないかと提案しているが、賛成である。ただ、

> 「心象スケッチ」の「心象」は、詩人個人の主観であると同時に、「風景やみんな」の実相、世界そのものの実相をも包摂するものとして、各自の「こゝろの風物」よりも高い次元に設定されている。
>
> これに対し晩年の賢治は、各自の「こゝろの影」こそが世界であると考え、向こう側の世界そのものへと超え出ようとはしない。むしろ「たよりなき」ものの内に留まることを選び、「そのとほり」の確実なものを急いで求めることはしないのである。

とする点には違和感が残る。これについては島田隆輔（後掲A）も違和感を指摘し、「古き教」（下書稿㈡）は「古きいましめ」（下書稿㈢手入れ）にまで高められており、「戒律を保持しようとする意思」を感じとろうとする。しかし、これでは水野以前の四氏と同じ読み方に戻ってしまう。

ここで指摘しておきたい水野への違和感は、たしかに、賢治はただたよりない「こゝろの風物」を提出するのみでなく、「みんなに共通」する何かを提出したかったとは思うのだが、それは、やはり「世界そのものの実相」であるとまでは思えなかったはずだ、ということである。

先にあげた『春と修羅（第一集）』の「序」にもあるように、「たゞたしかに記録されたこれらのけしきは／記録されたそのとほりのこのけしきで／それが虚無ならば虚無自身がこのとほりで／ある程度まではみんなに共通いたします」とある。つまり、賢治は「こゝろのひとつの風物」ではないものを書きたいと思ってはいるが、それも、かつての本体論者（宗教家や哲学者）が提出してきた様々な説と同じように、やはり虚無であるとされる可能性が高いということを認識していたのだろう。自分の書きとった言葉が、実相そのものだとまでは思い込めなかったのだと思う。自ら「正しくうつされた筈のこれらのことばが／わづかその一点にも均しい明暗のうちに／（あるひは修

羅の十億年）／すでにはやくもその組立や質を変じ／しかもわたくしも印刷者も／それを変らないとして感ずることは／傾向としてはあり得ます」とも書いているように、

おそらくこれから二千年もたつたころは
それ相当のちがつた地質学が流用され
相当した証拠もまた次次過去から現出し
みんなは二千年ぐらゐ前には
青ぞらいつぱいの無色な孔雀が居たとおもひ
新進の大学士たちは気圏のいちばんの上層
きらびやかな氷窒素のあたりから
すてきな化石を発掘したり
あるひは白堊紀砂岩の層面に
透明な人類の巨大な足跡を
発見するかもしれません

と賢治は書いている。しかし、それでも、ある程度まではみんなに共通するのではないか。みんなで共通部分を確認し合いながら、少しずつ精度を高めていけば、いつの日か、実相にまで至ることもできるのではないか。その日のために、賢治は心象スケッチを書き連ねている、というのだろう。島田（後掲B）も、華厳経の「三界は虚妄にして、但是れ一心の作《さ》なり」を引用し、三界が虚妄であることを「しっかり受容しつつ、そのうえで踏み込んで正面切って向き合う、という能動的な態度、そこへの反転が秘められている」としているが、その方向で読み解くべきではないかと思う。

水野は心象スケッチ時代の「心象」と文語詩時代の「心相」に分けて捉えようと試みているようだが、昭和七年六月二十一日の儀府成一宛書簡にも、

こんな世の中に心象スケッチなんといふものを、大衆めあてで決して書いてゐる次第でありません。全くさびしくてたまらず、美しいものがほしくてたまらず、ただ幾人かの完全な同感者から「あれはさうですね。」といふやうなことを、ぽつんと云はれる位がまづのぞみといふところです。

と書いているように、文語詩を改稿していたのとほぼ同じ頃にも、賢治は心象スケッチのアイディアから全面撤退したわけではない。とすれば、文語詩「心相」において賢治が述べていることは、やはり『春と修羅（第一集）』の「序」と同じなのだと言うべきではないかと思う。

それでは、心象スケッチ時代の賢治と文語詩時代の賢治に全く変化はなかったのか、と問われるかもしれない。

変化はあったと思う。しかし、表現者として自らが残してきたものについて、賢治は改める気はなかったように思うのである。ただ、そうした作品たちを、自ら公刊し、「宗教家やいろ

いろの人たちに贈り」、「歴史や宗教の位置を全く変換」（大正十四年二月九日 森荘已池宛書簡）しようなどとは、もう思わないように変化した、と言うべきだろう。

教え子・柳原昌悦に宛てた生前最後の手紙で、「私のかういふ惨めな失敗はたゞもう今日の時代一般の巨きな病、「慢」といふものの一支流に過って身を加へたことに原因します」と告白しているように、自らの作品を押し付けるような高慢な態度ではなく、一つ一つの作品を口誦しては、確実に作品世界に共感し、「あれはさうですね」とぽつんとつぶやいてくれるような読者が現われてくれること、そして、誰がいつ作ったともわからない万葉集の東歌や平安時代の今様のように、口伝えで歌い継がれ、誦み継がれることを望むようになったのではないかと思うのである。

先行研究

小倉豊文「チャイコフスキー」・「警貢高心」（『「雨ニモマケズ手帳」新考』東京創元社 昭和五十三年十二月）

青山和憲「文語詩に関する独善的妄言」（「宮沢賢治9」洋々社 平成元年十一月）

中谷俊雄「ガチョウ 仏の三二相」（『賢治鳥類学』新曜社 平成十年五月）

近藤晴彦「死の視点Ⅳ」（『宮沢賢治への接近』河出書房新社 平成十三年十月）

榊昌子「転生する風景」（『宮沢賢治「春と修羅 第二集」の風景』無明舎出版 平成十六年二月）

水野達朗A「「心相」考 賢治文語詩の一断面」（「比較文学・文化論集19」東京大学比較文学・文化研究会 平成十四年三月）

水野達朗B「心相」（『宮沢賢治 文語詩の森 第三集』）

赤田秀子「文語詩を読む その7 酸っぱいのは南風？ 虹？「酸虹」他」（「ワルトラワラ18」ワルトラワラの会 平成十五年六月）

島田隆輔A「初期論」（『文語詩稿叙説』）

信時哲郎「宮沢賢治「文語詩稿 一百篇」評釈四」（「甲南国文61」甲南女子大学国文学会 平成二十六年三月）

島田隆輔B「18 心相」（「宮沢賢治研究 文語詩稿一百篇・訳注Ⅰ」〈未刊行〉平成二十九年一月）

今野勉『宮沢賢治の真実 修羅を生きた詩人』（新潮社 平成二十九年二月）

19　肖像

①朝のテニスを慨《なげか》ひて、　額は貢《たか》し　雪の風。
②入りて原簿を閲すれば、　その手砒硫の香にけぶる。

大意

朝からテニスをされるのは腹立たしいものだと、額にしわが寄って盛り上がる　外は吹雪だというのに。
職員室に入って原簿をチェックしていると、その手からは砒素や硫酸の匂いが漂う。

モチーフ

農学校教員時代に書かれたスケッチから派生した作品。賢治の運動音痴はよく知られるところで、それゆえに他の教員のように生徒と一緒にテニスをして親睦を深めることができず、一人で悶々と仕事をしていたことがあったのではないだろうか。言外には、体を鍛えるためには、あるいは頭を鍛えるためには、もっと他にやるべきことがあるはずだ…　といった思いが込められているのであろう。しかし、賢治は他者を批判してスッキリとできるタイプではない。こんなことで気分を害している自分というのが一番許せない存在だと思っていたのだろう。逐次形（清書後手入れ稿）には、「修羅」という言葉も見えているとおり、こうした日常生活の中の「慨ひ」が、やがて「おれはひとりの修羅なのだ」（「春と修羅」）という認識に繋がっていったのかもしれない。

語注

額は貢《たか》し　逐次形（清書後手入れ稿）の文語詩を口語詩化した「〔松の針はいま白光に溶ける〕」には、「なぜテニスをやるか。／おれの額がこんなに高くなったのに。」とある。「おれ」を怒らせたのであるから、額にしわを寄せたということであろう。ただし「額が高い」という表現をしている例は、管見の限り、他に見つからない。「春と修羅 第三集」の「表彰者」（下書稿㈢）などでは、「額はきざみ」という言い方をしている。「貢」という字をあてているが、みつぐ、ささげる、すすめるなどの意味で用いるのが普通で、なぜこの字を使うことにしたのかわからない。島田隆輔（後掲）は、「雨ニモマケズ手帳」の裏扉と裏表紙見返し（『新校本全集』の呼称では「裏見返し1・裏見返し2」）に書かれた賢治のメモ「警 貢高心」との関連を指摘する。貢高心、つまり「この人物に慢心の表情をみとめたことになるか」という。

原簿 農学校時代の経験を元にしていると思われるため、成績や出席の原簿であろう。ただ、下書稿㈡、㈢では、医者が主人公になって虚構化を意識した形跡もあることから、患者の名簿（カルテ?）を指しているのかもしれない。

砒硫 板谷栄城（「ヒ素」『賢治博物誌』れんが書房新社 昭和五十四年七月）は、ヒ素は猛毒だが自然界には硫黄と化合した形でよく産し、そのうちの雌黄を指すのではないかとし、これは朱墨の材料として使われるため、本作に登場する砒硫は雌黄ではないかという。『定本語彙辞典』は、硫化砒素の略だろうとし、「原簿」には朱墨による訂正が入っていて、その朱が手についたのを「砒硫の香にけぶる」と書いたのではないかとする。また、榊昌子（後掲）は、『春と修羅（第一集）』所収の「小岩井農場」の清書後手入れ稿に「砒素」があることから、「危険な毒の香を漂わせて」いるのではないかとしている。下書稿㈡や㈢の段階で、対象となる人物を医者としていることから、治療や実験のために薬品の匂いが手についていたということなのかもしれないが、おそらくは農学校の職員室を舞台にしていることから、農薬と肥料のことを指していたのであろう。「砒」にあたるのは砒素で、平成十年に農薬取締法の登録が失効したが、それまでは農薬として広く使われていた。「硫」にあたるものとしては、硫酸カリウムなどが考えられる。これは化学肥料として現在も広く使われているものだ。

評釈

「〔冬のスケッチ〕」と同じ1020（広）イーグル印原稿紙に「修羅白日。」のタイトルで書かれた逐次形（「〔冬のスケッチ〕」とは綴じ穴が一致しないものが多く、書式も収録方法も異なる。なお、同じ紙面の下部では口語詩化が試みられ、『新校本全集第五巻』の「補遺詩篇Ⅰ」に「〔松の針はいま白光に溶ける〕」として収録されている）、黄罫（220行）詩稿用紙表面に書かれた下書稿㈠（タイトルは「松の針」）、その裏面に書かれた下書稿㈡（タイトルは「病院主」）、その余白に書かれた下書稿㈢（タイトルは「M氏肖像」。㊢は下書稿に見当たらない）、定稿用紙に書かれた定稿の五種が現存。生前発表なし。

まず逐次形（清書後手入れ稿）とされる「修羅白日。」から見ていきたい。

松の針　白光に溶け
尊き金はなゝめに流る
人のテニスはいきどほろし
われの額は　いと高し

日輪雲に入りませば
雲まさしく白金の環
松の実とその松の枝
黒くしていともあきらけし

雲とくれば日は水銀
天盤砕けてゆらめけり
なにゆゑにこゝになげくや
針葉つやゝかに波だち、

横雲来れば雲は灼焼
ふたたび人はいきどほろし
横雲去れば日は光燿
郡役所の屋根ほどもなし。

あゝ修羅のなかにたゆたひ
また　青青と　かなしめり。

わが手にはかれ草のにほひ
まなこには黄の　天の川
黄水晶《シトリン》の砂利もわたりなん
うつろもひとつにはあらぬを。

風のひのきをてらしつゝ
太陽は落ち
春の透明の中より
人のことばは　身を責む。

（あしたはかれくさのどてを
黄いろのマントひるがへり
ひるすぎは　やなぎ並木を
上席書記　わらひ来る。）

農学校時代の記述であると思われるが、「郡役所」とあることから、若葉町に移転する前の稗貫農学校時代（大正十年十二月〜大正十二年三月）の所感であろうと思われる。『新校本全集 第一巻』には、「〔冬のスケッチ〕」の第四六・四七葉に「共通の発想が見られる」と指摘があるが、このようなものである。

※　光燿礼讃

白光をおくりまし
にがきなみだをほしたまへり
さらに琥珀のかけらを賜ひ
忿りの青さへゆるしませり。

白光のなかなれば
燐光ゆがむ　妖精も
ころものひださへととのへず
ほのぼのとしてたゞ消え行けり。

なにが「なみだ」を流させるほどの「忿り」の対象になったのかはわからない。第四六葉の別の箇所には「日輪光燿したまふを／かたくななるわれは泣けり」ともあり、また「硝酸化合物は／いきどほろし」ともある。また、「〔冬のスケッチ〕」の第四四葉には「灰いろはがねのいかりをいだき」と、『春と修羅（第一集）』の標題作である「春と修羅」の「心象のはいいろはがねから／あけびのつるはくもにからまり」をも思わせる言葉があり、どうも農学校に勤務した時代に、自分は怒ってばかりいる存在なのだという意識が生まれ、このモチーフがその後の詩作にまで長く影響したようである。逐次形のタイトルに「修羅」の語がふくまれることからも、「春と修羅」の関係は浅くないと思われる。

いずれにせよ「〔冬のスケッチ〕」ではあまりにも断片的なので、「修羅白日。」からその怒りの原因を探っていくことにしたいが、それが見出せるのは「人のテニス」であるとしか言いようがない。空を見上げて、「ふたたび人はいきどほろし」とあるが、それは「ふたたび」であるから、全編に張っているのは、やはり「テニス」に対する憤りだということになる。もちろん、賢治の修羅意識の源流がここにあるのだなどとは軽々に言えない。深層には宗教の問題、家業の問題、あるいは女性について、教師という仕事について…　さまざまな思いがあったと思われるからだ。しかし、その思いが噴き出た一つの例として、本編においてはテニスに興じる同僚（生徒？）がターゲットになったようである。

概して運動神経のない人間にとって、スポーツに興じる人々を見ることは苦痛以外の何ものでもない。生徒を連れて散歩や水泳に出かけ、学校に絵を飾り、演劇をさせ、自作の歌を歌わせるなど、様々な活動を通して生徒の感性を向上させようとした賢治だが、テニスの相手をしてやることはできなかったのだろう。運動神経が鈍かったと言われる賢治が、テニスをやっている人々に対してかくも憤っていたとしたら、それは音のうるささであったかもしれないが、むしろ自分の人格や能力を否定するもののように聞こえ、それ故の拒絶であり、憤りだったのではないかと思う。

賢治の周囲を見回してみると、盛岡中学時代の友人で、賢治の大沢温泉におけるイタズラの数々を告白する相手でもあった藤原健次郎は、野球部で四番バッターを務める人物であり（ただし、藤原は早世してしまった）、また、教え子の平野長英は、稗貫農学校時代の「唯一面しか無かった学校のテニス・コートで毎日練習し」、岩手県代表として大内金助と共にダブルスで出場したともいう（「テニスのダブルスに、県代表として出場する」『マコトノ草ノ種マケリ 師父賢治先生回顧』岩手県立花巻農業高等学校同窓会 平成八年五月）。「五十篇」の「〔翔けりゆく冬のフエノール〕」では、盛岡高等農林の教員であった小泉多三郎と思われる人物が、「中庭にテニス拍つ人」として登場し、童話「風野又三郎」では、木村栄と思われる人物について、「木村博士は痩せて眼のキョロキョロした人だけれども僕はまあ好きだねえ、それに非常にテニスがうまいんだよ」として登場し、賢治がスポーツすべてを嫌っていたわけではなかったように思う。しかし、賢治がスポーツの楽しさやスポーツによる人間性の向上といったことに重きを置いていたという記録は見当たらない。

逆に昭和二年七月に書かれた「稲作挿話（未定稿）」では、「これからの本統の勉強はねえ／テニスをしながら商売の先生から／義理で教はることでないんだ」とあり、童話「ポラーノの広場」でも、最終的には削除されたキューストの演説の中に、「町の学生たちは仕事に勉強はしてゐる。けれども何のために勉強してゐるかもう忘れてゐる」。「そしてテニスだのランニングも必要だと云って盛んにやってゐる。諸君はテニスだの野球の競争だなんてことはやらない。けれども体のことならもうやりすぎるくらゐやってゐる」とある。

また、「自分を外のものとくらべることが一番はづかしいことになってゐるんだ」（「風野又三郎」）、「必ず比較をされなければならないいまの学童たちの内奥からの反響です」（「どんぐりと山猫」説明文）などとも書いているから、余計な体力を使って、他人との競争に明け暮れることを奨励したとは考えにくい。賢治作品に於けるスポーツといえば、「〔けだもの運動会〕」の鉄棒ぶらさがり競争や「飢餓陣営」の生産体操くらいであろうか。

賢治は森荘已池に向かって次のように言ったとされている（「昭和六年七月七日の日記」『宮沢賢治の肖像』津軽書房 昭和四十九年十月三十日）

> 労働と性欲と思索、思索と労働、こんなように二つづつならびうまい具合に調和すれば、まあ辛うじて成立しますね。肉体労働と精神労働それに性欲と、この三つを一度に生活のなかに成り立たせるということは、まずまずできません。日本の農民は、肉体労働と性欲だけの生活を古い時代から押しつけられて、精神労働を犠牲に、ただ二つだけでやってきたのですね。

こんなことを考えていた賢治なので、なおさらスポーツをすることになど、価値を見出していたとは思いにくい。

稗貫農学校には狭い敷地の中にテニスコートが一面あり、移転して花巻農学校と改称されてからも、移転した年の「六月には養蚕室の前に生徒の自主的作業でテニスコートが一面つくられ、生徒も先生も白球を追って走りまわった」という。しかし、「賢治はテニスに興ずるでもなく、実習が終るとサッサと職員室にひきあげて翌日の教材研究をすませると、自分の創作に取り掛かることが多かった」らしい（佐藤成「楽しかったこの四ヶ年」『証言 宮沢賢治先生』農山漁村文化協会 平成四年六月）。

中学時代の同級生であった阿部孝（「中学生の頃」「四次元100」宮沢賢治研究会 昭和三十四年一月）は、

運動神経のにぶさにかけては、いつもクラスの筆頭であつた彼は、軍人あがりの体操教師のかつこうななぶり物であつた。ねこぜでがにまたの彼の姿勢は、教練の度毎に、ばりざんぼうの的となつた。鉄棒や木馬など器械体操の時間には、しよつちゆう彼はまるで猫ににらまれた鼠のようにおどおどしていた。野球庭球、柔道剣道、その他もろもろのスポーツ体育にも、彼は一切縁がなかつた。ボールを投げる時の彼のかつこうは女の子そつくりだつた。

と書く。学校生活において、成績や素行が悪いことは、時に英雄化されて語られることもあるが、運動神経のなさについては、これは努力不足でもやる気不足でもないのに、徹底的に嘲笑され、面罵され、評価されることは決してない。したがって運動が苦手な者にとって、スポーツの時間とは、誠に居る場所もないくらいに憂鬱な、しかし、それについては誰も理解してくれないという不条理で陰惨なイジメの時間である。努力と才能は認められても、生まれついての性質のために差別され、イジメられるという意味で、賢治はまさに童話「猫の事務所」のかま猫と同じ境遇にあったのだ。

賢治が教員になって間もない大正十年十二月に、賢治は友人の保阪嘉内に向かって「毎日学校へ出て居ります。何からかにからすっかり下等になりました」。「学校で文芸を主張して居りまする。芝居やをどりを主張して居りまする。けむたがられて居りまする。笑はれて居りまする。授業がまづいので生徒にいやがられて居りまする」といった手紙を書き送っている。これが直接テニスに由来するものであったとは言えないにしても、こうした書簡を書いた時期と「〔冬のスケッチ〕」にメモを残した時期が近いことはたしかである。いずれにせよ、賢治が赴任当初から天馬空を駆けるがごとくに自分の個性を発揮し、生徒たちもついてきたわけではないということは考えてみるべきであろうし、そうした心境から本作のようなものが生まれてきた事情については、きちんと捉えておくべきであろう。

「松の針」とタイトルのある文語詩の下書稿㈠をあげてみたい。

溶けてまばゆき松の針
ながれてとほき雪の風
　人のテニスはいきどほろ
　われの額《ひたひ》はいと高し
白金《ハクキン》の雲日をとりて
あきらけしかも松の針
　わが手はけぶる砒硫の香
　まなこはむなし銀河の黄
水銀の盤雲去りて
つやゝに奔れ松の針

やはりここにも憤りの対象はテニスだとしか書いていない。この後、下書稿㈡では、「病院主」とタイトルが付けられ、下書稿㈢では「M氏肖像」（「患《げん》の名簿を閲《けみ》すれば」という一節がある）とタイトルが付けられ、虚構化が施されるが、基本的に下書稿㈠が圧縮されただけで、定稿の「肖像」と内容はほぼ同じである。定稿には、ただ「肖像」とあるだけなので、病院主やM氏のことを書いているのか、あるいは元の農学校教師である自分に近い存在を語ろうとしたのかはわからない。また、「M氏」とあるのは「宮沢氏」のことを指すのではないか、という思いも頭をよぎるが、いずれにしろテニスに対して怒っているという点では同じである。

ところで阿部（前掲）は、こうも書いている。

彼は一面なかなかの不平家で憤慨屋でもあつた。他人のちよつとした不愉快な態度にも、彼はすぐにぴんと反発して、蔭ではぶつぶつと不平をならべた。しかしどんなに他人の悪口を言い、蔭口をはく時でも、結局彼は自分を批判し、自分を反省し、自分を卑下することを忘れなかつた。後年における彼のあの異常なる自省自嘲自虐の精神は、すでにこの頃から彼の中にすくすくと芽生えていたともいえる。

テニスに興じる人々に対し、賢治は不平を述べ、憤る。しかし、結局、賢治はそこで世界の不条理ではなく、修羅である自分の方に意識を移している。その苦い自覚が、やがて農学校において「芝居やをどり」を認めさせるまでに精力を費やし、また、『春と修羅（第一集）』や『注文の多い料理店』を生む原動力ともなったと考えることもできるかもしれない。

先行研究

榊昌子「宮沢賢治と小岩井農場」（「秋田県立西仙北高等学校紀要」秋田県立西仙北高等学校 平成九年四月）

吉本隆明Ａ「孤独と風童」（『初期ノート』光文社文庫 平成十八年七月）
吉本隆明Ｂ「再び宮沢賢治の系譜について（『初期ノート』光文社文庫 平成十八年七月）
信時哲郎「宮沢賢治「文語詩稿 一百篇」評釈四」（「甲南国文61」甲南女子大学国文学会 平成二十六年三月）
島田隆輔「19 肖像」（「宮沢賢治研究 文語詩稿一百篇・訳注Ⅰ」〔未刊行〕平成二十九年一月）

20　暁眠

①微けき霜のかけらもて、　西風ひばに鳴りくれば、
街の燈《あかり》の黄のひとつ、　ふるえて弱く落ちんとす。

②そは瞳《まみ》ゆらぐ翁面《をきなめん》、　おもてとなして世をわたる、
かのうらぶれの贋《いか》物師、　木藤《どう》がかりの門《かど》なれや。

③写楽が雲母《きら》を揉み削《こそ》げ、　芭蕉の像にけぶりしつ、
春はちかしとしかすがに、　雪の雲こそかぐろなれ。

④ちいさきびやうや失ひし、　あかりまたたくこの門に、
あしたの風はとどろきて、　ひとははかなくなほ眠るらし。

大意

細かい霜のかけらをまじえて、西風が吹いてヒバをゴトゴトならし、街の黄色いあかりの一つが、弱々しくふるえていまにも落ちてしまいそうだ。

おだやかに相好をくずして微笑む翁面のように、おだやかな顔で生きてきた、あのうらぶれたインチキ師の名もある、木藤の仮住まいの門である。

写楽のピカピカとした雲母を揉んでこそぎ落したり、芭蕉の像をけむりでいぶしながら、

春は近いとはいうものの、雪を落とす雲は真黒である。
隣接する小さな病舎は失われて、あかりだけがまたたいているこの門だが、
早朝の風が轟いても、木藤は静かに眠りについたままのようだ。

モチーフ

既に指摘があるように本作は「〔冬のスケッチ〕」を先行作品とし、花巻で新聞取次店を営んでいた斎藤宗次郎をモデルとしたものだと思われる。斎藤はキリスト教の信仰を貫いたために、町の人々に嫌われ、文字どおりに石を投げられるような存在であったが、清廉で温和、雨風の日も新聞を配り続け、静かに信仰を貫いた人柄はいつしか人々に愛されるようになったという。賢治も宗教の違いを越えて、斎藤を慕い、尊敬していたようだ。そんな斎藤を「贋物師」と呼ぶのは、辛辣であるようにも思えるが、当時、天才的な浮世絵修復師のことが話題になっていたことなどを考えれば、ここでは反社会的な人間であるという意味よりも、世の中に理解されない芸術家といったニュアンスであろうと思う。また、「一百篇」の「〔翁面　おもてとなして世経るなど〕」に酷似した詩句があるが、こちらは賢治自身が自分の人生を振り返っているものである。自分の人生と斎藤の人生を二重映しにした面もあるのかもしれない。

語注

暁眠　あけがたになっても眠っていること。孟浩然の詩「春暁」の「春眠不覚暁」（春眠暁を覚えず）を踏まえたものだろう。

翁面《をきなめん》　能面の一つ。顎鬚《あごひげ》を垂らして笑みを浮かべた老人の面。不老長寿などを願った最初期の猿楽にもあったと言われる。神が老人の姿で舞った姿ともされ、ご神体とする神社も多い。「一百篇」の「〔翁面　おもてとなして世経るなど〕」にも登場する。

贋《いか》物師　にせものを作ったり、売ったりして儲けようとする詐欺師のこと。明治から大正にかけて活躍した天才的浮世絵師に高見沢遠治がおり、歌麿や写楽を超人的な技巧で修復した。浮世絵のコレクターとしても知られる建築家のフランク・ロイド・ライトは、高見沢の手による複製であることを知らずに手に入れたことがあり、激怒したという。問題があったのは画商であって高見沢ではなかったが、修復の是非は当時の浮世絵協会を二分し、結局、高見沢は修復から手を引いて、

浮世絵の複製に専念することになった。大正十四年には浮世絵の複製について時の東大教授で浮世絵研究者だった藤懸静也との間で論争したこともあったが、その藤懸に「高見沢が入念に作ったものは真物か、贋物か鑑別がつかない」と脱帽させるほどの腕前であったらしい（高見沢たか子『ある浮世絵師の遺産 高見沢遠治おぼえ書』東京書籍 昭和五十三年七月）。同時代の浮世絵愛好家だった賢治なら、一連の事件についても知っていたはずだ。贋物師というと、人を騙す反社会的な存在であるはずなのに、文語詩の中で特に批判的な描かれ方がされていないのは、賢治の頭の中に、高見沢をはじめとした浮世絵の修復家や複製家がイメージされており、彼らが世間からは蔑まれ、誤解されながらも、浮世絵の美を後代に伝えようとした孤高の職人だと認識されていたからだと思われる。また、「一百篇」の「浮世絵」には、実在の人物であるプジェー神父が「にせの赤富士」を点検するという作品がある。

木藤《どう》がかりの門《かど》　『定本語彙辞典』に「木藤が、仮の門」とあるように、木藤という人物が仮の住まいにしている家の門のことだろう。木藤とあるのは、栗原敦（「斎藤宗次郎『二荊自叙伝』解題」『二荊自叙伝 下』岩波書店 平成十七年六月）らが指摘するように、本作の先行作品である「〔冬のスケッチ〕」第一九葉に「贋物師、加藤宗二郎」とある斎藤宗次郎であろう。斎藤→加藤→木藤という変遷を遂げていることになる。

写楽が雲母《きら》　寛政年間の一年足らずの間に百四十ほどの絵を残して消息を絶った天才浮世絵師・東洲斎写楽は、役者大首絵の背地に雲母を塗ってキラキラとした光沢を出す「雲母擦り」をよく用いた。賢治の父・政次郎や賢治、そして本作のモデルとされる斎藤宗次郎とも交流のあった浄土真宗の僧で仏教学者だった暁烏敏のコレクション（金沢大学の暁烏文庫）には、「巨匠写楽」と表書きされた化粧箱に収められた十五枚の浮世絵があり、これは高見沢遠治が大正中期に制作したものであったという（「暁烏文庫から見つかった謎の浮世絵」「こだち176」金沢大学付属図書館報〝こだま〟平成二十四年一月）。このあたりの事情についても賢治が知っていた可能性があり、もしかしたら本作の成立とも関わりがあるのかもしれない。

しかすがに　副詞の「シカ」に動詞「ス」、助詞の「ガニ」が付いたもの。万葉時代によく使われた語。「そうはいうものの」の意味。『岩波古語辞典』によれば「シカは然。スは有りの意の古語。ガは所の意。アリカのカの転。ニは助詞。平安時代以降、サスガニとなる」とのこと。

びやうや　『定本語彙辞典』には「びやう」として、「小さな鋲がとれたか、の意。鋲は頭を大きくした釘の意で、画鋲と言うが、ここでは街燈（灯）の金具の鋲であろう」とある。が、病舎のことかもしれない。というのも、モデルとなった斎藤宗次郎の家の庭続きには折居医院（「一百篇」の「医院」のモデル候補で、神農の掛軸があったと言われる）があり、その病棟のことかもしれないからである。「屏（風）」のことをさしていたのかもしれないが、外側から屏風は見えない。「廟」や「苗」かもしれないが、旧かな表記すると「べう」となってしまう。ただ、斎藤はトマトやイチゴの栽培をしたともいわれるので、苗舎、苗屋の意味で、これを用いた可能性もある。

評釈

「〔冬のスケッチ〕」第一九葉を元にした下書稿㈠（タイトルは「朝」）、黄罫（220行）詩稿用紙表面に書かれた下書稿㈡、その裏面上部に書かれた下書稿㈢（タイトルは「贋物師」）。鉛筆で㊢、定稿用紙に書かれた定稿の四種が現存。生前発表なし。『新校本全集』には、「「歌稿〔A〕〔B〕」280、「歌稿〔B〕」280a 281には、すでに本篇の題材の一部が含まれている」とある。また、「〔一百篇〕」の「〔翁面　おもてとなして世経るなど〕」には、「翁面　おもてとなして世経るなど」という、本作と似た詩句が登場する。

　まず「〔冬のスケッチ〕」第一九葉から見ていきたい。

※　朝

みちにはかたきしもしきて
きたかぜ檜葉をならしたり
贋物師《いかものし》、加藤宗二郎の門口に
まことの祈りのこゑきこゆ

栗原敦（「斎藤宗次郎『二荊自叙伝』解題」『二荊自叙伝　下』岩波書店　平成十七年六月）が言うように、この「加藤」は、花巻で新聞取次店を営んだ斎藤宗次郎がモデルだったように思う。

　斎藤は明治十年二月に東和賀郡笹間村（現・花巻市）で曹洞宗の住職・轟木東林とさだ（旧姓・斎藤）の三男として生まれた。十四歳の時に母方の斎藤家の養子となり、十六歳で稗貫高等小学校を卒業し、十七歳で岩手県尋常師範学校に進学。二十一歳で同校を卒業すると、稗貫郡里川口小学校の訓導となった。内村鑑三の著書からキリスト教に接近し、明治三十三年、二十三歳の時に受洗。イエスの荊を再び負うという意味から「二荊」を号とする。キリスト教信仰から実父・実兄から絶縁状を突き付けられ、小学校でもキリスト教の信仰を貫こうとしたために忌避され、石を投げられることもあったという。日本とロシアの関係が悪化すると、兵役と納税を拒否しようと決意するが、師である内村鑑三の説得によってこれを収めた。明治三十七年、二十七歳の時に小学校を依願退職してイチゴ栽培を開始。翌年、内村との相談もあって書籍雑誌商店・求康堂を開店。明治四十三年に新聞取次も始めた。反骨精神と共に清廉潔白な生き方は賢治をはじめ多くの人に敬愛され、たとえば里川口小学校で先輩教員であった後の湯口村村長・阿部晁は、自らの浄土真宗に対する信仰もあって、はじめは斎藤を激しく攻撃したが、大正十五年に斎藤が内村に招かれて花巻を引き払う際には慰労会を催すほどに敬愛するようになっていた。島田隆輔（後掲C）は、「未定稿」の「〔雪とひのきの坂上に〕」で、坂の上で写真館を営みながらキリスト教を広めようとする人物を描いているが、そのモデルも斎藤だったのではないかとし、本作を「一百篇」に収めたために「〔雪とひのきの坂上に〕」が未定稿になったのではないかとする。

さて、斎藤は賢治との間で、「二人互の信仰に就て語つたことの一回も無かつた」と回想する一方、賢治が大正十年一月に家出上京する直前に斎藤を訪ねて「田中智学の人物と其活動に就て問わるる」（斎藤宗次郎「懐かしき親好」「四次元12」宮沢賢治友の会 昭和二十五年十月）こともあったという。斎藤は佐藤泰正にあてた書簡の中で「自身の率直な考えを述べ、それは純一なる宗教人として欠くるところあるを端的に語ったものであり、賢治は深く諒するところがあったという」（「宮沢賢治とキリスト教 内村鑑三・斎藤宗次郎にふれつつ」『佐藤泰正著作集⑥ 宮沢賢治論』翰林書房 昭和六十一年五月）。斎藤の残した文章や『二荊自叙伝』には、宗教論を戦わせたといった記述が見えないことから、相互の宗教を尊重し合いながらの交流があったようである。斎藤は農学校に賢治を訪ね、ともにレコードを聴いたり、園芸について語り合ったり、賢治は宗次郎に詩を朗読し、また学校劇への招待も行っている。「〔雨ニモマケズ〕」が斎藤をモデルにしていると言われることもあるが、にわかには賛成しかねるものの、敬愛する人物の一人であったことに違いはあるまい。

小林俊子（「宮沢賢治の文語詩における〈風〉の意味 第二章 その1」http://cc9.easymyweb.jp/member/michia/ 平成二十四年十月十五日）は、「宗次郎の裏の一面も近年発掘されていて、地元の身近な人の評価はまた別であったかもしれない」とし、「この詩で描きたかったのは、かつては親交のあったものへの、絶望の気持ちかもしれない」とするが、おそらくはそうしたマイナス面も含めて、賢治は斎藤宗次郎を、人々から「贋物師」と揶揄されながらも、簡素な生活を送り、静かに「まことの祈り」を捧げている人物として取り上げたのではないかと思う。ただ、斎藤が贋物の浮世絵等を売っていたという話はないので、なぜここで「贋物師」が出てきたのかはわからない。

「大正五年三月より」としてまとめられた短歌にも斎藤宗次郎をモデルにしたと思われるものがあり、「歌稿〔B〕」から引用すれば次のとおりである。

280 さわやかに／朝のいのりの鐘鳴れと／ねがひて過ぎぬ
／君が教会

280a 281 プジェー師よ／かのにせものの赤富士を／稲田宗二や
持ち行きしとか

ただ280 281[a]は、「歌稿〔B〕」が成立して時間がたってからの書入れであり、また、大正五年は盛岡高等農林時代で、まだ斎藤との交流もあまり深くなかったと思われるため、「〔冬のスケッチ〕」の先行作品ということでもないように思われる。

それにしても「一百篇」では、「岩手公園」でタッピング一家、「〔けむりは時に丘丘の〕」でミス・ギフォード、「浮世絵」ではプジェー神父というように、「五十篇」には登場しなかったキリスト教徒たちが多く登場し、「五十篇」よりも取材対象が広くなっている感じがする。詳しくは終章（信時哲郎 後掲B、C）を参照いただきたいが、「一百篇」には独自の編集方針のようなものがあったためかもしれない。しかし、いずれも法華教徒であった賢治の批判や揶揄の調子（「五十篇」と「一百篇」に収録されている「秘事念仏の大師匠〔一〕〔二〕」には、隠し念仏への批判や揶揄が感じられる）は読み取れず、それは信仰よりも人間性を重視したため、あるいは欧米文化への畏敬や親しみによるのだろうか。

斎藤宗次郎は、ただキリスト教の信者であったというだけでなく、「幼少の頃から禅宗の門に育ち、毎朝未明から父の法衣の袖に身を蔽われて、般若心経・観音経・学道要心集などを耳にし、自然に大聖釈尊を拝し道元を敬うようにな」（斎藤 前掲）り、キリスト教を奉じるようになってからも日蓮を敬愛したという。

また、斎藤は洋画家で書家でもあった中村不折（今もその字は「新宿中村屋」の看板や清酒の「真澄」、「日本盛」、また「神州一味噌」のラベルなどに使われている）や日本画家の小川芋《う》銭《せん》との交流もあり、そうしたことをふまえて考えてみれば、「〔木藤〕」を浮世絵に関わりのある人間として描いた背景も見えてくるように思う。

しかし、賢治自身が本作のモデルだという見方もできるかもしれない。

賢治の友人だった大谷良之（「宮沢賢治君の思い出」「宮沢賢治全集 第五巻 月報８」筑摩書房 昭和三十一年十一月）は大正八年五月から九年四月まで、稗貫郡役所に勤めており、宮沢家をよく訪ねることがあったというが、次のように賢治と浮世絵について書いている。

> その頃の彼は稗貫郡の土性調査をやつていただろうと思うが、その事については話したこともない。広重其他の浮世絵は数百枚集めていて、版画の説明はよく聞いたけれども頭の中には何一つ残つていない。が彼が非常に古くて線も色も見えない真黒といつてもよいのを出して、
> 「こんなのでも薬品で処理すると版画独特の色彩が表われる。こんなに新鮮な感じのものになるよ。この赤の色のよいこと」
> と感嘆して悦に入つていた事だけ残つている。

また、賢治の実妹である宮沢（岩田）シゲ（「思い出の記」「宮

沢賢治全集 第六巻 月報9」筑摩書房 昭和三十一年十二月）もこんなことを書いている。

　浮世絵を好きになつた頃の兄が、どこから持つて来るのか、古い汚いのや破れたのや変なのを見つけて来る様になりました。それを水に漬けたり薬をかけて見たり、今度は新しい複製を東京から買つて来て、油煙をとかした水に漬けて寂《さび》をつけたり、雲母《きらら》を糊でつけて見たりしている楽しさうな日がございました。そのうちにどうして分るのでしようか、どう見ても人柄の良くなさそうな、町とも在ともつかない様な人が何人か兄を訪ねて来る様になりました。

　そして、かねてから「これはいいものだよ。」と云つていた様な浮世絵と、汚ないつまらない様に見えるものとを取換えて行く事が度々ありました。今日もまた騙しに来たなと憤つておりますと、果してボロボロの紙切を持った兄がニコニコ機嫌よく笑つて、「おこるな、おこるな。今の人は随分ずるそうには見えるけれども、ほんとうは人がいいんだよ。何とか得をしようと、俺の顔色をチラッチラッと見るのが、どうもあんまり気の毒だつたから、いいのも悪いのもみんな交ぜて、好きなものを取つて下さい、と云ったらすつかり喜んで了つて、これでもいいかと複製のなんか取つているんだよ。

　そんならこれも添えて上げましようと言つたら、びつくりしてしまつて、ほんとか、ほんとにか、とあんまり嬉しくて笑い度いのを止めるのに困つて居たもな。あの人のあんなに人のいい顔を見たら、お前だつてどんないいのをやつたつて、一向惜しくなくなるだろう。」と、兄こそ腹の底から嬉しくてたまらない様に笑つたものでした。しかし私は、そんなに損なことをしてと、兄が気の毒でたまりませんでした。

　童話「どんぐりと山猫」で、山猫の馬車別当が小学生の一郎にお世辞を言われて喜ぶシーンを彷彿させるエピソードだが、「写楽が雲母を揉み削げ、芭蕉の像にけぶりしつ、」というのが、まさに賢治がやっていたことであるから、斎藤を描いていたとしても、本作には実際の賢治の経験も重ねられていたとすべきだろう。

　「「東京」ノート」にある詩「浮世絵展覧会印象 一九二八、六、一五、」には、「膠とわづかの明礬が／……お、その超絶顕微鏡的に／微細精巧の億兆の網……／まっ白な楮の繊維を連結して／湿気によってごく敏感に増減し／気温によっていみじくいみじく呼吸する」といった一節があるが、これに対して千葉市美術館学芸員の田辺昌子（「宮沢賢治と浮世絵㊤」「日本経済新聞」平成二十八年十月九日）は、「この感動の仕方は妙です」。「ふつうはここまで気にして鑑賞しないはずなのですが」と述べる。賢治の浮世絵愛好が、単に浮世絵を鑑賞するだけに留まらなかったことを示していよう。

　また、鈴木健司「童話集『注文の多い料理店』発刊をめぐって発行者・近森善一の談をもとに」(『宮沢賢治という現象　読みと受容への試論』蒼丘書林　平成十四年五月)は、盛岡高等農林学校の後輩にして『注文の多い料理店』の発行者である近森が、「浮世絵をね。あれをうんと集めてきてね。どうして集めたかというと、親父がどうしたこうしたと言って、やっぱり、お父さんの関係で買ったものだと思うが。すすけて真っ黒になっているわね。そんなものを何とかお父さんが、あいつを洗ってきれいにして、何とかこう、まあ本当はあんなことしたらいかんのだけれど、水洗といってね、そんなことをして商売もしていたように思う」。「あれは商売だった。「商売におやじさんが集めて来る」と言ったように思う」などと語っていたことを紹介している。

　賢治自身が本作のモデルとなっている可能性といえば、「一百篇」の「〔翁面　おもてとなして世経るなど〕」と語句が似ているのも気になるところだ。これは、下書稿㈠に「自嘲」というタイトル案が付されていたことからもわかるとおり、文語詩制作当時の賢治の心境を描いたと思われる作品だが、文語詩の一般的な傾向として、賢治自身を語るような語句が省かれることがよく指摘されるのに、そうした指摘を全くひっくり返してしまうような、珍しい作品である。定稿は次のとおり。

　翁面、　おもてとなして世経るなど、　ひとをあざみしそのひまに、
　やみほ、けたれつかれたれ、　われは三十ぢをなかばにて、
　緊那羅面とはなりにけらしな。

『新校本全集』には、「冒頭の詩句は文語詩「暁眠」第二連を承けて書かれている」とあり、山口逵子(「賢治「文語詩篇定稿」の成立」「大谷女子大学紀要20―2」大谷女子大学志学会　昭和六十一年一月)も、「賢治が自己凝視の心を贋物師の姿に託したと思える」と、どちらもあっさりと書くのみだが、賢治自身の視点が第三者のそれに変わることはよくあることだとしても、同じ「一百篇」の中に、同じ詩句を使った自分を視点人物としたもの(「〔翁面　おもてとなして世経るなど〕」)と第三者を視点人物にしたもの(「暁眠」)の二作があるのは珍しいと思う。しかも、一方では「自嘲」として「翁面」をかぶって生きることを浅ましいことのように描きながら、もう一方では自分を押し殺して清廉潔白に生きることを称揚しているように思えるのも、どう解釈したらよいのか迷うところである。

　本作が斎藤宗次郎(あるいは似た生き方をした人物)を称揚するものだという点についてはたしかだとしても、右に書いたことからすれば、やはり信仰を重んじ、羅須地人協会の試みなどでは、「贋物師」のような扱いを受けた賢治自身の「自嘲」も、本作には紛れこんでいるとするのが妥当であるように思う。

　それにしても、翁面を付けたように生きていく者の生について、肯定的なのか否定的なのか、あるいは斎藤と自分のどちら

か一方のみを良しとし、他方を悪しとするものだったのか等についてては、もう少し時間をかけて考える必要があるように思う。

先行研究

島田隆輔A「原詩集の輪郭」（「宮沢賢治研究 文語詩集の成立」）
信時哲郎A「宮沢賢治「文語詩稿 一百篇」評釈四」（「甲南国文61」甲南女子大学国文学会 平成二十六年三月）
島田隆輔B「《文語詩稿》未定稿〔雪とひのきの坂上に〕訳注・稿」（「論攷宮沢賢治12」中四国宮沢賢治研究会 平成二十六年二月）
島田隆輔C「訳注篇9〔雪とひのきの坂上に〕」（『信仰詩篇の生成』）
鈴木貞美「歌稿とその周辺」（『宮沢賢治 氾濫する生命』左右社 平成二十七年八月）
島田隆輔D「20 暁眠」（「宮沢賢治研究 文語詩稿一百篇・訳注Ⅰ」〔未刊行〕平成二十九年一月）
信時哲郎B「「五十篇」と「一百篇」 賢治は「一百篇」を七日で書いたか（上）」（「賢治研究135」宮沢賢治研究会 平成三十年七月→終章）
信時哲郎C「「五十篇」と「一百篇」 賢治は「一百篇」を七日で書いたか（下）」（「賢治研究136」宮沢賢治研究会 平成三十年十一月→終章）

21　旱倹

①
雲の鎖やむら立ちや、　森はた森のしろけむり、
鳥はさながら禍津日を、　はなるとばかり群れ去りぬ。

②野を野のかぎり旱割れ田の、　白き空穂のなかにして、
術をもしらに家長たち、　むなしく風をみまもりぬ。

大意

雲が鎖のようにつながって立ち、森から森に白いけむりがたなびいている、鳥はまるで災厄の神から、逃れたいとでもいうように群れだって飛び去っていく。

野は見渡す限り日割れした田が続き、実の入っていない白い穂の中で、なしうる手段もしらない農家の家長たちは、ただむなしく風を見守っているばかりである。

モチーフ

東北地方の農村は絶えず自然災害に脅かされていたが、大正末年には旱害が続き、花巻農学校の教員だった賢治も、実習水田地の水ひきのために夜通し樋番をする日もあった。本作では、妖しい雲の動きや鳥の飛び方から、人々に災厄をもたらす超自然の存在としての神（＝禍津日《まがつび》）が静かに、不気味に描かれ、人間は自然災害に対して全く無力なまま、ただ風を見守るのみだとでもいうようである。

語注

旱倹　日照りで作物が育たないこと。『大漢和辞典』に『北史』の用例が載っている。『定本語彙辞典』は、「詩中に「禍津日」、「旱割れ田」、「白き空穂（→うつぼ）」「術をも知らに」（なすすべも知らず）といった絶望的なイメージが並んでいる」とする。

雲の鎖　鎖のようにつながった雲、の意味だが、日照りの詩であることを考えれば、雨を降らすことのない巻雲であろう。晴れた秋空の高い所（五～十三㎞ほど）に出る。

しろけむり　森から森に白い煙が湧きたっているといった意味に取れそうだが、日照りの詩には似つかわしくない。おそらくは炭焼きの煙であろう。たとえば「五十篇」の「〔盆地に白く霧よどみ〕」の下書稿㈢にも、「ひとびと木炭を積み出づる」とあった。

禍津日　日本神話にみえる神の名で「まがつび」と読む。マガはよくないこと、ツは助詞で「の」の意味。ヒは神霊を示す。古事記や日本書紀によれば、伊弉諾尊《いざなぎのみこと》が黄泉国のけがれを清めるための禊をした際に生まれたとされる。凶事を引き起こす神とされるが、後にこの神を祀ることで災厄から逃れられると考えられるようになり、厄除けの守護神として信仰されるようにもなった。『定本語彙辞典』によれば、旱魃の「魃」とは、漢籍によれば旱の鬼神を指すのだともいう。奥山文幸（後掲）は、先行作品「三一一　昏い秋　一九二四、一〇、四、」の制作日付が「銀河鉄道の夜」との関連が指摘される「〔北いっぱいの星ぞらに〕」「薤露青」などの制作日とも近いことから、妹トシの死が影響している可能性を指摘する。そして本作「旱倹」についても、「死んでしまった最愛の妻イザナミを黄泉の国に訪ねていくイザナキを、死後のとし子との通信を求めようとした兄賢治に重ねるのは深読みに過ぎるかもしれない。しかし、「禍津日」の三文字は、黄泉の国から逃げ帰ったイザナキのイメージを呼び出さずにはいない」とする。たしかに先行作品の制作時に妹の死が影響していた可能性についても考えておくべきかもしれないが、晩年の文語詩にまで影響を及ぼしていたかどうかとなると判断は難しい。というのも、「まがつび」（あるいは禍津日）の語は、本作の他にも、いずれも「一百篇」の「〔みちべの苔にまどろめば〕」、「〔日本球根商会が〕」に登場しており、本作における「禍津日」と同じように、これらの詩篇にも妹の死を関わらせるのは難しいように思うからだ。

旱割れ田　日照りによって水が枯れ、表面の土が割れた田のこと。

白き空穂　稲が結実せずに穂だけになったもののこと。

評釈

黄野（220行）詩稿用紙表面に書かれた口語詩「三一一　昏い秋　一九二四、一〇、四、」の下書稿㈢の上に書きつけられたが、冒頭と末尾が破棄されたために断片となっている下書稿㈠（断片）、黄罫（220行）詩稿用紙表面に書かれた下書稿㈡（「旱倹」のタイトル。鉛筆で㊢）、定稿用紙に書かれた定稿の三種が現存。生前発表なし。定稿における丸番号①は、文字の書かれる一行前の行頭に付されている。先行作品は「春と修羅　第二集」所収の「三二一　昏い秋」。

まず、先行作品である口語詩「三二一　昏い秋」の下書稿㈡を示そう。

雲の鎖やむら立ちや
また木醋をそらが充てたり
はかない悔いを湛えたり
黒塚森の一群が
風の向ふにけむりを吐けば
そんなつめたい白い火むらは
北いっぱいに飛んでゐる
　……あ（以下不明）
　（一行不明）
　（十数字不明）ある……
最后のわびしい望みも消えて
楊は堅いブリキにかはり
たいていの濶葉樹のへりも
（約二字不明）れた雨に黄いろにされる
　……いったい鳥は避難でもするつもりだらうか
　群になったり大きなやつらは一疋づつ
　　せわしく南へ渡って行く……
雲の鎖やむら立ちや
白いうつぼの稲田にたって
ひとは幽霊写真のやうに
ぼんやりとして風を見送る

奥山文幸（後掲）は、「三二一　昏い秋」の制作時は妹トシの死から日もたたず、「銀河鉄道の夜」の第一次稿の構想を練っている最中だったことから関連を見出そうとするが、晩年の文語詩作成の最中にまでそれが及んでいたとは考えにくい。「禍津日」の三文字は、黄泉の国から逃げ帰ったイザナキのイメージを呼び出さずにはいない」と言うが、「一百篇」にこの語は三回もちいられていることを思うと、この作における「禍津日」ばかりを特別視するのも問題があるからだ。

さて、東北の農村において旱魃は冷害とともに大きな災厄であり、避けては通れない大問題であった。取材年である大正十三年は、日照りが四十日ほど続き、旱害のために畑作は五割減収だったという。

岩手県は大正十三年の旱害に続いて、大正十四年にも日照りが続き、賢治は「一五八　渇水と座禅　一九二五、六、一二、」で、次のように書いている。

夜どほしの蛙の声のまゝ
ねむくわびしい朝間になった
さうして今日も雨はふらず
みんなはあっちにもこっちにも
植えたばかりの田のくろを
じっとうごかず座ってゐて
めいめい同じ公案を
これで二昼夜商量する……

旱になると自分の田になるだけ多く水を引き込もうとして水喧嘩がよく起こったというが、賢治も農学校の実習水田地のために、夜通し「樋番」をした。散文「〔或る農学生の日誌〕」にも、こうした体験が生かされているようで、「一千九百二十六年三月廿（一文字分空白）日」の章には次のようにある。

今年こそきっといゝのだ。あんなひどい旱魃が二年続いたことさへいままでの気象の統計にはなかったといふくらゐだもの、どんな偶然が集ったって今年まで続くなんてことはない筈だ。気候さへあたり前だったら今年は僕はきっといままでの旱魃の損害を恢復して見せる。

「今年まで続くなんてことはない」と書かれているが、旱魃は三年目の大正十五年にも起こり、「水が来なくなって下田の代掻ができなくなってから今日で恰度十二日雨が降らない」（一千九百二十六年六月十四日）という状況に見舞われ、この後、水どろぼうにまで遭うことになる。

昭和七年に発表された「グスコーブドリの伝記」にも、次のような箇所がある。

植《う》ゑ付《つ》けの頃《ころ》からさつぱり雨《あめ》が降《ふ》らなかつたために、水路《すゐろ》は乾《かは》いてしまひ、沼《ぬま》にはひびが入《はい》つて、秋《あき》のとりいれはやつと冬《ふゆ》ぢゆう食《た》べるくらゐでした。来年《らいねん》こそと思《おも》つてゐましたが、次《つぎ》の年《とし》もまた同《おな》じやうなひでりでした。それからも来年《らいねん》こそ来年《らいねん》こそと思《おも》ひながら、ブドリの主人《しゆじん》は、だんだんこやしを入《い》れることができなくなり、馬《うま》も売《う》り、沼《ぬま》ばたけもだんだん売《う》つてしまつたのでした。

たしかに「ヒデリに不作なし」や「旱魃に飢饉なし」といった言い伝えもあり、賢治自身も「旱魃なら何でもないが、寒さとなると仕方ない」（「グスコンブドリの伝記」）と、作中でクーボー大博士に言わせてもいるが、たとえば鈴木守（「「涙ヲ流サナカツタ」賢治の悔い」『「涙ヲ流サナカツタ」賢治の悔い』友藍書房 平成二十八年三月）が資料をあげているように、昭和二年一月九日の「岩手日報」には、「紫波地方昨夏の旱魃は古老の言にもいまだ聞かざる程度のものであった水田は全く変じて荒野と化し農村の人たちはたゞ天を仰いで長大息するのみであった」とあり、「（小学校には）弁当をもたづにくるものが十二三人あり三年以上五百五十人中八十九人はべん当をもたずに来て昼の休み時間は他人の弁当を食べてゐるのを見かねて屋外であそんで居る姿は実際可愛想です、べん当を持つてきても夫々他人に見られるのがいやで新聞紙の中に顔を埋づめる様にして時々周囲の眼を見渡しながらマルデ盗んだものでもたべてる風にして居」たのだという。賢治にもそうとうなインパクトを与える事件であったように思われるが、栗原敦（「理念と現実①」『NHKカルチャーアワー 文学探訪 宮沢賢治』日本放送出版協会 平成十七年十月）によれば、昭和三十六年になって豊沢ダムができるまで、この地方には旱害が続いたのだという。

鈴木（前掲）は、大正十五年の旱の年の冬、岩手の旱害地帯の惨状が毎日のように新聞報道され、全国的に話題になってもいたのに、賢治は上京してタイプやエスペラント語、チェロ、オルガン等を習い、帰郷してからも特に旱害に対して目立った行動をしておらず、賢治は「ヒデリノトキニ涙ヲ流サナカッタ」という。たしかに鈴木の指摘が当たっている所もある。ただ、賢治がこの時は旱害に対して目立った行動を何もしていなかったにしても、「一百篇」の「旱害地帯」では旱害のあった村の冬を描いているし、少なくとも賢治自身の思いとしては、十分に旱害に心を痛めていたのだと思われる。父親に東京への遊学のための金をせびっていながら、農村の窮状をなんとかしたいと本心から思っていた〈矛盾〉と近い。

ところで、「五十篇」と「一百篇」が扱うテーマ、頻出する語句に違いがあることについてはこれまでに何度か書いてきたとおりだが、旱害については「五十篇」において、少なくとも定稿には残っていないが（たとえば「五十篇」の「〔水と濃きなだれの風や〕」の下書稿㈠には「ひでり」の語がある）、「一百篇」では本作をはじめ、「旱害地帯」、「朝」等に旱害が登場している（詳しくは終章（信時哲郎 後掲B、C）を参照されたい）。

また、先述の「まがつび」の語も「五十篇」には登場しないのに、「一百篇」では本作を含めた三篇に登場しているのも気になるところだ。

「五十篇」の定稿を書き終わってから「一百篇」をまとめるまでのわずか一週間ほどの間に、大きな思想的な変化があったとは思えない。また、賢治が急に日本の神話に興味を持ち始めたとも考えにくい。ただ「鳥はさながら禍津日を、はなるとばかり群れ去りぬ。」といった言葉には、超自然的なものの影があり、「術をもしらに家長たち、むなしく風をみまもりぬ。」という言葉の裏にも、やはり人間たちにはもはやなすすべがなく、超自然的な存在に期待が寄せられているようにも読める。奇しくも先行作品の口語詩「三一一 昏い秋」には、「幽霊写真」の語（今日でいう心霊写真）が登場していることからも、ここではただ旱を迎えた農村を描いているだけでなく、この世界を超越した存在に頼らざるを得ない人間の限界を描いているようにも思える。

　鈴木守はブログ「宮沢賢治の里より」（「223 紫波の農民の苦闘と苦悩」http://blog.goo.ne.jp/suzukikeimori/ 平成二十二年三月三十一日）で、大正十五年七月十三日の「岩手日報」に「果しなくつゞく旱天に禍ひされた紫波郡民は天神のいかりを和ぐるため今十三日午後十時から同十一時まで翌十四日午前二時から同三時まで県社志和イナリ神社神前に於て伊勢外宮の五穀豊穣祈願の古式に則り、荘厳に雨乞ひ祈禱をすることになつた」との記事コピーをあげているが、そんな農民たちの意識をそのまま書いた、ということなのかもしれない。

　昭和六年十一月三日、「〔雨ニモマケズ〕」に「ヒデリノトキハナミダヲナガシ」という言葉を書き付けた際、賢治の脳裏には大正末年の旱害があったと思われるが、旱に対しては「ナミダヲナガ」すこと、そして「〔雨ニモマケズ〕」の末尾に南無妙法蓮華経と共に諸菩薩の名前を書くことしかできなかった。科学の進歩や個人の努力だけでは乗り越えることが難しい自然災害に対して、賢治は神仏にむけて祈るしかなかったということであり、雨乞ひ祈禱を行う紫波郡民と同じである。これは賢治の限界であるというよりも人間の限界であり、現在でも大きな変化はない。人間という存在に対する哀歌なのかもしれない。

先行研究

榊昌子「転生する風景」（『宮沢賢治「春と修羅 第二集」の風景』無明舎出版 平成十六年二月）

秋枝美保「井伏鱒二の「在所もの」と宮沢賢治の「文語詩」その風土と時代、農村不況への着眼を通して」（「井伏鱒二の「在所もの」と宮沢賢治の「文語詩」井伏鱒二の小説「鐘供養の日」研究２」福山大学人間文化学部人間文化学科近現代文学研究室 平成二十三年三月）

信時哲郎Ａ「宮沢賢治「文語詩稿 一百篇」評釈四」（「甲南国文61」甲南女子大学国文学会 平成二十六年三月）

奥山文幸「〈幽霊写真〉というフレーム「春と修羅」第二集と「銀河鉄道の夜」」（『宮沢賢治論 幻想への階梯』蒼丘書林 平成二十六年十一月）

島田隆輔「２１ 旱倹」（「宮沢賢治研究 文語詩稿一百篇・訳注Ⅰ」（未刊行）平成二十九年一月）

信時哲郎Ｂ「「五十篇」と「一百篇」 賢治は「一百篇」を七日で書いたか（上）」（「賢治研究135」宮沢賢治研究会 平成三十年七月）→終章）

信時哲郎Ｃ「「五十篇」と「一百篇」 賢治は「一百篇」を七日で書いたか（下）」（「賢治研究136」宮沢賢治研究会 平成三十年十一月）→終章）

22 〔老いては冬の孔雀守る〕

①老いては冬の孔雀守る、　蒲の脛巾《はばき》とかはごろも、
園の広場の午后二時は、　湯管《くだ》のむせびたゞほのか。

②あるひはくらみまた燃えて、　降りくる雪の縞なすは、
さは遠からぬ雲影の、　日を越し行くに外ならず。

大意

年をとって冬の動物園で孔雀を守る係となった男は、蒲の脚絆と皮のコートを身に付けており、動物園の広場の午後二時は、湯の通る管がかすかに音を立てるのみである。

ある場所は日差しが暗くまたある場所は燃えるように、雪が縞のように見えているのは、遠からぬところにある雲が、陽光を濾しているからに他ならない。

モチーフ

花巻温泉のクジャクの世話を、雪の降る中でしているという老人を書いた詩。「五十篇」の「〔毘沙門の堂は古びて〕」にも、胸を病んだために役場を辞めて毘沙門堂の堂守になった人物を描いた詩があり、共通する部分が多い。ただ、「〔毘沙門の堂は古びて〕」では肺病のために宗教施設で働いているのに対し、本作では老齢のために温泉で働いている。しかも南国の鳥であるクジャクを雪の降る中を檻に閉じ込めている。そして花巻温泉といえば、「日本新八景」コンテストで全国一位を獲得したレジャーランドでもあったが、たくさんの「うたひめ」が働く大歓楽街でもあった。ただ、この老人にしても「うたひめ」にしても、生活のために働いているわけであり、彼らを単純に批判することはできない。第二連では、光と雲との動きが、ただ描写されるのみだが、積極的に

は何もできないというイメージを印象付けるためだったのかもしれない。

語注

孔雀　キジ科の大型鳥類。インドや東南アジアなどに生息する。オスの長い上尾筒は、先端に目玉のような模様があり光沢のある美しいもので、求愛のディスプレーの際などに広げられる。仏教ではこの美しいクジャクが毒蛇を食べるということから神格化され、密教においては孔雀明王を本尊として除災・祈雨を願った。賢治はその美しさと共に、仏典からの知識からクジャクを多くの作品で幻想的に使い、たとえば童話「インドラの網」では、「空のインドラの網のむかふ、数しらず鳴りわたる天鼓のかなたに空一ぱいの不思議な大きな蒼い孔雀が宝石製の尾ばねをひろげかすかにクウクウ鳴きました。その孔雀はたしかに空には居りました。けれども少しも見えなかったのです。たしかに鳴いて居りました。けれども少しも聞えなかったのです」とあり、『春と修羅（第一集）』の「序」では「みんなは二千年ぐらゐ前には／青ぞらいっぱいの無色な孔雀が居たとおもひ」と書いている。花巻温泉の水禽園では、クジャクがペリカンや鷹、フクロウ、七面鳥、ホロホロ鳥、コウノトリなどと共に飼われており、賢治はここをイメージしながら本作を作っているものと思われる。「守る」は、音数の関係から「もる」と読ませたかったのだろう。

蒲の脛巾《はばき》　蒲の葉で編んだすねあてのこと。脚絆《きゃはん》。旅行や作業の際に脛にまきつけ、ひもで結んで用いる。

湯管《くだ》　花巻温泉は一大レジャーセンターとして日本中にその名を知られていたが、湯はさらに奥まった台温泉から引いていた。ここでは、その湯を通す管の音のことを指すのだろう。

日を越し行く　太陽の光を雲が濾しているという意味だろう。「初期短篇綴等」の「山地の稜」に「この雲のひかり Sun-beam がまさしく今日もそゝいでゐる。／雲は陽を濾す、雲は陽を濾すとしようかな、白秋にそんな調子がある」とある。

評釈

黄罫（260行）詩稿用紙表面に書かれた下書稿（タイトルは「幻想」→「幻」→「幻想」→「断片」→「老蘇」と変遷し、書入れ段階で「園丁」。右肩に赤インクで(丁)、中央に鉛筆で(写)と定稿用紙に書かれた定稿の二種が現存。生前発表なし。

先行作品は指摘されていないが、『新校本全集　第五巻』に収められている口語詩「冗語」には舞台となった花巻温泉とともに水禽園のクジャクも登場することから、広い意味での関連作品だと言えるように思う。

また降ってくる

コキヤや羽衣甘藍《ケール》、
植えるのはあとだ
堆肥を埋めてしまってくれ

啼いてる啼いてる
水禽園で、
頭の上に雲の来るのが嬉しいらしい
孔雀もまじって鳴いてゐる
北緯三十九度六月十日の孔雀だな

ははは　羆熊の堆肥
かういふものをこさえたのは
恐らく日本できみ一人
どういふカンナが咲くかなあ

何だあ　雨が来るでもないぞ
羽山で降って
滝から奥へ外《そ》れたのか
電車が着いて
イムバネスだの
ぞろぞろあるく
光の加減で
みんなずゐぶん人相がわるい

さあこんどこそいよいよくるぞ
南がまるでまっ白だ
胆沢の方の地平線が
西はんぶんを消されてゐる
おゝい堆肥をはやく、
ぬれてしまふとても始末が悪いから

栗の林がざあざあ鳴る
風だけでない
東をまはって降ってきた

また、花巻共立病院長・佐藤隆房（発句）との連句（昭和三年十月三十日）も、花巻温泉での経験から作られたもののようで、ここで「水禽園の鳥」と書かれているのも、孔雀であったかもしれない。

（湯あがりの肌や羽山に初紅葉）
　滝のこなたに邪魔な堂あり
　　或は、水禽園の鳥ひとしきり

文語詩の下書稿は、初期段階で次のようなものであった。

老いては過ぎし日を追はず
雪の岐山の山裾に
見上ぐるそらはいや白し

まのあたりあるひはくらく
またはあかるく織りなすは
雪のなかにて雲影の
日を越し行くに外ならず

富樫均（後掲）は、「花巻温泉らしき場も、孔雀のような生き物も全くあらわれ」ないとし、「岐山」（手入れ段階で「眉山」）が何を意味するのかも分からないとしている。タイトル案にあった「老蘇」は「眉山」出身の学者のことだが、それが何を意味するのかも分からないという。ただ、花巻温泉の近くには「羽山」があり（「冗語」や連句にも登場する）、ここをイメージしながらそれらしい地名を作ったのではないかと思う。とすれば、「幻想」というタイトル案が取られたことからも虚構が交っている可能性は高いにしても、下書稿の段階からずっと花巻温泉が頭にあったと考えることもできそうだ。

この段階でモチーフとなっているのは年老いた男が、雪の降る花巻温泉で働いていたということのようだ。「五十篇」には「〔毘沙門の堂は古びて〕」があり、こちらでは肺病のために役所勤めをやめ、「孔雀」ではなく「毘沙門堂」を守っているという男が登場している。

①毘沙門の堂は古びて、　　梨白く花咲きちれば、
胸疾みてつかさをやめし、　　堂守の眼やさしき。

②中ぞらにうかべる雲の、　　蓋やまた椀《まり》のさまなる、
川水はすべりてくらく、　　草火のみほのに燃えたれ。

どちらも転職した男性についての詩だが、「〔毘沙門の堂は古びて〕」は肺病のために公的機関での仕事から宗教施設で働くことになったわけであり、幾分か賢治自身の生涯に重なるところがある。しかし、「〔老いては冬の孔雀守る〕」だと、おそらくは元は農民で、学歴も不確か、仕事の場所も遊興施設だということであり、賢治たち町に育った人間の人生とは少々重ねにくい。「五十篇」と「一百篇」には「対」になった作品があると書いてきたが、これら両詩の場合は、「対」とまでは言えないように思う。

花巻温泉は、花巻駅から電車が通じ、動物園の他に、貸別荘や大弓場、室内遊技場、テニスコートなどを擁し、昭和二年に新聞社主催で行われた「日本新八景」なるコンテストでは、全

国一位の栄冠を獲得するような一大リゾートであった。ここには花巻農学校の卒業生・冨手一がおり、賢治は花壇設計を依頼され、「南斜花壇」「日時計花壇」などを設計している。先にあげた口語詩「冗語」は、花壇を作っている時の作品だろう。

しかし、賢治はここを「賤舞の園」（「〔歳は世紀に曾って見ぬ〕」「未定稿」）と呼び、また「魔窟」（「一〇三三 悪意 一九二七、四、八、」「春と修羅 第三集」）とも呼んだ。たとえば「花巻温泉ニュース 創刊号」（昭和四年七月十五日）には、次のような記事が載っている。

> 息づまる様な、モダンガールの汗臭い匂いから逃れて、山間のいで湯に一浴して一盞傾け乍ら、欲しいのは矢っ張り女だ。湯女!! なんて古代名詞をつけるには、余りにも現代化したにしろこゝ花巻温泉にも毎日何百人となく入り込むお客様方の為めに朝夕の御機嫌を奉仕する湯女が約七十人から居るこの七十何人かの湯女は大抵附近料理店の抱でお線香で各旅館へ送り込まれる。送り三本つなぎ二本で芸者は二円五十銭、酌婦は一円五十銭相場とある。

記事は続けて、冨貴子（この温泉花柳界の主?至って愛嬌もの、芸も相当にあり男を手玉に取る事も相当に上手）、京子（スポーツ芸者の称あり。スキーよし、自転車オーライ。野球もつて来い、テニス御座れお負けに腹芸のチヤンピヨンとか鼻下長連御要心の事）、八重子（若い男から来る甘つたるい手紙は三度の飯よりも好き、若い男は尚更すき）を紹介している。

「詩ノート」の「一〇三四〔ちぢれてすがすがしい雲の朝〕一九二七、四、八、」に、賢治は「遊園地ちかくに立ちしに／村のむすめらみな遊び女のすがたとかはりぬ／そのあるものは／なかばなれるポーズをなし／あるものはほとんど完きかたちをなせり」と書いているが、ただ温泉や遊園地があったというだけでなく、そこは「賤舞の園」になってしまっているのだ。しかも、いくら卒業生の依頼だからとはいえ、賢治自身も、その「賤舞の園」の造営に加担してしまっており、賢治にとっての花巻温泉とは、苦々しい思いなくしては語れない場所であったと思われる。

では、そんな花巻温泉の動物園に飼われていた孔雀について、賢治はどう思っていたのだろう。「未定稿」の「対酌」は、次のような作品である。

嘆きあひ　酌みかうひまに
灯はとぼり　雑木は昏れて
滝やまた　稜立つ巌や
雪あめの　ひたに降りきぬ
「ただかしこ　淀むそらのみ
かくてわが　ふるさとにこそ」

そのひとり　かこちて哭けば
狸とも　眼はよぼみぬ

「すだけるは　孔雀ならずや
ああなんぞ　南の鳥を
ここにして　悲しましむる」
酒ふくみ　ひとりも泣きぬ

いくたびか　鷹はすだきて
手拭は　雫をおとし
玻璃の戸の　山なみをたゞ
三月のみぞれは　翔けぬ

盛岡高等農林学校時代の友人・保阪嘉内は、卒業間際になって賢治たちと活動していた同人誌「アザリア」に寄せた文章が問題となったようで除名処分となった。大明敦「保阪嘉内の生涯」(『心友 宮沢賢治と保阪嘉内 花園農村の理想をかかげて』山梨ふるさと文庫 平成十九年九月)によれば、「賢治は、嘉内を花巻の大沢温泉に誘った。そこで志半ばで学校を追われ失意に暮れる友と盃を交わし」、その時に作られたのがこれなのだという。が、大沢温泉に孔雀はおらず、大正七年にはまだ花巻温泉のリゾート開発も進んでいなかったことから、原体験はそれ以外の時だった可能性、また、フィクションの可能性も高いように思う。また、「「東京」ノート」には、東京の上野動物園か浅草の花屋敷かで見た「白孔雀」の様子が詳細に記されてもいるので、舞台が東京であった可能性もなくはない。

が、いずれにしても気になるのは「ああなんぞ　南の鳥を／ここにして　悲しましむる」という箇所である。対酌してお互いの不幸を嘆きあい、涙を流しあっているようだが、「三月のみぞれ」が降る中で、「南の鳥」である孔雀の運命も憐れまれているのだ。檻の中で暮らす南国の鳥の哀れさと言えば、高村光太郎の「ぼろぼろな駝鳥」が頭に浮かぶ。

何が面白くて駝鳥《だてう》を飼ふのだ。
動物園の四坪半のぬかるみの中では、
脚が大股過ぎるぢやないか。
頸があんまり長過ぎるぢやないか。
雪の降る国にこれでは羽がぼろぼろ過ぎるぢやないか。
腹がへるから堅パンも食ふだらうが、
駝鳥の眼は遠くばかり見てゐるぢやないか。
身も世もない様に燃えてゐるぢやないか。
瑠《る》璃《り》色《いろ》の風が今にも吹いて来るのを待ちかまへてゐるぢやな
いか。
あの小さな素朴な頭が無辺大の夢で逆まいてゐるぢやないか。
これはもう駝鳥ぢやないぢやないか。
人間よ、

もう止せ、こんな事は。

昭和三年三月に草野心平の「銅鑼14」に発表したものだ。賢治は「銅鑼」の4～10、12、13号に作品を発表しているから、光太郎のこの作品の載った14号も手にしたはずである。さらに、賢治は大正十五年十二月に光太郎を訪問したと推定されていることからも、敬愛していた光太郎のこの詩を読んでいたことはほぼ確実だ。いや、なにも賢治が光太郎の影響を受けたと言いたいわけではない。こうした感性が、大正期の詩人たちに共有されていたことを確認したいまでである。

さて、賢治には、美しい鳥が檻に入れられていることを悲しむ感受性があったということを書いたが、花巻温泉と言えば、先にも記したように女性たちが囚われになっている場所でもあった。「五十篇」の「萎花」の「評釈」（信時哲郎『五十篇評釈』）で、萎れた花に譬えられているのは花巻温泉で働く「うたひめ」たちであったのではないかと書いたが、本作における「孔雀」も、「うたひめ」のアナロジーであった可能性があるように思う（もちろん美しい羽根を持つクジャクはオスなのだが…）。

赤田秀子（後掲）は、「美の象徴としてのクジャク、天上の鳥としてのクジャクが地上に囚われて、雪降る行楽地の訪れる人もいないゲージのなかで、蒲の脛巾とかわごろもを着た老人に管理されているのである。さぞ孔雀も老人も冷たかろう。なんと浄土と遠い情景であろう」と書くが、富樫（後掲）は、雪の中にあっても孔雀は美しく、老人には憂いも悲しみもない。「最後のときを孔雀たちと共有しているようにみえる。むしろ、これほど豪華な老いの情景はないといってもよいのではないだろうか」と書く。テクストのみを忠実に読めば、赤田のような、あるいはそれを逆転させた富樫のような読み方が、どちらも可能だろう。

しかし、賢治が選んだ言葉が、どのような意味、どのようなイメージで運用されていたのかまでも含めて検討しようとするならば、モデル地や時代状況といったテクスト外の情報も、できるだけ活用する読み方もあってよいだろう。とすれば、「花巻温泉で美の象徴を檻の中に閉じ込め、それを守る人の詩」であったと読む道も開かれているのではないかと思う。

では、この老人を農村に巣食う悪者であるとして賢治が咎めようとしているのかと言うと、おそらくそうではない。雪の降る中を客引きのためのクジャクの世話（それはアレゴリカルに「うたひめ」の管理をすることでもあろう）で生きていかなければならないというのは、必ずしも幸せな老後として描かれているわけではないと思うからだ。

「五十篇」所収の「〔毘沙門の堂は古びて〕」における「堂守」は、役場勤めをしていたということから、そこそこに高学歴で高給取り。自然災害に一喜一憂することもなく生きてくることのできた町の人間である。「胸疾みて」早期退職せざるを得なかったとはいえ、高学歴ということもあってか堂守として余生を送るという高潔な生き方ができたのだろう。一方、孔雀守りの老人は、まず生活のために老齢であっても、肉体的に負担のある仕事をしなくてはならなかったということで、とても仕事を選んでいる暇などなかった、ということではないだろうか。

花巻温泉で働いていたという「うたひめ」たちも、おそらく状況は似たようなものだっただろう。老人が必ずしも動物が好きで、その仕事をしているのではないだろうことと同じで、彼女らも「遊び」や「歌」が好きで「あそびめ」や「うたひめ」になっているわけではないだろう。あるいは「未定稿」の「八戸」にあるように、「歌ひめとなるならはし」があったためにここに来た人もいたかもしれない。

読者には自身の想像力を最大限に生かしてテクストを読む自由がある。が、当時の東北の状況を念頭に置いたうえで読み直してみると、現代の読者には思いもよらない風景が見えてくることもあるように思う。

先行研究

赤田秀子「クジャク 天の鳥、地の鳥」（『賢治鳥類学』新曜社 平成十年五月）

富樫均「〔老いては冬の孔雀守る〕」（『宮沢賢治 文語詩の森』）

大角修「青い孔雀のものがたり」（『「宮沢賢治」の誕生』河出書房新社 平成二十二年五月）

信時哲郎「宮沢賢治「文語詩稿 一百篇」評釈四」（「甲南国文61」甲南女子大学国文学会 平成二十六年三月）

島田隆輔「２２〔老いては冬の孔雀守る〕」（「宮沢賢治研究 文語詩稿一百篇・訳注Ⅰ」〔未刊行〕平成二十九年一月）

23　老農

①火雲むらがり翔《と》べば、　そのまなこはばみてうつろ。
②火雲あつまり去れば、　麦の束遠く散り映ふ。

大意

真っ赤な雲が群がって飛ぶと、その眼は人を閉ざすように空ろなものとなる。

真っ赤な雲があつまって去っていくと、収穫の終わった麦の束が遠くに散在するのが映る。

モチーフ

本作は、賢治が盛岡中学校を卒業し、友人たちが進学する中を自分は家業を継ぐために花巻に残り、岩手病院入院時の看護婦に対する失恋の傷も癒えない頃（大正三年初夏頃）の短歌に出発点があるが、改稿が進むにつれ、文語詩の通例どおり、第三者化されて描かれるようになっている。しかし、昭和七年六月には、再び自分を視点としたものに書き変えられ、定稿ではまた第三者化されている。自分を視点とした下書稿㈥への改作は、宛先不明の書簡下書きにしたためられたものだが、この書簡には岩手の農業に対する不安と、何もできない自分への諦めが書かれている。ただ、その諦めの念を文語詩に託したと思えば、農村活動での失敗にかかわるものとして文語詩を考えていた証拠ともなりそうだ。

語注

老農　大沢正善（後掲）は、『論語』に「弟子が「稼を学ばんと請」い孔子は「吾れ老農に如かず」と答え」たとあることをあげる。『世界大百科事典』には「農事に熟達し識見が優れた篤農のうち、とくに明治時代の全国的な指導者をいう」とあり、「著名な老農には、イネの品種改良や耕種改善に功のあった中村直三や奈良専二、勧農社を組織して馬耕教師と抱持立犂（かかえもちたちすき）を全国にひろめた林遠里、駒場農学校から農商務省の巡回教師となった船津伝次平、勤倹力行を鼓吹した石川理紀之助などがおり、とくに中村、船津、奈良（あるいは林）を明治三老農という。しかし老農も、90年代に農科大学や農事試験場などが整備され、近代的な輸入農学が消化されると、しだいに活躍の場も狭くなっていった」とある。賢治がこうした「老農」を重視したという指摘はされていないが、近代農学とは違った立場から農業を実践する老人たちに敬意を抱いていたことは、「春と修羅　第三集」の「一〇二〇　野の師父」に、「師父よもしもやそのことが／口耳の学をわづかに修め／鳥のごとくに軽佻な／わたくしに関することでありますならば」とあることからうかがえる。ちなみにこの作品には「あなたの瞳は洞よりうつろ／この野とそらのあらゆる相は／あなたのなかに複本をもち／それらの変化の方向や／その作物への影響は／たとへば風のことばのやうに／あなたののどにつぶやかれます」ともあり、大沢（後掲）も指摘するように、本作と発想に共通性があるように思う。

火雲　「かうん」とも読むが、下書稿には「ほぐも」のルビがあることから、ここでも「ほぐも」と読むことにしたい。『定本語彙辞典』では、「かうん」の項に、「夏の雲。「ほぐも」とも。ことに雷雲（→積乱雲）をこう呼ぶ。俳句では夏の季語」とし、本作について「夏ではないとすれば、冬の美しい夕焼け雲であろうか」とする。『新語彙辞典』では、「それが飛び去り日が暮れれば、小指からひきつるように手がかじかみはじめるさま」とあった。宮沢清六（後掲）は、「日でり雲」のこととし、島田隆輔（後掲A）も、「これは夕焼け雲でなく、乱れ飛ぶひでり雲とみたほうがよいのではないか」とする。また、小野隆祥（後掲A、B）のように、これを「灼熱の石灰粉」ととり、和賀仙人鉱山の製鉄高炉の鉱滓排出口での作品だろうとする指摘もある。先行作品と思われる「歌稿〔A〕」に「187　たそがれの葡萄に降れる石灰のひかりのこなは小指ひきつる」とあったことから、ただニュートラルに火のように赤い雲、夕日に染まった雲を意味していたと思われるが、「一百篇」では旱魃をテーマにするものが多く、また、昭和七年六月に賢治が書いた書簡下書きに「旱魃の心配」があったことからも、ひでり雲だと解する方がいいのかもしれない。

評釈

「〔冬のスケッチ〕」第四九葉として1020（広）イーグル印原稿用紙に書かれた下書稿㈠、「歌稿〔B〕」216の下段余白に書かれた下書稿㈡、黄罫（240行）詩稿用紙表面に書かれた下書稿㈢（タイトルは手入れ段階で「施肥」、後に「肖像」。タイトルの上に鉛筆で(了)、右肩にも藍インクで(了)）、黄罫（260行）詩稿用紙裏面に書かれた下書稿㈣（タイトルは「肖像」。表面は「〔ひかりものすとうなゐごが」」の下書稿㈡、下書稿㈢の裏面に書かれた下書稿㈤（タイトルは「肖像」、後に「老農」）、無罫紙に書かれた習字稿、昭和七年六月の宛先不明書簡下書きに挿入された下書稿㈥、黄罫（22０行）詩稿用紙表面に書かれた下書稿㈦（タイトルは「老農」。鉛筆で㊢）、定稿用紙に書かれた定稿の九種が現存。生前発表なし。なお、『新校本全集』であげられている下書稿の順序は、『新校本全集』における順序と大きく異なっている。

『新校本全集』に記述はないが、大沢正善（後掲Ｂ）は、本作の祖形が「歌稿〔Ａ〕」の大正三年初夏頃の短歌にあるとする（「歌稿〔Ｂ〕」では削除）。

187　たそがれの葡萄に降れる石灰のひかりのこなは小指ひきつる

大沢は「夕景の中で葡萄の周囲に降る灰白の光の粒子を浴びて、主人公は何か「ひきつる」ような思いを抱えている」とするが、賢治には「26 白きそらは一すぢごとにわが髪をひくこ、ちにてせまり来りぬ」（「歌稿〔Ａ〕」。「歌稿〔Ｂ〕」でもほぼ同内容）という歌もあるので、小指がひきつっているのは、自然の景観が自分の体に働きかけてきたという体験を描いているのかもしれない。

そもそも、この頃の賢治は、盛岡中学を卒業したが進学が許されず、岩手病院に入院した時の看護婦への思いも絶たれて悶々としており、同時期の短歌を見ても、精神的な安定を欠いていたように思えるので、少なくともこの頃の「ひきつる」に関しては、青春期特有の心理や感傷が含まれていた可能性が高いように思う。いくつかを上げてみよう（「歌稿〔Ｂ〕」に170にあたる歌は削除されているが、他はほぼ同内容）。

159　なつかしき地球はいづこいまははやふせど仰げどありかもわかず

162　なにの為に物を食ふらんそらは熱病馬はほふられわれは脳病

165　ぼんやりと脳もからだもうす白く消え行くことの近くあるらし

170　いさ、かの奇蹟を起す力欲しこの大空に魔はあらざるか

本作の出発点にあったと思われる短歌が、この他にもあったのではないかと大沢は書いているが、中でも「歌稿〔Ａ〕」の158は、本文語詩との関係が深いように思う（より関連が明らかな「歌稿〔Ｂ〕」に書かれた形態をあげる）。

158　火のごときむら雲飛びて薄明はわれもわが手もたよりなきかな

大沢は158と187が合体して、「〔冬のスケッチ〕」第四九葉の下書稿㈠になったとし、それが昭和五年後半に「歌稿〔B〕」の216の下段余白に書かれた下書稿㈡になったのだろうという。

火雲むらがり飛べば
わが手たよりなし
灼の石灰　光のこな
葡萄の葉と蔓とに降らす

火雲飛び去れば
わが小指ひきつる

「歌稿〔B〕」の編集時期、「〔冬のスケッチ〕」の創作時期、「歌稿〔B〕」の余白への書入れ時期が、それぞれいつなのかはっきりしないが、中学卒業直後、農学校に勤務し始めた頃、文語詩制作を始めた頃の三期に、その時々の感慨を含めながらまとめ直し、それが定稿で完結したということなのだろう。

さて、初期段階での集大成である下書稿㈡を定稿と比べてみると、「火雲」を冒頭に持ってくるスタイルがここに始まっていること、また、視点が「わが」になっていることが注目されよう。賢治が文語詩を書き始めた頃は、自分史を文語で綴ることを目的としていたというのはよく指摘されるところだが、この段階では、その条件がほぼ備わっていたことがよくわかる。

続いて下書稿㈢である。

火雲むらがり飛べば
わが眼《まなこ》たよりなし

火雲むらがり去れば
わがのんどしづにひきつる

タイトルは手入れ段階で「施肥」とされているが、おそらくは下書稿㈡への手入れにあった「ボルドー液」（生石灰と硫酸銅より調製される農薬で、殺菌・殺虫に効果があった）という言葉から引き継がれているのだろう。「たよりな」かった「わが手」は、「わが眼」になり、「ひきつる」のも「小指」から「のんど」に変わっている。これまでは不安定な時期に詠んだ短歌を文語詩化することに専念していた賢治だが、この段階では、農村活動時代の体験として、新しく文語詩を構成し直そうという意図があったのかもしれない。

その後の手入れでタイトルは「施肥」から「肖像」に変わり、また「わが眼《まなこ》」「わがのんど」とあったものが、それぞれ「その眼《まなこ》」「そののんど」に改められている。つまり、この手入れで、いままで自伝的に書き上げようとしていた方向から、自分自身の影を匂わせない三人称化の方向に改められたということができる。

下書稿㈤になると「肖像」のタイトルが、手入れ段階で「老農」になる。下書稿㈢の手入れ段階で三人称化されていたが、「肖像」というタイトルだけでは、自分自身の像（つまり自伝）であると読み取られてしまうことを恐れて、虚構化された第三人称の人物として「老農」が造形されたのかもしれない。

そのまなこうつろに遠し
火雲むらがり翔《と》べば

火雲むらがり去れば
そののんどしづにひきつる

また手入れ段階で、「そのまなこ」が「黄のまなこ」に変えられたり、「そののんどしづにふるへり」という段階もあることから、「老い」の視点が加わっているとも考えられる。

習字稿を経て、その次に書かれた下書稿㈥では、「そのまなこ」が「わがまなこ」に逆戻りしているという不思議な改変がなされている。せっかく自分自身を語る段階から、第三者を書くように改変したのに、再び賢治自身を思わせる者の視点に戻ってしまっているのである。が、これは後退でもなかったと思うし、単なる書き間違いでも、全集編集者のミスでもないだろう。というのも、これは昭和七年六月（推定）の宛先不明書簡下書きの文中に挟まれていたものだからである。全文を引用しきよう。

お歌によればご子息もおからだおすぐれにならぬご様子、何ともお傷はしく存じます。何卒一日も早くご快癒、ご両親様のご心配も除かるやう、衷心祈りたてまつります。からだが丈夫になって親どもの云ふ通りも一度何でも働けるなら、下らない詩も世間への見栄も、何もかもみんな捨て、もい、と存じ居ります。病気はこんども結核の徴候は現はさず、気管支炎だけがいつまでも頑固に残って、咳と息切れが動作を阻げます。

火雲　むらがり翔《と》べば
わがまなこはばみてうつろ。

火雲　むらがり却《さ》れば
のんどこそしづにたゆたへ。

当地方旱魃の心配がちょっとございましたが一昨日昨日相当降り、稲も麦もまづよく、ご想像の通り盛んにかくこうが啼いて居ります。けれども只今の県下の惨状が今年麦や稲がとれる位の処でどうかなるとは思はれません。まあかうなっては村も町も丈夫な人も病人も一日生きれば一日の幸と思ふより仕方ないやうに存じます。殊によれば順境の三十年五十年より身にしみた一日が重いやうにも存じます。それにしてもどうしてもこのまゝではいけないと思ひながら、敗残の私にはもう物を云ふ資格もありません。

鉛筆書きの乱筆切にお容しをねがひあげます。まづは。

大明敦（「宮沢賢治と保阪嘉内の「訣別」をめぐって」（「宮沢賢治研究 Annual20」宮沢賢治学会イーハトーブセンター 平成二十一年三月）は、この書簡を保阪嘉内宛のものだったのではないかというが、賢治に歌を送っていることから歌のたしなみがあること、「当地方」の農業に関心があること、この時節の岩手で「かくこうが啼」くことを想像できる存在であること…などから、盛岡高等農林で賢治と共に同人誌「アザリア」に原稿を書いていた保阪は最有力候補であろう。

嘉内と賢治は宗教的な対立から晩年には仲違いしたという見方もあるが、これは嘉内の長男・庸夫が賢治から保阪に送った書簡の語調のあまりの激しさから、スクラップブックの当該箇所から大正十年に意図的に移し、『宮沢賢治 友への手紙』（筑摩書房 昭和四十三年六月）に「山場を作りたかった」のだと語っていたことが明らかになっている（栗原敦（「資料と研究・ところどころ㉒「時期推定書簡存疑」（『新校本宮沢賢治全集』書簡編集作業から）のうち」「賢治研究130」宮沢賢治研究会 平成二十八年十一月）。実際は、庸夫が「グスコーブドリの伝記」（昭和七年三月に「児童文学」に発表）を父親から読み聞かせられたと語っていることからもわかるように（『宮沢賢治 友への手紙』等に記述あり）、保阪と賢治は、晩年にも交流があり、この書簡が嘉内に宛てられたものである可能性は高いように思われる（もちろん下書きが残るだけで、本当に清書されて書き送られたかどうかは分からない）。

ともあれ、賢治は送ってもらった短歌への返しとして、また、当時の岩手県の状況や自らの近況、心情などを伝えるのに最も適したものとして、この文語詩を選んだようである。第三者を描いているように改変したのに、再び賢治自身の視点に戻ってしまっていると先に書いたが、それはつまり、文語詩の推敲過程における〈文学的事情〉よりも〈社交的事情〉の方を優先したのだということになろう。「われ」の視点による改変は、次の段階の下書稿㈦では破棄されて、それが定稿にまで続いていることから、下書稿㈥における改変は、例外的な措置であったことが分かるのだが、注意しておきたいのは下書稿㈥が記された昭和七年六月の書簡の内容である。

この書簡では、賢治が旱魃のおそれこそなくなったものの、「只今の県下の惨状が今年麦や稲がとれる位の処でどうかなるとは思はれません」と、岩手の農業についての絶望的な未来について語っている。短期的に見れば、まずまずの状況かもしれないが、岩手の農業を中長期的に見れば絶望的で、自分には改善のためのアイディアが浮かばないどころか、「敗残の私にはもう物を云ふ資格もありません」とまで書いている。

もちろん書簡の通例として、社交辞令もあろうし、謙遜もあろうとは思うが、こんな自分の近況報告と心情を吐露した書簡に、さながらイラストを挿し挟むようにして文語詩を挿入したことについて、いったいどう考えればよいのだろう。島田隆輔（後掲A）は、「抵抗の〈志〉をいまだ秘めた自画像としてこの詩稿を私信に引用した」と言うが、ここにうかがえるのは、肥料設計や品種改良といった小手先の方法では、とても追いつかないような、農業というものに対する諦念であるように思えるのである。

しかし賢治が、本当に何もかもを諦めていたと解してしまっては、やはり間違いだと思う。なぜなら賢治は、その諦めの気持ちを文語詩に託して書き送ろうとしていたからだ。

賢治がはじめて文語詩を「女性岩手　創刊号」（女性岩手社　昭和七年八月）に掲載した後、I子なる人物は、賢治の文語詩について次のように評した（「女性岩手2」女性岩手社　昭和七年九月）。「「春と修羅」時代には、私共いかにその一々を繰りかへしても、先生の作意と情緒とをつかむことが出来ないで、たゞその中の「無声慟哭」や「獅子踊」に琴線の響を感じ得たにすぎませんでしたが」「その後十年、すつかり洗練され切つたこの二篇を口誦して見るとき、この田園詩の物語る世界が、空間に再現されるばかりでなく、其の発声さへもがはつきりきゝ取れる感じがいたします」と書いている。賢治はこの批評が載った直後、自作の発表について、「口語の方をと思ってゐましたが雑誌の批評を見て考へ直して定形のにしました」（昭和七年十月　藤原嘉藤治宛書簡）とも書いているから、評判の高くなかった文語詩が好意的に評価されたことを嬉しく思ったのだろう。妹のクニに向かって、賢治は文語詩を「なっても（何もかもだめでもこれがあるもや」（「編集室から」「校本宮沢賢治全集第五巻　月報」筑摩書房　昭和四十九年六月）と語ったとされるが、この発言の背景にもI子の批評が影響していたのかもしれない。

さて、昭和七年六月に宛先不明書簡の下書きに「もう物を云ふ資格もありません」と書いた時、賢治はここまで確信を持って自らの文語詩に自信を持つことはできなかったのだろうが、おそらくこの頃には、文語詩制作の方法と目論見が、少なくとも自分の中では確立できていたのではないかと思う。

昭和八年八月三十日の伊藤与蔵宛書簡には、「もう只今ではどこへ顔を出す訳にもいかず殆んど社会からは葬られた形です。それでも何でも生きてる間に昔の立願を一応段落つけやうと毎日やっきとなってゐる」とも書きつけているが、これはちょうど昭和八年八月十五日に「文語詩稿　五十篇」を、そして同年八月二十二日に「文語詩稿　一百篇」を、それぞれ定稿として書き残していた直後であるから、「社会からは葬られた形」であったとしても、やっきとなって文語詩に挑み、「昔の立願」に積極的に向かっていたということでもあろう。だとすれば、昭和七年六月に「物を云ふ資格もありません」と書きながら、文語詩を書き添えたことと姿勢は一貫しているのではないかと思う。

岩手の農業や自分の人生に対する諦念とともに、わずかな希望が文語詩に託されていたこと、また、そうした自分の心情を語り尽くしてくれるものとして託されたのが本作であるとすると、本作の位置づけはきわめて重かったように思われ、現存稿の多さもそれを物語っているようにも、思えるのである。

先行研究

平尾隆弘「〔雨ニモマケズ〕」（『宮沢賢治』国文社 昭和五十三年十一月）

小野隆祥Ａ「「冬のスケッチ 四、五」の成立 現存稿による大正八年説の直接証明」（『宮沢賢治 冬の青春 歌稿と「冬のスケッチ」探究』洋々社 昭和五十七年十二月）

小野隆祥Ｂ「幻想的展開の吟味」（『宮沢賢治 冬の青春 歌稿と「冬のスケッチ」探究』洋々社 昭和五十七年十二月）

岡井隆「「文語詩稿」の意味」（『文語詩人 宮沢賢治』筑摩書房 平成二年四月）

宮沢清六「賢治の世界」（『兄のトランク』ちくま文庫 平成三年十二月）

三谷弘美「賢治文語詩における深層と表層」（「賢治研究64」宮沢賢治研究会 平成六年九月）

大沢正善Ａ「宮沢賢治の文語詩」（「文芸研究150」日本文芸研究会 平成十二年九月）

大沢正善Ｂ「老農」（『宮沢賢治 文語詩の森 第三集』）

吉本隆明Ａ「孤独と風童」（『初期ノート』光文社文庫 平成十八年七月）

吉本隆明Ｂ「再び宮沢賢治氏の系譜について」（『初期ノート』光文社文庫 平成十八年七月）

島田隆輔Ａ「再編稿の展開」（『宮沢賢治研究 文語詩集の成立』）

信時哲郎「宮沢賢治「文語詩稿 一百篇」評釈四」（「甲南国文61」甲南女子大学国文学会 平成二十六年三月）

島田隆輔Ｂ「23 老農」（「宮沢賢治研究 文語詩稿一百篇・訳注Ⅰ」〔未刊行〕平成二十九年一月）

24　浮世絵

①ましろなる塔の地階に、　さくらばなけむりかざせば、
やるせなみプジェー神父は、　とりいでぬにせの赤富士。

②青瓊《ぬ》玉かゞやく天に、　れいらうの瞳をこらし、
これはこれ悪業《あく》乎《か》栄光《さかえ》乎《か》、　かぎすます北斎の雪。

大意

真っ白な塔の地階に、桜の花は煙のように咲いて影を作り、
やるせない思いからプジェー神父は、北斎による赤富士の贋作を取り出した。
真っ青に輝く空に、美しく澄みとおった瞳をこらして、
あぁ、こんな贋作は悪なのだろうか善なのだろうか、神父は北斎の雪の匂いを嗅ぐかのようにしてたしかめている。

モチーフ

賢治は盛岡での学生生活で、浄土真宗や曹洞宗だけでなく、新旧のキリスト教会とも関わりがあった。本作ではカトリックのプジェー神父が浮世絵に関心を持っていたことを書いている。本作では贋物の浮世絵が話題に上っているが、「悪業乎栄光乎」という言葉には、精巧な浮世絵の贋物を、芸術として認めていいのか悪いのか、という賢治自身の問題意識が託されていると考えられる。またカトリックの神父が浮世絵のコレクションをするというモチーフは、日本の芸術や文化（そして宗教？）が西洋文明に比肩できる存在だという思いが背景にあったように思う。

語注

塔の地階　プジェー神父が司祭を務めていた盛岡天主公教会（現・カトリック四ツ家教会）の地階のこと。所在地の旧町名から四ッ谷の教会、四ッ谷の天主堂と呼ばれていたという。明治十三年建立。その後、大正元年に木造ゴシック風に改築される。昭和五十二年に解体され、盛岡大学付属高校内の細川泰子記念礼拝堂として保存されている。しかし木原理雄（後掲）によれば、盛岡在住の吉田敬二が教会に確認したところ、地下を建設したことはなかったとのことで、上田哲（後掲木原論文）は、「当時は木造建築であり地下を建設しようとしても構造上無理があり、また、レンガを建築材料に使おうとしても値段が合わ」ず、「天主堂に地階はなく賢治の文学的創作ではないか」という。ただ、文語詩ではここに春の光が差し込んでいるように読めることから地下にあったとも思えない。そもそもプジェー神父の母語であるフランス語では、一階（premier étage）と言えば日本でいう二階を指し、日本でいう一階のことは rez-de-chaussée というが（あえて訳せば「道の階」）、そのつもりで書いたのかもしれない。イギリス英語でも一階のことは first floor ではなく ground floor であり、直訳すれば「地階」となる。賢治とプジェー神父との関係を示す証拠は作品の他には残っていないのだというが、教会は新時代の高等教育の場として機能し、たとえば平民宰相・原敬はフランス語を教わることを条件にエブラル神父の書生になったというから（「内丸・仁王・本町付近」『もりおか物語(九) 内丸・大通かいわい』熊谷印刷出版部 昭和五十四年二月）、賢治をはじめとした盛岡の若者たちもここに足を運び、新時代の知識や刺激を受けた可能性はあろう。

プジェー神父　一八六九（明治二）年にフランスで生まれ、パリ外国宣教会大神学校で学び、明治二十六年より日本に派遣されたカトリック神父アルマン・プジェ（Armand Pouget）。函館天主公教会の助任司祭を経て、明治三十五年より大正十一年まで盛岡天主公教会主任司祭。芸術家肌で日本の美術工芸品にも興味を持っていた。上田哲（後掲）によれば、浮世絵を集めていたが、偽物が多いために刀剣の鍔、ことに切支丹鍔を収集し、研究論文を書いたり、古美術品を収集したりしたという。

にせの赤富士　葛飾北斎の「富嶽三十六景 凱風快晴」の贋物のこと。北斎は晩夏から初秋の早朝に、富士山が朝日に染まって真っ赤になるところを絵に描いた。賢治は「〔浮世絵広告文〕」に「葛飾北斉《ママ》の氷雲にそゝるまっ赤な富士」と書いている。上田哲（後掲）が書いているように、プジェーは浮世絵に偽物が多いことを不満に思っていたようだが、大正初年には高見沢遠治という浮世絵師が高度な「直し絵」を作り、画商がそれを偽って売ったことから事件に発展することもあった。高見沢は以降、複製画を作ることになるが、これも本物と間違われることがしばしばあったという。賢治父子と交流のあった僧で仏教学者であった暁烏敏も高見沢の作った写楽を持っていたことが分かっており（「暁烏文庫から見つかった謎の浮世絵」「こだち176」金沢大学付属図書館報〝こだま〟平成二十四年一月）、高見沢についての情報が、暁烏の方から入っていた可能性もあろう。鈴木健司「童話集『注文の多い料理店』発刊をめぐって　発行者・近森善一の談をもとに」（『宮沢賢治という現象　読みと受容への試論』蒼丘書林　平成十四年五月）は、盛岡高等農林学校の後輩で『注文の多い料理店』の発行者であった近森が、「浮世絵をね。あれをうんと集めてきてね。どうして集めたかというと、親父がどうしたこうしたと言って、やっぱり、お父さんの関係で買ったものだと思うが。すすけて真っ黒になっているわね。そんなものを何とかお父さんが、あいつを洗ってきれいにして、何とかこう、まあ本当はあんなことしたらいかんのだけれど、水洗といってね、そんなことをして商売もしていたように思う」と語っていたことを紹介している。賢治と浮世絵の関係について、作家の高橋克彦は「売り立て（競売）の会場で数々の逸品を目にしていた可能性もある。質屋ではある程度の鑑識眼がないと、複製をつかまされ仕事が成り立たない。美術関係の買い入れを任されていたのではないか」（「宮沢賢治と浮世絵㊤」「日本経済新聞」平成二十八年十月九日）としているが、そうした事情もあったかもしれない。また、「一百篇」の「暁眠」には、「うらぶれの贋物師」として写楽の贋物などを作る人物が登場する。このように賢治の浮世絵への興味、修復・偽造・複製に関する知識はかなりのものであったと思われる。

青瓊《ぬ》玉　瓊玉は美しい玉の意。「玉《ぎょく》は、一般に半透明で薄緑色の宝石（ヒスイなど）を意味しますが、「青瓊玉」は何でしょうか？　青い玉髄か碧玉の一種かとも思われますが、鉱物学的には特定できていません」（加藤碵一・青木正博　後掲）とのこと。

れいらう　くもりがなく美しく輝く様子。漢字では玲瓏。『春と修羅（第一集）』の「丘の眩惑」には、「野はらのはてはシベリヤの天末／土耳古玉製《ぎょくせい》玲瓏《れいらう》のつぎ目も光り」とあり、また、雪の降る丘の様子について「一千八百十年代の／佐野喜の木版に相当する」（佐野喜は江戸末期の浮世絵出版元で、広重の「東海道五十三次」「東都名所」などを出版）ともある。直接には関係していないにせよ、賢治のイメージの中では連続していたのだろう。

悪業乎栄光乎《あくかさかえか》　悪業と見なすか栄光と見なすかということを、聖書や賛美歌、明治初期の翻訳文学のような書き方で、大げさでユーモラスな感じを出そうとしたのではないだろうか。木原（後掲）は、「にせ物がでまわるということは、にせ絵造り達の悪業の結果なのだろうか、それとも北斎の浮世絵があまりにも有名になり過ぎた栄えのしるしなのか」と解する。また、木原は「聖職者が浮世絵一枚にうつつをぬかしているのは悪業である、との解釈も可能である。しかし、それはいささか辛辣である」とし、「道徳的なリゴリズムでみるよりはも《ママ》、宗教的ニュアンスを含めて温かいユーモアであり、笑いのある軽いタッチの作品と解したい」とする。しかし、浮世絵の偽造や修復にも造詣が深かったと思われる賢治だけに、これほどまでに偽物の修復・複製技術が高いのは、果たして悪業として糾弾するべきなのか、それとも栄光として讃えるべきことなのか、といった意味ではないかと思う。『定本語彙辞典』では、北斎の「冨嶽百景」に「礫川雪の旦」があり、「富士山の見える小石川のおそらく料亭の二階で、はしゃぐ芸者たちをはべらせて雪見の宴にうつつをぬかす金持ちらしい商人ふぜいの姿を画いた画面で、それを見ての賢治の言」ではないかとしている。

評釈

黄野（２２０行）詩稿用紙表面に書かれた下書稿㈠、下書稿㈠を消しゴムで消したうえに書き付けた下書稿㈡（タイトルは「春」）、その裏面に書かれた下書稿㈢（タイトルは「浮世絵」）。青インクで㊢、定稿用紙に書かれた定稿の四種が現存。生前発表なし。

「一百篇」には、この他にもキリスト教徒が多く登場し、「岩手公園」では盛岡浸礼教会のタッピング一家、「〔けむりは時に丘丘の〕」ではミス・ギフォード、「暁眠」では内村鑑三の弟子であった斎藤宗次郎が登場しており、「五十篇」とは異なった編集意識、異なった心情があったのかもしれない。詳しくは終章（信時哲郎 後掲B、C）を参照されたい。

本作のモデルである盛岡天主公教会のプジェー神父と賢治の間に交流があったという証拠は、賢治が短歌や文語詩を残している以外には見つかっていないようだが、盛岡高等農林学校で賢治と同じ農学科二部で学んだ出村要三郎（「賢治とキリスト教」『２０１人の証言 啄木・賢治・光太郎』読売新聞盛岡支局 昭和五十一年六月）は、「一年の二学期だったか、宮沢君に誘われて、盛岡教会のタピング牧師がやっていたバイブル講義を聴きに行った。週一回の講義だったが、彼は英語もうまく、英語と日本語半々で話すタピング師によくほめられていた。英語のマスターとキリスト教への関心が、彼の目的だったように思う」と証言しているから、プジェー神父の元にも出入りした可能性は高い。また、賢治は浄土真宗の島地大等や曹洞宗の尾崎文英の所にも出入りしたことが知られており、広く宗教に対する知識と理解を求めていたようなので、語学習得のためだけでなく、キリスト教に興味を抱いていたためでもあったのだろう。

賢治がプジェー神父を最初に扱っているのは、「歌稿〔B〕」の「明治四十四年一月より」に含まれる短歌である（「歌稿〔A〕」21もほぼ同内容）。

21　やうやくに漆赤らむ丘の辺《べ》を／奇《あや》しき袍の人にあひけ

り
21 22a　ひとびとは／鳥のかたちに／よそほひて／ひそかに／
　秋の丘を／のぼりぬ

盛岡中学に入学した賢治は、多くのものを見て、多くの刺激を受けたことと思うが、その一つがカトリックの神父の衣装だったようである。この短歌を文語詩化する気でいたのか、「歌稿」の欄外には次のように改作されている（『新校本全集　第六巻』に補遺詩篇Ⅱ「プジェー師丘を登り来る」として収録）。

◎プジェー師丘を登り来る
漆など
やうやくに
うすら赤くなれるを
奇しき服つけしひとびと
ひそかに丘をのぼりくる

上田哲（後掲）によれば、「〈奇しき服〉は、スータンと呼ばれる司祭などカトリックの聖職者が日常着ていた長い上着。〈鳥のかたちによそほひ〉は、スータンの上に羽織る胸の辺までを覆うマントの様なものを着用した様子を指したのではなかったろうか」とのこと。

次にプジェー神父を扱ったのは、盛岡高等農林に進学して二年目の「大正五年三月より」の項にある「歌稿〔B〕」の次のような短歌である（「歌稿〔A〕」280もほぼ同内容）。

280　さわやかに／朝のいのりの鐘なれと／ねがひて過ぎぬ
　／君が教会
280 281a　プジェー師よ／かのにせものの赤富士を／稲田宗二や
　持ち行きしとか
280 281b　プジェー師よ／いざさわやかに鐘うちて／春のあした
　を／寂めまさずや
280 281c　プジェー師は／古き版画を好むとか／家にかへりて／
　たづね贈らん
280 281d　プジェー師や／さては浸礼教会の／タッピング氏に／
　絵など送らん

このうち280 281aと280 281bは、『新校本全集』にも本作の関連作品だと書かれているが、「歌稿〔B〕」のページに書かれた280 281cと280 281dも後年（文語詩制作時？）の同時期に書かれたものだと思われるので、広い意味での関連作品だと言ってよいだろう。

文語詩の下書稿㈠は、消しゴムで消されているために判読できない箇所もあるということなので、「春」というタイトルが付けられた下書稿㈡から見てみたい。

ましろなる塔の地階に

あしたともひるともわかず
さくらばなけむりかざせり

やるせなきプジェー神父は
北斉《ママ》がにせの赤富士
しめやかにとりこそいづれ

ぼうと降る日ざしのかなた
たゞ赤く錆びしタンクの
ねむたげに水吸へる音

葱緑のかゞやくそらに
れいらうのひとみをこらし
かぎすます紙の一ひら

ここで気づくのは、各連ごとに「白・赤・赤・緑」という色を表わす語がそのまま出ていることだ。細かく見れば、第一連における「ましろなる塔」は桜花の白（桃色?）に接続し、第四連における葱緑（一般的な名前ではないが、浅葱《あさぎ》、萌葱《もえぎ》などとの関連、あるいは『定本語彙辞典』のいうように英語におけるleek greenの訳だろう）は、神父の瞳の色を連想させる効果を狙っているのではないだろうか。

一方、定稿では一行目が「ましろなる塔」と「さくらばな」でいずれも白、二行目は「赤富士」、三行目は「青瓊玉かゞやく天」と「れいらうの瞳」が同じ色、四行目は色名は現われないが、「北斎の雪」で白をイメージさせようとしている。木原（後掲）が書くように、「多色刷りの絵を鑑賞している感じ」を出したかったのだと思われるが、下書稿㈡では「白・赤・赤・緑」であったものが、定稿では「白・赤・青・白」という構成に変換されている。下書稿㈡の第三連の内容は定稿に残っていないが、プジェー神父の言動と交差することがなく、色彩の面から言ってもインパクトに欠けると判断されたためであろう。

浮世絵は十九世紀末の西洋人に大きな影響を与えたことは、広く知られるところで、たとえば印象派の画家ゴッホは、四百枚ほどの浮世絵コレクションがあったといい、「タンギー爺さん」の背景には浮世絵があしらわれ、歌川広重の「名所江戸百景」の「大はしあたけの夕立」や「亀戸梅屋敷」を模写したりもしている。この他にもマネやモネ、ロートレック、ゴーギャン、ルノワールなど、浮世絵の影響を受けた画家は枚挙にいとまがない。また、十九世紀末から二十世紀初頭にかけて流行したアール・ヌーヴォーにも、浮世絵をはじめとした日本の美術が大きな影響を与えたと言われている。

賢治は浮世絵の愛好者としても知られるが、童話集『注文の多い料理店』の刊行者である及川四郎に浮世絵の販売を勧め、その時に次のような文章を書いたと言われている（「〔浮世絵広告文〕」昭和六年～八年頃）。

燥音と速度《スピード》の現代のなかで、日本古代の手刷版錦絵ばかり、しづかな夢ときらびやかな幻想をもたらすものが、どこに二つとありませう。それこそ曽《ママ》って日本が生んだ、たった一つの独創美術、やがてはゴッホ、セザンヌの新流派さへ生みだした、世界の驚異でありました。

そこには初代広重の、東海道の宿《しゅく》や松、白く澱んだ川霧と、黄の合羽うつ俄雨、または葛飾北斉《ママ》の氷雲にそゝるまっ赤な富士や、さては歌麿英山の歌ふばかりのうなじの線や、あらゆる古き情事の夢を永遠《とは》にひそめる丹唇や、もとより春信清長の童話の国のかたらひと、端正希臘の風ある婦女や、或は勝川一派から三代豊国あたりに続くあらゆる姿態の役者絵と江戸の力士の大錦、乃至は国芳英泉の武者や行事の姿まで、まこと浮世絵版画こそ、さながら古き日本の、復本《ママ》でこそありました。

古い日本の家庭では、旧三月の雛祭五月の節句、秋祭乃至は冬の夜すさびに、みなこの数を備へてゐたのでありましたが、明治になって西の忙しい文明が嵐のやうに日本を襲ひ、日本がこれをしばらく忘れてゐたうちに、その大半は塵に移し、一部は海のかなたに散って、今やほとんど内地にはこれらやさしい数葉のその影だにもなくなりました。


島田隆輔（後掲A、B。引用はB）は、これを引用しながら、「近代化の範としていた異邦の聖職者でさえも魅了されてしまったのが、後進国の浮世絵だった」が、日本は近代化の過程で、その伝統を棄ててしまい、賢治は「近代化の過程で発生した過誤のひとつとして、浮世絵の喪失を指摘し」、「この国の近代化のありようを問」い直そうとしたのではないかとする。ただ、日本では蔑まれていた浮世絵の価値を改めさせたのが西洋人であったことも事実なのだが…


この他にも、賢治は論文と言ってもよさそうな「浮世絵版画の話」や「〔浮世絵画家系譜〕」「〔浮世絵鑑別法〕」も書いている。

本作には「にせの赤富士」が登場するが、浮世絵に通じていた賢治なら、偽造品に関する知識も十分にあったと考えられる。とすると浮世絵の修復や複製において天才的な技量を持っていた高見沢遠治のことも知っていたとすべきだろう。

高見沢の技術はきわめて高く、当時の浮世絵研究者だった藤懸静也に「高見沢が入念に作ったものは真物か、贋物か鑑別がつかない」と言わせるほどのものだったという（高見沢たか子『ある浮世絵師の遺産 高見沢遠治おぼえ書』東京書籍 昭和五十三年七月）。しかし、高見沢の作ったものに画商たちが目を付けて、本物だと偽って売ろうとしたために、高見沢は詐欺師扱いされるようになってしまった。「一百篇」の「暁眠」には、「うらぶれの贋物師」としてニセの浮世絵を作る人物が登場するが、悪いイメージで描いているように感じられないのは、賢治が高見沢のような天才的な修復技術や複製技術を持ちながら、世の中からは理解されていない人物を顕彰したい気持ちがあったからだと思われる。

プジェーは「にせの赤富士」について「悪業乎栄光乎」と言ったと書かれているが、賢治が高見沢のような存在について知っていたとすれば、木原理雄（後掲）のように「にせ物がでまわるということは、にせ絵造り達の悪業の結果なのだろうか、それとも北斎の浮世絵があまりにも有名になり過ぎた栄えのしるしなのか」とするのではなく、ここまでに偽物の修復・複製技術が高いのは、果たして悪業として糾弾するべきなのか、それとも栄光として讃えるべきことなのか、といった意味に取った方がよいように思う。

もっとも上田哲（後掲）によれば、プジェーは浮世絵に偽物が多いことを不満に思って、刀剣の鍔や古美術品を集めるようになったとのことなので、本当にこのように考え、このように発言したかどうかはわからない。虚構である可能性も高いが、少なくとも賢治はそう感じていたように思われる。

賢治は「浮世絵版画の話」で、浮世絵の美点を四つあげるうちの一つに「ぜい沢品であるといふ感じのないこと」を挙げ、同一の作品を多くの人が所有できることから「プロレタリア芸術の花形」とも言っているので、多くの人に最高級の作品を見せようと心血を注いだ職人のことも、称賛したと考えられるのである。

ところで、文語詩を書く際のメモ的な役割を果たした歌稿に、どうしてキリスト教徒ばかりを登場させたのだろうか（稲田宗二とあるのは、花巻に住んでいたキリスト教信者の斎藤宗次郎だろう）。

賢治は大正九年の秋頃に国柱会に入会し、大正十年二月十九日の宮沢友次郎宛書簡に、「願はくは 世界の光栄 地球の大燈明台たる天業民報をばご覧下さい」と、国柱会の新聞である「天業民報」の購読を勧め、保阪嘉内に向かっても天業民報社の振替用紙に保阪の名前を自分で書いたものを送りつけている。その頃、「天業民報」で主催者の田中智学が連載していたのが『日本国体の研究』（真世界社 大正十一年四月）で、賢治は熟読していたはずだが、「日本国体とは何ぞや」の章には次のような一節がある。

耶蘇《やそ》教《けう》などでいふ神《かみ》は、はじめから全然人間《ぜんぜんにんげん》とは別種《べつしゆ》のもので、永久《えいきう》に同じものにはなれないとしてある、所謂純霊《いはゆるじゆんれい》一点《てん》張《ば》りの神《かみ》であるから、仏教《ぶつけう》でいふと、これは無因有果《むいんうくわ》になつて、心理《しんり》の原則《げんそく》にはづれて居《ゐ》るとする、そうした結果《けつくわ》はどうなるかといふと、人間《にんげん》に不条理《ふでうり》を強《し》ふるのだから、人文《じんぶん》の退《たい》歩《ほ》を来《き》たし、結局人間《けつきよくにんげん》の真価《しんか》を去勢《きよせい》してしまう《ママ》ことになつて、人《ひと》が卑屈《ひくつ》になるか、ウソツキになるか、無責任《むせきにん》になるか、手《て》前勝手《まえがつて》になるかして、これを信《しん》じた世界《せかい》は、かならず道徳《だうとく》の根底《こんてい》が頽《くづ》れて、平和《へいわ》を攪乱《かくらん》したハテが禽獣的《きんじうてき》になるとされてある、殷《ゐん》の鑑《かんが》み遠《とほ》からず、世界《せかい》の大戦乱《だいせんらん》により暴露《ばくろ》された西洋文明《せいやうぶんめい》の化《ばけ》の皮《かは》が、幾《いく》千年《ねん》の人間《にんげん》の歴史《れきし》を結論《けつろん》して、人間《にんげん》の文明《ぶんめい》といふものは、つまりウソと人殺《ひとごろ》しの替名《かへな》であるといふことを雄弁《ゆうべん》に自白《じはく》して居《ゐ》る、これ論《ろん》より証拠《しようこ》で、何人《なんぴと》も争《あらそ》う《ママ》ことは出来《でき》ない。

智学は法華経と、日蓮が生まれた日本という国を重く扱い、こうしたキリスト教批判・西洋文明批判を展開するが、『日本国体の研究』の結論部分にあたる「明治大帝論」では、「日本は仁慈礼譲の本家で、忠孝実現の霊国だ、残忍や獰猛なる虐殺などは夢にも見られない楽土だ「国体」が病中休止して居ても爾うだ」とし、「明治大帝は永久に世界的問題の中枢である、善解するものは共鳴し、反発するものは亡びた」とする。そしてこれは日本人だけが思っているのではなく、「米国のグランド大統領は、日本を世界無比の国体と讃し、ポーランドの詩人は大帝を世界統一の霊王と謡ひ、独逸のスタインは「神の国」と讃し、仏国のポールリシヤールは「現代の神」と崇敬した、これが、世界中にひろがらなくてはならぬ」という。

いくら賢治が友人知己に「天業民報」の購読を勧めていたとしても、賢治が智学のいうとおりに認識していたかどうかは疑問だし、仮に百%納得していたとしても、文語詩の推敲に没頭していた最晩年まで同じ認識であり続けた保証はない。しかし「田中大先生の国家がもしこんなものなら」（大正十年一月三十日　関登久也宛書簡）と書いてもおり、晩年にいたるまで国柱会の会員であり続けたことを思うと、賢治がこうした国柱会の宗教観、世界観、文明観から全く影響を受けていなかったとも考えにくい。

賢治がキリスト教に代表される西洋の精神的な伝統を排除しようというような攘夷思想を抱いていなかったことは、「銀河鉄道の夜」（三次稿）に「みんながめいめいじぶんの神さまがほんたうの神さまだといふだらう、けれどもお互ほかの神さまを信ずる人たちのしたことでも涙がこぼれるだらう。それからぼくたちの心がい、とかわるいとか議論するだらう。そして勝負がつかないだらう」と書いていることからも明らかだが、そのあとで「ほんたうの考とうその考とを分けてしまへばその実験の方法さへきまればもう信仰も化学も同じやうになる」とも書き残しているわけであり、「ほんたうの考」をなんとかして証明したいという思いは消え去ったわけではなかっただろう（この箇所が四次稿に書き改めらた際に削除されたとしても）。

ともあれ、ここでは東洋的な美や価値観を、西洋的精神の象徴ともいうべき神父が言及するということが重要なわけであり、西洋思想に対する東洋思想の優越や、その正当性の証明をしたいわけではなかったように思う。東洋的なものの価値が東洋人のみでなく、西洋人にとっても意味のあるものであるということを、賢治はここでは提示したかったのではないか、と思うのである。

先行研究

上田哲「賢治とキリスト教」（『宮沢賢治 その理想世界への道程』明治書院 昭和六十年一月）

木原理雄「浮世絵」（『宮沢賢治 文語詩の森』）

島田隆輔A「宮沢賢治短歌の文語詩への転生について」（「路上118」路上発行所 平成二十二年十二月）

島田隆輔B「宮沢賢治・《文語詩稿》生成の一面『歌稿〔B〕』にかかわって」（「島大国文33」島大国文会 平成二十三年三月）

加藤碵一・青木正博「青瓊玉」（『賢治と鉱物 文系のための鉱物学入門』工作舎 平成二十三年七月）

稲賀繁美「宮沢賢治とファン・ゴッホ 相互照射の試み」（「お茶の水女子大学比較日本語教育研究センター研究年報8」お茶の水女子大学 平成二十四年三月）

信時哲郎A「宮沢賢治「文語詩稿 一百篇」評釈四」（「甲南国文61」甲南女子大学国文学会 平成二十六年三月）

島田隆輔C「24 浮世絵」（「宮沢賢治研究 文語詩稿一百篇・訳注Ⅰ」（未刊行）平成二十九年一月）

信時哲郎B「「五十篇」と「一百篇」 賢治は「一百篇」を七日で書いたか（上）」（「賢治研究135」宮沢賢治研究会 平成三十年七月↓終章）

信時哲郎C「「五十篇」と「一百篇」 賢治は「一百篇」を七日で書いたか（下）」（「賢治研究136」宮沢賢治研究会 平成三十年十一月↓終章）

25　歯科医院

①ま夏は梅の枝青く、　　風なき窓を往く蟻や、
碧空《そら》の反射のなかにして、　　うつつにめぐる鑿ぐるま。
②浄き衣せしたはれめの、　　ソーファによりてまどろめる、
はてもしらねば磁気嵐、　　かぼそき肩ををののかす。

大意

真夏に見る梅の枝は青々としており、風のない窓をアリが歩き、青空の反射する下では、ぼんやりとした中に歯科用旋盤《エンジン》の音が聞こえる。

清らかな衣を着たたわれめが、ソファによってまどろんでいるところを、磁気嵐が果てることなく吹き付け、かぼそい肩をふるわせる。

モチーフ

老若男女や貧富を問わずにお世話になるのが医者である。賢治は歯科医院のモダンな待合室でうたたねする「たはれめ」を描いており、表層的にはモダン空間に登場する美人という構図となっている。しかし、磁気嵐は飢饉の前触れであると賢治が思っていた可能性もあり、「たはれめ」も農村の疲弊を象徴するものであり、決して喜んでいられる状況ではない。ただ、下書稿の当初の案にあった「うたひめ」のアイディアは、作成の途中で削除され、機関手や伯楽（馬の売買や周旋をする人）、村長などを登場させるつもりであったことも無視できず、また、「磁気嵐」の語も下書稿㈢の手入れ段階ではじめて現われている。そう思えば、最初から一貫しているのは、さまざまな人が一堂に会する空間である歯科医院という場所のみである。「鑿ぐるま」の音を聞きながら、

自分の順番を待つ人々の不安といったところがテーマであり、そのどこからともなく忍び寄る恐怖を「磁気嵐」に象徴させようとしたのかもしれない。

語注

歯科医院　江戸期には口中医や入れ歯師が活躍していたが、明治になっても歯科医療はあまり重視されず、旧制の歯科医学専門学校のうち官立で設置されたのは昭和三年の東京高等歯科医学校（現・東京医科歯科大学歯学部）のみであった。大正になっても旧来の入れ歯抜歯口中治療営業者が活躍し、たとえば大正時代の長崎における正規の歯科医師と非医師の比率はおよそ一対一であったという（長崎県歯科医師会「歯の歴史博物館」http://www.nda.or.jp/history/）。佐藤成（後掲A、B、C）によれば、本作のモデルになっているのは金野英三の営んだ歯科医院であろうという（佐藤の母は金野のめい）。金野は大正四年に黒沢尻町で歯科医を開業し、七年には宮右（賢治の祖父喜助の実家）の別荘へ、九年には仲小路へ歯科医院を移転したといい、歯科医院の窓をあけると、目の前には本作にもあるように梅の木があったという。金野と賢治には交流があり、二人とも鉱石に詳しいことから連れ立って鉱山を歩くこともあったという。また、賢治が歯ぐきから血を出して止まらなかった時には診療にあたったのは英三だという。熱心な仏教徒（曹洞宗）で、世界連邦岩手県支部長として平和運動にも参画したという。金野の孫にあたる熊谷光子は、「賢治はあちこちで庭作ってますけど、金野の家でも賢治さんに庭を作って貰ったんだそうです。母が女学生の頃だかに賢治さんが縁側に座ってうつ向き加減にお茶飲んでる姿や、庭を手入れしている姿を何度か見ているんですって。その庭に大～きな西洋モミの木があったんですが、それは賢治さんが植えてくれたものだったんですよ」（「生誕祭は生き方じっくり考えるとき　謹二郎先生との〝縁〟」「インタビュー「私と宮沢賢治」」http://ww5.et.tiki.ne.jp/~luzpc/hp/luzpc/intrview.htm#modoru リンク切）と語っている。

うつつ　現実のことだが、「夢うつつ」や「夢かうつつか」などというところから誤用が生じ、夢見ごこちの意味を表わすことがある。ここでは「たはれめ」がまどろんでいることから「鑿ぐるま」の音も夢の中から聞こえるようにぼんやりしていることを言いたかったのではないだろうか。あるいは「実際にまわっている鑿ぐるま」の意と解せないこともない。

鑿ぐるま　歯を削るための歯科用旋盤のこと。現在は一分間に三十～五十万回転するエアータービンが用いられるが、明治から昭和初期には足踏み式エンジン（歯科用旋盤）が用いられた。

磁気嵐　太陽から吹き出す高温で電離した粒子（太陽風）が、

地球に向かって吹き付ける際に、地球全体にわたって地磁気が不規則に変化すること。磁気の「嵐」を人間が直接知覚することはできないが、極地でなくともオーロラが発生することがある。賢治の『年譜』や作品には特に言及もないようだが、賢治の在世中にも明治四十二年九月二十五・二十六日、大正十五年十一月二十一日、昭和三年十月十八日には東北でもオーロラが発生したといい、それを描いている可能性もある。平山英子（後掲）は、「地震及火山爆裂ニ先チ磁気ノ変動ノ現ハルコトアリ」（石川成章『地文学講義 下巻』金刺芳流堂 明治三十九一月）などとした資料を見つけており、賢治も「グスコンブドリの伝記」の創作メモに太陽黒点と思われる太陽の黒い棘について記し、また、ノルウェイのオーロラ研究者ビルケランド教授と思われる人物を『春と修羅（第一集）』の「風の偏倚」に書いていることから、賢治が太陽黒点と磁気嵐についての知識を持っており、出現した際には冷害をもたらす可能性があることも知っていたとする。

評釈

黄罫（22 22行）詩稿用紙表面に書かれた下書稿㈠（タイトルは「歯科医院」、以下同じ。赤インクで（丁））、その裏面に書かれた下書稿㈡、黄罫（22 22行）詩稿用紙表面に書かれた下書稿㈢（鉛筆で㊢）、定稿用紙に書かれた定稿の四種が現存。生前発表なし。

賢治は文語詩稿で「うたひめ」や「たはれめ」をよく取り上げているが、栗原敦（後掲）は本作を「まどろみつつ診察の順番を待つ清潔な夏の衣の「たはれめ」。しかもその「かぼそき肩」に着目するのは、「たはれめ」の存在としてのはかなさを、いたわりの視線に包んで描いていることを示すと言ってよい」と評した。

『新校本全集』に先行作品や関連作品についての記述はないが、下書稿㈡の手入れ段階で「まなじりふかき伯楽は／さらに雑誌をひるがえす」とあり、これは「一百篇」の「車中〔二〕」の定稿に「まなじり深き伯楽は、しんぶんをこそひろげたれ」とあるのと同じアイディアであることから、制作時期の近さと、モチーフの類似性を感じさせる。

また、同じように「たはれめ」を扱った「未定稿」の「〔せなうち痛み息熱く〕」も、共通する部分が大きいように思える。長編ではあるが引用してみたい。

せなうち痛み息熱く
待合室をわが得るや
白き羽せし淫れめの
おごりてまなこうちつむり
かなためぐれるベンチには
かって獅子とも虎とも呼ばれ
いま歯を謝せし村長の

頬明き孫の学生《がくしやう》を
侍童のさまに従へて
手袋の手をかさねつゝ
いとつゝましく汽車待てる
外の面俥の往来して
雪もさびしくよごれたる
二月の末のくれちかみ
十貫二十五銭にて
いかんぞ工場立たんなど
そのかみのシャツそのかみの
外套を着て物思ふは
こゝろ形をおしなべて
今日落魄のはてなれや
とは云へなんぞ人人の
なかより来り炉に立てば
遠き海見るさまなして
ひとみやさしくうるめるや
ロイドめがねにはし折りて
丈なすせなの荷をおろし
しばしさびしくつぶやける
その人なにの商人ぞ
はた軍服に剣欠きて
みふゆはややにうら寒き
黄なるりんごの一籠と
布のかばんをたづさえし
この人なにの司ぞや
見よかの美《は》しき淫《たわ》れめの
いまはかなげにめひらける
その瞳くらくよどみつゝ
かすかに肩のもだゆるは
あはれたまゆらひらめきて
朽ちなんいのちかしこにも
われとひとしくうちなやみ
さびしく汽車を待つなるを

栗原（後掲）はこれについて、

　はじめ「おごりてまなこうちつむ」れると見た、かの「淫れめ」の姿が、実は病に苦しむさまであったと気づいたその時、心の中で自分の誤解を謝するいとまもなく、一瞬のうちに「われ」は「淫れめ」となり「淫れめ」は「われ」となって、「ひとしくうちなやむ」存在として、いわば、「ひとし」き「われ」、〈共なる「われ」〉の位置に重なるのである。

と読み解いている。島田隆輔（後掲A）もこれを引き受け、「〔せなうち痛み息熱く〕」が東北砕石工場技師時代以降の取材であることを強調しながら、「ここにはもう「淫れめ」との距離はほとんどなく、農村社会のために朽ち果てようとするのと、家族のために朽ち果てようとするのと、その光源さえ同じ、〝共有感覚〟があるばかりだ」とする。

　さて、この「〔せなうち痛み息熱く〕」であるが、島田（後掲A）も「歯科医院」と関連させながら論じていたが、ただ「たはれめ」が登場するからというだけの類似ではないだろう。三・四行目に「白き羽せし淫れめ」が「まなこうちつむ」っているとあるが、これは「歯科医院」において「浄き衣せしたはれめの、ソーファによりてまどろめる、」姿とほとんど一致している。また、どちらの作品においても「たはれめ」の具合が悪いということで共通しているし、診察の時間なり汽車の時間なりを「待つ」存在であるというところも同じである。「〔せなうち痛み息熱く〕」の後半、後ろから五行目に「かすかに肩のもだゆは」とあるのも、「歯科医院」の「かぼそき肩ををのかす。」となっているのと共通しており、異なるのは駅の待合室か歯科医院の待合室かという程度の差であるが、このくらいの違いは、文語詩では簡単に置き換えられる程度のものである。「歯科医院」の下書稿㈡の手入れ段階に「しばし案じて村長は／雑誌をさらにひるがへす」という句があるが、これは「〔せなうち痛み息熱く〕」における「かって獅子とも虎とも呼ばれ／いま歯を謝せし村長」を思わせる。佐藤隆房（「阿部晁という人（２）」『宮沢賢治　素顔のわが友』平成八年三月　桜地人館）によれば、これは阿部晁《ちょう》という湯口村の村長だとのことだというが、これも「〔せなうち痛み息熱く〕」と「歯科医院」（さらに「車中〔一〕」）の関係を示すものだと言えるかもしれない。

　平山英子（後掲）は、本作に登場する「磁気（の）嵐」に注目し、これをキーワードであるとする。平山によれば、太陽表面の活動が活発化し、黒点が現われる際に磁気嵐が起こることが多いのは、当時すでに知られていたようで、そのような年には冷夏などの自然災害が起こりやすいことから、賢治は「なやみ、おびえ、おののいている「たはれめ」のその背景に、災害による飢饉を想定し詩作したと考えられる」とする。たしかに、そのような背景もあったのだろう。

ただ、磁気嵐は下書稿㈢の手入れ段階ではじめて登場する語であることを忘れてはならないと思う。また、「たはれめ」についても、たしかに下書稿㈠の段階から登場しているが（厳密に言えば、下書稿㈠の手入れ段階から）、下書稿㈡の手入れ段階では「たはれめ」が登場せず、「今日は非番の機関手の／ソーファによりてまどろめる」に改められる段階があった。この案はすぐに却下されて、賢治は「たはれめ」を復活させるが、「伯楽」や「村長」を登場させようとする案もあった。

　そもそも、賢治は下書稿㈠の紙面に「立候補ヤメサセタル娘／何回モ眼ヲ赤ク／シテ出ル」「谷内村長」「銀行家」「県知事／百合／発電所連」「岩根橋発電所視察団／一、坑内／二、篝火」のメモを残しており、本文語詩に登場させる人物についての構想を練っていたものと考えられる。つまり、初期の段階では磁気嵐のイメージはもちろん、「たはれめ」についての明確な構想も持っていなかったようだ。

逆に、下書稿㈠の段階から定稿まで、ずっと保ち続けられたのは「歯科医院」というタイトルである。だとすれば、賢治の頭にずっとあり続けたのは、さまざまな立場の人間が「歯科医院」に集まることを描こうとしていた、ということにならないだろうか。

賢治は「一百篇」の「〔かれ草の雪とけたれば〕」で、税務吏、馬喰、三百代言（弁護士）といったさまざまな立場の人間を集め、雪解け水の壮大さに対して「みな忽然と」眺める様子を描いた。その構造を本作にあてはめてみれば、さまざまな立場の人間たちが歯科医院に集まり（実際に定稿に登場するのは「たはれめ」一人だが）、診療室から聞こえてくる「鑿ぐるま」の不吉な音に脅かされている様子を描いたのだとは言えないだろうか。さらに言えば、歯科医院で自分の順番を待つという憂鬱な気分を、どこか不吉な雰囲気の漂う「磁気嵐」に象徴させたようにも思えるのである。

先行研究

栗原敦「うられしおみなごのうた」（『宮沢賢治 透明な軌道の上から』新宿書房 平成四年八月）
佐藤成Ａ「宮沢賢治への遍歴 あとがきにかえて」（『証言 宮沢賢治先生 イーハトーブ農学校の１５８０日』農文協 平成四年六月）
佐藤成Ｂ「賢治と金野英三」（「イーハトーブ短信24」宮沢賢治記念館 平成八年三月）
佐藤成Ｃ「賢治と気仙との関り」（『賢治と気仙』共和印刷企画センター 平成十五年六月）
島田隆輔Ａ「〈歌ひめ〉の詩系譜を読む」（『文語詩稿叙説』）
平山英子「文語詩「歯科医院」論「磁気嵐」考」（「論攷宮沢賢治10」中四国宮沢賢治研究会 平成二十四年一月）
信時哲郎「宮沢賢治「文語詩稿 一百篇」評釈四」（「甲南国文61」甲南女子大学国文学会 平成二十六年三月）
島田隆輔Ｂ「25 歯科医院」（「宮沢賢治研究 文語詩稿一百篇・訳注Ⅰ」〔未刊行〕平成二十九年一月）

26 〔かれ草の雪とけたれば〕

かれ草の雪とけたれば
裾野はゆめのごとくなり
みぢかきマント肩はねて
濁酒をさぐる税務吏や
はた兄弟の馬喰の
鶯いろによそほへる
さては「陰気の狼」と
あだなをもてる三百も
みな恍惚とのぞみゐる

大意

枯れ草の上を、雪が融けたので
裾野は夢のようなありさまだ
短いマントの肩をそびらかして
密造酒の摘発をしようとする税務署員や
また兄弟で馬喰をして
鶯色の服などを着ている者も
あるいは「陰気なオオカミ」という
あだ名を持った三百代言も
みながうっとりしながら裾野の雪解けの様子を見守っている

モチーフ

岩手山の雪解け水が海のように（下書稿による）見える様子を、人々からは嫌われる存在であった税務吏や馬喰、三百代言たちも恍惚として眺めていたという作品。一癖ありそうな連中が、一堂に会して雪解けの様子を見ながら感嘆の声をあげるということは、実際にはまずないだろう。賢治はかつて、たまたまこうした面々と居合わせたことがあり、その経験と、自分が目にした雪解け時の岩手山のイメージを頭の中で合成して定稿に仕立てたのだろう。賢治は本作を、一種の浮世絵のようなものとして、近代的リアリズムとは異なった様式美を打ち出そうとしたのではないかと思う。

語注

裾野　おそらくは岩手山の裾野を示すのであろう。下書稿㈡では、はじめ「海のごとく」と書かれていたものが改稿されて「ゆめのごとく」となっている。春先の雪解けの様子を海に喩えたのだと思われるが、「一百篇」の「〔遠く琥珀のいろなして〕」や「〔雪げの水に涵されし〕」でも、雪解け水が流れる岩手山の裾野を描いている。

濁酒　酒糟を濾していない白く濁った酒（にごりざけ）のことだが、岩手県においては密造酒のことを意味する場合が多い。酒を自家醸造するのは農民の楽しみの一つであり、特に東北地方にその傾向が強かった。理由はさまざまにあろうが、清酒一升の値段が玄米四升分もしたこと、濁り酒なら屑米からでもできたこと、といった経済的な理由、そして寒さも影響したものと思われる。「「濁酒に関する調査（第一報）」旧農林省積雪農村経済調査所作成（昭和十一年二月）」（『宮沢賢治の農民観を知るために 復刻「濁酒に関する調査（第一報）」』センダード賢治の会 平成十年八月。以下、同書およびその解説を参考にした）では、東北地方の「遅れた社会機構と貧困化せる農家経済」に原因があり、「個々の濁酒密造矯正の手段も亦その取締もそれがこの根本的なる点に触れない限り徒労に過ぎないであらう」とまとめている。そもそも、明治三十二年一月に濁り酒の製造が禁止されたのは、酒造営業者の保護と、日清戦争後の増税計画の一環で（酒税による租税収入は地租を超えてトップとなった）、仙台税務監督局の間税部長であった大平正芳元首相でさえ、「東北地方におけるかような貧乏な百姓は、国家の恩恵を全く受けない反面、徴税という名においてかかる桎梏に苦しんでいるのである。私は国家とか国法というものにまつわる冷厳な約束というものに、ある種の反発を感じた」と書いているように、税金を取る側の人間にも無慈悲な法律に映ったようである。賢治は「詩ノート」に「一〇九二 藤根禁酒会へ贈る 一九二七、九、一六、」といった作品を書いていることからも明らかなように、酒を嫌っていたことは有名だが、農民たちにとってほとんど唯一の楽しみであった濁り酒を作り、飲む自由を奪うことにはかなり同情的だったように思う。伊藤与蔵・菊池正「賢治聞書」（昭和四十七年八月・ガリ版。再録・大内秀明編著『賢治とモリスの環境芸術』時潮社 平成十九年十月）にも、「先生はこのどぶろくを各家庭で自由に製造できるようになると、よっぽど楽しみが増し、共同作業やお祭りなども自分たちのものになると考えられたと思います。とにかく先生は濁酒の製造を許可したほうが良いという意見でした」という証言が残っている。

税務吏　密造を摘発するための税務署員。東北における濁酒の意味から考えれば、悪役ということになる。賢治は密造酒製造者の摘発をめぐる童話「税務署長の冒険」も書いている。

馬喰　馬の売買や周旋をする人。岩手県は全国有数の馬産地であったが、中でも岩手山麓には馬を飼う農家も多かったため、自動車が普及する以前は、岩手県内で大々的に活動していたものと思われる。人をだます存在として、陰口をたたかれることも多かった。

三百　「三百代言」のこと。明治初期に代言人（弁護士の旧称）の資格なしに他人の訴訟等を引き受けた者の蔑称。弁護士の蔑称としても用いられた。正義の味方のイメージであるより、人にきらわれる存在としてのイメージが強い。

評釈

「〔冬のスケッチ〕」第二八・二九葉として書かれた下書稿(一)、黄罫（220行）詩稿用紙表面に書かれた下書稿(二)（タイトルは「早春」、手入れ段階で「人民の敵」。青インクで㊢）、「一百篇」所収の文語詩「ポランの広場」の定稿の裏面に「ポランの広場」下書稿(五)と共に書かれた下書稿(三)（断片）、定稿用紙に書かれた定稿の四種が現存。生前発表なし。定稿には全一連のためか丸番号がなく、句読点もない。

かつて「人民の敵」というタイトル案があったことからもわかるとおり、登場する人物たちは民衆から嫌われるような存在であった。税務署員は、東北の農家にとってはほとんど生存権をも意味した密造酒の摘発をする憎い存在である。馬喰は、岩手には欠かせない仕事であったが、赤田秀子（後掲）が書くように、「農民が大切に育てた馬を安く買い叩いたり、仲介人として不当な利益にありつこうとする馬喰も少なくなかったのであろう」。三百代言に関しては、もちろん正義を貫くための者もいたのだろうが、「陰気の狼」というあだ名からもわかるように、冷たさや非情さが強調されている。

恩田逸夫（後掲）は、賢治がイプセンの戯曲「民衆の敵」を読んだのではないかとする。大正十四年には既に翻訳も出ていたというが、ありえない話ではないと思う。「民衆の敵」は温泉開発による経済発展をめざす兄と、環境保全を目指す弟が対立し、民衆を思って活動しているはずの弟が「民衆の敵」として追い詰められるといった筋で、恩田は「賢治が関係したのは花巻温泉であるが、彼は温泉地が消費的な歓楽街になるのではないかと懸念している。そして、この点で、温泉の開発を計画した当事者を、民衆の敵と見ていたようである」とする。しかし、「民衆の敵」とされるのが、恩田論だと開発を批判する側でなく開発する側に入れ替わっており、また、「人民の敵」のタイトル案は下書稿㈡の手入れ段階で一度だけ現われたのみで、その後に受け継がれていないことについてどう考えるべきなのかという疑問が生じる。さらに税務吏・馬喰・三百しか現われていない文語詩から、花巻温泉批判をどう導き出すことができるのかという点についても、すっきりしないところがある。恩田論文は『校本全集』も刊行されていない時のものだと思えば、仕方がない面もあるが、ともあれ、イプセン戯曲のタイトルともなった言葉が改稿の途中で頭をかすめた可能性については、考慮しておいてよいように思う。

また、関登久也（「賢治の横顔」『宮沢賢治随聞』角川書店昭和四十五年二月）は、昭和六年五月か六月頃、仙台に向かう列車の中で偶然、賢治に会ったことがあり、「歌を作りませんか」と持ちかけられたことがあるという。関が「白雲は空に飛びつつ麗けし松の木原に光る雲山」と詠むと、賢治は「ハハア短歌ですね、これは写実の歌だ、これは俳句の境地だ」と言って、賢治も歌を詠んだと書いている。「七五調の短詩で農民の悲哀を題材にしたものだと記憶しています。全集を見てもその詩は見当たりませんが、詩中〝税吏〟〝三百〟〝馬の背〟という語句がありまして、一面沈鬱な気分がありながら新鮮な歌だと思いました」と回想している。馬の背ではなく、本作に登場するのは馬喰であるが、馬、税吏、三百と共通するものがあることから、関係するところがあるように思う。

さて、下書稿㈠とされる「〔冬のスケッチ〕」第二八・二九葉をあげてみよう。

※

気圏かそけき霧のつぶを含みて（以上第二八葉）
東京の二月のごとく見ゆるなり（以上第二九葉）
腐植質のぬかるみを
あゆみよりしとき
停車場のガラス窓にて
わらひしものあり
又みぢかきマント着て
税務属も入り来りけり。

※

兄弟の馬喰にして
一人はこげ茶
一人は朝のうぐいすいろにいでたてり
ひげをひねりてかたりたり。

対馬美香（後掲A、B。引用はB）は、「〔冬のスケッチ〕」では、ある「停車場」に入ってきた「税務属」や中で談じる兄弟の「馬喰」などの様子を、賢治が、じっと観察して記したものです。したがって定稿の詩文からは特定しがたかったこの作品の舞台も、おそらく「冬のスケッチ」と同じ「停車場」と考えてよいでしょう」とし、「「人民の敵」と位置付けられた彼等とて、「停車場のガラス窓」からのぞまれる「ゆめのごと」き早春の「裾野」のたたずまいに、まさに「みな恍惚とのぞみゐる」というのです」とする。

赤田（後掲）は、「無邪気すぎる読み」だとして対馬論を批判し、「停車場のガラス窓から望まれる情景では、みな恍惚とするほどの景色は臨むべくもない」とする。たしかに停車場のガラス窓から、裾野の大洪水の様子が見渡せたとは思えないし、そもそも「〔冬のスケッチ〕」には「人民の敵」の面々が現われることはあっても、枯れ草も裾野も何も登場していない。

では、定稿は、どのような場所を想定して読むべきなのだろうか。赤田（後掲）は、「おそらく、詩人が若き日の早春、岩手山麓を彷徨した折にこうした情景に出くわした体験があったのだろう。病床の詩人は、かつての自然との体験を、かつての草稿「冬のスケッチ」の一断章と重ねて虚構化し、自己の体験を多くの人々に仮託して、再体験するかのごとくに文語詩という世界を構築したのではなかったか」とする。たしかに岩手山の裾野が舞台となってはいようが、そこに税務属と馬喰と三百とが仲良く並んで、流れ出る水に接するようなことが現実としてあったとは思えない。まして、そんな状況に賢治がたまたま出くわすといったことは、まず起こらない。つまり、赤田の書くとおり、かつての風景と「〔冬のスケッチ〕」の一断章を重ねて作った作品なのだろう。

しかし、いくら虚構ではあるにしても、一癖も二癖もあるような連中が連れ立って岩手山を拝み、その裾野で大洪水を見て恍惚とするなどという光景は、ほとんど非現実的ともいうくらいにリアリティを欠いている。ただ、この自然と人間との対比を、近代的な目で見るのではなく、近世的な、浮世絵的な目で見てみることもできるように思う。

辻惟雄（「江戸時代の美術」『日本美術の歴史』東京大学出版会　平成十七年十二月）は、葛飾北斎の富嶽三十六景について、「聖なる山と俗世界の人間生活を奇抜なアングルで対比させたこの仕事により、かれの画名は不動のものとなる」と書いているが、「〔かれ草の雪とけたれば〕」では、偉大なる岩手山の雪解水と卑小な人間たちが対比されており、まさに北斎的な構図であるとは言えないだろうか。

「一百篇」には「暁眠」や「浮世絵」など、浮世絵が登場する文語詩があるが、賢治は「春と修羅　第二集」にも「七五　浮世絵北上山地の春　一九二四、四、二〇、」という作品を残しており、視覚芸術と言語芸術の敷居をとりはらおうと試みているように感じられる。

花巻農学校で修学旅行を引率した時の報告書である「〔修学旅行復命書〕」では、実際の風景を浮世絵風に見立てようとしていた賢治の自然観、芸術観の一端が見て取れる。

車窓石狩川を見、次で落葉松と独乙唐檜との林地に入る。生徒等屢々風景を賞す。蓋し旅中は心緒新鮮にして実際と離るゝが故に審美容易に行はるゝなり。若し生徒等この旅を終へて郷に帰るの日新に欧米の観光客の心地を以てその山川に臨まんか孰れかかの懐かしき広重北斉《ママ》古版画の一片に非らんや。実に修練斯の如くならざるよりは田園の風と光とはその余りに鈍重なる労働の辛苦によりて影を失ひ、農業は傍観して神聖に自ら行ひて苦痛なる一の skimmed《ママ》 milk たるに過ぎず。

すべての文語詩が浮世絵的なものであるとは言わないにしても、近代詩的な読みを拒むかのごとき本作などについては、こうした視点から考えてみる必要があるのではないかと思う。

先行研究

恩田逸夫「宮沢賢治と「人民の敵」」（『宮沢賢治論2』東京書籍 昭和五十六年十月）
青山和憲「「ポランの広場」と「ポラーノの広場」（Ⅱ）「うた」の変化の意味するもの」（「言文37」福島大学国語国文学会 平成元年十二月）
対馬美香A「宮沢賢治における地域社会への視座〝密醸〟をめぐって」（「秋田経済法科大学地域総合研究所研究所報1」秋田経済法科大学地域総合研究所 平成七年四月）
対馬美香B「賢治作品に見る郷土史」（『宮沢賢治新聞を読む 社会へのまなざしとその文学』築地書館 平成十三年七月）
赤田秀子「文語詩を読む その4〔かれ草の雪とけたれば〕を中心に」（「ワルトラワラ15」ワルトラワラの会 平成十三年十一月）
信時哲郎「宮沢賢治「文語詩稿 一百篇」評釈四」（「甲南国文61」甲南女子大学国文学会 平成二十六年三月）
島田隆輔「26〔かれ草の雪とけたれば〕」（「宮沢賢治研究 文語詩稿一百篇・訳注Ⅰ」〔未刊行〕平成二十九年一月）

27　退耕

①ものなべてうち訝しみ、　こゑ粗き朋らとありて、
黄の上着ちぎるゝまゝに、　栗の花降りそめにけり。

②演奏会《リサイタル》せんとのしらせ、　いでなんにはや身ふさはず、
豚《ゐのこ》はも金毛となりて、　はてしらず西日に駈ける。

大意

あらゆるものを疑ってかかるように気持ちも荒み、荒々しい声の友らと一緒に生活し、黄色い上着もあちこちがほころびたまま、栗の花が降り始める季節を迎えることとなった。

演奏会をするという便りが届いたが、もはやそれに出席するような身ではなくなった、豚の毛は西日で金色に輝き、太陽に向かってはてもしらずに走っている。

モチーフ

賢治は大正十五年三月に花巻農学校を退職すると、四月からは宮沢家別荘にて自炊生活を始めた。本作がこの時期に取材したものであることは想像できるが、粗末な服を着て、昔の知人から「演奏会」に招待されても、もはやそんなものに参加できるような身の上でもなくなってしまった…　と、いうあたりは、虚構化が施されているかもしれない。豚が死の方角である西に向かっているということからすると、希望に充ち溢れた詩であるとは解釈にしにくいが、「こゑ粗き」人々を「朋ら」と呼んでいることからすれば、案外、新しい生活にも慣れ、高価な服装をしたり、大規模な演奏会を、もはや懐かしいとも思わないような境地にいるようにも読めてくる。

語注

退耕　官職をやめて耕作に従事すること。あるいは官職をやめて民間に下ること。『広辞苑』や『日本国語大辞典』にも載っている一般の熟語のようだ。国会図書館のＯＰＡＣによれば、荻野独園（他）『退耕語録』（明治二十九年二月）、沢柳政太郎『退耕録』（明治四十二年）、白須皓『退耕余録』（昭和四年）などの書が刊行されており、「一百篇」の「社会主事　佐伯正氏」に実名で登場する佐伯正は、「岩手毎日新聞」紙上で「退耕漫筆」という文芸エッセイを担当していた。

うち訝しみ　うたがうこと、気がかりに思うこと。ただ、動詞ではなく形容詞の「いぶかし」に接尾語の「み」がついて「いぶかしいので」と解することもできる。

こゑ粗き朋ら　農村生活により知り合った仲間たちの声が荒々しいということ。「演奏会せん」という元の職場の上品な世界の人々との差をつけているのだろう。

栗の花　夏の季語で、岩手では六月から七月頃に白い花を咲かせる。関連作品によれば、四月頃の取材にもとづくものだというので、文語詩では時期がずらされている。歌人・詩人の木村草弥によれば、「栗の花は、ちょうど男性のスペルマの臭いと同じ香りを発する。だから栗の花というと、文学的には「精液」あるいは「性」の暗喩として使われることが多い」とされ、このイメージで作られた俳句が多いことを書いている（「K-SOHYA POEM BLOG」http://poetsohya.blog81.fc2.com/blog-entry-210.html）。あえて季節をずらせているところからすると、賢治にもそうした意図があったのかもしれない。また、仕事を辞めて（三月にやめることが多かったと思われる）、一～二ヶ月がたった後の心情を示そうというつもりがあったのかもしれない。

演奏会《リサイタル》　一九二七（昭和二）年六月二十五日には、岩手県公会堂が竣工した記念に音楽大演奏会が催され、出演した太田クワルテットに宛てて、賢治は「今宵　楽聖と共にあり」という祝電を送ったと言われている。取材時期もほぼ一致しているので、この時の経験をもとにしている可能性もあろう。ただ、中ぶんな（『光炎に響く』新風舎　平成十八年十二月）によれば、賢治が祝電を送ったのは、音楽会の会場や内容から昭和四年六月の赤沢長五郎の独奏会だったのではないかともいう。

評釈

黄罫（220行）詩稿用紙表面に書かれた下書稿㈠（タイトルは「退耕」。藍インクで㊢）、定稿用紙に書かれた定稿の二種が現存。生前発表なし。

『新校本全集』では「一百篇」の「巨豚」には共通する詩句があると書かれているとおり、強い関係があったと思われるが、同詩の定稿は次のとおりである。

①巨豚ヨークシャ銅の日に、　金毛となりてかけ去れば、
　棒をかざして髪ひかり、　追ふや里長のまなむすめ。
②日本里長森を出で、　小手をかざして刻を見る、
　鬚むしやむしやと物喰むや、　麻布も青くけぶるなり。
③日本の国のみつぎとり、　里長を追ひて出で来り、
　えりをひらきてはたはたと、　紙の扇をひらめかす。
④巨豚ヨークシャ銅の日を、　こまのごとくにかたむきて、
　旋れば降《くだ》つ栗の花、　消ゆる里長のまなむすめ。

「巨豚」では「退耕」の最終行に登場する豚をメインにしているが、この「巨豚」の先行作品は「春と修羅 第三集」の「一〇三二〔あの大もののヨークシャ豚が〕一九二七、四、七、」であるという。先行する「詩ノート」に書かれた「一〇三二〔扉を推す〕一九二八《ママ》、四、七、」をあげてみる（一九二七の誤記）。

扉を推す
森と
西に傾く日
となりの巨きなヨークシャイヤ豚が
金毛になり
独楽のやうに傾きながら
まっしぐらに西日にかけてゐる
追ってゐるのはその日本の酋長の娘　かけてゐる
棒をもって髪もみだれかゞやきながら豚を追ふ

一九二七年と言えば、賢治が桜での自炊生活を始めてちょうど二年目の春、「詩ノート」の「一〇二三〔南から また東から〕一九二八《ママ》、四、二、」に「今年はおれは／ちゃうど去年の二倍はたしかにはたらける」と書いていた時期である。「詩ノート」の一〇二三～一〇三〇あたりの作品は「春と修羅 第三集補遺」に収められている「心象スケッチ、退耕」にまとめられ、これが発展して「五十篇」の「〔温く妊みて黒雲の〕」が成立しているが、状況や気分については本作でも共通する部分が多いように思う。

もちろん賢治自身の経験や心情がそのまま文語詩になっているわけではなく、虚構化がほどこされているとは思うが、本作における「黄の上着」は、賢治が愛用していたとされるカーキ色の作業服を思い出させるし、「演奏会」については、ちょうど昭和二年六月に岩手県公会堂落成記念に催された大演奏会とも時期的に近く、興味深いところだ。

一句目の「ものなべてうち訝しみ」は、羅須地人協会時代の賢治の経験を書いたものだとすると、賢治がやることなすこと全てに農村の人々から疑念を持たれた経験が下敷きになってい

るとも思える。ただ、第一連における四句が、それぞれ独立しているようにも思えるので、一句目と二句目は、切って読むべきなのかもしれない。すなわち、「こゑ粗き朋ら」が退耕者を「うち訝し」んだのではなく、農村にやってきた退耕者の方が何もかも「うち訝し」むような人物だとすべきかと思う。昭和六年三月に、佐伯正に宛てて書いた書簡下書きに、「あのころ私は心素直ならず人を怒り」として、地人協会時代を思い出しているものがあることも傍証となろう。島田隆輔（後掲B）は、賢治が農村での新しい生活の中で感じた心もとなさについて「ものなべて訝しみ」と強調的にいったのではないだろうか」とする。

　ところで、「退耕」の四行目は、これまで退耕者の周辺を追いかけていた視点が、唐突に変わっている印象があるが、賢治はここで何を書こうとしていたのだろうか。

　豚を西方、つまり入り日の方角であり極楽浄土があると言われる方角に走らせていることから、この豚に死が近いことが匂わされ、どこかしら寂しい感じが漂っている（そもそも豚とは、人間に食べられるために飼われている悲しい動物だ）。そして「一百篇」の「巨豚」や先行する「一〇三二〔扉を推す〕」から考えると、退耕者が農村での新しい生活になかなかなじめない様子を書こうとしていたのではないかと思われる。というのも、賢治は豚を追いかけている者について「日本の酋長の娘」と書いているからだ。

　明治二十二年初版の『言海』で「酋長」を調べてみると「魁帥《カシラ》、蛮民《エビス》ナドノ長《ヲサ》」とあることから、豚を追いかけることを、賢治は未開の野蛮な民族のようだと書いていることになる。賢治に民族差別的な発想はなかったはずだと思われるかもしれないが、童話「税務署長の冒険」には、できそこないの密造酒は「アイヌや生蕃にやってもまあご免蒙かうむりませう」ともあることからもわかるように、賢治も民族的なステレオタイプから完全に脱し切れてはいなかった。つまり、農村は文明に取り残された野蛮な場所であったと強調されているわけである。

　では、その酋長の親（＝里長）の方はどう書かれているかというと、「巨豚」では「みつぎとり」、つまり、徴税人に追いかけられる存在だと書かれている。しかし、この徴税人も、追いかけているはずの里長を目の前にしながら「扇をひらめか」しているところからすると、里長を摘発するための明確な証拠があるというわけではなく、何かの脱税事件の捜査中で張り込んでいるということなのだろう。

　こう書けば、童話「税務署長の冒険」で、ユグチュユモト村の名誉村長や校長、議員までが密造酒造りに加担していた物語が思い出されよう。となれば「巨豚」でも、徴税人は里長のことを、密醸に関わっている人物として追いかけ、なにか決定的な証拠でも得ようと探しているところなのかもしれない。

　里長と密醸を関連付けたのは、何も童話からの連想だけではない。栗原敦（「「濁密」事情・「大正十年家出出京」事情　新聞報道から」「賢治研究37」宮沢賢治研究会 昭和六十年二月）が紹介しているように、大正三年十月二十二日の「岩手毎日新聞」には、

紫波郡紫波村村長藤尾寛雄（四八）は其妻と共謀の上濁酒を密造し自家用に供しゐたるを盛岡税務署員のために発見され酒造税法違犯として過般当区裁判所へ起訴されたるは既報せしが昨日同区廷に於て宮島判事高木検事正の係りにて公判開廷せり

といった事件が報道されており、「税務署長の冒険」に描かれたことは、決して童話の中だけのできごとではなかったからである。

しかし、揶揄の対象は、豚を追い回す里長の娘や、徴税人に追われる里長だけであったかというとそうではない。賢治は「みつぎとり」に対してもわざわざ「日本の国の」を付けていることから、この里長のような野蛮人を相手にする人間も似たようなレベルの野蛮人だ、とでもいいたげである。

たしかに酒の密醸は犯罪であった。しかし濁酒の製造が禁止されたのは明治三十二年一月のことである。農民たちにとって、余った米やクズ米を用いて酒を作る楽しみは格別のものであったが、酒造営業者の保護と日清戦争後の増税計画のため、突然、奪われてしまったのである。名誉村長や校長、議員でさえ、この悪法には納得できなかったというのが、おそらく密醸事件が頻発したことの真の理由だろう。

酒を嫌ったとされる賢治だが、「先生はこのどぶろくを各家庭で自由に製造できるようになると、よっぽど楽しみが増し、共同作業やお祭りなども自分たちのものになると考えられたと思います。とにかく先生は濁酒の製造を許可したほうが良いという意見でした」（伊藤与蔵・菊池正「賢治聞書」昭和四十七年八月・ガリ版。再録・大内秀明編著『賢治とモリスの環境芸術』時潮社 平成十九年十月）という証言も残っているように、賢治は農民たちが各自で酒を醸造することに関してはおおらかであり、むしろ徴税人の方に批判的であったように思う。「日本の国のみつぎとり」という言葉には、そんなニュアンスも込められているようだ。

賢治は「退耕」の四行目に「豚はも金毛となりて、はてしらず西日に駈ける。」と書いたが、かつては、きちんとした身なりで演奏会に行っていたこともある退耕者だが、その新しい生活の場である農村が、かくも野蛮な所であったということを示そうとしたのだろう。

さて、このように見てくると、退耕者を描いた本作はもちろん、里長とその娘、徴税人を描いた「巨豚」でも、農村の文化度の低さが目立つ結果となっている。しかし、「巨豚」の方はユーモラスな皮肉が多いことから、一種の社会諷刺として楽しめるにしても、「退耕」では、あまりユーモアも感じられず、

退耕者の優雅な過去と悲惨な現在が対比されるだけで、読後感もなんとなくものさびしい。

が、引退して耕作する日々を送る退耕者が、この決断を後悔しているのかというと、必ずしもそうとは言えないように思う。農村に入っても、彼は「ものなべてうち訝し」むような性質にかわりなかったかもしれないが、農村における「こゑ粗き」人々に対しても、彼は「朋ら」と呼んでいるからだ。

賢治は「農民芸術概論綱要」で、「おお朋だちよ　いっしょに正しい力を併せ　われらのすべての田園とわれらのすべての生活を一つの巨きな第四次元の芸術に創りあげようでないか」と書いていた。さすがに文語詩制作当時の賢治なら、そんな言葉は慢心の至りだとして自己批判したであろうが、それにしても、立派な服装で演奏会に出入りするような生活のみが理想的・文化的なものだとは思っていなかったと思う。都会的な物質文明から潔く離脱し、時に粗野であったり野蛮であったりする「朋ら」と交わることのできたこの退耕者は、最晩年の賢治にとっても、いや、最晩年の賢治であったからこそ、理想的な人生を送る人物に見えたかもしれない。

先行研究

岡井隆「「文語詩稿」の意味」（『文語詩人　宮沢賢治』筑摩書房　平成二年四月）

島田隆輔Ａ「命名の意図　文語詩稿「電気工夫」生成の一面」（「論攷宮沢賢治10」中四国宮沢賢治研究会　平成二十四年一月）

信時哲郎「宮沢賢治「文語詩稿　一百篇」評釈四」（「甲南国文61」甲南女子大学国文学会　平成二十六年三月）

島田隆輔Ｂ「27　退耕」（「宮沢賢治研究　文語詩稿一百篇・訳注Ⅰ」〔未刊行〕平成二十九年一月）

28 〔白金環の天末を〕

①白金環の天末を、　みなかみ遠くめぐらしつ、
大煙突はひさびさに、　くろきけむりをあげにけり。
②けむり停まるみぞれ雲、　峡を覆ひてひくければ、
大工業の光景《さま》なりと、　技師も出でたち仰ぎけり。

大意

白金環のように空際《そらきわ》が光る日に、川は遠くから廻りこんで流れているが、工場の大煙突はひさしぶりに、黒いけむりをたちあげている。

けむりは上空のみぞれ雲のあたりに留まり、山と山に挟まれた町中に澱んでいると、まるで大工業のような光景だと、技師も工場の外に出てきては煙を仰いでいた。

モチーフ

北上河畔に建てられた煉瓦工場。創業者は私利私欲に奔る人物であったらしいが、倒産のいざこざを脱し、ついに黒い煙が立ち上った。かつて生徒たちと泳ぎ、イギリス海岸と名付けた川岸のすぐ近くに工場はあったが、黒いけむりは、これから花巻の町を充満させてしまい、また、花巻の人の心まで充満させてしまうのではないか。下書き段階のタイトル案に「インチキ工業」とあったことからも、工場への期待より不安・反感の方が強いように思える作品。ただし、技師の側からとらえてみれば、艱難辛苦の末に大煙突から煙を上げることができたという喜びを書いたものだと読むこともできよう。

語注

白金環の天末　細い白金線を輪にしたもの。金属元素の定性分析や細菌試料の取り出し、表面張力を量る際に利用される。天末は、三行目に「峡」と書かれていることから、地平線（眺望の開けたところで見える空と地との境界）ではなく、空際《そらきわ》（空が地上の建物や自然物と接するあたり）のことであろう（ともに『日本国語大辞典』）。

大煙突　北上川河畔にあった花巻煉瓦会社の大煙突のこと。下書稿㈠に「宣伝用に築きける」とあるように、「企画展示「宮沢賢治・イギリス海岸」展 教育者・科学者・詩人の集大成」（宮沢賢治イーハトーブ館 平成十年七月一日～十二月二十七日）に掲載された写真には「ハナマキレンガ」という字が確認できる。

みぞれ雲　「みぞれ雲」と呼ばれる雲はないが、工場の煙と一体になるような雲となると、比較的低層にできる暗灰色で時に雨や雪をもたらす乱層雲（ニムブス）だったのではないかと思う。木村東吉「資料と考察『春と修羅 第三集』『詩ノート』創作日付の日の気象状況」（『近代文学の形成と展開 継承と展開8』和泉書院 平成十年二月）の紹介する盛岡気象台・水沢天文台のデータによれば、巻積雲（上層雲）、高積雲（中層雲）、層積雲、層雲（下層雲）、積雲（対流雲）の表示があり、取材日の天候は晴れときどき曇りであったようだ。

大工業　梅津東四郎によって創業された花巻煉瓦工場のこと。先行作品である「七四一 煙 一九二六、一〇、九、」には、「一ぺんすっかり破産した」とあるが、同工場は大正八年に設立したものの、花巻近辺ではまだ煉瓦が普及しておらず、また、大正十二年に関東大震災が起こるとレンガは耐震性に欠けるということから売れ行きが落ち、ついには倒産したという。社長の梅津は「煉瓦というものは、いつか必ずものになる事業だと思って取り組んでみたが、遺憾ながら、花巻ではまだ駄目だ。そこでお前に相談だが、今あるここの借金をみんな背負うなら、工場から土地から全部譲るべと思うが、お前やってみるか、なじょだ?」（金野静一『伊藤祐武美伝 血風惨雨に耐えて』同書編集刊行委員会 昭和六十一年七月）の言葉から、当時二十五歳だった元給仕・伊藤祐武美《すけぶみ》に会社を任せたという。「並外れた才知をもち、忍耐、努力の人でもあったその青年は、その後見事に工場を再建したばかりか、戦前戦後を通じて花巻の発展に計り知れないほどの大きな貢献をし」たという（「賢治・作品散歩 その六」「事務局だより」宮沢賢治学会イーハトーブセンター事務局 平成三年十月）。「くろきけむり」が「ひさびさに」あがったとあるのは、金野の前掲書をたよりに考えると、赤字続きで送電が止められており、金が入った時にだけ電気会社に送電を頼み、休み休みにしか工場を稼働できなかったからかもしれない。

評釈

「春と修羅 第三集」所収の口語詩「七四一 煙 一九二六、一〇、九、」が書かれた黄罫（2626行）詩稿用紙の裏に、同詩を改稿し、「七三一 〔黄いろな花もさき〕 一九二六、八、二〇、」のアイディアを取り入れながら、「春と修羅 第三集補遺」所収の「〔西も東も〕」を書き、それを取り囲むようにして書かれた下書稿㈠、その裏面に下書稿㈡（タイトルは「インチキ工業」、後に「疑似工業」）、黄罫（220行）詩稿用紙表面に書かれた下書稿㈢（タイトルは「近似工業」、後に削除。鉛筆で㊢）、定稿用紙に書かれた定稿の四種が現存。生前発表なし。右にあげた三作が先行作品。なお、本作と共通する部分はあまりないが、「七三一 〔黄いろな花もさき〕」の紙面には文語詩化の途中であると思われる「未定稿」の「〔たゞかたくなのみをわぶる〕」があり、広い意味での関連作品。

まず先行作品の「七四一 煙」から見ていきたい。

川上の
練《ママ》瓦工場の煙突から
けむりが雲につゞいてゐる
あの脚もとにひろがった
青じろい頁岩の盤で
尖って長いくるみの化石をさがしたり
古いけものの足痕を
うすら濁ってつぶやく水のなかからとったり
二夏のあひだ
実習のすんだ毎日の午后を
生徒らとたのしくあそんで過ごしたのに
いま山山は四方にくらく
一ぺんすっかり破産した
練《ママ》瓦工場の煙突からは
何をたいてゐるのか
黒いけむりがどんどんたって
そらいっぱいの雲にもまぎれ
白金いろの天末も
だんだん狭くちゞまって行く

これについて小沢俊郎（「煉瓦工場」『小沢俊郎 宮沢賢治論集2』有精堂 昭和六十二年四月）は、「負債整理の手段としての偽装破産でもあろうか、債権者や労務者の犠牲の上にぬけぬけと再生した工場は、もくもくと煙を出している。人間の不誠実を象徴する「黒い煙」である」としている。「春と修羅 第三集」所収の「七三八 はるかな作業 一九二六、九、一〇、」にも「瓦工場」が現われ、そこには「楽しく明るさうなその仕事だけれども／晩にはそこから忠一が／つかれて憤って帰ってくる」ともあることからの判断であろう。

一方、木村東吉（後掲）は「煉瓦工場の破産を、偽装破産とする表現はなく」、「他者を一方的に批判するモティーフは認められない」として小沢説を批判し、「忠一が／つかれて憤って帰ってくる」のも、煉瓦工場での仕事からではなく、「練瓦工場の向ふのはうで」行われている共同作業からであるとする。そして木村は「一度挫折を経験したものが「黒いけむり」をあげている姿に、作者の共感が寄せられている」のだとする。

たしかに「黒いけむり」に賢治の心象の一端は託されていたかもしれないが、小沢的な視点も残しておくべきだと思う。というのも文語詩のタイトル案にあるように、そこが「インチキ工業」や「擬似工業」と呼ばれるような禍々しい場所であると、賢治が認識していたからだ。島田隆輔（後掲A、B）は「見せかけのものに翻弄される危うさ」を指摘しているが、まずはその方向で押さえておくべきだろう。

「インチキ工業」（のちに「擬似工業」）とされた文語詩の下書稿(二)は次のとおり。

白金環の天末の
こなたに立ちて広告の
大烟突はけふとみに
黒きけむりを吐きあぐる
みぞれの雲のくらくして
けむりをとりてひろがれば
大工業のさまなりと
技師は写真をとりてけり

煉瓦工場の大煙突は、もちろん煉瓦を作るために必要だったのだろうと思われるが、下書稿(一)によれば、「宣伝用に築きける」「なかば崩れし」ものであったというのである。煙突や煙、煉瓦工場といったもの自体について、賢治は特に嫌ってはいなかったとも思われるが、倒産に遭いながらも、大々的に会社の名前を煙突に書き、さも「大工業の光景」であるかのように見せかけ、これからの売り込み（あるいは資金調達？）に利用しようとする「技師」を、賢治は寒々しい思いで見ていたのではないだろうか。

花巻煉瓦工場は、花巻の豪商・梅津東四郎によって創立されたものだが、深沢あかね（「近代化過程における地方都市商業者の関わり 岩手県花巻地方のインフラ整備を中心に」「東北大学大学院教育学研究科研究年報54—1」東北大学大学院教育学研究科 平成十七年十二月）によれば、東四郎の父・梅津喜八は、仙人峠を越える行商人から身を起こし、明治十二年から県会議員を務めた人物で、花巻銀行頭取（明治三十四年～四十一年）を務め、貴族院議員ともなっている。長男の倉之助は花巻で製糸場を作り、東京で梅津商会を創業するが若くして亡くなり、次男の東四郎が後を継ぎ、花巻でシードル工場や煉瓦工場を起こし、盛岡銀行や岩手軽便鉄道、花巻温泉などの重役を務め、明治三十一年には県内で第四位の多額納税者となっている。しかし、この人物の評判はあまりよくないようだ。

昭和六年十一月、青森市の第五十九銀行で取付け騒ぎが起こると、岩手を代表する三銀行（盛岡銀行・岩手銀行・第九十銀行）にもこれが波及し、昭和七年には三行それぞれが新規業務停止または休業することとなり、大混乱に陥った。強制捜査が行われると、岩手財界人が利益追求のために法も倫理も無視していたことが暴露されていった。

小川功（「役員関係の情実融資と〝朦朧会社〟岩手金融恐慌の破綻銀行を中心に」「滋賀大学経済学部研究年報7」滋賀大学経済学部　平成十二年）によれば、銀行が不当貸付や情実融資を行うために「保全会社」という持ち株会社（朦朧会社、ほうまつ会社などと呼ばれた）が大正中期から作られ始め、岩手では大正十一年の段階で九十二社の保全会社があったという。ここで虚構の貸借関係を作ったり、帳簿を誤魔化したりして、「多くの富豪は苦心研究色んな方法で盛んに脱税して腹を肥やし」（「岩手毎日新聞」大正十一年十一月二十二日）たという。盛岡銀行を率いた「金田一氏の直参として腕を振るひ、金田一氏の信任浅からずと自信してゐた」（「東京朝日新聞」昭和七年十二月二十三日）のが梅津東四郎で、たとえば大正八年設立の梅津合資会社では、自身が重役であった盛岡信託銀行に融資させ、その額は昭和四年七月には信託勘定で〇・九万円、固有勘定で一・六万円、八年時点で信託勘定で二・七万円、固有勘定で〇・三万円に上ったという。「回収不能に帰したる六千三百余円は常務取締役梅津東四郎氏が花巻町に於いて自己の貸金が回収不能に帰したるを肩替りせられたもの」（『盛岡信託株式会社沿革史』）とのことで、小川によれば「梅津合資会社のツケをまわした私利行為であった」という。

梅津東四郎は賢治の父・政次郎と一緒に花巻川口町の町会議員を務めており、花巻電気株式会社の役員をはじめ、温泉軌道株式会社の役員なども共に務めていることから、賢治にもその人となりや合資会社の内情などは耳に入っていただろう。

梅津から煉瓦工場を引き継いだのは煉瓦工場で給仕をしていた伊藤祐武美《すけぶみ》であった。冗談半分とは言え「給仕から成上つて社長になつたものが世界に二人ある。アメリカのカーネギーと伊藤祐武美だ」（「当面の人物」『稗貫風土記　第一巻　人物篇』八木英三　昭和二十六年四月）と言われることもあった人物で、伊藤は土地と工場を手にするが、借金をすべて背負ったうえ、「料金前払いで電気会社から時限送電を受けながら、必死の思いで」（「賢治・作品散歩　その六」「事務局だより」宮沢賢治学会イーハトーブセンター事務局　平成三年十月）立て直しを図ったのだという。

金野静一（『伊藤祐武美伝　血風惨雨に耐えて』同書編集刊行委員会　昭和六十一年七月）によれば、伊藤は花巻の士族出身でありながら、父が「平民新聞」などを愛読していたことなどから余戒人（警察から要視察人として危険視された人物）として花巻を追放されて父と生別し、貧しい幼少年時代を花巻で送った。ワンパク少年として小学校時代を終えると、東北学院中等部に進学するが、結核により中退。花巻で療養生活を送るうち、大正八年に給仕として花巻煉瓦株式会社に入社している。

ところで、賢治の五歳年下で花城小学校の後輩でもあった伊藤について、賢治はどう思っていたのだろう。下書きの段階で「インチキ工業」や「擬似工業」というタイトル案もあり、岩手の山野に「くろきけむり」が浸透していくと書いたことからプラスの評価をしていたとは考えにくい。とはいえ、地元でカーネギーとも並び称されるような英雄を批判していたと、単純に考えすぎてもいけないようにも思う。黒い煙を「大工業の光景《さま》なりと」技師が喜び、写真さえ撮った（下書稿㈡）といった件りは、愚かな者を描いているようにも見えるが、東北砕石工業技師でもあった賢治にとって、志を同じくする同士であると思っていた可能性もあり、喜びにあふれる彼らを、ほほえましく思って書いたのだと思えなくもない。「インチキ工業」や「疑似工業」についても、信頼できる仲間や友人に対して、あえてくさして書く冗談まじりの言葉だと考えられないこともない。今の段階では、どちらにも決めかねるが、今は可能性のみ記しておくことにしたい。

先行研究

木村東吉「『春と修羅』第三集「煙」に関する私註と考察 煉瓦工場によせる心象を中心に」（『島根大学教育学部紀要人文・社会科学編23―1』島根大学教育学部 平成元年七月）

島田隆輔Ａ「原詩集の輪郭」（『宮沢賢治研究 文語詩集の成立』）

信時哲郎「宮沢賢治「文語詩稿 一百篇」評釈四」（『甲南国文61』甲南女子大学国文学会 平成二十六年三月）

島田隆輔Ｂ「28〔白金環の天末を〕」（『宮沢賢治研究 文語詩稿一百篇・訳注Ⅰ』〔未刊行〕平成二十九年一月）

29　早春

黒雲峡を乱れ飛び　　技師ら亜炭の火に寄りぬ
げにもひとびと祟むるは　　青き Gossan 銅の脈
わが索むるはまことのことば
雨の中なる真言なり

大意

黒い雲が谷を乱れ飛び　鉱山技師たちは亜炭の火で暖を取っている
なるほど人々が求めているのは　露頭に青く見える銅の鉱脈なのだ
一方で私が求めているのは真実の言葉
雨の中に聞く真言なのである

モチーフ

「〔冬のスケッチ〕」から文語詩にまで発展した作品の一つ。他の文語詩と違って、「わが索むるは」という賢治自身をも思わせる言葉が登場し、また、人物や風景の描写よりも、自らの思索や宗教観といったものを直接的に訴えようという異色作である。しかし、ここで述べられている思想、つまり、自分は「真言」を発掘するのだという思いは、「〔冬のスケッチ〕」や、ほぼ同じ時代に執筆・刊行された『春と修羅（第一集）』や『注文の多い料理店』のみならず、賢治の一生を通じて主張されていたものだと思われ、本作を単なる異色作だとして済ませるわけにはいかないように思う。

語注

峡　舞台となっているのは和賀川に沿った和賀仙人。東横黒軽便線が開業した直後に、賢治はここを訪ねたようだ。

亜炭　生成が地質年代的に若いために石炭化が進んでおらず、

水分や不純物の多い粗悪な石炭のこと。下書稿には「褐の炭」「褐炭」ともあるが、これらは色が褐色のもの。日本各地に産するが、熱量が小さいことから工業用には向かず、低価格であったことから、家庭用燃料として用いられた。

Gossan　表土に覆われることなく火成岩体などが地表に露出しているところ（露頭）で、硫化鉱物の多い鉱床では酸化して赤みがかっており、そこをゴッサン（焼け）と呼んだ。

銅の脈　舞台となった和賀仙人は、『角川日本地名大辞典』によれば、古くから鉱山地帯として名高く、綱取では金・銀・銅・石膏、岩沢では石膏、水沢では金・銀・銅、奥仙人では金・銀・銅、仙人では鉄を産した。水沢鉱山は大正初年に工夫数六百人、年生産額は約四十万円。しかし、その後は衰退して昭和六年に休山した。仙人鉱山は大正初年に工夫数八百人、年生産額は約四十万円。『定本語彙辞典』によれば、「仙人鉄山の赤鉄鉱は、結晶が美しく、鏡鉄鉱として産出することで名高い」のだという。

真言　密教における真理を表わす秘密の言葉。陀羅尼。悪を祓い、善と叡智を求めて発した。サンスクリット語そのままで発音することがあったために意味不明なものも多いが、そこに神秘的な力が宿ると信じられた。ただ、賢治の場合は、『定本語彙辞典』が書くように「仏、菩薩への帰依、祈願をこめて用いる場合が多」く、必ずしもマジカルな呪文を発見しようとしていたと捉えるべきではないだろう。

評釈

「〔冬のスケッチ〕」の第一二葉に書かれた下書稿㈠、赤罫詩稿用紙裏面に書かれた下書稿㈡（表面には「一〇〇五〔鈍い月あかりの雪の上に〕一九二七、三、一五、」下書稿㈡）、その左余白に書かれた下書稿㈢、その上余白に書かれた下書稿㈣（この紙面の右肩に藍インクで㋣、中央に鉛筆で㋖）、黄罫（220行）詩稿用紙裏面に毛筆で書かれた習字稿の五種が現存。定稿はおそらく戦災により焼失。定稿本文は『十字屋版宮沢賢治全集』を参考にしているため、句読点や丸番号が実際とは違う可能性が高い。なお、下書稿に共通する詩句が用いられた作品に「一百篇」の「廃坑」と「化物丁場」、「未定稿」の「〔二川こゝにて会したり〕」があるが、三作すべて「〔冬のスケッチ〕」の同一日の取材に基づくものと思われる。

最も原初的な形態であると思われる「〔冬のスケッチ〕」には、次のようにある。

※

わがもとむるはまことのことば
雨の中なる真言なり
あめにぬれ　停車場の扉をひらきしに
風またしとゞ吹き出でて
雲さへちぎりおとされぬ。

先に記した三作品に共通する詩句とは、冒頭の二行のことであるが、これは本作においてのみ文語詩定稿にまで引き継がれている。三作品に一つの詩句が流用されるというだけでも珍しいが、自分自身を思わせる詩句を減らす方向で改稿したといわれることの多い文語詩の中で「わがもとむるは」と、極めて強い自我が主張されている点、また、農村や町中で見かけた人間や風景を描くことが多い文語詩の中で、ストレートに自らの宗教観を訴え、第三者がその背景に留まっているだけである点で、異色の作品であると思う。

島田隆輔（後掲A、B）は、東北砕石工場の仕事の都合から、賢治が仙人鉱山に大理石脈を探す必要が生じていたのではないかとし、そこから「〔冬のスケッチ〕」に赤インクで手入れした時期を昭和六年四月前後だったのではないかとするが、その赤インク手入れを採用した下書稿(二)は次のとおり。

わがもとむるはまことのことば
雨の中なる真言なり
風とみぞれにちぎれとぶ
かの黒雲のなかを来て
この山峡の停車場の
小き扉を排すれば
毛布まとへる村人の
褐の炭燃す炉によれり
げに大理石の脉よりも
いやにうちほりのぞみつ、
わがもとめしはまことのことば
雨の中なる真言なり

大正十一年の春ごろ、賢治は和賀川を遡って仙人鉱山を訪れたようだ。当時は鉱山の町として多くの人が働いていたようだが、冒頭と結末の二行で自分が「真言」を求めていることを宣言するのに、それと山峡の停車場や村人の様子などが、どのように関係するのかがわからない。下書稿(三)はもっと極端で、

雪とざすさが山ならず
風ならずみぞれにあらず、
ちぎれ飛ぶ黒雲ならぬ
はた褐炭の赤き火ならず
わがもとむるはまことのことば
雨の中なる真言なり

と、わざわざ和賀仙人までやってきながら、目に入る景物や人間のすべてを「ならず」「あらず」として受け入れず、あくまで自分は真言を求めるのだと宣言する。どのような経緯でそういう結論になったのか、真言を求めるとはどういうことなのか、

そんな読者の思いをも跳ね飛ばし、ただ、真言をもとめるのだという決意の言葉のみが奔っている印象を受ける。

島田（後掲A、B。引用はB）は、「だいたいに【仙人鉄山行】の真の目的（意味）がつかみにくい」。「その往路の現状は残存紙葉によってある程度想定でき、⑩稿の「げに大理石の脉よりも」とあるところからも鉱石標本採集がたぶん直接の契機であったとも想像されるが、道中のいわばピークには「わがもとむるはまことのことば／雨の中なる真言なり」（第十二葉）ともあって、その真意はかなり複雑である」と書く。

そもそもなぜ賢治は和賀仙人を訪れたのだろうか。鉱物採集はもちろんとしても、賢治には大正十年十一月に開通してまだ間もない東横黒軽便線に乗車するという目的もあったのではないかと思う（そして和賀仙人駅から先の工事現場を視察するため）。

そんなことでわざわざ出かけたのか、自らの決意を語るシリアスな内容と合わないではないかと思われそうだが、鉄道の開業ラッシュ時代であった大正時代の賢治の行動を、『年譜』や作品の制作日付・内容、書簡などから検討してみると、新しい鉄道が開業（区間開業も含む）すると、賢治は数ヶ月のうちに乗車していることが確認できる（信時哲郎「鉄道ファン・宮沢賢治 大正期・岩手県の鉄道開業日と賢治の動向」「賢治研究96」宮沢賢治研究会 平成十七年七月）。鉄道が開通して便利になれば、利用するのは当然ではないかと思われるかもしれないが、どこかに行くという目的よりも、賢治には鉄道に乗ること自体が目的だったと思えるような旅も多かったように思うのである。つまり賢治は鉄道ファン、近年の言葉でいうところの「鉄オタ」のメンタリティを持っていたと思われる。

たとえば、教え子の就職依頼のため、亡き妹・トシの魂を追いかけるための旅だと言われる大正十二年夏の北海道・樺太旅行は、大正十一年十一月に宗谷本線の鬼志別―稚内間が開業し、大正十二年五月に稚内と樺太の大泊を結ぶ鉄道省による稚泊航路が開設された直後にあたる。大正十四年一月の三陸への旅は、大正十三年十一月の八ノ戸線の開業直後、また、大正十四年秋には千厩で開催された農業教育研究会に出席しているが、これは同年七月に大船渡線が開業した直後にあたる。

内田百閒は「用事がなければどこへも行つてはいけないと云ふわけはない。なんにも用事がないけれど、汽車に乗つて大阪へ行つて来ようと思ふ」と書いて昭和二十六年に阿房列車シリーズを始めたが、賢治は百閒の七歳年下の同時代人だ。また、森鷗外は「十九世紀は鉄道とハルトマンの哲学とを齎した」（「妄想」「三田文学」明治四十四年三・四月）と書き、夏目漱石も「汽車ほど二十世紀の文明を代表するものはあるまい」（「草枕」「新小説」明治三十九年九月）と書いている。百閒や賢治でなくとも、鉄道は単に旅行を簡便化するだけのテクノロジーだとのみすべきではなく、多くの人々に世界観の変容を迫るもので、未開の山谷を切り開いて黒い蒸気機関車が驀進するさまは、多くの人をとりこにしたのである（信時哲郎「宮沢賢治論〝鉄道の時代〟と想像力」「国文学 解釈と鑑賞74―6」ぎょうせい平成二十一年六月）。

では賢治が鉄道ファンであったとして、それが作品にどう関わるのかと言えば、『春と修羅（第一集）』は、大正十一年一月六日の日付を持つ「屈折率」「くらかけの雪」に始まるが、取材地は大正十年六月に開業した直後の橋場線の沿線である。一月六日という日付についても、大正十一年八月上旬に書かれたとされる散文「化物丁場」によれば、橋場線の工事現場を訪ねたちょうどその日にあたっている。

また、この散文「化物丁場」は横黒線の車中での会話から話が始まるが、賢治本人とも思われる話者は、「私は、西の仙人鉱山に、小さな用事がありましたので、黒沢尻で、軽便鉄道に乗りかへました」とされている。農学校教員時代の賢治が、仙人鉱山にあった「用事」とは、おそらく横黒線に乗ること、そしてその延長工事の様子を見ることであったように思われる。

もちろん、鉄道趣味で全てを説明するつもりはない。賢治は大正四年に岩手軽便鉄道の工事現場を訪ね、「鉄道工事で新しい岩石が沢山出てゐます」（大正四年八月二十九日 高橋秀松宛書簡）と書いているとおり、工事現場の見学は鉄道趣味と鉱物趣味（仕事？）が一致したものだったのだろう。

賢治は大正十年夏に半年ほどの家出生活から戻ると、上京中に開業していた東横黒線（三月）・橋場線（六月）に何度も乗ったようだ。先に賢治は開業直後のさまざまな路線に乗ったと書いたが、賢治は開業マニアではなく鉄道マニアである。季節によって、天候によって、あるいは時間によってさまざまに変わる窓外の風景を、そして列車自体を堪能したかったのであろう。

そして、帰りの列車が来るまでの時間つぶしとして駅の周辺を散歩し、その副産物として作品ができた場合もあったと思う。たとえば「小岩井農場」の下書稿に、「柳沢へ抜けて晩の九時の汽車に乗る／十時に花巻へ着くつかれて睡る／寂しい寂しい。五時の汽車なら丁度いゝんだ」。「滝沢には／一時にしか汽車が寄らないんだ。／もう帰らうか。こゝからすっと帰って／三時頃盛岡に着いて／待合室でさっきの本を読んで／五時に帰らうか」といった部分があるが、ユリアやペムペルの幻想を見て、恋愛を否定して自らの宗教情操を語るというこの大幻想旅行も、頭には常に列車の時刻がインプットされていたことは重要だと思う。とすれば、「【仙人鉄山行】の真の目的（意味）」が、東横黒線に乗ることであり、その途中で、自分は雨の中の真言を求めなくてはならないというインスピレーションに打たれたという可能性も十分にあるように思う。

とはいえ、なぜ停車場の待合室で暖を取る人々を見ながらそうしたインスピレーションを得たのかとなると、明確な答えを示すのが困難だ。

リンゴが木から落ちるのを見たことからニュートンが万有引力を発見したというのはよく知られたエピソードだが、ニュートン以前にもリンゴが木から落ちるのを見た人は何千人、何万人もいただろう。しかし、だれ一人、それを万有引力に結びつける人はいなかった。賢治のインスピレーションは、ニュートンのリンゴよりも、もっと一般性がない。「毛布まとへる村人の／褐の炭燃す炉によれり」（下書稿(二)）から、どうして「まことのことば」が引き出されるのか。「一百篇」の「廃坑」や「化物丁場」でも、「未定稿」の「〔二川こゝにて会したり〕」でも、やはり関係性はわからない。いや、むしろ発想を逆転させて、きっかけ自体はたわいないことなのだ、と言うために、あえて関係性の薄い出来事を持って来たのだと考えられなくもない。

　ともあれ、得られたインスピレーションが重いことだけはたしかである。それは『春と修羅（第一集）』の冒頭に収められた「屈折率」にも匹敵しよう。

七つ森のこつちのひとつが
水の中よりもつと明るく
そしてたいへん巨きいのに
わたくしはでこぼこ凍つたみちをふみ
このでこぼこの雪をふみ
向ふの縮れた亜鉛《あえん》の雲へ
陰気な郵便脚夫《きやくふ》のやうに
　（またアラツディン、洋燈《ラムプ》とり）
急がなければならないのか

郵便脚夫とはメッセージを伝えることを使命とする人である。これは家出上京中に国柱会の講師であった「高知尾師ノ奨メニヨリ／法華文学ノ創作」（「雨ニモマケズ手帳」）を始めたとされる賢治その人のことだと考えてよいだろう。

　大正十一年一月六日にこうした啓示を受け、大正十一年四月八日の日付のある「春と修羅」では「まことのことばここになく／修羅のなみだはつちにふる」の啓示を、そしてそれとほぼ同時期に「わが索むるはまことのことば／雨の中なる真言なり」（「〔冬のスケッチ〕」）という啓示を受けたということなのだろう。

　宮沢清六（後掲）は本作を「いまこの待合室でよく考えて見ますと、やっぱり私の命をかけて、みんなのほんとうの幸福のために探し索めねばならないのは、このような物質的なものではなく、静かに降りそそぐあの十力の金剛石、そしてあめつちに満ちあふれる尊い宝珠とも称される雨の中から聞えて来る厳かな天の声、そして永遠に不朽の真実の言葉であります」と解している。賢治がこの時「鉱石や鉱脈をまたよく調べ直して、有望なものは農村やみんなのために開発したいと考えて出かけた」という点については、時期的にもただちには賛意を表しかねるにしても、おおむね妥当な解釈ではないかと思う。

　ただ、平沢信一（後掲）が指摘するように「清六氏の文脈では、主として探索の対象の物質性と精神性の対比に重点が置かれているが、《技師＝ひとびと》が《青きGossan》から《銅の脈》を発見するその仕方と、《われ》が《まことのことば》を索める方法には、何らかの共通項があるようにも思われる」とあるのはそのとおりで、ここにあるのはこの世界の中から「真言」を発見したいという意志の表現であり、物質を否定しようとしていたと解する必要はないように思う。また、土の中の銅を探す技師と天から降り注ぐ雨の中に真言を見出そうとする「われ」の対比も、詩的レトリックであって、高邁な自分自身を持ち上げて、村人たちを貶めようというつもりで書いたわけでもないように思える。

ところで、「〔冬のスケッチ〕」と『春と修羅（第一集）』が様々な点において比較対照できそうなことについては述べてきたとおりだが、本作の内容は、やはり同じ頃に書かれ、大正十三年十二月に刊行された童話集『注文の多い料理店』の「序」にも共通していると思う（序文の日付は大正十二年十二月二十日）。

わたしたちは、氷砂糖《こほりざとう》をほしいくらゐもたないでも、きれいにすきとほつた風《かぜ》をたべ、桃《もゝ》いろのうつくしい朝《あさ》の日光《につくわう》をのむことができます。

またわたくしは、はたけや森《もり》の中《なか》で、ひどいぼろぼろのきものが、いちばんすばらしいびらうどや羅紗《らしや》や、宝石《ほうせき》いりのきものに、かはつてゐるのをたびたび見《み》ました。

わたくしは、さういふきれいなたべものやきものをすきです。

「氷砂糖」という物質がなくても、「すきとほつた風」や「桃いろのうつくしい朝の日光」があればいいのだと賢治は言う。現実では「ぼろぼろのきもの」であっても、「はたけや森の中」に行けば、「びらうどや羅紗や、宝石いりのきもの」にも匹敵する美しいものにかわりうるのだと言う。賢治が求めるのは、現実世界の「氷砂糖」の製造方法ではないし、「きもの」の編み方でもない。自分がこの世に生を受け、使命として取り組むべきことは、「まことのことば」「真言」を索めることであったのだ。

これらのわたくしのおはなしは、みんな林《はやし》や野《の》はらや鉄道線路《てつだうせんろ》やらで、虹《にぢ》や月《つき》あかりからもらつてきたのです。

ほんたうに、かしはばやしの青《あを》い夕方《ゆふがた》を、ひとりで通《とほ》りかかつたり、十一月《ぐわつ》の山《やま》の風《かぜ》のなかに、ふるえながら立《た》つたりしますと、もうどうしてもこんな気《き》がしてしかたないのです。ほんたうにもう、どうしてもこんなことがあるやうでしかたないといふことを、わたくしはそのとほり書《か》いたまでです

そして賢治は林や野はらに出かけて、「どうしてもこんなことがあるやうでしかたないといふこと」を「まことのことば」として定着させようと試みるのである。

ですから、これらのなかには、あなたのためになるところもあるでせうし、ただそれつきりのところもあるでせうが、わたくしには、そのみわけがよくつきません。なんのことだか、わけのわからないところもあるでせうが、そんなところは、わたくしにもまた、わけがわからないのです。

たよりになるものは自分の直感だけ。あるいは仏典の記述や高等農林学校で学んだ科学も役立てたいと考えていたかもしれないが、この試みは極めて難しく、無謀なものだったには違いなく、自分でもどこまで正当な評価が下されるのかわからないのだという。もちろん評価と言っても、それはいわゆる作家たちが気にかけていた読者の評価でも文壇の評価でもなく、作家として自立したいなどということとも無関係であった。

けれども、わたくしは、これらのちいさなものがたりの幾《いく》きれかが、おしまひ、あなたのすきとほつたほんたうのたべものになることを、どんなにねがふかわかりません。

この試みが成功しているかどうかはともかく、賢治としては「これらのちいさなものがたりの幾きれかが」、「ほんたうのたべもの」、つまり、現実の「氷砂糖」や「きもの」ではなく、「まことのことば」「真言」であることを、どんなに願うかわからないのだ、というのであろう。

文語詩「早春」は、他の文語詩とは明らかにトーンもテーマも、書き方さえも異なっているが、それでも賢治には書かずにはおれなかったものなのだろう。この主張は本作のみならず、賢治の表現活動の全てにまで及ぶような本質的なものであったように思うが、文語詩の中でも何度も繰り返してこの言葉が書き留められたのも（本作以外の二例は、先にも述べたように廃案となっているのだが）、その重要性を裏書きしてくれるかもしれない。

先行研究

佐藤勝治A「Cの話 賢治の詩碑（まことひとびと索むるは）」（『宮沢賢治入門』十字屋書店 昭和四十九年十月）
小野隆祥A「賢治の和賀時代の恋 大正八年成立仮説の幻想的展開」（『宮沢賢治 冬の青春 歌稿と「冬のスケッチ」探究』洋々社 昭和五十七年十二月）
小野隆祥B「幻想的展開の吟味」（『宮沢賢治 冬の青春 歌稿と「冬のスケッチ」探究』洋々社 昭和五十七年十二月）
中谷俊雄「岩手の山々（二十）浮島」（「賢治研究32」宮沢賢治研究会 昭和五十八年年四月）
佐藤勝治B「〝冬のスケッチ〟の配列復元とその解説」（『宮沢賢治青春の秘唱〝冬のスケッチ〟研究』十字屋書店 昭和五十九年四月）

小寺政太郎「文語詩選九編」（「賢治研究50」宮沢賢治研究会 平成元年九月）
しおはまやすみ「編者あとがき」（『宮沢賢治詩ノート集』あるちざん 平成二年一月）
宮沢清六「早春について」（『兄のトランク』ちくま文庫 平成三年十二月）
島田隆輔A「〔冬のスケッチ〕本文手入れ時期に関する覚書《文語詩稿》とのかかわりから」（「論攷宮沢賢治創刊号」中四国宮沢賢治研究会 平成十年三月）
栗原敦「Q&A 定稿用紙の失われた「文語詩稿 一百篇」作品」（「宮沢賢治研究 Annual8」宮沢賢治学会イーハトーブセンター 平成十年三月）
島田隆輔B「〔冬のスケッチ〕現状に迫る試み／現存稿（広）グループ・標準型㈠における」（「宮沢賢治研究 Annual8」宮沢賢治学会イーハトーブセンター 平成十年三月）
吉田精美「花巻市若葉町文化会館前・ぎんどろ公園」（『新訂宮沢賢治の碑・全国版』花巻市文化団体協議会 平成十二年五月）
平沢信一「早春」（『宮沢賢治 文語詩の森 第二集』）
島田隆輔C「〈写稿〉論」（『文語詩稿叙説』）
信時哲郎「宮沢賢治「文語詩稿 一百篇」評釈四」（「甲南国文61」甲南女子大学国文学会 平成二十六年三月）
島田隆輔D「29 早春」（「宮沢賢治研究 文語詩稿一百篇・訳注Ⅰ」〔未刊行〕平成二十九年一月）

30　来々軒

①浙江の林光文は、
そが弟子の足をゆびさし、
かゞやかにまなこ瞠き、
凛としてみじろぎもせず。

②ちゞれ雲西に傷みて、
警察のスレートも暮れ、
いささかの粉雪ふりしき、
売り出しの旗もわびしき。

③むくつけき犬の入り来て、
額《ぬか》青き林光文は、
ふつふつと釜はたぎれど、
そばだちてまじろぎもせず。

④もろともに凍れるごとく、
雪しろきまちにしたがひ、
もろともに刻めるごとく、
たそがれの雲にさからふ。

大意

浙江省の出身だという林光文は、目を光らせて見開き、
その弟子の足をゆびさして、毅然として身じろぎすることもない。
西空には縮れ雲が黒ずんで、わずかに粉雪が降りかかると、
警察のスレート屋根にも夕暮れの気配が漂い、売り出しの幟もわびしげだ。
不作法な犬が店に入り込んで来んで、ラーメンをゆでる釜も煮えたぎったままだが、

額の青い林光文は、そそり立ってまばたきすることもない。
両者ともに凍ったように、両者ともに彫刻でもあるかのように、
雪が白く降りしきった街に生き、西空のたそがれ雲には背を向ける。

モチーフ

中国の浙江省から、はるばる花巻までやってきてラーメン店を営んでいる男（おそらく実在のモデルがいたと思われる）を描いた作品。ラーメン店主の林光文は、商売に専心するあまり、野良犬が入ってきても、釜が煮えたぎっていても、身じろぎも瞬《まじ》ろぎもせずに弟子を叱り続ける。弟子の感じるいたたまれなさや恐怖にも、全く頓着していないようだ。異邦で経済活動を行う者の厳しい現実認識が背景になっているのだろうが、商売熱心で個人主義的だという当時の中国人イメージの影響もあるかもしれない。

語注

来々軒　作品の舞台は花巻の町であると思われるものの、この名前の中華料理店があったことは確認されていない。内川吉男（後掲A、B）は、盛岡市内に「来々軒」という店があったことを見つけるが、村上英一（後掲）は「大正期の花巻地図」（『宮沢賢治生誕百年記念特別企画展 図録 拡がりゆく賢治宇宙 19世紀から21世紀へ』宮沢賢治イーハトーブ館 平成九年八月）に「林ラーメン屋」が賢治の生家近くにあるのを見つけ、同地図の執筆担当者・阿部弥之に問い合わせたところ「当時、確かにそこに、日本に帰化した中国人の営むラーメン屋があった」ことが確認できたという。来々軒の名前については、内川が言うように盛岡の店から来ているのかもしれないが、村上が指摘するように、明治四十三年に開業した浅草の来々軒によるものかもしれない。来々軒の経営は日本人だが、コックを中国から呼び寄せ、味は本格的だったが安く食べられたことでも有名で、大正七年八月に刊行された『三府及近郊名所名物案内』（日本名所案内社）にも「来々軒の支那料理は天下一品」として紹介されている。しかし、盛岡の来々軒にしても、「「来々軒」という名前は、わたしが東京にでた時に「来々軒」というはやる支那そば屋が浅草にあって、その名前をつけたンです」（平井十郎「葺手町付近」『もりおか物語㈧ 肴町かいわい』熊谷印刷出版部 昭和五十三年七月）という言葉があるので、元は浅草の来々軒に由来するもののようである。花巻の「林ラーメン屋」でのできごと

を元にしているが、盛岡や浅草の来々軒から名前だけ拝借してきたものだと考えたい。

浙江　中国東部の上海市に隣接する地域。読み方は「せっこう」。後藤朝太郎の「日本に来て居る支那留学生と労働者」(『おもしろい支那の風俗』大阪屋号書店　大正十二年八月)によれば、「面白いことに日本に来て居る支那人で留学生は広東省、労働者は浙江省の者と殆ど極まつてゐる、で広東省の留学生が日本へ金を持ち込むと反対に労働者は日本の金を浙江省へドンドン送つて居るのだ」とのこと。ただし『新校本全集　第五巻』所収の口語詩「〔湯本の方の人たちも〕」に登場する「林光左」は「広東生れ」となっている。

林光文　ラーメン店の店主の名前。浙江省の出身者なので「はやしみつふみ」ではなく「りんこうぶん」であろう。口語詩「〔湯本の方の人たちも〕」には「林光左」として登場し、文語詩化された「未定稿」の「〔馬行き人行き自転車行きて〕」では「林光原」(下書稿㈠)となるが、王敏(後掲)は、彼等を三人兄弟であるとし、「名前に「光」が共通するのは、日本で兄弟に同じ字が入ることがよくあるように、中国でもよく兄弟の証になる」とする。村上(前掲)は、「同一モデルであろう。ただし、作品ごとに名前を書き替えているから、本名はわからない」とする。賢治の文語詩における固有名詞の使い方からすると、おそらく村上の言うとおりなのだろうが、「来々軒」ではどっしりと構えた人物、「〔湯本の方の人たちも〕」では「自転車をひっぱり出して／出前をさげてひらりと乗る」と、軽やかな動きをさせており、容貌が中国の京劇で女形として名高かった梅蘭芳《メイランファン》にそっくりだったともあることから、兄と弟、あるいは、全く別の人物であった可能性もあると思う。

スレート　泥岩のうち、薄くはがれやすい性質が強いもののこと(粘板岩)。瓦や屋根などの建築材料に使われる。石綿とセメントを原料とする人工の石綿スレートもよく使われる。村上(後掲)によれば、本作がモデルとしたと思われる花巻警察署に問い合わせたところ、「当時の警察署は入母屋造りの瓦屋根」であったという。内川(後掲A)は、大正十一年六月十五日竣工の盛岡市材木町交番が「洋風二階建物スレート葺」であったことを突き止めているが、内川が見つけた来々軒の跡地からは見えない。肴町交番なら見えた可能性もあるが、屋根がスレート葺きだったという証拠は見つかっていないようだ。

評釈

黄罫(220行)詩稿用紙表面に丸番号と共に書かれた下書稿(鉛筆で㊢、左上には「来々軒」「林氏叱弟子」とあるが、タイトル案だろう)。定稿用紙に書かれた定稿の二種が現存。生前発表なし。

下書稿は一種のみだが、定稿とほとんど内容が変わらず、㊢

印と丸番号まであることから、かなり推敲が進んだ段階のものだと思われる。先行作品の指摘はないが、関連作品としては林光原という人物の登場する「未定稿」の「〔馬行き人行き自転車行きて〕」、また、同作の先行作品である『新校本全集　第五巻』所収の口語詩「〔湯本の方の人たちも〕」（こちらには林光左が登場）。「「文語詩篇」ノート」の「33 1928」には、「一月 ◎林光左弟子ヲ叱ル」とあり、赤インクで×が書かれていることから、文語詩化したということなのだろう。また「一百篇」の「〔小きメリヤス塩の魚〕」の下書稿㈡にも「林光左」とのメモがある。まずは口語詩「〔湯本の方の人たちも〕」から見てみたい。

湯本の方の人たちも
一きりついて帰ったので
ビラの隙からおもてを見れば
雲が傷れて眼は痛む
西洋料理支那料理の
三色文字は赤から暮れ
硝子はひっそりしめられる
馬が一疋東へ行く
古びた荷縄をぶらさげて
雪みちをふむ
引いて行くのはまだ頬の円いこども
兵隊外套が長過ぎるので
縄でしばってたごめてゐる
行きちがひに出てくるのは
政友会兼国粋会の親分格
帽子もかぶらず
手は綿入の袖に入れ
がっしり丈夫な足駄をはいて
身体一分のすきもなく
こっちをぢろっと見るでもなし
さりとて全く見ないでもなし
堂々として行き過ぎるのは
さすが親分の格だけある
いつかおもてのガラスの前に
白いもんぺのぼうしをかぶり
絣の合羽にわらじをはいた
眼のうす赤いぢいさんが
読んでゐるのか見てゐるか
物でも嚙むやうにして
だまってぢっと立ってゐる
ご相談でもありましたらと切り出せば
何か銭でもとられるか
かゝり合ひにでもなるかと
早速ぽろっと遁げて行くのは必定だ
結局こらえてだまってゐれば

またこの夏もいもちがはやる
こんどはこども　砂糖屋の家のこどもが
スケートをはき手をふりまはしてすべって行く
おぢいさんもぽろっと東へ居なくなる
高木の部落なら
その雪のたんぼのなかの
ひばのかきねに間もなくつくし
高松だか成島だか
猿ヶ石川の岸をのぼった
雑木の山の下の家なら
もうとっぷりと暮れて着く
たうたう出て来た林光左
広東生れのメーランファンの相似形
自転車をひっぱり出して
出前をさげてひらりと乗る
一目さんに警察の方へ走って行く
遠くでは活動写真の暮れの楽隊

高木や高松、成島、猿ヶ石川といった花巻近辺の地名が出てくることから、花巻の冬の街の光景を描いたもののようである。これが「未定稿」の「〔馬行き人行き自転車行き〕」では、次のように凝縮される。

馬行き人行き自転車行きて、
しばし粉雪の風吹けり

絣合羽につまごはき
物噛むごとくたゞずみて
大売り出しのビラ読む翁
まなこをめぐる輻状の皺

楽隊の音からおもてを見れば
雲は傷れて眼痛む
西洋料理支那料理の
三色文字は赤より暮る、

林光原の名前は消えているが、一行目の「自転車行きて」は、口語詩を参照すればラーメン屋の林光原のことを言っていたのであろうし、最後には支那料理も登場していることから、スポットがあたっているのは林光原だということになりそうだ。
ところで口語詩の初期形態には、「硝子もひっそりしめられて／どうやら客もないらしい／とは云へあの抜目ない林光左氏が／硝子の向ふぼうぼうと立つ湯気のなかで／どういふ速い策略で／何を拵えてゐるものか／とてもわかったことでない」といった記述があり、これは「一百篇」の「来々軒」の先行形態だと言ってもよいように思う。冬の風景だという点でも同じである。ただ、釜がふつふつと煮えているのは同じでも、ここは「ひっそり」していて「客もないらし」く、林光原は何を考えているのかわからないということのようで、ここに弟子がいたのかどうかまではわからない。

先に書いたように、「「文語詩篇」ノート」に、「一月 ◎林光左弟子ヲ叱ル」の記述があり、×印がつけてあることからすると、賢治は実際に弟子が叱られている様子を見て、それを文語詩化しようと思っていたようなので、口語詩になって虚構が交えられ、文語詩となった時に実際の状況に戻されたということなのかもしれない。

ところで、この林光原はどのような人物として描かれていたのだろう。「抜目ない」と賢治は書いているが、どういう点で抜け目がなかったのだろうか。下書稿は一つしか残っていないようだし、先行形態だろうとした「〔湯本の方の人たちも〕」にしても、下書稿は残っておらず、アプローチするのはむずかしいが、村上英一（後掲）は、「林光文の怒りの大きさや叱責の厳しさが強く印象づけられ」、「叱責の厳しさから、料理人としての信念やプライドの強さを感じることもできるし、その奥に、異国に生きる中国人の厳しい現実を見ることもできよう」とする。しかし、結局のところ読者がそれぞれ独自に読むしかないのだという。

賢治が中国人についてどのように思っていたのか。『新校本全集』の『索引』を使って作品にあたってみても、あまり中国観は見えてこないが、童話「山男の四月」と「十月の末」には「支那人」が登場し、どちらも行商をしながら肝を取って薬（六神丸）にするといった俗説を基調としている。「山男の四月」には、「支那人のぐちゃぐちゃした赤い眼が、とかげのやうでへんに恐くてしかたありませんでした」と書かれ、「あなた、この薬のむよろしい。毒ない。決して毒ない。のむよろしい」と片言の日本語を喋らせるなど、いかにも当時の日本人が抱いていた中国人へのステレオタイプ（紋切型）にそって書かれていたことがうかがえる。

古来より日本は中国の影響を受け続けていたが、明治二十七年の日清戦争以来、日本の中国観は一変した。銭鷗（「日清戦争直後における対中国観及び日本人のセルフイメージ『太陽』第一巻を通して」（「日本研究13」国際日本研究センター 平成八年三月）によれば、明治二十八年の雑誌『太陽』における中国に対する言説を調べたところ、中国人を日本人と比較すると次のように語られることが多かったという。

（中国人）上下一般に愛国心の乏しきは本当のやうで御座います、ドウモ一体に国を思ひ天下の為に心を尽すといふ事が本当に無い、併し自分の業を営み或は町人は海外へ行つても自分の国に居ても能く勉強して難儀に耐へて僅かの金銭を積み貯へて富を為し…（大鳥圭介「日清教育の比較」、第九号「教育」欄）

また「最強の商業人種」として挙げられる中国人は、

多く国立心なく、名誉権利心に薄く、神経に鈍く、只々獣類的の実利に幻惑せるのみ、……（飯田旗郎「亜細亜の大商戦」、第二号「論説」欄）

このように金銭欲に富み商業には強いが個人の利益を追求するばかりで、愛国心が乏しく統合力が弱い中国人、というイメージが、日本人とは正反対のものとして描き出されたのである。

大正七年十一月に刊行されたという『支那研究叢書　第九巻』（「支那人の性情」東亜実進社）を見ても、「支那人の通有性は個人主義にあるを以て凡ての問題は之を基礎として発生するものなり」と書かれていた。それはつまり、個人主義の故に個人の利益は追求するが、他人のため、国家のために犠牲になろうなどとする者はいないということだろう。銭（前掲）によれば、「日本の中国批判の多くの内容は、驚くほど素直に中国の知識人達に受け入れられ」、この後、中国では日本をモデルとした様々な改革が行われたのだというから、あながちステレオタイプというわけでもなかったのかもしれない。

「支那人の性情」（前掲）には、また、「今日海外各地に散在する一千余万に近き移民が到る処毫も其国に同化せらるゝ事なく依然として支那人たるの性質を失せざるは世界の驚嘆し且つ恐怖する所なり」と、その非・同化力が指摘されており、「支那人は克己力強く忍耐心に富めばこそ商人として到る処着々成効するなり」とする。別に賢治がこの本を読んで参考にしたということではないにしても、同時代的なイメージから、林光文のことも、安易な同化を拒み、「克己心強く忍耐心に富」んだ人物だと思った可能性は高く、それが口語詩「〔湯本の方の人たちも〕」の初期形態の中に「あの抜目ない林光左氏」と書き付けたのではないだろうか。

となれば、商売熱心な個人主義者の林光文が、相手の嘆きや悲しみにも配慮することなく、野良犬や釜が煮え立つのにも構うことなく、そして、客か通行人かであった賢治がその光景を見ていたことにも構うことなく、弟子を叱り続けていた理由もわかってくるように思う。

賢治は、保阪嘉内に宛てた書簡で「独乙語の講習会に四日来て又見えざりし支那の学生」といった歌も書いており（大正五年八月十七日消印）、中国人に対していつでも同じステレオタイプをあてはめていたとは言えないかもしれない。しかし、文語詩によって自分史を作ろうとして「「文語詩篇」ノート」にメモを取っていた頃の賢治が、その自分史の一コマに、わざわざ「林光左弟子ヲ叱ル」と書き付けたということは、相当なインパクトがあったのだと思わされる。「一百篇」には外国人が多く登場しているが、その中でも異彩を放つ一篇だと言えるだろう。

先行研究

内川吉男A「エッセイ・注文のない料理店 宮沢賢治の「来々軒」を探して」(「火山弾47」火山弾の会 平成十一年八月)
内川吉男B「賢治のラーメン屋さん」(「岩手日報 夕刊」平成十一年八月十四日)
王敏「人名・地名の由来」(『宮沢賢治、中国に翔る想い』岩波書店 平成十三年六月)
村上英一「来々軒」(『宮沢賢治 文語詩の森 第三集』)
信時哲郎「宮沢賢治「文語詩稿 一百篇」評釈四」(「甲南国文61」甲南女子大学国文学会 平成二十六年三月)
泉沢善雄「賢治周辺の聞き書き17 賢治エピソード落穂拾い 宮沢町と十字屋」(「ワルトラワラ37」ワルトラワラの会 平成二十六年三月)
島田隆輔「30 来々軒」(「宮沢賢治研究 文語詩稿一百篇・訳注Ⅰ」〈未刊行〉平成二十九年一月)

31　林館開業

①凝灰岩《タフ》もて畳み杉植ゑて、　麗姝六七なまめかし、
南銀河と野の黒に、　その牖々をひらきたり。
②数寄《すき》の光壁《かうへき》更たけて、　千の鱗翅と鞘翅目、
直翅の輩はきたれども、　公子訪へるはあらざりき。

大意

凝灰岩で壁を覆って杉を植え、美女六七人ばかりがなまめかしく待ち、南空には銀河と黒々とした野に向けて、窓々が開かれていた。

手の込んだイルミネーションが輝いて夜も更けると、千ものガやコガネムシ、バッタたちが呼び寄せられては来たけれど、訪ねてくる紳士は一人もいなかった。

モチーフ

なまめかしい女性が待っているのは、飲食業というよりは風俗営業（接待飲食等営業）というに近いカフェであろうか。凝灰岩の壁に杉、イルミネーションと数寄を凝らして作ってはいるが、訪ねてくるのは虫ばかりであったというオチ。花巻のレストランやカフェ、温泉地のカフェや下根子桜の宮沢家別荘での経験やイメージも動員されていそうだ。伊藤眞一郎（後掲A、B。引用部分は共通）は、「人間のお客などとても期待できそうにない林中に風俗営業の店を開くという頓珍漢さにおいて、間抜けな経営者として滑稽視され、その滑稽の笑いを介して、彼の商売柄の俗悪さが批判されている」のだとする。が、賢治自身、昭和二年に遊興の地である花巻温泉の花壇を設計し、自ら風俗業に手を貸してしまっており、単純に他者を批判するだけでは済まされない。ユー

モラスに事業家を揶揄するだけでなく、批判の対象には自分自身も含まれていたように思われる。

語注

林館　宮城一男（後掲）は、「現在の営林局」とするが、伊藤眞一郎（後掲B）によれば『全唐詩』に用例があり、韓愈は「林泉に富んだ別荘」といった意味で使っているという。林の中に建つカフェのことだろう。深い山の中に西洋料理店が現われるという童話「注文の多い料理店」をも思わせるが、どちらも「途方もない経営者」（「広告ちらし」）が扱われている点で共通している。

凝灰岩《タフ》もて畳み　凝灰岩とは火山灰や火山砂などが堆積してできた岩のこと。タフ（=tuff）とは英語で凝灰岩のこと。加工しやすいことから建築用石材としてよく用いられた。風化に強く、耐火性もあり、値段も安く、代表的なものに栃木県宇都宮市に産する大谷石がある。関東大震災の際、大谷石をふんだんに使ったフランク・ロイド・ライト設計の帝国ホテル本館が無事であったことから評価が高まったという。「畳む」というのは石畳のことのようであるが、関連作品である「五十篇」の「菱花」の下書稿(一)に、舞台となった花巻にあったレストラン精養軒の石造りを「凝灰岩もてた、む方室に」と表現していることから、壁材として凝灰岩を使っていた可能性もある。伊藤（後掲B）は、散文「台川」の中で、賢治は花巻温泉に程近い台川のあたりの地質について「こっちは流紋凝灰岩です、石灰や加里や植物養料がずうっと少ないのです。ここにはとても杉なんか育たないのです」と書いていることを指摘し、賢治が本作において「凝灰岩もて畳み杉植ゑて」としたのは、「林館」を花巻温泉遊園地の暗喩とし、「自然の理に対する無知の表出を見、ここに傲岸不遜な自然侵犯者たる〈林館〉経営者への批判」を読み取ろうとしている。

麗姝　読み方は「れいしゅ」。美しい女性のこと。「姝」は、みめよい、美しい（女性）の意。『新校本全集』の本文では「妹」と書いていたが、後に訂正されている。

牖々　まど。『大漢和辞典』によれば、「壁を穿ち木を交へて作つた窓。れんじまど」。

数寄　茶の湯や和歌、生け花などの風流の道。

光壁　光っている壁、つまり壁にイルミネーションが施されていたのだろう。『日本大百科全書』には「日本で最初の本格的なネオンサインは、1926年（大正15）7月東京・日本橋白木屋（後、東急百貨店日本橋店。1999年1月閉店）の屋上広告である」とあるので、まだ花巻でネオンを使うことはなかったかと思う。

更たけて　夜が更けていくこと。

鱗翅　成虫の体表が鱗粉や毛で覆われ、折りたたむことのできない大きな羽をもった昆虫の仲間。読み方は「りんしもく」。

ガやチョウ。ここでは夜の光に集まってくるガを指す。
鞘翅目　前の翅が鞘のようになって後ろの翅と体とを守っている昆虫の仲間。甲虫。コガネムシ、カブトムシ、ホタルなど。読み方は「しょうしもく」。
直翅の輩　前後の翅を体の軸に沿ってまっすぐにのばしている昆虫の仲間。バッタ類。読み方は「ちょくし」。『宮沢賢治コレクション』は「輩」を「はい」とルビを振るが、字余りながら「やから」かもしれない。
公子訪へる　貴族の子。貴公子、わかとの。ここでは店を訪れる男性客のことを指すのだろう。

評釈

赤罫詩稿用紙裏面に書かれた下書稿（タイトルは「開業日」）。右肩に藍インクで(丁)、中央に鉛筆で(写)。表面は「一〇七六 囈語 一九二七、六、一三、〕」、定稿用紙に書かれた定稿の二種が現存。生前発表なし。
『新校本全集』には「五十篇」の「萎花」の下書稿㈠にも「凝灰〔岩〕」や「鱗翅・直翅」などの本作と共通する語が書かれているとの指摘があるが、その源流となっているのは「詩ノート」の「一〇八六 ダリア品評会席上 一九二七、八、十六、」であり、ともに関連作品とすべきだろう。

西暦一千九百二十七年に於る
当イーハトーボ地方の夏は
この世紀に入ってから曾って見ないほどの
恐ろしい石竹いろと湿潤さとを示しました
為に当地方での主作物 oryza sativa
稲、あの青い槍の穂は
常年に比し既に四割も徒長を来し
そのあるものは既に倒れてまた起きず
あるものは花なく白き空穂を得ました
またかの六角シェバリエー、
芒うつくしい Horadium 大麦の類の穂は
畑地のなかで或は脱落或は穂のま丶発芽を来し
そのとりいれはげにも心せはしくあはたゞしいかぎりであり
　ました
これらのすき間を埋めるために
諸氏は同じく湿潤にして高温な
気層のなかから、
四百の異るラムプの種類、
Dahlia variaviris の花を集めて
この色淡い凝灰岩の建物の
石英燈の照明と浸液アルコールのかほりの中
窓よりは遥かに熱帯風の赤い門火の列をのぞみ
白いリネンで覆はれた卓につらねて
その花の品位を

われら公衆の投票に問はれました
すでに得点は数へられ
その品等は定められたのであります故に
いまわたくしの嗜好をはなれ
これらの花が何故然く大なる点を得たのであるか
その原因を考へまする
第百一号これはまことに二位を得たのでありますが
かつその形はありふれたデコラチーブでありますが
更にし細にその色を看よ
そは何色と名づけるべきか
赤、黄、白、黒、紫　褐のあらゆるものをとかしつつ
ひとり黎明のごとくゆるやかにかなしく思索する
この花にもしそが望む大なる爆発を許すとすれば
或ひは新たな巨きな科学のしばらく許す水銀いろか
或ひは新たな巨大な信仰のその未知な情熱の色か
容易に予期を許さぬのであります
まことにこの花に対する投票者を検しましても
真しなる労農党の委員諸氏
法科並びに宗教大学の学生諸君から
クリスチャンT氏農学校長N氏を連ねて
云はゞ一千九百二十年代の
新たに来るべき世界に対する
希望の象徴としてこの花を見たのであります

これに次では
第百四十　これは何たるつゝましく
やさしい支那の歌妓であらう
それは焦る、葡萄紅なる情熱を
各カクタスの瓣の基部にひそめて
よぢれた花の尖端は
伝統による奇怪な歌詞を叙べるのであります
更にその雪白にして尖端に至って寧ろ見えざる水色を示すも
　のは
その情熱の清い昇華を示すものであります
もしこの町が
未だに近代文明によって而く混乱せられざる
遠野或はヤルカンドであらば
恐らくこの花が一位の投票を得たでありませう
更に深赤第三百五、
この花こそはかの窓の外
今宵門並に燃す熱帯インダス地方
たえず動ける赤い火輪を示します

最后に一言重ねますれば
今日の投票を得たる花には
一も完成されたるものがないのであります
完成されざるがまゝにそは次次に分解し

すでに今夕は花もその瓣の尖端を酸素に冒され
茲数日のうちには消えると思はれますが
すでに今日まで第四次限のなかに
可成な軌跡を刻み来ったものであります

日本では明治の末年からダリア栽培がブームとなり、品評会といったものも全国でしばしば行われたが、昭和二年夏には花巻のレストラン精養軒でも品評会が催され、賢治もこれに出席したようだ。「当イーハトーボ地方の夏は／この世紀に入ってから曾って見ないほどの／恐ろしい石竹いろと湿潤さとを示し」とシリアスな調子で始まるが、品評会の様子をユーモラスに描き、自身の四次元芸術論でしめくくっている。

しかし、これを文語詩化した「未定稿」の「〔歳は世紀に曾って見ぬ〕」では、口語詩「一〇八六 ダリア品評会席上」の冒頭を引き継いで、次のようなものになっている。

歳は世紀に曾って見ぬ
石竹いろと湿潤と
人は三年のひでりゆゑ
食むべき糧もなしといふ

稲かの青き槍の葉は
多く倒れてまた起たず
六条さては四角なる
麦はかじろく空穂しぬ

このとききみは千万の
人の糧もてかの原に
亜鉛のいらか丹を塗りて
いでゆの町をなすといふ

この代あらば野はもって
千年の計をなすべきに
徒衣ぜい食のやからに
賤舞の園を供すとか

昭和二年、賢治は教え子だった冨手一の依頼によって花巻温泉の花壇設計を手掛けている。花巻温泉には花巻駅から電車が通じ、温泉はもちろん、貸別荘や大弓場、室内遊戯場、動物園、テニスコート、スキー場などを併設した一大リゾートで、昭和二年の新聞社主催による「日本新八景」では全国第一位となるほどの人気があった。しかし、温泉リゾートと言えば聞こえはいいが、実際は「賤舞の園」であり、「詩ノート」の「一〇三四〔ちゞれてすがすがしい雲の朝〕一九二七、四、八、」では、「遊園地ちかくに立ちしに／村のむすめらみな遊び女のすがたとかはりぬ／そのあるものは／なかばなれるポーズをなし／あるものはほとんど完きかたちをなせり」と書いているような有様であった。「〔歳は世紀に曾って見ぬ〕」は、農村が疲弊しているというのに、賤舞の園を作っている場合ではないとして、計画した者たちを批判する内容だが、賢治自身が、計画立案する側に立っているというところに複雑な気持ちがあったのだろう。

　そして口語詩「一〇八六　ダリア品評会席上」の後半だが、こちらの方は「五十篇」の「萎花」で文語詩化されている。

①酒精のかほり硝銀の、　肌膚灼くにほひしかもあれ、
大展覧の花むらは、　夏夜あざらに息づきぬ。

②そは牛飼ひの商ひの、　はた鉄うてるもろ人の、
さこそつちかひはぐくみし、　四百の花のラムプなり。

③声さやかなるをとめらは、　おのおのよきに票を投げ、
高木検事もホップ嚙む、　にがきわらひを頰になしき。

④卓をめぐりて会長が、　メダルを懸くる午前二時、
カクタス、ショウをおしなべて、　花はうつゝもあらざりき。

　詳しくは「評釈」（信時哲郎『五十篇評釈』）の該当する章を参照してもらいたいが、精養軒における品評会を舞台にしており、集まった人々が思い思いに投票し、人気の高かったダリアにメダルを懸ける午前二時には、もう花は萎れていたという寓話風の、やはりユーモアの漂う詩となっている（もちろん文語詩の常として他の会場での品評会の経験なども盛り込まれた可能性はあろう）。

　一見すると、口語詩「一〇八六　ダリア品評会席上」の暗い部分が「〔歳は世紀に曾って見ぬ〕」に、そして、ユーモラスな部分が「萎花」に分離したというようにも思えるが、男たちに見つめられて美醜を問われ、盛りを過ぎてしまえば棄て去られるだけの「花」という存在は、「うたひめ」や「たはれめ」たちのアナロジーとなっており、花巻温泉をめぐる賢治の罪障感が述べられている作品だと考えることができる。

　やはり昭和二年六月一日の日付のある「詩ノート」の「一〇七一〔わたくしどもは〕」でも、賢治は女性を花に喩えているようだ。ここではフィクション風に「わたくし」と「妻」の生活が書かれているが、妻は私が二十銭で買った花を二円で売ったのだと語り、「萎れるやうに崩れるやうに一日病んで没くな」る。つまり妻は花を売ることによって金銭を得るかわりに、萎れるように消えていったわけである。露骨に言えば、妻は体を売ることで金を手に入れるが、肉体は亡びてしまったということだろう。昭和二年ということもあり、これらの作品は、いずれも花巻温泉とのかかわりなくしては生まれなかったものだと考えられる。

さて、「林館開業」について考えてみたい。
「五十篇」に収められた「萎花」の下書稿㈠は、半分が横に破られているために全てを参照するわけにいかないが、次のような部分がある。

窓は遥かに町な
赤き門火を
屋上には青きアル
千のひらめく鱗翅
直翅の群を舞
まさに気圏の火
生きたる火花の
なほわれひとり
惑ふは何のいは

手入れ段階には、「凝灰岩《タフ》もてたゝむ方室に」といった言葉もあることから、「林館開業」との関連は決定的で、「林館開業」には下書稿が一種類しか見つかっていないわりに推敲の度合いが進んでいるように見えるのは、「萎花」の下書稿㈠の段階から発想が継続しているためでもあろう。現存する唯一の下書稿に(了)と㊢の両方が記されているというが、これも特殊な成立事情に関係しているのかもしれない。

とすれば、「林館開業」の舞台も精養軒ではないかということになるが、精養軒は大正十二年の創業であり（泉沢善雄「賢治エピソード落穂拾い　第2回・賢治と精養軒」「ワルトラワラ21」ワルトラワラの会 平成十六年十一月）、タイトルにある「開業」の言葉には合わない。精養軒が花巻の町のほぼ中心部にあったことも「林館」にそぐわないし、賢治の時代でも蚊や蛾くらいならともかく、コガネムシやバッタはそうそう飛び込んで来なかったように思う。

しかし、精養軒での品評会の様子を書く段階で、集まった人たちのつやつやと輝く服地から「ひらめく鱗翅」というイメージが湧き、燕尾服を着た男性の姿から「直翅」というのが思いつかれた可能性はある。あるいは、ダリアを女性に喩えた段階で、花に群がる虫たちを男性に喩えるというアイディアを思いついたのかもしれない。いずれにせよ、こうしたアイディアまでを「五十篇」の「萎花」に収めることができなかったために、「林館開業」を書かせたのだ、とも言えるように思う。「萎花」の下書稿㈠の原稿は破られているのだが、案外ここには、しっかりと「林館開業」への改作を跡付ける書き込みがあったかもしれない。

夜の女性たちの登場するこれらの作品からは、当然、社会批判の気持ちも強く込められていたと思われるが、その批判の先には温泉の開発計画に浅からぬ関係を持っていた宮沢家、そして花巻温泉の開発に自ら手を貸してしまった賢治自身が含まれていたことを忘れてはなるまい。

賢治の中学校時代の友人・阿部孝（「中学生の頃」「四次元100」宮沢賢治研究会 昭和三十四年一月）は、

彼は一面なかなかの不平家で憤慨屋でもあつた。他人のちよつとした不愉快な態度にも、彼はすぐにぴんと反発して、蔭ではぶつぶつと不平をならべた。しかしどんなに他人の悪口を言い、蔭口をはく時でも、結局彼は自分を批判し、自分を反省し、自分を卑下することを忘れなかつた。

と書いているが、花巻温泉を扱った作品には、どこかこうした自分に対する批判の思いが込められているように感じられる。

さて、「林館開業」は、精養軒でのできごとを書いた詩稿から生まれたが、たくさんの昆虫を登場させたためもあってか、舞台は町中から、どこか草むす場所に設定しなおす必要が生じ、かくして「林館」にて架空のカフェを開業させる案に落ち着いたのだろう。

熊谷章一の『ふるさとの思い出 写真集明治大正昭和 花巻』（国書刊行会 昭和五十五年五月）には、「凝灰岩もて畳」まれた精養軒の写真もあるが、大工町（現・双葉町）の中央亭、裏町（現・東町）の金鶴という二軒のカフェの写真も掲載されている。中央亭の説明には「主人夫婦を中心に六人の女給さんたち」とあり、金鶴の方には六人の女性が映っており、「若い美人の女給が多く、この近くであった筆者の印象に残っている女も二、三いる」と書かれている。イルミネーションなのかどうか判別はできないが、どちらも擬洋風のモダンな建物である。

カフェというと、近年はオシャレな喫茶店を意味するようになっているが、この頃のカフェとは、飲食店というよりも風俗営業というべき場所であった。大工町も裏町も賢治の家から近く、客になることはなくても、いろいろな情報は入ってきたはずだ。彼女らの来し方行く末についても、いろいろ思うところがあっただろう。

ところで、先に「架空のカフェ」と書いたが、舞台が特定できないというだけで、架空であったという証拠はない。町中ではなく、昆虫しかやってこないような林の中にもカフェがあったことが確認できるからである。

賢治の友人だった藤原嘉藤治（「座談会・賢治素描」森荘已池『宮沢賢治の肖像』津軽書房 昭和四十九年十月）は、「宮沢さんは、台温泉のカフェーみたいなところでサイダーを飲み、女給に十円のチップをやりました。そのころは、チップは、五十銭か一円ぐらいの時の話です」というエピソードを披露している。台温泉や花巻温泉あたりにも「カフェーみたいなところ」があったとすると、本作のモデルとなっていた可能性は高い。

浜垣誠司（「賢治祭〜種山ヶ原〜秩父」「宮沢賢治の詩の世界」http://www.ihatov.cc/ 平成十三年九月二十一日）は、大正十三年六月に花巻温泉で開業した高級旅館の松雲閣が舞台ではないかというが、「凝灰岩もて畳み」を、石畳であるとすれば、台川の近辺に凝灰岩が多かったことや、花巻温泉という場所柄から考えても、ありえないことではないと思う。ただ「光壁」をイルミネーションであったとすると、いささか佇まいが和風すぎるかもしれない。

ところで、銀河や黒い野を見渡すことができ、たくさんの昆虫が飛んでくる林の中の館といえば、光が外に漏れやすいガラス窓をふんだんに使った下根子桜の宮沢家別荘も思い浮かぶ。『新校本全集 第五巻』には、口語詩「来訪」が収められているが、ここにはなまめかしい女性など一人も現われないのだが、関連作品の一つとしてあげてもよいように思う。

水いろの穂などをもって
三人づれで出てきたな
さきに二階へ行きたまへ
ぼくはあかりを消してゆく
つけっぱなしにして置くと
下台ぢゅうの羽虫がみんな寄ってくる
　……くわがたむしがビーンと来たり、
　一オンスもあって
　まるで鳥みたいな赤い蛾が
　　ぴかぴか鱗粉を落したりだ……
ちゃうど台地のとっぱななので
ここのあかりは鳥には燈台の役目もつとめ
はたけの方へは誘蛾燈にもはたらくらしい
三十分もうっかりすると
家がそっくり昆虫館に変ってしまふ
　……もうやってきた　ちいさな浮塵子《うんか》
　ぼくは緑の蝦なんですといふやうに
　ピチピチ電燈《デンキ》をはねてゐる……
それでは消すよ
はしごの上のところにね
小さな段がもひとつあるぜ
　……どこかに月があるらしい
　　林の松がでこぼこそらへ浮き出てゐるし
　　川には霧がしろくひかってよどんでゐる……
いやこんばんは
　……喧嘩の方もおさまったので
　まだ乳熟の稲の穂などを
　だいじにもってでてきたのだ……

岡井隆（後掲B）は、特にこの口語詩を頭に置いていたわけではないようだが、「まさか下根子の賢治のすまいを「林館」としゃれのめしたともとれぬ」と書いている。しかし、本作の誕生に際しては、精養軒や町中のカフェ、そして温泉地の風俗、そして桜の宮沢家別荘でのさまざまな経験やイメージが合成されていたように思えるのである。

島田隆輔「３１　林館開業」（「宮沢賢治研究　文語詩稿一百篇・訳注Ｉ」〔未刊行〕平成二十九年一月）

先行研究

宮城一男「「文語詩稿」の地質学」（「雪渡り５　弘前・宮沢賢治研究会会誌５」弘前・宮沢賢治研究会　昭和六十二年九月）
小寺政太郎「文語詩選九編」（「賢治研究50」宮沢賢治研究会　平成元年九月）
岡井隆Ａ「林館開業　選挙　ふたたび「文語詩稿」を読む（１）」（『文語詩人　宮沢賢治』筑摩書房　平成二年四月）
岡井隆Ｂ「林館開業　崖下の床屋　ふたたび「文語詩稿」を読む（２）」（『文語詩人　宮沢賢治』筑摩書房　平成二年四月）
原子朗Ａ「何よりも作品を」（「国文学　解釈と鑑賞61―11」至文堂　平成八年十一月）
原子朗Ｂ「ことば、きららかに」（「十代17―12」ものがたり文化の会　平成九年年十二月）
伊藤眞一郎Ａ「林館開業」（『宮沢賢治　文語詩の森』）
力丸光雄「林間に幻の洋館を見た」（「宮沢賢治学会イーハトーブセンター会報28　サクラソウ」宮沢賢治学会イーハトーブセンター　平成十六年三月）
伊藤眞一郎Ｂ「凝灰岩もて畳み杉植ゑて　文語詩稿『林館開業』の笑いとその背景」（『宮沢賢治〈旅程幻想〉を読む』朝文社　平成二十二年十一月）
信時哲郎「宮沢賢治「文語詩稿　一百篇」評釈四」（「甲南国文61」甲南女子大学国文学会　平成二十六年三月）

32　コバルト山地。

なべて吹雪のたえまより、　はたしらくものきれまより、
コバルト山地山肌の、　ひらめき酸えてまた青き。

大意

すべて吹雪の絶え間から、　あるいは白い雲の切れ間から、
コバルト山地の山肌が、　ひらめいては薄れまた青くみえる。

モチーフ

『春と修羅（第一集）』所収の口語詩「コバルト山地」の関連作品。自らの心象風景を扱っていた作品が、文語化とともに即物的・現実的な側面が強まり、改稿過程を見ると社会批判を盛り込もうとした時期もあったようだ。が、定稿では賢治が最も表現したかったこと、光と雲と山肌が、風向きや時間の推移、列車の移動によってさまざまに見えるということをシンプルに表現する道を選んだようだ。

語注

コバルト山地　コバルトは原子番号27の元素で銀白色だが、酸化コバルトと酸化アルミニウムを混ぜると鮮やかな青色の顔料となり、陶磁器の着色や絵具の顔料として用いられる（コバルトブルー）。ここでコバルト山地というのは、コバルトが取れる鉱山のことではなく、コバルトブルー色の山のこと。『定本語彙辞典』では、北上山地を指したものだとある。

評釈

黄罫（260行）詩稿用紙表面に書かれた下書稿㈠（藍インクで㊆）、その裏面に書かれた下書稿㈡、黄罫（220行）詩稿用紙表面に書かれた下書稿㈢（タイトルは「コバルト山地」、後に「晴雪」。鉛筆で㊄）、定稿用紙に書かれた定稿の四種が現存。生前発表なし。

『新校本全集』では『春と修羅（第一集）』所収の口語詩「コ

バルト山地」を関連作品としている。定稿は全一連で構成されているためか丸番号の表記がない。また、定稿ではタイトルに句点が書かれている。

まずは関連作品とされた口語詩から見ていきたい。

コバルト山地《さんち》の氷霧《ひやうむ》のなかで
あやしい朝の火が燃えてゐます
毛無森《けなしのもり》のきり跡あたりの見当《けんたう》です
たしかにせいしんてきの白い火が
水より強くどしどしどしどし燃えてゐます

これには大正十一年一月二十二日の制作日付が付されているが、文語詩とは、かなり差があるような印象を受ける。マイナス十度以下になると見えるという氷霧だが（細かな氷晶が多数空気中に浮かんで、霧のようにあたりがぼんやり見える現象（『日本大百科全書』））、佐藤泰平（「『春と修羅』（第一集・第二集・第三集）の〈気象スケッチ〉と気象記録」「宮沢賢治研究Annual3」宮沢賢治学会イーハトーブセンター　平成五年三月）によれば、この日の最低気温は盛岡でマイナス十四・五度、花巻でマイナス九・二度だったともいうので、たしかに氷霧が現われてもよい状態であったようだ。ただ、そんな時に山がコバルト色に見えるものなのか、また、その中に火が燃えるとはどういうことなのか、水より強く燃えるとはどういうことなのか……物理的現象としては未解明の部分も多くあるが、いずれにしても、物理的側面よりも「せいしんてきの白い火」であることが重視されているのだと思う。

文語詩の下書稿㈠の初期形態は次のとおり。

はるかなる
コバルト山地白雲の
中に燃ゆるはま白の火

毛無のもりのきりあとは
亜鉛の雪を湛えたる

　電線あやふく浮沈して
　列車ボーイの顔さびし

ヴィンクダストの雲の列
毛無シの雪を削り行く

この段階では、口語詩にあった「せいしんてき」な部分が後退し、即物的・現実的に描こうとしているように感じられる。ことに字下げ部分の登場は、それが明らかだ。

下書稿㈠の手入れでは、この傾向に拍車がかかり、物語化がいっそう進んでいるように思える。全篇を見てみたい。

①蚕業の技師町の技手
礼して汽車のいでたてば
コバルト山地白雲の
中にま白き火は燃えぬ

②電線しげく浮沈して
列車ボーイの面くらく
毛無のもりのきりあとは
亜鉛の雪を湛へたり

③県知事須藤三右衛門
信濃の原の豪族に
民うることを企みて
太きシガーをくゆらしぬ

④せわしき松の足なみや
白のけぶりのかなたにて
ヅィンクダストの雲の列
毛無シの雪を削り行く

コバルト山地や、そこで燃える「せいしんてきの白い火」は完全に背景となって、技手や県知事が登場するようになる。

そこでこの県知事が、「民うることを企」んでいるというのだが、「民うる」というのは、「得る」なのか「売る」なのかわかりにくい。ただ、シガー（葉巻煙草）をくゆらせながら企むということから、何やらよからぬことを考えているように思われる。

県知事が「民を得る」ことを考えたのか、それとも「民を売る」ことを考えたのかははっきりしないまでも、満州移民に積極的だった岩手県知事・石黒英彦（任期は昭和六年から十二年）がモデルであったとすれば、思いあたるのは、昭和七年三月に満州国が建国されると、満蒙開拓が国策として進められ、昭和七年九月には第一次武装移民団がチャムスに向けて旅立ったということだ（須藤や三右衛門という名の知事は、少なくとも岩手県には見当たらない）。この時の岩手県出身者は全員で四十一名（全国から四九二名。岩手出身者だけで八・三％）だったというが（『岩手県の百年』山川出版社 平成七年十一月）、その背景には、昭和六年の凶作のために欠食児童数が増え、失業者も増加、娘の身売りや親子心中も多かったという経済状況があったと思われる。

榊昌子（「羅須地人協会からの撤退90年」を前にして」「宮沢賢治記念館通信116」宮沢賢治記念館 平成二十九年三月）は、昭和七年二月二十三日付の「岩手日報」に「花農卒業生満蒙へ／県出身の在満名士へ照会して／新天地開拓の野へ」の見出しで、花巻農学校の卒業生約五十人のうち「満蒙に発展活躍せんとする希望者は十数名の多きに達した」と書かれていると指摘しているが、こうしたことが下書稿㈠の手入れの背景になっているのではないだろうか。

羅須地人協会のメンバーであった伊藤与蔵は、昭和八年に満州におり、昭和八年一月一日に賢治から「満州国錦州憲兵隊」宛に年賀状が送られ、また、同年八月三十日にも「満州派遣歩兵第三十一聯隊第五中隊」の伊藤に宛てて書簡が送られていることから、賢治にとって満州とは決して縁のない存在ではなかったようである。もっとも後者の書簡には、「殊に江刺郡の平野宗といふ人とか、あなたとか、知ってゐる人たちも今現にその中に居られるといふやうなこと、既に熱河錦州の民が皇化を讃へて生活の堵に安んじてゐるといふやうなこと、いろいろこの三年の間の世界の転変を不思議なやうにさへ思ひます」といった言葉があり、賢治の軍国主義的な傾向を読み取ろうとするむきもありそうだが、栗原敦（「手紙の読み方 伊藤与蔵あて宮沢賢治書簡について」「実践国文学53」実践国文学会 平成十年三月）が書くように、「類型的イデオロギー表現はあくまで〈伝聞〉として表現された部分のみに使われて」おり、また「部隊での検閲や上官の目」も当然のことながら意識してのものであろうから、賢治が満蒙開拓をはじめとした日本の動きに積極的に賛成していたとは考えにくい。

下書稿㈠の手入れには「信濃の原の豪族」も登場し、解釈が難しいが、長野県内からも第一次武装移民団に三十九名（全体の七・九％）も参加しているので、岩手県知事に匹敵する推進者がいて、その人物のことを指していると考えることもできるかもしれない（飯田日中友好協会 http://www.mis.janis.or.jp/~nihao-iida/index.html）。

もしもここに登場する「知事」が石黒英彦であったとすると、賢治が彼を批判する理由は他にもあった。賢治は「春と修羅第二集補遺」の「〔朝日が青く〕」で、「軍馬補充部の六原支部が／来年度から廃止になれば／〔約三字空白〕産馬組合が／払ひ下げるか借りるかして／それを継承するのだけれども／組合長の高清は／きれいに分けた白髪を／片手でそっとなでながら／ひとつ無償でねがひたい」と書いていた。しかし、石黒はこの払い下げを受けて、ここに六原青年道場を設立しているからだ。『岩手県の百年』は、これについて「深刻な不況にあえぐ岩手の農民からその中堅人物をつくりだすための、皇国精神、日本精神の修練道場であって、農場とはいえない」と書いているが、これも賢治をがっかりさせたと思われる。

第一次の満州への武装移民団のメンバーであった長倉直松の「満蒙開拓に参加の動機」（平和祈念展示資料館 http://www.heiwakinen.jp/shiryokan/hikiage02.html）は、当時の状況をこんな風に書いている。

私は明治四十二年一月秋田県の山村の農家に生れ、兵役の義務を終えた翌年の昭和七年外務省巡査満州国勤務を希望し、十月に弘前市にて行われる採用試験の日を待っている矢先に、村役場の兵事係りが来訪国策重大事業として在郷軍人から満蒙開拓武装移民五百人募集することに成りましたからとすすめられました。

一刻も早く彼の地へ渡りたい希望を抱いていたときなので早速その方に決意を定め応募致し合格、岩手県六原道場にて三週間の基礎訓練も済ませ出発の日が待ち遠しい毎日でした。愈々出発渡満

東北六県、関東五県から木工・鍛工・醸造を含めた精鋭百九十五人出発に決定、予め各連隊区から軍服軍靴の支給を受けて出発に備えておりました。

愈々九月末日出発、宮城を遙拝、明治神宮参拝、意気揚々神戸港を発ちました。

長倉の艱難辛苦はここから始まるわけだが、ここでは触れない。軍馬補充部の跡地はこのような施設となり、ここから満蒙に若い青年たちを送ったようである。長倉が六原で基礎訓練をしていた昭和七年の夏とは、賢治がはじめて文語詩を雑誌に掲載した頃にあたるが、賢治の耳には六原道場の噂も耳に入っていたと思う。

ところで、この下書稿㈠の手入れは、もし開拓移民団のことを書いていたのだとすれば、昭和七年頃のものだということになりそうだ。しかし、これには㋾印が原稿に付されており、島田隆輔（「初期論」『文語詩稿叙説』）によれば、下書稿に㋾が付される下限は「昭和六年前後」なのだという。

賢治は昭和六年九月二十日に東京で発熱し、花巻に戻って病床に伏せるが、昭和七年春には「再編稿」を書き始める。しかし、島田（「再編論」『文語詩稿叙説』）によれば、「再編稿段階にも、初期稿〈〈了稿〉〉が発展してゆく場合が多くある。けれども、それらは〈了稿〉の後継なのであり、再編の段階にその「了」印を得たものではないし、「了」印を新たに与えられる、ということもない」という。つまり、㋾印が付されている限り、今まで展開してきた開拓移民の話は昭和七年のこととなるので、すべて成立しないことになってしまう。

ただ、島田説も絶対的な根拠に基づいているのではなく、また、島田自身から㋾を付した後に推敲したと考えれば問題はないだろう（平成二十八年八月十六日の宮沢賢治文語詩研究会において）との考えを聞いているので、開拓移民団説を、一応、主張できる根拠は整ったことになる。

さて、ここまで下書稿㈠の手入れに関して追究してきたのだが、この構想は下書稿㈡であっさり廃棄され、ほとんど下書稿㈠の状態、すなわち技手や県知事は姿を消し、下書稿㈢では、四連構成が二連構成に、そしてその手入れの段階では、二連のみを残し、それが一連構成で全二行という定稿に繋がっている。

定稿では『春と修羅（第一集）』にあった心象スケッチの側面も薄く、下書稿㈠の手入れ段階にあった社会批評も残っていな

32　コバルト山地。

い。ただ、雲の切れ間から見えるコバルト山地が、色が薄く見えたり濃く見えたりしたというだけのものだ。車窓の外に流れる山が、見る位置によって姿を変えていくというのは、鉄道ファンであり、また心象スケッチ家であった賢治が、よく試みたものだが、『春と修羅（第一集）』所収の「岩手山」において、光に包まれた岩手山を白と黒で描き分けたような効果を、北上山地を舞台にやってみたいつもりもあったのではないかと思う。

　　岩手山
そらの散乱反射《さんらんはんしや》のなかに
古ぼけて黒くえぐるもの
ひかりの微《み》塵《ぢん》系列《けいれつ》の底に
きたなくしろく澱《よど》むもの

この「岩手山」を文語詩化したと思われるのが、「一百篇」の「心相」だ。

①こころの師とはならんとも、　こころを師とはなさざれと、
　いましめ古りしさながらに、　たよりなきこそこゝろなれ。
②はじめは潜む蒼穹に、　あはれ鵞王の影供ぞと、
　面さへ映えて仰ぎしを、　いまは酸えしておぞましき、
　澱粉堆とあざわらひ、
　いたゞきすべる雪雲を、　腐《くだ》せし馬鈴薯とさげずみぬ。

『春と修羅（第一集）』から文語詩化されたと言えそうなのはこの二篇のみで、それぞれ岩手県を代表する早池峰山を含む北上山系と、やはり岩手県を代表する岩手山にちなむもので、何か意図的なものがあったようにも思える。さらに、どちらも時間の推移や心情の変化によって風景が変わることをテーマとし、また「一百篇」にだけ登場する「酸」の文字が、どちらの作品にも使われているあたり、とても興味深い。終章（信時哲郎「「五十篇」と「一百篇」　賢治は「一百篇」を七日で書いたか上・下」（「賢治研究135・136」宮沢賢治研究会 平成三十年七月・十一月）でも書いたような「一百篇」に特有の性質や編集方針が関わっているのかもしれない。

それにしても、一度現われたきりで、そのまま姿を見せなくなった知事に関する記述はどうなったのだろう。あまりにも露骨な社会批判・人物批判を、文語詩にはふさわしくないとして削除したのかもしれない。しかし、このアイディアは「五十篇」の「車中〔一〕」に受け継がれたのだと考えることもできるように思う。

①夕陽の青き棒のなかにて、　開化郷士と見ゆるもの、
　葉巻のけむり蒼茫と、　森槐南を論じたり。

②開化郷士と見ゆるもの、 いと清純とよみしける、
　寒天光のうら青に、 おもてをかくしひとはねむれり。

「車中〔一〕」の下書稿には「狸のごとき大坊主」とあるから、賢治は彼を批判的に眺めているようだが、もちろん根拠はそれだけではない。車中であること、そして葉巻を吸っていることだ。賢治作品にはシガーや葉巻はよく登場するが、文語詩について言えば、定稿と下書稿を合わせても「シガー」が「コバルト山地。」に、「葉巻」が「車中〔一〕」に、それぞれ一件ずつ登場するのみであり、同一人物ではないにしても、イメージはよく似ている。

また、ここにある森槐南《かいなん》も気になる。槐南は近代日本を代表する漢詩人の一人だが、「評釈」(信時哲郎『五十篇評釈』)では、森が香奩体《こうれん》、つまり女性の姿態・媚態などを官能的に描く作風で一世を風靡したことから、それを評価する開化郷士を批判したのではないかとした。

ただ、もし「車中〔一〕」における開化郷士に石黒知事のイメージが流れているとすれば、官僚でもあった槐南が、伊藤博文と共にハルビン駅で襲撃された人物であることにも着目すべきだったかもしれない。ハルビンとは後の満州国を代表する都市の一つで、日本の満州進出について匂わせた可能性もあるからだ。また開化という文字に、開拓の意味を込めていたのかもしれない。

一介の読者にそんなことまで伝わるはずはないと思われるかもしれない。が、賢治が文語詩の推敲をしていたのは昭和初年である。治安維持法の下、羅須地人協会について事情聴取を受けた経験を持ち、多くの政治運動やプロレタリア文学運動が弾圧され、昭和五年には岩手でも共人会事件、昭和六年に岩手医専の検挙、昭和七年に新興教育連盟事件がおこっていた。

また、鈴木守(『羅須地人協会の終焉 その真実』友藍書房 平成二十五年十一月)によれば、賢治が昭和三年夏に羅須地人協会の活動をやめたのは、病気のためであるというより昭和三年十月に陸軍大演習と行幸が予定されており、これを前にした「アカ狩り」を予感したためではないかという。賢治は、昭和三年九月二十三日の沢里武治宛書簡に「八月十日から丁度四十日の間熱と汗に苦しみましたが、やっと昨日起きて湯にも入り、すっかりすがすがしくなりました」と書いているが、その後に「演習が終わるころはまた根子へ戻って今度は主に書く方へかゝります」としている。さらに鈴木(『涙ヲ流サナカッタ』賢治の悔い』友藍書房 平成二十八年三月)は、賢治の教え子だった小原忠(「ポラーノの広場とポランの広場」「賢治研究39」宮沢賢治研究会 昭和六十年十一月)も、昭和二年に賢治の元を訪ねた時、「私は警察に引っ張られるかも知れない」と、ひどく賢治が取り乱していたと書き、「翌昭和三年は岩手県下に大演習が行われ行幸されることもあって、この年はいわゆる社会主義者は一斉に取り調べを受けた。羅須地人協会のような

穏健な集会すらもチェックされる今では考えられない時代であった」と述懐していること、『２０１人の証言 啄木・賢治・光太郎』（読売新聞盛岡支局 昭和五十一年六月）には、国語学者・金田一京助の弟で、英語教師だった平井直衛（彼らの弟にあたる金田一他人は賢治と盛岡中学校の同級生）が、「昭和三年、陸軍演習を前にした〝アカ狩り〟で盛中をクビになってしまった」という記述も紹介している。昭和初年の賢治が警察の目をかなり意識していたということは間違いないと思う。

誰が読んでくれるともわからない文語詩ではあったが、当時の賢治の心境からすれば、これでも大きな冒険だったのではないかと思う。自分の身の安全のことなどはともかく、父や弟に迷惑がかかることだけは避けたいと、賢治だったら考えるはずで、だからすぐにはわからないような書き方をした可能性も考えられてよいように思う。書いてあることならともかく、書いてないことについての詮索はきわめて難しい。しかし、ことに文語詩を読み解くにあたっては、どのような時代状況の中で書かれていたのかという点について考えることは、極めて重要であるように思われる。

先行研究

小野隆祥「幻想的展開の吟味」（『宮沢賢治 冬の青春 歌稿と「冬のスケッチ」探究』洋々社 昭和五十七年十二月）

栗原敦「宮沢賢治と詩 〈文語詩〉の位置」（「国文学 解釈と鑑賞58―9」至文堂 平成五年九月）

佐野晃一郎「宮沢賢治ノート5 消し去られた眼差 賢治のことばと絵」（「投壜通信10」矢立出版 平成六年一月）

赤田秀子A「文語詩を読む その2 車窓のうちそと「保線工手」を中心に」（「ワルトラワラ13」ワルトラワラの会 平成十二年八月）

赤田秀子B「文語詩を読む その7 酸っぱいのは南風？ 虹？「酸虹」他」（「ワルトラワラ18」ワルトラワラの会 平成十五年六月）

信時哲郎「宮沢賢治「文語詩稿 一百篇」評釈四」（「甲南国文61」甲南女子大学国文学会 平成二十六年三月）

島田隆輔「３２ コバルト山地。」（「宮沢賢治研究 文語詩稿一百篇・訳注Ⅰ」〈未刊行〉平成二十九年一月）

33　旱害地帯

多くは業にしたがひて　　指うちやぶれ眉くらき
学びの児らの群なりき
花と侏儒とを語れども　　刻めるごとく眉くらき
稔らぬ土の児らなりき

……村に県《あがた》にかの児らの　　二百とすれば四万人
　　四百とすれば九万人……

ふりさけ見ればそのあたり　　藍暮れそむる松むらと
かじろき雪のけむりのみ

大意

たいていは家で農業の手伝いをしているために　指も荒れて眉もくらい
そんな学童たちであった
花や小人の話をしても　刻まれてしまったように眉は暗いまま
稔りが望めない地帯の子どもたちであった
…村と県とにこうした子供たちが　村に二百人だとすれば県では四万人

村で四百人だとすれば県では九万人…
ふりかえってみるとその周辺には　藍色がかってきた松林と
白くみえる雪煙のみしかみえなかった

モチーフ

下書稿も定稿も現存しない作品で、『新校本全集』には先行作品も関連作品も示されていない。旱害（日照りの害）をタイトルに付しているが、眼前の日照りを描くのではなく、旱害の年の冬のありさまを描いている（ヒデリと「雪のけむり」が同居することは、普通は起こりえない）。そうした地に住む子どもたちに向かって「花と侏儒とを語れども」、というのは、賢治が子供たちに童話を語ったことを意味するのだろう。それでも「刻める眉」が暗いままだったというのは、彼らの心までを明るくすることができなかったことの告白ではないだろうか。自然災害が子供たちの人生にまで影響を与えてしまう悲劇を語るのみでなく、自らの著書『注文の多い料理店』の失敗についても語ろうとする詩なのかもしれない。

語注

業　入沢康夫（「文語詩難読語句（4）」）は「ぎょう」と読ませている。ここでも「ぎょう」と読み、「子供たちの多くも農業に従事して」の意に取りたい。「ごう」では仏教用語の業、すなわち「すべて過去になしたることのまだ報となってあらはれぬ」（「二十六夜」）ことを意味しているように思えてしまうからである。

花　次の「侏儒」ともあわせて童話のことを言っているのだろう。花に関する童話も賢治は数多く手がけたが、童話「おきなぐさ」の原稿用紙裏面には「花鳥童話集」として、「蟻ときのこ、黄色のトマト、おきなぐさ、畑のへり、やまなし、いてふの実、まなづるとダアリヤ、せきれい、ひのきとひなげし、ぼとしぎ、虹とめくらぶだう、」とある。

侏儒　小人のこと。『新語彙辞典』では「栄養が悪く成長の遅れた、こびとのような「稔らぬ土の児ら」のことであろう」としていたが、『定本語彙辞典』では「心の余裕ももてない村の子どもたちに、花とこびとさんのメルヘンのような楽しいはずのおはなしを話して聞かせても、ということであろう」に改められている。ただし、自分自身が童話作家でもあった賢治がどのような意図でこの語を使ったかについても考えるべきだと思う。また、単に「白雪姫」（グリム）や「親指姫」（アンデルセン）などに出てくる小人のイメージを借りてメルヘンの説明をしようとしているのではなく、賢治にとっての小人とは、もっと生々しい存在（幻覚？ 幽霊？）として描かれることが多く、言葉に込められているものは異なっていたように思われる。『十字屋版宮沢賢治全集』の「語註」には、「著者は旱害のひどかつた紫波郡の赤石村に往いて、子供らにおとぎばなしをやつたことがある」との記述がある。

二百とすれば四万人／四百とすれば九万人　入沢康夫（前掲）は「にひゃくとすればよまんにん」「しひゃくとすればくまんにん」とし、『宮沢賢治コレクション』では「しまんにん」「しひゃくとすればくまんにん」としている。音数からすればどちらもとれようが、入沢案に従いたい。「二百とすれば四万人」であれば、「四百とすれば八万人」のように思われるかもしれないが、賢治が所持し、書き込みもしていた「〔岩手県市町村分布図〕」（昭和四年四月〜昭和七年四月？）を見ると、岩手県の市町村数が二百三十七あったことから、これを元にして二百×二百三十七＝四万七千四百人、四百×二百三十七＝九万四千八百人となり、切り捨てればそれぞれ四万と九万となる（ただし市と町を数えないと計算が合わなくなる）。この数は欠食児童の数のことを指すのではないかと思われるが、こうした子が「村」に二百人いれば「県」では四万人、「村」に四百人いるとすれば「県」では九万人だということを言いたかったのだろう。ただ、昭和七年七月の文部省発表によれば欠食児童数は全国で二十万人を越え、岩手では三千五百三十九人であったというので、ここでは「満足に食事ができない子供たち」といったところではないかと思う。

かじろき雪のけむり　タイトルこそ「旱害地帯」であるが、本作で旱害そのものは登場しない。旱害が多い地帯で取材されたというだけで、季節は冬から春にかけた頃だろう。鈴木守のブログ「1208 田日土井」（「宮沢賢治の里より」http://blog.goo.ne.jp/suzukikeimori/ 平成二十一年十月二十九日）では、花巻市の中北万丁目（花巻農学校の跡地から高速道路を越えたところ）に平賀千代吉翁の顕彰碑があることを紹介しており、「平賀千代吉と豊沢ダム」という案内板には、「大正時代まで、豊沢川下流は水が少なく、稲が枯れてしまうほどでした。自分たちの水田に水を引こうと、激しい水取のけんかが、たびたびおこりました。人々は、「水があったら、米を作れるのに。」と長い間、願い続けました。／耕地整理組合長の平賀千代吉は、けんかの仲裁に出かけているうちに、ダムをつくることを決意しました。それから千代吉は、豊沢川上流の山や谷を調べ回り、「豊沢地区の山あいをせき止めて、水をためれば、下流の田に水を送ることができる。」と考えました。／町や村の人々に相談すると、昔から豊沢地区に住んでいた人は反対しましたが、しだいに賛成してくれるようになりました。／ダムづくりには、たくさんの費用がかかるので、県から応援してもらおうと、千代吉は何度も県庁にお願いに行きました」といったことが書かれている。栗原敦（「理念と現実①」（『NHKカルチャーアワー 文学探訪 宮沢賢治』日本放送出版協会 平成十七年十月）も書くように、花巻近辺は昭和三十六年になって豊沢ダムができるまで旱害が多い地域、つまりは「旱害地帯」であった。ただし、本作のモデルおよび経験が花巻であったと特定できるわけではない。

評釈

下書稿も定稿も現存しない。先行作品や関連作品についての指摘もない。生前発表もなし。本文は『新校本全集』に倣って『十字屋版宮沢賢治全集』所収の本文を掲げた。したがって句読点や丸番号が実際と違っている可能性が高い。

平沢信一は、本作の定稿が存在しないために、『新校本全集』でも『十字屋版宮沢賢治全集』を参照した本文を採用していることについて、定稿は別の形態であった可能性があるのではないかと論じている。平沢は、賢治の没後「詩人時代」（昭和十年三月）に本作が掲載された際の形態が、定稿本文をかなり忠実に再現しているのではないかとし、さらに島根県大社町で発行された詩誌「森1」（昭和九年十二月）に、岡崎泰固《たいこ》が発表した「宮沢賢治論」中に「旱害地帯」が引用されている例から、定稿本文は次のような四行書きのものだったのではないかと提案している。

多くは業にしたがひて、　指うちやぶれ眉くらき、　学びの児らの群なりき。
花と侏儒とを語れども、　刻めるごとく眉くらき、　稔らぬ土の児らなりき。
……村に県《あがた》にかの児らの、　二百とすれば四万人、　四百とすれば九万人……
ふりさけ見ればそのあたり、　藍暮れそむる松むらと、　かじろき雪のけむりのみ。

平沢の提案にはおおむね賛成だが、ただ「……」の部分については少し異論がある。文語詩定稿には、本作の他にも「紀念写真」と「〔天狗蕈　けとばし了へば〕」（ともに「一百篇」）に、「……○○○○　～　○○○○……」とリーダーで挟んでいる例があるが、この二作を原稿コピーで見ると、どちらも最初の「……」の上には一字分ほどのスペースがあることが確認できる。『新校本全集』でも、それを取り入れて一字分ほどスペースを空けたものを本文としている。とすれば、「旱害地帯」についても、やはり一文字分程度のスペースがあったと考えた方が自然だろう。実際『十字屋版宮沢賢治全集』（およびそれを元にした『新校本全集』)でも、それを反映させて本文としていることから、この点については『十字屋版全集』)を踏襲すべきであると思う。

したがって定稿本文を、『新校本全集』では省いて記述している丸番号を含めて書くと次のようであったと思われる。「詩人時代」では(1)~(4)と書かれていたというが、平沢も指摘するように①~④という丸番号であろう。

① 多くは業にしたがひて、 指うちやぶれ眉くらき、 学びの児らの群なりき。
② 花と侏儒とを語れども、 刻めるごとく眉くらき、 稔らぬ土の児らなりき。
③ ……村に県《あがた》にかの児らの、 二百とすれば四万人、 四百とすれば九万人……
④ ふりさけ見ればそのあたり、 藍暮れそむる松むらと、 かじろき雪のけむりのみ。

それでは、内容の検討に移りたい。

本作の背景になっているのは、大正十三年から三年続いて襲った旱害であると思われる。『定本語彙辞典』には、一九二四(大正十三)年の項に「この年、日照りが四十余日続き、各地で水喧嘩が起き、旱害のため畑作五割減収」とある。賢治とも交流のあった盛岡測候所長・福井規矩三(「測候所と宮沢君」『宮沢賢治研究資料集成2』日本図書センター 平成二年六月。初出は昭和十四年九月)は、「昔から岩手県では旱魃に凶作なし」と言われていたが、「大正十三年の旱天は、岩手県では近ごろではなかつた旱害の記録で、以前は何時でも水が余つてゐたので、水不足で作付が出来ないといふことはなかつた。大正七年にもちよいとした小規模な旱天があつたが、大正十三年のはとてもとてもきつかつた」と書いている。

旱魃はその翌大正十四年にも起こり、賢治は口語詩「毘沙門天の宝庫」で「大正十三年や十四年の/はげしい旱魃」と書いている。さらに大正十五年も『定本語彙辞典』によれば、「六月~七月 旱害。七月一七日まで雨量少なく植えつけに困難」とあり、賢治も昭和二年九月の日付のある「詩ノート」の「一〇九二 藤根禁酒会へ贈る 一九二七、九、一六、」に、「この三年にわたる烈しい旱害で/われわれのつゝみはみんな水が涸れ/どてやくろにはみんな巨きな裂罅がはいった」と書いている。

散文「〔或る農学生の日誌〕」は、賢治の農学校時代の見聞が折り込まれた作品だが、「一千九百二十六年六月十四日」に次のように書いている。

水が来なくなって下田の代掻ができなくなってから今日で恰

度十二日雨が降らない。いったいそらがどう変わったのだらう。あんな旱魃の二年続いた記録が無いと測候所が云ったのにこれで三年続くわけでないか。大堰の水もまるで四寸ぐらゐしかない。

夕方になってやっといままでの分へ一わたり水がかかった。三時ごろ水がさっぱり来なくなったからどうしたのかと思って大堰の下の岐れまで行ってみたら権十がこっちをとめてじぶんの方へ向けてゐた。ぼくはまるで権十が甘藍の夜盗虫みたいな気がした。


大正十三年から十五年にかけての三年連続の旱害は農民の間で水引きをめぐるトラブルも起こしたが、賢治はそれもしっかりと描いている。

鈴木守（『「涙ヲ流サナカッタ」賢治の悔い』『「涙ヲ流サナカッタ」賢治の悔い』友藍書房 平成二十八年三月）が紹介する「岩手日報」の記事（昭和二年一月二十六日）には、「旧年末を前に本県下の農村は破産の状態／借金の苦しさに土蔵を売払ひ家を閉ぢて逃げ隠る」とされ、次のようにある。

二三年この方つゞいた未曾有のカン魃とお米が捨て売り同様の安値のため農村では旧年末を前に悲境のドンぞこに落ちてゐる。これがため家財を売り、遠く出稼ぎに赴いた者も数少くない模様で稗貫郡某村の如きは中産以上の農家でさへ年末の支払ひに二進も三進も行かず、祖先伝来の土地を売り払つたとの哀話もあり、毎日借金取りに攻めらるので、致方なく家を閉ぢて水車小屋に一家が引き移つてゐるといふ話しもある。況して旱害の程度も一層深酷であつた紫波地方の難民は日々の生活にさへ困窮してゐる者が多くその惨状は全く事実以上であらうとのことだ。かくて本県下の農村はいまや経済上破産の状態にあるがやがて本県にもいむべき農村問題社会問題がもちあがるのでないかと識者間に可なり憂慮されてゐる

また、鈴木（前掲）は、「岩手日報」の大正十五年十二月七日の記事についても、「村の子供達にやって下さい 紫波の旱害罹災地へ人情味豊かな贈物」という見出しで、「仙台市東三番丁中村産婆学校生徒佐久山ハツ（十九）さんから紫波郡赤石村長下河原菊治氏宛」に、「日照りのため村の子供さんたちが大へんおこまりなさうですがこれは私の苦学してゐる内僅かの金で買つたものですどうぞ可愛想なお子さんたちにわけてやつて下さい」という手紙とともに「一貫五百目もある新しい食ぱん」が贈られたことなどが報道されたと紹介している。

「ヒデリに飢饉《ケガチ》なし」というのは、たしかによく知られた言葉だったようだが、大正末に岩手を襲ったヒデリは相当のもので、他の多くの人々と同じように、いささかヒデリを甘く見ていた賢治にも、大きなショックを与え、それがこの作品を生ん

だのではないかと思われる。

しかし、気になるのは「花と侏儒とを語れども」である。『定本語彙辞典』にあるように、たしかに「花とこびとさんのメルヘンのような楽しいはずのおはなし」なのではあろうが、ここには、その話者で作者だったのが賢治自身であった可能性についての言及がない。賢治が「花」に関する童話を多く書いたのは「花鳥童話集」という構想を立てていたことなどからも納得できるが、「小人」については、少し注意が必要だと思う。というのも、単に子供向けの楽しいメルヘンを代表するものとして書いているだけでなく、賢治の童話観、異界観、宗教観をも象徴するものとして登場している可能性があるからだ。

たとえば、賢治が大正八・九年頃に書いた散文「うろこ雲」(「初期短篇綴等」)などを読むと、ただ子供向けのお話というだけでこの語を使っているわけではないように感じられる。

「うろこ雲」はこんな話である。話者が北上川に沿って歩いていると、「小さな甲虫がまっすぐに飛んで来て私の額に突き当りヒョロ〳〵危うく堕ちやうとして途方もない方へ飛び戻る」。すると、「原のむかふに小さな男が立ってゐる。銀の小人が立ってゐる。よこめでこっちを見ながら立ってゐる。にやにやわらってゐる。にやにや笑ってうたってゐる」。そして、次のような歌をうたい始める。

なんばん鉄のかぶとむし
月のあかりも　つめくさの
ともすあかりも　眼に入らず
草のにほひをとび截って
ひとのひたひに突きあたり
あわてゝよろよろ
落ちるをやっとふみとまり
いそいでかぢを立てなほし
月のあかりも　つめくさの
ともすあかりも眼に入らず
途方もない方に　飛んで行く。

うたい終わると、小人は「よこめでこっちを見ながら腕を組んだまゝ消えて行く」。この小人の歌は、『新校本全集 第十二巻 校異篇』も指摘するように、「〔ポランの広場〕」や「ポラーノの広場」に踏襲されている。

榊昌子(「うろこ雲」『宮沢賢治「初期短編綴」の世界』無明舎出版 平成十二年六月)は、この素材が幅広く使われていることを指摘し、たとえば「〔ポランの広場〕」では、「一ぴきのかぶとむしがぶうんとやって来てぢいさんのひたいにぶっつかった」とあるあとで「うろこ雲」に登場する歌と似た歌が登場し、さらに、この歌を歌ったのは風の精だとされる伝説上の存在である又三郎なのだという。

佐藤栄二(「賢治の愛した小人」「賢治研究103」宮沢賢治研究

会 平成二十年二月）は、榊の論考を受けて、小人を「〈ファンタジー〉のシンボル」とし、「春と修羅 第二集」所収の「九九〔鉄道線路と国道が〕一九二四、五、一六、」に「赭髪の小さなgoblin」が登場すること、また、『春と修羅（第一集）』の「樺太鉄道」には「コロボックル」が登場し、童話「ざしき童子のはなし」があり、また童話「水仙月の四日」に登場する雪童子も小人の仲間であろうと指摘している。

佐藤も引用しているが、賢治は森荘已池（「賢治が話した「鬼神」のこと」『宮沢賢治の肖像』津軽書房 昭和四十九年十月）にこんな話をしたという。

――トラックが川井か門馬まで来た時ですがね、小さい真赤な肌のいろをした鬼の子のような小人のような奴らが、わいわい口々に何か云いながら、さかんにトラックを谷間に落そうとしているんですよ。運転手も助手も、それに全く気がつかないと見えて知らないんですね。私はぞっとしましたよ。トラックが谷間に落ちるに違いないと思ったんですね。そしたら驚きましたね。え、大きな、そうですね、二間もあるような白い大きな手が谷間の空に出て、トラックが走る通りついて来てくれるんですよ、いくら小鬼どもが騒いで、落とそうとしても、トラックは落ちないで、どんどんあぶない閉伊街道を進むんですね、私はこれはたしかに観音さまの有難い手だと思い、ぼおっとして、眠っているのか、起きているのか、夢なのか、うつつなのかもさっぱり解らないんですね、そして宙に浮いてさかんに動き廻り、トラックを押したり、ひっぱったりする小鬼どもと大きな白い手を見比べていましたね。しばらくそうしてガタガタゆすられていると、突然異様な声がして、ハッと思ったとたん白い手は見えなくなったんです。私はもう夢中でトラックから飛降り、その瞬間トラックは谷間をごろごろと物凄い勢いで顛落してしまったんです。

小人と言えば、たしかにグリム童話の「白雪姫」やアンデルセンの「親指姫」あたりが思い出され、いわゆる童話やメルヘンらしいものがイメージされよう。しかし、賢治の場合の小人は、ただそういった童話らしいイメージを流用しているだけではなく、夢か幻覚の中で出会ってきたような存在たち、あるいはこう言ってよければ、異空間で出会った存在たちだと言ってもよいと思われる。「旱害地帯」における「侏儒」については、榊も佐藤も言及していないが、侏儒を語るとは、まさにファンタジーを語るということ、それも異空間に実在する者たちの物語を聞かせるといった、きわめて賢治的な意味での童話のことを指していたように思えるのである。

佐藤のあげた「九九〔鉄道線路と国道が〕」とは、次のような作品だ。

鉄道線路と国道が、
こゝらあたりは並行で、
並木の松は、
そろってみちに影を置き
電信ばしらはもう堀りおこした田のなかに
でこぼこ影をなげますと
いたゞきに花をならべて植えつけた
ちいさな萱ぶきのうまやでは
馬がもりもりかいばを噛み
頬の赤いはだしの子どもは
その入口に稲草の縄を三本つけて
引っぱったりうたったりして遊んでゐます
柳は萌えて青ぞらに立ち
田を犂く馬はあちこちせわしく行きかへり
山は草火のけむりといっしょに
青く南へ流れるやう
雲はしづかにひかって砕け
水はころころ鳴ってゐます
さっきのかゞやかな松の梢の間には
一本の高い火の見はしごがあって
その片っ方の端が折れたので
赭髪の小さなgoblinが
そこに座ってやすんでゐます

やすんでこゝらをながめてゐます
ずうっと遠くの崩れる風のあたりでは
草の実を啄むやさしい鳥が
かすかにごろごろ鳴いてゐます
このとき銀いろのけむりを吐き
こゝらの空気を楔のやうに割きながら
急行列車が出て来ます
ずゐぶん早く走るのですが
車がみんなまはってゐるのは見えますので
さっきの頬の赤いはだしの子どもは
稲草の縄をうしろでにもって
汽車の足だけ見て居ます
その行きすぎた黒い汽車を
この国にむかしから棲んでゐる
三本鍬をかついだ巨きな人が
にがにが笑ってじっとながめ
それからびっこをひきながら
線路をこっちへよこぎって
いきなりぽっかりなくなりますと
あとはまた水がころころ鳴って
馬がもりもり噛むのです

ここではゴブリン（ヨーロッパの民話などに登場する小鬼）

だけでなく、巨人まで登場する。小人と巨人では正反対だが、「巨きな人が／にがにが笑ってじっとながめ」、「いきなりぽっかりなくなります」といった言葉は、先にあげた「うろこ雲」の中で、小人が「にやにやわらってゐる。にやにや笑ってうたってゐる」とされた後に、「よこめでこっちを見ながら腕を組んだまゝ消えて行く」と書かれていたのとほとんど同じであることから、どちらも「〈ファンタジーの種子〉のシンボル」として登場しているのだとしていいだろう。

賢治は巨人についても多くの幻想的な言葉を綴っており、たとえば「春と修羅 第二集」の「一九五 塚と風 一九二四、九、一〇、」には「髪を逆立てた印度の力士ふうのもの」が現われている。また「五十篇」の「民間薬」には、夢の中に「古き巨人」が現われて、ネプウメリなる薬草の使い方について教えてくれたりもする。このほかにも鬼や鬼神の用例をあげていけばきりがない。いずれにせよ問題なのは、異空間の存在たちが大きいか小さいかではなく、異世界の存在が現実世界に生きる賢治と出会ってしまうという事態の方であろう。

さて、この「九九 〔鉄道線路と国道が〕」には、口語詩の最終形態が書かれた詩稿用紙の欄外に「童話の扉に」というメモがあり、中地文（「宮沢賢治もう一つの童話集序文」（「批評へ２」児童文学評論研究会 平成四年二月）が指摘するように、これは「『注文の多い料理店』以外でありながらそれと同じ傾向・特色を持つ童話集のために用意された」「もう一つの童話集序文」であったと考えられる。

こうしてみれば、文語詩「旱害地帯」に登場する「侏儒」という語も、「〈ファンタジーの種子〉のシンボル」として現われているとすべきで、文語詩の視点人物が賢治であったとすれば、自分が「旱害地帯」とされる地域で子どもたちに向かって、心象にスケッチされるがままの、時に美しくも、時には怪しくもある自分らしい童話を語り聞かせた経験について書いているように考えられる。

もちろん文語詩には虚構化が施されており、たとえ賢治自身が体験したことであっても、推敲が進むにしたがって第三者化・虚構化されていく傾向があるのはよく指摘されているとおりで、安易に視点人物＝賢治だと思い込むことについては十分に注意する必要がある。しかし「一百篇」の「〔われのみみちにたゞしきと〕」には「ちちのいかりをあざわらひ、／ははのなげきをさげすみて、さこそは得つるやまひゆゑ」とあり、同じく「一百篇」の「〔翁面 おもてとなして世経るなど〕」にも「われは三十ぢをなかばにて」とあり、宮沢賢治その人の人生をあてはめないでは解釈が難しいものも少なくない。

あるいは旱害地帯で読み聞かせを行った人物を、賢治に特定しなくてもよいという読み方も可能だ。しかし旱害地帯の子ども達を前にした人物が取る行動としては、先の「岩手日報」の記事にあったように、「一貫五百目もある新しい食ぱん」を贈るというあたりがごく常識的な行為であって、こうした場面でわざわざ童話を語ろういう人物となると、そうとうな自信を持った童話作家か朗読家に限られよう。だとすれば、ここに宮沢賢治その人をあてはめないにしても、限りなく賢治に近い存在が視点人物となっていたということになりそうだ。となれば、文語詩から賢治の人生を照らし出して考えてみることも、あながち牽強付会ということにはならないように思う。

『十字屋版全集』の「語註」によれば、「著者は旱害のひどかつた紫波郡の赤石村に往いて、子供らにおとぎばなしをやつたことがある」との記述もあるように、何かの折に旱害地帯の子供たちに向かって童話を語る機会があったようだ。しかし、この「稔らぬ土の児ら」は、「刻めるごとく眉くらき」ままであったというのだ。なぜ賢治の童話は受け入れてもらえなかったのだろうか。

賢治は大正十三年十二月刊の『注文の多い料理店』の「序」で、次のように書いていた（序文の日付は大正十二年十二月二十日）。

　わたしたちは、氷砂糖《こほりざとう》をほしいくらゐもたないでも、きれいにすきとほつた風《かぜ》をたべ、桃《もゝ》いろのうつくしい朝《あさ》の日光《につくわう》をのむことができます。
　またわたくしは、はたけや森《もり》の中《なか》で、ひどいぼろぼろのきものが、いちばんすばらしいびらうどや羅紗《らしや》や、宝石《はうせき》いりのきものに、かはつてゐるのをたびたび見《み》ました。
　わたくしは、さういふきれいなたべものやきものをすきです。

現実世界の食べ物が十分ではない「岩手」でも、心のスイッチを入れ替えさえすれば、理想郷としての「イーハトヴ」にたどり着くことが可能で、そこでは「きれいなたべものやきもの」を獲得することができるというのである。

賢治は『注文の多い料理店』の「広告ちらし」において、自分の書いた物語は「純真な心意の所有者たち」に向けて書かれており、「どんなに馬鹿げてゐても、難解でも必ず心の深部に於て万人の共通である。卑怯な成人たちに畢竟不可解な丈である」。つまり「純真な心意の所有者」である子どもならば、必ず理解してくれるという自信があったようだ。

ところで、賢治が童話集の刊行を近森善一に頼みに行った際、こんなやりとりがあったという（鈴木健司「童話集『注文の多い料理店』発刊をめぐって 発行者・近森善一の談をもとに」『宮沢賢治という現象 読みと受容への試論』蒼丘書林 平成十四年五月）。

　小川未明という人があったでしょ。わしはあの人だったように思うが。「その人か、鈴木三重吉さんですかね」とにかくね、わしもその時分には知っていたんだけれど、そこへ行って見てもらったということだ。見てもらったらね、ぼろくそに言われたということだ。わしはちょっと思い違いして他にあったかもわからんが、何でも「内容に教訓的なことがないというような批判をされた」と言ってね、怒ってわしのところに来たですよ。「読んでみてくれ」と言ってね。わしは読んだら、ひとつ何か「注文の多い料理店」かしら、あれは分かった。他のやつは何が書いてあるか一向分からんのだ。「俺はこれはひとつも分からん」と言ったらね、「そりゃ、おまえさんが分からないのでは困る。こっちの言葉で書いてあるから、まだおまえさんは知っているといっても十分には分かっていないから、俺が子どもを連れてきて読んで聞かすから、子どもが喜んだらどうだひとつ出版してみてくれないか」ということだ。それなら子ども呼んで来いということでね、それから子どもを一〇人ほど集めてきた。読んだ子どもは喜んだ。わしは分からんのだ、そのひとつも。

こうした証言には、どうしても記憶間違いや、後年の印象から記憶が再編成されることもあって危険なのだが、賢治童話が大人にとっては不可解でも、子どもには通用していたという内容は「広告ちらし」とも一致していることから、信用するに足る証言であるように思う。

賢治は農学校や羅須地人協会で、子どもたちに向かって自分の童話を読み聞かせたと言われており、先の『十字屋版全集』の「語註」のみでなく、たとえば『新校本全集』の『年譜』の大正十五年夏の項には、伊藤忠一の談話として「自作の童話を子供らに聞かせ、子供らの批評を求めるおつもりでいたらしい」ともある。そうした結果から、自分の童話の性質を客観的に理解でき、自信も持つようになったのだろう。

しかし、賢治は旱害地帯の子どもらに「花と侏儒とを語れども」、彼らは「刻めるごとく眉くらき」ままだったというのである…

『注文の多い料理店』の「序」では、イーハトヴなら現実の食べ物にも着物にもこだわらなくてよいのだと賢治は書いたが、旱害地帯の子どもたちにとっては、何よりも現実的な食べ物や着物が必要だった、ということではないだろうか。賢治は「純真な心意の所有者」である子どもに対して、自分の童話が効果を持たない例に、おそらくはじめて出会ったのであり、これは、それまで抱いていた自身の童話に対する思いが破綻したことを意味する。その驚きと衝撃が、この文語詩に書かれているのではないだろうか。

『注文の多い料理店』は大正十三年十二月に刊行され、「九九〔鉄道線路と国道が〕」の日付は大正十三年五月十六日である。この頃には、まだ自分の童話が子どもたちに受け入れられない可能性など考えていなかったのだろう。

ただ「童話の扉に」というメモは、下書稿㈡に鉛筆で手入れをした際に書かれており、中地（前掲）によれば大正十三年五月よりもだいぶあとで、『注文の多い料理店』の刊行よりもさらに後だろうという。また、木村東吉（「凡例」『宮沢賢治《春と修羅 第二集》研究 その動態の解明 第二分冊』渓水社 平成十二年二月）のように、下書稿(二)の手入れは「昭和八年六月までに成立したと推定される」とする論者もいることから、時期については明確にできない。

しかし、文語詩の内容を信じれば、旱害の経験の後、大正末年から昭和初年頃、賢治は自らの童話の方向について考えざるを得ない事態にたちいたったということになる。

賢治は当初、童話集を「十二巻のセリーズ」で刊行する構想があったという。この構想は童話集の売れ行きの悪さや発行者である近森善一らの事情によって破棄されたと思われるが、もしかしたら自らの童話観の変化という賢治自身の内的な事情も作用していたのかもしれない。

昭和三年の春から夏頃に書かれたとされる「春と修羅 第二集」の「序」にも、賢治は「みんながもってゐる着物の枚数や／毎食とれる蛋白質の量などを多少夥剰に計算したかの嫌ひがあります」と書いていたが、ここにも通底するものがあったのかもしれない。

また、この頃から、賢治の書く童話は、心象スケッチ的に溢れ出てくるイメージをどんどん書き綴っていくタイプから、現実的でしっかりした作風のものが増えているように思われる。羅須地人協会をはじめとする農村での活動などが複雑に影響したと思われるが、そのきっかけの一つとして、旱害地帯における子どもたちの反応が関係していたとも考えられよう。

鈴木守（前掲）は、ひどい旱害に見舞われた岩手県の惨状が全国的にも話題になっているのに、賢治は大正十五年十二月に東京に遊学に出かけ、タイプライターやチェロ、オルガン、エスペラント語を習うなどしており、目立った義捐活動もしていない。そこで鈴木は、賢治のことをヒデリノトキにも「涙ヲ流サナカッタ」としているのだが、たしかにそのような側面もあろうが、もしかしたら、上京のあとで、この「刻めるごとく眉くらき」体験をしたのかもしれない。

ともあれ、下書稿も定稿も現存せず、先行作品も関連作品さえ指摘されていない本作一篇だけから、よくも話を膨らませたものだと思われるかもしれないが、もう一つだけ付け加えたいのが、平沢信一（「〈資料紹介〉山陰の詩人・岡崎泰固の宮沢賢治論について「森」第一輯（昭和九年十二月）掲載分など」「論攷宮沢賢治４」中四国宮沢賢治研究会 平成十三年十月）が紹介した岡崎泰固の「宮沢賢治論」に、賢治の作品として「岩手山」と「旱害地帯」の二篇だけが引用されていたということである。平沢も指摘するように、「旱害地帯」がはじめて公にされたのはこの地方詩誌のようだが、いったい岡崎は、どこでこの作品を目にし、連ごとの数字や句読点まできちんと再現することができたのだろう。岡崎泰固は盛岡医専で学び、岩手詩壇で活躍し、昭和十年三月まで岩手に住んでいたというのだが、それまで未発表だった詩篇を引用していることから、賢治が直接、あるいは詩友を通じて間接的に「旱害地帯」を見せたということになろう。賢治没後に弟・清六が見せた可能性もあるが、賢治は昭和七年六月と推定される宛先不明の書簡下書きに、「一百篇」所収の「老農」を全編にわたって引用している例もあることから、賢治が「旱害地帯」を、自身にとって重要な作品だとして、岡崎のような詩人に書簡で送った可能性も十分に考えられてよい。

　いずれにせよ、大正末年における旱害の経験は、農業技術者・宮沢賢治に大きな影響を与えたのみでなく、童話作家・宮沢賢治にも少なからぬ影響を与えた可能性があることは、たとえ本作一篇があるだけであっても考えておくべきことのように思うのである。

先行研究

中村稔「鑑賞」（『日本の詩歌18 新訂版 宮沢賢治』中央公論社 昭和五十四年九月）

宮沢清六「賢治の世界」（『兄のトランク』ちくま文庫 平成三年十二月）

栗原敦A「Q&A 定稿用紙の失われた「文語詩稿 一百篇」作品」（「宮沢賢治研究 Annual8」宮沢賢治学会イーハトーブセンター 平成十年三月）

吉本隆明A「孤独と風童」（『初期ノート』光文社文庫 平成十八年七月）

吉本隆明B「再び宮沢賢治氏の系譜について」（『初期ノート』光文社文庫 平成十八年七月）

平沢信一「定稿紛失作品「旱害地帯」の本文校訂に関わる一試論」（『宮沢賢治《遷移》の詩学』蒼丘書林 平成二十年六月）

秋枝美保「井伏鱒二の「在所もの」と宮沢賢治の「文語詩」その風土と時代、農村不況への着眼を通して」（「井伏鱒二の「在所もの」と宮沢賢治の「文語詩」 井伏鱒二の小説「鐘供養の日」研究2」福山大学人間文化学部人間文化学科近現代文学研究室 平成二十三年三月）

栗原敦B「資料と研究・ところどころ⑪ 新校本全集訂正項目・「きみにならびて野にたてば 賢治の恋」の〈詩〉の読解のこと」（「賢治研究115」宮沢賢治研究会 平成二十三年十月）

信時哲郎A「宮沢賢治「文語詩稿 一百篇」評釈四」（「甲南国文61」甲南女子大学国文学会 平成二十六年三月）

信時哲郎B「花と侏儒とを語れども「旱害地帯」（「文語詩稿 一百篇」）を読む」（「賢治研究124」宮沢賢治研究会 平成二十六年十月）

島田隆輔「33 旱害地帯」（「宮沢賢治研究 文語詩稿一百篇・訳注Ⅰ」（未刊行）平成二十九年一月）

34 〔鐘うてば白木のひのき〕

①鐘うてば白木のひのき、　ひかりぐもそらをはせ交ふ。
②凍えしやみどりの縮葉甘藍《ケール》、　県視学はかなきものを。

大意

鐘の音が白木のひのき校舎に響き渡り、上空と下空の雲が反対方向に動いている。寒さで緑色のケールは凍てついただろうか、県視学とは何をする存在なのやら。

モチーフ

舞台になっているのは花巻農学校のひのき作りの校舎であろう。雲ゆきもあやしいのに、県視学はまだ帰ろうとしない。管轄内の学校がきちんとした教育をしているかを監督するのがその役目だが、賢治たち教員にとっては厄介な存在。「はかなき」仕事をする「はかなき」存在に見えたということだろう。

語注

白木のひのき　稗貫農学校は郡立から県立に移管し、場所も名前も改められた。新校舎はひのき作りであったという。「五十篇」の「〔氷雨虹すれば〕」に「火をあらぬひのきづくりは」、「一百篇」の「〔燈を紅き町の家より〕」にも「あはたゞし白木のひのき」とある。

ひかりぐもそらをはせ交ふ　渡辺悦子（後掲）によれば、「通常、雲は風の流れにのって同じ方向に移動しているが、低気圧や前線の通過時には「雲が下の方と上の方と、すっかり反対に矢のように馳せちがって」（散文「化物丁場」）いるという現象が起きることがある。荒天の前兆である」という。

縮葉甘藍《ケール》　ケールはキャベツの祖ともいうべき野菜だが、日本では食用よりも観賞用に栽培されることが多かった。キャベツのようには結球せずに葉が縮れるものも多い。賢治は花壇設計においてもケールを使った。渡辺（後掲）は本作におけるケールについて、「「みふゆ」「みどり」のケールとあることから、寒さに強く、冬でも葉が緑でしかも縮れているスコッチケールの一種ではないかと思われる」とする。

県視学　『日本大百科全書』によれば、「中央・地方の視学機関はいずれも、学事の視察にあたって強大な監督、命令権をもち、また教員人事にも介入したため、教育の国家統制が強まるにつれて教員に恐れられる存在となり、視学本来の専門的指導助言機能は果たされず、監督的、統制的になり、教員の教育活動を圧迫するという致命的な弊害を招いた」とのこと。戦後は指導主事制度に改められ、教員の相談相手として指導・援助を行うようになった。花巻農学校教諭時代の県視学（稗貫郡担当）は羽田正。

評釈

黄罫（260行）詩稿用紙表面に書かれた下書稿㈠（タイトルは「県視学」。青インクで了⃝）、その余白に書かれた下書稿㈡（タイトルは「校長」、のちに「朝」）、定稿用紙に書かれた定稿の三種が現存。生前発表なし。

先行作品や関連作品についての言及はないが、渡辺悦子（後掲）は、似た表現の出てくる作品として「春と修羅 第二集」の「三七七 九月 一九二五、九、七、」をあげる。ここには「キャベジとケールの校圃《はたけ》を抜けて」や「誰か二鐘をかんかん鳴らす」とある。

また、渡辺は「未定稿」の「会計課」の下書段階に、「くしゃくしゃになれ　みふゆのケール／しんとつぐめよさびしきくちびる」とあり、これも農学校（ただし移転する前の稗貫農学校時代のもの）を舞台にしたものであると指摘している。

では、下書稿㈠から見ていきたい。

まばゆきくもははせくれど
県視学氏は去らんともせず
エレキの雲のはせちがひ
県視学氏はたばこくゆらす

各連の一行目は雲のこと、二行目は県視学のことを書くのみのシンプルなものである。これが下書稿㈡になると、タイトルが「校長」となる。

二鐘うて八時十分
ひかりぐもそらをはせ交ふ
凍えしやみふゆのケル

下書稿㈠では、「県視学」をたよりに舞台を想像するしかなかったが、ここではタイトルや「二鐘」があることから学校であることが明瞭になる。また、「去らんともせず」から、夕刻あたりであったと思しき時間帯が、朝の八時十分に早まっている。

さて、県視学とはどのような存在だったのだろうか。簡単に言えば各種の学校においてきちんとした教育が行われているかをチェックする役人だが、渋谷徳三郎の『教育行政上の実際問題』（敬文館 大正十一年五月）によると、「視学制度の改善」とした章で、「府県視学官は理事官を以て之に補するの制度にして、理事官は高等文官試験に合格せる者を以て之に充つるを表面の形式とするも、其の実は法科大学を卒業し、単に法律を学びたるものを採用するに過ぎず。尚ほ適切に言へば、法律の理論を暗誦したる白面の一書生たるに過ぎずして、視学官の本領たる教育の内容実質に至りては毫も関知する所なきを常とす」とし、制度上、きちんとこれをやり遂げようとする人が少ないことを指摘している。「而も此の無知無経験の法学書生が、一度視学官の職に就くや、徒らに権柄を弄して教育者の活動を妨げ、其の施設経営を破壊するのみならず、或は有徳の教員を罷免し、或は自己の親戚朋友を推挽し、非違を敢てしたりと評せられしこと少からざりき」という。真面目にやりたいと思う者は少なくても、視学官には人事権まであったから好き勝手に教員を辞めさせたり、親類縁者や友人を採用するといったこともできたようである。

管賀江留郎の「少年犯罪データベース」（http://kangaeru.s59.xrea.com/index.htm）によれば、視学にまつわる事件も多々発生しており、たとえば昭和七年六月に新潟で起こった贈収賄事件では、「新潟県で、小学校校長の椅子を金で買うための贈収賄事件が発覚し、教師5百人が取り調べられて小学校校長24人と県の教員人事を統括している視学という役職の者9人が逮捕起訴」。また昭和八年十一月にも「東京市で、小学校校長の椅子を金で買うための贈収賄事件が発覚し、翌年2月までに視学と校長ら45人が逮捕起訴」といった事件が起こっている。

では、当時の県視学・羽田正とはどんな人物だったのだろう。羽田は一八八〇（明治十三）年に花巻町に生まれ、岩手師範学校尋常師範科卒。小学校訓導や校長を経て稗貫郡担当の県視学となった人物である。花巻の事情にも詳しく、教員の経験もあることから、履歴に関しては問題がない。

「座談会・賢治素描」（森荘已池『宮沢賢治の肖像』津軽書房昭和四十九年十月）で、羽田は稗貫農学校の教員の補充人事があった時に、賢治が変わり者だという噂は聞いていたが、「お目にかかったときの初対面の感じでは、変人、奇人というようなことは、少しもありませんでした。ただ、おだやかな、おとなしい人というようにみえました」と語り、採用を決めている。

羽田と農学校の教員たちとのコミュニケーションもうまくいっていたようで、文献に残っている限りでは、悪い印象を残すものはない。『年譜』を見ても、賢治の同僚であった堀籠文之進の結婚式、農学校の卒業式、花巻高等女学校長・高日義海宅での座談会や輪読会などで賢治と顔をあわせることが多くあったようで、農学校時代ではないが、昭和二年に賢治は羽田の紹介で岩手県庁教育課に勤めていた刈屋主計を知り、妹・クニとの縁談、結婚にまで話を進めている。仲人を務めたのはもちろん羽田である。

また、羽田は賢治の服装について「宮沢さんは、エチケットはしっかりした人で、人に会うときは、しっかりした服を着ました。白い麻の洋服を着て、エスペラントの講習に出ましたし、ハオリハカマをつけられたときのようすは、りっぱなものでしたね」（森荘已池 前掲）という。これについては農学校校長だった畠山栄一郎も「郡の視学（指導主事）が授業参観にみえたことがあるが、そのときの宮沢先生は羽織、袴であった」（佐藤成「鳥のように教室でうたってくらした毎日」『証言 宮沢賢治先生 イーハトーブ農学校の1580日』農文協 平成四年六月）と語っていることと一致している。

豪放磊落な畠山校長は賢治の人となりを愛した人物だが、同僚だった阿部繁は「宮沢さんはダルマぐつで、生徒のお掃除した廊下を歩いたり、窓を越えて職員室に入ったりすると、校長は、—君、それはいけないじゃないか。と、とめるのです」（森荘已池「或る対話」『宮沢賢治の肖像』前掲）といったやりとりを紹介している。そんな賢治が、視学の視察の時には羽織・袴であったというのだから、賢治は相当に気を遣っていたことになる。

また堀籠は、賢治が「県視学などの歓迎会のときなど、お酒は飲みましたが、そんなとき、盃をさされると、たしかにすぐ返しました」（森荘已池「或る対話」前掲）とも語っている。酒席を好まなかった賢治だが、県視学が関われば出向かざるを得なかったのだろうし、できるだけの礼儀を尽くそうとしているのが知れる。

先に花巻高等女学校長宅での座談会や輪読会では、羽田と賢治が同席することがあったと書いたが、『年譜』によれば、輪読会のテーマは「完全人とは如何なる人か」「愛国心完本質並涵養方法」「国体の精華に就て」というもので、あまり賢治が積極的に参加したがる性格のものではないように思う。

以上の諸点から考えて、賢治と羽田の付き合いは長く、多岐にわたってはいたが、とても他人行儀で、儀礼的・形式的な側面が強かったということは否めない。当たり前と言えば当たり前のことかもしれないが、校長をはじめとした農学校のスタッフは、自分たちの生殺与奪の権利を握っている羽田を、下にも置かぬようにして接していたというのが本当のところだろう。

さて、そうしてみた時、「たばこくゆらす」が、手入れ段階で「遠くあぎたふ」（「あぎと」（あご）から来た語で、幼児などが口をパクパクすることをいう）、さらに「はかなきものを」と書き継がれてきた羽田県視学がどのような存在であったかと言えば、限りなく厄介な存在だと思われていた、ということになりそうだ。ことに定稿における「はかなきものを」とは、「取リトメタルコトナシ。仮初ナリ」（『言海』）と書かれるような存在だということであるから、ただ、厄介な存在だというだけでなく、存在する意味の薄い者、むしろ存在しないで欲しい者だとして厭われていたといった方がよいかもしれない。

また、童話「茨海小学校」には「よく／酒を呑む／県視学の／はなし」というメモがあり、また「茨海《バラウミ》小学校『。と狐に欺された郡視学のはなし。』」というメモもあったという。これが羽田正をモデルとしているのは明らかだ。近い関係だからこそのユーモラスな書きぶりとも言えようが、少なくとも尊敬の念のこもった扱われ方であるとは思いにくい。

渡辺（後掲）は、「最終稿における「県視学」という言葉には深読みかもしれないが「国家主義的教育統制」という意味が含まれていたのではないだろうか」としている。たとえば大正十三年六月の学校劇禁止令の報せは、学校劇に意欲的だった賢治をたいへんがっかりさせたと思われるが、職務としてそれを指示し、また、監視したのも羽田ではないだろうか。島田隆輔（後掲）は、県視学の人間性に対してでなく、視学官の訪問を「はかなきもの」だとしたのではないかというが、たしかに羽田正という人間に問題があったというよりも、制度がいけなかったのであろう。そもそも憎らしい先輩やら上司やらという存在は、その人自身に問題があるわけではなく、その人と自分の関係性が好悪の感情を生むものであろう。ともあれ賢治にとって、羽田が何とも気詰まりな、早く立ち去ってほしい相手だという感情が背景になっていることだけはたしかなようである。

先行研究

渡辺悦子「〔鐘うてば白木のひのき〕」（『宮沢賢治 文語詩の森』）
信時哲郎「宮沢賢治「文語詩稿 一百篇」評釈四」（「甲南国文61」甲南女子大学国文学会 平成二十六年三月）
島田隆輔「34〔鐘うてば白木のひのき〕」（「宮沢賢治研究 文語詩稿一百篇・訳注Ⅰ」〔未刊行〕平成二十九年一月）

35　早池峯山巓

①石絨脈《アスベスト》なまぬるみ、　苔しろきさが巌にして、
いはかゞみひそかに熟し、　ブリューベル露はひかりぬ。

②八重の雲遠くたゝえて、　西東はてをしらねば、
白堊紀の古きわだつみ、　なほこゝにありわぶごとし。

大意

蛇紋岩の石綿のスジも温かくなり、白い苔が生えているその岩に、イワカガミの花はひっそりと色を深くし、ツリガネニンジンには露が光っている。

遠く幾重もの雲が連なって、西も東も果てしなく広がっているように見えるが、白堊紀には海だったというこの一帯に、今もここにあるように感じられる。

モチーフ

賢治の指導教授である関教授の醜態を描くつもりであったと思われるが、下書きを進めるうちに人事の介入しない秀麗な早池峰山のみを描く作品に仕立てたようだ。この改稿の真意はわからないが、「五十篇」と「一百篇」の構成意識の違いによるのかもしれない。

語注

石絨脈《アスベスト》　入沢康夫（「文語詩難読語句（4）」）で、「脈」を「ミヤク or スジ」として決めかねているが、たしかに下書稿の段階では「脉」を書いて「すじ」とルビを振っていたことから、定

稿になってはじめて「脈」の字をルビなしで書いているのは、どういうことなのか判断しにくい。『宮沢賢治コレクション』では「すじ」を取るが、ここでもスジを提案しておくことにする。石絨《せきじゅう》は石綿のこと。蛇紋石や角閃石が繊維状に変形した天然の鉱物の総称で、耐火性、絶縁性、耐薬品性に富み、安価で加工しやすいために建材や電気機器などの様々な用途で広く用いられた。ただ、飛散して肺に吸い込まれると珪肺、中皮腫、肺癌などの誘因となるために現在では使用が禁止されることとなった。

なまぬるみ　陽にあたって「なまぬるくなって」ということだろう。関連作品の口語詩「一八一　早池峰山巓　一九二四、八、一七、」に「石絨の神経が通り」と、擬人化して表現していることから、生物的なぬくもりを与えたということではないだろうか。また、かつて蛇紋岩を温めて布にくるみ、カイロのように使うことがあり、温石石《おんじゃくいし》と呼ばれたが、そうしたイメージも働いたかと思う。「歌稿〔B〕」の「大正五年三月より」に、「289　うすぐもる／温石石の神経を／盗むわれらにせまるたそがれ。」「289a 290　石絨を砕きて／いよようらがなし／曇りのそらの／岩のぬくらみ」「290　夕ぐれの／温石石の神経は／うすらよごれし　石絨にして。」がある（「歌稿〔A〕」289と290もほぼ同内容）。

苔しろきさが　乗松昭（後掲A、B）は、「険。嵯峨。山などの高くけわしいさま」としている。『新語彙辞典』（『定本語彙辞典』では削除）では「詩意は不分明だが「石絨の層が夏の訪れに生温み、苔の白い相が厳になっていて」の意か?」としている。旧稿（信時哲郎　後掲）では「「すがた」の意味であろうか」としたが、代名詞の「さ」（普通は三人称の人称代名詞）と助詞の「が」なのかもしれない。直訳すれば、「苔が白いその岩にして」となろうか。いずれにせよ、関連作品の口語詩「一八一　早池峰山巓」の下書稿㈠の「奇怪な灰いろの苔にいろどられ」を文語化したのであろう。

いはかゞみ　イワウメ科イワカガミ属の多年草。春から夏にかけてピンク色の花を咲かせる高山植物で、葉がツルツルして光沢があることから「岩鏡」と呼ばれた。口語詩「一八一　早池峰山巓」に「いはかゞみの花の間を」とあるが、「熟し」とあり、ツリガネニンジンより花期が早いことから、実が熟す意味にもとれるかもしれない。

ブリューベル　釣鐘状の花を付けた花。口語詩「一八一　早池峰山巓」では釣鐘人参にブリューベルとルビを振っている。英語のブルーではなく、ドイツ語のブリューを使っていることについて、『定本語彙辞典』では、俊野文雄による「鐘（ベルのごとき花）」（blüh-bell）説を取っている。

白堊紀の古きわだつみ　早池峰山は約一億年ほど前の白堊紀の頃には海に浸されていたことを指す。ただし、加藤碩一（「賢治の地質学とその背景」『宮沢賢治の地的世界』愛智出版　平成十八年十一月）によれば、賢治の時代には、今よりも地球の歴史は短く考えられており、白堊紀はおよそ四千五百万年前と考えられていたという。「五十篇」の「〔水と濃きなだれの風や〕」では、やはり早池峰山に「海浸す日」があったことを書いている。

ありわぶ　『定本語彙辞典』では「この世に住みにくいと思う」とある。『角川古語大辞典』にも「おもしろくなく暮す。生活がひっ迫して暮しを立てかねる意にも用いる」とある。ただ、「白亜紀の海が今もなおここで住みにくく思っているようだ」では、意味が通じにくい。五七調を七五調風に読むことになるが、「あり」と「わぶ」を切って、「今もなおここにあって、静かに生き延びているような気がする」という意味に取りたい。

評釈

無罫詩稿用紙に書かれた下書稿㈠（鉛筆で㋣）、その裏に書かれた下書稿㈡（タイトルは「政客」から「政客とその弟子」）、最後に「政客（写真に題す）」）、下書稿㈠の余白に書かれた下書稿㈢（タイトルは「早池峯山巓」。藍インクで㋺）、定稿用紙に書かれた定稿の四種が現存。生前発表なし。関連作品に「春と修羅　第二集」所収の「一八一　早池峰山巓　一九二四、八、一七、」がある。

文語詩の下書稿㈠の最終形から見ていきたい。

その岩山のいたゞきの
白きうす日のなかにして
ひるげを終り図を投げて
わが師つかれてまどろみき
われその面をうちのぞみ
せなかも寒く立ちすくむ
そはその頬は頬をもて
額はさらに額もて
恐らく怪しき山塊と
酒にまみれしをみなごと
二つの夢を見るさまなりし

神秘的な早池峰山を描いた定稿から見ていくと驚かされるが、まだタイトルも付いていない段階では、このような詩であった。ここには「岩山」や「山塊」という言葉こそあるものの、メインに描かれているのは「わが師」、つまり賢治の指導教授であった関豊太郎の醜態である。「〔文語詩篇〕ノート」の「1918」に「五月／志戸平、関、給仕を〔み〕泣く／老博士。楷段」とあり、文語詩への改作済を示すと思われる藍インクによる削除の跡が残っているが、それがこの下書稿なのだろう。「五十篇」の「〔夜をま青き藺むしろに〕」の「評釈」（信時哲郎『五十篇評釈』）の内容を繰り返すことになるが、概要を改めて記しておきたい。

賢治の甥である宮沢淳郎（「恩師と芸者」『伯父は賢治』八重

岳書房 平成元年二月）によれば、賢治が稗貫郡土性調査を始めた大正七年五月、その進み具合をたしかめるために関は花巻を訪れたという。宮沢家で西鉛温泉の宿を手配したところ、関は「おい、宮沢君。芸者をひとり世話してくれないか」と頼んだとのこと。どうしたらいいものかと賢治は政次郎に相談をもちかけるが返事を得られなかったため、賢治は生家裏の大工町にいた〝ごん助〟に関の相手を頼みに行ったらしい（賢治は妹クニに「ごん助さんのところはおもしろい。これから毎日でも、話しに行かなければ……」と語ったとのこと）。その後の関とごん助の様子を描いたものが下書稿㈠なのではないかと思う。

賢治は志戸平と書き、宮沢淳郎は西鉛と書いていて、どちらかに錯誤があると思われるが、同年五月十三日には台温泉の逢陽館から、五月十九日には大迫の石川旅館から書簡を送っているので、詳細に不明な点も多いものの、花巻西部の温泉地周辺の調査の後、早池峰山にほど近い大迫に向かったということになろう。花巻西部の温泉地での経験を、大迫での出来事として書き換えるといった操作（あるいは混同）はあったかもしれないが、文語詩にはよくあることだ。

関教授は東京帝国大学農科大学を卒業し、明治三十八年に盛岡高等農林学校に赴任。ドイツやフランスに留学し、博士号を取得。稗貫郡土性調査を指揮したり、東北の冷害の原因をヤマセに求める研究や、賢治が東北砕石工場で石灰岩抹の製造販売をすることについての意見を求めるなど関の指導とアドバイスは大きな影響を持った。しかし、気難しいことでも有名で、学生たちからはライオンとあだ名をつけられて敬遠され、賢治のみがうまく付き合うことができたとも言われている。

大正七年、研究生になった賢治は、関と共に土性調査を始めるが、その矢先の五月のできごとがこれであった。「五十篇」では、関の醜態、あるいは気むずかしさについて、先にあげた「〔夜をま青き藺むしろに〕」や「雪の宿」などで取り上げているが、賢治が酒席に侍る「をみなご」たちと間近に接する機会を持つようになったのもこの頃で、そのショックを書きつけたのが下書稿㈠なのだろう。

続く下書稿㈡では、関と賢治ではなく、「政客とその弟子」というタイトル案があったことからもわかるように、政治家とその弟子、また、改稿過程には「支部長」といった言葉も見えているが、虚構を交えながらも、「「文語詩篇」ノート」に記されたショックは、そのまま踏襲されたようだ。下書稿㈡の到達した地点は次のようなものだ。

政客

①石絨脉なまぬるみ、
　苔しろきさが巌にして、
　魔法瓶いだきてねむる
　そのかみのくにちのをとど

②八重の雲四方に湧き
　鳥行かぬましろきそらに
　頬は頬舌は舌もて
　あゝひとのものゆめむなれ

ここで視点人物の私（あるいは弟子）が消え、続く下書稿㈢の初期形態では、タイトルが「早池峰山巓」に改められる。

アスベスト脉なまぬるみ
苔しろきさが巌にして
ひげ白き地学博士はまどろむなり

月は白く四方雲湧きて
わが師夢見るそのことの
いないぶかしくも恐ろしきかな

ここで再び博士と弟子の話になり、「わ」の視点も復活する。「政客」の話から、現実の関博士と賢治が戻ってきているようだ。

この下書稿㈢の手入れ結果に対して賢治は㊢をつけているが、ここには視点人物はおろか、をみなごも博士さえも現われない。この段階で定稿とほぼ同じ、自然詩に変貌している。

①アスベスト脉なまぬるみ
　苔しろきさが巌にして
　いはかゞみひそかに熟し
　ブリューベル露はひかりぬ

②映えの雲ひかりたゝへて
　西東はてをしらねば
　白堊紀の古きわだつみ
　なほこゝにありわぶごとし

島田隆輔（後掲A）は、こうした改稿について、「最終的に定稿の「早池峰山巓」では、山そのものが主役となり、人物さえ存在しない場となる。要するに、自伝性が、排除されたのだ」とする。たしかに多くの文語詩がそうであるように、自伝性は徐々に薄まっている。ただ、自伝性だけを排除するつもりなら、下書稿㈡のように視点人物だけを消して、政客なり博士だけを書くこともできたはずである。つまり、自伝性の排除というだけでなく、作品から人間を締め出すというもう一つの意図を指摘する必要があるように思える。

なぜ、そのようなことになったのだろうか。あくまで推定ではあるが、大迫を舞台にした博士との酒宴に取材した作品は、「五十篇」のうちでもすでに二作。「〔夜をま青き藺むしろに〕」と「雪の宿」がある。「一百篇」では避けたということがあったのかもしれない。

早池峰山について言えば、実はこちらに関しても「五十篇」に「〔水と濃きなだれの風や〕」があるのだが、こちらも自然詩というには雑音が混じりすぎている気がしなくもない。

①水と濃きなだれの風や、　むら鳥のあやなすすだき、
　アスティルべきらめく露と、　ひるがへる温石の門。
②海浸す日より棲みゐて、　たゝかひにやぶれし神の、
　二かしら猛きすがたを、　青々と行衛しられず。

「神」が人事か自然かについては、むずかしい議論になりそうだが、「棲みゐて」や「たゝかひにやぶれし」といった句は、あまりに人間臭い。下書稿㈡で、タイトルを「政客」とつけた時には、まだまだ人事について書く気が満々だったと思うが、おそらくは下書稿㈢のタイトルとして「早池峰山巓」の文字を書き付けた時、人事を離れた作品を描くアイディアが浮かんだのだろう。

もちろん人事を離れたとはいえ、全く自然だけの世界でもない。定稿をよく読み返してみれば、「西東はてをしらねば」と、早池峰の景観を見ながら思いを巡らしている人間が想定されているし、また、その空の様子を見て「白堊紀の古きわだつみ」が「なほこゝにありわぶごとし」と思いをめぐらす存在も人間以外ではありえない。

「五十篇」と「一百篇」のそれぞれに付けられた日付は、七日しか違わない。病床でのことでもあり、それぞれの集としての性格、全体の構成に賢治がどれくらい配慮していたかについての討究は、これからの研究課題で、終章（信時哲郎「「五十篇」と「一百篇」賢治は「一百篇」を七日で書いたか（上）・（下）」（「賢治研究135・136」宮沢賢治研究会 平成三十年七月・十一月）には、現段階でのまとめを書いたが、島田隆輔（「「文語詩稿」構想試論『五十篇』と『一百篇』の差異」「国語教育論叢４」島根大学教育学部国文学会 平成六年二月）が、「『一百篇』における批判の過程がおおむね受容的・共感的・自省的であるとすれば、『五十篇』における批判の過程はさらに、より鋭意で強く深いものがある」と書いているように、人間批判的な色彩は「五十篇」に任せ、「一百篇」では、おおらかに自然を謳おうとしたということがあったのかもしれない（関教授は管見の限り「五十篇」にしか登場しない）。

先行研究

宮沢清六「「イギリス海岸」への独白」（『兄のトランク』ちくま文庫 平成三年十二月）
吉見正信「『早池峰山巓』蛇文作品の空間性と時間性」（「国文学 解釈と鑑賞60—9」至文堂 平成七年九月）
乗松昭Ａ「早池峯山巓」（『宮沢賢治 文語詩の森』）

島田隆輔A「初期論」(『文語詩稿叙説』)
乗松昭B「早池峯山巓」(『モーツァルトへのオマージュ』文芸社 平成十八年一月)
石寒太「賢治俳句の鑑賞」(『宮沢賢治の俳句 その生涯と全句鑑賞』PHP研究所 平成七年六月)
信時哲郎「宮沢賢治「文語詩稿 一百篇」評釈四」(「甲南国文61」甲南女子大学国文学会 平成二十六年三月)
島田隆輔B「35 早池峯山巓」(「宮沢賢治研究 文語詩稿一百篇・訳注I」〔未刊行〕平成二十九年一月)

36　社会主事　佐伯正氏

①群れてかゞやく辛夷花樹《マグノリア》、　雪しろたゝくねこやなぎ、
風は明るしこの郷《さと》の、　士《ひと》はそゞろに吝《やぶさ》けき。
②まんさんとして漂へば、　水いろあはき日曜《どんたく》の、
馬を相する漢子《をのこ》らは、　こなたにまみを凝すなり。

大意

辛夷の花が群れだって輝き、雪解け水でネコヤナギは川べりを叩くようにしている、明るい風が流れるこの町だが、人々はなんとなしにケチであるようだ。

よろけるように町中を漂っていると、雪しろの水色も淡い日曜日で、馬の見立てをしていた男たちは、こちらをいぶかってじっと見つめている。

モチーフ

佐伯正というのは実名で、岩手県の社会事業主事をしていた人物。或る日曜に賢治を訪ね、うらうらとした春の景色の中で、「この郷の、士はそゞろに吝けき」と、愚痴をこぼしたらしい。しかし、佐伯は社会主事、そして来訪したのは昭和二年。賢治が羅須地人協会で生活していた時期であり、また花巻温泉の花壇設計をしたことから、遊興の地を作ることに加担したとの自己認識から「たはれめ」に対する意識を深めていた時期でもある。本作はタイトルに実際の職名と実名までが記された異例の作品だが、賢治は自分と同じ志を抱く人物だとして、佐伯を称揚するつもりで名を刻んだのではないかと思う。

語注

社会主事　佐伯正氏　佐伯正は実在の人物で、明治十四年二月生まれ。宮城県名取郡高舘村（現・名取市）出身。東京大学文科大学哲学科を卒業し、岩手県で社会事業主事（昭和二年三月から昭和四年八月）を勤めるかたわら、歌人として多くの歌を発表し、大阪外国語学校教授も務めた。岩手を離れてからも「岩手毎日新聞」や「女性岩手」等に多くの歌や文芸批評を発表。山形県出身の思想家・大川周明と付き合いがあり、ともに東大で宗教学を学んでいる（佐伯の卒業論文は「セント・アウグスチンに就て」）。昭和十五年には大川と板垣征四郎（岩手県出身の陸軍大将）、妻のキクと共に中国に渡るが、昭和十七年十一月に大阪で没している。方面委員（社会奉仕のためのボランティアで町の有力者が務めることが多かった）をしていた宮沢政次郎と知り合って以来、宮沢家と交流を持つことになったという。社会事業主事とは、『全国社会事業概況』（中央社会事業協会 昭和四年十二月）によれば、「大正十四年十二月勅令第三百二十三号を以て地方社会事業職員制が発布され、道府県費を以て社会事業主事（奏任官待遇）六十一名以内、社会事業主事補（判任待遇）二百五十三名以内を置くことと」された専門職員のこと。「社会」という言葉さえ危険思想視された時代だが、国としても完全に目を背けるわけにもいかず、資本主義の発達とともに広がった社会的不平等による下層労働者、児童、被差別部落民、芸娼妓、在日朝鮮人といった人々を保護する動きが生まれた。生江孝之（「総論」『社会事業綱要』巌松堂書店 大正十二年四月）は、「社会事業とは社会組織より発生し来る社会病を未然に防ぎ、又其の既に発生したる場合、これが治療に従事するの事業を云ふ」とし、また「社会事業とは社会連帯責任の観念を以て社会的弱者を保護向上せしめ、又は之を未発に防止するの事業を称す」とする。

辛夷花樹《マグノリア》　マグノリアはモクレン属の総称で、ホオノキやコブシ、タイサンボクなどが含まれる。山野に自生するものもあり、童話「なめとこ山の熊」における母子のクマが交わす会話に登場する「ひきざくらの花」はコブシの方言名。

雪しろ　雪が解けて、川に流れ込む水のこと。雪代水。春の季語。

ねこやなぎ　ヤナギ科ヤナギ属の落葉低木。水辺に自生し、早春に灰白色の綿毛の花芽が出るが、これをネコの尾に見立てたことからこの名前がある。

そゞろに　『日本国語大辞典』では①確たる心構えもないままにある行為をしたり、ある状態になったりするさま、②原因や理由もはっきりわからないままに心や動作などが進むさま、③あるべきさまや程度、あるいは本意に反しているさま、に大別するが、ニュアンスは②に近いかと思う。

吝《やぶさ》けき　下書稿㈠に「この郷の／ひとは鈍《をぞ》きと」とあり、手入れ段階では「さも吝けきひとびとと」とあることから、この町の人がケチで物惜しみをするのだということだろう。タイトルに「社会主事」とあることからもわかるとおり、花巻の町で何かの社会事業を推進しようとしても、なかなか賛同してくれる人がいなかったことを嘆いているのではないかと思う。

日曜《どんたく》　オランダ語で日曜を意味する zondag の訛り。竹久夢二が詩集『どんたく』を（大正二年十一月 実業之日本社）出したり、博多どんたく、などで一般にも知られた語だったようだ。

相する　人相や家相などを占うという意味もあるが、『日本国語大辞典』によれば、「物事の姿や有様をみて、その実体を判定する。鑑定する。見たてる」とあり、『十善法語』にある「伯楽が馬を相するなどをおもへば」を用例としてあげている。川べりには伯楽がいたのだろう。

漢子《をのこ》　男子。本作では、コブシをマグノリアと呼び、日曜をどんたくと書き、男を漢子と書き、しかし全体的には和語を用いるという、歌人でありながら各国語に通じた佐伯に合わせたかのような多国籍（無国籍？）な雰囲気を出そうとしているのだろう。

評釈

黄罫（220行）詩稿用紙表面に書かれた下書稿㈠（タイトルは「社会主事」）、その裏面に書かれた下書稿㈡（タイトルは「社会主事」、後に「県社会主事」）、同じ紙の下半分に書かれた下書稿㈢（タイトルは「佐伯正氏」）、佐藤益三商店製赤罫和半紙に書かれた清書稿（タイトルは「社会主事佐伯正氏」）、黄罫（220行）詩稿用紙表面に書かれた下書稿㈣（タイトルは「社会主事佐伯正氏」。藍インクで㊢）、定稿用紙に書かれた定稿㈠、その裏に書かれた定稿㈡の七種が現存。生前発表なし。先行作品や関連作品は指摘されていないが、昭和六年三月（推定）の書簡下書きには本作と重なる表現と内容があることが『新校本全集 第十五巻 書簡 校異篇』で指摘されている。また、本作との関係の深浅はわからないが、下書稿㈣の裏面には次のようなメモがある。

　　文語詩双四聯に関する考察
一、概説 文語定型詩、双四聯、沿革、今様、藤村、夜雨、白秋、
二、双四聯に於る起承転結
三、格律、単句構成法、
四、脚韻、

まず、本作に関連する佐伯正宛と思われる書簡の下書き（昭和六年三月）があるので、全文を引用する。

ご消息、父よりまた生々《ママ》岩手毎日等より始終承はり居ります。当地ご滞在中は何かに失礼のみ重ね、遂には疾んでご帰郷へのご挨拶さへ欠きました。にも係はらずその後もいろい

ろとご心配を賜はりましてまことに辱けなく厚くお礼申しあげます。お蔭様をもって只今は健康全く旧に復し、先月よりは本県東磐井郡松川駅前（猊鼻渓の入口）の東北砕石工場に嘱托として入り、主に農業用炭酸石灰の製作と農芸的照会への回答をいたし居りますれば何卒ご休神ねがひ上げたく存じます。既に当地も雪消えはじめ山山碧くけぶり出でました。思へば昭和二年の春でありましたか、私ひばや杉の苗さては三日の米をも載せたレアカーをひきながら村へ帰らうとして居りましたとき、あなた様、遥かなみちのくの孤客となって山浄く風あかるいその四月の日曜を漂ふといふがごとくに街を来られ、今日は君は《ママ》父を訪ふにあらず君と語らんと思ふなど仰せられました。すなはち私あなたにならび村へと行けば、町の外の橋の上であなた波立つ雪融の水の玲たる青を賞せられ、私楊の花芽《ベムベロ》をあなたの郷に送られなばとひそかに思ひ、あなた一れつ崖上の日にかゞやかなこぶしの花をのぞまれましてそはそも何の花ぞと問へばわたくしかれはマグノリアまことこの地の郷花とも呼ぶべきなど申しあげましたとき、すでに橋つきて川水の音後へにありました。あなたにはかに声高くSpringといひFrühring《ママ》と呼ぶ、さもPrintemp《ママ》はるといふ　いづれかかゝる水いろの季節の首部にふさへるや、きみはいづれをとらんとすると叫ばれました。そこで、髪赭いうなゐの子いさかひにもと怪しんで立ち、クリスチャンなる雑舗の主人、屈んで瞳をこらしました。

しかもあのころ私は心素直ならず人を怒り

途中で途切れているが、昭和二年、佐伯は在任中に賢治に会うために訪れ、昭和六年頃になって賢治の病状を見舞う手紙が届いたのだろう。佐伯については父から、また、「岩手毎日新聞」等に頻繁に投稿していたことから、動向は知っていたものの、「思へば昭和二年の春でありましたか」として、「あのころ私は心素直ならず人を怒り」と書いていることから、その後に書簡のやり取り等があったわけではなさそうだが、気にかけていたことは伝わる書簡である。ちょうど自炊生活をして、花巻温泉が大々的に開発される時期でもあったので、社会批判めいた言辞を漏らしたことを反省していたのかもしれない。

儀府成一（後掲）は賢治との交流があり、自分の創作童話についてのコメントを賢治からもらった人物でもあるが、佐伯とも直接交流があったようで、貴重な証言を残している。

文学青年だった儀府は、大正の末年から「岩手日報」や「岩手毎日新聞」などに投書していたが、それを読んだ佐伯が、儀府に手紙を送ったことから交流が始まったという。佐伯から儀府へは、「分厚い手紙がドンドン届けられて、私は何度郵税不足分を支払わされたかしれない」くらいで、しかも「コマメに手紙をくれ」たらしく、内容は「叱咤あり、激励あり、慰撫あり、同情ありだった」という。

佐伯は、昭和五年八月二十六日の「岩手毎日新聞」紙上で「若き友の消息」という九首からなる短歌を儀府に捧げるが、これは次のようなもので、たいへんな入れ込み方である。

我をしも恩師《おんし》慈《じ》父と呼《よ》ふ友のこころ愛なしみ消息《そく》をよむ
この友のふみ来し途は険《さか》しけれど光《ひか》れる詩《し》をし生むべくよき途
詩《し》に生《い》くるよき若人をみこみなしとそむかひ去りしをみなご哀《あは》れ
世に生くるつたなきこころは詩《し》に生くる光《ひか》れる心と知らでさりしか
ふるさとに泣《な》くと題する長き詩《し》を月てらす丘《をか》の家にかくとふ
盆踊《ぼんをど》りの太鼓《こ》のとほ音《ね》きく宵《よひ》は屋根《やね》にしのぼり人をしのぶと
雨《あめ》のふる林《はやし》の中に泣《な》きぬれて養《ぎ》父と別《わか》れしこの子かなしも
詩筆《しひつ》とる手にまきをわり豚《ぶた》を飼《かひ》あせながしゐるこの子さきかれ
血《ち》をわけぬまな子を我にあたへたる岩手国原たたへやまずも

それなのに儀府の方は佐伯と会うこともなかったという。理解しがたい気もするが、「弱気の私は、過大な評価や期待に勇躍し感奮して、創作意欲を駆り立てられるタイプではなかった。むしろそんな空気はさもしく、はしたない気がして、逃げ出したかったのだ」と言われれば、わからないでもない。

そんな儀府の佐伯に対する印象を決定的なものにしたのは、儀府の親類が経営する盛岡市内の旅館での経験である。儀府がうとうとしかけた頃に隣室に酔漢がやって来て、詩吟を始め、江差追分、鴨緑江節、しののめ節になり、吠えるように泣き出し、ついには悲憤慷慨調の演説を始め…　結局、一睡もできなかったというのだが、隣室にいたのが佐伯正だったのだという。「これまでこの人の私に対する好意、支持、激励は、金銭ではあがない得ないものであることはよく理解できるけれども」、「友情は友情、これはこれ、たとえ忘恩の徒とそしられても、自分を殺してまでこういう人物とはつきあいかねる」と思うに至る。

さて、「社会主事」のタイトルのある下書稿㈠は、次のようなものだ。

すでに所志《おもひ》を　やぶりては
たゞ水いろの　日曜《どんたく》を
まんさんとこそ　漂はめ

一つらひかる　辛夷花《マグノリヤ》
はた葱いろの　雪代を
たゝきてけぶる　ねこやなぎ

風はあかるし　この郷《さと》の
ひとは鈍《をそ》きと　いまさらに
春を忿《いか》りて　なにかせん

橋のたもとの　装蹄工《かなぐつや》
しろき火花を　撃ちやえて

こなたに瞳を　　こらすなり

賢治が書いた書簡下書きを見る限りでは、ただ、春先ののどかなやり取りを描いただけのようにも見え、儀府の証言をこれに併せると、風流すぎるが故に気持ちが高ぶって大声になってしまうような人物（熱情のあまり周りが見えなくなる人）といったイメージが浮かんでくる。しかし、この下書稿㈠の段階でも、よく読んでみると、社会主事は「すでに所志を　やぶりて」とあり、芸術談義をするためだけに賢治に会いに来たのではないようだ。ことに三連目では「風はあかるし　この郷の」と、春先の花巻の美しさを称揚しているかに見せて、「この郷の／ひとは鈍きと」、つまり、この花巻の人間は愚鈍であると言わせ、「春を忿りて」いるわけで、橋のたもとの人々も、大声よりも内容に驚いてこちらを見ているようにも読める。書簡下書きは文語詩と似ているようでいて、実は決定的な部分で相違がある。

儀府は、佐伯と賢治の会見について、

> この人物は何のためにわざわざ盛岡から汽車に乗って、この風のあかるい花巻の町へやって来、けわしい目付をし、何やらぶつぶつと憤懣をぶちまけながら、体だけはまんさんとして漂うが如くに歩いているのか。何のためでもない。ただ酒にありつきたいばかりに来たのだが、あてにして来た宮沢政次郎は不在、ほかのこの町の有志たちも、居留守か何か知らないが、快よく招じ入れてもてなしてくれる家が一軒もなかったのだ。「人はおぞまし」「やぶさかと」は、この町の連中ときたら鈍感だし、けちくさくてどうにも話にならない。止むなく自腹を切って酒屋でモッキリ（コップ酒）を一、二杯ひっかけたが、所詮、美味しい酒という訳にはゆかず、むしろ舌打ちせずには居られないくらい、にがにがしく辛い酒だったにちがいないのである。

と解釈するが、少し悪意が先行しすぎている気がする。社会事業主事は昭和十四年の高知県のデータではあるが、俸給の年額は千三百三十円。知事の四千九百二十円には遥かに及ばないものの、警部補の年俸が六百六十円、巡査が五百四十七円であったことを参考に考えれば、わざわざ酒を奢らせるためにやってきたとは考えにくい。さらに、

> それから作者は、どこにもそんな気振りは見せていないが、この文語詩はひよ《ママ》っとすると、童話『ポラーノの広場』に於る酒癖の悪い山猫博士と、県議ボーカント・デステ《ママ》ィパーゴヤ《ママ》や、上演当時コミック・オペレッタと愛称したらしい『飢餓陣営』のバナナン大将や、『植物医師』の爾薩待正といった物語の主人公たちと、同質異種の人物、もしくは同体、分身として想が練られ、相手をキリキリ舞いさせんばかりに面白

がりながら書いた作品（或いは手紙）かもしれない。と私はふと思った。――元よりアテズッポーに過ぎない。

とするが、これも思い込みが先行しすぎている気がする。そもそも儀府にしても、旅館での一件さえなければ、佐伯のことを少々暑苦しいくらいの情熱家だとしか捉えていなかったわけで、さすれば旅館で隣同士になった経験を共有していない賢治が、佐伯のことを貶めるつもりがあったとは思いにくい（暑苦しい人だというくらいには思ったかもしれないが）。

岩手県立図書館蔵「岩手毎日新聞」のマイクロフィルムを昭和初年の文芸欄を中心に目を通したところ、ことに昭和五年は佐伯か儀府のどちらかの名前が、五～六日に一つは掲載されているといった状況で、それは先の書簡下書きで賢治が「ご消息、父よりまた生々岩手毎日等より始終承はり居ります」と書いていたとおりであった。ことに儀府が月丘きみ夫名義で発表した私小説的作品「闇」（昭和五年二月二十～二十二日）の掲載後の論争は目を引いたに違いない。三月六日に佐伯正は「退耕漫筆 月丘きみ夫君の小説」を書き、「君の受けた教育の程度は極めて低からうが」、「月丘君の芸術家としての素質はかなり良いものだ」と認め、しかし、作品の冒頭のこなれない表現については「改竄」を勧めている。三月二十、二十一日には高須賀正が、「月丘きみ夫氏の『闇』を評す」で、難解に見えるあの表現こそが重要なのだと書くと、佐伯は四月六、七日に「退耕漫筆 小説『闇』の再検討」を書いて反駁し、五月一日には儀府が「漫ろ言（7）」で、「佐伯氏の云ふ通り改竄の必要は発表と同時に自分ながら気付いてゐた」と書くことによって、一件落着している。

長々と書いてきたが、儀府は自分の作品を巡って論争が繰り広げられたことを、論文（後掲）では全く語っていない。いくら盛岡の宿で一睡もできなかったという事件があったとしても（「漫ろ言（7）」によれば、儀府はその日、「永い間別れ〳〵になつてゐた初恋人にやつと邂逅して、その夜思ひきり泣きあつた」のだというが、このことも論文は書かれていない）、彼の人物評のみで佐伯について判断すること、さらに文語詩の読み方の参考にまでしてしまうのは問題が大きいように思う。

たしかに佐伯は、春の呼び方は何語がふさわしいかといった話を大声でして、町の人に訝しがられるようなところもあったようだが、無名の青年詩人に「分厚い手紙」を「コマメに」出し続け、また、岩手を去った後の昭和六年になっても、わざわざ賢治に宛てて病状を聞いてくるような繊細さや情熱があり、賢治が邪険に扱ったとは考えにくい。

ところで、佐伯は賢治についてどう思っていたのだろう。昭和五年十月八日の「岩手毎日新聞」に「退耕漫筆 地方の文芸（4）岩手の詩人」があり、「花巻の私の道の兄たる宮沢政次郎氏の令息宮沢賢治君」について「岩手には空前の詩人」として称揚している。『新校本全集』にも未収録だったので「賢治研究」に全文を紹介したが（信時哲郎 後掲B）、あまり人目に触れていないように思われるので、重複を恐れず、関連箇所を引用しておきたい。

佐伯は「地方の文芸」というタイトルながら、「三年前に君から『春と修羅』の恵与にあづかり、反復熟読した」が、難解でよくわからなかったということなので、佐伯の賢治評は文芸以外、社会活動の方に向いている。

この詩《し》人は疑ひもなく岩手には空前の詩《し》人であると同時に稀《け》有の人道主義《ぎ》者《しや》であらう。空前のヒユーマンタリアンである。郷土《けうど》第一の富豪《ごう》を外祖《そ》父として生れながら、彼は外祖《そ》父一家の生活態度が外祖《そ》父一家が自己《こ》の主義《ぎ》理想《そう》に遠《とほ》きの故《ゆゑ》を以《もつ》て、断《だん》じて足を向けないといふ徹底《てつてい》した理想《そう》家である。花巻《はなまき》の町外れの丘陵《きうれう》に掘《ほつ》立て小屋を建て、そこに起臥《ぐわ》して畑を打ち晴耕雨読《せいこううどく》の生活を営み、附《ふ》近の児童《じどう》を集めては、蓄音機《ちくおんき》を鳴《な》らし、童《どう》話をもしたり、農《のう》夫達の教師《し》としては土《ど》質改良や施《せ》肥上の指示者《しじしや》となつたりして来た。私は此の人に於て、来るべき新時代の理想的人物の面影を見る。彼には殆《ほとん》ど私欲《よく》がない。名利《り》の念《ねん》がない。彼にあるものは、仏者《ぶつしや》の所謂《ゆる》利《り》他《た》の念《ねん》と、済世の熱意《ねつい》と、高雅《かうが》清純《じゆん》な芸術《げいじゆつ》的享《きやう》楽だけであらう。彼にはまた若人の心に燃《も》えがちな、異性《せい》に対《たい》する欲念《よくねん》すらも超克《てうかつ》してゐると見え、近親《しん》が結婚《こん》をすゝめても、「私は早熟《さうじゆく》の人間で、性《せい》の問題は既《すで》に通過し了りましたから、幸《さいはひ》に安心せられよ」と答《こた》へたといふ実《じつ》に彼は稀《け》有の麒《き》麟児《じ》であり、無比《ひ》なユニックな人格《かく》の持主である私は信《しん》ずる彼は盛岡高《かう》等農林《のうりん》学校が産した最も光《ひか》つた人物の一人であると。私は天が彼に与《あた》ふるに健康《けんこう》と長命《めい》を以《もつ》てして、農聖《のうせい》の域《いき》に進み且《か》つ後世にのこすべき輝《かゞや》かしい幾《いく》多の詩《し》を生ましめんことを熱祷《ねつとう》せざるを得ない。私は岩手の文学青《せい》年達や、プロレタリヤ詩《し》人を以《もつ》て任《にん》ずる人々に対《たい》し、この人を見よ、この人の芸術《げいじゆつ》と生活態度と実《じつ》行とを見よ、と寄語《ご》するものである。この人を見て、而《しか》して猶《なほ》東京辺のガサツな躁狂《そうけう》的なプロ詩《し》人や、プロ歌《か》人の悪影響《えいけう》を脱し得ざる者《もの》は、恐らく真の芸苑《げいえん》からの追放者《ついほうしや》たるを免《まぬが》れぬであらう。

そもそも社会事業主事とは社会的弱者を救済するために駆け回っていた存在で、賢治の元を訪ねたのも、ただ賢治が詩人であったためだとばかりは言えないと思う。いや、むしろ昭和二年一月三十一日の「岩手日報」の夕刊に、写真入りで賢治の記事が載り、「農村文化の創造に努む／花巻の青年有志が／地人協会を組織し／自然生活に立ち返る」と羅須地人協会のことが報じられたこと。そして昭和二年三月頃に花巻警察署長に事情聴取を受けたことが佐伯の興味を引いたのではないかと思われる。これは佐伯の任期直前だが、方面委員であった政次郎の長男でもあったことから、佐伯が賢治からこうした話を聞きたいと思った可能性は十分にあると思う。

そして昭和二年春と言えば、賢治が花巻温泉の花壇設計をきっかけに、ここを「賤舞の園」（「〔歳は世紀に曾って見ぬ〕」「未定稿」）と指弾し、「詩ノート」の「一〇三四〔ちぢれてすがすがしい雲の朝〕一九二七、四、八、」で、「遊園地ちかくに立ちしに／村のむすめらみな遊び女のすがたとかはりぬ／そのあるものは／なかばなれるポーズをなし／あるものはほとんど完きかたちをなせり」と書いて批判していた時期とも一致する。

昭和六年四月十三〜十五日に「岩手毎日新聞」に連載された佐伯正の「退耕漫筆 社会事業と薄倖歌人㈠〜㈢」には、耳が聞こえず、眼もほとんど見えないという「薄倖歌人」の下山清に対して、「自分の社会事業主事としての職分の上から、斯の如き高い天分の歌人をして安らかに病痾を養ひつゝ学芸に遊ばしめる途はないものかと、様々に調査を重ね中央の社会事業上の権威者達にも相談をしたが、公私の社会事業的施設のどこにも収容してもらふ所が無いので、私は非常に失望せざるを得なかつた」と書いている。

初対面の賢治は、いきなり大声をあげるような佐伯に驚きもしただろうが、社会事業主事としての佐伯の情熱にほだされ、自分からも羅須地人協会や花巻温泉のことなどで鬱積した思いを伝えることがあったのではないだろうか。

また、佐伯は昭和七年八月に創刊され、賢治がはじめて文語詩を掲載した「女性岩手」の第二号（昭和七年九月）から七号まで寄稿しているが、第二号掲載の「女性岩手に筆を執るに臨みて」では、「昭和二年三月より足掛三年間の不遇を極めた県の役人生活を終つた後でも、常に温かい想ひ出を以て不断に岩手の自然に対し同朋に対し文を草し歌を詠みつつ今日まで四年間細々ながらも県の学芸と社会事業に貢献を続けしめられた原動力も此等の女性方に対する感謝より生れ出て来てゐる」と書いており、女性に関する社会事業についても、岩手を離れた後になっても取り組んでいたことがうかがえる。

儀府（後掲）は、「ポラーノの広場」のデステゥパーゴに佐伯をなぞらえたが、マルキシズムやプロレタリア文学に安易に走ることなく、着実な社会改良を実践しようと奔走していたところなど、むしろレオーノ・キュースト の方に似ているというべきではないだろうか。しかもキューストも官職を離れ、今はイーハトーブから遠いところに住んでいるという設定を考えれば、案外、佐伯がモデルだったということもまじめに考えられてよいかもしれない（ちなみに、佐伯は「女性岩手に筆を執るに臨みて」の中で、「私の新しい友人ではあるが同じ芸術上の同志も亦花巻で今活躍してゐられる」と書いているが、賢治のことを指すのかもしれない）。

佐伯正が、実際にどんな仕事をしていたのか、また、賢治と何を話し合っていたのかを示す資料までは見つかっていないが、「岩手毎日」などの新聞や岩手県内の文芸誌などを、もっと細かく探していけば、このあたりの経緯も明瞭に浮かび上がってくるかもしれない。いずれにせよ、儀府の佐伯観を鵜呑みにするのが危険であることは疑いのないところで、文語詩において、佐伯が花巻の人々の吝嗇さ、愚鈍さを嘆いていることを、タダ酒にありつけなかった腹いせだという風に解釈して済ませることは許されないと思う。

　文語詩において役職名と実在の人物の本名までがタイトルに刻み込まれているというのは異例だが、賢治としては、ともに社会の不平等を憤り、「この郷の士」の吝嗇さに対して憤った人物として、佐伯正の名前を記念碑的に刻み付けたかったのではないかとも思えるのである。

先行研究

儀府成一「社会主事　佐伯正氏　宮沢賢治の文語詩を繞って」（「啄木と賢治12」みちのく芸術社　昭和五十四年十一月）

谷口忠雄「宮沢賢治作品「林学生」及び「社会主事　佐伯正氏」」（「春日丘論叢29」大阪府立春日丘高等学校　昭和六十年四月）

信時哲郎Ａ「社会主事　佐伯正氏」（「宮沢賢治学会イーハトーブセンター会報44　琥珀」宮沢賢治学会イーハトーブセンター　平成二十四年三月）

信時哲郎Ｂ「資料紹介「岩手毎日新聞」から　生前批評・文芸関係記事」（「宮沢賢治研究117」宮沢賢治研究会　平成二十四年四月）

信時哲郎Ｃ「宮沢賢治「文語詩稿　一百篇」評釈四」（「甲南国文61」甲南女子大学国文学会　平成二十六年三月）

島田隆輔「３６　社会主事　佐伯正氏」（「宮沢賢治研究　文語詩稿一百篇・訳注Ⅰ」〔未刊行〕平成二十九年一月）

37　市日

①丹藤《タンド》に越ゆるみかげ尾根、　　うつろひかればいと近し。
②地蔵菩薩のすがたして、　　栗を食《た》うぶる童《わらはべ》と、
縞の粗麻布《ジュート》の胸しぼり、　　鏡欲りするその姉と。
③丹藤に越ゆる尾根の上に、　　なまこの雲ぞうかぶなり。

大意

丹藤川を越えるように花崗岩質の尾根がそそり立ち、陽光が差し込むと思いのほか山が近くに見えて驚かされる。

市日の今日は地蔵菩薩のような真ん丸な頭で、栗を食べている男の子と、縞の粗麻布の着物をぎゅっと胸でしばって、そろそろ手鏡が欲しくなってくる年頃の姉とがいる。

丹藤川を越えるような尾根の上には、層積雲が長く伸びてうかんでいる。

モチーフ

北上山地の集落での市日における姉弟の姿を書いた作品だが、関連作品の「一百篇」所収「〔腐植土のぬかるみよりの照り返し〕」と比較してみると、本作は北上川の東側（左岸）を描いているのに対し、「〔腐植土のぬかるみよりの照り返し〕」では西側（右岸）を描いているようである。東側は経済的にも立ち遅れているが、西側は硫黄鉱山の開発により潤っている。「鏡欲り」しながら買うことはできていない東岸の「姉」に対して、西側の「みめよき女」は「二銭の鏡あまたならべ」られながらも、買う気もなさそう

だ（「売る、ともなし」）。しかし、文語詩制作中の昭和初年、東洋一の硫黄鉱山と言われた松尾鉱山では鉱毒問題が深刻化していた。経済的な安定を求めることが鉱毒事件を生んだのであり、賢治はここに文明の皮肉を感じていたかもしれない。

語注

丹藤《タンド》　岩手郡川口村（現・盛岡市）の集落の名前。丹藤川が北上川に注ぐあたりにある。ただし、本作においては丹藤川のことを差すのだと思われる。「初期短篇綴等」に「丹藤川」（後に「家長制度」）があり、盛岡高等農林学校時代の賢治の友人であった高橋秀松（「賢さんと私㈠」『宮沢賢治とその周辺』川原仁左エ門 昭和四十七年五月）は、これを「丹藤川の上流」を歩いていた時の記憶にもとづくものだとしている。本作における「丹藤」のイメージも、この経験に基づく部分があると思われる。高橋は「姫神の下のあたりを通つて夜道となつた。山道は尽きて広い野原に出た。先途に、ボーツと明るい一画が見え言《ママ》い香りがしてくる。花盛りの鈴蘭群生地帯であつた。二人は嬉々として花の上に寝転んで考えた。賢さんは、今夜は松の大木の下に寝るとしようかと、松の大木は暗くて見付からなかつたが三・四反もある耕地を発見した。賢さんはしめたと一言いうて畑があれば近くに人家がある筈だと畑地通いの小道を辿つて谷に下りた。しかし、流れがあるばかりで人家が見当らない。土橋の上でねる事にきめていたら川下の方から一老人が現われた。「オメエサンダチ、ナニシテル、こん処《ママ》で寝たら狼にやられるぞ、オラノウチサオデンセ」と親切な言葉に導れて、二人は老人について川上に上つたら、大きな一軒家があつた」と書いている。その家で経験したことを、賢治は「丹藤川」で書いたようだが、ここでは家長の絶対的権力と、山中での生活の逼迫ぶりが描かれている。「火皿は黒い油煙を揚げその下で一人の女が何かしきりに仕度をしてゐる。どうも私の膳をつくってゐるらしい。それならさっきもことはったのだ。ガタリと音がして皿が一枚床の上に落ちた。主人はだまって立ってそっちへ行った。三秒ばかりしんとした。主人は席へ帰ってどしりと座った。どうもあの女はなぐられたらしい」。

みかげ尾根　岩手郡一帯は堆積岩で形成されているが、そこに島のように孤立している花崗岩帯があり、これが姫神山（千百二十四m）である。岩手山、早池峰山とともに岩手三山に数えられ、石川啄木がこよなく愛した山としても知られている。「丹藤に越ゆるみかげ尾根」はわかりにくい表現だが、丹藤川は姫神山のすぐ東側を水源にしながら姫神から南方にある外山の方に向かう尾根（「詩ノート」の「一〇三四〔ちぢれてすがすがしい雲の朝〕一九二七、四、八、」に「姫神から盛岡の背后にわたる花崗岩地」とあり、これを「みかげ尾根」だと認識していたようだ）を越えることができずに東方に流れる。しかし、今度は北上山地を越えられないためにほぼ百八十度進路を曲げて西に流れ、丹藤で北上川に合流している。水源地から北上川まではわずかな距離だが、その川を「越ゆる」ように姫神山とその尾根が立ちはだかっていると書いたのではないかと思う。

地蔵菩薩のすがた　栗を食べていた子どもの頭が坊主頭だったのだろう。赤いよだれかけをしていたのかもしれない。岡沢敏男（「賢治の置土産 七つ森から溶岩流まで」「盛岡タイムス」http://www.morioka-times.com リンク切れ 平成二十年六月七、十四、二十一、二十八日、七月五、十二日 および後掲論文）は、地蔵菩薩に親しみを持っていた賢治の宗教性を読み取ろうとしているが、子供の守り神として地蔵菩薩を出した側面もあるかもしれない。

なまこの雲　佐藤栄二（後掲）は、「尾根まで見渡せる快晴の空にぽっかり浮かぶ、なまこの形をした積雲」とするが、「うつろひかればいと近し」というのは、山がどれくらい近くにあるか気づかなかったということであろうから、快晴ではなかったように思う。また、雲の形も、畑の畝のように層になって長く伸びる層積雲（うね雲）を指すのであろう。

評釈

黄罫（220行）詩稿用紙表面に書かれた下書稿（タイトルは「市日」。鉛筆で㊢）、「一百篇」所収の文語詩「〔腐植土のぬかるみよりの照り返し〕」の下書稿に重ねて毛筆で書かれた習字稿（断片）、定稿用紙に書かれた定稿の三種が現存。生前発表なし。『新校本全集』にも指摘があるように、文語詩「〔腐植土のぬかるみよりの照り返し〕」は字句に共通性があり、関連作品であろう。

丹藤やみかげ尾根が登場していることから、おおよその舞台は想定できるが、関連作品である文語詩「〔腐植土のぬかるみよりの照り返し〕」とあわせて考えると、舞台はよりはっきりしてくる。

①腐植土のぬかるみよりの照り返し、　材木の上のちいさき露店。
②腐植土のぬかるみよりの照り返しに、　二銭の鏡あまたならべぬ。
③腐植土のぬかるみよりの照り返しに、　すがめの子一人りんと立ちたり。
④よく掃除せしラムプをもちて腐植土の、　ぬかるみを駅夫大股に行く。
⑤風ふきて広場広場のたまり水、　いちめんゆれてさゞめ

きにけり。

⑥こはいかに赤きずぼんに毛皮など、　春木ながしの人のいちれつ。

⑦なめげに見高らかに云ひ木流しら、　鳶をかつぎて過ぎ行きにけり。

⑧列すぎてまた風ふきてぬかり水、　白き西日にさゞめきたてり。

⑨西根よりみめよき女きたりしと、　角の宿屋に眼がひかるなり。

⑩かっきりと額を削りしすがめの子、　しきりに立ちて栗をたべたり。

⑪腐植土のぬかるみよりの照り返しに　二銭の鏡売るゝともなし。

岡沢敏男（「賢治の置き土産　七つ森から溶岩流まで」「盛岡タイムス」http://www.morioka-times.com リンク切れ 平成二十年六月七、十四、二十一、二十八日、七月五、十二日 および後掲論文）によれば、この舞台は橋場線の橋場駅（現在の田沢湖線の前身である橋場線の終着駅だが、昭和十九年に休止されたまま現在に至る）だとのことだが、おそらくは東北本線の好摩駅が舞台であろう。

　腐植土について、岡沢は「初期短編綴等」の「秋田街道」に、「フィーマスの土の水たまりにも象牙細工の紫がかった月がうつりどこかで小さな羽虫がふるふ」（フィーマスは腐植土のこと）とあることから、モデルをこの沿線だとするのだが、火山灰の上に腐植土が集積したクロボクツチは、岩手県内に広く分布していたため、それだけでここを特定するのはむずかしい。ただ賢治は、盛岡高等農林の得業論文において、実験用の土壌を高等農林学校の実験農場のあった上田、自宅にほど近い根子村大谷地、そして経済農場があって橋場駅にも近い御明神からも採取しているので、橋場駅がモデルとなった可能性はある。ただ、もう一ヶ所の採取地であった好摩（岩手郡渋民村好摩駅南端ノ原野ノ土壌）の方が、後述のとおり、モデル地である可能性は高いように思う。

　また、岡沢は「春木ながし」を「御明神地方の山村民俗」（「賢治の置き土産」）だとしているが、春になって谷川が増水した頃、冬の間に伐採した木を流し出すことを「木流し」というのは一般的な名称で、御明神に限定できない。

　さらに「市日」における「丹藤」は、御明神からは三十五㎞も離れており、地理的に言って遠すぎるのも気になるし、橋場駅付近からではとうてい望むこともできない。

　こうした諸点から橋場駅説には首肯しがたいのだが、好摩駅を舞台にしたものだと考えれば、「丹藤」も「みかげ尾根」も近い。また「西根よりみめよき女きたりしと」の句は、岩手郡の西根町（現・八幡平市）から来たものだ考えることもできる。西根の方角には、東洋一の硫黄鉱山と言われた松尾鉱山（岩手郡松尾村、現・八幡平市）があったことから、賢治がこれを「硫黄山」（下書稿㈠・㈡）と呼んだのも納得できる。岡沢は「みめよき女」のことを、西岩手火山から来たのだと捉え、女神を暗喩しているとしており、後掲論文では『岩手県管轄誌』に現・岩手県雫石町長山について「硫黄鉱五所ニアリ」とあることも新たに示している。ただ、女神がやってくるにしては具体的な硫黄鉱山はやけに現実的でありすぎる気もする。もしも鉱山から「みめよき女」が来て、宿屋の宿泊者が目を光らせたというのであれば、もっと現実的な、炭鉱の人々を相手にした酌婦といった職業の女性を指すのだと思われるのだが、いかがであろうか（「「短編梗概」等」の「泉ある家」では、鉱山で働く「鉱夫」が「女こ《あね》引ぱり」を利用していたことを書いている）。

　ただし好摩を舞台とした可能性が高いからといって、橋場線沿線の記憶、あるいは他の炭鉱町の記憶が混じったり、虚構が混じっている可能性もゼロだとは言えない。そもそも市日と露店ではだいぶ違うことからも明らかなように、全く共通のモデル、全く共通の経験から書かれたものだとは言えない。賢治の文語詩とはそのような性質のものだからだ。このような点があることを踏まえた上で、本作の主たるモデル地として好摩があることを念頭に解釈を始めようと思う。

　さて、この二篇であるが、どちらが先行していたのか、また、どちらが実際の経験に近いのかといったことはわからない。ただ、栗を食べる「すがめの子」が、「市日」における「地蔵菩薩のすがた」をした弟と対照的に造形されているのは明らかで、姉の方も「〔腐植土のぬかるみよりの照り返し〕」にある「二銭の鏡」という言葉と、「市日」における「鏡欲りする」とは、やはり対照的に配されているのだということはたしかであろう。さらに言えば、この姉には、いつの日か「みめよき女」、つまり酌婦として働くことになるという将来が暗示されているのかもしれない（平成二十四年七月七日の阪神近代文学会で「宮沢賢治「文語詩稿　一百篇」を読む　松尾鉱山をめぐって」として発表した際の森本智子の指摘）。

　共通する詩句があり、同じ経験から出来上がったのではないかと思われる二詩を見ると、凝縮された「市日」と、五七五七七が重なるように連続する「〔腐植土のぬかるみよりの照り返し〕」の手法の差ばかりが目立ってしまうが、「市日」が東側の北上山地を描いているのに対して、「〔腐植土のぬかるみよりの照り返し〕」では西側だけを描いていることも見逃せないと思う。

　これはかなり徹底されており、「市日」で登場する丹藤も姫神山も、好摩駅の東側にあたる。「なまこの雲」も東方に出ているが、「〔腐植土のぬかるみよりの照り返し〕」では、「西日」がさし、みめよき女も「西根」（地名に「西」が使われているだけでなく、実際に好摩より西に位置する）から来ている。松尾鉱山のあった「硫黄山」も西方にある。

さらに中身を読み込んで見ても、似ているようでやはり違う。どちらの作品でも、鏡が売れていないという意味では同じだが、「市日」の方では、おそらくは鏡が欲しいのであろう「姉」が、「鏡欲りする」、つまり、鏡が欲しくても買うことができないのに対して、西側の「ちいさき露店」では、「二銭の鏡売るゝともなし」とあり、こちらは「二銭などの安物の鏡など売れるわけもない」といったニュアンスが感じられる。

「丹藤」は山も深く、集落もほとんどない。賢治が土性調査の際に野宿しようとした時、そんなところではオオカミに食われてしまうと言われて、民家に泊めてもらった時の経験が「初期短編綴等」の「丹藤川」（「家長制度」）として収められているが、北上山中の人々には、鏡を買うほどの経済的な余裕がほとんどなかったことが背景になっているのだろう（ただし、弟が市日で栗を食べることができるくらいには余裕があったようだ）。

一方、この頃の西側地域は、東洋一の硫黄鉱山が発展中で、たくさんの鉱夫が集まり、おそらくはそれを相手にした酌婦らも集まっていたのだろう。

本作の制作年代ははっきりしないが、松尾鉱山の従業員数は創業した大正三年には三百人ほどであったのが、大正十三年には五百三十五人、昭和十年には千七百五十三人に達したというので（早坂啓造「松尾鉱業株式会社の成立と発展 第二次世界大戦期まで」「アルテス・リベラレス40」岩手大学人文社会科学部 昭和六十二年六月）、その家族や関係者を併せれば、相当の数がいたと思われる。

西方では駅前の露店などで「二銭の鏡」など誰も買わない。もっと立派な店で、立派な鏡を買うことができたからだ。すがめの子が、はたして東部の子なのか、西部の子なのか、「〔腐植土のぬかるみよりの照り返し〕」を読むだけではわからないにせよ、東側と西側での経済的な格差、文化的な格差が生じていることに対する想いを、賢治は「鏡欲りするその姉」の詩句に込めていたのではないだろうか。

しかし、近代産業の発展に伴う西部地域の活況が見せかけのものであったことを、少なくとも文語詩制作中の賢治は知っていたはずだ。中村俊一（「岩手県赤川・松川流域における水環境とその利用 酸性河川流域での農業水利に着目して」「日本地理学会発表要旨集74」日本地理学会 平成二十年九月）によれば、八幡平市を流れる赤川は、pH4ほどの酸性河川で、この近辺では昭和初年から水田に水を直接引くのではなく、沈殿池を作って金属を沈殿させ、その上澄みを使っていたという（後にはヒ素やカドミウムも含まれていたことがわかっている）。この地域の農民たちは、昭和七年になって「大更村山子沢部落において冷害や農産物価格低落のために疲弊した地域を自力更生させるためには、まずもって鉱毒による被害補償を獲得することにあるとして、知事あての嘆願書や、赤川用水と普通用水利用の試験田の成績表を提出するなどし県庁の発動を促した。これに合わせて渋民村でも補償問題が生じ、これらの情勢を東京日日新聞が岩手版でとりあげ、一方住民の投書により盛岡大衆党も動き出した」(『新版岩手百科事典』)という。

文語詩作成中の賢治がこうしたことを知らずに好摩の詩を書いたとは考えにくい。聖書の創世記には、ソドムとゴモラの街が神の怒りに触れて「硫黄の火」によって滅ぼされたことが書かれているし、また、硫黄は戦争で大量に使われる火薬の原料でもある。硫黄で繁栄する町に、賢治はこうしたイメージを重ねていた可能性もあるのではないだろうか。

このように考えてくると、近代化のプラス面とマイナス面が直撃した西部に比べて、東部に住む姉弟は、決して裕福とは言えないにしても、幸せな生活をしているように見えてくる。

盛岡高等農林学校で科学を学び、農村でそれを生かそうと考えた賢治が、単純に脱科学・脱近代を目指していたとは言えないが、「市日」では、貧しい中でも幸せに暮らす姉弟が描かれているように思える(姉が「みめよき女」として働く日も遠くないかもしれないが)。経済的な繁栄が、果たして人間にとって至福なのか。最悪レベルの原発事故がおこってしまった時代に生きる私たちにとって、気になるところの多い作品だと言えよう。

先行研究

佐藤栄二「市日」(『宮沢賢治 文語詩の森 第三集』)

信時哲郎「宮沢賢治「文語詩稿 一百篇」評釈四」(「甲南国文61」甲南女子大学国文学会 平成二十六年三月)

島田隆輔「37 市日」(「宮沢賢治研究 文語詩稿一百篇・訳注Ⅰ」〔未刊行〕平成二十九年一月)

岡沢敏男「橋場駅の黙示録 〈腐植土のぬかるみよりの照り返し〉考」(「ワルトラワラ41」ワルトラワラの会 平成二十九年二月)

38　廃坑

①春ちかけれど坑々の、　祠は荒れて天霧し、
事務所飯場もおしなべて、　鳥の宿りとかはりけり。
②みちをながる、雪代に、　銹びしナイフをとりいでつ、
しばし閲してまもりびと、　さびしく水をはねこゆる。

大意

春ももうすぐだというのにどの坑もどの坑も、霧のかかった空の下で祠は荒れ果て、事務所も飯場もどこもみな、鳥の棲家に変わってしまった。

みちを流れる雪融水に、錆びたナイフを見つけて取り出すと、しばらくそれを調べてから守衛は、一人さびしく水の流れを飛び越えた。

モチーフ

早春の和賀仙人を訪れた際に見かけた廃坑からインスパイアされた作品だろう。安全祈願の祠も荒れたままで、事務所だったところも飯場だったところも鳥の棲家になり、人のいなくなった鉱山を一人で守る守衛が錆びたナイフを拾い上げるという内容。岩手は鉱山が多く、近代化とうまくマッチできたところもあるが、危険にさらされ、よろけ（粉塵を吸い込むために呼吸機能が衰える病気）などの発病のおそれもあった坑夫という仕事へのオマージュともいうべきものだろう。下書き段階では「わがもとむるはまことのことば／雨の中なる真言なり」といったフレーズも登場するが、本作定稿では、こうした宗教的モチーフが削除されている。同日の取材を文語詩化したと思われる「一百篇」の「早春」の方に、宗教的テーマはゆだねた形である。

語注

坑々　下書稿に降られたルビより「すきすき」と読みたい。

祠は荒れて　安全祈願のための祠があったのだろう。本作の下書稿には「わがもとむるはまことのことば／雨の中なる真言なり」ともあったが、定稿においては、宗教的なテーマが見えないようにされており、わずかに「祠は荒れて」の語の中にのみ、宗教がほのめかされることになっている。

天霧し　空に霧がかかっている様子。読み方は「あまぎらし」。万葉集にも用例があるが、入沢康夫（後掲）は、何が空を曇らせたのかについて書いていないので、むしろ「天霧らひ」とすべきただったのではないか、という。

まもりびと　廃坑の守衛であろう。

評釈

「〔冬のスケッチ〕」第一二葉の第三・四章を元にした下書稿㈠、黄罫（260行）詩稿用紙表面に書かれた下書稿㈡（藍インクで(了)）、その裏面に書かれた下書稿㈢、黄罫（220行）詩稿用紙表面に書かれた下書稿㈣（タイトルは「癈坑《ママ》」。鉛筆で㊢）、定稿用紙に書かれた定稿の五種が現存。生前発表なし。

「〔冬のスケッチ〕」第一二葉の第三章から「一百篇」の「早春」が、また「〔冬のスケッチ〕」の同一日の取材より「一百篇」の「化物丁場」、「未定稿」の「〔二川こゝにて会したり〕」が書かれている。

賢治が和賀川の上流にある和賀仙人鉱山あたりをめぐった際の記述が「〔冬のスケッチ〕」に記されているが、文語詩の下書稿㈠は次のとおり。

わがもとむるはまことのことば
雨の中なる真言なり

※

あめにぬれ　停車場の扉をひらきしに
風またしとゞ吹き出でて
雲さへちぎりおとされぬ。

※

崖下の
旧式鉱炉のほとりにて
一人の坑夫
妻ときたるに行きあへり
みちには雪げの水ながれ
二疋の犬もはせ来る
されど　空白くして天霧し
町に一つの音もなけれど

「〔冬のスケッチ〕」第一一葉も同一日の取材と考えられるが、ここには「赤さびの廃坑より／水しみじみと湧きて鳴れり」や「げに和賀川よ赤さびの／けはしき谷の底にして／春のまひるの雪しろの／浅黄の波をながしたり」といった部分もあり、これらも下敷きになっていると思われる。

下書稿㈡は次のようにまとめられる。

そら白くして天霧し
町には音も影もなし
古き鉱炉のほとりをば
雪融の水は流れたり
一人の坑夫その妻と
ほのかにわらひ歩み来て
水をわたりて過ぎ行けり
わがもとむるはまことのことば
雨の中なる真言なり

しかし、最終行の「わがもとむるはまことのことば／雨の中なる真言なり」は、手入れの段階で削除される。これは同日に取材されて文語詩化される「早春」や「〔二川こゝにて会したり〕」の下書き段階でも出てくる言葉だが、結局、「早春」が代表して引き継ぐことになったようだ。

「早春」の定稿は次のようなものだ。

黒雲峡を乱れ飛び　　技師ら亜炭の火に寄りぬ
げにもひとびと崇むるは　　青き Gossan 銅の脈
わが索むるはまことのことば
雨の中なる真言なり

ここでは「わが索むるは」と、文語詩の通例に従わず、作者その人と思われる「わが」が登場し、また「まことのことば」や「真言」といったストレートな宗教語も登場して、これがテーマとなっている。もちろん「法華文学」を志した賢治が、自らの宗教観を語っても不思議ではないが、異例のことではあると思う。詳しくは本書中の該当箇所を参照されたい。

一方、「廃坑」は、宗教的なテーマをほとんど全て「早春」に託し、観察者である賢治自身の影を匂わせることなく、廃坑を守る人の日常を描くという、文語詩定稿らしい世界観に落ち着いた作品となっている。

島田隆輔（後掲B）は、取材地を仙人鉄山ではないかとして、次のように書いている。

宮沢賢治が確実に訪れていたところでは、和賀の仙人鉄山が題材のひとつになったと想定される。日清戦争時、海軍大臣西郷従道の視察によって注目され、日露戦争・第一次大戦による特需で発展したが、戦後不況で二〇（大正九）年末からは休山したままであった。本格的に操業が再開されるのは、日中戦争さなかの四〇（昭和一五）年である。したがって詩人には、閉じられたままの鉄山の記憶しかない。この「廃坑」

は、軍部や資本家のそのときの道具として活用されただけでこの地方の近代化をすすめる手立てとして位置づけられたものではなかった。これは非近代空間に放置された近代化の残滓なのだ—、訪れた詩人に、そのような感慨を与えることはなかったろうか。

廃坑を訪ね、その兵どもの夢の跡を見た際の作品だと言えば言えよう。ただ、文語詩制作中の賢治が積極的に「たはれめ」を題材にしたように、男性たちにとっての苦しい仕事として、坑夫が扱われた、ということなのかもしれない。

というのも、夏目漱石の「坑夫」（『朝日新聞』明治四十一年一月～四月）には、「世の中に労働者の種類は大分あるだらうが、其のうちで尤も苦しくつて、尤も下等なものが坑夫だ」という言葉があり、また、佐野学（「今日の鉱山」『全国坑夫組合叢書 第一編 鉱山の過去現在及び将来』全国坑夫組合本部 大正九年二月）も次のように書いているからだ。

> 今日《こんにち》の坑夫《こうふ》の生活《せいくわつ》を幸福《かうふく》にして楽《たの》しみ多《おほ》しと謂《い》ひ得《え》やうか。労銀《ろうぎん》は物価《ぶつか》の騰貴《とうき》に伴《ともな》はず、労働時間《らうどうじかん》は長《なが》きに過《す》ぎて、家庭《かてい》的平和《てきへいわ》を楽《たの》しむ隙《すき》も無《な》い。坑夫《こうふ》特有《とくいう》の勇敢《ゆうかん》な精神《せいしん》も生活《せいくわつ》の苦《くる》しみの前《まへ》にはしほれるであらう。或《あるひ》はよろけとなり、或《あるひ》は廃疾《はいしつ》となつても資本家《しほんか》は充分《じうぶん》の扶助《ふじよ》をしない。安全燈《あんぜんとう》を便《たよ》りに暗黒《あんこく》の坑道《こうだう》に労働《らうどう》する諸君《しよくん》の生活《せいくわつ》は楽《たの》しみよりも苦痛多《くつうおほ》しと謂《い》はざるを得《え》ないのである。

労農党の運動やプロレタリア文学に、賢治自身は共感するところがありながら、同じ道を辿らなかったことは知られているとおりだが、それは賢治がかつて鉱山で働いた人たち、そして今も働いている人たちに対する思いがなかったということにはなるまい。「早春」に宗教的テーマを委ねた賢治は、本作においては、「まず牛から馬、馬から坑夫という位の順」（漱石「坑夫」）であったという坑夫にスポットをあてることに集中したのだと考えたい。

ところで、下書稿㈡の手入れで了⃝印を付した後、賢治は欄外に「桂沢金山／金を洗ひ示す」「預言者」と書いている。『定本語彙辞典』には、「「桂沢」は豊沢川上流の山沢。古くは金鉱があり、今も採掘跡が山に残っている。「桂沢金山」は南部藩の隠し金山だったという説がある」とあり、対馬美香（後掲B）も同じ見解のようだが、九州大学工学部所蔵の明治初年の鉱山・精錬史料「諸国巡回諸鉱山略図」に「閉伊郡下宮守村ノ内／桂沢金山」と載っていることから（http://catalog.lib.kyushu-u.ac.jp/ja/recordID/1546792）、こちらであると考えた方がよいように思う。ただ、対馬（後掲B）の、「下書稿の中には「旧式鉱炉」や「鋳物工場」といった詩句があり、そのような施設を持つ規模の鉱山となると、近辺では、和賀郡の秋田県に近いところに位置する和賀仙人鉱山しかない。従って、登場人物の設定のし直しと同様に、ここでは複数の鉱山のイメージの重ね合わせ、言うなれば虚構化の手法が取られたとみるべきで、本詩のモデルとなった鉱山も一つにしぼることはできないように思われる」という指摘は当たっていると思う。

先行研究

小野隆祥A「賢治の和賀時代の恋 大正八年成立仮説の幻想的展開」（『宮沢賢治 冬の青春 歌稿と「冬のスケッチ」探究』洋々社 昭和五十七年十二月）

小野隆祥B「幻想的展開の吟味」（『宮沢賢治 冬の青春 歌稿と「冬のスケッチ」探究』洋々社 昭和五十七年十二月）

対馬美香A「宮沢賢治・「疾中」詩篇の総括的研究」（「雪渡り 弘前・宮沢賢治研究会会誌7」弘前・宮沢賢治研究会 平成二年十二月）

島田隆輔A「〔冬のスケッチ〕現状に迫る試み／現存稿（広）グループ・標準型㈠における」「宮沢賢治研究 Annual8」宮沢賢治学会イーハトーブセンター 平成十年三月）

対馬美香B「廃坑」（『宮沢賢治 文語詩の森 第二集』）

島田隆輔B「原詩集の輪郭」（「宮沢賢治研究 文語詩集の成立」）

小林俊子「詩歌」（『宮沢賢治 絶唱 かなしみとさびしさ』勉誠出版 平成二十三年八月）

入沢康夫「ああ、紛らわしい「天霧し」」（「賢治研究119」宮沢賢治研究会 平成二十四年十二月）

古沢芳樹「更に紛らわしい「天霧し」」（「賢治研究120」）宮沢賢治研究会 平成二十五年四月）

信時哲郎「宮沢賢治「文語詩稿 一百篇」評釈四」（「甲南国文61」甲南女子大学国文学会 平成二十六年三月）

島田隆輔C「３８ 廃坑」（「宮沢賢治研究 文語詩稿一百篇・訳注Ⅰ」〔未刊行〕平成二十九年一月）

39　副業

①雨降りしぶくひるすぎを、　青きさゝげの籠とりて、
巨利を獲るてふ副業の、　銀毛兎に餌すなり。

②兎はついにつくのはね、　ひとは頬あかく美しければ、
べっ甲ゴムの長靴や、　緑のシャツも着くるなり。

大意

雨が烈しく吹き付ける昼過ぎに、青いささげの籠をとって、大きな利益を得ることができるという副業の、銀毛の兎にエサを与えている。

兎の飼育などでうまくいくはずもないのに、その人は頬も明るく美しく、鼈甲色のゴム長靴をはいて、緑色のシャツも着るといった出で立ちだ。

モチーフ

大正から昭和初年にかけて岩手県下では副業が奨励されていた。兎の養殖はその一つだが、ここに登場した人物は、豪雨の日でも熱心に兎にエサを与えるものの、美しく赤い頬、鼈甲色のゴム長靴に緑色のシャツという出で立ちからして、どうも本業である農業の方はしていないようで、先行作品では「さっぱり仕事稼がないで／のらくらもの」とささやかれるような人物として描かれている。養兎は大正末年に価格が暴騰し、そのためか楽をして巨利を得ようというイメージが定着し、それを煽るメディアもあったようだ。こんなことでうまくいくわけもないという思いが「兎はついにつくのはね」に託されているのだろう。農業の直面する問題が、決して自然災害や制度のみによるものではないことが書かれた作品だと思う。

語注

副業　明治末年の凶作や日露戦争後恐慌によって岩手県の農業経営は悪化し、これを乗り越えるための方法の一つとして論じられるようになったのが副業である。馬鈴薯・燕麦・トウモロコシの栽培、蚕・羊・豚・鶏の養殖、木綿織り・あけび蔓細工などが勧められ、また出稼ぎも奨励され、大正十四年には副業奨励規程が出された。大正十四年末のデータ（『副業参考資料　第24　副業ニ関スル団体調査』農林省農務局　昭和二年九月）によれば、岩手県下における養兎の副業関係団体数は八、団体員数は千六十八人（団体員数は全国で五位）。全国一位は長野県の三十五団体、三千六百三十二人であったという。大島丈志（後掲B）は、昭和二年には岩手県の養兎組合は一つ（組合人数二十一人）で、組合数が三十以上あった福島とは違って小規模であったという。

さゝげ　豆の一種。アフリカ原産の大角豆。さやが十〜三十cmほどになり、豆は直径一cmほど。食用・飼料用に用いられる。大島（後掲B）によれば、「ササゲなどの豆科の植物は栄養価が高く兎が好んで食べる餌であり、特にタンパク質が多く含まれており、兎の毛質を良くするために大変効果があった」という。

銀毛兎　「ぎんけうさぎ」と読ませるのだろう。ウサギはペット用・毛皮用・食肉用に育てられたが、「銀毛兎」という名前のものはいないようだ。蜂谷宝富登『体験から見た実利養兎法』（一宮村養兎組合出版部　昭和九年九月）には、「有色フレミー種」の「体色」として「鼠色がかつた銀色であるから、銀兎とも云ふ」とある。

つくのはね　「償のは」＋「ね」（打消の助動詞「ず」の已然形）。埋め合わせることができない、の意。意味を強めるつもりがあって、已然形としたのだろう。『十字屋版宮沢賢治全集』の「語註」には「つく」を挙げ、「木兎（つく）。みみづく（木兎）のこと。訛して、づくともいふ。（2）巧婦鳥、功婦、巧婦のこと。たくみどり、みそさざいのこと。」とある。おそらく誤りだろうが、岩手県に木兎に関する伝承などがあったとすれば、考慮に入れる必要も出てくるかもしれない。

べっ甲ゴム　鼈甲色のゴム長靴。

評釈

「春と修羅　第三集補遺」の「〔このひどい雨のなかで〕」を文語詩に改作したもの。黄罫（220行）詩稿用紙表面に書かれた下書稿（タイトルは「副業」。鉛筆で㊢）、定稿用紙に書かれた定稿の二種が現存。生前発表なし。「春と修羅　第三集」の「一〇九〇〔何をやっても間に合はない〕一九二七、八、二〇、」は先行作品の逐次形。また同日に書かれた「一〇八九〔二時がこんなに暗いのは〕一九二七、八、二〇、」は関連作品。

まず「〔このひどい雨のなかで〕」を引用してみる。

このひどい雨のなかで
しづかに兎を飼ってゐる
い丶兎なので
顔の銀いろなのもあり
めじろのやうになくのもある
そしてパチパチさ丶げをたべる
けれどもこれも間に合はない
間に合はないと云ったところで
ああいふふうに若くて
頰もあかるく
髪もちゞれて黒いとなれば
べっかうゴムの長靴もはき
オリーヴいろの縮みのシャツも買って着る
そしてにがにがわらってゐる
かぐらのめんのやうなところがある
なにをやっても間にあはない
その親愛な仲間のひとりだ
くらく垂れた桑の林の向ふで
南のそらが灰いろにひかる

兎の飼育は明治四年頃に大流行したことがあるが、主に愛玩用であった。ブームがあまりに過熱したため、兎市が禁止されたり、兎の毛を染めて売るといった不正事件も起こり、東京市では兎税が導入され、一挙に飼う人が減ったという（『明治事物起源』）。大正期には、アメリカへの輸出が盛んになり、農林省農務局『副業参考資料 第23 東京市場及大阪市場ニ於ケル生豚及生兎ノ取引状況／横浜市場及神戸市場ニ於ケル兎毛皮ノ取引状況』（昭和二年七月）によれば、その事情はおよそ次のようなものであったという。

最近ニ於テ養兎業ノ漸ク盛ンナラントスル原因ハ戦後米国ニ於テ兎毛皮ノ流行ニヨリ本邦ヨリ其ノ輸出ヲ増加シタルニ因ルモノニシテ輸出ハ大正九年頃ヨリ始マリ大正十一年十二年ヲ経テ十三年ニハ益々増加シ大正十四年春期ニ於テ最盛期トナリ価格ニ於テ大正九年頃ニハ白兎毛ハ一枚四、五十銭ノモノ大正十三年ニハ八、九十銭トナリ次テ一円五、六十銭ヨリ同年末ニハ二円ヲ称スルニ至リ尚大正十四年春期ニ至リテハ貿易商ニ於テ外国注文ノ責任数量ヲ充ス必要上白兎毛皮上物一枚三円ヲ称スルニ至リ最高価ノモノニハ四円二十銭ヲ払ヒタルモノアリト云フ

大島丈志（後掲A、B）が指摘するように、川原仁左エ門（「羅須地人協会時代」『宮沢賢治とその周辺』川原仁左エ門 昭和四十七年五月）は、賢治が「種畜売りの投機色のあるチンチラ兎はどうかとか、田圃に新潟の様にチユーリップの球根を植えましょう。之を大いに奨励して下さい。私も大いにやりますから

と云つて県農会に来たつた」と書いており、兎の皮が高く売れていることを知って、賢治はチンチラ兎にも目を付けたのだろう。

「詩ノート」の「一〇九〇〔何をやっても間に合はない〕」は次のようなものだ。

何をやっても間に合はない
世界ぜんたい間に合はない
その親愛な仲間のひとり
　　また稲びかり
雑誌を読んで兎を飼って
その兎の眼が赤くうるんで
草もたべれば小鳥みたいに啼きもする
　　何といふ北の暗さだ
　また一ぺんに叩くのだらう
さうしてそれも間に合はない
貧しい小屋の軒下に
自分で作った巣箱に入れて
兎が十もならんでゐた
外套のかたちした
オリーブいろの縮のシャツに
長靴をはき
頬のあかるいその青年が
裏の方から走って来て
はげしい雨にぬれながら
わたくしの訪ねる家を教へた
わたくしが訪ねるその人と
縮れた髪も眼も物云ひもそっくりな
その人が
わたくしを知ってるやうにわらひながら
詳しくみちを教へてくれた
ああ家の中は暗くて藁を打つ気持にもなれず
雨のなかを表に出れば兎はなかず
所在ない所在ないそのひとよ
きっとわたくしの訪ねる者が
笑っていふにちがひない
「あ、従兄《いとこ》すか。
さっぱり仕事稼がないで
のらくらもので。」
世界ぜんたい何をやっても間に合はない
その親愛な近代文明と新な文化の過渡期のひとよ。

農村経済を安定化させるための方策の一つとして、副業が奨励されており、賢治はここで養兎をしている人について書いているわけだが、大島（後掲B）は、「米や麦を作るのではなく、儲けを狙って、兎の飼育に過度に入れ込むことに対しては、当然世間の冷ややかな反応が予測されよう」としながら、「親愛な仲間」と賢治が共感を示しており、文語詩では、その共感の言葉こそ削除されるものの「世間から浮いた存在ではありながらも、不定形の未来への希望を持つ農夫像」を描いているのだ、とする。

しかし、「詩ノート」によれば、この一九二七年八月二十日には、大豪雨があり、「一〇八七〔ぢしばりの蔓〕一九二七、八、二〇、」では、「もう働くな／働くことが却って卑怯なときもある／夜明けの雷雨が／おれの教へた稲をあちこち倒したために／こんなにめちゃくちゃはたらいて／不安をまぎらさうとしてゐるのだ」「青ざめて／こはばったたくさんの顔に／一人づつぶっつかって／火のついたやうにはげましてあるけ／穫れない分は辨償すると答へてあるけ／死んでとれる保険金をその人たちにぶっつけてあるけ」と書きつけるような日であった。「一〇八八 祈り 一九二七、八、二〇」にも、「倒れた稲を追ひかけて／これからもまだ降るといふのか／一冬鉄道工夫に出たり／身を切るやうな利金を借りて／やうやく肥料《こえ》もした稲を／まだくしゃくしゃに潰さなければならぬのか」ともあり、兎を飼う青年の家に賢治が来たのも、緊急事態の中でのできごとのようだ。

賢治自身、自分のやるべきことが何なのかも判別がつかないまま、がむしゃらに家を訪ね続けることしかできず、それを「不安をまぎらさうとしてゐる」だけの「何をやっても間に合はない」「卑怯な」行為だとしたのだろうが、そんな折に、オシャレないでたちで、自分に対して笑みをたたえながら、親切に道を教えてくれる青年は、無駄にオシャレで、無駄に親切で、それは自分と同じように、農村に何の幸いをもたらすことのない存在に見えたのではないだろうか。

「親愛な仲間」や「その親愛な近代文明と／新な文化の過渡期のひとよ」という言葉は、皮肉で言っているのであり、大島が言うような新しい時代の青年に向けての百％の励ましの言葉であるとは言えないように思う。

この一ヶ月ほど前の日付のある「一〇八二〔あすこの田はねえ〕一九二七、七、一〇、」で、賢治は「これからの本統の勉強はねえ／テニスをしながら　商売の先生から／きまった時間で習ふことではないんだよ／きみのやうにさ／吹雪やわづかな仕事のひまで／泣きながら／からだに刻んで行く勉強が」「それがあたらしい時代の百姓全体の学問なんだ」と書いていたが、その賢治が「雑誌を読んで兎を飼って」、そしてオシャレな恰好をしているような人物を、称賛したとは思えないのである。島田隆輔（後掲A）も「農村の副業奨励は重要な政策であり、現金収入を求めてさまざまな副業が農村では展開していたが」「けれども、この若い農夫を決定的に襲うのは、たぶん昭和恐慌以後の農村不況であろうが、田畑の生業をおろそかにして力を注いだ副業の兎は、彼を救うことができなかったのである」と書いているが、そのとおりだと思う。

そもそも、この青年は「詩ノート」の「一〇八九 雨中謝辞」に、「まるであらゆる人を恐れて棲んでるやうだ」と書かれ、また、同日の「一〇九〇〔何をやっても間に合はない〕」には、「貧しい小屋の軒下に」住んでいたと書かれるような存在で、経済的な困窮度も相当なものであったようだ。それなのに「外套のかたちした／オリーブいろの縮のシャツに／長靴をはき／頬のあかるいその青年」とされているのである。農民がオシャレであっていけないことはないが、本業よりも副業に専念し、自らの置かれた立場も心得ずに身の丈に合わないオシャレをするあたりに、賢治は違和感を感じたのではないだろうか。

「わたくしが訪ねるその人」は、彼に対して「さっぱり仕事稼がないで／のらくらもので」と言うだろうとするのだが、服装と物腰こそ立派であっても、マトモな人間ではないということを言わせたいのだろう。

先に引用した『副業参考資料 第23』は、このように続ける。

大正十四年冬期ニ於テハ価格ノ下落ヲ生シ十四年十二月ニハ白兎毛皮ハ一枚一円四、五十銭トナリテ取引ノ緩慢ヲ生シ漸ク滞価ヲ生セントスルニ至レリ

之レカ原因ハ為替相場ノ変動ニヨリ円価ノ昂騰ハ輸出品ノ本邦仕入相場ヲ低落セシメ兎毛皮ニ於テモ之カ為一枚ニ対シテ三、四十銭方ノ低落ヲ生セシムルニ至レリ而モ一方米国ニ於ケル兎毛皮ノ流行ニモ幾分ノ変動アリ且ツ一時本邦兎毛皮ノ相場昂騰ハ本邦輸出品ノ需要ヲ抑制シタルモノ、如ク大正十四年ヨリ十五年一月ニ亘リテ幾分輸出ヲ減少シタル傾向アリ現在ニ於テハ兎毛皮商況甚タ振ハサルノ状況ニアリ然レトモ兎毛皮ハ一枚ノ相場二円以上三円内外ニ及ブコトハ寧ロ異常ノ現象ニシテ本邦ノ輸出相場一円四、五十銭ヨリ一円二、三十銭程度ナレハ今後トモ相当輸出ノ見込アリ

賢治がこうした事情まで知っていたかどうかはともかく、為替相場にも左右され、投機的な色彩の強かった兎の飼育に全力を傾注する存在など、とても奨励できるようなものではなかった。

昭和五年十一月刊行の浅野喜八郎『小金儲けの手順 文なしから千円まで…』（白鳳社）には、「小金を設ける手段」として、看板ブローカー、電話ブローカー、麻雀倶楽部開業、薬用サフランの栽培、食用蛙の飼育、蜜蜂の飼育などとともに兎の飼育の章があり、次のように紹介されている。

これは飼料には大抵の植物《しょくぶつ》を利用する事が出来、而も動物質の給与《きふよ》と云ふ事も省けるし、又子供にも老人にも誰にでも世話する事が出来る、且つ地積《ちせき》も余り広い所もいらぬ。日当りさへよいならば縁《えん》の下でも物置《ものおき》の隅でも差支ないので極々気楽に飼ふ事が出来るのである。

尚その生産物は、肉は兎肉とし勿論利用が出来るし、毛皮《けがは》

の様な物も、此頃需要の道が広くなつて来て、今の所では外国等にも大分沢山輸出《ゆしゆつ》されてゐるので、その生産物の販売利益と云ふものは販売《はんばい》方法が上手《うまく》行きさへすれば、十分得られるのである。

また、賢治没後の出版物ではあるが、長谷川幹男『資本五十円インテリ向き新利殖法』（文啓社書房 昭和十年一月）には、貯金や株、債券の運用方法の他に「競馬にもこれだけの儲け方がある」、「流行の犬を飼へばこれだけの儲け」、「内職に受験パンフレット」、「一部屋貸して碁会所経営」などの章があるが、それらに並んで「卅円の資本で廿円儲かる養兎 女子供にできるうさぎの飼養」が置かれている。

家庭《かてい》の副業《ふくげう》で、相当利益《さうとうりえき》のあがるものもなか〳〵多《おほ》いが、前述《ぜんじゆつ》した通《とほ》り、あまり専心《せんしん》それに性根《しやうこん》を打《う》ちこまずに、それでゐて相当《さうたう》の利潤《りじゆん》を得《え》やうといふのであるから、かなりむづかしいが、中《なか》でも養兎《やうと》などは、最《もつと》もよくこの注文《ちうもん》に嵌《はま》るものであらう。

もちろん、兎の飼育をしようとする者すべてが、浅薄な理由で養兎を志したわけではないだろう。農村の副業として有望だと説く書物も多くあり、当時の新聞にも「前途洋々たる養兎業の将来」（「中外商業新報」昭和五年三月一日）や「農家の副業に養兎事業が有望」（「岩手毎日新聞」昭和六年六月十九、二十日）と報道されており、おそらくは真面目に取り組むものの方が当時も多かっただろうと思う。

段裕行（後掲）は、昭和六年秋頃に「アンゴラ養兎バブルが弾けた」とし、賢治の副業意識は変わったのではないかとするが、たとえば「東京朝日新聞」（昭和七年四月十九日朝刊）には「これからの副業 アンゴラ兎の飼方 これは収毛を主とするもの そろ〳〵流行の中心に」といった記事見出しがあったし、賢治の没後だが、昭和九年（五月二十七日）の「時事新報」にも、「行掛りを捨ててアンゴラ兎へ折紙 農林省遂に兜を脱ぐ」の見出しの記事が載り、そこには農林省が昭和六年九月に発した通牒で「アンゴラ兎は副業として飼育の価値なし」としていたが、それが誤りであったことをついに認めたという内容が報道されているので、この頃、賢治は兎飼育という副業が、全く成り立たないものである、とまでは思っていなかったようである。

ともあれ、「さっぱり仕事稼がないで／のらくらもの」と噂されるような従兄が、「雑誌を読んで兎を飼」うことにしたというのは、どうやら真面目ではない方のタイプの言説に影響されているように思えてならない。当時の新聞にも養兎を勧める広告が、昭和初年の「岩手毎日新聞」を見ているだけでも数種類確認できたが、ここにあげたのはどちらも何度か載っていた広告である。

次ページ右に掲げた「東洋養兎奨励会」の広告には、「年益

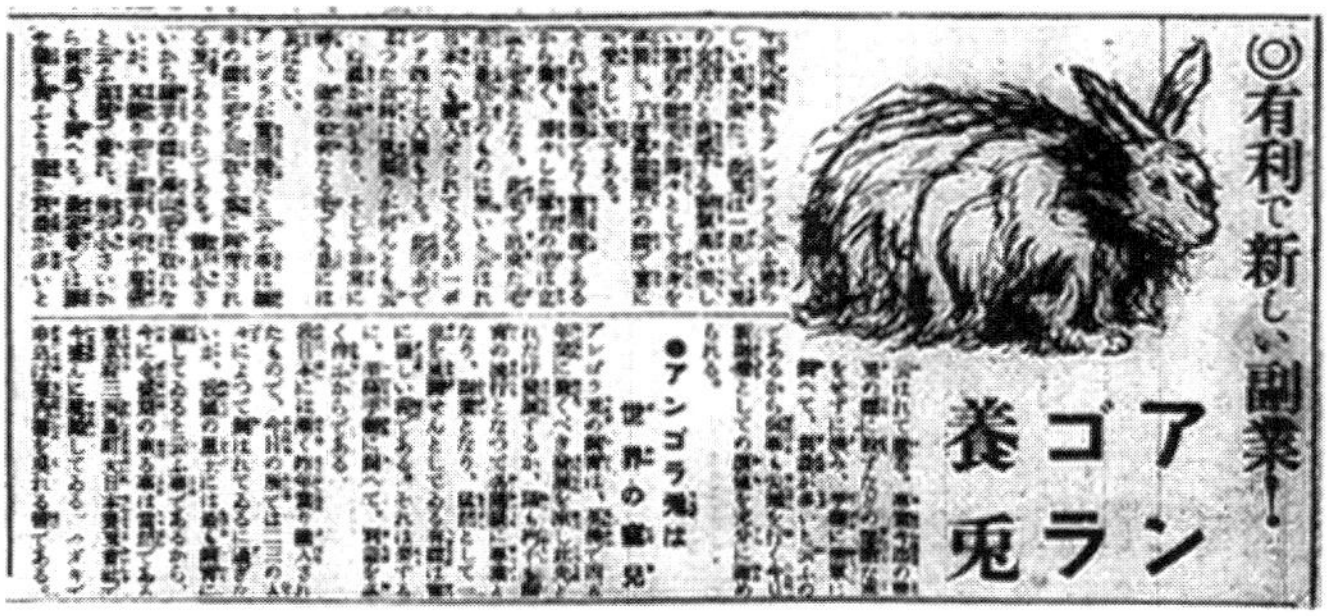

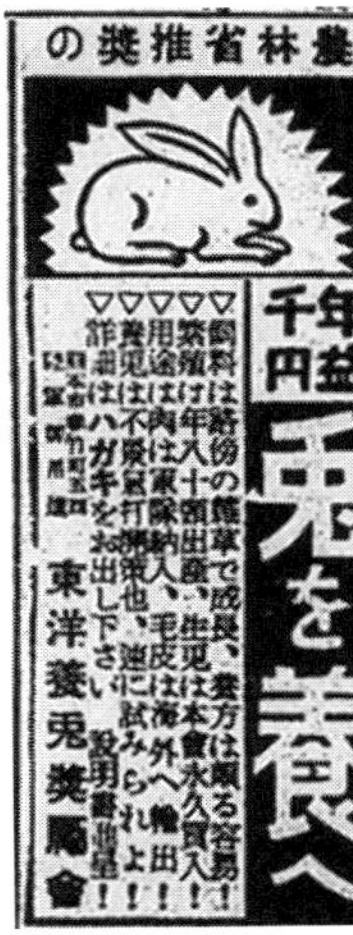

大日本養兎会社（左）、東洋養兎奨励会（右）の広告
「岩手毎日新聞」より

千円」「頗る容易」「生兎は本会永久買入」「不景気打開策也」「速に試みられよ！」などと威勢がいい言葉が並んでいる。

もう一方の「大日本養兎会社」の広告には、英仏ではアンゴラ兎の飼育が一世を風靡しており、「それは要するに、至極簡単に飼へて、利益を多く伴ふからである」という。さらに「我日本には漸く昨年当り輸入されたもので、今日の所では二三の人々によつて飼はれてゐるに過ぎないが、我国の風土には最も飼育に適してゐると云ふ事であるから、今に全盛期の来る事は当然である」とある。

今日でも貸しマンションを買うようにという電話がかかってきたり、新聞や雑誌、ネットでは、外国為替、仮想通貨、未公開株、絶対に得する株情報などが溢れている。これら全てがインチキであるなどと言うつもりは毛頭ないが、「絶対儲かる」といった威勢のよい言葉を冠した広告に飛びつく人が、どれだけ自らの経済的環境について冷静に、真剣に考えているかは疑わしい限りだ。そもそも定稿には「巨利を獲る」という言葉があったが、岩手県の農村を窮乏から救う「副業」に精魂を傾けた人物であったとしたら、「巨利」などという言葉は出てこなかったに違いない。

「一〇九〇〔何をやっても間に合はない〕」下書稿㈡には、「カタログを見てしるしをつけて／グラヂオラスを郵便でとり／めうがばたけと椿のまへに／名札をつけて植え込めば」と書かれていたが、ここで書かれているカタログというのも、先にあげた広告と似たり寄ったりのものであるような気がしてならない。

「グスコーブドリの伝記」でも、ブドリが赤鬚の主人の家に行くと「こんどは毛の長い兎を千疋以上飼ったり、赤い甘藍ばかり畠に作ったり」していると書かれていたが、ここにもしっかりと「相変わらずの山師」という言葉が付け加えられていた。

賢治は「一〇八七〔ぢしばりの蔓〕」で、「働くことが却って卑怯なときもある」と書いたように、働いてさえいればそれで済むわけではなく、それは「不安をまぎらさうとしてゐる」だけなのだと自己批判していたが、かといって明るい未来だけを信じ込んで生きている人間に対して、心の底からすがすがしい気持ちで眺めることができたとは思えない。

とはいえ賢治が養兎に甘い期待を抱く青年を全面的に非難したわけでないことは、大島の指摘を待つまでもなく明らかであろう。それは皮肉こそ込められてはいるものの、「親愛な仲間」と呼びかけていることからもわかるとおりで、農村の副業について、賢治が真剣に取り組むべき課題であると認識していたこともたしかだからだ。しかし、それだからこそ、農村を変えていくことがいかに複雑で難しいかを痛感したのであり、ここにはそうした困惑が書かれていたように思えるのである。

先行研究

大島丈志A「副業」（『宮沢賢治 文語詩の森 第三集』）
島田隆輔A「原詩集の輪郭」（「宮沢賢治研究 文語詩集の成立」）
大島丈志B「農夫へのまなざし 文語詩「副業」を読む」（『宮沢賢治の農業と文学 苛酷な大地イーハトーブの中で』蒼丘書林 平成二十五年六月）
信時哲郎「宮沢賢治「文語詩稿 一百篇」評釈四」（「甲南国文61」甲南女子大学国文学会 平成二十六年三月）
大角修「《宮沢賢治》入門⑩ 最後の作品群・文語詩を読む」（「大法輪81—3」大法輪閣 平成二十六年三月）
段裕行「宮沢賢治と商業的農業「副業」と「グスコーブドリの伝記」の場合」（「台湾日本語文学報38」台湾日本語文学会 平成二十七年十二月）
島田隆輔B「39 副業」（「宮沢賢治研究 文語詩稿一百篇・訳注I」（未刊行） 平成二十九年一月）

40　紀念写真

①学生壇を並び立ち、　教授助教授みな座して、
つめたき風の聖餐を、　かしこみ呼ぶと見えにけり。

②（あな虹立てり降るべしや）
（さなりかしこはしぐるらし）
……あな虹立てり降るべしや……
……さなりかしこはしぐるらし……

写真師台を見まはして、　ひとりに面をあげしめぬ。
③時しもあれやさんとして、　身を顫はする学の長《をさ》、
雪刷く山の目もあやに、　たゞさんとして身を顫ふ。

③′……それをののかんそのことの、　ゆゑはにはかに推し得ね、
大礼服にかくばかり、　美しき効果をなさんこと、
いづちの邦の文献か、　よく録しつるものあらん……

④しかも手練《てなれ》の写真師が、　三秒ひらく大レンズ、
千の瞳のおのおのに、　朝の虹こそ宿りけれ。

大意

学生たちが壇上に並んで立ち、　教授や助教授はみな座って、
つめたい聖餐のような風を、　謹んで呼んでいるようにも見えた。

「あぁ、虹が立った、雨が降ったのだろうか」
「ほんとうだ、あそこでは雨が降っているようだ」
……あぁ、虹が立った、雨が降ったのだろうか……
……ほんとうだ、あそこでは雨が降っているようだ……

写真師は台を見まわして、　一人に顔をあげさせた。

そんな時に光がさっと差し込んで、　校長は身を震わせ、
雪をかぶった山が驚くばかりに美しいというのに、　校長も光を浴びて身を震わせている。
……校長がなにゆえ身を震わせたのか、　その理由はすぐには想像できないが、
大礼服にこれほどに、　人を美しくみせる効果があるのだと、
どこの国の文献に、　これを記録してあるだろうか……

そのうえ仕事慣れした写真師が、　三秒間だけ開放する大レンズには、
壇上にいる人の千の瞳のそれぞれに、　朝の虹が映りこんでいた。

モチーフ

盛岡高等農林学校で何かの式典のおりに記念写真を撮影した際の記憶にもとづく作品。短歌にあるように記念撮影の際にちょうど

虹が出たことがあったようだが、「「短篇梗概」等」の「大礼服の例外的効果」のモチーフも合流している。瞳に映った朝の虹と共に、賢治が写真におさめてほしいと思ったのは、校長の体の震えによって「美しき効果」を生む大礼服だったようだ。

語注

聖餐　キリストの最後の食事を思い起こす儀式。キリストの血と肉を表わす意味で、パンと葡萄酒が分け与えられる。ここでは風を聖なる食事だとする比喩。

身を顫はする　ふるえというのは、大日本住友製薬（http://kanja.ds-pharma.jp/health/hurue/kiso01.html）のサイトによれば、①生理的振戦（精神的緊張や寒さなどによる）、②甲状腺機能亢進症（バセドウ病）、③アルコール依存症、④本態性振戦（理由が解明されていない）、⑤パーキンソン病があるというが、おそらく校長は②～⑤のなんらかの病的な理由によって顫えていたのだろう。なぜ①ではないかと言えば、これならば「ゆゑはにはかに推し得ね」と言わせることはなかったと思うからだ。壇上であいさつする必要があったり、極端に寒かったのなら、近くにいればわかったはずである。

推し得ね　「推し量ることはできないけれど」の意。音数の関係から「すいしえね」と読みたい。次行の「美しき効果」も、音数から「はしきこうか」と読みたい。

大礼服　昭和九年刊行の『新修百科事典』にはこうある。「大礼服制により其方式を定められてある儀式上服装中最上のもの。大礼服には文官大礼服・判任官及非役大礼服・有爵者大礼服・朝鮮貴族大礼服等がある。これを着用するは新年礼拝・元始祭・新年宴会・伊勢両宮例祭・紀元節・神武天皇祭・天長節・明治節・大正天皇祭・外国大公使参朝の節其他の場合である。陸海軍に於ては大礼服に相当するものを正装といふ」。読み方は「たいれいふく」。

三秒ひらく　写真を撮る時に、フィルムがレンズを通った光を浴びる時間が三秒間（シャッター・スピードが三秒）だったということ。

評釈

「歌稿〔B〕」の短歌379を文語詩化したもの（「歌稿〔A〕」379も内容はほぼ同じ）。「「短篇梗概」等」の「大礼服の例外的効果」も関連作品。無罫詩稿用紙の表裏に書かれた下書稿㈠、黄罫（22 22行）詩稿用紙表裏に書かれた下書稿㈡（タイトルは「紀念写真」）。鉛筆で㊢、定稿用紙に書かれた定稿の三種が現存。生前発表なし。丸数字に③とともに③が付けられている。

まずは「歌稿〔B〕」の短歌379をあげてみる。

379　みんなして
写真をとると台の上に

ならべば朝の虹ひらめけり。

歌稿には、この歌の直前に「◎朝の写真 詩体に直す」と書き込みがあるというが、『新校本全集』にあるとおり、文語詩への改作を指すのだろう。この歌は「大正五年十月より」という項に収録されており、次の項は「大正六年一月 一九一七年」であることから、『新校本全集 第十六巻（下）補遺・資料 補遺・伝記資料篇』の二百九十ページに収められた盛岡高等農林学校農学科第二部の教職員と学生の写真が、この時に撮られたものなのだろう。文語詩のみを見るととてもたくさんの人間が集まっているように見えるが、実際は学生四十二名、教員六名で、「千の瞳」はかなり誇張された表現であるようだ。『新校本全集』では、この写真に関して「服装や足下の草の状態から、冬から早春にかけての時期ではない。校長が大礼服を着用するのは、入学式・卒業式・元日・紀元節・天長節・皇族奉迎時であるが、これらのなかで本写真の撮影時期として可能性のあるのは、入学式・天長節・皇族奉迎時のいずれかに絞られる。大正五年度入学式は、校長は出張中のため参列していないので、岩田元兄（賢治と寮で同室だった一学年下の学生：信時注）の記憶を一年繰り上げて、大正五年秋の撮影とするのが最も妥当であろう。天長節か奉迎時かは不明である」とあり、379の短歌には触れていないが、ピッタリと状況は一致する。

『年譜』を見てみると、十月二十二日に「皇后、皇太子の御真影を盛岡停車場に奉迎し、一〇時半第一講堂で奉戴式」とあり、十月三十一日には天長節、また、岩田元兄の回想にはないが、『年譜』では、十一月三日に「立太子礼拝祝儀式、八時半第一講堂で挙行。夜、市主催の提灯行列に参加」ともあるので、この日に写真が撮られたのかもしれない。文語詩には「つめたき風の聖餐を、かしこみ呼ぶ」という表現があるが、大正天皇の御真影を迎えることから、「かしこみ呼ぶ」といった言葉が出てきたのかもしれない。いずれにせよ皇室に関わる行事の際の写真撮影であることはたしかなようだ。

文語詩の下書稿㈠の初期形態をあげる。

（そのうしろにて朗らなる
藍の山脈《なみ》はいづかたぞ）
（そは七雨時《ママ》　陸中と
陸奥を堺へる地塊なり）
（げに虹立てり　晴るらんや）
（さなり朝虹　暗ければ）

写真師はっと気を充て、
レンズの蓋をはづさんと
さらに一たび見まはせば
こはそもいかにまなかなる
その黄金色の校長は

さんらんとしてうち顫ふ
それ身ぞふるふそのことの
故は何ともわかねども
大礼服にかくばかり
美しき効果のあらんとは
いづくの国の文献か
よく記し置けるものあらん

写真師気をばとり直し
三秒ひらくレンズには
五百の口とかゞやける
千の瞳ぞうつりける
そのおのおのの瞳には
千の虹こそ映りけり

写真師レンズ蓋なして
いとへりくだり礼すれば
俄かに何かけはひして
校長もたち教授らも
みな立ちあがり学生ら
どっと壇をば下りけり

短歌からすんなりと発展しているように思えるが、大きな変化は大礼服を着た校長の登場、すなわち関連作品である散文「大礼服の例外的効果」のモチーフが紛れ込んでいることである。短い作品であるし、梗概を述べるのみではニュアンスが伝わりにくいと思うので、全文をあげてみる。

こつこつと扉を叩いたのでさっきから大礼服を着て二階の式場で学生たちの入ったり整列したりする音を聞きながらストウヴの近くできうくつに待ってゐた校長は　低く　よし　と答へた。

旗手が新らしい白い手袋をはめてそのあとから剣をつけた鉄砲を持って三人の級長がはいって来た。校長は雪から来る強い反射を透して鋭くまっさきの旗手の顔を見た。それは数週前いきなり掲示場にはりつけられたわれらはわれらの信ぜざることをなさず　といった風の宣言めいたものの十幾人かの連名のその最后に記された富沢であった。

それについてのごたごたや調査で校長はひどく頭を悩ました。

ところがいま富沢は大へんまじめな様子である。それは校旗を剣つきの鉄砲で護るわけがちゃんとわかったやうでもありまた宣言通り式場へ行ってからいきなり校旗を抛げ出して何か叫び出すつもりのやうでもありどうも見当がつかなかった。

みんなはまっすぐにならんで礼をした。

校長はちょっとうなづいてだまって室の隅に書記が出して立てて置いた校旗を指した。

富沢はそれをとって手で房をさばいた。校長はまだぢっと富沢を見てゐた。富沢がいきなり眼をあげて校長を見た。校長はきまり悪さうにちょっとうつむいて眼をそらしながら自分の手袋をかけはじめた。その手はぶるぶるふるえた。校長さんが仰るやうでないもっとごまかしのない国体の意義を知りたいのです　と前の徳育会でその富沢が云ったことをまた校長は思ひ出した。それも富沢が何かしっかりしたさういふことの研究でもしてゐてじぶんの考へに引き込むためにさう云ってゐるのか全く本音で云ってゐるのか、或は早くもあの恐ろしい海外の思想に染みてゐたのかどれかもわからなかった。卒業の証書も生活の保証も命さへも要らないと云ってゐるこの若者の何と美しくしかも扱ひにくいことよ　扉がまたことことと鳴った。

古いその学校の卒業生の教授が校旗を先導しに入って来た。校長は大丈夫かといふやうにじっとその眼を見た。教授はその眼を読み兼ねたやうに礼をして「お仕度はよろしうございますか。」と云った。「よし」校長は云ひながらぶるぶるふるえた。教授はじぶんも手袋をはめてないのに気がついて　あ失礼と云ひながら室を出て行った。

校長は心配さうに眼をあげてそのあとを見送った。

校長の大礼服のこまやかな金彩は明るい雪の反射のなかでちらちらちらちら顫へた。何といふこの美しさだ。この人はこの正直さでこゝまで立身したのだ　と富沢は思ひながら恍惚として旗をもったまゝ校長を見てゐた。


「紀念写真」とは季節がずれているが、どちらか一方が他方を取り込んだか、あるいは似た体験が複数回あったのかわからない。ともあれ、盛岡高等農林学校の校長室（?・）で、宮沢を彷彿させる富沢なる学生が、無事に式を終えたい校長を動揺させているという書き出しだ。しかし、この対立は、富沢が校長の着ていた大礼服の「例外的効果」によって一挙に崩れ、良くも悪くも平和な作品に落ち着いてしまっている。

「大礼服の例外的効果」における「雪から来る強い反射」という言葉を信じれば、校長が大礼服を着るのは元旦、紀元節、卒業式というあたりになるが、亀井茂（「宮沢賢治と盛岡高等農林学校断片㈦作品「大礼服の例外的効果」をめぐって」「早池峯22」早池峯の会 平成八年三月）の「新年の場合は冬休み中で市内や周辺在住学生のみの出席であったろうし」、「三月中旬頃ではどの程度雪が残っているか、また残った雪ももう薄汚く反射力も弱くなっているような気もする」という意見を容れれば、紀元節のできごとであったとするのが妥当だろう。

また、亀井は、ここに登場する「徳育会」について、盛岡高農には「品性を修養し親睦を謀る」ことを目的とした徳育部があり、賢治は大正六年度には委員を務めたと書いていたが、徳育部では、時に品性修養に関する講演会を催し、それを徳育会と言ったのだという。もしかしたら校長をはじめとする教員も列席したこの会で、賢治は本当に「もっとごまかしのない国体の意義を知りたいのです」と問い詰めるようなことがあったのかもしれない。

賢治と学校側との対立については、保阪庸夫・小沢俊郎の『宮沢賢治 友への手紙』（筑摩書房 昭和四十三年六月）に従って考えれば、大正五年に大山巌元帥を国葬にしながら夏目漱石を国葬にしなかったことを文化軽視であるとして抗議し、学校の許可なく掲示板に張り紙をしたという事件があり、また、農学科第二部を農芸化学科に改めようとしたことに対する反対から、学生たちが教授宅に押しかけたという事件があったという。

また、古屋敬子（「大礼服の例外的効果」「四次元200」宮沢賢治研究会 昭和四十三年一月）は、大正六年九月に設置された臨時教育会議により学校における国家主義体制の本格化に対する反対運動が全国的に起こり、賢治もその動きの中にいたのではないかとする。

さらに大正七年三月に、アザリアの同人であり賢治の親友だった保阪嘉内が、卒業式直前に除名処分になったこともあげられよう。除名の理由は明らかでないが、「アザリア５」（大正七年二月二十日）に保阪が発表した「社会と自分」に、「ほんとうにでっかい力。力。力。おれは皇帝だ。おれは神様だ。おい今だ、今だ、帝室をくつがえすの時は、ナイヒリズム」といった言辞があり、そのためではないかと言われている。短歌や文語詩「紀念写真」は大正五年秋のできごと、「大礼服の例外的効果」は紀元節のできごとだとすれば、直接の関係はないにしても、高等農林に対する不穏な気持ちが共通していることだけはたしかである。

島田隆輔（後掲）は、羽田正が次のように述べていることが背景にあった可能性を指摘しているが（森荘已池「座談会・賢治素描」『宮沢賢治の肖像』津軽書房 昭和四十九年十月）、校長が大礼服を着る機会として、皇族奉迎時があったことを考えれば、可能性は低くないように思う。

宮沢さんが、まだ盛岡高等農林学校の生徒のとき、ある宮さんが来られたのです。その宮さんを迎えるのに、武装して盛岡駅に出るとき、宮沢さんと、もう一人の生徒が、武装しないで出た方がいいと頑張ったのだそうです。何故武装して出迎えるのかと問いつめて、学校当局を、すっかり手こずらせ、その論法はとても鋭かったので、学校当局は、なっとくのゆくように説明することができなかったので、宮沢さんは、出迎えに出なかったという話で――

長々と述べてきたが、そもそも「大礼服の例外的効果」は、大正十五年あるいは昭和六年以降に書かれたとも考えられているので、事実そのままであったとしても記憶違いはあるだろうし、工藤哲夫（「短編梗概」等」「宮沢賢治の全童話を読む　国文学　解釈と教材の研究　2月臨時増刊号」学燈社　平成十五年二月）のように「全体が創作の可能性がある」という論者もあるので、モデル問題については、厳密に考えすぎるのも問題だろう。

さて、古屋（前掲）は、校長との意見対立を中途まで描きながら、校長に同情してしまうという結末に対して「この賢治のもろさにもどかしさを覚え」るとするが、たしかにそんな気もする。

ただ、伊藤眞一郎が「宮沢賢治の小説的作品について」（「近代文学試論14」広島大学近代文学研究会　昭和五十年十月）で指摘しているように、この作品における富沢と校長は深刻な対立的関係にあるようだが、「それもあくまで背景であり、「例外的効果」というユーモアを生むための道具立てとしての設定にすぎ」ず、「各作品に描かれている人物の、自他の関係における主体の在り様という点に絞ってみるならば、彼らが、申し合わせたように、他者の様態に過度に敏感な、心理的に影響を被り易い存在であることは確かであり、そのことから、彼らを、他者に対しての主体性の稀薄な受身的な存在と見做すことは充分に納得のゆくことであろう」という指摘は重要だと思う。どうしても校長との対立の方に目を奪われがちだが、実は賢治にその方向で追究しようという意識は薄く、それは「大礼服の例外的効果」というタイトルがついていることにも示されていると思う。

文語詩「紀念写真」に戻ろう。「大礼服の例外的効果」を読んだことのある人間がこれを読むと、ついつい賢治と校長の対立といったようなことに関心が奪われがちだ。本作の定稿は字数が二百五十以上もあるので、他の文語詩とは違って、ギリギリにまで文字数が凝縮されたために削除されたといった説明はできそうにない。とすれば、もともとあまり書くつもりがないからだと考えた方がよいのではないだろうか。

では、「大礼服の例外的効果」と文語詩に何が共通しているのかと言えば、「校長の大礼服のこまやかな金彩」が「ちらちらちらちら顫へた」ことである。文語詩でも、この「顫へ」だけは生きている。それどころか、「身を顫はする学の長」「たゞさんとして身を顫ふ」「それをののかんそのことの」と、三度も登場していることから考えると、大礼服を美しく見せるために本当に必要だったのは、伊藤の言うような人間的な対立でさえなく、大礼服の金彩がふるえること、というきわめて即物的な現象だったとすべきではないだろうか。

「大礼服の例外的効果」に書かれたような事実があって、そこから一部がカットされて「紀念写真」にまとめられたようにも思えるが、逆に「紀念写真」の方が実際の経験に近く、これにもっともらしい説明が付け加わったものが「大礼服の例外的効果」であったという考えも成り立つかもしれない。

いずれにせよ、紀念写真の撮影中にちょうど虹が出て、人々の瞳にその姿が映っただろうという美しい詩に、さらに中央に座った校長の金彩をふるえさせることによって、いっそう絢爛豪華な美しさを描こうとしたのがこの詩なのではないかと思う。

もちろん、実際の写真に全員の瞳に虹が映りこむ現象は起こりえないし、大礼服の金彩の微細な動きをカメラが収められるわけはない。しかし、だからこそ、括弧書きや字下げ、リーダーなどを使いながら立体的に描こうとしたのがこの文語詩だったのだろう。

近代技術である写真の素晴らしさは認めながら、古来より伝来の詩は、そこでは実現できない効果も盛り込むことができる。それが本作で十分に発揮できているかどうか、今は問わないにしても、少なくとも賢治は、そんな意気込みでこの文語詩を書いたように思えるのである。

先行研究

森荘已池Ａ「短歌と文語詩との関係」（「イーハトーヴォ第二期５」宮沢賢治の会 昭和三十年五月）

森荘已池Ｂ「賢治の短歌」（『宮沢賢治の肖像』津軽書房 昭和四十九年十月）

中村稔「「疾中」「文語詩篇」その他」（『宮沢賢治ふたたび』思潮社 平成六年四月）

須田浅一郎「宮沢賢治の文語詩に拠る挑戦」（『宮沢賢治に酔う幸福』日本図書刊行会 平成十年三月）

信時哲郎「宮沢賢治「文語詩稿 一百篇」評釈四」（「甲南国文61」甲南女子大学国文学会 平成二十六年三月）

島田隆輔「４０ 紀念写真」（「宮沢賢治研究 文語詩稿一百篇・訳注Ⅰ」〔未刊行〕平成二十九年一月）

41　塔中秘事

①雪ふかきまぐさのはたけ、　玉蜀黍《きみ》畑漂雪《フキ》は奔りて、
丘裾の脱穀塔を、　ぼうぼうとひらめき被ふ。
②歓喜天そらやよぎりし、　そが青き天《あめ》の窓より、
なにごとか女のわらひ、　栗鼠のごと軋りふるへる。

大意

まぐさ畑は今や雪深く、　玉蜀黍畑にも吹雪が激しい、
丘のふもとにある脱穀塔を、　吹雪はぼうぼうと音を立てて吹いている。
歓喜天が空をよぎったのだろうか、　一瞬青く開いた天の窓から、
なにがあったのだろうか女のわらい声が、　栗鼠のようにふるえて聞えてきた。

モチーフ

吹雪の吹く或る日、小岩井農場にあった倉庫から女の笑い声が聞えてきた。男女が抱き合う像で知られる歓喜天が空をよぎったように感じた、という。晩年の賢治は性を積極的に描こうとしていたのだという証言があるが、本作は農村の性を肯定的に描こうとしたもののように思われる。

語注

秘事　他人には知られたくないひめごと。学問や芸術の奥義のことも言う。ただし、ここでは男女の密会を指すのであろう。
「秘事」とえば、文語詩には、花巻近辺では一大勢力であっ

た浄土真宗系の隠し念仏（秘事念仏）を扱った「〔秘事念仏の大師匠〕（一）（二）」があるが、島村輝（後掲）は、本作の持つ本源的な神秘性に目を向けるべきだとし、真言宗の異端の一つである立川流における「性的なエクスタシーを法悦状態への段階として神聖視する発想」とも通底するところがあるとする。

玉蜀黍《きみ》　とうもろこしのこと。「五十篇」に「〔玉蜀黍を播きやめ環にならべ〕」がある（ただしルビはない）。

漂雪《フキ》　吹雪のこと。方言でフキ。

脱穀塔　本作の舞台である小岩井農場に脱穀塔と呼ばれるものはなかったらしいが、元小岩井農場展示資料館館長の岡沢敏男（後掲A）によれば、耕耘部にあった四階倉庫のことであるらしい。当時の場長がオランダで見たものを参考にして、大正五年に建築されたもので、本邦唯一の木造四階建て倉庫なのだという。賢治は下書稿㈠～㈢で大豆倉庫、下書稿㈣～㈥では玉蜀黍倉庫、下書稿㈦と定稿で脱穀塔と書いているが、飼料となる燕麦、大豆、玉蜀黍などを乾燥・貯蔵させるために用いられたという。また、賢治は下書き段階で、一貫して「三階」と書いているが、実際は四階建てで、建設された順序が三番目であったことから「第三倉庫」とも呼ばれており、賢治は二つを混同したのかもしれないと岡沢は書いている。四階倉庫では、各種の作業が行われた他、「従業員の踊りの稽古、花見・月見の宴、展望台、火の見櫓としても利用され」、「重 労働に耐えない妊産婦の補女（従業員の妻女）たちが、四階倉庫において冬の仕事として大豆の撰種をした」らしい。道路から四階倉庫までは五十mほどあったので、「女のわらひ」とあるのを男女の密会の際の声だとは考えにくく、「雪籠りの日々の気晴らしの気楽さから罪のない猥談に興じたとしてもふしぎではありません」とする。ただ、モデルはあくまでモデルであり、男女の密会という見解を否定するだけの理由にはならないように思う。島村（後掲）は、「塔」にも宗教的な意味があるのではないかという。

歓喜天　インド神話から仏教に取り入れられた大聖歓喜自在天のこと。毘那夜迦天、聖天、天尊とも称される。『広説仏教語大辞典』によれば、「形象には象頭人身の単身と双身（夫天は象身、婦天は猪頭もある）とがある。双身には夫婦の抱く像があって、財宝・和合の神とされ、水商売の尊信が厚く、民間信仰がさかんである」とのこと。

評釈

無罫詩稿用紙に書かれた下書稿㈠、その左方余白に書かれた下書稿㈡（鉛筆による（了）が右肩にあるが、下書稿㈠と㈡のどちらに付けられたものか不明）、その裏面に書かれた下書稿㈢、下書稿㈢に×印を付し書き直された下書稿㈣（タイトルは「農場」）、下書稿㈣に×を付して書きなおした下書稿㈤（断片）、下書稿㈤を〇で削除したのちに書かれた下書稿㈥、黄罫（240

行）詩稿用紙裏面に書かれた下書稿㈦（藍インクで写）。表面は口語詩「牧歌」下書稿）、定稿用紙に書かれた定稿の八種が現存。生前発表なし。

本作については小岩井農場の歴史と地理に通じた岡沢敏男（後掲A、B。引用はA）が詳細に論じている。まず、岡沢は下書稿㈠では、「岩崎と呼ぶ／大ブルジョアの農場」とあったものが削除され、博物館や脱穀塔という実際には存在しなかったものを登場させ、「小岩井農場における実在の素材は、あくまでも借用であって、逐次それをデフォルムしながら非現実（虚構）的な架空の農場世界へと再構築したのが定稿の「塔中秘事」だった」とする。

また、岡沢（後掲B）は「栗鼠の軋り」について、『春と修羅（第一集）』の「噴火湾（ノクターン）」には、「車室の軋りは二疋の栗鼠」、「鳥のやうに栗鼠のやうに／そんなにさはやかな林を恋ひ／（栗鼠の軋りは水車の夜明け／大きなくるみの木のしただ）」、「（車室の軋りはかなしみの二疋の栗鼠）」というように、栗鼠には亡妹トシのイメージが重ねられており、「明け方になると「車内の軋りは天の楽音」と化し、＜兄妹のかなしみ＞は浄化されてしまうのである。「塔中秘事」の「歓喜天そらやよぎりし」は、この＜天の楽音＞と相対し、「栗鼠の軋り」の浄化に導入されたものに違いない」ともいう。

さらにユング心理学におけるアニマ・アニムスの論を援用しながら、「「塔中秘事」の「女のわらひ」を解釈すれば、その「女」とは賢治自身の「内なる異性」であって、賢治の深層にあるアニマの投影であった」とし、「賢治の主題は「小岩井農場での事件」をスケッチすることにあったのではなく、「女のわらひ」に密着する自己の性欲（エロス）のスケッチにあった」とする（後掲A）。

いずれにしても「塔中秘事」は、賢治が悩みもだえたエロスについて、その「秘めごとを直感させる題材を繰り返し推敲し」「隠微なみだらなものとしてではなく」「現実的な抽出をやや象徴的、天上的なものに」（栗原敦（後掲）：信時注）表現するために八段階もの推敲を重ねながら定稿にいたった、その念入りな経過にもっと注意をはらうべきでしょう。この詩を、単に「農場に働く若い男女の＜真昼の情事＞である」（小倉（後掲B）：信時注）といいきっては、賢治が透明なエロスを描こうとした病床からのメッセージが、みだらにゆがんでしまうのではないでしょうか。

岡沢のいう「自己の性欲（エロス）のスケッチ」や「透明なエロス」は、たしかに『春と修羅（第一集）』の時代ならそうだったかもしれないが、文語詩においては、私性を排除する方向に推敲していくというのが大原則であったはずで、ましてや農民の性を描く現場に立ち会っていながら、自分自身の性意識の問題に引きつけて作品を書くことがあったかについては、もう少し注意してみる必要があるように思う。

また、賢治自身の性意識は透明で、農民たちの実際の性行為はみだらでゆがんでいるとでもいうような見方にも違和感が残る。岡沢は、賢治が晩年になって森荘已池に語った「人間は、もっともっと生き物として、木や草やとりやけだものと一緒に見られてよいと思う。性行為なども人体生理の調整上、どうしてもなくてはならない自然の行為で、これをいやしめるものは、もっとも悪い思想だ」という言葉があることを知りながら、「農場に働く若い男女の〈真昼の情事〉」は「みだらにゆがん」だものだとして批判しようとしているのは矛盾しているように思われる。

小倉豊文（後掲B）は、戦前から賢治作品研究の為に花巻に赴き、その自然と民俗を知るために花巻近郊の農家などにも泊まったことがあるというが、その際に「農村では私の少年時代を過ごした関東地方の農村と同じように、野合やヨバイ（夜這い）等の性風俗が普通であったこと、花巻地方に数多くある温泉には自炊宿があり、農閑期には家族ぐるみの温泉行が習慣化していて、そこにも性風俗のつきまとっていることなどもわかったのである」と書いている。また、「「栗鼠のごと軋りふるへ」たのは女の「よがり」の声である。それを賢治が「歓喜天そらやよぎりし」とズバリうたったのである。農村で「真昼の情事」の広く行われていたことを賢治はよく知っていたに相違ない。私は少年時代の関東平野の見聞からそう思ったのであるが、関登久也に話すと、こともなげにその通りであると肯定した」とも書いている。生出泰一が『実説 みちのくよばい物語（正・続）』（河童仙 昭和五十年・昭和五十二年六月）に多くのよばい譚を書き留めているとおりである。菊池忠二（後掲）も、『春と修羅（第一集）』の「小岩井農場」（パート七）の中で、若い農夫が「うな いいおなごだもな」と大声で叫んだという記述を残していることにも触れながら、「若い男女の従業員が四階倉庫の中で、上司の眼を盗みながら密会するということも、何かありそうなことのように思われる」とし、「作者自身のエロスをスケッチすることに主題があったとは、少しも感じられない。むしろ賢治が、人間におけるエロスの実態を不潔なものとか、いやらしいものなどとは少しも考えずに、それらをおおらかにうけとめ、そうした営みをする人間の姿を、自然の猛威と対比しながら象徴的に暗示して、その賛歌を描こうとしたもののように、私には思われる」とする。

このようなことは柳田国男の『遠野物語』（柳田国男 明治四十三年六月）には出ていないではないかという批判を受けるかもしれない。が、柳田の民俗学は性を人為的に排除したところで成り立っており、赤松啓介はそれに反発して、非常民の民俗学を提唱し、『夜這いの民俗学』（明石書房 平成六年一月）等を著わしている。もちろん、小谷野敦（『江戸幻想批判「江戸の性愛」礼讃論を撃つ』（新曜社 平成十一年十二月）の指摘を待つまでもなく、夜這いが日常的だった時代が、男女が対等に向き合い、フリーセックスを謳歌できたユートピア時代であったなどとは言い切れない。しかし、森栗茂一の『夜這いと近代売春』（明石書店 平成七年十月）の帯に書かれているように「日本の都市化は、男を夜這いから買春へとはしらせた」という側面があったことは、大筋では事実だと言うべきだろう。

賢治は昭和六年に森荘已池を訪ね、「草や木や自然を書くようにエロのことを書きたい」（森荘已池「昭和六年七月七日の日記」『宮沢賢治の肖像』津軽書房 昭和四十九年十月）と語ったとされるが、実際、「五十篇」の「〔そのときに酒代つくると〕」のように農村における性を肯定しているとも捉えられる作品を書いている。

その一方で、賢治が文語詩の中で一貫して否定的に描き続けているのは、遊廓や花巻温泉などに代表される売買春に対してである。賢治は「日本文の性に関する文字のきたないのは、徳川時代の儒者がきたなくしたのではないでしょうか」、「ハバロック・エリスの性の本なども英文で読めば、植物や動物や化学などの原書と感じはちっとも違わないのです。それを日本文にすれば、ひどく挑発的になって、伏字にしなければならなくなりますね」（森 前掲）とも語ったというが、さすれば賢治は、農夫たちの性をみだらでゆがんでいるとしたのではなく、徳川時代以前から延々と続く政治的・経済的な強者と弱者の間で、個々の感情とは別に金銭のやりとりを行うような性こそを「きたない」としたのであり、「農場に働く若い男女の〈真昼の情事〉」については、空をよぎる歓喜天になぞらえたような天上的なものなのだとしていたと解するべきではないだろうか。

芥川龍之介（「あの頃の自分の事」「中央公論」大正八年一月）は白樺派の小説家・武者小路実篤について、「武者小路氏が文壇の天窓を開け放つて、爽な空気を入れた」と書いたが、賢治がこれをふまえていたとは言えないにしても、歓喜天が横切り、「青き天の窓より」女の笑い声が聞えてくるとした本作は、農村の性を描く際に「爽な空気を入れ」ようとしていたという意味で、通じるところがあるようにも思うのである。

先行研究

小倉豊文A「塔中秘事」（「農民芸術4」農民芸術社 昭和二十二年八月）

小倉豊文B「宮沢賢治の愛と性」（「宮沢賢治9」洋々社 平成元年十一月）

栗原敦「「文語詩稿」試論」（『宮沢賢治 透明な軌道の上から』新宿書房 平成四年八月）

天沢退二郎・西谷修「賢治、あるいは夜と戦争」（「現代詩手帳39―11」思潮社 平成八年十一月）

榊昌子「宮沢賢治と小岩井農場」（「秋田県立西仙北高等学校紀要」秋田県立西仙北高等学校 平成九年四月）

岡沢敏男A「「塔中秘事」を現場から読む」（「ワルトラワラ12」ワルトラワラの会 平成十一年十一月）

宮沢健太郎「『文語詩稿一百篇』」（「国文学　解釈と鑑賞65—2」至文堂 平成十二年二月）
岡沢敏男Ｂ「『塔中秘事』」（「国文学　解釈と鑑賞66—8」至文堂 平成十三年八月）
島村輝「塔中秘事」（『宮沢賢治 文語詩の森 第三集』）
菊池忠二「小岩井農場紀行」（『私の賢治散歩　上巻』菊池忠二 平成十八年三月）
島田隆輔Ａ「原詩集の発展」（「宮沢賢治研究 文語詩集の成立」）
信時哲郎「宮沢賢治「文語詩稿　一百篇」評釈四」（「甲南国文61」甲南女子大学国文学会 平成二十六年三月）
島田隆輔Ｂ「４１ 塔中秘事」（「宮沢賢治研究 文語詩稿一百篇・訳注Ⅰ」〔未刊行〕平成二十九年一月）

42 〔われのみみちにたゞしきと〕

われのみみちにたゞしきと、　ちちのいかりをあざわらひ、
ははのなげきをさげすみて、　さこそは得つるやまひゆゑ、
こゝはむなしく息あえぎ、　春は来れども日に三たび、
あせうちながしのたうてば、　すがたばかりは録されし、
下品ざんげのさまなせり。

大意

自分だけが正しい道を進んでいるのだとして、父の怒りを嘲笑い、母が嘆くのをさげすんで、そうした親不孝の結果に得た病気なので、声もむなしく息も絶え絶えに、春を迎えることはできたけれども一日に三度は、汗を流しながら床でのたうち回っていると、この姿は経典に書かれている、「下品ざんげ」の状態そのままだ。

モチーフ

昭和四年春頃（あるいは昭和七年春?）の賢治自身の心境を書いたものだろう。文語詩定稿で自分自身を、しかも文語詩制作時に近い時期の心境を、ここまで赤裸々に綴ったものは少ない。ただ、重点は必ずしも宗教的な告白に置かれているわけではなく、本人の意思はともかく、経典に書かれた「下品ざんげ」の様子を呈したということの発見の方に重きがあるように思える。

語注

録されし　下書稿㈡に「しるされし」とルビがある。経典に書かれているとおりだということだろう。

下品ざんげ　犯した罪を仏の前に告白すること。『定本語彙辞

典』によれば、「下品懺悔は三品懺悔と呼ばれるものの一（他に上品懺悔、中品懺悔）。唐の善導の『往生礼讃』によれば、上品懺悔とは「身の毛孔の中より血流れ、眼の中より血出づる」を言い、中品懺悔とは「遍身に熱汗毛孔より出で、眼の中より血流る」を言い、下品懺悔とは「遍身に徹り熱して、眼の中より涙出づ」を言う。上品、中品、下品の区別は、人の機根（教法を受け修行する能力→気根）の差によるもので、懺悔そのものの価値の差ではない」とある。下書稿㈠では「下品あるひは中品の」としていたが、対馬美香（後掲）の言うように、「眼から血が流れる」という「中品」の表現に的確さを欠くとみたため」に下品に改めたのだろう。

42 〔われのみみちにたゞしきと〕

評釈

黄罫（260行）詩稿用紙裏面に書かれた下書稿㈠（表面は「未定稿」の「〔まひるつとめにまぎらひて〕」下書稿）、黄罫（220行）詩稿用紙表面に書かれた下書稿㈡（タイトルは「病相」。鉛筆で㊢）、定稿用紙に書かれた定稿の三種が現存。生前発表なし。定稿に丸番号の表記はない。

島田隆輔（後掲B）は、内容の連続性から「〔翁面　おもてとなして世経るなど〕」を連作稿、兄弟稿とみている。『新校本全集』等で指摘はされていないが、対馬美香（後掲）のいうように、「疾中」詩篇との関連があり、中でも「〔あゝ今日ここに果てんとや〕」は、語句や内容の一致から関連が深いように思える。

「〔あゝ今日ここに果てんとや〕」の初期形態は次のとおり。

あゝ今日ここに果てんとや
燃ゆるねがひはありながら
はた色声にまぎらひて
十年むなしく過ぎにけり

あゝちゝはゝはわれに老い
ひとびとわれをたすけしに
まことのみちを行くなくて
なにをおもひてわれや来し

懺悔の汗に身をば燃し
自責の血をば吐きながら
たゞねがふらく蝕みし
この身捧げん壇あれと

さてはふたゝび生れんに
かゝるねがひを忘るなく
こたびの恩をひとびとに
むくひ得んほど強かれと

病中の作であり、両親が登場し、「懺悔の汗」や「自責の血」とあることから、本作との距離は近いと思う。ただ、この「〔あゝ今日ここに果てんとや〕」が発展して「〔われのみみちにたゞしきと〕」になったとすれば、途中には数度の改稿があったと考える必要があるだろう。

文語詩の制作時期について、対馬（後掲）や長沼士朗（後掲A、B）は昭和四年春を取り、島田（後掲A、C）は、昭和七年春であった可能性を指摘するが、いずれにせよ賢治は親の恩を仇で返し、慢の骨頂、その故に病を得たという認識であったことに大きな違いはないようだ。

解釈上の鍵になるのは、「すがたばかりは録されし、／下品ざんげのさまなせり」だと思うが、小桜秀謙（後掲）は、「自分は「下品ざんげ」のさまながら、真にその罪を懺悔しているのかと反省している」とし、長沼（後掲A、B。引用はB）は、「「すがたばかりは」の「ばかり」という語句には、当然「外見的には懺悔をしている姿になっているが、胸の内には懺悔をしてもすっきりしない想いが残る」というような意味が込められている」とし、「このような自分の懺悔は、それによって罪が流されてしまうような上等な懺悔ではなく、下等という意味も含めて『下品ざんげ』と呼ぶのがふさわしい」とする。また、島田（後掲B）は、「「ざんげ」がその外面には明らかにみえようが、それが本心にまでは到底達しえてはいないのだ、ということであろう。彼の懺悔は、果てなくつづく自責・自戒の業として暗示されている」と書いている。ニュアンスはそれぞれに異なるが、自分自身の懺悔の念の不徹底を責める方向での解釈だと言っていいだろう。

また、対馬（後掲）は、「「ざんげのさま」の「さま」は客観的にみた場合の姿、様子をいうものであるから、『疾中』の「わたくし」「われ」「おれ」という一人称は賢治自身と等身大であるのに対して、ここでの創作の視点は、自己を素材としても超自我なものであるといえよう」と、賢治自身が分裂していることに注目する。島田（後掲A）も、「これは作者の姿であるか。けれどもそれを「ざんげの相《さま》」そのものだ、と見つめている詩人がいるのではないのか。「われ」は、宮沢賢治という個体を突き破って、「罪深き人間」として現出している」とし、本作が、ただ小さな「われ」を描くだけでなく、「人間」を描く詩篇になっているのだとする。これらは「われ」の二重性に着目した論だということができよう。

さて、ここで付け加えておきたいのは、仏説の信憑性を確認し、畏れ敬う賢治の姿についてである。「春と修羅 第二集」の「三一四〔夜の湿気と風がさびしくいりまじり〕一九二四、一〇、五」に、「わたくしは神々の名を録したことから／はげしく寒くふるえてゐる」とあることは知られるところだが、自らの感覚として、こうしたフレーズに共感できる人はあまりいないのではないだろうか。しかし、賢治は神々の名を書き付けたことに対して、おそらくは本当に畏れ、ガタガタと身が奮えていたのだと思う。

花巻農学校での教員時代に劇「種山ヶ原の夜」を生徒たちに演じさせた際にも、賢治は、

雷神になった生徒が次ぎの日、ほかの生徒のスパイクで足をザックリとやられましてねぇ、私もぎょっとしましたよ、偶然とはどうしても考えられませんし、こんなに早く仇をかえさなくてもよかろうになあと、呆れましたねえ。

と語ったというが（森荘已池「賢治が話した「鬼神」のこと」『宮沢賢治の肖像』津軽書房　昭和四十九年十月）、こうしたエピソードは他にも多くあり、賢治がどのような感覚で日々を過ごしていたかを考える際の参考になろう。

賢治をこうした意味での信心深い人間であったと考えれば、本作の前半で「われのみみちにたゞしきと、　ちちのいかりをあざわらひ、／はははのなげきをさげすみて、　さこそは得つるやまひゆゑ」という詩句も、慣用的に表現されているのではなく、賢治が真剣にそう思っていた可能性について考えてみるべきだと思う。

たとえば「ばちが当たった」というような表現を、我々も日常生活でよくするが、真剣にそれを「ばち」（神仏が与える罰）であると考える人は少ないように思う。関東大震災を軽佻浮薄な文化に対する天の怒りだとする天譴論が口にされた時期もあり、東日本大震災についても同じようなことを口にする人もあったが、雷神のエピソードにもあるように、賢治はそうしたことを真剣に言っていた可能性がある。

賢治の書いた最後の手紙として知られる柳原昌悦宛の書簡（昭和八年九月十一日）でも、この「ばち」について書かれている。

私のかういふ惨めな失敗はたゞもう今日の時代一般の巨きな病、「慢」といふものの一支流に過って身を加へたことに原因します。僅かばかりの才能とか、器量とか、身分とか財産とかいふものが何かじぶんのからだについたものでもあるかと思ひ、じぶんの仕事を卑しみ、同輩を嘲けり、いまにどこからかじぶんを所謂社会の高みへ引き上げに来るものがあるやうに思ひ、空想をのみ生活して却って完全な現在の生活をば味ふこともせず、幾年かゞ空しく過ぎて漸く自分の築いてゐた蜃気楼の消えるのを見ては、たゞもう人を怒り世間を憤り従って師友を失ひ憂悶病を得るといったやうな順序です。

賢治は自分の病が、どうも「慢」によるものだと真面目に思っていたふしがあるが、また、その姿が『往生礼讃』における「下品ざんげ」に書かれていた内容と一致していたことを発見して驚いたのではないだろうか。古い仏典等に書き記されていたこ

とが、恐ろしいぐらいに正確であったということを発見し、その卓見と超時代性に驚かされたということではないだろうか。

春の七草をうたうわらべうたに「七草なずな、唐土の鳥が、日本の土地へ渡らぬ先に」とあるが、ちょうど鳥インフルエンザが流行し始めそうな季節（一月七日）に歌われる歌であることから、偶然の一致か古代人の知恵なのかが論議されたことがあるが、本作は、ちょうど賢治がそのような驚きを語ったものであるように思えるのである。賢治はまた「農民芸術概論綱要」において「近代科学の実証と求道者たちの実験とわれらの直観の一致に於て論じたい」と書いていたが、こうしたことを指していたのではないだろうか。

最晩年に使っていた「雨ニモマケズ手帳」にも、賢治は「調息秘術」として「咳、喘左の法にて直ちに／之を治す」と書き、「次に法華経の如来通力品に由来する国柱会の道場観を書き、「次に左の分にて悪き幻想妄想尽く去る」と書いて法華経の見宝塔品を引用している。病床で病と闘っていた最晩年の賢治だが、法華経の法力や呪力について真剣に考えていたことも忘れてはならないと思う。

もちろん先行論文で指摘されているような親不孝の認識や、懺悔の気持ちを否定するつもりはない。しかし、本人の意志をも越えた天の法則とでも呼ぶべきものが、自分に「下品ざんげ」の形を取らせたことを書くことこそが主であった可能性を考えるべきだ、と思うのである。

先行研究

小倉豊文「カノ肺炎ノ虫ノ息ヲオモヘ」（『「雨ニモマケズ手帳」新考』東京創元社 昭和五十三年十二月）
山口逵子「賢治「文語詩篇定稿」の成立」（「大谷女子大学紀要20―2」大谷女子大学志学会 昭和六十一年一月）
小桜秀謙「「雨ニモマケズ」考」（『宮沢賢治と親鸞』弥生書房 昭和六十一年二月）
対馬美香「〔われのみみちにたゞしきと〕小考」（「弘前・宮沢賢治研究会会誌6」弘前・宮沢賢治研究会 平成元年五月）
長沼士朗A「狐は最期に何故笑うのか 童話作品「土神と狐」より」（『風船2』大谷利治・戸崎賢二・長沼士朗 平成十一年一月）
島田隆輔A「〈写稿〉論」（『文語詩稿叙説』）
島田隆輔B「原詩集の輪郭」（「宮沢賢治研究 文語詩集の成立」）
信時哲郎「宮沢賢治「文語詩稿 一百篇」評釈四」（「甲南国文61」甲南女子大学国文学会 平成二十六年三月）
鈴木貞美「再考「雨ニモマケズ」」（『宮沢賢治 氾濫する生命』左右社 平成二十七年八月）
長沼士朗B「われのみみちにたゞしきと」（『宮沢賢治「宇宙意志」を見据えて』コールサック社 平成二十八年三月）
島田隆輔C「42〔われのみみちにたゞしきと〕」（「宮沢賢治研究 文語詩稿一百篇・訳注Ⅰ」〔未刊行〕平成二十九年一月）

43　朝

①旱割れそめにし稲沼に、　いまころころと水鳴りて、
待宵草に置く露も、　睡たき風に萎むなり。
②鬼げし風の襖子《あをし》着て、　児ら高らかに歌すれば、
遠き讒誣の傷あとも、　緑青いろにひかるなり。

大意

日照りによって割れはじめた稲田に、今、水がころころと音をたてて注ぎ始め、待宵草には露が降り、眠気を誘うような風に吹かれると花は萎み始めている。鬼芥子のような赤い襖子を着て、子供たちが高らかに歌をうたっていくと、水争いで悪口雑言を投げ合った傷跡も忘れたように、緑青色の稲が光っている。

モチーフ

自炊生活を始めてまだ間もない頃に取材した作品。大正十五年の旱魃が終わる劇的な瞬間に立ち会ったのだろう。「讒誣」とは、農民たちとの諍いの記憶が反映されているのかもしれないが、下書稿の書入れに「春の間の」とあり、また、文語詩定稿にも「遠き」とあることからすると、下根子に居を移す頃のいざこざ、あるいは農学校や父との関係、経済的な事情、旱害の際の水争いのことを指しているのかもしれない。ただ、いずれにしても旱魃が終わったことに対する喜びと感謝を詠ったものであることには違いなさそうだ。

語注

旱割れ　日照りによって稲田にひびが入ること。先行作品は、賢治が自炊生活を始めた大正十五年に書かれているが、この年は旱害（その後に水害）の被害が大きかったという。木村東吉（「資料と考察『春と修羅 第三集』『詩ノート』創作日付の日の気象状況」『近代文学の形成と展開 継承と展開8』和泉書院 平成十年二月）が盛岡気象台・水沢天文台で調べた結果によれば、「前日の夜は、盛岡と水沢で雷光を伴う雨」が記録されており、「この日は、早朝の雨も夜明け前には上がり、ちょうど日の出前の時刻に出ていた霧も八時ころまでには晴れ、午前中良い天気で気温も上がった」という。

待宵草　南米原産のアカバナ科マツヨイグサ属の越年草。初夏から秋にかけて黄色い花を夕方に咲かせ、朝を迎える頃にはしぼんで赤くなる。「朝」と題された作品であることから、ここでの花色は赤かったことになる。しかし、先行作品である「七二七〔アカシヤの木の洋燈《ラムプ》から〕一九二六、七、一四、」下書稿㈠には「月見草」とあるので、もし月見草であったとすれば白い花が翌朝になってピンク色になっていたことになる。もっとも『定本語彙辞典』にあるように、「一般に待宵草をすべて「月見草」の名で総称している場合が多い」とあることから、どちらかに限定することはむずかしい。

鬼げし　地中海から中近東を原産地とし、日本では明治時代以降、観賞用として栽培されるようになった。花径は十五〜二十cmほどで、赤、白、ピンクなどの色が咲く一年草。『世界大百科事典』には、ケシは安眠、多産、そして死と復活の象徴とされる、とある。「鬼げし風の襖子」とは、赤い色の襖子のことを言いたかったのではないかと思う。

襖子《あをし》　裏地をつけて仕立てた着物を袷というが、綿を入れることもあった。黒塚洋子（後掲）は、「襖子は袷や綿入れの衣なのでやはり冷夏を想像させる」と書いている。

讒誣　事実とは異なるいいがかりをつけて、相手をそしること。読み方は「ざんぶ」。

評釈

「春と修羅 第三集」所収の「七二七〔アカシヤの木の洋燈《ラムプ》から〕一九二六、七、一四、」を文語詩に改作したもの。黄罫（2222行）詩稿用紙表面に書かれた「七二七〔アカシヤの木の洋燈《ラムプ》から〕」の下書稿㈡に書かれた下書稿㈠（タイトルは「朝」。以降も同じ）、その余白に書かれた下書稿㈡（青インクで㊢）、定稿用紙に書かれた定稿の三種が現存。生前発表なし。

黒塚洋子（後掲）は、ラ行音を効果的に用いていること、各行ごとに色を織り込んでいること、「睡たき風」と「鬼げし風」をカゼとフウに使い分けて対にしていることなどの技巧について指摘し、さらに「流れるように歌われる三行目までは清音で描かれた明るく楽しい叙景であるのに対して、第四行目はそれをさえぎるように「讒誣」という濁音が入り、悲しさとやるせなさを秘めた私的体験の心情表現であるという点が注意をひく」と書く。

黒塚はそこから内容の検討に入り、「賢治は羅須地人協会時代の当初から「讒誣の傷」にかなり悩まされこだわっていたことがわかる」とし、数篇の詩をあげながら、「農民への同化を願いながらも彼等の封建性や頑迷さに苦しみその習慣を嫌悪する賢治の姿と、教師上がりの百姓など我々の仲間ではないと拒絶し中傷する農民の姿が浮かんでくる」とする。大角修（後掲）も、「農民のために無償で働きながら非難されたりしたことを意味すると思われる」としている。

ただ、伝記的に考えれば、羅須地人協会はこの年の八月二十三日（旧暦の七月十六日）に設立されたということから、まだ農民との間にはあまりトラブルも発生していなかったように思うし、旱魃を扱った作品であることから、「讒誣」が水争いを指す可能性についても考えてよいかもしれない。自炊時代に賢治は稲作をしていなかったが、たとえば散文「［或る農学生の日誌］」の「一千九百二十六年六月十四日」の章には次のような記述がある。

> 水が来なくなって下田の代掻ができなくなってから今日で恰度十二日雨が降らない。いったいそらがどう変ったのだらう。あんな旱魃の二年続いた記録が無いと測候所が云ったのにこれで三年続くわけでないか。大堰の水もまるで四寸ぐらゐしかない。
>
> 夕方になってやっといままでの分へ一わたり水がかかった。三時ごろ水がさっぱり来なくなったからどうしたのかと思って大堰の下の岐れまで行ってみたら権十がこっちをとめてじぶんの方へ向けてゐた。ぼくはまるで権十が甘藍の夜盗虫みたいな気がした。顔がむくむく膨れてゐて、おまけにあんな冠らなくてもいゝやうな穴のあいたつばの下った土方しゃっぽをかぶってその上からまた頬かぶりをしてゐるのだ。
>
> 手も足も膨れてゐるからぼくはまるで権十が夜盗虫みたいな気がした。何をするんだと云ったら、なんだ、農学校終ったって自分だけいゝことをするなと云ふのだ。
>
> ぼくもむっとした。何だ、農学校なぞ終っても終らなくてもいまはぼくのとこの番にあたって水を引いてゐるのだ。それを盗んで行くとは何だ。と云ったら、学校へ入ったんでしゃべれるやうになったもんな、と云ふ。ぼくはもう大きな石を叩きつけてやらうとさへ思った。
>
> けれども権十はそのまゝ行ってしまったから、ぼくは水をうちの方へ向け直した。やっぱり権十はぼくを子供だと思ってぼくだけ居たものだからあんなことをしたのだ。いまにみろ、ぼくは卑怯なやつらはみんな片っぽしから叩きつけてやるから。

もちろんこれは創作だが、大正十三年から十四年、十五年と三年連続して旱害に襲われたことは事実で、「〔或る農学生の日誌〕」における「一千九百二十六年六月十四日」と言えば、取材時とも近いことから、大正十五年当時、賢治が旱害についてどう思っていたかを考える材料にはなるだろう。

　しかし本作の先行作品である「七二七〔アカシヤの木の洋燈《ラムプ》から〕」の下書稿㈡の書入れに「かあいさうに莢豌豆のレアカーを引いて／春の間の讒誣の傷を／緑青いろに胸にひからせ／アカシヤのラムプのなかを」という書き込みがあり、下書稿㈠の手入れ段階で「レアカー」のことを「おれの車」とも書いていることから、賢治自身が町にレアカーで莢豌豆を売りに行ったことを書いているのだとも思われる。だとすれば、「おれ（＝賢治）」にとっての「讒誣」と思われるような出来事は「春の間」に起こったことになりそうだ。もっとも下書稿㈡の書入れは後年のもので、文語詩化直前のものだと考えれば、虚構化されている可能性もないわけではない。「かあいさうに」という語も、普通は自分自身に向かって使う言葉ではなく、第三者に向かって使う言葉である。

　ただ、そうした可能性をおいて伝記的に考えれば、「春の間の讒誣」というのは大正十五年の三月か四月頃、つまり、まだ農学校在職中、でなくても自炊生活を始めたばかりであったことになり、農民とのトラブルではなく、農学校での問題、あるいは父との確執などのことを指している可能性もありそうだ。

　また、下書稿㈠の手入れ段階には「棘ありてかつなつかしき／負債に就て追懐せよ」の言葉もある。『年譜』をめくってみても、特に「負債」にあたるような内容は見当たらない。ただ、四月四日の記事には、賢治が移り住んだ下根子桜の別荘について、「一九一二（明治四五）年に祖父喜助が建てた家なのでかなり手入れが必要であったことと目的による改装もあり、大工の手を離れたあとは「多く自分ひとりでやった」」という別荘の隣に住んでいた伊藤忠一による証言もあるので、この際に負債を負ったのかもしれない。しかし『年譜』には六月三日には当時の県知事・得能佳吉に宛てて「一時恩給請求書」を書き、七日には五二〇円の支給手続きを取っているともあるので、賢治が経済的にそれほど困窮していたわけでもなさそうだ。

　島田隆輔（後掲B）は、「讒誣」の意味が「無実の事を言ひ立てて人をそしる」であることから考えれば、農村に突然襲いかかった旱害のことを指すのではないかとし、その「傷あとも、緑青いろにひかる」という言葉にうまく継続していくとする。

　いずれにせよ、稲沼に水が流れ出した喜びを書くことが、本作の主意であったことにかわりはなさそうだ。

　佐藤隆房（「大旱魃」『宮沢賢治 素顔のわが友』桜地人館 平成八年三月）は、こんなエピソードを書いている。

　大正十四年、岩手県は特記すべき大旱魃でした。何しろ、今生きている人たちが一度も経験したこともない大旱魃だけに、村という村、家という家、人という人、一人として心配しない者はありません。

その時、賢治さんは農学校で水田を受け持っていました。指導機関である学校の水田だけに責任も心配もなみたいていではありません。暇があれば生徒を連れて行って、低い堰《せき》の水を桶で田に掻き入れる作業をしていました。

暑さは暑いし、早《かわ》くのは早くし、生徒も先生も本当に血みどろの働きです。

こうした毎日の奮闘に、筋も骨も焼き切れて、はや百計尽きようとしたある日です。雲行きが急に変になって来たかと思う間に、待ちに待った夕立が降って来ました。降って来たのです。みんなはただ呆然《ぼうぜん》として嬉し涙にくれています。すっかり喜んでしまった賢治さんは、上着も帽子も靴も脱ぎ「ああ面白い、ああ気持ちいい。このままいつまでも草といっしょに濡《ぬ》れていたい」と言って、田圃の畦をひょこひょこと歩いて、遥か向こうの田の端まで踊るように行ってしまいました。


佐藤は大正十四年のことだというが、翌年の十五年のことなのかもしれない。ともあれ、水がころころと鳴れば、子供たちの歌声さえも高らかに聞こえ、「讒誣の傷あと」さえも「緑青いろにひか」っているように感じられたという言葉にウソはないだろう。

ただ、農村の幸福を描くにしても、「鬼」や「讒誣」といった禍々しい語を配置するなど、甘く平和なだけの作品にはしていないことにも着目しておきたい（黒塚の指摘したように、ラ行音だけでなく濁音を配置したことも含まれよう）。甘いだけの作品にはしたくなかったようである。

先行研究

黒塚洋子「朝」（『宮沢賢治 文語詩の森』）
島田隆輔Ａ「〈写稿〉論」（『文語詩稿叙説』）
大角修「おわりに」（『「宮沢賢治」の誕生』河出書房新社 平成二十二年五月）
信時哲郎「宮沢賢治「文語詩稿 一百篇」評釈五」（「甲南女子大学研究紀要 文学・文化編51」甲南女子大学 平成二十七年三月）
大角修「《宮沢賢治》入門⑩ 最後の作品群・文語詩を読む」（「大法輪81―3」大法輪閣 平成二十六年三月）
島田隆輔Ｂ「43 朝」（「宮沢賢治研究 文語詩稿一百篇・訳注Ⅰ」〈未刊行〉平成二十九年一月）

44 〔猥れて嘲笑《あざ》めるはた寒き〕

①猥れて嘲笑《あざ》めるはた寒き、
かへさまた経るしろあとの、
凶つのまみをはらはんと
天は遷ろふ火の鱗。

②つめたき西の風きたり、
あららにひとの秘呪とりて、
粟の垂穂をうちみだし、
すすきを紅く燿《かゞ》やかす。

大意

馴染んでうちとけすぎて笑い顔を見せるのは寒々しく思われ、そんな目を避けようと、帰り道でまた通り過ぎる城跡から、夕焼で赤く染まったうろこ雲が空を流れるのが見える。

冷たい西からの風が吹いてくると、呪文のように口にした秘めたる恋人の名を荒々しく奪い、エノコログサの穂をざわめかせ、ススキにも赤い夕陽を映えさせていった。

モチーフ

稗貫農学校時代の賢治には、想いを寄せていた女性がいたようだが、その名前を口にしたところ西からの風に奪われていったという純情な詩のようだ。ただ、「猥」、「嘲笑」、「凶つ」、「火の鱗」、「秘呪」といった語は、プラスのイメージでは捉えにくい。賢治は「小岩井農場」で、「じぶんとそれからたったもひとつのたましひと／完全そして永久にどこまでもいっしょに行かうとする／この変態を恋愛といふ」と書いたが、晩期の賢治は、こうした抑制を批判し、恋愛や性を肯定的に描こうとしていた。だとすれば、恋愛を批判的に描こうとしたのではなく、恋愛に対して懐疑的であったかつての自分をモデルにした人物を、客観的に描こうとしたのかもしれない。

語注

猥れて嘲笑《あざ》めるはた寒き　読み方は下書稿㊂に付されたルビから「なれて」だろう。『定本語彙辞典』は「みだらな嘲笑は、また（＝はた）いかにも寒々と」とする。嘲笑は軽蔑の気持ちを込めて笑うという意味だが、ここでは男女が節度を失ってうちとけ、笑い顔を見せること。男性の笑いのことなのか、女性の笑いのことなのか、それとも両方のことなのかわかりにくい。高橋慶吾（「賢治先生」「イーハトーヴォ〔第一期〕1」宮沢賢治の会　昭和十四年十一月）は、後年、賢治が小笠原露とトラブルがあった際に、父・政次郎は「女の人に対する時は、歯を出して笑つたり、胸を広げてゐたりすべきものではない」と戒めたというが、賢治も男女の関係については政次郎と同じように思っていたのだろう。

凶つのまみ　不吉な眼付きということだろう。奥本淳恵（後掲A）は、「なれなれしく誘惑的に接近してくる女性のまがまがしい目」とし、「推測するなら、古語の「馴る」（男女の関係で、親しむ、なじむ）の意と漢語「猥」（みだら。男女間のだらしないこと）の意との両方を表現したかったということか」とする。読み方は「まがつ」であろうが、「まがつび」の語は「一百篇」にばかり何度か登場する語。これは日本神話にみえる神の名で、マガはよくないこと、ツは助詞で「の」の意味。ヒは神霊を示す。古事記や日本書紀によれば、伊弉諾尊《いざなぎのみこと》が黄泉国のけがれを清めるための禊をした際に生まれたとされる。凶事を引き起こす神とされるが、後にこの神を祀ることで災厄から逃れられると考えられるようになり、厄除けの守護神として信仰されるようにもなった。

火の鱗　夕陽で赤く染まった鱗雲《うろこぐも》（巻積雲）のこと。秋を代表する雲で、天気が下り坂の時に出やすい。

秘呪　『定本語彙辞典』は「秋の冷たい西風が、荒々しく人間の秘密の呪力をそなえて吹く」としているが、下書稿㊂には「ひとの秘呪」を「きみが名を」に改める段階があり、下書稿㊀の手入れ段階では「西風きみが名をとりて」「秘めたるきみが名をとりて」といった段階もあったことから、秘密にしている恋人の名前を西風に奪われたという意味だろう。

粟の垂穂　古くから食用に用いられた雑穀で五穀の一つに数えられる。ただ、作品の舞台は街中なので、同種の雑草エノコログサ（ネコジャラシ）のことだろう。

評釈

黄罫（260行）詩稿用紙表面に書かれた下書稿㊀（藍インクで(了)）、その裏面に書かれた下書稿㊁、下書稿㊁を削除した後、すぐ下に書かれた下書稿㊂（タイトルは「判事」。その後「帰途」に変えようとして中止）、黄罫（2222行）詩稿用紙表面に書かれた下書稿㊃（タイトルは「検事」、後に「判事」。㊢の印はどの原稿にもない）、定稿用紙に書かれた定稿の五種が現存。定稿の一行目末尾には読点がない。生前発表なし。『新校本全集』

に指摘はないが、島田隆輔（後掲A）は、「〔冬のスケッチ〕」の第四四葉が元になっていると指摘している。
　まず、島田が指摘する「〔冬のスケッチ〕」から見てみたい。

寂まりの桐のかれ上枝
点々かける赤のうろこぐも

※

火はまっすぐに燃えて
あるひは見えず
このとき
鳩かゞやいて飛んで行く。

※

灰いろはがねのいかりをいだき
われひとひらの粘土地を過ぎ
がけの下にて青くさの黄金を見
がけをのぼりてかれくさをふめり
雪きららかに落ち来れり。

　最後の章は「未定稿」の「〔卑屈の友らをいきどほろしく〕」の下書稿であると『新校本全集』にも記されているものだが、稗貫農学校時代の学校周辺を舞台にしたものとして、本作との関連も深いと思われる。『春と修羅（第一集）』の「春と修羅」における「心象のはひいろはがね」や「いかりのにがさまた青さ」も思い出されよう。
　さて、〔猥れて嘲笑めるはた寒き〕の下書稿㈠は次のようなものとなっている。

寂まりの桐のかれ上枝《ほづえ》
翔くるは赤きうろこ雲
あゝまた風のなかに来て
かなしく君が名をよべば
あけびのつるのかゞやきて
鳥は汽笛を吹きて過ぐ

「〔冬のスケッチ〕」が元になっているのは明らかだが、この後は「うろこ雲」という言葉以外は消えてしまう。新しく加わった後連のモチーフは、奥本淳恵（後掲B）も指摘するように『春と修羅（第一集）』所収の「マサニエロ」と関連が深いようである。

城のすすきの波の上には
伊太利亜製の空間がある
そこで鳥の群が踊る
白雲母《しろうんも》のくもの幾きれ
　　（濠と橄欖《かんらん》天蚕絨《びらうど》、杉）

ぐみの木かそんなにひかつてゆするもの
七つの銀のすすきの穂
（お城の下の桐畑でも、ゆれてゐるゆれてゐる、桐が）
赤い蓼《たで》の花もうごく
すゞめ　すゞめ
ゆつくり杉に飛んで稲にはいる
そこはどての陰で気流もないので
そんなにゆつくり飛べるのだ
（なんだか風と悲しさのために胸がつまる）
ひとの名前をなんべんも
風のなかで繰り返してさしつかえないか
（もうみんな鍬や縄をもち
　崖をおりてきてい、ころだ）
いまは鳥のないしづかなそらに
またからすが横からはいる
屋根は矩形で傾斜白くひかり
こどもがふたりかけて行く
羽織をかざしてかける日本の子供ら
こんどは茶いろの雀どもの抛物線
金属製の桑のこつちを
もひとりこどもがゆつくり行く
蘆の穂は赤い赤い
（ロシヤだよ、チエホフだよ）
はこやなぎ　しつかりゆれろゆれろ
（ロシヤだよ　ロシヤだよ）
烏がもいちど飛びあがる
稀硫酸の中の亜鉛屑は烏のむれ
お城の上のそらはこんどは支那のそら
烏三疋杉をすべり
四疋になつて旋転する

制作日付は大正十一年十月十日となっているが、まだ稗貫農学校から花巻農学校に改称する以前、若葉町に移転する以前で、文語詩も季節は秋でイメージは繋がっている。「お城の下」や「赤い蓼の花」、「蘆の穂は赤い赤い」という言葉も関連性があるかもしれない。何より「ひとの名前をなんべんも／風のなかで繰り返してさしつかえないか」は決定的だと思う。

この「ひとの名前」について、恩田逸夫（「補注（春と修羅）」『日本近代文学大系36　高村光太郎・宮沢賢治』角川書店　昭和四十六年六月）は、タイトルのマサニエロ（オーベール「ポルティチの啞娘」の主人公の名前）から、兄と妹の密接なつながりを思わせ、また前行の「悲しさのために」から妹トシを指すのではないかとする。しかし、恩田は『春と修羅（第一集）』所収の「松の針」に、「おまへがあんなにねつに燃され／あせやいたみでもだえてゐるとき／わたくしは日のてるとこでたのしくはたらいたり／ほかのひとのことをかんがへながら森をあるいてゐた」とあることから、賢治の恋人を指した可能性についても書いている。『春と修羅（第一集）』を書いていた頃の賢治には、たとえば「第四梯形」で「青い抱擁衝動や／明るい雨の中のみたされない唇が／きれいにそらに溶けてゆく／日本の九月の気圏です」と書き、また「一本木野」で「こんなあかるい穹窿と草を／はんにちゆつくりあるくことは／いつたいなんといふおんけいだらう／わたくしはそれをはりつけとでもとりかへる／こひびととひとめみることでさへさうでないか」と書くような、具体的な恋愛対象がいたようで、小沢俊郎（「川しろじろとまじはりて」『小沢俊郎宮沢賢治論集3』有精堂 昭和六十二年六月）は、堀尾青史が昭和五十一年一月に宮沢賢治研究会大阪支部で、「大正一〇年帰花した賢治は、ある女性を知り、思慕の情を抱いた。互いに話し合うこともあったそうで、近親者の中には、二人の結婚を予想しているものも多かったという。その恋が稔らなかったのは、賢治が生活力のなさを父に批判されたことと、妹とし子の死に遭ったことが主な原因ではなかろうかと想像される」と語ったと書いている。ちなみに栗原敦（「資料と研究・ところどころ㉓『校本 宮沢賢治全集』で発表できなかったこと・小沢俊郎さんからうかがった話」「賢治研究131」宮沢賢治研究会 平成二十九年三月）によれば、この問題について宮沢清六も『校本全集』で公表するつもりであったが、小沢の文を見た賢治研究者の菅原千恵子が堀尾と清六に事実の真偽や相手についての問い合わせをしたところ、清六が激怒し、「これだから困る、先の了承はなかったことにする、公表はまかりならぬと堀尾さんに伝えてきた」といった経緯があったのだという。

もちろん島田隆輔（後掲B）のように「秘呪」を真言と捉え、「秘めたるきみが名」に、賢治が月や太陽に「きみ」と呼びかける「未定稿」の「セレナーデ 恋歌」や「〔雲ふかく 山裳を曳けば〕」の例をあげる立場も考えられようが、状況としては恋人説に分があるように思われる。ただ、だからといって解釈がこれ以上に進むというわけでもなく、風の中で恋人の名前をつぶやくというようなことが、実体験としてもあったようだというに過ぎない。事実、下書稿㈠を手入れする段階では、「土木主幹のせなひろく／線路に添ひて帰り行く」と第三者を主人公にする構想が立てられ、また下書稿㈢ではタイトルが「判事」、下書稿㈣では「検事」と、文語詩についてよく指摘される私性の排除がなされている。定稿になるとタイトルもなくなって、誰を視点にしたものなのか、どのような相手への思いなのかも分かりにくい作品になっている。

ただ、注意しておきたいのは、恋愛感情を描くのに「猥」、「嘲笑」、「凶つ」、「火の鱗」、「秘呪」と、プラスのイメージでは捉えにくい語が用いられていることだ。妹トシが病床にあったことからくるやましさ、また、「小岩井農場」で書かれたように、「じぶんとひとと萬象といつしよに／至上福しにいたらうとする／それをある宗教情操とするならば／そのねがひから砕けまたは疲れ／じぶんとそれからたったもひとつのたましひと／完全そして永久にどこまでもいっしょに行かうとする／この変態を恋愛といふ」という宗教的な思いからする恋愛に対する禁忌の意識がそう書かせたのかもしれない。しかし、文語詩制作中の賢治は、森荘已池に「草や木や自然を書くようにエロのことを書きたい」（「昭和六年七月七日の日記」『宮沢賢治の肖像』津軽書房 昭和四十九年十月）と語っているような考えも抱いていたようで、文語詩定稿には、その表われとも思えるような作品が散見されることから、賢治には恋愛や性をむしろ謳歌する意識があったように思われる。だとすれば、本作は恋愛を批判的に描こうとしたのではなく、さまざまな人々を描く中での一つの例として、過去の自分を第三者のように客観的に描こうとしているように思えてくる。

　それにしても、賢治の恋愛経験などが具体的にわかると、単にワイドショー的に興味深いというだけでなく、文語詩の解釈にも大きな発展が望めるのではないかという気がする。新しい資料の発見や紹介がされる日を待ちたい。

先行研究

島田隆輔A「〔冬のスケッチ〕散逸稿／《文語詩稿》への過程から迫る試み」（「島大国文26」島大国文会 平成十年二月）

奥本淳恵A「宮沢賢治文語詩稿〈双四聯〉の表現手法　詩篇「母」の場合」（「論攷宮沢賢治7」中四国宮沢賢治研究会 平成十八年七月）

吉本隆明A「孤独と風童」（『初期ノート』光文社文庫 平成十八年七月）

吉本隆明B「再び宮沢賢治氏の系譜について」（『初期ノート』光文社文庫 平成十八年七月）

奥本淳恵B「宮沢賢治の詩における外来語 口語詩篇「マサニエロ」と文語詩篇「〔あかつき眠るみどりごを〕」の場合」（『安田文芸論叢 研究と資料 第二輯』安田女子大学日本文学科事務局 平成二十二年三月）

信時哲郎「宮沢賢治「文語詩稿 一百篇」評釈五」（「甲南女子大学研究紀要 文学・文化編51」甲南女子大学 平成二十七年三月）

島田隆輔B「４４〔猥れて嘲笑めるはた寒き〕」（「宮沢賢治研究 文語詩稿一百篇・訳注Ⅰ」〈未刊行〉平成二十九年一月）

今野勉『宮沢賢治の真実 修羅を生きた詩人』（新潮社 平成二十九年二月）

45　岩頸列

①西は箱ヶと毒《ドグ》ヶ森、　椀コ、南昌、東根の、
古き岩頸《ネック》の一列に、　氷霧あえかのまひるかな。

②からくみやこにたどりける、　芝雀は旅をものがたり、
「その小屋掛けのうしろには、　寒げなる山にょきにょきと、
立ちし」とばかり口つぐみ、　とみにわらひにまぎらして、
渋茶をしげにのみしてふ、　そのことまことうべなれや。

③山よほのぼのひらめきて、　わびしき雲をふりはらへ、
その雪尾根をかゞやかし、　野面のうれひを燃し了《おほ》せ。

大意

西には箱ヶ森と毒ヶ森、　椀コ、南昌山、東根山の、
古い岩頸の一列が並び、　真昼だというのにほのかに氷霧が出ているようだ。
あちこちを巡り歩いてようやく都にたどりついた、　旅芸人の芝雀は旅について語り、
「その小屋の後ろには、　寒々しい山々がにょきにょきと、
立っていて気味が悪かったよ」とだけ言うと口をつぐみ、　笑いに紛らせながら、
渋茶をひんぱんにすすったというが、　それもまことにもっともだ。

山よそろそろはっきりと姿を見せて、　わびしい雲を振りはらってしまえ、
その雪の積もった尾根を輝かせ、　野のどんよりした思いを燃やし尽くしてくれ。

モチーフ

箱ヶ森から東根山に連なる岩頸列の景観の奇妙さについて、芝雀という（おそらくは）架空の旅芸人の視点を借りながら表現した作品。岩頸がにょきにょきと伸びていくものだというイメージは、賢治に親しいものだったようだ。唐突な旅芸人の登場は、永くここに住んだ者よりも、訪問者にこそ、その特異な風景が新鮮に感じられるものだと思ったからだろう。

語注

箱ヶ　盛岡市、雫石町、矢巾町にまたがる箱ヶ森（八百六十五・五m）のこと。「はこが」と読ませたかったのだろう。細田嘉吉（後掲B）によれば、南東の平地よりにある赤林山（八百五十五m）と一緒に矢筈森と呼ばれ、また、本来は鉢ヶ森と呼ばれるべき赤林山と箱ヶ森が混同されていたという。平地から見れば当然目に着くはずの山を賢治が書かなかったのは「大正時代には「赤林山」の名称はまだまだ浸透していなかった」からだとする。大石雅之（後掲）や加藤碵一（「岩頸」『宮沢賢治地学用語辞典』）が書くように、大正五年三月発行（大日本帝国陸地測量部）の五万分の一地形図「日詰」には赤林山とあることから「浸透していなかった」とは言えないにしても、賢治が現在の赤林山のことを箱ヶ森と呼んでいた可能性は高い。松本隆（後掲）も、土地の古老が現在の赤林山を箱ヶ森と呼び、現在の箱ヶ森を枕森と呼んでいたという証言を紹介している。

毒《ドグ》ヶ森　雫石町にある毒ヶ森（七百八十二m）のこと。賢治が自ら「経埋ムベキ山」とした県内三十二の山のうちの一つにリストアップされている。

椀コ　他の山は実在するのに（いくつかの説が分かれている場合もあるが）、一つだけ実在が確認できないのが「椀コ」である。①毒ヶ森の南西約一・二km地点にある大石山（五百二十七m）を指すという説（『語彙辞典』平成元年十月）、奥田博（後掲A）、村上英一（後掲）、『新語彙辞典』（平成十一年七月）、②平地側から見て最も近くに大きく聳えている赤林山（八百五十五m）だとする説（大石雅之（後掲）、鈴木守（「宮沢賢治の里より」http://blog.goo.ne.jp/suzukikeimori/ 平成二十三年二月二十八日〜三月三日））、③南昌山の北側にある七百七十一mのピーク（木津ヶ山。山頂には薬師岳という札があるという）を指すという説（細田　後掲A、B）、④「椀

コ」は「お椀の形のような」という意味なので南昌山の愛称だとする説（宮城一男（後掲A、B、C）、加藤（後掲）、松本（後掲））が出ている。また、『新校本全集』では、「五十篇」の「〔月の鉛の雲さびに〕」の下書稿㈣～㈥の余白にある岩頸列の線画（宮沢賢治記念館蔵 下段左図）について、「連山は明らかに箱ヶ森・毒ヶ森・南昌山等の岩頸列の山々である」とし、「ただし、このスケッチでは、右から、箱ヶ森・毒ヶ森・南昌山・椀コ・東根山と並んでおり、文語詩「岩頸列」とは、南昌山・椀コの順序が食い違っている」とある。「椀コ」が、何山を指すのかという議論ではないが、①～④の論者とは異なる見解を示している。また⑤不明とする説（「『新宮沢賢治語彙辞典』初版 補遺」（平成十二年八月）、『定本語彙辞典』（平成二十五年八月））もある。まず①の大石山説から検証してみたい。大石山は標高も低く、岩頸でもなさそうで、「一列」の語もふさわしくない。また、東方の矢巾町の側からは見えないという意味からも却下してよいかと思われる。②の赤林山説について、大石（後掲）は地図上で見て、箱ヶ森と毒ヶ森という西の列と、赤林、南昌、東根の東の列があるのだとするが、一望できるのは岩手山の頂上付近だというし、「岩頸の一列」という言葉にもそぐわない。賢治が赤林山を書いていないのは、「アカバヤシ」という五音を使ってしまうと他の山に言及できないからであろう。③の七百七十一mのピーク説は、地図等にも名前が載っていないマイナーさが問題になるかと思う。④の「椀コ」を愛称とみる説については、山名が列挙される中で「椀コ」のみが愛称で、南昌山を二回扱うことになるのもバランスが悪いように思う。どれも一長一短だと思うが、③の七百七十一mのピーク説、つまり木津ヶ山（または薬師岳）だとするのが一番無難であるように思う。細田の言うように、順番からしてここが最もふさわしいということ、そして右に掲げた写真を見ればわかるように「椀コ」のような形になっていると思われるからである。ただ、地図から立体的な山の仮想写

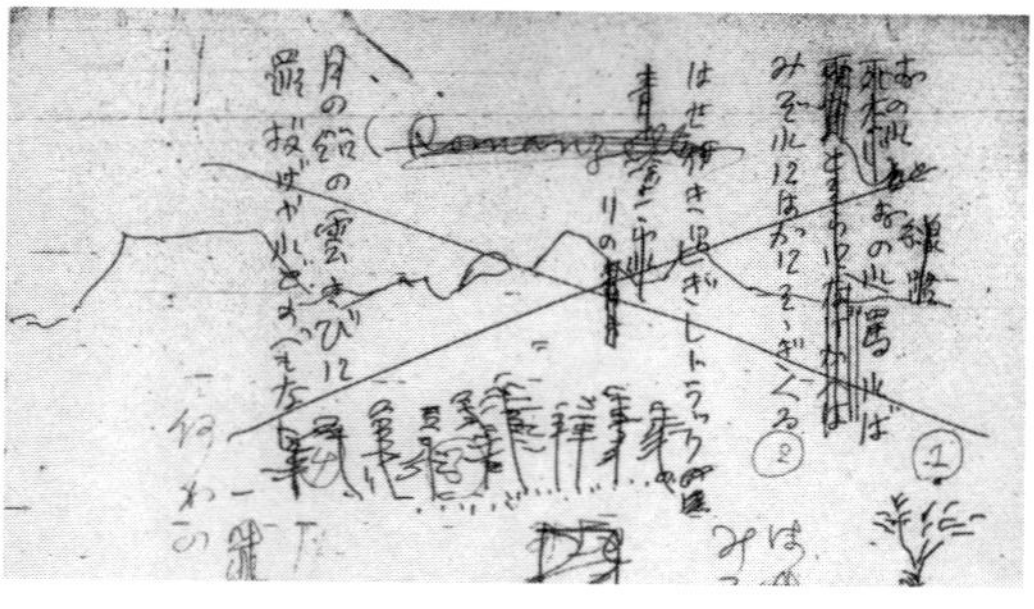

「〔月の鉛の雲さびに〕」下書稿（四）～（六）
（宮沢賢治記念館蔵）

木津ヶ山（右）と南昌山（左）
手代森小学校前より著者撮影

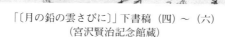

真を作成できるソフト（カシミール３Ｄ）にて、いろいろ試してみたが、箱ヶ森、毒ヶ森、薬師岳、南昌山、東根山が一列にうまく並び、しかも薬師岳が「椀コ」のように見える場所は、見つけることができなかった。「［月の鉛の雲さびに］」の下書稿㈣～㈥の余白にある岩頸列の線画を見てみると（前ページ下段左）、「椀コ」にあたる山が描かれておらず、東根山は花巻あたりからでなくてはあそこまで山頂部が平らには見えないはずだし、南昌山と思われる山との距離も近すぎ、ピークの数や高さも実際とは異なっていることから、あくまで記憶の中のものであってスケッチではなく、位置関係まではっきり描かれたものではなさそうだ。つまり、賢治が岩頸を愛したことは違いないにしても、どこの地点から見た時にどう見えるかについてまで、写真のように正確に把握しきれていたわけではないことを示していよう。従って、③説が最も無理がないもののように思うが、順序の認識があいまいであったとすれば、それも絶対的なものだとは言えそうにない。

南昌　雫石町と矢巾町の境にある釣鐘型をした南昌山（八百四十八ｍ）のこと。盛岡では「南昌山に雨が降れば盛岡も雨」と言われる。この山の洞窟に青竜が住んでおり、毒気を吐いて雲を呼び、雨を降らせたという。元は毒ヶ森と呼ばれたが、一七〇三（元禄十六）年に南部久信が毒の字を嫌って南昌山に改名したと言われる。頂上にはさまざまな石塔や石碑があり、地元の人たちの信奉も篤かったようだ。賢治が「経埋ムベキ山」とした県内三十二の山のうちの一つ。

東根　紫波町と雫石町にまたがる東根山《あずまね》（九百二十八・四ｍ）のこと。ここも「経埋ムベキ山」のうちの一つ。

岩頸《ネック》　童話「楢ノ木大学士の野宿」では、大学士に次のように説明させている。「岩頸といふのは、地殻から一寸頸を出した太い岩石の棒である」「どうしてそんな変なものができたといふなら、そいつは蓋し簡単だ。えゝ、こゝに一つの火山がある。熔岩を流す。その熔岩は地殻の深いところから太い棒になってのぼって来る。火山がだんだん衰へて、その腹の中まで冷えてしまふ。熔岩の棒もかたまってしまふ。それから火山は永い間に空気や水のために、だんだん崩れる。たうたう削られてへらされて、しまひには上の方がすっかり無くなって、前のかたまった熔岩の棒だけが、やっと残るといふあんばいだ。この棒は大抵頸だけを出して、一つの山になってゐる。それが岩頸だ」。岩手県の矢巾や雫石の近辺にはこの岩頸による奇妙な形の山が多い。岩手山に比べて古い火山であるとされており、『春と修羅（第一集）』の「小岩井農場」では、「あれはきっと／南昌山や沼森の系統だ／決して岩手火山に属しない」とある。ただし、蒲田理・鈴木健司（後掲）によれば、箱ヶ森については標高八百ｍ以上にわずかに火山岩が露出するのみで岩頸とは言えないのではないかとする。

氷霧　『日本大百科全書』によれば、「細かな氷晶が多数空気中に浮かんで、霧のようにあたりがぼんやり見える現象。顕微鏡で氷晶を調べると、針状、柱状、板状などさまざまな形をしている。普通、気温が氷点下10℃あるいはさらに低いときに発生する。氷霧を通して太陽が見えるときは、その周りにかさ暈が現れたり、上下に延びる光柱が見えたりする。氷晶の数が比較的少ないときは細氷《さいひょう》とよばれる」。「一百篇」の「〔うたがふをやめよ〕」等にも登場する。

芝雀　歌舞伎役者の三代目中村雀右衛門《じゃくえもん》（明治八年～昭和二年）は、四代目中村芝雀《しばじゃく》として明治末年から大正にかけて上方を中心に活躍した。細田（後掲B）は、芝雀が盛岡劇場から岩頸を見たのだとし、松本（後掲）は、「賢治が東京に出ていた時に、たまたま歌舞伎を見に出かけた。その時舞台に立った歌舞伎役者の芝雀が」、「興業がうまく行かなかったことを、自分たちの失敗を棚に上げ、周りの山までけなして、後は渋茶を飲んでごまかした」のだとする。ただ、岩頸のにょきにょきした様子は盛岡からではリアルに感じられないと思われるし、「西は箱ヶと毒ヶ森」とあるのに、盛岡からだと「西」の方角とはならない。また、賢治の経験に基づいたものだとする必要もないと思う。村上（後掲）は、「田舎まわりの役者と考えられる。詩の音律を考えると読みは「しじゃく」」とし、『宮沢賢治コレクション』もそうルビを振っているが、ここでもそれに従いたい。

評釈

黄罫（22０行）詩稿用紙表面に書かれた下書稿（タイトルは「岩頸列」。鉛筆で㊢）、定稿用紙に書かれた定稿の二種が現存。生前発表なし。先行作品や関連作品の指摘はない。

一連は岩頸が並ぶ冬の或る日の状況をそのままに詠み、二連ではこの地での経験を旅芸人が別の場所で第三者に語る場面、三連では再び岩頸を前にして、山に語りかけるような言葉がつづられるという構造の作品である。

賢治が岩頸を愛していたことは、その景観や特性だけでなく、松本隆（後掲）がいうように、中学校時代の友人・藤原健次郎と何度も訪れた記憶とも関わっていたのかもしれない。童話「楢ノ木大学士の野宿」でも、その魅力は充分に語られている。

「歌稿〔B〕」の大正四年四月の項に、賢治は「240 毒ヶ森／南昌山の一つらは／ふとおどりたちてわがぬかに来る」という短歌を残しているが（「歌稿〔A〕」240もほぼ同じ）、鈴木健司（後掲）は、「毒ヶ森、南昌山のうちの一つが突然踊り立ち、伸びるようにして、遠く離れた自分の額に向かってくる、という内容の短歌」だと捉え、「楢ノ木大学士の野宿」にも「四人兄弟の岩頸で、／だんだん地面からせり上って来た」や、「注文通り岩頸は／丁度胸までせり出して」といった描写があり、岩頸四人兄弟の末子である「いたづらの弟」が、「そんなら僕一つおどかしてやらう」と、「光る大きな長い舌を出して／大学士の額をべろりと嘗めた」といった記述があることに関係を見出している。「岩頸列」では、芝雀に「寒げなる山にょきにょきと、／立ちし」ことを報告させているが、これは岩頸が伸びていることの表現であり、芝雀は、これに驚いてみやこに逃げ帰ったのだろうと言う。

ところで、賢治は見間違いや思い違いについて、好んで詩にしている。たとえば『春と修羅（第一集）』の「高原」には、

海だべがど、おら、おもたれば
やつぱり光る山だたぢやい
ホウ
髪毛《かみけ》　風吹けば
鹿《しし》踊りだぢやい

とある。間違いではあっても、「海のように思えた」という錯覚、心の動きこそが重要なのだろう。しかし、二度目に同じ場所を訪れれば、もうその「光る山」は山にしか見えず、決して「海」だとは思わないだろう。つまり、経験を重ね、学習することによって、心の動きは抑制されてしまうのである。

『注文の多い料理店』の「広告ちらし」で、賢治は、自分が書いた物語は、「卑怯な成人たちに畢竟不可解」ではあっても、「純真な心意の所有者たち」ならば、「どんなに馬鹿げてゐても、難解でも必ず心の深部に於て万人の共通である」と書いた。経験や知識が乏しいゆえに、「純真な心意」の持ち主である子供は多くの誤りを犯すが、それゆえに感じるはずのものが感じられなくなってしまう大人よりも、ずっと本質を見抜ける、ということなのだろう。

『注文の多い料理店』所収の童話「どんぐりと山猫」では、山猫からのハガキをもらった一郎は、うれしくて夜も寝られず、朝になって「おもてにでてみると、まはりの山は、みんなたったいまできたばかりのやうにうるうるもりあがつて、まつ青なそらのしたにならんでゐ」るのを発見する。山を生命感にあふれたものにするのは、人間の心、すなわち「純真な心意」である。村上（後掲）は、この「うるうる」と本作における「にょきにょき」に類縁性を見出していたが、これは岩頸がにょきにょきと伸びるように感じられるという鈴木（後掲）の論にも繫がっていきそうだ。純真な心意の持ち主にこそ、岩頸は恐ろしいものに感じられやすいのだ。

さて、本作では旅芸人が岩頸をにょきにょきと伸びていくように感じたとしているが、旅芸人は子どもではない。しかし、いつも同じ風景を見ているわけではない人間であるからこそ、新鮮な感覚で風景に向き合うことができ、その結果として、子どものように「純真な心意の所有者」になり得たということなのだろう。

日本中を歩き回り、さまざまな土地の名勝や奇景を見てきた旅芸人であっても、この岩手の奇景は珍しく、驚くべきものなのだ。賢治は岩手の人々に対して、自分たちが見慣れてしまっ

た光景を再発見させようとしていたのであろう。古くは海外における浮世絵ブームが日本における浮世絵の見直しに繋がり、近年では、クールジャパンによる日本オタク文化の再評価、あるいは外国人観光客の急増から日本再発見の傾向もあるが、賢治はそんな効果を、この旅芸人・芝雀に負わせたかったのではないだろうか。

賢治は北海道への修学旅行に農学校の生徒を引率した際の「〔修学旅行復命書〕」（大正十三年）に次のように書いている。

> 車窓石狩川を見、次で落葉松と独乙唐檜との林地に入る。生徒等屢々風景を賞す。蓋し旅中は心緒新鮮にして実際と離る、が故に審美容易に行はる、なり。若し生徒等この旅を終へて郷に帰るの日新に欧米の観光客の心地を以てその山川に臨まんか孰れかかの懐かしき広重北斉《ママ》古版画の一片に非らんや。実に修練斯の如くならざるよりは田園の風と光とはその余りに鈍重なる労働の辛苦によりて影を失ひ、農業は傍観して神聖に自ら行ひて苦痛なる一の skimmed milk《ママ》 たるに過ぎず。

旅人の目で見直してみれば、この岩手は驚くべき景観に満ちている。そんな思いが、本作にも込められていたのではないだろうか。気味の悪いぞっとする山。それこそが、賢治がこの一連なりの岩頸列に対して送った最大限の〝賛辞〟であったように思うのである。

先行研究

宮城一男Ａ「南昌山・葛丸川」（『宮沢賢治 地学と文学のはざま』玉川大学出版部 昭和五十二年四月）

小沢俊郎「賢治原稿雑見」（『小沢俊郎宮沢賢治論集１』有精堂 昭和六十二年三月）

宮城一男Ｂ「文語詩稿の地質学」（「雪渡り 弘前・宮沢賢治研究会会誌５」弘前・宮沢賢治研究会 昭和六十二年九月）

奥田博Ａ「毒ヶ森・椀コ（大石山）」（『宮沢賢治の山旅』東京新聞出版局 平成八年八月）

奥田博Ｂ「東根山・南昌山」（『宮沢賢治の山旅』東京新聞出版局 平成八年八月）

村上英一「岩頸列」（『宮沢賢治 文語詩の森』）

宮城一男Ｃ「〝農民の地学者〟としての生活」（『宮沢賢治 農民の地学者』築地書館 平成十一年七月）

細田嘉吉Ａ「「椀コ」はここだ」（「宮沢賢治記念館通信67」宮沢賢治記念館 平成十一年八月）

細田嘉吉Ｂ「文語詩「岩頸列」の〝椀コ〟考証」（『石で読み解く宮沢賢治』蒼丘書林 平成十八年五月）

加藤碵一「賢治の地質学とその背景」（『宮沢賢治の地的世界』愛智出版 平成十八年十一月）

大石雅之「宮沢賢治の『岩頸列』のある山地に関する一考察」

（「岩手の地学39」岩手県地学教育研究会 平成二十一年六月）

松本隆「賢治の詩「岩頸列」の「椀コ」についての考察」（『童話『銀河鉄道の夜』の舞台は矢巾・南昌山』ツーワンライフ 平成二十二年十一月）

鈴木健司「「岩頸」意識について」（『宮沢賢治における地学的想像力 〈心象〉と〈現実〉の谷をわたる』蒼丘書林 平成二十二年五月）

信時哲郎「宮沢賢治「文語詩稿 一百篇」評釈五」（「甲南女子大学研究紀要 文学・文化編51」甲南女子大学 平成二十七年三月）

島田隆輔「45 岩頸列」（「宮沢賢治研究 文語詩稿一百篇・訳注Ⅰ」（未刊行）平成二十九年一月）

蒲田理・鈴木健司「南昌山付近に分布する火山岩頸のK―Ar年代測定」（「岩手の地学48」岩手県地学教育研究会 平成三十年六月）

46 病技師〔二〕

①こよひの闇はあたたかし、　風のなかにてなかんなど、
　ステッキひけりにせものの、　黒のステッキまたひけり。

②蝕む胸をまぎらひて、　こぼと鳴り行く水のはた、
　くらき炭素の燈《ひ》に照りて、　飢饉《けかつ》供養の巨石並《おほいしな》めり。

大意

今宵の闇はどこかあたたかい、風に吹かれて泣いてこようかなどと、偽物のステッキを、黒いステッキをまたひいた。

肺病からくる音と交りあって、コボッと鳴る水の脇では、暗闇の中のアークライトのあかりに照らされて、飢饉を供養するための巨石が並んでいる。

モチーフ

「〔冬のスケッチ〕」から、複雑な過程で成立した作品だが、岩手の飢饉に立ち向かうべき技師が思い半ばで肺病に罹ってしまった無念さを詠んでいるように思う。「風のなかにてなかん」や「ステッキひけりにせものの」は、賢治自身には思い入れのある句のようで、個人的な事情も背景にあるように感じられるが、ニュアンスはつかみにくい。

語注

病技師　「〔冬のスケッチ〕」に発した若い時代の作品であるが、この言葉には技師としての限界、病気との闘いといった晩年の境遇や心情が込められた詩であるように感じられる。読み

方について、三谷弘美（後掲）は「びょうぎし」、萩原昌好（「病技師〔二〕」『宮沢賢治 文語詩の森 第二集』）は、「やまいぎし」と読ませている。ここでは「びょうぎし」としたい。

ステッキ　洋風の杖のこと。『世界大百科事典』には、「17世紀から19世紀にかけて、イギリスではスナッフ・ボックスsnuff box（かぎタバコ入れ）とともに、紳士の最も重要なアクセサリーと考えられていた。とくに休日の散策や礼装には欠かせないものとされた。フランスでは女性の散歩のさいのアクセサリーとして流行した。19世紀には女性は長柄のパラソル、男性は洋傘をステッキ兼用のアクセサリーとした。これらの風習は徐々に衰えながらも1960年代ごろまでつづいたが、70年代には完全に消滅した。日本では明治時代に輸入され、一時はかなりの普及をみた」とある。また、巌谷小波のエッセイ「指輪とステッキ」（『女子処世　ふところ鏡』大倉書店　明治四十年十一月）では、「指輪とステッキ。前者は女の飾りで、後者は男の伊達、共に文明的贅沢品なのである」とあり、「この頃はわざと半程《なかほど》を握つて、鈕《つまみ》の方を下へ向けて提げたり、またちと手の冷たい時には、外套の胸の鈕の所へ引かけたり、又手と一所に衣兜《かくし》へ突込んだりして行く。これでは無い方がよさゝうなものだが、それでも矢張り持つて居る所、即ち紳士の伊達とする所と見える」。「兎に角今日のステッキなる物は、もはや護身の実用を離れて、紳士の容儀を作る道具、或は歩行中の無聊を紛らす、一種の玩具たるに過ぎない」とされ、歩行のための補助用具としてのイメージはほとんどなかったようだ。ただ、「病技師」というタイトルを持つ作品であり、また賢治が盛岡高等農林学校の卒業生であったことを考えれば、土性調査の時に使う検土杖《けんどじょう》のことをステッキと呼んだ可能性も考えられてよいだろう。長さは約一mほどで、地中にこれを差し込んで、先端についた土壌を採取する。英語では「ボーリングステッキ」というらしい。「未定稿」の「〔霧降る萱の細みちに〕」に「検土の杖はになへども」とある。また、童話「さいかち淵」には「手にはステッキみたいな鉄槌をもって」歩く人物が登場している。宮城一男（「〝農民の地学者〟としての生活」『宮沢賢治 農民の地学者』築地書館 昭和五十年一月）によれば、弟の清六は、賢治が愛用したハンマーは六十cmほどあったとしているので、これを指した可能性もあろう。

にせもの　三谷（後掲）は、本作におけるこの言葉が下書稿から定稿まで活かされていたことから、「だいぶ気に入っていた」のだろうとし、他の用例から「〝にせもの〟といっても決して悪いニュアンスではない、ということ。共通しているのは、光に関連があるということだ。「病技師〔一〕」の下書稿にも「ステッキひかるにせもの／黒のステッキまたひかる」とあり、いずれも光っている状態が一瞬のうちに存在し、それが最高潮の状態として〝にせもの〟に相対している。光っている状態は、まるでスポットライトを浴びたかのように浮かび上がり、他の周りの物全てが闇に沈む、そういった状況ではあるまいか。本来は日常の中に埋もれて目立たぬものでも、光を媒体としてよりレベルアップする一瞬があり、その一瞬だけがほんものになる——ゆえににせものなのである」とする。島田隆輔（後掲B）は、「技師としてこれまでにその身をあずけ、なしてきたことが、結局「にせもの」であったことを、ステッキというものに託して示唆しているのではないか」とする。賢治にとってこだわりのある表現ではあったようだが、両者の解釈も決定打とは思いにくい。両者の意見とは異なるが、視点人物は何らかの理由で「風のなかにてなかん」として家を出たのだが、そのようなことを家人や町の人に知られないようにするために、ステッキ（あるいは検土杖？ハンマー？）を、そのカモフラージュのために用いた（つまり「にせもの」）、という可能性もあろうかと思う。あるいはもっと即物的に、検土杖やハンマーは、いわゆるステッキではないのだから、それを「にせものの」「ステッキ」である、と書いたのかもしれない。「病技師」のタイトルからすれば、案外これが一番スッキリした考え方なのかもしれない。

まぎらひて　「まぎらふ」は入り混じって見分けがつかなくなること。肺結核で胸を蝕まれた結果、呼吸するたびにコボコボという水泡音（湿性ラッセル音）が聞こえ、それが小川の水音と交じってしまったということだろう。昭和八年九月十一日の柳原昌悦宛書簡に「今度はラッセル音容易に除こらず、咳がはじまると仕事も何も手につかずまる二時間も続いたり、或は夜中胸がびうびう鳴って眠られなかったり、中々もう全い健康は得られさうもありません」とある。

炭素の燈《ひ》　炭素棒を放電させ、弧形（アーチ型）の強い光を出させたもの。アークライト。

飢饉《けかつ》供養の巨石《おほいし》　花巻市双葉町にある浄土宗・松庵寺にある供養塔のこと。宝暦、天明、天保といった大飢饉の際に施粥釜で救済にあたり、北は八戸から、南は若柳（現・宮城県栗原市）から訪れる者がいたという。それでも餓死する者も多く、彼らを弔って埋葬し、供養塔が建てられることとなった。大きいものは百五十cmほどになる。

評釈

「〔冬のスケッチ〕」の第一三葉の一～三章に鉛筆で手入れした下書稿㈠、「〔冬のスケッチ〕」第三八葉（下書稿㈢にそのまま生かされている）に書かれた下書稿㈠'、黄罫（260行）詩稿用紙表面に書かれた下書稿㈡（赤インクで(了)）、黄罫（260行）詩稿用紙表面に書かれた下書稿㈢（藍インクで(了)。手入れ段階で「春」のタイトル案）、黄罫（220行）詩稿用紙表面に書かれた下書稿㈣（タイトルは「夜」、次いで「亡友」）、その裏面に書かれた下書稿㈤（これ以降の全てに「病技師」のタイトル）、その余白に書かれた下書稿㈥（鉛筆で(写)）、定稿用紙に書かれた定稿の七種が現存。生前発表なし。下書稿㈡の後半が「一百篇」の「〔ひかりものすとうなゐごが〕」に、また、『新校本全集』で下書稿㈢の内容が「未定稿」の「〔郡属伊原忠右エ門〕」に類似していることが指摘されている。

下書稿㈠の初期形態から見ていこう。

※

風の中にて
ステッキ光れり
かのにせものの
黒のステッキ。

※

風の中を
なかんとていでたてるなり
千人供養の
石にともれるよるの電燈

※

やみとかぜとのなかにして
こなにまぶれし水車屋は
にはかにせきし歩みさる
西天なほも　水明り。

下書稿㈡では、下書稿㈠の後半の二連（「風の中を」と「やみとかぜとの」）を元に、

風の中を
なかんとていでたてるなり
千人供養の
石にともれる二燭の電燈

やみとかぜとのかなたにて
光りものとも見えにける
こなにまぶれし水車屋は
にはかにせきし身を折りて
水明りせる西天に
いとつゝましく歩み去る

とされ、下書稿㈢は、下書稿㈠の前半一連（「風の中にて」）と下書稿（一′）とされる「〔冬のスケッチ〕」第三八葉の「眩ぐるき／ひかりのうつろ、／のびたちて／いちじくゆる、／天狗巣のよもぎ。」が合体されて成立する。

めまぐるきひかりのうつろ
のびたちて
いちじくゆるゝ天狗巣のよもぎ

風のなかにて
ステッキ光れり
かのにせものの
黒のステッキ

ただ、これ以降の段階では、下書稿㈡にあった「光りもの」や「水車屋」のモチーフが「一百篇」の「〔ひかりものすとうなゐごが〕」に引き渡される。参考までに同詩の定稿をあげておこう。

ひかりものすとうなゐごが、　ひそにすがりてゆびさせる、
そは高甲の水車場の、　こなにまぶれしそのあるじ、
にはかに咳し身を折りて、　水こぼこぼとながれたる、
よるの胡桃の樹をはなれ、　肩つゝましくすぼめつゝ、
古りたる沼をさながらの、　西の微光にあゆみ去るなり。

残った要素が「夜」と題された下書稿㈣になるが、だいぶ定稿に近づいている。

こよひの闇はあたゝかし
風のなかにて泣かんなど
ひとステット《ママ》をとりこしに
こぼと鳴り行く水のはた
饑饉《ケカツ》供養の石の上に
あかくともれる二燭の電燈《ひ》

下書稿㈢に「いちじくゆる、天狗巣のよもぎ」とあるが、三谷弘美（後掲）は「天狗巣のよもぎ」について「寄生した菌のため、そこから多数の枝がほうきのように生える病気」であることを指摘し、それを「胸を蝕む病巣のイメージそのもの」だとするが、その可能性は十分にあるだろう（ちなみに、三谷が指摘するように「いちじく」は果物の無花果《いちじく》ではなく、「著しく」の賢治流表現なのだろう）。そして「〔ひかりものすとうなゐごが〕」や下書稿㈣の「夜」における「こぼ（こぼ）」という水の音も、やはり三谷や赤田秀子（後掲）が指摘するように、肺病のイメージが重ねられているのだと思われる（もっとも「こぼこぼ」は賢治が愛した擬音語のようで、「春と修羅 第二集」の「一九五 塚と風 一九二四、九、一〇、」や「未定稿」の「〔こんにやくの〕」、散文「〔或る農学生の日誌〕」などに、ただ水の音として登場する）。

「〔冬のスケッチ〕」がいつ書かれたのかはわからないが、稗貫農学校で教鞭をとるようになった大正十年冬が含まれていることはたしかだと思う。賢治には自分が肺をやられているという自覚が、大正七年に肋膜炎を病んだ時以降にはあったと思われるが、農学校教員時代の賢治が、果たして自分が結核を発病

し、肺の音をコボコボとさせている自覚があったとは思いにくい。生徒への感染を気にしただろうし、昭和七年二月十九日の杉山芳松宛書簡の段階でも、「肺炎后の気管支炎」と書き、「今度も幸に肺結核にはならずに済みました」としているからである。

一方、島田隆輔（後掲C）は、下書稿㈣に「亡友」というタイトルがあったことから、花巻農学校の同僚で農業技手として養蚕を教えていた奥寺五郎が結核で大正十三年十一月に死去したことが背景にあったのではないかとする。

では、なぜ「なかんとていでたてる」なのか、ということになるが、即座に判断はできない。ただ、「〔冬のスケッチ〕」には恋愛（と宗教）の悩みのようなものが多く書き記されていることから、そんな思いからステッキを手に外に出たのではないかと思われる。そこで、千人供養塔を改めて見て（生家から百五十mほどの所にあったので、普段ならその存在を気に留めることもなかっただろうと思う）、飢饉によって命を失った多くの人と、今、恋愛（？）の悩みで感傷的な気分になっている自分とを比較した、といったところではないかと思う。

その後、粉にまみれているために咳をしているのか、あるいは肺病であったのか、これも判然としないが、「あるじ」が咳をしている姿を見る。先述のとおり、このモチーフは文語詩「〔ひかりものすとうなゐごが〕」に引き渡されるのだが、肺病のイメージは下書稿㈣にもしっかりと受け継がれ、「こぼと鳴り行く水のはた」と暗示にとどめることなく、「夜」とあったタイトル案を「亡友」に書き換えさせてもいる。

かくして「病技師」のタイトルが下書稿㈤で付けられることになるのだが、この頃には、肺病を病んだ人間としての自分自身を語っている側面があっただろう。

こよひの闇はあたたかし
風のなかにて泣かんなど
蝕む胸を立ちいづる

闇と風とのなかにして
ステッキひかるにせものの
黒のステッキまたひかる

こぼと鳴り行く水のはた
饑饉《ケカツ》供養の石の上に
円くともれる二燭の電燈《ひ》

ここではもう、粉でむせただけかもしれない「あるじ」のことも、「亡友」のことも消えている。賢治自身とも思われる「病技師」が、胸の病をおして飢饉供養の石を見る姿だけが残る。「〔冬のスケッチ〕」では自らの恋愛で悩んでいたようだし、肺病のモチーフも明らかではなかった。しかし、この段階以降、岩手の飢饉を救うべく奔走した技師が、思い半ばで胸を病んだというようにも読めてくる。定稿では、これをさらに凝縮するが、賢治の思い入れの強い詩句が読者の理解を妨げているきらいはあるにせよ、晩年の自分の心境を託した作品になったと言えるように思う。

先行研究

吉見正信A「修羅のふるさと」（『宮沢賢治の道程』八重岳書房　昭和五十七年二月）

佐藤勝治「〝冬のスケッチ〟の配列復元とその解説」（『宮沢賢治青春の秘唱〝冬のスケッチ〟研究』十字屋書店　昭和五十九年四月）

山口逵子「賢治「文語詩篇定稿」の成立」（「大谷女子大学紀要20―2」大谷女子大学志学会　昭和六十一年一月）

小川金英「「銀河鉄道の夜」と花巻の習俗・信仰」（「宮沢賢治7」洋々社　昭和六十二年十一月）

三谷弘美「病技師〔二〕」（『宮沢賢治　文語詩の森』）

赤田秀子「文語詩を読む　その5　声に出してどう読むか？〔天狗蕈　けとばし了へば〕を中心に」「ワルトラワラ16」ワルトラワラの会　平成十四年六月）

中路正恒「宮沢賢治と飢餓の風土「捨身の思想」とそのありか」（『東北学への招待』角川書店　平成十六年五月）

島田隆輔A「初期論」（『文語詩稿叙説』）

島田隆輔B「原詩集の発展」（「宮沢賢治　文語詩稿の成立」）

吉見正信B「松庵寺の餓死供養塔」（『吉見正信著作集2　宮沢賢治の心といそしみ』コールサック社　平成二十五年九月）

信時哲郎A「宮沢賢治「文語詩稿　一百篇」評釈五」（「甲南女子大学研究紀要　文学・文化編51」甲南女子大学　平成二十七年三月）

島田隆輔C「46　病技師」（「宮沢賢治研究　文語詩稿一百篇・訳注Ⅰ」〔未刊行〕平成二十九年一月）

信時哲郎B「「五十篇」と「一百篇」　賢治は「一百篇」を七日で書いたか（上）」（「賢治研究135」宮沢賢治研究会　平成三十年七月）→終章

信時哲郎C「「五十篇」と「一百篇」　賢治は「一百篇」を七日で書いたか（下）」（「賢治研究136」宮沢賢治研究会　平成三十年十一月）→終章

47　酸虹

◎鵞黄の柳いくそたび、　窓を掃ふと出でたちて、
片頬むなしき郡長、　酸えたる虹をわらふなり。

大意

美しい黄色い柳の新芽が何度も、窓をこすっているのを見てふと出で立ち、郡長は片頬だけで、色あせた虹を見てふっとはかない笑みを浮かべた。

モチーフ

郡長と言えば社会的な地位も高い一種の権力者であったが、柳の新芽や色あせた虹を目にして、ふっと表情をゆるめる。片頬だけのわずかな変化でしか感情を表現しない近代知識人の悲哀とを描こうとしたのではないかと思う。ただ、これを逆に考えれば、近代の官僚制においても、人間と自然のつながりを阻むことができないのだという詩だとも解することができよう。

語注

酸虹　『定本語彙辞典』には「酒等が古くなると酸っぱくなるように、消えかかって色彩が薄くなった虹を指す」とし、「賢治の造語」とある。赤田秀子（後掲）は、文語詩における「酸」の語に注目し、「〔南風の頬に酸くして〕」、「心相」、「コバルト山地。」（すべて「一百篇」所収）とともに本作をあげ、味の酸っぱさについては「未定稿」の「〔ひとびと酸き胡瓜を嚙み〕」がある程度で、それ以外の使い方の方が多いことを指摘し、「かつて、すきとほった風をたべ、桃いろのうつくしい朝の日光をのみ、イーハトーブという王国を築いた詩人は、文語詩創作に向き合っていたこの時期、風は酸っぱく、疲労を自覚させ、世界が酸えていく感触を感じていた。それはとりもなおさず詩人が心身の衰えを感じて負のエネルギーに敏感になっていたということであろう」とする。下書稿㈥には「さんこう」とルビを付けている。

鵞黄　ガコウと読む。ガチョウのヒナの淡黄色が美しいことか

ら、菊、柳、酒などの黄色くて美しいものをたとえる。

評釈

「〔冬のスケッチ〕」の第四二・四三葉に書かれた下書稿㈠（タイトルは「光酸」）、黄罫（260行）詩稿用紙表面に書かれた下書稿㈡（タイトルは「光酸」）、その余白に書かれた下書稿㈢（藍インクで了⃝）、その裏面に書かれた下書稿㈣（タイトルは「郡衙」）、黄罫（220行）詩稿用紙裏面に書かれた下書稿㈤、その裏面（つまり表面）に書かれた下書稿㈥（タイトルは「酸虹《さんこう》」。藍インクで㊢）、定稿用紙に書かれた定稿の七種が現存。生前発表なし。関連作品等の指摘は特にないが、「〔冬のスケッチ〕」の第四二・四三葉は「未定稿」の「〔雲を濾し〕」の先行作品であり、第四二・四三葉にある詩句は「一百篇」の「〔塀のかなたに嘉莵治かも〕」や「四時」にも登場することから原初的な経験やイメージは共通していたものと思われる。定稿に丸番号はないが、冒頭に◎があり、『新校本全集』では、これを「二行一連構成であることを示していると解される」としている。

本作については、下書きの過程で内容が大きく変わっていったことが指摘されるが、ここでも下書稿㈠から見ていきたい。

※　光酸

いつしか雲の重りきて、
光の酸をふりそゝぎ、
電線小鳥　肩まるく、
ほのかになきて溶けんとす。

春先の自然を詠んだもので、人間は登場しない。が、下書稿㈢では、この天気に誘い出されたかのようにして人間たちが現われる。

あしたはかれ草のどて
柳硫黄の粒吐けるを、
鹿鳴館の古き貴賓、
上席書記頬痩せてわらひ来り

肥料倉庫の屋根の上に
エレキましろくうづまけば
青土いろのマント着て
技手は役所へ帰り来る

「鹿鳴館」というと舞台が明治時代に戻ったような気もするが、「肥料倉庫」や「役所」ともあることから、稗貫郡の郡役所のことをおどけて表現しているようである。賢治は稗貫農学校に勤務していたが、大正十二年四月に県立花巻農学校に改称し、若葉町に移転するまでは、すぐ近くに稗貫郡役所があった。ちなみに郡役所も大正十五年六月には廃止され、郡長もいなくなるが、「郡長」の語は文語詩定稿にまで残されている。

さて、下書稿㈢の手入れ段階で、タイトル「酸虹」の元となった「酸えたる虹」がようやく登場する。一方、下書稿㈢に登場した「技手」は、下書稿㈣の手入れ段階では「放蕩ふかき農事技手」や「女蕩しの農事技手」というストレートな表現が取られる方向が示されるが、下書稿㈤では次のようになる。

牛酪《バタ》の粒噴く柳条《やなぎいと》
しばしば掃ふ窓にして
頰はむなしき　郡長《こほりをさ》
ねむたく虹を　ながめたり

このとき土手の　かれ草を
青にびマント　ひるがへし
蚕桑技手の　黒長《くろちよう》は
酔ひて村より　帰りくる

宮沢健太郎（後掲）は、「表出者は、はじめこの詩に「酸光」（朝日のまぶしい光）と題していたのだがそれがしだいに郡長のつかれ切った頰の感じ、農事技手の放蕩で疲弊した感じを中心に、疲れを「酸える」と転じ、光を虹と変え「酸虹」、と視点をしぼっていったのである」とする。

下書稿㈥になると、「技手の黒金」が「後備大佐の甲斉」に変えられたのち、最終的には削除され、定稿では「郡長」のみを生かしたすっきりした二行詩になっている。「一百篇」所収作品に「〔燈を紅き町の家より〕」があり、これは郡役所からの電話であると偽って売笑婦が仕事場に電話をかけてくるという内容のものだが、テーマが重複するところを気にして本作の方でこのアイディアを削ったように思われる。

理由はともあれ、せっかくドラマチックな要素が生まれたところで、賢治は早々に引っこめてしまったわけである。それでは賢治が描きたかったのは、いったい何だったのだろうか。

「酸えたる虹」と言いたいところだが、虹が登場するのは下書稿㈣以降である。人間の登場でさえ下書稿㈢からである。となると、当初から一貫しているものは、春先の光のみである。もちろん当初から変化していないものこそが最も重要な要素だとは即断できないにしても、春先の光と人間との関わり、ということが結局のところ最大のテーマだったように思えるのである。

春と言えば、眠っていたものが一斉に生気を帯びて活躍し始める季節である。ことに東北地方では冬と春の差は顕著であろう。そして、性欲が頭を擡げる時期であり、「春と修羅」の春でもある。賢治はここで、具体的な事件や物語を織り込むのではなく、その嬉しくも妖しい春の雰囲気を出そうと思ったのではないだろうか。

ところで、「片頰」の用例を探してみると、「五十篇」の「〔氷柱かゞやく窓のべに」」に「赤き九谷に茶をのみて、／片頬ほゝえむ獺主幹、／つら、雫をひらめかす。」と登場し、また、「春と修羅 第三集」の「七二六 風景 一九二六、七、一四、」に、「松森蒼穹《そら》に後光を出せば／片頬黒い県会議員が／ひとりゆっくりあるいてくる」という風に登場する。その他の例は探し出せていないが、少なくともこの三例を見る限り、彼らは中小の権力者の肩書を持っているという点で一致している。彼らは、もともとの性格というより、おそらくはその職務から感情を全面に出すことが許されないために、「片頬」でしか感情を表わすことができないのではないだろうか（「片頬黒い」は表情を表しているのではないかもしれないが）。近代に生きる人間がどれほど抑圧されているかを示すものとも思える。島田隆輔（後掲）は、「「酸虹」が、廃止においこまれた郡制の象徴とみえ、みあげた郡長の「片頬むなしき」というのは、その職場と地位をまもなくうしなうものの表情とみえ、「わらふなり」というのも、その無力感からにじみでた笑いとみえてくる」とするが、首肯できる点の多い指摘であると思う。

しかし、本作が中小の権力者を覆っている近代の圧力を描いているのだという以外の捉え方をすることも、できるかもしれない。


　虔十はいつも縄の帯をしめてわらって杜の中や畑の間をゆっくりあるいてゐるのでした。

　雨の中の青い藪を見てはよろこんで目をパチパチさせ青ぞらをどこまでも翔けて行く鷹を見付けてははねあがって手をたゝいてみんなに知らせました。

　けれどもあんまり子供らが虔十をばかにして笑ふものですから虔十はだんだん笑はないふりをするやうになりました。

　風がどうと吹いてぶなの葉がチラチラ光るときなどは虔十はもううれしくてうれしくてひとりでに笑へて仕方ないのを、無理やり大きく口をあき、はあはあ息だけついてごまかしながらいつまでもいつまでもそのぶなの木を見上げて立ってゐるのでした。

　時にはその大きくあいた口の横わきをさも痒いやうなふりをして指でこすりながらはあはあ息だけで笑ひました。


童話「虔十公園林」の一節である。春先の光に誘われて郡役所を出て色あせた虹を見あげ、片頬だけ表情を緩める郡長は、もしかしたら虔十と同じ心性を持った人物なのかもしれない。権力者の肩書を持つ人間として、「ばかにして笑」われてはなるまいと精一杯にがまんしながら、やはりどうにも春先の自然現象の変化がうれしくてたまらないために片頬だけ微笑をうかべてしまう人物だと解することもできるかもしれない。そう思えば、わずか二行にしか過ぎない作品を、五度にもわたって改稿をしたのも理解できるように思うのである。

先行研究

宮沢賢治（研究者）「賢治の語彙をめぐって」（『宮沢賢治 近代と反近代』洋々社 平成三年九月）
宮沢健太郎「『文語詩稿一百篇』」（「国文学 解釈と鑑賞65―2」至文堂 平成十二年二月）
赤田秀子A「文語詩を読む その7 酸っぱいのは南風？ 虹？「酸虹」他」（「ワルトラワラ18」ワルトラワラの会 平成十五年六月）
赤田秀子B「シダレヤナギ（バビロン柳・枝垂柳）」（『イーハトーブ・ガーデン 宮沢賢治が愛した樹木や草花』コールサック社 平成二十五年九月）
信時哲郎「宮沢賢治「文語詩稿 一百篇」評釈五」（「甲南女子大学研究紀要 文学・文化編51」甲南女子大学 平成二十七年三月）
島田隆輔「47 酸虹」（「宮沢賢治研究 文語詩稿一百篇・訳注Ⅰ」〈未刊行〉平成二十九年一月）

48　柳沢野

①焼けのなだらを雲はせて、　海鼠のにほひいちじるき。
②うれひて蒼き柏ゆゑ、　馬は黒藻に飾らるゝ。

大意

溶岩がゴツゴツとしたなだらかな斜面に雲が走って、ナマコのような匂いがひどく感じられた。柏の木も蒼黒いため、馬が付けている黒藻からも海が思い出される。

モチーフ

岩手山の登山口である柳沢近辺の風景を書いている。「海鼠のにほひ」を強く感じ取ったというのは、賢治の特異な感覚にもよろうが、上の句の「雲」、あるいは山の姿からの連想かもしれない。第二連に「馬は黒藻に飾らるゝ」とあるが、これも海を意識しての表現だろう。山の描写に海を持ってくるというのはずいぶん大胆な方法に思えるが、賢治は常識に縛られることなく感覚や連想を自由に取り入れることで、山をいっそう山らしく表現できると考えたのではないかと思う。

語注

柳沢野　柳沢は岩手郡滝沢村（現・滝沢市）の地名。柳沢一帯の原野のこと。ここに岩手山の登り口があり、岩手山神社やホテルもあった。

焼けのなだら　岩手山の溶岩が残ったままの少し平らになった部分。

海鼠のにほひ　棘皮動物の一種であるナマコは特にニオイはせず、あえて言えば、海の潮の匂いがする。しかし、海岸から四十kmほど内陸の花巻・盛岡で過ごすことの多かった賢治が、潮の匂いがプンプンするナマコに、あまりなじみがあったとは思えない。「雲はせて」から「なまこ雲」（層積雲）が導かれ、一瞬、海の匂いが感じられたといったところであろう。先行作品には「雲低く垂れ」とあるが、層積雲は地上から二千m程度の高さに出現し、下層雲に分類されるので、二千三十八mの岩手山は雲よりも高く聳えていたのだろう。あるいは山の姿からの連想かもしれない。島田隆輔（後掲A、B）は、ここに「ヤマセがもたらした潮の匂い」を感じ取ろうとしているが、本稿ではその立場は取らない。

蒼き柏　ブナ科の落葉樹で、岩手山の山麓には多く自生していたという。

馬は黒藻に飾らるゝ　「五十篇」の「〔盆地に白く霧よどみ〕」にも「藻を装へる馬ひきて、ひとびと木炭を積み出づる」というふうに登場する。柳田国男の『遠野物語』（柳田国男　明治四十三年六月）の序文に「馬は黔き海草を以て作りたる厚総を掛けたり。虻多き為なり」とあることを奥田弘（「風と光」「賢治研究6」宮沢賢治研究会　昭和四十五年十二月）が指摘している。黒い海草で編んだ「厚総」を馬の首・肩・尻などに掛けると、馬が歩くたびに揺れるので、虻を追い払うことができた。

評釈

「歌稿〔B〕」1の下方余白に赤インクで書かれた下書稿㈠、その右方余白に書かれた下書稿㈡、黄罫（220行）詩稿用紙表面に書かれた下書稿㈢（タイトルは「裾野」、手入れ段階で「柳沢」。鉛筆で㊢）、定稿用紙に書かれた定稿の四種が現存。生前発表なし。

「歌稿〔B〕」の1は、「み裾野は雲低く垂れすゞらんの／白き花咲き　はなち駒あり。」というものだが、下書稿㈠では次のように改められている。

柳沢
こゆれば山の裾野にて
海鼠のにほひいちぢるく、
馬は黒藻に飾られぬ

「歌稿〔B〕」の1は、「明治四十四年一月より」の章に含まれ、賢治が盛岡中学在学中の歌だということになるが、「「文語詩篇」ノート」の「1911」（明治四十四年）には、枠に囲まれて「岩手山ニ独リ登山ス／夕暮、かくこう鳥、空線、風、すゞらん、／柏林、」とあり、おそらく文語化したことを示すのだろうが、本作との関係を示すのは「すゞらん」くらいしかない。ただ、賢治は柳沢経由での岩手登山を何度もしているため、数回にわたる柳沢体験が重なっているものと思われる。

下書稿㈡では、次のように改変される。

裾野に来れば

海鼠のにほひ　雲垂れて
すゞらん白きはな咲きて
馬は黒藻に飾られぬ

「裾野」と題された下書稿㈢では、定稿とほぼ同じ形に整えられる。

焼けのなだらを雲はせて
海鼠のにほひいちじるき
うれひて蒼き柏ゆゑ
馬は黒藻に掃はれつ

山道を歩いていると、草や木、土の匂いから、一瞬、その場所とは無関係なはずの匂いを感じることがある。「一百篇」の「〔沃度ノニホヒフルヒ来ス〕」でも、本来は漂うはずのないヨードの匂いが強く漂っているとして詩篇を書いているから、岩手山の裾野を歩いていて「海鼠のにほひ」がしてきたとしても不思議ではあるまい。まして賢治には共感覚的な素質があり、また数km先の花や果物の匂いを感じていたとも言われる感覚の持主であったともいうので、常人が感じることのできない匂いを感じたことを書きつけた可能性は十分にある。

198　いざよひの／月はつめたきくだものの／匂をはなちあらはれにけり。

「歌稿〔B〕」のこの短歌の主題は、十六夜の月の光から冷たい果物の匂いを感じたという共感覚的な表現（体験）にあると思われるが、柳沢における海鼠の匂いもその類のものだろう。

『新校本全集』の『索引』を参照すると、なまこ、海鼠、の用例は案外に多い。「歌稿〔B〕」には次のような短歌が収録されている。

142　ふみ行かば／かなしみいかにふかからん／銀のなまこの／天津雲原

341　大沢坂の峠は大木も見えわかで／西のなまこの雲にうかびぬ。

407　なまこ雲／ひとむらの星／西ぞらの微光より来る馬のあし音。

672　息吸へば／白きここちし／くもりぞら／よぼよぼ這へるなまこ雲あり

710　なまこ山／海坊主山のうしろにて／薄明穹を過ぎる黒雲

雲のこと、あるいは山のことを直喩あるいは隠喩としてナマコと呼んでいるようだ。

『春と修羅（第一集）』の「真空溶媒」における「白い輝雲のあ

ちこちが切れて／あの永久の海蒼がのぞきでてゐる／それから新鮮なそらの海鼠の匂」といった部分について、恩田逸夫（「脚注」『日本近代文学大系36 高村光太郎・宮沢賢治集』角川書店昭和四十六年六月）は、「空の色を海の蒼で表現したのに続けて、その連想から、潮で洗われた新鮮なナマコの匂いを空の匂いとしている」というが、共感覚的な表現だとも考えられる。もっとも比喩と連想、共感覚の違いについては読者が判断するのは難しく、本人にも判断は難しかったと思われる。

文語詩を見てみると、「一百篇」の「市日」に「なまこの雲」があり、また、「五十篇」の「悍馬〔一〕」には、ナマコではないが、やはり岩手山の山麓とも思われる場所を舞台にして、「山はいくたび雲滃の、藍のなめくじ角のべて、」という一節があった。雲からナメクジを想起させていることを思えば、雲からナマコを思い出すのも容易だろう。

童話「双子の星」では、賢治は彗星に「頭と胴と尾とばらばらになって海へ落ちて海鼠にでもなるだらうよ」と言わせ、口語詩篇「会食」には、「誰かなまこをはじめて食みし」とあることから考えれば、賢治はナマコのことを〈海底に棲む異様な形をした生物〉といったイメージで捉えていたように思う。

さらに童話「葡萄水」には、「夕方です。向ふの山は群青いろのごくおとなしい海鼠のやうによこになり」とあり、また、童話「なめとこ山の熊」でも「まはりはみんな青黒いなまこや海坊主のやうな山だ」とあり、山の様子として表現されることもあったようだ。

こうした用例から検討すれば、「海鼠のにほひ」が出てきたのは共感覚的なものであった可能性がありながら、「雲垂れて」とあるその雲がナマコ雲（層積雲）だったため、あるいは山並みがナマコのようだったために、匂いさえも感じさせるようだった、というあたりであろうかと思う。

続いて二行目の「馬は黒藻に飾らる丶」について検討したい。この表現について吉田敬二（後掲）は、「放牧されている馬にはウマサシ（虻）避けの海藻は掛けないし、その必要もない」とし、「初期短篇綴等」の「柳沢」に、「林は夜の空気の底のすさまじい藻の群落だ」とあることから、「柏などの生えた山林を藻の群落と表現している。そこらを駆けまわっている馬も、ある瞬間、黒藻に飾られておもちゃの駒のようにおどりだして来るように見える」とする。たしかに「うれひて蒼き柏ゆゑ」とあるのは、柏が青々と茂っているが「ゆゑ」に馬が黒藻に飾られたということにも読めるので、馬は柏の木のために「黒藻に飾らる丶」（ように見えた）と解することもできる。

しかし、まだ柏の木を登場させる案のなかった下書稿㈡の段階でも、「馬は黒藻に飾られぬ」とあったことを考えれば、馬は、もともと黒藻が付けられていたとすべきではないだろうか。吉田の言うように、放牧されている馬に海藻をかけることがなかったとしても、賢治の頭の中にそうしたイメージがあったとすることは可能だろう。

また、短篇「柳沢」において、ここが「すさまじい藻の群落」に感じられことを引用しているが、それは賢治が夜に柳沢を訪れているからであり、すずらんの花の白さがまだ見えるような真昼の時間帯にも「藻の群落」と感じられたかどうかはわからない。

ただ、海の気配が漂っていることについてはたしかだと思うので、両者の中間的な立場、すなわち「馬たちは黒藻で飾られていたが、柏の木が鬱蒼としているために黒藻の様子は海を思わせるほどであった」というように捉えることにしたい。

本作はわずか二行の詩であるが、この短い詩中に場違いとも思える海に関する語が二回も登場する。「歌稿〔B〕」1の短歌には海の要素は全くないが、その後の推敲では、この二点に関して表現に動きがない。

賢治は散文「〔或る農学生の日誌〕」で、「ぼくは桜の花はあんまり好きでない。朝日にすかされたのを木の下から見ると何だか蛙の卵のやうな気がする」とし、「それにすぐ古くさい歌やなんか思ひ出すしまた歌など詠むのろのろしたやうな昔の人を考へるからどうもいやだ。そんなことがなかったら僕はもっと好きだったかも知れない。誰も桜が立派だなんて云はなかったら僕はきっと大声でそのきれいさを叫んだかも知れない」と書いている。賢治が桜の花を蛙の卵のようだとたとえたのは、何も奇をてらったわけでも、古人の感覚を逆なでしようとしたのでもなく、桜に関するおきまりの修辞や形容に飽き、意外なようでいて本質を突いた指摘を目指していたからだろう。

同じように、山を描く際に、常識的でないから、とか、古来からの表現と一致しないからといって、海鼠の匂いを感じたという経験を封じ込めてしまうのではなく、思ったとおりに書くことこそが重要だと思っていたのではないかと思う。

「歌稿〔B〕」には、海鼠ではないが、やはり海の気配を感じとっての歌が残っている。

339 まどろみに／ふつと入りくる丘のいろ／海のさましてさびしきもあり。

賢治は『注文の多い料理店』の「序」に、「ほんたうにもう、どうしてもこんなことがあるやうでしかたないといふことを、わたくしはそのとほり書いたまでです」と書き、「なんのことだか、わけのわからないところもあるでせうが、そんなところは、わたくしにもまた、わけがわからないのです」とした。また、「広告ちらし」には、「たしかにこの通りその時心象の中に現はれたものである。故にそれは、どんなに馬鹿げてゐても、難解でも必ず心の深部に於て万人の共通である。卑怯な成人たちに畢竟不可解な丈である」と書いた。この精神が、最晩年の文語詩、本作のような二行の短編にまで息づいていた、ということではないかと思う。

先行研究

吉田敬二「柳沢野」(『宮沢賢治 文語詩の森 第二集』)
島田隆輔A「原詩集の輪郭」(『宮沢賢治 文語詩稿の成立』)
島田隆輔B「宮沢賢治短歌の文語詩への転生について」(「路上118」路上発行所 平成二十二年十二月)
島田隆輔C「宮沢賢治・《文語詩稿》生成の一面　『歌稿〔B〕』にかかわって」(「島大国文33」島大国文会 平成二十三年三月)
信時哲郎「宮沢賢治「文語詩稿 一百篇」評釈六」(「甲南国文62」甲南女子大学国文学会 平成二十七年三月)
島田隆輔D「48 柳沢野」(「宮沢賢治研究 文語詩稿一百篇・訳注Ⅰ」〈未刊行〉平成二十九年一月)

49　軍事連鎖劇

①キネオラマ、　寒天光のたゞなかに、　ぴたと煙草をなげうちし、
上等兵の袖の上、　また背景の暁《あけ》ぞらを、　雲どしどしと飛びにけり。

②そのとき角のせんたくや、　まつたくもつて泪をながし、
やがてほそぼそなみだかわき、　すがめひからせ、　トンビのえりを直したりけり。

大意

幕間に映すためのキネオラマを準備している際の、漏れた燐光の中に、ちょうど煙草を投げ捨てた、上等兵の袖の上と、背景の朝方の空を、雲がどんどんと飛び去っている。

その時見物人の一人であった角の洗濯屋が、感極まって涙を流し、しかしすぐに細々と涙は渇いていき、やぶにらみの眼を光らせながら、インバネスのえりを直した。

モチーフ

明治末年から大正初年にかけて映画と演劇をミックスした連鎖劇がブームとなった。本作が実際の連鎖劇に取材したものかどうかわからないが、上演されていたものが何であったかはともかく、賢治の関心は、準備中のキネオラマから漏れてくる光、観客の一挙手一頭足などが渾然一体となった劇場空間を「連鎖劇のようだ」と感じたことであったように思う。

語注

軍事連鎖劇　連鎖劇とは芝居の中に活動写真を取り入れて上演するもの。明治三十七年三月に伊井蓉峰の戦争劇「征露の皇軍」で、「活動写真応用の大仕掛け」が使われていたあた

りが始まりだとされる。連鎖劇という名称は、大正二年に山崎長之輔が使い始めたという。しかし、ブームの絶頂期の大正六年には、防災上の理由から活動写真取締規則により警視庁管内で木造劇場における上演が禁止された。ただ、岩本憲児（「連鎖劇からキノドラマへ」『サイレントからトーキーへ 日本映画形成期の人と文化』森話社 平成十九年十月）によれば、「実際にはまだ数年続いている。関西では十二、三年頃まで続いたが下火になり、井上正夫も大正七年には正統新派へ復帰し、あるいは映画そのものへと移り、大正十三年（一九二四）、山長も人気凋落のうちに亡くなった」という。同時代の石巻良夫（「天活の連鎖劇」『欧米及び日本の映画史』プラトン社 大正十四年十二月）も、「大正八年、帝キネが起るとこれも連鎖劇の興行を始め、熊谷武男や伊村義雄が盛んに活躍した」と書いているから、大正年間を通して連鎖劇は上演されていたようである。また、「軍事連鎖劇」については、島田隆輔（後掲）が、名古屋の御園座で大正十一年一月に太陽団（大橋幸太郎一座）が上演していたという資料、昭和八年六月に富山県中新川郡加積町（現・滑川市）で太陽団の上演があったという資料（山田禎一「おふくろの日記そして人生五十年」http://www16.ocn.ne.jp/~hp1059/ofukurosan.htm）を提示している。大橋幸太郎の太陽団については、『近代歌舞伎年表 京都篇 第9巻 昭和4年—昭和10年』（八木書店 平成十五年三月）に、昭和七年四月に京都の南座で「軍事社会教育連鎖劇 国の光人の妻」の上演があったと紹介されており、「大阪朝日新聞」（昭和七年四月十七日）の記事には、「劇と映画により軍事思想の普及と、在郷軍人及びその家族の平戦両時における準備と覚悟を促し、国防観念の喚起に尽してゐる」とある。本作は「〔冬のスケッチ〕」に発するものだが、文語詩の下書きでは「連鎖劇」がタイトルであり、定稿を手入れする段階で、ようやく「軍事連鎖劇」の言葉が登場している。賢治がいつ、どこで、どのような連鎖劇を見たのかは不明だが、大正末年から昭和初年にかけて全国を回っていた大橋幸太郎の太陽団あたりを思い浮かべながら、このタイトルに改めたのかもしれない。島田（後掲B）は、軍事の連鎖劇であったことを重視し、後連に登場する「せんたくや」が、「泪をながし」（感激（→熱狂））、「なみだかわき」（覚める（→冷静））、「すがめひからせ」（疑念（→見極め））、「えりを直したり」（見直す（→批判））と変化していることから、軍事思想への懐疑や、時代への批判者の風貌もあるとして読んでいる。

キネオラマ　『明治事物起原』には、「切りぬき画を進退し、各種電燈の採光と音響とを利用して之を助け、観者に実物同様の感を起さしむるを、キネオラマといふ」とある。奥山文幸（後掲）は『新修百科事典』から「明治四十年頃から大正の初期浅草に行はれた映画常設館の呼び物として映画の番組の間に見せた電気照明応用のパノラマ。ヴェネチアなどの書割に光線の変化を与へて朝・昼・夜・雷鳴・風雨の感を出し、傍らから説明者が説明を加へた。一回の演出約十分。半月位に景を変へた」を引用する。

寒天光　カンテンはテングサを用いた食品のことであるが、ここでは劇場のホコリの舞う観客席の中を光が突き抜けた時に、光の通った跡が見える現象を指すのだろう。どちらもコロイド（ある物質が微粒子となって他の液体・気体・固体などの媒体中に分散している状態のこと）であるが、賢治は好んでこうした語を使っている。「五十篇」の「車中〔一〕」などにも、雲の切れ間から光が漏れて、太陽光線が放射状に注ぐ現象（ティンダル効果。天使の梯子、あるいは薄明光線ともいう）を「寒天光」と書いている例がある。

すがめ　片目または斜視のこと。瞳を片側に寄せて見ることもいう。ここでは斜視であると捉えた。

トンビ　丈が長いコートに、ケープを合わせたもののこと。スコットランドのインヴァネス地方で生まれたとされているためインヴァネスとも称される。また、二重回し、二重マントとも呼ばれた。

評釈

「〔冬のスケッチ〕」の第四・五葉を元にした下書稿㈠、黄罫（220行）詩稿用紙表面に書かれた下書稿㈡（タイトルは「連鎖劇」。鉛筆で㊢）、定稿用紙に書かれた定稿の三種が現存。生前発表なし。

まず、「〔冬のスケッチ〕」の第四・五葉をあげる。

そのとき人工の火ひらめきて
水より滋くもえあがり
またほのぼのと消え行けり。

※

なにゆゑかのとき　きちがひの
透明クラリオネット、
わらひ軋り
わらひしや。

※

たばこのけむり　かへって天の
光の霧をかけわたせり。

※

せんたくや、
そのときまったく泪をながし
やがてほそぼそ泪かわき
すがめひからせ
インバネスのえりをなほせり。

※

三疋の
さびしいからす

三人の
げいしゃのあたま。

※

あたかもそのころ
キネオラマの支度とて
紫の燐光らしきもの
横に舞台をよぎりたり

※

（その川へはしをかけたらなんでもないぢゃありませんか。）と、おもひつめし故かへって愚のことを云へり。

※

あけがたを
雲がせわしくながれて行き
上等兵は
たばこの火をぴたりと地面になげすてる。

※

劇場のやぶれしガラス窓に
するどくも磨かれ、むらさきの身を光らしめ
西のみかづき歪みかゝれり。

奥山文幸（後掲）は、「おそらく賢治は初めて人工による《光の交錯》を体験したことになる」とし、「光の芸術である映画と（キネオラマの支度のための）スポットライトの《光の交錯》。のみならず、キネオラマそれ自体の《光の交錯》。さらに、「劇場のやぶれしガラス窓」に屈折する「西のみかづき」の「歪み」。「冬のスケッチ」には、様々な《光の交錯》、または多光線的な表象があふれている。それは単なる視覚体験ではなく、「劇場」という限られた空間のなかで《光の交錯》を全身でうけとめるものではなかったろうか」とする。

ところで取材時に賢治が見たのは、本当に連鎖劇だったのだろうか。記述も曖昧だし、資料が乏しいこともあって断言することは難しいが、普通の映画の上映だったようにも思う。というのも連鎖劇とは劇と映画の折衷的な興行だが、楽団を引き連れ、「キネオラマの支度」もさせたというから、映画を映すための人員、楽団員、キネオラマのための人員、弁士、さらに劇団員…　となると、あまりにも大所帯で、そうした一団がガラス窓がやぶれたような劇場で興行を打ったとは考えにくいからである。大久保遼（後掲）は、「賢治の描く軍事連鎖劇とは、連鎖劇のなかでキネオラマが使用されたきわめて特異な例なのではないだろうか」としているが、浅草ならともかく、花巻周辺で特殊な上演が行われたかどうかとなると難しいような気がする。資料の発掘を待ちたい。

ここで上映されているものが何なのかは興味のあるところだが、ただ、かつて「五十篇」の「砲兵観測隊」についての「評釈」（信時哲郎　後掲Ａ）でも書いたように、映画（あるいはキネオ

ラマ？）と観客席の渾然一体をまるで連鎖劇のようだと「見立て」をして書いたのがこの作品ではないか、という気がする。

　奥山の言うとおり、これはたしかに賢治が体験した「初めて人工による《光の交錯》」で、映画好きの賢治には印象深いできごとだったのかもしれないし、大久保の言うような、なにか特殊なキネオラマ／連鎖劇を見たための感動を書いたのかもしれない。しかし、それ以上に、賢治はクラリネットの音、弁士の声（「その川へはしをかけたら…」というのは、おそらくは弁士の声だろう）、観客の姿、煙草の煙…　と、視覚だけでなく、聴覚や嗅覚をも刺激する映画館という空間に興味を持ち、さまざまな感覚刺激の交錯する場所としての映画館のことを「連鎖劇」にたとえたようにも思えるのである。

　弟の清六は、「映画についての断章」（『兄のトランク』ちくま文庫　平成三年十二月）の中で、当時の映画についての貴重な体験を綴っている。

――活動写真というものは不思議な匂いのするものだ――とも長い間私は思っていました。それはどういうことかと申しますと、そのころの活動写真はカーバイトから出るアセチレン瓦斯を燃やして、その青白い強い光で映写していましたので、客席のうしろで映写機をまわしていたそのカーバイト特有のにおいと、機械油や人いきれと、すぐそばの便所のにおいまで、まじったようなのを映画のにおいと思っていたのです。

　賢治が清六と全く同じ体験をしたわけでも、全く同じ感情を持ったわけでもないにせよ、「［冬のスケッチ］」で描かれた劇場は、帝国劇場あたりとはちがって、「せんたくや」や「げいしゃ」たちと入り混じって見物する場所であったわけだから、清六のいうような「不思議な匂い」に満ち満ちた空間でもあったろうと思う。

　清六はまた、こんなことも書いている。

大正六年のころ、農林学校に在学中の兄と一しょにこの藤沢座に行ったことがありました。最も新しい欧州大戦争の実写というのがその宣伝でしたが、全くいい加減なもので、呼び物の戦車の大活躍という所ではみんなも大笑いでした。

「これより女性タンクの大活躍……」という説明者のセリフと同時に、女性というその名にふさわしい菱形の戦車が一台、左から右へのそのそと歩き、〝天国と地獄〟の勇ましい伴奏につれて、また同じものが左から現れ、「これより女性タンクの大活躍……」〝天国と地獄〟の伴奏、という具合に四、五回もこれを繰り返したのです。それに戦場で大活躍している筈のこのタンクのそばには、煙草をくわえた将校がこちらを向いて笑っているのですから、この襷《たすき》映画と天国と地獄の伴奏のことで、私たちは下宿に帰ってからも大笑いをしたのでした。こんな巧まざる演出も賢治は大好きだったのです。

「煙草をくわえた将校」とあるのが、「〔冬のスケッチ〕」の「上等兵は／たばこの火をぴたりと地面になげすてる」という詩句と似ており、この時の映画を見た時の体験が詩化されているのかもしれないとも思わせるが、それ以上に着目するべきは、「こんな巧まざる演出も賢治は大好きだった」という点であろう。

或る時、賢治は花巻で映画を観終わって帰宅すると、清六に次のような話をしたという。酔っぱらった観客が「おい。弁士い。しっかりやれい。下手糞弁士い！」と、何度も大声で叫んだ。すると弁士は「我が輩はこれでも芸術家だ。かりそめにも一人の芸術家に対して無礼な言辞を弄する奴などに説明はしてはやれない」と怒って沈黙してしまったという。

みんなもしぃんとしてその変な映画を見ていたもんだ。暫くの間その無声映画を見ていたのだが、その酔払いが太いぼそぼそした声で、

『弁士い。弁士い。あんまりごしゃぐなじゃい（おこるなやい）。外のお客さんにも失礼でないが。弁士い。』と言い、説明者がまたその映画の途中から奇声を上げながら話し出したのだ。映画などよりこの方が何倍も面白かったぞ。

文語詩定稿では、「〔冬のスケッチ〕」第四・五葉にあるような、クラリネットの音や弁士の声、場内に蔓延するたばこの煙、窓の外の三日月の光…　といったバラエティの豊かさはない。ただ、清六が「巧まざる演出」と書いたような劇場内で繰り広げられる猥雑な、小さなドラマにも目を配り、巧まずして生まれてしまった「連鎖劇」を描こうとする意図は、十分に感じ取ることができるように思うのである。

先行研究

植田敏郎「比論」（『宮沢賢治とドイツ文学』講談社学術文庫　平成六年五月）
奥山文幸「賢治とキネオラマ「冬のスケッチ」論」（『宮沢賢治『春と修羅』論 言語と映像』双文社出版　平成九年七月）
宮沢哲夫「軍事連鎖劇」（『宮沢賢治 文語詩の森』）
島田隆輔Ａ「定稿化の過程」（「宮沢賢治 文語詩稿の成立」）
信時哲郎Ａ「砲兵観測隊」（『五十篇評釈』）
信時哲郎Ｂ「宮沢賢治「文語詩稿 一百篇」評釈六」（「甲南国文62」甲南女子大学国文学会　平成二十七年三月）
大久保遼「連鎖劇とキネオラマ 活動写真の一九一〇年代」（『映像のアルケオロジー 視覚理論・光学メディア・映像文化』青弓社　平成二十七年二月）
島田隆輔Ｂ「49　軍事連鎖劇」（「宮沢賢治研究 文語詩稿一百篇・訳注Ⅰ」〔未刊行〕平成二十九年一月）

50　峡野早春

①夜見来《よみこ》の川のくらくして、　斑雪《はだれ》しづかにけむりだつ。
②二すじ白き日のひかり、　ややになまめく笹のいろ。
③稔らぬなげきいまさらに、　春をのぞみて深めるを。
④雲はまばゆき墨と銀、　波羅蜜山の松を越す。

大意

黄泉の国から流れるかのように川は暗く、　まだらになった残雪が静かに湯気をたてる。

二筋の白い陽光が差し込むと、　にわかに笹の葉の色も生気を取り戻した。

稲が稔らないという嘆きが今更ながらに、　春を迎えるにあたって深まってくる。

雲は墨色と銀色で眼に眩しく、　波羅蜜山の松を越えてきたところだ。

モチーフ

先行作品に残された日付から、　昭和二年の早春の思いが書かれたもののようだ。　夜見来川と波羅蜜山という架空の川と山の名前が目につくが、　冒頭の夜見来川（黄泉？）には不吉な凶作のイメージがあるとすると、　末尾の波羅蜜山には、　農民たちの明るい未来とともに、菩薩行に打ち込む賢治自身の姿がイメージされていたとも考えられる。晩年の賢治は、慢心についての十分な自覚と自戒とがあったにしても、自分の菩薩行の実践が農村の未来に繋がるのだということは、ずっと思いつづけていたようにも思える。

語注

夜見来《よみこ》の川　『定本語彙辞典』には、「賢治創作の川の名か。出所不明。死後の世界を表す黄泉に関連があろう」とする。黄泉の国から流れてくる川、そして、此岸（この世）と彼岸（あの世）の境目にあるとされる三途の川をも思わせる。実際には北上川をモデルとしているのだろう。

斑雪《はだれ》　まばらに降る雪、あるいは、まだらになって積もっている雪のこと。「早春」の語から、ここでは融け残った雪のことだろう。

稔らぬなげき　稗貫郡では一九二四年から一九二六年にかけて、三年連続して旱害に見舞われた。本作の先行作品である「一〇一四　春　一九二七、三、二三、」は、一九二七（昭和二）年に書かれている。「春をのぞみて深めるを」には、四年連続の旱害を恐れる気持ちが増したことを書いているのだろう。「一百篇」には、他にも「旱倹」「旱害地帯」「朝」などの旱害について描かれた作品が収録されている。

波羅蜜山　波羅蜜山については、『定本語彙辞典』に「特定できない山名で、賢治は波羅蜜にちなんで「波羅蜜と云ふ銀の一つの星」（異稿童［ひのきとひなげし］）が「またゝき出し」たりするように、宗教的空間の一つのシンボルとしてこの山名を案出したかと思われる」とある。賢治が自炊生活を送った桜から北上川の方角を見て書かれた詩だとすると、波羅蜜山は胡四王山、旧天王山、観音山あたりを指すことになりそうだが（山に松の木が生えていることが認識されていることから、早池峰山などの遠方の山ではないだろう）、いずれも標高百〜二百mの小丘ながら、「経理ムベキ山」として「雨ニモマケズ手帳」のリストに入れた山で、賢治には思い入れのある山であった。島田隆輔（後掲B）は、『新校本全集 第五巻』所収の口語詩「〔何かをおれに云ってゐる〕」に「いたゞきに松の茂った」山のことを問われて「キーデンノー」（旧天王山）であると答える件りがあることを指摘している。波羅蜜とは「彼岸への道。完成。修行の完成。さとりの修行。さとりに至るための菩薩の修行」（『広説仏教語大辞典』）を指し、布施（分け与えること）、持戒（戒律を守ること）、忍辱（耐え忍ぶこと）、精進（努力すること）、禅定（心を安定させること）、智慧（実相を悟ること。これをさらに細分化して十波羅蜜とすることもある）の六つに大別でき、「自己を完成すると同時に、多くの他者を利益することを目的としている」という。

評釈

黄罫（240行）詩稿用紙表面に書かれた「春と修羅 第三集」所収の口語詩「一〇一四 春 一九二七、三、二三、」の下書稿㈡に手入れをした下書稿㈠（タイトルは「春」のまま。鉛筆で(了)。ただし島田隆輔（後掲B）は、この(了)は「春と修羅 第三集」稿に付与したものではないかという）、黄罫（220行）詩稿用紙に書かれた下書稿㈡（タイトルは「春」→「狭野早春」。鉛筆で㊢）、定稿用紙に書かれた定稿の三種が現存。生前発表なし。

まず、「詩ノート」に記された口語詩「一〇一四〈山の向ふは濁ってくらく〉一九二七、三、二三、」をあげる。

山の向ふは濁ってくらく
もう恐慌《パニック》が春といっしょにやってゐる

　　みんなに明るく希望に充ち
　　わたくしに暗く重い仕事が
　　そこでまもなく起らうとする

野はらはまだらな磁製の雪と
黝ぶり滑べる　夜見来川

鳥は雷気や
巨きな雲の尾を恐れない

架空の河川名と思われる「夜見来川」は最初期から登場していたことがわかるが、同一日付の詩篇によれば、この日は桜の羅須地人協会にいたようなので、実際には北上川がイメージされているのだろう。

これに続く口語詩「一〇一四 春」の最終形態は次のようなものになっている。

野原は残りのまだらな雪と
黝ぶり滑べる夜見来川

雲が淫らな尾を引いて
青々沈む波羅密《ママ》山の、
松のあたまをかすめて越せば
山の向ふは濁ってくらく
二すじ青らむ光の棒と
わづかになまめく笹のいろ

野原はまだらな磁製の雪と
温んで滑べる夜見来川

この二篇を読み比べて、最初に気付くのは、凶作に対する不安が描かれなくなっていることだろう。もちろん「山の向ふは濁ってくらく」や「黝ぶり滑べる夜見来川」という言葉が、どことなく不吉な印象を与えてはいるのだが、そこから凶作まで読み取れる者は僅かだろう。

ただし、この案は文語詩の下書稿㈡の手入れ段階になって、「稔らぬうらみいよいよに」として復活する。この案は、一旦は削除されてしまうものの、定稿の段階では甦って、「稔らぬなげきいまさらに、春をのぞみて深めるを。」と書かれることとなる。島田隆輔（後掲A）はこのことについて、「詩の場に隠されていた詩層が再び隆起してきたという具合で、場が変容したというよりも、これによって詩の場を支えている詩想はむしろ鮮明にされてきた、と考えられる」とするが、そのとおりだと思う。

もう一つ目の改変は、文語詩になっても復活しないものだが、宮沢賢治という人の世界観・農業観を考える上では、こちらの方が重要かとも思われる。というのは、「詩ノート」においては「みんなに」対して「明るく希望に充ち」と書きながら、「わたくし」の方には「暗く重い仕事」が「まもなく起らうとする」と書いていたことである。つまり、自分自身だけが不幸を背負う英雄のように書いていたとも見える記述である。

晩年の賢治は、柳原昌悦に宛てた最後の手紙で、「私のかういふ惨めな失敗はたゞもう今日の時代一般の巨きな病、「慢」といふものの一支流に過って身を加へたことに原因します」（昭和八年九月十一日）と書いているように、自身の「（増上）慢」に対する反省の気持ちがあり、口語詩や文語詩の推敲にも、それが影響していた可能性が強いことが木村東吉によって指摘されているところだが（「宮沢賢治・封印された「慢」の思想　遺稿整理番号10番の詩稿を中心に」「国文学攷176・177」広島大学国語国文学会 平成十五年三月）、おそらく、賢治はそのために黄罫（240行）詩稿用紙に下書稿を書き改める段階でこれを削除し、かわりに「波羅蜜山」を登場させるアイディアを捻出したのだとも考えられる。

そして賢治は、この山の上の雲に淫らな尾を引かせたり、山の向こうを濁らせたりして、「暗く重い仕事」を暗示させる一方、二すじの光の棒を差し込ませて（ティンダル効果のことだろう）、笹の葉に生気を与えてもいるのだろう。つまり、これから先の我が身の艱難辛苦を予想させながらも、希望の光を差し込ませたというわけである。波羅蜜の語に、賢治が「さとりに至るための菩薩の修行」（『広説仏教語大辞典』）という意味を持たせているのだとすれば、耐えなければならない苦しみはあるにしても、その先には悟りの世界が広がっている、といった意味合いに解釈することもできそうだ。

しかし、この改変によって自分自身を英雄視したり、特別視したりすることからは逃れているようにも思えるものの、そのことが分かりにくくなったというだけであって、自分自身の努力の結果として農村全体に幸福が齎されるのだというような思いは、実は定稿を書き終えた段階まで抜けきっていなかったようにも読めるのである。
もちろん、自分自身だけではなく、農村全体が菩薩行をするのだと読めないこともない。ただ、もしもそうした解釈が成り立つにしても、「詩ノート」を見れば、後付けのものに過ぎなかったことは明白である。良くも悪くも、これが宮沢賢治という人の世界観であり農業観であった、とすべきではないかと思う。

先行研究

島田隆輔A「定稿化の過程」(『宮沢賢治 文語詩稿の成立』)
信時哲郎「宮沢賢治「文語詩稿 一百篇」評釈六」(『甲南国文62』甲南女子大学国文学会 平成二十七年三月)
島田隆輔B「50 峡野早春」(『宮沢賢治研究 文語詩稿一百篇・訳注I』〈未刊行〉平成二十九年一月)

51　短夜

①屋台を引きて帰りくる、　　目あかし町の夜なかすぎ、
うつは数ふるそのひまに、　　もやは浅葱とかはりけり。
②みづから塗れる伯林青《べれんす》の、　　むらをさびしく苦笑ひ、
胡桃覆へる石屋根に、　　いまぞねむれと入り行きぬ。

大意

屋台を引いて帰ってくる、同心町の夜中すぎ、
器の数を数えているうちに、もやは浅葱色に変じてしまった。
自分で紺青色に塗った、塗り斑をさびしく苦笑いしながら、
クルミの木が覆う石屋根の家の中に、さぁ眠ろうとばかりに入っていった。

モチーフ

「目あかし町」とあるのは、花巻に実在した同心町と呼ばれた下級士族の住んでいた地域である。賢治は畑の作物を売りに町に出かけるが、夜の間に屋台を出し、町から帰ってくる人もあった。「武士は食わねど」の時代は遠く去り、武士の末裔は厳しい生活を余儀なくされていたようだ。しかし、賢治はそうした人々を、完全に客観・冷静に見ていたわけではないだろう。というのも、町とも村とも微妙な距離を置きつつ生きるしかなかった賢治にとって、町にも村にも溶け込めずに生きる屋台店の店主は、似通った境遇にある人物だと感じたに違いないからである。

語注

短夜　夏の短い夜のこと。読み方は八田二三一（後掲）は「みじかよ」、入沢康夫（「文語詩難読語句（5）」）は、「タンヤorミジカヨ」とするが、本書では「たんや」を取った。

目あかし町　賢治が自炊生活を送った下根子桜のすぐ近くにあった同心町のこと。『花巻市史　第一巻』（国書刊行会　昭和五十八年九月）には、「向小路」として「花巻御城代に配属された足軽の集団地で、一般に御同心と称せられた三十人の官営住宅が今でも原型を失わないで残っている」とある。目あかしは、岡っぴきとも呼ばれ、与力や同心に私的に雇われて、犯罪捜査や情報収集などを行った。賢治とも少なからぬ関係があった小学校教員の小笠原露の生家もここにあった。

伯林青　ディースバッハが発見した顔料で、発見地ドイツの旧名プロシアに由来してプルシアンブルー、またはベルリンブルー、ベレンス等と呼ばれる。紺青色。日本では江戸時代に伝わり、伊藤若冲が使っていたことでも知られる。

評釈

黄罫（2424行）詩稿用紙に書かれた先行作品「春と修羅　第三集」所収の口語詩「一〇四二〔同心町の夜あけがた〕一九二七、四、二一、」の余白に書かれた下書稿㈠（タイトルは「夏夜」→「短夜」）、黄罫（22０行）詩稿用紙表面に書かれた下書稿㈡（タイトルは「短夜」。鉛筆で㊢）、定稿用紙に書かれた定稿の三種が現存。生前発表なし。

まず先行作品である「一〇四二〔同心町の夜あけがた〕」から見ていきたい。

同心町の夜あけがた
一列の淡い電燈
春めいた浅葱いろしたもやのなかから
ぼんやりけぶる東のそらの
海泡石のこっちの方を
馬をひいてわたくしにならび
町をさしてあるきながら
程吉はまた横眼でみる
わたくしのレアカーのなかの
青い雪菜が原因ならば
それは一種の嫉視であるが
乾いて軽く明日は消える
切りとってきた六本の
ヒアシンスの穂が原因ならば
それもなかばは嫉視であって
わたくしはそれを作らなければそれで済む
どんな奇怪な考が
わたくしにあるかをはかりかねて
さういふふうに見るならば

それは懼れて見るといふ
わたくしはもっと明らかに物を云ひ
あたり前にしばらく行動すれば
間もなくそれは消えるであらう
われわれ学校を出て来たもの
われわれ町に育ったもの
われわれ月給をとったことのあるもの
それ全体への疑ひや
漠然とした反感ならば
容易にこれは抜き得ない
　向ふの坂の下り口で
　犬が三疋じゃれてゐる
　子供が一人ぽろっと出る
　あすこまで行けば
　あのこどもが
わたくしのヒアシンスの花を
　呉れ呉れといって叫ぶのは
　いつもの朝の恒例である
見給へ新らしい伯林青を
じぶんでこてこて塗りあげて
置きすてられたその屋台店の主人は
あの胡桃の木の枝をひろげる
裏の小さな石屋根の下で
　これからねむるのでないか

　羅須地人協会時代の賢治は、レアカーに農作物を入れて、町の方に売りに行ったことは知られているとおりだが、ここに現われた「程吉」のように、村の人々の態度は優しいものではなかった。ただ、レアカーを引いて早朝の町に向かう賢治は、屋台を引いて町から戻ってくる「屋台店の主人」という、自分とはちょうど逆の動きをする人物をも見つけている。

　先行作品と同一日付を持つ「一〇四三　市場帰り　一九二七、四、二一、」は「五十篇」の「村道」の先行作品となっており、「村道」の「評釈」（信時哲郎　後掲Ａ）でも書いたように、文語詩の最終行に書かれている売り酒を飲む熊之進は、「一〇四二〔同心町の夜あけがた〕」で、街から屋台を引いて戻ってきた「屋台店の主人」が姿を変えたものであると思われる。

①朝日かゞやく水仙を、　　になひてくるは詮之助、
　あたまひかりて過ぎ行くは、　枝を杖つく村老ヤコブ。
②影と並木のだんだらを、　　犬レオナルド足織れば、
　売り酒のみて熊之進、　　赤眼に店をばあくるなり。

　さて、「村道」の「評釈」では、ここに登場するのが「花や酒を売って生活する者、老人や犬（先行作品では「こどもら」）と

いったように、皆、農村におけるアウトサイダーたち」であり、村のインサイダーたる「程吉」のような人物がついに登場していないことについても指摘しておいた。「短夜」でも、この傾向がそっくり引き継がれていると言ってよい。さらに突っ込んでいえば、農村に住みながらも町に寄生して生きる屋台の店主は、単にアウトサイダーだというだけでなく、「もう一人の賢治」と言ってもよいくらいに賢治と似た境遇の人物だということができよう（正しくは、町の住人でありながらも農村で生きていこうとする賢治と真逆の人物、ということになろうか）。

「春と修羅 第三集」の「午 一九二七、四、二〇、」は、「短夜」の先行作品「一〇四二（同心町の夜あけがた）」と「一〇四三 市場帰り」の一日前の日付があるものだが、ここには「巨きなくるみの被さった／同心町の石を載せた屋根の下から／ひとりのっそり起き出して」、「おまへの畑は甘藍などを植えるより／人参やごぼうがずっといゝ／おれがいゝ種子を下すから／一しょに組んで作らないかと」誘いかける人物を描いている。賢治は彼について、「時代に叩きつけられた／武士階級の辛苦の記録、／しかも殷鑑遠からず／たゞもうかはるがはるのはなし」と書く。これを文語詩の町から屋台を引いて帰ってくる「屋台店の主人」と同一人物であるとするのは早計かもしれないが、日付も近く、場所も同じであることから、同一ではなくても、似た境遇の人物であったと考えることはできそうだ。

　明治維新によって武士たちは、わずかな一時金を得ただけで、よほどの資産か商才でもないかぎりは没落していった。そんな士族たちを援助するべく岩手県内でも多くの士族授産事業が試みられたというが、松方デフレの影響もあり、華々しい成果は出ていない。森嘉兵衛（「文明開化期」『岩手近代百年史』熊谷印刷出版部 昭和四十九年二月）によれば、岩手県の「勧業上景況調」には次のようにあるという。

> 恒産アルモノハ百中一二過ギス、其ノ他ハ皆金禄公債証書ニ依テ衣食シタルモノナレトモ、証書ハ既ニ転売シ、目下衣食ノ道ナキ者ナリ、然レトモヤヤ世事ニ通ジ、文筆アルモノハ県官・郡村吏・小学校教員・巡査・看守等ニ奉職シ、其給料ヲ以テ生計ヲ営ミ、婦女ハ養蚕製紙機業ニ従事スルモ、ワズカニ一家生活ノ小部分ヲ補フノミニテ、未タ以テ永遠ノ目的ヲ立ルニ足ラス、目下授産ノ方法ニ苦シム

同心屋敷は「住居の建物を敷地と共に無償で交付され、各自所有のもの」（『花巻市史 第二巻』国書刊行会 昭和五十六年九月）となったというが、生活に困窮するものが多かっただろうことが予想される。

　賢治の小学校時代の恩師だった八木英三による『花巻市制施行記念 花巻町政史稿』（花巻郷土史研究会 昭和三十年一月）には次のように書かれているという。「豊沢橋を南に渡つて『向小路』と言はれた街道沿いの高台は『御同心町』と言はれた足

軽の住宅街町で『三人扶持』『五人扶持』と言うような少禄で暮しを立てなければならない半農の住宅街だつたので、自然に内職の発達を見るようになつた。そこに発達した内職は『傘張り』と『花札』の製造であつた。幕末から明治にかけて向小路にはこの傘張りと花札造りの家は数十戸群をなしていたものである。当初は花札の製造が盛んで『黒札』と言つて北海道の博打場向けの品物が相当に移出されていたがこれは時の流れと共に衰頽して大正の初年頃から廃業するものが多くなり、傘張りの方に転業して現在では花札屋は一軒もなくなつた」（引用は江橋崇『ものと人間の文化史167 花札』法政大学出版局 平成二十六年六月）。賢治はこうした土地の事情についてもよく知っていたと思われる。そうした賢治であれば、町と村を行き来しながら生きている士族の末裔に対して、やはり自分自身が町と村を行き来しながら、どちらにも所属することのできない存在としてシンパシーを感じたというのはあり得ることだと思う。いや、ただ自分自身の状況だけでなく、これから没落してゆくと思っていたところの地主階級の子弟としての思いも重ねられていた、というべきかもしれない。

先行研究

島田隆輔A「詩の場の変容・《社会性》の獲得」（「島大国文23」島大国文会 平成七年二月）
八田二三一「短夜」（『宮沢賢治 文語詩の森 第二集』）
信時哲郎A「村道」（『五十篇評釈』）
小林俊子「詩歌」（『宮沢賢治 絶唱 かなしみとさびしさ』勉誠出版 平成二十三年八月）
信時哲郎B「宮沢賢治「文語詩稿 一百篇」評釈六」（「甲南国文62」甲南女子大学国文学会 平成二十七年三月）
島田隆輔B「51 短夜」（「宮沢賢治研究 文語詩稿一百篇・訳注Ⅰ」〔未刊行〕平成二十九年一月）

52 〔水楢松にまじらふは〕

① 「水楢松にまじらふは、　クロスワードのすがたかな。」
誰かやさしくもの云ひて、　えらひはなくて風吹けり。

② 「かしこに立てる楢の木は、　片枝青くしげりして、
パンの神にもふさはしき。」　声いらだちてさらに云ふ。

③ 「かのパスを見よ葉桜の、　列は氷雲に浮きいでて、
なが師も説かん順列を、　緑の毬に示したり。」

④ しばしむなしく風ふきて、　声はさびしく吐息しぬ。
「こたび県の負債せる、　われがとがにはあらざるを。」

大意

「ミズナラが松に混じっているのは、　クロスワードのようだなぁ。」

誰かがやさしく声をかけるが、　応えはなくただ風が吹きすぎるだけであった。

「あそこに立っているナラの木は、　片枝だけが青く茂って、
パンの神でもいそうだな。」　いらだったような声で重ねて言う。

「あの小道を見てごらん葉桜の、　列は氷雲の上に浮かんでいるようで、

おまえの先生が教えていた順列を、 緑の毬で示しているようじゃないか。」
しばらくむなしく風が吹きすぎたあと、 さびしげな声でため息交じりに言う。
「このたび県が抱えた負債は、 私の失態ではないのだけれど。」

モチーフ

裕福な商人（銀行家？）が息子に向かって話しかける言葉を中心にした作品。息子好みの話題を振るが返事がなく、最終連でようやく自分の仕事の失敗について語り始める。父・政次郎と賢治をあてはめてみたくなるが、花巻銀行の重役だった母方の祖父と叔父は、取り付け騒ぎを経験しているので、そうした経験や見聞なども織り込まれているのだろう。いずれにせよ資本家階級を描いていることに違いはなさそうだ。ただ、ここではそれを批判する意識は窺いにくい。言い出しにくいことを、切り出すまでの父親の苦労は、階級のいかんを問わないということを示そうとしたのだろう。

語注

水楢　ブナ科コナラ属の落葉広葉樹。三十mを越す大木にもなることから大楢とも呼ばれる。

えらひ　『定本語彙辞典』には、「「答え」の古い表現「応《いら》へ」の東北訛り」とある。

パンの神　ギリシャ神話に登場する半人半獣の神、牧羊神。ニンフや美少年を追い回す好色さを持つが、豊かな音楽的な才能もある。『定本語彙辞典』は、賢治が愛聴したドビュッシーの「牧神の午後への前奏曲」をあげ、本作にはその影響があるとする。下書稿㈠に「かしこに立てる楢の子は／片枝青くしげりして／そのたゞずまゐ異なる」と楢の木の異形性を指摘しているが、それがヤギの角とヤギの下半身を持つというパンの神の異形に通じる、ということなのだろう。ちなみに童話「どんぐりと山猫」に登場する馬車別当も、「せいの低いおかしな形の男」と書かれ、「その男は、片眼で、見えない方の眼は、白くびくびくうごき、上着のやうな半天のやうな、へんなものを着て、だいいち足が、ひどくまがつて山羊のやう、ことにそのあしさきときたら、ごはんをもるへらのかたちだつたのです」とあり、パンの神のイメージが根底にあったように思われる。

パス　英語の「pass」。小道、細道のこと。

順列　或る集合から選んだ要素を並べた際の順番のこと。

県の負債　下書稿㈡には「あがたのおひめ」とのルビがある。父から子にかけた言葉で構成された作品だが、一連から三連までは、若い息子の気を引こうと「クロスワード」「パンの神」「順列」といったハイカラな用語を繰り出す。が、第四連になってはじめて、父親が切り出しかねていた県の負債、つまり自分の仕事が県に金銭的な迷惑をかけたこと、ひいては県民全体に負担をかけたことに言及することになっており、権力者である父親がようやく息子に真情を吐露することになっている。下書稿㈠の手入れでは「こたびの戦わが科と／ひとびとわれをそしれども／わが求むるは平和なり」とあり、また、「こたび県の負債せる／みなわがとがと説くものは／たゞかのやからねたみして／われをあざめるすがたのみ」ともあった。生かされたのは後者。

評釈

黄罫（22０行）詩稿用紙表裏に書かれた下書稿㈠（藍インクで(了)。タイトルは手入れ段階で「銀行家とその子」→「父と子」）、黄罫（22０行）詩稿用紙に書かれた下書稿㈡（鉛筆で(写)。タイトルは「銀行家とその子」）、定稿用紙に書かれた定稿の三種が現存。この他に、「思索メモ３」の用紙に転用された下書稿断片がある。生前発表なし。先行作品や関連作品に関する指摘はなされていない。

下書稿㈠の初期形態から見ていきたい。

黒き燕尾の胸高く
略綬の銀をかゝげつゝ
商主その子とつれだちて
丘の高みに立ちしとき
積雲焦げて盛りあがり
油緑の桑もひかりたりけり

「かしこに立てる楢の子は
片枝青くしげりして
そのたゞずまゐ異なるは
パンの神にもふさはしし。」
　商主は……　　……声を清くして
　かしらも青くそりこぼち
　白き袍などつけにたる
　その子善主にかたりけり
　子はえらひせずそらを見ぬ
「かしこを見ずや新緑の
柏は松にまじはりて
古きことばのモザイクや
クロスワードのさまなせり
かくのごときを静六は
混かう林となづけしか。」

　商主ほゝえむけしきにて
ましろき指をあげたれど
　その子はさらに悦ばずふたゝび天を仰ぎける
「かのパスを見よ葉桜の
列《れつ》は氷雲につらなりて
なが師も説かん順列を
緑の毬に示したり
そのうるはしき丘丘も
やがてなんぢにうちまかすべし」
　商主かすかにいらだてば
　燕尾は風にりと鳴りぬ
「すでになんぢに与ふべき
丘と森とのつらなりは
億のアールを越えたれど
なんぢは百に倍し得ん」
　商主しきりに子を説けど
　青きかしらをそりこぼち
　麻の袍などつけにたる
　その子憂ふるけしきにて
　むしろなみだをふくめるごとし

当初「銀行家とその子」のタイトルが付けられていたことからもわかるように、登場人物は燕尾服を着て、略綬（勲章や記章などを簡略化させたリボン様のマーク）を下げ、広大な山林も所有しているところから、社会的地位の高いことがうかがえる。しかし、息子はなかなか父親に向き合おうとしない。

まず息子の好みそうなハイカラな話題として楢の木にはパンの神が潜んでいるようだ、と言って興味を引こうとするが、息子はそれに応えることもなく、ただ空を見ているだけ。

続いて父は、新緑の広葉樹であるカシワが針葉樹のマツに混じっている様子を、古きことばのモザイクやクロスワードのようであると、ふたたび息子が関心を持ちそうな話題を投げかける。「古きことばのモザイク」というのは、おそらくは漢詩のことであろう。漢詩は平仄を整えることが重視されるが、平声を○、仄声を●で示すことから、白と黒がモザイクのようになっているということだと思われる。あるいはこの風景を「混こう（淆）林」と呼び、その名付けの親は「静六」であっただろうか、などとも父は言う。静六というのは、『林政学』（冨山房 明治二十七年二月）や『造林学各論 第一、第二編』（池田商店 明治三十一年五月、早稲田農園 明治三十四年四月）をはじめとする多くの著書を刊行し、日本の公園の父とも呼ばれた林学博士の本多静六のことだろう（賢治が昭和初年に使った「孔雀印手帳」にも、「本田《ママ》静六博士」として登場している）。しかし、息子は相手にせず、天を仰いだまま…

続いて父は葉桜の列から順列の語を引き出し、「なが師」もこれを説いただろうと会話に誘い込もうとする。さすがに父も

「いらだ」ってきたようで、ついに「そのうるはしき丘丘も／やがてなんぢにうちまかすべし」と述べ、さらに息子に譲る土地は一億アールを既に越しているが、お前なら百倍にもできるだろう、という（さすがに多すぎだと思うが…）。おそらく父は、息子の進路についての話をしたくて、息子が興味を持ちそうな話題を探していたのだが、ついにアイスブレイクのキッカケを得ることもないままに本題に入った、というところだろう。

佐藤泰正（後掲）は、本作を賢治とその父を描いたものであるとし、島田隆輔（後掲A）も「宮沢家を暗示する家族」としているが、たしかに財産の話をしようとも息子は一向に興味を示さず、林学博士の名前を息子の気を引くために持ち出すあたり、父・政次郎と賢治の二人の会話がモデルになっているのか、と思わせるものがある。

賢治は宮沢家の家業を継ぐべき長男という存在であったが、中学校どころか高等農林にまで進学し、親の恩については常に意識しながらも、結局、家業に対しては忌避する気持ち以外を抱けなかった。本作については先行作品が存在しないことから、制作時期や制作の過程がわからず、文語詩に特有の誇張や虚構、他の経験や作品との合体などを含んでいるとは思われるものの、定かなことは分からない。ただ、基本的には賢治自身の経験に基づくものだと思われる。

文語詩を書く段階の賢治でも、宮沢家の所有する土地の面積を百倍に増やすことには興味を抱けていなかったと思うが、これほどまでの思いを父にさせながら、我を通そうとしたかつての自分に対して、「慢」の骨頂として恥ずかしく、申し訳なく思う気持ちもあったと思う。

さて、下書稿㈡は「銀行家とその子」と題され、次のように書き換えられている。初期形態をあげる。

「かしこに立てる楢の木は
片枝青くしげりして
パンの神にもふさはしき」
なだむるさまに誰か云ふ

「柏〔?〕松にまじはれば
クロスワードのすがたなり」
その声やゝにいらだてど
えらひはなくて風吹けり

「かのパスを見よ葉桜の
列《れつ》は氷雲につらなりて
なが師も説かん順列を
緑の毬に示したり」

しばしむなしく風ふきて
声はさびしく吐息しぬ

「こたび県《あがた》の負債《おひめ》せる
　われがとがにはあらざるを」

　下書稿㈠にあった「混かう林」に関する記述などが消え、また、やる気のない息子に対して、なんとか家業を継がせようとしている父親が描かれていたのに対して、下書稿㈡では、銀行が県に借金を背負わせてしまったことを息子に言い訳するかのような父親が描かれるようになっている。つまり、下書稿㈠では親子が互いの人生観や資質を巡って対立していたのに対し、下書稿㈡では、社会的な問題を背景にして親子が対立しているように書き換えられている。文語詩の改稿は、自伝的な傾向が排除され、一般化されるという傾向がよく指摘されるが、まさにそのとおりの改稿が行われていることになる。

　ところで、「銀行家とその子」と言えば、小林俊子（「宮沢賢治の文語詩における風の意味　第二章　その2」「宮沢賢治、風の世界」http://cc9.easymyweb.jp/member/michia/　平成二十五年六月十八日）も書くように、賢治の母方の祖父・宮沢善治の周辺に起こった事件が思い起こされる。善治は、花巻銀行の専務取締役であったが、大正四年八月、鶯沢硫黄鉱山への莫大な滞貸金、行員の使い込み等から取り付け騒ぎが起こって休業に追い込まれ、十二月二十七日にようやく再開に成功するという事件があった。「花巻銀行」（『花巻市史　第一巻』国書刊行会昭和五十六年九月）によれば、「銀行再開の功労者は宮沢恒治氏であろう。氏は銀行の専務取締役宮沢善治（恒治氏の父）らと相談し整備案をつくった。／その内容は、資本金二十万円を五分の一の四万円に減資して不良資産を整理する。預金は三ヵ年間据置、無利子五ヵ年賦償還とする。重役は十万円の私財を提供するというものであつたが、いかに経営が悪化していたかが推定できよう」とある。「県の負債」ではないが、県民の生活に与えた影響も小さくはなかったはずで、賢治も大正四年八月十四日に友人・高橋秀松に宛てた書簡で、「村の人たちはまるきり町へ出て来ませぬ　町の人たちも又充分しほれてゐます　殊に Hanamaki Bank に x、y、と云ふやうな問題が起つて私の周囲は反対のしほれかた即ち眼が充血してゐます」と書いている。この時の善治・恒治の父子に、文語詩に書かれているようなのどかな問答をやっている暇はなかっただろうが、自分自身の経験と叔父の家で起こった事件などを重ねたところで作品が形成されていったのではないかと思われる。

　さらに本作が最晩年に定稿として成立したことを思えば、昭和六年の盛岡銀行の取り付け騒ぎも賢治の頭をかすめていたかもしれない。というのも、もし、この作品が同時代に公開されたとすれば、読者の頭には、盛岡銀行を統率した金田一国士とその子について思い浮かべたと想像できるからだ。賢治は、この事件についても昭和八年三月三十日の森荘已池宛書簡で、「昨夜叔父（宮沢恒治：信時注）が来て今日金田一さん（金田一勝定の次女の娘婿：信時注）の予審の証人に喚ばれたとのことで、何かに談して行きました。花巻では大正五年（正しくは四年：信時注）にちやうど今度の小さいやうなものがあり、すっかり同じ情景をこれで二度見ます」と書いている。

賢治が父の営む質・古着商を嫌ったことはよく知られているところであろうし、大地主や資本家を嫌ったのも事実である。しかし、父をはじめとする親類を、ただちに滅ぼさなければならない悪人たちだと思っていたかというと、必ずしもそうではなかったようだ。童話「ポラーノの広場」では、広場を逃げ出した県会議員にして悪徳資本家のデステゥパーゴを、キューストは出張先のセンダードの街で見かけるが、すっかり落ちぶれた様子を見ると、「なんだかかあいさうな気もち」になり、その弁明をすっかり信じ込んでしまう。賢治の階級意識の不徹底さが現われた箇所だと思うが、本作でもそれが出ているようで、社会的な成功者であったはずの父が、仕事で失敗すると、息子に対してさえストレートに言葉を発することができなくなってしまう。それを「かあいさうな」ものとして、本作では描こうとしたのではないかと思う。佐藤（後掲）は、下書稿が「誇らかな父に対して黙して語らざる子の憂いが、傷みが」描かれているのに対して、定稿は「〈子〉ならぬ、さびしく吐息する〈父〉の悲しみを唱おうとする」と言うが、たしかにそうした指摘もできようかと思う。「選挙」の章でも書いたように、父・政次郎は昭和四年の町会議員選挙で落選すると、その後は立候補しなくなったという。父の功名心に疑問を抱く賢治ではあったが、どこか「かあいさうな」気持ちになっていたと思う。本作にはそんな折の思いも込められているのかもしれない。

文語詩は、岩手の様々な人々の、様々な姿を収録しようとしたものだが、いわゆる弱者である農民や労働者、うたひめばかりでなく、「銀行家」も十分に収録される資格を持っていた。それも、ただ弱者を痛めつける存在としてでなく、本作のように「かあいさうな」存在として描かれることもあった。賢治の文語詩を考える上で、これは大切なことであるように思われる。

先行研究

佐藤泰正「宮沢賢治とは誰か『春と修羅』から〈文語詩稿〉へ」（『佐藤泰正著作集6 宮沢賢治論』翰林書房 平成八年五月）
島田隆輔Ａ「再編論」（『文語詩稿叙説』）
小林俊子「詩歌」（『宮沢賢治 絶唱 かなしみとさびしさ』勉誠出版 平成二十三年八月）
信時哲郎「宮沢賢治「文語詩稿 一百篇」評釈六」（「甲南国文62」甲南女子大学国文学会 平成二十七年三月）
島田隆輔Ｂ「52〔水楢松にまじらふは〕」（「宮沢賢治研究 文語詩稿一百篇・訳注Ⅱ」〔未刊行〕平成二十九年五月）

53　硫黄

①猛しき現場監督の、　こたびも姿あらずてふ、
元山あたり白雲の、　澱みて朝となりにけり。

②青き朝日にふかぶかと、　小馬《ポニー》うなだれ汗すれば、
硫黄は歪み鳴りながら、　か黒き貨車に移さるゝ。

大意

居丈高な現場監督は、　今日も姿を見せていないという、
元山には白雲が、　澱んでようやく朝になったようである。

朝日が青くかがやく中に、　ポニーが深々と頭を下げて汗をながしていると、
積荷の硫黄は歪んでギシギシと音をさせて、　黒い貨車に移し替えられるところであった。

モチーフ

岩手県下にはいくつかの硫黄鉱山があったが、ここで焦点があてられるのは硫黄を運んでうなだれ、汗をかく小馬である。猛しき現場監督（下書き段階では「性悪し」ともあった）は姿を見せることもない。さらに賢治は下書稿㈠の手入れ段階で「かの国のいくさのゆゑに／硫黄よく買はれ行くとて」とも書いていたから、硫黄が火薬の原料であることについても、十分な認識があったようでだ。賢治は昭和四年の書簡下書きに「時代はプロレタリヤ文芸に当然遷って行かなければならないとき私のものはどうもはっきりさう行かないのです」と書いたが、本作はプロレタリヤ文学色、また、反戦文学色の濃い作品だと言えるかと思う。

語注

猛しき現場監督　「猛し」は、プラスの意味にも評価できる言葉だが、下書稿㈢には、「性悪しかりし監督の／ふたゝび行衛知らぬてふ」とあることから、マイナスのイメージであるととりたい。細田嘉吉（後掲B）は、第一次大戦末期の硫黄業界は不景気と物価高騰のあおりで閉山が相次ぎ、残務整理的な作業をするのみで、「従業員は、退職、転職を迫られ、規律も弛みがちであったのではあるまいか。この雰囲気を賢治は、この一行に表現したものと思われる」とする。「小馬うなだれ汗す」るのと対比的に登場させたのであろう。

元山　鉱山の中心的部分で、細田（後掲B）は「固有名詞であるとともに普通名詞でもある」という。

歪み　下書稿㈠の手入れでは「ひじみ鳴りながら」とある。

評釈

黄罫（220行）詩稿用紙表面に書かれた下書稿㈠（赤インクで(丁)）、その裏面中央に書かれた下書稿㈡、その上部余白に書かれた下書稿㈢（タイトルは「硫黄」。青インクで㊢）、定稿用紙に書かれた定稿の四種が現存。『新校本全集』に「歌稿〔A〕〔B〕」の642・643を関連作品とするとあり、「歌稿〔B〕」では、この二首が赤インク枠で囲まれていると指摘されている。

まず、「歌稿〔A〕〔B〕」の642・643から示しておきたい（引用は「歌稿〔B〕」）。

642 夜はあけて／馬はほのぐ汗したり／うす青ぞらの／電柱の下。

643 夜をこめて／硫黄つみこし馬はいま／あさひにふかく／ものをおもへり。

この二首は赤インク枠で囲まれているということなので、文語詩化の意図があったことを示していたと思われ、これは先行作品と言ってよいと思う。下書稿㈠は、次のようなものだ。

大森山の右肩に
二十日の月ののぼるころ
棒の硫黄をうち積みて
峡の広場をいで立ちぬ

馬は頭をうち垂れて
かのましろなるきり岸を
月のあかりにあゆみしに
川あをじろく鳴りにけり

東しらみて野に入れば
をちこち春の鳥なきて
はや起きたてる村人や

霧ほのじろく流れけり

イメージはかなり具体的になっているようだが、では、どこで取材された歌なのだろうか。小沢俊郎は「語註」（『新修宮沢賢治全集 第六巻』）で「高狸山《たかまみ》東南麓にあった鶯沢鉱山をさす。大正六年には七〇〇〇瓩の精製硫黄を搬出（索道・トロッコができるまでは馬で運搬）。七年、不況で休山」としたが、宮城一男（「賢治短歌の地質学」「「雪渡り 弘前・宮沢賢治研究会会誌4」弘前・宮沢賢治研究会 昭和六十一年五月）は、643について「この短歌はおそらく岩手県松尾鉱山（当時日本一の硫黄鉱山）から、硫黄原石が馬車で運ばれてゆく鉱山風景をうたったものであろう」とした。中谷俊雄（後掲。また「ごまざい・温石・テグスなど 弘前賢治研究会誌（4）を読んで」（「賢治研究42」宮沢賢治研究会 昭和六十二年一月）にも言及あり）や『定本語彙辞典』は鶯沢鉱山説を取り続けたが、細田嘉吉（後掲A、B）は鶯沢鉱山の北北東にあった大噴《おおぶけ》鉱山を指すのだと提案する。

まず鶯沢鉱山説について、細田説を参照しながら考えてみたい。鶯沢鉱山は大正七年七月に休山となっているが、賢治が土性調査を行った七年四月～五月時点で、どれほどの鉱山輸送が行われていたか疑問である（「歌稿〔A〕」の667には、「鶯沢」と題された「廃坑のうつろをいたみ立ちわぶるわが身の露を風はほしつゝ」がある）。また、西鉛からの輸送経路として、馬を使ったのは西鉛から志戸平までの八kmほどで、「二十日の月ののぼるころ（→真夜中）」に出発する必要がなかったこと。この輸送コースは川から少し離れており、「かのましろなるきり岸」「川あをじろく鳴りにけり」の言葉に合わないこと。さらに「東しらみて野に入れば」も現地の地形から適切でなく、文語詩に「か黒き貨車」とあるのも、当時の状況とは似合わないことなどをあげている。

次いで松尾鉱山説を考えてみたい。細田（後掲A）は「松尾鉱山では、硫黄精錬は元山で行われていて、これは昭和の閉山まで変わらなかった。また、硫化鉱の売拡を始めたのは大正一〇年であるし、麓の屋敷台（現松尾村東《ママ》八幡平（現在は八幡平市：信時注））で硫酸製造を始めたのは大正一二年であるから、大正七年当時には、硫黄原石（鉱石）の輸送は、全く行われていなかったといえる」とし、硫黄の輸送には「元山から屋敷台までの四kmはハリジー式索道であった。屋敷台から大更駅までは馬鉄軌道であり、八頭の馬が交互に上り下りの二隊に分かれ、平坦な一三kmの軌道を、一日一往復の輸送に当っていたから、「夜をこめて」輸送する必要はなかった」とする。

そして、細田の大噴説だが、細田は鉱山から石鳥谷駅まで二輪馬車で硫黄が運ばれていたという記録や証言が残っていること。そして使われた馬は北海道産の小型馬で文語詩に「小馬《ポニー》」とされているのと合致すること。さらに大噴鉱山から石鳥谷までの約二十kmは深夜に出発して早朝に駅に着くということから作品に合致すること。「ましろなる切り岸」

や「川あをじろく鳴りにけり」、「東しらみて野に入れば」のいずれにも地形が合致していることなどを根拠としている。

浜垣誠司（「文語詩「硫黄」の舞台（1）（2）」「宮沢賢治の詩の世界」http://www.ihatov.cc/ 平成二十一年五月十七日、二十四日）は、これらの説について、鶯沢説・大噴説では、どちらも近くに「大森山」があるが、「大森山の右肩に／二十日の月ののぼる」ということはなかったことを検証している。また、「歌稿〔A〕〔B〕」の644に「これはこれ／夜の間にたれかたびだちの／かばんに入れし薄荷糖なり」があることに注目し、これは賢治が土性調査中の大正七年四月十八日に、鉛温泉から工藤又治に宛てて「私モ又ニギリ飯ヲ出サウト背嚢ニ手ヲ入レタラ[注：「ミツワ人参錠」の箱の絵］ノ様ナモノガ入ッテヰマシタ。コンナモノハ変ダト思ッテ中ヲ見タラ薬ハ入ッテヰナイデ、薄荷糖ガ一杯ニツマッテヰマシタ。コレハ私ノ父ガ入レテオイタノデス。私ハ後ニ兵隊ニデモ行ッテ戦ニデモ出タラコンナ事ヲ思ヒダスダラウト思ヒマス」と書いていることから、この直前に収められた642・643の短歌も、大正七年四月十五日～十九日の豊沢川上流を調査した際に書かれた歌だとし、モデル地は鶯沢鉱山であったという指摘を行った。細田が鶯沢論の問題点としてあげた諸点についても、虚構化されることが普通である文語詩とは矛盾する点があっても短歌においての矛盾点はないとし、結論として「短歌642、643から、文語詩「硫黄」に至る作品系列を、どこか一つの「作品舞台」における、作者のある一回の体験にもとづいたものとして一元的にとらえることはできない」とした。

精緻な浜垣の分析だが、まず、「二十日の月」という記述を信じていいのかどうかが疑問だと思う。木村東吉（「《春と修羅 第二集》創作日付の日の気象状況」『宮沢賢治《春と修羅 第二集》研究 その動態の解明』渓水社 平成十二年二月）が、賢治作品に登場する月について「実際は旧暦一〇日の月であるはずのものを二〇日の月と書いた例もある。これは詩人が虚構としてそうしたというより、月を視覚で捉えた月齢で判断しているからであり、旧暦に疎い感覚を持っていたことを示していよう」と指摘しているから、十日と二十日の月を間違えた可能性も十分にある。また、文語詩の制作段階ではじめて登場した「大森山」が、実在の山名と一致している可能性がどれくらいあるかという点も疑問だ。

さて、このように、考えてくると、宮城一男による松尾鉱山説についても再考してよいように思われる。

細田（後掲A）は、松尾鉱山について「硫化鉱の売拡《ママ》を始めたのは大正一〇年であるし、麓の屋敷台（現松尾村東八幡平。現在は八幡平市：信時注）で硫酸製造を始めたのは大正一二年であるから、大正七年当時には、硫黄原石（鉱石）の輸送は、全く行われていなかったといえる」としていたが、早坂啓造（「松尾鉱業株式会社の成立と発展 第Ⅱ次世界大戦期まで」「アルテス・リベラレス40」岩手大学人文社会科学部 昭和六十二年六月）によれば、松尾鉱山では大正元年に九百十二トンの硫黄を生産しており、大正七年には六千百九十トン生産。硫化鉱については大正七年に二百十七トン生産しているという。硫黄の輸送には荷馬車が活用され、大正八年七月九日には馬車鉄道の岩北軌道株式会社が貨物の運輸を始めている。ただ、荻田栄治（「岩北軌道」『岩手のトテ馬車』江刺プリント社 昭和六十一年十一月）によれば、大正六年十一月五日の「岩手日報」に「岩北軌道株式会社は好摩平館間に軌道を敷設し、松尾鉱山の鉱物及物資を輸送すると共に一般乗客貨物を取扱ふべく昨年創立され、既に開業中なるが、成績極めて良好なり」とあったというので、小馬《ポニー》が使われていたのかどうか、「ましろなるきり岸」にあたる場所があったのか、馬が夜通し荷物を引いたのか……といった点で鶯沢説や大噴説に比べて根拠が薄いかもしれないにせよ、松尾鉱山説を全否定する理由はないように思う。

また、賢治は「アザリア4」（大正六年十二月）に「好摩の土」と題して十首の短歌連作を掲載している。「歌稿〔A〕」と対照させると619〜633にあたり、大正六年の秋頃の短歌である。ここには「まだきとて桔梗のそらの底びかり、仮停車場のゆがむ窓より、」といった歌も含まれることから、好摩駅で馬車鉄道を見た可能性は高いように思う。文語詩の関連作品だとされる642・643とも制作日付が近いことから、好摩駅でのイメージが混じったとしても不思議ではない。さらに好摩駅の東南東にも四百五十二mの大森山という山があるし、松尾鉱山を背景にしたと思われる文語詩に「一百篇」の「市日」や「〔腐植土のぬかるみよりの照り返し〕」があることを考えれば、本作のモデル候補の一つにあげてもよいだろう。

賢治は開業直後の鉄道や、鉄道の工事現場にまで足を運ぶほどの熱心な鉄道ファンだったが（信時哲郎「宮沢賢治論〝鉄道の時代〟と想像力」「国文学 解釈と鑑賞74―6」ぎょうせい 平成二十一年六月）、好摩駅で馬車鉄道から国鉄の貨車に硫黄が積み替えられる作業を熱心に眺めていた可能性も考えてよいように思う。

さて、モデル地について長々と論じてきてしまったが、本作は細田（後掲B）が書くように、「硫黄輸送に使役されている小馬に対する同情または愛情」を書いたものだというのは大筋で認めてよいように思う。語注で書いたように、朝日の中で「ふかぶかと」「うなだれ汗す」る馬のけなげさを引き立たせるかのように「猛しき現場監督」を登場させているが、硫黄に「歪み鳴」らせ、「か黒き貨車」と、マイナスイメージの漂う語を登場させているのも、馬に対する厳しさを演出してのものだろう。

しかし、ただ単に動物愛護的に小馬《ポニー》の哀れさのみを描こうとしたのではないように思う。朝早くから馬と共に荷物を送り届ける馬夫への同情も含まれていると思うからだ。そして批判の目は、底辺の労働者である馬夫や馬に労苦を押し付けながら、自らは姿を現わすこともない「猛しき現場監督」、そしてさらにその上に君臨する資本家に向けられているのも明らかだろう。しかも、この硫黄は、下書稿㈠の手入れによれば、「かの国のいくさのゆゑに」買われていく構想もあった。底辺の民は、危険を冒して硫黄を採掘し、小馬《ポニー》と共に働き、さらに「かの国のいくさ」にまで派遣されるのである…

賢治は昭和四年の小笠原露宛書簡下書きに、「時代はプロレタリヤ文芸に当然遷って行かなければならないとき私のものはどうもはっきりさう行かないのです」と書いているが、本作などは、一見してそれとは分かりにくい者の、プロレタリヤ文学的な、あるいは反戦文学的な要素がかなり強い作品であるように思われる。

先行研究

中谷俊雄「岩手の山々 十六 高狸山」（「賢治研究28」宮沢賢治研究会 昭和五十六年十月）

細田嘉吉A「硫黄」（『宮沢賢治 文語詩の森 第二集』）

島田隆輔A「初期論」（『文語詩稿叙説』）

細田嘉吉B「文語詩「硫黄」の背景と輸送経路」（『石で読み解く宮沢賢治』蒼丘書林 平成二十年五月）

加藤碵一・青木正博「黄色い鉱物」（『賢治と鉱物 文系のための鉱物学入門』工作舎 平成二十三年七月）

加藤碵一「いおう」（『宮沢賢治地学用語辞典』）

信時哲郎「宮沢賢治「文語詩稿 一百篇」評釈六」（「甲南国文62」甲南女子大学国文学会 平成二十七年三月）

島田隆輔B「53 硫黄」（「宮沢賢治研究 文語詩稿一百篇・訳注Ⅱ」〔未刊行〕平成二十九年五月）

54　二月

①みなかみにふとひらめくは、　月魄の尾根や過ぎけん。
②橋の燈《ひ》も顫ひ落ちよと、　まだき吹くみなみ風かな。
③あ、梵の聖衆を遠み、　たよりなく春は来《く》らしを。
④電線の喚びの底を、　うちどもり水はながる、。

大意

水面にふっと映ったのは、月が山の端を登ったところだったようだ。

橋の燈火も震え落ちろというばかりに、朝まだきに吹く南風である。

あぁ、阿弥陀三尊はまだ遠くにおられるようなので、たよりなくも春を迎えることになりそうだ。

電線が風に鳴っている底の方では、どもるように水が流れている。

モチーフ

「聖衆」とは、阿弥陀三尊が現われて念仏行者を浄土に導いていくことだが、賢治は山越しに見える月に「山越阿弥陀図」と呼ばれる聖衆来迎図を、また、猛烈な南風に「早来迎」と呼ばれる聖衆来迎図を思い描いたのではないかと思う。ただ賢治が仰いだのは、満月ではなく未明に昇る細い月だったようだ。童話「二十六夜」では、梟に二十六夜待ちをさせ、疾翔大力を迎える物語を書いているが、本作との関わりも浅くないように思う。いずれも浄土教系の信仰イメージが強い。ただ、実際に賢治が聖衆を実見することはなかったようで、それがたよりない春をまた迎えるという落胆とも思える言葉に繋がっているのではないかと思う。

語注

月魄　下書稿(二)には「魄」に「しろ」のルビがあることから「つきしろ」と読ませたかったのだろう。「つきしろ」は、「月が出ようとする時、東の空が白く明るく見えてくること」（『日本国語大辞典』）だが、ここでは月そのものと取るべきだろう。『大漢和辞典』には、「月の精。又、月の異名。月霊」とある。家庭小説家・菊池幽芳が明治四十一年に『月魄《つきしろ》』を刊行しており、数度にわたって映画化がなされたことから、同時代的には耳新しい言葉ではなかったと思われる。「尾根」を過ぎるは、月が昇るのだとも沈むのだとも捉えられるが、童話「二十六夜」において、賢治は梟たちに二十六夜待ちをさせ、「疾翔大力、爾迦夷波羅夷の三尊」を見る物語を書いていることから、本作でも未明に昇る二十六夜の月を扱っているのではないかと思う。「二十六夜」について、『日本国語大辞典』では、「江戸時代、陰暦の一月と七月の二六日の夜に月の出るのを待って拝むこと。月光の中に彌陀・観音・勢至の三尊の姿が現われるといわれ、高輪から品川あたりにかけて盛んに行なわれた。多く七月にいう」とする。童話「二十六夜」は六月であるのに対して、本作は「二月」。新暦の二月を指すのだとすれば、この日、賢治が見た月は、旧暦一月の月であったのかもしれない。「こよみのページ」（http://koyomi.vis.ne.jp/）によれば、たとえば大正十一年であれば、二月二十三日の午前三時五十分に月齢二十六・一の月を見ることができた。橋本勇（「二十六夜尊の思い出」「十代3―7」ものがたり文化の会 昭和五十八年七月）によれば、盛岡では二十六夜尊の信仰がさかんで、大正十年代のある日、岩手公園の東方の岩山の山の端に月が現われ、「黄色い月は山の頂上に顔を出したとみるや、スル、スル、スルッと上空に昇りつめ、中空に静止したかと思うと、こんどは三つに割れて、バナナの真ん中のやや太い形をした光の部分がさらに上層へ前と同じ速さで昇った。光のかたまりはやがて水に溶けたようにゆらゆらと揺らぎ、その光量の全部を使って仏体に変身した。次いで左の細い部分が同じように昇天して小さな仏像となり、続いて右のとがった光も小さく変身して中空に金色の仏画を出現させた」といった現象を実見したという。

梵の聖衆　読み方は「ぼんのしょうじゅ」。大角修（後掲）が、「仏教でいう聖衆来迎の聖衆以外には考えにくい」というとおりで、これは「臨終の時、阿弥陀仏が諸菩薩とともに迎え来て、念仏行者を浄土に導くこと」（『広説仏教語大辞典』）であると思われる。ただ、島田隆輔（後掲A、B。引用はA）は、「仏教以前の梵我一如の世界をまなざしているとも考えら」れるとして、「そのような原初の信仰世界からもいま遠いので、たよりなくもまた春はくるらしいなあ」と訳している。なお、「一百篇」の「涅槃堂」下書稿㈠にも「あゝ聖衆来ますに似たり」とあり、童話「二十六夜」では、疾翔大力三尊が梟の子である穂吉を迎えに来たかのような描写もある。

電線の喚び　下書稿㈠では「電線のおら叫び」とあることから、ここでも「おらび」と読ませたかったように思う。

評釈

黄罫（220行）詩稿用紙表面に書かれた下書稿㈠、その裏面に書かれた下書稿㈡、定稿用紙に書かれた定稿の三種が現存。生前発表なし。島田隆輔（後掲A）によれば、「22行罫紙による下書稿には、その左上隅に遺稿整理時の番号4が打たれているが、詩人による符号としては〈了〉も〈写〉も与えられていない。したがって、一九三二（昭和七）年以降に展開した再編段階の起稿であり、定稿化も『一百篇』の編集段階に追加補充稿としてはかられたもので、三三（昭和八）年の八月一五日（『五十篇』が修正されたとみられる日）から二二日（『一百篇』の集成日）の間と推定され、成立の最も遅い定稿とみられる」という。

『新校本全集』は、「〔冬のスケッチ〕」の第一六葉を「本篇と関連する発想が見られる」としているが、まずはこれから見てみたい。

にはかにも立ち止まり
二つの耳に二つの手をあて
電線のうなりを聞きすます。

※

そのとき桐の木みなたちあがり
星なき空にいのりたり。

※

みなみ風なのに
こんなにするどくはりがねを鳴らすのは
どこかの空で
氷のかけらをくぐって来たのにちがひない

※

瀬川橋と朝日橋との間のどてで、
このあけがた、
ちぎれるばかりに叫んでゐた、
電信ばしら。

※

風つめたくて
北上も、とぎれとぎれに流れたり

みなみぞら

「電線のうなり」や「みなみ風」、「北上」から関連は明らかだが、となれば、『春と修羅（第一集）』所収の「ぬすびと」（一九二二、三、二）との関連も考えられるかもしれない。

青じろい骸骨星座のよあけがた
凍えた泥の乱《らん》反射をわたり
店さきにひとつ置かれた
提婆のかめをぬすんだもの
にはかにもその長く黒い脚をやめ
二つの耳に二つの手をあて
電線のオルゴールを聴く

賢治はこの他にも電線の音について詩や童話に書いている。岩手県内に鉄道網が拡がってゆくのを見ながら、賢治は鉄道ファンになったのではないかと考えられるが（信時哲郎「宮沢賢治論〝鉄道の時代〟と想像力」「国文学 解釈と鑑賞74—6」ぎょうせい 平成二十一年六月）、電線が野を越え山を越えて伸びていく様子にも、賢治は文明のたしかな歩みを感じていたのだろう。ただ、こうした作品を並べてみても、どうもしっくり来ない。というのも「梵の聖衆」に関わることが見えてこないからだ。

大角修（後掲）は、「梵の聖衆」という言葉には、「死の時節」といったイメージが付きまとうと書く。タイトルに「二月」とあるのも、大角によれば、釈迦が入滅した月であり、また、西行が「願はくは花の下にて春死なむ そのきさらぎの望月の頃」といった歌を詠んだ月でもあることを指摘している。たしかに南風も吹いて、春の訪れを予感させる語もあるのに、まるで華やいだ感じがない。

浜垣誠司「二月」（「宮沢賢治の詩の世界」http://www.ihatov.cc/ 平成十九年二月十一日）は、大角の指摘を受けながら、聖衆来迎とは賢治が捨てたはずの浄土教系の経典に書かれるもので、「「聖衆は遠い」という言葉を文字どおり解釈すると、これはどうしても賢治自身が、「自分は阿弥陀如来への信仰からは遠く離れてしまった」ということを述べていると思えてなりません」。そして、「死の病床にいて、自分が信仰の上で父母や「聖衆」と離れたところに一人いる寂しさ」からこうした詩句を書いたのではないかとする。

浄土三部経の一つで、日本の浄土教の土台ともなっている経典である「観無量寿経」には次のようにある（「聖衆来迎」『望月仏教大辞典3』）。

彼の国に生ずる時、此の人精進勇猛なるが故に、阿弥陀如来は観世音及び大勢至、無数の化仏、百千の比丘声聞大衆、無量の諸天、七宝の宮殿と与に、観世音菩薩は金剛台を執り、大勢至菩薩と与に行者の前に至る。阿弥陀仏は大光明を放ちて行者の身を照し、諸の菩薩と与に手を授けて迎接し、観世音大勢至は無数の菩薩と与に行者を讃歎し其の心を勧進す。行者見已りて歓喜踊躍し、自ら其の身を見れば金剛台に乗じて仏の後に随従す。弾指の如き頃に彼の国に往生す

栗原敦（「月天子　賢治の「月」」『宮沢賢治　透明な軌道の上から』新宿書房　平成四年八月）は、童話「二十六夜」に、やはり「浄土真宗系統の説教の色あい」があることを指摘し、『定本語彙辞典』でも、「法華経を信仰する賢治が浄土教的色彩の濃い世界を描いた」のだとしている。法華経を体現した童話だという論者も少なくないが、賢治が原稿に「どうも／くすぐったし」と書いたのも、そのあたりに満足できなかったためかもしれない。

「二十六夜」は、人間の子供に足を折られた梟の子・穂吉が、死に瀕しながらも講話を聴くために梟の坊さんのところを訪れる物語だ。その日はちょうど二十六夜。「月天子山のはを出でんとして、光を放ちたまふとき、疾翔大力《シッシャウタイリキ》、爾《ル》迦《カ》夷《ヰ》波《ハ》羅《ラ》夷《ヰ》の三尊が、東のそらに出現」するという。山の端に二十六日の月が登ったところでクライマックスを迎える。

二十六夜の金いろの鎌の形のお月さまが、しづかにお登りになりました。そこらはぼおっと明るくなり、下では虫が俄にしいんしいんと鳴き出しました。

遠くの瀬の音もはっきり聞えて参りました。

お月さまは今はすうっと桔梗いろの空におのぼりになりました。それは不思議な黄金の船のやうに見えました。

俄かにみんなは息がつまるやうに思ひました。それはそのお月さまの船の尖った右のへさきから、まるで花火のやうに美しい紫いろのけむりのやうなものが、ばりばりばりと噴き出たからです。けむりは見る間にたなびいて、お月さまの下すっかり山の上に目もさめるやうな紫の雲をつくりました。その雲の上に、金いろの立派な人が三人まっすぐに立ってゐます。まん中の人はせいも高く、大きな眼でぢっとこっちを見てゐます。衣のひだまで一一はっきりわかります。お星さまをちりばめたやうな立派な瓔珞をかけてゐました。お月さまが丁度その方の頭のまはりに輪になりました。

右と左に少し丈の低い立派な人が合掌して立ってゐました。その円光はぼんやり黄金いろにかすみうしろにある青い星も見えました。雲がだんだんこっちへ近づくやうです。

「南無疾翔大力、南無疾翔大力。」

みんなは高く叫びました。その声は林をとゞろかしました。雲がいよいよ近くなり、捨身菩薩のおからだは、十丈ばかりに見えそのかゞやく左手がこっちへ招くやうに伸びたと思ふと、俄に何とも云へないゝかほりがそこらいちめんにして、もうその紫の雲も疾翔大力の姿も見えませんでした。たゞそ

の澄み切った桔梗いろの空にさっきの黄金いろの二十六夜のお月さまが、しづかにかかってゐるばかりでした。

「おや、穂吉さん　息つかなくなったよ。」俄に穂吉の兄弟が高く叫びました。

　ほんたうに穂吉はもう冷たくなって少し口をあき、かすかにわらったま丶、息がなくなってゐました。そして汽車の音がまた聞えて来ました。


　つまり、「二十六夜」は「月光の中に彌陀・観音・勢至の三尊の姿が現われるといわれ」（『日本国語大辞典』）る二十六夜待ちと、聖衆来迎、つまり「臨終の時、阿弥陀仏が諸菩薩とともに迎え来て、念仏行者を浄土に導くこと」（『広説仏教語大辞典』）が一緒になった物語であり、栗原が言うように、「いわば浄土から「一途に聴聞の志」を貫いた者を救い主が迎えに来るという「二十六夜」の仕組みも、「娑婆即寂光土」に究極する日蓮宗系統の宇宙観よりは、阿弥陀の西方浄土へ往生する、また迎えとられると考える浄土教系統の発想に近いといわねばなるまい。それは、まさしく「阿弥陀三尊来迎図」の図柄に他ならなかった」と書くとおりであろう。そして、文語詩「二月」にも、浜垣が指摘したように、これと同じような浄土教的な傾向を認めることができる。

　ところで、山越に見える月と三尊となれば、栗原も指摘する「山越阿弥陀図」が思い浮かぶ。鎌倉時代によく描かれたもので、京都国立博物館のホームページでは、「山の端にかかる落日かまたは満月を阿弥陀に見立てるところからこの図様が生まれたようだ」（http://www.kyohaku.go.jp/jp/syuzou/meihin/kaiga/butsuga/item03.html）と書かれている。大角（後掲）も文語詩「二月」における「月魄の尾根や過ぎけん」と「山越阿弥陀図」を対照させていたが、ただ、賢治は二十六夜の鎌のような月を船に見立て、そこに疾翔大力と爾迦夷、波羅夷の三尊を幻視させている。賢治は、これらの図像をベースに鎌のような月を舟に見立てた来迎図を思い浮かべたのだろう。

山越阿弥陀図
（京都国立博物館蔵）

　ただ、「二月」を読んで印象に残るのは、月以上に、強い風の方ではないだろうか。これは「二十六夜」には描かれていないが、やはり賢治に聖衆来迎を思い出させるきっかけを作ったものであるように思われる。

『望月仏教大辞典3』は、聖衆来迎図について次のように書いている。「本邦に於ける聖衆来迎図は、時代に依りて其の構想を異にし、即ち藤原時代に成れるものは多く之を正面に画き、鎌倉時代以降は漸く斜面に描写するに至り、図中にも亦行者及び屋樹を添加し、且つ前者に於ては飛雲概ね緩慢なるも、後者に於ては卒急なるもの多く、随つて聖衆の姿勢も坐姿より立姿に代り、又専ら金彩を用ふるに至れり」。つまり、平安時代に

阿弥陀二十五菩薩来迎図
（知恩院蔵）

正面を向いてどっしりと座る阿弥陀像が描かれていたのに、時代が下って鎌倉になると、上に掲げた知恩院の「阿弥陀二十五菩薩来迎図」のように、「早来迎」や「迅雲来迎」と呼ばれるような、阿弥陀が雲に乗って飛来するといったスピード感のある絵が描かれるようになったというのである。

　賢治が日蓮宗を信じる気持ちに偽りはなかったと思うが、栗原が言うように「宮沢賢治の想像力の、また創造力の根底」には、幼少時代からの強い浄土系仏教のイメージが影響しており、山の端に昇る二十六夜の月や、強い南風で雲が流れていく様子から、すぐに聖衆来迎が想起されたのではないだろうか。

　浄土教においては仏を実際に見ることが重視され、先にも引用した「観無量寿経」では、「但だ応に憶想して心をして明に見せしむべし。此の事を見れば即ち十方一切の諸仏を見る。諸仏を見るを以ての故に念仏三昧と名づく」とあり、「観念法門」（観念阿弥陀仏相海三昧功徳法門経）には、「三昧と言ふは即ち是れ念仏の行人、心口に称念して更に雑想なく、念念往心し、声声相続すれば、心眼即ち開けて彼の仏を見ることを得。了然として現ずれば即ち名づけて定と為し、亦三昧と名づく。正しく見仏する時、亦聖衆及び諸の荘厳を見る」（『望月仏教大辞典1』）とあるという。賢治は「小岩井農場」（『春と修羅（第一集）』）にてユリアやペムペルを幻視し、あるいは「三七四　河原坊（山脚の黎明）一九二五、八、一一、」（『春と修羅　第二集』）で、若い僧を幻視したが、「二月」では、ついに聖衆来迎を幻

視できなかったようだ。それが、おそらくは「梵の聖衆を遠み」の意味であり、それゆえに「たよりなく春は来らし」と実感せざるを得なかったのではないだろうか。

もしもこの時、たとえ幻覚や錯覚、あるいは橋本勇が大正十年代に岩手公園の東側の空に見たような自然現象（?）を賢治が見ていたらどうなったであろうか。案外、賢治は浄土教を信じることになったのかもしれない。そうすれば父と子が宗教で対立することもなかっただろう。ただ、もしそういうことがあったとすれば、詩人・宮沢賢治が生まれることも、また、なかったように思うのである。

先行研究

大角修「二月」（『宮沢賢治 文語詩の森』）

信時哲郎「宮沢賢治「文語詩稿 一百篇」評釈六」（「甲南国文62」甲南女子大学国文学会 平成二十七年三月）

島田隆輔A「信仰の重層性について 定稿「二月」から迫る」（『宮沢賢治研究《文語詩稿》未定稿』）

島田隆輔B「54 二月」（「宮沢賢治研究 文語詩稿一百篇・訳注Ⅱ」〔未刊行〕平成二十九年五月）

55　日の出前

①学校は、稗と粟との野末にて、朝の黄雲に濯はれてあり。

②学校の、ガラス片《ひら》ごとかゞやきて、あるはうつろのごとくなりけり。

大意

学校は、稗と粟の畑のある野原の際にあって、早朝の黄色い雲に洗われているようだ。

学校の、ガラス窓が一枚一枚朝日に輝き、中にはガラスがあるはずなのに穴の開いたように真っ暗に見えるものもある。

モチーフ

本作に先行するのは「大正三年四月」の章に収められた短歌。友人が校長として赴任した早朝の小学校を見てのものだろう。賢治は下書稿㈠で「まことと胸すくわざぞかし」と書き、「学校のガラスみな／ひとひらごとにかゞやきて」と校舎までもが喜んでいるように書いていた。しかし下書稿㈡になると、「稗と粟」を出すことから農作業に適さない地であることを漂わせ、また、「うつろのごと」きガラスを配置することによって抑制を利かせる。定稿では友人の学校であるとの記述も消え、小学校の明と暗の両方を示した一篇に仕上げている。

語注

稗と粟　ヒエもアワも米の代替になるイネ科の主食穀物。沢田由紀子（後掲）も指摘するとおり、どちらも山間のやせ地でも育つため、「学校にくる生徒の生活環境・家庭環境をも示」されていると言っていいだろう。本作の舞台は、おそらくは山間部の（小さな）小学校であろう。童話「鹿踊のはじまり」にも、「そこらがまだまるつきり、丈高い草や黒い林のままだつたとき、嘉十はおぢいさんたちと北上川の東から移つてきて、小さな畑を開いて、粟や稗をつくつてゐました」とある。

評釈

無罫詩稿用紙に書かれた下書稿㈠（タイトルは「佐藤謙吉とその学校」）、黄罫（22０行）詩稿用紙表面に書かれた下書稿㈡（タイトルは「日の出前」。青インクで㊢）、定稿用紙に書かれた定稿の三種が現存。生前発表なし。

『新校本全集』は、「歌稿〔B〕」の「大正三年四月」の章に収められた「202a 203 清吉が／校長になつた学校は／この日の出前／黄いろな雲に／洗はれてゐる」を改作したものだとする。なお、その元となった「歌稿〔A〕」の202は、「くるほしきわらひをふくみ学校は朝の黄雲に延びたちにけり」とあり、「歌稿〔B〕」の202では、「清吉が／校長となりし／学校は／朝の黄雲に洗はれてあり」とある。歌稿の配列から考えると、盛岡中学校を卒業し、大沢温泉での夏期講習会に参加した頃であろう。「稗と粟」とあることから、山間の小学校が舞台であったとすれば、大沢近辺の小学校がモデルになっているのかもしれない。ただ、「未定稿」の「盛岡中学校」には「白堊城秋のガラスは／ひらごとにうつろなりけり」と似た表現が用いられていることから、モデルを一つの経験、一つの場所のみに絞って考えるのは危険だろう。

「佐藤謙吉とその学校」というタイトルのある下書稿㈠は次のとおり。

　それ歯磨をかけながら
　このたび長《をさ》となりにける
　その学校をながむるは
　まこと胸すくわざぞかし

　このたび長とさだまりし
　その学校のガラスみな
　ひとひらごとにかゞやきて
　天《あめ》の黄雲に洗はれてあり

賢治の小・中学校時代の同級生名簿を見ても「佐藤謙吉」や下書稿㈡の「堅吉」にあてはまりそうな人物は見当たらないが、まだ文語詩への改稿を意識していなかっただろう「歌稿〔B〕」の202にある「清吉」については、小川達雄（「賢治嘱目」『盛岡中学生宮沢賢治』河出書房新社 平成十六年二月）も書いているように盛岡中学の卒業生に「清水清吉」の名前があり、この人物の赴任先であった可能性もあろう。

さらに「読書会リポート」（「賢治研究118」宮沢賢治研究会 平成二十四年九月）では、「校長は谷藤源吉という人です。湯口村二堰小学校。代用教員だった人が校長になった」とある。島田隆輔（後掲）は、谷藤について不詳としながらも、昭和十五年の『岩手県大鑑』の「市町村展望、湯口村」に村会議員として掲載されていることを指摘している。また、『春と修羅（第一集）』の「霧とマッチ」には「小学校長をたかぶって散歩することは／まことにつつましく見える」ともあり、賢治は同一人物と散歩することがあったのかもしれない。

さて、下書稿㈡になると「日の出前」にタイトルも改め、客観的な視点から描かれることになる。

堅吉が
校長となりし学校は
稗と粟との野末にて
朝の黄雲に濯はれて居り

堅吉が
校長となりし学校は
ガラス片《ひら》ごとかゞやきて
そのあるものはうつろなるごとし

下書稿㈠で友人の出世を祝っていた観があったのに、ここでは第一連の「稗と粟との野末」の句で、その明るさにブレーキがかかる。稗と粟を作るということは、水田を作るには平地が足りないか、土地がやせすぎていることを示すと思われるが、いずれにせよあまり裕福な子どもがいる環境ではないことを提示している。すがすがしい学校の姿ではあろうが、どこかに不安な余韻を残すことになっている。

第二連も、今までは「ひとひらごとにかゞや」いていたガラスが、「あるものはうつろなるごとし」と、輝いているものばかりではないのだと、やはり明るさにブレーキがかかっている。「未定稿」の「盛岡中学校」では、「白堊城秋のガラスは／ひらごとにうつろなりけり」と、すべてのガラスをうつろにしてしまっていたが、そこまではいかないにしても、明るいことばかりではないことを示そうとしているようだ。

「歌稿〔A〕」では、まだ誰も生徒が来る時間ではないはずなのに、賢治は「くるほしきわらひをふくみ学校は朝の黄雲に延びたちにけり」と、生徒たちの明るすぎるほどの笑い声を感じ取っていたようだが、そのような方向での改稿は進んでいないようである。

「五十篇」の「〔盆地に白く霧よどみ〕」では、賢治の教え子・沢里武治が、遠野盆地にある学校に赴任したが、賢治は僻地であることにめげず、がんばれと励ますつもりで詩を書き起こしたようだ。ところが定稿は左のような内容に改変されている。

①盆地に白く霧よどみ、　めぐれる山のうら青を、
稲田の水は冽くして、　花はいまだにをさまらぬ。
②窓五つなる学校《まなびや》に、　さびしく学童《こ》らをわがまてば、

藻を装へる馬ひきて、　ひとびと木炭を積み出づる。

賢治は昭和六年の初秋に「「風野又三郎」といふある谷川の岸の小学校を題材とした百枚ぐらゐのものを書いてゐますのでちやうど八月の末から九月上旬にかけての学校やこどもらの空気にもふれたい」（八月十八日 沢里武治宛書簡）として、沢里を訪ね、いくつかの小学校も見て来たようだが、文語詩定稿では、秋になっても稲の花が結実していないヤマセの年を描くことになっている（事実、昭和六年は天候不順による凶作となっている）。

本作「日の出前」も、はじめは同級生が校長となった学校を目にして、それを祝い、前途を祝すつもりで書かれたようだが、「稗と粟との野末」にある小学校というイメージが生まれて以降は、「〔盆地に白く霧よどみ〕」の改稿過程と同じように、困窮の中の学校を描く方向に転じていったようである。

先行研究

内村剛介「ホワイト・ホールのなかの時間」（「ユリイカ9―10」青土社 昭和五十二年九月）
岡井隆A「「文語詩稿」の意味」（『文語詩人 宮沢賢治』筑摩書房 平成二年四月）
岡井隆B「親方と天狗蕈「文語詩稿」を読む（3）」（『文語詩人 宮沢賢治』筑摩書房 平成二年四月）
沢田由紀子「新たな方法への模索 宮沢賢治「文語詩稿」考」（「宮沢賢治研究 Annual10」宮沢賢治学会イーハトーブセンター 平成十二年三月）
信時哲郎「宮沢賢治「文語詩稿 一百篇」評釈六」（「甲南国文62」甲南女子大学国文学会 平成二十七年三月）
島田隆輔「55 日の出前」（「宮沢賢治研究 文語詩稿一百篇・訳注Ⅱ」〔未刊行〕平成二十九年五月）

56　岩手山巓

①外輪山の夜明け方、　　息吹きも白み競ひ立ち、
三十三の石神に、　　米《よね》を注ぎて奔り行く。

②雲のわだつみ洞なして、　　青野うるうる川湧けば、
あなや春日のおん帯と、　　もろびと立ちておろがみぬ。

大意

外輪山の夜が明ける頃、人々は白い息を吐きながら先を争い、三十三の石像に、米を奉納しながら走っていく。

雲海の切れ目から、青い野が広がりこんこんと水をたたえた川が流れているのが見えるが、あぁ、春日明神の大祭の時の白い帯のようだと、人々は思わず立ちすくんでは拝むのであった。

モチーフ

賢治は岩手山に何度も登っているが、盛岡中学校時代の登頂体験を書き付けたものから、農民たちが先を争って石仏に米を奉納する詩に改変している。「春と修羅 第二集」の「一八一 早池峰山巓 一九二四、八、一七、」にも村人が木綿の白衣を着て信仰の山に登る姿を描いていたが、ここでは真剣さや信心深さよりもユーモラスに描くことに主眼があったように思われる。

語注

岩手山巓　岩手山の山頂のこと。岩手山は八幡平市、滝沢市、雫石町にまたがる標高二千三十八ｍの火山で、生成が古い西岩手火山に東岩手火山が覆いかぶさっている。古くから信仰

の山として知られ、賢治も盛岡中学在学中から何度も登り、岩手山を扱った多くの作品を書いている。

外輪山　火口が二つ以上ある複式火山において、中央丘をかこむ外側の火口の縁のこと。火口縁またはカルデラ縁とも言う。最高地点の薬師岳は東岩手火山の外輪山にある。

三十三の石神　東岩手火山の外輪山は一周が約二kmあり、ここに『法華経』の「観世音菩薩普門品第二十五」において、観音が三十三の姿に身を変えるということにちなんだ三十三観音の石像が二組ずつある。安政四（一八五七）年に盛岡の商人を中心とした八日丁講中が、また、明治三十九（一九〇六）年に花巻の家畜商・中村巳吉が奉納したものだという。「2013しずくいし少年少女歴史教室　第3回【雫石の歴史のはじまりの地に立つ】」（http://shizukuishi-shidankai.com/）によれば、「参拝登山は「おやまがけ」と呼ばれました。白衣に金剛杖を持ち、六根清浄を唱えながら暗いうちから登り、日の出を礼拝するなどのしきたりがありました。遠くから拝む「遥拝所」である新山堂からは＜御守り札＞、御山の奥宮からは＜這い松の枝＞、＜薬草＞、＜硫黄＞を頂戴して帰った。御札は家庭の神棚に供え、這い松の枝を田の水口や苗代、また、畑や麻畑の入り口に立てておくと、巌鷲山大権現様の守護で五穀豊穣がもたらされると信じていた。これらは「お山参詣」の出来なかった隣家や親戚にも配った。まさに農民生活に密着した信仰だった」という。また、「岩手山の頂上には、本宮としての奥宮の御室があり、その手前には三十三観音の石像が盛岡講中によって建てられている」（引用文中の（）内の記述は省略）という。ことに先を急いで米を奉納するといったことについての記述は見つからなかったが、この近辺の農村に伝わった民間的な信仰なのであろう。

春日のおん帯　『定本語彙辞典』では、「春日神社（春日大明神、春日権現とも）社殿正面の礼拝所に梁から吊り下げられている銅製の鰐口（金口とも）をガランガランと鳴らすのに、太い布（たいてい二本）を、和服にしめる兵児帯に見たてた呼称と思われる。あるいは賢治の機知の命名か」とする。浜垣誠司（「宮沢賢治の詩の世界」http://http://www.ihatov.cc/ 平成二十五年十二月二十三日）は、奈良の春日神社に鈴の緒はなく、また、これが一般化したのは戦後だとして、奈良・春日神社の「御旅所祭」で行われる舞楽「納曾利」で使われる装束に巻く「銀帯」を「その形が、はたして「川の流れ」の比喩として適切かどうかはわかりませんが、この色だけは、遠くから眺めた川面の輝きの形容として、悪くないかなと思いました」とする。しかし、奈良・春日大社の「春日若宮おん祭り」の「お渡り式」で、行宮《あんぐう》に遷った若宮のもとに芸能集団をはじめとした多くの人々が向かう行列が町を練り歩く際に、その先頭集団にいる「梅白枝《うめのずばえ》」と「祝御幣《いわいのごへい》」は、「赤衣（せきえ）に千早（ちはや）と呼ぶ白布を肩にかけ先を長く地面に引いて進む」（春日大社 http://www.kasugataisha.or.jp/

onmatsuri/owatari.html）とあり、春日のおん帯とは、この十数ｍにもなる千早を指すのだと思われる。童話「風の又三郎」にも、「「ありゃ、あいづ川だぞ。」／「春日明神さんの帯のようだな。」三郎が言いました。／「何のようだど。」一郎がききました。／「春日明神さんの帯のようだ。」／「うな神さんの帯見だごとあるが。」／「ぼく北海道で見たよ。」」という件りがあり、また童話「種山ヶ原」にも「河が、春日大明神の帯のやうに、きらきら銀色に輝いて流れました」とある。北海道にも春日神社や春日神社を合祀した神社があり、花巻市鍋倉字地神にも春日神社があるが、同じような祭りを行っていたかどうかは未確認。島田隆輔（後掲G）は、大正十年四月初旬に賢治は父とともに奈良を訪ね、「歌稿〔B〕」に「793 朝明《に》よりつつみをになひ園《その》をよぎり春日の裏になれは来るかも。」と詠んでいることを紹介するが、祭に参加したようでもない、とする。

評釈

黄罫（22０行）詩稿用紙表面に書かれた下書稿㈠（タイトルは手入れ段階で「火口丘」。後に「頂」（?）。鉛筆で㋶）、その裏面中央に書かれた下書稿㈡（タイトルは「頂上 風の中の石に米と銭あげて拝む農民たち」。青インクで㊢）、定稿用紙に書かれた定稿の三種が現存。生前発表なし。

『新校本全集』に記述はないが、小野隆祥（後掲B）や島田隆輔（後掲A）が指摘するように、「「文語詩篇」ノート」の「1910」の項には次のようにある。

岩手山　麓の野　炬火、の余燼、　黒き／夜や／野路行／く人の／たいまつの／余燼を／赤く／散ら／す風／かな

岩手山、山形頼咸、橋爪、関

岩手山噴火口内にて橋爪の寂しき顔

盛岡中学校二年生の賢治が、級友や引率教員らと共に明治四十三（一九一〇）年六月に岩手山に登った時のことであろう。前半と後半が、それぞれが赤インクで囲まれ、後半については藍インクで消してあるが、文語詩への改作が成されたことを意味すると思われる。下書稿㈠は次のとおり。

風すでにこゝに萎えしを
岩壁の反射を浴びて
なが横頬何ぞさびしき

昨日はかの青き林を
高らかにうたひしなれの
今朝赤き炬火をさゝげて

なれとみにうちもだしにき
駒草は焼砂に咲き
ひとびとは高く叫べど
残りたる雪をふみつゝ
何をかもなが寂しめる

つかれたるおももちのうち
よき家のよきならひして
ながわれをいたはり問へば
あゝなれのなにとすべけん

「橋爪」とメモがあったのは、同級生の橋爪雄一郎のことだろう。前日は高らかに歌をうたい、早朝に炬火を持って歩く横顔はさびしそうで、疲れた様子を見せている。しかし橋爪は、良家の育ちのためか、自分にむかって労わりの声を投げかける。そんな意味だろう。

島田（後掲C、D、E）は、「なが横頰何ぞさびしき」の「な」にあたる人物が、盛岡中学校時代に英語を担当していた青柳亮（在職期間は明治四十三年四月～十一月）なのではないかと指摘した。「未定稿」に「（瘠せて青めるなが頰は）」があり、ここには「愛しませるかの女《ひと》を捨て／おもはずる《ママ》軍に行かん／師のきみの頰のうれるふ《ママ》を」（下書稿㈠）という言葉もあったからだ。島田説をうけて、信時哲郎（後掲）は、「なが横頰何ぞさびしき」というのは、「「文語詩篇」ノート」の「岩手山噴火口内にて橋爪の寂しき顔」とあることが元になっているのではないかとしたところ、島田（後掲F）は再検討の結果、自論を修正している。

下書稿㈠についての考察が長くなってしまったが、実は、下書稿㈡になると当初のモチーフをほぼ全て破棄し、賢治は次のように書き改めてしまう。

三十三の石神に
米を注ぎておろがみつ
互に競ひめぐり行く
外輪山の夜明けがた

この後、複雑な手入れを経て、定稿に達するわけだが、島田（後掲A）は、この改稿が昭和六年以降になされたのだとして、現実的な諸問題に直面した結果のものだと考え、甘い少年時代の思い出から、「競って豊作祈願のために米をささげる農民の姿を、詩人は呼び戻し見つめている」とする。

下書稿㈡の手入れ段階には「夏蚕を終へし村人は」という語もあったが、これは「春と修羅 第二集」の「一八一 早池峰山巓 一九二四、八、一七、」における次の部分と対応しているように思う。またこれが「五十篇」の「早池峰山巓」として文語詩化されていることも偶然ではないだろう。

みんなは木綿《ゆふ》の白衣をつけて
南は青いはひ松のなだらや
北は渦巻く雲の髪
草穂やいはかがみの花の間を
ちぎらすやうな冽たい風に
眼もうるうるして息《い》吹きながら
踵《くびす》を次いで攀ってくる
九旬にあまる旱天《ひでり》つゞきの焦燥や
夏蚕飼育の辛苦を了へて
よろこびと寒さとに泣くやうにしながら
たゞいっしんに登ってくる

岩手山も早池峰山も岩手を代表する信仰の山であるが、それぞれの山に登る村人たちを描きながら、賢治は早池峰に登る人々については、旱天への恐れや蚕飼育の苦労を書き、「よろこびと寒さとに泣くやうにしながら／たゞいっしんに登ってくる」と必死さを前面に出している。一方、岩手山に登る人たちを描く際には、早池峰山を描く際にも使っていた「夏蚕を終へし村人は」というイメージを削除し、「米を注ぎて奔り行」かせたり、白く流れゆく川を見ては春日神社の帯のようだとありがたがらせたりしており、賢治は必死さや真面目さを取り除こうとしていたようにも思えてくる。

八田二三一（後掲）が指摘するように、岩手山を登る人々の様子は童話「風の又三郎」の先行形態である童話「風野又三郎」において、風の精である又三郎の経験として、次のように描かれる。

「ね、その谷の上を行く人たちはね、みんな白いきものを着て一番はじめの人はたいまつを持ってゐただらう。僕すぐもう行って見たくて行って見たくて仕方なかったんだ。けれどどうしてもまだ歩けないんだらう、そしたらね、そのうちに東が少し白くなって鳥がなき出したらう。ね、あすこにはやぶうぐひすや岩燕やいろいろ居るんだ。鳥がチッチクチッチクなき出したらう。もう僕は早く谷から飛び出したくて飛び出したくて仕方なかったんだよ。すると丁度いゝことにはね、いつの間にか上の方が大へん空いてるんだ。さあ僕はひらっと飛びあがった。そしてピゥ、たゞ一足でさっきの白いきものの人たちのとこまで行った。その人たちはね一列になってつゝじやなんかの生えた石からをのぼってゐるだらう。そのたいまつはもうみぢかくなって消えさうなんだ。僕がマントをフゥとやって通ったら火がぽっぽっと青くうごいてね、たうたう消えてしまったよ。ほんたうはもう消えてもよかったんだ。東が琥珀のやうになって大きなとかげの形の雲が沢山浮んでゐた。

『あ、たうたう消だ。』と誰かが叫んでゐた。おかしいのはねえ、列のまん中ごろに一人の少し年老った人が居たんだ。その人がね、年を老って大儀なもんだから前をのぼって行く若い人のシャツのはじにね、一寸とりついたんだよ。するとその若い人が怒ってね、

『引っ張るなったら、先刻たがらひで処さ来るづどいっつも引っ張らが。』と叫んだ。みんなどっと笑ったね。僕も笑ったねえ。そして又一あしでもう頂上に来てゐたんだ。それからあの昔の火口のあとにはいって僕は二時間ねむった。ほんたうにねむったのさ。するとね、ガヤガヤ云ふだらう、見るとさっきの人たちがやっと登って来たんだ。みんなで火口のふちの三十三の石ぼとけにね、バラリバラリとお米を投げつけてね、もうみんな早く頂上へ行かうと競争なんだ。向ふの方ではまるで泣いたばかりのやうな群青の山脈や杉ごけの丘のやうなきれいな山にまっ白な雲が所々かかっているだらう。すぐ下にはお苗代や御釜火口湖がまっ蒼に光って白樺の林の中に見えるんだ。面白かったねい。みんなぐんぐんぐんぐん走ってゐるんだ。すると頂上までの処にも一つ坂があるだらう。あすこをのぼるとき又さっきの年老りがね、前の若い人のシャツを引っぱったんだ。怒ってゐたねえ。それでも頂上に着いてしまふとそのとし老りがガラスの瓶を出してちいさなちいさなコップについでそれをそのぷんぷん怒ってゐる若い人に持って行って笑って拝むまねをして出したんだよ。すると若い人もね、急に笑ひ出してしまってコップを押し戻してゐたよ。そしておしまひたうたうのんだらうかねえ。僕はもう丁度こっちへ来ないといけなかったもんだからホウと一つ叫んで岩手山の頂上からはなれてしまったんだ。どうだ面白いだらう。」

「面白いな。ホウ。」と耕一が答へました。

これが賢治の実体験をそのまま写し取ったものなのかどうかは定かでないが、童話「風の又三郎」の方には盛り込めそうになくなったこうした民間信仰の中に生きる岩手山を、賢治は文語詩の方に流用しようとしたのかもしれない。

「風の又三郎」との関連ということで言えば、次のシーンも文語詩に流用されている。

光ったり陰ったり幾通りにも重なったたくさんの丘の向ふに川に沿ったほんたうの野原がぼんやり碧くひろがってゐるのでした。

「ありゃ、あいづ川だぞ。」

「春日明神さんの帯のようだな。」又三郎が云ひました。

「何のようだど。」一郎がききました。

「春日明神さんの帯のようだ。」「うな神さんの帯見だごとあるが。」「ぼく北海道で見たよ。」

みんなは何のことだかわからずだまってしまひました。

農民たちにとって、旱害も冷害も恐ろしいものであり、労働の苦しみも並大抵のものではなかった。農民たちは神仏に祈り、庚申待ち、二十六夜待ち、その他さまざまな民間的・土俗的信仰を駆使して、自分たちの思いをなんとかしてかなえようとしていた。しかし、神社仏閣への参詣を名目としながら、物見遊山を楽しんでいたというのも、日本人が古来よりずっと続けていたことであった。

「五十篇」所収の「〔萌黄いろなるその頸を〕」は、農民たちからなる巡礼団が、アヒルの頸を釣り下げた魚屋に行って五厘銭を貰ってくるという内容だが、殺生戒を犯しているような者の元に巡礼が訪ねるのはおかしな話で、賢治が先行作品で「にせ巡礼」と呼んでいるのも当然だろう。しかし、賢治はここで真の宗教とは何かについて問おうとしているわけではなく、岩手に生きる様々な人の主や行動をこそ、描いておこうとしたのだろう。

農学校時代の教え子である根子吉盛は、賢治の言葉を次のように紹介する（関登久也「性の問題　根子義《ママ》盛氏から聞いた話」『新装版　宮沢賢治物語』学習研究社　平成七年十二月）。

　村の人が大ぴらに猥談をするのは、そう悪い感じのしないものだ。今日見て来て感じたのだが、水引の村人たちが、田の畦《あぜ》にどんどん火を燃しながら猥談をしているのは、あれは無難でいい。むしろ、争いを未然に防いでともどもに笑い興じている風景は、なごやかだとも言うのでした。

　苗取りの時にも、女の人たちが、農村の貧しさも忘れて、面白可笑しく笑い興じている有り様を見て、同様のことを話していました。

農民のすることならば全てが正しいなどと思っていたわけではないにせよ、文語詩を書いていた頃の賢治は、彼等の生活や信条を、自らの宗教観や農業観とは別にして、しっかり書き留めておこうとしたのではないだろうか。

童話集『注文の多い料理店』の「広告ちらし」で、賢治は「少年少女期の終わり頃から、アドレッセンス中葉に対する一つの文学としての形式」を取っているとするのに対し、以前、拙論（信時哲郎「はじめに　文語詩はどこに向かっていたか」『五十篇評釈』）では、文語詩は「芸娼妓や酒の密造に一喜一憂し、あるいは艶笑譚で労働の疲れを暫し紛らわせようとするような、そんな「大衆」」に向けて書かれているのではないかと書いたが、本作もそうした作品の一つであるように思う。

だとすれば、「つかれたるおももち」をしながら「われをいたはり問」うような「よき家」の出身者である橋爪を描いた下書稿㈠を破棄し、風の精である又三郎が、子どもたちに向かって「どうだ面白いだらう」と言いたくなるような、「大衆」にも愛誦してもらえそうな詩を作ろうとしたのも当然の成り行きだったのかもしれない。

先行研究

保阪庸夫・小沢俊郎「大正十四年」（『宮沢賢治 友への手紙』筑摩書房 昭和四十三年六月）

佐藤勝治「賢治随想42 仙人鉱山紀行詩」（「盛岡タイムス」昭和五十七年五月九日）

小野隆祥A「賢治の和賀時代の恋 大正八年成立仮説の幻想的展開」（『宮沢賢治 冬の青春』洋々社 昭和五十七年十二月）

小野隆祥B「幻想的展開の吟味」（『宮沢賢治 冬の青春』洋々社 昭和五十七年十二月）

八田二三一「岩手山巓」（『宮沢賢治 文語詩の森 第三集』）

岡澤敏男「私説・宮沢賢治の岩手山「銀の冠」と「白い澱み」と」（「ワルトラワラ18」ワルトラワラの会 平成十五年六月）

島田隆輔A「再編論」（『文語詩稿叙説』）

島田隆輔B「ノート・詩稿本文研究」（『文語詩稿叙説』）

島田隆輔C「青柳亮「メドレー先生を偲ぶ」を読む「青柳先生を送る」稿の生成にかかわって」（宮沢賢治文語詩研究会資料 平成二十六年八月）

信時哲郎「宮沢賢治「文語詩稿 一百篇」評釈六」（「甲南国文62」甲南女子大学国文学会 平成二十七年三月）

島田隆輔D「青柳亮「メドレー先生を偲ぶ」を読む「青柳先生を送る」稿の生成にかかわって」（月「宮沢賢治研究 Annual25」宮沢賢治学会イーハトーブセンター 平成二十七年三月）

島田隆輔E「青柳教諭を送る」考 青柳亮「メドレー先生を偲ぶ」を読む」（『信仰詩篇の生成』）

島田隆輔F「青柳亮「メドレー先生を偲ぶ」を読む（補遺）」（「宮沢賢治研究 Annual26」宮沢賢治学会イーハトーブセンター 平成二十八年三月）

島田隆輔G「56 岩手山巓」（「宮沢賢治研究 文語詩稿一百篇・訳注Ⅱ」〈未刊行〉平成二十九年五月）

57　車中〔二〕

①稜堀山の巌の稜、　一木《き》を宙に旋るころ
　まなじり深き伯楽《はくらく》は、　しんぶんをこそひろげたれ。
②地平は雪と藍の松、　氷を着るは七時雨、
　ばらのむすめはくつろぎて、　けいとのまりをとりいでぬ。

大意

稜堀山の岩の稜線にある、一本の木が空を回るように見える頃眼じりに深い皺のある伯楽は、新聞紙を広げはじめた。

車窓から見える大地には雪と藍色をした松の木と、氷をまとった七時雨山、薔薇色の頬をした娘はすっかりくつろいで、毛糸でできた毬を取り出した。

モチーフ

「五十篇」にも同題の「車中〔一〕」がある。本作の下書稿にあった「開化郷士」の語は「車中〔一〕」に使われることになるなど双子的な作品のようだ。ただ、「車中〔一〕」では開化郷士をマイナスに評価しているのに対し、「車中〔二〕」ではプラスの評価をしているように思える。文明開化によって社会の上層部に行った人たちの辿った二つの系統を書こうとしたのかもしれない。

語注

稜堀山　滝沢市の燧堀《かどほり》山（四百六十七m）のこと。字の如く、火打石（燧）を産出した山で、賢治もたびたび足を運んだようだ。下書稿㈡では、「経埋ムベキ山」にもリストアップさ

れる「鬼越山」と書かれていた。この鬼越山は、従来、滝沢市の鬼古里山（四百三十八ｍ）だと考えられていたが、鈴木健司（「宮沢賢治文学における地学的想像力・補遺二題：∧種山ヶ原∨∧鬼越山∨」「文学部紀要26」文教大学文学部 平成二十五年三月）によれば、「歌稿〔B〕」の「（明治四十二年四月より）」には、「01 鬼越の山の麓の谷川に瑪瑙のかけらひろひ来りぬ」とあるが、鬼越山は瑪瑙を出土しないので、そのすぐそばにあって瑪瑙などの火打石を産出した燧堀山のことを指すのだろうという。鈴木は「歌稿〔B〕」の「大正四年四月」の章に「燧堀やま」を「鬼越やま」に書きなおしている例、また、ほかならぬ「車中〔一〕」の下書稿㈡でも「［鬼越→燧『堀→石→堀』］山」と手入れしている例などもあげるが、近くに鬼越集落や鬼越坂もあることから、賢治は鬼越山と記述してしまったのであろう。

まなじり深き　目じりのこと。目じりに深いしわがあることか。ただ下書稿㈢に「眉ふかき」ともあることから、「真剣な表情を浮かべた」という意味かもしれない。

伯楽《はくらく》　馬の売買や周旋をする人。また馬医も含めてそう呼んだ。岩手県は馬産地として有名だったので、列車内でも見かけることが多かったのだろう。後述するように当時は博労と伯楽を区別する見方もあったようで、賢治もそれに従っていたようだ。また、賢治がはじめて文語詩を発表した「女性岩手」の編集者である多田保子は、妹トシと花巻高等女学校の同級生でもあったが、大正六年に結婚した相手の多田庫三は伯楽。その父は「全国的に知られた大伯楽（馬喰）であった」という（斎藤駿一郎「多田ヤスの生涯と宮沢賢治・トシ」「宮沢賢治記念館通信70」宮沢賢治記念館 平成十二年五月）。何らかの関係があったかもしれない。

七時雨　八幡平市にある標高千六十三ｍのコニーデ型火山。「ななしぐれ」と読む。一日のうちに何度も天気が変わるためにこの名があるという。

評釈

無罫詩稿用紙に書かれた下書稿㈠、その左下余白に書かれた下書稿㈡（藍インクで(了)）、その裏面中央に書かれた下書稿㈢、その上部余白に書かれた下書稿㈣、下部余白に書かれた下書稿㈤（青インクで㊢）、定稿用紙に書かれた定稿の六種が現存。ただし、島田隆輔（後掲B）は、『新校本全集』による改稿過程に疑義を呈し、下書稿㈡とされているものが下書稿㈣にあたるのではないかとしている（下書稿㈢、㈣がそれぞれ下書稿㈡、㈢となる）。妥当な判断だと思うが、ここでは混乱を避けるため、『新校本全集』の呼称に従う。生前発表なし。

先行作品に関する指摘はないが、「五十篇」には同じタイトルの「車中〔一〕」が収録されており、形式や内容について、本作と共通する部分がある。信時哲郎（後掲A）は「車中〔一〕」に関連する作品、表現に似た箇所のある作品として「歌稿〔B〕」

の802〜804、童話「氷と後光」や童話「氷河鼠の毛皮」、「孔雀印手帳」に書かれた「〔朝日は窓よりしるく流るゝ〕」、「兄妹像手帳」に書かれた「〔鎧窓おろしたる〕」、「春と修羅 第三集」の「一〇〇一〔プラットフォームは眩くさむく〕一九二七、二、一二、」などをあげるが、本作との関連も浅くないことになる。

下書稿㈠は次のとおり。

高洞山に雪うづみ
谷には青き影堕ちるころ
眼じり深く
狐を首にまきつけし
開化郷士と見ゆるひと
ちさきむすめをだき来り
椅子におろして微笑せり

地平は雪と藍の松
氷を着るは七時雨
鬼越山の尖れる稜
車窓かすかに過ぎ行けば
むすめほのかにわらひせり

小川達雄（後掲）は、「賢治は、花巻に帰る汽車に乗っていたのであろう」とするが、盛岡のランドマークとでもいうべき高洞山（五百二十二ｍ）のあと、八幡平市の七時雨、滝沢市の鬼越山（＝燧堀山）を見たのだとすれば、南下ではなく北上していたと考えた方がいいだろう。ともあれ、盛岡あたりで乗車してきた「開化郷士」（おそらくは賢治の造語で、文明開化以降の新知識を受け入れて、社会の上層に上がった人といった意味だろう）が、娘を抱いて列車に乗り、椅子に座らせたところだろう。父は「微笑」し、むすめの方も「ほのかにわらひ」とあるから、理想的な父子であるように見える。

下書稿㈢では「開化郷士」を「しんぶんを見る村の医師」に変えるという手入れが施され、下書稿㈣では、さらに次のように変化する。

地平は雪と藍の松
氷を着るは七時雨

ばらのむすめはたゞひとり
青きマントをひらめかし
バザーの代を

まなじり深き伯楽の
狐の皮をくつろげて
しんぶんを読みいづるなれ

「一百篇」の「歯科医院」の下書稿㈡の手入れの際に「まなじりふかき伯楽は／さらに雑誌をひるがへす」という詩句があり、そこでは伯楽に歯医者の待合室で雑誌を読ませていたが、この後、「伯楽」を「村長」に、そして定稿では「浄き衣せしはれめ」に書き改めている。

ところで賢治の文語詩には「馬喰」も登場する。「一百篇」の「〔かれ草の雪とけたれば〕」定稿には、「はた兄弟の馬喰の／鶯いろによそほへる」とある。しかし、こちらは税務吏と三百代言（弁護士）と共に「人民の敵」（下書稿㈡タイトル）ともされる存在としての登場であった。

大正十四年の「岩手毎日新聞」（四月九日）には、「伯楽と『バクロウ』」というYS生なる人物の文章が掲載されている。

獣医《じうい》をハクラクと呼《よ》ぶ地方《ちほう》も少《すく》くないが現代《げんだい》の獣医《じうい》諸君《しよくん》はハクラクと云はれる事を忌んでゐる、蓋し伯楽は馬相鑑識にも秀で丶ゐたのみならず馬匹疾病《ばひつしつへい》の診断治療《しんだんちれう》にもまた堪能《かんのう》なりしものがならんとと《ママ》思《おも》はる丶

伯楽《はくらく》をバクローと発音《はつおん》する事《こと》もまた正当《せいたう》のことであらふ之《これ》は一人《り》で鑑識診断《かんしきしんだん》を兼《かね》たものが分業《ぶんげふ》になつて一方《はう》はハクラク一方《はう》はバクローとなつたかも知《し》れぬが共《とも》に非常《ひぜう》に劣等《れつとう》になつたことは勿論《もちろん》だ

殊《こと》にバクローに至《いた》りては元祖《ぐわんそ》の伯楽《はくらく》の如《ごと》き鑑識《かんしき》は勿論《もちろん》なく単《たん》に利《り》をあさること之《こ》れ事《こと》とし騙欺《へんぎ》偽謀《ぎばう》至《いた》らざるなきの悪辣《あくらつ》手段《しゆだん》を以《もつ》て事《こと》をなしたるため世人《せじん》の齢せざる所《ところ》となり一種《しゆ》賤業《せんげふ》扱《あつか》ひにさる丶やうになつたのであらう

『言海』を見てみると、「ばくらう 博労／馬喰」と「はくらく 伯楽」が別の語として扱われており、前者には「馬ヲ売買スル業トスル者ノ称。馬販」とあり、後者には「㈠善ク馬ノヨシアシ駿駑ヲミ相ル人。㈡馬ノ病ヲ療スル者。馬医」とあった。森徹士（「かつての鳥取地方における牛馬治療の状況（私見）」「日本獣医師会雑誌62」日本獣医師会 平成二十一年九月）は、「馬医（伯楽）が一部の公的文書や旧家の史料として保存されているのに対して、博労（馬喰）の施療の記録は文字として殆んど残されて」いないと指摘し、また、博労たちは「本業である牛馬の流通だけに留まることなく物資とともに情報、文化をも同時に運んだ。その上で「博労は我々獣医師の前身のひとつである」と主張するのだが、中には詐欺、恐喝を働く悪徳博労や数十人もの追子を従えていた者も居たと聞くので、某組の親分のような悪いイメージを抱く人がこれを聞けば、この説は意見が賛否分かれる所かも知れない」とし、バクロウの方が一段低く見られていたことを指摘している。

賢治もこのような使い分けをしていたようで、まず「伯楽」に関して言えば、「車中〔一〕」や「歯科医院」では、新聞や雑誌を読み、あるいは娘を椅子に座らせて微笑むような、きわめ

57　車中〔二〕

て知的で礼儀正しい存在として描いている。劇「植物医師」でも、「稲の伯楽づのぁ、こっちだべすか」という使い方をしており、「伯楽」を医者、つまり近代獣医学を修めた紳士という意味付けしているようだ。

一方の、「馬喰」は、たとえば童話「バキチの仕事」において、何をやっても中途半端なバキチの身の上を「馬喰の親方」に語らせ、こちらは「だめでさあ、わっしもずゐぶん目をかけました。でもどうしてもだめなんです」という庶民的な語り口にも明らかなように、馬の売買・周旋を請け負い、時に「人民の敵」として嫌われるような、旧時代から続く非近代的職種として描いているように感じられる。

さて、「車中〔二〕」では下書稿㈢の手入れ段階から「開化郷士」の語は消えるが、逆に、これを新しく取り入れて成立したと思われるのが「五十篇」所収の「車中〔一〕」である。

①夕陽の青き棒のなかにて、　開化郷士と見ゆるもの、
　葉巻のけむり蒼茫と、　森槐南を論じたり。
②開化郷士と見ゆるもの、　いと清純とよみしける、
　寒天光のうら青に、　おもてをかくしひとはねむれり。

詳しくは「評釈」（信時　後掲A）および終章（信時　後掲C、D）に譲るが、六種の原稿が残っている「車中〔二〕」と違って、「車中〔一〕」には二種しか原稿が残っていない。しかも下書稿㈠には(了)でなく、いきなり㊢が付されている。そう思えば、同タイトルであることも含めて、「車中〔二〕」の推敲の途中で、新しく浮かんだアイディアを「車中〔一〕」に書いたという成立事情を考えてもよいように思う（ただし、島田（後掲D）が書くようにタイトルは「車中〔一〕」の方が先に付けられている）。

ただし、「車中〔二〕」が新時代の紳士と娘を描いているのに対して、「車中〔一〕」の下書稿㈠では、「開化郷士」を「狸のごとき大坊主」だと書いている。島田（後掲C）は、「車中〔二〕」では「開化郷士と見ゆるひと」（下書稿㈠）と書かれていたのに対して、「車中〔一〕」では「開化郷士と見ゆるもの」、つまり、「ひと」ではなく、「卑下したり軽視したりするような場合」（『日本国語大辞典』）に用いられる「もの」として書き留められていることに着目し、「両者の「開化郷士」が異質なことに留意しなければならない」とする。

以上の諸点をまとめれば、「車中〔二〕」では、新時代の知識を身に着けた〈紳士〉を描いていたが、それは「伯楽」という近代的成功者を描くことになり、島田（後掲B）によれば「農民とともにある好もしい〈知識人とその家族〉像のひとつが、造型された」ということになろう。一方、新時代の知識を身に着けた〈俗物〉の方は、「車中〔一〕」の方で描かれることになったのだろう。同時に、「車中〔二〕」にあった、成金めいたイメージのある「狐の皮」は下書稿㈤で削除され、「車中〔一〕」

の方では、成金めいたイメージのある「葉巻のけむり」が用いらるようになっている。

「車中〔一〕」の〈俗物〉が漢詩人である「森槐南を論じ」るのは不似合だと感じるかもしれないが、槐南は女性の姿態・媚態などを官能的に描く香奩《こうれん》体で名をあげた詩人であることを思えば、やはり、「車中〔一〕」の開化郷士は、〈俗物〉として書き分けられていたのだとしてもよいように思う。

本作では近代文明の恩恵を受けて立身した〈紳士〉の方を描いた作品のようだ。岩手に生きる大衆に愛誦してもらうために編んだのが文語詩だと繰り返し書いてきたが、それにしては、あまり大衆的ではない登場人物であるように思われるかもしれない。しかし、「一百篇」の「医院」では医学士を、「〔水楢松にまじらふは〕」では、銀行家（？）とその息子を題材にしていたことを思えば、ここで岩手に住む様々な境遇の人の一例として、近代的なエリートが描かれていたとしても不思議ではないだろう。

先行研究

島田隆輔Ａ「『文語詩稿』構想試論『五十篇』と『一百篇』の差異」（「国語教育論叢４」島根大学教育学部国文学会 平成六年二月）
赤田秀子「車窓のうちそと「保線工手」を中心に」（「ワルトラワラ13」ワルトラワラの会 平成十二年八月）
小川達雄「鬼越山の瑪瑙」（『隣に居た天才 盛岡中学生宮沢賢治』河出書房新社 平成十七年五月）
島田隆輔Ｂ「「伯楽」と「ばらのむすめ」と／文語詩稿『車中〔二〕』」（『文語詩稿叙説』）
信時哲郎Ａ「車中〔二〕」（『五十篇評釈』）
島田隆輔Ｃ「４２ 車中〔一〕」（「宮沢賢治研究 文語詩稿五十篇・訳注５」（未刊行）平成二十四年一月）
信時哲郎Ｂ「宮沢賢治「文語詩稿 一百篇」評釈六」（「甲南国文62」甲南女子大学国文学会 平成二十七年三月）
島田隆輔Ｄ「５７ 車中〔二〕」（「宮沢賢治研究 文語詩稿一百篇・訳注Ⅱ」（未刊行）平成二十九年五月）
信時哲郎Ｃ「「五十篇」と「一百篇」賢治は「一百篇」を七日で書いたか 上」（「賢治研究135」宮沢賢治研究会 平成三十年七月→終章）
信時哲郎Ｄ「「五十篇」と「一百篇」賢治は「一百篇」を七日で書いたか 下」（「賢治研究136」宮沢賢治研究会 平成三十年十一月→終章）

58　化物丁場

①すなどりびとのかたちして、　つるはしふるふ山かげの、
　化物丁場しみじみと、　水湧きいでて春寒き。

②峡のけむりのくらければ、　山はに円く白きもの、
　おそらくそれぞ日ならんと、　親方《ボス》もさびしく仰ぎけり。

大意

漁夫のすがたをしながら、鶴嘴を振り上げる山かげに、
化物丁場ではしみじみと、水が湧き出ているが春はまだ寒さが厳しい。
谷川にはもやがかかって薄暗く、山の端には円く白いものが見えているが、
たぶん太陽であろうと感じられる程度のたよりなさで、親方もさびしげにそれを見上げるだけだった。

モチーフ

散文「化物丁場」を既に読んだ者にはおなじみのテーマだが、もし、何の知識もない読者が文語詩だけを読んだら、寒くて暗い化物のような恐ろしい工事現場で、太陽を見ることもできず、親方さえもさびしくそれを仰ぐだけだという労働の苦しさと厳しさが描かれた作品であるように読めるはずだ。賢治は開業したての路線にはすぐ乗りに出かけていくほどの鉄道ファンで、工事現場にまで出かけていたようだが、散文「化物丁場」が自らの体験に基づくものであるとすれば、鉄道工夫から直接聞いた化物丁場の話に、賢治はいたく興味を引き付けられたようだ。ただ、本作の改稿過程を検証してみると、自らの鉄道趣味を封印し、労働の厳しさを前面に出そうとしていたようである。

語注

化物丁場　丁場とは工事区間のこと。散文「化物丁場」によれば、橋場軽便線（現・田沢湖線）の延長工事の際、工事が終わったと思っても、理由もわからぬうちに崩壊してしまう区間を、工夫たちはこのように呼んでいたらしい。

すなどりびと　「砂を取る」ではなく「漁夫」の古名で、「すなどり」に「人」を重ねて言ったもの。その「かたち」というのは服装を指す。散文「化物丁場」には、「赤い毛布でこさえたシャツを着たり、水で凍えないために、茶色の粗羅沙で厚く足を包んだりしてゐる」とあることから、寒い海で漁をする時の、こうした服装のことを言ったのであろう。「歌稿〔B〕」の「大正六年七月」の章に「630 高原の／白日輪と／赤毛布シヤツにつくりし鉄道工夫と。」とある。「アザレア4」（大正六年十二月）に「好摩の土」として発表された短歌のうちの一つでもあるので、馬車鉄道の岩北軌道（好摩から平舘まで）の工事をしていた鉄道工夫の姿かと思われる。鉄道ファンだった賢治は鉄道工夫のいでたちにまで関心を抱いていたようだ。

評釈

「〔冬のスケッチ〕」の第一〇・一一葉に書かれた下書稿㈠、黄罫（220行）詩稿用紙の裏面に書かれた下書稿㈡（藍インクで(了)。表面は宮沢商会の広告文下書）、黄罫（220行）詩稿用紙表面に書かれた下書稿㈢（タイトルは「化物丁場」）、その裏面に書かれた下書稿㈣（青インクで㊢）、定稿用紙に書かれた定稿の五種が現存。生前発表なし。散文「化物丁場」は関連作品。

「〔冬のスケッチ〕」の第一〇・一一葉に書かれた下書稿㈠は次のとおり。

雪融の山のゆきぞらに
一点白くひかるもの
恐らくは白日輪なりなんを
ひとびとあふぎはたらけり。

二行目までが第一〇葉、三行目からが第一一葉に書かれている。「〔冬のスケッチ〕」は、その成立年代や順序、取材日がはっきり特定できていないが、この二葉が連続していることはほぼ確実で、また、これが和賀川を遡った際の連作のうちの一部であることについてもほぼ確実である。同一日の取材による文語詩には、「一百篇」の「早春」や「廃坑」、「未定稿」の「〔二川こゝにて会したり〕」がある。

下書稿㈡では、化物丁場の文字が現われ、この段階から和賀川での経験と橋場軽便線の工事現場を見に行った際の経験が融合する。

栗うちけぶる山裾に

赤きシャツまた荒縞の
すなどり人のかたちして
つるはしふるふ人の群

ひとひすぐなる崖成せば
その夜はやがてはみ出づる
化物丁場しみじみと
春ちかくして雲さむし

雪げの山のゆきぞらに
一点白くひかるもの
恐らくそれは日ならんと
ひとびとあふぎはたらけり

和賀川での経験と雫石川での経験が、なぜ融合したのかと思われるかもしれないが、散文「化物丁場」では、賢治と思われる人物が、黒沢尻駅（現・北上駅）から東横黒軽便線に乗り換えた車中で、橋場線の工事を担当していたという工夫から化物丁場の話を聞くことと関わりがあるように思う。

　さらに言えば、賢治は工事現場を見に行くほどの鉄道ファンで、たとえば大正四年八月二十九日の高橋秀松宛書簡では「鉄道工事で新しい岩石がたくさん出てゐます」と書き送っているが、これは岩手軽便鉄道の工事現場を見るために十二里ほど歩いた時のものである（信時哲郎「鉄道ファン・宮沢賢治　大正期・岩手県の鉄道開業日と賢治の動向」「賢治研究96」宮沢賢治研究会 平成十七年七月）。散文「化物丁場」には、「西の仙人鉱山に、小さな用事があ」ったために横黒線に乗ったのだとあるが、この頃、ちょうど横黒線の和賀仙人から大荒沢間が工事中であったから（大正十三年十月二十五日開業）、この時の「用事」というのも、おそらくその現場を見に行くためであったのだろう。さらに、散文「化物丁場」には、「十一月の六七日頃」（大正十一年）に、主人公が橋場線の「化物丁場」を訪ねたとも書いてあるから、そんな意味でも橋場線と横黒線での経験や描写が混同されたとしても無理はないだろう（あるいは意識的に入れ替えたのかもしれない）。

　散文「化物丁場」には、

　私は、あのすきとほった、つめたい十一月の空気の底で、栗の木や樺の木もすっかり黄いろになり、四方の山にはまっ白に雪が光り、雫石川がまるで青ガラスのやうに流れてゐる、そのまっ白な広い河原を小さなトロがせわしく往ったり来たりし、みんなが鶴嘴を振り上げたり、シャベルをうごかしたりする景色を思ひうかべました。それからその人たちが赤い毛布でこさえたシャツを着たり、水で凍えないために、茶色の粗羅沙で厚く足を包んだりしてゐる様子を眼の前に思ひ浮べました。

といった描写がなされているが、文語詩の下書稿㈡にあった「栗」「赤きシャツ」「荒縞の／すなどり人のかたち」とはイメージが共有されているように思う。ここには、自然災害の恐ろしさや労働の厳しさよりも、自然の中で仕事をすることのすがすがしさ、鉄道趣味が満喫できることの喜びが描かれているように感じられる。

さて文語詩の下書稿㈢でも三連形式は維持されるが、下書稿㈣では、二連形式に構成され直す。

すなどりびとのかたちして
つるはしふるふ山かげの
化物丁場しみじみと
水うち湧きて巌赭し

［二月の霧のくら→(削)］
峡のけむりのさむければ
山はに円く白きもの
おそらくそれぞ日な［んと→(削)］らんと
ひとびと仰ぎはたらけり

先にあげた下書稿㈡に比べると情景描写が省かれて、ひきしまるが、色彩に乏しく、寒々しい感じがする。『新校本全集』の校異によれば、賢治はさらに次のような手入れを施し、定稿に接続させている。

1行　［(ナシ)→かり⇩(削)］すなどり［『びと→(削)』⇩びと］のかたちして
4行　水［うち→(削)］湧き［(ナシ)→出で］て［巌赭し→春『近き→寒き』］
6行　峡のけむりの［さむ→くら］ければ
9行　［ひとびと仰ぎはたらけり→『親方→(削)』］親方《ボス》『は→ぞ→も』『仰ぎて立ちにけり→さびしく仰ぎけり（末尾の「り」を「る」とし、また「り」に戻す）』］

定稿は、ほぼこの手入れに従って書かれるわけだが、四行目の「巌赭し」は「春近き」を経て、「春寒き」に改変される。「巌赭し」は、工夫たちの「赤きシャツ」の描写が消えてから、ほとんど唯一の暖色であったが、ここで削除される。かわりに登場した「春」だが、「近き」の案が早々に捨てられて「寒き」で定稿となっている。また、この寒々とした改変によって、「しみじみと／水うち湧」くという句からも、冷たい水の流れてくる劣悪な仕事場だというイメージが湧くことになる。

六行目の「さむければ」は、前連に「寒き」が登場したことから、重複を避けて改変されたのだろうが、それによって化物丁場がただ寒いというだけでなく、暗いところでもあるというイメージまで背負わされることになっている。

　九行目は白く出た太陽を「ひとびと」が「仰ぎはたらけり」と、太陽に向かって人々が働く様子が描かれていたのが、手入れの段階で、ボスでさえも、ただ「さびしく」太陽と思われる方向を仰ぐだけで終わっている。

　本作を散文「化物丁場」を既に読んだ後、あるいは賢治の鉄道趣味を知っている目で読めば、賢治が興味を持った「化物丁場」の命名の妙や鉄道工夫との軽妙な会話、美しい自然描写が思い浮かぶかもしれない。また、「近距離の汽車にも自由に乗れ」（「序」「春と修羅　第二集」）たと自ら書いたように、鉄道趣味を満喫した教員時代のことなども思い浮かべることができそうだ。しかし、もし、そうした知識が全くない状態で読んだとしたら、果たして本作の読後感はどうなったであろう。そもそもタイトルからして「化物丁場」である。童話「〔ペンネンネンネンネン・ネネムの伝記〕」であれば、「ばけもの世界」や「ばけものパン」が出て来ても、だれも恐ろしく感じることはないだろうが、現実世界において「化物丁場」と綽名される工事現場で仕事をしたいと思う人は、おそらくいないであろう。

　春と言ってもまだ寒い頃に、しみじみと水が湧きだすために、漁師のように「茶色の粗羅沙で厚く足を包んだりして」防寒・防水対策を施さなければいけない職場である。しかも、そこは暗く、太陽さえもはっきり見えず、現場監督まで「さびしく」させるような場所なのである。杉浦静（後掲）は、文語詩について「〈化物丁場〉のありようではなく、そこに働く人々の姿が焦点化されている。詩人は、シジュフォスの労働に重なるような、〈化物丁場〉で働く工夫たちの労働そのもの、一断面を切り取って見せることに、この詩の主眼をおいている」とするが、その通りであると思う。

　思えば、工夫の苦労を顧みることなく、賢治は散文「化物丁場」を楽しげに書きすぎていたようにも思える。もしかしたら自らの鉄道趣味にほだされて、本質を見誤ったという反省があったのかもしれない。もちろん文語詩の中には、車窓に流れる風景を描いた「一百篇」の「〔鷺宿はこの月の夜を雪ふらし〕」などをはじめ、鉄道趣味に満ちた作品もある。しかし、「五十篇」の「〔いたつきてゆめみなやみし〕」のように、鉄道工事が終了すると、解雇されて、路上生活を強いられる朝鮮人労働者たちの行く末を思いやるような詩を書いてもいる。本作の改稿過程を精査して定稿を読んでみれば（あるいは散文「化物丁場」の印象に捉われない目で読み直してみれば）、重労働を課せられた鉄道工夫たちの惨状が描かれた作品、すなわち「〔いたつきてゆめみなやみし〕」のような、社会の暗部にスポットをあてようとした作品だったということになるのかもしれない。

　辻泉（『鉄道少年たちの時代　想像力の社会史』勁草書房　平成三十年七月）によれば、昭和四年九月に初めての鉄道雑誌「鉄道」が創刊され、昭和九年には慶應義塾大学に鉄道研究会が設立されたという。大正時代には鉄道の可能性や将来に興味を抱いていた賢治も、昭和になって鉄道趣味が一般化しはじめると、プロレタリア文学的な視線で鉄道を眺めるようになっていたのかもしれない。

先行研究

渡辺幸子「賢治の文語詩について」（「北流8」岩手教育会館出版部 昭和四十九年十月）
斎藤文一「ナメクジとブタと錬金術《アルヘミー》、その他」（『宮沢賢治とその展開 氷窒素の世界』国文社 昭和五十一年十月）
宮城一男「化物丁場」（『宮沢賢治 地学と文学のはざま』玉川大学出版部 昭和五十二年四月）
小野隆祥「幻想的展開の吟味」（『宮沢賢治 冬の青春』洋々社 昭和五十七年十二月）
栗谷川虹「気圏オペラ（第二部）」（『宮沢賢治 見者の文学』洋々社 昭和五十八年十二月）
佐藤勝治「大正八年説の崩壊・拾遺三篇」（『宮沢賢治青春の秘唱〝冬のスケッチ〟研究』十字屋書店 昭和五十九年四月）
小沢俊郎「成りてはやがて崩るてふ」（『小沢俊郎宮沢賢治論集3』有精堂 昭和六十二年六月）
島田隆輔A「〔冬のスケッチ〕現状に迫る試み／現存稿（広）グループ・標準型㈠における」（「宮沢賢治研究 Annual8」宮沢賢治学会イーハトーブセンター 平成十年三月）
外山正「化物丁場」（『宮沢賢治 文語詩の森』）
杉浦静「宮沢賢治「化物丁場」考」（「大妻国文36」大妻女子大学国文学会 平成十七年三月）
小林俊子「詩歌」（『宮沢賢治 絶唱 かなしみとさびしさ』勉誠出版 平成二十三年八月）
信時哲郎「宮沢賢治「文語詩稿 一百篇」評釈六」（「甲南国文62」甲南女子大学国文学会 平成二十七年三月）
島田隆輔B「58 化物丁場」（「宮沢賢治研究 文語詩稿一百篇・訳注Ⅱ」〔未刊行〕平成二十九年五月）

59　開墾地落上

①白髪かざして高清は、　　ブロージットと云へるなり。
②松の岩頸　春の雲、　　コップに小く映るなり。
③ゲメンゲラーゲさながらを、　　焦げ木はかっとにほふなり。
④額を拍ちて高清は、　　また鶯を聴けるなり。

大意

白髪をふりかざして高清は、　乾杯の音頭を取る。

松の生えた岩頸と春の雲が、　コップに小さく映っている。

土地はゲメンゲラーゲ（混在耕地制）さながらに分割され、　伐採された木もゲメンゲラーゲの図そのもので今も焦げたにおいを漂わせたままである。

高清は自ら額をうって、　春先の鶯の声に耳を傾けた。

モチーフ

開墾が完成した祝賀会が舞台なのだろう。他の作品にも顔を出す高清が、　ここでは村会議員として乾杯の音頭を取り、　ご満悦のようだ。口語詩も文語詩も、開墾の完成を祝い、ユーモアを含んで描かれた明るい作品だが、関連作品の書かれた「詩ノート」で同日の作品を読むと、この程度の開墾によって村人の生活が抜本的に改められることはないだろうというリアルな認識が根底にあったようだ。

語注

開墾地落上　『定本語彙辞典』は「落成の意であろう。落成はラクジョウとも読むのでそう書いたか」とする。島田隆輔（後掲A）は、大正八年に開墾助成法が公布され、農地確保が奨励されていたことを紹介し、「事業の施行は大正１１年から活発となり、昭和３年から激増している。これを郡別にみると平坦部では岩手・紫波・稗貫・和賀郡に多く、山間地帯では上閉伊が多い」という『岩手県農業史』（岩手県　昭和五十四年一月）を引用する。

高清　口語詩や文語詩に登場する農村の指導者的立場にある人物。高橋清一、高橋清吉などの略称だろう。口語詩にも登場するが、実在の人物を描いたのではなく、複数のモデルがおり、虚構化も施されているのだろうと思う。本作について言えば、関連作品から湯口村の村長・阿部晁がモデルになっているようだ。

ブロージット　ドイツ語（Prosit）で「乾杯」や「おめでとう」の意。童話「ポラーノの広場」ではデステゥパーゴにも言わせている。『定本語彙辞典』では「正しくはプロージット」。「方言の影響でか賢治はｐ音とｂ音をよく混同する」とある。ただし本作の下書稿手入れでは「プロージット」と書いている。

岩頸　童話「楢ノ木大学士の野宿」における賢治自身の説明をあげれば、「岩頸といふのは、地殻から一寸頸を出した太い岩石の棒である。その頸がすなはち一つの山である。えゝ。一つの山である。ふん。どうしてそんな変なものができたといふなら、そいつは蓋し簡単だ。えゝ、こゝに一つの火山がある。熔岩を流す。その熔岩は地殻の深いところから太い棒になってのぼって来る。火山がだんだん衰へて、その腹の中まで冷えてしまふ。熔岩の棒もかたまってしまふ。それから火山は永い間に空気や水のために、だんだん崩れる。たうとう削られてへらされて、しまひには上の方がすっかり無くなって、前のかたまった熔岩の棒だけが、やっと残るといふあんばいだ。この棒は大抵頸だけを出して、一つの山になってゐる。それが岩頸だ」。岩手県の矢巾や雫石の近辺にはこの岩頸による奇妙な形の山が多いが、関連作品と思われる「詩ノート」の「一〇五九〔芽をだしたために〕一九二七、五、九、」には、「こゝはひどい日蔭だ／ぎざぎざの松倉山の下のその日蔭である／あんまり永くとまってゐたくない」

とあることから、賢治がこの日、湯口村の松倉山（三百八十四m）の近くまで電車に乗ってやって来たことがわかるが、続けて「けれどもいったい／これを岩頸だなんて誰が云ふのか」と書いている。ただ、『春と修羅（第一集）』の「風景とオルゴール」で、「松倉山や五間森《ごけんもり》荒つぽい石英安山岩《デサイト》の岩頸から」と書いていたことを思うと、賢治は松倉山をはじめとした湯口村の山々をどう思っていたのかわからない。ともあれ本作は、湯口村に出かけた時の経験を元にしながらも虚構化されている箇所も多い作品であると解しておくことにしたい。ちなみに鈴木健司（「「岩頸」意識について」『宮沢賢治の地的想像力 ＜心象＞と＜現実＞の谷をわたる』蒼丘書林 平成二十三年五月）によれば、松倉山や五間森は岩頸ではないとのこと。

ゲメンゲラーゲ 『定本語彙辞典』によれば、ドイツ語（Gemengelage）で、「地主の農地があちこちに散在していること。散在耕圃。村落共同体内の偏った地味や地質の不平等を取り除き、なるべく公平にするための制度」だという。大塚久雄（「共同体と土地占取の諸形態」『共同体の基礎理論』岩波書店 平成十二年一月。原著は昭和三十年七月刊行）によれば、ゲルマン的な共同体では、㈠宅地および庭畑地、㈡共同耕地、㈢共同地の三層に明白に区分されており、㈡の共同耕地は、三十〜六十ほどの耕区に分かれており、「各村民（＝家族経済）はこの各「耕区」にいくばくかの大きさの、たとえば一エイカー（＝モルゲン）ないし二分の一エイカーというような「耕地片」を私的に占取し、この各「耕区」に分散している耕地片の総体が彼の所有する「耕地」を形づくる。これがいわゆる「混在耕地制」Gemengelage である（単なる耕地の分裂や耕地片の散在の事実と区別しなければならない）」とする。小沢俊郎（「語註」『新修宮沢賢治全集 第六巻』）は、ゲメンゲラーゲを「燃え残りの切株の点在から連想」したのだとするが、イメージがつかみにくい。大塚も引用しているマックス・ウェーバーの『社会経済史原論』（日本での最初の訳本は岩波書店から昭和二年十二月に黒正巌の訳で刊行されている）の三十七ページには、右に掲げたような図が掲載されている。伐採木の断面を見て、賢治がこの図を連想した可能性について小沢は言っていたのかもしれない（Ⅲの部分が共同耕地で、共同のための制度がゲメンゲラーゲ）。賢治は開墾地の分割について、まさにゲメンゲラーゲ「さながらである」と思い、ま

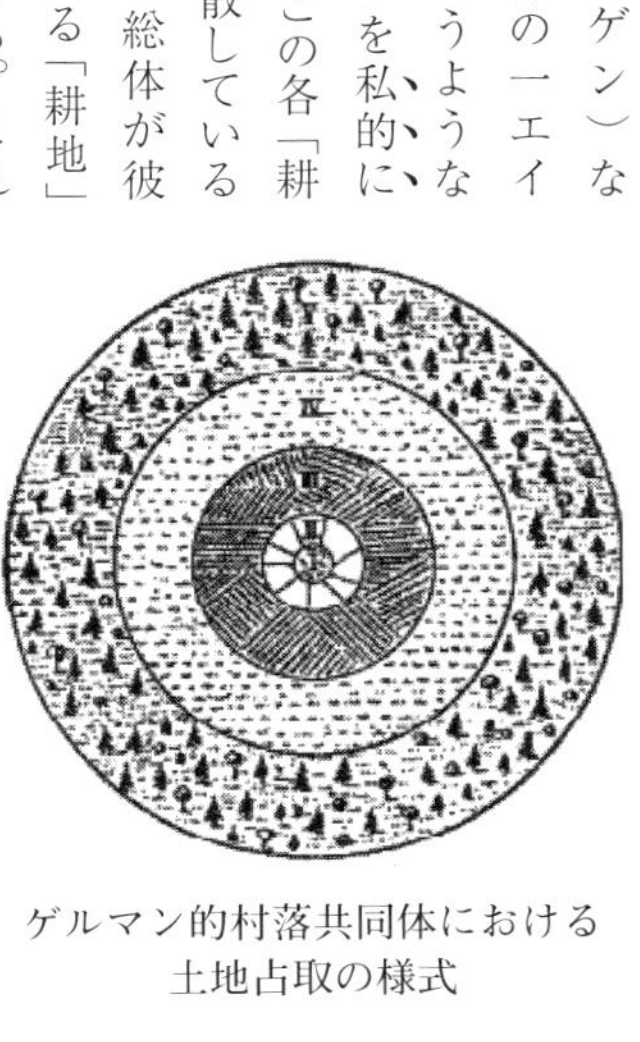

ゲルマン的村落共同体における
土地占取の様式

た、切り株についてもゲメンゲラーゲ「さながらだ」と書いたのだと捉えておきたい。昭和十五年十二月の『十字屋版宮沢賢治全集』の「語註」では「子持岩床（体）或は礫岩床（体）のこと」とあった。

評釈

黄罫（2222行）詩稿用紙表面に書かれた下書稿（鉛筆で㋔）。タイトルは手入れ時に「開墾地配分」→「開墾地落上」）、定稿用紙に書かれた定稿の二種が現存。生前発表なし。

先行作品の指摘はされていないが、後述するように「未定稿」の「開墾地〔断片〕」は本作の断片稿であろう。したがって、その先行作品である「春と修羅 第三集」の「一〇五九 開墾地検察五、九、」が、本作の先行作品ということになりそうだ。また、「詩ノート」に残された同日取材の六篇も関連作品ということになる。

また、「高清」の登場する一連の作品も、広い意味での関連作品と言ってよいだろう。「春と修羅 第二集」所収の口語詩「三六八 種山ヶ原 一九二五、七、一六、」から派生した「春と修羅 第二集補遺」の「〔おれはいままで〕」、「〔行きすぎる雲の影から〕」、「〔朝日が青く〕」、『新校本全集 第五巻』所収の口語詩「〔高原の空線もなだらに暗く〕」である。また、「一百篇」の「〔ひかりものすとうなゐごが〕」にも下書段階で「高清」が登場する。

小沢俊郎（「高清氏登場」「四次元153」宮沢賢治研究会 昭和三十八年十月）は、口語詩に登場する高清のイメージを「旧家の主、それだけの矜持を失なわず、没落していながら誇りを捨て切れない。仕事に対して熱心で冷静な計算もするくせ、政治力がなく事業を次々計画しては失敗してゆく。しかし皆の先に立って事業を起す意義を感じている。人の心を見抜く心理洞察の明もありながら、けっきょくは落魄してゆく姿には一種の落着いた風格さえみられる」とまとめている。小沢（後掲）は、後になって本作で「高清」が登場することに気付くが、文語詩に登場する「高清」のイメージも口語詩と矛盾しないと言う。小沢は「高清」を同一の、実在する人物だと思っているようだが、モデルはいたにしても、同一の人物であるとは考えにくく、何人かの人物をモデルにしているように思える。

さて、文語詩の下書稿では、「高清」は村会議員になっており、場所は開墾記念の祝賀会のようだ。

白髪あたまを日にかざし
村会議員高清は
ビールの泡と云ひにけり

百姓たちのコップには
（数文字不明）春の雲
（数文字不明）て映りける

ゲメンゲラーゲさながらに
持ち分をわけし荒畑は
焦げ木（以下不明）

双の平手にぴたぴたと
額《ひたひ》を叩き　高清は
また（二字不明）を（一字不明）かしめつ
鶩またもなけるなり

「未定稿」には「開墾地〔断片〕」が収められているが、青年団が総出で桜を切って開墾し、それを焼いたという内容のようで、本作との関係は深いと思う。

開墾地
〔断片　一〕
焦ぎ木のむらはなほあれば
山の畑の雪消えて
〔断片　二〕
青年団が総出にて
しだれ桜を截りしなり

この文語詩「開墾地〔断片〕」は、「春と修羅 第三集」所収の「一〇五九 開墾地検察 一九二七、五、九、」の紙面に書かれていることから、その口語詩が先行作品だということになろうが、文語詩「開墾地」と文語詩「開墾地落上」が関連しているとすれば、「詩ノート」の「一〇五九 開墾地検察」との関連も深いということになろう。

「詩ノート」には同日日付の作品が六つあり、内容が重なる部分もあることから関連作品だと言えるが、小沢（「二七・五・九の作品」「四次元142」宮沢賢治研究会 昭和三十七年十月）によれば、この作品群は「賢治詩中の第一級ではないだろうが、賢治的特色の豊かな作といえよう」という。

さて、「一〇五九 開墾地検察 一九二七、五、九、」は、次のような作品だ。

……墓地がすっかり変ったなあ……
……なあにそれすっかり整理したもんでがす……
……ここに巨きなしだれ桜があったがねえ……
……なあにそれ
青年団総出でやったもんでがす
観音さんも潰されあした……
……としよりたちが負けたんだねえ……
……なあに総一ぁたった一人できかなぐなって

それで誰《だ》っても負げるんでがんす……
……苗圃のあともずゐぶんひどく荒れたねえ……
……なあにそれ
お上でうんと肥料したづんで
これで六年無肥料でがす……
……あちこち茶いろにぶちだしてゐる……
……はあ、
苹果の枝　兎に食はれあした
桜んぼの方は食ひあせんで
桃もやっぱり食はれあした……
……兎はとらなけあいけないよ
それでも兎の食はない種類といふんなら
花には薔薇につつじかな
果樹ではやっぱり梅だらう……
……桜んぼの方は食ひませんで
苹果と桃をたべたので……
……そらそら
その苹果の樹の幽霊だらう
その谷そこに突ったたって
いっぱい花をつけてるやつは……
……はあ……
……針金製の鉄索か
この崖下で切り出すんだな……

……はあ　鉛の丸五の仕事でがあす……
……そんなにこれが売れるかねえ……
……はあ
耐火性だって云って売ってます……
……耐火性さなこの石は
あれだな開墾地は……
……はあ
上流の橋渡って参りあす……

同日の取材による「一〇五八 電車 一九二七、五、九、」には、「逞しい村長の肩」や「さあっと曇る村長の顔」、「いま晴れわたる村長の顔」といった詩句があることから、おそらく賢治は湯口村（現・花巻市湯口、鉛、鍋倉などを含む）の村長であった阿部晁（任期は大正十三年三月〜昭和九年一月）と同道で開墾地の「検察」に来たのではないかと思う。賢治は阿部を「名誉村長」として「五十篇」の「〔さき立つ名誉村長は〕」などで取り上げ、交流も深かった。阿部の日記である「家政日誌」（栗原敦・杉浦静「「家政日誌」による宮沢賢治周辺資料」「宮沢賢治研究 Annual15」宮沢賢治学会イーハトーブセンター 平成十七年三月）には、この日の記述が見あたらないが、湯口村内の開墾を記念する祝賀会が開催されたなら、村長が乾杯の音頭を取るのは自然な流れなので、少なくともこの文語詩における「高清」のモデル候補としては、阿部をあげておいてよいだろう。

さて、口語詩「一〇五八 電車」も「一〇五九 開墾地検察」も、ユーモラスで軽やかな調子であり、文語詩もそれを受けたかのような明るい調子だが、同一日付の「詩ノート」の「一〇六三〔これらは素樸なアイヌ風の木柵であります〕五、九、」は、次のように書かれている。

斯ういふ角だった石ころだらけの
いっぱいにすぎなやよもぎの生えてしまった畑を
子供を生みながらまた前の子供のぼろ着物を綴り合せながら
また炊爨と村の義理首尾とをしながら
一家のあらゆる不満や欲望を負ひながら
わづかに粗渋な食と年中六時間の睡りをとりながら
これらの黒いかつぎした女の人たちが耕すのであります
この人たちはまた
ちゃうど二円代の肥料のかはりに
あんな笹山を一反歩ほど切りひらくのであります
そして
ここでは蕎麦が二斗まいて四斗とれます
この人たちはいったい
牢獄につながれたたくさんの革命家や
不遇に了へた多くの芸術家
これら近代的な英雄たちに
果して比肩し得ぬものでございませうか

開墾地を検察し、おそらくは祝賀会にも出席しただろう賢治だが、この程度の開墾では、彼らの生活が抜本的に変わる切り札になり得なかったことを見抜いている。島田隆輔（後掲A）は、「下書の開始形には「百姓たち」の姿もみえていた。詩人はそれを抹消して定稿化に向かうと、舞台では「高清」ただひとりがご満悦なのである」としている。また、『定本語彙辞典』にはゲメンゲラーゲについて「マルクス主義でも土地占有の平等制度として評価」されていると書かれているが、山間のわずかな土地を仲間で分け合ったところで、安泰な将来が望めそうにないことを、賢治は十分に知っていたのである。

「詩ノート」には、六日前の日付で「一〇五三 政治家 一九二七、五、三、」があり、そこには政治家のことを「ひとさわぎおこして／いっぱい呑みたいやつらばかりだ」とし、「まもなく／さういふやつらは／ひとりで腐って／ひとりで雨に流される」と書いていた。また、同日の「一〇五五〔こぶしの咲き〕五、三、」では、自分も関わった花巻温泉の遊園地について「紅い一つの擦り傷」だとし、「一〇五六〔サキノハカといふ黒い花といっしょに〕」では、「革命がやがてやってくる」と過激な言葉を使ってもいた。

しかし、「詩ノート」の「一〇六二〔墓地をすっかり square にして〕五、九、」には、次のようにも記している。

日あたりの荒い岩かどを
巡礼のこゝろもちで
つゝましく
西の温泉から帰ってくる
百姓の家族たち

賢治は時に社会に対する怒りを過激な言葉で綴ることもあったが、社会から疎外され、搾取されているはずの開墾地の百姓の家族たちは、楽しそうに温泉から帰ってきているのである。それをまやかしであると指摘したところで、賢治自身、何ら解決策を示せるわけでもない。さすれば、自分たちが土地に縛り付けられた存在であることなど意識もせず、楽しく温泉につかっている方がよほど幸せなのではないだろうか…「ゲメンゲラーゲ」という重々しい語、やはり濁音を含んだ「焦げ木」という語、そして、どこからともなく漂ってくる「焦げ木」の匂いを演出することで、全体としては明るくユーモラスに仕立てながら、ほろ苦さも漂わせざるを得なかった、ということではないかと思う。

先行研究

小沢俊郎「秋田駒から早池峯へ　岩手紀行」（「四次元154」宮沢賢治研究会　昭和三十八年十一月）
島田隆輔Ａ「原詩集の輪郭」（「宮沢賢治　文語詩稿の成立」）
信時哲郎「宮沢賢治「文語詩稿　一百篇」評釈六」（「甲南国文62」甲南女子大学国文学会　平成二十七年三月）
島田隆輔Ｂ「５９　開墾地落上」（「宮沢賢治研究　文語詩稿一百篇・訳注Ⅱ」〔未刊行〕平成二十九年五月）

60 〔鶯宿はこの月の夜を雪ふるらし〕

鶯宿はこの月の夜を雪ふるらし。
鶯宿はこの月の夜を雪ふるらし、　黒雲そこにてたゞ乱れたり。
七つ森の雪にうづみしひとつなり、　けむりの下を逼りくるもの。
月の下なる七つ森のそのひとつなり、　かすかに雪の皺たゝむもの。
月をうけし七つ森のはてのひとつなり、　さびしき谷をうちいだくもの。
月の下なる七つ森のその三つなり、　小松まばらに雪を着るもの。
月の下なる七つ森のその二つなり、　オリオンと白き雲とをいたゞけるもの。
七つ森の二つがなかのひとつなり、　鉱石《かね》など掘りしあとのあるもの。
月の下なる七つ森のなかの一つなり、　雪白々と裾を引くもの。
月の下なる七つ森のその三つなり、　白々として起伏するもの。

七つ森の三つがなかの一つなり、　貝のぼたんをあまた噴くもの。
月の下なる七つ森のはての一つなり、　けはしく白く稜立てるもの。
稜立てる七つ森のそのはてのもの、　旋り了りてまこと明るし。

大意

鶯宿ではこの月の夜に雪が降っているようだ。
鶯宿ではこの月の夜に雪が降っているようだ、　黒雲がそこでわきたって乱れている。
七つ森の雪に埋もれた一つが、　汽車の煙の下に迫って来ている。
月の下にある七つ森の一つは、　かすかに雪の皺が見えている。
月の光をうけている七つ森の一番はじの山は、　さびしい谷を持っている。
月の下にある七つ森のうちの三つは、　小松がまばらに生えて雪を纏っている。
月の下にある七つ森のうちの二つは、　オリオンと白い雲をかぶっている。

七つ森のその二つのうちの一つには、　かつて鉱石などを掘った跡がある。

月の下にある七つ森のうちの一つは、　雪を白々と裾まで引いている。

月の下にある七つ森の三つは、　白々として起伏している。

七つ森のその三つのなかの一つは、　貝のボタンのような雲をたくさん吹き出している。

月の下にある七つ森のはじの一つは、　けわしく白く稜線が見えている。

稜線のはっきりした七つ森の一番はじにあるところまで、　全てをめぐり終わってみると明るく感じられる。

モチーフ

賢治は「七つ森」をよく取り上げた。また、鉄道ファンだけあって、列車の窓から見える景色についても、人一倍、興味を持っていたようだ。実況放送のように見えてくる山の様子を連呼して、窓外の景色を映画のように実感させようとしたのだと思われる。ただ、賢治が七つ森をどのような山であると思っていたのかを、他の作品や証言などから考えてみると、案外、七つ森の禍々しさや怖ろしさを伝えようとした作品であったのかもしれない。

語注

鶯宿　岩手郡雫石町にある温泉。読み方は「おうしゅく」。天正年間に加賀から移り住んだきこりが、ウグイスが傷を癒していたのを見つけて温泉を発見し、命名したとされる。

七つ森　盛岡市と岩手郡雫石町の境界付近にある丘。標高はそれぞれ三百mほどだが、賢治は多くの作品に登場させている。丘の数や名称はまちまち。国土地理院の地形図では、生森、松森山、塩ヶ森、鉢森、勘十郎森、三手ノ森の六つが載っているが、雫石町の七つ森森林公園の案内によれば、生森《おおもり》、石倉森、鉢森、三角《みかど》森、見立森《みてのもり》、勘十郎森、稗糠《ひえぬか》森の七つ。岡沢敏男（後掲）は、「橋場線の下り列車から描写されていることは間違いない」というが、明確な根拠は示されていない。ただ、「旋り了りて」を線路が大きく曲がっているということを指すのであれば、下り線で七つ森を通り過ぎた後に90度近いカーブがあり、ここを指している可能性はある。ただ、橋場線自体が七つ森を迂回するように敷設されているので、上り列車であったとしても「旋り了りて」の形容がふさわしくないというわけではない。また、岡沢（後掲）は、本作で賢治は七つ森を三つのグループに分類しているともいうが、後述するように賢治自身「たうたうぼくは一つ勘定をまちがへた」（「第四梯形」『春と修羅（第一集）』）とも書き、弟・清六にむかって、「（七つ森は）お化け煙突みたい」だと語っていることから（宮城一男 後掲）、どこから見える山が何山であるとも認識できなかったと考えられる。したがって具体的な山をあてはめようという試みは、あまり意味を持たないように思う。

鉱石　吉見正信（後掲）によれば「七つ森に鉱石があった記録は今のところ見当たらない。詩は石倉森を指しているらしいが」とする。

貝のぼたん　吉見（後掲）は、「西山地区や高倉山（雫石スキー場）付近から化石が出土したり、御所地区付近から土器が出土したりするので、それらに＜貝＞にかかわるものがあってのそれを指してのことなのか。雫石に出土する土器には＜貝殻文様＞や＜貝殻条痕文＞のものがあるが、はたして賢治が知っていたことは、七つ森に関してどういうことなのであったろう」とする。また、小林俊子（後掲）は、「松が雪を被った姿から連想されたのかもしれない」とする。ただ、「あまた噴くもの」という言葉から考えれば、山の上に小さな雲か星が出ていたことを表現したと考えるべきかもしれない。

旋り了りて　小林（後掲）は、「＜旋る＞（めぐる）は、何度も繰り返し回るの意味である。実際には通り過ぎたのであるから「巡る」を使うべきであるが、賢治の誤使用でなければ、賢治の心では七つ森が繰り返し思い返されていたことを示すのであろう」とするが、下書稿㈡に「月の下にて七つ森／うしろにめぐり汽笛なれり」ともあるように、七つ森の附近で線路が曲がっている所があるために「めぐる」としただけで、「旋る」の用字には特にこだわっていなかったように思う。

評釈

黄罫（２２０行）詩稿用紙表裏に書かれた下書稿㈠（タイトルは「橋場線七つ森下を過ぐ」）、その下の余白に書かれた下書稿㈡（タイトルなし。赤インクで㊢）、定稿用紙に書かれた定稿の三種が現存。生前発表なし。定稿に丸番号の表記はない。

下書稿㈠は定稿とほぼ同じ内容で十三連構成。下書稿㈡は十六連構成で、定稿に採用されなかったものには、「野は雪青くかゞやきて／けむりの影もあきらけし」（三連目）、「七つ森は月うけて／雪のはざまにねむるなり」（五連目）、「雪のいなむらしろけむり／でんしんばしら黒の影」（十四連目）がある。

　さて、本作は五音にも七音にもあまり縛られることなく、下の句ばかりでなく、上の句にも少しずつ変化を持たせながら橋場線（現・田沢湖線）から見える七つ森の様子を読んだもので、「一百篇」の「〔腐植土のぬかるみよりの照り返し〕」の手法を思わせる。同じ趣旨で車窓から見る七つ森を記した作品に『春と修羅（第一集）』所収の「第四梯形」があるが、これには一九二三（大正十二）年九月三十日の日付があり、季節も違い、口語詩であることもあって、イメージはだいぶ異なる。

60 〔鶯宿はこの月の夜を雪ふるらし〕

青い抱擁衝動や
明るい雨の中のみたされない唇が
きれいにそらに溶けてゆく
日本の九月の気圏です
そらは霜の織物をつくり
萱《かや》の穂の満潮《まんてふ》
（三角山《さんかくやま》はひかりにかすれ）
あやしいそらのバリカンは
白い雲からおりて来て
早くも七つ森第一梯形《ていけい》の
松と雑木《ざふぎ》を刈《か》りおとし
野原がうめばちさうや山羊の乳や
沃度の匂で荒れて大へんかなしいとき
汽車の進行ははやくなり
ぬれた赤い崖や何かといつしよに
七つ森第二梯形の
新鮮な地被《ちひ》が刈り払はれ
手帳のやうに青い卓状台地《テーブルランド》は
まひるの夢をくすぼらし
ラテライトのひどい崖から
梯形第三のすさまじい羊歯や
こならやさるとりいばらが滑り
（おお第一の紺青の寂寥）
縮れて雲はぎらぎら光り
とんぼは萱の花のやうに飛んでゐる
（萱の穂は満潮
萱の穂は満潮）
一本さびしく赤く燃える栗の木から
七つ森の第四伯林青《べるりんせい》スロープは
やまなしの匂の雲に起伏し
すこし日射しのくらむひまに
そらのバリカンがそれを刈る
（腐植土のみちと天の石墨）
夜風太郎の配下と子孫とは
大きな帽子を風にうねらせ

落葉松のせわしい足なみを
しきりに馬を急がせるうちに
早くも第六梯形の暗いリパライトは
ハックニーのやうに刈られてしまひ
ななめに琥珀の陽《ひ》も射して
《たうたうぼくは一つ勘定をまちがへた
　第四か第五かをうまくそらからごまかされた》
どうして決して、そんなことはない
いまきらめきだすその真鍮の畑の一片から
明暗交錯のむかふにひそむものは
まさしく第七梯形の
雲に浮んだその最後のものだ
緑青を吐く松のむさくるしさと
ちぢれて悼む　雲の羊毛
　（三角《さんかく》やまはひかりにかすれ）

賢治が鉄道を愛し、車窓を移る風景に対してもなみなみならぬ関心を持っていたことは繰り返し述べてきたとおりだが（信時哲郎「宮沢賢治論〝鉄道の時代〟と想像力」「国文学 解釈と鑑賞74―6」ぎょうせい 平成十九年六月）、賢治は窓外の景色を、言葉だけで映画のように見せたかったのではないかと思う。

ただ、賢治が熱心に七つ森を描こうとしたのは事実だとして、七つ森を愛していたのかとなると、疑問に思える点もいくつかある。多くの作品に詠まれ、たとえば『宮沢賢治イーハトーヴ学事典』には、「賢治は雫石地区によく足を運び、七つ森に愛着を持っていたことが知られている」（矢野和之「名勝イーハトーブの風景地」）とも書かれているが、宮城一男（後掲）は、七つ森について「賢治が、死後、お経をあげてほしいと、例の「黒い手帳」にかき残した、三二の山名簿には記されていなかった。どうやら、賢治にとって七つ森は、したしみや愛着はあっても、お経をあげるべき価値はみい出せなかった山――といったところが本音であろうか」とし、弟・清六による「いやあ、兄は、いつでしたか、七つ森のことを、ありゃお化け煙突みたいで、しようのねえ山だなんていって笑ってましたっけ」という述懐を書き留めている。お化け煙突というのは、大正十五年に建設された東京電力の千住火力発電所の煙突のことで、見る角度によって煙突が何本にも見えることで有名だった。七つ森もお化け煙突と同じで、実態が明らかにならなかったために薄気味悪い山だと思われていたのだろう。

小沢俊郎（「録した山々の名」『小沢俊郎宮沢賢治論集3』有精堂 昭和六十二年六月）も、七つ森を「経埋ムベキ山」のリストに載せなかったことについて、「七つ森に対してはお化け煙突的な形態的興味で著しく使用度数を増しているのが目立ち、愛着とか好尚とかの対象としてはやや不適当な感じを自身で持ったのではないか。それに七つの頂きはどれを選ぼうにも埋経にはうまくないという思いもあったろう」としている。

岡沢敏男（「賢治の置土産 七つ森から溶岩流まで」「盛岡タイムス」http://www.morioka-times.com/news/2008/0811/08/08110804.htm 平成二十年十一月八日）は、お化け煙突説を批判し、七つの森のどれを選ぶこともできなかったからだろうとし、また後年、岡沢（後掲）は、「特別の安らぎを与える場所」であったために「「経埋ムベキ山」への指定などはどうでもよかったのでしょう」とも書いている。岡沢の指摘は、どちらも理解できないものではないが、賢治がこの山を薄気味の悪い山だと思いつづけていたのも事実のようだ。

また、小林俊子（後掲）も指摘するように、童話「山男の四月」でも、また、童話「紫紺染めについて」でも、「町に出てくる山男は七つ森を通り、異界との境界という意味を持たせている」。童話「おきなぐさ」では、「二つのうずのしゅげのたましひが天の方へ行」く物語を書いていたが、彼らが生えていたのも七つ森であった。

大正六年七月、同人誌アザリアの仲間たちとの徒歩旅行に取材した「秋田街道」では、「みんなは七つ森の機嫌の悪い暁の脚まで来た」と書いており、『春と修羅（第一集）』の「小岩井農場」でも、「今日は七つ森はいちめんの枯草／松木がおかしな緑褐に／丘のうしろとふもとに生えて／大へん陰鬱にふるびて見える」と書かれ、先に引用した「第四梯形」でも、「第四か第五かをうまくそらからごまかされた」とある。

盛岡高等農林学校の「校友会会報34」に載せた連作「箱が森七つ森等」（大正六年七月）にも、次のようにある。

箱《はこ》が森《もり》　あまりに　しづむ　ながこゝろ　いまだに　海《うみ》にの
　ぞめるごとく。
箱《はこ》が森《もり》　枯《か》れし木立《こだち》にふみ迷《まよ》ひ　遠《とほ》きむかしの母《はゝ》をおもへ
　り。
箱《はこ》が森《もり》　たやすきことゝ　来《こ》しかども　七《なゝ》つ森《もり》ゆゑ得越《えこ》へか
　ねつも。
箱《はこ》が森《もり》　七つ森とは　仲《なか》あしき　なれなるをもて　かゝる
　たはぶれ。
をきなぐさ　とりてかざせど　七《なゝ》つ森《もり》　雲《くも》のこなたにひねく
　れし顔《かほ》。
七つ森　青鉛筆《あをえんぴつ》を　さゝぐれば　にはかに　機嫌《きげん》を直《なほ》したり
　けり。
水色《みづいろ》のそらのこなたによこたはり　まんぢうやまのくらき
　かれくさ。
うつろとも　雲ともわかぬ　青《あを》びかり　つめたき丘《をか》の　肩《かた》に
　のぞける。
そらもまた　しろがねなれば　山《やま》のはの　木々《きぎ》は泣《な》く泣《な》く
　宙《ちう》に立ちたり。
たそがれの　汁《しる》にとつぷり　ひたり入る　しら雲《くも》と河と　七
　つの丘《をか》と。

箱が森に登った際に賢治は道に迷ったようだが、それを賢治は箱が森と仲の悪い七つ森のせいだという。さらに、七つ森に青鉛筆を捧げて機嫌を取ったのだともいう。単なるレトリックやユーモアとして使っているように思われるかもしれないが、必ずしもそうとばかりは言えない。

森荘已池（「賢治が話した「鬼神」のこと」『宮沢賢治の肖像』津軽書房 昭和四十九年十月）は、賢治が父の政次郎から「怪力乱心を語るな」ときつく止められていたのに、「ほとんど会うごとに、「怪力乱心」ばなしを聞かされていた」と書き、早池峰山の麓の河原坊で見た若い僧の幻について（「春と修羅 第二集」所収の「三七四 河原坊（山脚の黎明）一九二五、八、一一、」）、あるいは「鬼神の中にも、非常にたちのよくない「土神」がありましてねえ。よく村の人などに仇（悪戯とか復讐とかをひっくるめていうことば）をして困りますよ。まるで下等なのがあるんですね」と聞かされたことなどを書いているからだ。

童話集『注文の多い料理店』の「序」で、賢治は「ほんたうに、かしはばやしの青い夕方を、ひとりで通りかかつたり、十一月の山の風のなかに、ふるえながら立つたりしますと、もうどうしてもこんな気がしてしかたないのです。ほんたうにもう、どうしてもこんなことがあるやうでしかたないといふことを、わたくしはそのとほり書いたまでです」と書いた。これを幻覚や思い込みだといってしまえばそれまでだが、少なくとも賢治にとっては「ほんたう」であるように感じられるさまざまなものが迫って来たのであり、それを「そのとほり」書いたのだろう。

そして最晩年に編まれた文語詩でも、こうした感覚を表現しようという思いはあったようで、たとえば「一百篇」の「岩頸列」では、旅芸人の口を通じて、にょきにょきと伸びていくように感じられる岩頸の気味悪さを詠んでいた。

①西は箱ヶと毒ヶ森《ドグ》、　椀コ、南昌、東根の、
古き岩頸《ネック》の一列に、　氷霧あえかのまひるかな。

②からくみやこにたどりける、　芝雀は旅をものがたり、
「その小屋掛けのうしろには、　寒げなる山にょきにょきと、
立ちし」とばかり口つぐみ、　とみにわらひにまぎらして、
渋茶をしげにのみしてふ、　そのことまことうべなれや。

③山よほのぼのひらめきて、　わびしき雲をふりはらへ、
その雪尾根をかゞやかし、　野面のうれひを燃し了《おほ》せ。

中村三春（後掲）は賢治のレトリックに関して論じ、本作における「けむりの下を逼りくるもの。」「かすかに雪の皺たゝむもの。」「さびしき谷をうちいだくもの。」といった「もの」の用法から次のように論を展開する。

＜もの＞は物体（物）とともに人間（者）をも指し、特に人

間を卑下する呼称となる。また「もののけ」「ものに憑かれる」のように超自然的な存在をも指示することができ、この場合の〈もの〉は直接の名指しが忌まれる対象（霊魂・妖怪・怪異……）とされる。〈もの〉という語に、本来「霊」の意を認めるのが折口信夫の説であったが、これは今日では藤井貞和の精緻な追究によって否定されている。しかし、こと宮沢の文芸様式においては、必ずしも否定する必要はなく、また否定することはできない。つまり、〈もの〉の提喩を用いた「ぬすびと」（『春と修羅（第一集）』：信時注）に端的に示されるように、宮沢の様式は、自然界の物質と人間、さらには人間による人工物との境界線を撤去し、それらすべてにいわば「霊」（精神）を認め、再統合する強力な方向性を帯びているからである。

「〔鶯宿はこの月の夜を雪ふるらし〕」が、月夜の七つ森、雪景色、蒸気機関車の煙：を、言葉だけで構成された映画を作るようにして書かれた作品であることは間違いない。しかし、文語詩の推敲に没頭する病床の賢治にとっても、七つ森は何かの意志、何かの意識をもった存在であり続けていたようで、できればそうした〈魔力〉までも感じて欲しかったのではないかと思うのである。

先行研究

儀府成一「病める修羅」（『人間宮沢賢治』蒼海出版　昭和四十六年十月）

宮城一男「秋田街道」（『宮沢賢治　地学と文学のはざま』玉川大学出版部　昭和五十二年四月）

中村稔「鑑賞」（『日本の詩歌18　新訂版　宮沢賢治』中央公論社　昭和五十四年九月）

吉見正信「イーハトヴ雫石と宮沢賢治作品」（『改訂版　雫石と宮沢賢治』岩手総合文化研究所　平成十三年十月）

小林俊子「〔鶯宿はこの月の夜を雪ふるらし〕」（『宮沢賢治　文語詩の森』）

中村三春「宮沢賢治と《統合》のレトリック　その透明と障害」（『修辞的モダニズム　テクスト様式論の試み』ひつじ書房　平成十八年五月）

信時哲郎「宮沢賢治「文語詩稿　一百篇」評釈六」（「甲南国文62」甲南女子大学国文学会　平成二十七年三月）

島田隆輔「６０〔鶯宿はこの月の夜を雪ふるらし〕」（「宮沢賢治研究　文語詩稿一百篇・訳注Ⅱ」〔未刊行〕平成二十九年五月）

岡沢敏男「作品現場からの検証　七つ森への賢治の慕情」（「ワルトラワラ42」ワルトラワラの会　平成二十九年十一月）

61　公子

①桐群に臘の花洽ち、　雲ははや夏を鋳そめぬ。
②熱はてし身をあざらけく、　軟風のきみにかぐへる。
③しかもあれ師はいましめて、　点竄の術得よといふ。
④桐の花むらさきに燃え、　夏の雲遠くながる、。

大意

桐の木から蠟のようなぼんやりとした淡紫色の花が溢れ、雲はもはや夏型に替わっている。

熱の下がった身体にはすべてが新鮮で、やわらかな風が君に吹きかかってかぐわしい。

それなのに師は自分を戒めて、数学の解答術を習得しろと責める。

桐の花は紫色に燃えだし、夏の雲は遠く流れていく。

モチーフ

盛岡中学校卒業後、賢治は岩手病院に入院し、看護婦の一人に恋心を抱いた。しかし、父の許すところとならず、賢治は悶々とした日々を過ごすことになる。本作はそんな賢治の心象風景を語ったものとしてよく引用されるが、定稿では「師」が恋愛にうつつを抜かすのではなく「点竄の術」（数学）をしっかり学べと戒めるものに変わっている。もしこの「師」が、高等農林学校時代の「師」であるとすれば、改稿の途中で高農二年時の「Zweite Liebe（二度目の恋）」を描くことに変えたと考えることもできそうだ。また、高農時代の友人の恋愛体験を描いた作品だと考えることも可能だろう。いずれにしろ「公子（＝貴公子）」というタイトルが付けられているということは、精神的な煩悶はあったにしても、経済的な煩悶とは無縁の存在であることが匂わされていたのはたしかであろうと思う。

語注

公子　貴公子、身分の高い人の子息。「一百篇」の「林館開業」にも登場する。『定本語彙辞典』は、本作における公子について、「やや揶揄的な（若くて世間知らず、といった）ニュアンスがある」とする。

桐群　中国原産のゴマノハグサ科の落葉高木。初夏に薄紫色の花を咲かせる。

臘の花洽ち　「臘」は冬至の後に行う祭、年の暮れなどを指す字で、「蠟」はロウソクなどに使うロウやミツバチの巣からとった蜜蠟などを指すため、誤記であろう。蠟梅のことを臘梅と書くこともあるための誤りかもしれない（太田全斎『俚言集覧』によれば、臘月に咲くことから、であるとのこと。ただし、『日本大百科全書』によれば、花の色が蜜蠟のようだから、だとも言う）。本作では桐の花を蠟のようであるとしているが、桐の花は「むらさき」であることから、蜜蠟の色ではなく、蠟の質感を言っているのだろう。「洽」は、うるおす、ゆきわたる、かなうの意味。『定本語彙辞典』でも入沢康夫（「文語詩難読語句（５）」）、『宮沢賢治コレクション』でも「ろうのはなみち」としているが、ここでもそれに従いたい。

あざらけく　「鮮けく」であろう。すっかり熱が下がって、自分の身がすっきりと新鮮になった感じをいうのだろう。『定本語彙辞典』では、「熱もなくなり体も生き生きして来たので」とする。

軟風　『定本語彙辞典』には「なんぷう。そよ風や微風より、やや強い」とあるが、『デジタル大辞泉』には、「なんぷう」として「１ そよ風。微風。２ 風力階級３の風。風速毎秒３・４〜５・４メートル」とある。読み方は、『定本語彙辞典』では、「詩ノート」の「〔光環ができ〕」に「かぜ」のルビがあることから「かぜ」と読ませようとしている。ただ、それでは音数があわないので、「なんぷう」と読んでおきたい。ただし、「一百篇」の「〔南風の頬に酸くして〕」の読み方と重なってしまうことから、「なよかぜ」「そよかぜ」の案も出しておきたい。北原白秋の『邪宗門』（易風社　明治四十二年三月）には

「なよかぜ」とルビがあり、『思ひ出』（東雲堂書店 明治四十四年六月）には「そよかぜ」とルビがある。「異性との交遊や、華美な服装を好んでする青少年の一派」（『日本国語大辞典』）を軟派《なんぱ》と言ってたので、そうした意味も含んでいたかと思う。

かぐへる 『定本語彙辞典』では、「軟風が（「きみ」の形容でなく、「きみへの思い」を軟風にたとえたか）香り立つ（かぐわしい）の意であろうか」とする。きみに向かってやわらかな風が吹きかかって香り立っている、という意に取りたい。

点竄の術 文章などの字句を改めること。ただし下書稿㈡では、「解析」が「天竄」に改められていることから、和算の点竄術（つまりは数学）を指すのだろう。解析は、当時の中学校では教えておらず、賢治は独学したようで、蔵書には『代数的解析論』（高岡書店 明治四十二年八月）、『微分積分学精義』（高岡書店 昭和三年三月）、『高等数学講座（全十二巻）』（弘道館 昭和四年～五年）などがあり、「御大典記念手帳」には「昭和四年／解析幾何／毎日三時間／二百日」とある。また、「雨ニモマケズ手帳」には「法華入門ニ際シ／高等数学ニヨル解釈」とあるので、総合すれば、昭和四年頃から、法華経解釈のために解析などの高等数学の勉強を始めたようだ。下書稿㈡に「解析」の文字が現われたのは賢治自身の関心が、当時、そこにあったからだと思われる。『宮沢賢治コレクション』には「てんそ」のルビがあるが、音数の問題からいっても「てんざん」であろうと思う。また、下書稿㈠の手入れ段階には「蟹行の書」（カニが横に歩くことから横に字が連なることで、洋書を指す）とする案もあった。

評釈

「歌稿〔B〕」の116と117が原型（「歌稿〔A〕」もほぼ同内容）。無罫詩稿用紙に書かれた下書稿㈠、その裏面に書かれた下書稿㈡（タイトルは手入れ段階で「病后」→「ヹルテル」→「手簡」）。藍インクで㊢、定稿用紙に書かれた定稿の三種が現存。生前発表なし。

先行する短歌は次のとおり。

116 風木木の／梢にどよみ／桐の木に花咲く／いまはなにをかいたまん

117 雲はいまネオ夏型にひかりして桐の花桐の花やまひ癒えたり

伝記研究ではおなじみの中学卒業直後の岩手病院への入院と看護婦への恋、親の反対による失恋といった事件に取材した作品で、関連作品としては、同じ体験から生まれたと思われる短歌、また「五十篇」の「〔月の鉛の雲さびに〕」や「流氷《ザエ》」、「未定稿」の「〔夕日は青めりかの山裾に〕」などがあげられよう。

下書稿㈠から見ていきたい。

桐の木に青き花咲き
雲はいま　夏型をなす

熱疾みし身はあたらしく
きみを《ママ》もふこころはくるし

父母のゆるさぬもゆゑ
きみわれと　年も同じく
ともに尚　はたちにみたず
われはなほ　なすこと多く
きみが辺は　八雲のかなた

わが父は　わが病ごと
二たびの　いたつきを得ぬ
火のごとくきみをおもへど
わが父にそむきかねたり

はるばるときみをのぞめば
桐の花　むらさきに燃え
夏の雲　遠くながる、

実際はどうだったのか、初恋の相手が誰であったのかといったことに対する興味は尽きないが、決定的なことはわからない。

右の詩句は次のように訂正される。

桐の木に青き花咲き
雲はいま　夏の型なす

熱はてし身はあたらしく
ひとおもふこころはくるし

あるときは遠き夜の火に
たゞともに行かんとねがひ
あるときはたゞきみにのみ
さちあれとうち祈りけり

きみがかたさらにのぞめば
桐の花　むらさきに燃え
夏の雲　遠くながる、

初恋に反対した父母のこと、父が賢治を看病することによって二度の罹患があったことなど、伝記研究には欠かせない話題が、この段階であっさり捨てられて復活することがない。かわりに、どれだけ思いが切実であったかを語る言葉が並べられる。「五十篇」の「流氷」にある「もろともにあらんと云ひし／そのまちのけぶりは遠き」、「未定稿」の「〔夕陽は青めりかの山裾に二」にある「ふたりぞたゞのみさちありなんと／おもえば世界はあまりに暗く／かのひとまことにさちありなんと／まさしくねがへばこころはあかし」などと共通する言葉やイメージがある。また、「ともに行かんとねがひ」からは、「銀河鉄道の夜」におけるジョバンニの言葉も思い浮かべることができる。

しかし、近藤晴彦（後掲）が「失恋の原因が消えてしまい、単なる淡い感傷風景」が書かれるのみになっている、と指摘するのも頷ける。そのためか賢治はいくつかの案を書き付けながら、下書稿(二)では次のようなアイディアにたどりついている。

雲はいま夏型を鋳たり
桐の木に青き花さき

点竄の術《わざ》ははかなき
熱はてし身はあたらしく

解析の術得よといふ
しかもあれ師は戒めて

夏の雲遠くながるゝ
桐の花むらさきに燃え

今度は恋が成就できなかった理由が説明されるが、恋自体を示す語が消えてしまっている。

そこで定稿では、「軟風のきみにかぐへる」という句を挿入することで解決をはかるわけだが、下書稿からの変遷を見てくれば、吉本隆明（後掲）が、「この詩の持つてゐる表現の凝縮性が、彼の文語詩のほんとうに無類な独自な境地であると考へます。彼の詩の中で文語詩が最高の作品であると言ふのもこの詩の把つてゐる意義を指してゐるのに外なりません」とし、「この詩は最高峯であると言ふことが出来ます」としているのも、とりあえずは納得できる結果となっているようだ。

ところで、「熱はてし身」とあることから、自伝性が百％除去されたわけではないことが示されているものの、父との対立ではなく、教師との対立から恋愛を断念したという虚構化は気になるところだ。

岡井隆（後掲）は、「師」について「父親政次郎をおいてほかには考えられない」とし、『定本語彙辞典』でも、「点竄の術」を「商才の意で使っている」としているが、下書稿(一)の内容に引きずられすぎで、山内修（後掲）が「賢治自身の経験を完全に虚構化し、抽象化・一般化した歌なのである。何より題名が「公子」＝貴い身分の子息となっていること自体、虚構性の証明となっている（もっともこれは、賢治の自嘲ともとれるが。）」と考えた方が実状に合うように思う。「完全に」という点には同意しかねるにせよ、下書稿(一)の手入れ段階で「蟹行の書」、つまり洋書を読ませようとしたという設定がある段階で、英語教育を受けたことがないと思われる政次郎以外が想定されていたと考えるべきだろう。

さて、虚構化が始まっていることを確認した上で、いったい「師」には、どんな人間がイメージされていたのだろうか。

賢治は岩手病院を退院した時、学校に所属してはいなかったが、もし中学校時代の経験であるように時代を遡らせるのなら、「師」の戒めは、当時の風潮としては当然であったと思う。

しかし、下書稿㈡には「解析の術」とあったので、賢治が中学校時代に使った教科書を国会図書館の「近代デジタルライブラリー」で調べてみたところ、解析は中学校の学習範囲ではなかったようである（ただし必ずしも版は同じでない）。また、盛岡高等農林学校の農学科二部の履修科目には、解析も数学もなく、研究生時代の大正七年十二月はじめに保阪嘉内に宛てた書簡で「来年中に読まうと思ってゐる本」として「解析幾何」をあげている（ただし、「語注」にも書いたように、この時には解析幾何に手を出しておらず、賢治が実際にその勉強を始めたのは昭和四年以降のようだ）。その頃の教科書である吉田好九郎『実用解析幾何学講義』（金刺芳流堂　大正八年六月）には、「本書ハ中学程度ノ数学ヲ了リ更ニ解析幾何学ヲ独習セントスル者ノ為ニ編纂シタルモノ」とあり、また、中川銓吉・竹内端三による『解析幾何学教科書』（冨山房　大正九年七月）にも、「本書は高等学校程度の諸学校に於ける解析幾何学教科用として編纂せるものなり」と書かれていることから、視点人物には中学卒業以上の学生が想定されていると考えてよさそうだ。

だとすれば、中学卒業直後の看護婦に対する「Erste Liebe」（「「文語詩篇」ノート」）を描いたのではなく、改稿の途中で高農二年の時に経験したという「Zweite Liebe」（同）の記憶を書くことにしたのだと考えることもできるかもしれない。さらに可能性だけ書いておけば、下書稿㈠の手入れ過程で、もし賢治が自伝性を捨てたのだとすれば、友人たちの経験を参考にして本作を書いたと考える道も開けよう。

大正九年七月二十二日、賢治は保阪嘉内宛書簡で「盛岡以来アナタハ女デヒドク苦シンデヰラレタデセウ」と書いている。賢治と嘉内は、何も文学と宗教についてばかり語り合っていたのではなかったようだ。また、「アザリア」の同人であった小菅健吉は、アメリカの留学先から保阪に向かって、「公娼がないのだから一寸困る、やっパリ女がゐないと淋しいからなあ、公娼ぢあなくってもさ、Sでもウエトレスでも高いので困る上ニ要領を得させぬからなあ」（大正八年四月）、「なんダか女が恋しい様な気がする、何しろ日本と異って、女ニ接する折がないからだ、白婦人はゐてもSなどハゐないから、とニ角仏様の様な禁欲生活をせねばならぬから」（大正八年十月）と赤裸々に書いている（「小菅健吉と「アザリア」の仲間」『氏家町史　史料編　近代の文化人』さくら市　平成二十三年三月）。これを恋愛であるとすべきではないだろうが、賢治のすぐ近くにいた友人たちにおける「女の問題」が、どのようなものであったかについて抑えておくことは、賢治の女性観を考えるうえで参考になるだろうと思う。

もちろん本作に明確なモデルがいたというわけでもないし、いなければならないというわけでもないが、本作が「公子」というタイトルを与えられているということを考えれば、その恋の悩みがいかに深刻なものであったとしても、所詮は高等教育を受けることのできるような上中流階級の悩みなのだということが匂わされている。『定本語彙辞典』には、本作における公子が、「やや揶揄的な（若くて世間知らず、といった）ニュアンスがある」と書かれているが、たしかにその通りであろうかと思う。

先行研究

渡辺幸子「賢治の文語詩について」（「北流８」岩手教育会館出版部 昭和四十九年十月）
境忠一「初恋の歌と百合の花」（『宮沢賢治の愛』主婦の友社 昭和五十三年三月）
平尾隆弘「契機としての法華経」（『宮沢賢治』国文社 昭和五十三年十一月）
岡井隆「文語詩の発見 吉本隆明の初期「宮沢賢治論」をめぐって」（『文語詩人 宮沢賢治』筑摩書房 平成二年年四月）
牧野立雄「隠された恋」（『隠された恋 宮沢賢治と修羅と愛』れんが書房新社 平成二年六月）
池川敬司「賢治の初恋と創作 短歌・文語詩を中心に」（『宮沢賢治とその周縁』双文社出版 平成三年六月）
山内修「非在の個へ」（『宮沢賢治 研究ノート 受苦と祈り』河出書房新社 平成三年九月）
五十嵐謙吉「桐 百科プロムナード106」（「月刊百科392」平凡社 平成七年六月）
近藤晴彦「死の視点Ⅳ」（『宮沢賢治への接近』河出書房新社 平成十三年十月）
小川達雄「盛岡高等農林学校受験まで」（『盛岡中学生 宮沢賢治』河出書房新社 平成十六年二月）
吉本隆明Ａ「孤独と風童」（『初期ノート』光文社文庫 平成十八年七月）
吉本隆明Ｂ「再び宮沢賢治氏の系譜について」（『初期ノート』光文社文庫 平成十八年七月）
沢口たまみ「賢治をめぐる女性たち」（『宮沢賢治 愛のうた』盛岡出版コミュニティー 平成二十二年四月）
沢村修治「「冬のスケッチ」のミステリー」（『宮沢賢治と幻の恋人 沢田キヌを追って』河出書房新社 平成二十二年八月）
信時哲郎「宮沢賢治「文語詩稿 一百篇」評釈六」（「甲南国文62」甲南女子大学国文学会 平成二十七年三月）
島田隆輔「６１ 公子」（「宮沢賢治研究 文語詩稿一百篇・訳注Ⅱ」〔未刊行〕平成二十九年五月）

62 〔銅鑼と看版　トロンボン〕

①銅鑼と看版　トロンボン、　弧光燈《アークライト》の秋風に、
芸を了りてチャリネの子、　その影小くやすらひぬ。
②得も入らざりし村の児ら、　叔父また父の肩にして、
乞ふわが栗を喰《た》ふべよと、　泳ぐがごとく競ひ来る。

大意

銅鑼と看板、そしてトロンボーンの響き、アークライトに照らし出されて秋風の吹く中を、芸を終えたばかりの曲馬団の子は、小さな影を落として休んでいるところであった。

曲馬団のテントに入ることができなかった村の子どもたちは、叔父や父親の肩に乗って、自分の栗を食べておくれと、人波の中を泳ぐようにして競ってやって来る。

モチーフ

秋祭になると、岩手県下の農村にも曲馬団のテント小屋が立ち、遠くの農村からも子どもたちがやってきた。テントには入れなかったものの、農村の子どもたちは、曲馬団のスターに向かって、「自分の栗を食べてくれ」と言って手を差し出す。しかし、叔父や父の肩に乗せてもらうこともなく、旅から旅を続ける「チャリネの子」は、いったいどんな気持ちでそこにいたのだろうか。おりしも昭和八年三月に児童虐待防止法が公布され、ようやく曲馬団の子どもたちのことがクローズアップされた時代に、賢治が彼等の境遇を思いやったところに生まれたのが本作だったのではないかと思う。

語注

トロンボン　金管楽器のトロンボーンのこと。サーカスでもよく用いられたようだ。北原白秋の詩集『邪宗門』（易風社　明治四十二年三月）には、「騒ぎやみし曲馬師《チャリネし》の楽屋なる幕の青みを」（「秋の瞳」）、「はしやげる曲馬《チャリネ》の囃子」（「沈丁花」）とチャリネとのルビがふられて曲馬が登場するが、前者には「過ぎゆきし Trombone《トロムボオン》 いづちいにけむ」の句もあり、影響関係を考えてもよいかもしれない。

弧光燈《アークライト》　低電圧・大電流によって電極間の気体と電極が高温となり、強い光を発すること（アーク放電）を利用した電灯のこと。効率の悪さから現在は用いられないが、「一百篇」の「岩手公園」や「病技師〔一〕」にも登場する。

チャリネの子　明治十九年にイタリアからチャリネ大曲馬団がやってくると、西洋風の曲馬が一大ブームとなった。江戸期にも曲馬、軽業などの見世物興行はあったが、チャリネの来日以来、西洋風の演目や演出を取り入れた曲馬団が増え、明治三十二年には日本チャリネ一座も生まれる。その他にも多くの曲馬団が生まれ、これらが普通名詞でチャリネと呼ばれることもあった。大正時代にはサーカスの名称も使われ始めるが、その名前が定着するのは、昭和八年にドイツからハーゲンベック・サーカスが来日してからだという。弟・清六（「映画についての断章」『兄のトランク』ちくま文庫　平成三年十二月）によれば、花巻にもサーカスがよく来たようだが、賢治も見ていたに違いない。それは童話「黄いろのトマト」でサーカスが描かれていることにも明らかだが、童話「風野又三郎」に「サイクルホール」について、又三郎が「秋のお祭なんかにはよくそんな看板を見るんだがなあ、自転車ですりばちの形になった格子の中を馳けるんだよ。だんだん上にのぼって行って、たうたうそのすりばちのふちまで行った時、片手でハンドルを持ってハンケチなどを振るんだ」と説明するところにも表われていよう。『定本語彙辞典』は「サイクルホール」について、「賢治の造語」とし、「低気圧（cyclone）をさしている」としているが、これは明治四十二年に来日したウィリアム・エルジットが持ち込んで大人気となった「サイカホール」（『世界大百科事典』には cyclehole のなまりだとある）のことで、おそらく賢治も実見していたと思われる。古沢芳樹（「サイクルホールの話」「賢治研究127」宮沢賢治研究会　平成二十七年十二月）も、自転車の曲芸としてのサイカホールについて言及し、「賢治の造語」だとする『定本語彙辞典』を誤りだと指摘している。

得も入らざりし村の児ら　サーカスを見るためにテントに入りたくても入れない村の子どもたち、の意。長沼士朗（後掲B）は、「満員で入場できなかった」と解釈しているが、金銭的な余裕がないために入れなかった可能性もあろう。「村の児ら」が、金銭的な理由でサーカスを見ることができなかったのだとすれば、童話「黄いろのトマト」と共通であり、子どもたちが貨幣ではなく食べ物を与えようとするという点でも似ているように思う。「一百篇」の「市日」に「栗を食うぶる童」、同じく「〔腐植土のぬかるみよりの照り返し〕」にも「しきりに立ちて栗をたべたり」が登場するが、状況が似ていることから、共通の体験に基づくものだったのかもしれない。

評釈

黄罫（240行）詩稿用紙裏面に書かれた下書稿㈠（タイトルは「秋祭」。表面は口語詩「保線工夫」下書稿㈠）、その左余白に書かれた下書稿㈡（タイトルは「秋祭」。青インクで㊢）、定稿用紙に書かれた定稿の三種が現存。生前発表なし。

まず下書稿㈠をあげよう。

アーク燈液青ければ
そらは螺鈿のごとくなり
業を了へ来てチャリネの子
アーク燈液浴ぶるなり
得こそ入らぬ村の子ら母はその子を肩にして
わが栗を食うべよと
競ひて栗を投ぐるなり

定稿と違って、子供たちが母の肩に乗っていることに目が留まる。また、定稿の冒頭では「銅鑼と看版 トロンボン」と、サーカスに関連する名詞を並べることによって、サーカスの華やかさとにぎやかさをいきなり伝える手法に変えていたことにも気づかされる。

長沼士朗（後掲B）は次のように書く。

　ところで休んでいるチャリネの子に、村の子供たちが肩車をしてもらって栗を与えるということは、チャリネの子が高いところに居ることになる。この点を、平成一三年九月に群馬県東村に「サーカス学校」を開いた西田敬一さんに伺ってみると、サーカス小屋の外側には、二、三階ほどの高さにある楽隊席に昇っていく途中に、芸人が休む踊り場のような場所が作られることが多かったという。

　その場所に芸人が出るのは人寄せのための宣伝の意味があり、芸を終えた芸人がそこで休むのは、休むというよりむしろそれも仕事の一つであった。こうした仕事をサーカスの隠語で「ぐらし」（見せるの意）と言い、子供もよくその役割を担ったという。

　なお下書稿㈠には「上げては落す縫の幕」という語句が見られるが（手入れ段階での挿入・信時注）、サーカスには満員で入場できない観客のため、短い時間テントの一部の幕を上げて中の曲芸を見せる「あおり幕」という習慣があった

（『日本のサーカス』）。村の児らは、この「あおり幕」でチャリネの子の芸を見たものと思われる。

阿久根巌（「曲馬団時代から近代サーカスへ」『サーカスの歴史』西田書店 昭和五十二年二月）も、「サーカス小屋の木戸のところで、ちょっと幕をあげてなかをすき見させ、観客の見たい心理をあおる「あおり幕」という興行方法があった。何時頃からとられたものかはわからないが、まことにうまいやり方であり、現在でも、見世物の見せかたの手法の傑作といえる」と書いているが、たしかに子たちがテントの中に入っていないのに「チャリネの子」に栗を渡したくなったのは、この「あおり幕」のおかげだと思われる。

さて、弟の宮沢清六（「映画についての断章」『兄のトランク』ちくま文庫 平成三年十二月）は次のように書いている。

当時の花巻町の氏神、鳥谷ヶ崎神社の秋の三日間の祭りには、朝日座の前のお旅屋が人出の中心となっていました。この一年に一度のお祭りには、たくさんの山車《だし》が御輿さんの前を笛や太鼓や三味線で先導し、後の方には鹿おどりや剣舞がお供をして町内をねり歩いて、最後に朝日座前のお旅屋におみこしが鎮座するのです。

この秋祭りのために小遣銭をためていた花巻の農村付近の人たちが、二里も三里もの山奥からこのお旅屋に集って、大道みせやたべもの屋で腹をこしらえてから見世物を見るのが何よりの楽しみなのでした。

見世物の中心は毎年サーカスか動物園で、その横の方には地獄極楽のあやつり人形の年もあれば、南洋から来た大蛇やぬけ首のこともありました。大正のころになってから、サーカスと競って人気のあったのが、まだ珍しかった活動写真で、それが毎年朝日座にかかったのでした。

清六は、続けて「小学生の賢治はこの頃の思い出から後年沢山の作品や童話を書き、「祭りの晩」や「黄いろのトマト」などが生まれたのです」と書くが、たしかに、こうした見聞から童話が生まれたのだろうと思う。

童話「黄いろのトマト」では、「遠くの遠くの野はらの方から何とも云へない奇体ない、音が風に吹き飛ばされて聞えて来るんだ。まるでまるでい、音なんだ。切れ切れになって飛んでは来るけれど、まるですゞらんやヘリオトロープのい、かほりさへするんだらう、その音がだよ」と書き、サーカスの様子を「馬は汗をかいて黒く光り、鼻からふうふう息をつき、しづかにだくをやってゐた。乗ってるものはみな赤シャツで、てかてか光る赤革の長靴をはき、帽子には鷺の毛やなにか、白いひらひらするものをつけてゐた。鬚をはやしたをとなも居れば、いちばんしまひにはペムペル位の頬のまっかな眼のまっ黒なかあいい子も居た」と生き生きと書いているから、好奇心旺盛な賢治が、サーカスに心を動かさなかったとは考えにくい。

　ただ、賢治がサーカスを本当に楽しいだけのものだと思っていたかどうかについては、考えてみる必要があると思う。というのも、「黄いろのトマト」は、サーカスの番人に黄金のように光る立派なトマトを渡したペムペルとネリの兄妹が、番人に「失せやがれ、畜生」と怒鳴られ、トマトを投げつけられるという「かあいさう」な物語だからだ。子どもたちの関心を引きつけておきながら、テントの中に入れるかどうかは金次第というサーカスという見世物のあり方について、賢治が心から賛同していたとは思いにくい。文語詩における「得も入らざりし村の児ら」は、もしかしたら、そんなペムペルとネリの姿を二重写しにしていたのかもしれない。

　そして「チャリネの子」である。「黄いろのトマト」では、「あのかあいゝ子は、ペムペルを見て一寸唇に指をあて、キスを送った」り、サーカスのテントの前には、きれいな絵看板がかけてあり、「看板の中には、さっきキスを投げた子が、二疋の馬に片っ方づつ手をついて、逆立ちしてる処」もあったとされる。しかし、阿久根（「曲馬団時代から近代サーカスへ」『サーカスの歴史』前掲）が書くように、「曲馬団の子供は売られてきたものだとか、身体を柔らかくするために酢を飲ませる、などとの風聞は、昭和のはじめ頃まで流布されていて、今だに中年以上の人の、曲馬団＝サーカスへの郷愁と一緒についてまわって」いた。「実際食うに困まる一家が、一人前になったらその技で生活できるだろうと、口べらしとして、サーカスに年季奉公に出される子供もいた」ともいう。つまり、サーカスの「かあいゝ子」とは「かあいさう」な子でもあるということは、その時代ならば一般的な了解事項であった。

　シバタサーカスの支配人や日本仮設興行協同組合専務理事等を務めた室川与一（「サーカス」『さすらう サーカスの世界』白水社 昭和五十六年二月）によれば、「サーカスは民生委員的な役割さえも果している。盗癖の子供たち、夜尿症でどこへも奉公できない子供たち、はなはだしいのになると、これはまた物騒な放火癖の子供もいる。こういう子供も警察、役場、区長さんなども立会って両親に泣きつかれると、こちらもおっかなびっくり一応は預からなければならないような場合も多い」というのだが、たしかにそのような側面もあっただろう。しかし、凶作にあえぐ東北の農村では女の子の身売りが常態化していたという歴史がある。フィクションではあるが、童話「ペンネンネンネンネン・ネネムの伝記」では、ネネムの妹のマミミが飢饉の際、人さらいに攫われた後、サーカスの「スタア」になっていたことも思い出されよう。

　明治二十七年生まれだという足芸師の上田長吉は、「稽古がきついですよ、リューズでここが赤むけになっても、それでもやっぱりやらすんですよ、……出来るまで、そりゃひどかったです。こんなことまでさせて、ひどい親やなと思ったです。それはほんまの親やと思っとったですよ、何しろまあ、何んにも物心がつかん時分に来たんだから――」と語り、また、「そいで舞台で仕損じたら、もう拷問ってゆうやつがあるんですよ、泣くことも出来ない。絶対声なんか出せない、声なんかだしたら泣きを止めてしまうと……。／拷問っていうのはね、道具部屋の中で、正座させられた膝の上へ道具箱のっけるんですよ。首に綱のロープをかけて、次の自分の芸の番がくるまで、そのままでおらなきゃ駄目です。それがきついですよ」と語っている（阿久根「日本軽業の伝統芸」『サーカスの歴史』前掲）。

竹久夢二「小曲馬師」（『夜の露台』千章館 大正五年八月）は、品川沖のお台場跡の埋立地で、バイロスキイ曲馬の興行を見た乙吉が、「坊ちゃんまた明日もいらつしやい」の言葉どおりに、翌日、一人で曲馬小屋に行くと、そのまま曲馬団の一員にさせられて海外を巡業し、青島にたどりついたところで、姉のように慕う日本の娘と一緒にテントから逃げ出すという物語である。当時のサーカス意識が反映されていよう。

また、昭和七年九月二十八日の「東京日日新聞」には、「一万三千の幼き命を虐待から救ふ法律」／いよ〳〵来議会に提出される児童虐待防止法案」という記事が、次のように書き始められている（「神戸大学付属図書館デジタルアーカイブ 新聞記事文庫」救済および公益事業 5―005）。

ヂンダの楽音が旋風のよう《ママ》にまき起つてサーカスの幕があくといたいけな女の子が青竹の上やぶらんこに跨つて危い軽業を始める、自分の子だつたらと思ふ時胸元がきゆうつとひきしめられない人があらうか、華やかなヂャズと乾杯のグラスの音と交錯するバーに現れる遊芸の子供や花売、見るさへ苦痛な事ではなからうか

「児童虐待防止法」は昭和八年四月一日に公布されたが、法案の説明をする丹羽七郎政府委員は、「曲馬曲芸ニ従事シテ居ル児童ガ非常ニ憐レナ状態ニ在リ、ソレ等ハ誘拐セラレテ来タリ或ハ売ラレタリシタ子供ガ、大部分ヲ占メテ居ルト思フノデアリマス」（日本検察学会『児童虐待防止法解義』立興社 昭和八年四月）と、私見ではありながらも語っていることを思えば、サーカス側の主張ばかりを聞き入れるわけにもいくまい。

先の「東京日日新聞」の記事には、このようなデータも示されていた。

所でこの法案《ほうあん》で真先に禁止を食ふのは曲芸《きよくげい》、軽《かる》業などだがこの中には六歳未満《さいみまん》といふ怖《おそ》るべき幼児《ようじ》が従事《じうじ》してゐるのだ

社会局の調べによると曲馬では二歳未満男一、六歳未満男一、女四、軽業では二歳未満男一、六歳未満男一、曲芸では六歳未満男一となつてゐる

事実《じじつ》はもつとひどい数《すう》にのぼつてゐるよう《ママ》、このような子供にあれだけの芸《げい》を仕込《しこ》むには並大抵《なみたいてい》の方法《ほうほう》で出来ないのは当然《とうぜん》である、その底《そこ》にひそむものを想《おも》ふ時慄然《りつぜん》たるものがあるで

あらう
不具や畸形《けい》に生れついてその上見《み》世物にされてゐる気《き》の毒《どく》な
子供が

不具者では十四歳未満女二、畸形児は二歳未満男一、十四歳未満女二、またバーなどに流しに来る遊芸人は六歳未満男十四、女二七、十歳未満男三六、女百この大部分が禁止の第三項に当るものだ

かうした商売《せうばい》の子供が社会《しやかい》から一掃《そう》される時、われ〳〵リッジは僅《わづか》でも眼《め》を覆うて歩かねばならない痛《いた》ましさをなくすことが出来るのだ

さて、こうして児童虐待防止法案の話題が紙面を賑わしていた頃、賢治は、ちょうど病床で文語詩稿の案を練っていた。「チャリネの子」は、日本中の子どもたちから愛されるような、魅力的な存在であったかもしれないが、同時に政府委員が「誘拐セラレテ来タリ或ハ売ラレタリシタ子供ガ、大部分」だと語るような存在でもあった。室川が語ったように、たしかにサーカスには民生委員的な側面もあったのかもしれないし、芸娼妓になるのと比較して、どちらの方が幸せなのかと考えても、簡単に結論の出る話ではない。しかし、芸娼妓や工員、丁稚奉公を文語詩に登場させた賢治が、ただ「かあいゝ子」だから、あるいは村の子どもたちの人気者であったからというだけでサーカスの子を取り上げたとは考えにくい。「大正五年三月より」の項に書かれた短歌（「歌稿〔A〕」）にも、「316 曲馬師のよごれてのびしも、ひきの荒縞ばかりかなしきはなし、」とあり、賢治はすでにサーカスの「かなしき」部分に着目していたようである。

岩手の農村の貧困は深刻なもので、たしかに農村の子どもたちは、サーカス小屋に入るだけの経済的な余裕さえなかったかもしれない。しかし、彼らは「叔父また父の肩に」乗って、「乞ふわが栗を喰ふべよと」いって栗を差し出す自由を有していた。そんな農村の子どもたちは、「チャリネの子」たちにとって、どれだけ恵まれ、どれだけ幸福な存在に映っていただろう。

本作は、明るく楽しいサーカスの底に秘められたものを漂わせた詩であったのだと解したい。

先行研究

長沼士朗A「デクノボーとシュヴァイツァー 生への畏敬の倫理について」（『賢治研究110』宮沢賢治研究会 平成二十二年六月）
信時哲郎「宮沢賢治「文語詩稿 一百篇」評釈六」（『甲南国文62』甲南女子大学国文学会 平成二十七年三月）
長沼士朗B「銅鑼と看板 トロンボン」（『宮沢賢治「宇宙意志」を見据えて』コールサック社 平成二十八年三月）
島田隆輔「62〔銅鑼と看板 トロンボン〕」（『宮沢賢治研究 文語詩稿一百篇・訳注Ⅱ』〔未刊行〕平成二十九年五月）

63　〔古き勾当貞斎が〕

①古き勾当貞斎が、　いしぶみ低く垂れ覆ひ、
　雪の楓は暮れぞらに、　ひかり妖しく狎れにけり。

②連れて翔けこしむらすゞめ、　たまゆらりうと羽はりて、
　沈むや宙をたちまちに、　りうと羽はり去りにけり。

大意

いにしえの勾当であった貞斎の、石碑に低く垂れて覆いかぶさっている、雪のかかった楓の枝は、暮れゆく空の、ひかりが交錯してあやしく色づいている。

群れになって飛んできたムラスズメ（ムクドリ）の大群は、たまに「りう」とばかりに羽を突っ張らせ、群れ全体が下降したかと思うと空をたちまちのうちに翔けのぼり、「りう」と羽を突っ張らせると飛び去ってしまった。

モチーフ

冒頭の「古き勾当貞斎」が誰のことなのか不明だが、下書稿では別の名前であったことから、特にこの「勾当貞斎」を書きたかったわけでもないようだ。「りう」というオノマトペはスズメであるより同目のムクドリの方が似つかわしいように思える。「妖しく」なまめかしい木と鳥を配置したのは、空と大地の対比を描くつもりであったのだろうが、「五十篇」の「風桜」とも「対」をなす作品であるように思われる。

語注

勾当貞斎 『定本語彙辞典』は、「こうとうじょうさい」（「こうとうていさい」も併記）の読み方を提案し、「「勾当」は歴史的に古くは摂関家や宮中でのかなり高い官職名だったが、くだって江戸期には寺や神社の事務系の職名、あるいは盲人の官名（検校の下、座頭の上）であったりした」とし、貞斎については「ヒント未詳の人名」とする。ただ、盛岡市の北上川沿いには前九年の役で滅ぼされた安倍家の本城があり（現・盛岡市安倍館町）、六つに分かれた郭のうち勾当館《くとうだけ》と呼ばれる建物があったことが関連しているかもしれない（『もりおか物語(十)』（「安倍館付近」熊谷印刷 昭和五十四年十一月）。勾当館は安倍頼時の長男・井殿に関係するのではないかとのことで、また、江戸後期の和算家・郷土史家であった横川良助による『内史略』の一部には、「厨川古城の辺、勾当塚、勾当淵と云へるは貞任の一族に盲目ありて勾当の職たり彼幻術を行ひ、中夏六月にも雪を下し、晴和の天気にも忽然として風雨雷電を呼、貞任没落の時に至て淵に身を投じて死す、即其の古跡也と」とあることが紹介されている。『安倍館・里館遺跡 昭和62年度発掘調査概報』（盛岡市教育委員会 昭和六十三年三月）によれば、数次にわたる発掘調査を行った結果、勾当館《こうとうだて》の建物や柱列などの遺構が確認されたというが、石碑のようなものについての言及はない。ただ、安倍家にまつわる伝説や言い伝えは、岩手県内にたくさん残っており、「勾当」のみでなく、「貞」の字（安倍貞任の貞）を使ったことなどから、安倍家にまつわる伝説が背景にあったのかもしれない。もっとも、下書稿には「名医小野寺青扇」とあったことから、長く温めていたモチーフではないようだ（島田隆輔（後掲B）は未調査部分もありながら、盛岡藩医・小野寺家と関わりのある花巻川口町に住した画人・小野寺周徳をあげる）。また、富田広重「勾当台通り」（『滅び行く伝説口碑を索ねて』富田文庫 大正十五年十二月）によれば、仙台に新田義貞（ここにも貞の字がある）の妻・勾当内侍の墓だと言われる碑があったために勾当台《こうとうだい》と呼ばれる界隈があり（あるいは伊達正宗に愛された盲目の狂歌師・花村勾当の屋敷があったためだともいう）、大正九年四月に発行された「仙台市全図」（金港堂書店）によれば、現在と同じくこの勾当台通りに面して県庁や市役所があり、当時は宮城図書館や物産陳列所もあったことから、賢治もこの通りを歩いたことはほぼ確実だと思われることから、ここがモデルとなっている可能性もあるかもしれない。

むらすゞめ 群れをなしているスズメ。ただし、『日本国語大辞典』には、「岩手県西磐井郡・胆沢郡」「宮城県」の方言でムクドリを指すという記述もある。秋の夕暮れ時などに、スズメもムクドリも群れで行動するが、「りうと羽は」る飛び方、また、「沈むや宙をたちまちに」という群れの動きについては、ムクドリの方がふさわしいように思う。

評釈

黄罫（220行）詩稿用紙表面に書かれた下書稿（タイトルは「名医小野寺青扇」→後に削除。鉛筆で㋒）、定稿用紙に書かれた定稿の二種が現存。生前発表なし。先行作品、関連作品についての指摘はなされていない。

下書稿は次のとおり。

名医小野寺青扇が
いしぶみ低く垂れ覆ひ
雪の楓は暮れぞらに
黄なるその芽を覗かする

並みて翔けこしむらすゞめ
たまゆらりうと羽はりて
宙に停るたちまちに
りうと羽はり去りにけり

定稿と比べてみても、誰の碑かが変わっているくらいで、大きな変化はないようだ。名医の小野寺青扇ならば、明治・大正の世にもいそうだが、勾当となると、さすがに時代も遡った印象が残る。郷土の歴史に詳しい者ならば、貞という字が貞任を思わせるというだけでなく、安倍家には勾当にまつわる伝承が残っていることなども思い浮かべることができたかもしれない。

あるいは、仙台の県庁や市役所前には新田義貞の妻・勾当内侍の墓だと言われる碑があり、賢治も何度かは歩いたはずの道だけに、これがモデルなのかとも思われる。

さて、本作には、先行作品や関連作品が見あたらず、短いこともあって、なかなか解釈の手がかりが見つからないが、本作の主眼が、碑に名前が刻まれ、長く地面に縛り付けられる人間の方ではなく、楓の木と鳥たちでありそうなことは想像できる。前半では、碑に楓の枝が「低く垂れ覆」う様が描かれ、上方から下方に向かって降りてくるイメージであるのに比べて、後半では「りうと羽はりて」、「りうと羽はり」と、オノマトペを使いながら、軽快に空を飛ぶ鳥たちの様子が描かれているあたりに賢治の構成意識を窺うことができよう。

ところで、ここで飛ぶ鳥は本当にスズメなのだろうか。ムクドリのことをムラスズメという地区も岩手県にはあるということなので、ムクドリである可能性を考えてもよいと思う。というのは、どちらもスズメ目で、スズメもムクドリも大群で飛ぶことは同じだが、小柄なスズメの飛び方は「りうと羽はり」というにはバタバタとせわしなく、また、「沈むや宙をたちまちに」という詩句も、群れ全体が一つの生き物であるかのように飛ぶムクドリの方がふさわしいように思うからである。

童話「鳥をとるやなぎ」では、ムクドリの群れがとぶ様子が次のように描かれている（これが「未定稿」の「〔エレキに魚をとるのみか〕」の元になっている）。

向ふの楊の木から、まるでまるで百足ばかりの百舌が、一ぺんに飛び立って、一かたまりになって北の方へかけて行くのです。その塊は波のやうにゆれて、ぎらぎらする雲の下を行きましたが、俄かに向ふの五本目の大きな楊の上まで行くと、本当に磁石に吸ひ込まれたやうに、一ぺんにその中に落ち込みました。みんなその梢の中に入ってしばらくがあがあがあがあ鳴いてゐましたが、まもなくしいんとなってしまひました。
　私は実際変な気がしてしまひました。なぜならもずがかたまって飛んで行って、木におりることは、決してめづらしいことではなかったのですが、今日のはあんまり俄かに落ちたし事によると、あの馬を引いた人のはなしの通り木に吸ひ込まれたのかも知れないといふのですから、まったくなんだか本統のような偽のような変な気がして仕方なかったのです。

百舌（もず）としか書かれていないが、中谷俊雄（「ムクドリ」『賢治鳥類学』新曜社 平成十年五月）が、「宮沢賢治の百舌やもずは、すべてモズではなくムクドリなのだ」と指摘しているように、ここに登場する〈百舌〉はムクドリなのである。モズは群れをつくることがなく、ここで描かれている飛び方も、まさにムクドリのそれである。『新校本全集』の『索引』で調べてみると、「むく鳥」の用例が一例だけあったが、「渡りのむく鳥」（ムクドリは基本的に留鳥）とあるので、本当にムクドリであったかどうか定かでない。ともあれ賢治テクストにおけるモズやムクドリに注意が必要なことはたしかである。もちろん、だからといって本文語詩における「むらすゞめ」までがムクドリであったということにはならないが、動植物に詳しいはずの賢治でも、スズメ目のモズとムクドリ、スズメのあたりで名称の不一致があったのはたしかなようで、だとすれば、「むらすゞめ」についても、本作における描写からするとムクドリであった可能性もあるように思う。

島田（後掲B）は、「ひかり妖しく狎れ」る「雪の楓」に「なまめかしい感じ」を読み取る。となると、ここでも「対」の問題が浮上してくるように思われる。「対」になっていると思われるのは、「五十篇」の「風桜」である。「対」とは終章（信時哲郎 後掲B、C）に詳述するが、「五十篇」と「一百篇」にまたがって、詩語やテーマ、イメージなどに似通ったものを使っている詩群のことである。

①風にとぎるゝ雨脚や、　みだらにかける雲のにぶ。
②まくろき枝もうねりつゝ、　さくらの花のすさまじき。

③あたふた黄ばみ雨を縫ふ、　もずのかしらのまどけきを。
④いよよにどよみなみだちて、　ひかり青らむ花の梢《うれ》。

黄罫（220行）詩稿用紙から起稿し、どちらも先行作品の指摘はなく、下書稿と定稿のみが残っているあたりは成立状況も似ているように思える。詩形こそ異なるものの、「さくら」と「楓」、「雨」と「雪」、「みだらに」「うね」る桜の木と「妖しく狎れ」る楓の木、「もず」と「むらすゞめ」という類似は、偶然であるとは考えにくい。童話「土神ときつね」で、賢治は美しくなまめかしい樺の木に恋心を寄せる土神と狐とを描いたが、「風桜」や「〔古き勾当貞斎が〕」における木の美しさも、動物と植物の堺を越えて共通する木のエロティシズム、もしくは一種の異類婚姻譚だったのではないかとも思えてくる。

先行研究

島田隆輔A「定稿化の過程」（「宮沢賢治 文語詩稿の成立」）
信時哲郎A「宮沢賢治「文語詩稿 一百篇」評釈六」（「甲南国文62」甲南女子大学国文学会 平成二十七年三月）
島田隆輔B「63〔古き勾当貞斎が〕」（「宮沢賢治研究 文語詩稿一百篇・訳注Ⅱ」〔未刊行〕平成二十九年五月）
信時哲郎B「「五十篇」と「一百篇」 賢治は「一百篇」を七日で書いたか（上）」（「賢治研究135」宮沢賢治研究会 平成三十年七月→終章）
信時哲郎C「「五十篇」と「一百篇」 賢治は「一百篇」を七日で書いたか（下）」（「賢治研究136」宮沢賢治研究会 平成三十年十一月→終章）

64　涅槃堂

①烏らの羽音重げに、　雪はなほ降りやまぬらし。
②わがみぬち火はなほ燃えて、　しんしんと堂は埋る、。
③風鳴りて松のさざめき、　またしばし飛びかふ烏や。
④雪の山また雪の丘、　五輪塔　数をしらずも。

大意

カラスたちの羽音も重たげで、　雪はまだ降り続けていてやまないようだ。
自分の身体は熱で火照ったままで、　しんしんと涅槃堂は雪に埋もれていく。
風が鳴って松の木がさざめき、　鳥たちもまたしばし飛び交う。
雪の山や雪の丘が並び、　五輪塔は数知れぬほど立っている墓所の様子が思い浮かぶ。

モチーフ

青年時代の参禅経験に発する作品のようだが、推敲が進むと共に涅槃堂の中で病臥している僧が、カラスの群れやしんしんと降る雪、五輪塔といった寒々しい墓所の様子を思い浮かべるという詩になっている。架空の存在を視点人物にしているようだが、「涅槃堂」にたとえられているのは、おそらくは花巻の自宅。定稿を手入れする段階で「わがみぬち火はなほ燃えて」と書き換えているのは、肺を病んでいる賢治自身の思いも含まれているのではないかと思われる。

語注

涅槃堂　「禅宗で、病気になった僧が入る堂」（『日本国語大辞典』）。盛岡市北山にある曹洞宗・報恩寺を舞台として書かれたようだが、小倉豊文（後掲）は「自分の病室を私かに涅槃堂と思っていた」のだろうとし、大角修（後掲）や『定本語彙辞典』も同じ見解。ここでもこれらに従いたい。

わがみぬち火はなほ燃えて　みぬちは身の内。病気のために熱が出ていることを指す。あるいは結核のためにいつも熱っぽいことを言おうとしていたのかもしれない。

五輪塔　仏教の世界観によると、万物は地・水・火・風・空の五大要素でできているとされ、輪とはすべての徳を具備するということ。五輪塔とは、地・水・火・風・空を、それぞれ方形・円形・三角形・半月形・団形にかたどったものだが、平安時代の半ばから死者への供養塔あるいは墓標として用いられた。花巻市の身照寺にある賢治の墓も五輪塔が象られている。「春と修羅 第二集」に「一六 五輪峠 一九二四、三、二四、」があり、「五十篇」には、それを文語詩化した「五輪峠」がある。また、「一百篇」の「病技師〔二〕」の下書稿㈡にも「五輪塔」の語があったが、「天気輪」に置き替えられている。

評釈

「雨ニモマケズ手帳」の百三十一・百三十二ページに書かれた下書稿㈠（タイトル案は「涅槃堂中」→「羅漢堂看経」）、無罫詩稿用紙に書かれた下書稿㈡（タイトルは「涅槃堂」→「病僧」→「チク寺」→「三昧堂」）、黄罫（22０行）詩稿用紙表面に書かれた下書稿㈢（タイトルは「涅槃堂」。鉛筆で㊢）、定稿用紙に書かれた定稿の四種が現存。生前発表なし。

「五十篇」の「〔たそがれ思量惑くして〕」の下書稿㈠は、本作の下書稿㈠が書かれた「雨ニモマケズ手帳」の直前の百二十九・百三十ページに書かれているが、どちらも報恩寺を舞台としたもののようで、内容的にも通底しているところがある。

「「文語詩篇」ノート」の「21 1916」の「一月」の項に次のような記述があったが、どちらも削除されている。文語化されたことを示すのだろう。

報恩寺　◎寒行に出でんとして。
　銀のふすま、◎暁の一燈。◎警策
　　　　◎接心居士、

品行悪しといふとも

なほこの僧のまなざしを見よ。

下書稿㈠は「涅槃堂中」あるいは「羅漢堂看経」というタイトル案があった。「羅漢堂」は盛岡市北山にある曹洞宗・報恩寺の羅漢堂のことだろう。賢治は盛岡中学在学中に北山の寺で下宿生活をしたが、その際に報恩寺で参禅したこともある。

朋らいま羅漢堂にて
朝づとめ了るらしきに
われはしも疾みて得立たね
むなしくも冬に喘げり

羅漢堂看経を終へ
座禅儀は足の音にまじり
衆僧いま廊を伝へば

あゝ聖衆来ますに似たり

視点人物である「われ」は僧であり、病んで涅槃堂に臥している。僧の仲間たち（＝朋）の声が、そこに聞こえてきたということだろう。フィクションであるが、盛岡高等農林学校の友人・大谷良行（「賢治君を思う」『宮沢賢治とその周辺』川原仁左エ門　昭和四十七年五月）は、「私共は松井先生や学生二十人位で願教寺（真宗）中心に仏教青年会を作っていたので、日曜日によく会合していた。で宮沢君と一緒に寮を出て、私共は願教寺に、彼れは独り別れて隣の報恩寺に行つて尾崎文英の教えを受けていた」と書いており、また、賢治の親友だった保阪嘉内の日記にも「報恩寺見物、漱石の訃」（漱石が没したのは大正五年十二月）とあることから、盛岡高農の友人がイメージされているのかもしれない。

最終行にある「聖衆」は、この段階から後は消えてしまう言葉だが、「臨終の時、阿弥陀仏が諸菩薩とともに迎え来て、念仏行者を浄土に導くこと」（『広説仏教語大辞典』）を意味し、「一百篇」の「二月」にも登場する。僧たちの足音が、阿弥陀仏たちが迎えにくる音のように聞こえたということだろう。浄土教的な考え方なので、賢治の法華経信仰と合わず、また、禅宗にも似つかわしくない。しかし、同じ文語詩の「二月」に登場していることを思えば、重複を避けるために削除したと考えるべきかもしれない。

以上の詩句は、全て青鉛筆によるもので、黒鉛筆で後から書き込まれたのが次の詩句である。

かの町の淫れをみなに
事ありと朋ら云へども
なほしかの大悲の瞳
おゝ阿難師をまもりませ

雪の山また雪の丘
ふるさ〔?〕は／はるかに／遠く
ふみわけん／みちは／知らずも

前半は報恩寺住職の尾崎文英のことなのだろう。尾崎は「巨大なニセ坊主」と陰口をたたかれるような存在だったというが、その人物や学識は賢治をひきつけたという。親戚の関登久也に向かって、賢治は「あの和尚はいつわりは言いません」と言ったらしい（「盛岡高等農林学校時代」『新装版 宮沢賢治物語』学習研究社 平成七年十二月）

続く下書稿(二)は「涅槃堂」と題され、次のように変化する。

よべよりの雪なほやまず
松が枝も重りにけらし
棟遠き羅漢堂には
衆僧いま盤《ママ》若を転ず

定省を父母に欠き
養ひを弟になさで
ひたすらに求むる道の
疾みてなほ現前し来ず

起き出でて北をのぞまじ
松なみのけむりにも似ん
雪の山また雪の丘
ふるさとのいとゞ遠しも

かの町の淫れをみなと
事ありと人は云へども
なほしかの大悲のひとみ
おゝ難陀師をまもりませ

松の枝かすかに枝《ママ》れて
どと落ちし雪の音あり
衆僧いま看経を終へ
こなたへととめくるごとし

まず、「定省を父母に欠き／養ひを弟になさで／ひたすらに求むる道の／疾みてなほ現前し来ず」が加わったのが目につく。しかし、これは最晩年の賢治の状況であって、中学や高等農林時代に賢治が思っていたことではない。若き日の経験やイメージを元にして、晩年の心境を述べているのだろう。

ただ、「ふるさとのいとゞ遠しも」とあることから、第三者化して描こうという意図も残っていたようだ。あるいは、大角修（後掲）が書くように、昭和六年九月二十一日に東京で高熱を発し、家族に宛てて遺書をしたためた経験を、この「ふるさと」の文字に託していたのかもしれない。

　冒頭部分と結末部分で、松の枝に雪が積もる描写が加わっているが、これは「〔たそがれ思量惑くして〕」の下書稿㈠、つまり「雨ニモマケズ手帳」の前ページのメモから借りてきたものである。

　この段階では、下書稿㈠にあった「朋ら」や「聖衆」を引き継いでいないが、それでもずいぶん多くの要素を抱え込んでいるように感じられる。

　下書稿㈡の手入れ段階では、「三昧堂」と題され、次のようになっている。

黒鳥か羽音重げに
雪はなほ降りやまぬらし
廊遠き鬼子母堂には
同学《とも》らいま暁《あけ》の看経《かんきん》

けさしなほわが得も死なず
人知らに堂はうもるゝ
みちのくのこのはてにして
人しらにはてんとすれや
よろぼひて窓にのぞまば
松なみのけむりにも似ん
雪の山また雪の丘
いづちともみちははるはし《ママ》

灯を赤きかの街にして
事ありと人はそしれど
何ぞかの盤石み声
おお阜諦師をまもりませ

松の枝あえかに折れて
どと落ちし雪の音より
ともらいまつとめを了へて
しづかにも廊を来るらし

　ここでは、「定省を父母に欠き／養ひを弟になさで／ひたすらに求むる道の／疾みてなほ現前し来ず」という賢治自身の身の上に引きつけ過ぎたと思われる詩句が削られ、「みちのくのこのはてにして／人しらにはてんとすれや」というように、単なる病気ではなく、まさに死が目前にせまった状況であるように改稿される。また、「黒鳥」が現われたり、「鬼子母堂」などというう寂しく、陰気な語がつかわれているのも注目される。

　このあと、最終連の松の雪が落ちる件りは「五十篇」の「〔たそがれ思量惑くして〕」の下書稿㈢（㊢が付されている）に戻され、「三昧堂」（涅槃堂）では「松のさゞめき」が残される。

「〔たそがれ思量惑くして〕」の定稿は次のとおり。

①たそがれ思量惑くして、銀屏流沙とも見ゆるころ、
　堂は別時の供養とて、盤鉦木鼓しめやかなり。

②頰青き僧ら清らなるテノールなし、老いし請僧時々に、
　バスなすことはさながらに、風葱嶺に鳴るがごとし。

③

④時しもあれや松の雪、をちこちどど落ちたれば、
　室ぬちとみに明るくて、品は四請を了へにけり。

「〔たそがれ思量惑くして〕」では、参禅の際に、銀屏風がタクラマカン砂漠（流砂）に見え、僧たちのテノールとバスの声がパミール高原（葱嶺）に吹く風のように聞こえ、そこで松の枝から雪が落ちる音が聞こえ、はっと思うと法華経の如来寿量品が聞こえてくる…　といった、仏教のエキゾチックな魅力が満載された詩になっている。

一方の「三昧堂」（「涅槃堂」下書稿㈡）の最終形態は次のようなものになる。

①黒鳥か羽音重げに
　雪はなほ降りやまぬらし

②みちのくのこのはてにして
　人しらにはてんとすれや

③雪の山また雪の丘
　五輪塔数をしらずも

④風鳴りて　松のさゞめき
　またしばし鳥はとびかふ

「〔たそがれ思量惑くして〕」とは、双子的な作品だったはずなのに、「涅槃堂」は、暗く、静かで、希望の光さえ差し込まない感じである。松の枝から雪が「どど落ち」るイメージが消えただけでなく、「同学《とも》」のモチーフもいつしか消え、音や動きといえばカラスと風しか残っていない。死を目前にした病僧の淋しい心象風景だけがクローズアップされているように感じられる。

また、「灯を赤きかの街にして」という師の遊蕩のモチーフも消えている。赤という色合い、そしてなによりも、病僧の心境にしてはなまめかしすぎるからだろう。さすがにこれは「〔たそがれ思量惑くして〕」の仏教的世界に転用するわけにもいか

なかったようだ。「一百篇」の「〔燈を紅き町の家より〕」における冒頭の一行、つまり「燈を紅き町の家より」にイメージも言葉も近いが、ここから受け継がれたのかもしれない。

「涅槃堂」とタイトルをつけられた下書稿㈢で、ようやく㊢の印が付けられている。

黒鳥か羽音重げに
雪はなほ降りやまぬらし

けさしなほわが得も死なず
人知らに堂はうもるゝ

風成りて松のさゞめき
またしばしとびかふ鳥や

雪の山また雪の丘
五輪塔数をしらずも

さて、このように盛り込まれすぎていたイメージは、推敲が進むにつれてそぎ落とされ、ついには下書稿㈠にあった「われはしも疾みて得立たね」という病僧のモチーフだけを残して定稿が成立している。

もう一度、定稿を掲げてみよう。ここでもタイトルは「涅槃堂」である。

①鳥らの羽音重げに、　雪はなほ降りやまぬらし。
②わがみぬち火はなほ燃えて、　しんしんと堂は埋るゝ。
③風鳴りて松のさざめき、　またしばし飛びかふ鳥や。
④雪の山また雪の丘、　五輪塔　数をしらずも。

賢治は、いったん定稿を書き終えたあと、「わが命なほ今朝燃えて」とあった二行目の文字を消し、「わがみぬち火はなほ燃えて」に改めている。理由はわからないでもない。「わが命なほ今朝燃えて」では、斎藤茂吉の「あかあかと一本の道とほりたりたまきはる我が命なりけり」（『赤光』東雲堂書店 大正二年十月）をも思わせるような、病気にかかっても、たくましく生き延びていこうという生命力を感じさせてしまいかねないからだ。

事実、定稿の二行目欄外には「？」が付されている。つまり、一度書き上げられた定稿の詩句に、おそらくは賢治自身が違和感を感じ、その後に「わがみぬち火はなほ燃えて」に書き改めたのではないだろうか（同じ時に、冒頭に「黒鳥か」とあったのが「鳥らの」に改められているが、こちらには「？」等の印はない）。

ところで、身の内に熱を持ちながら、死を意識しなければいけない病気とはなんだろう。風邪かもしれないが、風邪をひいてカラスや五輪塔を思い起こすのは大げさに過ぎる。当時は死の病であった結核のことを指すのではないかと思う。だとすれば賢治は、推敲の最終段階になって、ついに現在の自分自身の心境を病僧に託して述べた、ということになるかもしれない。

先行研究

小倉豊文「朋らいま羅漢堂にて」（『「雨ニモマケズ手帳」新考』東京創元社 昭和五十三年十二月）

大角修「涅槃堂」（『宮沢賢治 文語詩の森 第三集』）

信時哲郎Ａ「〔たそがれ思量惑くして〕」（『五十篇評釈』）

大角修「《宮沢賢治》入門⑩ 最後の作品群・文語詩を読む」（「大法輪81―３」大法輪閣 平成二十六年三月）

信時哲郎Ｂ「宮沢賢治「文語詩稿 一百篇」評釈六」（「甲南国文62」甲南女子大学国文学会 平成二十七年三月）

島田隆輔「６４ 涅槃堂」（「宮沢賢治研究 文語詩稿一百篇・訳注Ⅱ」〔未刊行〕平成二十九年五月）

65　悍馬〔二〕

①廐肥《こえ》をはらひてその馬の、　まなこは変る紅《べに》の竜、
けいけい碧きびいどろの、　天をあがきてとらんとす。
②黝き菅藻の袍はねて、　叩きそだたく封介に、
雲ののろしはとゞろきて、　こぶしの花もけむるなり。

大意

運んできた廐肥を振り払ったその馬の、眼は紅い竜となり、炯炯と青くそまったガラスのようで、天まであがいて登って行きそうだ。
黒い海藻の上着をはねとばして、暴れ馬を叩きに叩く封介に、雲はのろしのように高く上がり、コブシの花の香も漂っている。

モチーフ

農村における人と馬とのかかわりを描いた作品。封介は、その本名・（伊藤）忠一とともに「春と修羅 第三集」によく登場する実在の人物であるが、わかっているかぎり全ての登場作品で怒っている。賢治は瞋恚《しんに》の感情を嫌ったが、封介の怒りは農作業がうまくいかない際などに発するもので、賢治にも覚えのあるものであった。余所者を警戒し、排除しようとする視線に囲まれた賢治にとって、ストレートに農作業に関する怒りを表現してくれる封介（忠一）は、安心できる存在だったのかもしれない。

語注

悍馬　精悍な馬。すなわち「才気が鋭く、勇敢なこと。また、そのさま。現在では、からだつき、顔だち、目つきなどが引きしまっていて、鋭くたくましく、活力があるように見えるさまをいう」（『日本国語大辞典』・「精悍」の項）という特徴を持った馬のこと。ただし、『デジタル大辞泉』で「悍馬」を引くと「気が荒く、制御しにくい馬。あばれうま。あらうま」ともあった。ここでは、「あばれうま。あらうま」のニュアンスに近いかと思う。

厩肥《こえ》　家畜小屋の敷きわらと糞尿を混ぜて発酵させた肥料。「きゅうひ」や「うまやごえ」とも呼ぶが、ここでは「こえ」と読ませている。

まなこは変る紅の竜　大塚常樹（「赤い眼の強迫観念《オブセッション》」『宮沢賢治 心象の記号論』朝文社 平成十一年九月）は、馬の赤い眼に修羅性を見出し、馬が竜の意識に飲み込まれているのだとする。また、王敏（後掲）は、竜が馬に化身させられている『西遊記』の影響を見ようとしている。大塚が指摘するように「初期短篇綴等」の「山地の稜」や「歌稿〔B〕」の294・295aにも似た表現があり、賢治が好んだ言い方のようだ。

けいけい　漢字をあてはめれば炯々。「目が鋭く光るさま」「物がきらきら光りかがやくさま」（『日本国語大辞典』）であろう。大角修（後掲）は、馬の眼を指すとともに、青い空が輝いていることも示そうとしているのだろう、とする。

黝き菅藻の袍　虻を追いはらうために馬に黒い菅藻を付けていたことを指す。「五十篇」の「〔盆地に白く霧よどみ〕」にも「藻を装へる馬ひきて」という句がある。柳田国男も『遠野物語』（柳田国男 明治四十三年）で「馬は黝き海藻を以て作りたる厚総を掛けたり。虻多き為なり」と書いている。ただし、長沼士郎による「読書会リポート」（『賢治研究100』宮沢賢治研究会 平成十八年十月）によれば、先行作品「一〇四六 悍馬 一九二七、四、二五、」の下書稿㈡に「黝い菅藻の袍を着た／歴山封介押へる押へる」とあることから、「この作品の菅藻は封介が着ていたと解釈するのが妥当だということが、この日の読書会で確認された」との報告がある。大角修（後掲）は、封介が「黒い海藻のように見えるぼろの綿入れをまとった」のだとする。口語詩の下書稿㈡にある「黝い菅藻の袍を着た／歴山封介」とあるのと、下書稿㈠に「木綿角縞の袍を着た／歴山封介」とあるのを両立させようとしたのだろう。ただ、口語詩の下書稿㈢への手入れには「黝い菅藻の蝿よけをなでながら」とあることを思うと、馬にかける「黝き菅藻の袍」が実際にそこにあったのはたしかなようなので、島田隆輔（後掲A）が書くように、「ここでは封介の身なりの比喩に重ねられているようにもみえるが、厩肥を下した馬に掛けてやるために、封介が負うていたのかもしれない」というのが最も妥当な判断だろうと思う。

そだたく　「叩きそだたく」で、「そ」は勢いづけるための文字だろう。『十字屋版宮沢賢治全集』の「語註」には「古語。そつとたたくの意」とあり、また、『日本国語大辞典』には「そだたく」の項目があり、「語義未詳。「そ」は十分にの意、「たたく」は「手たく」で手を働かせる、すなわち抱く意で、しっかり抱きしめる意か。一説に、愛撫すること、また軽くたたくの意」とある。暴れ馬にたいして「そっと叩く」のは状況からして理解しにくいし、まして愛撫する状況であったとは思いにくい。「五十篇」の同タイトル作品「悍馬〔一〕」には、「おとしけおとし」とあったが、この「け」が文法的に説明が難しいのと、本作の「そ」が、やはり文法的に説明が難しいのとは同じことだろう。終章（信時哲郎 後掲B、C）でも述べるように、二つの「悍馬」は、「対」とも言うべき双子的作品であると思われるが、その中で、この「け」と「そ」も似た情緒、似た勢いを感じさせるために用いたものだろう（ちなみに賢治は鉛筆㊢稿にて、「おとしけおとし」のフレーズを混入させ、また、それまで「牧人」であったタイトルも、㊢稿で「悍馬図」に改変し、定稿で「悍馬」としている）。

雲ののろし　雲がのろしのように高く上がっていたのだろう。ただ、木村東吉「考察と資料『春と修羅 第三集』『詩ノート』創作日付の日の気象状況」『近代文学の形成と展開 継承と展開8』和泉書院 平成十年二月）によれば、「終日快晴で、作品は幻想性が強い」とのこと。

評釈

先行作品である「春と修羅 第三集」所収の口語詩「一〇四六 悍馬 一九二七、四、二五、」の下書稿㊂が書かれた黄罫（240行）詩稿用紙の裏面に書かれた下書稿（手入れ段階で「悍馬」のタイトル。鉛筆で㊢）、定稿用紙に書かれた定稿の二種が現存。生前発表なし。

まず、「一〇四六 悍馬」の最終形態からみていこう。

封介の廐肥《こえ》つけ馬が、
にはかにぱっとはねあがる
眼が紅く　竜に変って
青びいどろの春の天を
あせって掻いてとらうとする
廐肥が一っつぽろっとこぼれ
封介は両手でたづなをしっかり押へ
半分どてへ押つける
馬は二三度なほあがいて
やうやく巨きな頭をさげ
竜になるのをあきらめた
　雲ののろしは四方に騰り
　萱草芽を出す崖腹に
　マグノリアの花と霞の青
ひとの馬のあばれるのを

なにもそんなに見なくてもい、
おまへの鍬がひかったので
馬がこんなにおどろいたのだと
こぼれ廐肥にかゞみながら
封介はしづかにうらんで云ふ
封介は一昨日から
くらい廐で熱くむっとする
何百把かの廐肥をしばって
すっかりむしゃくしゃしてゐるのだ

後半で封介が賢治に向かって憎まれ口をきいているようだが、その部分を削除したのみで文語詩が成り立っているようだ。

封介というのは、日本人としてあまり一般的な名前ではないように思うが、香取直一（「宮沢賢治、その魅力4 アレキサンダー封介とその愛馬」「東洋の人と文化30」人と文化社 昭和六十二年十一月）が書いているように、「袍《ほう》」とあわせて「封《ほう》介」と読ませたかったのではないかと思う。「五十篇」の「暁」の「評釈」（信時哲郎『五十篇評釈』）にも書いたように、ここには島崎藤村が「鳥なき里」（『落梅集』春陽堂 明治三十四年八月）で、「鳥なき里の蝙蝠や／宗助鍬をかたにかけ／幸助網を手にもちて／山へ宗助海へ幸助」と書き、「幸助（コースケ）」「宗助（ソースケ）」の音韻のおもしろさを利用していたことが影響しているのではないかと思う。大角修（後掲）は、馬にホウホウと掛け声をかけていたことからつけられたのではないかというが、その可能性も考えてよいかもしれない。

また、モデルについては、香取（前掲）が書いているように、大正十四年に花巻農学校で一年学び、羅須地人協会の隣に住んでいたことから、賢治の自炊生活時代に密接な関係があったと思われる伊藤忠一だとしてよいだろう。「一〇四六 悍馬」の下書稿㈠（「詩ノート」）には「歴山忠一」とあり、また、馬を飼っていたことからもほぼ間違いなさそうだ。伊藤は羅須地人協会の集まりに当初より参加し、「労農詩論三講」を「むづかしすぎて途中でゐねむり」しながらもノートに書きつけ、合奏団ではフルートを担当した人物で、羅須地人協会の集会の案内状の配布も賢治から依頼されたという。

ところでこの伊藤忠一だが、「春と修羅 第三集」には、よく登場する。もちろん全ての忠一なり封介が、実際の伊藤忠一をモデルにしたものであるかどうかはわからないにしても、どの農民とも、どの教え子とも違った扱いを受けていることは注目されてよい。

『新校本全集』の『索引』で調べてみると、まず、「七三八 はるかな作業 一九二六、八、一〇、」があがっている。「ここの畑できいてゐれば／楽しく明るさうなその仕事だけれども／晩にはそこから忠一が／つかれて憤って帰ってくる」とある。次にあがっているのは「一〇一七〔水は黄いろにひろがって〕」であるが、ここでは「忠一がいま吠えるやうに叫んで／その巨きな黄いろな水に石をなげる」とある。北上川が増水した時の作品だ。そして、『新校本全集 第五巻』所収の口語詩「〔鳴いてゐるのはほととぎす〕」もあがっており、ここでは早朝から鳴き始めるホトトギスの声で眠れずに「ぶりぶり憤りながら忠一が起きる」とある。「〔鳴いてゐるのはほととぎす〕」は「暁」（「五十篇」）として文語詩になったが、ここでも「醒めたるま、を封介の、 憤りほのかに立ちいで、、」とある。そして本作でも、やはり暴れ馬に怒り、そのきっかけを作った賢治に対しても怒っている。

多くの作品に登場しながら、これほどいつも怒っている存在というのは、極めて異例ではないだろうか。本人のキャラクターの問題なのかもしれないが、当の伊藤は、賢治のことを気持ちの変化が激しく、「めったになれなれしくなど近づけるような人ではながんした」と語っており（菊池忠二「詩碑付近」『私の賢治散歩下巻』菊池忠二 平成十八年三月）、本当のところはわからない。瞋恚《しんに》（いかり）の感情を嫌ったはずの賢治だが、伊藤の怒りについては、どうも好意的に書いているように感じられるのである。

「春と修羅 第三集」において、賢治は農村の人々から疎まれる存在であったことをさまざまに書いている。たとえば、「七一五〔道べの粗朶に〕一九二六、六、二〇、」では、「するどく斜視し／あるひは嘲りことばを避けた／陰気な幾十の部落」と書き、「七三五 饗宴 一九二六、九、三、」では、「地主や賦役に出ない人たちから／集めた酒を飲んでゐる」場面で、「こどもはむぎを食ふのをやめて／ちらっとこっちをぬすみみる」と書く。「一〇四六 悍馬」が書きつけられる四日前には「一〇四二〔同心町の夜あけがた〕一九二七、四、二一、」が書かれ、「町をさしてあるきながら／程吉はまた横眼でみる」とし、また「一〇七七 金策 一九二七、四、二一、」では、「金持とおもはれ／一文もなく／一文の収入もない／そしてうらまれる」とも書いている。賢治は農村における自分への視線について、「われわれ学校を出て来たもの／われわれ町に育ったもの／われわれ月給をとったことのあるもの／それ全体への疑ひや／漠然とした反感ならば／容易にこれは抜き得ない」（「一〇四二〔同心町の夜あけがた〕」）としている。

こうした農民たちからの冷たい視線に比べると、忠一の怒りはわかりやすい。どれもが農作業に直接に発する単発的な怒りだ。「一〇四六 悍馬」において、忠一が賢治に向かって憎まれ口をたたくのは、極めて純粋な怒りである。忠一が怒っていたのは、賢治が盛岡高等農林学校を出たインテリだからでも、町に住んでいたからでも、サラリーマン教師をした経験があったからでもない。「ひとの馬のあばれるのを／なにもそんなに見なくてもい、」と思ったからであり、また、「おまへの鍬がひかったので／馬がこんなにおどろいた」からである。

いつでも怒って、いつでも何かに文句を言っている存在といえば、賢治童話の登場人物ならば悪役ということになろう。しかし、伊藤の怒りは、農作業をしている者にとっては誰もが共通して感じるようなものであり、人を妬んだり、陥れたりするような陰湿なものではない。おそらくは人類が農業を始めて以来、ずっと感じ続けてきた類のものであり、これは収穫の喜びが自然に生まれるような、自然な感情であった。そのために文語詩として書き留めておくべきことだと思ったのではないだろうか。

賢治も「七二八〔澱雨はそそぎ〕一九二六、七、一五、」で、農作業の途中で突然の雨に見舞われた経験について、「わたくしはひとり仕事を怠る」と書いていたが、これも人を妬んだり、陥れたりしようとする怒りではない。

そうした意味で、賢治を異質な存在であると冷ややかな視線を送るのではなく、同胞として、農民らしい喜怒哀楽を存分に見せ、共に生きていることを実感させてくれる人物であったのが伊藤忠一だった、ということではないだろうか。都合のいいことに、教え子でもあって気安い存在だった伊藤は、隣家に住んでいる。一挙手一投足までが見聞きしやすく、農村をテーマにした文語詩を作る際のモデルとしては最適だったのだろう。

賢治は昭和五年三月十日、伊藤に対して「たびたび失礼なことも言ひましたが、殆どあすこではじめからおしまひまで病気（こころもからだも）みたいなもので何とも済みませんでした」という書簡を送っているが、賢治が「失礼なこと」を言うことができたのも、おそらく精神的な距離が近かったからではないか、と思うのである。

先行研究

大角修「悍馬〔二〕」（『宮沢賢治 文語詩の森 第二集』）
王敏「白馬の原形」（『宮沢賢治、中国に翔る想い』岩波書店 平成十三年六月）
島田隆輔A「原詩集の輪郭」（「宮沢賢治 文語詩稿の成立」）
島田隆輔B「宮沢賢治の文語詩稿の一側面 その風土性と時代性」（「井伏鱒二の「在所もの」と宮沢賢治の「文語詩」井伏鱒二の小説「鐘供養の日」研究2」福山大学人間文化学部人間文化学科近現代文学研究室 平成二十三年三月）
信時哲郎A「宮沢賢治「文語詩稿 一百篇」評釈六」（「甲南国文62」甲南女子大学国文学会 平成二十七年三月）
島田隆輔C「65 悍馬」（「宮沢賢治研究 文語詩稿一百篇・訳注Ⅱ」〔未刊行〕平成二十九年五月）
信時哲郎B「「五十篇」と「一百篇」賢治は「一百篇」を七日で書いたか 上」（「賢治研究135」宮沢賢治研究会 平成三十年七月↓終章）
信時哲郎C「「五十篇」と「一百篇」賢治は「一百篇」を七日で書いたか 下」（「賢治研究136」宮沢賢治研究会 平成三十年十一月↓終章）

66　巨豚

①巨豚ヨークシャ銅の日に、
棒をかざして髪ひかり、
金毛となりてかけ去れば、
追ふや里長のまなむすめ。

②日本里長森を出で、
鬚むしやむしやと物喰むや、
小手をかざして刻を見る、
麻布も青くけぶるなり。

③日本の国のみつぎとり、
えりをひらきてはたはたと、
里長を追ひて出で来り、
紙の扇をひらめかす。

④巨豚ヨークシャ銅の日を、
旋れば降《くだ》つ栗の花、
こまのごとくにかたむきて、
消ゆる里長のまなむすめ。

大意

巨大なヨークシャー種の豚が夕焼に染まって、金毛となって駆け去ると、棒を高く上げながら髪の毛を光らせ、追いかけるのは村長の愛娘であった。

日本の村長が森を出て、小手をかざして腕時計を見て、むしゃむしゃした髭でむしゃむしゃと物を嚙むと、羽織った青い麻布もけむったように見えた。

日本国の徴税吏が、村長を追いかけて森から出てくると、襟を広げてハタハタと、紙の扇子であおぎ始める。
巨大なヨークシャー豚は夕日の中で、コマのように身体を傾けて、
走り回っていると栗の花が落ちるが、村長の愛娘は姿を消したまま戻ってこない。

モチーフ

ヨークシャー種の豚を追いかける里長の娘を描いていたが、やがて豚の持ち主だと思われる里長が登場し、文語詩になると里長を追う徴税吏も登場している。いずれにせよ非文明国＝日本を象徴する存在として、賢治は彼らを描いたのであろう。しかし、本作には農村批判や体制批判よりもユーモアが漂っており、最終連は豚と娘とが消えてしまうという異類婚姻譚の趣も醸し出されている。賢治は農村批判を語るふりをしながら、一つの説話や昔話のようなものを語りたかったのかもしれない。

語注

巨豚ヨークシャ　ヨークシャー種の豚には大中小があり、大型のものは顔のしゃくれが少なく、耳が立ち、体重は三百～三百五十kgになる。ヨークシャー種自体は、島田隆輔（後掲B）が書いているように世界的にも優良種で日本でも多く飼育されたが、大ヨークシャー種になると、昭和十年代の段階で「明治初年頃にはチエスターホワイト種、大ヨークシヤー種等も輸入されたが、之等は殆ど普及されずに終はつ」（北海道農業研究会「豚の品種」『豚と其の飼ひ方』淳文書院　昭和十一年二月）た、あるいは「本種ハ他種ニ比シ強健多産ナレ共頗ル粗大ニシテ発育遅ク小農ノ飼養ニ適セス、殊ニ我国ノ如キニアリテハ特殊ノ事情ノ下ニアラサル限リハ中形種、小形種ニ及ハサルコト遠キ種類ナリ」（永田厚平「種類」『新シキ豚ノ飼方』長隆社　大正十二年八月）ともいう。童話「〔フランドン農学校の豚〕」に出てくる「ヨークシヤイヤ」は、強制肥育のため三十五貫（百三十一・二五kg）まで太らされて屠られているが、「大もののヨークシャ豚」ではあるかもしれないが、大ヨークシャー種ではなさそうだ。

日本里長　日本の村長の意だろう。読み方は音数の関係から「にっぽんりちょう」だろう。第三連の「日本の国」は、音数から考えて「にほんのくに」。日本がまだまだ文明化できていない野蛮な国であると揶揄するために「日本」が使われているのだろう。

みつぎとり　徴税吏。村長（里長）を徴税人が追いかけてくる

となると、童話「税務署長の冒険」において、ユグチュユモト村の名誉村長はじめ校長や議員までが密造酒造りに加担していた物語が思い出される。当時の東北地方における酒の密醸はかなりさかんだったというが、「里長を追ひて」きたのに、追いかけられているはずの里長がむしゃむしゃとものを食べていることからすると、密醸を暴くための内偵であったように思われる。

評釈

「春と修羅 第三集」所収の「一〇三二〔あの大もののヨークシャ豚が〕」一九二四、四、七、」の下書稿㈢が書かれた黄罫（220行）詩稿用紙に書かれた下書稿（青インクで(写)）、定稿用紙に書かれた定稿の二種が現存。生前発表なし。先行作品は「一〇三二〔あの大もののヨークシャ豚が〕」。また、『新校本全集』にも書かれているとおり、「一百篇」の「退耕」とは共通点が多く、姉妹稿とも言えるかと思う。

「退耕」の定稿は次のようなものである。

①ものなべてうち訝しみ、　こゝろ粗き朋らとありて、
　黄の上着ちぎるゝまゝに、　栗の花降りそめにけり。
②演奏会《リサイタル》せんとのしらせ、　いでなんにはや身ふさはず、
　豚《ゐのこ》はも金毛となりて、　はてしらず西日に駈ける。

金毛の豚が西日に向かって駈けていくという点、栗の花が降ってくるという点など、共通性は明らかだ。ただ、「退耕」は農村に外部から入った人間自身の感慨であるのに比べて、「巨豚」に登場するのは、豚、まなむすめ、里長、みつぎとりの四者で、農村の内部の人間を描こうとしている点に違いがある。また、言葉の使い方や扱われる題材も、「巨豚」にはどこかコミカルな要素があるように感じられる。

さて、「一〇三二〔あの大もののヨークシャ豚が〕」の原点ともいうべき「詩ノート」の「一〇三二〔扉を推す〕」一九二七、四、七、」から見てみたい。

扉を推す
森と
西に傾く日
となりの巨きなヨークシャイヤ豚が
金毛になり
独楽のやうに傾きながら
まっしぐらに西日にかけてゐる　かけてゐる
追ってゐるのはその日本の酋長の娘
棒をもって髪もみだれかゞやきながら豚を追ふ

天沢退二郎（後掲）の指摘を待つまでもなく、「酋長」という

語には、相手を未開人であると見做す偏見が含まれている。天沢は「アイヌの首長とその娘のイメージに基づいている」とし、「「日本」を「未開人の国」と見立てる批評的な視線と、それを「日本の里長」に言いかえることによって、逆にアイヌ（ならアイヌ）の視点からそれを差異化する隠れたまなざしとを重合せている」とする。「一百篇」の「〔二山の瓜を運びて〕」の先行作品には「熟蕃」（教化され帰順した台湾先住民のこと）という言葉もあったから、賢治の未開人のイメージはアイヌに限ったわけではないだろうが、いずれにせよ、日本人を客観視することによって、その文明的とは言い難い諸事を引き出そうという意図があることはたしかである。日本人のどこが未開、野蛮なのかと言えば、まず、村長の娘が豚を追いかけているから、と考えるのが自然だろう。つまり、動物の生命を奪って食べようとする様を野蛮と見做したのだろう。

ところで、本当に一人の女性が「巨豚」を屠ることができたのかという疑問も残るが、「詩ノート」は、あまり虚構化がなされていない段階だと思われるので、おそらく実際にこうした場に賢治は居合わせたようである。

ただし玉那覇徹「屠殺及び貯肉法」（『養豚全書』三光堂 明治三十四年十二月）が、「最も簡便にして適当なる方法」として紹介する豚の屠殺法であっても、「早朝豚を小屋より出して四足を縛りて横に臥せしめ或は図の如く逆向きに懸下し額の正面を木槌様のものを以て撲ちて之れを殺し直ちに咽喉部の大動脈を切り充分多量に出血せしむべし血液は器物に受け取るべし若し之れを食用にするならば必ず豚を横に臥せしめて頸部に力を加ふべし懸下するときは汚物の血液中に混入するの憂ひあり」とあり、娘一人でこうした作業ができたとは考えにくい。まして相手が百kgを越すような巨豚であったとすれば、ほとんど不可能だろう。

もっとも賢治の教え子だった照井謹二郎は、稗貫農学校の「畠山校長が校舎北側の農舎前で柄の長いマサカリを持って豚を殺すのを見た。この時、生徒たちや宮沢先生は建物の後ろの方でかくれていた。死んだ豚は解剖実習により解体され、その後、小野寺（豚を預かった花巻農学校の生徒。小野寺政太郎か？：信時注）らは大きな釜で肉汁を作り、みんなで食べた」（佐藤清「四時」『宮沢賢治 文語詩の森 第二集』）ともいうので「棒」（マサカリ？）一本で、豚を仕留めようとしていた可能性もゼロではない。

しかし、玉那覇によれば「生活する間は体液はアルカリ性なれども非常に煩悶せしむるか又は久しければ酸性となるアルカリ性は腐敗し難く酸性となれば速に腐敗し易し故に可成的体液の変性せざる様に急に撲殺すべし」ともいうので、走り去っていく豚を追いかけて撲殺するということは、まずなかっただろう。「フランドン農学校の豚」でも、「連れ出してあんまりギーギー云わせないようにね。まずくなるから」という言葉があったとおりだ。

それでは里長の娘が何をしていたのかということになるが、玉那覇の本に「今後養豚せんとするものは運動場を設け豚をして適当の運動をなさしめざるべからず」（「管理法」）ともあり、「フランドン農学校の豚」でも、豚を無理に運動させるシーンがあることから、運動させるために走らせていた可能性もある。ただ、盛岡高等農林学校の草刈虎雄講師が「豚に就いて」（「岩手毎日新聞」大正十二年一月五日）で、豚には適度な運動をさせるべきだが、大人の豚であれば運動の必要はなく、暗い部屋に閉じ込めておけばよいと書いており、もしも本作における「ヨークシャ」が「巨豚」というほどの大きさになっていたのだとすれば、運動させる必要はなかったということになろう。おそらくは、なにかのミスで豚が逃げ出すということがあり、里長の娘が、それを追いかけていたということではないだろうか。

賢治がこうしたことをどこまで知っており、どこまで描こうとしていたのかはわからない。ただ、このヨークシャ豚が、遅かれ早かれ人間によって命を奪われる運命にあったことには変わりなく、だとすれば、いかなる理由であったとしても、豚を追いかける「むすめ」が、野蛮であるとされていたことには違いないだろう。

ところで、渡辺宏（Kenji Review33　http://why.kenji.ne.jp/review/review33.html 平成十一年十月）の次のような指摘は興味深い。

確かに大ヨークシャーやランドレースといった品種は大型の豚ですが、肉用に出荷されるのは普通生後半年くらいのものなので、そんなに巨大というものではありません。あまり大きくなるまで育てると、肉が固くなってしまうのと、飼料効率が悪くなるので、食用の豚は長期間の肥育はしません。

「巨豚」という呼び方にふさわしいのは、種雄豚で、これは一見のけぞるほど大きなものです。

この「巨豚（種雄豚）」になると、すでに肉としての価値はほとんどなく、通常の価格で肉にするというわけにはいきません。（廃用＝屠殺後は飼料などにされるようです。）

要するに、「巨豚」は「食われる者」とは言いにくいのです。存在としては「生殖する者」と言う方があたっています。

私はここでは種雄豚と里長のまなむすめを「オシラサマ伝説」の馬と娘にあてはめた、エロチックな情景を考えています。

文語詩には「旋れば降つ栗の花」とあるが、これは七月頃の季節を示すというためだけでなく、歌人・詩人の木村草弥（「K-SOHYAPOEM BLOG」http://poetsohya.blog81.fc2.com/blog-entry-210.html）が「栗の花は、ちょうど男性のスペルマの臭いと同じ香りを発する。だから栗の花というと、文学的には「精液」あるいは「性」の暗喩として使われることが多い」というとおりで、渡辺のいう「エロチックな情景」というのも、決して牽強付会だとは言えない。もしかしたら、賢治はこの異類婚姻譚の趣を、未開・野蛮なものだと考えていたのかもしれない。

　さて、「詩ノート」に書かれた下書稿㈠の次には、黄罫（220行）詩稿用紙に「豚」と題されて次のように書かれたという。

あの大もののヨークシャ豚が
けふははげしい金毛《け》に変り
独楽《こま》よりひどく傾きながら
西日をさしてかけてゐる
もうまっしぐらかけてゐる
かけてゐる　かけてゐる
まっ黒な森のへりに沿って
まだまっしぐらにかけてゐる
追ってゐるのは
棒をかざして髪もかゞやく
その日本の酋長の娘
栗の梢でぐらぐらゆれてゐるのは夕日
森のこっちにあらはれて
小手をかざして日を見るものは
青い麻着た酋長で
娘も豚ももう居ない

この段階で「酋長の娘」だけでなく「酋長」がはじめて登場する。原稿に手入れする段階で、酋長は里長に書き換えられ、また、「なにかむしゃむしゃ食ひながら」が付け足される。そして、文語詩の下書稿㈠になると、今度は「日本の国のみつぎとり」までが登場し、文語詩はにぎやかになる。

　里長の娘や里長が豚の命を狙っていたとすると、その里長をさらに狙う者として「みつぎとり」が登場したということになる。賢治のことであるから弱肉強食、あるいは食物連鎖をイメージしていたかもしれない。天沢（後掲）は、「里長は税を払ったか？　払えたら何も問題はないが、そんな、現金などあるわけはない。しかし、むしゃむしゃ物食む里長に、あわてているけはいはないし、悠然と扇子をつかう徴税吏も、まるで落ち着いているではないか。そうだ、現金がなければ、豚で払えばいいのだ！　何しろこの豚は、美味で知られたヨークシャイヤの、それも大中小あるうちの大型、すこぶるつきの〈巨豚〉である！」と書く。追いかけているはずの相手が目の前にいながら、徴税吏は里長を捕縛するわけでも、詰問するわけでもなさそうなのを、天沢は里長に現金の持ち合わせがないからだと解したわけである。

　しかし、賢治は童話「税務署長の冒険」では、ユグチュユモト村の名誉村長や校長、議員までが密造酒造りに加担していた物語を描いている。そう思えば、本作における徴税吏は、里長が密醸に関わっているのではないかと内偵している最中なのだと考えることもできるかと思う。

　本作が密造酒に関わるのではないかという指摘は、すでに沢口勝弥（「宮沢賢治『税務署長の冒険』その社会的背景と租税思想」「宮沢賢治研究 Annual8」宮沢賢治学会イーハトーブセンター 平成十年三月）がしているが、栗原敦（「「濁密」事情・「大正十年家出出京」事情 新聞報道から」「賢治研究37」宮沢賢治研究会 昭和六十年二月）が紹介した大正三年十月二十二日の「岩手毎日新聞」のような事件があることを思えば、大ヨークシャーを飼っている「日本里長」が、密造の嫌疑をかけられているという仮定も許されると思う。

　紫波郡紫波村村長藤尾寛雄（四八）は其妻と共謀の上濁酒を密造し自家用に供しゐたるを盛岡税務署員のために発見され酒造税法違犯として過般当区裁判所へ起訴されたるは既報せしが昨日同区廷に於て宮島判事高木検事正の係りにて公判開廷せり

　報道によれば、この藤尾村長は、密造防止会の組合員でもあり、財産も一万円以上あったという。賢治は命ある動物を殺して食べようとしている点を、野蛮な振る舞いだとしたのだと考えられるが、里長については、平然とした顔をして、おそらくは密造防止の会などを主宰しながらも濁酒を作っている点を野蛮だとしたのかもしれない（「濁酒」や「どぶろく」とは、今日では白く濁った酒のことを言うが、当時は密造酒のことを指した）。

　しかし、賢治は「みつぎとり」に対しても「日本の」を付けていることを思えば、徴税吏に対しても批判的な意識があったということになる。

　羅須地人協会時代に賢治と関わりのあった伊藤与蔵の証言によれば、「先生はこのどぶろくを各家庭で自由に製造できるようになると、よっぽど楽しみが増し、共同作業やお祭りなども自分たちのものになると考えられたと思います。とにかく先生は濁酒の製造を許可したほうが良いという意見でした」（伊藤与蔵・菊池正「賢治聞書」昭和四十七年八月・ガリ版。再録・大内秀明編著『賢治とモリスの環境芸術』時潮社 平成十九年十月）という。賢治は酒については批判的なそぶりを見せたが、密造に関してはおおらかであった。

　また、「一百篇」の「〔かれくさの雪とけたれば〕」は、下書き段階で「人民の敵」というタイトルもつけられた作品で、そこには「濁酒をさぐる税務吏」という言葉があった。つまり税務吏とは濁酒（密造酒）を取り締まる「人民の敵」だという認識があったことの現われだろう。

　明治三十二年一月、個々人による酒の醸造が禁止されたが、それは酒造営業者の保護と、日清戦争後の増税計画の一環であった。当時、仙台税務監督局の間税部長であった大平正芳元首相でさえ、「東北地方におけるかような貧乏な百姓は、国家の恩恵を全く受けない反面、徴税という名においてかかる桎梏に苦しんでいるのである。私は国家とか国法というものにまつわる冷厳な約束というものに、ある種の反発を感じた」と書いているように、税金を取る側の人間にさえ無慈悲な法律だと思われるようなものであった（「「濁酒に関する調査（第一報）」旧農林省積雪農村経済調査所作成（昭和十一年二月）」『宮沢賢治の農民観を知るために 復刻「濁酒に関する調査（第一報）」』センダード賢治の会 平成十年八月）。

さて、こうしてみてくると、日本なる野蛮な国の片隅では、村長の愛娘が豚を追いかけ、村長は豚を食べるだけでなく酒の密醸にも手を染める犯罪者である。それを追いかける徴税吏も立派なようでいて、農民イジメの手先にすぎない… という状況が展開された作品だということになりそうだ。

ただ、それにしてはどこかとぼけており、ユーモアの漂う作品であるように感じられるのも事実である。農村に対する批判や告発というより、むしろその愛すべき後進性を描こうとしているようにも感じられる。

先に「一百篇」の文語詩「退耕」と本作の関係を姉妹稿であるとしたが、「退耕」でも、農民たちを「こゝろ粗き」存在と捉え、農民たちと同じ世界に身を落とした自分は、上着もちぎれたままで、演奏会になどもはや行ける身の上ではない、と自嘲的に書かれ、農村の後進性がはっきりと指摘されている。しかし、「退耕」では、こうした農民たちを「朋ら」と呼びかけており、この農民たちの世界に歩み寄ろうとする姿が見出せた。

同じように「巨豚」においても、農村の後進性が描かれていながらも、決して全否定しようとしているようには読めない。肉食も飲酒も、賢治は自分から積極的にしようとはしなかったが、世の中一般の肉食や飲酒の習慣、濁酒醸造をやめるべきだとまでは言ってない。むしろ、こうした側面についてもおおらかに受け入れ、あるいは笑い飛ばすことで、農村に近づいていきたいと思っていたのではないだろうか。

農学校時代の教え子・根子吉盛（関登久也「性の問題 根子義盛《ママ》氏から聞いた話」『新装版 宮沢賢治物語』学習研究社 平成七年十二月）は、次のような賢治の言葉を記している。

村の人が大ぴらに猥談をするのは、そう悪い感じのしないものだ。今日見て来て感じたのだが、水引の村人たちが、田の畦《あぜ》にどんどん火を燃しながら猥談をしているのは、あれは無難でいい。むしろ、争いを未然に防いでともどもに笑い興じている風景は、なごやかだとも言うのでした。

苗取りの時にも、女の人たちが、農村の貧しさも忘れて、面白可笑しく笑い興じている有り様を見て、同様のことを話していました。

栗の花の散る中を、若い娘が豚を追いかけて走るという姿は、猥談ではなくても、『遠野物語』や『聴耳草紙』の一節、あるいはオシラサマ伝説のような異類婚姻譚を思わせ、賢治は人々にこうした農村の物語（あるいは愛すべき後進性？）が読み継がれること、また、語り継がれることを望んでいたのではないかとも思えるのである。

先行研究

須田浅一郎「拾いもの作りもの」（「校本宮沢賢治全集 第五巻 月報」筑摩書房 昭和四十九年六月）
天沢退二郎「巨豚」（『宮沢賢治 文語詩の森』）
赤田秀子「文語詩 語注と解説」（『林洋子ひとり語り 宮沢賢治』クラムボンの会 平成十二年二月）
須田浅一郎「『宮沢賢治 文語詩の森』を読む人へ」（「賢治研究81」宮沢賢治研究会 平成十二年四月）
王敏「豚八戒・沙悟浄に見る賢治の世界」（「賢治研究83」宮沢賢治研究会 平成十二年十二月）
島田隆輔A「解説として《文語詩稿》の生成と、『文語詩稿五十篇』の集成と・試論」（「宮沢賢治研究 文語詩稿五十篇・訳注５」（未刊行）平成二十四年一月）
信時哲郎「宮沢賢治「文語詩稿 一百篇」評釈六」（「甲南国文62」甲南女子大学国文学会 平成二十七年三月）
島田隆輔B「６６ 巨豚」（「宮沢賢治研究 文語詩稿一百篇・訳注Ⅱ」（未刊行）平成二十九年五月）

67　眺望

①雲環かくるかの峯は、　古生諸層をつらぬきて
侏羅紀に凝りし塩岩の、　蛇紋化せしと知られたり。

②青き陽遠くなまめきて、　右に亘せる高原は、
花崗閃緑　削剥の、　時代は諸《もろ》に論《あげつら》ふ。

③ま白き波をながしくる、　かの峡川と北上は、
かたみに時を異にして、　ともに一度老いしなれ。

④砂壌かなたに受くるもの、　多くは酸えず燐多く
洪積台の埴土壌土《はにひじ》と、　植物群《フロラ》おのづとわかたれぬ。

大意

環のような雲がかかるあの峰は、　古生代の諸相をつらぬいて
ジュラ紀に凝固した超塩基性岩が、　蛇紋岩化してできたものだとして知られている。
青い陽光が遠くに光りながら、　右側に広がる高原は、
花崗閃緑岩であり　その削剥された、　時代についてはさまざまに論議があったところだ。
白い波を流してくる、　あの谷川と北上川は、

おたがいに時代を異にして、ともに海中に没してから生き返ったものである。

沖積地の砂壌土質が川下のかなたで受けるのは、酸性が弱くて燐酸が多い肥沃な土壌であり洪積台地の埴土土質（粘土）とは、植物相もおのずと分かれていく。

モチーフ

早池峰山と薬師岳の間を流れる岳川から、下流にある沖積層と洪積台地の植生の違いについて語る作品。多くの専門用語が使われて難解だが、賢治にとっては岩手県で生きる者、ことに農業に携わる者にとって重要だと思われることを書いたのではないかと思う。七五調にすることによって、重要事項を詠みやすく、また、覚えやすくする効果を期待したのではないかと思う。

語注

雲環　輪のような雲の形を指す。『春と修羅（第一集）』の「栗鼠と色鉛筆」にも、「その早池峰と薬師岳との雲環《うんくわん》は／古い壁画のきららから／再生してきて浮きだしたのだ」とある。音数からいっても「うんかん」と読ませたかったのだろう。「かくる」は「架くる」とも「欠ける」とも取れるが、おそらくは前者であろう。

古生諸層をつらぬきて　「古生」は、古生代の略記。先カンブリア時代と中生代の間の五億四千二百万年前から二億五千百万年前までを指す。ただし賢治の時代の認識とは異なるという（『宮沢賢治地学用語辞典』）。古生代の地層を蛇紋岩の峯（早池峰山）が貫いているということ。

侏羅紀に凝りし塩岩の、蛇紋化せし　ジュラ紀とは中生代に属し、一億九千九百六十万年前から一億六千百二十万年前までを指し（『宮沢賢治地学用語辞典』）、爬虫類の全盛時代。塩岩とは、塩基性岩のことで二酸化ケイ素が四十五～五十二%の火成岩のこと（玄武岩や斑糲《はんれい》岩など）。四十五%を下回ったものは超塩基性岩（橄欖《かんらん》岩や輝岩など）と、今日では呼んでいる。このうちの超塩基性岩の橄欖石や輝石が水分と反応して蛇紋石に変化することを、賢治は「蛇紋化」としたのだろう。『宮沢賢治地学用語辞典』には、「雲のかかっている早池峰山塊は、基盤の古生層にジュラ紀に貫入し固結した橄欖岩類が蛇紋岩化したものである」と解釈する。この連は早池峰山についての記述である。定稿には青インクで「塩岩?」と書き込みがあるが、塩基性岩を縮めた造語でわかりにくかったから、あるいは岩塩との混同を恐れたのではないかと思う。多田実（後掲）によれば、「岩手県稗貫郡地質及土性調査報告書」（岩手県稗貫郡役所 大正十一年一月）では、斑糲岩について「古生代ニ成立セルコト疑ヲ容レス」とあった考えが、新しい説によってジュラ紀の迸入に改められているという。

右に亘せる高原　視点人物は東を臨んで岳川に立ち、左に早池峰山、右に薬師岳を仰いでいるのだろう。島田隆輔（後掲）は種山ヶ原ではないかという。

花崗閃緑　『日本国語大辞典』には「火成岩の一つ。花崗岩よりやや暗い灰白色で、細粒ないし粗粒の深成岩。花崗岩と石英閃緑岩の中間にあり、斜長石、カリ長石、石英、黒雲母、角閃石などを主成分とする。貫入岩体として産する」とあり、また、『宮沢賢治地学用語辞典』には「日本で普通「花崗岩」と称されるのは「花崗閃緑岩」に属するものが多い」とある。薬師岳側の地質についての言及。

削剥　読み方は「さくはく」。『宮沢賢治地学用語辞典』には、「地表の岩石が外因的作用（河食・波食・雨食・雪食・風食など）によって破砕され削られること。削剥が長期間にわたって継続的に行われると陸上の高地は海水面に近い平坦面をなし。「準平原」とも呼ばれた。その際、硬くて削剥されず残った地形的な高まりを「残丘」と呼んだ」とある。賢治は早池峰山について、『新校本全集 第五巻』の「補遺詩篇Ⅰ」として収録された「花鳥図譜、八月、早池峰山巓」の中で、「何でも三紀のはじめ頃／北上山地が一つの島に残されて／それも殆んど海面近く、／開析されてしまったとき／この山などがその削剥の残丘だと」と書いている。

時代は諸《もろ》に論《あげつら》ふ　花崗閃緑岩が削剥された薬師岳について、「その時代については、さまざまに議論がなされた」の意だろう。定稿には青インクで「双に／諸に？」と書き込みがある。

かの峡川　薬師岳と早池峰山の間を流れる岳川のことだろう。読み方は入沢康夫（「文語詩難読語句（5）」）も書くように「たにがわ」だろう。ただ、「たにかわ」、また音数から「きょうせん」や「けいせん」とも読み得るかと思う。島田（後掲）は猿ヶ石川ではないかという。島田は「高原」を種山ヶ原としていたが、たしかに大きなスケールで見れば、その考え方も可能であろう。

一度老いしなれ　逐語訳すれば「一度年を取ったことがある」となるが、海に没することで川としての生命を一度は絶たれたが、その後に、また海水面が下がったために川としての新しい生命を得た、ということかと思う。

砂壌　土を構成する粒の大きさ別の構成割合を土性と呼ぶが、粒が粗くて通水性や通風性がよい砂から、粒が細かくて水や空気をほとんど通さない粘土までさまざまな段階がある。砂壌とは、そのうちの粒が粗く、砂に近い土性のこと。

酸えず燐多く　井上克弘（後掲）は、「沖積地の土性は「砂壌」

土質で、酸性が弱く、リン酸も多く肥沃である」とする。賢治は「羅須地人協会関係稿」の「土壌要務一覧」で、「沖積土壌ハ、一般ニ砂質デ、吸収力保水力ハ応々過小デアルケレドモ、他ノ理学性ハ良好デアリ、酸性モ烈シクハナイ」と書いている。

洪積台　洪積世以降に火山灰や火山礫の堆積、三角州や扇状地が隆起してできた台地のこと。

埴《はに》土《ひじ》壌土　井上（後掲）は、「洪積大《ママ》地の土性は「埴土壌土」質で、酸性が強く、カルシウムやリン酸が欠乏しやすい」のだと解し、「土性が異なるとそこに生えてくる「植物群」が変わってくることを指摘している」とする。洪積台地では、カルシウムなどの塩基類が雨で流されて、土壌が酸性化・痩薄化し、農業には不適当な土壌になってしまう。賢治も「土壌要務一覧」で、「洪積土壌ハ可成石灰ト燐酸ニ乏シイ。吸収力保水力、過大ノ所少ナクナイ」と書いている。

評釈

定稿用紙に書かれた定稿のみ現存。生前発表なし。先行作品、関連作品についての指摘もない。

本作の難解さは、下書稿が現存せず、関連作品についての指摘もないこと、そして地質学・土壌学の専門用語が多出するためであろう。当時の水準をたしかめながら読んでいく姿勢が求められる。

ただ、純粋に科学的な内容だけが描かれた作品ではないということについても確認しておきたい。「眺望」というタイトルがあることから、視点人物が明らかに存在しており、おそらくはかつての賢治とほぼ等身大の農業技術者を想定するべきかと思う。

前半では、岳川から東を臨んだ際に、早池峰山をはじめとする左側（北側）は蛇紋岩質、薬師岳をはじめとする右側（南側）は花崗岩質という二つの世界が接近して存在していることを「眺望」する。

後半は、その地点から西（南）に視線を移動させ、川下では、沖積地の砂壌と洪積台地の埴土壌土という二つの世界がやはり接近して存在しており、植物群もおのずと分かれていること（本作での言及はないが、早池峰山と薬師岳では、やはり植生が違っている）を「眺望」する。

岩手の農民の多くは、この大自然のメカニズムによって、酸性が強くて痩せた洪積台地で一喜一憂しながら農作を続けてきたわけだが、本作は、ただ北上山系から平野を「眺望」しただけでなく、そこで生きる農民たちをも「眺望」していたと言うべきであろう。

賢治は羅須地人協会でさまざまな講義を行い、「語注」でも取り上げた「羅須地人協会関係稿」の「土壌要務一覧」は、謄写版で刷られた講義用の資料だが、「要務」としながらも十八項目もあって、必ずしもやさしくはない内容のものである。また講義のために描かれた四十九葉におよぶ「〔教材用絵図〕」も、かなり専門的で高度な内容だが、ここには大正十五年に賢治の師である関豊太郎らがまとめた日本農学会法による土性区分の図（〔教材用絵図 三五〕）や、それに先行するアメリカ土性局によるアメリカ式分類法（〔教材用絵図 四〇〕）が含まれている。

また、賢治は農学校の生徒たちに、和賀郡や稗貫郡の土性調査をさせ、土性図を作成させたことも知られているが、散文「〔或る農学生の日誌〕」には、

今日は土性調査の実習だった。僕は第二班の班長で図板をもった。あとは五人でハムマアだの検土杖だの試験紙だの塩化加里の瓶だの持って学校を出るときの愉快さは何とも云はれなかった。谷先生もほんたうに愉快さうだった。六班がみんな思ひ思ひの計画で別々のコースをとって調査にかかった。僕は郡で調べたのをちゃんと写して予察図にして持ってゐたからほかの班のやうにまごつかなかった。

というように実習の様子が描かれているが、大正十三年に花巻農学校を卒業した長坂俊雄も、「ただ五人のグループを作り参謀本部の地図を渡され、君は矢沢へ行け、君は湯本へ行けなどといわれ、黒土は腐植土、赤土は砂質土だ、などと地図に色わけして記入するように教えられた」と、実際の様子を語っている（井上 後掲）。

賢治は、これらを岩手で農業をする者ならば、知っておいて欲しいこととして講義したのであろうし、農学校の教え子たちにもそう思って指導していたのだろう。

また、大正十五年三月に農学校で撮られた写真（〔写真四四〕）には、黒板に大きく地質断面図が描かれている。卒業式当日に撮ったとも、また、「大正十五年三月末退職直前、とくに授業のない日に、白藤慈秀とともに個別に教壇に立つ姿を撮影させた」（『新校本全集 第十四巻 雑纂 校異篇』）とも言われているが、いずれにしても、農学校での教員生活を記念して撮る際の背景に選んだからには、賢治がいかに特別な思い入れを持っていたかが理解できよう。

賢治の文語詩が目指したものについて、かつて、インテリ階級よりも大衆を中心とした多くの人に愛誦してもらうために書いたのではないかとした（信時哲郎「はじめに 文語詩はどこに向かっていたか」『五十篇評釈』）。この点に関して森本智子（「書評 信時哲郎『宮沢賢治「文語詩稿 五十篇」評釈』」「阪神近代文学研究12」阪神近代文学会 平成二十三年五月）は、「ただ、科学的な用語や、難解な漢字表現への理解力、民俗学的素養の有無等が、文語詩を読解するうえで不可欠であることを思えば、賢治の「大衆」観を問い直す上でも、本書の提出した問題は大きな意味をはらんでいる」と疑義を呈し、大塚常樹（「書評 信時哲郎著『宮沢賢治「文語詩稿 五十篇」評釈』」「昭和文

学研究63」昭和文学会 平成二十三年九月）も、「もし大衆的受容が可能で愛誦されうるものなら、なぜ、口語訳とも言える「大意」や主題を示す「モチーフ」の項目が必要なのか。「評釈」においても、文語詩の読みを確定するために、プレテクストとしての口語詩に情報を求めなければならないのか」といった指摘をしている。当然の批判だと思う。本作についても、大衆向けに書いたのだなどとすれば、改めて批判されそうだ。

しかし、逆に、いくつもの「語注」を書かなくてはいけない難解な語をふくんでいるからこそ、七五調のリズムに乗せて詠みやすく、また覚えやすくしたのではないかとも思うのである。歴史上のできごとについて、電話番号について、われわれは一生懸命にゴロ合わせを考えては暗記しようと努めたものだが、同じ理由で、賢治は難解な語を大衆に暗記させようとしたのだとは言えないだろうか。

ますます違和感を抱かれるかもしれないが、賢治は、いわゆる文学作品として自分の書いたものを読まれようとばかりは思っていなかった。たとえば童話「風野又三郎」、童話「楢ノ木大学士の野宿」は、科学読み物とでもいうような啓蒙的な性質を持っていたように思うが、本作も科学詩とでもいうべきものであった可能性はないだろうか（元素の周期表を「水兵リーベ僕の船…」と覚えたように）。

「大衆向け」とは、必ずしもわかりやすいものだとばかりは言えまい。また、娯楽性に富み、猥談やゴシップなどを含んだ作品ばかりが大衆的ではないだろう。難解な語や難解な概念が含まれていたとしても、仕事の効率を上げたり、生活の向上を狙う際には、どうしても使わざるを得ないということもあるだろうと思う。本作などは、そのような意味で「大衆向け」の作品であったように思うのである。

先行研究

亀井茂「賢治と早池峯山（Ⅱ）」（「早池峯2」早池峯の会 昭和四十八年十月）

井上克弘「「風景画家」宮沢賢治」（『石っこ賢さんと盛岡高等農林』地方公論社 平成四年五月）

多田実「〔一才のアルプ花崗岩を〕考」（「宮沢賢治研究Annual5」宮沢賢治学会イーハトーブセンター 平成七年三月）

信時哲郎「宮沢賢治「文語詩稿 一百篇」評釈六」（「甲南国文62」甲南女子大学国文学会 平成二十七年三月）

島田隆輔「67 眺望」（「宮沢賢治研究 文語詩稿一百篇・訳注Ⅱ」〔未刊行〕平成二十九年五月）

68　山躑躅

①こはやまつつじ丘丘の、栗また楢にまじはりて、熱き日ざしに咲きほこる。
②なんたる冴えぬなが紅ぞ、朱もひなびては酸えはてし、紅土《ラテライト》にもまぎるなり。
③いざうちわたす銀の風、無色の風とまぐはへよ、世紀の末の児らのため。
④さは云へまことやまつつじ、日影くもりて丘ぬるみ、ねむたきひるはかくてやすけき。

大意

ここにはヤマツツジが丘々の、栗や楢の木に交じって、熱いくらいの日差しの中に咲き誇っているぞ。なんとさえない紅色だろう、朱色の具合もいなかびて酸え果てており、赤土とも見分けがつかないぐらいだ。流れてゆく銀の風、あるいは無色の風と交接すればいい、それが世紀が終わる頃の跡継ぎのためになるはずだ。などとは言ったけれどもヤマツツジよ、陽ざしもかげって丘がぬるみ、ねむたくなるような昼などには心休まる気がするよ。

モチーフ

「装景手記」として書かれた詩篇では、ひなびた朱色のヤマツツジ（レンゲツツジ）を糾弾し、改良の提案をし、「止むなくばすべてこれを截りと」ってしまおうというものであった。ユーモラスな書き方だが、独善的な内容である。しかし、文語詩の推敲が進み、定稿になる段階では、その態度が改められ、ヤマツツジの個性を尊重し、それを積極的に評価しようという内容に変わっている。自分の思い上がりを「慢」として反省する晩年の境地から、ヤマツツジの天然素朴な美を讃える詩に変質させたのだと解したい。

語注

やまつつじ　ヤマツツジは、北海道から九州にかけて日当たりのよい丘に自生する植物で、春には赤い花を咲かせ、庭木としても古くから愛されてきた。ただし、ここでは賢治の教え子であった小原忠が、「やまつつじ、これはこの辺の山か野原に沢山あったもので、〝べこつつじ〟と云って余り見むきされない、黄色でやゝ赤めいた大きな花。この頃は殆ど見られなくなり、ひなびた花で残念で今は惜しいです。誰も見向きしない花を賢治は注目したとおもいます。庭木として欲しい位ですが、この辺では見えなくなりました。公害に弱いらしいです」と書いているように、ベコツツジ、つまりレンゲツツジを指していたのだろう（佐藤栄二「文語詩を誦む（三）〔温く妊みて黒雲の〕（「文語詩稿 五十篇」）より」「賢治研究41」宮沢賢治研究会 昭和六十一年九月）。ヤマツツジよりも花径が少し大きく、「花が鮮黄色のものをキレンゲツツジといい、濃い朱色のものをカバレンゲツツジとよぶ。枝葉にはグラヤノトキシン、ロードジャポニンなどの有毒成分がある」（『日本大百科全書』）とのこと。

なが紅ぞ　「な」はヤマツツジを指す。「紅」は「べに」と読ませたかったのだろうか。入沢康夫（「文語詩難読語句（5）」）と『宮沢賢治コレクション』は「あか」を提案している。

紅土《ラテライト》　『定本語彙辞典』には、「熱帯雨林やサバンナ気候地帯など高温多湿の気候のもと、塩基など水溶性成分の多くが流出し、鉄の酸化物やアルミニウムの酸化物が濃縮し、赤色の土壌となったもの」とある。『春と修羅（第一集）』の「第四梯形」には「ラテライトのひどい崖から」として七つ森を書いている。関東ローム層の赤土も、イメージにあったかもしれない。

まぐはへよ　風と結婚しろ、という意味。「まぐわい」は、『デジタル大辞泉』によれば、「目と目とを見合わせて愛情を通わせること。めくばせ」と共に、「男女の交接。性交」があがっている。佐藤栄二（後掲）が指摘するように、賢治は「疾中」の「〔風がおもてで呼んでゐる〕」で、病床の賢治に向かって屋外の風が交々に叫び、「おれたちのなかのひとりと／約束通り結婚しろ」と迫られるという表現を残している。徹底的に自然と関われ、という意味だろうが、自然に関わって再生しろという意味も含まれているのだろう。ここではヤマツツジに向かって、風と交わることによって、強い子を残し、世紀の末まで種族を維持しろということのようである。

評釈

無罫詩稿用紙に書かれた下書稿㈠（鉛筆で(了)。『新校本全集第五巻』の「補遺詩篇Ⅰ」にある「装景者」に関連する断片が記されている）、その裏面に書かれた下書稿㈡、定稿用紙に書かれた定稿の三種が現存。生前発表なし。一連に三句が縦書きに書かれ、最終連は七五・七五・七七で結ばれている。

「装景手記」と賢治自ら題したノート（ノート題字の下には一九二七・六、一九二八・六、一九二九・六とある）に書かれた長編詩の一部が本作の先行作品となっている。

ならや栗の Wood land に点在する
ひなびた朱いろの山つゝぢを燃してやるために
そのいちいちの株に
hale glow と white hot の azalia を副へてやらねばならぬ
若しさうでなかったら
紫黒色の山牛蒡の葉を添へて
怪しい幻暈模様をつくれ
止むなくばすべてこれを截りとる
　　Gillochindox. Gillochindae!
　ラリックスのうちに
　青銅いろして
その枝孔雀の尾羽根のかたちをなせる
　　変種たしかにあり
やまつゝぢ
何たる冴えぬその重い色素だ
赭土からでももらったやうな色の族
銀いろまたは無色の風と結婚せよ
なんぢが末の子らのため

汽車の車窓から見えたヤマツツジの花の色が「ひなびた朱いろ」であったことから、賢治はこれを揶揄し、改良しなければ「これを截りとる」、つまり、「ギロチンドックス、ギロチンデイ」（「春と修羅 第二集」の「三〇四〔落葉松の方陣は〕一九二四、九、一七、」にもこの表現が登場するが、その際のルビ）と、ギロチンで切ってしまうぞと脅しているといった諧謔に富んだ作品だ。

「装景手記」の「装景」とは、田村剛（『造園概論』成美堂 大正七年七月）の造語で、「装景は人工によつて破壊せられた風景や天然風景の欠陥を見出して、これに修飾を加へることを主眼とするもので」「経済と風景美とを一致させ、進んで学術・衛生・道徳・宗教などあらゆる方面の目的を同時に達する理想境を現出」させるものだという（森本智子「宮沢賢治と「装景」「虔十公園林」を中心に」「宮沢賢治研究 Annual8」宮沢賢治学会イーハトーブセンター 平成十年三月）。しかし、これはただ眼前の自然を自分勝手にアレンジして美を取り入れるといったことではなく、「風景をみな／諸仏と衆生の徳の配列であると見」て、「この国土の装景家たちは／この野の福祉のために／まさしく身をばかけねばならぬ」（「装景手記」）と書いたような、壮大にして深淵な意味が込められていたようだ。

森本によれば、賢治の「装景」観が表われた作品に童話「虔十公園林」があり、ここでは「少し足りない」と思われていた虔十が、「自然の声に耳をかたむけて、何の利益も求めずに、ただ無心に植樹を行なったということと、更に、その行為が人々に受け入れられ、人々が自発的に公園造りに乗り出す、というところ」に特徴があり、それは当時の「装景」概念を正しくとらえ、その上でオリジナリティを出したものだという。

文語詩の下書稿㈠では、制作日が接近しているためもあってか、「装景手記」の内容をほとんどそのまま引き継いで成立しているように見える。

こはやまつゝぢいちめんに
ならまた栗にまじはりて
車窓はるかに点じたり
何たる冴えぬかの赤ぞ
朱もひなびてはひたすらに
赭土にさへまぎれたり
　げにやまつゝぢ
銀いろまたは無色の風と結婚せよ
　なんぢが末の子らのため
これらの群を燃さんには
そのいちいちの株に並べ
hale glow と白熱の
アザリアをこそ植えぬべし
さなくばむしろ紫黒なる
（約五字空白）の葉を添へて
怪しき幻暈模様をつくれ
いよいよ更にやむなくば
すべてこれらを截りて去るべし

文語詩の下書稿㈡では、これを四連構成に改変し、最終連を「さらずばむしろ紫黒なる／あけびの藪に身を寄せて／怪しき幻暈をなせよかし」として、「Gillochindox」や「截りて去るべし」といった冷酷な詩句を消している。

その手入れ段階では、最終連を全面削除して、「さは云へまことやまつゝじ、／日影くもりて丘ぬるみ、／ねむたきひるはかくてやすけき」と改変し、これが定稿に継続することとなる。

このように、口語段階に比べると、ヤマツツジへのいささか辛辣にして残酷な「装景」のためのアイディアが、文語詩の推敲過程で次第にやわらぎ、定稿では、これまでの「装景」というコンセプト自体を否定するような案、つまり「なんたる冴えぬなが紅ぞ、朱もひなびては酸えはてし」という自然そのままの姿が、「ねむたきひる」には似つかわしいのだとされ、積極的に肯定する案に改められている。

賢治が文語詩を書いた最晩年には、自身のこれまでの行状を、慢心の表われだとして反省していた。「山躑躅」の改変過程を見てくると、かつての自分の考えを「慢」によるものだとして排除しようとする意図を読み取ることもできるのではないだろうか。

賢治は、「自然の声に耳をかたむけて、何の利益も求めずに、ただ無心に」（森本 前掲）ヤマツツジが咲いている丘の景観を改めさせようとした。しかし、我が意に従わなければヤマツツジを截ってしまうぞというのは、ホトトギスが鳴かないのならば殺してしまえとした織田信長をも思わせるものだ。もちろんこれはユーモアであり、最晩年の賢治の心境などを持ち出すのは、大げさかもしれない。が、景色を自分で入れ替えようという思想の背景には、自分の知識や感覚が絶対だという意識があるわけであり、晩年の賢治が、それを気にしなかったとは断言できない。文語詩を改稿中の賢治が、「「慢」といふものの一支流に過って身を加へた」と自覚し、「僅かばかりの才能とか、器量とか、身分とか財産といふものが何かじぶんのからだについたもの」（昭和八年九月十一日 柳原昌悦宛書簡）だと感じて、改稿した可能性は考えておいてよいだろう。

ところで童話「虔十公園林」の主人公・虔十は、「少し足りない」と言われる存在だったが、物語の結末では、「あ、全くたれがかしこくたれが賢くないかはわかりません。たゞどこまでも十力の作用は不思議です」と評されるに至る。これはヤマツツジに似ていないだろうか。「少し足りない」と言われる虔十の作った公園が、「もういつまでも子供たちの美しい公園地」になったのは、「なんたる冴えぬ」ヤマツツジが、「ねむたきひるはかくてやすけき」という効用を与えてくれているのである。

はじめは「装景手記」にあったように、賢治自身が理想的な景色を作り上げようという詩で、あえて言えば虔十に自分をなぞらえるような詩であった。しかし、文語詩を改稿するうちに、賢治は自分自身の思い上がりを修正し、自然の摂理に従って自生する「なんたる冴えぬなが紅ぞ」「朱もひなびては酸えはてし」などと馬鹿にされていたヤマツツジこそが、人の心に慰安を与える虔十なのだという内容に変質させているわけである。人為的に美しさを作ろうとする立場から、全てのものにはそれぞれの美しさがあるという立場に変わった、と言うこともできるかもしれない。

先行研究

平沢信一「定稿紛失作品「旱害地帯」の本文校訂に関する一考察」（『論攷宮沢賢治1』中四国宮沢賢治研究会 平成十一年三月）

佐藤栄二「「山躑躅」をよむ」（『宮沢賢治　交響する魂』蒼丘書林 平成十八年八月）
赤田秀子「ヤマツツジ（山躑躅）」（『イーハトーブ・ガーデン宮沢賢治が愛した樹木や草花』コールサック社 平成二十五年九月）
信時哲郎「宮沢賢治「文語詩稿　一百篇」評釈六」（「甲南国文62」甲南女子大学国文学会 平成二十七年三月）
島田隆輔「６８　山躑躅」（「宮沢賢治研究　文語詩稿一百篇・訳注Ⅱ」〔未刊行〕平成二十九年五月）

69 〔ひかりものすとうなゐごが〕

ひかりものすとうなゐごが、　ひそにすがりてゆびさせる、
そは高甲の水車場の、　こなにまぶれしそのあるじ、
にはかに咳し身を折りて、　水こぼこぼとながれたる、
よるの胡桃の樹をはなれ、　肩つゝましくすぼめつゝ、
古りたる沼をさながらの、　西の微光にあゆみ去るなり。

大意

なにかが光っているよと小さな子が、そっとすがりついて指差したのは、高甲の水車場の、粉にまみれた主人であった、急に咳をしながら身を折り曲げると、水がこぼこぼと流れるなかを、夜の気配の中でクルミの樹から離れ、肩を慎ましくすぼめながら、古びた沼にむかって、西方に残った微光をめざして歩き去っていった。

モチーフ

「何かが光っている」と、「うなゐご」が恐る恐る指差した先には、水車小屋の主人が咳をして、その後、家路に就いたというだけの内容。しかし、場所は町はずれ、時間帯も逢魔が時であり、何か不思議な出来事が起こってもよいような状況である。主人が咳き込んだのは、水車場だけに粉にむせただけかもしれないが、肺を患っていたのかもしれない。しかし、西方からわずかに差す光に向かって歩み去ったのだといえば、いやがうえにも神秘的なムードが漂ってくる。メッセージ性よりも、人生の黄昏ともいうべき雰囲気を漂わせようとしたように感じられる。

語注

ひかりものす　「ひかり＋ものす」か「ひかりもの＋す」なのかわかりにくいが、下書稿㈡には「光りものとも見えにける」ともあることから「ひかりもの」という名詞なのであろう。夕暮れ時であれば、流星や彗星、稲妻、太陽の光が何かに反射したのかもしれない。ただ、うなゐごが不安感から親（下書稿㈡には「われに」となっていた）にすがりついたのだとすれば、鬼火や人魂のような怪しいものを予感したのであろう。

ひそに　「ひそかに」の意味だろう。『十字屋版宮沢賢治全集』の「語註」には「檜曾、檜楚。檜の小割、今の小丸太の類のこと」とあった。

高甲の水車場　赤田秀子（後掲）や大角修（後掲）の言うように、高橋甲吉や甲太郎、甲助などの略。あるいは屋号だろう。下書稿には高常や高清ともあった。「春と修羅 第二集」の「一九 塩水撰・浸種 一九二四、三、三〇、」に「高常水車」とあり、また「疾中」の「〔春来るともなほわれの〕」には「高井水車」とある。同じ「高」のつく水車で、くるみの木があることから、本作でも同じ場所がモデルになっているようだ。「一九 塩水撰・浸種」の下書稿には、停留所、西公園、地蔵堂の大きな杉といった語があることから、佐藤勝治が「〝冬のスケッチ〟の配列復元とその解説」（『宮沢賢治青春の秘唱〝冬のスケッチ〟研究』十字屋書店 昭和五十九年四月）で推定した場所と同じだと思う。

評釈

「〔冬のスケッチ〕」の第一三葉を文語化したもので、第一三葉への書き込みを下書稿㈠、黄罫（260行）詩稿用紙表面に「一百篇」の「病技師〔一〕」の下書稿と共に書かれた下書稿㈡（赤インクで⑦）、その裏面中央に書かれた下書稿㈢、黄罫（220行）詩稿用紙表面に書かれた下書稿㈣（青インクで㊢）、定稿用紙に書かれた定稿の五種が現存。生前発表なし。全一連で構成されているためか、定稿に丸番号の表記はない。

「一百篇」の「病技師〔一〕」は、本作と同じく「〔冬のスケッチ〕」の第一三葉を先行形態としており、取材日が同一であるだけでなく、内容的にも密接な関わりがあると思われる。また、同じ第一三葉と連続する第一四葉に綴られた内容は「一百篇」の「羅紗売」に発展している。また、大沢正善（「臘月」『宮沢賢治 文語詩の森』）は、「一百篇」の「臘月」も、共通した字句があることから「〔冬のスケッチ〕」の同一部分から発展したものだとしている。

まず、「〔冬のスケッチ〕」の第一三葉を文語化した下書稿㈠をあげる。

※

風の中にて

ステッキ光れり
かのにせものの
黒のステッキ。
　　　※
風の中を
なかんとていでたてるなり
千人供養の
石にともれるよるの電燈
　　　※
やみとかぜとのなかにして
こなにまぶれし水車屋は
にはかにせきし歩みさる
西天なほも　水明り。

これが下書稿㈡では、次のようになる。

風の中を
なかんとていでたてるなり
千人供養の
石にともれる二燭の電燈
やみとかぜとのかなたにて
光りものとも見えにける

こなにまぶれし水車屋は
にはかにせきし身を折りて
水あかりせる西天に
いとつゝましく歩み去る

前半は「一百篇」の「病技師〔一〕」になり、後半が本作となる。当時の花巻に詳しい佐藤勝治（「「冬のスケッチ」作者彷徨想像図」（『宮沢賢治青春の秘唱〝冬のスケッチ〟研究』十字屋書店 昭和五十九年四月）は、賢治が生家から千人供養塔のある松庵寺を抜け、東北本線を越えたところにある「水車（粉屋）」のことを書いているとする。「春と修羅 第二集」の「一九 塩水撰・浸種 一九二四、三、三〇、」では「高常水車」、「疾中」の「〔春来るともなほわれの〕」では「高井水車」と書いていたが、本作では同じ場所が「高甲の水車場」として書かれたようである。

下書稿㈡の手入れ段階で、「ひかりものすとうなゐごが、／ひそにすがりて指させば、」が書き加えられ、下書稿㈢以降は、それが定着する。つまり虚構が施されたわけだが、赤田秀子（後掲）が指摘するように、賢治は「をとめら」に自分が恐れられて拒絶される内容を「一百篇」の「病技師〔二〕」で描いている。

①あえぎてくれば丘のひら、　地平をのぞむ天気輪、
　白き手巾を草にして、　をとめらみたりまどゐしき。

②大寺のみちをこととへど、　　いらへず肩をすくむるは、
　はやくも死相われにありやと、　粛涼をちの雲を見ぬ。

タイトルから考えて、これは肺を病んだ賢治の経験を詠んだものではないかと推察されるが、昭和六年三月末から六年七月末あたりに使われたとされる「GERIEF印手帳」に「よき児らかなとこととへば／いらえず恐れ泣きいでぬ／はやくも死相われにありやと／さびしく遠き雲を見ぬ」とあり、これが「病技師〔二〕」の下書稿㈠だとされている。昭和六年といえば、小康状態となった賢治が東北砕石工場の技師として東奔西走していた時期だが、実際にここにあるような経験をしたのだろう。

「〔ひかりものすとうなゐごが〕」は、もっと制作時期の早い「〔冬のスケッチ〕」の第一三葉から推敲が重ねられたものだが、虚構が取り入れられているとは言っても、昭和六年頃の賢治の実体験を織り交ぜている可能性もあり、完全なフィクションというわけでもないようだ。

ところで、「〔ひかりものすとうなゐごが〕」における水車場の「あるじ」が咳き込んでいたのは、本当に「こなにまぶれ」たためであったのだろうか。

「にはかに咳し身を折りて」とあるから、相当に咳き込んでいたようだが、下書稿㈣の手入れから加わった「水こぼこぼとながれたる」の「こぼ（こぼ）」という音は、三谷弘美（「病技師〔二〕」『宮沢賢治 文語詩の森』）や赤田（後掲）が書くように、肺病患者のラッセル音がイメージされていると思う。だとすれば、「あるじ」が肺を患っていた可能性もあるのではないかと思う。ことに、同じ「〔冬のスケッチ〕」から発した「病技師〔一〕」には「蝕む胸をまぎらひて」という句があり、タイトルから病気であることが分かるだけでなく、詩文からも肺病患者の雰囲気が伝わってくる仕組みとなっていた。また、昭和六年の経験をもとにしたと思われる「病技師〔二〕」にも、「はやくも死相われにありやと」とあって、こちらでも死に至る病を患っていることがタイトルと詩文の両方からわかることになっている。伝記の助けを借りれば、やはり肺病をイメージしているのだということになりそうだ。

ただ本作では、「病技師〔一〕〔二〕」のように直接病気に言及していないのが特徴だろう。まずは「うなゐご」に「ひかりもの」を指させ、怪しい雰囲気がもたらされたところで、咳をするあるじの姿、こぼこぼと鳴る水音といった具合に、病気や死を連想させるようなものを連続して登場させ、病気のイメージを高めている。

さらに、「あるじ」は「古りたる沼をさながらの、西の微光にあゆみ去る」とあるが、これは赤田（後掲）の言うように、西方にある極楽浄土の世界に向かうイメージを持たせようとしているのだろう。下書稿㈢には、「水あかりせる西天に／いまつ、ましくあゆみさる」とあったが、赤田は「これはもう半分

異界に身をおいている者として暗示される」と書いているが、そのとおりだと思う。

　ところで、水車もまた不安な要素を漂わせる道具であったと思う。というのも、水車場とは、町と村との境界にあるものだからである。昭和十一年に刊行された『田舎と都会』の中で、小田内通敏（「水車場」刀江書院 昭和十一年五月）は次のように書いており、当時の水車のあり方を説明している。

　大《おほ》きな旧家《きうか》では、自分《じぶん》の家《いへ》の小《こ》作米《さくまい》だけを処理《しより》するために、宅地《たくち》の片隅《かたすみ》に用水《ようすい》の余《あま》り水《みづ》をひいて、恰好《かつかう》な水車場《すいしやば》を作《つく》つておくので、自分《じぶん》の家《いへ》の必要《ひつえう》なときだけまはしたり、また村《むら》の人達《ひとたち》に賃貸《ちんがし》をしたりする。しかし、それを営業《えいげふ》としてゐる家《いへ》では、自然《しぜん》に水車場《すいしやば》を主《しゆ》とし、住《す》み家《か》がその附属《ふぞく》のように作《つく》られてあり、その位置《いち》も部落《ぶらく》の端《はし》などにおほく建《た》てられてある。水車《すいしや》でつく米《こめ》や麦《むぎ》の運搬《うんぱん》などまでも、その家族《かぞく》の人達《ひとたち》がやつたりする。また部落《ぶらく》の組合《くみあい》で設《まう》けられた水車場《すいしやば》では、世話《せわ》する人《ひと》の家族《かぞく》がゐるところもあるが、番人《ばんにん》がをらずに部《ぶ》落《らく》の人達《ひとたち》が代《かは》る代《が》り来《き》てそれを用《もち》ひる所《ところ》もある。そんな所《ところ》では番人《ばんにん》がゐないから、朝《あさ》、米《こめ》なり麦《むぎ》なりを水車場《すいしやば》の臼《うす》に入《い》れておき、搗《つ》けたころを見計《みはか》らつてそれを取《と》りに行《ゆ》くようになつてゐる。

童話「セロ弾きのゴーシュ」でも、「家といってもそれは町はづれの川ばたにあるこはれた水車小屋で、ゴーシュはそこにたった一人ですんでゐて午前は小屋のまはりの小さな畑でトマトの枝をきったり甘藍の虫をひろったりしてひるすぎになるといつも出て行ってゐたのです」とある。小川未明の「水車場」（『愁人』隆文館 明治四十年六月）でも、水車場がある場所は「遠く人家のある村里を離れて」とあり、島崎藤村の「屋根の石と水車」（『ふるさと』実業之日本社 大正九年十二月）でも、「村はづれにある水車小屋」とある。

　水車には水の流れが必要だが、音をたてるということもあって町中での設置は向かない。しかし、山奥に設置したら不便でしょうがない。かくして「町」の「はずれ」という境界部分に、水車小屋は置かれることになる。ゴーシュが水車場に住んでいたのは、おそらく人里から距離があるので家賃も安かったのだろうし、真夜中でもずっとセロの練習ができたからでもあろう。多くの動物たちが登場するのも、水車が「町はづれ」にあったからだと思われる。

　境界について、民俗学者の小松和彦（「異界をめぐる想像力」『異界と日本人 絵物語の想像力』角川書店 平成十五年九月）は、次のように書いている。

なぜ境界が重要なのだろうか。それはそこが「人間界」でもあり「異界」でもあるという両義性を帯びた領域だからである。人間が異界に赴くときはその境界を越えていかねばならないし、神や妖怪などの「異界」の住人が「人間界」にやって来るときもこの境界を越えてやってくるのである。したがって、境界をさ迷っていると、神や妖怪に遭遇する可能性が高く、また、境界に住む者は、人間界と異界の双方の性格を帯びた者としてイメージされることになる。

こうして小松は、鬼が山や門、橋に出没すること、河童が水辺に出没することなどをあげ、境界の意味を掘り起こす。鬼や妖怪でなくても、ここにいる者には「ひかりもの」が見えたり、ゴーシュのように動物たちと関わったり、また、「普通の人なら死んでしまふ」ようなセロの練習ができてしまったりするのだろう。

赤田（後掲）は、「うなゐごこそ、この世の時間がまだ浅く、あちら側の世界、つまり異界への敏感な触覚が機能している存在」なのだとも書いているが、言い方を変えれば、この世とあの世の境界の年齢にいるということであり、境界で読み解こうという本稿の方向に合致している。

また、境界といえば、「西の微光」が気になる時間、つまり、黄昏時という時間も境界的である。黄昏とは、「誰《た》そ彼《かれ》は」を語源としているといわれるように、人の見分けがつかなくなる時間帯であり、「トワイライト」（二つのあかり）とも呼ばれるような、両義性を持つ時間帯である。

柳田国男は「町にも不思議なる迷子ありし事」（『山の人生』郷土研究社 大正十五年十一月）で、子供が神隠しに逢いやすい時間帯について述べている。

東京のやうな繁華の町中でも、夜分だけは隠れんぼはせぬことにして居る。夜かくれんぼをすると鬼に連れて行かれる。又は隠し婆さんに連れて行かれると謂つて、小児を戒める親がまだ多い。村をあるいて居て夏の夕方などに、児を喚ぶ女の金切声をよく聴くのは、夕飯以外に一つには此畏怖もあつたのだ。だから小学校で試みに尋ねてみても分るが、薄暮に外に居り又は隠れんぼをすることが何故に好くないか、小児はまだ其理由を知つて居る。

「おおまがとき」、つまり大禍時（大きな災禍に遭う時）、あるいは逢魔時（魔に逢う時）とは、「人間界」と「異界」が入れ替わる、境界線上の時間だったのである。

さて、このような点を踏まえた上で、本作を改めて振り返ってみたい。黄昏時の町はずれで、咳き込んでいる水車小屋の主人のことを、異界に誘われやすい子供が、「何かが光っている！」と指摘し、気付いた時には主人が西天に向かって歩いていくように見えた…

「病技師〔一〕」や「病技師〔二〕」と違って、本作では、病気や死に直接関係する言葉を使わず、幽霊や妖怪などの怪異も登場させてはいない。しかし、そうしたものが登場しそうな雰囲気だけを作り上げ、怪しさを醸し出そうという実験的な作品であったように思えるのである。

先行研究

赤田秀子「文語詩を読む　その5　声に出してどう読むか？（天狗茸　けとばし了へば）を中心に」（「ワルトラワラ16」ワルトラワラの会　平成十四年六月）
島田隆輔A「初期論」（『文語詩稿叙説』）
大角修「文語詩を読む〔ひかりものすとうなゐごが〕」（「賢治研究112」宮沢賢治研究会　平成二十二年十二月）
信時哲郎「宮沢賢治「文語詩稿　一百篇」評釈六」（「甲南国文62」甲南女子大学国文学会　平成二十七年三月）
島田隆輔B「69〔ひかりものすとうなゐごが〕」（「宮沢賢治研究　文語詩稿一百篇・訳注Ⅱ」〔未刊行〕平成二十九年五月）

70　国土

①青き草山雑木山、　　はた松森と岩の鐘、
ありともわかぬ襞ごとに、　　白雲よどみかゞやきぬ。

②一石一字をろがみて、　　そのかみひそにうづめけん、
寿量の品は神さびて、　　みねにそのをに鎮まりぬ。

大意

青い草山や雑木の生えた山、あるいは松の生えた山や岩鐘に、遠くからではあるのかどうかもわからない山襞ごとに、白雲はよどんで輝いている。

一石に一字ずつ拝みながら文字を書いて、昔の人はひそかにこの山々に石を埋めたのだろう、法華経の寿量品は古びて神々しく、峰や尾根に静かに眠っている。

モチーフ

経典の文字を一石に一字ずつ書いた一字一石（一石一字）塔が全国にあり、岩手にもいくつか存在することが知られている。賢治が「経埋ムベキ山」をリストアップしたこととも関係すると思われるが、ここでは、名前もないような小さな山でさえも、きっと昔の人がお経の文字を一つ一つ埋めたのだとして、国土の山を言祝ぐ詩なのだろうと思う。ただ「国土」というタイトルは、「われ日本の柱とならむ」とした日蓮や「八紘一宇」の語を広めた国柱会の創設者・田中智学の国家観などと、全く無関係だというわけでもないように思う。

語注

松森と岩の鐘　岩手県内には松森という固有名詞の付いた山がいくつかあるが、ここでは、おそらく松の生えた山という意味であろう。岩の鐘は、岩鐘。「青き草山雑木山」と共に、岩手のどこにでもあるような名前もついていないような山々のことを言うのだろう。

一石一字　経典の文字を一石に一字ずつ書いて埋葬することが南北朝時代ころから始まった。浜垣誠司（「草木国土悉皆成仏」「宮沢賢治の詩の世界」http://www.ihatov.cc/ 平成十七年十月十六日）によれば、賢治が経を埋めようとした旧天王山（キーデンノー）にも「文化九壬申年／法華経一字一石塔」があるという。他にも観音山（花巻市）や砥森山（花巻市・遠野市）にも一字一石塔がある。賢治は晩年に埋経を計画して「経埋ムベキ山」のメモを残したが、その発想のヒントになったかもしれない。ちなみに観音山は、「経埋ムベキ山」のメモにも記載されている。

寿量の品　妙法蓮華経の第十六品。釈迦の生命が、過去から未来へと永遠に続くものだということを説いている同経の中心部分で、賢治がはじめてこの件りを読んだ時には感動のあまり体が震えたと言われている。

神さびて　古びて神々しくなること。

を　尾根のこと。

評釈

黄罫（260行）詩稿用紙裏面に書かれた下書稿（タイトルは「国土」。鉛筆で㊢。表面には「未定稿」の「〔雲を濾し〕」）、定稿用紙に書かれた定稿の二種が現存。生前発表なし。先行作品や関連作品の指摘はない。

浜垣誠司（「草木国土悉皆成仏」「宮沢賢治の詩の世界」http://www.ihatov.cc/ 平成十七年十月十六日）は、タイトルとなった「国土」という言葉に賢治が託した思いについて、「「国土」という言葉の辞書的な意味としては、まず「一国の統治権の行われる境域。領土」（広辞苑）ということが記されていますが、賢治はこの作品において、とくに政治的な意味での「国家」を意識している様子ではありません。／そうではなくて、この「国土」は、「仏国土」という宗教的な意味において用いられているのだろうと思われます」とする。たしかに政治的な意味での国家について書かれたものだとするより、「どこかに埋められている仏の言葉や埋経をした人へ《ママ》思いとともに、この世界全体への静かな愛を謳っているようにも感じられ」る。

ただし、賢治が岩手の山野に眠る経典や、古人たちに思いを馳せるようになったきっかけに、田中智学による国柱会の理論体系がかかわっていたことについても考えておく必要があるだろう。

賢治の信奉した国柱会の田中智学は、大正十年一月一日から「天業民報」の紙上で「日本国体の研究」を連載したが、日本国体を論じるに先立って、「日蓮上人は仏教家たるの前、先づ我れは日本人なりとして起たれ」「夫れ国は法に依て昌へ、法は人に依て貴し、国亡び人滅せば、仏を誰か崇むべき、法をば誰か信ずべき、先づ国家を祈つて須らく仏法を立つべし」と思い至ったからなのだという（「緒言」『日本国体の研究』真世界社　大正十一年四月）。

大正十年といえば、ちょうど賢治が家出上京した年にあたるが、上京直後の一月三十日に同じ国柱会員である関登久也に宛てて、賢治は「田中大先生の国家」に言及している。ちょうどその頃「天業新聞」に連載されていたのが、「田中大先生」の論じた「日本国体の研究」に他ならない。賢治はまた、大正十年二月十八日に、盛岡高等農林学校時代の友人・保阪嘉内に宛てて、「どうか世界の光栄天業民報をばご覧下さい」と熱心に購読を勧めてもいることから、賢治が智学の国体論に目を通していないはずはない。

日本国や日本の国土は、たとえば次のように語られる（「総論」『日本国体の研究』）。

日本《にほん》の神《かみ》さまといふのは、人類《じんるゐ》に「道理《だうり》」を自覚《じかく》させ様《やう》、それを行《おこな》はせようといふことを事業となされた神《かみ》さまで、その事業《じげふ》の為《た》めに、根拠地《こんきよち》たり又背景《またはいけい》なりに国土《こくど》を要《えう》するところから、国《くに》を択《えら》んで此日本国《このにほんこく》を選《え》り出《だ》して垂統《すゐとう》の本土《ほんど》とされたのであるから、「神《かみ》」は日本国《にほんこく》の先祖《せんぞ》であると共《とも》に、世界《せかい》の救済者《きうさいしや》であり、又《また》その主宰者《しゆさいしや》である、その大慈悲《だいじひ》の発現《はつげん》たる日本建国《にほんけんこく》が、神《かみ》の仕事《しごと》の場所《ばしよ》として存《そん》し、その人民《じんみん》が、此《この》栄光《くわうえい》ある天《てん》の仕事《しごと》の執行者《しつかうしや》として、宇宙《うちう》に卓然《たくぜん》として生存《せいぞん》して居《ゐ》ると云《いふ》ことは、単《たん》に国史《こくし》の光彩《くわうさい》と云《いふ》ばかりてなく、全《まつた》く世界《せかい》の偉観《ゐくわん》であり人類《じんるゐ》の光明《くわうみやう》である。

もちろん家出上京中の思想と最晩年の思想を同一視してしまうのは問題かもしれないが、本作に法華経の如来寿量品の名があがっていることから考えると、晩年の賢治が智学の国家観から完全に離脱したと言い切ってしまうことにも問題があろうかと思う。

かと言って、全てを日蓮や田中智学の影響だとしてしまうのも軽率に過ぎよう。法華経に出会うよりもずっと前に「石こ賢さ」と呼ばれた石好きの賢治である。岩手の人々と石の関係について、感じるところがあったはずだ。文語詩に限っても、「五十篇」では峠に置かれた五輪塔について書き（「五輪峠」）、「一百篇」では岩手山頂の石仏に米を捧げる人を描き（「岩手山巓」）、農民たちが豊作を祈った庚申塚を描き（「庚申」）、「雨ニモマケズ手帳」には、自分で庚申塔の絵まで描いている。さらに、農学校の同僚であった白藤慈秀（「餓鬼との出合い　仏教で説く十界」『こぼれ話　宮沢賢治』トリョーコム　昭和五十六年二月）は、次のようなエピソードを書いている。

田圃の畦道の一隅に大きな石塊が置かれてあるので不思議に思いました。畦の一隅に何故このような石が一つだけ置かれてあるかと疑い、この石には何んの文字も刻まろ《ママ》ていないからその理由はわからない、何の理由なしに自然に石塊一つだけある筈はない。これは何かの目じるしに置かれたに相違ないと考えた。その昔、この辺一帯が野原であったころ人畜類を埋葬したときの目じるしに置いたものに相違ない。また石の代りに松や杉を植えてある場所もある。こういうことを考えながらこの石塊に立って経を読み、跪座《きざ》して瞑想にふけると、その石塊の下から微かな呻き声が聞えてくるのです。この声は仏教でいう餓鬼の声である。なお耳を澄ましていると、次第に凄じい声に変ってきました。それは食物の争奪の叫び声であったと語った。

一字一石塔や庚申塔どころか、文字さえ刻まれていない碑、畦道に置かれているだけの石塊にさえ、賢治は注目して経を読み、瞑想したのだという。

そんな思いの込められた日本の国土に対して（もちろん智学の言うような国土でもあるが）、賢治はある時、この国土にある山々の美しさは、法華経の如来寿量品の文字が書き記された石が埋められているからではないかという発想が湧き、本作にはそうした思いが書いたのではないだろうか。そう思えば、古人に倣って、自分自身も岩手の三十二の山に経を収めようと「経埋ムベキ山」を書き残そうという発想にも自然に繋がっていく。

ところで、島田隆輔（後掲A）は、定稿の欄外に記されたメモに「ひそに／重出」とあることについて、本作の定稿における「ひそに」が、直前に収められた「〔ひかりものすとうなゐごが〕」の定稿にも「ひそに」があることについてのものではないかとし、少なくともこの二作に関する順序は、賢治の意図に基づくものであり、その配列に関して賢治が細かく神経を行きわたらせていた証拠ではないかと指摘している。文語詩稿全体を考えるうえでも、重要な指摘ではないかと思う。

先行研究

大角修「あとがきにかえて　宮沢賢治の法華文学」（『法華経の事典　信仰・歴史・文学』春秋社　平成二十三年十二月）

島田隆輔A「解説として《文語詩稿》の生成と、『文語詩稿五十篇』の集成と・試論」（「宮沢賢治研究　文語詩稿五十篇・訳注5」〔未刊行〕平成二十四年一月）

信時哲郎「宮沢賢治「文語詩稿　一百篇」評釈六」（「甲南国文62」甲南女子大学国文学会　平成二十七年三月）

鈴木貞美「序「雨ニモマケズ」がアメリカで読まれ」（『宮沢賢治　氾濫する生命』左右社　平成二十七年八月）

島田隆輔B「70　国土」（「宮沢賢治研究　文語詩稿一百篇・訳注Ⅱ」〔未刊行〕平成二十九年五月）

71 〔塀のかなたに嘉莵治かも〕

①塀のかなたに嘉莵治かも、　ピアノぽろろと弾きたれば、
一、あかきひのきのさなかより、　春のはむしらをどりいづ。
二、あかつちいけにかゞまりて、　烏にごりの水のめり。

②あはれつたなきソプラノは、　ゆふべの雲にうちふるひ、
灰まきびとはひらめきて、　桐のはたけを出できたる。

大意

塀の向こうにいるのは嘉兎治だろうか、　ピアノをぽろろと弾き始めると、
一、赤いヒノキの中から、　春の羽虫たちが躍り出てくる。
二、赤土の池の淵に屈まっては、　カラスが濁った水を飲んでいる。
あぁへたくそなソプラノの声なので、　夕べの雲もうちふるえるようで、
灰を肥料として撒いていた人もあわてて、　桐の生えた畑から出てきたようだ。

モチーフ

賢治が勤めていた稗貫農学校の向かいには、友人の藤原嘉藤治が勤める花巻高等女学校があった。嘉藤治のピアノに合わせて女生徒たちが「一、」と「二、」の歌を歌ったように思われるが、この「つたなきソプラノ」の声の主は、案外、賢治自身であったのかも

しれない。女学生向けに弾かれたピアノの旋律なので、男の賢治には高すぎて、うまく歌えず、それゆえに「つたなきソプラノ」と記された可能性もあろう。

語注

嘉莬治　花巻高等女学校の音楽教師で賢治の友人でもあった藤原嘉《か》藤治《とうじ》のこと。岩手県紫波郡水分村（現・紫波町）に明治二十九年（賢治と同年）に生まれる。岩手県師範学校卒業後、気仙郡、盛岡市の小学校で勤務した後、大正十年九月、花巻高女に赴任。藤原草郎として詩を発表していたこともあり、大正十年秋に、賢治が藤原を訪ね、以降、音楽や文学、思想等を語り合って親交を深めた。昭和八年九月、花巻高女を退職して嘱託となり、九年には上京。文圃堂版『宮沢賢治全集』の編纂に携わる傍ら、代用教員を勤め、昭和十四年には大日本青年団本部書記となる。敗戦後は帰郷して東根山《あずまね》麓に入植。以降、紫波郡の開拓に努め、昭和五十二年没。「嘉莬治」としたのは、藤原嘉藤治（後掲）によれば、「嘉藤治というのは馬鹿にされる。なぜ上等治にしないのだと。当時は三等切符だの……そこで宮沢賢治は、嘉藤治でなく「カトジ」兎のトの字嘉藤治としてくれた」という。もちろん音数を考えた側面もあろう。

一、あかきひのきのさなかより、　同じ内容の詩句が、「一百篇」の「四時」や「未定稿」の「〔雲を濾し〕」の下書稿中にも現われ、「〔冬のスケッチ〕」の第四二葉にも、「あかきひのきのかなたより／エステルのくもわきたてば／はるのはむしらをどりいで」とあった。これを歌詞とした楽曲が女学校から聞こえてきたのだとすると、賢治が作った詩に嘉藤治が曲を付けて歌わせていたということになろう。ただ、そうした事実があったという記録は見つかっていない。佐藤泰平（後掲）は、「女学校時代に藤原先生から習った歌のすべてを、今でも歌えるという大原さん」と話をしたというが、本作に登場する歌詞についての証言を聞き出せていない。もしも賢治と嘉藤治によるオリジナル曲であれば、当時の生徒たちももっとはっきりと記憶していたと思われることから、実際に女学校で歌われたことはなかったのだろう。ただ、藤原（後掲）は「ある晩、花巻女学校で音楽室に電灯がなかった頃、ピアノをひいていたら、賢治がのこのこと入って来た。そして「おれが詩を朗読するからお前はピアノをひけ」と言うのだ。とってもおれの腕では即興的にひけない。そこで、とうとうことわった。がそれでもやった。なかなか気分も出ないし困ったが、どんどんやった」。「おれは、夢中で、じゃがじゃがとした」といった思い出を語っているので、詩と音楽のセッションのようなものは、何度か経験していたようだ。こうした体験や虚構を交ぜながら書いているのだろう。

二、あかつちいけにかゞまりて、「〔冬のスケッチ〕」の第三九葉には「ねばつちいけにからす居て／からだ折りまげ水のめり」とある。赤田秀子（後掲）は、定稿に書かれた「一、」や「二、」をどう読めばいいのかについて、①「いちばん、あかきひのきの〜〜」と読まれること、②「いち、あかきひのきの〜〜」と読まれること、③漢数字は読まないでおくこと、の三つについて考えているが、明解な答は出ていない。赤田は①のように、「いちばん」、「にばん」と朗々と演劇的に読むことを提案している。ただ、音数の関係から言うと、賢治は読ませないつもりでいたのではないかと思う。では、何のためにこれがあるのかと言えば、嘉莬治のピアノに合わせて歌われたものだということを感じさせるためであろう。というのも、この漢数字が記されていなければ、歌詞ではなく、ただ春の情景を詠みこんだだけの詩句だと解されたと思うからである。女学校のあたりを通りかかった時に、ちょうど季節にふさわしい歌が流れてきたということを示すために、このような方法が取られたのではないだろうか。

灰まきびと　桐畑に肥料として灰を撒く人がいたのだろう。藤原（後掲）が、「とにかく。灰が原始的ないちばんの肥料」としているとおり。「農家の自給カリ肥料としては、灰がほとんど唯一ともいえ、おもに畑作（定畑）に使われ、元肥や追肥、あるいは播種に灰と下肥、堆肥等を混ぜ、さらに種子を混ぜ合わせて行う所も多い」（『日本大百科全書』）ともいう。「未定稿」の「〔洪積の台のはてなる〕」にも、「洪積の台のはてなる／一ひらの赤き粘土地／桐の群白くひかれど／枝しげくたけ低ければ／鍛治町の米屋五助は／今日も来て灰を与へぬ」という似た状況が書かれている。農学校から崖を降りたところには農学校の実習地があったので、農学校の教員か生徒なのかもしれない。吉見正信（後掲）は賢治本人ではないかという。

ひらめきて　赤田（後掲）は、「見え隠れしていた人」とする。ここでは、ソプラノのひどさが「ゆふべの雲にうちふるひ」、また、「灰まきびとはひらめ」いたのだと解するため、おどろきあわてた（ように見えた）という意味に取っておきたい。

評釈

黄罫（220行）詩稿用紙表面に書かれた下書稿（タイトルは「女学校附近」。鉛筆で㊢、定稿用紙に書かれた定稿の二種が現存。生前発表なし。下書稿に手入れはなく、定稿にも表記方法以外はほとんど変化なく受け継がれている。

挿入される歌曲の歌詞「一、」の「あかきひのきのさなかより」については、「一百篇」の「四時」や「未定稿」の「〔雲を濾し〕」、「〔冬のスケッチ〕」の第四二葉に類似のものがあり、歌詞「二、」の「あかつちいけにかゞまりて」も「〔冬のスケッチ〕」の第三九葉に類似のものがある。

関連作品の「四時」は、「一百篇」において本作の次に配置されたものであり、どちらも移転前の稗貫農学校（岩手軽便鉄道の鳥谷ヶ崎駅周辺）を舞台としていることから、連作的なものだと考えてよいように思う。

この他にも、「語注」に書いたように「未定稿」の「〔洪積の台のはてなる〕」をはじめ、「〔冬のスケッチ〕」の第一七葉、二三葉、三一葉、四一葉などに類似した詩句を見つけることができる。ただし、舞台や季節が一致（または類似）しているだけなのかもしれないので、今は指摘するだけにとどめたい。

さて、当時の花巻の事情に詳しい佐藤勝治（後掲A）は、作品の舞台周辺について、次のように書いている。

　稗貫農学校の前の細い道路をへだてて稗貫郡役所があり、この道路を奥（北）へ行くと一〇〇米程で女学校の褐色の板塀につきあたるが、道は右手に一寸曲ってすぐに又北に向っている。この曲り角の更に右手（東側）に桐の木畠があった（当時の農学校勤務者の証言。いまは隔離舎が建っている）このあたりから道は急に坂道（じつは崖道）となって下の平地（田圃と畠）におりる。旧城趾つづきの高台から降りたのである。女学校は高台の北端に立っている。

また、『新校本全集　第五巻』の「補遺詩篇Ⅰ」に「独白」として収められた断片に、「〔《ママ》雪がざらざら降ってゐる。／ひのきが枝をゆるがしてゐる。／郡役所の焼柵の」とあることなどから、このあたりにヒノキがあったのもたしかなようだ。

県立花巻高等女学校と郡立の稗貫農学校の当時の状況については、佐藤泰平（後掲）が引用する「花巻南高新聞・五十周年特集号」（昭和三十五年十月二十一日）が参考になる。

　藤原先生と宮沢先生はいつもお互いに行き来し、校庭を散歩しながら話し合ったり、また音楽室からピアノの音や歌う声が流れてきたりしていました。どうして宮沢先生は音楽室に来るのだろうと、わたしたちはよくうわさしていたものです。

（女学校卒業生たち）

　今の共立病院《ママ》場所に藁葺屋根の農学校がありました。女学校の塀からのぞけば校舎は目のあたり、寄宿舎の茶目ッ子連中、この塀から首っこだけ出しては引っこめ。引っこんでは出しして農学校の悪口歌を歌って、からかったのも罪のない思い出。作詞作曲は誰だったのでしょう？　遂に先生のお目玉頂戴。次にその歌を紹介して思い出の一こまを記します。（農学校の周囲は桑畑でした）

「桑っこ大学　鍬かつぎ
　ぶっかれ下駄こにババ服こ
それでも桑っこ大学と
意張ったもんだよ　アッハッハ。」

（柴田キヨ　第十回卒業生）

ところで、「つたなきソプラノ」とは誰の声だったのだろうか。これについてはさまざまに検討されてきたので、時代順に考えてみたい。

まず、藤原嘉藤治（後掲）は、花巻高女の教諭心得だった菊池ふみ子が歌っているのだとする。吉見正信（後掲）も、それを受けるが、佐藤勝治（後掲A）は、生徒に歌わせているのだとする。佐藤泰平（後掲）は、菊池ふみ子の赴任は、稗貫農学校が移転して高等女学校と離れた後の大正十四年四月で、また彼女の声がアルトであったことから、藤原の証言は記憶違いだろうとし、女学校の音楽会の時、あるいは音楽室から聞えてきた女生徒の歌声であろうとする。赤田秀子（後掲）は、「賢治のこの詩の断片を藤原が作曲して、生徒達に歌わせたというような証言もないことから、おそらく虚構も入り混ぜて成立した作品であろう」とする。

ソプラノの声の主は、花巻高女（定稿にタイトルはないが、下書稿には「女学校附近」とあった）の生徒と考えるのが最も無難であるように思うが、赤田のいうように虚構が入り交じっていたり、いくつかの経験を合成している可能性も低くない。

ただ、嘉藤治のピアノに合わせて、賢治が即興的に歌詞を口ずさんだという可能性も考えてよいかもしれない。

嘉藤治が弾いているのは、女子生徒に歌わせるための曲なのでソプラノの音域だが、賢治の歌声は森荘已池（後掲）によれば「バリトンに近い」ので、必然的に「つたなきソプラノ」になってしまった、とは考えられないだろうか。最終行では、「灰まきびと」が「ひらめきて」桐畑から出てくるが、男性によるソプラノの奇妙な歌声を怪しんで、畑から出てきたのだということになれば諧謔味も出てこよう。もちろん他の解釈も十分に可能だが、いずれにしても「女学校附近」の華やいだ雰囲気、すなわちピアノの音が流れ、歌声が聞こえてくるといった明るく近代的な風景を描こうとした作品であることには違いない。

先行研究

藤原嘉藤治・森荘已池「回想の賢治」（「北流8」岩手教育会館　昭和四十九年十月）
吉見正信「「われはこれ塔建つるもの」」（『宮沢賢治の道程』八重岳書房　昭和五十七年二月）
佐藤勝治A「藤原嘉藤治との膠漆の交わり　スケッチ大正十一年説の決定打」（『宮沢賢治青春の秘唱〝冬のスケッチ〟研究』十字屋書店　昭和五十九年四月）
佐藤泰平「ピアノぽろろと弾きたれば　賢治と嘉藤治のかかわり」（『セロを弾く賢治と嘉藤治』洋々社　昭和六十年三月）
佐藤勝治B「賢治随想(二)」（「やさしい研究賢治文学のよろこび2」寂光林　昭和六十二年十月）
赤田秀子「文語詩を読む　その5　声に出してどう読むか?・（〔天狗茸　けとばし了へば〕を中心に」「ワルトラワラ16」ワ

ルトラワラの会 平成十四年六月）
沢口たまみ「シグナルの恋」（『宮沢賢治 愛のうた』盛岡出版コミュニティー 平成二十二年四月）
信時哲郎「宮沢賢治「文語詩稿 一百篇」評釈六」（「甲南国文62」甲南女子大学国文学会 平成二十七年三月）
島田隆輔「71〔塀のかなたに嘉莵治かも〕」（「宮沢賢治研究文語詩稿一百篇・訳注Ⅱ」〔未刊行〕平成二十九年五月）

72　四時

①時しも岩手軽鉄の、　待合室の古時計、
　つまづきながら四時うてば、　助役たばこを吸ひやめぬ。

②時しも赭きひのきより、　農学生ら奔せいでて、
　雪の紳士のはなづらに、　雪のつぶてをなげにけり。

③時しも土手のかなたなる、　郡役所には議員たち、
　視察の件を可決して、　はたはたと手をうちにけり。

④時しも老いし小使は、　豚にえさかふバケツして、
　農学校の窓下を、　足なづみつゝ過ぎしなれ。

大意

時しも岩手軽便鉄道の、　待合室にある古時計が、
つまづきながら四時を知らせると、　助役はそれを合図に煙草を吸うのをやめた。
時しも赤いヒノキの木の間から、　農学校の生徒たちが走り出してくると、
雪だるまの鼻さきに、　雪玉を投げつけた。
時しも土手の彼方にある、　郡役所では議員たちが、

視察の案件を可決して、パチパチと手をたたいていた。
時しも老いたる農学校の小使は、豚のエサの入ったバケツを持って、
農学校の窓の下を、歩きにくそうにしながら過ぎていった。

モチーフ

賢治が勤務していた稗貫農学校附近の「四時」の様子。はじめは農学校の中だけを描くつもりが、岩手軽便鉄道の鳥谷ヶ崎駅の待合室や稗貫郡役所の様子まで描くこととなり、視野がパノラマ風に広がっている。本作の直前に配列された「〔塀のかなたに嘉莵治かも〕」は、花巻高等女学校とその周辺を描くものだったが、本作では鳥谷ヶ崎駅、稗貫農学校、郡役所というように女学校以外を描いていることからも、連作的に書かれた可能性が強いと思う。

語注

四時　小野隆祥（後掲）や佐藤清（後掲）が指摘するように、大正時代の官庁の終業時間は午後四時であった。「大正十一年閣令第六号（官庁執務時間並休暇ニ関スル件）」（七月四日閣令第六号）には、「官庁ノ執務時間ハ休日及ビ休暇日ヲ除キ午前九時ヨリ午後四時迄トシ土曜日ハ午後三時迄トス但シ七月十一日ヨリ九月十日迄ハ午前八時ヨリ午後三時迄トシ土曜日ハ午十二時迄トス」とあった。この時代の人にとって四時は象徴的な時間であったのだろう。

岩手軽鉄　花巻駅から仙人峠駅まで運行していた岩手軽便鉄道のこと。鳥谷ヶ崎駅は始発の花巻駅の次の駅で、稗貫農学校や郡役所、花巻高等女学校、裁判所などがあった。

雪の紳士　下書稿㈠に「教師まがひの雪紳士《スノーマン》に」とあることから、教員に擬した雪だるまを作り、それにむかって生徒たちは雪玉を投げつけていたのだろう。

郡役所　岩手軽便鉄道の鳥谷ヶ崎駅前にあった稗貫郡役所のこと。稗貫農学校はすぐその向かい、花巻高等女学校は隣にあった。郡制は大正十二年四月に廃止されているが、郡役所の閉鎖は大正十五年六月。

豚　『新校本全集 第十六巻（下）補遺・資料 補遺・伝記資料篇』には、「岩手県稗貫農学校校舎之図」が掲載されており、北西側の隅には「豚舎」が示されている。佐藤（後掲）は、「当時豚は飼育されていなかったので、後年の農学校時代との合成である」とするが、「照井謹二郎の話によると、雪の降る

時期に畠山校長が校舎北側の農舎前で柄の長いマサカリを持って豚を殺すのを見た」とも書いている。照井が入学したのは大正十年四月で、卒業したのが大正十二年三月なので、本作の舞台となる稗貫農学校で入学・卒業したことになる（花巻農学校に改称されて移転したのは大正十二年四月）。また、照井は「大正十一年の冬だったと思うが、私が二年の時、農学校でブタをバラしたことがあった」（「フランドン農学校の豚」『２０１人の証言　啄木・賢治・光太郎』読売新聞盛岡支局　昭和五十一年六月）とも書いているので、大正十一年度の冬に稗貫農学校で豚を飼っていたことは確実だ（大正十年一月から三月の間であったら照井は一年生）。もっとも文語詩は、いくつかの経験を合成したり、虚構を取り入れることもあったので、あまりモデルにこだわり過ぎるのも問題だろう。

評釈

黄罫（260行）詩稿用紙表面に書かれた下書稿㈠（藍インクで(了)）、その余白に書かれた下書稿㈡、その裏面に書かれた下書稿㈢（鉛筆で(写)）、定稿用紙に書かれた定稿の四種が現存。生前発表なし。

　下書稿㈠の手入れ段階には「赤きひのきのかなたより／春の羽虫らおどり出づ」とあったが、「一百篇」の「〔塀のかなたに嘉莵治かも〕」や、「未定稿」の「〔雲を濾し〕」にも類似した詩句が登場する。これは「〔冬のスケッチ〕」の第四二葉に原形があり、これらは全て関連作品だということになろう。なお、『新校本全集』では、「〔冬のスケッチ〕」の第四二葉を、連続する四三葉と一緒に「未定稿」の「〔雲を濾し〕」と「一百篇」の「酸虹」の先行作品だとしている。本作や「〔塀のかなたに嘉莵治かも〕」も含めて、複雑に絡み合いながら発展・成立しているようだ。

　また、『新校本全集』には指摘がないが、本作の下書稿㈠の手入れ段階には「このとき広き肩なして／校長門を入り来り／ゆる、ひのきのかなたをば」とあったが、これは「〔冬のスケッチ〕」の第三二葉にある「たまゆらにひのきゆらげば／校長の広き肩はゞ／茶羅沙をくすぼらし門を出づ」が原形であろう。ただし、この手入れ案は下書稿㈡に採用されることはなく、「未定稿」の「職員室」の方に採用されている（これについては『新校本全集』でも指摘されている）。

　さて、下書稿㈠から見ていきたい。ここでは農学校の放課後の様子を描こうとしていたようだ。

ひのき茶いろにゆらぎつゝ
つめたきくれのちかづけば
寄宿舎生ら出で来り
教師まがひの雪紳士《スノーマン》に
雪のつぶてをなげたれば
ほのかに雪のけぶりはあがり

雲の剥げは黄にひかりけり

下書稿㈠の手入れでは、次のように改変される。

ひのき茶いろにゆらぎつゝ
時計つめたく四時うてば
泳ぐがごときかたちして
寄宿舎生ら出で来り
雪の紳士の鼻づらに
つぶてをしげになげたれば
ほのかに白きけぶりはあがり
雲の剥げは黄にひかりけり
老ひし仕丁の足なづみ
バケツをさげて過ぎ行けば
赤きひのきのかなたより
春の羽虫らおどり出づ

先述のとおり、手入れ段階で「このとき広き肩なして／校長門を入り来り／ゆるゝひのきのかなたをば」と挿入しようとする案もあった。いずれにせよ、この手入れ段階で、元気でやんちゃな生徒たちだけでなく、農学校の「四時」をパノラマ風に描こうという意図が生まれてきたようだ。

佐藤清（後掲）は、「つめたきくれのちかづけば」という詩句から年末のことだとするが、手入れ段階ではこれを削除して、「時計つめたく四時うてば」としており、また、「春の羽虫らおどり出づ」を挿入していることから、「春」と「雪」が同時に成立する三月か四月あたりとすべきで、「くれ」とは日暮れ時のことを指しているのだと思われる。

下書稿㈡の余白には、「〔清原佐藤→高橋二人〕」というメモが残っている。農学校の生徒で、佐藤や高橋については、同姓の者がいるので特定できないが、清原姓は賢治の在職中は一人しかいない。花巻農学校の第三期生で、大正十一年四月に入学した清原繁雄である。これを元に考えれば、稗貫農学校は大正十二年四月に花巻農学校に改称されて鳥谷ヶ崎から若葉町に移転するので、取材は大正十一年四月頃か、大正十二年の二～三月頃ということになろう。

下書稿㈢では、「宿直室の古時計／つまづきながら四時うてば」とあったものが、「時しも岩手軽鉄の／待合室の古時計／つまづきながら四時うてば」に書き換えられている。さらに③として新しい連を組み込む指示をして「このとき土手のかなたなる／郡役所には議員たち／視察の件を可決して／はたはたと手をうちてあり」と書いている。㊢印はこの稿の段階で付けられており、そのまま定稿につながっているが、つまりはこの段階で農学校の四時を描くだけでなく、農学校周辺の四時を描くつもりになったようだ。

この時のアイディアの元になったのは「〔冬のスケッチ〕」の

第四三葉であろう。

かぜのうつろのぼやけた黄いろ
かれ草とはりがね、郡役所
ひるのつめたいうつろのなかに
あめそゝぎ出でひのきはみだるる。
（まことこの時心象のそらの計器は
　十二気圧をしめしたり。）

※

よくも雲を濾し
あかるくなりし空かな。
うつろの呆《ぼう》けし黄はちらけ
子供ら歓呼せり。

ところで、先述のとおり本作には関連作品が多数あるが、中でも「一百篇」の「〔塀のかなたに嘉菟治かも〕」との関係は特別なものであったと思う。というのも、「〔塀のかなたに嘉菟治かも〕」が本作の直前に収められているからである。

「〔塀のかなたに嘉菟治かも〕」は、下書稿が一種あるのみで、その最初のものに㊢（定稿に書き写す直前）が付されている。もちろんそれ以前の下書稿が失われたのかもしれないので、これ以前の原稿が存在しなかったと断定することはできない。ただ、「四時」で農学校の様子について推敲していくうちに、鳥谷ヶ崎駅や郡役所のことにも触れておきたくなった賢治が、同じ地区にあった花巻高等女学校についても書き留めた可能性は十分にあるだろう。

「四時」の下書稿㊂では、岩手軽鉄や郡役所について書き加えているが、その段階の原稿に同じ筆記用具による㊢があることから考えても、おそらく同じころに㊢の付せられた「〔塀のかなたに嘉菟治かも〕」を書いた可能性は高いように思う。ことに両詩で鳥谷ヶ先駅近辺が描かれていながら、共通して登場する施設がないことも、この推測を裏付けてくれよう。

このような例は、「五十篇」の「〔翔けりゆく冬のフエノール〕」と「退職技手」、「〔氷柱かゞやく窓のべに〕」と「来賓」にも見られる（信時哲郎『五十篇評釈』）。しかも、その際には、「いずれも新しく挿し込まれたと思われる稿が「前」に位置している。賢治のクセとして、文語詩稿の成立を解くための一つの手がかりになるかもしれない」（「退職技手」『五十篇評釈』）としたが、「一百篇」における「〔塀のかなたに嘉菟治かも〕」と「四時」についても同じことが言えそうだ。

賢治は「四時」において、農学校や駅、郡役所といった男の世界を描き、「〔塀のかなたに嘉菟治かも〕」では、「女学校附近」というタイトル案があったことからもわかるように、女の世界を描き分けようとしたのだと考えることもできるかもしれない。もっとも「〔塀のかなたに嘉菟治かも〕」では、「評釈」にも書いたように、実際には女性が一人も登場していなかった可能性もあるし、一種類しかない下書稿には、「一字の手直しもない」(『新校本全集』)というあたりには、まだまだ複雑な過程があったのかもしれない。ただ、少なくとも現存する資料から考える限りは、こうして考えることも許されるのではないかと思う。

先行研究

吉見正信「「われはこれ塔建つるもの」」(『宮沢賢治の道程』八重岳書房 昭和五十七年二月)
小野隆祥「問題の発端 成立期の探究」(『宮沢賢治 冬の青春』洋々社 昭和五十七年十二月)
佐藤勝治「スケッチ第四二・四三葉と文語詩三篇の相関々係 字句に依らず事実関係によるべきこと」(『宮沢賢治青春の秘唱〝冬のスケッチ〟研究』十字屋書店 昭和五十九年四月)
島田隆輔A「冬のスケッチ散佚稿/《文語詩稿》への過程から迫る試み」(「島大国文26」島大国文会 平成十年二月)
佐藤清「四時」(『宮沢賢治 文語詩の森 第二集』)
信時哲郎「宮沢賢治「文語詩稿 一百篇」評釈六」(「甲南国文62」甲南女子大学国文学会 平成二十七年三月)
島田隆輔B「72 四時」(「宮沢賢治研究 文語詩稿一百篇・訳注Ⅱ」〔未刊行〕平成二十九年五月)

73　羅沙売

①バビロニ柳掃ひしと、　あゆみをとめし羅沙売りは、
つるべをとりてや、しばし、　みなみの風に息づきぬ。

②しらしら醸す天の川、　はてなく翔ける夜の鳥、
かすかに銭を鳴らしつゝ、　ひとは水《み》縄を繰りあぐる。

大意

バビロン柳が顔をはらったので、歩くのをやめた羅紗売りは、井戸の釣瓶を取るとしばらくの間、南風に吹かれて一息ついた。

しらしらと濁酒を醸すかのように天の川は流れ、夜の鳥ははてしなく空を翔けていく。かすかに小銭の音を鳴らしながら、羅紗売りは井戸水を引き上げる。

モチーフ

「〔冬のスケッチ〕」から発展した文語詩だが、推敲の過程で、賢治は羅紗売りを登場させた。大正半ばから昭和初年にかけて、羅紗売りと言えば、白系ロシア人の仕事と決まっていたようだ。だとするとバビロニ柳も、賢治が学名をひけらかしたかったわけではなく、『旧約聖書』の「詩篇」に収められたバビロンの川の柳の木に琴を立て掛け、故郷を思って嘆くユダヤ人のイメージが重ねられていたと考えるべきであろう。実体験か虚構かの判断はしにくいが、賢治は「五十篇」の「〔いたつきてゆめみなやみし〕」で、朝鮮人の飴売りに思いをはせたように、ここでは心ならずも故郷を離れて羅紗を売り歩くロシア人の心境を思いやったのだと思われる。

語注

バビロニ柳　シダレヤナギのこと。学名は Salix babylonica 。「掃ひし」とあるのは、柳の枝が羅紗売りの顔を掃いたようになったからだろう。

羅沙売り　羊などの毛を密に織って毛羽立たせ、織り目が見えないようにした厚手の織物がラシャ。それを専門に売り歩く行商人のこと。島田隆輔（後掲B）が指摘するように、羅紗を売っている行商人は、大正六年（一九一七年）のロシア革命をきっかけに日本に亡命してきた白系ロシア人であろう。賢治は「未定稿」の「〔雪とひのきの坂上に〕」の下書稿㈠の手入れで、「〔羅沙を↓毛布〛を↓削〕荷へる行商の／二人ぞ坂を下り来り」と書いているが、これもロシア人による行商人であろう。沢田和彦（「白系ロシア人と近代日本文化」『白系ロシア人と日本文化』成文堂 平成十九年二月）は、「日本在留の白系ロシア人がよく従事した職業のひとつがラシャ売りである。1920年代後半にはその三分の一から半分以上がこの職業に従事した」とし、「1924年（大正13年）9月9日付けの『函館日日新聞』によると、函館市内に50人のロシア人が在住していたが、そのうち30人あまりがラシャの行商をしていた」と書いている。沢田は日本人の洋服化を促進したのは、ロシア人のラシャ売り行商人だったのではないかとするが、高級チョコレートを日本に導入したフョードル・モロゾフもラシャの行商から身を起こしている。島田によれば、昭和五年の国勢調査では、岩手県の「外地人外国人ノ職業」のうち「露店（屋台店ヲ含ム）商人 行商人 呼売商人」について、朝鮮人は六十五人（男・六十五、女・〇）、中華民国人は六十四人（男・六十四、女・〇）、露西亜人は十人（男・九、女・一）なのだという。また、ポダルコ・ピョートル（「阪神間在住白系ロシア人社会」『白系ロシア人とニッポン』成文社 平成二十二年七月）は、「利口な行商人たちは、「ロシア人」や「難民」、「亡命者」などの〈怪しい気持ち〉を引き起こしたり、むりやりに同情を呼ぶ名前ではなく、当時日本で最も尊敬された「独逸人」などと偽って商売をやることもあった」というフョードル・モロゾフの手記の中の言葉を紹介している。

銭を鳴らしつゝ　井戸水をくみ上げる際に、懐中（ポケット?）の小銭が鳴ったのであろう。

評釈

「〔冬のスケッチ〕」の第一三・一四葉を下書稿㈠とし、黄罫（260行）詩稿用紙表面に書かれた下書稿㈡（タイトルは手入れ段階で「行商」、のちに「羅沙売り」。藍インクで了）、黄罫（220行）詩稿用紙表面に書かれた下書稿㈢（鉛筆で写）、定稿用紙に書かれた定稿の四種が現存。生前発表なし。

まず「〔冬のスケッチ〕」の第一三・一四葉から黄罫（260行）詩稿用紙に移された下書稿㈡を見てみたい。

やみに一つの井戸ありて
行商にはかにたちどまり
つるべをとりてやゝしばし
天の川をばながめたり

あまの川の小き爆発
たよりなく行ける鳥あり
かすかにのどをならしつゝ
ひとはつるべを汲みあぐる

「〔冬のスケッチ〕」では、同じ第一三葉にある詩句が「一百篇」の「病技師〔一〕」と「一百篇」の「〔ひかりものすとうなゐごが〕」に発展しているが、当時の花巻の土地に詳しい佐藤勝治の「「冬のスケッチ」作者彷徨想像図」（『宮沢賢治青春の秘唱〝冬のスケッチ〟研究』十字屋書店　昭和五十九年四月）によれば、賢治の生家から千人供養塔のある松庵寺が「病技師〔一〕」の舞台で、ついで賢治は東北本線を越えたところにあった「水車（粉屋）」で「〔ひかりものすとうなゐごが〕」を取材し、さらに進んで石神に出たあたりに柳の木と井戸があり、ここが本作の舞台になったのではないかとする。

大沢正善（「臘月」『宮沢賢治　文語詩の森』）は、本作の次に配列されている「臘月」は、連続して書かれたのではないかという。本評釈でも文語詩の定稿には連作の傾向が指摘できる場合があるとしてきたが、大沢の指摘は興味深い。ただ、定稿としてまとまった際のイメージに、だいぶ距離があるようにも感じられる。

下書稿㈡の手入れでは、かなり字句の入れ替えを行っている。中途段階で賢治が書き直した形態は次のようなものだ。

バビロニやなぎうちかづき
あゆみをとめし羅沙うりは
つるべをとりてやゝしばし
さそりのほしをもとめたり

しらじら醸す天の川
はてなく翔ける夜の鳥
かすかにひじを鳴らしつゝ
ひとは水竿を操《ママ》りあぐる

大きな変化としては、まず、行商人が「羅沙うり」に特定されたことをあげることができる。羅紗売りの行商とは、「語注」にも書いたように、白系ロシア人が携わる仕事だとされていたものだ。そして、「バビロニやなぎ」が登場していることも、極めて重要だと思う。どちらも「〔冬のスケッチ〕」には書かれていないことであり、賢治が本当にヤナギの木を見たのかどうか、あるいはロシア人と思われる「羅沙うり」を、本当に見たのかどうかはわからない。ただ、ロシア人がキリスト教を信奉していただろうことから考えると、「バビロニやなぎ」が偶然に登場したわけでもないように思われる。というのも、『旧約聖書』の「詩篇」には、バビロンの柳についての記述があるからだ。

紀元前六世紀、古代イスラエル民族のユダ王国が新バビロニア王国の王ネブカドネザル二世に征服されると、貴族や聖職者らをはじめとした住民がバビロンに強制移住させられた。『日本大百科全書』によれば、このバビロン捕囚は、「イスラエル人にとって大きな民族的苦難であったが、この間の精神的労苦はかえって民族の一致を強め、信仰を純化する端緒となった」という。「詩篇」の第百三十七篇には、そんなバビロンの地で暮らすユダヤ人たちの嘆きが書かれている。

われらバビロンの河《かは》のほとりにすわり シオンをおもひいでて涙《なみだ》をながしぬ われらそのあたりの柳《やなぎ》にわが琴《こと》をかけたり そはわれらを虜《とりこ》にせしもの われらに歌《うた》をもとめたり 我儕《われら》をくるしむる者《もの》われらにおのれをばせんとて シオンのうた一《ひと》つうたへといへり われら外邦《とつくに》にありていかでヱホバの歌《うた》をうたはんや ヱルサレムよもし我《われ》なんぢをわすれなば わが右《みぎ》の手《て》にその巧《たくみ》をわすれしめたまへ もしわれ汝《なんぢ》を思《おも》ひいでずもしわれヱルサレムをわがすべての歡喜《よろこび》の極《きはみ》となさずばわが舌《した》を顎《あぎ》につかしめたまへ ヱホバよねがはくばヱルサレムの日《ひ》に エドムの子輩《こら》がこれを掃清《はらひのぞ》け その基《もとゐ》までもはらひのぞけといへるを 聖意《みこゝろ》にとめたまへ ほろぼさるべきバビロンの女《むすめ》よ なんぢがわれらに作《なし》しごとく汝《なんぢ》にむくゆる人《ひと》はさいはひなるべし なんぢの嬰児《みどりご》をとりて岩《いは》のうえになげうつものは福《さいは》ひなるべし

『旧新約聖書』（日本聖書協会 昭和十二年十月）

日本がロシア人たちを捕囚としたわけではないので、完全に状況が一致しているわけではない。賢治は「五十篇」の「〔いたつきてゆめみなやみし〕」で、朝鮮人の飴売りを描いていたが、状況としてはそちらの方に、より似ているかもしれない。しかし、帝政ロシア時代に比較的裕福に暮らしていたはずなのに、故国に留まることが許されず、異郷の地で暮らすことを余儀なくされ、柳の木の下でようやく一休みするという心境を考えてみれば、バビロンにおけるユダヤ人の悲哀に通じるところもあったように思う。

日本と台湾でラシャ売りの行商をしていたヴィクトル・プロスツェヴィチは、旭川に本部を置くラシャ売りのグループに属していた時、次のような訓令を渡されたのだと自身の回想記に書いている（沢田和彦「白系ロシア人と近代日本文化」『白系ロシア人と日本文化』成文堂 平成十九年二月）。

卸値が八、九円のものならば、はじめは二十円から二十二円ぐらいに吹っかける。買手の方も、心得たもので、ちゃんと値切ってくる。指を一本出したら、十円にまけろということだ。つまり、それでもう一円なり二円なりのもうけが出るわけだが、あわてて売ってはいけない。そこからが商売だ。はじめの言い値から、少しずつ下げていく。すると買手の方もいくらかずつ指し値を上げてくる。一枚で三円か四円のもうけが出たところで手を打つ。それなら一枚売れば一日分の宿賃とタバコ代になるし、場合によっては食費や交通費にもなる。

「バビロニ柳」や「バビロン柳」は他の作品にも登場するが、『新校本全集』の『索引』によれば、それは「旭川」(「『春と修羅(第一集)』補遺」)と「一一八　函館港春夜光景　一九二四、五、一九、」(「春と修羅　第二集」)であり、偶然かもしれないが、どちらも白系ロシア人が多かった街である。賢治の頭には、これらの街と「ロシア＝羅沙＝バビロニ柳」という図式が刷りこまれていたのかもしれない。

もっともポダルコ・ピョートル(「在日ロシア人の〈顔〉を変えた関東大震災」『白系ロシア人とニッポン』成文社　平成二十二年七月)によれば、革命直後に日本にやってきた亡命ロシア人の〈第一波〉は、緊急避難的に日本に滞在したのみで、関東大震災後の国際社会の協力によって日本を去る者が多かったのだという。ロシア移民の〈第二波〉は震災後にやってきた人々で、庶民階級の出身者が多く、「来日した目的が、革命の恐怖から〈命を守る〉ことではなく、〈商売〉(ビジネス)を行うことであった」という。多くの行商人をはじめとして、洋菓子メーカーの創始者として名高いモロゾフやゴンチャロフ、野球選手のスタルヒン、音楽家のレオ・シロタら、日本で成功をおさめた人々も、この〈第二波〉に属する人たちが多かったという。

賢治をはじめ、当時の日本人たちはこうした状況をどこまで知っていたのか定かではないが、仮に商売のためだけに来日していたとしても、異郷をさまようことの辛さや厳しさにはかわりないはずで、やはり賢治には哀れな存在であるように見えたのだと思う。

文語詩は岩手で生きる様々な人を対象とし、様々な人の喜怒哀楽を描いているものと思われるが、終章(信時哲郎「「五十篇」と「一百篇」　賢治は「一百篇」を七日で書いたか(上)・(下)」「賢治研究135・136」宮沢賢治研究会　平成三十年七月・十一月)でも述べるように、「一百篇」では、タッピング一家、ミス・ギフォード、プジェー神父にも取材対象を広げている。いずれもキリスト教との関わりが深いが(キリスト教徒と言えば、日本人だが斎藤宗次郎も登場している)。本作における羅紗売りも、キリスト教とのつながりということから考えることも可能であろう。

先行研究

島田隆輔Ａ「冬のスケッチ散佚稿／《文語詩稿》への過程から迫る試み」「島大国文26」（島大国文会 平成十年二月）

佐藤栄二「「羅沙売」をよむ」（『宮沢賢治 交響する魂』蒼丘書林 平成十八年八月）

島田隆輔Ｂ「原詩集の輪郭」（「宮沢賢治研究 文語詩集の成立」）

信時哲郎Ａ「宮沢賢治「文語詩稿 一百篇」評釈七」（「甲南女子大学研究紀要52 文学・文化編」甲南女子大学 平成二十八年三月）

島田隆輔Ｃ「73 羅紗売」（「宮沢賢治研究 文語詩稿一百篇・訳注Ⅱ」（未刊行）平成二十九年五月）

信時哲郎Ｂ「文語詩のことならおもしろい」（「宮沢賢治記念館通信117」宮沢賢治記念館 平成二十九年九月）

74　臘月

みふゆの火すばるを高み、　　のど嗽ぎあるじ眠れば、
千キロの氷をになひ、　　かうかうと水車はめぐる。

大意

冬の火とも言うべきスバルが天空に高く上がっているので、ウガイをしがてら眺めて主は眠りにつくが、千キロにもなる氷を担って、こうこうと星の水車は回り続ける。

モチーフ

花巻町内の水車小屋を舞台にしたものだとの指摘もあるが、「千キロの氷」がついたままで「かうかうと」回る水車となると、相当な規模のものになる。大げさに表現しただけなのかもしれないが、改稿の過程で現実の水車小屋を離れたと考えてみることも可能であろう。賢治は星空を水車にたとえ、音をたてて回ると書くことがよくあった。童話「水仙月の四日」に、「カシオピイア、／もう水仙が咲き出すぞ／おまへのガラスの水車／きつきとまはせ。」とあり、また、童話「シグナルとシグナレス」には、「夢の水車の軋りのやうな音」を聞き、「ピタゴラス派の天球運行の諧音」だとする部分もあった。とすれば、「かうかうと」回る水車が、スバルのことを意味していた可能性もあろうかと思う。

語注

臘月　旧暦の十二月のこと。冬至の後の第三の戌の日に、猟の獲物を神々や祖先にまつる祭事を「臘」と言ったことから。『字通』には「〔荊楚歳時記〕に、十二月八日を臘日とし、臘鼓を打って疫を祓うとあり、仏教では「臘八会（ろうはちえ）」を釈迦成道の日とする」とある。ただ、一般的に「臘日」といえば、大晦日のことを指すようだ。

すばる　おうし座の散開星団でプレアデス星団とも呼ばれるスバル星団のこと。スバルは外国語のようにも思われそうだが、「統ばる」（集まる）という意味の日本語。十二月には天頂附

近に見ることができる。また、奥本淳恵（「『春と修羅』《第一集》所収詩篇「昴」〈昴〉の意味するもの」「論攷宮沢賢治10」中四国宮沢賢治研究会 平成二十四年一月）がまとめているように、賢治はスバルのことを庚申信仰などと結びつけながら、宇宙を覆う真実の象徴として捉える意識もあったようだ。「〔一百篇〕」の「庚申」には、「昴の鎖」（昴とはスバルのこと）とあり、また童話「銀河鉄道の夜」には「プレシオスの鎖」が登場する。「プレシオス」としたのは、誤りか、それとも意識的な呼び換えなのかは解釈が分かれるところだが、いずれにせよ背景に『聖書』（ヨブ記）の「プレアデスの鎖」があったことは確実で、中国や日本のみならず、西洋でのスバルのイメージも賢治は大切にしていたようだ。

評釈

書簡下書きの書かれた黄罫（2222行）詩稿用紙の裏面に下書稿㈠、同じ紙面に下書稿㈠（断片）、表面に戻って下書稿㈡（タイトルは「臘月」。以下同じ。鉛筆で㊢）、同じ紙面に下書稿㈢、定稿用紙に書かれた定稿断片、その裏面に定稿の二枚四面、（『新校本全集』の数え方に倣えば）五種が現存。生前発表なし。定稿には一連構成のためか丸番号の表記がない。

　大沢正善（後掲）は、「〔冬のスケッチ〕」の第一三・一四葉を関連作品とする。

※

風の中にて
ステッキ光れり
かのにせものの
黒のステッキ。

※

風の中を
なかんとていでたてるなり
千人供養の
石にともれるよるの電燈

※

やみとかぜとのなかにして
こなにまぶれし水車屋は
にはかにせきし歩みさる
西天なほも　水明り。

※

やみのなかに一つの井戸あり
行商にはかにたちどまり
つるべをとりてや丶しばし
天の川をばながめたり。

あまの川の小き爆発

たよりなく行ける鳥あり
かすかにのどをならしつゝ
ひとはつるべを汲みあぐる。

季節の一致、水車屋、天の川…　たしかに一致する点は多い。当時の花巻の土地に詳しい佐藤勝治の「「冬のスケッチ」作者彷徨想像図」（『宮沢賢治青春の秘唱〝冬のスケッチ〟研究』十字屋書店　昭和五十九年四月）によれば、賢治の生家から千人供養塔のある松庵寺を抜け、東北本線を越えたところに「水車（粉屋）」があったとのことで、大沢もここがモデルになっているのではないかとする。

ただ、前二篇が「一百篇」の「病技師〔二〕」、後二篇が「一百篇」の「羅沙売」に発展し、本作と一番関連の深そうな三篇目も、「一百篇」の「〔ひかりものすとうなゐごが〕」に発展していることが、すでに『新校本全集』でも指摘されている。もちろん一篇の先行作品から複数の文語詩ができないとは言えないし、大沢の言うように、本作の直前に「羅沙売」があり、連作的な関係にあったのではないかといった指摘も重要だ。しかし、「冬のスケッチ」以外にも発想の元はあったように思う。というのも、佐藤が示した水車を回すための水の流れは、地図にも載っていないようなものであり、「千キロの氷をになひ」の句は似つかわしくないように思われるからだ。

岡井隆（後掲B）は、このように書いている。

「千キロの氷」といえば非常な重荷だろう。それを担って、水車がまわっている。氷を担っているというのだから、水車も氷って動かないのかと思うと、「かうかうと」まわっている。水車の羽根のところに、氷った水を受けて、力一ぱい働いている水車。とくに、上から水の注ぐ「上射式」の水車となれば、「担う」という感じに近く見えるはずである。千kg、つまり一トンの氷片を担うというのだから、かなり巨大な水車か、何連式という水車か。そういう水車が、花巻盆地にあったのであろうか。

花巻町内の小川にこんな大きな水車があったとは思いにくい。島田隆輔（後掲）は、稼働総量として千kgなのだとし、あるじが眠りについてから、約十時間と考えれば、一時間あたりで百kgなので可能ではないかとする。あり得るとは思うものの、これが「のべ千キロの氷をになう水車」だと考えると、詩句から惹起されるイメージとの差が激しすぎるように思われる。

かといって千kgもの氷を担いながら「かうかうと」回る水車について現実的に考えてみると、氷が千kgあれば、水車自体の重さも千kgほどなければ重みに持ちこたえることができないように思うので、単純計算して二千kgの水車が「かうかうと」回らなければいけないことになる。これに見合う水車といえば、水力発電所のタービンくらいではないだろうか。

水力発電と言えば、賢治は「春と修羅 第二集補遺」の「〔雪と飛白岩の峯の脚〕」（「五〇八 発電所 一九二五、四、二、」の発展形）で、岩根橋水力発電所の「蝸牛水車《スネールタービン》」の様子を描いてもいた。

雪と飛白岩《ギャブロ》の峯の脚
二十日の月の錫のあかりに
澱んで赤い落水管と
ガラスづくりの発電室と
　……また余水吐の青じろい滝……
黝い蝸牛水車《スネールタービン》で
早くも春の雷気を鳴らし
鞘翅発電機《ダイナモコレオプトラ》をもって
愴たる夜中の睡気を顫はせ
大トランスの六つから
三万ボルトのけいれんを
野原の方へ送りつけ
むら気多情の計器《メーター》どもを
ぽかぽか監視してますと
いつか巨大な配電盤は
交通地図の模型と変じ
小さな汽車もかけ出して
海よりねむい耳もとに
やさしい声がはいってくる

しかし、この「蝸牛水車」が、「臘月」に結びついたとは、さすがに考えにくい。

むしろ気になるのは、地上ではなく、水車と宇宙との関わりである。たとえば「歌稿〔B〕」に「53 軸棒はひとばんなきぬ凍りしそら　ピチとひびいらん微光の下に。」とあるが、その余白には次のように書きつけてあるという。

小き水車の軸棒よもすがら軋り
そらは藍いろの薄き鋼にて張られしかば
たとへその面を寒冷の反作用漲るとも
裂罅入らんことはありぬべし

直前には、「52 鉛などとかしてふくむ月光の重きにひたる墓山の木々。」という短歌が書かれているが、その前に「◎大等師の説教と水車小屋」という気になる書き込みもある（大等とは島地大等。少青年期の賢治に影響を与えた浄土真宗の僧侶で、盛岡の願教寺住職）。

島地大等の説教の際に見た水車の軋りは、天空に作用したように感じられたようだが、「54 凍りたるはがねのそらの傷口にとられじとなくよるのからすなり。」とあり、『新校本全集』には童話「烏の北斗七星」が53と54の関連作品だとも書かれている。短歌のアイディアは次のように童話に生かされる。

　雲《くも》がすつかり消《き》えて、新《あた》らしく灼《や》かれた鋼《はがね》の空《そら》に、つめたいつめたい光《ひかり》がみなぎり、小《ちい》さな星《ほし》がいくつか聯合《れんがふ》して爆発《ばくはつ》をやり、水車《すゐしや》の心棒《しんぼう》がキイキイ云《い》ひます。たうたう薄《うす》い鋼《はがね》の空《そら》に、ピチリと裂罅《ひび》がはいつて、まつ二《ぷた》つに開《ひら》き、その裂《さ》け目《め》から、あやしい長《なが》い腕《うで》がたくさんぶら下《さが》つて、烏《からす》を握《つか》んで空《そら》の天井《てんじやう》の向《むか》ふ側《がは》へ持《も》つて行《い》かうとします。

ここでは、もう宇宙自体が水車にたとえられている。
童話「水仙月の四日」には次のような件がある。

「カシオピイア、
もう水仙《すゐせん》が咲《さ》き出《だ》すぞ
おまへのガラスの水車《みづぐるま》
きつきとまはせ。」雪童子《ゆきわらす》はまっ青《さを》なそらを見《み》あげて見《み》えない星《ほし》に叫《さけ》びました。

『定本語彙辞典』では、「これはカシオペア座が、ほぼ北極星を中心にして一日一回転し、しかも天の川中にあることから水車とみなしたもの」とするが、かならずしもカシオペアと天の川と結びつけるべきものでもないだろう。天体の動きと水車、音を関連付けた例が他にもあるからだ。童話「シグナルとシグナレス」には、「夢の水車《みづくるま》の軋りのやうな音」を聞き、それを「ピタゴラス派の天球運行の諧音です」としている記述もある。

小野隆祥（「修羅の自覚」『宮沢賢治の思索と信仰』泰流社　昭和五十四年十二月）は、先に引用した歌稿やその書き込みなどから、賢治は島地大等からピタゴラス派の天球観念を聞き、天蓋または天球が軸棒によって回転することを意識し、実際、賢治は幻聴として「天球の音楽」を聞いていたのだろうともいうのだが、その当否はともかく、こうして類似した表現を並べてみると、千kgの水を担う水車とは、「流水を利用して羽根車を回転させ動力を得る装置」（『日本国語大辞典』）という字義通りの「水車」ではなく、「かうかう」という諧音とともに回る天空の水車を意味していたと解した方がよいように思えてくる。

たしかに発想の時点では、「〔冬のスケッチ〕」のような現実世界の水車があったのかもしれない。島地大等とも、何らかの関わりがあったかもしれない。が、文語詩定稿に小屋を思わせるものは残っておらず、文語詩の冒頭に「みふゆの火すばるを高み」と掲げられているだけであることを思えば、最初から天空の方を思い浮かべるべき詩であり、地上の「水車」は、推敲の過程で、消え失せてしまっているようにも思えるのである。

大沢は「この作品は、地上の現実をリアルに描いたのではもちろんなく、宇宙的で神話的な作品なのでもない」。「地上と宇宙を、土俗と神話を二重化しながら、特定の事蹟が秘匿されつつアイデンティカルに語り継がれる伝説を構成した作品なのである」とまとめている。日本の詩歌において星が扱われるのは、七夕くらいしかないとはよく指摘されることだが、星をごく自然に歌い込んだ本作などは、日本の詩歌として、かなり珍しい存在であろうと思う。

先行研究

岡井隆A「「文語詩稿」の意味」(『文語詩人 宮沢賢治』筑摩書房 平成二年四月)
岡井隆B「不眠と労働」(『文語詩人 宮沢賢治』筑摩書房 平成二年四月)
大沢正善「臘月」(『宮沢賢治 文語詩の森』)
信時哲郎「宮沢賢治「文語詩稿 一百篇」評釈七」(「甲南女子大学研究紀要52 文学・文化編」甲南女子大学 平成二十八年三月)
島田隆輔「74 蠟月」(「宮沢賢治研究 文語詩稿一百篇・訳注Ⅱ」〔未刊行〕平成二十九年五月)

75 〔天狗蕈　けとばし了へば〕

天狗蕈、けとばし了へば、
親方よ、
朝餉とせずや、こ、な苔むしろ。
……りんと引け、
りんと引けかし。
＋二八！
その標うちてテープをさめ来！……

山の雲に、ラムネ湧くらし、
親方よ、
雨の中にていつぱいやらずや。

大意

天狗蕈を蹴飛ばしてしまったのだから、
親方よ、
朝食にしないか、ここの苔を筵のかわりにして。
……りんと引っ張れ、
りんと引っ張ってくれ。
あと二十八！
そこに印をつけたらテープを巻いてこっちへ来い！

山の雲はラムネが湧いているようだ、
親方よ、
雨の中でいっぱいやろうじゃないか。

モチーフ

先行作品の日付から考えると、花巻温泉に花壇を作るための測量現場が舞台となっているようだが、文語詩では測量士の親方と朝餉を共にし、山の雲のラムネを呑もうと誘いかけるものになっており、社会批判のイメージが窺いにくくなっている。おそらく推敲の過程で、「春と修羅 第二集」の「三七〇 電軌工事 一九二五、八、一〇、」で描かれていた花巻駅における軌道線の工事をする親方のイメージを取り入れる構想を立てたため、社会批判のモチーフを取りやめることにしたのだと思われる。

語注

天狗蕈 先行作品「一〇五三〔おい けとばすな〕一九二七、五、三、」や文語詩下書稿にコチニール（レッド）とあることから、鮮紅色の天狗蕈、すなわちベニテングタケを指すと思われる。コチニールとはサボテンに寄生するカイガラムシから作った鮮やかな赤色の色素で、食品添加物としても広く使われている。ベニテングタケは、マツタケ目テングタケ科の毒キノコで、高さは十〜二十cm、傘の径は十〜十五cmと大きくて華麗。欧米諸国では健康と喜悦を表わす赤と、星を連想させる白いイボから幸福をもたらすキノコとして愛されてきたのだという。その毒の成分は学名の Amanita muscaria からムスカリンと名付けられ、賢治は先行作品の下書稿でその名をあげているが、『日本大百科全書』によれば、近年、毒性の強いムスカリンの含有量は少ないことがわかり、ムッシモールやイボテン酸などのアミノ酸系の化合物が主たる毒成分だということがわかったのだという。これは、めまいや狂騒、幻覚、昏睡などを起こすが、数時間ほどで覚めるもので、死に至った例はほとんどないらしい。北欧のバイキングは戦いの前にベニテングタケを食べて勇猛心を掻き立てるのに用い、また、長野県の上田近辺では、美味であることから塩漬けにするなどして食されるのだという。

けとばし了へば 「けとばししまえば」とも読めそうだが、音数の問題から「けとばしおえば」を取りたい。岡井隆（後掲A）は「ケトバシシマエバ」を取り、赤田秀子（後掲）、『宮沢賢治コレクション』は「ケトバシオエバ」、入沢康夫（「文語詩難読語句（6）」）は両論併記する。

十二八　本作は字余りを含みながらも五七五七七の短歌が三つ連続することによって構成されている。字下げ部分だけでも五七五七七を形成しているが、音数律に従って読もうとすると、「十二八」は、「たすにはち」あるいは「にじゅうはち」と読むのがふさわしいように思える。単位は不明だが、測量に関するものであろう。下書稿㈣には「十二七」ともあった。赤田秀子（後掲）は、「プラスニジュウハチ」を提案している。

その標うちてテープをさめ来！　測量に使うための器具。標は測桿《ポール》あるいは測串《ピン》を指し、テープは巻尺のことだろう。「来」は下書稿㈣に「こ」のルビがある。「テープをおさめて来い」という親方の命令だろう。視点人物の心の声だとも読めるが、ここでは部下を罵るようにして仕事を進める親方の言葉だろう。

ラムネ　レモン風味の炭酸飲料を意味するレモネードが訛ったもの。明治時代から玉入れ瓶が普及し、庶民の飲み物として広く愛された。一方、賢治も愛飲したと言われるサイダーは、『日本大百科全書』によれば「日本独特の清涼飲料で、香料を加え甘味料とクエン酸で味つけした無色の炭酸飲料をいう。明治時代に「シャンペン・サイダー」という人工香料を用いた炭酸飲料を売り出したのが好評を得たため、同類品の通称となった。英語の cider（サイダー）はりんご果汁やりんご酒のことで、日本のサイダーとは別物である。ラムネと大差ないが、ラムネはレモネードからきた名前で、サイダーもレモネードの一種と考えてよい」とのこと。

評釈

「春と修羅 第三集」所収の「一〇五三〔おい けとばすな〕一九二七、五、三、」を文語詩化したもの。ただし、後述するとおり「春と修羅 第二集」の「三七〇〔朝のうちから〕一九二五、八、一〇、」のアイディアも採用されている。黄罫（22 22行）詩稿用紙表面に書かれた下書稿㈠（タイトルは「赤きのこ」）、「一〇五三〔おい けとばすな〕」の下書稿㈢が書かれた黄罫（22 22行）詩稿用紙表面に書かれた下書稿㈡（タイトルは「測量」）、その余白に書かれた下書稿㈢（タイトルは「測量」）、同じ紙の裏面に書かれた下書稿㈣（タイトルは「測量」。鉛筆で㊢）、定稿用紙に書かれた定稿の五種が現存。生前発表なし。定稿に丸番号の表記はない。

先行作品「一〇五三〔おい けとばすな〕」の最終形態は次の通り。

おい
けとばすな
けとばすな
なあんだ　たうたう

すっきりとしたコチニールレッド
ぎっしり白い菌糸の網
こんな色彩の鮮明なものは
この森ぢゅうにあとはない
あゝムスカリン

おーい！
りんと引っぱれ！
りんと引っぱれったら！
山の上には雲のラムネ
つめたい雲のラムネが湧く

これだけでは測量の風景であることがわかりにくいが、文語詩では「りん」と引っ張る対象がテープ（巻尺）であることが示されているので、作業中にベニテングタケを蹴飛ばした現場監督をたしなめながらも、山の上にわくラムネを飲もうと誘う軽妙でユーモラスな作品であるように読める。

ただ、「詩ノート」に記された「一〇五三〔おいけとばすな〕」の最初期の形態である「一〇五三 政治家 一九二七、五、三、」（下書稿㈠）は次のようなもので、およそトーンは異なる。

あっちもこっちも
ひとさわぎおこして
いっぱい呑みたいやつらばかりだ

羊歯の葉と雲
　世界はそんなにつめたく暗い
けれどもまもなく
さういふやつらは
ひとりで腐って
ひとりで雨に流される
あとはしんとした青い羊歯ばかり
そしてそれが人間の石炭紀であったと
どこかの透明な地質学者が記録するであらう

「詩ノート」の同一日付作品には「一〇五五〔こぶしの咲き〕五、三、」があり、ここには「この巨きなまこ山のはてに／紅い一つの擦り傷がある／それがわたくしも花壇をつくってゐる／花巻温泉の遊園地なのだ」といった言葉があることから、賢治が設計した花壇の測量現場での取材であったように思われる。花巻温泉とは、ただのレジャーランドではなく、多くの「うたひめ」を集めた「賤舞の園」（「〔歳は世紀に曾って見ぬ〕」「未定稿」）でもあったため、花巻温泉の設置に関わった「政治家」が批判されているのであろう。日付はないが、同年五月三日から八日までの間に書かれたと思われる「一〇五六〔サキノハカといふ黒い花といっしょに〕」（「詩ノート」）には、「おほよそ卑怯な下等なやつらは／みんなひとりで日向へ出た蕈のやうに／潰れて流れるその日が来る」とあり、「蕈」のモチーフが登場することからも、強い関連性が認められる。また、ここには「革命がやがてやってくる」という激しい言葉も書きつけられていた。

　しかし、下書稿㈡になると「測量」とタイトルが付けられて次のようにまとめられる。『新校本全集』では、下書稿㈠との差について「内容的には下書稿㈡以下と大きく相違しているが、一部重複する語句もあるので、ここで扱っておく」と書かれる程である。

早いはなしが
巨きな赤い毒蕈《ブスきのこ》だな
ところがおよそきのこなら
どんな大きなきのこでも
ひとりで崩れてひとりで雨にとかされる
おい！
りんとひっぱれ！
りんとひっぱれったら！
山の上はつめたい雲のラムネ
どうだ親方一ぱいやるか
あすこのとこのラムネをさ

　宮沢賢治研究会の「読書レポート」（「賢治研究101」宮沢賢治研究会 平成十九年五月）でも、下書稿㈠と下書稿㈡の差が激しいことが指摘され、「当初は政治家へぶつぶつ言いたいことをメモとして書いていたが、赤いキノコにたとえているうちに賢治の気持ちはキノコへ行ってしま」ったとされている。「ひとさわぎおこして／いっぱい呑みたいやつら」として、花巻温泉を作った「政治家」に加え、測量士の親方もその仲間にされたのだろうが、実は花壇を設計している賢治自身も政治家や親方と同列の存在であり、意地悪な見方をすれば、賢治自身の立場に曖昧さがあるため、鮮烈な言葉を盛り込めなかったのだと考えることもできるかもしれない。

　また、木村東吉（「宮沢賢治・封印された「慢」の思想 遺稿整理時番号10の詩稿を中心に」「国文学攷176・177」広島大学国語国文学会 平成十五年三月）が言うように、晩年の「慢」の自覚から、賢治はプロレタリア文学に接近したような表現を後退させていったという傾向があるためでもあろう。重要な視点であるとは思うものの、本稿では、もう一点、下書稿㈠から下書稿㈡への奇妙な改稿の背景に、「春と修羅 第二集」の「三七〇〔朝のうちから〕一九二五、八、一〇、」があったことについて考えてみたい。

　「三七〇〔朝のうちから〕」の下書稿㈠にあたる「三七〇 電軌工事」を引く。

……稲田いちめん雨の脚……　　一九二五、八、一〇
カーブのところは

X形の信号標や　はしごのついた電柱や
風の廊下といふふうにできあがつた
……青く平らな稲田のなかのはなしだよ……
山の上はつめたい雲のラムネ
どうだ親方　こくっと呑《や》るか
……プラットホームのはしらには
　　ともりのこりの鬱金のダリヤ……
恍惚として雨にあらはれ
しょんぼりとして、稲びかりから漂白される
……どうだ親方いっぱい呑《や》るか
やあ　汽缶車がやってくる
日露戦争のときのワリヤーク号みたいに
黒いけむりをもくもく吐いて
雨を二つに分けてひどい勢で走ってくる

ここに登場する「山の上はつめたい雲のラムネ／どうだ親方こくっと呑るか」が、「一〇五三〔おい　けとばすな〕」に流用されることとなり、それを引き継いだ文語詩にまで継続していることは明らかだろう。そして賢治は、重複を避けたのか「三七〇　電軌工事」の系列の口語詩で、もうこのフレーズを復活させることがない。

「三七〇〔朝のうちから〕」の取材日である一九二五（大正十四）年八月十日、賢治は早池峰山に向かうために花巻駅に行ったようだ。この早池峰山行の成果としては、翌日の十一日に、河原で夜を明かした際に見た僧の幻覚（幽霊？）について記述した「三七四　河原坊（山脚の黎明）一九二五、八、一一、」、また、「五十篇」の「〔水と濃きなだれの風や〕」の先行作品となった「三七五　山の晨明に関する童話風の構想　一九二五、八、一一、」を残している。

ところで、「三七〇〔朝のうちから〕」の下書稿のタイトルに出てくる「電軌」とは電気軌道、すなわち道路に敷設された鉄道のことを指し、ここでは花巻から大沢温泉に向かって伸びていた盛岡電気工業線（のちの鉛線）のことを指している。大正十四年八月には、ちょうどこの電気軌道の延長工事（大沢温泉―西鉛温泉。大正十四年十一月一日に開業）期間にもあたっていたので、そこに向かおうとしていた「親方」を書いたものだと思われる。

ちなみに盛岡電気工業には花巻温泉に向かう線（のちの花巻温泉線）も大正十四年八月一日に開業していたが、こちらは鉄道の専用線を走ったので鉄道線であり、電気軌道ではない。鉄道線の管轄は鉄道省で、電気軌道の管轄は内務省だったため、実際の鉄道専用線と電気軌道線の境界は曖昧だったとはいうものの、法令上は明確に区別されていた。

しかし八月十日の早朝は、木村東吉（「《春と修羅　第二集》創作日付の日の気象状況」『宮沢賢治《春と修羅　第二集》研究　その動態の解明』渓水社　平成十二年二月）によれば土砂降りで

あり、前日の九日も降水量が三十六・八㎜もあったという。これから早池峰山に登るには不吉な天候であったはずだし、駅で見かけた親方も工夫も、とても仕事ができそうな状況ではなかったように思われる。それでも賢治は雨天にもかかわらずずいぶん嬉しそうだ。「三七〇〔朝のうちから〕」の下書稿㈢にある「電軌工事」では、親方や工夫たちに鼻歌まで歌わせている。

……朝のうちから
　稲田いちめん雨の脚……
駅の出口のカーヴのとこは
X型の信号標や
はしごのついた電柱で
まづは巨きな風の廊下といったふう
ひどく明るくこしらえあげた
（数文字不明）遊園地より
　……（数文字不明）は（数文字不明）のだ
親方は
信号標のま下に立って
びしやびしや雨を浴びながら
ぢっと向ふを見詰めてゐる
　ふし〳〵……雨やら雲やら向ふは暗いよと……
そのこっちでは工夫が二人
つるはしをもちしょんぼりとして
三べん四へん稲びかりから漂白される
　ふし〳〵……くらいところにお湯屋ができたよと……
そのまたこっちのプラットフォーム
駅長室のはしらには
夜のつゞきの黄いろなあかり
　〳〵雨やら雲やら向ふは……
やってくるのは機関車だ
ずゐぶん長い烟突だ
安奉線のやうだけれども
まっ正直に稲妻も浴び、
黒いけむりももくもく吐いて
雨だの稲だのさっと二つに分けながら
地響きさせて走ってくる

「遊園地」の文字もあるが、これは花巻温泉のことだろう。ただし、開業したばかりの鉄道線（花巻温泉線）は、まだ軽鉄花巻駅（中央花巻駅。現在、ホテルグランシェール花巻のあるあたり）まで乗り入れてはいなかった。ただ、七月二十二日には鉄道線の軽鉄花巻駅への乗り入れを申請し、九月三十日には認可されているので（湯口徹『花巻電鉄（上）』ネコ・パブリッシング 平成二十六年四月）、もしかしたら、試運転のようなものがされていたのかもしれない。

だとすれば、「やってくるのは機関車だ／ずゐぶん長い烟突だ／安奉線のやうだけれども」と、まるではじめて機関車を見たかのように書かれた詩句にも納得がいく。というのも、軽鉄花巻駅は盛岡電気工業線と岩手軽便鉄道で線路もホームも共用していたので、そこにかつて安奉線（南満州鉄道の安東から奉天までを結ぶ線）で使われていた岩手軽便鉄道の蒸気機関車が「やってくる」だけでは、なんら驚くに足りないが、もし花巻温泉の方から蒸気機関車がやってきたのだとしたら、もう二度と見ることのできない貴重な機会だったと言えるからだ。

花巻温泉線には電車が走っていたのではないかと思われるかもしれないが、たしかにその予定ではあったが、東芝の労働争議のために変電所の設備が遅れ、八月一日に開業してから十月二日までの間は、電車を走らせることができず、その期間のみ蒸気機関車を走らせていたのである。

賢治が鉄道ファンで、岩手県内をはじめとする鉄道路線が開業すると早々に乗りに出かけ、鉄道の工事現場にまで足を運んでいたことを考えると（信時哲郎「鉄道ファン・宮沢賢治 大正期・岩手県の鉄道開業日と賢治の動向」「賢治研究96」宮沢賢治研究会 平成十七年九月）、さまざまな路線、さまざまな車両が行き交って、我が町・花巻が鉄道の要衝として発展していくことは、嬉しくてたまらなかったと思われる。

そんな賢治が花巻温泉線の試運転の蒸気機関車を見て、さらに鉛線の路線を延長させようとする工夫たちを見かけたのだとすれば、雨天であるのに上機嫌で詩文を書いたこと、仕事があるのかないのかもわからず「しょんぼりとし」た工夫たちに、実際に口にしたわけではないにせよ「いっぱい呑るか」と呼びかけ、鼻歌を歌わせたことも理解できるのではないだろうか。

ちなみに、賢治はこの日、花巻駅に向かったが、おそらく岩手軽便鉄道を使ったわけではないと思われる。賢治は、この日のうちに鶏頭山の中腹にある七折れの滝に行っているようだが（木村 前掲）、大正十四年八月の『汽車時間表』によれば、最も時間をかけずに七折れの滝まで行くには、東北本線の花巻駅を七時十一分に出て、隣の石鳥谷駅に七時二十八分着。そこから大迫行きの宮守自動車会社の七時四十分の定期路線に乗って八時三十分に大迫に着くルートを取ったと思われる。これなら、七折れの滝に昼過ぎに到着することが可能だったからだ。

岩手軽便鉄道を使うなら、花巻駅を五時三十五分に出て、六時三十二分に土沢着。ここから大迫まで十五kmほど歩かなくてはならないが、朝が早い分、二時ごろには七折れの滝まで行くことができたと思われる。その次の列車は六時四十五分に花巻駅を出発するが、これでも夕方前には七折れの滝まで行けたと思うが、早池峰山まで登る気でいたのだとすれば現実的ではない。

したがって「相当の量の俸給を保証されて居りまして／近距離の汽車にも自由に乗れる」（「序」「春と修羅 第二集」）身分だった賢治は、「三七〇 電軌工事」の光景を、八月十日の午前七時ごろ、東北本線の花巻駅に行く途中、岩手軽便鉄道と盛岡電気工業線が共用していた方の花巻駅（軽鉄花巻駅／中央花巻駅）を七時ごろに通りかかった際に、あるいは東北本線のホームから見たのだと思われる。

細かな詮索を綴ってきたが、決して鉄道の薀蓄を語りたかったわけではない。マニアの心理について考えるには、マニアックに追究しなければ全貌が明らかにならないからである。こうした追及があって、はじめて「三七〇〔朝のうちから〕」の背景に鉄道ファンならではの感情があったことが考えられるわけであるし、また、その直前に置かれた「三六九　岩手軽便鉄道　七月（ジャズ）」という列車の動きとジャズのリズムをあわせた陽気で軽快な作品についても、その陽気さの元が、おそらくは花巻温泉線の開業直前であったために嬉しくてたまらずに書いたのではないかという見通しも立ってくる。晩年に使用した「雨ニモマケズ手帳」に、賢治は「三六九　岩手軽便鉄道　七月（ジャズ）」と「三七〇〔朝のうちから〕」の一節を書き記しているが、この頃の気分の高揚が、晩年になっても忘れられなかったからなのかもしれない。

さて、こうして考えてくると、『新校本全集』の編集者や、宮沢賢治研究会の面々に不思議な気持ちを抱かせた「一〇五三〔おい　けとばすな〕」の改稿過程についても、理解ができそうな気がする。もちろん木村の言うようなプロレタリア文学的な側面を隠そうとした意識も働いたのかもしれないし、花巻温泉への反発を忘れたわけでもないだろう。ただ、花巻温泉の測量士の親方について書いているうちに、かつての電軌工事の親方や工夫たちを思い出し、その時の様子を思い出すと、もう花巻温泉に対する批判を書く気持ちも吹き飛んで、大正十四年夏の楽しい気分が湧きあがり、そちらで作品をまとめる方向に変えたのではないだろうか。楽しい詩は、楽しく読まれるべきであろう。

先行研究

岡井隆Ａ「親方と天狗蕈」（『文語詩人　宮沢賢治』筑摩書房　平成二年四月）

岡井隆Ｂ「賢治　詩と短歌の間」（「短歌研究53―8」短歌研究社　平成八年八月）

赤田秀子「文語詩を読む　その5　声に出してどう読むか？〔天狗蕈　けとばし了へば〕を中心に」（「ワルトラワラ16」ワルトラワラの会　平成十四年六月）

大角修「《宮沢賢治》入門⑩　最後の作品群・文語詩を読む」（「大法輪81―3」大法輪閣　平成二十六年三月）

信時哲郎「宮沢賢治「文語詩稿　一百篇」評釈七」（「甲南女子大学研究紀要52　文学・文化編」甲南女子大学　平成二十八年三月）

島田隆輔「75〔天狗蕈けとばし了へば〕」（「宮沢賢治研究　文語詩稿一百篇・訳注Ⅱ」〔未刊行〕平成二十九年五月）

76　牛

①そは一ぴきのエーシャ牛、　夜の地靄とかれ草に、　角をこすりてたわむるゝ。

②窒素工場の火の映えは、　　層雲列を赤く焦き、
　鈍き砂丘のかなたには、　　海わりわりとうち顫ふ、
　さもあらばあれ啜りても、　なほ啜り得ん黄銅の
　月のあかりのそのゆゑに、　こたびは牛は角をもて、　音高く
　柵を叩きてたはむるゝ。

大意

それは一頭のエアシャー種の牛、　低く這う夜の靄と枯れ草の中で、　角を柵にこすり付けて遊んでいる。

窒素工場の火が燃えるのが映って、　層雲の列は赤く染まり、
なだらかな起伏の砂丘のむこうには、　海がわりわりとうちふるえ、
そのうえに啜っても、　なお啜りつくすことができそうにない黄銅色の
月あかりが差しているために、　今夜は牛が角でもって、　大きな音を出し
柵をたたいて遊んでいるのだろう。

モチーフ

賢治が花巻農学校の北海道修学旅行に引率した際に書いた口語詩が先行作品。苫小牧の海岸ちかくにあった牧場で柵に角を叩きつけて遊ぶ牛を描いただけのように見えるが、　北海道帝国大学等を参観したすぐ後の賢治は、　開拓使以来の北海道の農業が常に牛や

馬と共にあったことを再確認し、他愛なく戯れている牛にも愛情あふれる目を注いだのではないかと思う。

語注

エーシャ牛　スコットランド原産の乳牛。「エーアシャー」、「エァシャー」などと表記されたが、今日では「エアシャー」と表記されることが多いようだ。赤褐色の斑紋があり、三日月型の角を持つ。強健で耐寒性に優れ、粗放な飼養管理にも強く、高緯度の地域での放牧にも向いているという。乳量が少ないため、現在はホルスタイン種に置き換えられて、ほとんど飼養されていない。本作の取材地は苫小牧にあった中村牧場で、浜垣誠司（「苫小牧～小樽」「宮沢賢治の詩の世界」http://www.ihatov.cc/ 平成十九年五月四日）によれば、サイロの一部が現存しているという（ただし、「苫小牧民報」平成二十八年十一月二十四日 https://www.tomamin.co.jp/news/main/10011/）には、「今は無くなってしまった中村牧場のサイロ」とある）。

地靄　「じもや」と読む。地を這うように立ち込めていた靄のこと。『定本語彙辞典』には、「地上に低く立ちこめたもや（薄い霧の状態）を言う賢治の造語か、正式の気象用語にはないが、民間レベルでの気象語。あるいは人間の目線より低く発生する地霧（低霧 shallow fog）からの発想か」とある。先行作品に「輻射のにぶ」とあることから「輻射霧」（＝放射霧）のことだと思われる。「放射霧」とは、『日本国語大辞典』によれば「地表面の放射冷却によって、地表に接した空気が冷却したときできる霧。主として風の弱い晴天の明け方に発生する」という。

窒素工場　下書稿には「パルプ工場」とあった。舞台となった苫小牧は製紙工場で有名だが、花巻農業高校の修学旅行の一行は、王子製紙苫小牧工場を見学したという。賢治が農学校に提出した「〔修学旅行復命書〕」の結びには、「パルプ工場の煙赤く空を焦し、遠く濤声あり」とある。窒素工場への書き替えは音韻や字面によるもの、あるいは農学校の修学旅行ということから、肥料関係の工場を指そうとしたか。

評釈

「春と修羅 第二集」所収の口語詩「一二六 牛 一九二四、五、二二、」の下書稿㈢の書かれた赤罫詩稿用紙の余白に書かれた下書稿（鉛筆で㊢）と定稿用紙に書かれた定稿の二種が現存。生前発表なし。先行作品は「春と修羅 第二集」所収の口語詩「一二六 牛」。加倉井厚夫（「文学」岩波書店 平成二十八年一・二月）によれば、五月二十一日深夜（二十二日）のできごとではないかという。

まずは先行作品である「一二六 牛」の最終形態から見ていくことにしたい。

一ぴきのエーシャ牛が
草や地靄に角をこすってあそんでゐる
うしろではパルプ工場の火照りが
夜なかの雲を焦がしてゐるし
低い砂丘の向ふでは
海がどんどん叩いてゐる
しかもじつに掬っても呑めさうな
黄銅いろの月あかりなので
牛はやっぱり機嫌よく
こんどは角で柵を叩いてあそんでゐる

文語詩への移行はストレートに行われたようだが、ただ、「一二六 海鳴り」の下書稿である「一二六 牛」は、実に長大にして重厚、難解な作品である。

あんなに強くすさまじく
この月の夜を鳴ってゐるのは
たしかに黒い巨きな水が
ぢきそこらまで来てゐるのだ
　……うしろではパルプ工場の火照りが
　　けむりや雲を焦がしてゐる……
砂丘の遠く見えるのは
そんな起伏のなだらかさと
ほとんど掬って呑めさうな
黄銅いろの月あかりのためで
じつはもう
その青じろい夜の地靄を過ぎるなら
にわかな渦の音といっしょに
巨きな海がたちまち前にひらくのだ
　……弱い輻射のにぶの中で
　　鳥の羽根を焼くにほひがする……
砂丘の裾でぼんやり白くうごくもの
黒い丈夫な木柵もある
　……あんなに強く雄々しく海は鳴ってゐる……
それは一ぴきのエーシャ牛で
草とけむりに角を擦ってあそんでゐる
　……月の歪形　月の歪形……
草穂と蔓と、みちはほのかに傾斜をのぼり
はやくもここの鈍い砂丘をふるはせて
海がごうごう湧いてゐる
じつに向ふにいま遠のいてかかるのは
まさしくさっきの黄いろな下弦の月だけれども
そこから展く白い平らな斑縞は
湧き立ち湧き立ち炎のやうにくだけてゐる

その恐ろしい迷ひのいろの海なのだ
はるかにうねるその水銀を沸騰し
しばらく異形なその天体の黄金を消せ
漾ふ銅のアマルガムを燃しつくし
青いイオンに雲を染め
はるかな過去の渚まで
真空《バキアム》の鼓をとどろかせ
そのまっくろなしぶきをあげて
わたくしの胸をおどろかし
わたくしの上着をずたずたに裂き
すべてのはかないのぞみを洗ひ
それら巨大な波の壁や
沸きたつ瀝青と鉛のなかに
やりどころないさびしさをとれ

いまあたらしく咆哮し
そのうつくしい潮騒えと
雲のいぶし銀や巨きなのろし
阿僧祇《ママ》の修陀羅をつつみ
億千の灯を波にかかげて
海は魚族の青い夢をまもる

伝教大師叡山の砂つちを掘れるとき
　　……砂丘のなつかしさとやはらかさ
　　　まるでそれはひとりの処女のやうだ……
はるかなはるかな汀線のはてに
二点のたうごまの花のやうな赤い火もともり
二きれひかる介のかけら
雲はみだれ
月は黄金の虹彩をはなつ

中地文（「一二六 海鳴り」考」『「春と修羅」第二集 研究』思潮社 平成十年三月）は、「一二六 海鳴り」について、「『春と修羅』（第一集）の挽歌群、亡妹への執着を宗教的倫理に反するものとして否定し克服する過程を描いた一連の作品のテーマと類似している」こと（あるいはその頃に思いを寄せていた人への執着）を指摘し、そのために「一二六 牛」に改稿したのだろうという。

浜垣誠司（「若き日の最澄（2）」「宮沢賢治の詩の世界」http://www.ihatov.cc/ 平成二十年五月一日）は、末尾の「伝教大師」の部分を重視し、「9ヵ月ぶりに北海道の夜の荒海と再会した賢治の胸には、前年の船上での決死の「行」のことが甦ったのだと思います」。そして改めて、「あの時の自分の挑戦も、末法の世にありながら、はるか伝教大師や日蓮に連なる、法華経的な衆生済度を目ざそうとしたものではあったと…」とする。

いずれにせよ、トシを失って一年半後の北海道旅行でも、トシへの思いが詩篇のあちこちに散らばっていたことはたしかなようだ。が、これだけ長大で重厚な詩を、ただの背景にしか過ぎないような海鳴りとエーシャ牛のたわむれを描く詩に改変し、しかも、それを最晩年に文語詩に仕立てようとした理由は今一つ見えてこない。

もう一つ、気になるのは、修学旅行中の作品群である「一一六 津軽海峡 一九二四、五、一九、」、「一一八 函館港春夜光景」、「一二三 馬 一九二四、五、二二、」、「一二六 海鳴り」、「一二三〔つめたい海の水銀が〕」のうち、実際に見たわけでもない光景について描く「一二三 馬」が、なぜ書かれたのか、である。

「一二三 馬」の最終形態は次のようなものである。

いちにちいっぱいよもぎのなかにはたらいて
馬鈴薯のやうにくさりかけた馬は
あかるくそそぐ夕陽の汁を
食塩の結晶したばさばさの頭に感じながら
はたけのへりの熊笹を
ぼりぼりぼりぼり食ってゐた
それから青い晩が来て
やうやく厩に帰った馬は
高圧線にかかったやうに
にはかにばたばた云ひだした
馬は次の日冷たくなった
みんなは松の林の裏へ
巨きな穴をこしらえて
馬の四つの脚をまげ
そこへそろそろおろしてやった
がっくり垂れた頭の上へ
ぼろぼろ土を落してやって
みんなもぼろぼろ泣いてゐた

まさか修学旅行の引率中に、馬の埋葬現場に出くわすことはなかったと思うが、石本裕之（「馬は嚙み、馬は冷たく」『宮沢賢治 イーハトーブ札幌駅』響文社 平成十七年八月）は、親しいものの死を悼む共同体を描いたものであるととらえ、「現実的にはトシを暗示する」という。小沢俊郎（「北海道修学旅行」『新装版宮沢賢治研究叢書2 賢治地理』学芸書林 平成元年七月）は、「苫小牧あたりで誰かに聞いた話に深く感じてそのまま詩の形にしたものであろう。私が、かつて、北海道出身の友人に予備知識を与えずにこの詩を読ませたら、「北海道では時にこんな光景がある。何か東北より北海道の感じが強い」といっていた。農業する人と馬との間の愛情の通いあいをしみじみ感じさせる佳作である」と書いている。馬は馬鈴薯のように腐るほどに働かされたのであるから、飼い主が虐待していたのかとも思われそうだが、「みんな」が揃ってぼろぼろと涙を流しているところからすると、おそらく「みんな」の方も、ぼろぼろになるまで、馬と一緒に働いていたのだろうことが想像できる。

一九八〇年代のテレビドラマに、北海道の富良野を舞台にした倉本聰の「北の国から」があったが、この中に似たエピソードがあった。或る老人が、大切にしていた馬を金に困ったために手放すという話だ。馬ははじめのうちは小屋から出るのを嫌がっていたが、やがて全てを察すると、別れ際になって老人に自分の首を何度も擦りつけ、大粒の涙を流したのだという。老人は「アイツだけがオラと苦労をともにした。あいつがオラに何を言いたかったか、信じてたオラに何を言いたかったか」と言って涙する。翌日の朝、老人は自転車ごと橋から落ちて死んでいたのが発見される。

小沢の友人に「北海道の感じが強い」と言わせたのは何だろう。「北海道農法」について、『日本大百科全書』には次のようにある。

北海道農業は他府県と比較して積雪寒冷地のため、農期間が短く自然条件が不利であることや、明治政府の北海道開拓事業が殖産興業政策の一環として、未開地の大規模開墾を中心に進められたことから、少ない労働力で広い面積を短期間に耕作することを目的とした独自の農業経営方式が求められた。北海道開拓使は1871年（明治４）ホーレス・ケプロン、76年クラークを招き、欧米諸国の農学・農業技術の導入を図った。

しかし、プラウ、ハロー、カルチベーターを使用しての欧米農法は北海道農業にはそのまま定着せず、明治40年代に、わが国在来農法と混合した畜耕手刈（馬耕によるプラウ、ハローの畜力耕うんと鎌による手刈収穫）という独得の農法が確立した。

また、北海道の高等小学校向けの教科書（副読本）と思われる北海道農業教育研究会の『高等小学北海道農業書の解説　高１　上巻』（淳文書院　昭和八年七月）には、「本道農業の特質」として次のようなことが書いてある。

イ、水田よりも畑作を主とせざるを得ない。
ロ、経営面積が大である。
ハ、経営面積が大である上に農期間が短い関係上、畜力の利用が盛である。
ニ、養畜を入れる余地が大である。
ホ、栽培作物の種類が多い。
へ、二毛作を行ひ得る範囲が狭い。
ト、冬季が長いから副業を入れる余地が多い。

たしかに岩手も馬産地として有名で、農耕には畜力の助けを借りていた。しかし、『岩手県史　第九巻』（「本県産業の変遷　農産業」杜陵印刷　昭和三十九年八月）によると、明治九年に馬耕が始まるが、大正三年に田で十・三％、畑で五・一％、大正十三年になってようやく田で四十四％、畑で二十％を越えるようになったという。しかし、「概して湿田が多く馬耕導入を容易ならしむるには、田を乾田化する土地改良の問題があ」るという状況だった。

　一方、北海道は畑作が中心で、土地は広大だが農期が短く、馬の出番の多さは比較にならない。プラウ（鋤。賢治作品でも「小岩井農場」などに用例がある）、ハロー（開墾、砕土、地ならし、雑物除去、覆土などに使う機具）、カルチベーター（畑作物用の中耕除草機）は、いずれも馬の力を必要とするもので、戦後になってトラクターが導入されるまで、無くてはならない存在だった。北海道では昭和三十〜四十年代になっても、土地の広さや雪の影響などもあって馬（荷車や橇）が頻繁に使われていたが、札幌市内でも冬の間は凍っていた馬糞が春先になって融け、黄色い馬糞風となって人々を悩ませた。

　北海道の馬はこうして春夏秋冬を通じて人々と共に働いたため、馬鈴薯のように腐って突然の死を遂げることもあったのだろう。家族たちの悲しみも、共に働いてきた仲間であっただけに、悲痛なものだったと考えられる。

　賢治が「一一三　馬」や「一一六　海鳴り」の着想を得た前日の五月二十一日、花巻農学校の一行は、北海道帝国大学で花巻出身の佐藤昌介総長の話を聞く（加倉井（前掲）は、両詩とも五月二十一日の作品ではないかとする）。賢治が農学校に提出した「〔修学旅行復命書〕」によれば、その要旨は次のようにまとめられている。

まず新開地と旧き農業地とに於る農業者の諸困難を比較し殊に後者に処して旧慣幣《ママ》風を改良し日進の文明を摂取すること榛莢の未開地に当るよりも難く大なる覚悟と努力とを要する以所《ママ》並に今日は大切なる農業の黎明期にして実に斯土を直ちに天上となし得るや否や岐れて存する処なり

　話を聞いた後には、菓子や牛乳の接待を受け、次いで水産標本室、農学部温室、畜舎等を見学する。そして、大学を出て中島公園内の植民館（拓殖館）を訪れるが、その展示について、賢治は次のように書いている。

中に開墾順序の模型あり。陰惨荒涼たる林野先づ開拓使庁官《ママ》によりて毎五町歩宛区劃を設定せられ、当時内地敗残の移住民、各一戸宛此処に地を与へらる。然も初め呆然として為すなく、技術者来り教ふるに及んで漸く起ちて斧力を振ひ耒耜を把る。近隣互に相励まして耕稼を行ふ。圃地次第に成り陽

　光漸く徧く交通開け学校起り遂に楽しき田園を形成するまで誰か涙なくして之を観るを得んや。恐らくは本模型の生徒将来に及ぼす影響極めて大なるべし。

　続いて一行は二階にあがって、「各種本道内に用ひらる、農具」を見学している。この後、午後八時に苫小牧駅に到着。その日の深夜に散歩に出た海岸で、賢治は「一二六　牛」の着想を得たのだということになる。北海道開拓の様子を模型でたどることによって、賢治は「誰か涙なくして之を観るを得んや」と書いているが、佐藤総長の言葉も手伝って、賢治は北海道の農業に対する思いを「一二三　馬」に、そして作品番号を三つほど飛ばした「一二六　牛」に綴ったのではないだろうか（もちろん馬と乳牛では役割もだいぶ異なっているが…）。

　中地や浜垣が書いたように、賢治は真夜中の海岸で、トシのことや、自分の信仰についてもさまざまに思いをめぐらしたのだろう。石本が指摘するような側面もあったかもしれない。しかし、そうした自分自身の思いについて書くことを、賢治はスッパリやめ、自分の脇でゴツゴツと柵に角を突き当ててたわむれている牛にスポットを当てることにした。無邪気でイノセントな存在にも思える牛の様子は、童話「黒ぶだう」をも思わせるが、その無力さは北海道の大自然の中に放り出された無防備な人間たちの姿でもあっただろう。真っ黒に迫る海に対峙し、窒素工場（実際は製紙工場）の火で赤く染まった空から降り注ぐ月明かりの下にいた牛に、賢治は寒さの厳しい北海道で生きていかなければならなかった農民たちの姿を重ね合わせたのではないだろうか。

　文語詩は基本的に岩手に生きる様々な人を描いているが、本作は北海道の牛を描いた異例の作品である。しかし、単に北海道の牛を描いたというだけでなく、これは、厳しい自然に立ち向かって生きていかなければならない北海道の農民たちの詩でもあったのだろう。また、本作を「一百篇」の中の一つに加えたのは、かつての教え子に北海道修学旅行での見聞を実際の農業に生かしてほしいと思ったように、岩手の農民たちにも得るべきものを得てほしいという思いがあったからではないか、とも思うのである。

先行研究

栗原敦「「文語詩稿」とユーモア」（『宮沢賢治　透明な軌道の上から』新宿書房　平成四年八月）
佐藤栄二「牛」（『宮沢賢治　文語詩の森』）
信時哲郎「宮沢賢治「文語詩稿　一百篇」評釈七」（「甲南女子大学研究紀要52　文学・文化編」甲南女子大学　平成二十八年三月）
島田隆輔「76 牛」（「宮沢賢治研究　文語詩稿一百篇・訳注Ⅱ」〔未刊行〕平成二十九年五月）

77 〔秘事念仏の大師匠〕〔二〕

①秘事念仏の大師匠、　元信斉は妻子もて、
北上ぎしの南風、　けふぞ陸穂を播きつくる。

②雲紫に日は熟れて、　青らみそめし野いばらや、
川は川とてひたすらに、　八功徳水ながしけり。

③たまたまその子口あきて、　楊の梢に見とるれば、
元信斎は歯軋りて、　石を発止と投げつくる。

④蒼蠅ひかりめぐらかし、　練肥《ダラ》を捧げてその妻は、
たゞ恩人ぞ導師ぞと、　おのが夫《つま》をば拝むなり。

大意

秘事念仏の大師匠、　元信斉は妻子を連れて、
南風が吹く北上川の川岸で、　今日は陸稲を播いている。
雲は紫で日は高く上がり、　青い葉が出はじめた野茨や、
川は川らしくひたすらに、　ありがたい功徳ある水を流している。
たまたま元信斉の子が口をあけて、　楊の梢を見ていると、

元信斉は歯ぎしりをして怒り、息子に向かって石をはっしと投げつけた。
アオバエが光って飛び回るなかを、練肥を捧げもった元信斉の妻は、
あぁ恩人よ導師よといっては、自分の夫を拝んでいるのであった。

モチーフ

東北地方に根付いている隠し念仏の大師匠の家族が、陸穂の種を播いている時の様子を書いたもの（水田と違って、陸稲は種もみをじかに播く）。賢治は文語詩において庚申信仰や二十六夜待ちなどの民間信仰も取り上げているが、こと隠し念仏に関しては、一貫して悪意をもって描いている。賢治にはユーモアのつもりだったのかもしれないが、ただの悪口としか受け取れない。もっとも、最晩年の賢治の一側面を示したものとしては、貴重な作品になっているのかもしれない。

語注

秘事念仏の大師匠　秘事念仏とは東北地方に広まっていた隠し念仏のこと。自らは「御内法」、「御内証」等と呼ぶ。江戸時代に弾圧され、昭和初年まで警察ににらまれる存在であった。今日でも大導師（本作でいうところの大師匠）を中心に様々な行事が行われ、大きな影響力を持っているという。この地方の家は表向きは他宗の信者を装いながら、子どもが六～七歳になると「オトリアゲ」という儀式を行う。導師の指示で子どもに「タスケタマエ」や「ナムアミダブツ」を連呼させ、トランス状態に陥ったところで導師が「これで願いは受けられた」と声をかけ、以降はこれを秘密にするよう誓わせるという。賢治の父・政次郎は浄土真宗・安浄寺の檀家総代だったが、この寺は明治になって隠し念仏の糾弾に努めたことで知られる。従って、隠し念仏を嫌う気持ちは、政次郎にも賢治にも共通していたようだが、宗教民俗学者の門屋光昭（後掲）は、花巻市内の浄土真宗の寺の総代から「自分は隠し念仏の世話人をしている」という告白を受けたこともあるというので、「賢治がオトリアゲを受けたとしても決して不思議ではない」とする。また、賢治研究者で賢治の生家のすぐ近くに育った佐藤勝治（「賢治と私の生家のある花巻町豊沢町の思い出㈠」『賢治文学のよろこび1』寂光林　昭和六十二年八月）も、「私の家では正式には（おもてむきは?）禅宗、説教は法然上人の浄土宗、葬式は真宗の寺、真実の信仰はかくし念仏という三重四重の信仰で、それがその頃の町家　の信

仰形態だった」と書いている。

元信斉　秘事念仏の大師匠（大導師）のこと。ただし、「五十篇」の「〔秘事念仏の大師匠〕〔二〕」には元真斉とある。高橋梵仙（「「秘事法門」と「かくし念仏」の詩」『かくし念仏考第一』巌南堂書店　昭和三十八年三月）によれば、元真斉のモデルとなっている人物は、「宮沢賢治の親友佐藤昌一郎氏が、作者から直接聞いたこととして語るところによれば、小舟渡で「秘事法門」を行つてゐる仮名の大師匠を詩題にしたものである」らしく、「元真斉とは花巻ヂツコ佐藤勤蔵を指し、「その妻」とはタマを意味するもの歟」とのこと。また、ブログ「壺中の天地」における平成十八年十月十一日の記事「宮沢賢治と「かくし念仏」」（http://yajuru.moe-nifty.com/blog/2006/10/post_c8e3.html）によれば、「賢治の「春と修羅第三集」の時期に係わりのあったかくし念仏者は、伊藤治三郎」であるという。

八功徳水　読み方は「はちくどくすい」。八つの仏の功徳を備えた水。『広説仏教語大辞典』によれば、「極楽浄土の池や、須弥山を取り巻く七内海に満たされているといわれる。八種の功徳とは甘く（甘）・冷たく（冷）・やわらかく（軟）・清らか（清浄）・無臭（不臭または潤沢安和）・飲むときのどを損せず（飲時不損喉）・飲み終わって腹を痛めず（飲已不傷腹）などの性質をいう」。

練肥《ダラ》　アブラカスを水で練って腐らせた肥料。

評釈

先行作品である「春と修羅　第三集」の「一〇五六〔秘事念仏の大元締が〕一九二七、五、七、」下書稿㈡の書かれた黄罫（240行）詩稿用紙裏面に書かれた下書稿㈠、黄罫（2222行）詩稿用紙表面に書かれた下書稿㈡（鉛筆で㊢）、定稿用紙に書かれた定稿の三種が現存。生前発表なし。

「五十篇」には「〔秘事念仏の大師匠〕〔二〕」がある。本作では「元信斎」とあるところが「元真斉」になっているなどの違いはあるが、第一段落を見ればわかるように、両作には密接な関係がある。

①秘事念仏の大師匠、　元真斉は妻子して、
北上岸にいそしみつ、　いまぞ昼餉をしたゝむる。

②卓のさまして緑なる、　小松と紅き萱の芽と、
雪げの水にさからひて、　まこと睡たき南かぜ。

③むしろ帆張りて酒船の、　ふとあらはるゝまみまじか、
をのこは三たり舷に、　こちを見おろし見すくむる。

④元真斉はやるせなみ、　眼をそらす川のはて、
塩の高菜をひた嚙めば、　妻子もこれにならふなり。

次に先行作品「一〇五六〔秘事念仏の大元締が〕一九二七、五、七、」を見ることにする。

秘事念仏の大元締が
今日は息子と妻を使って、
北上ぎしへ陸稲《おかぼ》播き、
　なまぬるい南の風は
　川を溯ってやってくる
秘事念仏のかみさんは
乾いた牛の糞《コヤシ》を捧げ
もう導師とも恩人とも
じぶんの夫をおがむばかり
　緑青いろの巨きな蠅が
　牛の糞をとびめぐる
秘事念仏の大元締は
麦稈帽子をあみだにかぶり
黒いずぼんにわらじをはいて
よちよちあるく烏を追ふ
　紺紙の雲には日が熟し
　川は鉛と銀とをながす
秘事念仏の大元締は
むすこがぼんやり楊をながめ
口をあくのを情けながって
どなって石をなげつける
　楊の花は黄いろに崩れ
　川ははげしい針になる
下流のやぶからぽろっと出る
紅毛まがひの郵便屋

これを圧縮していったところに文語詩が成立したのだろう。

それにしても、賢治の秘事念仏に対する反感は相当なものだと思わされる。他の文語詩であれば、夫への批判がなされていれば、対照的に妻が持ち上げられもするのだが、本作では、そんな夫のことを崇拝しているような人物として描かれ、陸稲播きを手伝う息子にも、ぽかんと口をあけて楊を眺めさせるなど、家族全体を貶めるような書きぶりである。隠し念仏を賢治が嫌い、その元締をも嫌っていた気持ちはわからないでもないが、家族ぐるみで貶めようとする賢治の烈しさには驚かされる。小林俊子（「宮沢賢治の文語詩における風の意味 第2章」http://cc9.easymyweb.jp/member/michia/ 平成二十五年六月十八日）も、「その家族への暖かい眼はなく、むしろ悪意も感じられる。風景の中の牛糞に光る蒼蠅も嫌悪感を増す」としている。

そもそも文語詩では、庶民の生活や心情に近寄って、庚申講（「庚申」「一百篇」）や二十六夜待ち（「二月」「一百篇」）といった迷信に近い民間信仰にまで関心を寄せ、決して貶めるように書くことはなかった。密通（「〔そのときに酒代つくると〕」「五十篇」）や酒の密造（「〔巨豚〕」「〔一百篇〕」）に対してさえ、おおらかな態度を見せ、キリスト教の牧師や神父、伝道師たちが文語詩に登場しても、隠し念仏のような扱いはしていない。「五十篇」の「〔秘事念仏の大師匠〕〔二〕」でも賢治の悪意は感じられるが、こちらでは大師匠と三人の男たち（船に乗って酒を買いに行こうとしている）の視線による戦いがテーマになっており、大師匠とその家族への侮蔑以外に何も描かれていない本作とは、少し異なるように思う。

飛田三郎（「肥料設計と羅須地人協会（聞書）」『宮沢賢治研究』筑摩書房 昭和四十四年八月）によれば、賢治が自炊生活をしていた下根子の桜部落は、生活のよりどころが隠し念仏で、表向きは墓所を置く寺の檀家としてふるまったが、内心では蔑視しており、隠し念仏の大師匠である「知識さま」が全ての中心であったのだという。他の宗団からの圧迫をうけていたことから「どうしたことか、これら他宗教に対する憎悪がいつ頃からのことでしょうか、「ホッケ宗?」に一手に向けられる様になっていました」という指摘を信じれば、賢治がこれまでのやり場のない怒りをぶちまけたのだということなのかもしれない。

また、高橋梵仙（「佐藤勘蔵翁談話」『かくし念仏考 第二』前掲）は、本作のモデルとも思われる佐藤勘蔵（八重畑派）との談話で、佐藤は高橋に向かって「今日では、全国で私一人が真の「御用持」ということになる」。「斯様な訳であるから、何んとかして、私共の方丈けを御引立の程を願ひたい。そうすれば到るところへ行つて、御賽銭が、どつさり上る。渋谷地から爪弾をされた様な斉藤四郎兵衛などを引立ても金儲になるものではない。是非斉藤みたいな偽物と手を切つて頂きたい」と言ったらしい。佐藤勘蔵が本作のモデルであったかどうかはともかく、賢治は隠し念仏のこうした俗物的な部分も知っていたために、これを邪教扱いしていたのかもしれない。

もっとも高橋梵仙は昭和二十七年に佐藤勘蔵を名誉棄損で訴え、隠し念仏の正統について法廷で争い、勝訴したといった経緯もあるため（藤原正造「隠し念仏と黒仏信仰」『私達の郷土北上川が語る悠久の物語』博光出版 平成二年八月）、こうした記述自体が、もともと偏向していた可能性を考えるべきかもしれない（藤原によれば「この訴訟に勝つ為めにとったその手段の陰険な行為手段は、誠に一般人の目をそむけしめる行為で、宗教学者らしからぬものであったので、勝訴したとはいいながらも、隠し念仏の恥を天下に曝す結果となり、次第に信者が減少し」たのだという）。

それにしても、自らの人生を慢心だと反省し、文語詩の推敲を続けていた賢治が、隠し念仏を悪しざまに描いていたという事実は、最晩年の賢治を考える上で、貴重なものだと言えそうだ。

先行研究

高橋梵仙「「秘事法門」と「かくし念仏」の詩」（『かくし念仏考第一』巌南堂書店 昭和三十八年三月）
森荘已池「隠念仏との小さな闘い」（『宮沢賢治の肖像』津軽書房 昭和四十九年十月）
島田隆輔Ａ「「文語詩稿」構想試論『五十篇』と『一百篇』の差異」（「国語教育論叢４」島根大学教育学部国文学会 平成六年二月）
門屋光昭「賢治と隠し念仏」（『鬼と鹿と宮沢賢治』集英社 平成十二年六月）
信時哲郎Ａ「〔秘事念仏の大師匠〕〔二〕」（『五十篇評釈』）
信時哲郎Ｂ「宮沢賢治「文語詩稿 一百篇」評釈七」（「甲南女子大学研究紀要52 文学・文化編」甲南女子大学 平成二十八年三月）
島田隆輔Ｂ「７７〔秘事念仏の大師匠〕」（「宮沢賢治研究 文語詩稿一百篇・訳注Ⅱ」〈未刊行〉平成二十九年五月）
信時哲郎Ｃ「「五十篇」と「一百篇」 賢治は「一百篇」を七日で書いたか（上）」（「賢治研究135」宮沢賢治研究会 平成三十年七月）→終章
信時哲郎Ｄ「「五十篇」と「一百篇」 賢治は「一百篇」を七日で書いたか（下）」（「賢治研究136」宮沢賢治研究会 平成三十年十一月）→終章

78 〔廐肥をになひていくそたび〕

①廐肥をになひていくそたび、　まなつをけぶる沖積層《アリビーム》、
水の岸なる新墾畑《にひばり》に、　往来もひるとなりにけり。

②エナメルの雲　鳥の声、　唐黍焼きはみてやすらへば、
熱く苦しきその業に、　遠き情事のおもひあり。

大意

廐肥を背負って何十度も、真夏のもやのために沖積層がけむってみえる中を、川岸の開墾地の畑に、むかう道も昼間となったようだ。

エナメルのようにつやつやした雲　鳥の声、焼とうもろこしを食べて一休みすると、熱く苦しい仕事のなかに、ふと昔日の情事のことなども思い出された。

モチーフ

廐肥を畑に運ぶという「熱く苦しきその業」から「遠き情事」が思い出された、という詩。賢治は森荘已池に、人間は労働・思索・性欲の三つの方面にエネルギーを使うものなのだとし、農民は労働と性欲にエネルギーを費消してしまうために、思索がおろそかになってしまうのだと語った。だとすれば、賢治はここで労働と思索にエネルギーを集中させるべく、性欲を抑圧しようとする人物を描こうとしたのかもしれない。しかし、羅須地人協会時代の自分を乗り越えようとし、「草や木や自然を書くようにエロのことを書きたい」とし、「岩手艶笑譚」を書くつもりがあったとも語ったことを思うと、過去の自分を第三者的に描こうとしたか、あるいは労働の合間にもエロチックな思いが浮かんでしまうリアリティを書こうとしていたのではないかと思われる。

語注

廐肥　家畜小屋の敷きわらと糞尿を混ぜて発酵させた肥料。「きゅうひ」や「うまやごえ」とも呼ぶが、「一百篇」の「悍馬〔二〕」には「こえ」というルビがある。音数の関係もあり、本作でもこれを「こえ」と読むことにしたい。

いくそたび　漢字で書けば「幾十度」。何十回も、の意味。

沖積層《アリビーム》　地質時代の区分の一つで、最も新しい時代を沖積世と呼ぶが、その時代に堆積した地層のこと。賢治は羅須地人協会の資料「土壌要務一覧」で、「沖積土壌ハ、一般ニ砂質デ、吸収力保水力ハ往々過小デアルケレドモ、他ノ理学性ハ良好デアリ、酸性モ烈シクハナイ」とする一方、洪積台地を、「洪積土壌ハ可成石灰ト燐酸ニ乏シイ。吸収力保水力、過大ノ所少ナクナイ」と書く。賢治が耕していた畑は、北上川の岸にあった沖積層にある。

新墾畑《にひばり》　「にいばり」は、万葉時代にも使われた古語で、新しく田畑や道を作ること。賢治は川沿いの地を開墾したので、そう呼んだのだろう。

往来　「おうらい」と読むのが普通だが、入沢康夫（「文語詩難読語句（5）」）は、「ゆきき」と読んでいる。音数と古語・和語を多用する作品であることから、ここでもそれに従いたい。人が行き来することだが、ここでは道の意味で使われているのだろう。

エナメルの雲　先行作品の下書稿に「エナメルの雲／午后は雨だらう」ともあるが、木村東吉（「資料と考察『春と修羅 第三集』『詩ノート』創作日付の日の気象状況」『近代文学の形成と展開 継承と展開8』和泉書院 平成十年二月）によれば、盛岡気象台では朝の五時から九時まで雨、水沢天文台でも午前二時から十時まで雨が記録されている。その後は曇。夜になってまた雨が降ったようだ。層雲（霧雲）や乱層雲（雨雲）が出ていたようだが、先行作品には、この雲を見て「午後は雨だらう」と書いていることから、雨雲の代表的存在である乱層雲であろう。

唐黍　トウモロコシのこと。下書稿㈠には「コン」というルビもあるが、下書稿㈣には「きみ」とある。「一百篇」の「塔中秘事」の定稿には、「玉蜀黍」に「きみ」というルビを振った例もあることから、ここでも「きみ」としておきたい。

熱く苦しきその業　八月の農作業だけに熱い中を、猛烈な匂いの伴う廐肥の運搬は苦しい作業だったということだろう。「ごう」とすると、仏教的な意味になってしまうので、ここは「わざ」と読みたい。

評釈

先行作品である「春と修羅 第三集」所収の口語詩「七三四〔青いけむりで玉唐黍を焼き〕一九二六、八、二七、」の下書稿㈡が書かれた黄罫（2424行）詩稿用紙表面に書かれた下書稿㈠、同一の用紙に重ね書きされた下書稿㈡、その左方余白に書かれた下書稿㈢、黄罫（24 24行）詩稿用紙表面に書かれた下書稿㈣（鉛筆で㊢）、定稿用紙に書かれた定稿の五種が現存。生前発表なし。

口語詩の下書稿㈡（ただし同一紙面に文語詩の下書稿㈠、㈡、㈢が書かれている）には、「不足 自らに甘へせしむる点がありて不快なり」、「二人称に直す」、「一人称にて甘きもの　三人称となすとき　往々奇異なる真美を生ずることあり」、「食事を除く」といったメモが書かれている。どの稿についての言及なのかは、書かれた位置や筆記用具、内容から総合的に判断するしかないが、おおむねこの方向に推敲されていったように思う。本作についてのコメントとしてだけでなく、賢治が文語詩をどう捉えていたかについてを示す資料としても極めて重要なものだと思う。

取材日は、賢治が羅須地人協会を設立して間もない時期で、農村における自炊生活を始めて半年ほどの時間が経過し、その厳しさを知ると共に、未来に対する明るい展望も持っていた頃だと思われる。

「七三四　仕事」と名付けられた先行作品の下書稿㈠の最終形態から見ていきたい。

青いけむりで唐黍を焼き
塩漬けのトマトも皿に盛って
若杉のほずゑの chrysocolla も見れば
たのしくしづかな朝餐な筈を
こんなにわたくしの落ち着かないのは
昨日馬車から坂のところへ投げ出した
廐肥のことが胸いっぱいにあるためだ
甲田加吉がすっかり内地でしくじって
からだひとつでブラジルへ行く日
なげ《ママ》なしの財布で
国の芝居をもう一度見た
エナメルの雲
午后は雨だらう

「春と修羅　第三集」の中の一篇だが、さらに先行する形態が「詩ノート」に残されていないためか、甲田加吉という偽名めいた名前を登場させるなど、この段階でもう虚構化が始まっていたように思える（「ブラジル移民」や「国の芝居」については不明）。

下書稿㈡になると、唐突に「情事」の語が書かれ、これが文語詩にまで影響することになる。初期形態をあげよう。

青いけむりで唐黍を焼き
塩漬けのトマトも皿に盛って
若杉のほずゑの chrysocolla も見れば
たのしく豊かな朝餐な筈であるのに

こんなにもわたくしの落ち着かないのは
昨日馬車から崖のふもとに投げ出して
今日北上の岸まで運ぶ
厩肥のことが胸いっぱいにあるためだ
エナメルの雲鳥の声
熱く苦しいその仕事が
一つの情事のやうでもある
　　……川もおそらく今日は暗い……

先行研究はいずれもこの「情事」に言及したものだが、賢治と直接の交流もあり、岩手で農業をした経験もある詩人・童話作家の儀府成一（後掲）は次のように書いている。少々長いが、同時代を生きた人として、また農業にも詳しい人の見解として貴重なものだと思うので、少し長いが引用しておきたい。

　率直にいって、われわれに情事を想起させるのは、何であろうか。音であろうか、色であろうか、それとも嗅覚《きゆうかく》のごときものであろうか。いろいろのケースが考えられ、可能性も認めるが、一般的にいって今あげた三つに限っていえば、何といっても嗅覚が一番セクシァルな働きかけをするのではないか。そうすると、俗にいう肌ざわり、肌のにおい、体臭、といったものを通りこして、分泌された精液のにおいが浮かびあがる。これと、よく馬に食《は》ませ、よく踏ませて、しかも半年も積みかさねられて十分蒸《む》された厩肥のにおいの相似性は、すでに触れた通りふしぎに通《かよ》い合うものをもっている。とても〝焼き唐黍《きみ》〟の比ではない。
　賢治は、これも知っていたのではなかろうか。「熱く苦しい」身を焼くような情事と、厩舎に積まれている厩肥《まやごえ》の足が焼けそうな高温と、（昔の農家ではこの高温を利用して、厩舎のなかで納豆をねせ、いやになるくらい食膳に上せたものであった）鼻を刺すような厩肥の強い臭気のなかに、ごくかすかにまざっていて、ツーンとくるセクシァルな匂い——精液のにおいを対置させるなど、その巧緻《こうち》な点、詩の技術的な面をつきぬけて、肉体の秘密にまで迫っている感がする。しかも作者は、そのなまなましいリアリズムそのままは避けて、エナメルの雲だの、焼いたとうもろこしだのに託し、ほんとうは詩全体が遠き情事の「におい」（精液のにおい）そのものなのに、においではなく「おもひあり」と、サラリとかわしているようにみえる。
　かわしている、としか見えないくらい工《たくみ》だということは、別の見方をすれば、実際は、なにもかも——厩肥に含まれているほのかな精液のかおりから、情事に至るまで——知っていたのだ。知っていたからこそこんなきわどい詩が書けたのだし、巧みにかわすこともできたのだ、とも云えるのであろう。この詩には、このような見方も成り立つほど問題を孕《はら》んでいて、隠された賢治の性をさぐるのには、小さな手がかりの一つかもしれないと考えていたのだが。ただ、これ以上追究する時間はいまの私にないのは心残りだが、目を転じて、内村康江（小笠原露の仮名：信時注）とのあの稚拙な、あと味のよくない別れ方からみても、現実の宮沢賢治は、熱く苦しき情事どころか、異性を抱いたことすら一度もなかった人のように思われてきて仕方がない。

厩肥のにおいが精液のにおいに通じるということの当否については、なんともコメントできないのだが、賢治が情事どころか異性を抱いたことすらなかっただろうとしているのは、妥当なところではないかと思う。

　こうした解釈がある一方で島田隆輔（後掲）は、『日本国語大辞典』で情事を調べると、1に「心の中に思っている事柄。いつわりのない事柄」、2に「事情。ありさま。」、3に「男女間の恋愛に関する事柄。いろごと。」とあったことなどから、「百年前も今も変わらぬ施肥の実態をつくづくとおもう」と解そうとしている。文語詩では、たしかにそう解釈できないこともないように思えるが、口語詩の下書稿(二)に「熱く苦しいその仕事が／一つの情事のやうでもある」となると、日常のことがらを一つ、二つと数えることが不自然であることからも違和感は残る。

　しかし沢口たまみ（後掲）のように、「賢治は確かに、自分も情事を経験したことがあったのだと、文語詩には記しているのです」と書いてしまのは行き過ぎだろう。まず、大前提として文語詩に虚構が多く取り入れられていることについて考慮すべきだし、賢治が一般女性を恋愛の対象とした経験があったことはたしかであったとしても、当時の社会通念や宮沢家の家格、賢治の性格から考えて、一般女性と「情事を経験した」などと、軽率に判断すべきではないだろう。ただ、沢口にそう思わせるほどに賢治の言葉が真に迫っていることも事実で、賢治に「情事」の経験などなかっただろうとする儀府にも、「知っていたからこそこんなきわどい詩が書けたのだ」と怪しませもしたのだと思われる。

　関登久也（「禁欲」『賢治随聞』角川書店　昭和四十五年二月）は、ある朝、旅装の賢治に会い、「どちらへおいでになったのですか、ときくと岩手郡の外山牧場へ行って来ました。昨日の夕方出かけて行って、一晩中牧場を歩き、いま帰ったところです。性欲の苦しみはなみたいていではありませんね。そういって別れました」という証言をしていることから、賢治も常人と同じように性欲はあったのだと思われる。

　それを抑圧したのは「小岩井農場」（『春と修羅（第一集）』）に書いたような宗教的な性欲観、すなわち「もしも正しいねがひに燃えて／じぶんとひとと万象といつしよに／至上福しにいたらうとする／それをある宗教情操とするならば／そのねがひから砕けまたは疲れ／じぶんとそれからたつたもひとつのたましひと／完全そして永久にどこまでもいつしよに行かうとする

／この変態を恋愛といふ／そしてどこまでもその方向では／決して求め得られないその恋愛の本質的な部分を／むりにもごまかし求め得やうとする／この傾向を性慾といふ」といった信念であったのだろう。

こうした恋愛観や性欲観が何によるものかについては諸説あり、たとえば、結核にかかりやすい体質が遺伝するのを防ぐという優生学的な配慮から賢治は性欲（結婚）を抑えたのではないかとも思うのだが（信時哲郎「宮沢賢治とハヴロック・エリス 性教育・性的周期律・性的抑制・優生学」「環境文化研究所紀要6」神戸山手大学 平成十四年三月）、ここでは賢治が森荘已池（「昭和六年七月七日の日記」『宮沢賢治の肖像』津軽書房 昭和四十九年十月）に向かって語った言葉をあげておきたい。

> 「労働と性欲と思索、思索と労働、こんなように二つづつならびうまい具合に調和すれば、まあ辛うじて成立しますね。肉体労働と精神労働それに性欲と、この三つを一度に生活のなかに成り立たせるということは、まずまずできません。日本の農民は、肉体労働と性欲だけの生活を古い時代から押し付けられて、精神労働を犠牲に、ただ二つだけでやってきたのですね。」

このように考えていたとしたら、賢治は「情事」（＝性欲）を抑圧させたために、「熱く苦しいその仕事」（＝労働）に熱中できるのだ、という意味で、この詩句を書いていたことになりそうだ。

しかし、同じ時に、賢治は森に向かって、「禁欲は、けっきょく何もなりませんでしたよ、その大きな反動がきて病気になったのです」。「何か大きないいことがあるという、功利的な考えからやったのですが、まるっきりムダでした」とこれまでの態度を反省し、「草や木や自然を書くようにエロのことを書きたい」と語ったという。

事実、その言葉のとおり、エロをとり入れたと言えるような文語詩もあり、たとえば「一百篇」の「塔中秘事」では、「ひそかなる女のわらひ」が農場の脱穀塔の中から聞えてきたというような詩を書いている。そう思えば、本作もエロを扱った作品の一つに数えた方がよいのかもしれない。

賢治は農村における猥談の効用についても意識的であり、農学校時代の教え子・根子吉盛（佐藤成「鳥のやうに教室でうたってくらした毎日」『証言 宮沢賢治先生』農文協 平成四年六月）は、次のような証言を記している。

> 猥談は大人の童話みたいなもので頭を休めるものだと語り、誰を憎むというわけでも、人を傷つけるというものでもなく、悪いものではない。性は自然の花だといわれたことを覚えております。

また、森荘已池（「牡丹雪が降る夕暮れ」『２０１人の証言 啄木・賢治・光太郎』読売新聞盛岡支局 昭和五十一年六月）は、賢治が「花巻の若い連中が集まってワイ談に花を咲かせていても、最後には必ず彼が話題を独占したものだ」とし、「野にあったワイ談の名手」とも書いている。さらに森に向かって、「岩手艶笑譚」のようなものを書きたいと言っていたともいう。

　そう考えてくると、賢治は意味のない禁欲を続けるかつての自分の姿を、客観的に描こうとしたのではないか、という解釈も生まれる。下書稿に、賢治は「一人称にて甘きもの　三人称となすとき　往々奇異なる真美を生ずることあり」と書いていたが、もしかしたらこのことを言いたかったのかもしれない。

　また、労働の最中にも、ついつい頭の中をエロチックな思いが浮かんでしまう、というリアリティを書きたかった可能性も考えられてよい。あるいは「唐黍焼きはみてやすらへば」の「やすらふ」を、うたたねであると解釈し、午睡の際に見た夢が性的なものを含んでいた、という方向で考えてみるべきなのかもしれない。「五十篇」の「民間薬」でも、農作業の合間に「まどろめば」、「ネプウメリてふ草の葉を、　薬に食め」と教えられるという詩も書いた賢治である。全くの牽強付会というわけでもないように思う。

先行研究

儀府成一「労働と性欲」（『宮沢賢治・その愛と性』芸術生活社 昭和四十七年十二月）

森山一「賢治の恋」（『宮沢賢治の詩と宗教』真世界社 昭和五十三年六月）

伊藤博美「「饗宴」の舞台」（「賢治研究42」宮沢賢治研究会 昭和六十二年一月）

沢口たまみ「シグナルの恋」（『宮沢賢治 愛のうた』盛岡出版コミュニティー 平成二十二年四月）

信時哲郎「宮沢賢治「文語詩稿 一百篇」評釈八」（「甲南国文63」甲南女子大学国文学会 平成二十八年三月）

島田隆輔「78〔厩肥をになひていくそたび〕」（「宮沢賢治研究 文語詩稿一百篇・訳注Ⅱ」〔未刊行〕平成二十九年五月）

79　黄昏

①花さけるねむの林を、　さうさうと身もかはたれつ、
　声ほそく唱歌うたひて、　屠殺士の加吉さまよふ。

②いづくよりか烏の尾ばね、　ひるがへりさと堕ちくれば、
　黄なる雲いまはたえずと、　オクターヴォしりぞきうたふ。

大意

花の咲くネムノキの林を、早々と夕暮れ時の色に身を染めながら、小さな声で唱歌を歌いながら、屠殺士の加吉がさまよい歩く。

どこからかカラスの尾羽が、ひるがえりながら落ちてくると、黄色に染まった雲は続いて、一オクターブ低い声に下げて歌い続ける。

モチーフ

夕方になって一斉に花を咲かせたネムの林で、どこからともなく烏の尾羽が落ちてきたことを、屠殺士の加吉の経験として書いた作品。不吉な雰囲気が漂うが、先行作品の取材時期は盛岡中学卒業後、進学を許されずに悶々としていた大正三年夏。親と同じ仕事に就くことが義務付けられていた賢治は、生まれながらにして人々から差別される仕事をすることを義務付けられていた屠殺士に、自らの気持ちを重ねたのではないかと思われる。

語注

ねむ　マメ科の落葉高木で高さは十mほどにもなる。夜になると就眠して葉が閉じて下に垂れる。夏の夕方には枝先に刷毛のような赤い花を咲かせる。

かはたれつ　「かはたれ」は「彼は誰れ」のことで、誰の顔かがわからなくなる夕暮れ時のことを言う。下書稿㈠には「さうさうと身もたそがれて」ともあった。「たそがれ」は「誰そ彼」に由来するという。

唱歌　学制で設置された唱歌科で歌われる文部省の作成あるいは指定した歌のこと。島田隆輔（後掲）は、歌を歌う屠殺士の加吉に「道徳を涵養する唱歌を純真にうたいつづけているところに、生業の闇にむきあおうとしていう青年の清浄心といったものが、うかがえそうである」とする。ただ、唱歌は大正に至ると、鈴木三重吉から、その低俗さを徹底的に批判され、『赤い鳥』を中心に北原白秋や西条八十らの童謡が生まれることになる。賢治の「ほしめぐりのうた」も、この流れの中にあることを考慮に入れれば、加吉の純真さ・素朴さを醸し出すために唱歌が使われたにせよ、賢治が唱歌の「道徳性」を称揚したとは思いにくい。

屠殺士　食肉や皮革を得るために牛馬などを殺す人のこと。ただ、宮沢俊司（後掲）も言うように、「屠殺士」という言葉は『日本国語大辞典』などにも載っていない。

しりぞきうたふ　下書稿㈡の手入れで「オクタヴをとみに下し」と書いた段階があることから、唱歌をうたっているうちに高音が出なくなって一オクターブ低く歌ったということだろう。

評釈

黄罫（220行）詩稿用紙表面に書かれた下書稿㈠（タイトルは手入れ段階に「銅壺屋」）、その余白に書かれた下書稿㈡（タイトルは手入れ段階に「工匠」。鉛筆で㋐）、黄罫（220行）詩稿用紙表面に書かれた下書稿㈢（タイトルは「黄昏」。青インクで㊢）、定稿用紙に書かれた定稿の四種が現存。先行作品は「歌稿〔A〕〔B〕」の197、「歌稿〔B〕」の197a198。

まずは元となった短歌を「歌稿〔B〕」より引用する。

197　花さける／ねむの林のかはたれを／からすの尾ばね嗅ぎつゝあるけり

197a198　いづくよりか／鳥の尾ばね／落ちきたりぬ／ねむの林の／たそがれを行けば

「大正三年四月」（大正三年度の短歌が収められている）に収められた歌だが、ねむの花が咲くことから季節は夏だということがわかる。大正三年といえば、賢治は盛岡中学校を卒業してすぐ岩手病院に入院。その際に看護婦に恋心を抱くが、親からは結婚を許されず、また、進学も許されなかったために悶々とした日々を過ごしていた年だ。ノイローゼ状態になって、ようやく九月には進学を許されるが、その頃に島地大等『漢和対照妙法蓮華経』に出会ったとされ、浄土真宗を信奉する父との間に、新たな火種を抱えることとなった。本作の原型は、そんな夏であったようだ。

　下書稿㈠から見ていきたい。

鋳物屋の　寺井小助は
たそがれを　半天かづき
花さける　ねむの林に
たゞひとり　さすらひにけり

いづくよりか　烏の羽ばね
ひるがへり　落ちて来しかば
小助そを　手にうけもちて
嗅ぎながら　黄の雲を見ぬ

賢治自身の経験を詠んだ短歌から、虚構化されて鋳物屋の寺井小助が視点人物となっている。ただ、その設定が長く続くことはなく、唐鍬鍛冶、銅壺屋、屠殺士とかわっていく。名前も寺井吉助、四代吉助などに変わってゆく。下書稿㈡は次のとおり。

花さけるねむの林を
さうさうと身もたそがれて
たゞひとりさまよひくるは
銅壺屋のあるじなるらん

いづくよりか烏の羽ばね
ひるがへりさと落ち来り
銅壺屋は「左勝手《ギッチョ》」と
つぶやきて黄の雲を視る

職業と名前だけでなく、賢治は彼らの取った行動も、舌打ちさせたり（下書稿㈠の手入れ）、「左勝手《ギッチョ》」とつぶやかせたり、唱歌を歌わせたり、と変化させている。ただ、「夕方になって一斉に花を咲かせたネムの林を歩いていくと、真っ黒な烏の羽が落ちてきて、黄色い雲を見あげた」ということについては、短歌の段階から下書稿、定稿に至るまで全く変化していない。

　では、黄昏時に烏の羽が落ちてくるというだけのことに、賢治はいったい何を託そうとしたのだろう。

　賢治が短歌や童話、詩にたくさんの烏を登場させていることは、今さら言うまでもないだろう。たとえば「歌稿〔A〕」には、「54 凍りたるはがねの空の傷口にとられじとなくよるのからすか」とあり、童話ならば「烏の北斗七星」や「双子の星」に勇ましい姿で登場している。詩ならば「未定稿」に「烏百態」があり、ユーモラス且つ愛情をこめて描かれている。「〔冬のスケッチ〕」の第一七葉には、「たましひに沼気つもり／くろのからす正視にたえず／やすからん天の黒すぎ／ほことなりてわれを責む」があり、「恋と病熱」（『春と修羅（第一集）』）では、「けふはぼくのたましひは疾み／烏さへ正視ができない」と書く。「陽ざしとかれくさ」（『春と修羅（第一集）』）では、「からす器械」とも書いていた。

これだけ様々に烏が描かれているのに、イメージを一つにまとめてしまおうというのは無謀かもしれないが、たとえば「烏鳴き」という言葉があり、これは烏が嫌な声で鳴くと死人が出るという広くささやかれている俗信だが、こんな言葉の存在からも、烏があまり縁起のよい、かわいらしい鳥だと思われていなかったことは確認できると思う。黒猫が前を横切ると不幸になるなどともよく言われるが、真っ黒な烏の尾羽根が落ちてきたのを、若き日の賢治は何か不吉なことが起こる前兆のような気がしたということではないかと思う。

さて、ネムの林の脇で烏の羽を見つける以外にも、下書稿から定稿まで変わっていないものがある。

宮沢俊司（後掲）は、登場人物が変化することを指摘しながら、「仕事の内容の共通点は、金属を扱う、ということである。いずれも、火を扱い重労働で危険を伴う」と書いている。しかし、これだけでは下書稿㈢の手入れ段階から登場し、そのまま定稿にまで登場することとなった屠殺士が例外となってしまう。では、この屠殺士までも含めた共通性は何かといえば、農民ではないということだろう。さらに突っ込んで言えば、人々から区別され、時に差別されてきた存在だということだろう。

鋳物師や鍛冶屋は、町中に定住する者もいたが、農村を回って鍋釜や鍬などの農具の製造や修理する者もいた。農村にとって彼らは、いてもらわなくてはならない存在であったが、「江戸時代において、日常生活に必要な道具を製作する木地（きじ）師・鋳物師・竹細工師・鍛冶屋・藍染め屋などなど、その職種は多様であるが、その多くが定住民ではなく、生活形態も異なるとして、一般からは区別され、政治を行う者も徴税がし難い彼らを、身分的に定住民の下に位置付けることで、階級社会の維持に利用した」（山路興造「もう一つの差別の目」「きょうと府民だより 人権口コミ講座90」 http://www.pref.kyoto.jp/i/dayori/201502/kiji_12.html）ともいう。下書稿㈡で、銅壺屋に「左勝手《ギッチョ》」とつぶやかせたのも、左利きが、やはり区別・差別された存在であったということに関係しているのだろう。

屠殺については、諸国を回ったわけではないが、食肉や皮革を得るために牛や馬などを殺す仕事で、人々から差別される存在であり続けた。「五十篇」には「〔あな雪か 屠者のひとりは〕」があり、「「屠者」として生きることの倦怠感や徒労感」（信時哲郎「〔あな雪か 屠者のひとりは〕」『五十篇評釈』）を描いているのだと書いたが、賢治は改めて文語詩に登場させたわけである。

しかし、重要なのは、賢治がただ差別されていた人々を文語詩に登場させたということではなく、自分自身の位置に彼等を立たせたということであろう。裕福な質・古着商であった宮沢家の長男が差別されていたという言い方はふさわしくないかもしれないが、自分の希望や資質が全く考慮されず、ただ親の仕事だからと、家業をそのまま受け継ぐことを求められ、そのことで悩まされたという意味では通じるところもある。

大正三年の夏の或る日、賢治の目の前に、どこからともなく烏の黒い羽根が落ち、不吉な未来を感じさせた。自分の生き方を自分で決めることができないことは当時の賢治を悩ませたが、晩年になって、その思いをただ自分自身の記憶としてでなく、家業について思い悩む人々の思いに書き直したのが本作であったと考えたい。

先行研究

水上勲「宮沢賢治文語詩に関する二、三の問題」（「帝塚山大学人文科学部紀要1」帝塚山大学人文科学部 平成十一年十一月）
宮沢俊司「黄昏」（『宮沢賢治 文語詩の森 第三集』）
秦野一宏「苦の世界『フランドン農学校の豚』」（『宮沢賢治とは何か子ども・無意識・再生』朝文社 平成二十六年十月）
信時哲郎「宮沢賢治「文語詩稿 一百篇」評釈八」（「甲南国文63」甲南女子大学国文学会 平成二十八年三月）
島田隆輔「79 黄昏」（「宮沢賢治研究 文語詩稿一百篇・訳注Ⅱ」〔未刊行〕平成二十九年五月）

80　式場

氷の雫のいばらを、　液量計の雪に盛り、
鐘を鳴らせばたちまちに、　部長訓辞をなせるなり。

大意

氷から滴るしずくのついた野茨を、メスシリンダーに入った雪に盛り付け、鐘が鳴るとたちまちに、内務部長は訓辞を始めた。

モチーフ

花巻農学校を退職する直前に、賢治は岩手国民高等学校の講師を勤めた。県の社会教育主事だった高野一司《かつじ》と何度もカリキュラムについての討議を重ねた上でのスタートだった。しかし、国家主義・農本主義の立場に近い高野と賢治では、おのずと方向性も異なり、ぶつかり合うこともあったようだ。本作の舞台は、そんな国民高等学校の修了式（あるいは入学式）。県の内務部長が訓辞をする脇には、野茨と雪の入ったメスシリンダー。国民高等学校で農民芸術を講じた賢治にとって、この装飾は国民高等学校の国家主義的色彩に対する農村の側からの批判意識の表われであったのかもしれない。

語注

のいばら　バラ科の落葉低木で北海道から九州まで自生する。枝には鋭い棘があり、直立または他物に寄りかかり、よじ登る習性がある。春に芳香性の白い花を咲かせ、秋には〇・五～一㎝ほどの赤い実をつける。賢治の教え子・平来作によれば、国民高等学校の卒業式の時、何か花はないかと急に賢治に言われ、困ったあげく、ネナシカズラを持って行くと、賢治は大喜びしたという。が、文語詩になると、のいばらと液量計に置き換えられている。下書稿には「赤きみふゆののいばら」ともあったが、赤田秀子（後掲）は、ノイバラの「紅い実」のことだという。しかし、「「文語詩篇」ノート」には

「ノバラ、アケビ、ツルウメモドキノ藪、雪シリンダー」とあるので、必ずしも実をイメージしていたわけではなく、自生していた植物で、白い雪と似合うような色合いのものをイメージしていたのだろう。

液量計　液体の容量を量るガラス製円筒状体積計。メスシリンダーのこと。

部長　岩手県の内務部長で岩手国民高等学校の校長でもあった坂本暢のこと。「岩手日報」や「和賀新聞」には、開校式で坂本が訓辞を述べたという記事が載った。修了式については、菊池忠二（「岩手国民高等学校と「農民芸術」論」『私の賢治散歩 上』菊池忠二 平成十八年三月）によれば、坂本が勅語の奉読と修了生への証書授与を行ったというが、訓辞についての記述はない。ただ、後述する平来作の証言からすると、修了式を舞台にしているようなので、開校式と修了式の両方を混ぜて書いているのであろう。

評釈

黄罫（220行）詩稿用紙表面に書かれた下書稿（鉛筆で㊢）、定稿用紙に書かれた定稿の二種が現存。生前発表なし。島田隆輔（後掲A）は、「五十篇」の「〔氷柱かゞやく窓のべに〕」と関連するのではないかとするが、「〔氷柱かゞやく窓のべに〕」の「評釈」（信時哲郎『五十篇評釈』）で既に述べたように、その次に収められている「来賓」と連作を構成するものだと思われるため、本作との関係は薄いように思う。

先行作品や関連作品の指摘は『新校本全集』にないが、赤田秀子（後掲）や島田らによって、「「文語詩篇」ノート」の「1926　一月　国民高等学校」に「偽善的ナル主事、知事ノ前デハハダシトナル」、「ノバラ、アケビ、ツルウメモドキノ藪、雪シリンダー／内務部長」、「偽善館長、われは貴族には非ず。」と書かれているのに関わっていることが指摘されており、そのとおりであろうと思う。

岩手国民高等学校は大正十五年一月十五日から三月二十七日まで、花巻農学校の校舎を借りて実施されたもので、「デンマーク式に則つた本県最初の試で就中一般民衆の文化を高むると共に一面に於て成人教育の目的を達成に努め他面に於ては地方堅実なる自治の基礎を作る為の施設である」（「和賀新聞」大正十四年十二月二十七日）。受講生であった伊藤清一（「岩手国民高等学校と宮沢賢治」「校本宮沢賢治全集 第十二巻（上）月報」筑摩書房 昭和五十年十二月）によれば、「生徒の資格等は、特に限定されませんでしたが高等小学校以上の能力を有し、年齢満十八歳以上で、将来地方自治に努力すべき抱負ある者」で、岩手県内各地から学生が集まってきたのだという。また、賢治の同僚でこの国民高等学校で講師も務めた阿部繁（「地人宮沢賢治」「宮沢賢治全集 第六巻 月報9」筑摩書房 昭和三十一年十二月）によれば、「一体国民高等学校は疲弊した県下の農村を如何にして更生するかを論議した結果丁抹（デンマーク・信時注）の国民高等学校を例にして開設したので当時の坂本内務部長自ら陣頭に乗り出し校長となり高野社教主事は各郡から選抜されて入学した生徒と起居をともにして専らこれが指導訓練にあたるなど非常な力の入れ方であった」という。

賢治はカリキュラム作成の段階から、授業の担当、生徒の世話などで八面六臂の活躍をし、そのためもあってか、この時期の賢治の創作は激減している。賢治は「農民芸術」を十一回に渡って担当したが、花巻農学校は同年の三月末に退職し、四月からは下根子桜で自炊生活を始める。羅須地人協会を夏から始めるが、その際にも農民芸術論を講じていることから、賢治にとって国民高等学校での経験は十分に生かされていたことになる。

「偽善的ナル主事」とされたのは岩手県の社会教育主事だった高野一司《かつじ》。明治二十一年、新潟県中頸城郡に生まれ、東京帝国大学農科大学を卒業し、山形や北海道の北見で開墾を指導し、大正十三年に岩手県社会事業主事兼社会教育主事となっている。阿部（前掲）は「宮沢さんと高野主事との間にも数次に亙つて論議検討が繰返された」とするが、菊池忠二（「岩手国民高等学校と「農民芸術」論」『私の賢治散歩 上』菊池忠二 平成十八年三月）は、この二人が討議することにより、県側が作成したと思われる「開設要項」（「岩手日報」大正十四年十二月十六日）になかった四科目（農民芸術、生理衛生、農民美術、音楽概論）が新設され、中でも「宮沢賢治の担当した「農民芸術」は、彼自身がその必要性を認め、自ら講義の希望をもち、そこに意欲をもって担当しようとした科目であったように思われてならない」という。

高野は県側の人間であったということもあるが、伊藤清一（前掲）が書くように、「東京帝大教授で法博の筧克彦や、友部日本国民高等学校長加藤完治の、薫陶を受けられた直系といわれる」存在であったから、国家主義的・農本主義的な傾向が多分にあった。伊藤によれば、毎朝、町内を駆け足で回ってから、国民体操（平沼騏一郎を団長とする修養団で行われていた体操）、皇国運動《やまとばたらき》（皇国精神発揚のために筧克彦の「神あそび、やまとばたらき」を元に高野が指導）を行い、君が代二唱、勅語奉読、天皇陛下の弥栄を三唱し、心の力（小林一郎記述の「心の力」）の朗読を行ったという（菊池 前掲）。

高野と賢治の関係について、伊藤清一（前掲）は、「特に親しかったようであります」と書いているが、賢治の教え子で、国民高等学校の受講生でもあった平来作（関登久也「雪合戦」『新装版 宮沢賢治物語』学習研究社 平成七年十二月）は、高野と賢治の雪合戦の様子を次のように書いている。

宮沢先生の雪投げとは珍しいと思って見ておりますと、始めのうちは緩慢《かんまん》に投げ合っておられましたが、いつの間にか烈しい様相を呈して参りました。お互いが夢中になっているようです。タマを作るひまもなくなって、雪をかけ合うというような有り様になりました。私は奇異の念に打たれて、暫《しばら》く遠くから眺めていました。

「どうも少し変だぞ」

そんな風に思って、眺めていました。その合戦が、いよいよ激しくなって、ついには組打ちとなって、二人は雪の上にころげまわっております。

あるいは、喧嘩しているのではないかと、思われる位です。しかし、それから間もなく、二人は頭からぼやぼや湯気を上げ、洋服の雪を払いながら相見て笑っているのを見て、安心しました。長い間の先生の生活に、ああしたことは実に初めてであります。

島田（後掲A）が、賢治は高野らが進めようとしている「精神教育を内心共有できぬところがあったのではないか」とするが、それも納得のできるところで、賢治は「神道は拝天の余俗である歴史的誤謬」（「農民芸術の興隆」）と書き、また、「七四三〔盗まれた白菜の根へ〕一九二六、一〇、一三、」（『春と修羅 第三集』）では、「盗まれた白菜の根へ／一つに一つ萱穂を挿して／それが日本主義なのか」「さうしてそれが日本思想／弥栄主義の勝利なのか」と国民高等学校でも重視された「弥栄主義」に懐疑的なそぶりも見せていた。

しかし賢治は、大東亜共栄圏建設のための標語「八紘一宇」の提案者であり、『日本国体の研究』（真世界社 大正十一年四月）の著者である田中智学の国柱会に入会し、「田中大先生の国家」（大正十年一月三十日 関登久也宛書簡）を信じていた人間である。また、伊藤清一が書いた「〔岩手国民高等学校終業生答辞〕」における「柳《ママ》モ農村ノ改善ハ今日ノ急務ナリ」を、賢治は「今日世界農業ノ黎明ニ当リ神国日本農村ノ確立ト改善トハ実ニ之全人類ノ急務ナリ」と添削してもいるので、単純に判断するのは慎まれる。また、賢治は高野について、「酸きも甘きも分り切ったる高野技師」（昭和八年五月一日 鈴木東蔵宛書簡）と、すっかり信頼しきっているような文章を書き送ってもいる。

島田（後掲A）が高野について聞き取り調査を行ったところ、伊藤清一の子・伊藤清隆は、「たいへん尊敬していた」と語り、現在の北上市内にあった岩崎農場で、高野とともに開墾作業・合宿作業をした阿部サツも、「率直なひとだ」と語ったという。岩崎農場に昭和七年に移住してきた高橋キエは「言いたいことははっきり言うひとだったな。素直なひとで情深い。悪くはないひとだった」、小田島キサは「からっとした、さっぱりした気性でなかったかな」と、いずれの評価も高い。

高野一司の人柄について、賢治がメモした「偽善的ナル主事」だけを見れば、よい印象を抱きにくいかもしれないが、これも「酸きも甘きも分り切ったる高野技師」という信頼があった上での言葉であるように思う。賢治は、花巻高等女学校の藤原嘉藤治と仲が良かったことは知られているとおりだが、よくケンカもしたという。島田（後掲A）は賢治と高野の関係について「是々非々で相対したと想像される」とするが、たしかにそのとおりの関係であり、藤原と賢治がケンカをするくらいに仲がよかったように、高野ともそれほどに仲がよかったのではないかと思われる。高野と大きく意見が食い違ったのは、国民高等学校のカリキュラムについてであって、大きな方向としては共通していたのだろう。

河野基樹（「宮沢賢治と岩手国民高等学校 官製社会教育のはざまで」「賢治研究73」宮沢賢治研究会 平成九年八月）は、日本の国民高等学校と、そのモデルとなったデンマークの国民高等学校を比較して、日本は国策であるのに対して、デンマークでは公的な教育制度の枠外にこれが置かれていることに大きな差があるという。たとえば昭和二年二月開校の日本国民高等学校では、開学の目的を「自覚せる皇国農民の養成」とし、「国民高等学校の教育は其生徒をして祖国の有する大きな生命を直感認識せしめ之に帰一せんとする憧憬心を先づ起させ、その大きな生命を背負って祖国を弥栄ならしむるために将来各自の進むべき道をはっきりと認め、飽迄もその志を貫徹せんとする理想信仰を与へることが眼目」であり、「約言すれば、国民高等学校教育の第一義は農村青年に大和魂を涵養することにある」（「日本国民高等学校」『農村に於ける特色ある教育機関』協調社 昭和八年五月）とする。一方、デンマークの国民高等学校は、「国の規則や法令にはいっさいしばられず、教科内容や授業方法も、さらに教師の任免も全く自由で、生徒は寄宿舎生活をするという、二四時間教育の大私塾である」。「その学習内容も枝葉末節の〝手先の訓練〟のみにとらわれない、基礎的な人間教育に重点をおいて、もっぱら教養教育のみが行われる。国民高校は校長の方針によって教育内容もちがうが、国語、音楽、文学、体操は共通の重点科目となっていた」（菊池忠二 前掲）という。

図式的なまとめ方になるが、高野があくまで日本型の国民高等学校を進めるのに対し、賢治はデンマーク型を目指していた、とすることもできるかもしれない。その結果として皇国体操と農民芸術が並存する岩手国民高等学校の特殊な性格が生まれたのだということになると思う。

さて、たった二行の文語詩の背景を述べるにしては、紙数を費やし過ぎたかもしれないが、この詩は、今まで述べてきたような国民高等学校の二つの側面について書いたものなのではないかと思う。平来作（前掲）が岩手国民高等学校に関する思い出を、次のように語っているからだ。

国民高等学校の卒業式のことです。岩手県庁からも学務課長やその他高官達が大勢来るというので、先生も色々忙しそうに働いておいでになりました。

その時、先生が遠くから、

「平君、平君」

と呼ぶので、急いで走って行くと、

「花瓶《かびん》はあるんだが、花がない。何かその辺から、花になるものを探して来てくれないか」

と、おっしゃるので、

「ハイ、しかし先生。花といってもまだ雪があるし…」

それでもお受けした以上はと思って、玄関から私は飛び出ました。

まだ地面に、堅雪が凍りついている頃です。いくら学校の付近をさがしまわっても、一枝の花などあるべくもありません。

私も、ちょっと困ってしまいました。だが、雪の中から花を尋ねよというのは、これはかならずしも、花でなくていいわけだと、ふと考え、あの大花瓶にふさわしいものを、取って行こうと思いました。

それからまた元気を出して、学校の周辺をぐるぐる歩いていると、ある大木にからみついて、見事な根なしかずらがあるのを発見しました。私は手を打って喜び、その糸のようにこんがらかった根なしかずらを、ずるずる大木から引き離し、それを持って帰りますと、先生は相好をくずして喜ばれました。

「ああ、これはいい、実にいいなあ」

と言って、花瓶に適当に盛りあげてから、少し離れてそれを眺め、にこにこされては喜ばれるのでした。

私も、自分の思いつきが、こんなにも先生に喜ばれるとは思わなかったので、とても嬉しくなり、

「学務課長さんが、これはすばらしい花だ、俺は県庁へ持って行きたいからくれないか、なんて言わないともかぎりませんね」

と言うと、

「案外、そんなことになるかもしれないよ。全くこれはすばらしい根なしかずらだからなあ」

と、２人で大声を立てて笑いました。

この根なしかずらと大花瓶が、文語詩の段階で、野茨とメスシリンダーになっていることについては、すでに赤田（後掲）に指摘があるが、賢治を喜ばせたのは、単に平の思いつきの素晴らしさ、根なしかずらの美しさだけではなかったと思う。文語詩の二行目では、鐘がなったとたんに内務部長のありがたい訓辞が始まっているが、賢治としてはこうした訓辞をありがたく拝聴している気には、なれなかったのではないかと思うのである。賢治は、修了式にも、なんとかして官製の国民高等学校でなく、自分が理想とするデンマーク式国民高等学校の側面を打ち出したかったのではないだろうか。そこでこの野茨とメスシリンダー（根なしかずらと大花瓶）を部長と並ばせたのではないだろうか。野茨とメスシリンダーとは農民の立場を象徴するものであり、それを国家権力と対決させるという構図である。もちろん受講生であった平にそんな認識はなかっただろう

し、賢治にしても、平にそんなことを依頼したつもりもなかっただろう。しかし、それだからこそ、自分が十一回に渡って講義してきた農民芸術論が、早くも成果を出したこと、そしてそれが、自分が思い描いてきたデンマーク的な国民高等学校の側面を輝かせただけでなく、これから歩んでいこうとする農村活動の成功を予感させてくれたことを嬉しく思ったのではないだろうか。もっとも賢治の講義について、「正直言ってよくわからなかった。だれもそうだったと思う」（大滝勝巳「現実との落差」『201人の証言 啄木・賢治・光太郎』読売新聞盛岡支局 昭和五十一年六月）と評する受講生も少なくなかったように思うが、それはまた別の話である。

　岩手国民高等学校は、これが最初で最後のものとなった。大正十五年四月には、「青年ノ心身ヲ鍛練シテ国民タルノ資質ヲ向上セシムルヲ以テ目的トス」る青年訓練所令が公布され、賢治が忌避していた方向が露骨に強調されるようになり、昭和七年九月には軍馬補充部六原支部に六原青年道場も設立された。「岩手県立六原道場規定」の総則には、次のようにある。

> 本道場ハ県下青年男女ヲ訓育シテ専ラ信念ト実力トノ啓培ニ努メ依テ祖先伝来ノ日本精神ヲ体現シ入テハ地方風教ノ作興及地方産業ノ進展ニ尽シ出テハ新領土及海外ヘノ発展ヲ図リ以テ本県ノ振興ト皇国ノ興隆トニ貢献スル地方中堅人物ヲ養成スルヲ目的トス

菊池忠二（前掲）の言うように、「ここにはもはや岩手国民高等学校で、わずかにみられた自主的なデンマーク式教育の、ひとかけらも見出すことができな」い。

　最晩年になって文語詩定稿を編む賢治は、かつての自分の行いに見出せる「慢心」を冷静に見つめ、ことに羅須地人協会時代の自分の言動については、苦い思いを抱いていただろう。しかし、かといって、それと対立するような六原で進められていたような方向、高野一司らが進めようとしていた方向に賛成していたとは考えにくい。先行作品や関連作品の指摘もなく、わずか二行でしかない文語詩から語れることに限界はあるにしても、晩年の思想を考えるための可能性だけは指摘しておきたい。

先行研究

赤田秀子「文語詩を読む その8〔氷雨虹すれば〕を中心に 人へのまなざし 天へのまなざし」（「ワルトラワラ19」ワルトラワラの会 平成十五年十一月）

島田隆輔A「20〔氷柱かゞやく窓のべに〕」（「宮沢賢治研究 文語詩稿五十篇・訳注2」〔未刊行〕平成二十三年五月）

信時哲郎「宮沢賢治「文語詩稿 一百篇」評釈八」（「甲南国文63」甲南女子大学国文学会 平成二十八年三月）

島田隆輔B「80 式場」（「宮沢賢治研究 文語詩稿一百篇・訳注Ⅱ」〔未刊行〕平成二十九年五月）

81〔翁面　おもてとなして世経るなど〕

翁面、　おもてとなして世経るなど、　ひとをあざみしそのひまに、
やみほゝけたれつかれたれ、　われは三十ぢをなかばにて、
緊那羅面とはなりにけらしな。

大意

翁面のようなおだやかな表情を、表に見せながら年齢を重ね、他人の目をあざむいてきたがその間に、病気から逃れることもできずに心身は疲れ果て、そんな私は三十も半ばとなると、いつしか緊那羅のごとき顔となっていたことだよ。

モチーフ

文語詩制作当時の賢治の心境が描かれた異色の作品。「自嘲」というタイトル案があったことからもわかるとおり、自分の人生に対する反省の色が濃いが、「緊那羅面」とは「帝釈に奉仕して法楽を奏す神」（『漢和対照妙法蓮華経』）でもあることから、仏法を重んじながら、芸術に打ち込んだ自分の人生に対する或る種の満足感も感じられるように思う。

語注

翁面　能面の一つ。顎鬚《あごひげ》を垂らして笑みを浮かべた老人の面。不老長寿などを願った最初期の猿楽にもあったと言われる。神が老人の姿で舞った姿ともされ、ご神体とする神社も多い。「翁面」が登場し、あらゆる人に笑みを浮かべて接する好人物といった本作とほぼ同じ意味で用いた作品に「一百篇」の「暁眠」がある。

緊那羅面　仏法の守護神とされる天の楽神である緊那羅の面のこと。島地大等（「法華字解」『漢和対照妙法蓮華経』）は「帝釈に奉仕して法楽を奏す神」とし、『広説仏教語大辞典』では面山瑞方の『学道用心集聞解』にある「梵語にて人に似て頭上に角あるゆへに普門品には人非人と出たり、または牧神と

も訳す」を紹介している。『春と修羅（第一集）』の「小岩井農場」には、ちらちらと瓔珞をゆらせて「これらはあるひは天の鼓手、緊那羅のこどもら」とする例もある。

評釈

黄罫（220行）詩稿用紙裏面に書かれた下書稿㈠（タイトルは「自嘲」。表面には書簡下書き）。その裏に書かれた下書稿㈡、黄罫（220行）詩稿用紙表面に書かれた下書稿㈢（鉛筆で㊢）、定稿用紙に書かれた定稿の四種が現存。生前発表なし。先行作品に関する指摘はないが、「一百篇」の「暁眠」には類似の詩句が登場し、どちらも賢治自身の人生を顧みる内容が含まれているように思える。下書稿㈠には昭和六年一月九日の佐藤昌一郎宛書簡の下書きがあることから、それ以降に起筆されたものと思われる。また、下書稿㈡には自画像と思われる絵が五つ描かれている。

　賢治の文語詩は定稿に近づくにつれ、賢治自身の経験であっても第三者化されたり、虚構化されていく傾向が指摘されるが、本作は賢治自身の晩年の心境を、「われ」として描いたもののようで、極めて珍しい。下書稿㈠のタイトルであった「自嘲」、そして下書稿㈡に描かれた自画像などからも、自己を見つめる思いで描かれた作品だということがわかる。

　類似の詩句が用いられる関連作品の「暁眠」から見てみたい。

①微けき霜のかけらもて、　西風ひばに鳴りくれば、
街の燈《あかり》の黄のひとつ、　ふるえて弱く落ちんとす。

②そは瞳《まみ》ゆらぐ翁面《をきなめん》、　おもてとなして世をわたる、
かのうらぶれの贋《いか》物師、　木藤《どう》がかりのかど門なれや。

③写楽が雲母《きら》を揉みこそ削げ、　芭蕉の像にけぶりしつ、
春はちかしとしかすがに、　雪の雲こそかぐろなれ。

④ちいさきびやうや失ひし、　あかりまたたくこの門に、
あしたの風はとどろきて、　ひとははかなくなほ眠るらし。

「〔冬のスケッチ〕」を先行作品とし、賢治と交流のあったキリスト者の斎藤宗次郎をモデルにした作品だとされているが、浮世絵に対する関心の深さは賢治に通じるところがあり、また、「翁面　おもてとなして世をわたる」という詩句は、賢治の生涯を詠んだものとされる本作と詩句が酷似していることから、単に斎藤のみをモデルに描いただけの作品ではなく、自分自身の経験も託されていたように思える。

　さて、「〔翁面　おもてとなして世経るなど〕」であるが、こちらはどう見ても賢治その人の思いが描かれたものであるとしか読めない。内容については、原子朗（後掲）が、痛切で痛ましい自己像が描かれているとしたが、どこかに明るさが見えるよ

うにも思う。たしかに「ひとをあざみしそのひまに、／やみほゝけたれ」といった詩句から明るさを見出そうというのは難しいように思われるかもしれないが、島田隆輔（後掲A）が言うように、かつては自分自身を修羅であるとしていた賢治が、「法楽をもって帝釈に奉仕するもの」（『漢和対照妙法蓮華経』）に自己を規定できるようになったというのであるから、「やっと緊那羅の面を帯びるところまでになったようだなあ」という解釈には納得できる点が多い。

ただ、「翁面」として世を欺く自分が「緊那羅面」であったという本作の背景に、能の世界が広がっていることについての言及が島田には少ない。奥田弘（「宮沢賢治の読んだ本 所蔵図書目録補訂」『宮沢賢治研究資料探究』蒼丘書林 平成十三年十月）によれば、賢治の蔵書には大和田建樹『謡曲通解』（博文館 明治二十五年一月〜十一月）の全八冊が揃っていたということだから、能についての興味と知識もそこそこにあったようだ。

「緊那羅面」というのは、原（後掲）によれば、喝食面の異名なのだというが、そうした資料は今のところ確認できていない。そこで、賢治が下書稿㈠に書いた「大喝食となりにけり」から考えてみることにしたい。

「喝食」とは、「禅宗で、大衆に食事を知らせ、食事について湯、飯などの名を唱えること。また、その役をつとめる僧」（『日本国語大辞典』）のことなのだというが、能になると、「前髪にえくぼ、女面風の口元の美少年。『自然居士』『東岸居士』のシテに用いられる」（『能・狂言図典』小学館 平成十一年七月）のだという。喝食面には、額に銀杏の葉のような前髪があるが、大きさによって大喝食、中喝食、小喝食というようだ。賢治は大喝食を称しているが、大人であることを示そうとしたのであろう。ただ、「その大・中・小を年齢の大・中・小に準じるものの如く取る解釈の仕方は必ずしも正しいとは言へない」（野上豊一郎「喝食」『能面解説』岩波書店 昭和十二年七月）のだという。

さて、この喝食なのだが、喝食の登場する能を遊狂物といい、見せどころはシテである喝食が歌い、舞うことであるとされる。『新版 能・狂言事典』（平凡社 平成二十三年一月）で、喝食の登場する演目について調べてみると、「東岸居士《とうがんこじ》」については、「東岸居士が白河に架けた橋の普請勧進のため清水寺参詣の人を相手に舞う、遊狂物の典型的作品。〈中ノ舞〉〈クセ〉〈羯鼓〉と芸尽しを見せるのをもっぱらとし、《自然居士》《花月》といった他の遊狂物がもつドラマ性はない」とあり、「自然居《じねんこ》士《じ》」については、「芸尽しの能で、前半の説法（古くはもっと長かった）から、人買いとの緊迫した問答、それに〈中ノ舞〉〈クセ〉〈簓《ささら》〉〈羯鼓〉と続き息をつかせない」。「花月《かげつ》」については、「親子再会物だが、内容的には芸尽しの能で、〈小歌〉〈弓ノ段〉〈クセ〉〈羯鼓〉〈山尽しの謡〉と見せ場が多い」とある。つまり、賢治が「大喝食」に自らをたとえたということは、賢治が自分自身の生涯を歌い、舞う「遊狂」として

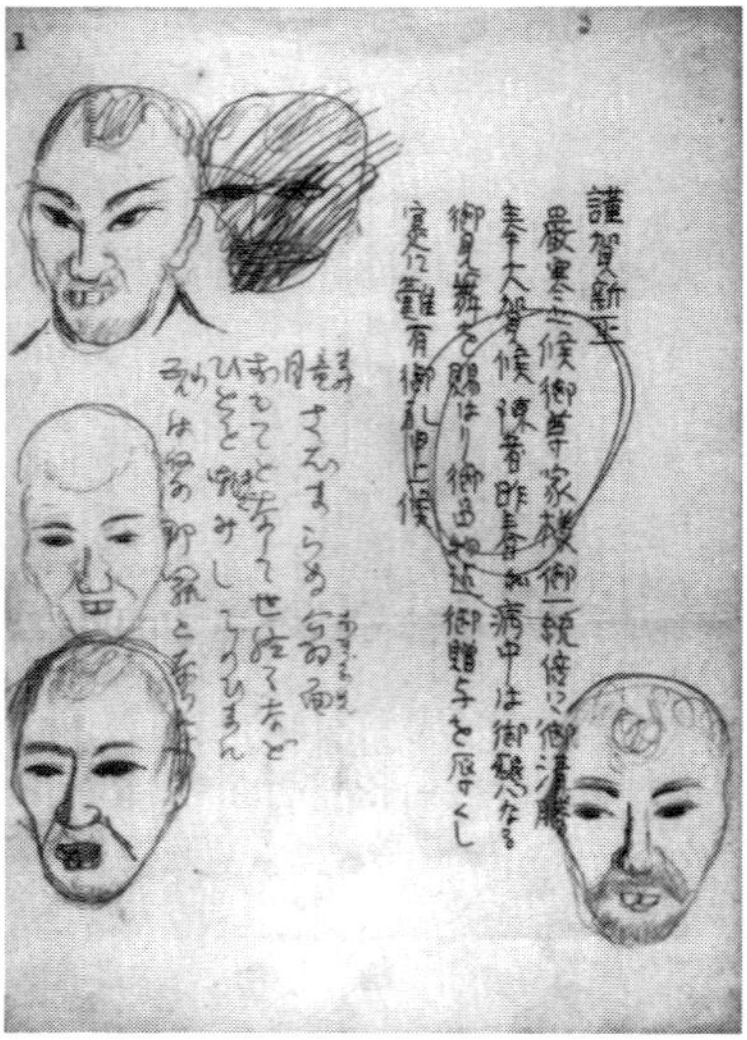

「〔翁面　おもてとなして世経るなど〕」
下書稿（二）（宮沢賢治記念館蔵）

括ろうとしていたことに繋がるのではないだろうか。また、喝食が半僧半俗だと言われているところも、賢治にはうまく自分の生涯にあてはまっている気がしたのかもしれない。

しかし、この「大喝食」のアイディアは、下書稿㈠の手入れの段階で「外道」に改められる。外道とは「仏教以外の教え。また、その教えを奉ずる者」（『広辞苑』）だが、仏教を極めることにも精進せず、歌ったり舞ったりすることにうつつをぬかした…　ということなのだろう。

「大喝食」をやめたのは、おそらく先にあげた『能・狂言図典』にあるように、「女面風の口元の美少年」といったイメージが、自分とはかけ離れたものだという思いによるのではないかと思う。下書稿㈡（右図）には、賢治本人による自画像が描かれているが、アルパカというあだ名を生徒に付けられる元ともなった前歯の出方も著しく、髪も禿げ上がり、かなり「自嘲」的な描き方になっている。奇しくも下書稿㈠のタイトル案は「自嘲」であったが、落書きと詩の内容が一致しているようにも感じられる。ともあれ、そんな自分を美少年とはさすがに書けなかったのではないだろうか。

かといって「外道」も、賢治が熱心に仏教を信じていたことから、あまり適切な比喩であるとは思えないし、歌や舞いに熱中するという側面が全くうかがえなくなってしまう。

となれば『漢和対照妙法蓮華経』に「帝釈に奉仕して法楽を奏す神」とされている緊那羅が選ばれというのは自然な流れだろう。仏教と歌舞という二つの要素が含まれているからだ。原（後掲）によれば、緊那羅面というのは喝食面の別称なのだということなのだが、もしそのとおりであるのだとしても、あまり一般的なものではないようなので、冒頭の翁面と対照させて用いるのであれば、大喝食のままであった方が、レトリックとしてはうまくいっていたかもしれない。

さて、こうした検討の後で、改めて本作を読んでみると、〈自分は翁面のように柔和な表情で人々に接してきたが、病んでしまった今になってみると、自分は結局、仏教と芸術ばかりを考えている存在であった〉といったことになるだろうか。

農学校の教員として、あるいは羅須地人協会の活動、砕石工場でのサラリーマン生活（下書稿㈠が書かれたのはこの時期であろう）といった社会的な活動をしてきたが、いずれも不徹底なままで、今となっては、仏教と芸術のみに生きていたなぁ…といった自覚である。

原（後掲）によれば、これは痛切で痛ましい自己像だということのようだが、「やみほ、けた」今になっても、仏教と芸術が自分と共にあるという自覚なのだとすれば、必ずしも悲観的にばかり捉える必要はないと思う。賢治は、文語詩を「なっても（何もかも）駄目でも、これがあるもや」と言い残し、遺言には法華経を友人知己に配って欲しいと頼んだと伝えられるが、そう思えば、誠に賢治にふさわしい心境の吐露であったようにも思えるのである。

先行研究

山口逵子「賢治「文語詩篇定稿」の成立」（「大谷女子大学紀要20―2」大谷女子大学志学会 昭和六十一年一月）
原子朗「ことば、きららかに」（「十代17―12」ものがたり文化の会 平成九年十二月）
島田隆輔A「原詩集の輪郭」（「宮沢賢治研究 文語詩集の成立」）
信時哲郎「宮沢賢治「文語詩稿 一百篇」評釈八」（「甲南国文63」甲南女子大学国文学会 平成二十八年三月）
島田隆輔B「81〔翁面おもてとなして世経るなど〕」（「宮沢賢治研究 文語詩稿一百篇・訳注Ⅱ」〔未刊行〕平成二十九年五月）

82　氷上

①月のたはむれ薫《く》ゆるころ、氷は冴えてをちこちに、さゞめきしげくなりにけり。

②をさけび走る町のこら、高張白くつらねたる、明治女塾の舎生たち。

③さてはにはかに現はれて、ひたすらうしろすべりする、黒き毛剃の庶務課長。

④死火山の列雪青く、よき貴人の死蠟とも、星の蜘蛛来て網はけり。

大意

月が火星と接近して空に浮かぶ頃、氷はいっそう冷たく冴えるとあちこちから、人々の喧噪が高まってきた。

大声を上げて走る街の子どもたち、高張提灯が連なり、明治女塾の舎生たちも集まっている。

そこに突然現れ出で、ひたすらに後ろ滑りをするのは、黒々とした坊主頭の庶務課長であった。

死火山が並んで雪が青く、身分の高い方の死蠟のように見え、星が蜘蛛のように網を吐いている。

モチーフ

氷上運動会の練習に、近隣の学生たちが励んでいる。そこに県の役人がやってくると、周囲の景色もすっかり不気味なものに転じてしまった。それだけの内容だが、人間の心の不思議を感じさせた事件として、中学時代の賢治に強い印象を与えたのだろう。また、女生徒の華やいだ様子も添えることによって、性の意識が芽生える思春期の心理を表現したい思いもあったかもしれない。

語注

月のたはむれく薫ゆるころ　下書稿㈡に「火星の月にこくすてふ」とあるとおり、月と火星が接近する会合の日時にスケートをしていたことがわかる。賢治はその天体ショーを「たはむれ」としたのであろう。

高張　高張提灯のこと。明治女塾の舎生が持っていたようにも読めるが、外山正（後掲）が言うように、「推敲過程からいえば女学生は提灯に関わりがなく、言葉が省略されたため厳密に言えばこの連の各句の文意はつながっていない」。

明治女塾　こうした名前の学校はなかった。外山（後掲）は、県立高等女学校（現・盛岡第二高等学校）を指すとするが、塾の名は私立学校にふさわしいように思う。とすれば明治二十五年開学のカトリック系ミッションスクールである私立盛岡女学校（明治四十四年に東北高等女学校に改称。現・盛岡白百合学園高等学校）の方がふさわしいように思う。

毛剃　外山（後掲）は、坊主頭のこととする。ただヒゲ剃りあとが黒々としている意だった可能性もあろう。

死火山の列　かつては火山活動の度合いから活火山、休火山、死火山に分類していたが、死火山と思われていた火山が爆発したことがあったことから、現在はこの分類はされていない。下書稿には乳頭山の名があるが、有史以来、噴火したとの記録はない。

貴人　下書稿には「あでびと」のルビがあるが、音数から言っても、そう読ませたかったのだろう。

死蠟　死体が外気から長時間遮断された結果、腐敗菌の繁殖を免れ、死体内部の脂肪が分解して脂肪酸となり、全体が蠟状・石鹸状になったもの。

評釈

黄罫（2222行）詩稿用紙表裏に書かれた下書稿㈠（藍インクで(了)）、同じ紙の表面に鉛筆で手を入れた形で書かれた下書稿㈡、裏面に書かれた下書稿㈢（手入れ段階で「スケート」のタイトル）、黄罫（22 0行）詩稿用紙表面に書かれた下書稿㈣、その裏面に書かれた下書稿㈤（鉛筆で㊢）、定稿用紙に書かれた定稿の六種が現存。生前発表なし。関連作品に「歌稿〔A〕」「歌稿〔B〕」の短歌「22 あはれみよ月光うつる山の雪は／若き貴人の死蠟に似ずや。」（引用は「歌稿〔B〕」）がある。同歌は赤インクで囲まれ、下部に「氷盤」のタイトルで「火星、公園下を放歌する群／あとすべりよくする内務部長、」とあり、これらの句は赤の丸で消されている。本作に文語化したことを意味するのだろう。

「「文語詩篇」ノート」の「中学一年」「第三学期」に「スケー

ト氷月」とあり、「「東京」ノート」の「盛中二年」の「三学キ」の欄にも「スケート／月、氷 公園」とある。前者によれば一九一〇（明治四十三）年のできごとだということになり、後者によれば翌年の一九一一（明治四十四）年のできごととなるが、加倉井厚夫（後掲A）は、下書稿㈡の「火星の月にこくすてふ」の「こくす」を草下英明（「宮沢賢治の作品に現われた星」『新装版宮沢賢治研究叢書1 宮沢賢治と星』学芸書林 平成元年七月）が「「こくす」は「剋す」で「相接近する」という意味」としたのに従い、月と火星が接近する日を計算し、一九一〇年ならば一月十八日か十九日、一九一一年ならば二月二十五日であるとした。さらに下書稿㈠にある「弦月」（半月）を重ね、一九一〇年一月十八日を最有力候補として挙げる（同年三月十六日も候補にするが、スケートの時期からははずれるのではないかという）。「歌稿〔A〕」によれば短歌22は「明治四十四年一月」の章の最後に収められているので、明治四十四（一九一一）年であった方が都合がよいが、虚構化が施されていたり、いくつかの経験を合わせて書いている場合もあるので、これ以上の追求はあまり意味を持ちそうにない。

　さて、下書稿㈠は次のとおり。

県庁の給仕水をば入れしとか
この弦月と火星とをうつし
鋼の板はいま成りて
首巻つけし学生ら
をちこち三五滑り居る

さあれ西ぞらうち亘す
乳頭山　源太森
葛根田の上のあたりには
なほ青くして古めける
水あかりこそあえかなれ

ときにはたちまちあらはれて
月夜の蟹のかたちして
もぱらにうしろすべりする
毛皮まとへる紳士あり

（知るべしこれぞ部長なり
はじめは知事にしたがひて
辛く氷を渡りしに
はや人なみのわざに厭き
もぱらにうしろすべりする）

師範の寄宿の方に
自修云ふラッパの鳴りて
灯まれなる公園下を

濁み声に歌ふ声あり
紳士いま興いよよにて
さらにまたあとすべりする

葛根田谷の上なる
水あかりはや納まりて
あはれ見よ月あかり照る
死火山のかの一列は
年若きその貴人の
死蠟とも見ゆるならずや
星の蜘蛛上に網せり

外山正（後掲）によれば、明治四十三年二月に盛岡の高松池で、盛岡中学校の氷上運動会が挙行され、県知事の笠井信一もリンクに立ったという記事が「岩手日報」に載ったという。そして、「本詩編はおそらくこの盛岡中学校の氷上運動会に先立つ、生徒のみならず知事まで登場しての自主練習の一こまと考えられよう。場所は岩手公園。夜、皆で繰り出して練習したのである」とする。さらに外山は、「岩手日報」の明治四十二年一月十八、二十二日、二月五日、明治四十三年二月六日などにも氷上運動会の記事が載ったことを指摘しているが、試みに明治四十三年一月二十二日の「岩手日報」の記事を見たところ「師範学校氷上運動会」の記事が載っており、ここにも笠井知事がいたとあり「七八百人の男女学生が蜘蛛の児を散した様に氷上を駈け回つて居るそれが次第に密集して来ると氷がミリ〳〵と音をして割れる、キヤツと云つて女の児などは四方に散れる」と、賑やかな様子を再現し、「氷上に集つた人員は師範か男女で八百五十、高女生か三百、盛岡女学校か二百五十、其他農林や県庁などの人一般の見物まで合せると千四五百とのことである」と、他校の学生や一般人も多く集まっていたことが書かれている。

賢治がここに顔を出していたかどうかはわからないが、盛岡の学生たちが、この時節になると、入り混じって氷上運動会に備えた練習（あるいは本番）をしていただろうことが想像でき、賢治が何年何月の経験を書いているかは限定できないものの、賑やかにして、華やかな雰囲気を感じていたことが想像できる。

『年譜』によれば、大正十五年一月二十七日の「岩手日報 夕刊」に、「来月上旬／スケート大会」「花巻スケート／協会生まる」との見出しで、「花巻高女藤原教諭県立農学校宮沢白藤両教諭の外両町有志により新に創設された花巻スケート協会では第一回滑走試演を稗貫矢沢村三郎堤に開催し大いに気勢をあげた」という記事が出たという。ただし堀尾青史（『年譜 宮沢賢治伝』中公文庫 平成三年二月）が、明治四十四年（十五歳）の「一、二月」の項に、「スケートに熱中したが、あまり上達しない」と書いていることからも、賢治が率先してスケートをやりたがっていたとは考えにくい。いずれにせよ当時の岩手の学生たちにとって、スケートが大きな関心事だったことは疑いようがない。

下書稿㈠には「首巻つけし学生ら」とあるが、下書稿㈢の手入れに「白の首巻つゝましく／をちこちやゝにうつれるは／岩手師範の生徒なり」とあったことから、岩手県師範学校の女子学生を想定しての記述だろう。スケートの楽しみの中には、女子生徒を間近に見ることができるということも含まれていたはずだ。

もっとも、井上章一（「受難の美人」『美人論』朝日文庫 平成七年十二月）によれば、師範学校に通う女生徒の器量が悪いということは公然と言われていたようで、永井荷風の『地獄の花』（金港堂 明治三十五年九月）には、「女教師と云ふやうなものは、畢竟望むやうな結婚も出来ない婦人、さうでなくば何か余儀ない事情から然う云ふ境遇に致された」者であると書かれる存在で、「この美人師範生とは不思議なり。」（加藤熊一郎『世帯人情論』東亜堂 明治四十五年七月）といった川柳も広く知られていたというのだが、それでも男子のみしかいない盛岡中学生には新鮮な光景だったのだろう。

ともあれ、そこに「月夜の蟹のかたち」のようにして「うしろすべり」をする紳士が登場する。この男は、カッコで字下げされた部分によれば県の部長であり、知事に従ってこわごわと氷を滑っていたのが、すぐに上達して、今はうしろすべりを披露しているというのであろう。

外山（後掲）は、「前方すべりも（おそらく）おぼつかない賢治にとって後ろすべりは異次元の存在であった」とするが、山本喜一の「後進の基本演習」（『氷滑術初歩』宮坂日新堂 明治四十二年二月）によれば、「前進は早く進歩し、後進は前進が余程に進歩してからでなければ、滑れないのが普通である」とのことなので、この「紳士」は、運動神経の鈍い賢治としては、よい感情を抱けない存在だったのだろう。下書稿㈢の手入れには「あとすべりしていきまける」という言葉もあるが、かなりやっかみが入っているように感じられる。

さらに、師範学校の寄宿舎の方向からはラッパが聞こえ、また「濁み声に歌ふ声」まで聞こえてきて、むさくるしい男世界が混入し、すっかり気分が削がれてしまったというのだろう。賢治をはじめ、盛岡中学生にとって、他校の女子学生にこれほど接近することは刺激的だったのだろうが、その気分も、うしろすべりの紳士や濁み声によってすっかり消し去られ、「死火山のかの一列」は「年若きその貴人の／死蠟」に転じ、「弦月と火星」が接近するという特別の夜空も蜘蛛が糸を吐く姿にしか見えなくなった、ということなのだと思う。

この後も細かく改稿しながら定稿に至るが、四連構成のうちの最初の二連では、高張提灯の光の中を「をさけび走る町のこら」と「明治女塾の舎生たち」によって賑わっていた氷上の様子を描き、「転」にあたる第三連では「黒き毛剃の庶務課長」に後ろすべりをさせ、最終連で「貴人の死蠟」「星の蜘蛛」を登場させる形にしている。

　外山（後掲）は、「内容にあまり劇的な展開はなく、特にメンタルな部分に立ち返って行くようなところもない」と書いている。しかし賢治は、まず短歌を詠み、自分の半生を省みて書き記した「文語詩篇」ノートと「「東京」ノート」にこの日のメモを残し、六種の現存稿を残したということから考えると、少なくとも賢治にとっては忘れられない事件であったということなのだろう。そこで推敲の過程をたどってみても変化していない部分から考えれば、賑やかな氷上の様子が、役人の登場をきっかけにして、急に色あせたものに見えてしまったということしか残らないことから、おそらく賢治はこの心象の移り変わりを書きたかったのだと思う。

　「一百篇」の「心相」（下書稿㈠）にも、賢治は心象の変化を次のように書いている（ルビ位置草稿のまま）。

たよりなきこそこゝろなれ
はじめに森を出でしとき
おもはえて見し雪山を
いまはわづかにかゞやける
澱粉堆とうちわらひ
いたゞきすべる雪雲を
腐れし馬鈴《いも》薯とあざけりぬ

　その上で本作の特徴を考えれば、女性を登場させたことだろう。

　森荘已池（「「春谷暁臥」の書かれた日」『宮沢賢治の肖像』津軽書房 昭和四十九年十月）が、ある時、賢治と小岩井農場にスケッチ旅行に出た際、次のようなやりとりをしたという。

　――春になって、蛙は冬眠から覚め、蛙のいる穴へ、ステッキをつきさせば、穴から冷たい空気が出る。ほの暖かい桃いろの春の空気に……
　私が、そのような詩を、その春に作ったことを宮沢さんに話した。すると、宮沢さんは、にわかに活発な口調になって、
《あ、それはいい、よい詩です》
と、言った。ほめられたのだなと喜ぶと、つづけて言った。
《実にいい。それは性欲ですよ。はっきり表われた性欲ですナ》
　私は詩をほめられたのではなかった。
《フロイド学派の精神分析の、好材料になるような詩です……》

　スケートをする人々を描くこの小品に賢治がこだわった理由の一つには、ただ心象の変化というだけでなく、思春期の異性に対する思いを盛り込もうという意図もあったように思えるのである。

先行研究

加倉井厚夫Ａ「宮沢賢治のプラネタリウム」（『ワルトラワラ12』ワルトラワラの会 平成十一年十一月）
外山正「氷上」（『宮沢賢治 文語詩の森 第三集』）
加倉井厚夫Ｂ「宮沢賢治のプラネタリウム６ 宮沢賢治の火星」（『ワルトラワラ18』ワルトラワラの会 平成十五年六月）
板谷栄城「スケート 運動苦手でも楽しむ」（『賢治小景』熊谷印刷出版部 平成十七年十一月）
信時哲郎「宮沢賢治「文語詩稿 一百篇」評釈八」（『甲南国文63』甲南女子大学国文学会 平成二十八年三月）
島田隆輔「８２ 氷上」（『宮沢賢治研究 文語詩稿一百篇・訳注Ⅱ』〔未刊行〕平成二十九年五月）

83 〔うたがふをやめよ〕

①うたがふをやめよ、　林は寒くして、
　いささかの雪凍りしき、　根まがり杉ものびてゆるゝを。
②胸張りて立てよ、　林の雪のうへ、
　青き杉葉の落ちちりて、　空にはあまた烏なけるを。
③そらふかく息せよ、　杉のうれたかみ、
　烏いくむれあらそへば、　氷霧ぞさつとひかり落つるを。

大意

うたがうのはやめよ、　林は寒く、
少しばかりの雪も凍り、　根曲がり杉も伸びて風に揺れている。
胸を張って立て、　林の雪の上に、
青い杉の葉が落ち散って、　空にはたくさんのカラスがないている。
大気を深く呼吸しろ、　杉の梢は高くして、
カラスの群れが争いを始めると、　氷霧がさっと光って落ちてきたようだった。

モチーフ

「〔冬のスケッチ〕」に源流のある作品。稗貫農学校時代の賢治が、おそらくは恋愛と宗教（そして妹の病気）の間で悩んでいたところを、自分自身に勇気を持って自分が決めたとおりの道を進むべきだと叱咤している内容だろう。「うたがふをやめよ」は、「小岩井農場」（『春と修羅（第一集）』）における「もうけつしてさびしくはない／なんべんさびしくないと云つたとこで／またさびしくなるのはきまつてゐる／けれどもここはこれでいいのだ」を思い起こさせ、「胸張りて立てよ」は、同じく「さあはつきり眼をあいてたれにも見え／明確に物理学の法則にしたがふ／これら実在の現象のなかから／あたらしくまつすぐに起て」を思い出させる。取材日と賢治が小岩井農場に出かけた日は近いが、晩年の賢治が、若き日の決意を語った詩を、どういうつもりで文語化したのかについてはいろいろな解釈ができそうだ。

語注

うれたかみ　杉の木の梢《うれ》が高いので、の意味。ただ、後に続く鳥の争いの理由が杉の木にあるとは考えにくい。

氷霧　「細かな氷晶が多数空気中に浮かんで、霧のようにあたりがぼんやり見える現象。顕微鏡で氷晶を調べると、針状、柱状、板状などさまざまな形をしている。普通、気温が氷点下10℃あるいはさらに低いときに発生する。氷霧を通して太陽が見えるときは、その周りに暈（かさ）が現れたり、上下に延びる光柱が見えたりする。氷晶の数が比較的少ないときは細氷（さいひょう）とよばれる」（『日本大百科全書』）。ただ、本作における「さつとひかり落つる」と書かれる氷霧は、百科事典に記載されているものとは違うものを指しているように思われる。また、鳥が争うと、氷霧が落ちたというのは、先行作品である「〔冬のスケッチ〕」の同一紙葉を元にしたと思われる「一百篇」の「嘆願隊」に、「二羽の鳥の争ひて、さつと落ち入る杉ばやし、／このとき大気飽和して、霧は氷と結びけり。」にも登場する。鳥の争いが自然現象に影響を与えたように感じられたということだろう。

評釈

「〔冬のスケッチ〕」第一七葉と第三八葉として書かれた下書稿㈠、黄罫（260行）詩稿用紙表面に書かれた下書稿㈡（タイトル案として「林中」とも？　鉛筆で(丁)）、その裏面に書かれた下書稿㈢（鉛筆で㊢）、定稿用紙に書かれた定稿の四種が現存。生前発表なし。下書稿㈢の手入れ段階で「ナリトナリアナロ」「アナロナビクナビ」「ナビクナビアリナリ」とあるが、「未定稿」の「祭日〔二〕」にも登場する法華経の陀羅尼品第二十六にある呪文によるもの。

先行作品とされる「〔冬のスケッチ〕」第一七葉と第三八葉は次のような内容である。

かなしみをやめよ
はやしはさむくして

からすそらにてあらそへるとき
あたかも気圏飽和して
さとかゝれる　氷の霧。

（第一七葉）

（第三八葉）

『新校本全集』に「この二葉が本来連続していたことは明らかである」とするが、基本的にはそのとおりだろうと思う。しかし、島田隆輔（後掲A）も言うように第三七葉も先行作品にあたるのではないかと思うし、第一七・三八葉についても指摘されている以外の箇所も、直接詩句として残ってはいなくても、モチーフとしては定稿成立にいたるまで影響を与えていたのではないかと思う。

からす、正視にたえず、／また灰光の桐とても／見つめんとしてぬかくらむなり。

※／たましひに沼気つもり／くろのからす正視にたえず／やすからん天の黒すぎ／ほことなりてわれを責む。

※／きりの木ひかり／赤のひのきはのびたれど／雲ぐもにつむ／カルボン酸をいかにせん。

※／／かなしみをやめよ／はやしはさむくして

（第一七葉）

はやくも酵母西をこめ／白日輪のいかめしき／（からすはなほも演習す。）

※／あまりにも／こゝろいたみたれば／いもうとよ／やなぎの花も／けふはとらぬぞ。

※／凍りしく／ゆきのなかからやせたおほばこの黄いろの／穂がみな北に向いてならんでゐます。

※がけ／杉ばやし／けはしきゆきのがけをよぢ／こゝろのくるしさに／なみだながせり。

※

（第三七葉）

からすそらにてあらそへるとき／あたかも気圏飽和して／さとかゝれる　氷の霧。

※／眩ぐるき／ひかりのうつろ、／のびたちて／いちじくゆるゝ／天狗巣のよもぎ。

※／ながれ入るスペクトルの黄金／ひかりかゞやくよこがほよ／こころもとほくおもふかな。

※ストウブのかげらふのなかに／浸みひたる　黄いろの靴した。
※／電信のオルゴール／ちぎれていそぐしらくもの／つきのおもてをよぎりては

（第三八葉）

こうしてあげてみると、「〔冬のスケッチ〕」から文語詩化された「一百篇」の「肖像」、「〔猥れて嘲笑めるはた寒き〕」、「〔塀のかなたに嘉菟治かも〕」、「四時」、「黄昏」、「嘆願隊」、また「未定稿」の「〔卑屈の友らをいきどほろしく〕」など、稗貫農学校時代の鬱屈、烏や杉のモチーフなどに共通点のある作品群が関連していることに気付く。ただ、細かな検討をしようにも文語詩では表現が抑制され過ぎており、「〔冬のスケッチ〕」では断片的で時間的経過がわからない。また、文語詩の性質として実体験と虚構が入り混じっていることをあわせて考えてみれば、誰もが納得のできる方法で整理するのはきわめて困難であるように思う。

ところで、「かなしみをやめよ」あるいは「うたがふをやめよ」とある冒頭の詩句は、何に対する「かなしみ」あるいは「うたがひ」なのだろうか。文語詩の定稿をいくら読んでみても、杉林や烏の記述しか出てこないが、本作の先行作品と思える「〔冬のスケッチ〕」第一七葉と第三七葉から成り立ったと思われる『春と修羅（第一集）』の「恋と病熱」（制作日付は大正十一年三月二十日）との関連について考えてみたい。

けふはぼくのたましひは疾み
烏《からす》さへ正視ができない
　あいつはちやうどいまごろから
　つめたい青銅《ブロンヅ》の病室で
　透明薔薇《ばら》の火に燃される
ほんたうに、けれども妹よ
けふはぼくもあんまりひどいから
やなぎの花もとらない

賢治がこの頃、特定の女性に対して恋心を抱いていたことは、伝記的にもたしかなことのようだが（栗原敦「資料と研究・ところどころ㉓『校本 宮沢賢治全集』で発表できなかったこと・小沢俊郎さんからうかがった話」「賢治研究131」宮沢賢治研究会 平成二十九年三月）、本作は、妹が病床にいるというのに、恋しい女性のことを考えていた自分への戒めを詠んだもののようである。

この頃の恋をテーマにしたものだと思われる「一百篇」の「〔猥れて嘲笑めるはた寒き〕」は、次のようなものだ。

①猥れて嘲笑《あざ》めるはた寒き、　凶つのまみをはらはんと
　かへさまた経るしろあとの、　天は遷ろふ火の鱗。

②つめたき西の風きたり、　あららにひとの秘呪とりて、
粟の垂穂をうちみだし、　すすきを紅く燿《かゞ》やかす。

「ひとの秘呪」とは、下書稿に「かなしく君が名を呼べば」ともあることから、思っていた相手の名前だということがわかるが、「猥れて」、「嘲笑める」、「凶つのまみ」、「火の鱗」、「秘呪」といったプラスのイメージでは捉えにくい語句が多出することからも、「小岩井農場」（『春と修羅（第一集）』）で展開した「じぶんとひとと萬象といっしょに／至上福しにいたらうとする／それをある宗教情操とするならば／そのねがひから砕けまたは疲れ／じぶんとそれからたったもひとつのたましひと／完全そして永久にどこまでもいっしょに行かうとする／この変態を恋愛といふ」と書いた認識に近いように思う。だとすれば、本作の背景にも恋愛や宗教の問題にまつわる煩悶があったのだと考えることもできるように思う。

「〔うたがふをやめよ〕」と「小岩井農場」の関係といえば、「胸張りて立てよ」という好日的な言葉は、「小岩井農場」における「さあはっきり眼をあいてたれにも見え／明確に物理学の法則にしたがふ／これら実在の現象のなかから／あたらしくまっすぐに起て」に近いように思うし、「うたがふをやめよ」も、「もうけつしてさびしくはない／なんべんさびしくないと云つたとこで／またさびしくなるのはきまつてゐる／けれどもここはこれでいいのだ」という、無理に自分を納得させようとした言葉遣いに似ているようにも思えてくる。ただ、全編の解明には、まだまだ時間がかかりそうだ。

また、下書稿㈢には、「未定稿」の「祭日〔二〕」にある「ナリトナリアナロ」「アナロナビクナビ」「ナビクナビアリナリ」の呪文（法華経陀羅尼品）が組み込まれているが、おそらくはこれも、自分を戒め、言い聞かせるための呪文であり、恋愛や性欲に負けそうになる自分をコントロールするためのものであったように思える。「〔猥れて嘲笑めるはた寒き〕」における「秘呪」との関連もあるのかもしれない。また、島田（後掲B）は、この呪文の翻訳として「うたがふをやめよ」「胸張りて立てよ」「そらふかく息せよ」が対応しているのではないかと指摘している。

賢治は森荘已池にむかって、「禁欲は、けっきょく何もなりませんでしたよ、その大きな反動がきて病気になったのです」。「何か大きないいことがあるという、功利的な考えからやったのですが、まるっきりムダでした」と語り、また「草や木や自然を書くようにエロのことを書きたい」とも語ったという（「昭和六年七月七日の日記」『宮沢賢治の肖像』津軽書房　昭和四十九年十月）。では、最晩年になって文語詩を編む賢治は、いったい何を考えていたのだろう。若い時代の決意を、岩手に生きてきた一人の人間のサンプルとして第三者的に扱って提供したつもりなのか、それとも変わらぬ思いがあったのだろうか。新

資料の発掘、または、新らしい視点が生まれることを待ちたいと思う。

先行研究

島田隆輔Ａ「冬のスケッチ散佚稿／《文語詩稿》への過程から迫る試み」（「島大国文26」島大国文会 平成十年二月）
赤田秀子「文語詩を読む その9 鳥のいる風景「烏百態」ほか 冬のスケッチから文語詩へ」「ワルトラワラ20」ワルトラワラの会 平成十六年五月）
中谷俊雄「イーハトーブの野道6 雪㈢ カラス」（「賢治研究94」宮沢賢治研究会 平成十六年十一月）
島田隆輔Ｂ「定稿化の過程」（「宮沢賢治研究 文語詩集の成立」）
島田隆輔Ｃ「訳注篇 １２「祭日」」（『信仰詩篇の生成』）
信時哲郎「宮沢賢治「文語詩稿 一百篇」評釈八」（「甲南国文63」甲南女子大学国文学会 平成二十八年三月）
島田隆輔Ｄ「８３〔うたがふをやめよ〕」（「宮沢賢治研究 文語詩稿一百篇・訳注Ⅱ」〔未刊行〕平成二十九年五月）

84　電気工夫

①（直き時計はさま頑《かた》く、　憎《ぞう》に鍛えし瞳《め》は強し）
さはあれ攀ぢる電塔の、　四方に辛夷の花深き。

②南風光《かけつ》の網織れば、　ごろろと鳴らす碍子群、
艸火のなかにまじらひて、　蹄のたぐひけぶるらし。

大意

（正確で頑丈そうな腕時計をしながら、憎悪を蓄えたかのような眼をしている）しかし電柱をよじ登っていくと、四方にはコブシの花が色濃く咲いている。

南風がそよぎ光の網が織られると、碍子の群れもごろごろと音をたて、野焼きの火の中にまじって、牛馬や豚たちも煙の中にいるように見えた。

モチーフ

先行作品では、名誉村長なる人物が農作業をしているところを、年老いた農夫が幾分か冷ややかな目で笑っているという作品であった。この案が一旦は文語詩に引き継がれるが、定稿では二人の人物が消えて、電気工夫だけが登場する。当時は高級品だった腕時計を所有する電気工夫は、仕事への不満から目つきも悪い。が、そんな近代的労働者が、高所に登った際に眺めた農村の風景の美しさに直面する瞬間を描くことを、賢治は目指したのだと思う。

語注

直き時計　下書稿に「正しき時計」とあることから、時刻の正確な時計の意。読み方について、黒塚洋子（後掲）は「すぐき」とするが、『宮沢賢治コレクション』では「なおき」としており、そちらを取りたい。電塔によじ登っている電気工夫が所有していたことがわかるものだと思われることから、大正末年に一般化した腕時計であろう。ただ、島田隆輔（後掲B）は、先行作品と思われる「詩ノート」の「一〇五一〔あっちもこっちもこぶしのはなざかり〕一九二七、四、二八、」に「正確なる時計は蓋し巨きく」とあることから懐中時計ではないか、とする。

憎《ぞう》に鍛えし瞳《め》は強し　長く憎しみを感じているために、目に強い力がこもっているように見える、ということだろう。ここでは電気工夫が仕事に対する不満から、目つきまで悪くなっているということだろう。

南風《かけつ》　下書稿では「北風」とする段階もあったが、手入れで「南風」に改められる。「かけつ」のルビは『定本語彙辞典』に東北方言だと書かれているが、佐藤政五郎編『南部の言葉』や小松代融一『岩手方言集』（国書刊行会　昭和五十年六月）などにも見あたらない。

ごろろと鳴らす　島田（後掲A、B。ただしほぼ同内容）が、「三二七　清明どきの駅長　一九二五、四、二一、」（「春と修羅　第二集」）の下書稿㈠の手入れ形における「六列展く春のグランド電柱に／青くわななく金属線が渡されて／碍子もみんなごろごろ鳴れば」とあることを指摘しているが、ここでも雷鳴などではなく、碍子が鳴っている音だと思われる。

碍子群　絶縁のために電柱や鉄塔に取り付ける陶磁器や合成樹脂でできた器具のこと。

艸火　野焼きのことだろう。春先に草がよく生えるようにと草を焼いている。

蹄のたぐひ　蹄のある哺乳類のこと（俗称は有蹄類）。下書稿に「豚」とあり、先行作品には「馬か山羊かの蹄も焼けば」とあった。

評釈

無罫詩稿用紙に書かれた下書稿（手入れ段階でタイトル案が「退耕」、ついで「電気工夫」。紙面右肩に赤インクで了⃝、詩稿の上に鉛筆で写⃝）、定稿用紙に書かれた定稿の二種が現存。生前発表なし。

黒塚洋子（後掲）は、『新校本全集』に指摘はないが、先行作品を「詩ノート」の「一〇五一〔あっちもこっちもこぶしのはなざかり〕一九二七、四、二八、」だとする。

あっちもこっちもこぶしのはなざかり
　角をも蹄をもけぶす日なかです
名誉村長わらってうなづき

やなぎもはやくめぐりだす
はんの毬果の日に黒ければ
正確なる時計は蓋し巨きく
憎悪もて鍛へられたるその瞳は強し
　　小さな三角の田を
　三本鍬で日なかに起すことが
　いったいいつまで続くであらうか
氷片と光を含む風のなかに立ち
老ひし耕者もわらひしなれ

関係は決定的だ。文語詩下書稿の最初期の形態は次のとおり。

四方は辛夷の花盛りあがり
赤楊の毬果の日に黒ければ
艸を燃すとて蹄もけぶし
名与《ママ》村長うなづき行けり
　正しき時計はそのさま頑く
　憎悪にきたえし瞳は強し
楊の花芽らひそかに熟し
蛙のたまごもほごれて啼けば
北風氷とひかりを吹きて
老いたる耕者もしづかにわらふ

口語詩段階の内容は、ほぼそのまま受け継がれているようだが、手入れ段階で名誉村長も、野良仕事がいつまで続くかと笑う耕者も姿を見せなくなり、電気工夫のみを描いた作品になる。

島田隆輔（後掲A、B）は、さらに「春と修羅 第二集」の「三四〇〔あちこちあをじろく接骨木が咲いて〕一九二五、五、二五、」の下書稿に、その源流があったのではないかという。まず下書稿㈡には「草を焼かうとして／馬か山羊かの蹄も焼けば／名誉村長わらってすぎる」とあり、下書稿㈢には「塵《あくた》を燃やすと蹄も焼けば／老いたる耕者のはるかに忿る」ともあるからだ。島田は「名誉村長の笑い」と「耕者の忿り」を対立的に捉え、一九二五年当時の社会状況から、名誉村長のモデルが遊興の地である花巻温泉の誘致と開発を推進した湯本村長の吉田諭か千葉節郎、そして、それを快く思わない老いたる耕者の対立であったと読んでいる。賢治は花巻温泉の開発について批判的で、たとえば賢治はここを「賤舞の園」（「〔歳は世紀に曾って見ぬ〕」「未定稿」）と呼び、また「魔窟」（「一〇三三　悪意　一九二七、四、八、」「春と修羅 第三集」）とも呼んだ。島田（引用は後掲B）は名誉村長が「憎に鍛へし瞳」を持っていたのは、「専横な為政に対する村民の批判があったが、ものともしなかった」からだとするのだが、納得できる部分の多い見解だと思う。

しかし、名誉村長のモデルについては、他にも候補がいるように思う。これは既に小林俊子（「宮沢賢治の文語詩における風の意味　第２章　その２」http://cc9.easymyweb.jp/member/

michia/ 平成二十五年六月十八日）が指摘しているが、「五十篇」の「〔さき立つ名誉村長は〕」にも「名誉村長」としてモデルになったと思われる湯口村の阿部晁である。阿部については佐藤隆房（「阿部晁先生という人（1）」『新版 宮沢賢治 素顔のわが友』平成八年三月 桜地人館）が、「堂々たる体軀、広い天庭（額のこと）、秀でた鼻、強い顴骨《かんこつ》、炯々たる眼、赭顔に白髯を靡かせ、談論は風を発し、侃々諤々の主張を述べて褒貶を意としません。そしてまた優れた逸話の持主です」と書いていることからも、「憎悪にきたえし瞳」にふさわしいように思える。

たとえば大正十三年六月十五日の「岩手毎日新聞」には、「湯口村長を排斥／消防組織に関連して／村民大会を開く」といった記事が掲載されている。六月十八日には「湯口村民大会」の記事が載り、二十四日になると村民の要求を受け入れるどころか、暴言を吐いたとして「阿部村長に／辞職勧告の決議」。しかし、七月七日には「仮令勅令でも／俺は承知が出来ぬ」と阿部は強弁したと報道され、七月十七日になって、ようやく一段落したと報じられている。息子で岩手県知事にもなった阿部千一は、自分が県庁に来たときは頑固者だと言われていたが、父を知る人たちは「あの親父よりはいいよ」と言われたという（阿部千一「幼年・学生時代」『回花仙史随談』岩手放送株式会社 昭和三十三年九月）。

モデルについて長々と論じてしまったが、湯口村の村長であったにしろ湯本村の村長であったにしろ、村の権力者であったことに違いはない。「正確なる時計は蓋し巨きく／憎悪もて鍛へられたるその瞳は強し」という詩句から、本作において村長を称賛する思いが窺いにくいことが確認できれば十分だろう。

では、その名誉村長と耕者のやり取りが、なぜ電気工夫に置き換えられたのだろうか。島田（後掲A、B。引用はB）は、電気工夫が農村出身の下層労働者であり、電気工夫としての誇りや余裕といったものを喪失した存在だとし、「彼が身につけている「直き時計」は、労働の要件である時間の束縛そのものを象徴するとみえ、「憎に鍛えし瞳」とは、労働環境の酷薄さ（労働条件、生活の貧しさや差別的な人間関係など）に対する抵抗の現われだ、ともみえる」とした。

たしかに電気工夫を登場させたことにより、名誉村長と耕者を登場させなくても近代化と農村を対立的に描くことの説明はつきそうだ。しかし、彼が持っていた時計というのは、果たして島田のいうような「時間の束縛そのものを象徴する」ものだったのだろうか。

工夫が電柱によじ登っていた時にも、時計を身につけていることが確認できたのだとすれば、腕時計であったとするのが自然だろう。腕時計の普及について、大正十四年十二月六日の「読売新聞」には、「今から三四年前までは下げる風のいはゆる懐中時計が多かつた」が、「それが今日は最も控目の奥さんさへ平気で腕時計をあらはにつけるやうになり、懐中時計は一割前後になり、残り九割は腕時計となるに至つた」とある。

服部時計店（現・セイコーウォッチ株式会社）のカタログによれば、大正十三年発売の「パリス形七石入アンクル」の値段は次のようなものであったという（TIMEKEEPER 古時計どっとコム http://www.kodokei.com/ww_012_1.html）。

プラチナ側	金七十九円
十八金二号厚側	金二十二円
同A号薄側	金二十円
銀側	金十六円五十銭
ニッケル側	金十六円
銀側コイン形	金十六円五十銭
ニッケル側ビサウ形	金十六円
同カスケット側	金十六円

『物価の文化史事典』によれば、大正末年の東京の公立小学校教員の初任給が四十～五十五円の時代だから、プラチナ側や金側でなくても、腕時計は月収の半分ほどの金額だったことになり、かなり高価なものであったということになる。

童話「耕耘部の時計」（大正十二年頃）では、農場の柱時計が一日のうちに進んだり遅れたりするのを怪訝に思った新入りの農夫が、しきりと自分の腕時計を気にする様子が描かれている。伊藤眞一郎（「耕耘部の時計」「国文学　解釈と教材の研究　宮沢賢治の全童話を読む　48―3」学燈社　平成十五年二月）によれば、彼は舞台となった近代的農場である小岩井農場にふさわしい自由な近代的労働者であり、「＜郷国＞も前任地の＜六原＞も＜陰気でいやだから＞という理由で離れ、＜腕時計＞を携え＜赤シャツ＞を着込んで」いる存在で、仲間たちからは、何度も時計を眺めたり、ゆるんだ時計の針を直したりすることから、「あいつは仲々気取ってるな」、「汝、時計屋にゐたな」などと囁かれる存在であった。大正十四年の都会であれば九割の人が身につけるようになった腕時計だが、大正十二年の農村では、まだまだ縁遠い存在だったのだろう。

同時代の東京や岩手における腕時計の状況を見てきたが、本作における「電気工夫」とは、きわめてハイカラな、目立った存在として造型されており、時に羨望の対象となり、また批判の対象ともなるような人物であったということになろう。

それでは電気工夫という仕事は、当時、どのような存在だったのだろう。昭和二年版の『労働統計要覧』（「賃金」内閣統計局　昭和二年三月）によると、「大正十三年十月十日第一回労働者統計実地調査に依る工場労働者数百三十二万六千二百八十九人の一人一日平均賃金は一円四十四銭」であったが、工場労働者の産業種ごとの賃金は次のようであったという。

機械器具製造業	二円四十五銭
瓦斯電気及天然力利用に関する業	二円四十一銭

皮革、骨、角、甲、羽毛品類製造業	二円三十七銭
金属工業	二円三十四銭
製版印刷製本業	二円十三銭
土木建設業	一円九十七銭
木竹に関する業	一円八十銭
窯業	一円七十三銭
学芸娯楽粗食品製造	一円六十七銭
化学工業	一円五十九銭
紙工業	一円四十五銭
飲食品嗜好品製造業	一円四十四銭
被服身の廻り品製造業	一円四十二銭
繊維工業	九十七銭

電気工夫そのものの賃金ではないが、同じ労働者であっても電気に関連する会社の賃金が高かったことが予想できよう。

ところで、賢治は『春と修羅（第一集）』に「電気工夫」という作品を残し、「詩ノート」の「一〇〇二〔氷のかけらが〕一九二七、二、一八、」や『新校本全集 第五巻』に収められた口語詩「〔もう二三べん〕」、童話「種山ヶ原」にも電気工夫を登場させている。ことに重要だと思うのは「〔もう二三べん〕」である。というのも『新校本全集 第五巻』所収の口語詩は、文語詩化される場合が多く、「一百篇」だけに限っても、「夜」「医院」「〔けむりは時に丘丘の〕」「山躑躅」「〔日本球根商会が〕」などがあり、この口語詩の延長線上に文語詩「電気工夫」が誕生したと考えることも可能だからだ。少し長いが、引用してみよう。

もう二三べん
おれは甲助をにらみつけなければならん
山の雪から風のぴーぴー吹くなかに
部落総出の布令を出し
杉だの栗だのごちゃまぜに伐って
水路のへりの碭に二本
林のかげの崖べり添ひに三本
立てなくてもいゝ電柱を立て
点けなくてもいゝあかりをつけて
そしてこんどは電気工夫の慰労をかね
落成式をやるといふ
林のなかで呑むといふ
幹部ばかりで呑むといふ
おれも幹部のうちだといふ
なにを！　おれはきさまらのやうな
一日一ぱいかたまってのろのろ歩いて
この穴はまだ浅いのこの柱はまがってゐるの
さも大切な役目をしてゐるふりをして
骨を折るのをごまかすやうな
そんな仲間でないんだぞ

今頃煤けた一文字などを大事にかぶり
藺買ひみたいな白いずぼんをだぶだぶはいて
林のなかで火をたいてゐる醜悪の甲助
断じてあすこまで出掛けて行って
もいちどにらみつけなければならん
けれどもにらみつけるのもいゝけれども
雨をふくんだ冷い風で
なかなか眼が痛いのである
しかも甲助はさっきから
しきりにおれの機嫌をとる
にらみつければわざとその眼をしょぼしょぼさせる
そのまた鼻がどういふわけか黒いのだ
事によったらおれのかういふ憤懣は
根底にある労働に対する嫌悪と
村へ来てからからだの工合の悪いこと
それをどこへも帰するところがないために
たまたま甲助電気会社の意を受けて
かういふ仕事を企んだのに
みな取り纏めてなすりつける
過飽和である水蒸気が
小さな塵を足場にして
雨ともなるの類かもしれん
さう考へれば柱にしても

全く不要といふでもない
現にはじめておれがこゝらへ来た時は
ぜんたいこゝに電燈一つないといふのは
何たることかと考へた
とにかく人をにらむのも
かう風が寒くて
おまけに青く辛い煙が
甲助の手許からまっ甲吹いてゐては
なかなか容易のことでない
酒は二升に豆腐は五丁
皿と醤油と箸をうちからもってきたのは
林の前の久治である
樺はばらばらと黄の葉を飛ばし
杉は茶いろの葉をおとす
六人も来た工夫のうちで
たゞ一人だけ人質のやう
青い煙にあたってゐる
ほかの工夫や監督は
知らないふりして帰してしまひ
うろうろしてゐて遅れたのを
工夫慰労の名義の手前
標本的に生け捕って
甲助が火を、

しきりに燃してねぎらへば
赤線入りのしゃっぽの下に
灰いろをした白髪がのびて
のどぼねばかり無暗に高く
きうくつさうに座ってゐる
風が西から吹いて吹いて
杉の木はゆれ樺の赤葉はばら〳〵落ちる
おれもとにかくそっちへ行かう
とは云へ酒も豆腐も受けず
たゞもうたき火に手をかざして
目力をつくして甲助をにらみ
了ってたゞちに去るのである

ここでは甲助が主な批判の対象となっているが、電気工夫の仕事も「立てなくてもいゝ電柱を立て／点けなくてもいゝあかりをつけ」るものであり、落成式で酒を飲む存在だとされている。つまり、島田がいう電気工夫観とは全く逆の存在として電気工夫が登場している。伊藤眞一郎は「耕耘部の時計」を、自由な近代的労働者の物語であるとしたが、高級品だった腕時計をつけている本作における電気工夫も、不必要な仕事をしては不必要な出費をする自由な近代的労働者だとして登場している可能性は高い。

ところで、「〔もう二三べん〕」が興味深いのは、電気工夫のことを書いていたはずの「憎に鍛えし瞳は強し」が、実は「おれ」、つまり賢治自身が「甲助」をにらみつける恨みのこもった眼のことであったとも考えられそうなことである。甲助を批判する自分自身の眼が、いつしか電気工夫の眼に置き換わった可能性も考えておきたい。主体が客体に、客体が主体に書き換えられることは文語詩の改稿過程で頻繁に起こることである。

話を元に戻そう。大正末年から昭和初年にかけての電気工夫は、農村の疲弊により、やむなく工夫となったという気の毒な存在であった可能性もあるにせよ、高い賃金を得て、必要のない工事によってあぶく銭を手に入れ、高価な腕時計を買い、不平不満ばかりを言うような人間だった、とも解釈できる。当初は村の権力者たる名誉村長を批判的に見る内容であったが、文語詩において、賢治は新しいタイプの悪ともいうべき電気工夫に批判の矛先を向けることにしたのだろう。

しかし、作品全体としては電気工夫批判で終わらせていないことを忘れてはなるまい。電気工夫が「電塔」に登ったことから農村風景が遥か先まで見渡すことができ、そこで展開された風景こそ賢治は描くつもりだったと思えるからだ。古くは浅草十二階、東京タワー、そしてスカイツリーと、塔からの眺めは、人々の好奇心を誘い、刺激し続けたが、賢治はここで近代化による新しい自然美の発見を書こうとしたのだろう。

また、賢治は「一百篇」の「〔かれ草の雪とけたれば〕」で、「人民の敵」ともされた税務吏、馬喰、三百代言を登場させ、彼らが壮大な雪解け水の風景を見て恍惚としている様子を描いていたが、ここでも少々自由に過ぎる労働者（困った労働者？）に自然の美しさに恍惚とさせており、通じるものがあるように思う。

　賢治は北海道への修学旅行に農学校の生徒を引率した際の「〔修学旅行復命書〕」（大正十三年）で、「車窓石狩川を見、次で落葉松と独乙唐檜との林地に入る。生徒等屢々風景を賞す。蓋し旅中は心緒新鮮にして実際と離るゝが故に審美容易に行はるゝなり。若し生徒等この旅を終へて郷に帰るの日新に欧米の観光客の心地を以てその山川に臨まんか孰れかかの懐かしき広重北斉《ママ》古版画の一片に非らんや」と書いている。

　さらに賢治は腕時計を身に付けた電気工夫という新しいタイプの労働者にこの壮大な景色を展望させるのみでなく、碍子の音、艸火の音、匂い…と、五感に訴えながら読者にその魅力を伝えようとしており、なかなか意欲的である。ただ、残念ながら現代の読者には、一読しただけではなかなかイメージの湧きにくいものになってしまっているように思われる。

先行研究

水上勲「宮沢賢治文語詩に関する二、三の問題」（「帝塚山大学人文科学部紀要1」帝塚山大学人文科学部　平成十一年十一月）

黒塚洋子「電気工夫」（『宮沢賢治 文語詩の森 第二集』）

吉本隆明A「孤独と風童」（『初期ノート』光文社文庫　平成十八年七月）

吉本隆明B「再び宮沢賢治の系譜について」（『初期ノート』光文社文庫　平成十八年七月）

島田隆輔A「命名の意図　文語詩稿「電気工夫」生成の一面」（「論攷宮沢賢治10」中四国宮沢賢治研究会　平成二十四年一月）

信時哲郎「宮沢賢治「文語詩稿　一百篇」評釈八」（「甲南国文63」甲南女子大学国文学会　平成二十八年三月）

島田隆輔B「84電気工夫」（「宮沢賢治研究　文語詩稿一百篇・訳注Ⅲ」〔未刊行〕平成二十九年九月）

85 〔すゝきすがるゝ丘なみを〕

すゝきすがるゝ丘なみを、　にはかにわたる南かぜ、
窪てふ窪はたちまちに、　つめたき渦を噴きあげて、
古きミネルヴァ神殿の、　廃址のさまをなしたれば、
ゲートルきりと頰かむりの、　闘士嘉吉もしばらくは、
萱のつぼけを負ひやめて、　面あやしく立ちにけり。

大意

ススキが末枯れている丘々に、急に南風が吹いてくると、
窪という窪はたちまちに、たまっていた冷たい空気を渦のように巻きあげて、
古代のミネルヴァ神殿の、廃墟のような様子になったので、
ゲートルをきりっと巻いて頰かむりをした、闘士の嘉吉もしばらくは、
萱の束を背中からおろし、不思議そうな顔をして立ち尽くした。

モチーフ

ススキの丘を急に南風が吹いてくると、空気が舞い上がってススキがまるでミネルヴァ神殿の柱のように見えたことを「事件」（先行作品のタイトル）として描いた作品。解釈の上で難解な点はないが、口語詩の段階ではただの農夫であったのが、文語詩になると「戦士」や「闘士」と書かれるようになっている。戦争の影が少しずつ迫っていることを意味するのかもしれない。

語注

すがるゝ　「末枯れる」「闌れる」とも書き、盛りを過ぎてしおれること。

ミネルヴァ神殿　ミネルヴァは、古代ローマの知恵・工芸・芸

術・戦術の女神。この女神を祀った神殿がアッシジにあるサンタ・マリア・ソプラ・ミネルヴァ教会。紀元前一世紀に建てられたとされ、三角形の切妻型の壁を六本のコリント式の柱頭と台座が支えている。教会の名前は「ミネルヴァの上の聖マリア教会」の意味。

ゲートルきりと　脚を保護し、行動しやすいように足の甲から膝近くまで巻いた布製品。日本でも古くから使われ、脚絆《きゃはん》と呼ばれたが、扱いやすさから西洋式の巻脚絆が多く使われるようになった。盛岡中学在学中、賢治もゲートルを巻かされたが、同級だった葛精一（「幼少年時代盛岡中学校時代」『宮沢賢治とその周辺』川原仁左エ門　昭和四十七年五月）は、「ゲートル巻きも下手で手こずりよく笑われていた」と書いている。「きりと」はゲートルをきりりと巻いたの意。

萱のつぼけ　『定本語彙辞典』や赤田秀子（後掲）、三神敬子（後掲）のいずれも、「屋根を葺くための萱を刈って、幾束かを末広がりに寄せて立てておくもの」（三神より引用）とする。

評釈

黄罫（240行）詩稿用紙裏面に書かれた下書稿㈠（タイトルは「奇異」。藍インクで㋐。表面には口語詩「一〇七五　囈語　一九二七、六、一三、」下書稿㈢）、黄罫（240行）詩稿用紙裏面に書かれた下書稿㈡（表面には「一〇四三　市場帰り　一九二七、四、二一、」）、定稿用紙に書かれた定稿の三種が現存。生前発表なし。先行作品は『新校本全集　第五巻』所収の口語詩「事件」。

先行作品の口語詩「事件」から見てみたい。

Ｓａｋｋｙａの雪が　澱んでひかり
　野はらでは松がねむくて
　鳥も飛ばないひるすぎのこと
いきなり丘の枯草を
南の風が渡って行った
すると窪地に澱んでゐた
つめたい空気の界面に
たくさん渦が柱に立って
さながらミネルヴァ神殿の
廃址のやうになったので
窪みのへりでゲートルもはき
頬かむりもした幸蔵が
萱のつぼけをとる手をやめて
おかしな顔でぼんやり立った

制作年次はわからないが、一読して「事件」の内容がわかり、楽しめる作品になっている。幸蔵と第三者を登場させているが、驚き立ちすくんだのは、おそらく賢治であっただろう。羅須地人協会時代の作品だと思われる。

「Ｓａｋｋｙａ」は、『新語彙辞典』で意味不明としながら、「昨夜の雪が」というところを、釈迦または釈迦の属していた部族、釈迦族を意味するサンスクリット語、パーリ語と音が近似するので、わざとそれらしく横文字にしたのではないかとするが、『定本語彙辞典』では、「さっくやのゆき。意味不明」とするに留めている。「昨夜の雪」の様子を縦方向ではなく、雪が降り積もったイメージとして横方向に書いたのかもしれない。

　赤田秀子（後掲）は、「文語化されたことでユーモラスな雰囲気がなにやら重々しくなってしまった。だが、自然現象の不思議さに出会ったとき、人が心奪われる一瞬を鮮やかに捉えている」としており、その通りだろうと思う。「五十篇」の「〔川しろじろとまじはりて〕」には、「蒼茫として夏の風、草のみどりをひるがへし、／ちらばる蘆のひら吹きて、あやしき文字を織りなしぬ。」とあったが、これも同じような現象を書いたものである。

　口語詩では「頰かむりもした幸蔵が」であったのが、文語詩化されると「さすがの戦士幸蔵も」（下書稿㈠）となり、以降は「闘士嘉吉」となっている。戦士や闘士が出てきたのは、三神敬子（後掲）の言うように、「ゲートルをきりりとまいた農夫が、古いローマ時代観客の前で闘士として闘った人物のように写ったのかもしれない」とするが、おそらくその通りであろう。ただ、「ゲートル」の言葉を使っていることについて、当時の状況を考えておくべきではないかと思う。

　『新校本全集』の『索引』によれば、「ゲートル」の使用例は本作と先行作品の「事件」、「春と修羅 第二集」の「三三三 遠足統率 一九二五、五、二五、」しかないのに比べて、「脚絆」の使用例は「春と修羅 第二集」の「七五 北上山地の春 一九二四、四、二〇、」、「五十篇」の「麻打」の下書稿、童話「種山ヶ原」、童話「耕耘部の時計」、童話「〔ポランの広場〕」等々があり、日本風の脚絆の方が使用例が豊富なことがわかる。おなじく日本風の「はばき」の用例が二例、「はむばき」も四例あった。

　『日本大百科全書』で「ゲートル」を調べてみると、「昭和初期、軍事教練が中学や大学で行われるようになって普及し、満州事変（1931～32）後は一般家庭にも普及、男子の生活必需品となった」とある。軍事教練は、大正十四年四月に陸軍現役将校学校配属令が公布されて即日施行されたが、これによって中学校以上の学校に現役将校が配属されて教練が行われるようになった。また、大正十五年四月には青年訓練所令が公布され、「在郷軍人や青年団幹部を職員とした青年訓練所が各地に設置されて、小学校卒業の青年を対象に、教練を主体にした軍国主義教育が実施された」（『日本大百科全書』）。「萱のつぼけ」を持っていることから、嘉吉は農民だと思われるが、賢治のように中学校で教練を受けたわけでなく、青年訓練所で教練を受けたために、普段の農作業からゲートルを履くようになったのだろう。

賢治が「闘士嘉吉」と書いたのは、おそらくはユーモアのつもりで、特に時代の風潮を批判するつもりはなかったかもしれないが（『定本語彙辞典』には「活動家のこと」とあったが、これはさすがに深読みに過ぎるか?）、戦争への準備が着々と進められていた昭和初期の農村を、はしなくも描いてしまったのではないかと思う。島田隆輔（後掲）も、戦争の影をみとめる提案（信時哲郎　後掲A）に賛成し、ミネルヴァが戦争をつかさどる神であり、また、その神殿が「廃趾」になっていることも、この国の将来を見通していたのではないかと書いている。

先行研究

赤田秀子「〈かれ草の雪とけたれば〉を中心に」（「ワルトラワラ15」ワルトラワラの会　平成十三年十一月）

三神敬子「〔すヽきすがるヽ丘なみを〕」（『宮沢賢治　文語詩の森　第三集』）

信時哲郎A「宮沢賢治「文語詩稿　一百篇」評釈八」（「甲南国文63」甲南女子大学国文学会　平成二十八年三月）

信時哲郎B「文語詩のことならおもしろい」（「宮沢賢治記念館通信117」宮沢賢治記念館　平成二十九年九月）

島田隆輔「８５〔すヽきすがるヽ丘なみを〕」（「宮沢賢治研究　文語詩稿一百篇・訳注Ⅲ」〔未刊行〕平成二十九年九月）

86〔乾かぬ赤きチョークもて〕

①乾かぬ赤きチョークもて、　文を抹して教頭は、
　いらかを覆ふ黒雲を、　めがねうつろに息づきぬ。

②さびしきすさびするゆゑに、　ぬかほの青き善吉ら、
　そらの輻射の六月を、　声なく惨と仰ぎたれ。

大意

まだ乾いていない赤いチョークで、教頭が英文に線を引いて抹消すると、窓外の瓦屋根の上を覆っている黒雲が、眼鏡をぼんやりと息づかせる。

教頭のさびしい行為をきっかけに、額をほの青くさせた善吉たちは、太陽の光が雲を通して輻射してくるこの六月に、声もなく悲惨な黒板の様子を仰ぎみていた。

モチーフ

盛岡中学在学中の賢治が体験した一コマ。善吉が黒板に英文を書くと、教頭はそれを乾かない赤のチョークでスッパリと抹消した。賢治はそれを黒板が傷つけられたように感じたようだ。本作に先行する短歌には「黒板は赤き傷受け雲垂れてうすくらき日をすすり泣くなり。」とあるが、賢治は黒板のすすり泣きを聞いた気がしたのだろう。黒板が泣くはずがないことは賢治にもわかるが、そのように思えてしまったという心的な事件をこそ書いているのだろう。文語詩では歌稿の生々しさが消えているが、自らの文学的出発期の経験について書き残しておきたかったのかと思う。

語注

乾かぬ赤きチョークもて　「濡れた手や濡れたチョークで黒板を使用すると、クレヨンで描いているようになり、チョークの粉が黒板表面の凸凹に入り込み、目詰まりを起こしたり、黒板表面を研磨することにもなります」（いわま黒板製作所 http://www.iwamakokuban.co.jp/lib/blackboard-care.html）という。チョークが濡れていたのは、窓外には黒雲が拡がる六月であることから、湿気や雨漏りによるものだったかもしれないが、生徒のいたずらによるものだったのかもしれない。賢治は「ぬれし赤きチョークにて」（下書稿㈠）、「チョークのインクなほぬれて」（下書稿㈡）、「あはれ乾かぬ赤チョーク」（下書稿㈢）、「乾かぬ赤きチョークもて」（下書稿㈣）、「乾かぬ赤きチョークもて」（定稿）というように、水分を含んでいたことに執着している。赤色であるために黒板の板面が血糊のようになったのかもしれないし、黒板の表面がはがれ、そこに血がにじんだように見えたのかもしれない。

教頭　盛岡中学校で英語を担当していた米原弘のこと。小川達雄（後掲）の著書を元に記述すれば、明治十年に生まれ、明治二十三年に島根県尋常中学校（同年九月からラフカディオ・ハーンが赴任）に入学し、明治二十八年に熊本の第五高等学校に進学（翌年に夏目漱石が赴任）。東京帝国大学文学科に進学して英文学を修め、卒業後は宮城県第一中学に赴任。ついで明治三十七年十月に盛岡中学に赴任してきた。同校では教頭を務め、大正九年に弘前高校教授となって盛岡を去っている。

さびしきすさび　生徒がさびしきすさび（いたずら）をしたのではなく、教頭の行為をそう表現しているのだろう。

ぬかほの青き　島田隆輔（後掲B）は「額と頬との連語とみる」。下書稿㈡には教頭の描写として「教頭は今日額おもく／頬あほじろく見まもりぬ」という部分もあったが、ここは「額がほの青い」であると解したい。

輻射　中央から周囲に向けて、車の輻《や》のように光や電磁波、熱などを放出すること。太陽の光が雲に遮られながらも感じられる様子を書いているのだろう。

評釈

「歌稿〔B〕」32への書き込みが下書稿㈠、黄罫（220行）詩稿用紙の表面に書かれた下書稿㈡（赤インクで㋐）、その裏面下部に書かれた下書稿㈢、その上部に書かれた下書稿㈣、定稿用紙に書かれた定稿の五種が現存。生前発表なし。

まず、先行作品である「歌稿〔B〕」32と32a33をあげよう。

32　黒板は赤き傷受け雲垂れてうすくらき日をすすり泣くなり。

32a33　この学士英語はとあれあやつれどか丶るなめげのしわざもぞする。

「歌稿〔B〕」では「明治四十四年一月より」の章に収録されていることから盛岡中学校二年の三学期以降の歌だということになるが、「歌稿〔A〕」を見ると「四十五年四月」の章に含まれていることから、これらを信じれば、盛岡中学校四年の一学期以降の作歌だということになろう。

　中学三年の時に、賢治と寮の同室だった宮沢嘉助（「賢さんの思い出」「宮沢賢治全集　第九巻　月報4」筑摩書房　昭和三十一年七月）は、「賢さんは学校の成績はあまりよくなかった。というより寧ろ悪かつた様に思う。悪い筈だ、賢さんは学校の教科書などは殆ど勉強しなかつた」と書いており、そうした時期の歌だと思われる。この頃の賢治は、どうせ自分には家業を継ぐ以外の選択肢がないものと思って、学校や教師に対する反抗心も高まり、四年の三学期には寮の舎監排斥運動に加担し（首謀者であったともいう）、退寮を命じられてもいる。

　「歌稿〔B〕」の欄外には、「32 33a」と同じ鉛筆で次のように書かれ、『新校本全集』では、これを下書稿㈠としている。

◎教頭黒板を截る
このくらき
雲垂れし日を
いかなればとて
さはぬれて赤きチョークに
黒板を傷つくるや。

下書稿㈡では、作品の背景がいっそう明らかになる。

南の紺の地平より
雲怪しき縞なして
川三つつどふこの市の
幾冬のタール黄に染めし
館にひくくたれこめぬ

一人壇にそびらして
短き英の文書けば
教頭は今日額おもく
頬あほじろく見まもりぬ

生徒礼して下り来れば
教頭赤のチョークして
一線描けばあなあやし
チョークのインクなほぬれて
をぞにまくろきボールドは
まあかき傷を受けにつゝ
たゞ湫《ママ》々となきしかば
生徒ら惨と見まもりぬ

手入れ段階に「白堊の館」とあることから、「白堊城」の異名のある盛岡中学校が舞台であったことがはっきりする。教頭が担当する英語の授業中に、一人の生徒に短い英文を黒板に書かせた（「そびらして」は背を向けさせて、の意だろう）。生徒が礼をして降壇すると、教頭は水分を含んだ赤チョークで抹消したため、黒板は赤い傷を受けてすすり泣いているように見え、生徒たちはその悲惨な様子を見守った、という意味だろう。

　盛岡中学校で英語を担当していた米原弘は、「盛中の名教頭として今に伝はる二先生は瀬戸虎記氏と米原弘氏である瀬戸先生は威力で生徒を畏服したが之に反し米原氏は学識で生徒を敬服せしめた」（「岩手日報」昭和五年五月十三日）と言われ、また、盛岡中学から第二高等学校を経て東大に進学し、鉱山学で東大の教授となった俳人・山口青邨も、「それから米原という英語の先生です。できるんだ、特に英文法は得意なんだ―その先生で英文がわかるようになったなー」。「真面目なよい先生でしたね。忘れませんね」（「良き師そして良き友　座談会・明治期の思い出」『白堊校九十年史』盛岡一高創立90周年記念事業推進委員会　昭和四十五年十月）と語られるような教師であったようだ。

　その一方、「この先生はひどく英語の出来る先生だとかねがね先輩から聞いてゐた。／英語がひどく出来る関係か、先生の日本語までも英語みたいに聞えてサツパリ判らなかつたそれにひどく早口なので猶のこと判りにくかつた。英語のつもりでポカンとして聞いてるとそれが日本語だつたり、またその逆だつたりした。この先生の笑つた顔を滅多に見たことがない」と語る高橋康文（盛岡高等農林学校教授）のような生徒もいた（「回想の白堊城５」「新岩手日報」昭和十五年五月十二日）。

　賢治と同級だった葛精一（「賢治の彫刻」『宮沢賢治とその周辺』川原仁左エ門　昭和四十七年五月）は、

> 私が中学四年の時、賢治さんは隣りの席であつた。英語の米原文学士の授業の時に、リーダーを立て、ナイフで一生懸命に自分の机に岩手山を彫っていて、先生に講読をあてられて、まごついて私に聞いた事があつた。それが英語の時間が済んでも、次の数学の時間も続けて彫っていた。斯様に熱中する性質があつた。

と書いているから、賢治は米原に親しめない方だったのだろう。

　さて、黒板の前で英文を書かされた生徒は、下書稿㈣と定稿で「善吉」という名になっている。研究者の宮沢賢治（後掲）や小川達雄（後掲）は、これを賢治と同学年だった駒井善吉であるとしているが、「歌稿〔B〕」の「明治四十四年一月より」（中学二年三学期より）を信じると「六月」という季節が合わない。「歌稿〔A〕」の「四十五年四月」（中学四年一学期）なら、季節は合うが、善吉が同じクラスであった保証がない（駒井善吉は原級留置か退学したため、賢治と同時に卒業してはいない）。が、文語詩定稿では、人名などの固有名詞がそのまま使われることがあまりないことから、実在のモデル探しにとらわれすぎてはいけないように思う。これは虚構化された一生徒、あるいは賢治自身のことかもしれない。

小川によれば、教頭は授業中に「さびしきすさび」（小川によれば内職）をしていた「善吉」に英文を書くように指示するが、その内容から赤いチョークで英文を抹消され、友情に篤い賢治としては、心無い教頭の振る舞いによって、友人と黒板が赤い傷を付けられたと感じたのではないか、という。

研究者の宮沢賢治（後掲）も、善吉が「さびしきすさび」をしたと解釈しており、下書稿㈣の下の余白に「病妻」とあることから、「教頭の逆鱗にふれるような英語の文をそこに書いたのであろう。おそらくは教師の一身上の内面を曝露するような事柄であったのだろう」とし、また、「あらかじめ、チョークを濡らしておいたとか先生自体を濡らしたといったたぐいのいたずら」をしたのかもしれないとも書いている。

島田隆輔（後掲A、B）の調査によれば、大正二年の「岩手毎日新聞」に盛岡中学校の学校評判記が連載され、その第三（十月二十六日）・四回（十月二十八日）は上下分載で米原弘を扱っていたという。そこには「服は夏冬各一着の外見たことがない、そして昼飯も食はんで青くなつてお居でになる」「問題の起りは先生の妻だ、彼女は吝な奴で最愛の夫にすら昼飯をも与へぬし服も一着の外呉れぬ」と書かれている。また、その理由として、「米原さんそれ程貧でもなかつたが大学を卒業するには充分ではなかつた」「折柄、当時貞淑振る一人の芸者が某所にあつて妾が学資を出さんと英文ではなかつたがすらりと書いた長文が先生の宿に舞込んだ、先生は歓んで直ちに快諾した」「斯うして目出度優等で赤門を卒業したんだからいや応なしに其貞淑がる奴を妻に迎へた其れだから我儘が出来ぬも無理がない」とあった。歌稿の日付よりも後だが、賢治も在学中の報道である。こうした噂は中学校内ではすでに囁かれており、それをちゃかす生徒もいたかもしれない（ただし島田（後掲B）が示す森荘已池編『宮沢賢治歌集』（日本書院 昭和二十一年二月）には、「この教頭が当時二十五銭の西洋料理を昼飯に食べてゐるのを、田舎教師たちは反感と嫉視とを以てみてゐたといふ。生徒にもそれが反映してゐたことであらう。何しろ小使の日給が金八銭の時代である」ともある）。

こう考えてみると、生徒が先生に「さびしきすさび」をしたと解釈することは十分に可能であるように思える。しかし、下書稿を見ても、生徒が「さびしきすさび」をしたと思えるような様子は見あたらない。それどころか、下書稿では、生徒は一礼して降壇するくらいに礼を尽くしている。もしも生徒が悪事を働いたために米原教頭が荒々しく黒板に赤線を引いたのであれば、いくら賢治が英語の授業や米原に反感を持っていたとしても、全面的に生徒に肩入れするような記述はできなかっただろう。

さらに、定稿では「善吉ら」と複数になっているのも気になるところだ。たしかに下書稿段階では、「一人壇にそびらして」（下書稿㈡）、あるいは「ひとりの生徒ボールドに／短き英の文書きて」（下書稿㈢）とあったが、定稿では、生徒が指名されたということさえ書かれていない。生徒が指名もされていない状態で「善吉ら」、つまりクラス全員が「声なく惨と仰」いだのだとすれば、先生が「さびしきすさび」をしたのだと解する方が自然であると思う。

3233 この学士英語はとあれあやつれどかゝるなめげのしわざもぞする。

「歌稿〔B〕」に戻れば、この「なめげのしわざ」こそ「さびしきすさび」であり、それは米原教頭が黒板に傷をつけた行為を指しているようにしか思えないのだが、いかがであろうか。

さて、島田（後掲A、B）は、米原が盛岡中学を去って後、大正十三年には高知高校に転任し、そこで盛岡中学時代の賢治の同級生であった阿部孝と同僚になったことも発掘している。

阿部（「賢治と私」『ばら色のばら』高知新聞社 昭和四十年八月）は、「賢治と私の間に、手紙の往復が一番ひんぱんだった時代は、だいたい大正三、四年から昭和三、四年までの間」だったとしていることから、米原が同僚になったこと、米原の妻が死去したこと（『高知高知あゝ我母校 旧制高知高等学校五十年史』に記述があるという）などについて、阿部は賢治に報告しているはずだとし、そうした情報から下書稿㈣の余白に「病妻」のメモを書いたのだろうという。そして島田は、本作を中学校時代の生徒たちのいたずらに対して、病める妻を持ちながら教壇に立っていた米原の気持ちを思い起こそうとしたものだという。

たしかに「病妻」のメモからすると、米原を攻撃するより、相手の立場を組み取ろうとした思いがあったことはたしかなように思うが、「歌稿〔B〕」に「3233[a] この学士英語はとあれあやつれどかゝるなめげのしわざもぞする。」という短歌を書きこんだのは、島田も書いているように昭和四、五年頃であり、すでに阿部から米原の情報を得た後である。この段階で米原を「この学士」呼ばわりをし、「英語はとかくあやつれど」「なめげのしわざもぞする」と批判的な言葉を書いた賢治が、その後、特に米原と接触したという事実もないのに、下書稿㈣にメモする段階になって米原に対する認識を改めていたというのは考えにくい。

さて、細かな詮索を続けてきたが、賢治がこだわっているのは、生徒が悪いか教師が悪いかということではなく、濡れた赤いチョークが黒板に傷を負ってすすり泣いているように感じられたという心象上の一事件の方であったと思う。

先に「序論 宮沢賢治の手ざわり 文字から声へ」（信時哲郎

『五十篇評釈』）で、賢治の創作の原点である短歌には、次のような不思議な表現を含むものがあると書いた（引用は「歌稿〔A〕」）。

26 白きそらは一すぢごとにわが髪を引くこゝちにてせまり来りぬ

32 黒板は赤き傷受け雲垂れてうすくらき日をすゝりなくなり

59 ブリキ鑵がはらだゝしげにわれをにらむつめたき冬の夕暮のこと

68 われ口を曲げ鼻をうごかせば西ぞらの黄金の一つ目はいかり立つなり

69 西ぞらのきんの一つ目うらめしくわれをながめてつとしづむなり

79 うしろよりにらむものありうしろよりわれらをにらむ青きものあり

94 ちばしれるゆみはりの月わが窓にまよなかきたりて口をゆがむる

いずれも、本来ならば生命を持たないはずのものたちが、命を吹き込まれて、賢治に迫ってくる様子を描いたものばかりだ。その中に、本作の先行作品である「32」も含めている。賢治でなくても、レトリックとしてこうした方法を使うことはあるが、どうも賢治の場合はそういうものではなく、あらゆるものが生気に満ち溢れ、自分に向かって迫ってくるように感じられたり、動植物と会話ができるように感じられることが起こりやすいという持前の感覚がそう思わせていたように思えるのである。福島章（「狂気と創造性」『機械じかけの葦 過剰適応の病理』朝日出版 昭和五十六年二月）によれば、次のような状況である。

有情体験は、離人体験と反対の状態で、自分と対象の距離が非常に近くなる状態です。見るもの聞くもののすべてが、生き生きと生命をもつもののように感じられます。太陽、月、星、石、山など、本来は生命をもっていないはずのものが、あたかも生命をもっているかのように、自分に語りかけ、笑いかけ、あるいは怒り脅かす存在として感じられるのです。木や草などのように、生命はもっているが、本来は心がない存在も、自分の感情を表現したり、話しかけてきたり、人間の喜怒哀楽に共感したりすると感じます。

賢治はものが命を吹き込まれたように思える瞬間を目ざとく感じ、それを世界が本当の姿を見せたとして文章に定着させたかったのではないだろうか。

童話「どんぐりと山猫」でも、賢治は「まはりの山は、みんなたつたいまできたばかりのやうにうるうるもりあがつて、まっ青なそらのしたにならんでゐました」と、周囲の山が、たったいま生まれたばかりであるはずがないことを百も承知した上で書いているし、童話「鹿踊りのはじまり」において、「わたくしが疲れてそこに睡りますと、ざあざあ吹いてゐた風が、だんだん人の言葉にきこえ、やがてそれは、いま北上の山の方や、野原に行はれてゐた鹿踊りのほんたうの精神を語りました」と書き始め、「それから、さうさう、苔の野原の夕陽の中で、わたくしはこのはなしをすきとほつた秋の風から聞いたのです」として締めくくったのも、レトリックであるというよりは、持ち前の感覚がさせたのだと思う。

　賢治はこうして多くの恐怖を感じ、また、多くの喜びや自然との一体感を感じ取ってはそれらを書き続け、それを「ほんたうにもう、どうしてもこんなことがあるやうでしかたないといふことを、わたくしはそのとほり書いたまでです」（「序」『注文の多い料理店』）として発表したのだろう。

　賢治が、傷を受けた黒板がすすり泣いているように感じたのは、友情に起因するところもあったかもしれないし、教頭に対する嫌悪感、また、「雲垂れてうすくらき日」であったことも影響したかもしれない。しかし、そうした分析も判断も行われる前に、見えてしまったもの、感じてしまったことをできるだけ忠実に記述したというのがこの短歌なのだと思われる。

　ただ、こうした表現が後年の作品から見えにくくなっているのも事実である。本文語詩についても、短歌ほどには当初のインパクトがうまく再現できているとは思えないのだが、やはり賢治は晩年になっても賢治であり、自分の文学的出発の記憶について、書き付けないわけにはいかなかったのではないか、と思うのである。

先行研究

宮沢賢治（研究者）「赤い傷をうけた黒板をめぐって　歌稿32の意味するもの」（「宮沢賢治12」洋々社　平成五年二月）
宮沢健太郎「文語詩稿一百篇」（「国文学　解釈と鑑賞65―2」至文堂　平成十二年二月）
小川達雄「黒板の傷」（『盛岡中学生宮沢賢治』河出書房新社　平成十六年二月）
小林俊子「詩歌」（『宮沢賢治　絶唱　かなしみとさびしさ』勉誠出版　平成二十三年八月）
島田隆輔Ａ「〈米原弘〉の肖像／〔乾かぬ赤きチョークもて〕稿の生成」（宮沢賢治文語詩研究会資料　平成二十七年八月）
信時哲郎「宮沢賢治「文語詩稿　一百篇」評釈八」（「甲南国文63」甲南女子大学国文学会　平成二十八年三月）
島田隆輔Ｂ「86〔乾かぬ赤きチョークもて〕」（「宮沢賢治研究　文語詩稿一百篇・訳注Ⅲ」〈未刊行〉平成二十九年九月）

87　〔腐植土のぬかるみよりの照り返し〕

①腐植土のぬかるみよりの照り返し、　材木の上のちいさき露店。
②腐植土のぬかるみよりの照り返しに、　二銭の鏡あまたならべぬ。
③腐植土のぬかるみよりの照り返しに、　すがめの子一人りんと立ちたり。
④よく掃除せしラムプをもちて腐植土の、　ぬかるみを駅夫大股に行く。
⑤風ふきて広場広場のたまり水、　いちめんゆれてさゞめきにけり。
⑥こはいかに赤きずぼんに毛皮など、　春木ながしの人のいちれつ。
⑦なめげに見高らかに云ひ木流しら、　鳶をかつぎて過ぎ行きにけり。
⑧列すぎてまた風ふきてぬかり水、　白き西日にさゞめきたてり。
⑨西根よりみめよき女きたりしと、　角の宿屋に眼がひかるなり。
⑩かっきりと額を削りしすがめの子、　しきりに立ちて栗をたべたり。

⑪腐植土のぬかるみよりの照り返しに　二銭の鏡売る、ともなし。

大意

腐植土のぬかるみに反射した光の中、材木の上に小さな露店がある。

腐植土のぬかるみに反射した光の中に、二銭だという鏡がたくさん並べられている。

腐植土のぬかるみに反射した光の中に、斜視の子が一人毅然として立っている。

よく磨かれたランプをもって腐植土の、ぬかるみを駅員が大股で歩いていく。

風が吹いて駅前広場のたまり水は、いちめんにゆれてさざめいている。

どうしたことか赤いズボンに毛皮など、春木ながしの人々の一列が通りかかった。

無作法で高みから物を言うような木流しの人々は、鳶口をかついで行き過ぎてしまった。

列が過ぎるとまた風が吹いてきてぬかるみの水は、白い西日の中でさざめきたっている。

西根から美しい女が来たとのことで、角の宿屋で男たちが眼を光らせている。

かっきりと額のところで髪を切った斜視の子は、立ったままでしきりに栗を食べている。腐植土のぬかるみに反射した光の中に、二銭の鏡が売れる気配はまるでない。

モチーフ

比較的多くの下書稿が残っているが、内容的にはあまり大きな変化がない。関連作品である「一百篇」所収の「市日」の「評釈」に書いたように、松尾鉱山の盛況によって町が変化していくことを批判も込めながら書いたのであろう。ただ、注目すべきは「腐植土のぬかるみよりの照り返し」が何度も繰り返される十一行十一連という形式である。ミニマル音楽のスティーヴ・ライヒの作品のように、同じフレーズが繰り返されているだけのようで、実は個々のフレーズが少しずつ変わっていくために、長く読んでいる／聞いているうちに別のフレーズが立ちあがってくるといった効果を狙った実験的な作品だったように思う。

語注

腐植土のぬかるみ　植物の葉などが腐って栄養分をたくさんたくわえた黒土（フィーマスとも言う）が水たまりになっているということ。賢治は盛岡高等農林学校の得業論文（卒業論文）で、「腐植質中ノ無機成分ノ植物ニ対スル価値」を書いている。腐植土はリン酸を多く含んでいるが、その下にある粘土層が水を通さないため、すぐに植物が利用できる可給態になっておらず、土壌は農業に向かない痩せたままなのだとした。腐食土がぬかるんでいるということは、粘土層が水を沁みこませないために、水たまりとなっていつまでも水を湛えていることを言うのだろう。賢治は岩手の痩せた土壌を象徴する言葉としてこれを繰り返し使っているものと思われる。

すがめ　片目、斜視、あるいは横目という意味もあるが、子どもの形容であることから斜視と捉えた。天沢退二郎（後掲）は、「この子は少女である」とし、二銭の鏡を売っているのだとするが、下書稿(二)には「すがめのをのこ立ちてけり」「りんと立ちたる男の子」とあることから、男の子がイメージされていたと考えられる。鏡を売っていた露店と関係があったとも読めるが、駅前の風景を羅列したのみで無関係であったと読みたい。

春木ながし　春になって谷川が増水した頃に、冬の間に伐採した木を流し出すことの一般的な名称。現・花巻市の葛丸川や黒沢尻町（現・北上市）でも春木流しは行われており、山形県米沢市田沢で木流しに従事していた古老は、「褌一丁にちゃんちゃんこ着た男たちが木場川に入って木を引き揚げでっと、周りの道路は黒山の人だかり。女性の見物客、とくに女学生が多がったんじゃないか。まるでまつりのようなにぎわいだった。／夜になっど、木流ししている連中は居酒屋に集まって、毎晩酒飲んでだんだ。寒い中での大変な作業だがら息抜きも必要だったんだべなぁ。」（「じいちゃんの昔語り 米沢市田沢の木流し」置賜文化フォーラム http://okibun.jp/mukasikatari01/ 平成二十三年一月）と語っていることから、地域差もあっただろうが一大イベントだったのだろう。ただ、岡沢敏男（「賢治の置き土産 七つ森から溶岩流まで」「盛岡タイムス」http://www.morioka-times.com リンク切れ 平成二十年六月七、十四、二十一、二十八日、七月五、十二日および後掲論文）は、田中喜多美『山村民俗誌』（一誠社 昭和五年十一月）などを参考にしながら、本作を橋場線の橋場駅をモデルにしたのだとし、春木ながしの現場も、橋場駅に近い春木場でのものとする。

評釈

黄罫（26０行）詩稿用紙表面に書かれた下書稿㈠（藍インクで了⃝）、黄罫（22０行）詩稿用紙表面に書かれた下書稿㈠′（断片）、黄罫（22０行）詩稿用紙の表裏両面に書かれた下書稿㈡（鉛筆で㊢）、黄罫（22０行）詩稿用紙の両面に書かれた下書稿㈢、「一百篇」所収の「市日」と共に毛筆で書かれた習字稿（断片）、「五十篇」の「〔こらはみな手を引き交へて〕」の定稿裏に書かれた定稿断片、定稿用紙に書かれた定稿の七種が現存。生前発表なし。「一百篇」所収の「市日」には同じ詩句が使われ、習字稿には両作が書かれていることなどから、『新校本全集』では「両者の間に連関があるのかもしれない」としている。ただ、どちらも下書稿の初期段階から表現がかなり固まっており、どちらが先行していたかの判断はむずかしい。

最初に「一百篇」の「市日」から見てみたい。

①丹藤《タンド》に越ゆるみかげ尾根、　うつろひかればいと近し。
②地蔵菩薩のすがたして、　栗を食《た》うぶる童《わらはべ》と、
縞の粗麻布《ジュート》の胸しぼり、　鏡欲りするその姉と。
③丹藤に越ゆる尾根の上に、　なまこの雲ぞうかぶなり。

また、「〔冬のスケッチ〕」の第二八・二九葉も関連する作品としてあげてよいように思う。

※

気圏かそけき霧のつぶを含みて（以上第二八葉）
東京の二月のごとく見ゆるなり（以上第二九葉）
腐植質のぬかるみを

あゆみよりしとき
停車場のガラス窓にて
わらひしものあり
又みぢかきマント着て
税務属も入り来りけり。

※

兄弟の馬喰にして
一人はこげ茶
一人は朝のうぐいすいろにいでたてり
ひげをひねりてかたりたり。

※

白きそらにて　電燈いま消えたり
されば腐植のぬかるみをふみて
ひとびとはたらきいでしなり。

　これは「一百篇」所収の「〔かれ草の雪とけたれば〕」の先行作品として取り上げられているものだが、「腐植質のぬかるみを」に加え、「停車場」までが登場するとなると、やはり「〔腐植土のぬかるみよりの照り返し〕」の関連作品であったとしないわけにはいかない。何度かの経験に基づき、自分が気に入ったフレーズを繰り返したのかもしれないし、一回きりの経験をさまざまな作品で書いたのかもしれない。

　さて、本作の舞台を岡沢敏男（「賢治の置き土産　七つ森から溶岩流まで」「盛岡タイムス」http://www.morioka-times.com リンク切れ 平成二十年六月七、十四、二十一、二十八日、七月五、十二日 および後掲論文）は、橋場線の橋場駅だとしている。が、おそらくは東北本線の好摩駅であろう。

　岡沢は盛岡高等農林学校時代の同人誌アザリアの仲間たちとの徒歩旅行（通称・馬鹿旅行）の記録である「秋田街道」に、「フィーマスの土の水たまりにも象牙細工の紫がかった月がうつりどこかで小さな羽虫がふるふ」とあることや（フィーマスは腐植土のこと）、「春木ながし」を「御明神地方の山村民俗」だとしたところからそう判断するのだが、本作および関連が深い「市日」を検討してみると、やはり好摩であったように思われる。

　「春木ながし」については「語注」で指摘したとおり、固有名詞ではなく一般名詞だと捉えるべきだと思うが、ここでは腐植土について検討してみたい。

　賢治は得業論文において、実験用の土壌を高等農林学校の実験農場のあった上田、同じく経済農場のあった御明神、自宅にほど近い根子村大谷地、そして好摩（賢治によれば「岩手郡渋民村好摩駅南端ノ原野ノ土壌」）の四ヶ所から採取している。どこの土壌も腐植質が十％程度あるが排水が悪いという点で共通性が高い。高農の二つの農場、自宅近くから土壌を採取したのはともかく、なぜ好摩を選んだのかといえば、おそらくは『春と修羅（第一集）』の「小岩井農場」で「向ふの畑には白樺もある／白樺は好摩からむかふですと／いつかおれは羽田県属に言つてゐた／ここはよつぽど高いから／柳沢つづきの一帯だ／やつぱり好摩にあたるのだ」と、高度と緯度の関係から、ちょうど植生が変わる地点として記憶に残っていたからではないかと思われる。

高農時代の同人誌「アザリア6」（大正六年十二月）で、賢治は「好摩の土」というタイトルのもとで十首を発表しているが、その中には「熱滋くこゝろわびしむ、はれぞらを、好摩に土をとりに行くとて」とある。大正六年度とは得業論文を提出した年度であることから、この時に取った土で得業論文の実験をしたのだと思われる。橋場線沿線の御明神も、アザリアの仲間との馬鹿旅行の思い出の残る忘れがたい場所だったかもしれないが、関連作品の「市日」に登場する「丹藤」は岩手郡川口村（現・盛岡市）であり、御明神からすると、小岩井農場などを隔てたはるか向こう側となって、あまりにも遠い。

また、「〔腐植土のぬかるみよりの照り返し〕」に登場する「西根」については、岡沢だけでなく、『定本語彙辞典』でも、本作の西根は岩手郡雫石町（橋場線沿線）にある西根を指すのだとしているが、岩手郡の西根（現・八幡平市）を指すとした方が無理がない。また、本作の下書稿㈡に「硫黄山」が登場しているが、それは東洋一の硫黄鉱山と言われた松尾鉱山（岩手郡松尾村、現・八幡平市）を指すとすべきではないだろうか。岡沢は、「硫黄山からみめよき女」が来たことを西岩手火山から来たとし、女神を暗喩しているとするが、おそらくは鉱山の人々を相手にした酌婦といった職業の女性であったろう（岡沢は後掲論文において、西根村の東隣の長山村に硫黄鉱山があったことを書き加えている）。

もちろん描かれた場所が好摩であったと特定できたとしても、橋場線沿線の記憶、あるいは盛岡や花巻、また、その他鉱山における記憶が混じったり、虚構が混じっている可能性は十分にある。ただ、それぞれの文語詩に「西根」や「丹藤」といった実在の地名をそのまま取り入れていることを考えると、その地でなければならない事情があった可能性について考えておくべきだと思う。

さて、ここで「一百篇」の「市日」の「評釈」で書いた内容を簡単に書いておきたい。「市日」に描かれているのは「丹藤」や「みかげ尾根（姫神山）」であり、北上川の左岸（東側）である。一方、「〔腐植土のぬかるみよりの照り返し〕」に描かれているのは「白き西日」や「西根」であって、北上川の右岸（西側）である。つまり両詩は、舞台をきっちり描き分けているのである。

東側を描いた「市日」では、鏡を欲しがる姉が描かれ、西側を描いた「〔腐植土のぬかるみよりの照り返し〕」では、「みめよき女」が登場しているが、こちらでは、おそらくは安っぽすぎて鏡が売れ残っている（売るゝともなし）。東洋一の硫黄鉱山があったことによって西側は経済的な余裕があり、人々の暮らしも豊かで、それを目当てにした見目のよい女性も集まってくる。そんな女性が二銭の鏡などに見向きするはずがない、ということなのだろう。

しかし、その松尾鉱山は、昭和七年に鉱毒事件が表面化し、文語詩制作時の賢治は、当然これを知っていたと思われるが、聖書の創世記にあるソドムとゴモラの街が、神の怒りに触れて「硫黄の火」によって滅ぼされたことなども頭に浮かんでいたかもしれない…

ところで、「〔腐植土のぬかるみよりの照り返し〕」の十一行十一連という文語詩の形式についても一考する必要があるだろう。というのも、この十一行が五七五七七の短歌形式であり、賢治が最晩年に至りついた文語詩の一つでありながら、中学入学後から書き始めた短歌、ことに数種の連作短歌の形式への逆戻りであるとも考えられるからだ。

平沢信一（「宮沢賢治における文学の発生・序説」『宮沢賢治《遷移》の詩学』蒼丘書林 平成二十年六月）は、「歌稿〔B〕」所収の連作短歌「アンデルゼン白鳥の歌」を引いて、「もうほとんど一首一首の自立性を持たないこの連作」とし、ここに待遇法と連続反復という文体の特徴を示す。

690「聞けよ」（„Höre,“）
また、
月はかたりぬ
やさしくも
アンデルゼンの月はかたりぬ。

※

691 海あかく
そらとけじめもあらざれば
みなそこに立つ藻もあらはなり。

※

692 みなそこの
黒き藻はみな月光に
あやしき腕を
さしのぶるなり。

※

693 おゝさかな、
そらよりかろきかゞやきの
アンデルゼンの海を行くかな。

※

694 ましろなる羽も融け行き
白鳥は
むれをはなれて
海にくだりぬ。

※

695 わだつみに
月のねたみは
青白きほのほとなりて白鳥を燃す

695a
696 青白き
ほのほは海に燃えたれど
かうかうとして
鳥はねむれり

※

※

696 あかつきの
琥珀ひかればしらしらと
アンデルゼンの月はしづみぬ。

※

697 あかつきの琥珀ひかれば白鳥の
こころにはかにうち勇むかな。

※

698 白鳥の
つばさは張られ
かゞやける琥珀のそらに
ひたのぼり行く。

一首（連）ごとの独立性が低く、前後の歌（連）から少しずつ変化させていくことによって、流れてゆく時間をコマ送りで見るようにする手法は、他の連作短歌「青びとのながれ」などにも通じる。あるいは「疾中」詩篇の中の「病床」を思い浮かべてもよいかもしれない。

たけにぐさに
風が吹いてゐるといふことである
たけにぐさの群落にも
風が吹いてゐるといふことである

一連めと二連めの情報は、「たけにぐさ」が単数か複数かの差でしかない。しかし、二つの連の内容がほとんど等しいということは、読み終わった後になってはじめてわかるのであって、読んでいる最中に、そうした思いは浮かばない。

或るフレーズがある。それは起承転結をもたず、展開するほど充分な情報をもっていない。これをどうにかするとは、何か新しいものをもってきて付け足すか、故意に貧しくするために差し引きするかしかない。

このフレーズはすぐにまた繰りかえされる。間髪を入れず、繰りかえされる。記憶しておこうと思う暇もなく、つぎつぎにやってくる。しかしそれはつぎつぎにやってくるが、累積することはない。前にあった、同じものではあるが、ひとつのフレーズを引き受け、そのうえで新たなものが出てくるのではない。それはあたかもその度ごとに新しいもの、はじめてのもののように、やってくる。聴き手は、ここで、前のフレーズを自分のなかで反復している余裕はない。つぎつぎに現前するフレーズをそのまま受け取り、そのまま対処するのみだ。何かが加わったり減ったり、変化するどこか・なにかがあった瞬間に、記憶にあるフレーズとの差異を聴きだし、「ちがう」ことを認識するが、それはまた新たなフレーズの反復のなかに薄まっていってしまう。一瞬記憶し、忘却する、という矛盾した作業を同時に行なうこと。そうした変化が何度かあるだけで、最初に与えられたフレーズはほとんど記憶から消えてしまい、逆に再現は失われてしまう。

今あげてきたような賢治の作品を読むこと／聞くこととは、このような経験であろうかと思う。こんな風に同じフレーズ（あるいは小さな変化が加えられたフレーズ）を連続して読まされると、読者は作者による何らかのメッセージを聞き取るのではなく、読者自身が能動的に作品自体のメッセージを構築することになる。

実は先の引用は賢治作品に対してのものではない。アメリカの音楽家・スティーヴ・ライヒをはじめとするミニマル・ミュージックについて小沼純一（「反復／差異／プラトー」『ミニマル・ミュージック』青土社 平成九年十月）が書いたものである。

たとえばライヒは、十六分音符十二個のフレーズを二台のピアノに延々と反復させる。二台は同時に演奏を始めるが、ごくわずかにテンポが異なっており、十二個の音は反復演奏されるうちに少しずつズレてくる。ズレはだんだんとひどくなり、一台目のピアノが第一音を発する時、二台目は第二音を、さらに時間が経過すると、一台目のピアノが第一音を発するとき、二台目は第三音を発するようになる。さらに時間が経過すると一回転して、第一音を二台のピアノが同時に発することになり、そこで曲が終了する（「ピアノ・フェーズ」一九六七）。聴者は聞いているうちに、二台のピアノの音のズレがモワレ（規則正しい繰り返しを複数重ね合わせた時に、それらの周期のズレが発生させる新しい縞模様）を起こし、最後にまた元に戻る過程を鑑賞するようになる。

賢治の連作には、これらミニマル・ミュージックの方法に著しく似ていないだろうか。ウィム・メルテンは、「ミニマル・ミュージックの基本的思想」（『アメリカン ミニマル・ミュージック』細川周平訳 冬樹社 昭和六十年五月）でこう書く。

反復音楽では、聴き手はもはや完成された作品を知覚するのではなく、能動的にその構築に参加するため、知覚はその音楽的プロセスの綜合的、かつ創造的部分を成す。絶対的な言及点がないため、多数の解釈のパースペクティヴが可能だ。その結果、想起と予測にもとづく方向性をもった聴取はもはや不適当であり、ランダムで無目的な聴取を可能にするために、過去の伝統的な想起は「未来への想起」のようなもの、つまり構築的ではなく現前化《アクチュアリゼーション》に席を譲らなくてはならない。この「前方に向けての想起」は、記憶の特権的地位を剝奪する。

もちろんライヒと賢治に影響関係などないが、「腐植土のぬかるみよりの照り返し、材木の上のちいさき露店。」に始まり、二行目で「腐植土のぬかるみよりの照り返しに、二銭の鏡あまたならべぬ。」と反復しながら言葉をズラし、同じようにして「すがめの子」「駅夫」「春木ながし」「みめよき女」とたどって、最終行で再び「腐植土のぬかるみよりの照り返しに二銭の鏡売る、ともなし。」に戻って終わるというのは、ライヒの「ピアノ・フェーズ」の構造によく似ている。

ライヒをはじめとする音楽家たちは、西洋のクラシック音楽のように「聴かれるべきメッセージを正しく聴く」という方法を相対化してしまった。とすれば、賢治もミニマル・ミュージックと似た方法で、詩人のメッセージを押しつけようという意図とは縁を切る表現を試したのかもしれない。つまり詩が生まれる現場に読者を立ちあわせようとしたとも考えることができそうだ（島田隆輔（後掲）は、「次から次へとものごとが生起し明滅し、継起していった」さまを詠んでいるのだという）。

ちなみに賢治の作曲だといわれる「太陽マヂックのうた」や「牧歌」は、短いフレーズを延々と繰り返すのみで、ミニマル・ミュージックに近いように思われる。カノンやフーガ法に学ぶところがあったのかもしれないが、同じフレーズを繰り返し、少しずつ言葉を変えて、雰囲気を少しずつ変える効果を狙っていたようにも思える。だとすれば、やはりミニマル・ミュージックに通じるところがあったとも思えるのだが、いかがであろうか。

先行研究

岡井隆「賢治 詩と短歌の間」（「短歌研究53―8」短歌研究社 平成八年八月）
佐藤栄二「市日」（『宮沢賢治 文語詩の森 第三集』）
天沢退二郎「詩人、詩篇、そしてデモン 宮沢賢治の文語詩篇における「売る行為」を読む」（『《宮沢賢治》のさらなる彼方を求めて』筑摩書房 平成二十一年七月）
信時哲郎A「宮沢賢治「文語詩稿 一百篇」評釈四」（「甲南国文61」甲南女子大学国文学会 平成二十六年三月）
信時哲郎B「宮沢賢治「文語詩稿 一百篇」評釈八」（「甲南国文63」甲南女子大学国文学会 平成二十八年三月）
岡沢敏男「橋場駅の黙示録〈腐植土のぬかるみよりの照り返し〉考」（「ワルトラワラ41」ワルトラワラの会 平成二十九年二月）
島田隆輔「87〔腐植土のぬかるみよりの照り返し〕」（「宮沢賢治研究 文語詩稿一百篇・訳注Ⅲ」〈未刊行〉平成二十九年九月）

88　中尊寺〔一〕

①七重の舎利の小塔に、　蓋なすや緑の燐光。

②大盗は銀のかたびら、　をろがむとまづ膝だてば、
　赭のまなこたゞつぶらにて、　もろの肱映えかゞやけり。

③手触れ得ず十字燐光、　大盗は礼して没《き》ゆる。

大意

七重の小さな舎利塔に、　蓋のように緑の燐光が輝いている。

大盗賊は銀の帷子で、　拝んで早々に膝を立てると、
赤い眼はひたすらつぶらで、　両方のひじは映えかがやいた。

十字に光る燐光には手を触れることもできず、　大盗賊は礼をするのみで消えて行った。

モチーフ

明治四十五年五月に盛岡中学校の修学旅行で平泉を訪ねた時の作品とされる。奥州藤原氏を滅ぼした源頼朝も、中尊寺のあまりの威厳から篤く保護したと言われることから、燐光を放つ仏舎利塔に触れることもなく去って行った「大盗」は頼朝を指すとされることが多い。ただ、賢治作品に登場する「盗ること」について改めて考えてみれば、「取ること」とほとんど同義であり、鉱物の採集や、詩句のスケッチ、食物の摂取、経済活動までをも含んでいることに気付く。だとすれば、「とること」をためらう「大盗」は、

人間の活動全般に対して、本質的な疑いを抱いていた賢治自身だとすべきかもしれない。また、「中尊寺」のタイトルは途中から付されたものであることから、モデル論議はともかく、賢治自身の所感を書いたものだという点に立って考えてもよいかと思う。

語注

中尊寺　平安初期の八五〇年に慈覚大師（円仁）が開創した弘台寿院を始まりとする。八五九年に清和天皇の命によって中尊寺と改称され、一一〇五年に藤原清衡が堀河天皇の命を受けて再興した。一一二六年には落慶供養を大々的に行い、その発願文では平和を祈念し、奥州に仏国土を作ろうという意図が記されている。奥州藤原氏による華やかな文化の中心地として栄え、堂塔四十、僧坊は三百を下らなかったとされる。しかし一一八九年には源頼朝により藤原泰衡が殺されて奥州藤原氏は滅亡。平泉は戦火に焼かれたが、頼朝は仏教を重んじてもいたため、中尊寺は庇護された。高館にある判官館（義経館）は、この地に身を寄せていた義経が滞在していたところだが、義経はここで泰衡に誅されたとされる。古くは西行が訪ね、江戸には芭蕉が訪ねて「夏草や兵どもが夢のあと」等の句を詠んだことでも知られる。賢治が中尊寺を訪れたのは盛岡中学校の修学旅行の時の一度きりのようだが、大正十二年三月四日、稗貫農学校の同僚だった堀籠文之進と一関に歌舞伎を見物しに行き、途中では一切を英会話で過ごす、といったことがあった。最終列車もなかったために平泉まで歩き、駅の待合室で夜明けを待ったという。『年譜』によれば、「途中、たまたま信仰の話に及んだとき、「どうしてもあなたは私と一緒に歩いて行けませんか。わたくしとしてはどうにも耐えられない。では私もあきらめるから、あなたの身体を打たしてくれませんか」といい堀籠の背中を打った。「ああこれでわたくしの気持がおさまりました。痛かったでしょう。許してください」」といったことがあったという。信仰とも関連するエピソードであることから、この日の出来事が賢治の頭に残っていたのかもしれない。事実、「「文語詩篇」ノート」の「12年 28 1923」には「一月　一ノ関より平泉へ夜行く」とあって赤い枠で囲がしてある。三月と一月の違いはあるが、本作と関係があるのかもしれない。

大盗　「銀のかたびら」を着ていることから、並大抵の盗賊ではないようだ。後述するように悪路王や源頼朝、豊臣秀吉に準える説、賢治自身と捉える説がある。

評釈

「〔冬のスケッチ〕」の第六葉として書かれた下書稿㈠、「雨ニモマケズ手帳」に書かれた下書稿㈡、黄罫（22０行）詩稿用紙表面に書かれた下書稿㈢（タイトルは「中尊寺」。鉛筆で㊢）、定稿用紙に書かれた定稿の四種が現存。生前発表なし。

「未定稿」の「〔つめたき朝の真鍮に〕」に共通の詩句があり、また、同じく「未定稿」に「中尊寺〔二〕」があり、これは「歌稿〔A〕〔B〕」の8、9から文語詩に改作されたもの。「「文語詩篇」ノート」に、「中尊寺、偽ヲ云フ僧 義経像 青キ鐘」と記して制作済と思われる抹消の跡が残されているが、それが「中尊寺〔二〕」であろう（「「東京」ノート」には「修学旅行」とのみある）。

明治四十五年五月、盛岡中学校四年生の賢治は石巻・仙台方面の修学旅行に参加する。賢治ははじめて海を見たほか、教師の許可を得て、単独で伯母の平賀ヤギを訪ねるといった貴重な経験をしている。最終日の五月二十九日、一行に再合流した賢治は、ともに平泉を訪れている。平泉を詠んだ短歌二首を「歌稿〔B〕」から引用する。

8 中尊寺／青葉に曇る夕暮れの／そらふるはして青き鐘鳴る。

9 桃青の／夏草の碑はみな月の／青き反射のなかにねむりき。

小川達雄（「中尊寺の鐘」『盛岡中学生宮沢賢治』河出書房新社 平成十六年二月）によれば、平泉見学は当初の予定に入っていなかったというが、午後四時五十四分に平泉駅に到着したらしい。賢治の友人であった阿部孝が「校友会雑誌20」（大正元年十二月）に載せた「四年級旅日記」によれば、金色堂の他、「経堂、宝蔵、その他の諸堂」を見学し、判官館で午後六時の鐘を聞き（短歌8）、毛越寺《もうつうじ》で芭蕉の句碑「夏草や兵共が夢のあと」を見て（短歌9）、「かけ足で帰路をステーションに急いで又汽車に乗」ったのだという。盛岡に到着したのは十一時二十五分だというが、小川によれば、これに該当する平泉発の下り列車はないので、六時二十二分に上り列車に乗って一関に向かい、夕食等を取ってから、盛岡に向かったのではないかという。現代の修学旅行に比べると、旅程が途中変更されたり、個人行動があったり、また徒歩や駆け足もあって驚かされる。小川は「この盛岡中学の修学旅行隊ほどの短い時間で、寺領内を通り過ぎた団体はなかったのではあるまいか」としていたが、国会図書館デジタルコレクションに収められた秋田県師範学校の『第三回修学旅行記』（港多記 明治三十六年五月）によれば、平泉駅に十六時三十分に到着した一行は、義経堂、金色堂、毛越寺などを見学したあと、十八時五十八分に出発したというので、盛岡中学校よりはマシであったにしても、当時の列車の本数や時間等の関係から、およそこのようなものであったようだ。

さて、本作の下書稿㈠は「〔冬のスケッチ〕」の第六葉として書かれている。

ぬすまんとして立ち膝し、
その膝、光りかゞやけり

ぬすみ得ず　十字燐光
やがていのりて消えにけり。

「〔冬のスケッチ〕」の成立年代については未だに確定されていないが、稗貫農学校に勤務し始めた大正十年の前後であることについては間違いなかろう。その中に明治四十五年の修学旅行の経験が入っているということは異例だと思うが、中尊寺の文字はない。ただ、だからといって農学校勤務期に明治四十五年の修学旅行のことを思い出した可能性が絶対にないとも言いきれない。

　さらに異例と言うべきは、下書稿㈡が昭和六年十月から翌年はじめ頃に使われたとされる「雨ニモマケズ手帳」に書かれていることだろう。下書稿㈢になると、「中尊寺」のタイトルが書かれるが、手直しはなく、ルビも多めに振られたものが残されているため、発表を考えていたのかもしれない。内容は定稿に近いものだが、掲げておく。

七重《じゆう》の舎利の小塔《こたう》に
蓋《がい》なすや緑《りよく》の燐光

大盗は銀のかたびら
をろがむとまづ膝だてば
赭《しや》のまなこたゞつぶらにて
もろの肱映《は》えかゞやけり
手触《たふ》れ得ね舎利の宝塔
大盗は礼《らい》して没《き》ゆる

　ここでいう舎利は仏舎利、釈迦の遺骨を塔に収めたことを指すが、「雨ニモマケズ手帳」には、やはりシャリと呼ばれる米に対する「疾ミテ食摂ルニ難キトキノ文／コレハ諸仏ノオン舎利ナレバ／一粒ワガ身ニイタヾカバ／光明身ウチニ漲リテ／病カナラズ癒エナンニ／癒エナバ邪念マタナクテ／タヾ十方ノ諸菩薩ト／諸仏ニ報ジマツマ《ママ》ント／サコソオロガミマツルナリ」というメモが残っている。これは「未定稿」の「〔つめたき朝の真鍮に〕」にも関わるものと思われる。

つめたき朝の真鍮に
胸をくるしと盛りまつり
こゝろさびしくおろがめば
おん舎利ゆゑにあをじろく
燐光をこそはなちたまへり

『新校本全集』では、「〔つめたき朝の真鍮に〕」も「中尊寺〔一〕」と「共通する詩句が見られる」として言及していたが、やはり先行作品は「〔冬のスケッチ〕」であるから、一種の作品群をなしていたように思う。

さて、「中尊寺〔一〕」に関する先行研究は比較的多く、大盗とは誰であるかを中心にさまざまに論議されてきた。簡単に紹介していきたい。小倉豊文（後掲）は大盗を坂上田村麻呂と闘った蝦夷の悪路王からの幻想ではないかとする。宮城一男・対馬美香（後掲B）は、能の「舎利」、「太平記」の「谷堂炎上事」、「法華経」の「見宝塔品第十一」などに源流があるのではないかとし、大盗については、平泉の藤原家を滅ぼしながら、金色堂の保護を命じて鎌倉に去った源頼朝をあてはめようとしている。しおはまやすみ（後掲）は、「「大盗」とは云うまでもなく宮沢賢治自身のこと」とし、仏舎利に手を出せないのは、阿《あ》耨多《のくた》羅三藐三菩《らさんみゃくさんぼ》提《だい》という至上の真実に対する心の顫えを示しているのだという。佐藤弘弥（「宮沢賢治の文語詩「中尊寺」について http://www.st.rim.or.jp/~success/kenji2_ye.html 更新日・平成六年一月二十七日）は、「大盗」とは「大統」、つまり天皇の系譜とも考えられ、また、奥州仕置によって東北を奪った豊臣秀吉であった可能性を指摘し、秀吉の意をうけた浅野長政が、中尊寺にあった金銀字交書一切経を持ち去って、高野山に寄進してしまったことについても言及する。森義真（後掲A、B）もこれに賛同しているようだ。牛崎敏哉（後掲）は、平泉文化が単に奈良・京都の貴族文化を模倣したものではなく、「すべての生き物が皆平等に存するという思想を見ることができる」ことを理想としたと指摘。その上で、源頼朝を「大盗」と喝破したとする。

悪路王に頼朝、秀吉と、まことに豪華な顔ぶれだが、水上勲（後掲）が書くように、「歴史的に見て、頼朝が平泉の財宝を狙ったということは言えても、大盗というイメージとはぴったり合わないのではないか。誰か特定のモデルをあてはめるというより、先の西蔵（「五十篇」の「〔月のほのほをかたむけて〕」に登場する人物。貧しい山村で盗みを働こうとしながら、何も盗まずに消えている：信時注）のような変幻自在、一夜千里を行く怪盗をイメージすべきだと思う。またそうした大盗に賢治自身をイメージすることも決して不可能ではない」とする意見にも頷ける点が多い。

浜垣誠司（「動画で見る賢治の推敲」「宮沢賢治の詩の世界」http://www.ihatov.cc/ 平成十四年七月二十七日の宮沢賢治学会イーハトーブセンター主催夏季特設セミナー報告）も、本作と「五十篇」の「〔月のほのほをかたむけて〕」における西蔵を対比するアイディアを書いているが、本作では「盗賊が宝物の尊さに畏れかしこまってしまったため」に何も盗っていないのに対して、「〔月のほのほをかたむけて〕」では「貧しそうな様子を見て、何も盗らずに去っていった」という差について指摘している。

小川達雄（前掲）は、賢治たちが修学旅行で平泉を訪ねたのとちょうど同じ頃に平泉を訪ねた電翁なる人のエッセイを明治四十五年五月十日の「岩手日報」に見つけている。そこには、盛岡中学校の一行も訪れた判官館で、「ズッと前に窃盗にヘイられヤシて龍頭の兜と、ズエー（采配のことならん）は取られヤシテガス、其取れたのは余程是よりはジェーのでガシタ」という説明があったとのことで、小川はこれが「〔文語詩篇〕ノート」に「中尊寺、偽ヲ云フ僧 義経像 青キ鐘」と賢治が記したところの「そらごと」にあたるのではないかとする。もしかしたら、このエピソードが「大盗」の出処だったのかもしれない。

それぞれの論を簡単に紹介してきたが、今、特にどの説に対して賛成であるとも反対であるとも言うだけの準備はできていない。ただ、ここでは盗むことについて考えてみることにしたい。

水上（後掲）は、『春と修羅（第一集）』に、やはり「〔冬のスケッチ〕」に原点のある「ぬすびと」が登場すること、また、童話「龍と詩人」には、「洞に封ぜられてゐるチャーナタ老龍の歌をぬすみ聞いて」称賛を受けるエピソードが登場することに言及し、「病床にある賢治の自由へのあこがれ、世間を騒がせて楽しんでいるユーモア、権力への不屈さ、無頼不逞の輩に対する共感等（むろん、その反面の罪の意識や怖れなども）を読み取りたい」としている。

「ぬすびと」は次のとおり。

　　青じろい骸骨星座のよあけがた
　　凍えた泥の乱《らん》反射をわたり
　　店さきにひとつ置かれた
　　提婆のかめをぬすんだもの
　　にはかにもその長く黒い脚をやめ
　　二つの耳に二つの手をあて
　　電線のオルゴールを聴く

「ぬすびと」が、具体的に何を示すのかはわからないものの、賢治の原初的な感覚としてあったようで、恩田逸夫（後掲）が、「盗賊」という行為には、すばらしいものをとり入れようとする情熱がある。知識欲や享受の欲望も同じである。手をつかねていないで、他から奪ってくる積極性、行動性に、賢治は共感するのであろう」とし、「中尊寺」との発想の類似も指摘していたのは鋭いと思う。

狭義の「ぬすむ」についてなら、「他人のものをひそかに奪いとる。かすめとる」（『日本国語大辞典』）ことかもしれないが、「とる」との境界は微妙だ。「これらのわたくしのおはなしは、みんな林や野はらや鉄道線路やらで、虹や月あかりからもらってきたのです」（「序」『注文の多い料理店』）とは、自分の「おはなし」は、自然界から「とってきたもの」だと宣言しているに等しい。「龍と詩人」も詩を「とる」かどうかをめぐる物語だ。

ただ、「春と修羅 第二集」所収の「三一四〔夜の湿気と風がさびしくいりまじり〕一九二四、一〇、五、」に「わたくしは神々の名を録したことから／はげしく寒くふるえてゐる」とあることから、人間がとってはいけないもの（使ってはいけないもの）もあるようだ。

「とる」をテーマにしているものとしては、童話「よだかの星」をあげることもできる。よだかは、自分がカブトムシや羽虫を毎日たくさん捕食していたことに気付くが、別れを告げに立ち寄った弟のカワセミのところで、「そしてお前もね、どうしてもとらなければならない時のほかはいたずらにお魚を取ったりしないようにして呉れ」と言っていた。生きていくとは、他の動物の命を「奪《と》る」ことなのだ。「〔フランドン農学校の豚〕」でも、他の動物の命を奪うことによって、我々は生きているのだ、という事実がつきつけられる。

童話や詩も書かず、たとえ肉を食べなかったとしても、我々の日常生活は「とる」ことなしに成立しない。

田中智学は「道と食」（『日本国体の研究』真世界社　大正十一年四月）の中で「食」について次のように書いているが、その範囲も同じように広範に渡っていた。

「食《しよく》」を基調《きてう》とした貪欲争奪《とんよくさうだつ》は一般的《ぱんてき》であると共《とも》に徹底的《てつていてき》である、いよ〳〵「食《しよく》」を得《え》られないとすると、命《いのち》がなくなるから、死物狂《しにものぐる》ひになつて争《あらそ》う様《やう》になる、俗《ぞく》に「食《く》ひもの、意趣《いしゆ》は恐《おそ》ろしい」といふことを言《い》ふが、これは軽《かる》いところで言《い》つたのであるが、推《お》し及《およ》ぼせば、世界《せかい》の戦争《せんさう》にまでも及《およ》ぶ。

かくの如《ごと》く争《あらそ》ひの伴《ともな》つて居《ゐ》る「食《しよく》」を人生《じんせい》の土台《どだい》として事《じ》物《ぶつ》を判《はん》ずることは、直《たゞち》に世《よ》を争《あらそ》ひの中《なか》へ投《な》げ出《だ》して、これに伴《ともな》う猜忌《さいき》や嫉妬《しつと》や、陥穽《かんせい》や残忍等《ざんにんとう》の害毒性《がいどくせい》の限《かぎ》りなき発達《はつたつ》を幇《たす》けて、永久《えいきう》の不安《ふあん》を現出《げんしゆつ》するのである。

個人《こじん》でも国家《こくか》でも世界《せかい》でも、其目的《そのもくてき》が「道《みち》」になくて、「食《しよく》」に在《あ》る間《あひだ》は、どうしても争《あらそ》ひは免《まぬか》れないものと思《おも》はねばならぬ、今《いま》の世《よ》はどの方面《はうめん》も、先《ま》づ食物本位《しよくもつほんゐ》の組織《そしき》たることは否《いな》めない、それであるから年《ねん》百年中《ねんぢう》、世《よ》に争《あらそ》ひが絶《た》えない、国《くに》と国《くに》との争《あらそ》ひも、人《ひと》と人《ひと》との争《あらそ》ひも、みんな是《こ》れが根《ね》だ、この根本《こんぽん》を始末《しまつ》づけることをしないでいくら道徳《だうとく》だの哲学《てつがく》だのと騒《さわ》いでも、所詮世《しよせんよ》は永久《えいきう》の春《はる》とならない、こゝに於《おい》てか「道《みち》」本位《ほんゐ》の大旗幟《だいきし》を世界人類《せかいじんるゐ》の上《うへ》に打樹《うちた》てねばならぬのである。

人間が他者から何かをとる（盗る／取る／奪る／摂る）ことによってしか生きていけない存在だとしても、それをとらない（盗らない／取らない／奪らない／摂らない）で済む生き方もあるのではないか。智学のいうところの「道」を模索する生き方とは、本作における「大盗」、すなわち宝物を目の前にしながら、それに手を付けずに去る者の思いに通じていよう。

しかし、賢治は「とる」ことの恐ろしさを知るとともに、「とる」ことの喜びをも知っていた。しおはま（後掲）は、「「大盗」とは云うまでもなく宮沢賢治自身のこと」と書き、原子朗（後掲）も言葉を盗む詩人であった賢治こそが盗賊ではないのかとしている。本論でも、中尊寺伝説めかして第三者風に書きながらも、実際はやはり賢治自身が「大盗」であったように思う。そして、本作では、たまたま「大盗は礼して没《き》」えたかもしれないが、賢治という大盗は、まだまだこれで「とる」ことから離脱できたわけではない、とも思う。

　ところで、本作の下書稿㈠にも下書稿㈡にも、中尊寺との関係を匂わせる要素は何もない。そもそも大正十年頃に書かれたと思われる「〔冬のスケッチ〕」に、突然、修学旅行中の経験が現われるというのは不自然である。本作は「未定稿」の「中尊寺〔二〕」と共に扱われることが多く、関係の深い作品であるように扱われてきたが、修学旅行との結びつきが強く、「「文語詩篇」ノート」や「「東京」ノート」に関連するのは「中尊寺〔二〕」の方であって、本作は、修学旅行との関係は直接にはないように思う。もちろん、結果的に「中尊寺」と名付けられた以上、中尊寺と全く無関係ではないにしても、本作は「ぬすびと」や「〔冬のスケッチ〕」に、時間的にも内容的にも近いということは、もう少し注意されてもよいように思う。

先行研究

恩田逸夫「脚注」「補注」（『日本近代文学大系36　高村光太郎・宮沢賢治集』角川書店　昭和四十六年六月）

森荘已池「賢治の中尊寺詩碑」（『宮沢賢治の肖像』津軽書房　昭和四十九年十月）

小倉豊文「山上の堂のくらやみ」（『「雨ニモマケズ手帳」新考』東京創元社　昭和五十三年十二月）

山口逵子「賢治「文語詩篇定稿」の成立」（「大谷女子大学紀要20—2」大谷女子大学志学会　昭和六十一年一月）

宮城一男・対馬美香A「文語詩「中尊寺」考」（「弘前・宮沢賢治研究会会誌4」弘前・宮沢賢治研究会　昭和六十一年五月）

宮城一男・対馬美香B「平泉の奇蹟　文語詩「中尊寺〔一〕〔二〕」考」（「宮沢賢治7」洋々社　昭和六十二年十一月）

しおはまやすみ「編者あとがき」（『宮沢賢治詩ノート集』あるちざん　平成二年一月）

田口昭典「文語詩に見る縄文」（『縄文の末裔・宮沢賢治』無明舎　平成五年三月）

原子朗「賢治と中尊寺」（「関山3」中尊寺　平成八年十月）

牛崎敏哉「中尊寺〔一〕」（『宮沢賢治　文語詩の森』）

水上勲「宮沢賢治文語詩に関する二、三の問題」（「帝塚山大学人文科学部紀要1」帝塚山大学人文科学部　平成十一年十一月）

吉田精美「西磐井郡平泉町・中尊寺金色堂拝観受付所裏」（『新訂　宮沢賢治の碑・全国版』花巻市文化団体協議会　平成十二年五月）

池川敬司「「コバルト山地」、「ぬすびと」自然と人事の交錯」（『宮沢賢治との接点』和泉書院　平成二十年七月）

関宮治良「東稲山・駒形山と平泉」（「第9回グスコーブドリの大学校報告書」石と賢治のミュージアム 平成二十一年一月）
森義真Ａ「宮沢賢治と平泉「大盗」に新説」（「宮沢賢治センター通信16」宮沢賢治センター 平成二十四年十一月）
森義真Ｂ「宮沢賢治と平泉「大盗」とは誰か？」（「賢治学2」東海大学出版部 平成二十六年六月）
信時哲郎「宮沢賢治「文語詩稿 一百篇」評釈八」（「甲南国文63」甲南女子大学国文学会 平成二十八年三月）
島田隆輔「８８ 中尊寺〔一〕」（「宮沢賢治研究 文語詩稿一百篇・訳注Ⅲ」〔未刊行〕平成二十九年九月）

89　嘆願隊

①やがて四時ともなりなんを、　当主いまだに放たれず、
外の面は冬のむらがらす、　山の片面のかゞやける。

②二羽の鳥の争ひて、　さつと落ち入る杉ばやし、
このとき大気飽和して、　霧は氷と結びけり。

大意

そろそろ四時になろうとしているのに、当主はまだ陳情にやってくる人々から解放されることなく、窓の外には冬の鳥が群れており、山の片面だけが輝いている。

二羽の鳥が争って、さっと杉林の中に落ちていったかと思うと、ちょうどこの時に安定していた大気が弛んで、霧は氷となっていった。

モチーフ

「〔冬のスケッチ〕」を元にした作品で、おそらく四時の終業を間際に控えた稗貫郡役所の事務官が見た鳥と大気との織りなした自然現象。杉林の中に二羽の鳥が落ちていくと、その拍子に、霧が氷結したという状況を詠んでいるのであろう。

語注

嘆願隊　赤田秀子（後掲）も書いているように、嘆願隊という表現は他では見かけないもので、賢治の造語であろう。『日本国語大辞典』には、嘆願が「事情を詳しく述べて切に願うこと」、陳情は「中央や地方の公的機関に、実情を訴えて一定の施策を要請すること」とあり、「陳情団」の語も「陳情の

ために組織された集団」として掲載されているが、嘆願隊はない。四時まで当主が解放されないということから、役所に対して様々な人が嘆願や陳情を述べにやって来るということではないかと思う。また、文語詩制作中の昭和七年には、松尾鉱山の鉱毒をめぐって、大更村（現・八幡平市）から嘆願書が岩手県知事あてに提出され、「東京日日新聞岩手版」に数度にわたって報じられ、盛岡大衆党も動き出すことがあった（早坂啓造「松尾硫黄鉱山鉱毒害問題と山本弘」『近代日本社会発展史論』ぺりかん社 昭和六十一年三月）。賢治は松尾鉱山を「一百篇」の「〔腐植土のぬかるみよりの照り返し〕」等で扱っていると思われることから、この件について知っていたはずだ。まだ「公害」という言葉もなかった時代の新しい動きとして、取り入れるつもりがあったのかもしれない。島田隆輔（後掲B）は、嬰児遺棄を扱った口語詩「〔鉛いろした月光のなかに〕」の手入れに嘆願や陳情書とあったことから読み解く試みをしている。

四時　佐藤清（「四時」『宮沢賢治 文語詩の森 第二集』）が、賢治の時代は「人は日の出と共に活動し、日没で終業、就寝が現在よりもずっと早かった。官庁の終業時間は四時であった」と書いているとおり。

当主　「その家の現在の主人。当代の戸主」（『日本国語大辞典』）。下書稿には「センダ（チ）」のルビが残っていたことを『新校本全集』は伝えている。「先達」のことと思われるが、『日本国語大辞典』には、「学問・技芸・修行などで、先にその道に達し、他を導くこと。また、その人。先輩。せんだち」とある。

評釈

黄罫（22 22行）詩稿用紙表面に書かれた下書稿（鉛筆で㊢）、定稿用紙に書かれた定稿の二種が現存。生前発表なし。赤田秀子は「〔冬のスケッチ〕」の第三八葉を先行作品ではないかとする。

からすそらにてあらそへるとき
あたかも気圏飽和して
さとかゝれる　氷の霧。

『新校本全集』は、この指摘を行っていないが、決定的だと思う。ただ、『新校本全集』では「一百篇」の「〔うたがふをやめよ〕」の先行作品として、第三八葉を第一七葉と共にあげている。

①うたがふをやめよ、　林は寒くして、
いささかの雪凍りしき、　根まがり杉ものびてゆる、を。
②胸張りて立てよ、　林の雪のうへ、

青き杉葉の落ちちりて、　空にはあまた烏なけるを。

③そらふかく息せよ、　杉のうれたかみ、
　烏いくむれあらそへば、　氷霧ぞさつとひかり落つるを。

「〔冬のスケッチ〕」中の一つの詩句が二つ以上の文語詩に使われた例の一つであろう。ただ、どちらの詩についても背景にすぎず、両詩が深く関わりあっている印象もない。

　また、「四時」が登場するとなれば、「一百篇」所収の「四時」も無関係であるとは言えまい。四時という時間、つまり近代以降に導入された定時法による時間は、農民をはじめとした多くの人々に、まだ完全に受け入れられてはいなかった。明治以前の日本では、日の出と日の入りの時間をもとに時間を六つに分け、夏と冬とで長さが違う不定時法が採用されていた。常に時計を手放すことなく、定時法にもとづいた生活を送る必要があったのは、「一百篇」の「四時」で取り上げられたような鉄道駅や官庁、学校であった。本作もこの三つの機関が集中していた鳥谷ヶ崎駅近辺を舞台にした作品である。

　「〔冬のスケッチ〕」が取材された頃、賢治は稗貫農学校に勤務していたが、同校は大正十二年三月まで鳥谷ヶ崎駅前にあったから、その頃の心象風景を描いたものだろう。「一百篇」の「四時」や、その直前に収録された「〔塀のかなたに嘉菟治かも〕」も、やはり同じ時期の作品だということになりそうだ。「〔塀のかなたに嘉菟治かも〕」には、「あかつちいけにかゞまりて、烏にごりの水のめり」とあるから、烏の繋がりにおいても、本作との関連が指摘できそうだ。

　二羽の烏が空中を争いながら飛んでいる光景は、よく目にするが、その烏たちが共に森の中に落ちていった時に、ちょうど霧が氷になったように見えたというのだろう。童話「烏の北斗七星」には、「若い声のいゝ砲艦」の夢の中の記述として、次のようにある。

烏《からす》の大尉《たいゐ》とたゞ二人《ふたり》、ばたばた羽《はね》をならし、たびたび顔《かほ》を見《み》合《あは》せながら、青黒《あをぐろ》い夜《よる》の空《そら》を、どこまでもどこまでものぼつて行《い》きました。もうマヂエル様《さま》と呼《よ》ぶ烏《からす》の北斗七星《ほくとしちせい》が、大《おほ》きく近《ちか》くなつて、その一《ひと》つの星《ほし》のなかに生《は》えてゐる青《あを》じろい苹《りん》果《ご》の木《き》さへ、ありありと見《み》えるころ、どうしたわけか二人《ふたり》とも、急《きふ》にはねが石《いし》のやうにこわばつて、まつさかさまに落《お》ちかゝりました。マヂエル様《さま》と叫《さけ》びながら愕《おど》ろいて眼《め》をさましますと、ほんたうにからだが枝《えだ》から落《お》ちかゝつてゐます。

　過冷却とは、「液体が固まる温度（凝固点）を下回っていても、固体化せずに液体のままでいる状態。分子が極めて安定している状態で起こる現象のため、振動を与えると即座に凍結する。たとえばボトルに入った水が過冷却状態の場合、0℃以下であっても液体のままだが、グラスに移し替えようとすると、注いでいる最中から凍り始める」（『ｉｍｉｄａｓ』）ことで、霧状の水蒸気が、突然飛び込んできた鳥によって、凍りついたように見えたということだろう。賢治が気に入って使っていた化学用語の一つで、童話「インドラの網」に、「こいつは過冷却の水だ。氷相当官なのだ」とあり、また『新校本全集 第五巻』所収の口語詩「阿耨達池幻想曲」にも同じ表現が登場する。

舞台は鳥谷ヶ崎駅前にあった稗貫郡役所だろうとしたが、「嘆願」の処理に忙しい事務官が、冬の鳥と大気の織り成す過冷却現象を喜んだというのは現実的ではない。役場に隣接していた稗貫農学校の教師・宮沢賢治が、一日の終わりに見かけた窓外の光景が、さまざまな記憶と結びついたり、離れたりしながら、本作が編み上げられたのだと考えたい。

先行研究

赤田秀子「文語詩を読む その９ 鳥のいる風景「烏百態」ほか冬のスケッチから文語詩へ」（「ワルトラワラ20」ワルトラワラの会 平成十六年五月）
島田隆輔Ａ「原詩集の輪郭」（「宮沢賢治研究 文語詩集の成立」）
信時哲郎「宮沢賢治「文語詩稿 一百篇」評釈八」（「甲南国文63」甲南女子大学国文学会 平成二十八年三月）
島田隆輔Ｂ「８９ 嘆願隊」（「宮沢賢治研究 文語詩稿一百篇・訳注Ⅲ」〔未刊行〕平成二十九年九月）

90 〔一才のアルプ花崗岩《みかげ》を〕

①一才のアルプ花崗岩《みかげ》を、　おのも積む孤転車《ひとつわぐるま》。
②（山はみな湯噴きいでしぞ）　髪赭きわらべのひとり。
③（われらみな主《ぬし》とならんぞ）　みなかみはたがねうつ音。
④おぞの蟇みちをよぎりて、　にごり谷けぶりは白し。

大意

一立方尺になる高山の御影石を、自分でも積もうと一輪車を持ち出す。（全部の山から温泉が湧いているみたいだぞ）髪の赤い子供の一人が言う。（おれたちがこの山の王様だぞ）上流からは鏨を打つ音が聞こえてくる。のっそりとヒキガエルが道を横切り、にごり谷にはけむりが白く漂う。

モチーフ

「アルプ花崗岩」とは何か、舞台はどこかという論議がなされたが、前者については「高山をなしている花崗岩」、後者については姫神山ではないかと思う。ただ、実際は岩手県内の様々な鉱山や石切り場での経験を組み合わせ、虚構も加えたものであろう。石切り場で働く父と、その周りで遊ぶ子どもたちを前面に出すようになったのは、文語詩化の過程でのようだが、岩手に住む様々な人の生活や思いを収録しようという意図によるものだと思われる。

語注

一才　積み荷や石材の体積を量る単位で一立方尺のこと（一切とも書く）。一尺×一尺×一尺で約二十七・八二六リットル。重さにすると七十kgほどになり、とても「わらべ」が持てる重さではない。多田実（後掲）が言うように屑石を運んだのだろう。

アルプ花崗岩《みかげ》　『新校本全集』には、昭和四十二年版全集では半花崗岩の「アプロ花崗岩」の書き誤りであろうとして校訂していたが、「半花崗岩の意味の「アプロ」の方が自然かとも思われるが、下書稿・定稿ともはっきり「アルプ」と書いてあるので、本文も「アルプ」のままにする」とある。ただ細田嘉吉（後掲）や加藤碵一（『宮沢賢治地学用語辞典』）も書くとおり、半花崗岩では大きな石材として切り出すことはできないようなので不適当だろう。多田（後掲）は、「アルプス造山運動に伴う火成活動によって生成した花崗岩」の略称であろうとし、『定本語彙辞典』も多田説に従っている。細田（後掲）は、多田のいうアルプス造山運動説（造山運動は褶曲山地や地塊山地ができる運動と考えられていたが、火成活動や対流論をも対象に含められるようになったとする）の日本での認知は一九四〇年代以降であり、賢治在世当時に発表された報告書等も市中に出回ることはほとんどなかったことから、受け入れていない。そして細田は「アルプ花崗岩」を「高山をなしている花崗岩」のことだろうとするが、本論でも細田説に従いたい。

孤転車《ひとつわぐるま》　土石運搬に用いる手押し式の一輪車、ねこ車のこと。下書稿㈠では、「木ぐるま」、下書稿㈡では「孤輪車」、書き直した段階で「孤輪車《ひとつわぐるま》」とルビ付きになっている。定稿では、『新校本全集』によれば「孤転車《ひとつわぐるま》」と、輪の字が転の字に変わっているが、おそらくは書き誤りだろう。細田（後掲）は、「孤転車」について、「この字、この読みをあてたのは語感をととのえるための賢治の創意か」とするが、『日本国語大辞典』では「孤転車」はないが、「孤輪車」について、「荷物運搬などに用いる一輪の手押し車」とし、『慶応再版英和対訳辞書』（慶応三年）にも barrow の訳語として、また、石橋思案の『寧馨児』（明治二十七年九月）の用例をあげ、「こりんしゃ」と読んでいる。朝日新聞の「聞蔵Ⅱ」で用例を検索したところ、「孤転車」はゼロであったが、「孤輪車」については、明治四十年四月一日に「赤坂区東京興農園の農業用孤輪車」が東京博覧会に出展されたとの記事が見つかった。

おぞの墓　「おぞ」について、細田（後掲）は、「おぞましい。

いやな感じ」とするが、「鈍《おそ》い」であろう。にぶい、おそい、愚かといった意味で使われる。蟇はヒキガエルのこと。鈍重でのっそりとヒキガエルが道を横切ったのであろう。

評釈

黄罫（22０行）詩稿用紙表面に書かれた下書稿㈠、その裏面に書かれた下書稿㈡、定稿用紙に書かれた定稿の三種が現存。生前発表なし。『新校本全集』に指摘はないが、多田実（後掲）は、「歌稿〔B〕」の「18 そら耳かいと爽やかに金鈴の／ひゞきを聞きぬ　しぐれする山」を赤インクの枠で囲み、その下部に赤インクで次のような断片を書いて○によって抹消してあり、それを本作の先行形態であろうと指摘する。

赤みかげ石　ひき
霧降る林と濁り水
坂のぼり行く石切たち
雲たちまへる前山

赤みかげ石、ひき、濁り水、石切等、本作と関連する語が多く、また、赤インクによる枠や、○によって抹消された短歌は文語詩化されているものが多いことからも、先行作品だとしてよいように思う。下書稿㈠は次のようなものだ。

にごり谷雨はくらきを
みなかみのいづこにかあれ
ひとあまたたがねうつ音

髪緒きわらはべひとり
木ぐるまに切石のせて
橋のべにぼうとたゞずむ

何鳥ぞ朱の尾せるもの
いくめぐり谷をのぼりて
にごり水白くけぶりす

さらにまたわらはべひとり
みね這へる雲をゆびさし
温泉《ゆ》ぞ湧くと叫び出でくる

花崗岩の石切り場で遊ぶ子どもたちの様子を書こうとした詩に変えたようだ。「歌稿〔B〕」の18や、その下にかかれたメモには子どもたちの姿がないが、雲が湧き立っている様子を温泉のようだと思った賢治が、その思いを子どもが感じたようにして登場させたのかもしれない。

　多田（後掲）は、「「文語詩篇」ノート」の「14 1909」（明治四十二年。中学一年時）に、「夏休ミ、西鉛温泉、母疾ム、　熊堂、マガ玉／植物採集、蛇、蜂、岩絵具、」等とあることから、西鉛温泉にも近い豊沢ダム堰堤附近での経験を詩にしたのではないかとする。この一帯に肉赤色カリ長石を伴う花崗岩類があったと思われること、地元で「前山」と呼ばれている山があること、白沢という名前の川があり、「濁り水」を思わせることなどから、ここが舞台だとする。ただ、石切り場の存在については、地元の人たちも知らないとのこと。

また、細田嘉吉（後掲）は、「語注」にも記したとおり、「アルプ花崗岩」を「高山をなしている花崗岩」と解釈しているが、岩手県内で花崗岩でできた高山として薬師岳、五葉山、姫神山をあげ、このうち古くから石切り場があったことで知られる姫神山が舞台であろうとする。また、細田は石切り場の近くに「濁川」という川が流れていることも指摘する。

盛岡高等農林学校時代の友人・高橋秀松（「賢さん」『宮沢賢治とその周辺』川原仁左エ門　昭和四十七年五月）によれば、二年の頃に姫神山まで賢治と登ったことがあるというが（「丹藤川」／「家長制度」の体験をしたのとはまた別の機会）、細田（後掲）はそれが原体験なのだろうという。そして、七十kgもの石を「わらべ」が運べるはずはなく、また、石切り場で働く若年労働者だとするのも、「橋のべにぼうとたゞずむ」という描写からは考えにくいため、本作における二人の「わらべ」は、賢治と高橋であろうという。

まず多田説から検討してみたい。多田説の最大のネックは、地元の人も石切り場について知らないことであろう。多田も書くように短期間だけのものだった可能性もあろうし、虚構だったと言われればそれまでだが、先行形態にも「石切たち」と複数で登場し、下書稿㈠には「ひとあまたたがねうつ音」ともあったことからすると、なかなか苦しいところだと思う。また、『昭和六年　岩手県統計書　第三編　産業（其ノ二）』（岩手県　昭和八年二月）によれば、昭和六年のデータではあるが、花崗岩の産出量は、岩手郡（五四、〇三五才）、和賀郡（六、五〇〇才）、江差郡（五、六三〇才）、東磐井郡（三三二、三四六才）、気仙郡（八一、三三〇才）、上閉伊郡（二四、二〇〇才）、下閉伊郡（五〇、五一〇才）、九戸郡（二、三六〇才）、二戸郡（一〇〇才）と、花巻町や湯口村を含む稗貫郡の産出がゼロであることからも、この説は採用しにくい。白沢や前山の名前も、決定打にはなりにくいと思う。

細田説については、「ひとあまたたがねうつ音」にもふさわしい石切り場が姫神山に存在したこと（『岩手県統計書』のデータで岩手郡の産出量は県内二位）、「歌稿〔B〕」に赤インクで書かれた先行形態には「赤みかげ石」とあったが、姫神山では石英がうっすら桜色になっていることから「姫神小桜」と呼ばれる花崗岩を産出したことなどから、かなり信憑性が高いように思う。「一百篇」の「市日」で姫神山を「みかげ尾根」と呼んでいたことも参考になろう。ただし、高農時代の取材にもとづくのではないかという点については、「歌稿〔B〕」の18の短歌が中学時代のものであることから、にわかには採用しがたい。二人の「わらべ」を賢治と高橋だとするのも、少々強引すぎるように思う。

「「文語詩篇」ノート」の「14 1909」には、鬼越山（玉髄採取?）、のろぎ山（のろぎは、蠟石のこと）等と書かれているが、同級生だった阿部孝（「賢治と私」『ばら色のばら』高知新聞社昭和四十年八月）は、中学時代の賢治について次のように書いている。

中学一年生のころ、遠足や郊外散歩に出かけるときの彼の腰には、かならず愛用の金づちが一ちょう、たばさまれていた。彼の詩によくでてくる、七つ森、南昌山、鞍掛山、その他、盛岡近在の山や丘で、彼のこの金づちの洗礼を受けていない所は、ほとんどあるまい。こうして、方々から集められた岩石の標本が、彼の机の上や、引き出しから、押し入れの中まで、いっぱいに埋めていた。中学一年生で、あれだけ石に興味の持てる子供は、古今東西を通じて、あまり類がないかもしれない。あの調子でいったら、彼はおそらく、第一級の鉱物学者か、地質学者にもなり得たであろう。

阿部の書く通りなのだとすれば、賢治が、いつ、どこに出かけた際に本作のモチーフを得たのかを突き止めるのは至難の業だということになりそうだ。ことに本作には特に大事件に遭遇した経験を書いているわけでもないので、様々な時期の、様々な場所での記憶、そこに虚構も重ねられた上で成り立ったと考えるのが妥当であるように思う。

地質学的な話が長くなったが、文語詩定稿を読む限り、本作は石切り場で働く父と、その周りで遊ぶ子どもたちについて書いた詩のようである。先にも書いたように、彼らを前面に出すようになったのは、文語詩化の過程においてであったようだが、これは賢治の文語詩が、集全体の傾向として、岩手に住む様々な人の生活の様子や思いをできるだけ広く、深く収録しようという意図で構成されているためではないかと思う。

また、石切り場で働く父とその子という組み合わせは、「風の又三郎」における鉱山技師とその子どもである高田三郎の関係を思い出させる。高田三郎が「赤い髪の子供」とされていたのと同じく、ここでも「髪赭きわらべ」となっているが、案外、原風景は共通していたのかもしれない。

先行研究

多田実「〔一才のアルプ花崗岩を〕考」（「宮沢賢治研究Annual5」宮沢賢治学会イーハトーブセンター　平成七年三月）

細田嘉吉「〔一才のアルプ花崗岩を〕」（『宮沢賢治　文語詩の森第三集』）

信時哲郎「宮沢賢治「文語詩稿　一百篇」評釈八」（「甲南国文

63」甲南女子大学国文学会 平成二十八年三月）
島田隆輔「９０〔一才のアルプ花崗岩を〕」（「宮沢賢治研究 文語詩稿一百篇・訳注Ⅲ」〔未刊行〕平成二十九年九月）

91 〔小きメリヤス塩の魚〕

①小きメリヤス塩の魚、　藻草花菓子烏賊の脳、
雲の縮れの重りきて、　風すさまじく歳暮る丶。
②はかなきかなや夕さりを、　なほふかぶかと物おもひ、
街をうづめて行きまどふ、　みのらぬ村の家長たち。

大意

子ども用のメリヤスに塩辛い魚の干物、海藻に花、菓子、イカの塩辛、縮れた雲がどんよりとして、冷たい風が吹きすさぶ年の暮れ。

ものがなしく見えるのは夕暮れ時に、まだ物思いにふけるようにして、町をうずめるようにして行き惑っている、収穫なく終わった村の家長たちである。

モチーフ

年末の町の風景である。町には正月用の商品が並び、「みのらぬ村の家長たち」も、正月らしい気分を家族に感じさせたいと思うが、暮れ方になっても町中を行き来するばかり。わびしい風景だが、ここに登場する家長たちには、家族があり、正月を祝おうというだけの経済力もある比較的余裕のある層だろう。中農層の喜怒哀楽も、きちんと文語詩に描いておこうとしたのだろう。

語注

メリヤス　糸をループさせた編目の集合により、伸び縮みするように編まれたもののこと。対して、縦横の二本の糸でつくられているのが織物。メリヤスは「莫大小」と書かれること

もあるが、これは大も小もないこと、つまり伸縮自在であることからだという。日本に持ち込まれたのは江戸初期。使用する糸に制限はなく、用途としては肌着、靴下、上着等で、密着性や伸縮性が求められるものに多い。『日本国語大辞典』は、伸縮自在ということから、「相手次第でどのようにでもなる人をいう俗語」という語義も載せている。

藻草　赤田秀子（後掲）は、「もそうと読む。ふのり、昆布、ワカメなど海藻類」とするが、「もぐさ」の方が一般的な読み方のようである（下書稿に指示はないが、手近な辞書類には「もぐさ」はあっても「もそう」は載っていない）。

烏賊の脳　イカの肉や内臓を塩漬けして発酵させた塩辛のこと。赤田（後掲）は、『聞き書き岩手の食事』（農山漁村文化協会　昭和五十九年九月）から、「とりたての赤腑（スルメの肝臓）と味噌を入れてぐつぐつ煮たものを腑味噌と言って珍味だそうである」という。岩手県の内陸部では新鮮な海産物が手に入る機会は稀だった。

評釈

無罫詩稿用紙に書かれ、『新校本全集』で「逐次形」とされる下書稿㈠、その余白に書かれた下書稿㈡、裏面に書かれた下書稿㈢、その余白に書かれた下書稿㈣（タイトルは「戸主」。「家長」の案も示される。紙面右肩に青インクで(了)、上部余白に赤インクで㊢。『新校本全集』は青インクとするが、島田隆輔（「ウル定稿本文考」『文語詩稿叙説』）は、宮沢賢治記念館の原稿資料を確認したところ、赤インクであったことを確認している）、定稿用紙に書かれた定稿の五種が現存。生前発表なし。ただし、後述するように島田隆輔（後掲B）が、校異に対する異論を発表している。

『新校本全集』では、「本篇下書稿と関連ある下書断片と見られる語句「塩の」「鱈と塩鮭　赤き足袋」が、「作品断章・創作メモ」創4の用紙裏面に残っている」とする。この他の先行作品や関連作品についての指摘はしていないが、赤田秀子（後掲A）は、『新校本全集　第五巻』所収の口語詩「〔こっちの顔と〕」や、「春と修羅　第二集補遺」の「〔雪と飛白岩の峯の脚〕」（「五〇八　発電所　一九二五、四、二、」の発展形）に共通する詩句があることを指摘している。

また、下書稿㈡には「林光左」とのメモがあるが、「「文語詩篇」ノート」の「33 1928」には、「林光左」とあり、それを生かしたと思われる「一百篇」の「来々軒」には「林光文」、また「未定稿」の「〔馬行き人行き自転車行きて〕」には「林光原」が登場する（同詩の先行作品である『新校本全集　第五巻』所収の口語詩「〔湯本の方の人たちも〕」では「林光左」）。これらは冬の花巻を描いており、本作の下書稿と同じように、警察や活動写真の楽隊も登場する。また、「ちゞれ雲西に傷みて」や「雲は傷れて眼痛む」といった詩句もあって、本作と似た部分が多い。

先述の通り、島田（後掲B、D）は、本作は、『新校本全集』の校異に異議を唱えて、次のような流れを示す。

下書稿㈠→下書稿㈢（了）→「作品断章・創作メモ」創4裏面→下書稿㈣（写）→下書稿㈡→定稿

使われている詩句や導線の指示、筆記用具の種類等からの判断で、写の後にも新しい原稿を書くという異例の制作過程ながら、妥当な指摘だと思われる。よって、ここでは島田説に従いながら校異を追いかけてみることにしたい（ただし混乱を避けるために「下書稿」の名称は『新校本全集』のままとする）。まず下書稿㈠から見てみよう。

はるばると露店はならび
烏賊の脳　歪める陶器
塩鮭や　数の子ふのり
茶絣とメリヤスのシャツ
ちゞれたる雲のま下を
魚類の　包みをになひ
うちきほひ人押し分けて
米とれる農夫は急ぎ
けらや縄藁沓を吐《ママ》き
かなしげに行きかふものは
堰下の旱地の農夫

活動の遠き楽隊は
がたぴしに雲にひゞけば
太き剣さげし巡査や
開空の家長の会は
しみじみと夕暮に入る

ここで描かれているのは花巻の町の賑わいであろう。下書稿㈡に書かれたメモには「林光左」とあり、これは花巻の町を描いたと思われる文語詩「一百篇」の「来々軒」や「未定稿」の「〔馬行き人行き自転車行きて〕」の登場人物（あるいは同姓の別人）であり、描かれた町の様子の類似からもそのように言えそうだ。ただし下書稿㈢の手入れでは「この峡」ともあることから、花巻よりももう少し小さな山間の町（大迫あたり？）を想定していたのかもしれない。下書稿㈣は次のとおり。

歪める陶器烏賊の脳
小きシャツや　赤き足袋
露店はならぶ雪の雲
楽隊の音がたぴしに
はるかの町の角行て
おもむろに来る青のバス

みのれる村のをのこらは
魚こもづつみ一つきの
（五、六字分空白）みな去りにけり

ひでりつゞける村人は、
いくたび町を行きかへて
罪あるもののすがたなり

さびしきかなやたそがれて
こらのすがたを胸にして
なほ行きまどふ戸主の群

連で区切ることによって、「みのれる村のをのこら」と「ひでりつゞける村人」の差が見えやすくなり、「ひでりつゞける村人」を賑やかな町の中を「罪あるもののすがた」だと書いているのも印象に残る。

島田（後掲B）は、この段階で「「小／ちいさき／小き」という修飾が、はじめて登場する」とし、「「家」のなかで本来強者たる家長／戸主が守るべき弱者、子どもの存在が詩の場にはっきりととらえられて、強者も弱者ももろともに苦悩のなかに沈みこんでいく家族、そして村の存在、というものに、詩人の視線は到達している」とする。「初期短編綴等」に収められた「家長制度」では、土性調査の際、賢治が山間の家で体験した家長制の強固さについて書いているが、その時の「家長」にくらべると、ずいぶんと家族思いで心優しい存在のように見える。下書稿㈡（島田の想定による冒頭の三行を省いた形態）をあげてみる。

みのらぬ村の家長たち
ふかぶかおもひ旧臘の
まちをうづめて行きまどふ

歪める陶器烏賊の脳
小きメリヤス塩の魚
露店はならび客はなき

雲の縮れの重りきて
楽隊の音がたぴしに
はるかのまちをめぐるらし

はかなきかなや暮れそめて
なほ物おもひ行きまどふ
みのらぬ村の家長たち

「みのらぬ村の家長たち」に始まり、そして同じ詩句で終わるという構造で、みのれる村と旱害の村の対比を捨て、島田によれば「旱害の村の「家長」たちの苦悩に向き合って、そこに集中して」いる詩稿となっている。

関連作品である「詩への愛憎」（「〔雪と飛白岩の峯の脚〕」の雑誌発表形）は、はじめは発電所を見学した際の経験を綴る作品であったが、昭和初期に大幅に改変され、発電所の技師の夢想の中に脚本家である令嬢が現われ、技師が令嬢の芸術観を批判するという内容になっている。

やつぱりあなたは心臓を、三つももつてゐたんですねと、技手がかなしく喞《かこ》つて言へば、佳人はりうと胸を張る、どうして三つか四つもなくて、脚本一つ書けるでせう、技手は思はず憤《いきどほ》る、なにがいつたい脚本です、あなたの雑多な教養と、愚にもつかない虚名のために、そこらの野原のこどもらが、小さな赤いもゝ引や、足袋をもたずに居るのです、旧年末に家長らが、魚や薬の市《いち》へ来て、溜息しながら夕方まで、行つたり来たりするのです、さういふ犠牲に値する、巨匠はいつたい何者ですか、さういふ犠牲に対立し得る、作品こそはどれなのですか、もし芸術といふものが、蒸し返したりごまかしたり、いつまで経つてもいつまで経つても、無能卑怯《やくざ》の遁げ場所なら、そんなものこそ叩きつぶせ

島田（後掲C）によれば、「近代化や芸術（理想）がムラを救うには及んでいない」ということであり、「〔小さきメリヤス塩の魚〕」は、「「さういふ犠牲に対立し得る」ものを立ちあげようとする試みだったといえる。そこには、「無能卑怯《やくざ》の逃《ママ》げ場所」でない「芸術」の成立が志されているであろう」という。

「詩への愛憎」の発表は昭和八年三月（「詩人時代3―3」）だから、これは「はじめに 文語詩はどこに向かっていたか」（信時哲郎『五十篇評釈』）の中で指摘したような晩年の認識、すなわち自分が書いてきた口語による心象スケッチを〈インテリ向けの作品で、生活を故意に没した美しいもの〉として捉え直し、文語詩を〈大衆向けの作品で、生活を積極的に取り入れた素朴なもの〉として書いていこうとする姿勢とも合致するように思う。が、そうした思いをほかならぬ口語詩で書いているというあたり、「詩への愛憎」という両義的なタイトルを付けざるを得なかった賢治自身のたどり着いた地点であったのかもしれない。

それはともかく、島田（後掲B）が「夕暮れとともに黒々とひろがり、圧し迫ってきていたのは、あまりにも冷酷な現実の方だった」というのは基本的にはそのとおりであったにしても、家長たちが夕刻までうろうろしていたのは、島田自身も書いているように「正月という節目の贅沢」をするためのものであったということについては強調しておく必要があると思う。

関連作品である口語詩「〔こっちの顔と〕」には、「殊にも塩の魚とか／小さなメリヤスのもゝ引だとか／ゴム沓合羽のやうなもの／かういふものについて共同の関心をもち／一諸にそれ

を得やうと工夫することは／じつにたのしいことになった」とあり、これは赤田（後掲Ａ）も言うように、「つつましくも楽しい豊かな生活の具体的指標であった」わけである。また、下書稿㈣には「赤き足袋」とあり、「詩への愛憎」にも「足袋」が出てきていたが、赤田が引用する森口多里「衣食住」（『日本の民俗３ 岩手』第一法規 昭和四十六年十一月）では、足袋について、「農家では足袋はめったにはかなかった。町でも自家製の足袋は甲と底の縫い合わせ目がそとに出ているアワビタビであった。農民は草鞋《わらじ》を素足にはき、冬は藁沓のツマゴをはいた」とある。正月用の食品や雑貨を、自分の思ったとおりに買うことができないというのは、たしかに悲劇というべき状況かもしれない。しかし、彼らを夕刻までうろうろさせたのは、少しでも安くてよいものを、少しでも効率よく、より多く手に入れようとしたからであって、所持金ゼロの状態で、何を買うあてもなく歩いていたわけではない。

　もちろん、島田（後掲Ｃ、Ｄ）も「みのらぬ村」という語には「みのった村」の存在も前提となっているのであり、ここではマチとムラの二つ、そしてそのムラにも、みのった村の農民―みのらぬ村の農民―マチに出て来ることもできない農民の三層がおり、「この詩の場には、四重のムラ―マチ構造がかくされている」（後掲Ｄ）というのが、あたっているだろう。

　大正十三年に岩手県の三陸で生まれ育った山下文男（「昭和五年（１９３０）世界恐慌の直撃」『昭和東北大凶作 娘身売りと欠食児童』無明舎 平成十三年一月）は、たった一人の女の子であった自分の姉は、借金のために隣町の旅館に女中奉公に出され、風呂に入るのは一週間か十日に一回。それでも自分は「まだ恵まれた方であった」という。そんな山下は、自分の幼年時代の年末を次のように書いている。

　父は、師走になると、きまって元気がなくなり、怒りっぽくなった。両手で頭を抱え、じっと炉端の火を見ながら考え事をしている風で、無言だった。母は、まるで腫れ物にでもさわるように、そんな父を扱った。気配を察して、子どもたちも、このときばかりは父の顔色をうかがい、おとなしくした。煩《うるさ》い子どもたちがフトンに入ってから、両親に長男が加わってのひそひそ話が始まる。「利子あげ」をして、いかに、この暮れを切り抜けるかの、いわば借金対策会議であった。「利子あげ」とは、利息だけを納めて元金は待ってもらおうというものであった。

伊原西鶴の「世間胸算用」の時代から近代まで、借金を抱えた者にとって年末が大変な時期であったのは変わっていない。石川啄木も、明治四十年の大晦日について、「遂に大晦日の夜となれり。妻は唯一筋残れる帯を典じて一円五十銭を得来れり。母と子の衣二三点を以て三円を借る。之を少しづつ頒ちて掛取を帰すなり。さながら犬の子を集めてパンをやるに似たり。／

かくて十一時過ぎて漸く債鬼の足を絶つ」と書いていた。そう思えば、年末に、夕暮れまで町をさまようことができる層というのは、ヒデリの害を受けていたにしても、比較的余裕があった人々だという見方も可能だろう。

もっと不幸な人もいたはずだ、などと言って、賢治の認識の甘さを突こうというつもりはない。ただ、金持ちは金持ちの悩みを抱え、中程度の人たちは中程度の、最下層の人たちも彼らなりの悩みがあったということ、賢治の文語詩は、こうしたさまざまな立場の人の、さまざまな感情を描こうとしていたのではないかと言いたいまでである。

文語詩の登場人物の多さ、バラエティの広さについてはしばしば指摘されるが、社会の上層部に属するような人々に対してであっても、賢治はいつも批判ばかりをしていたわけではない。「五十篇」でいえば老先生に哀愁が漂う「著者」、「一百篇」では異郷で静かに生きる西洋人を描いた「岩手公園」や「浮世絵」、慎ましく地方で生きる医師を描いた「医院」、銀行家が息子に向かって経営の苦労を漏らす「〔水楢松にまじらふは〕」などがあり、プロレタリア文学とは大きな開きがあるように思う。もちろん賢治が社会的弱者の味方であり続けようとしたのはたしかであり、そうした作品の方が印象深く、数も多いかもしれないにしても、賢治の文語詩のおもしろさの一つは、弱きを助け強きを挫くだけではないところ、その層の厚さやバラエティの多様さであるように思う。

島田（後掲C）は「実景の「家長たち」とは、一部の自作農も含められようが、農家戸数の4割を占めていた小作自作農など、村の中層にある人々のすがた」を描いたものだとするが、そのとおりであって、最上層ではないにしても最下層でもないのである。上を見れば、たしかに下書稿㈠や下書稿㈣で書かれていたような羽振りのよい者もいたかもしれないが、ここではあくまで中層の農民たちの、中層なりのわびしい姿を描いたものなのだ、と言っておきたい。

先行研究

中村稔「鑑賞」（『日本の詩歌18 新訂版 宮沢賢治』中央公論社 昭和五十四年九月）

赤田秀子A「〔小きメリヤス塩の魚〕」（『宮沢賢治 文語詩の森』）

赤田秀子B「文語詩 語注と解説」（『林洋子ひとり語り 宮沢賢治』クラムボンの会 平成十二年二月）

島田隆輔A「〈写稿〉論」（『文語詩稿叙説』）

島田隆輔B「藻草花菓子／〔小きメリヤス塩の魚〕」（『文語詩稿叙説』）

島田隆輔C「原詩集の輪郭」（『宮沢賢治研究 文語詩集の成立』）

信時哲郎「宮沢賢治「文語詩稿 一百篇」評釈八」（『甲南国文63』甲南女子大学国文学会 平成二十八年三月）

島田隆輔D「９１〔小きメリヤス塩の魚〕」（『宮沢賢治研究 文語詩稿一百篇・訳注Ⅲ』〔未刊行〕平成二十九年九月）

92 〔日本球根商会が〕

①日本球根商会が、　よきものなりと販りこせば、
　いたつきびとは窓ごとに、　春きたらばとねがひけり。

②夜すがら温き春雨に、　風信子華の十六は、
　黒き葡萄と噴きいでて、　雫かゞやきむらがりぬ。

③さもまがつびのすがたして、　あまりにくらきいろなれば、
　朝焼けうつすいちいちの、　窓はむなしくとざされつ。

④七面鳥はさまよひて、　ゴブルゴブルとあげつらひ、
　小き看護は窓に来て、　あなやなにぞといぶかりぬ。

大意

日本球根商会が、　いいものだよと売ってよこしたものなので、病人たちは窓ごとに、　春が来てくれたならと願っていた。

夜からの温かい春雨に、　ヒヤシンスの十六の花々は、黒いブドウのように花を噴きだし、　滴もかがやきながら群れとなって咲いていた。

まるで不吉な神のような姿で、あまりにも暗い色なので、
朝焼けを映した一つ一つの、窓はむなしくも閉じられてしまった。
七面鳥がさまよい歩き、ゴブルゴブルと論議でもしているように鳴き、
まだ幼い看護婦たちは窓辺に集まっては、何があったのだろうかと訝しげである。

モチーフ

宮沢家との親交も深かった花巻共立病院の花壇設計をした際の経験にもとづく詩。病院の花壇には、賢治が種苗店に頼んだのとは異なって、黒いヒヤシンスが咲いてしまった。花を楽しみにしていた患者たちは、ガッカリして窓を閉めてしまったというユーモラスな作品。が、作品の舞台、動物や看護婦の登場、凶事の予感、不吉な色としての黒…といった点から考えると、賢治が岩手病院に入院していた時の経験を書いた「五十篇」の「〔血のいろにゆがめる月は〕」と極めて似ていることに気付く。ユーモアの中の不吉さ、不吉さの中のユーモアを漂わせる作品である。

語注

日本球根商会　先行作品である口語詩「病院の花壇」では、実在した東京農産商会とあったものが、定稿では虚構の日本球根商会に変わっていることを栗原敦（「「文語詩稿」試論」『宮沢賢治　透明な軌道の上から』新宿書房　平成四年八月）が指摘している。東京農産商会について、たとえば時事新報社学芸部（白木正光）の「草花の種子まき」（『美しい草花と球根の作り方』時事新報社　昭和七年三月）には、東京農産商会は「今日世間に最も広く知られてゐる種苗店のうちで、わたくしの記憶にあるもの」としてあげた九店にあげられている。

夜すがら温き春雨に　孟浩然の有名な絶句「春暁」は、「春眠暁を覚えず　処処啼鳥を聞く　夜来風雨の声　花落つる知る多少」というもので、夜すがら降る春雨に花、鳥の声に共通性があり、賢治は参考にしたかもしれない。ただ、テーマに共通性は見出しにくく、醸し出される情緒も異なっている。

風信子華　音数から「ふうしんしか」と読ませたかったのだろうが、下書稿には「ヒアチント」のルビも振られていた。『宮沢賢治コレクション』は、風信子に「ヒヤシンス」のルビを

振る。風信子とはヒヤシンスのことで、ユリ科の球根草。花期は三月から四月。ギリシャからシリア、レバノンが原産だが、オランダでさかんに品種改良が行われ、豊富な花色と芳香から広く知られ、愛されるようになった。『日本国語大辞典』によれば、「明治五年頃、フランス人サバティエが持ち込んだヒヤシンスに対し田中芳男は「飛信子」とあてた。以後、「風信子」「玉簪花」「夜香蘭」などの表記が見られる。この中で「風信子」は広く用いられたようであるが、結局どれも一般名称となるに至らず、大正までに「ヒヤシンス」「ヒアシンス」に落ち着いた」という。「黒き葡萄」とも形容されているが、本作に関連する短篇「花壇工作」に登場するムスカリは、ブドウヒヤシンスとも呼ばれる。

まがつびのすがた　「まがつび」は、日本神話にみえる神の名。マガはよくないこと、ツは助詞で「の」の意味。ヒは神霊を示す。古事記や日本書紀によれば、伊奘諾尊《いざなぎのみこと》が黄泉国のけがれを清めるための禊をした際に生まれたとされる。凶事を引き起こす神とされるが、後にこの神を祀ることで災厄から逃れることができると考えられるようになり、厄除けの守護神として信仰されるようにもなった。まがつび（あるいは禍津日）の語は、「五十篇」には登場しないが、「一百篇」のみに本作をはじめ「〔みちべの苔にまどろめば〕」、「旱倹」に登場する。

七面鳥　キジ目キジ科の家禽。北アメリカ原産で、食用として広く飼育され、クリスマスや感謝祭の料理に使われる。興奮すると、頭から首にかけて裸出している肉イボのある皮膚が、青や赤に変化することから七面鳥の名がある。あごの下には肉ダレもあり、あまり愛玩されるような面貌ではないが、本作の舞台となった花巻共立病院では患者を癒すために飼育されていたのだという。

ゴブルゴブル　七面鳥の鳴き声。七面鳥は一夫多妻制だが、雄は数羽の雌を集めて、尾を扇状に広げて体を膨らませ、ゴロゴロ鳴くのだという。『定本語彙辞典』では「gobble ガツガツ食う、うのみにする、の英語動詞だが、羽のきれいな雄の七面鳥の鳴き声の擬音語でもある」とする。赤田（後掲）は、「英語圏では七面鳥の鳴き声を一般的に gobble gobble と表記するのは普通である。賢治は英語の慣用表現に通暁していたようだ。gobbler（原文は gobbier：信時注）といえば、オスの七面鳥のこと」とする。

小き看護　作品の舞台となった花巻共立病院（現・総合花巻病院）は、稗貫農学校が移転した跡地に、佐藤隆房を院長として設立された。大正十四年四月には花巻産婆看護婦学校（現・花巻高等看護専門学校）を置いたが、院長の佐藤隆房（「花巻共立病院の創立」『医は心に存する』佐藤進　昭和五十七年一月）によれば、「病院における看護要員の補充の必要性と、小学校卒業と同時に学業を廃止する者が大多数であったので、これに幾分なりとも教育の道を開きたいとう念願」があったためのものだという。伊藤光弥（後掲）は、このことから「小き看護」とは、小学校を卒業してからまだ間もない見習いの看護婦のことを言ったのだろうとする。また、関連作品の短篇「花壇工作」には、「十三歳の聖女テレジアといった風の見習ひの看護婦たち」とも書いていた。聖女テレジアとは、テレーズ・マルタン（一八七三〜一八九七）のことで、フランス北西部のリジューにあったカルメル会修道院に入り、「外面的にはなんら目だたない祈りと観想の生活を送り、みずから〈小さき道〉と呼んだ、幼子の単純さと、英雄的な犠牲の甘受が一体となった信心に徹する。死後に公表された自叙伝《小さき花》は全世界で大きな感動を呼んだ」（『世界大百科事典』）という。『小さき花』は日本でも広く読まれたようなので、賢治も手に取ることがあったのだろう。

評釈

先行作品である『新校本全集 第五巻』所収の口語詩「病院の花壇」が書かれた黄罫（2424行）詩稿用紙表裏に書かれた下書稿㈠、「一百篇」所収の「病技師〔一〕」の下書稿㈢が書かれた黄罫（260行）詩稿用紙の裏面に書かれた下書稿㈡（タイトルは「病院の花壇」。鉛筆で㊢）、定稿用紙に書かれた定稿の三種が現存。生前発表なし。

先行作品は「病院の花壇」。「「短編梗概」等」に収められた短篇「花壇工作」は関連作品。赤田秀子（後掲）も指摘するように「未定稿」の「〔モザイク成り〕」とも関連が深く、語句や内容に一致する点が多いことからも、関連作品とすべきだろう。また、これまでに指摘されたことはないようだが、「兄妹像手帳」にある「岩手医事への寄稿材料」というメモとも関係が浅くないように思われる。

先行作品の「病院の花壇」は、宮沢家との親交が深かった花巻共立病院院長の佐藤隆房の依頼によって、賢治が病院の花壇を設計した際のことを詩化したものである。初期形態を示してみる。

夜どほしの温い雨にも色あせず
あんまり暗く薫りも高い
この十六のヒアシンス
まっ白な石灰岩の方形のなかへ
水いろと濃い藍錠《ママ》で
すっきりとした折線を
二つ組まうとおもったのに
東京農産商会は
たとえば春の吊旗のやうな
このまっ黒な品種をよこし
花梗もいまは伸び過ぎて
半分屈んでゐるのもあるし
どれにも雨はいっぱいだ

今朝こそ截って
あちこちへみな配ってやらう
外科と内科へ五つづつ
事務所と産科へ三つづつ
レントゲンではいままで見たし
眼科はいまは医員が居ない
みんなあちこちやってしまって
こゝへは白いキャンデタフトを播きつける
ところが外科へ五つもやれば
神経質の院長は
あんまり薫りが高すぎる
看護、こいつをおまへの室へ持ってけと
さういふことは明かだ
村からやっと出て来たばかりの
こどもの見習看護婦が
これ何の花だべや　と云って
ちゃうどにはかに豚の白肉《み》のお菜に遭ったときのやう
気味悪さうにコップをさゝげ
じぶんの室へ廊下を行けば
コップの中ではこの雨つぶも春の水もひかる
鋏をとりに出掛けやう
つめくさの芽もいちめんそろってのびだしたし
廊下の向ふで七面鳥は
もいちどゴブルゴブルといふ
女学校ではピアノの音
にはかにかっと陽がさしてくる

これを文語詩化しようとしたのが「未定稿」の「〔モザイク成り〕」であろう。

モザイク成り、
住人は窓より見るを
何ぞ七面鳥の二所をけちらし窪めしや、
　何の花を移してこゝを埋めん
　然りたゞ七面鳥なんぢそこに座して動かざれ
　然り七面鳥動くも又可なり

なんぢ事務長のひいきする

花

賢治は花巻共立病院のためにドイツトウヒの花壇、エプロン型花壇、幻想曲風花壇を作った。短篇「花壇工作」によれば、「富沢先生」と呼ばれる話者の「おれ」は、「おれはおれの創造力に充分な自信があった。けだし音楽を図形に直すことは自由であるし、おれはそこへ花で Beethoven の Fatasy を描くこともできる」と気負いこんで病院に乗り込み、設計図なしに花壇を作ろうとする。たくさんの病院関係者が見守る中、意気揚々とするが、そこに院長がやってくると、「おれ」を差し置いててきぱきと指示を始め、「おれ」が思っていたのとは違った方向で仕事が進みそうになる。


だめだだめだ。これではどこにも音楽がない。おれの考へてゐるのは対称はとりながらごく不規則なモザイクにしてその境を一尺のみちにして煉瓦をジグザグに埋めてそこへまっ白な石灰をつめこむ。日がまはるたびに煉瓦のジグザグな影も青く移る。あとは石灰からと鋸屑で花がなくてもひとつの模様をこさえこむ。それなのだ。もう今日はだめだ。設計図を拵えて来て院長室で二人きりで相談しなければだめだと考へた。

おれはこの愉快な創造の数時間をめちゃめちゃに壊した窓のたくさんの顔をできるだけ強い表情でにらみまはした。ところが誰もおれを見てゐなかった。次におれはその憐れむべき弱い精神の学士を見た。それからあんまり過鋭な感応体おれを撲ってやりたいと思った。


　宮城一男・高村毅一「賢治が設計した花壇」(『宮沢賢治と植物の世界』築地書館　昭和五十五年四月)によれば、宮城・高村が佐藤隆房に向かって、作品を読むと賢治と佐藤院長の間で意見が対立したようだが、実際はどうだったのかと問うと、「いやまあ、対立ちゅうほどじゃありませんで、まあ、いってみれば、意思の疎通を欠いたといったところでしょうな」と答え、作品にあるとおりの「相談」の際には、「賢治君、妥協したんでしょうな。そして、正方形という限界のなかでいろいろと工夫したわけでしょう。賢治君はそんな人でした。争いごとがあると、自分が身を引くというようなね。もっとも、そのかわり、作品で仇をとったというところでしょうかね」と答えている。

　佐藤は賢治よりも六歳の年長。賢治が佐藤を崇敬していたことは、「疾中」の「眼にて云ふ」で、「あなたは医学会のお帰りか何かは知りませんが／黒いフロックコートを召して／こんなに本気にいろいろ手あてもしていたゞけば／これで死んでもまづは文句もありません」とあることからもうかがえるが、そんな町を代表するような有力者に向かって、しかも、「こゝには観る人がゐた。北の二階建の方では見知りの町の人たちや富沢先生だ富沢先生だとか云って囁き合ってゐる村の人たち、南の診察室や手術室のある棟には十三歳の聖女テレジアといった風の見習ひの看護婦たちが行ったり来たりしてゐた」ために、賢治はてきぱきと自己主張するというようなことができなかったのである。その悔しさ。しかし、それ以上に「あんまり過鋭な感応体」である自分自身への悔しさから、賢治はこの文章を書いたのだろう。

　さて、そんな経緯でできた花壇に花が咲いてからの話が本作である。

宮城・高村（前掲）による佐藤院長へのインタビューによれば、「ちょっとしたトラブルがありましてね」、「東京の種屋から送られてきたチューリップのなかに、黒いのがあったんですね。どうも不吉だというんで、しかも、それを賢治君は各病室に配ったんです」という。ヒヤシンスではなくチューリップとなっているのは気になるところだが、赤田秀子（「イーハトーブ・ガーデン」こぼれ話（1）」「ワルトラワラ37」ワルトラワラの会 平成二十六年三月）によれば、「賢治の時代にサットン商会の窓口になっていた横浜植木という老舗の園芸会社の担当者から、「戦前は黒いヒヤシンスといえるものはなかったと思う。黒いチューリップなら分りますが」」とのことなので、佐藤院長の記憶違いというわけではないのかもしれない。

先行作品の「病院の花壇」（初期形態）では、院長が「神経質の院長は／あんまり薫りが高すぎる／看護、こいつをおまへの室へ持ってけと／さういふことは明かだ」と院長の言動を想像するだけに終わっているが、文語詩の下書稿㈠に、「辛くも起きしいたつきびとは／あなやなにぞといづか《ママ》りつ」ともあることから、赤田（後掲）も書くように、「推察すれば、おそらく不吉な黒い花を各病室に配った賢治はひんしゅくを買ったのであろう」。院長が「トラブル」と書いていることから、おそらくは院長と賢治だけの問題ではなく、病院で働くスタッフや入院していた患者たちから直接・間接にクレームがあったのではないかと思われる。

その次の段階にあたるのは、昭和六年九月頃から十月頃まで使用したと思われる「兄妹像手帳」に書かれた「岩手医事への寄稿材料」というメモではないかと思われる。

岡村民夫（「宮沢賢治資料49「岩手医事」第六号」「宮沢賢治学会イーハトーブセンター会報47 アンドロメダ星雲」宮沢賢治学会イーハトーブセンター 平成二十五年九月）によれば、「岩手医事」とは、「日々の所感、ユーモアに富んだ事柄」（岩手医事の使命、第二条）を求めるという文芸同人誌的な雑誌であり、佐藤隆房もメンバーであったことから、花壇設計の経験に基づく文の寄稿を考えていたようだ（改行等は必ずしも元の手帳どおりではない）。

◎岩手医事への寄稿材料

病院に於る花壇設計に関する覚書

一、一草一花も苟にすべからざること

二、色彩に関する覚、

イ、色の種類

ロ、色の配合

三、花、后の目立たぬもの

四、形に関する

五、数に関する　予備

六、　芳香に関する
七、　之を要説するに
それ花壇の患者に対するや病癒ゆとせば何の花が明るか
らざらんや　病癒えずとせば何の花か暗からざるを得ん
然らば即ち花壇の設計の如き医療看護の完否に対しては遂に
何物にもあらずと云はざるべからず然らば即ち斯の如き論を
なすの要またなし――云はん然りこの論一茶話西邦謂所《ママ》呉須布
の類のみ

共立病院の花壇設計の経験を踏まえたものであることは明らかで、病院における花壇の効用などはゴシップの類だ、と言っている。佐藤医院長との「相談」で解決したはずなのに、心の中では全く解決していなかったということだろう。

実際にこれが発表されることはなかったようだが、佐藤（あるいは知人であった医師の大橋珍太郎）あたりが執筆依頼した文章に、佐藤を批判する内容を書くわけにもいかなかったのだろう。いくら「ユーモアに富んだ事柄」を載せる雑誌であったにしても、少々ブラックユーモアすぎる感は否めない。

ところで、文語詩には「さもまがつびのすがたして」とあるが、「語注」で「まがつび」について、「まがつび（あるいは禍津日）の語は、「五十篇」には登場しないが、「一百篇」のみに本作をはじめ「〔みちべの苔にまどろめば〕」、「旱倹」に登場する」と書いた（「〔狎れて嘲笑めるはた寒き〕」には「凶つのまみ」が登場）。そのことはたしかなのだが、「凶事」という言葉なら、「五十篇」にも登場している。それが「〔血のいろにゆがめる月は〕」である。

「〔血のいろにゆがめる月は〕」は、賢治が盛岡中学を卒業した後、慢性副鼻腔炎、つまり蓄膿症で岩手病院に入院し、その後も感染症によって熱が下がらなかったというが（仙石規「〔血のいろにゆがめる月は〕」『宮沢賢治　文語詩の森　第二集』）、この頃の賢治は、中学を卒業しながらも自分は進学が許されず、看護婦へ淡い恋心を抱きながらも両親からは許されないという鬱屈した日々を送ったと言われている。

①血のいろにゆがめる月は、　今宵また桜をのぼり、
　患者たち廊のはづれに、　凶事の兆を云へり。
②木がくれのあやなき闇を、　声細くいゆきかへりて、
　熱植ゑし黒き綿羊、　その姿いともあやしき。
③月しろは鉛糖のごと、　柱列の廊をわたれば、
　コカインの白きかほりを、　いそがしくよぎる医師あり。
④しかもあれ春のをとめら、　なべて且つ耐えほゝえみて、
　水銀の目盛を数へ、　玲瓏の氷を割きぬ。

本作と「〔血のいろにゆがめる月は〕」は、病院を舞台にしていること、そして、まがまがしい兆しが作品中に現われる点が共通している。まがまがしい兆しとは、「〔血のいろにゆがめる月は〕」において、黄砂によって月が血の色のようになったことと、本作において黒いヒヤシンスが病院内に活けられるということである。

しかし、よく読んでみると、岩手病院の庭に「黒き綿羊」が細い声をあげながら行き来しているのに対して、花巻共立病院でも、やはり異様な相貌ともいうべき七面鳥がゴブルゴブルと鳴いており、詩想にも共通する点がある。もちろん七面鳥は黒くないが、ヒヤシンスが黒い。また、岩手病院においては、おそらく賢治をも含めた患者たちが「廊のはづれに、凶事の兆」について語っていたが、共立病院でも、「辛くも起きしいたつきびとは／あなやなにぞといづ《ママ》か」っている（定稿では患者たちが「窓はむなしくとざ」し、看護婦たちが「あなやなにぞといぶか」っている）。どちらも、最後には看護婦が登場し、空気を和らげているのも同じである。

詩の形式についても、五七調と七五調の違いこそあるが、二行ずつの四連構成であることも共通しており、単なる偶然と解するには、あまりに二つの詩が「対」をなしているように思えてならない。

もちろん本作と「〔血のいろにゆがめる月は〕」では、賢治の立場（患者と花壇設計者）が違ったり、取材された時代も違っており、異なる点も多々ある。しかし、木村東吉（「《五輪峠紀行詩群》と「岩手軽便鉄道の一月」考『春と修羅』（第一集）との対称性に注目して」『宮沢賢治《春と修羅 第二集》研究 その動態の解明』渓水社 平成十二年二月）が、『春と修羅（第一集）』と「春と修羅 第二集」について、「全体的にシンメトリカルな構造をもっている」としていたことを考えると、「五十篇」と「一百篇」でも、それぞれに似た内容、似た構造の作品を意図的に配した可能性もあったのかもしれない。ただ、何を意図していたのか、となると、今のところ、見当を付けることもできない。詳しくは終章（信時哲郎 後掲B、C）を参照されたい。

先行研究

佐藤進「病院の花壇の復元」（『賢治の花園 花巻共立病院をめぐる光太郎・隆房』地方公論社 平成五年十一月）

伊藤光弥「十三歳の聖テレジア」（「賢治研究72」宮沢賢治研究会 平成九年四月）

赤田秀子「〔日本球根商会が〕」（「ワルトラワラ12」ワルトラワラの会 平成十一年十一月）

信時哲郎A「宮沢賢治「文語詩稿 一百篇」評釈八」（「甲南国文63」甲南女子大学国文学会 平成二十八年三月）

島田隆輔「92〔日本球根商会が〕」（「宮沢賢治研究 文語詩稿一百篇・訳注Ⅲ」〈未刊行〉平成二十九年九月）

信時哲郎B「「五十篇」と「一百篇」 賢治は「一百篇」を七日で

書いたか（上）」（「賢治研究135」宮沢賢治研究会 平成三十年七月→終章）
信時哲郎C「「五十篇」と「一百篇」 賢治は「一百篇」を七日で書いたか（下）」（「賢治研究136」宮沢賢治研究会 平成三十年十一月→終章）

93　庚申

①歳に七度はた五つ、　　庚の申を重ぬれば、
稔らぬ秋を恐《かしこ》みて、　　家長ら塚を理《おさ》めにき。
②汗に蝕むまなこゆゑ、　　昴《ばう》の鎖の火の数を、
七つと五つあるはたゞ、　　一つの雲と仰ぎ見き。

大意

一年のうちに七度あるいは五度、庚に申が重なった日がある年は、稲の稔りが悪いという俗信を恐れて、農家の家長たちは塚を埋めてきた。

汗にやられた眼では、スバルの鎖のように連なった星の数を、七つか五つ、あるいはただ、一つの雲のようなものだと仰ぎ見た。

モチーフ

庚申講は、年に六度あるはずの庚申の日が五度あるいは七度ある時には凶作となるという俗信から発したもの（それぞれの地域や時代によっても内容は異なる）。これを長年の農作業に疲れた目には、スバルを構成する星の数が五つ、あるいは七つに見えるということを重ねたのだろう。本作は賢治が農民の窮状と俗信とを描いたものだが、目の前にいる彼らの姿をスケッチしたものではない。農民たちに関わる五と七という数字についての詩だと言うべきだろう。五と七と言えば、この文語詩も五と七の句によってできている。何か思う所があったのかもしれない。

語注

庚申　中国では十干十二支で年月や日時、方位などを表わした。庚申《こうしん》（かのえさる）の日は、六十日ごとに回って来るので、一年のうちで六回あるのが普通だが、七回ある年があり、それを七庚申と呼んだ。また、旧暦では一ヶ月が二十九日ないし三十日しかないので、五庚申の年も出てくる。七庚申と五庚申の年は、それぞれ凶作になると言われていたので、岩手県下ではこれらの年に供養塔を建てるなどして、災厄を逃れようとした。ただし、ブログ「庚申塔への想い」（鈴木守「宮沢賢治の里より」http://blog.goo.ne.jp/suzukikeimori/ 平成二十一年三月二十五日）によれば、花巻市中鍋倉の庚申講のメンバーだという大正十一年生まれの古老が、「『五庚申』は滅多に廻ってこずその年は凶作といい伝えられている」、『七庚申』は豊作であると言い伝えられている」と語っていたとのことなので、賢治の認識とはズレがあったかもしれない。庚申講の背景には道教の思想がある。道教には、人間の身中に三尸《さんし》という虫がおり、庚申の日になると、眠っているうちに体から抜け出して、その人の悪事を天帝に告げ、罰として命を縮められてしまうという説があり、そのために、庚申の日の夜は一家をあげて眠らずに食事をして、語り合うということが行われたという。これが土俗化し、赤田秀子（後掲）によれば、「花巻周辺の庚申講では、人々は、青面金剛などの掛軸を飾り、宿（ヤド）と呼ばれる当番の家に集まり、身を清め、となえごとをし、祈ったあと、精進料理を食べ、歓談したと言う。歓談はその年の作柄の話題が多く、集落の大切な決め事もそこで話し合われることが常で、事実上の集落の寄り合いとしての機能を果していた」という。熊谷章一（「民俗篇」『花巻市史　第三巻』国書刊行会　昭和五十六年九月）によれば、町でも庚申講はあり、「庚申さんは作神、火の神と考えられており、これを信ずるる《ママ》と家内安全、商売繁盛、夫婦和合であるという。この考えは相当根強い次にこの日にしてはならない禁忌であるが、男女の同衾である。この日に生まれた子は、よくなればうんとよい子に、悪ければ大悪人になるといつている。又この日に立ちものしては悪いともいう／その他言われていることをあげると庚申の前の日は庚申アレといつて必ず荒れる」などと言われているようである。嶋二郎（後掲）によれば、花巻市（旧石鳥谷町・大迫町を含む）には、七や五の文字の刻まれた庚申塔が二百七十三あり、内訳は七庚申塔が八十三・五%、五庚申塔は十・六%、七と五が併記された塔が五・八%となっている。賢治が晩年に使っていた「雨ニモマケズ手帳」には、七庚申と五庚申の図、そして早池峰山、出羽三山、巌鷲山（岩手山の別称）の塚の図、さらに「剣舞供養」の塚の図が書かれている。賢治が庚申講に加わったという記録は見つからないようだが、これらを俗信として全否定するつもりはなかったように感じられる。

七度は五つ　庚申の日が七回か、または五回ということ。七度は音数の関係から「ななたび」と読ませたかったのであろう。

庚の申　庚申に同じ。読み方は「かのえのさる」。

昴《ぼう》の鎖の火の数　おうし座の散開星団でプレアデス星団とも呼ばれるスバル星団の星の数のこと。スバルは外国語のようだが、「統ばる」（集まる）という意味の日本語で、方言名では六連《むつら》星（賢治の使用例がある）、集まり星、六地蔵星、破風《はほ》形《がた》星、九曜の星などと呼ばれる。実際の星の数は五百ほどあるというが、肉眼で見えるのは六つ程度であることから「六」（あるいは五、十二など）にちなんだ方言名が多い。「一百篇」の「臘月」にも登場する。賢治が読んでいたとされる吉田源治郎『肉眼に見える星の研究』（警醒社書店 大正十一年八月）に「汝プレアデス（昴宿《ほうしゅく》）の鏈索《くさり》を結び得るや」という旧約聖書のヨブ記の引用がある。「銀河鉄道の夜」にも、「プレシオスの鎖を解かなければならない」とあるが、これも聖書由来のもので、スバルのことを指しているものと思われる（ただし須川力（後掲B）は、ケンタウル座のα星の伴星プロクシマを指すのではないかという）。

評釈

先行作品である「春と修羅 第二集」所収の口語詩「五〇六〔そのとき嫁いだ妹に云ふ〕一九二五、四、二、」の下書稿㈡の余白に書かれた下書稿㈠（タイトルは「庚申」）、定稿用紙に書かれた定稿の二種が現存。生前発表なし。

口語詩「五〇六〔そのとき嫁いだ妹に云ふ〕」は、はじめは「農民劇団」というタイトルで書きだされたもので、農業に身も心も捧げ、しかし、敬われることもない老農夫たちについて詠んでいる。

そのとき嫁いだ妹に云ふ
十三もある昴の星を
汗に眼を蝕まれ
あるひは五つや七つと数へ
或ひは一つの雲と見る
老いた野原の師父たちのため
老いと病ひになげいては
その子と孫にあざけられ
死にの床では誰ひとり
たゞ安らかにその道を
行けと云はれぬ嫗のために
　……水音とホップのかほり
　青ぐらい峡の月光……
おまへのいまだに頑是なく
赤い毛糸のはっぴを着せた
まなこつぶらな童子をば

舞台の雪と青いあかりにしばらく借せと
　……ほのかにしろい並列は
　　達曾部川の鉄橋の脚……
そこではしづかにこの国の
古い和讃の海が鳴り
地蔵菩薩はそのかみの、
母の死による発心を、
眉やはらかに物がたり
孝子は誨へられたるやうに
無心に両手を合すであらう
　　（菩薩威霊を仮したまへ）
ぎざぎざの黒い崖から
雪融の水が崩れ落ち
種山あたり雲の蛍光
雪か風かの変質が
その高原のしづかな頂部で行はれる
　……まなこつぶらな童子をば
　　しばらくわれに借せといふ……
いまシグナルの暗い青燈

やや観念的、感傷的ではあるが、赤田秀子（後掲）の言うように、この「老いた野原の師父たち」への想いが、文語詩下書稿で「もろびと」へ、そして文語詩定稿で「家長」となり、「老人たちへの同情から、《稔らぬ秋》を恐れる農民全体の主題へと転化させ、より普遍的な世界を築い」ている（なお、同日の取材による「五〇八　発電所　一九二五、四、二、」の関連作品が「一百篇」所収の「〔小きメリヤス塩の魚〕」で、ここにも「みのらぬ村の家長たち」が登場する）。

　文語詩の下書稿㈠は、右にあげた口語詩と同一の用紙の余白に次のように書かれている。

①歳に七度はた五度
　庚は申と重なれば
　もろびと巨き石とりて
　稔らぬ秋をかしこみぬ

②汗に蝕むまなこゆゑ
　昴の鎖の火の数を
　あるひは七や五と数へ
　あるひは一つの雲と見る

　原稿コピーを見ると、まず口語詩の上部に②にあたる部分が書かれ、その後になって右側の余白を使って①が書き込まれたように見える。当初は口語詩全体を文語化しようと書きだしたものの、上部左側にはまだ余白を多く残しながら、右側余白に新たに書きつけられ、数字もその後に付けられたように見える。おそらくは、後連にあたる部分に七と五の数字を書いたことをきっかけに庚申信仰のことを思い出し、そちらを書くことにしたのだろう。島田隆輔（後掲）は、定稿における①聯の「塚」―「埋めにき」と、②聯の「昴」―「仰ぎ見き」を「地上へと天上へとの祈りを対置、祈念のかまえが歴然である」としており、それもたしかだとは思うものの、推敲の過程を見ていると、途中で思い浮かべた案であったように思える。

ところで賢治は、劇「種山ヶ原の夜」で、

伊藤（起きて空を見る）「あゝ霽れだ　霽れだ。天の川まるっきり廻ってしまったな。」
草刈二、「あれ、庚申さん、あそごさお出やってら。」
見廻人「あの大きな青い星ぁ明の明星だべすか。」

とスバルのことを「庚申さん」と呼ばせており、また、短篇「化物丁場」でも、

その晩は実は、春木場で一杯やったんです。それから小舍に帰って寝ましたがね、いゝ晩なんです、すっかり晴れて申庚《ママ》さんなども実にはっきり見えてるんです。あしたは霜がひどいぞ、砂利も悪くすると凍るぞって云ひながら、寝たんです。

というように使っている。

逆に、「春と修羅 第三集」所収の「七四〇 秋 一九二六、九、二三、」では、庚申塔のことを「昴の塚」と呼んでいる。

江釣子森の脚から半里
荒さんで甘い乱積雲の風の底
稔った稲や赤い萓穂の波のなか
そこに鍋倉上組合の
けらを装った年よりたちが
けさあつまって待ってゐる

恐れた歳のとりいれ近く
わたりの鳥はつぎつぎ渡り
野ばらの藪のガラスの実から
風が刻んだりんだうの花
　……里道は白く一すじわたる……
やがて幾重の林のはてに
赤い鳥居や昴《スバル》の塚や
おのおのの田の熟した稲に
異る百の因子を数へ
われわれは今日一日をめぐる

青じろいそばの花から
蜂が終りの蜜を運べば

まるめろの香とめぐるい風に
江釣子森の脚から半里
雨つぶ落ちる萱野の岸で
上鍋倉の年よりたちが
けさ集って待ってゐる

しかし、スバルを庚申と呼んでいたという例は報告されていないとのことで、草下英明（後掲）や小倉豊文（後掲）、赤田（後掲）は、賢治の創作であったとする。しかし、あまりにも自然な書き振りなので、賢治が思い違いをしていたとすべきではないかと思う。

　本来は六回であるところが五回や七回になってしまうという庚申と、十三個（「五〇六〔そのとき嫁いだ妹に云ふ〕」）あるはずのスバルの星の数が、五つか七つ（あるいは一つ）にしか見えなくなってしまうという農村の重労働を賢治は結びつけ、どちらも農民たちの厳しい生活を反映したものであることに気付いて、本作を書いたのではないだろうか。

　賢治は花巻近郊で信奉する者が多かった隠し念仏については、終始、批判的な立場でいたようだが、同じ民間信仰であっても、「一百篇」の「岩手山巓」にあったような山や石像に対する信仰、また、二十六夜待ちや庚申講に対しては批判的な調子が窺いにくい。農民たちの輪に加わることこそなかったようだが、「稔らぬ秋を恐」れて神仏に祈る気持ちの真摯さに対して、法華経的宇宙観や科学的な世界観を持ち出して論破するような気持ちには、とうていなれなかったということだろう。

　そして、この伝統的土俗的な五と七という数が、日本の韻文をずっと支配していた神秘的な数であることについても、執筆途中の賢治は感じていたはずである。文語詩を思わせるような文言こそ見つけ出せないものの、農村における五と七という数字が現在にまで影響を及ぼしているという内容は、伝統に則った七五調という形式で、本作が書かれていることと無関係ではないように思う。農村における五と七の神秘を謳う本作は、自らの詩作について思いをめぐらす詩でもあったように思えるのである。

先行研究

小倉豊文「剣舞供養」（『「雨ニモマケズ手帳」新考』東京創元社　昭和五十三年十二月）
宮沢賢治「〔そのとき嫁いだ妹に云ふ〕」（「春と修羅　第二集」）（『国文学　解釈と教材の研究29―1』学燈社　昭和五十九年一月）
須川力A「星空を仰いで」（『星の世界　宮沢賢治とともに』そしえて　昭和五十九年八月）
須川力B「四季の星座」（『星の世界　宮沢賢治とともに』そしえて　昭和五十九年八月）
須川力C「賢治のスカイ・ウォッチング〈1〉」（「賢治研究

47」宮沢賢治研究会 昭和六十三年六月）
草下英明「宮沢賢治と星」（『新装版宮沢賢治研究叢書1 宮沢賢治と星』学芸書林 平成元年七月）
嶋二郎「宮沢賢治と庚申信仰」（「花巻市文化財調査報告書22」花巻市教育委員会 平成八年三月）
吉田精美「花巻市材木町・嶋二郎氏邸」（『新訂 宮沢賢治の碑・全国版』花巻市文化団体協議会 平成十二年五月）
赤田秀子「庚申」（『宮沢賢治 文語詩の森 第三集』）
板谷栄城「庚申 ラーマーヤナからの影響」（『賢治小景』熊谷印刷出版部 平成十七年十一月）
奥本淳恵「『春と修羅』《第一集》所収詩篇「昴」 〈昴〉の意味するもの」（「論攷宮沢賢治10」中四国宮沢賢治研究会 平成二十四年一月）
信時哲郎「宮沢賢治「文語詩稿 一百篇」評釈八」（「甲南国文63」甲南女子大学国文学会 平成二十八年三月）
島田隆輔「93 庚申」（「宮沢賢治研究 文語詩稿一百篇・訳注Ⅲ」〔未刊行〕平成二十九年九月）

94　賦役

①みねの雪よりいくそたび、　　風はあをあを崩れ来て、
萌えし柏をとゞろかし、　　きみかげさうを軋らしむ。

②おのれと影とたゞふたり、　　あれと云はれし業なれば、
ひねもす白き眼して、　　放牧《のがひ》の柵をつくろひぬ。

大意

峰の雪から何十回ともなく、風はあおあおと崩れ落ちるように吹いて来て、萌えはじめた柏林をとどろかせ、スズランの花を揺らせる。

自分とその影との二人だけで、一緒にいろと言われた仕事なので、一日じゅう白い眼をして、放牧のための柵の修繕に精を出す。

モチーフ

岩手山麓で影だけを相棒として共同作業に勤しむ人を描いている。賢治がここで「賦役」に参加しなければいけなかった必然性はないので、自分が見たことを一人称に置き替えて書いたのかもしれないし、羅須地人協会時代の「賦役」の経験を踏まえながら虚構化したのかもしれない。「あれ」の解釈次第では、共同作業ならぬ一人作業をするしかないという孤独感を綴った作品であるとも考えられる。

語注

賦役　「ふ（ぶ）えき」、「ふ（ぶ）やく」とさまざまに読む場合があり、読み方は特定しにくい。中村稔（後掲）は「賦役とは本来は公に収める調租と公に使役される労働とをいうが、ここでは小作農民が地主に命じられてする強制労働を意味するであろう」とし、佐藤通雅（後掲）も、「農民が地主にたいして労働ではらう地代、すなわち労働地代のことだ」とする。島田隆輔（後掲）も『岩手県の百年』（山川出版社 平成七年十一月）には名子制度の説明に「生産力の低い畑作にたよる零細な小作人は、農地はもちろん、畑作に必要な役畜や牧野・山林、そして家屋敷などを、山林原野を全村的に所有する地主（地頭）から借り、その代償として地主に賦役（一反歩十五、六人）を納入する」とあることから、「その強制労役の記憶が背景にあるのではないだろうか」とも言う。『岩手県の百年』によれば、北上山地のような交通不便な山間部に典型的な名子の村があったとのことなので、本作の舞台が山間部だと思われることから、こうした可能性については十分に考えておくべきかと思う。ただ、『日本国語大辞典』に方言（ただし、香川県高見島）としてあげられた「村の仕事を各戸に割り当て、無報酬で行なうこと。共同労作」と考える可能性も残しておくべきだろう。というのは「春と修羅 第三集」に「七三五 饗宴 一九二六、九、三、」があり、ここに「みんなは地主や賦役に出ない人たちから／集めた酒を飲んでゐる」とあり、伊藤博美（「「饗宴」の舞台」「賢治研究42」宮沢賢治研究会 昭和六十二年一月）は、「ここでの賦役は、農民の払う労働地代のことではなく、村の共同労役のことである。個人の所有する橋ではないし、小作地専用の橋でもないからである」としているからだ。

きみかげさう　ユリ科の多年草であるスズランのこと。本州の中部より北にある高地に自生する。

あれと云はれし業　「あれ」の解釈は難しい。佐藤（後掲）も、「よくわからない」とするが、「「ひねもす白き眼して、」は不満のしぐさだから、「やれと命令された仕事だから」と解することができる」とする。ただ、「あれ」と「やれ」を、発音上・意味上で混同することはあまりないし、下書稿㈠から定稿までずっと「あれ」のままなので、「おのれと影とたゞふたりであれ（居続けよ）と言われた」とも解釈できよう。共同作業とはいいながら、村人と一緒に汗を流すのではなく、影と二人だけで一緒にいろと言われること、つまり共同作業の中の孤独を引き立たせようとしたのかもしれない。

放牧《のがひ》　作品の舞台は、岩手山東方の裾野、柳沢のあたりであるようだが、そこから考えると、馬の放牧がさかんであったので、その柵を共同作業で修理するということなのだろう。賢治自身の経験を詠んだのではなく、自身の経験や心情を虚構化したか、第三者を描いたものだと考えられる。

評釈

「孔雀印手帳」に書かれた下書稿㈠、黄罫（22 22行）詩稿用紙の裏面に「未定稿」の「中尊寺〔二〕」、「火渡り」とともに書かれた下書稿㈡（鉛筆で㊢。表面には書簡下書）、定稿用紙に書かれた定稿の三種が現存。生前発表なし。

まず下書稿㈠から見てみたい。

◎あをあをゆらぐ雪のみね
　風は谷より崩れきて
　萌えし柏をとゞろかし
　きみかげさうを軋らしむ

　おのれと影とたゞふたり
　あれと云はれしわざゆゑに
　ひねもすしろきまなこして
　放牧の柵をつくろひぬ

「孔雀印手帳」が使用されたのは昭和三年八月以前と昭和六年五月上旬から七月以降とされているが、八十一～八十八ページを空白にし、その次の八十九ページにこれが載っており、見開きの九十ページには「五十篇」の「〔夜をま青き藺むしろに〕」の下書稿㈢が書かれている。書き方や筆記用具から同じ時に書かれたものだと思われるが、両作品が内容的に強く関連しているようには思えない。

本作の関連作品について言及されたことはないようだが、「五十篇」の「〔きみにならびて野にたてば〕」は関連が深いように思う。

①きみにならびて野にたてば、　風きららかに吹ききたり、
　柏ばやしをとゞろかし、　枯葉を雪にまろばしぬ。

②げにもひかりの群青や、　山のけむりのこなたにも、
　鳥はその巣やつくろはん、　ちぎれの艸をついばみぬ。

まず目につくのは、どちらにも柏ばやしの中を風がとどろいて吹き抜けているところだろう。そして、ダジャレめくが、「きみにならびて」と「キミカゲソウ」にも関連をもたせようとした気がする。さらに「賦役」では、自分と影のことを「ふたり」とし、その「ふたり」が柵を「つくろ」うのだと書いてあるが、「〔きみにならびて野にたてば〕」の方でも、「ふたり」の関係を暗示するかのように鳥が自分たちの巣を「つくろはん」となっている。

賦役という言葉や内容の違いのためもあって、なかなか「〔きみにならびて野にたてば〕」との繋がりは見出しにくいかもしれないが、こうして言葉の一致や類似を考えてみると、偶然であるとは思いにくい。

木村東吉（「《五輪峠紀行詩群》と「岩手軽便鉄道の一月」考『春と修羅』（第一集）との対称性に注目して」『宮沢賢治《春と修羅 第二集》研究 その動態の解明』渓水社 平成十二年二月）は、『春と修羅（第一集）』と「春と修羅 第二集」について、「全体的にシンメトリカルな構造をもっている」としたが、「五十篇」と「一百篇」でも、賢治がそれぞれ似た内容、似た構造の作品を、意図的に配した可能性が考えられてもよいように思う。たとえば「五十篇」の「悍馬〔一〕」と「一百篇」の「悍馬〔二〕」。また、「五十篇」の「車中〔一〕」と「一百篇」の「車中〔二〕」は、タイトルが同じであることからもわかりやすく、登場人物やテーマにも共通性が見出しやすい。が、「五十篇」の「〔きみにならびて野にたてば〕」と「賦役」の類似性については、少しわかりにくい。タイトルも異なるし、「一百篇」の「〔遠く琥珀のいろなして〕」とも「対」とも言うべき関係にあると思われるからだ。詳しくは終章（信時哲郎 後掲B、C）にまとめたので参照されたい。

ところで、岩手山麓の柳沢付近の放牧地で賢治が「賦役」に参加したというようなことは、伝記的に考えにくい。『新校本全集』の『索引』を使って賦役を使った例を調べてみると、「春と修羅 第三集」所収の「七三五 饗宴 一九二六、九、三、」とその発展形である「〔みんなは酸っぱい胡瓜を嚙んで〕」、それを文語詩化した「未定稿」の「〔ひとびと酸き胡瓜を嚙み〕」が見つかった。

酸っぱい胡瓜をぽくぽく嚙んで
みんなは酒を飲んでゐる
……土橋は曇りの午前にできて
　いまうら青い榾のけむりは
　稲いちめんに這ひかゝり
　そのせきぶちの杉や楢には
　雨がどしゃどしゃ注いでゐる……
みんなは地主や賦役に出ない人たちから
集めた酒を飲んでゐる
……われにもあらず
　ぼんやり稲の種類を云ふ
　こゝは天山北路であるか……
さっき十ぺん
あの赤砂利をかつがせられた
顔のむくんだ弱さうな子が
みんなのうしろの板の間で
座って素麺《むぎ》をたべてゐる
（紫雲英《ハナコ》植れば米とれるてが
　藁ばりとったて間に合ぁなじゃ）
こどもはむぎを食ふのをやめて
ちらっとこっちをぬすみみる

「語注」にも書いたとおり、「ここでの賦役は、農民の払う労働地代のことではなく、村の共同労役のこと」（伊藤博美「「饗宴」の舞台」「賢治研究42」宮沢賢治研究会　昭和六十二年一月）だと思われるが、おそらくは地人協会周辺の土橋の修繕を共同ですることになったのだろう。義務として、賢治もそれに参加することについて異論はなかったと思うが、佐藤寛（「饗宴　解説（2）主として農民をうたへる詩について」「四次元24」宮沢賢治研究会　昭和二十六年十二月）が言うように、「何かにかこつけては酒を飲む——これは東北の農村の因襲のやうになつて」いたようで、賢治は「あっちもこっちも／ひとさわぎおこして／いっぱい呑みたいやつらばかりだ」（「一〇五三　政治家一九二七、五、三、」「詩ノート」）というような状況を目の当たりにするのが不快だったのだと思われる。

とはいえ賢治も賦役というシステム、また、酒を飲むことに依るストレス発散について、ある程度の意義は認めていたと思う。ただ、その輪に積極的に入っていけるほどにはオトナになりきれなかった、ということなのだろう。

賢治は素麺をたべるこどもに救いを求めようとするのだが、こどもは賢治の方を「ちらっとこっちをぬすみみる」。つまり、賢治はこどもにとっても「あっち」の人間であり、「ぬすみみる」対象であったわけである。

ここで「春と修羅　第三集」の「一〇四二〔同心町の夜あけがた〕一九二七、四、二一、」における程吉の「横眼」を思い浮かべるのは自然なことだろう。

同心町の夜あけがた
一列の淡い電燈
春めいた浅葱いろしたもやのなかから
ぼんやりけぶる東のそらの
海泡石のこっちの方を
馬をひいてわたくしにならび
町をさしてあるきながら
程吉はまた横眼でみる
わたくしのレアカーのなかの
青い雪菜が原因ならば
それは一種の嫉視であるが
乾いて軽く明日は消える
切りとってきた六本の
ヒアシンスの穂が原因ならば
それもなかばは嫉視であって
わたくしはそれを作らなければそれで済む
どんな奇怪な考が
わたくしにあるかをはかりかねて
さういふふうに見るならば
それは懼れて見るといふ
わたくしはもっと明らかに物を云ひ

あたり前にしばらく行動すれば
間もなくそれは消えるであらう
われわれ学校を出て来たもの
われわれ町に育ったもの
われわれ月給をとったことのあるもの
それ全体への疑ひや
漠然とした反感ならば
容易にこれは抜き得ない

「おのれと影とたゞふたり、あれと云はれし業なれば」は、「あれ」を「やれ」に置き換えると、佐藤通雅（後掲）の言うように「やれと命令された仕事だから」と考えることが可能で、賦役の辛さ、共同作業の辛さを書いた詩となろう。ただ、「あれ」を文字通り「在れ」（居続けよ）であったと解すると、「自分と影の二人だけでいつづけろと言われた作業なので」ということになり、それが共同作業である賦役をするよりもつらい経験、すなわち、共同の中でただ一人で（影と二人だけ）居続けろという扱いを受けているということになる。まだ、そう断言するだけの根拠が、我ながら十分だとは言えないのだが、ひとまず共同作業の中の孤独という方向で読んでみることを提案したい。

先行研究

中村稔「鑑賞」（『日本の詩歌18 新訂版 宮沢賢治』中央公論社 昭和五十四年九月）
佐藤通雅「二冊の手帖」（『宮沢賢治 東北砕石工場技師論』洋々社 平成十二年二月）
信時哲郎A「宮沢賢治「文語詩稿 一百篇」評釈八」（「甲南国文63」甲南女子大学国文学会 平成二十八年三月）
島田隆輔「94 賦役」（「宮沢賢治研究 文語詩稿一百篇・訳注Ⅲ」〔未刊行〕平成二十九年九月）
信時哲郎B「「五十篇」と「一百篇」 賢治は「一百篇」を七日で書いたか（上）」（「賢治研究135」宮沢賢治研究会 平成三十年七月→終章）
信時哲郎C「「五十篇」と「一百篇」 賢治は「一百篇」を七日で書いたか（下）」（「賢治研究136」宮沢賢治研究会 平成三十年十一月→終章）

95 〔商人ら　やみていぶせきわれをあざみ〕

①商人ら、やみていぶせきわれをあざみ、
　川ははるかの峡に鳴る。
②ましろきそらの蔓むらに、　雨をいとなむみそさゞい、
　黒き砂糖の樽かげを、　ひそかにわたる昼の猫。
③病みに恥つむこの郷を、
　つめたくすぐる春の風かな。

大意

商人たちは、病気でみすぼらしい自分を嘲けり、
川の音は谷合の町の隅々まで鳴り響いている。
まっしろな空の下の蔓むらには、　雨の中を飛び交うミソサザイ、
黒い砂糖の入った樽の陰を、　ひっそりと歩くのは昼の猫である。
病気になって恥ばかりが増えてくるこの町で、
冷たい春の風はくすぐるように吹き抜けていく。

モチーフ

東北砕石工場でのセールスマン時代に使っていた「王冠印手帳」にあったメモから生まれた作品。肉体的にも精神的にも、相当なダメージを負いながらの仕事であったようだ。本作は「五十篇」の「〔打身の床をいできたり〕」と同時に生まれた作品だが、成立事情は複雑で「五十篇」と「一百篇」に対する考え方を考え直す必要も出てくるかもしれない。

語注

いぶせき　みすぼらしい、汚い、不愉快、という意味に加えて、気味が悪い、恐ろしい、危険に見えるといった意味も含んでいる。東北砕石工場時代の賢治が肺を病んでいたので、「肺病持ち」として嫌われたということかもしれない。

みそさゞい　スズメ目ミソサザイ科の黒褐色の鳥。地味で目立たないが、冬には人里に降り、初夏には山地の渓流付近の森に移る。オスは高く澄んだ声で囀る。

評釈

本作は「五十篇」の「〔打身の床をいできたり〕」の下書稿から定稿に移されている。源流は「王冠印手帳」に書かれた二つのメモ（下書稿㈠、㈢）で、このうち下書稿㈠を改めて黄罫（22０行）詩稿用紙表面に書かれたのが下書稿㈡。その余白に下書稿㈢の要素を加えて書き直し、青インクで㋐、鉛筆で㊢が付けられた下書稿㈢。『新校本全集』では、この「下書稿㈢」に㊢があることから、これが発展して本作の定稿が書かれたのだとする（『第十六巻（上）補遺・資料 補遺・資料篇』では、「〔商人ら やみていぶせきわれをあざみ〕」の項に、「下書稿㈣」とあったものは「下書稿」㈢の誤りだったと訂正されている）。『新校本全集』に本作の成立事情の複雑さについての長めのコメントがある。煩雑だが、文語詩の成立とその特徴を考えるための資料として引用しておきたい。

表のようにして、定稿に到っていると考えられるが、「下書稿」㈢には、㊢の文字があり、他に㊢はない。㊢は、他例から推すと、下書稿最終段階で、定稿の直前のものに書かれている。つまり定稿へ写したの意と見られる。

本稿の場合、途中段階に㊢があることは、ここから定稿が作られたと見ていいであろう。それが「〔商人ら やみていぶせきわれをあざみ〕」の定稿と考えられる。

「〔商人ら やみていぶせきわれをあざみ〕」の方が先に書かれたとする方が、右（本稿ではレイアウトの関係から次ページ：信時注）の逐次形の配列からは自然であるが、「文語詩稿 一百篇」と「文語詩稿 五十篇」のまとめられた時点から見ると「〔打身の床をいできたり〕」の方が先ということになる。

しいて、そうなるためには、順をたどって「〔打身の床をいできたり〕」までまとめて「文語詩稿 五十篇」へ組み入れた後、B群の要素捨てがたく、「下書稿㈡」から、「〔商人ら やみていぶせきわれをあざみ〕」が書かれた、と考えられよう。

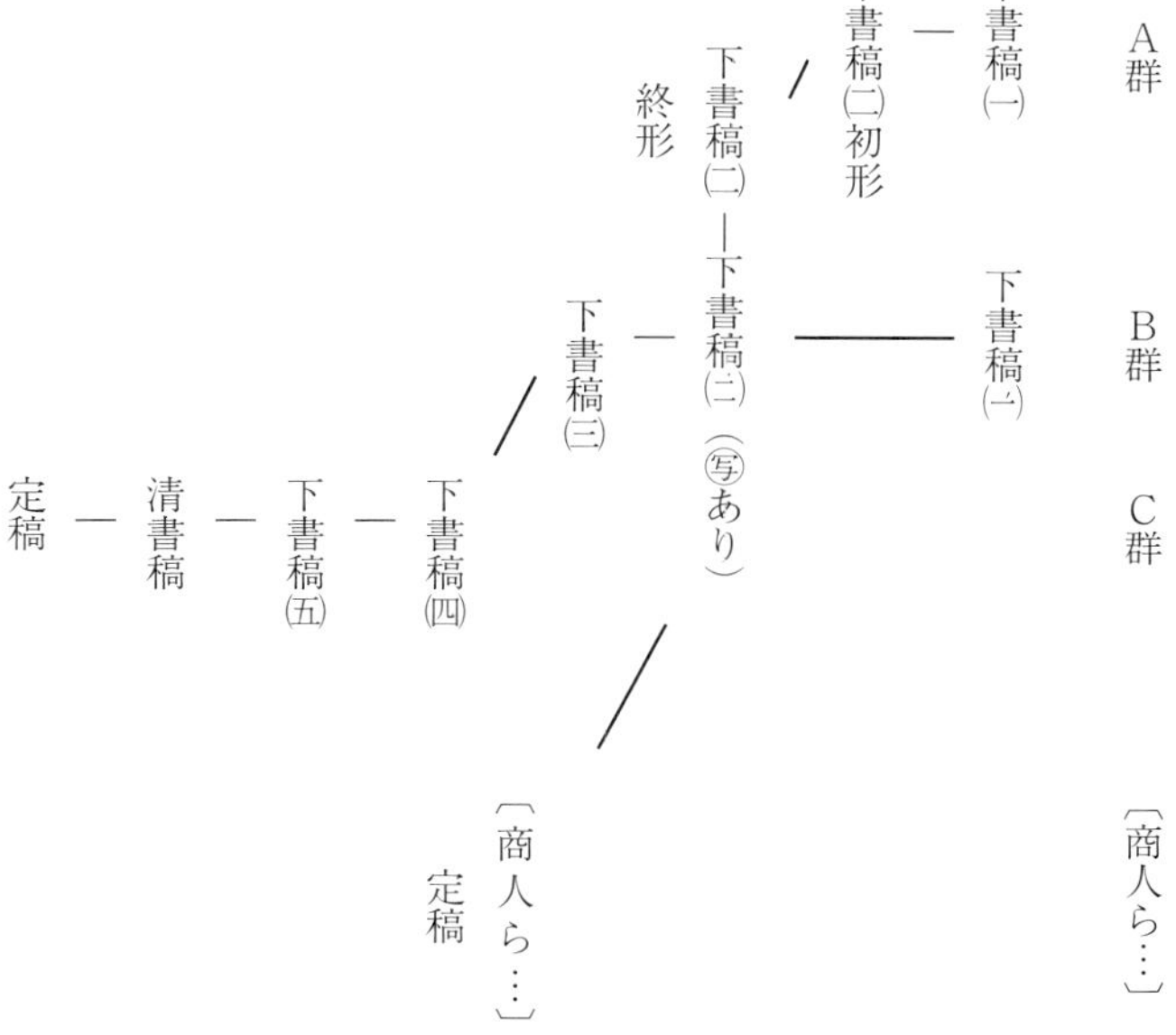

しかし、下書稿㈢は、「商人ら／疾みてはかなきわれを嘲り／川ははるかの峡に鳴る」で始まっており、この他にも定稿と共通する詩句が多いことから、明らかに「〔商人ら やみていぶせきわれをあざみ〕」の先行形態だと言うことができる。つまり㊢が書かれた後にも推敲が続けられた、ということだ。

島田隆輔（「〈写稿〉論」『文語詩稿叙説』）は、㊢が「定稿として写すべきもの」を意味するのはたしかであるにしても、㊢の付与された後の手入れが生かされている例、また「一百篇」の「〔小きメリヤス塩の魚〕」のように㊢の後に原稿を新しく書く場合があったことも指摘しているので、本作における㊢もそのように解されるべきものだと思う。

実は『新校本全集』にも、下書稿㈢について、「手入れはなされていない。なお、太い鉛筆の横線が詩稿上に引いてある。この稿を他へ移した意味の印であろうか」とあるので、右に引用したような解釈に、編者たちも迷いがあったように思える。また、終章（信時哲郎 後掲C、D）に原稿コピーを掲げているように、この「太い鉛筆の横線」は、㊢が付される時に書かれる横線と酷似しており、この原稿は、すでに下書稿㈡に㊢を付しているために㊢を付すことはなかったけれど、㊢稿と同じ意味を持つもの、つまり定稿直前の原稿として横線のみ書かれたのではないかと思う。なお、下書稿㈢よりも下書稿㈡の方に定稿と同じ語が見られる箇所もあるのだが、おそらく下書稿㈡と下書稿㈢は、同時に見比べられながら定稿「〔商人ら やみていぶせきわれをあざみ」」に至ったのだと考えられる。

さて、下書稿を順に追っていこう。下書稿㈠、㈡は、東北砕石工場時代に使っていた「王冠印手帳」に、当時の賢治の心境を語るかのように走り書きされたものだが、四十三～四十五ページに記された下書稿㈠とされるものは次のとおり。

あらたなるよきみちを得しといふことは
たゞあらたなる
なやみのみちを得しといふのみ

このことむしろ正しくて
あかるからんと思ひしに
はやくもこゝにあらたなる
なやみぞつもりそめにけり

あゝいつの日かか弱なる
わが身恥なく生くるを得んや

　野の雪はいまかゞやきて
　遠の山藍のいろせり
肥料屋の用事をもって
組合にさこそは行くと
病めるがゆゑにうらぎりしと
さこそはひとも唱へしか

続いて百二十一・百二十二ページに記された下書稿㈡は次のとおり。

農民ら病みてはかなきわれを嘲り
小雨の春のそらに居て
その蔓むらに鳥らゐて
雨にその小胸をふくらばす

さてははるかに鳴る川と
冷えてさびしきゴム沓や
あゝあざけりと辱しめ
もなかを風の過ぎ行けば
小鳥の一羽尾をひろげ
一羽は波を描き飛ぶ

賢治は昭和三年夏には羅須地人協会の試みを諦めることとなったが、自宅に戻った際に東北砕石工場の鈴木東蔵と知り合い、昭和六年二月二十一日には同工場の嘱託技師となっている。岩手県は酸性土壌で、植物の生育に関して支障があったが、同工場の生産する石灰岩の粉末は土壌改良に効果があり、賢治の師・関豊太郎教授も賢治がこの事業に関わることに賛意を表していた。またこれは賢治をなんとか実業につけようと考えていた父にとって、そして羅須地人協会の試みに失敗し、それにかわる何かができないかと考えていた賢治にとっても、願ってもないチャンスであったと思われる。

　これが下書稿㈠に「あらたなるよきみち」と書かれた所以であろう。しかし「王冠印手帳」には、「いやしくも身をへりくだし／ひとひつかれしとて／夜汽車のなかにまどろめば／せなまた怪しく熱くして」とあるように、精神的にも肉体的にも無理を強いられた。そして「あらたなるよきみち」は「あらたなる／なやみのみち」に容易に転化していったのだと思われる。

　下書稿㈠ではセールスマン賢治が農民の元に向かうと「病めるがゆゑにうらぎりし」と言われたのが、下書稿㈠では「農民ら病みてはかなきわれを嘲り」と変化し、下書稿㈡では「商人ら」が「やみていぶせきわれをあざけ」ることとなっている。

商人ら
やみていぶせきわれをあざけり
川ははるかの峡に鳴る
ましろきそらの蔓むらに
雨をいとなむみそさゞゐ
やがてちぎれん土いろの
かばんつるせし赤髪の子

恥いや積まんこの春を
つめたくすぐる春の風かな

　新しい黄罫（22０行）詩稿用紙に「病起」というタイトルで書きはじめられるのが下書稿㈢で、本作「〔商人ら やみていぶせきわれをあざみ〕」の先行形態となるが、その裏面には「五十篇」の「〔打身の床をいできたり〕」の先行形態となる下書稿「米穀肥料商」が書かれ、これが下書稿㈣となっている。紙の表と裏だが、「川ははるかの峡に鳴る」「黒の（き）砂糖の樽かげを／さびしく（ひそかに）わたるひるの猫」など、ほぼ同一の句もあることから、両篇が同時並行的に推敲されていたことは明らかだ。下書稿㈢の系統では、肥料を店で扱ってもらうように頼みにいくセールスマンの恥を積むような心情が語られ、下書稿㈣の系統では「商人」の側の心情が書かれている。手入れ後の形態をあげてみたい。

病起　下書稿㈢

商人ら
疾みてはかなきわれを嘲り
川ははるかの峡に鳴る

米穀肥料商　下書稿㈣

①打身の床《とこ》をいできたり
箱の火鉢にうちゐする

ましろきそらの蔓むらに
雨をいとなむみそさざい
黒の砂糖の樽かげを
さびしくわたるひるの猫

げに恥積まんこの春を
つめたく過ぐる西の風かな

②粉のたばこをひねりつゝ、
見あぐるそらの雨もよひ
③黒き砂糖の樽かげを
ひそかにわたるひるの猫
④人なき店の春寒み
川ははるかの峡に鳴る

「〔打身の床をいできたり〕」の「評釈」（信時　後掲A）で、賢治は「推敲の過程で我と彼とを入れ替えてしまうということは、後代の読者が想像するよりもずっとたやすく行ったように思われる」として、鹿と人間の違いを忘れて鹿たちの踊りの輪に飛び込んでしまう童話「鹿踊りのはじまり」や、敵であったはずの者に同情してしまう童話「烏の北斗七星」や「〔短篇梗概〕」等」の「大礼服の例外的効果」などを例にあげてこの事態について論じたとおりである。

下書稿㈤を経て、『新校本全集』で、「何かに発表することを予定したような清書」とされる清書稿は次のようなものだ。

打身の床をいできたり
箱の火鉢にうちゐれば
人なき店のひるすぎを
雪げの川の音すなり

粉《こな》のたばこをひねりつゝ、
見あぐるそらの雨もよひ
黒き砂糖の樽蔭を
ひそかにわたる白の猫

この直後に書かれた定稿では、末尾の二行が「蠣殻町のかなたにて、／人らほのかに祝ふらし。」に改められる。それまでは下書稿㈢、下書稿㈣、下書稿㈤と受け継がれていたものが、突然この二行だけが改められているのである。しかし、この「黒き砂糖の樽蔭を／ひそかにわたる白の猫」というフレーズが気に入らなかったということではない。むしろ逆で、このフレーズが「一百篇」の「〔商人ら やみていぶせきわれをあざみ〕」の定稿に「黒き砂糖の樽かげを、 ひそかにわたる昼の猫。」として使われることになるために重複を避けたからであろう。

が、そうするとややこしい問題が生じる。下書稿㈡（あるいは下書稿㈢）から「一百篇」の定稿「〔商人ら やみていぶせきわれをあざみ〕」ができたのは確認してきたとおりだが、その定稿中の詩句が決まってから、時間的には早くできたとされている「五十篇」の定稿「〔打身の床をいできたり〕」が成立したとなると、「五十篇」と「一百篇」のクロノロジーがくるってしまうからである。

賢治は、定稿をはさんでいた厚手の和紙に「五十篇」を「八月十五日」に「定稿とす」と書き、「一百篇」を「八月廿二日」に「定稿となす」と書いたと言われている。もしも、「一百篇」の定稿ができた後に「五十篇」の定稿が成立したとすると、この日付がおかしいことになる。もっとも、所詮は賢治が心覚えに書いた言葉である。『春と修羅（第一集）』の刊行後の初版本にさえ、賢治は推敲の手を入れたことが広く知られているが、だとすれば、文語詩についても、賢治自らが宣言した「定稿と（な）す」の言葉を信じ切ってしまうところから問題が発生したのかもしれない。あるいは、「五十篇」と「一百篇」が完成した後、何らかの思いから「五十篇」所収の「〔打身の床をいできたり〕」と「一百篇」所収の「〔商人らやみていぶせきわれをあざみ〕」を入れ替えたということがあったのかもしれない。別の視点を交えて終章（信時哲郎 後掲C、D）に書いているので参照されたい。もちろん、この一例だけから、「五十篇」と「一百篇」を書いた順序、あるいは定稿として日付まで書いた後になって内容を差し替えた可能性について主張するのは、文語詩の制作事情について根本から疑うことにもなりかねないが、賢治の文語詩を読むということは、常にこうした問題を孕んでいることについて、注意しながら考察を続けたいと思う。

先行研究

山内修「非在の個へ」（『宮沢賢治 研究ノート受苦と祈り』河出書房新社 平成元年十一月）

島田隆輔A「「文語詩稿」構想試論『五十篇』と『一百篇』の差異」「国語教育論叢４」島根大学教育学部国文学会 平成六年二月）

佐藤通雅「二冊の手帖」（『宮沢賢治 東北砕石工場技師論』洋々社 平成十二年二月）

杉浦静「〔打身の床をいできたり〕」（『宮沢賢治 文語詩の森 第二集』）

信時哲郎A「〔打身の床をいできたり〕」（『五十篇評釈』）

島田隆輔B「〔打身の床をいできたり〕」（「宮沢賢治研究 文語詩稿五十篇訳注１」〔未刊行〕平成二十三年三月）

信時哲郎B「宮沢賢治「文語詩稿 一百篇」評釈八」（「甲南国文63」甲南女子大学国文学会 平成二十八年三月）

島田隆輔C「95〔商人らやみていぶせきわれをあざみ〕」（「宮沢賢治研究 文語詩稿一百篇・訳注Ⅲ」〔未刊行〕平成二十九年九月）

信時哲郎C「「五十篇」と「一百篇」 賢治は「一百篇」を七日で書いたか（上）」（「賢治研究135」宮沢賢治研究会 平成三十年七月→終章）

信時哲郎D「「五十篇」と「一百篇」 賢治は「一百篇」を七日で書いたか（下）」（「賢治研究136」宮沢賢治研究会 平成三十年十一月→終章）

96　風底

雪けむり閃めき過ぎて、　ひとしばし汗をぬぐへば、
布づつみになふ時計の、　リリリリとひゞきふるへる。

大意

雪けむりがきらめいて風に流れ、しばし汗をぬぐうと、
布に包んで持って来た時計が、リリリリと響いてふるえた。

モチーフ

雪けむりがきらめいて吹きすぎ、しばし汗をぬぐうと、その途端に風呂敷包みの中の目覚まし時計が鳴りだした、というだけの詩。俳句的な取り合わせだが、壮大な自然と生活の両方が描かれた秀作だと思う。ただ、よく考えてみると、当時はアナログの目覚まし時計であろうから、十二時間前の深夜（早朝）に鳴り、おそらく「ひと」はその時以来、ずっと眠っていないことになる。その状態で雪道を歩くというのはたいへんなことで、危険でさえある。まして東北砕石工場時代の賢治がモデルであったとすれば、ほとんど自殺行為と言うべきかもしれない。しかし、本作はそのような詮索などしなくても十分に鑑賞が可能だ。労働を描くことが、そのまま芸術になったという稀有の例かもしれない。

語注

風底　『日本国語大辞典』や『大漢和辞典』、『望月仏教大辞典』等にも見つからないが、賢治作品に「風の底」の用例は多く、「春と修羅 第二集」の「五一一〔はつれて軋る手袋と〕一九二五、四、二一、」の下書稿㈠の手入れ段階には、「丘いちめんに／風がごうごう鳴ってゐる／そしてこゝはしづかな風の底なので／笹がすこうしさわぐきり／かれ草はみな／ニッケルのアマルガムで／眠さも沼になってゐる」とあり、地形的には似ているのではないかと思う。住田美知子（後掲）は、「上空で風が舞い、空気の量を感じさせる、平らな場所であり、

広義には、気層の底、気圏の底、光の底と繋がっていると解釈できる」とする。

布づつみ　おそらく風呂敷のことだろう。風呂敷の用例としては、「春と修羅 第三集」の「一〇二二〔甲助 今朝まだくらぁに〕一九二七、三、二一、」や童話「銀河鉄道の夜」の鳥捕りが鷺を包むのに使っており、第一次産業従事者の持ち物として描かれることが多いようだ。「初期短編綴等」の短篇「電車」では、登場人物を「むしゃくしゃした若い古物商 紋付と黄の風呂敷」と設定して、制服制帽の大学生と口論させていた。大学生の方は「灰色ヅックの提鞄」を持っているというのだが、「ヅック」といえば、弟の清六（「兄のトランク」『兄のトランク』ちくま文庫 平成三年十二月）が、「あれは茶色なズックを貼った巨きなトランクだった。大正十年七月に、兄はそいつを神田あたりで買ったということだ」と述懐する賢治が愛用したトランクのことも思い浮かぶ。清六によれば、賢治が昭和六年に東北砕石工場で働き始めることになると「その大トランクは蔵から持ち出されることになった」とあり、ここにたくさんの製品見本を詰めていたのだというが、雪の中を大きな風呂敷を持ちながら歩いていた「ひと」には、ズックを貼ったセールスマン時代の賢治をイメージすることもできそうだ。

時計　「リリリリ」と鳴っていることから、目覚まし時計であろう。『日本大百科全書』の「目覚し時計」の項には、「目覚し装置そのものはすでに機械時計初期から存在し、今日ではクロックの過半数が目覚しである。腕時計については1947年スイスのバルカン社がはじめてCricket（コオロギ）と名づけた製品を市販した」とある。目覚まし機能付きの懐中時計もあったらしいが、希少で値段も高かったというので、ここでは置時計であろう。精工舎（現・セイコーウォッチ株式会社）では明治三十二年から製造を開始したというが、大正五年頃から製造が始まった精工舎の山形両鈴時計は大正五年のカタログによれば二円十銭だったという（TIMEKEEPER 古時計どっとコム http://www.kodokei.com/cl_016_1.html）。腕時計に比べればずっと安価だったので、旅を仕事とするような人であれば携帯していたのだろう。

評釈

定稿用紙に書かれた定稿のみ現存。生前発表なし。

下書稿も存在せず、関連作品の指摘もない作品だが、内村剛介（後掲）や住田美知子（後掲）、大沢正善（後掲）らの論者は、こぞって本作を絶賛する。大沢は次のように書いている。

地吹雪がひとしきり吹き止んで、「ひと」が汗をぬぐったことと、風呂敷の中の時計が鳴り響いたこととは、単に偶然に生じた継起的な関係にすぎないであろう。しかし、その稀薄なはずの因果関係は、稀薄なだけになおさら人知を超えた

「宇宙的な進行」であるかのような印象を残す。それが、真っ白な「雪けむり」とその直後の静止した「風底」に時計のベルの音が遍在して行く、という透明なと形容したい物語を生みだすのである。

もはや付け足す言葉もない気もするが、無粋ながら作品の背景について考えてみたい。

まず、風呂敷の中で目覚まし時計が鳴るということについて考えてみる。

目覚まし時計をもって歩いているということから、「ひと」は旅の途中にあることが分かる。そして、当時は電池式の時計などなかったので、前日か前々日に「ひと」がネジを巻いたのだということになる。もしも時計の行商人であったら、わざわざ商品の品物のネジを巻くことはないので、目覚まし時計を携帯しながら旅をする人だろう。

そして、急に鳴りだした目覚まし時計は、おそらく十二時間前にも鳴っている。当時はベルの鳴る時間を二十四時間で設定できなかったので、ベルを止めるためのスイッチがオフになっていない限り、目覚まし時計は一日に二回鳴る。おそらく「ひと」は、今朝、この目覚まし時計によって起床したのだろう。その時にきちんとスイッチを押して音を止めたはずだが、風呂敷の中の何かがこのスイッチに接触するなどの理由から、止めてあったはずのスイッチが勝手にオンとなり、とぼけた時間に鳴りだしたということだろう。どんなに風呂敷の中がゴチャゴチャしていたとしても、ベルの鳴る時間を設定する針が勝手に動くということは考えにくい。

では、目覚まし時計が鳴ったのは何時だろう。「雪けむり」が「閃めき過ぎて」いることから考えれば、太陽の出ている時間帯である。岩手の冬であれば、朝の九時から十六時の間くらいということになるだろうか。その十二時間前に目覚ましを鳴らしたのだとすると、午後九時から午前四時の間に目覚ましをセットしたということになるが、午後九時、午後十時、午後十一時…　に目覚ましをかけて眠りに就くということは、あまりないと思われるので、午前三時か午前四時頃に、夜汽車に乗るためか、あるいは遠い雪道を歩く必要があったために目覚ましをかけていた、ということになるだろう。

いずれにせよ、この「ひと」の旅程はハードである。というのも、汽車に乗ったのならば、車中でうとうとするくらいはできたかもしれないが、午前三時か午前四時から、午後の三時か四時まで、安眠することもなく、ずっと目的地に向かっていたことになるからだ。もしも未明からずっと歩き通しであったなら、その疲労のはなはだしさはそうとうなものだっただろう。歩きに歩いているため、やっと風の底ともいうべき場所（あるいは吹雪が止んだ時間）までやってきたというのに、汗までかいている始末である。

もしかしたら、時計を買ってから使ったのがはじめてだったので、おかしな時間に目覚ましがデフォルト設定されていたということだったのかもしれない。あるいは、以前に使った際に、たまたま真昼の時間を設定してあり、それを修正することなく旅に出てしまった可能性もあろう。ただ、目覚まし時計というものは、そうそう買い換えるものでもないし、大幅に時間を前にしたり、後にしたりすることもないはずだ（昼と夜が逆転することのある筆者などは、アラーム設定の午前と午後を間違えて寝過ごすこともあるのだが…）。島田隆輔（後掲）は、汽車や汽船に乗るため、誰かと会うためなどにセットした可能性もあるだろうというが、「目覚まし時計」という名前が示すように、一般的には目を覚ますための時計であったことから考えて、早朝から歩いている旅行者を想定しておくのが最も無難だと思う。

　ともあれ、大沢（後掲）が書くように、この詩は美しく、冬の寒さと厳しさを描くと共に、雪の白さまで見えてくるような、そして、どこかしらユーモアも湛えた秀作であると思う。しかし、たとえ夜汽車の中でうとうとすることがあったとしても、睡眠不足の状態で、冬の雪道を汗をかくまでに歩くということは、肉体的に相当ハードなことにかわりはない。もし、ここに登場する「ひと」がセールスマン時代の賢治であったとしたらどうだろう。雪けむりの日に汗までかいているのに、「布づつみ」の中には、目覚まし時計だけでなく、東北砕石工場の製品見本も入っていたことになろう。だとすれば、すでに肺を病んでいた賢治にとって、これはほとんど自殺行為だったということにもなりそうだ。

　下書稿もなく、先行作品や関連作品の指摘もされていない二行の詩に過ぎないので、これ以上の詮索はできないが、本作が極限的な状況で旅を続けている「ひと」を描いた作品だということは明らかだと思う（たとえレジャーの旅であったにしても、大変だということに関しては同じである）。

　賢治は「農民芸術概論綱要」で、「おお朋だちよ　いっしょに正しい力を併せ　われらのすべての田園とわれらのすべての生活を一つの巨きな第四次元の芸術に創りあげようでないか」と書いていた。賢治が求めていたものは、階級闘争や革命のためのプロレタリア文学ではなく、労働そのものが芸術であるような文学であった。童話「マリヴロンと少女」には、「正しく清くはたらくひとはひとつの大きな芸術を時間のうしろにつくるのです」とも書いていた。労働の厳しさを描いていながらも、ひとことも労働に触れず、その厳しさにも触れず、しかし、周りの風景までもが美しく感じられるような本作は、最高レベルの文語詩であり、また労働詩でもあったように思うのである。

先行研究

内村剛介「ホワイト・ホールのなかの時間」（「ユリイカ9―10」青土社　昭和五十二年九月）
住田美知子「風底」（『宮沢賢治 文語詩の森』）

大沢正善「宮沢賢治の文語詩」（「文芸研究150」日本文芸研究会　平成十二年九月）
赤田秀子「文語詩を読む　その４〈かれ草の雪とけたれば〉を中心に」（「ワルトラワラ15」ワルトラワラの会　平成十三年十一月）
信時哲郎Ａ「宮沢賢治「文語詩稿　一百篇」評釈八」（「甲南国文63」甲南女子大学国文学会　平成二十八年三月）
三神敬子「〔す、きすがる、丘なみを〕」（『宮沢賢治　文語詩の森　第三集』）
島田隆輔「96　風底」（「宮沢賢治研究　文語詩稿一百篇・訳注Ⅲ」〔未刊行〕平成二十九年九月）
信時哲郎Ｂ「文語詩のことならおもしろい」（「宮沢賢治記念館通信117」宮沢賢治記念館　平成二十九年九月）

97 〔雪げの水に涵されし〕

①雪げの水に涵されし、　御料草地のどての上、
　犬の皮着てたゞひとり、　菫外線をい行くもの。

②ひかりとゞろく雪代の、　土手のきれ目をせな円み、
　兎のごとく跳ねたるは、　かの耳しひの牧夫なるらん。

大意

雪解けの水にひたされた、御料草地の土手の上に、犬の毛皮を着てただ一人、紫外線の中を行く者がいる。

光が雪解け水に乱反射し、土手の切れ目で背中を丸め、ウサギのように跳ねているのは、あの耳の聞こえない牧夫であろう。

モチーフ

岩手山から流れてくる雄大な雪解け水で御料草地が水浸しになっている中を、「耳しひ」の牧夫が跳ね歩く様子を描いた詩。聾者が職に就いて収入を得るのは、盲者よりも大変だったというが、賢治は大自然の中で働く聾者にエールを送っているのだろう。ただ、第一連と第二連のそれぞれに「犬の毛皮」、「兎のごとく」と動物を登場させながら牧夫を描いているのは気になるところだ。聾者を動物的な野生の感覚の持ち主、つまり人間的感性から遠い存在だとして捉えているように読めてしまうからだ。

語注

御料草地　『定本語彙辞典』では、本作における御料草地を外山にあった御料牧場のこととしているが、赤田秀子（後掲）も指摘するように御料草地は全国各地にあり、本作は岩手山麓の滝沢御料草地のイメージが強いとしている。「雪げの水」といえば、「一百篇」の「〔遠く琥珀のいろなして〕」などで、岩手山麓の景観を描いていることなどから、赤田のいう通りであろうと思う。『岩手県史　第九巻』（「本県産業の変遷　林業と林制」杜陵印刷　昭和三十九年八月）には「明治二十三年四月、官有地のうちから二万五千五百九十二町歩を御料地に設定された。その範囲は、岩手・和賀・胆沢・上閉伊・二戸の諸郡の中にある官有地（国有林野）の中から定められた」とある。

犬の皮　牧夫が犬の皮で作った外套を羽織っていたのだろう。『春と修羅（第一集）』の最後の作品にあたる「冬と銀河ステーション」でも、「土沢の冬の市日」に集まった人が「狐や犬の毛皮を着て」いたと書かれている。

菫外線　読み方は「きんがいせん」。紫外線のこと。音数や音韻の関係でこちらを用いたのであろう。

い行く　「い」は接頭語。音数を整えるために使われているのだろう。

耳しひ　耳が聞こえない者、聾者のこと。明治二十九年の民法十一条には「心神耗弱者、聾者、唖者、盲者及び浪費者は、準禁治産者として之に保佐人を附する事を得」とあって、法律的には　昭和五十四年まで改正されることがなく、住宅ローンを組んだり、借金をしたり、家業を継ぐこともできなかった。聾者であるかどうかは、遠くから見ただけでは見分けがつかないので、「かの耳しひの牧夫」とあるのが、視点人物の顔見知りであったか、「かの」と付くことから考えれば有名な人物だったということだろう。もちろん虚構の可能性も高い。

評釈

黄罫（22０行）詩稿用紙表面に書かれた下書稿㈠（鉛筆で㊢）、定稿用紙に書かれた定稿の二種が現存。生前発表なし。関連作品等の指摘はない。

赤田秀子（後掲）は、本作には岩手山麓の滝沢御料地のイメージがあるとしているが、「一百篇」に多出する「雪げの水」についても、この辺りを舞台にしていることから、本作の舞台も同じだとしてよいだろうと思う。

岩手山麓の「雪げの水」を書いたものには、たとえば「〔遠く琥珀のいろなして〕」があり、

①遠く琥珀のいろなして、　春べと見えしこの原は、
枯草《くさ》をひたして雪げ水、　さゞめきしげく奔るなり。

②峯には青き雪けむり、　裾は柏の赤ばやし、
　雪げの水はきらめきて、　たゞひたすらにまろぶなり。

同じく「一百篇」の「〔かれ草の雪とけたれば〕」では、「人民の敵」というタイトル案もあったような一癖も二癖もありそうな面々が、「かれ草の雪とけたれば／裾野はゆめのごとくなり」という光景を目にして、「みな恍惚とのぞみゐる」と書いていた。本作では「耳しひの牧夫」が雪解け水が流れる中を、背中をまるめながら飛び跳ねていく様子を描いている。

　ところで、「一百篇」の「崖下の床屋」では、床屋に弟子入りをした「唖の子」が登場していた。

①あかりを外《そ》れし古かゞみ、　客あるさまにみまもりて、
　唖の子鳴らす空《から》鋏。
②かゞみは映す崖のはな、　ちさき祠に蔓垂れて、
　三日月凍る銀斜子《なゝこ》。
③沍《いて》たつ泥をほとほとと、　かまちにけりて支店長、
　玻璃戸の冬を入り来る。
④のれんをあげて理髪技士、　白き衣をつくろひつ、
　弟子の鋏をとりあぐる。

下書稿㈠では、「かなしみいとゞ青ければ／かの赤砂利の崖下の／唖のとこやに行かんとす」とあったように、小沢俊郎（「崖下の床屋　賢治の文語詩」『小沢俊郎　宮沢賢治論集3』有精堂　昭和六十二年六月）によれば、「この詩の最初の主題は、わがかなしみのゆえに、同じくかなしく不幸に耐えている唖の子の床屋へ足を向けたという作者の思いにある」といったものであったが、「支店長」がやってくると理髪技師が「弟子の鋏をとりあぐる」といったように、弟子の努力は全く報われていない。

　賢治の文語詩には、社会的弱者の生活や心情を描き、社会文学的な性格を持つものも少なくないが、賢治は聾者の就業や待遇についても関心を持っていたことがわかる。本作に関しても、下書稿は一種しかなく、関連作品も指摘されていないので、詳しい事情はわからないにせよ、当初は賢治自身を語るものであったのが、次第に社会文学的な性格を帯びてきたのかもしれない。

　明治四十四年、日露戦争に従軍して両目を失明した柴内魁三は、私費を投じて岩手盲唖学校を設立した。同校は、大正十二年の『岩手県統計書　第二編　教育』によれば、「盲生卒業生中大学病院私立病院盲唖学校ニ奉職スル者アリ多数ハ自宅開業ヲナシ月収四五十円ヨリ百円位ニシテ独立自営シ中ニハ結婚生活ニ入ルモノ数名アリ聾唖生ハ盲生ニ比シ遜色アルモ鉄瓶製造業工場裁縫等ニ従事シ月収十五六円ヨリ八九十円位ニシテ父兄ヨリ

余分ノ物質的援助ヲ仰クモノ尠シ」と報告しているが、「聾唖生」の方が就業に関する条件は悪かったようである。

東京盲唖学校（現・筑波大学附属視覚特別支援学校、同聴覚特別支援学校）校長を務めるなど、初期の盲教育・聾唖教育に貢献した小西信八（「盲人教育と唖人教育」『小西信八先生存稿集』小西信八先生存稿刊行会 昭和十年十一月）は、大正六年の文部省調査によると、学齢期にある盲児が三千二百二十九人いるのに対して、聾唖の児童数はそれを上回る六千三十九人（両方を兼ねた児童数は十一人）。しかし、盲児が入学できる学校数が六十三校なのに対して、聾唖児が入学できる学校は三十三校に過ぎないのだとのことで、これが日本における聾唖教育の実態だと指摘している（欧米では聾唖学校が二倍から三倍あるという）。少し長いが、小西の言を引用してみたい。

盲人は自然他人の同情を惹き易き境涯に在りて一瞥怜悧の情を促し惻隠の心を動すに反して聾唖者の不自由を他人が認識する機会は多くないからいつ迄も見逃さるゝ不利があるのと盲人自身が躍起となりて有志者に懇談切望して学校の設立や金品の寄附を促すのに聾唖者中にはかゝる事に奔走尽力するためには言語の不自由が大障礙となつて出来ない、盲人は卒業後マッサージ師や按摩手となつたり鍼医や琴師匠となつて医師格師匠株で尊敬の意を以て接待せられるに聾唖は縦令常人に劣らない技能があつても言語不自由のために喜んで之を使用する者少く偶之を使用する者あればとて低給で酷使に近くはないかと疑はれる程の事さへあるので、よくても職工の待遇に過ぎない、中年以上の盲人は遠方から東京、京都、大阪其他へ留学するに道中按摩を営みながら京阪に出で鍼按の師匠に就き夜は按摩を営み昼間学校に通学する便利ありて出京にも留学にも父兄を煩はすこと少なくて相応の研学は出来るから中産以下の子弟も出京留学するが多かるに聾唖は此便利なく初めて入学するには父兄若は母姉の付添を要し之がために三人の旅費を要し夏休に迎へに来て連れ帰るに亦三人の旅費を要す、九月帰校にも同様なれば入学当年九人の旅費を要し二年若は三年の間は一年六人の路費を要し在学六年若は八年間に修得する学識は尋常子弟が小学校に入る前の言語を自由自在に誤りなく使用することは容易ならずして費す所の学費の盲人に比して莫大の相違あるに拘らず収納する所の成績は此の如く微少なれば中産以下の子弟は初より放縦の生活に委ねられ少しく成長するに及んでは家事の手伝に使役せられ其役使にも堪へない者は道路に放棄せられたも同様の姿で窃盗する外には生存の道なく度々警官を煩はした末監獄に投ぜられ刑期満るも温情より之を迎へて親切に世話する親族信友なければ入獄前と同様の犯罪を繰返すが常習となるは止むを得ぬ事で当人を咎むるよりも社会の欠陥を訴へねばならぬ。

大正八年七月に発表されたものだというので、賢治が岩手山麓によく登っていた頃と年代的にも一致するが、盲教育と聾唖教育の現場にいた小西の文章だけに信憑性がある。

島田隆輔（「原詩集の発展」「宮沢賢治研究 文語詩集の成立」）は、岩手盲唖学校に理容科ができるのが昭和十九年だということから、「「崖下の床屋」の弟子は、理容の基礎教育を受けることなく、理髪店にいきなりに弟子入りしているということであろう」とするが、小西が書くように、「喜んで之を使用する者少く偶之を使用する者あればとて低給」ということからすると、「理髪技師」が「弟子」を邪険に扱っていたのは、自分の店に置いているだけでも感謝するべきだという気持ちが根底にあったからではないかと思う。

賢治がこうした盲者と聾唖者の社会的な立場の違いについて、どれくらいに知っていたのかはわからない。ただ、文語詩に盲者は登場せず、聾唖者のみ二件登場することなどを考えれば、父・政次郎が方面委員（「名誉職委員として小学校区を一方面とした地域を担当すべく、中間層である商店主・工場主・医師・住職など地域の実情に詳しい人々が委嘱され、生活相談・指導、戸籍整理、金品給与などを行った」『日本大百科全書』）であったことなどから、こうした事情を知っていたのかもしれない。あるいは視覚面よりも音声面が重視される文語詩稿であったから、聾者に関心を持っていたということも考えられてよいかもしれない。

賢治と交流があり、「一百篇」には「社会主事 佐伯正氏」にて実名入りで詩化されている佐伯正は、昭和六年四月十三〜十五日の「岩手毎日新聞」紙上で「退耕漫筆 社会事業と薄倖歌人㈠〜㈢」を書いている。佐伯は小田島孤舟や森荘已池から岩手の天才歌人・下山清の噂を聞き、「歌人としても学者としても絶倫の天分を享けて生れながら石川啄木よりも更に〳〵悲痛陰惨な運命を荷なひ、肉体はと言へば耳は聾眼は微かに視える程度の力しかないのみか、不治の病に不断に脅威せられ、血をはきながら安住の家なく、寂びしい放浪をつゞけねばならない稀有な薄倖歌人下山清君」（引用は㈠から）として論じている。本作と直接の関係はないと思われるが、森荘已池の関係から、賢治もこの人物のことを知っていた可能性はあり、また佐伯の記事を読んだ可能性も高いため（昭和六年三月頃に書かれたとされる賢治の佐伯宛の書簡下書きに「ご消息、父よりまた生々岩手毎日等より始終承はり居ります」とあることから）、賢治の聾唖者観を形成する一つのきっかけになっていたかもしれない。

ただ、気になる点がある。というのは、賢治はこの「牧夫」に、第一連では犬の皮を着せ、第二連では兎のように飛び跳ねさせ、動物を登場させることによって対句的に表現していたことである。馬の放牧をしていたことからくる、一種の縁語的な表現なのかもしれないが、この牧夫を、人間的に描くより、野生に近い存在として描こうとしていたように思えてしまうのである。

たしかに賢治は、「春と修羅 第二集」の「九三〔ふたりおんなじさういふ奇体な扮装で〕一九二四、一〇、二六、」で、二人の村娘を「鳥踊《フォーゲルタンツ》」にたとえてもいるが、犬の皮衣を着せて、背中を丸めて兎のように跳ねて行かせる姿には、村娘を鳥にたとえたような明るさやユーモアより、どこか陰気さや暗さを感じさせられる。本作における「牧夫」の描写には、「崖下の床屋」において「啞の子」が一生懸命に鋏の練習をして、言葉を交わすことが無くても、その思いが十分に伝わってくるのに比べると温もりを感じさせない。

「〔かれ草の雪とけたれば〕」は、岩手山の山麓で雪溶け水が大量に流れ落ちていく様子を税務吏や馬喰、「陰気の狼」という綽名を持つ三百代言といった「人民の敵」とされる面々が、その自然の雄大さに感嘆するという詩だが、本作における「牧夫」は、社会の表舞台に立つ人間ではないということでは共通するものの、人間性が滲み出て来る側面が出てこない。もちろん、山麓で毎日を過ごしている人間が、今さら雪解け水ごときで感動などしないということなのかもしれないが…

賢治が「耳しひ」を差別的に描いたなどと言うつもりはない。賢治としては、なんとか床屋の弟子のように、あるいは御料草地の牧夫のように聾啞者たちにも生活の道が与えられて欲しいと思っていたに違いない。ただ、それでも賢治は聾啞者を自分たちとは違った世界にいる者としており、どこか遠いところから、見るだけの存在であったということは、疑えないように思うのである。

先行研究

栗原敦「「文語詩稿」試論」（『宮沢賢治 透明な軌道の上から』新宿書房 平成四年八月）

赤田秀子「文語詩を読む その4〔かれ草の雪とけたれば〕を中心に」（「ワルトラワラ15」ワルトラワラの会 平成十三年十一月）

信時哲郎「宮沢賢治「文語詩稿 一百篇」評釈八」（「甲南国文63」甲南女子大学国文学会 平成二十八年三月）

島田隆輔「97〔雪げの水に涵されし〕」（「宮沢賢治研究 文語詩稿一百篇・訳注Ⅲ」〔未刊行〕平成二十九年九月）

98　病技師〔二〕

①あへぎてくれば丘のひら、　地平をのぞむ天気輪、
白き手巾を草にして、　をとめらみたりまどゐしき。

②大寺のみちをことゝへど、　いらへず肩をすくむるは、
はやくも死相われにありやと、　粛涼をちの雲を見ぬ。

大意

息も切れ切れに登ってくると丘の頂上には、地平をのぞむ天気輪があり、白いハンカチを草に敷いて、少女たち三人が輪になって座っていた。

大寺までの道を尋ねてみたが、答えはなく肩をすくめるだけであったのは、早くも死相が自分の顔に浮かんでいるのではないかと、さびしく遠くの雲を見上げた。

モチーフ

東北砕石工場でセールスのために東奔西走していた時代に使っていた手帳に書かれた詩句が発展した作品。息を切らして丘の頂に登ると、おとめたちは質問にも答えることなく、視点人物は自分の顔に死相が浮かんでいるのではないかという気分になるという内容。何といっても童話「銀河鉄道の夜」にも登場する「天気輪」が登場するのが気になるが、三人の乙女にも注目したい。賢治は「谷」（『春と修羅（第一集）』）で、「かれ草層の上で」「何か相談をやってゐた／三人の妖女」を登場させているが、彼女らは「疱瘡神」であるともいう。天と地、生と死の境に立つ天気輪。その脇に円居する三人の乙女… 本作は、こうした夢幻的世界を描いた作品として読むこともできよう。

語注

病技師　賢治を直接に視点人物にしているわけではないかもしれないが、下書稿が昭和六年に書かれたことを思うと、賢治その人の行状や思想が託されていると考えるのが自然だろう。尚、読み方について、三谷弘美（後掲）は「びょうぎし」、萩原昌好（後掲B）は、「やまいぎし」と読ませている。ここでは「びょうぎし」としたい。

天気輪　童話「銀河鉄道の夜」にも登場する語で、本作の解釈上で最も見解の割れるところであろう。丘の上に設置された、大地と空を繋ぎとめるかのようにも思える構造物。また、あたかも生と死を繋ぎとめるかのようにも思える構造物。実際には山頂などの見晴らしのよい所に設置された三角点のようなものであったのだろう。下書稿では「五輪塔」とあった。

手巾　手拭い、ハンカチのこと。「をとめら」が使っていたものだとすれば、ハンカチがふさわしいだろう。七五調で読むのなら、読み方は「しゅきん」だろう。

大寺　大きな寺。読み方は「だいじ」。萩原（後掲B）は、「この一語につまずいて、私は全く筆を進めることができなくなって」しまったとし、佐藤勝治は萩原宛の私信で「大寺の位置が分りました」と伝えたというが、どこをモデルにしたかの案は、その後、どちらからも提出されていないようだ。下書稿㈡の手入れ段階で出現した語なので虚構である可能性も高い。それでも、「をとめら」でも場所を知っているだろうと思われる大きな寺を、病技師が知らないでいたのだから、賢治の実体験を踏まえているのであるとすると、盛岡や花巻の周辺ではなく、肥料販売のために訪ねた宮城や秋田あたりが舞台なのであろう。

粛涼　『大漢和辞典』にも『日本国語大辞典』にも見えない熟語だが、粛には厳しい、静かの意味、涼には、涼しい、さびしいの意味があることから、寒い、涼しいの意があり、きびしく、寒々しい心境を示すのだろう。

をちの雲　遠くの雲。

評釈

「GERIEF印手帳」に書かれた下書稿㈠、黄罫（22 22行）詩稿用紙表面に書かれた下書稿㈡（タイトルは「病技師」、鉛筆で㊢）、定稿用紙に書かれた定稿の三種が現存。生前発表なし。「一百篇」に同題の「病技師〔二〕」があり、「天気輪」の語は童話「銀河鉄道の夜」にも登場する。

「GERIEF印手帳」の使用時期は、『新校本全集』によれば昭和六年三月末から同年七月末前後ということなので、ちょうど賢治が東北砕石工場の技師として東奔西走していた時期にあたる。『年譜』を見ると、四月四日の項に「帰花後発熱臥床する」とあり、四月十一・十二日（推定）にも「発熱、臥床」、五月十六日にも「発熱病臥」等と書かれている。「死相」の詩語もあるが、『年譜』には、この年の春に会見した黒沢尻高等女学校長の新井正市郎が「いくぶん衰弱されていた」とし、同年五月に会見した斎藤報恩農業館の毛藤勤治も「やせほそった風体」であったとする。手帳に書かれたそのままではなかったにせよ、本作と似たような経験をしたのであろう。下書稿㈠とされる手帳の記述は次のとおり。

よき児らかなとことと《ママ》へば
いらえず恐れ泣きいでぬ
はやくも死相われにありやと
さびしく遠き雲を見ぬ

毛筆で書かれているので、取材先での筆記ではないようだが、実体験に最も近いものだと考えられる。これが下書稿㈡になると二連構成となる。

あえぎて丘をおり
地平をのぞむ五輪塔
白き手巾を草にして
をとめらみたりまどゐしき

よき児らかなとことゝへば
ひとしく畏れて泣きいでしは
はやくも死相われにありやと
さびしく遠の雲を見ぬ

定稿にある「天気輪」は、童話「銀河鉄道の夜」にも登場する語だが、初期には「五輪塔」であったことがわかる。五輪塔とは、「五十篇」の「五輪峠」にも登場したもので、仏教における宇宙の五大要素である地・水・火・風・空をかたどった塔で、死者への供養塔や墓標として用いられたもののこと。ただ、丘から下りてきたところで「五輪塔」を見たということなので、文語詩に登場する五輪峠にあった五輪塔のことではなく、花巻・身照寺の賢治の墓のような五輪塔をイメージしていたのであろう。大角修（後掲）も、「この詩の天気輪は墓塔から連想されたもの」だと書いている。

しかし、一連に「をとめら」とあるのに、二連に「よき児らかな」とあるのはそぐわない。乙女と言えば、「成年に達した未婚の女。のちには、一〇歳くらいから成人前の未婚の女性を広くさすようになった」（『日本国語大辞典』）という意味であるが、こうした女性たちに向かって「よき児らかな」、すなわち「いい児たちだね」と話しかけるとは考えにくい。これは、三歳くらいの、ようやく外遊びができるようになった子どもにかける言葉ではないだろうか。また、いくら死相のようなものが表われていたにしても、それで「をとめら」が「ひとしく畏れて泣きいでし」というのも、現実には起こり得ない気がする。たぶん賢治もそれに気づいたのだろう。紙面の右肩に「まへがみ」「ひるのこ」（三歳頃の子どものこと）、「うなゐ」「いらつひめ」「めのわらべ」「めのわらは」「わらべ」「みどりご」「うなゐをとめ」といった語が書き連ねられているが、おそらく意味や、音数、音の響きなどからどれも採用できず、結局、「をとめら」を動かすことができなかったようだ。

　そして、賢治はこちらが変更できないならば、ということなのか、手入れ段階で、二連の方を書き替えたようである。すなわち、「よき児らかなとこととへば」を「大寺のみちをこととへど」に、そして、「ひとしく畏れて泣きいでしは」を「いらへず肩をすくむるは」に改変した。

　萩原昌好（後掲B）は、この改変について、「これは当初の恐れおののく児らとそれに死相を感じとった「われ」の寂しさが、少女の、少々無視するそぶりに取って替わられて、どこかで下書稿㈠の持つ重味が物語めいた軽味に転化してしまう。その点残念な気がする」と書くが、たしかにそうも思えるものの、「をとめら」が登場したからには、年齢相応の対応をさせざるを得なかったのであろう。

　下書稿㈡の手入れ段階では、「あえぎて丘をおり」が「あえぎてくれば丘のひら」になり、「五輪塔」も「天気輪」になっているので、下書稿㈡の手入れが、ほぼそのまま定稿に引き継がれていると言ってよいだろう。

　下書稿㈡の手入れで、一連と二連の不調和を修正したのは見て来たとおりだが、「五輪塔」（おそらく墓地であり、寺の敷地内）がある場所から、今さら「大寺」がどこかを問いかけるというのが不自然なために、これを「天気輪」と修正し、そのために丘を降りてくるのではなく、逆に丘に登ることにしたのであろう。もちろん修正の順序まではわからないが、ともあれ、定稿では辻褄が合うようになっている。風が吹くと桶屋が儲かる、のような話だが、「をとめら」を出し続けるために、天気輪が登場した、ということになるかもしれない。

　さて、そこで丘の上に立っている「天気輪」が何をさすのかであるが、これには諸説あって、どうにも決め難い。加倉井厚夫（後掲）は、天気輪の諸説を次のように整理している。

《宗教関連の事物として推理》
・「念仏車、転宝輪」説（小沢俊郎）
・「盛岡静養院のお天気柱（後生塔）」説（萩原昌好）
・「花巻松庵寺の法輪（車塔婆）」説（吉見正信）
・「法華経見宝塔品「七宝の塔」」説（斎藤文一）
・「宇宙柱（cosmic pillar）」説（上田哲）
・「ブリューゲルの柱」説（別役実）
《天文・気象上の事物として推理》
・「太陽柱、暈」説（根本順吉）
・「北極軸の具象化・神聖化」説（香取直一）
・「天のきりん（麒麟）」説（杉浦嘉雄・藤田栄一）

特にどれと特定することもできないが、「一百篇」の「病技師〔二〕」の舞台とされる松庵寺にあった法輪だという吉見（後掲）の見解は重要視せざるを得ない。「病技師〔二〕」には、松庵寺にあった餓死供養塔を「飢饉供養の巨石並めり」としていたが、同じ「一百篇」の中に同じタイトルで掲載していることから、対照的に詩句を選んでいた可能性があるからだ。また、盛岡の静養院のお天気柱も、イメージの一端にあったとすべきだろう。それは小沢の言う念仏車にも通じるだろうし、法華経の見宝塔品や宇宙柱のイメージにも通じる。しかし、いずれも魅力的ではありながら、決定打とするほどのものは持っていない。

おそらく発想の原点は三角点や水準点であったのだろう。ことに三角点に関しては、「三角点は互いに見通せる地点に選ぶため、山頂に設けることが多い」（『日本大百科全書』）ともあるから、頂上部が平坦な「丘のひら」にあること、また「地平をのぞむ」という詩句ともぴったりである。

しかし、それならば三角点あるいは水準点とすればよさそうなのに、賢治は童話「銀河鉄道の夜」にも登場する「天気輪」を採用するのである。

> そのまっ黒な、松や楢の林を越えると、俄かにがらんと空がひらけて、天の川がしらしらと南から北へ亘ってゐるのが見え、また頂の、天気輪の柱も見わけられたのでした。つりがねさうか野ぎくかの花が、そこらいちめんに、夢の中からでも薫りだしたといふやうに咲き、鳥が一疋、丘の上を鳴き続けながら通って行きました。
>
> ジョバンニは、頂の天気輪の柱の下に来て、どかどかするからだを、つめたい草に投げました。

「天気輪の柱」とあることから、三角点や水準点よりも背の高い構造物を思わせるが、この後に「天気輪の柱がいつかぼんやりした三角標の形になって」とあるので、やはり賢治の頭には測量用の三角点めいたものがあったのだろう。しかし、言うまでもなく、ジョバンニは地上にある天気輪の柱から天上の銀河鉄道に乗車し、また、この世の存在からあの世の存在になろうとするカムパネルラに出会うのであるから、この構造物には天と地、また生と死の境界に位置するものだというイメージが付与されていたように思われる。

本作でも、こうした「銀河鉄道の夜」における天気輪イメージは反映されているはずだが、ただ、文語詩は現実の岩手を舞台にしているだろうことから、キリスト教的なニュアンスだけは排除していいかと思う。

さて、もう一つ気になるのは、下書稿㈠における「よき児ら」が、なぜ「をとめらみたりまどゐしき」になるかについて、である。「をとめ」については先に見たとおりだが、なぜ「みたり」になったのか、ということである。これにこだわるのは、『春と修羅（第一集）』の「谷」で、やはり賢治は三人の女性について書いていたからである。

ひかりの澱
三角ばたけのうしろ
かれ草層の上で
わたくしの見ましたのは
顔いっぱいに赤い点うち
硝子様鋼青《やう》のことばをつかって
しきりに歪み合ひながら
何か相談をやってゐた
三人の妖女たちです

関登久也（「春と修羅」『新装版 宮沢賢治物語』学習研究社 平成七年十二月）は、「この詩の中に出てくる三人の妖女というのは、疱瘡神であると言われています」としている。いつ誰が、どこでそう言ったのか定かではないものの、「鋭い神経と直感力をもっていた賢治。凡人の目には見えない空間に、うようよしている悪霊と善霊を、しばしば肉眼に見ること」ができたと書いていることから、幻覚を描いた作品だと解しているようだ。

賢治の作品には、幻覚や心霊体験の再現としか思えない描写もあるが、「天気輪」に宇宙的、宗教的なものが暗示されていると読むならば、その脇で円居する三人の乙女たちも、超自然的な存在だったと考えてもよいかもしれない。佐藤栄二（「シリーズ・エッセイ【賢治詩の隠れた〈風〉】9 花が妖女になるとき」「賢治研究91」宮沢賢治研究会 平成十五年九月）は、この「谷」について、シェイクスピアの「マクベス」に登場する三人の妖女をイメージしていたが、あるいは『遠野物語』（柳田国男 明治四十三年六月）の第二話にある岩手三山（岩手山、早池峰山、姫神山）を分け与えられた三人の女神をイメージすべきかもしれない。

晩期の賢治作品に幻覚はあまり登場しなくなっているように思うが、たとえば「一百篇」には「まがつび」（災厄の神）をはじめとした、さまざまな超自然的存在を登場させていることを思えば、一笑に付すこともできないように思う。なかなか論を進めにくい領域ではあるが、賢治研究にとっては欠かせないところだ。晩年の宗教意識とともに考え続けていきたい。

先行研究

小沢俊郎「「天気輪」仮説」（「賢治研究26」宮沢賢治研究会 昭和五十六年二月）
萩原昌好A「天気輪の柱」（「宮沢賢治1」洋々社 昭和五十六年十月）
吉見正信「修羅のふるさと」（『宮沢賢治の道程』八重岳書房 昭和五十七年二月）
萩原昌好B「病技師〔二〕」（『宮沢賢治 文語詩の森 第二集』）

加倉井厚夫「「銀河鉄道の夜」の天の鉄路を辿る」（「月刊星ナビ」アストロアーツ 平成十三年九月）
吉本隆明Ａ「孤独と風童」（『初期ノート』光文社文庫 平成十八年七月）
吉本隆明Ｂ「再び宮沢賢治氏の系譜について」（『初期ノート』光文社文庫 平成十八年七月）
大角修Ａ「銀河の彼方に 祈りと願い」（『イーハトーブ悪人列伝 宮沢賢治童話のおかしなやつら』勉誠出版 平成二十三年二月）
大角修Ｂ「《宮沢賢治》入門⑩ 最後の作品群・文語詩を読む」（「大法輪81―3」大法輪閣 平成二十六年三月）
信時哲郎「宮沢賢治「文語詩稿 一百篇」評釈八」（「甲南国文63」甲南女子大学国文学会 平成二十八年三月）
島田隆輔「98 病技師〔二〕」（「宮沢賢治研究 文語詩稿一百篇・訳注Ⅲ」〔未刊行〕平成二十九年九月）

99　〔西のあをじろがらん洞〕

①西のあをじろがらん洞、　一むらゆげをはきだせば、
　ゆげはひろがり環をつくり、　雪のお山を越し申す。

②わさび田ここになさんとて、　枯草原にこしおろし、
たばこを吸へばこの泉、　たゞごろごろと鳴り申す。

③それわさび田に害あるもの、　一には野馬　二には蟹、
三には視察、四には税、　五は大吏の酒屋なり。

④山を越したる雲かげは、　雪をそゞろにすべりおり、
やがては藍の松こめや、　虎の斑形を越え申す。

大意

西の青白いがらん洞、　山から湯気が吐き出されると、
湯気はひろがって環状になり、　雪の積もったお山を越し申しあげる。
わさび田をここに作ろうと、　枯れ草原に腰をおろし、
煙草を吸えば近くにある泉が、　ただゴロゴロと鳴り申しあげる。
わさび田に害をなすものといえば、　第一には野馬、第二にカニ、

三には視察、四に税金、五番目は大吏の酒屋である。
山を越えてきた雲の影は、雪をすべりおりてくるように見え、
すぐに藍色の松がぎっしり生えたあたりや、虎の縞柄のようになったあたりを越え申しあげる。

モチーフ

岩手山麓の裾野でわさび田をここに作ろうと将来を夢想する男の詩。「雪のお山を越し申す」や「鳴り申す」、「越え申す」とおどけた感じでリズムをとり、わさび田経営に害があるのは野馬、蟹、視察、税、そして酒屋だと「数え歌」のような詩句を入れて、オチをつけるのは民謡などのレトリックを模したのだろう。こうして賢治は、農村の新しい試みを、高みから示すのではなく、農民たちの視線から描こうとしたのだと思う。

語注

がらん洞　洞窟のことを指しているように思われるが、下書稿に「Tourquois の板と見申せど／まことはひどいがらん洞／うす青じろの西ぞらに／雪のお山は立ち申す」とあることからもわかるように、トルコ石色の板とも見まがう空のことを指す。

ゆげ　宮沢賢治研究会（後掲）では、「どんどん湧きあがっている雲でしょう」とし、島田隆輔（後掲）も「白くうすい雲がわいてきたことの譬喩であろう」としている。ただ、作業をしていたために体から「ゆげ」が出ていたともとれるし、「はきだせば」とあるのは、文字どおりに人間が吐き出す白い息のこと、あるいは煙草の煙のことかもしれない。

わさび田　ワサビは日本特産のアブラナ科の多年草。山間の渓流に自生する。水温が低く、一年を通して一定で、濁りや汚れの少ない水を必要とする。静岡、長野、島根、山口、兵庫、岐阜などで栽培される。本作の下書稿手入れには「当楽《アテラク》」の語が出てくるが、おそらくこれは和賀郡西和賀町を流れる当楽《あてらく》沢（和賀川の支流）のことで、やはりワサビ栽培ができそうな場所である。

二には蟹　板谷栄城（後掲）は、岩手県八幡平市でワサビ栽培を始めた沢口寅吉の孫・武男による「沢蟹はワサビを食べない」という言葉を紹介している。そこで板谷は、蟹をさがしにやってきたタヌキがワサビが流れないようにおさえている石をひっくり返してしまうことを言うのだとする。が、梅

原寛重「栽培の部」（『山葵栽培調理法』有隣堂 明治四十四年二月）では、「白蟹（俗に「シヨツカニ」と云ひ其根を喰害す）」をモンシロチョウ（の幼虫）と共に害虫としてあげており、「山葵の栽培」（『最新農家副業全書』新報知社 大正二年四月）にも、「蟹は山葵の嫩芽を好むから時々見廻はりて蟹を殺さねばならぬ」とある。

三には視察　板谷（後掲）は「視察」を、栽培の先進地を視察に行くこと、あるいは先進地からの視察者が来ることとしているが、宮沢賢治研究会（後掲）では、「視察がくると、接待やら何やらしなくちゃならない。／そりゃ迷惑なもんだよ。／賢治には役人を皮肉った作品が多いから、そういう感じね」と討議している。しかし、いずれも、わさび田を作るための「害」というほどのものではないように思う。冬場にわさび栽培に適した地を探すこと（＝視察すること）の苦労、あるいは、最適地を他の者に奪われない（＝視察されること）ための苦労を言っていたのかもしれない。

四には税　板谷（後掲）は、「酒粕の使用には県庁の許可と税務署も一枚嚙んでいたから、収入への税金とともに「四には税」となったのかもしれない」とする。が、ワサビと酒税は直接にはつながらない。「視察」とともに疑問が残るところ。ただ、作品の舞台の一つだとも思われる和賀郡湯田町（現・西和賀町）では、大正十二年六月に密造酒製造を検挙した花巻税務署の白鳥永吉税務属が、「半殺し」（「岩手日報」大正十二年六月六日）の目に遭うという事件が起こっており、米地文夫（「宮沢賢治の「税務署長の冒険」における創作地名」「岩手大学教育学部研究年報56―2」岩手大学教育学部 平成八年二月）によれば、これが童話「税務署長の冒険」に登場する「シラトリキキチ属」のモデルなのだという。だとすれば、ワサビ作りと直接の関係はないにしても、本作の視点人物は「日本一の濁密部落湯田村」（「岩手日報」前掲）にふさわしい濁り酒の愛好家であり、視察というのも、税務署員が農村に潜入することを指していたのかもしれない。

大更の酒屋　地名の「オオブケ」（当時は大更村、現・八幡平市）であろう。硫黄鉱山も近くあったことから賑わっていた。わさび田が成功したとしても、儲けた金は酒屋で使ってしまうので「害」である、とおどけたのだろう。ワサビ漬けにするための酒粕を買うために、酒屋と関わりが出てくるということかもしれないが、「一には野馬　二には蟹、／三には視察、四には税、」というように数え上げてきて、最後にオチをつけたかったのだと思うので、やはりここは、せっかくの災害から逃れたところで、最後には酒を飲んでしまって自業自得だ、という意味であろうと思う。ただ、視点人物が税務吏に隠れて濁り酒を作っていたのだとすると、大更の酒屋は、あまり関係のない存在になる。

松こめや　下書稿に「北面は藍の松をこめ」とある。松がぎっしり生えていることを言ったのであろう。『岩波古語辞典』

には「こみ」の意味の第一に「狭い所にすきまもなく詰まる。集中する」をあげている。

虎の斑形　縞模様がある虎のような、という意味だろう。山肌に雪が積もったところと地面とが縞になっていたのだろうと思う。宮沢賢治研究会（後掲）では、「はんけい」だと字余りなので「ふけい」ではないか。あるいは「とらのまだら」を提案しているが、入沢康夫（「文語詩難読語句（7）」）の言うように、「とらのふがた」と読むべきだろう。

評釈

黄罫（260行）詩稿用紙表面に書かれた下書稿（タイトルは手入れ段階で「わさび田」。鉛筆で了）、定稿用紙に書かれた定稿の二種が現存。生前発表なし。先行作品や関連作品の指摘はない。

下書稿は岩手山麓の風景と鳥、湯気を詠んでいる。

Tourquois の板と見申せど
まことはひどいがらん洞
うす青じろの西ぞらに
雪のお山は立ち申す
　鷲王のごとくしろびかり
　雪のお山は立ち申す
鳥一疋とびあがり
谷のこちらをすぎ行けば
鳥が二疋とびあがり
ならんで谷を截って行く

西のあおじろがらん洞
一むらゆげをはきだせば
ゆげはひろがり環をつくり
またももつれて山を越す

北面は藍の松をこめ
熔岩流のあと光り
雪に落ちたる雲のかげ
しづかにすべり落ちてくる

西の青じろがらん洞
もつれた湯気を吸ひ込んで
ふっとひかれば日はしづか

「鷲王」というのは、「一百篇」の「心相」でも岩手山をたとえた言葉として登場した。『広説仏教語大辞典』によれば、元は「鷲鳥の王」という意味で、仏に喩えた名。仏の三十二相中に手足縵網相があり、手指・足指の間に縵網（水かきのような網）があるのが鷲鳥の足に似ているから、こういう」とある。「溶岩流」とあるのも、岩手山の焼走り溶岩流のことであろうから、舞台が岩手山麓であることは明らかだろう。

なにも真冬にわさび田の栽培地を見に来なくてもいいように思うが、「静岡市有東木で400年17代にわたりわさび田を守り続けてきた日本最古のわさび農家」と称するわさびの門前（http:// www.wasabiya.net/wasabinae.htm）によれば、「沢わさびの場合、水の少なくなる冬場に確保できる水量によってわさび田の大きさが決まります」ともあるためだろう。

『新校本全集』の『索引』でワサビについて調べてみると、本作の下書稿と定稿以外には用例がない。しかし、下書稿の手入れに「当楽《アテラク》」の文字が見えることから、賢治も岩手県の有望な農産物として注目しており、彼なりに研究をしていたのではないかと思われる。板谷栄城（後掲）によれば、「岩手日報」（大正十四年十二月十二日）に「本県で有望なわさび栽培」として和賀郡江釣子村が取り上げられていたというが、当楽（現・和賀郡西和賀町）は江釣子から和賀川を上流に上ったところにあるので、賢治はこうした情報を元にして原稿を書いていたのだと思う。ただし、岩手山を示す「鷲王」や「溶岩流」の言葉と併存する段階もあったので、岩手山麓と和賀郡のイメージは両方入り混じっていたようである。

ちょうど農村での副業が取りざたされる時代であり、大正二年四月刊行の『最新農家副業全書』（新報知社）によれば、「山葵の栽培」の章に、「山葵は需用も広く量目小にして価も高く且つ容易に腐敗せぬから遠方に輸送販売するにも便利であ」り、代表的な産地である伊豆の天城山を説明しながら、「此地方は渓谷多く寒冷なる流水絶えず疎通し水田として稲を作るに適せぬ所を利用して山葵を栽培するのである、故に山岳多き地方で同一の事情の下にあるものは副業として山葵を作るは有益の副業と信ずる」とあった。大正十五年三月の「岩手県山林会報10」（岩手県山林会）にも、岩手県技手の佐久間善喜が「利益の多いわさびの栽培を勧む」という文章を書いており、副業としてさかんに奨める者もいたようである。

川原仁左エ門「羅須地人協会時代」（『宮沢賢治とその周辺』川原仁左エ門 昭和四十七年五月）によれば、賢治も農産物を大都市に出荷して、農村が現金収入を得るという副業の道について考えていたようなので、本作が賢治の実体験であるとも、実際の取材に基づいて書かれたものであるとも考えにくいにせよ、時代の雰囲気は十分に漂っているように思う。

賢治は「詩ノート」の「一〇九〇〔何をやっても間に合はない〕」で、副業として兎の飼育をしている青年を「さっぱり仕事稼がないで／のらくらもの」と書き、「一百篇」の「副業」として収めている。賢治はここでは、真面目に努力することなく、安易に副業で巨利を得ようとする人間の浅ましさを描いたと考えられるが、本作における「わさび田」については、視点人物に対して、特に批判的だったようには感じられない。農村問題の解決策の一つとしてより、うまいサイドビジネスくらいにしか考えていないようなのはどちらにも共通するものの、本作では冬の間に栽培に最適な場所を探そうという現実的な努力をしており、また、数え歌風にワサビ栽培に対する害をあげながら、五つ目には、せっかく無事にワサビを育てて一儲けしたところでも、大更で大酒を飲んで散財してしまう、といったオチをつけ、ユーモアを漂わせているからだ。農村の窮状や農民の怠惰を嘆こうというより、農民同志で冗談を言い合っているような健全さが感じられないだろうか。

宮沢賢治研究会（後掲）で書記を務めた大角修は、童話「狼森と笊森、盗森」のように、岩手山に対してわさび田を作っていいのかを問うているのではないかといった指摘もしていたが、そんな新民謡（大正から昭和初年にかけて、新しく作詞・作曲された民謡で、「ちゃっきり節」や「東京音頭」などのこと）のような趣を楽しむべき詩だったのかもしれない。

先行研究

板谷栄城「賢治が感じた植物」（「宮沢賢治16」洋々社 平成十三年六月）
宮沢賢治研究会「読書会リポート」（「賢治研究88」宮沢賢治研究会 平成十四年八月）
入沢康夫「文語詩難読語句のことなど」（「賢治研究118」宮沢賢治研究会 平成二十四年九月）
信時哲郎「宮沢賢治「文語詩稿 一百篇」評釈八」（「甲南国文63」甲南女子大学国文学会 平成二十八年三月）
島田隆輔「９９〔西のあおじろがらん洞〕」（「宮沢賢治研究 文語詩稿一百篇・訳注Ⅲ」〔未刊行〕平成二十九年九月）

100　卒業式

三宝または水差しなど、
甘き澱みに運ぶとも、
うなじに副へし半巾は、
　　たとへいくたび紅白の、
　　鐘鳴るまではカラぬるませじと、
　　慈鎮和《くわ》尚のごとくなり。

大意

三宝や水差しなど、たとえ何回も紅白の幕の張られた卒業式の、甘い空気の澱んだ会場に運んだからといって、式開始の合図である鐘が鳴るまではカラーをぬらしてはなるまいと、うなじにあてたハンカチは、まるで慈鎮和尚のようである。

モチーフ

花巻農学校の卒業式の一コマであろう。カラーを汗でにじませてはなるまいと思ってハンカチを入れた様子が慈鎮和尚（歌人としても著名な慈円）のようだという作品。ユーモアを読み取ればよいと思うが、フロックコート（下書稿より）を着たこの人物が、ふと垣間見せた人間性に賢治は感じるところがあったのだろう。「〔短編梗概〕等」の「大礼服の例外的効果」において、賢治は視点人物の富沢に「校長の大礼服のこまやかな金彩」が「ちらちらちらちら顫へた」ことから「この人はこの正直さでこゝまで立身したのだ」と感じさせていたが、ここでも、この些細な点からフロックコートの人物の人間性全体を直感できた気がしたのだろう。

語注

三宝　白木のヒノキで作った台で、左右と前方の三方に穴があいたもの。古くは食事の際に、時代が下ると神仏や貴人へ物を渡したり、儀式の時に物をのせるのに使う。『定本語彙辞典』では「三宝」と書いているのは「三方」の「誤記と思われる」とするが、『日本国語大辞典』では、「三宝」の説明に「三方」に同じと書き、夏目漱石も小説「野分」（「ホトトギス」明治四十年一月）で「机は白木の三宝を大きくした位な簡単なものでと書いている例などを 挙げる。読み方は「さんぼう」。現在は「さんぽう」とも読むとのこと（『日本国語大辞典』）。

甘き澱み　卒業式に集まった人々がもたらす華やいだ雰囲気をたとえたのだろう。

カラぬるませじ　卒業式当日になって、三宝や水差しなどを用意するために出たり入ったりしているために汗ばむが、糊の利いたカラーに汗をしみこませてはなるまいと、悪戦苦闘しているのだろう。『定本語彙辞典』は、「ぬるませじ、濡れるの意をこめた微温《ぬる》む、と独特の表現」としている。

半巾　高位の僧がうなじに布をあてているようにしてハンカチをあてていることを言っている。「はんかち」か「しゅきん」と読ませたかったのだろうが、音数から言えば「はんかち」だろう。

慈鎮和《くわ》尚　天台座主になった慈円の諡《おくりな》。関白藤原忠通の子、九条兼実の弟。歴史書『愚管抄』や私家集『拾玉集』の著がある。賢治が愛用した島地大等『漢和対照妙法蓮華経』の「法華歌集」にも多くの歌が引用されている。和尚に「くわ」のルビが振ってあるのは、天台宗の呼び方を採用したため。ただ、特に宗教的な意味合いを持たせるつもりはなかったように思う。

評釈

黄罫（220行）詩稿用紙表面に書かれた下書稿（タイトルは「卒業式」。鉛筆で㊢）、定稿用紙に書かれた定稿の二種が現存。生前発表なし。先行作品や関連作品の指摘はない。

下書稿は次のとおり。

紅白張りてうす甘き
空気のなかにいそがしく
フロックを着て　賞品と
証書の盆を　持ちはこぶ

式のはじまる　それまでは
カラをつめたく　たもたんと
うなじに副へし　半巾は
慈鎮和《くわ》尚の　ごとくなり

おそらくは花巻農学校の卒業式の一コマであろう。『新校本全集　第十六巻（下）補遺・資料　補遺・伝記資料篇』には大正十三年三月（花巻農学校第三回卒業式）と大正十四年三月（第四回）の写真があり、中央の畠山栄一郎校長はフロックコートらしきものを着ている。『定本語彙辞典』では校長と特定しているが、フロックコートらしき服装をしているのは校長だけではないので、その他の人物を描いた可能性もある。また、赤田秀子（後掲）は、写真に写っている畠山校長ではなく、その後に校長となった中野新佐久ではないかとする。というのも、中野は豪放磊落な畠山と違って、几帳面な性格だったと言われるからで、「いかにも、フロックコートを着たまま、証書や賞品の盆を持ってうろうろとしたり、カラの汗ばむのを気にかけたりしそうな人柄」だ、とする。その可能性も高そうだ。また、島田隆輔（後掲）は、慈鎮和尚の「慈」の字からして、白藤慈秀である可能性を指摘する。賢治が敬遠していた人物ながらも、或る意味で正直な人間である点を書きつけたのではないかという。

宮沢賢治研究会（後掲）の討議には、「文語詩「紀念写真」みたいに厳粛な場面のおかしさを描いた作品ね」とあるが、たしかに「一百篇」の「紀念写真」は、何かのおりに盛岡高等農林の教員と学生が写真を撮った際のもので、卒業式に取材した本文語詩と共通する点もあるように思う。ただ、「おかしさ」というよりも、小さな事象から人間性そのものを発見したように思ったことの方に共通性を見たい。

「紀念写真」は、何かの式典のおりに記念写真を撮影した際、ちょうど虹が出たという実体験にもとづく短歌が発展したものだが、そこに「「短篇梗概」等」の「大礼服の例外的効果」のモチーフが組み込まれて成立している。

「大礼服の例外的効果」は、学校に対して反抗的な態度を取る富沢が、なにかの儀式の直前に級長として校長室に入ると、校長は富沢を意識しながらこきざみに身を震わせている。一方の富沢は、校長の大礼服についている金の飾りがちらちらと揺れる様子をこの上なく美しいものに感じた、という話である。

> 校長の大礼服のこまやかな金彩は明るい雪の反射のなかでちらちらちらちら顫へた。何といふこの美しさだ。この人はこの正直さでこゝまで立身したのだ　と富沢は思ひながら恍惚として旗をもったまゝ校長を見てゐた。

賢治には対立しているはずの相手の前でも、思わず相手に同情してしまって、対立が無化されてしまうということがあり、ことに小説的な作品ではその傾向がよく現われている。そのためもあって、「大礼服の例外的効果」は何とも消化不良の感が拭えず、ややもすると権力者に迎合しているように読めてしまう。が、賢治としては、「校長の大礼服のこまやかな金彩」が「ちらちらちらちら顫へた」ことに対する美学的感動と、その結果として校長の「正直さ」を直感し、対立が無効化されるという心理劇が描きたかったのであろう。賢治の感性について考えるには重要な作品だと思う。

さて、本作におけるフロックコートの主が校長なのかどうか、いや、花巻農学校ではなく、実際の舞台は岩手国民高等学校の修了式であった可能性、あるいは盛岡高等農林学校での記憶であった可能性もあるかもしれないが（岩手国民高等学校の入学／修了式については、「一百篇」の「式場」に描かれている）、ともかく、賢治は日ごろは親しみのもてる相手ではなかったフロックコートの主に対して、「カラをつめたく　たもたんと／うなじに副へし　半巾」（下書稿）を目にして、「この人はこの正直さでこゝまで立身したのだ」（「大礼服の例外的効果」）と感じたのではないだろうか。いわば「フロックコートの例外的効果」ともいうべきものが本作ではないかと思う。

先行研究

宮沢賢治研究会「読書会リポート」（「賢治研究88」宮沢賢治研究会　平成十四年八月）

赤田秀子「文語詩を読む　その８〈氷雨虹すれば〉を中心に　人へのまなざし　天へのまなざし」（「ワルトラワラ19」ワルトラワラの会　平成十五年十一月）

信時哲郎「宮沢賢治「文語詩稿　一百篇」評釈八」（「甲南国文63」甲南女子大学国文学会　平成二十八年三月）

島田隆輔「１００　卒業式」（「宮沢賢治研究　文語詩稿一百篇・訳注Ⅲ」〔未刊行〕平成二十九年九月）

101 〔燈を紅き町の家より〕

①燈を紅き町の家より、　いつはりの電話来れば、
（うみべより売られしその子）　あはたゞし白木のひのき。

②雪の面に低く霧して、　桑の群影ひくなかを、
あゝ鈍びし二重のマント、　銅版の紙片をおもふ。

大意

紅い燈火のともる町の家から、身分をいつわった電話がかかってくると、（海辺の村から売られてきたというその子）白木のひのきの校舎は一斉にあわただしくなる。

雪の積もった地面には低く霧が出て、桑の木々が影を作っている中を、あぁ鈍い色をした二重マントが去っていく、すべては銅版の紙片が問題なのであろう。

モチーフ

花巻農学校の同僚であった書記の元に、和賀郡の遊郭から、和賀郡役所を偽った電話がかかってきたという事件を描いたもの。職場によくある笑い話の類かもしれないが、賢治には笑って済ませられなかったのだろう。遊郭の存在を賢治が肯定したはずはないが、下書稿㈠において賢治は「いざ行きてかのひとを訪へ」と書いている。つまり遊郭に反対する思想とは別に、現実問題として、彼女を救うために書記を遊郭に行かせようとしたのである。尚、本作は「五十篇」の「〔氷雨虹すれば〕」と農学校の同僚に与える言葉という点で共通しており、これも「対」にするつもりがあったのだと思われる。

語注

燈を紅き町の家　「紅灯」といえば「色町（いろまち）のともし火。歓楽街の華やかな明かり」（『デジタル大辞泉』）とあるとおり。その「町の家」と言えば遊郭を指すと思われる。下書稿㈠の手入れには「和賀郡の灯ある家より」とあることから和賀郡内の遊郭であろう。『全国遊廓案内』（日本遊覧社　昭和五年七月）によれば、岩手県内で十五ヶ所の遊郭が紹介されている中に和賀郡内では「黒沢尻遊廓」（和賀郡黒沢尻町新穀町、現・北上市）があがっている。「此の遊廓には目下貸座敷が五軒あつて、娼妓は二十人居るが青森県人が最も多い。店には写真も出て無いが陰店も張つて無い。只楼名を染抜いた「のれん」が張つて在るのみだ。娼妓は居稼ぎ制で送り込みはやらない。廻し制で通し花は取らない。費用は御定りが三円で乙が二円、丙は一円八十銭である。本部屋は二十銭増しで何れも台の物が附いて来る。御定りは酒肴で、乙と丙は茶菓だ。妓楼は、新盛楼、松月楼、玉泉楼、福寿楼、橋本楼の五軒である。箱は這入らない」とある。

いつはりの電話　下書稿㈠に「和賀郡の郡役所より／あやしくもなまめける声／わぶごとくうらむがごとく／連綿ときみを呼びしを」とある。遊郭の楼の名前を名乗って電話をするわけにもいかないので、和賀郡の郡役所からだと偽って電話をかけてきたのだろう。

白木のひのき　花巻農学校の新築校舎を「一百篇」の「〔鐘うてば白木のひのき〕」で書いていることから、ヒノキ造りの校舎のことだろう。

二重のマント　インバネスとも呼ばれた。袖なしでケープ付きのマントのこと。『定本語彙辞典』では、「古びて薄墨色になったインバネス」とする。

銅版の紙片　栗原敦（後掲）は「男の二重回しの外套姿には銅版画のくすんだ気配のようなものが感じられる」とするが、『定本語彙辞典』は「銅版印刷の紙きれ、すなわちお札のこと」とし、宮沢賢治研究会（後掲）も、「やっぱりお札ですね。懐具合を気にしながら色街に行く」とする。ここでも紙幣の意味であるとしたい。音数の関係と、あまりにも生々しすぎるために婉曲に表現したのだと思う。佐藤通雅（後掲）は、「おみなに支払う手切れ金とも考えられる」という。

評釈

無罫詩稿用紙の表裏に書かれた下書稿㈠（タイトルは「電話」→「僚友」。藍インクで(了)）、その裏面に書かれた下書稿㈡（鉛筆で㊢）、定稿用紙に書かれた定稿の三種が現存。生前発表なし。「「文語詩篇」ノート」の「29　1924」に次のようにある。

放蕩書記　黒沢尻ヨリノ電話
　黒エリノ女、ナレ故ニココヲシクジリテ

メモは全体に藍インクで×印が付されていることから、文語詩として作成済みだということを示したのだろう。
「電話」と題された下書稿㈠の初期段階の内容は次のとおり。

高書記よ
電話呼《よば》へり
和賀郡の郡役所より

高書記よ用は済みしや
和賀郡の郡役所より
あやしくもなまめける声
わぶごとくうらむがごとく
連綿ときみを呼びしを

高書記よかの日見しとき
みどりなる髪うつくしく
かんざしの房など垂れて
もろびとの瞳にたえず
切なげに身をもだえける
かのをみななれに迷ひて
うらぶれてかしこに去りき
ききけらくなはそのはじめ

欺きてをみなとなして
たちまちに　いと情なくて
あらたなるをみな漁りぬ

このまひる公署のなかに
なが声を求めて来しは
うらみてか　はたいかりてか
かにかくに　ながつれなさに
胸にあまれる故によるらん

高書記よ　なが父母は
耕して清く　食へり
をみなごの　その父母も
耕せどまた耕せど
炊餐《ママ》のけむりに足らず
をみなごは　売られ来りぬ

高書記よ　なれもしつひに
紅燈の　とりこなりせば
いざ行きてかのひとを訪へ
ひとふしの　歌をばひさぎ
わらひ売る　むれのなかにも
あきらけき　道はあるなれ

定稿では凝縮され過ぎた内容が、ここまで遡ると内容が明瞭になってくる。

また、定稿には「うみべより売られしその子」という詩句もあったが、そのイメージは「未定稿」の「八戸」から来ているのかもしれない。「八戸」は、琥珀を売る土産物屋の店を守る女性の視点で書かれた詩だが、四年間の「歌ひめ」としての勤めの間に胸を病み、故郷に戻ってきたという内容だ。

さやかなる夏の衣して
ひとびとは汽車を待てども
疾みはてしわれはさびしく
琥珀もて客を待つめり

この駅はきりぎしにして
玻璃の窓海景を盛り
幾条の遙けき青や
岬にはあがる白波

南なるかの野の町に
歌ひめとなるならはしの
かゞやける唇や頬
われとても昨日はありにき

かのひとになべてを捧げ
かゞやかに四年を経しに
わが胸はにはかに重く
病葉と髪は散りにき

モートルの爆音高く
窓過ぐる黒き船あり
ひらめきて鷗はとび交ひ
岩波はまたしもあがる

そのかみもうなゐなりし日
こゝにして琥珀うりしを
あゝいまはうなゐとなりて
かのひとに行かんすべなし

「かのひとになべてを捧げ」たとあるが、「〔燈を紅き町の家より〕」の下書稿㈠にある「なはそのはじめ／欺きてをみなとなして」と書いていたのにも通じるように思う。

大正十三年に岩手県気仙郡綾里村（現・大船渡市）に生まれ育った山下文男（「昭和五年（１９３０）世界恐慌の直撃」『昭和東北大凶作 娘身売りと欠食児童』無明舎 平成十三年一月）は、「私の周辺では、ほんの何軒かの裕福な家を除いて、どこの家でも、働いても働いても、なお追いつかない、ぎりぎりの貧乏生活をしていた」として、たった一人の女の子であった自分の姉も、借金のために隣町の旅館に女中奉公に出されたと書いている。「歌ひめ」でこそなかったにせよ、海辺の町には、そうした「ならはし」があったようである。

また、賢治の家から近い花巻の遊郭街・東町（通称・裏町）の老舗蕎麦屋・嘉司屋の主人であった佐々木喜太郎によると、「芸者や酌婦には八戸（青森県）出身者が多かった。親の心情としてあまり近いところでは気まずいし、かといって遠すぎるのは不憫だったのでしょう。／逆に花巻からは宮城方面へ売られていくことが多かったようです」とのこと。また、東町三十年記念誌の『うらまち』（平成八年十一月）にも、日の出楼茶屋の元女将の手記に「娼妓は八戸出身者が多かった」と書かれているという（泉沢善雄「賢治周辺の聞き書き 第十話 三人の先生への追悼 賢治エピソード落穂拾い〈7〉」「ワルトラワラ27」ワルトラワラの会 平成二十年五月）。

小原忠（後掲）は、「賢治は農学校の隣の郡役所に行きこのことを知」ったとし、宮沢賢治研究会（後掲）も役所での小事件であると解している。たしかに「公署」の字はあるが、栗原敦（後掲）も書くように、下書稿㈠の手入れではタイトルが「僚友」に改められていることからも、花巻農学校でのできごとに取材しているのだろう（もちろん虚構が混じっている可能性はあろう）。

農学校説を主張する理由としては、関連すると思われるメモが「「文語詩篇」ノート」の大正十三年のページに書かれており、この頃、農学校は既に移転して郡役所とは距離も離れていたので、それほど頻繁には郡役所の情報が聞こえては来なかっただろうことが、まずあげられる。また、「白木のひのき」という言葉は、「一百篇」の「〔鐘うてば白木のひのき〕」等にも出てきており、ヒノキ造りだった移転・新築後の花巻農学校を指すと思われること。さらに「高書記」とあるのは、宮沢賢治研究会（後掲）も書くとおり、高木や高橋を指すのだと思われるが、『新校本全集』を見ると、花巻農学校の「書記」として、果たして高橋某の名があり、この人物は大正十二年二月に就任して昭和二年に離任とあることから、農学校が大正十二年三月に移転したことと時期的にもピッタリと重なっているからである。

ちなみにこの高橋某は、他の作品には登場していないようで、『年譜』にも数回は名前が出てくるものの、特色ある人物としては登場していない。ただ、佐藤隆房（「運動」『宮沢賢治 素顔のわが友』桜地人館 平成八年三月）によれば、「花巻農学校に奉職していた時、某という書記がいました。その書記は何かしら賢治さんの心によくうつりません」とあり、或る日、賢治は生徒が帰ってしまった後、彼に向かって、「おれあお前に負けないから、やるべ、さ、やるべ」と、賢治は剣道の試合を申し込んで一撃を喰らわせようとしたところが、逆にダンガダンガと打ち込まれたと書かれており、これが高橋であった可能性は高いと思う。もちろん別の人物を想定していた可能性もあるし、完全な虚構であった可能性もあろう。しかし、もしもこの文語詩のような事件が背景にあったのならば、平和主義者の賢治であっても高橋書記に戦いを挑んだのは、納得できるように思うのである。

賢治が「歌ひめ」に対して、ことに文語詩では一貫して同情的であることは、何度も繰り返して確認してきたところだが、本作における「をみなご」にも、もちろんそれはあてはまる。自分から和賀郡役所と偽って学校（下書稿㈠においては「公署」）に電話をかけてきたことは、非常識だと言えば非常識かもしれないが、なんら咎められてはいない。彼女には何の落ち度もなく、ただ家が貧しく、家に迷惑をかけずに、少しでも生活が楽になるようにと思って苦界に身を沈めただけだからだ。対して、高書記の父母も、まじめな農民で、その真面目さの故に息子は遊郭の客になれるくらいの経済力を持てるようになったわけだが、この息子は、はじめのうちは言葉巧みに「をみな」に近づきながら、今となっては「あらたなるをみな漁」るという状態である。「あきらけき道」がどちらにあるかは明白だろう。

ところで、「五十篇」と「一百篇」には「対」をなす作品群があることを指摘してきたが、本作でもその傾向が指摘できる（他の視点も交えて終章（信時哲郎 後掲B、C）にまとめたので参照されたい）。「対」の相手となるのは、「五十篇」の「〔氷雨虹すれば〕」である。

①氷雨虹すれば、　時針盤たゞに明るく、
　病《いたつき》の今朝やまされる、　青き套門を入るなし。
②二限わがなさん、　公《きみ》　五時を補ひてんや、
　火をあらぬひのきづくりは、　神祝《かむほぎ》にどよもすべけれ。

農学校を舞台にしたという点、「ひのきづくり」が登場する点くらいにしか同一性は見いだせないように見えるが、本作の下書稿㈠の最終形態と並べてみれば、類似性がはっきりしてくる。

①高書記よ
　電話呼《よば》へり
　和賀郡の郡役所より
②和賀郡の灯ある家より
　（うみべよりうられしそのこ）
　あやしくもなまめける声
　連綿とひとをもとめぬ

③夕陽いま落ちなんとして
　ちゞれ雲四方にかゞよひ
　雪の面に低く霧して
　桑の群影をこそひけ

④高書記よ簿はわがなさん
　なれは去れ五時に間もなき

「〔氷雨虹すれば〕」は、花巻農学校の同僚であった奥寺五郎と思しき人物が病気のために学校を休み、賢治は白藤慈秀に対して「二限わがなさん、公《きみ》　五時を補ひてんや」と持ちかけている作品であるが、最終行で同じようなフレーズが使われている。もちろん「〔燈を紅き町の家より〕」における「五時」は、十七時という時間であるのに対して、「〔氷雨虹すれば〕」は五時間目という意味の「五時」であるが、同僚に対して「わがなさん」と提案している点なども含めて、偶然の一致にしてはできすぎている。

そもそも、どちらの下書稿でも「僚友」のタイトルが付せられており、視点人物が呼びかけている相手が、「高書記」にしても白藤慈秀にしても、どちらも賢治が敵視していた人物であり、ここまでくると、もはや偶然とは言えないように思う。

ただ、わからないのはこのような「対」を作ることに、いったいどういう意味があったのか、である。なにやら呪術的な効果、あるいはサブリミナル効果のようなものを狙っていたのだろうか。はたまた後代の研究者に対するサービスだったのだろうか…

それにしても、下書稿㈠で、賢治は「高書記よ　なれもしつひに／紅燈の　とりこなりせば／いざ行きてかのひとを訪へ」と書いているのは興味深い。遊郭の存在さえ否定したい賢治のはずだが、ここでは遊郭に行って金を落としてこいと言っているからである。遊郭の存在を否定するなら、今後一切、客として足を運ばないようにさせたいはずなのだが、ここでは理想を説くよりも現実路線を取っている。かといって、遊郭の存在を正当化しているようにとられてしまうわけにもいかず、そのあたりの葛藤が、定稿における「銅版の紙片をおもふ」という含蓄に富んだ語、悪く言えば曖昧な表現に現われているのかもしれない。

先行研究

小原忠「作品研究「イーハトーボ農学校の春」と「山地の稜」」（「賢治研究16」宮沢賢治研究会　昭和四十九年六月）
青山和憲「文語詩に関する独善的妄言」（「宮沢賢治9」洋々社　平成元年十一月）
栗原敦「うられしおみなごのうた」（『宮沢賢治　透明な軌道の上から』新宿書房　平成四年八月）
佐藤通雅「文語詩稿へ」（『宮沢賢治　東北砕石工場技師論』洋々

社 平成十二年二月）
宮沢賢治研究会「読書会リポート」（「賢治研究88」宮沢賢治研究会 平成十四年八月）
信時哲郎A「宮沢賢治「文語詩稿 一百篇」評釈八」（「甲南国文63」甲南女子大学国文学会 平成二十八年三月）
島田隆輔「101〔燈を紅き町の家より〕」（「宮沢賢治研究 文語詩稿一百篇・訳注Ⅲ」〔未刊行〕平成二十九年九月）
信時哲郎B「「五十篇」と「一百篇」 賢治は「一百篇」を七日で書いたか（上）」（「賢治研究135」宮沢賢治研究会 平成三十年七月→終章）
信時哲郎C「「五十篇」と「一百篇」 賢治は「一百篇」を七日で書いたか（下）」（「賢治研究136」宮沢賢治研究会 平成三十年十一月→終章）

終章　「五十篇」と「一百篇」
賢治は「一百篇」を七日で書いたか

賢治が最晩年に編んだ「文語詩稿 五十篇」と「文語詩稿 一百篇」について二十年ほどかけて注釈を施してきたが、百五十一篇の注を付け終わったところで、いくつか気になることが出てきた。どれも些細なことだが、先行研究を踏まえながら考えてみると、「五十篇」と「一百篇」の編集過程を考えるためのヒントになるかもしれない。それぞれの集がどのような意識で編まれたものなのかはわからないままだが、少しでも文語詩の謎を解明する手がかりになってくれればと思って書きつけておくことにしたい。

1．「対」について

「五十篇」と「一百篇」には、タイトルが共通するものが三組ある。「悍馬」「〔秘事念仏の大師匠〕」「車中」である。「〔秘事念仏の大師匠〕」は、賢治がタイトルを付けていないため、全集編者が冒頭の言葉を仮につけたものだが、冒頭の言葉が同じであるということは、タイトルが同じであるのと同じくらいの重みがあると思うので、考察に加えておいてもよいように思う。まず「悍馬」から見ていこう（本章では行番号を省略する）。

悍馬〔一〕　五

毛布の赤に頭《づ》を縛び、　陀羅尼をまがふことばもて、
罵りかはし牧人ら、　貴きアラヴの種馬の、
息あつくしていばゆるを、　まもりかこみてもろともに、
雪の火山の裾野原、　赭き柏を過ぎくれば、
山はいくたび雲滃の、　藍のなめくじ角のべて、
おとしけおとしいよいよに、　馬を血馬となしにけり。

悍馬〔二〕　百

廐肥《こえ》をはらひてその馬の、　まなこは変る紅《べに》の竜、
けいけい碧きびいどろの、　天をあがきてとらんとす。
黝き菅藻の袍はねて、　叩きそだたく封介に、
雲ののろしはとゞろきて、　こぶしの花もけむるなり。

「五十篇」所収の「悍馬〔一〕」は、馬を大切に育てる牧人たちを書いた作品である。一方、「一百篇」の「悍馬〔二〕」は、飼い主・封介の言うことを聞かない暴れ馬を描いている。舞台も違うし、詩形もずいぶんと異なっている。しかし、『新校本全集』で下書稿の推敲過程を見てみると、「悍馬〔一〕」は、鉛

筆で㊢が書かれた下書稿㊄、つまり定稿に書き写す直前の段階の原稿で、「牧人」だったタイトルを「悍馬図」に修正し、さらに定稿になって「悍馬」に置き換えていることが分かる。「悍馬〔二〕」の方は、先行作品が口語詩の「一〇四六　悍馬」であり、文語詩の下書稿の段階から「悍馬」のタイトルがあったので、賢治は定稿を書く際になって、タイトルをこちらで統一した、ということになる。

　気を付けておきたいのは、賢治はタイトルを同じにするだけでなく、「悍馬〔一〕」の㊢稿の段階で、「おとしけおとし」というフレーズを導入し、漢詩における対句のように、二作をペアにしようとしたことだ。[1] 賢治は「悍馬〔二〕」において、「叩きそだたく」を「叩きに叩く」といった意味で文語化の初めから使っているが、「悍馬〔一〕」にも、「おとしけおとし」を「落としに落とし」といった意味で、やはり㊢のついた下書稿㊄の手入れ段階で新たに登場させ、文法的にはうまく説明のできない「け」や「そ」を両詩で採用して語勢を整え、タイトルだけに留まらない「対」の詩にしようとしたことがうかがえる。

　つまり「悍馬」なるタイトルの詩が二篇おさめられているのは偶然ではなく、あえて同タイトルとし、あえて似た語を用いている、ということだ。そして、そうしたことを行う上でも、賢治はこれら二詩の原稿を並べながら定稿を編んだという過程を考える必要がありそうだ。

　続いて「〔秘事念仏の大師匠〕」を見てみよう。

五　〔秘事念仏の大師匠〕〔一〕

秘事念仏の大師匠、　元真斉は妻子して、
北上岸にいそしみつ、　いまぞ昼餉をした、むる。
卓のさまして緑なる、　小松と紅き萓の芽と、
雪げの水にさからひて、　まこと睡たき南かぜ。
むしろ帆張りて酒船の、　ふとあらはる、まみまじか、
をのこは三たり舷に、　こちを見おろし見すくむる。
元真斉はやるせなみ、　眼をそらす川のはて、
塩の高菜をひた噛めば、　妻子もこれにならふなり。

百　〔秘事念仏の大師匠〕〔二〕

秘事念仏の大師匠、　元信斉は妻子もて、
北上ぎしの南風、　けふぞ陸穂を播きつくる。
雲紫に日は熟れて、　青らみそめし野いばらや、
川は川とてひたすらに、　八功徳水ながしけり。
たまたまその子口あきて、　楊の梢に見とるれば、
元信斉は歯軋りて、　石を発止と投げつくる。

蒼蠅ひかりめぐらかし、　練肥《ダラ》を捧げてその妻は、
たゞ恩人ぞ導師ぞと、　おのが夫《つま》をば拝むなり。

「一百篇」所収の「〔秘事念仏の大師匠〕〔二〕」の先行作品は口語詩「一〇五六〔秘事念仏の大元締が〕」で、花巻周辺で信仰されていた隠し念仏の大元締めを描いている。「五十篇」の方の「〔秘事念仏の大師匠〕〔一〕」の先行作品は「憎むべき「隈」辨当を食ふ」である。自炊生活を送っていた賢治に対して、さまざまな噂をひろめたなどと書かれている人物と、賢治が視線で対決するという作品だ。文語詩も、この「隈」との対決から書き始められているのだが、ブルーブラックインクで㊢が付けられている下書稿㈡の段階で、秘事念仏の大師匠を扱う詩に変わっている。「悍馬」の時と同じで、「一百篇」の方のタイトルや状況に合わせて改変し、取材時の事実よりも、二作を「対」にすることを選んだ、ということになる。これだけでなく元真斉（元信斉）、北上岸（北上ぎし）、いまぞ（けふぞ）などの類似性も、この時に生まれていることから、「対」を意識して改変されたと考えてよいだろう。

　次いで「車中」を見てみよう。

　車中〔一〕　**五**

夕陽の青き棒のなかにて、　開化郷士と見ゆるもの、
葉巻のけむり蒼茫と、　森槐南を論じたり。
開化郷士と見ゆるもの、　いと清純とよみしける、
寒天光のうら青に、　おもてをかくしひとはねむれり。

　車中〔二〕　**百**

稜堀山の巌の稜、　一木《き》を宙に旋るころ
まなじり深き伯楽《はくらく》は、　しんぶんをこそひろげたれ。
地平は雪と藍の松、　氷を着るは七時雨、
ばらのむすめはくつろぎて、　けいとのまりをとりいでぬ。

「車中〔二〕」の下書稿㈠㈢には「開化郷士」の語があったが[2]、これは「車中〔一〕」の定稿に流用されることになると、「車中〔二〕」からは消えている。逆に「車中」というタイトルは、「車中〔一〕」の下書稿㈠からあったものだが、それまでタイトルがなかった「一百篇」作品に「車中」のタイトルを、定稿の段階で付けることになっている。ここでも「五十篇」と「一百篇」の「車中」が、お互いに影響し合いながら定稿が生まれていることが確認できよう。

　これまであまりこうした過程について言及されることはなかったように思うが、お互いの作品が影響し合って定稿に至っていることは疑えないように思う。ただ、賢治が意識的に「五

十篇」と「一百篇」にそれぞれ「対」の作品を振り分けたと断言できるわけではない。というのも「一百篇」には「病技師」というタイトルの二作品が収録されているからだ。

病技師〔一〕　百

こよひの闇はあたたかし、　風のなかにてなかんなど、
ステッキひけりにせものの、　黒のステッキまたひけり。
蝕む胸をまぎらひて、　こぼと鳴り行く水のはた、
くらき炭素の燈《ひ》に照りて、　飢饉《けかつ》供養の巨石並《おほいしな》めり。

病技師〔二〕　百

あへぎてくれば丘のひら、　地平をのぞむ天気輪、
白き手巾を草にして、　をとめらみたりまどゐしき。
大寺のみちをこととへど、　いらへず肩をすくむるは、
はやくも死相われにありやと、　粛涼をちの雲を見ぬ。

ただ、この「病技師」に関してはタイトル以外にあまり「対」と言えそうな要素がなく、二作の影響関係も明確には指摘しにくい。あえて言えば「巨石」と「天気輪」（もとは五輪塔）に似た要素を見出すことができるかもしれないが、もしかしたら、この二詩については、偶然に同タイトルになってしまった、ということだったのかもしれない。

「病技師」のように例外とも言うべき「対」がありながら、なぜこの三対を論じるのかと言えば、木村東吉（「《五輪峠紀行詩群》と「岩手軽便鉄道の一月『春と修羅』（第一集）との対称性に注目して」『宮沢賢治《春と修羅 第二集》研究 その動態の解明』渓水社 平成十二年二月）が、『春と修羅（第一集）』における「冬と銀河ステーション」と「春と修羅 第二集」の「岩手軽便鉄道の一月」が対応しており、また、「第二集」の五輪峠詩群が『第一集』の冒頭の詩群と対応していると指摘しているからである。また、天沢退二郎（「詩と童話のはじまり」『宮沢賢治の世界』日本放送出版協会 昭和六十三年一月）も、『春と修羅（第一集）』の冒頭の作品「屈折率」には「郵便脚夫」が登場するが、『注文の多い料理店』の冒頭の作品「どんぐりと山猫」に「おかしなはがき」が登場し、どちらも郵便のテーマが冒頭作品に登場することを指摘している。だとすれば、成立時期も近接している「五十篇」と「一百篇」の間にも、こうした「対」の意識があったとしても不思議ではないだろう。

2. さまざまな「対」

「五十篇」と「一百篇」には、二つの詩集にまたがる「対」といった意識があったのではないかと仮定して話を進めているが、「五十篇」の作品どうし、また「一百篇」の作品どうしでも「対」とも言うべき関係が、たくさんある。

たとえば同じ日のできごと・同じ場所でのできごとが複数の詩になっている例は、「五十篇」で言えば、「〔夜をま青き藺むしろに〕」と「雪の宿」、「来賓」と「〔さき立つ名誉村長は〕」などがあり、共通するフレーズ（あるいは内容が酷似したフレーズ）を使ったものには「一百篇」の「暁眠」と「〔翁面　おもてとなして世経るなど〕」、「退耕」と「巨豚」、「〔うたがふをやめよ〕」と「嘆願隊」などがある。これらの関係は一つの集に留まる傾向が多いようだが、その追究は今後の課題にするとして、そうした関係詩篇群がありながら、それでも「五十篇」と「一百篇」で「対」を構成しているのではないかと考えてしまうのは、前章であげたものと違って、まるで迷彩を施されたかのように気付かれにくい奇妙な「対」を見つけてしまったからだ。

「五十篇」に収録されている「〔きみにならびて野にたてば〕」と、「一百篇」の「〔遠く琥珀のいろなして〕」を見てみたい。

〔きみにならびて野にたてば〕　五

きみにならびて野にたてば、　風きららかに吹ききたり、
柏ばやしをとゞろかし、　枯葉を雪にまろばしぬ。
げにもひかりの群青や、　山のけむりのこなたにも、
鳥はその巣やつくろはん、　ちぎれの艸をついばみぬ。

〔遠く琥珀のいろなして〕　百

遠く琥珀のいろなして、　春べと見えしこの原は、
枯草《くさ》をひたして雪げ水、　さゞめきしげく奔るなり。
峯には青き雪けむり、　裾は柏の赤ばやし、
雪げの水はきらめきて、　たゞひたすらにまろぶなり。

「〔きみにならびて…〕」では、きららかなのが風だったのが「〔遠く琥珀の…〕」では水がきらめき、まろばしていたのが枯葉だったのが水がまろび、また、山のけむりが青き雪けむりになったりと微妙に変化しており、ただ、柏ばやしだけがどちらにも登場している。どちらがどちらに影響を与えたのかは原稿を見てもわかりにくいのだが、お互いが複雑に影響し合って成立していることだけは明らかだろう。

「〔きみにならびて野にたてば〕」には、同じような関係にある作品がもう一つある。

〔きみにならびて野にたてば〕　五

きみにならびて野にたてば、　風きららかに吹ききたり、
柏ばやしをとゞろかし、　枯葉を雪にまろばしぬ。
げにもひかりの群青や、　山のけむりのこなたにも、
鳥はその巣やつくろはん、　ちぎれの艸をついばみぬ。

賦役　百

みねの雪よりいくそたび、　風はあをあを崩れ来て、
萌えし柏をとゞろかし、　きみかげさうを軋らしむ。
おのれと影とたゞふたり、　あれと云はれし業なれば、
ひねもす白き眼して、　放牧《のがひ》の柵をつくろひぬ。

柏ばやしはここでもやはり両作に登場し、風や青に関連する語が使われているところでも共通性が感じられる。ダジャレめくが、「きみにならびて」と「きみかげさう」も意識的であるように思えるし、「〔きみにならびて…〕」では、きみと私が並び立っているすぐ前で鳥が巣を「つくろはん」とあったのに対して、「賦役」では、おのれと影の「ふたり」が「柵をつくろひぬ」とあることなども、偶然の一致だとは考えにくい。

あれほど豊富な語彙力をもつ賢治が、どうして似たような場所を舞台とした詩に、わざわざ似たような詩句を用いるのかと不思議に感じていたが、他の対に対するおかしなこだわりと並べて考えてみると、（理由はわからないながら）あえてやっていた、ということだけは明らかである。

さらにおかしな「対」は、「五十篇」の「〔血のいろにゆがめる月は〕」と「一百篇」の「〔日本球根商会が〕」である。

〔血のいろにゆがめる月は〕　五

血のいろにゆがめる月は、　今宵また桜をのぼり、
患者たち廊のはづれに、　凶事の兆を云へり。
木がくれのあやなき闇を、　声細くいゆきかへりて、
熱植ゑし黒き綿羊、　その姿いともあやしき。
月しろは鉛糖のごと、　柱列の廊をわたれば、
コカインの白きかほりを、　いそがしくよぎる医師あり。
しかもあれ春のをとめら、　なべて且つ耐えほ、えみて、
水銀の目盛を数へ、　玲瓏の氷を割きぬ。

〔日本球根商会が〕　百

日本球根商会が、　よきものなりと販りこせば、
いたつきびとは窓ごとに、　春きたらばとねがひけり。
夜すがら温き春雨に、　風信子華の十六は、
黒き葡萄と噴きいでて、　雫かゞやきむらがりぬ。
さもまがつびのすがたして、　あまりにくらきいろなれば、
朝焼けうつすいちいちの、　窓はむなしくとざされつ。
七面鳥はさまよひて、　ゴブルゴブルとあげつらひ、

小き看護は窓に来て、　あなやなにぞといぶかりぬ。

どちらも舞台は病院だが、前者は賢治が浪人時代に入院していた岩手病院、後者は賢治が花壇設計した花巻共立病院であって、取材時も賢治の立場もまるで違っている。「〔血のいろ…〕」は、黄砂で赤く見えている不気味な月の夜に医師や看護師たちがあわただしく働く姿を描き、「〔日本球根商会が〕」は病院の花壇に咲いたヒヤシンスが真っ黒で、その不吉さに皆がおどろいたという内容だ。しかし、それぞれに患者と看護師が登場するのはよいとしても、黒い綿羊が鳴きながらさまようという内容と七面鳥がゴブルゴブルと鳴いている内容の共通性、しかもヒヤシンスの色は黒であり、「凶事」（下書稿㈡には「まがごと」）と「まがつび」の語の共通性も偶然に生じたものとは考えにくい。

さらに「五十篇」の「〔氷雨虹すれば〕」と「〔燈を紅き町の家より〕」の下書稿㈠のおかしな類似も偶然だとは考えにくい。

〔氷雨虹すれば〕　五

氷雨虹すれば、　時針盤たゞに明るく、
病《いたつき》の今朝やまされる、　青き套門を入るなし。
二限わがなさん、　公《きみ》　五時を補ひてんや、
火をあらぬひのきづくりは、　神祝《かむほぎ》にどよもすべけれ。

僚友　百

高書記よ
電話呼《よば》へり
和賀郡の郡役所より

和賀郡の灯ある家より
（うみべよりうられしそのこ）
あやしくもなまめける声
連綿とひとをもとめぬ

夕陽いま落ちなんとして
ちゞれ雲四方にかゞよひ
雪の面に低く霧して
桑の群影をこそひけ

高書記よ簿はわがなさん
なれは去れ五時に間もなき

どちらもタイトル案に「僚友」とあったのも共通しているが、両作品ともに花巻農学校時代の同僚を書いたもので、「わがなさん」「五時」と視点人物が言った相手は、ともに賢治が苦手としていた人物で、前者は白藤慈秀、後者は高橋書記である。

また、「五十篇」の「風桜」と「一百篇」の「〔古き勾当貞斉が〕」も、詩形こそ異なるものの、「さくら」と「楓」、「雨」と「雪」、「もず」と「むらすゞめ」が対応しており、「風桜」では「みだらに」雲が駆けめぐる中を枝をうねらせた桜の妖艶な姿が、また「〔古き勾当貞斉が〕」では、暮れ空に「ひかり妖しく狎れ」る楓のエロスが描かれており、植物のエロティシズムを、鳥を配置しながら描こうとしているあたりに共通した「対」の意識があったようにも読み取れる。

風桜　**五**

風にとぎる、雨脚や、　みだらにかける雲のにぶ。
まくろき枝もうねりつゝ、　さくらの花のすさまじき。
あたふた黄ばみ雨を縫ふ、　もずのかしらのまどけきを。
いよよにどよみなみだちて、　ひかり青らむ花の梢《うれ》。

〔古き勾当貞斉が〕　**百**

古き勾当貞斉が、　いしぶみ低く垂れ覆ひ、
雪の楓は暮れぞらに、　ひかり妖しく狎れにけり。
連れて翔けこしむらすゞめ、　たまゆらりうと羽はりて、
沈むや宙をたちまちに、　りうと羽はり去りにけり。

もう一例、おかしな「対」について指摘すれば、「五十篇」の中に北海道が舞台となった作品が一篇あり、「一百篇」の中にも一篇だけ北海道を舞台にした作品があることだ。「五十篇」の「民間薬」には、「羆熊の皮は着たれども」という農夫が登場するが、ヒグマの皮を着た農夫は、よほど例外的な場合を考えない限り北海道にしかいない。また、「一百篇」の「牛」は、修学旅行引率中の苫小牧で作られた作品で、岩手県外を舞台にしたと思われる作品は、これ以外にないことから[3]も、何やら作為的なものを感じてしまう。

なぜ賢治はこういうことをしたのだろう。まず考えられるのは、遊びとしてやった可能性である。「一百篇」に収められた「〔水楢松にまじらふは〕」には「クロスワード」という言葉が登場するが、そうした言葉遊び的なものを自らに課し、自分で楽しんだ可能性である。あるいは面白くてためになる大衆娯楽雑誌「キング」の時代に生きた賢治であれば、クイズや探偵小説の延長として、文語詩を一人でも多くの人に楽しんで読んでもらうように、賢治がこうした要素を含めたと考えることも可能だろう。

また、言語実験、心理的な実験で読者にサブリミナル的な効果（意識にはのぼらないが、潜在意識に働きかけることによって影響を与えようとすること）を使って、文語詩の作品世界に

引きずり込もうという戦略を取ったとも考えられる。サブリミナルの研究は十九世紀には始まっていたというが、賢治がどれくらいの知識を持っていたのかは定かでないにせよ、「銀河鉄道の夜」にテレパシーを登場させ、『春と修羅（第一集）』を「或る心理学的な仕事の支度」に書いたという賢治が、全くこうしたことを知らずにいたと言い切ることもできないように思う。

　賢治がなにかしらのこだわりをもっていた可能性もある。作家の京極夏彦は、自著のページの最後を必ず句点で終わらせ、文庫本にする時には、新しく句点を調整するのだというが、大変な手間がかかるわりに、作家にも読者にもそれほどのメリットがあるとは思えない（読者はきりのいいところで読書を中断することができるが…）。また、大リーグのイチロー選手はバッターボックスで必ずルーティーンを行ったものだが、あれが打率アップに直結したとは、なかなか考えにくい。賢治もこのように他人からは分からないこだわりを発揮していた可能性もあるかもしれない。

　さらに非合理的、そして神秘主義的な理由も考えられる。呪術的な仕掛けを、自らの作品に込めた可能性だ。賢治が晩年に使用していた「雨ニモマケズ手帳」には、「咳喘左の法にて直ちに之を治す」「左の文にて悪しき幻想尽く去る」といったメモと共に法華経の一部が書かれていたし、「経埋ムベキ山」として三十二の山の名が記されてもいた。そろそろ自分の死期について考えないわけにいかなかった賢治が、こうした呪術めいた仕掛けを作った可能性も十分に考えておくべきだろう。

3．「一百篇」のみに登場する語・イメージなど

　これまで「五十篇」と「一百篇」にまたがる「対」について考えてきたが、注釈を施すうちに感じたのは、両詩集の共通性とともに「一百篇」のみに登場（または集中）する語やイメージについてである。

　たとえば「一百篇」のみに登場する語に「まがつび」がある。これは災禍をひきおこすといわれる神のことで、「一百篇」のみに登場する（『新校本全集』の索引には載っていなかったが、「未定稿」の「秘境」下書稿㈠にも「かしこにまがつみはあれ／塩魚の頭を食みて」とある）。

〔みちべの苔にまどろめば〕　**百**

みちべの苔にまどろめば、　日輪そらにさむくして、
わづかによどむ風くまの、　きみが頬ちかくあるごとし。
まがつびここに塚ありと、　おどろき離《か》るゝこの森や、
風はみそらに遠くして、　山なみ雪にたゞあえかなる。

旱倹　**百**

雲の鎖やむら立ちや、　森はた森のしろけむり、
鳥はさながら禍津日を、　はなるとばかり群れ去りぬ。

野を野のかぎり旱割れ田の、白き空穂のなかにして、
術をもしらに家長たち、むなしく風をみまもりぬ。

〔日本球根商会が〕 百

日本球根商会が、よきものなりと販りこせば、
いたつきびとは窓ごとに、春きたらばとねがひけり。
夜すがら温き春雨に、風信子華の十六は、
黒き葡萄と噴きいでて、雫かゞやきむらがりぬ。
さもまがつびのすがたして、あまりにくらきいろなれば、
朝焼けうつすいちいちの、窓はむなしくとざされつ。
七面鳥はさまよひて、ゴブルゴブルとあげつらひ、
小き看護は窓に来て、あなやなにぞといぶかりぬ。

また、「まがつび」、つまり災禍をもたらす神ではないが、「まがつ」の語も登場する。

〔猥れて嘲笑《あざ》めるはた寒き〕 百

猥れて嘲笑《あざ》めるはた寒き、凶つのまみをはらはんと
かへさまた経るしろあとの、天は遷ろふ火の鱗。
つめたき西の風きたり、あらにひとの秘呪とりて、
粟の垂穂をうちみだし、すすきを紅く燿《かが》やかす。

「〔日本球根商会が〕」については、さきに「〔血のいろにゆがめる月は〕」との比較で例に挙げたが、「五十篇」の「〔血のいろ…〕」にも、「凶事の兆」として登場していた（「対」にするためか？）。

文語詩を収めていた和紙表紙に付された日付によれば、「五十篇」は八月十五日に編まれ、「一百篇」は八月二十二日に編まれたということになっている。しかし、わずか七日間のうちに賢治が「まがつび」という言葉に突然興味をもち、また、何らかの思想や呪術的な配慮からこの語を使い始めるなどということがあるだろうか？ また、その使用例を見ても、この場面でその言葉を出す必然性があまり感じられない。もっとも必然性でいえば、文語詩以外では唯一の用例である歌曲「いさをかゞやく バナナン軍」に登場する際も、あまり「まがつみ」でなければならない意味は感じられないのだが…

やむなく食みし　将軍の
かゞやきわたる　勲章と
ひかりまばゆき　エボレット
そのまがつみは　録《しる》されぬ　（部分引用）

また、「まがつび」のような特殊なものではないが、逆に特殊ではないからこそ「一百篇」のみに登場することの説明が難しいものもある。「酸」という文字である。

〔南風の頬に酸くして〕　百

南風の頬に酸くして、　シェバリエー青し光芒。
天翔る雲のエレキを、　とりも来て蘇しなんや、いざ。

心相　百

こころの師とはならんとも、　こころを師とはなさざれと、
いましめ古りしさながらに、　たよりなきこそこゝろなれ。
はじめは潜む蒼穹に、　あはれ鵞王の影供ぞと、
面さへ映えて仰ぎしを、　いまは酸えしておぞましき、
澱粉堆とあざわらひ、
いたゞきすべる雪雲を、　腐《くだ》せし馬鈴薯とさげすみぬ。

コバルト山地。　百

なべて吹雪のたえまより、　はたしらくものきれまより、
コバルト山地山肌の、　ひらめき酸えてまた青き。

酸虹　百

鵞黄の柳いくそたび、　窓を掃ふと出でたちて、
片頬むなしき郡長、　酸えたる虹をわらふなり。

眺望　百

雲環かくるかの峯は、　古生諸層をつらぬきて
侏羅紀に凝りし塩岩の、　蛇紋化せしと知られたり。
青き陽遠くなまめきて、　右に亘せる高原は、
花崗閃緑　削剥の、　時代は諸《もろ》に論《あげつら》ふ。
ま白き波をながしくる、　かの峡川と北上は、
かたみに時を異にして、　ともに一度老いしなれ。
砂壌かなたに受くるもの、　多くは酸えず燐多く
洪積台の埴土壌土《はにひじ》と、　植物群《フロラ》おのづとわかたれぬ。

山躑躅　百

こはやまつつじ丘丘の、　栗また楢にまじはりて、　熱き日ざし
に咲きほこる。
なんたる冴えぬなが紅ぞ、　朱もひなびては酸えはてし、　紅土《ラテライト》
にもまぎるなり。

いざうちわたす銀の風、無色の風とまぐはへよ、世紀の末の児らのため。

さは云へまことやまつつじ、日影くもりて丘ぬるみ、ねむたきひるはかくてやすけき。

「〔南風の頬に酸くして〕」は、先行作品である口語詩「七一四 疲労」に「南の風は酸っぱいし」とあったものをそのまま文語化したものであり、ここで登場するのは自然だ。「酸虹」についても、先行作品である「〔冬のスケッチ〕」に「光酸」という文字とともに載っており、ここで使うのも自然である。「眺望」に先行作品はないが、「多くは酸えず」は岩手県の土壌が酸性かどうかを論議している箇所なので、「酸」が登場する必然性がある。その他の作品でも、「酸」が登場することに、特に不自然な点はない。が、逆に、どうして「一百篇」に六回も登場する自然な言葉が、「五十篇」にはただの一度も登場しないのかということが不自然であるように思われる。

小沢俊郎（「「疾中」と〈文語詩〉」『小沢俊郎宮沢賢治論集3 文語詩研究・地理研究』有精堂 昭和六十二年六月）は、「五十篇」に恋愛を扱った詩篇が多いと指摘していたが、そうした傾向についてなら高等農林の先生が「五十篇」には多く登場していたことなども思い浮かぶ。しかし「一百篇」のみに頻出する語やテーマといえば、何といってもキリスト教徒が五回も登場することだ。「岩手公園」のタッピング一家、「〔けむりは時に丘丘の〕」のミス・ギフォード、「暁眠」の斎藤宗次郎（もっとも、これはキリスト教を思わせる詩句もなく、「贋物師、加藤宗二郎」という下書稿の言葉から、モデルとしてキリスト教徒だった斎藤が擬せられているだけの話で、定稿を読んだだけでキリスト教をイメージすることはできない）。「浮世絵」ではカトリックのプジェー神父が登場し、「羅紗売」には、当時、日本に多く滞在していたロシア人の羅紗売りが登場する（革命で国を追われたロシア人が「バビロニ柳」の脇の井戸で休息するという内容は、聖書にあるバビロン捕囚をモチーフにしているのだろう）。

さらに細かいことを言えば、「岩手公園」では鉛筆の㊢がつけられた後になってタッピング一家が登場して定稿となり、「浮世絵」は、青インク稿に㊢が付けられている。島田隆輔（「〈写稿〉論」『文語詩稿叙説』）によれば、青インク㊢稿は全て「一百篇」に収録されているのだという。つまり「一百篇」を編集する大詰めの段階になって、キリスト教徒が登場する詩が二篇も「一百篇」に組み込まれたことになる。

また、外国人も「一百篇」のみに登場する。キリスト教徒のタッピング一家、ミス・ギフォード、プジェー神父、ロシア人に加えて、ラーメン屋の中国人・林光文も登場する。「五十篇」の「〔いたつきてゆめみなやみし〕」には朝鮮人飴売りが登場したが、当時は日本統治下なので、厳密に言えば外国人ではない。

また、意外なことに「五十篇」にも「一百篇」にも「サムサノナツ」は登場しても、「五十篇」に「ヒデリ」は、少なくとも文字の上では、登場しない。しかし、「一百篇」には「旱倹」や「旱害地帯」といったタイトルの作品、また、「旱割れそめにし」という句のある「朝」もある。

その他、「一百篇」のみに岩手山の雪解け水が多出するし、歌詞が二回（「種山ヶ原」、「ポランの広場」）、聾唖者が二回（「崖下の床屋」、「〔雪げの水に涵されし〕」）、また、「女性岩手」に発表した文語詩の五作品中の四作が登場している（「民間薬」のみ「五十篇」に収められているが、これは先述した北海道を舞台にした対であるための例外だったのかもしれない）。

これまで見てきたように、「五十篇」と「一百篇」には「対」の詩集にする意識があったふしもあり、推敲過程からすると、どちらが先行していたとも言えないことから、二つの詩集は同時並行で編まれていた可能性が指摘できる。また、「一百篇」のみに登場する語やテーマなどがあることから、今はまだ明確に指摘こそできないものの、「五十篇」と「一百篇」には、それぞれ何か独自の編集方針があり、それがこうした偏りとなって現われているようにも思えるのである。

4．「五十篇」と「一百篇」についての先行研究

それでは、「五十篇」と「一百篇」について、先行研究はどのように考えていたのだろうか。まず和紙表紙に書かれていた言葉から振り返ってみよう。

文語詩稿　五十篇
本稿集むる所、想は定りて表現未だ足らざれども現在は現在の推敲を以て定稿とす。
昭和八年八月十五日　　宮沢賢治

文語詩稿　一百篇、昭和八年八月廿二日、
本稿想は定まりて表現未だ定らず。
唯推敲の現状を以てその時々の定稿となす。

前者は今は行方がわからないとされており、「未だ足らざれども」は、もしかしたら「未だ定らざれども」であったかもしれないと言われている。

入沢康夫（「解説」『新修　宮沢賢治全集　第六巻』筑摩書房　昭和五十五年二月）は、次のように書いている。


「五十篇」をすっかり書き上げてから「一百篇」にとりかかったとするならば、実にこの百篇（実際には百一篇）の清書は一週間でなされていることになるが、これは、死をひと月後に迎えることになる病者の仕事としては（単に筆写すればよいというものではなく、下書稿の最終形からさらに詩句を案

じ、行の布置を定めながら行われた作業である）きわめて過重なものと言わねばならず、それなればこそ、ここに賭けられていた作者の熱意の大きさがつくづく感じられるのである。

明言はしていないものの、和紙表紙の言葉を受け、「五十篇」をまとめた後、「一百篇」を七日だけで書いた可能性を、かなり高く考えているように思える文章だ。若き日の賢治は一ヶ月に三千枚のスピードで原稿を書いたなどとも言われるが、最晩年の賢治に、それだけの体力や集中力を要求するのは、常識的に考えて、むずかしいように思う。

島田隆輔（「〈写稿〉論」『文語詩稿叙説』）は、文語詩の生成過程について次のように書いている。

詩人宮沢賢治の手によって、定稿に至った最終草稿の相当数に、○で囲んだ「写」という符号と横線とが与えられている（4種の筆具による）。最終草稿の詩想と形式の到達点が、定稿にほぼ引き受けられているところから、定稿直前稿ともいえる場合がほとんどで、これら「写」印付与稿―〈写稿〉は、定稿の「原《ウル》」段階稿、すなわちウル定稿と呼んでも、差し支えないであろう。

島田の調査によれば、鉛筆㊢稿や赤インク㊢稿は比較的初期のもので、島田はそこに集まった百篇ほどの詩篇から原詩集とも呼ぶべきものをまとめたのではないかという。百篇ほどというのは、たしかに集を編むにはちょうどよい分量にも思えるものの、散逸した㊢稿もあったかもしれないし、廃棄したもの、焼失したものもあったかもしれない。また、㊢印の付いていない原稿から二十数篇の定稿が生まれたことについてどう考えるかといった問題もあることから、ウル定稿を想定するには、もうあといくつかの補助線が必要であるように思う。ただ、最晩年の賢治の部屋に百篇ほどの㊢印の原稿があったことは確かで、なんとかそれらを定稿と呼べるまでのものに仕上げようという意識があったこともまた、確かだと思われる。

さらに島田（同前）はこう書く。

4種の〈写稿〉は、再編稿の各構成稿からほぼまんべんなく採用されて、特に偏ったところはない。そのうえで、定稿集への配分について、青インクの〈写稿〉が『文語詩稿一百篇』のみに向かっていること、ブルーブラックインクの〈写稿〉はやや『文語詩稿五十篇』に厚いこと、という特徴が指摘できようか。

比較的遅くにブルーブラックインクによる㊢稿が生まれたこと、最終的には青インクによる㊢稿ができて、この青インク㊢稿の全てが「一百篇」の定稿となっていることから、最終段階で採用されたのが、この青インク㊢稿だろうと言うのだ。違う時期に同じ筆記用具を使って㊢印を付した可能性はないのか、などと疑いだせばきりはないが、現段階では概ねこうして推敲が進められてきたと考えてよいと思う。

栗原敦（「『文語詩稿』試論」『宮沢賢治 透明な軌道の上から』新宿書房 平成四年八月）は、「「一百篇」の場合は「五十篇」に比べると表題を持たない作品の比率は落ちている」とし、また「宮沢賢治は、表題そのものも可能な限り消去したかったのではないかと思われる」とも書いている。確かに「五十篇」におけるタイトルなし作品比率は六十四％であるのに対し、一百篇」では三十二％であるから、「一百篇」は、賢治にとって、まだまだ未完成部分の残る詩集だったということになりそうだ。

また、「「五十篇」の定稿は、清書時における書き損じの訂正と思われるものの他には、手直しや表現、修辞上の迷いをうかがわせるような部分は稀なのに対して、「一百篇」には清書後において二ヶ所または二段階以上の直しを加えた作品がかなりあり、しかも修辞上の迷いや疑問を記したメモさえ見出せる」と指摘し、

> 八月十五日、「五十篇」の清書を終えた宮沢賢治は、「表現」に「足らざ」る思いを残しながらも、まずこの段階の「現在の推敲」で「定稿」と思い決めた。この時、この「五十篇」については当面新たな推敲を重ねる予定を持たなかった。というのも、ひきつづいて「一百篇」の推敲、清書にうち込んでいったから。「いわば病軀を鞭打つようにして」（前掲入沢）、彼は八月二十二日に「一百篇」（実は百一篇）の清書を終えた。賢治には、自分にいくらも余力が残されていないことがよくわかっていた。もしわずかでも与えられた時があるのなら、許される限り手を加えたい、推敲不足の思いは「五十篇」の側より「一百篇」の側に一層強く感じられていた。

として、「現在の推敲」（五十篇）と「推敲の現状」（一百篇）という表現の差を、賢治自身が意識して書き分けたものではないかとしている。この二つが意識的に書き分けられたものなのかどうかについては深読みにすぎるかとも思えるものの、指摘されている現象自体は二つの詩集を考えるうえで重要だと思う。

島田（「『文語詩稿』構想試論『五十篇』と『一百篇』の差異」「国語教育論叢4」島根大学教育学部国文学会 平成六年二月）は、

> 詩人がかかわった農村社会・生活における、さまざまな人物・光景をとりあげつつ、『一百篇』における批判の過程がおおむね受容的・共感的・自省的であるとすれば、『五十篇』における批判の過程はさらに、より鋭意で強く深いものがある。その深さが至るさきは、おそらく自らを含めた人間性の真実、あるいはその修羅性を凝視する方向であろうと推察は

される。

と書いている。たしかにそのように思える部分も少なくない。栗原の指摘を併せて考えても、「五十篇」が或る程度の余裕をもって、従って内容も安定しているのに対して、「一百篇」の方はいささか雑な仕事ぶりだったということになりそうだ。

5．先に編まれたのは「五十篇」なのか？

ざっと入沢以来の「五十篇」と「一百篇」についての論を見てきたが、共通して言えるのは、八月十五日と八月二十二日というそれぞれの集の和紙表紙に書かれた文字を基本的に信用しているということだ。もちろん、それは当然のことではあるのだが、たとえば心象スケッチに付された日付が、取材日なのか制作日なのかという論議と同じように、どういう経緯で、どういう意味で付されたものなのかについては、もっと注意深くてもよいように思う。というのも、「一百篇」に収録された定稿の方が「五十篇」収録の定稿よりも先行すると思われる例もあるからだ。

「五十篇」の「〔打身の床をいできたり〕」について、『新校本全集』の校異は、次のように書いている。

表のようにして、定稿に到っているとは考えられるが、「下書稿㈡」には、㊢の文字があり、他に㊢はない。㊢は、他例から推すと、下書稿最終段階で、定稿の直前のものに書かれている。つまり定稿へ写したの意とみられる。

本稿の場合、途中段階に㊢があることは、ここから定稿が作られたと見ていいであろう。それが「〔商人ら　やみていぶせきわれをあざみ〕」の定稿と考えられる。

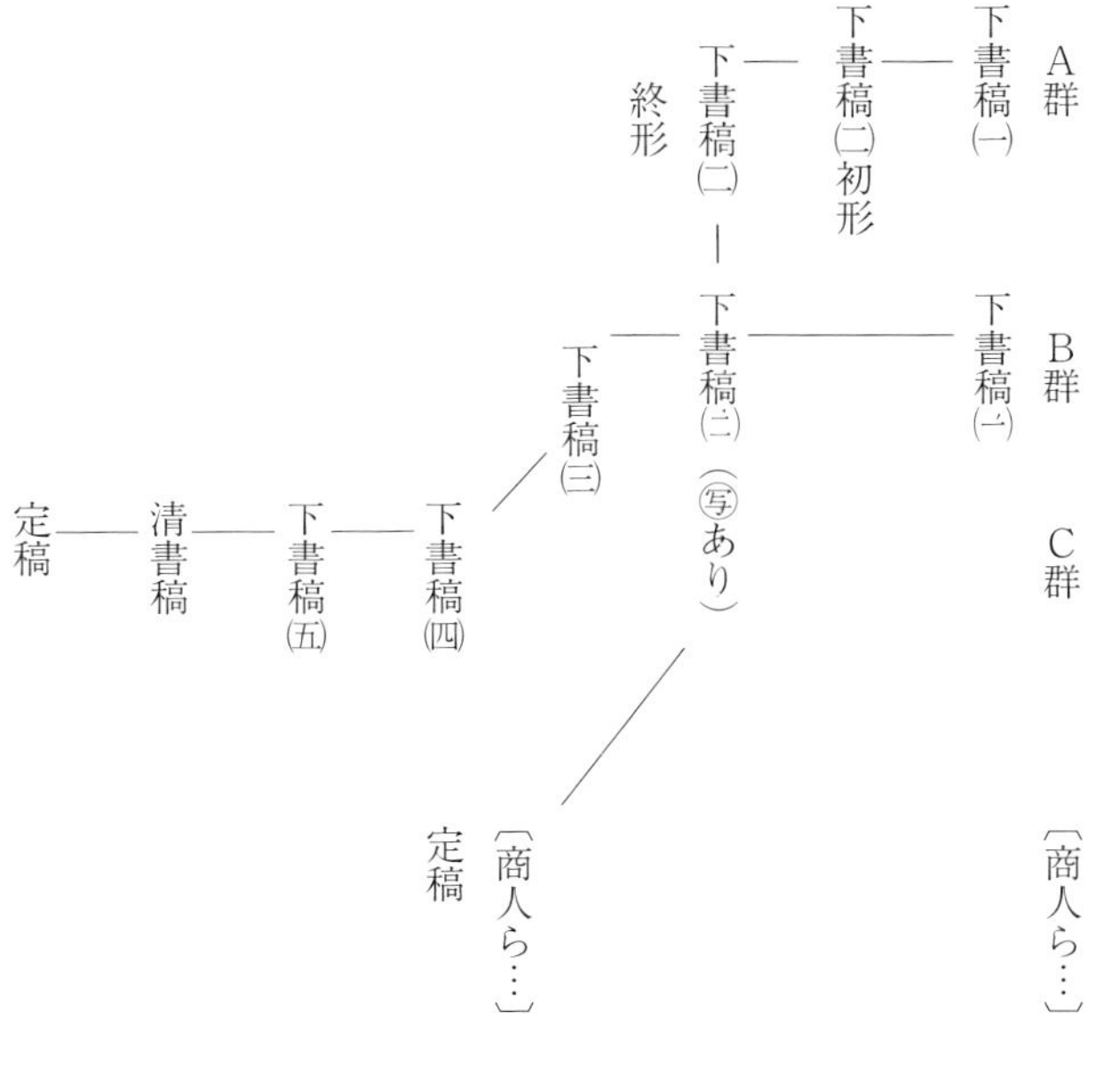

たしかに㊢は、下書稿㈡にしかないので、ここから定稿が書かれたとすべきかもしれない。しかし、次のような定稿が下書稿㈢の影響なしに書かれたというのは難しいのではないだろうか。まずは定稿を示す。

〔商人ら やみていぶせきわれをあざみ〕

商人ら、やみていぶせきわれをあざみ、
川ははるかの峡に鳴る。
ましろきそらの蔓むらに、　雨をいとなむみそさゞい、
黒き砂糖の樽かげを、　ひそかにわたる昼の猫。
病みに恥つむこの郷を、
つめたくすぐる春の風かな。

続いて下書稿㈡を示す。

商人ら
やみていぶせきわれをあざけり
川ははるかの峡に鳴る
ましろきそらの蔓むらに
雨をいとなむみそさゞゐ
やがてちぎれん土いろの
かばんつるせし赤髪の子
恥いや積まんこの春を
つめたくすぐる春の風かな

下書稿㈢は紙面を改め、タイトルも新しく付けられている。

病起

商人ら
疾みてはかなきわれを嘲り
川ははるかの峡に鳴る
ましろきそらの蔓むらに
雨をいとなむみそさざい
黒の砂糖の樽かげを
さびしくわたるひるの猫
げに恥つまんこの春を
つめたく過ぐる西の風かな

下書稿㈢からそのまま定稿に生かされる詩句も多く、下書稿㈢を「〔商人ら…〕」の系列と切ってしまうのは無理があろう。[4]

『新校本全集』には、下書稿㈡のところに「詩稿中央に太い鉛筆で㊢と書かれ、左右に横線が引いてある」として㊢の存在を書いているが、下書稿㈢についても「太い鉛筆の横線が詩稿上に引いてある。この稿を他へ移した意味の印であろうか」と書いている。下の図版を見てもわかるように、下書稿㈢（左側）の横線は㊢の文字こそなくても、書かれた場所や角度から下書稿㈡（右側）における線と同じタイプのもので、筆記用具も同じであることから、下書稿㈡の内容を一部修正しながらわかりやすく書き改め、それを定稿に移した（移そうとした）という意味であり、㊢印のない㊢稿とでもいうべきものだと思う。

　さらに『新校本全集』の校異は、こう続ける。

> 「〔商人ら　やみていぶせきわれをあざみ〕」の方が先に書かれたとする方が、右（七百三十三ページ下図：信時注）の逐次形の配列からは自然であるが、「文語詩稿　一百篇」と「文語詩稿　五十篇」のまとめられた時点から見ると「〔打身の床をいできたり〕」の方が先ということになる。しいて、そうなるためには、順をたどって「〔打身の床をいできたり〕」までまとめて「文語詩稿　五十篇」へ組み入れた後、B群の要素捨てがたく、「下書稿㈡」から、「〔商人ら　やみていぶせきわれをあざみ〕」が書かれた、と考えられよう。

つまり、「五十篇」が先に書かれたという大原則に基づいたた

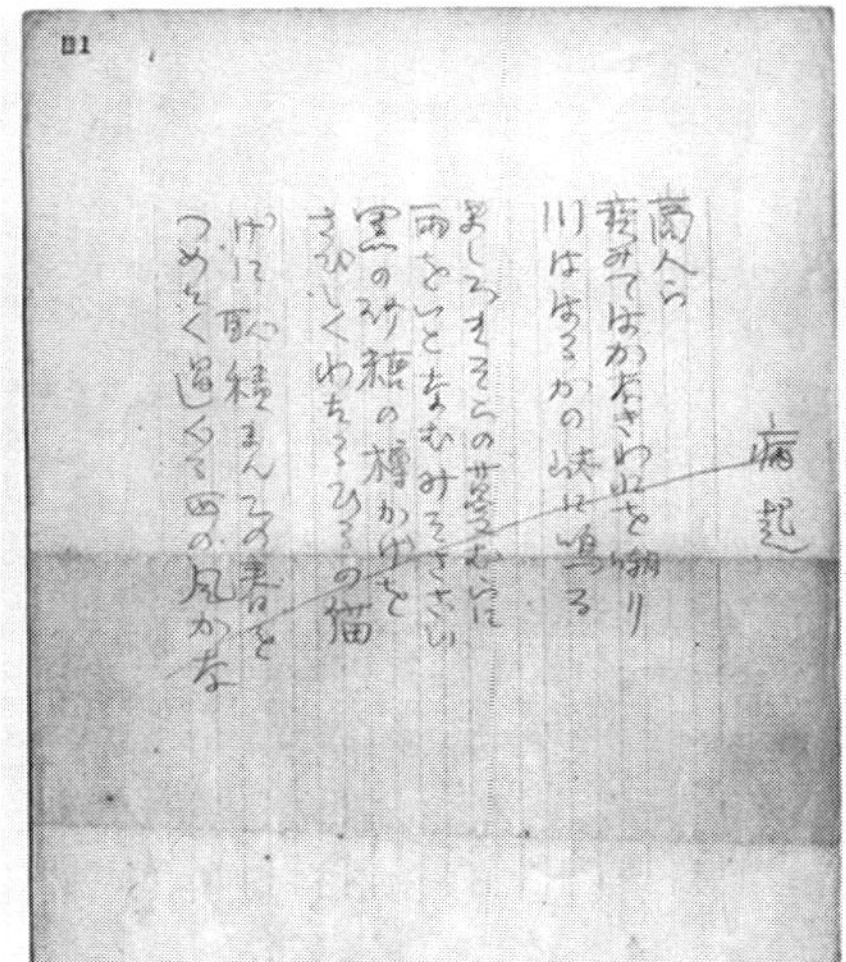

下書稿（三）

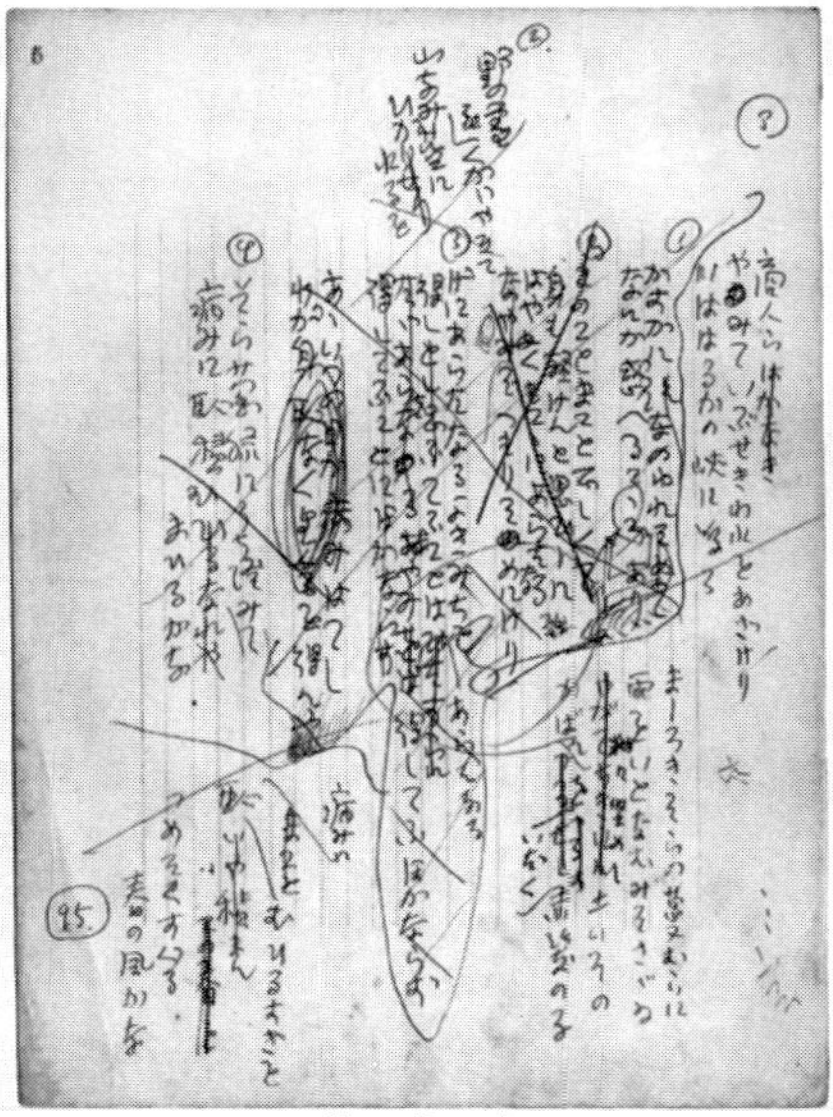

「〔打身の床をいできたり〕」下書稿㈡

（宮沢賢治記念館蔵）

めに、「自然である」ことを後回しにして、「しいて」「五十篇」を先に成立したと解釈し、その後で㊢の付けられた下書稿㈡から「一百篇」所収の「〔商人ら…〕」が書かれたと無理に納得しようとしているわけである。かなり苦しい説明だと思われるが、本当にこれでよいのだろうか。

下書稿㈣（掲げたのは初期形態）は下書稿㈢の裏面に書かれたものだが、それまでは肥料セールスマンの視点で書かれていたのが、批判の対象であった肥料商の側に立って詩篇を成立させようとしている。

　　米穀肥料商
打身の床《とこ》をいできたり
人なき店の箱火鉢
もろ手につきてうち座《ゐ》れば
川ははるかの峡に鳴る

黒き砂糖の樽かげを
ひそかにわたるひるの猫

はかなきかなや粉煙草
つまみて指をは（書きかけで中止）

実はこれが先に定稿ができたとされる「五十篇」の「〔打身の床をいできたり〕」の最初の形態で、「打身の床」から商人が店に出てくるという設定は、この段階で初めて登場している。しかし、せっかく新しい視点で詩篇を書き始めたのに、「川ははるかの峡に鳴る」も「黒き砂糖の樽かげ」も「ひそかにわたるひるの猫」も、㊢稿を経て「〔商人ら…〕」の定稿の方に移したはずのものばかりが並んだままである。

「〔打身の床…〕」下書稿㈤になっても、賢治は「川ははるかの」「黒き砂糖」「ひるの猫」の登場順序を入れ替えただけである。

その次の段階である「〔打身の床…〕」の清書稿になって、ようやく「川ははるかの峡に鳴る」を「雪げの川の音すなり」に変更するが、それでも「砂糖」と「猫」は消せていない。

清書稿は次のようなものだ。

　　米穀商
打身の床をいできたり
箱の火鉢にうちゐれば
人なき店のひるすぎを
雪げの川の音すなり

粉《こな》のたばこをひねりつゝ
見あぐるそらの雨もよひ
黒き砂糖の樽蔭を
ひそかにわたる白の猫

定稿では、ようやく「砂糖」からも「猫」からも解放されるが、これはつまり「一百篇」所収の定稿「〔商人ら やみていぶせきわれをあざみ〕」に、お気に入りの「川ははるかの」「黒き砂糖の樽かげ」「昼の猫」を奪われた結果だということになろう。

〔打身の床をいできたり〕
打身の床をいできたり、　箱の火鉢にうちゐれば、
人なき店のひるすぎを、　雪げの川の音すなり。
粉のたばこをひねりつゝ、　見あぐるそらの雨もよひ、
蛎殻町のかなたにて、　人らほのかに祝ふらし。

『新校本全集』が「しいて」考えてみせたのは次のような過程だ。下書稿㈡に㊢を書いてから（あるいは本論で提示したように下書稿㈢に鉛筆で横線を引いてから）、そのまま「一百篇」所収の定稿を書くことなく、下書稿㈣で視点人物をセールスマンから肥料商に変えるアイディアを思いつき、紆余曲折の末に㊢も付いていない原稿から「五十篇」の定稿「〔打身の床…〕」を仕上げた。その後「一百篇」を編む段階になってで、ようやく㊢稿である下書稿㈡（あるいは㊢印なき㊢稿である下書稿㈢）に戻って、「〔商人ら…〕」の定稿を書いた…

もちろん、この可能性も、絶対にない、とは言い切れない。

この立場に立てば、「川ははるかの」「砂糖」「猫」といったお気に入りのフレーズは、「〔商人は…〕」に奪われたのではなく、「〔打身の床…〕」で使うつもりで温存していたところを定稿の段階で棄て、それを「〔商人は…〕」の定稿を書く際になって拾いあげたのだ、ということになる。

しかし、そうなると「〔打身の床…〕」の清書稿で「ひそかにわたるひるの猫」を「ひそかにわたる白の猫」に変更しながら、「〔商人ら…〕」の定稿に、清書稿以前の「ひるの猫」（定稿では「昼の猫」）を復活させていることの説明がしにくくなる。それでも可能性は、完全にゼロというわけではないかもしれないが、非常に不自然だと言わざるを得ない。「五十篇」から「一百篇」という流れを固守しすぎたため、綱渡りに次ぐ綱渡りをしないと説明がつけられなくなってしまっているように思える。(5)

6．「五十篇」と「一百篇」の成立過程

長々と論じてきたが、ここでまとめてみることにしたい。まず大前提として、和紙表紙に書かれた文字について、その事実を抑える必要があろう。

①「五十篇」の表紙に「昭和八年八月十五日」、「一百篇」の表紙に「昭和八年八月廿二日」とあること。

この大前提は疑えないにしても、常識的に考えて、次の事実

も認めざるを得ないように思う。

②一ヶ月後の死を前にして、賢治が「一百篇」を編む体力や集中力が維持できたとは考えにくく、砕石工場や農民からの相談などもあっただろうことを考えると、時間の確保ができたか疑問。

次に島田による㊢稿の成立順序についてもおさえておくべきだと思う。青インク㊢稿が「一百篇」にしか使われていないことを思えば、「一百篇」は、やはり後に成立したらしい。

③「写」印付与稿―〈写稿〉は、定稿の「原《ウル》」段階稿、すなわちウル定稿と呼んでも、差し支えない。（島田）

④青インクの〈写稿〉が『文語詩稿一百篇』のみに向かっていること、ブルーブラックインクの〈写稿〉はやや『文語詩稿五十篇』に厚いこと、という特徴がある。（島田）

また、栗原や島田の指摘した「五十篇」と「一百篇」の差についても再確認しておきたい。

⑤「一百篇」の場合は「五十篇」に比べると表題を持たない作品の比率は落ちている。（栗原）

⑥「一百篇」には清書後において二ヶ所または二段階以上の直しを加えた作品がかなりあり、しかも修辞上の迷いや疑問を記したメモさえ見出せる。（栗原）

⑦『一百篇』における批判の過程がおおむね受容的・共感的・自省的であるとすれば、『五十篇』における批判の過程はさらに、より鋭意で強く深いものがある。（島田）

「五十篇」の方が先に成立し、後に成立した「一百篇」は、いささか雑で、あわただしく編まれたようである。

しかし「〔打身の床をいできたり〕」と「〔商人ら やみていぶせきわれをあざみ〕」の改稿過程を検証する限り、次の事実も認めざるを得ないように思う。

⑧「一百篇」に収録された定稿の方が「五十篇」収録の定稿よりも先行する例がある。

また、たまたまそうなっただけなのかもしれないが、以下の事実からすると、「五十篇」が先に成立したにせよ、編集は並行して行われ、それぞれの集に独自の編集方針があった可能性がある。

⑨「五十篇」と「一百篇」には「対」を意識したと思われる作品群があり、㊢稿を書く前後から「対」が意識されていた。

⑩「まがつび」「酸」など、「一百篇」のみに登場する語があ

る。

⑪取材日を同じくしないキリスト教、外国人、旱害、歌詞、雑誌発表詩等が「一百篇」だけに登場（または集中）する。

以上をまとめると、次のようなことが言えるように思う。

㊢稿が百ほど集まる頃から「五十篇」と「一百篇」として、それぞれの集の選別が始まった。「五十篇」と「一百篇」は互いに影響し合いながら（タイトルやテーマ、語句の影響。「五十篇」収録から「一百篇」収録に、また「一百篇」収録から「五十篇」収録に変更する場合もあっただろうし、収録順序の入れ替えなどもあっただろう）、作品数の少ない「五十篇」の定稿がまとまり、その段階で表紙が付けられて「八月十五日」の日付が書かれた。作品数の多い「一百篇」の定稿は、青インク㊢稿などを加え、遅れて完成し、「八月廿二日」に表紙が付けられて日付も書かれた。

ただ、「五十篇」と「一百篇」の編集過程で、仮に⑨⑩⑪のような事実があったとしても、これだけで「五十篇」や「一百篇」がどういう詩集であったかの説明はできそうにない。たとえば「五十篇」は岩手県内を舞台にしたもの、「一百篇」は岩手県外を舞台にしたもの、といった区別でもできればよいのだが、今のところ、そうした明確な区別はないように思える。

どのような基準で区分けしているのかわからないような編集方針で、二つの詩集を編むということなど、考えにくいことのように思われるかもしれないが、かといって「同時編集があり得ない」ということも、またできないように思う。

　というのも、八月十五日に「五十篇」の定稿を書き終わった賢治が、その次の日あたりから「一百篇」を編もうと思い立って整理し始めた… というイメージが共有されているようだが、確かに表紙には十五日と廿二日の日付が書かれていたにしても、「五十篇」を編み終わった直後、立て続けに「一百篇」を編もうとしたのはなぜなのか。その理由が明確に説明できていないからだ。

　採用すべき詩がまだ残っていたからだ、と言うかもしれないが、それならばなぜ「七十五篇」にしなかったのか。採用したい詩篇がもっとたくさんあったなら、何も二つの詩集にする必要などなく「百五十篇」にしてもよかったし、「五十篇」を三つ作ってもよかったはずで、同時編集説を批判するためには、なぜ五十と百なのかについて明確にしなければならず、同時編集説批判はブーメランとなって自説の根拠を危うくさせるように思う。

　とはいえ、ここにまとめたのは、現段階での読み解きからするほんの仮説にすぎない。ただ、「五十篇」所収の定稿だけが先にまとまったと考え続けることによる不都合、また、最晩年の賢治に七日で百枚以上の定稿を書かせなければならないといった不都合からは解放することができるのだとすれば、さほど悪い提案でもないように思うのだが、いかがであろうか。

注

（1）以前、この「おとしけ」を「落とし毛」と解し、抜けた冬毛を落としてやっているのではないかと書いたが（「悍馬〔一〕」『五十篇評釈』）、その可能性はゼロではないものの、「悍馬〔二〕」と「対」になった作品である点を重視すれば、「け」は調子を整えるために挿入されたものだと考えた方がよいかもしれない。

（2）島田隆輔（「伯楽とばらのむすめと／「車中」〔二〕」『文語詩稿叙説』）は『新校本全集』の校異に対して異論を提示しており、下書稿㈢とされているものは、下書稿㈡にあたるのではないかとする。妥当な判断だと思われるが、混乱を避けるために、本稿では『新校本全集』での呼び方に従った。

（3）「五十篇」の「〔打身の床をいできたり〕」の定稿には「蠣殻町」が登場し、下書稿㈤には「東京市」「蠣殻」といったメモがあることから、杉浦静（「〔打身の床をいできたり〕」『宮沢賢治 文語詩の森 第二集』）は、東京市の日本橋蠣殻町のことを言うのではないかとするが、栗原敦（「「文語詩稿」試論」『宮沢賢治 透明な軌道の上から』）は、「雪げの川の音」とも出てくるので、東京ではない虚構の別の土地を想定しているだろうと思われる」としている。

（4）島田隆輔（「『文語詩稿』構想試論『五十篇』と『一百篇』」『国語教育論叢4』）も、この改稿過程について異議を唱え、「おそらく定稿用紙に記入された『一百篇』の作品「〔商人らやみていぶせきわれをあざみ〕」と、そののち下書稿5から7及び清書稿を経て成立した『五十篇』の作品「〔打身の床を出できたり〕」がある」（下書稿の表記は『校本全集』に従っているため、『新校本全集』のものと異なっている）としているが、それ以上に論を進めようとはしていないようだ。

（5）平成二十九年二月四日の宮沢賢治研究会で本稿の元となる発表をした後、『新校本全集』の編集に携わった杉浦静より「〔打身の床をいできたり〕」の下書稿㈡の右下にある筆慣らしの跡とも思われるブルーブラックインクの跡（「〔打身の床…〕」も「〔商人ら…〕」も定稿はブルーブラックインク。詩句や㋐は全て青インク）があることから、定稿はこの下書稿㈡から発展したのではないかと推定したと伺った。たしかに「〔商人ら…〕」の定稿には、下書稿㈢からではなく、下書稿㈡から受け継がれていると思われる「やみていぶせきわれをあざけり」（下書稿㈢では「疾みてはかなきわれを嘲り」）の句もある。が、「黒の砂糖の樽かげ」や「ひるの猫」の句は下書稿㈢から登場する句であることから、下書稿㈡と下書稿㈢の両方を参照して定稿が書かれたとする方が理にかなっている。とすればブルーブラックインクの跡が下書稿㈡に残されていることについても説明は可能であると思う。

おわりに

前著『宮沢賢治「文語詩稿 五十篇」評釈』（朝文社 平成二十二年十二月）を刊行してから、まだ、それほど時間は経っていないが、「文語詩稿 一百篇」の評釈を刊行することとなった。

『五十篇評釈』は、十年に渡って発表してきたものに少しずつ手を入れたものだが、それでさえ調査不足や認識不足が多かったというのに、この『一百篇評釈』に関しては、対象とする作品数がほぼ二倍であるにもかかわらず、本として刊行するまでに、前著の半分ほどの時間しかかけていない。平成二十二年度に一年間の研究休暇が取れ、さらに広島で毎年行っている宮沢賢治文語詩研究会での討議、島田隆輔氏の「一百篇訳注」の完成といった援軍もあり、ずいぶん早く評釈の仕事を進めることができたという幸運はあったにせよ、我ながら拙速に過ぎることについての十分な自覚はある。

それでも刊行を急いだのは、第一に東日本大震災の衝撃からである。前著のあとがきで、岩手の地形や有形無形に継承されてきた文化がいつ消えないとも限らないために出版を急いだというようなことを書いたが、なんとその言葉どおりに岩手県の山河、ことに海岸地方は筆舌に尽くしがたい変化が起こってしまった。賢治が生まれた年に明治三陸大津波があり、また没年に昭和三陸津波があったことは十分に知っていたはずなのに、次に来る天変地異について予想していなかったのは全く迂闊であった。

第二に自分自身の年齢や能力、体力から、そろそろ逆算しながら仕事をする必要を感じてきた事情も影響している。文語詩の評釈を始めた当初は、「年に五篇ずつの評釈を発表していけば、未定稿まで含めて五十年でできるだろう」などとぼんやり考えるだけだったが、齢五十を過ぎてみると、これから数十年かけて連載しますなどというのは、ほとんど「完成させるつもりはありません」と言っているのと同じだということに気がつかないわけにはいかなかった。

そして第三には文学研究の状況、出版事情の変化である。昨今、大学の文学部について明るいニュースを聞かない。また出版、ことにこのような研究書の出版はきわめて厳しいという。広大なフロア面積をもつ書店に行ってみても、文学研究書のコーナーの狭さは驚くほどで、必読文献さえ並んでいないことに呆然とさせられる。文科省も人文社会科学系学部は不要だなどと言い放つような時代になってしまったが、かといってそう言われても仕方がないくらいに人々の注目が文学から遠ざかっていることもまた、認めざるを得ない（ただ、エンターテイメントとして小説は今も多く読まれているし、ライトノベルやマンガ、アニメも含めて考えれば、これほど文学が盛んな時代もないくらいで、文学部や文学研究、出版の方が制度疲労を起こしているとすべきかもしれない）。

十数年ほど前なら、日本の国土について、また、自分の能力の衰えや学界や出版界の状況など、何も心配しないでいられたのだが、かといって、さまざまな部分に綻びが目立ってきたからといって、個人でできることには自ずと限界がある。ただ、自分にできることだけは精一杯にやっておきたい。そうした思いが抑えきれなかった。

ともあれ、前著の「おわりに」で書いたことに基本的な変化はない。賢治文語詩の大ブームが起こることなど、残念ながらほとんど期待できないのではあるが、それでも、なんとか文語詩研究に道しるべをつけて、少しでも文語詩研究が進んでくれればと思うのみである。

初出については次のとおり。ホームページ（http://www.konan-wu.ac.jp/~nobutoki/）でも読めるようにしているが、大幅な書き換えをしていることから、訂正稿である本書をご参照いただきたい。

「宮沢賢治「文語詩稿　一百篇」評釈一」
（「甲南女子大学研究紀要　文学・文化編49」甲南女子大学 平成二十五年三月）
「宮沢賢治「文語詩稿　一百篇」評釈二」
（「甲南国文60」甲南女子大学日本語日本文化学科 平成二十五年三月）
「宮沢賢治「文語詩稿　一百篇」評釈三」
（「甲南女子大学研究紀要　文学・文化編50」甲南女子大学 平成二十六年三月）
「宮沢賢治「文語詩稿　一百篇」評釈四」
（「甲南国文61」甲南女子大学日本語日本文化学科 平成二十六年三月）
「宮沢賢治「文語詩稿　一百篇」評釈五」
（「甲南女子大学研究紀要　文学・文化編51」甲南女子大学 平成二十七年三月）
「宮沢賢治「文語詩稿　一百篇」評釈六」
（「甲南国文62」甲南女子大学日本語日本文化学科 平成二十七年三月）
「宮沢賢治「文語詩稿　一百篇」評釈七」
（「甲南女子大学研究紀要　文学・文化編52」甲南女子大学 平成二十八年三月）
「宮沢賢治「文語詩稿　一百篇」評釈八」

（「甲南国文63」甲南女子大学日本語日本文化学科 平成二十八年三月）
「「五十篇」と「一百篇」　賢治は「一百篇」を七日で書いたか（上）」
（「賢治研究135」宮沢賢治研究会 平成三十年七月）
「「五十篇」と「一百篇」　賢治は「一百篇」を七日で書いたか（下）」
（「賢治研究136」宮沢賢治研究会 平成三十年十一月）

岩手県で一年間生活してみたいという長年の夢を実現させるために研究休暇を申請したが、そろそろ下宿探しをしようと思っていた矢先に東日本大震災が起こり、夢は絶たれてしまった。が、ちょうどその年に『五十篇評釈』で宮沢賢治賞奨励賞をいただくことができた。こうした研究を認めてもらえたようで、ありがたかった。捨てる神あれば拾う神あり、ということかもしれない。

また、今回も本書の出版に際しては、甲南女子学園の平成三十年度学術研究及び教育振興奨励基金からの助成金を受けた。御礼申し上げげたい。図版使用をお認め頂いた京都国立博物館、小岩井農牧株式会社、知恩院、宮沢賢治記念館に、また、宮沢賢治文語詩研究会のメンバーをはじめとした研究者諸氏、英文タイトルのチェックをお願いしたラッシャー貴子さん、江島モリーンさん、そして和泉書院スタッフ、ことに廣橋研三社長には、いろいろご教示・ご配慮いただいた。紙上を借りて御礼を申し上げたい。

平成三十一年二月　神戸

信時　哲郎

Explanatory Notes on Miyazawa Kenji's *Poems in Literary Style 100*

1 母 Mother
2 岩手公園 Iwate Park
3 選挙 Election
4 崖下の床屋 Barbershop Below the Cliff
5 祭日〔一〕 Festival Day #1
6 保線工手 A Railroad Linesman
7 〔南風の頰に酸くして〕 A Sour South Wind against the Cheek
8 種山ヶ原 Taneyamagahara
9 ポランの広場 Polan Square
10 巡業隊 A Touring Company
11 夜 Night
12 医院 A Clinic
13 〔沃度ノニホヒフルヒ来ス〕 Sensing the Drifting Smell of Iodine
14 〔みちべの苔にまどろめば〕 As I Doze off on the Wayside Moss
15 〔二山の瓜を運びて〕 Carrying Two Piles of Melon
16 〔けむりは時に丘丘の〕 Smoke Sometimes Drifts to the Hills
17 〔遠く琥珀のいろなして〕 A Distant View of the Amber Field
18 心相 The Ways of the Mind
19 肖像 A Portrait
20 暁眠 Sleeping through the Dawn
21 旱倹 The Drought
22 〔老いては冬の孔雀守る〕 Feeding Peacocks in Winter at Old Age
23 老農 An Old Farmer
24 浮世絵 Ukiyoe
25 歯科医院 A Dental Clinic
26 〔かれ草の雪とけたれば〕 Melting Snow on the Withered Grass
27 退耕 Farming after Retirement
28 〔白金環の天末を〕 Skyline Below the Platinum Ring
29 早春 Early Spring
30 来々軒 Rai Rai Ken
31 林館開業 The Forest Café is Open
32 コバルト山地。 The Cobalt Mountains
33 旱害地帯 The Drought Area
34 〔鐘うてば白木のひのき〕 Ringing Bell from the School Building

Made by White Japanese Cypress

35 早池峯山巓 The Summit of Mount Hayachine
36 社会主事 佐伯正氏 Director of Social Services, Mr. Saeki Tadashi
37 市日 Market Day
38 廃坑 A Closed Mine
39 副業 Side Business
40 紀念写真 Commemorative Photograph
41 塔中秘事 A Secret Affair in the Tower
42 〔われのみみちにたゞしきと〕 I Thought I was the Only Person Who Knows the Right Way
43 朝 A Morning
44 〔猥れて嘲笑めるはた寒き〕 I Shudder To Think of Grimacing
45 岩頸列 A Chain of Volcanic Nesk
46 病技師〔一〕 A Sick Engineer
47 酸虹 Sour Rainbow
48 柳沢野 Yanagisawa Plain
49 軍事連鎖劇 A Military Drama Performed with a Film
50 峡野早春 A Ravine in Early Spring
51 短夜 A Short Night
52 〔水楢松にまじらふは〕 Japanese Oaks Grow among the Pines
53 硫黄 Sulfur
54 二月 February
55 日の出前 Before Sunrise
56 岩手山巓 The Summit of Mount Iwate
57 車中〔二〕 In The Train #2
58 化物丁場 The Monstrous Construction Site
59 開墾地落上 At The Ceremony to Celebrate the Completion of Land Cultivation
60 〔鶯宿はこの月の夜を雪降るらし〕 It Seems to Be Snowing at Ousyuku in This Moonlit Night
61 公子 The Son of a Noble Family
62 〔銅鑼と看版 トロンボン〕 Gong, Signboard and Trombone
63 〔古き勾当貞斎が〕 Old Koto Josai
64 涅槃堂 Accommodation of the Sick Priest
65 悍馬〔二〕 A Horse in Good Spirits #2
66 巨豚 A Huge Pig
67 眺望 A View

68 山躑躅 Azaleas
69 〔ひかりものすとうなゐごが〕 A Child says Something Is Shining
70 国土 A Country
71 〔塀のかなたに嘉莵治かも〕 It Seems to Be Katoji Beyond the Fence
72 四時 Four O'clock
73 羅紗売 The Wool Cloth Seller
74 臘月 December
75 〔天狗蕈 けとばし了へば〕 Kicked a Death Cup
76 牛 A Calf
77 〔秘事念仏の大師匠〕〔二〕 The Grand Master of Esoteric Prayer to the Buddha #2
78 〔廐肥をになひていくそたび〕 Carrying Compost on the Back Many Times
79 黄昏 At Dusk
80 式場 Ceremony Hall
81 〔翁面 おもてとなして世経るなど〕 Wearing the Mask of an Old Man
82 氷上 On the Ice
83 〔うたがふをやめよ〕 Stop Doubting Myself
84 電気工夫 An Electrical Worker
85 〔すゝきすがるゝ丘なみを〕 Over the Hills with Withered Pampas Grass
86 〔乾かぬ赤きチョークもて〕 With the Wet Red Chalk
87 〔腐植土のぬかるみよりの照り返し〕 The Reflection of Light from Puddles on the Humus
88 中尊寺〔一〕 Chusonji #1
89 嘆願隊 A Group of Petitioners
90 〔一才のアルプ花崗岩を〕 One-Shaku Cube of Granite
91 〔小きメリヤス塩の魚〕 A Small Knit Undershirt and a Salty Dried Fish
92 〔日本球根商会が〕 Japan Bulb Company
93 庚申 A Koshin Year
94 賦役 Cooperative Work
95 〔商人ら やみていぶせきわれをあざみ〕 Merchants Jeered Me When I Was Ill and Emaciated
96 風底 Under the Wind
97 〔雪げの水に涵されし〕 Filled with Melted Snow
98 病技師〔二〕 A Sick Engineer #2
99 〔西のあをじろがらん洞〕 Empty Blue Sky in the West
100 卒業式 Graduation Ceremony
101 〔燈を紅き町の家より〕 From a House in the Red Light District

賢治作品索引

・該当する章を示し、**ゴシック太字**はその作品を主に扱っている章（「終」は「終章」）。
・「五十篇」「一百篇」「文語詩」といった語、書簡等については索引項目から省いた。
・文語詩の下書段階におけるタイトルは原則として索引項目から省いた。
・各章末に掲載した参考文献中のみに登場する作品名は索引項目から省いた。

あ

か

さ

た

な

ま

や

ら

わ

人名索引

・該当する章を示した（「終」は「終章」）。
・作品に登場する人物の名前、架空の人物や神仏の名前は含めていない。
・それぞれの章の末尾に掲げた参考文献の中のみに登場する人物、および宮沢賢治の名前は省いた。

か

さ

た

な

は

ま

や

ら

わ

■著者略歴

信時哲郎（のぶとき・てつろう）

1963年・神奈川県横浜市生まれ。
1986年・上智大学文学部国文学科を卒業し、1993年・上智大学文学研究科国文学専攻博士後期課程単位取得退学。
1994年・神戸山手女子短期大学専任講師、1999年・神戸山手大学専任講師を経て、2005年・甲南女子大学文学部助教授。現在、同教授。

著書

『宮沢賢治「文語詩稿　五十篇」評釈』（朝文社、2010・12）

論文

「宮沢賢治とハヴロック・エリス 性教育・性的周期律・性的抑制・優生学」（「神戸山手大学環境文化研究所紀要6」、2002・3）
「鉄道ファン・宮沢賢治 大正期・岩手県の鉄道開業日と賢治の動向」（「賢治研究96」、2005・7）
「女子と鉄道趣味」（『「女子」の時代！』青弓社、2012・4）
「『翔んだカップル』がもたらしたもの」（「女子学研究3」、2013・3）ほか。

近代文学研究叢刊　67

宮沢賢治「文語詩稿　一百篇」評釈

二〇一九年二月二八日初版第一刷発行
（検印省略）

著者　信時哲郎
発行者　廣橋研三
印刷・製本　亜細亜印刷
発行所　有限会社　和泉書院
大阪市天王寺区上之宮町七－六
〒五四三－〇〇三七
電話　〇六－六七七一－一四六七
振替　〇〇九七〇－八－一五〇四三

ISBN978-4-7576-0895-5　C3395

工藤哲夫 著

賢治論考

近代文学研究叢刊9

■A5上製・三〇六頁・五〇〇〇円

文学者・自然科学徒・宗教者—宮澤賢治の持つこの多面性の各々を論ずる。「〔雨ニモマケズ〕」論を中心基盤としつつ、彼の精神の軌跡を、あくまで客観的にとらえんとする。

工藤哲夫 著

賢治考証

近代文学研究叢刊45

■A5上製・三九六頁・九〇〇〇円

恣意的な〈読み〉を排し、客観的に〈論証〉し得た（と考える）事だけを書くという態度を一貫させた結果の集積が本書である。補訂を加えた旧稿十二篇に、未発表新稿二篇を加えて一書となしたもの。

池川敬司 著

宮沢賢治との接点

和泉選書164

■四六上製・二八〇頁・三二〇〇円

自らの位置を、日本の近代の〈詩〉や〈詩人〉、詩の思潮—日本の近代文学の展開—の直中に置き、それを前提にした上で宮沢賢治を究明した。「作家論」「詩論」「童話論」「研究史」「文学と音楽のコラボレーション」を収める。

価格は税別